BASTEI
LÜBBE

Barbara Hambly

Gefährtin des Lichts

Die Sage von Darwath

BASTEI
LÜBBE

BASTEI-LÜBBE-PAPERBACK
Band 28 143

Deutsche Lizenzausgabe 1986
Bastei-Verlag Gustav H. Lübbe GmbH & Co., Bergisch Gladbach
Originaltitel: Time of the Dark,
The Walls of Air, The Armies of Daylight
Ins Deutsche übertragen von Waltraud Götting
Titelillustration: Michael Whelan
Umschlaggestaltung: Quadro-Grafik, Bensberg
Satz: ICS-Comunikations Service GmbH, Bergisch Gladbach
Druck und Verarbeitung:
Clausen & Bosse, Leck
Printed in Western Germany
ISBN 3-404-28143-8

Der Preis dieses Bandes versteht sich einschließlich
der gesetzlichen Mehrwertsteuer.

Inhalt

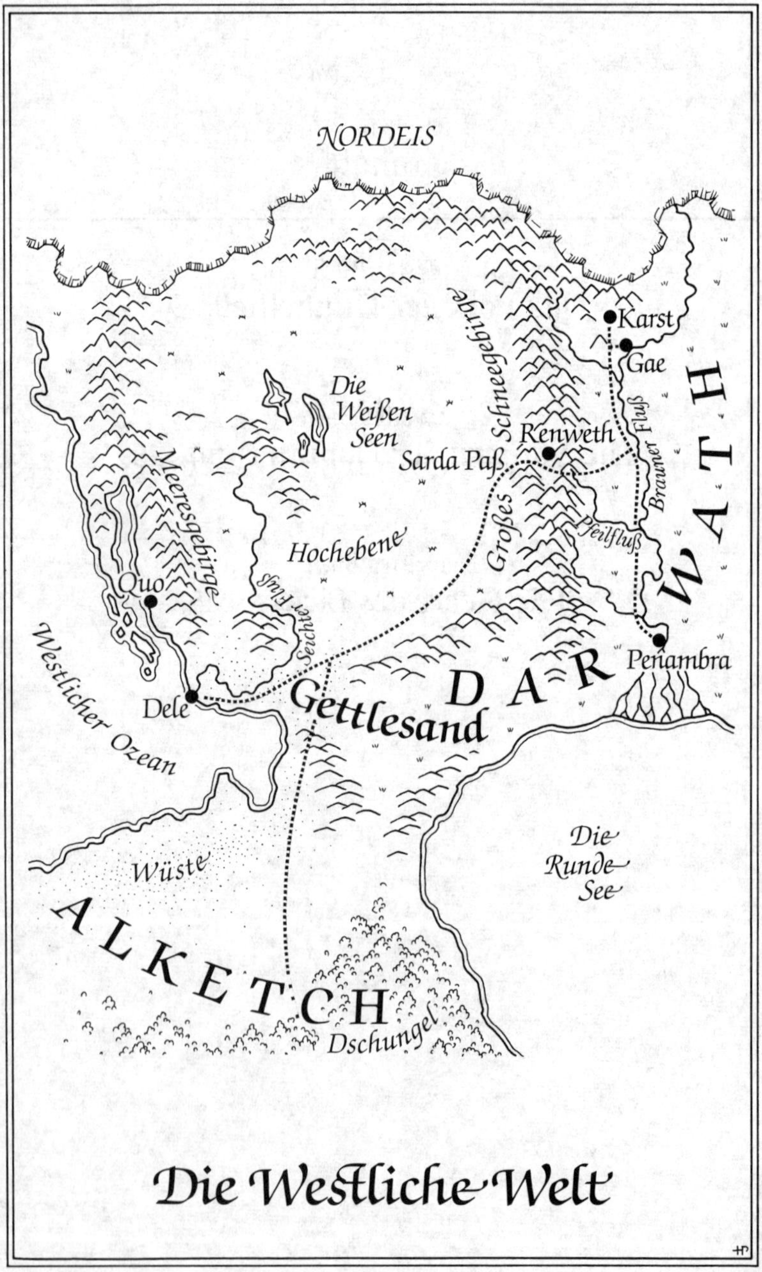

Die Westliche Welt

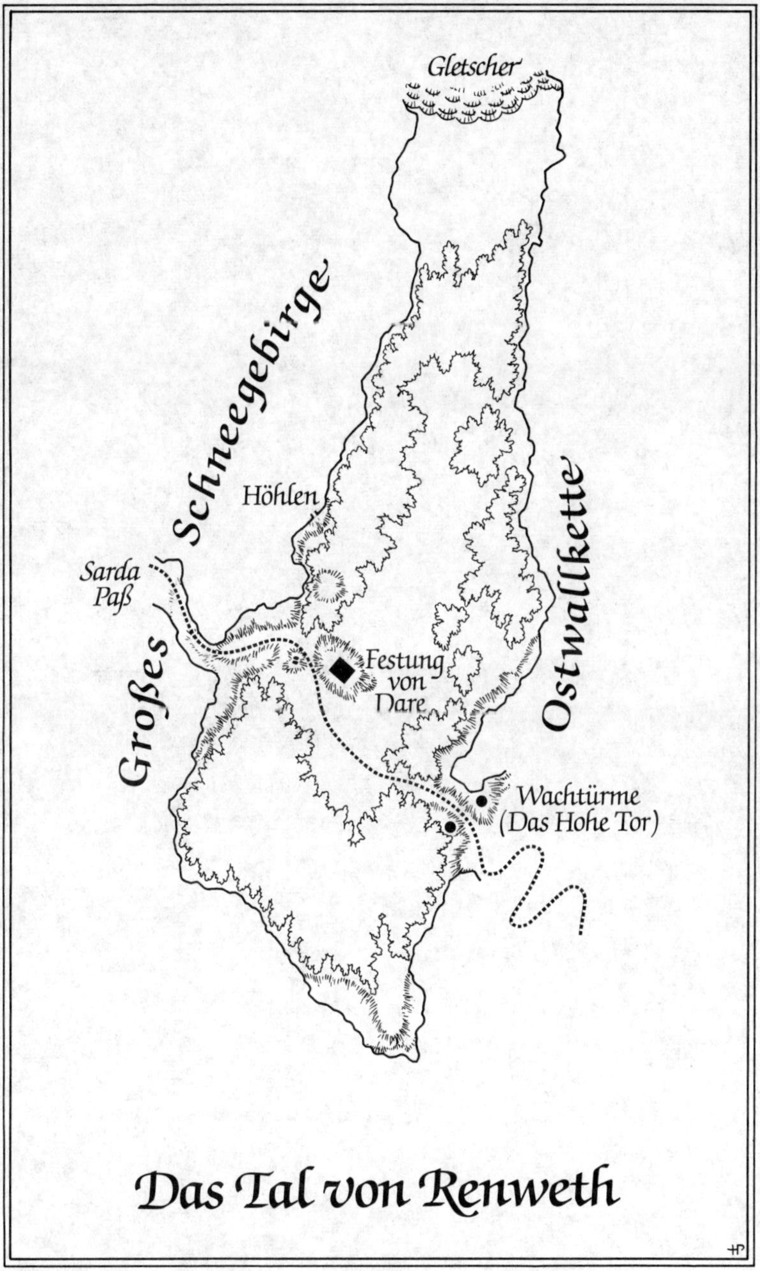

Das Tal von Renweth

Erstes Buch

Das Volk der Dunkelheit

Erstes Kapitel

Gil wußte, daß es nur ein Traum war. Es gab keinen Grund zur Angst. Sie wußte, daß die Gefahr, das Chaos, das blinde, gräßliche, alptraumhafte Entsetzen, das die schreiende Nacht erfüllte, nicht wirklich waren. Diese Stadt mit ihrer düsteren, fremdartigen Bauweise, diese flüchtende Menschenmenge von entsetzten Männern und Frauen, die sie blindlings beiseite stießen, waren nur die lebendigen Auswüchse eines überlasteten Unterbewußtseins, Gespenster, die mit dem Tageslicht schwinden würden.

Das alles wußte sie – und dennoch hatte sie Angst.

Sie glaubte, auf einer Treppe aus grünem Marmor zu stehen, die auf einen von hohen, spitzgiebeligen Bauwerken umstandenen quadratischen Innenhof führte. Flüchtende Menschen hasteten an ihr vorüber und drängten sie gegen das gewaltige Podest einer Malachitstatue, ohne ihre Gegenwart überhaupt zur Kenntnis zu nehmen. Keuchende Menschen mit wirrem Blick, entsetzte Gesichter, die im kalten Glitzern des Viertelmondes zu Totenmasken verblichen. Sie strömten aus den Giebelhäusern; die Männer hielten Kassetten oder Beutel voller Geld in den Armen, die Frauen Schmuck, Schoßhündchen oder Kinder, die in verständnislosem Entsetzen brüllten. Mitten in der Nacht mit vom Schlaf zerwühlten Haaren, einige waren angekleidet, viele nackt oder stolperten über hastig umgeschlungene Decken. Gil konnte den Angstschweiß ihrer Körper riechen, wenn sie an ihr vorüberhuschten. Keiner sah sie, keiner blieb stehen; sie flüchteten voller Panik die mondhellen Marmorstufen hinauf und durch den dunklen Bogen des Tores in die lärmenden Straßen der heimgesuchten Stadt hinaus.

Welcher Stadt? fragte sich Gil verwirrt. *Und warum habe ich Angst? Es ist doch nur ein Traum.*

Aber sie wußte es. Im Herzen wußte sie, so wie man Dinge in Träumen weiß, daß dieses Schauspiel überstürzter Flucht sich im selben Augenblick überall in der Stadt um sie herum wiederholte, wie das hundertfache Spiegelbild in einem Doppelspiegel. Dieses Wissen und das Entsetzen brachten einen Schauder hervor, der an ihrem Körper hochkroch und sich wie ein Wurm durch ihre Gedärme wand.

Alle anderen spürten es ebenfalls. Denn nicht ein einziger Mann blieb stehen, um sich an die Säule hinter ihr zu lehnen, keine einzige Frau verirrte sich auf die Stufen zu ihren Füßen. Sie sahen mit den weitaufgerissenen, ausdruckslosen Augen des Wahnsinns zurück, und ihre Blicke wurden wie gegen ihren Willen zu den gigantischen, mit uraltem Grünspan überzogenen Bronzetüren hingezogen, die die gegenüberliegende Wand beherrschten. Vor ihnen flohen sie. Hinter diesen ungeheuren Trapeztoren sammelte sich der Schrecken, wie Wasser, das sich hinter einem schwächer werdenden Damm zu einem weichen, veränderlichen, körperlosen Bösen sammelt, aus dem schwarzen Abgrund von Raum und Zeit zu einem unsagbaren Ausbruch in das Reich der Lebenden.

Bewegung und Stimmen drangen aus der Tiefe des Bogenganges hinter ihr, gedämpfte Schritte und das dünne Klirren eines Schwertes, das gezogen wird. Gil wandte sich um, ihr dichtes Haar fiel ihr in die Augen. Der wild tanzende Schein windgebeugter Fackeln beleuchtete die Umrisse dichtgedrängter Gestalten, flackerte auf einem Gesicht, einer Schwertschneide, dem matten Glanz eines Kettenpanzers. Dem dünner werdenden Strom verzweifelter Bürger entgegen trat die Garde in das zinnfarbene Licht des Mondes. Es waren schwarz uniformierte Gestalten, mit leichten Panzern, gestiefelt, Männer wie auch Frauen, und die scharfen Klingen ihrer Waffen schimmerten schwach im Spiel der Schatten. Gil erspähte einen wirren Haufen von eiligst bewaffneten Bürgern, die sich unter furchtsamem Geflüster, die Schäfte von geborgten Waffen in den ungeübten Händen, aus dem Hintergrund nachdrängten. Auf den kaum erkennbaren Gesichtern lagen entsetzliche Angst und bestürzte Verwirrung im Widerstreit. Und ihnen allen voran schritt ein alter Mann in braunem Gewand, ein alter Zauberer mit Habichtsaugen und Bart, der ein Flammenschwert in den Händen trug.

Er war es, der auf der obersten Stufe haltmachte. Sein Blick schweifte wie der eines jagenden Adlers über den Hof, während die letzten der flüchtenden, halb nackten Stadtbewohner strauchelnd an Gil vorüber die Treppe hinaufhasteten und, ohne sie zu beachten, an dem Zauberer, den Wachen vorbeieilten. Ihre bloßen Füße klatschten in der schwarzen Toreinfahrt. Sie sah einen starren Blick, der fest auf das Tor gerichtet war; er kannte das Wesen dieses uralten, unsichtbaren Entsetzens, er wußte, woher es kam. Das verwitterte, unbeschreibbare Gesicht zeigte unter dem wilden Bartgewirr einen abgeklärten Ausdruck. Dann ging sein Blick prüfend über sein Schlachtfeld, und ihre Blicke begegneten sich.

Er konnte sie sehen. Sie wußte es im selben Augenblick, noch bevor sich seine Augen voller Erstaunen weiteten. Die Garde und die Freiwilligen, die nicht willens waren, weiterzugehen, sofern er ihnen nicht voranging, blieben zögernd stehen. Alle sahen sich um und durch Gil hindurch, während sie in der unvermittelt still gewordenen Atmosphäre des Hofes die Erscheinung des Zauberers suchten. Aber *er* konnte sie sehen, und Gil fragte sich verwirrt, warum.

Ein schwacher richtungsloser Windhauch hatte sich erhoben und wehte von den Rissen und Angeln jenes zeitlosen Tores flüsternd und unruhig über die in Silber getauchten Kreise des Pflasters und strich über

Gils krauses, schwarzes Haar. Der dumpfe, kalte Geruch des Bösen, von Säure und Stein und Dingen, die das Tageslicht niemals erblicken sollten, von Blut und Finsternis lag in diesem Wind. Aber der Zauberer steckte das schimmernde Schwert in die Scheide und schritt vorsichtig, als fürchte er, Gil zu erschrecken, die Treppe hinunter auf sie zu.

Aber das, so dachte Gil, konnte gar nicht möglich sein – und im übrigen war es ohnehin nur ein Traum. Sie fand, daß er aussah wie ein gütiger alter Mann. In seinen Augen, blau und leuchtend und sehr durchdringend, lag weder Stolz noch Grausamkeit, und wenn er sich vor dem lauernden, blinden Etwas fürchtete, das aus dem Finstern hinter dem Tor heraufquoll, so ließ er es sich nicht anmerken. Er näherte sich der Stelle, an der sie zitternd im grünlichen Schatten der gewaltigen Statue stand, bis auf wenige Meter, und seine blauen Augen sahen Gil erstaunt und wachsam an, als versuche er zu begreifen, was er sah. Dann streckte er die Hand aus und machte Anstalten zu sprechen.

Jäh erwachte Gil – aber nicht in ihrem Bett.

Einen Augenblick lang wußte sie nicht, wo sie sich befand. Unbeholfen, erschrocken und verwirrt, so wie alle plötzlich aus dem Schlaf Auffahrenden, streckte sie zuckend ihre Hand aus, und die kalte, harte Marmorkante des Podests bohrte sich schmerzhaft in ihre Handfläche. Die feuchte Kälte der Nacht schnitt in ihre bloßen Beine, ließ ihre nackten Füße am Boden erstarren. Der Wind brachte den flüchtigen Geruch von Wasser und trug ihr die Angstschreie der nächtlichen Stadt plötzlich deutlicher zu. Einen Augenblick lang legte sich das lauernde Entsetzen wie eine würgende Hand um ihren Hals, dann fiel es wie ein Wirbel welker Blätter von ihr ab, angesichts eines noch größeren Schreckens.

Sie war aufgewacht.

Sie träumte nicht mehr.

Sie war am selben Ort.

Alle Augen waren jetzt auf sie gerichtet: überrascht, unsicher, sogar furchtsam. Die Krieger, die noch immer oben auf der breiten, glänzend polierten Treppe beieinander standen, starrten die schlanke junge Frau mit den dunklen Haaren und dem grüngepunkteten Cowboyhemd, das sie gewöhnlich im Bett trug, voller Überraschung darüber an, wie sie wohl so plötzlich in ihrer Mitte aufgetaucht war. Gil erwiderte den Blick und klammerte sich haltsuchend an die scharfe Kante des Marmorsteins hinter ihr. Sie war schwach vor Schreck und außer sich vor Verwirrung und Furcht, ihre Beine zitterten, und der Atem stockte ihr.

Aber der Zauberer war noch da, und sie stellte fest, daß es unmöglich war, wirklich Angst zu empfinden, solange sie sich in seiner Nähe befand.

Ruhig fragte er sie: »Wer sind Sie?«

Und zu ihrer eigenen Überraschung fand sie den Mut zu antworten: »Gil. Gil Patterson.«

»Wie sind Sie hierher gekommen?«

Der schwarze Wind, der vom Tor ausging, wurde stärker; übelriechend, kalt und zitternd vor schwer lastender, unmenschlicher Begierde. Ängstliches Gemurmel erhob sich in den Reihen der Garde. Spannung, sichtbar gleich dem surrenden Beben eines gespannten Drahtseils, machte sich breit. Doch der Zauberer rührte sich nicht, und die rauhe, weiche Wärme seiner Stimme blieb unerschüttert.

»Ich, ich habe geträumt«, stammelte Gil. »Aber das hier – ich – das ist kein Traum mehr, nicht wahr?«

»Nein«, erwiderte der alte Mann freundlich. »Aber fürchten Sie sich nicht.« Er hob seine narbenbedeckten Hände und machte damit Bewegungen in der Luft, die sie nicht deutlich erkennen konnte. »Kehren Sie zurück in Ihre Träume.«

Die nächtliche Kälte ließ nach. Und die übermächtige Benommenheit des Schlafs löschte Geräusche, Gerüche und Angst. Gil sah die Wachen mit erschrockenen Augen in die blauen, flackernden Schatten blicken. Nur die Schatten blieben ihnen sichtbar. Gil wußte es. Dann richtete der Zauberer das Wort an die Garde. Und sie folgten ihm über den Hof, der jetzt verlassen dalag, zu dem schwarzen Wind und dem namenlos drohenden Unheil des Tores hinüber. Er hob das Schwert, eine lange, zweihändige Klinge, und wie ein Sommerblitz sprühten die Funken in der Dunkelheit. Dann sprangen, als hätte eine Explosion die Gewölbe unter dem Bauwerk erschüttert, die Tore auf, und die Dunkelheit quoll wie Rauch hervor.

Gil erkannte, was in der Dunkelheit verborgen lag, und sie erwachte durch ihre eigenen Entsetzensschreie.

Ihre Hände zitterten so heftig, daß sie die Lampe neben dem Bett kaum anknipsen konnte. Die Uhr auf dem Nachttisch zeigte halb drei. Schweißgebadet und eisig kalt sank Gil in das Kissen zurück und flüsterte atemlos bei sich, daß alles nur ein Traum gewesen sei – nur ein Traum. *Ich bin vierundzwanzig Jahre alt, Studentin der Geschichte des Mittelalters, werde in einem Jahr promoviert haben, und es ist töricht, daß ich mich vor einem Traum fürchte. Und es war nur ein Traum. Es ist jetzt alles vorbei, und nichts davon war wirklich. Es war nur ein Traum.*

Das alles sagte sie sich, während sie aus ihrer Festung aus schäbigen Bettüchern und billigen Decken in die beruhigende Vertrautheit ihrer Wohnung starrte: – die Levis, die aus der halb geschlossenen Schublade der Kommode hervorquollen, Rooster Cogburn, der von einem Poster finster herunterblickte, die zerstreute Unordnung aus Lehrbüchern, Papiertaschentüchern, Pennies und Taschenbüchern mit zahllosen Eselsohren, die den fadenscheinigen Teppich bedeckten. Ihr fiel der frühe Beginn des morgigen Seminars ein, und sie überlegte mit einem Blick auf die Uhr und die Lampe, ob sie sich wieder dem Schlaf und der Dunkelheit überlassen sollte. Vierundzwanzig Jahre alt und beinahe promoviert, also viel zu alt, um sich von Ängsten in ihren Träumen beunruhigen zu lassen, drehte sie sich aber erst nach einer Weile auf die andere Seite und angelte sich *Das Wanderleben im Mittelalter* vom Fußboden neben dem Bett. Sie schlug die Stelle auf, an der sie gerade las, und zwang sich unter größter Willensanstrengung, sich vom gesetzlichen Status der Königlichen Straßen im England des fünfzehnten Jahrhunderts fesseln zu lassen. Sie vertraute sich dem Schlaf erst wieder an, als der Morgen bereits dämmerte.

Merkwürdigerweise erinnerte sich Gil erst eine knappe Woche später wieder an den Traum, und es war die Stimme des Zauberers, an die sie sich erinnerte. Als sie im braungoldenen Glanz eines kalifornischen Septembernachmittags von der Universität nach Hause fuhr, fragte sie sich, wo sie diese Stimme schon einmal gehört hatte, den warmen Klang, die samtene Weichheit, das unvermittelt Rauhe.

Dann erinnerte sie sich an die Augen, die Stadt, die Schatten und ihre Angst. Und während sie ihren roten VW durch die Clarke Street auf ihr Wohnhaus zulenkte, wurde ihr klar, daß es nicht das erste Mal gewesen war, daß sie von dieser Stadt geträumt hatte.

Als Gil ihren Wagen in die Parklücke einer ständig überfüllten Sackgasse manövrierte, erinnerte sie sich an ihren ersten Traum: Merkwürdigerweise war sie fröstelnd und mit einem Gefühl lauernder Gefahr aufgewacht, obwohl dieser Traum nichts enthalten hatte, was ihr hätte Angst machen können.

In jenem Traum war sie allein durch ein Gewölbe gewandert. Es war so groß, daß sich die Umrisse der schattenverhangenen Bögen, auf denen das niedrige Kreuzgewölbe der Decke ruhte, in der Dunkelheit verloren. Modriger Staub war unter ihren bloßen Füßen aufgewirbelt, hatte sich auf den unnützen Plunder und die verwahrlosten Kisten und Kästen gelegt, den fernen Schein einer gelben Flamme gedämpft, dem sie bis zu seinem Ursprung, einem kleinen Talglicht neben einer dunklen Treppenflucht aus rotem Porphyrgestein, folgte. Um sie herum lag, so erstickend wie der Staub, so allgegenwärtig wie die Schatten, dieses lauernde Gefühl der Furcht, das Gefühl, aus der Dunkelheit von augenlosen Wesen beobachtet zu werden.

Die fahle Flamme hatte dumpf auf den breiten, roten Stufen geschimmert und die halb verborgenen Umrisse eines gewaltigen Bronzetores am oberen Ende der Treppe zurückgeworfen. Sie hatte jedoch keinen Lichtreflex auf der bleiernen Schwärze des Basaltfußbodens erzeugt, obwohl dieser Boden so glatt war wie Glas, geschliffen durch die Schritte zahlloser Füße. Die abgetretene Staubschicht verriet, daß auch jetzt noch jemand hierherkommen mußte.

Der Fußboden war alt, bei weitem älter als die Wände. Obgleich Gil keine Ahnung hatte, woher sie es wußte: Älter, dachte sie, als die Stadt über ihr und irgendeine Stadt der Menschen. Mitten auf diesem dunklen Boden, genau vor den beleuchteten Stufen, befand sich eine einzelne, neue Bodenplatte. Die hellgraue Granitoberfläche hob sich rauh von der ausgetretenen seidigen Glätte des übrigen Fußbodens ab, obwohl auch sie von einer jahrhundertealten Staubschicht bedeckt war.

In der Dunkelheit über ihr knarrte eine Tür. Licht fiel flackernd auf die zahlreichen Gewölbebögen. Gil glitt in den Schatten einer Säule, obwohl sie wußte, daß es nur ein Traum war und niemand sie sehen konnte. Eine Frau, der Kleidung nach ein Dienstmädchen, stieg mit einem Korb im Arm die Stufen hinunter und hielt eine Laterne hoch über den Kopf. Ein buckliger Sklave folgte ihr dicht auf den Fersen mit schwerfälligen Schritten und blickte mit umschatteten, mißtrauischen Augen in die Dunkelheit. Unbekümmert schritt die Frau über den glatten, dunklen Boden und wandte sich dann zur Seite, um der geheimnisvollen Granitfliese auszuweichen, obwohl ihr Ziel – eine Kiste mit getrockneten Äpfeln – der Treppe genau gegenüberlag und die seltsame Bodenplatte in keiner Weise höher abgesetzt war als der Rest des Fußbodens. Der Bucklige machte einen noch größeren Bogen. Leise vor sich hin murmelnd und brummend strich er von Säule zu Säule. Seine scharfen, angsterfüllten Augen fixierten den hellen Stein.

Die Frau füllte ihren Korb und gab ihn dem Buckligen zum Tragen. Sie trat den Rückweg zur Treppe an und blieb dann unentschlossen stehen. Eine alberne, abergläubische Gans schalt sie sich und sagte, daß es keinen Grund zum Fürchten gibt, nicht vor der Dunkelheit, die sich bis dicht an sie heranschob, und ganz gewiß nicht vor einem zwei mal vier Meter großen Fleckchen Fußboden, das grau war anstatt schwarz, Granit statt Basalt. Schließlich aber entschied sie sich für den langen Umweg, um den Fuß nicht auf die geheimnisvolle Platte setzen zu müssen.

Darum ist diese Stelle rauh, obwohl doch der Rest des Fußbodens so merkwürdig glatt ist, dachte Gil. Kein Mensch *geht darüber. Niemand ist je darüber gegangen.*

Warum?

Doch selbst das Gefühl, daß diese beiden Träume irgendwie zusammenhingen, erregte nur eine vorübergehende Neugier in Gil. Nichts, was ihr tägliches Leben verändert hätte. Sie verbrachte weiterhin viele Stunden in der Bibliothek. Durchforschte wissenschaftliche Aufsätze, zerlegte die Annalen mittelenglischer Städte und machte sich Notizen auf Karteikarten, die sie später, in dem Versuch, aus dem Gelernten schlau zu werden, auf ihrem Küchentisch in der Clarke Street ordnete. Sie begutachtete Referate, schwitzte über ihren Zwischenberichten und traf sich mit Freunden und Liebhabern. Der übliche Ablauf ihres Alltags. Dann träumte sie erneut von jener belagerten Stadt.

Sie wußte, daß es dieselbe Stadt war, obwohl sie diesmal von oben herabblickte. Sie glaubte auf einem Turm in der Einfassung eines hohen Fensters zu stehen. Der Mond schien so hell, daß sie das Muster des Hofpflasters weit unter sich erkennen, die Verzierungen, die in die schmiedeeisernen Tore eingelassen waren, sehen und sogar die Schatten der gefallenen Blätter ausmachen konnte, die wie ein Staubüberzug den Boden bedeckten. Als sie den Blick hob, konnte sie in der Ferne hinter dem Gewirr spitzer Giebel Wasser erkennen. In der anderen Richtung türmten sich schwarze Berggipfel gegen den Saum eines sternglitzernden Himmels auf.

Im Raum hinter ihr stieg eine einzige Flammenzunge von glänzendem Silber auf. In ihrem schwachen, ruhigen Schein konnte sie die wenigen, einfachen Möbelstücke erkennen, von denen ein jedes aus dunklem Holz und Elfenbein kunstvoll gefertigt war. Obwohl die Form und die Verzierungen ihrem Auge fremd waren, erkannte sie in ihnen den schöpferischen Höhepunkt einer weit zurückreichenden Tradition, das Ergebnis einer hochentwickelten und feinsinnigen Kultur.

Und sie erkannte, daß sie nicht allein war. An der gegenüberliegenden Wand stand das größte Möbelstück des Raumes, eine massive Ebenholzwiege, deren verschnörkelte Gitterstäbe mit Perlmutter durchzogen waren, das im schwachen Schein der Lampe schimmerte. Darüber schwebte, fast unsichtbar in der Dichte der Schatten, ein Baldachin, von dem sich ein goldenes Emblem abhob: ein stilisierter niederstoßender Adler unter einer winzigen Krone. Dieses Emblem wiederholte sich, mit glitzerndem Goldfaden gestickt, auf dem schwarzen Wappenrock eines Mannes, der mit gesenktem Kopf und reglos wie eine Statue neben einem Bettchen stand und ein schlafendes Kind darin betrachtete.

Ein hochgewachsener Mann von strenger Schönheit. Sein schulterlanges braunes Haar war von einigen Silberfäden durchzogen, obwohl Gil sein Alter auf wenig mehr als fünfunddreißig geschätzt hätte. Von den Sohlen seiner weichen Lederstiefel bis zu den Falten seines fließenden Gewandes, das über Wappenrock und Tunika fiel, war die Kleidung des Mannes kostbar, im Einklang mit der schlichten Vornehmheit des Raumes: dunkel, schmucklos und ohne Makel aus kostbarstem Stoff geschneidert. Die Edelsteine im Griff seines Schwertes funkelten mit der kaum merklichen Bewegung seines Atems wie Sterne im Schein der Lampe.

Er hob den Kopf, als ein Geräusch aus dem Gang zu ihm drang, und Gil sah sein Gesicht. Ein Gesicht voller Erwartung einer schrecklichen Nachricht. Dann öffnete sich die Tür neben ihm.

»Ich habe mir gedacht, daß ich dich hier finden würde«, sagte der Zauberer. Einen Augenblick lang hatte Gil die abwegige Vorstellung, sie wäre gemeint. Aber der schwarzgekleidete Mann nickte, während sich sein Gesicht in angestrengte Linien zerfurchte, als denke er nach über ein unlösbares Problem. Seine lange, schmale Hand strich unablässlich über die sich verjüngenden Spiralmuster des Wiegengitters.

»Ich war auf dem Weg nach unten«, entschuldigte er sich mit gedämpfter Stimme und halb abgewandtem Gesicht: »Ich wollte nur einen Blick auf ihn werfen.«

Der Zauberer schloß die Tür. Die Flamme in der Lampe bebte im

Luftzug, und ihr Flackern tauchte die Kaskaden seiner Augenfältchen einen Moment lang in goldenen Glanz. Sein Gesicht hatte den Ausdruck angespannter Erschöpfung. Gil sah, daß auch der Zauberer über dem hellen, groben Wollstoff seines Gewandes ein Schwert trug. Der Griff war nicht mit Edelsteinen besetzt, sondern durch jahrelangen Gebrauch so glatt wie Seide. Er sagte: »Das ist nicht nötig. Ich bezweifle, daß sie heute nacht noch einmal angreifen werden.«

»Heute nacht«, wiederholte der schwarzgekleidete Mann düster. Seine verbitterten Augen waren in einem harten Rauchgrau, gleich Stahl im dichten Schatten des kleinen Raumes. »Und wie steht es mit morgen nacht, Ingold? Und mit der Nacht darauf? Ja, heute nacht haben wir sie zurückgedrängt, zurück unter die Erde, wohin sie gehören. Wir haben gesiegt – hier. Was ist mit den anderen Städten des Reiches? Was hast du in deinem Kristall gesehen, Ingold? Was ist an anderen Orten geschehen heute nacht? In Penambra im Süden, wo nun anscheinend sogar mein Statthalter ermordet worden ist und die Dunklen in seinem Palast umgehen wie faulige Geister? In den Provinzen im Tal des Gelben Flusses im Osten, wo sie nach deinen Worten auf solche Weise herrschen, daß kein Mensch sich nach Sonnenuntergang aus dem Hause wagt? In Gettlesand hinter den Bergen, wo die Angst vor den Dunklen so groß ist, daß die Menschen in ihren Häusern bleiben, während die Weißen Räuber aus den Ebenen kommen und nach Gutdünken brandschatzen und plündern?

Das Heer kann nicht überall sein. Es ist in alle vier Windrichtungen des Reiches zerstreut, der größte Teil noch immer in Penambra. Wir hier in Gae können nicht ewig die Stellung halten. Möglicherweise gelingt es uns nicht einmal, den Palast zu halten, wenn sie morgen nacht erneut angreifen.«

»Das ist morgen«, entgegnete der Zauberer ruhig. »Wir können nur tun, was getan werden muß – und hoffen.«

»Hoffen.« Der Mann sagte es ohne Hohn oder Ironie, nur als wäre es ein längst schon unbekanntes Wort, dessen Klang ihm nur unbeholfen über die Zunge ging. »Hoffen worauf, Ingold? Daß der Rat der Zauberer das hartnäckige Schweigen bricht und das Versteck in der Stadt Quo verläßt? Und daß die Zauberer, sofern und wenn sie es tun, eine Antwort wissen?«

»Du setzt der Hoffnung Grenzen, wenn du sie definierst, Eldor.«

»Sie ist, weiß Gott, auch begrenzt genug.« Eldor wandte sich ab und durchmaß das Zimmer mit drei langen Schritten bis zum Fenster und wieder zurück wie ein ruheloser Löwe. Er ging nur einen Fuß an Gil vorbei, ohne sie zu sehen, doch Ingold, der Zauberer, sah auf, und sein Blick ruhte einen Augenblick lang neugierig auf ihr. Eldor fuhr herum, und sein Ärmel streifte ihre Hand auf der Fensterbank. »Es ist die Hilflosigkeit, die ich nicht ertragen kann«, brach es heftig aus ihm heraus. »Es ist mein Volk, Ingold. Das Reich – und, wenn dein Bericht wahr ist, die gesamte Zivilisation – zerbricht um mich herum in Stücke, und wir beide, du und ich, sind nicht einmal in der Lage, den Menschen einen Schild zu bieten, hinter dem sie Schutz suchen könnten. Du kannst mir sagen, was die Dunklen sind und woher sie kommen, aber all deine Macht kann ihnen nichts anhaben. Du kannst uns nicht sagen, was wir tun können, um sie zurückzuschlagen. Du kannst sie, wie wir alle, nur mit dem Schwert bekämpfen.«

»Möglicherweise können wir nichts tun«, sagte Ingold, indem er sich in seinem Sessel zurücklehnte. Er faltete die Hände, doch seine Augen waren wachsam.

»Damit werde ich mich nicht abfinden.«

»Du wirst es vielleicht müssen.«

»Das ist nicht wahr. Du weißt, daß es nicht wahr ist.«

»Die Menschheit hat die Dunklen damals, vor so vielen tausend Jahren, besiegt«, sagte der Zauberer ruhig, während das flackernde Licht merkwürdige Schatten auf sein narbenzerfurchtes Gesicht warf. »Wie es ihnen gelungen ist – vielleicht waren sie sich selbst nicht darüber im klaren, wie es sich zutrug; jedenfalls haben wir keine Überlieferung gefunden. Meine Macht kann den Dunklen nichts anhaben, weil ich sie nicht kenne, weil ich weder ihre Existenz noch ihr Wesen verstehe. Sie verfügen über eine eigene Macht, Eldor, die sich von der meinen wesentlich unterscheidet – die sich dem Verstand eines jeden menschlichen Zauberers, mit Ausnahme vielleicht von Lohiro, dem Meister des Rates der Zauberer von Quo, entzieht. Was in der Zeit der Dunklen vor dreitausend Jahren geschehen ist, als sie sich zum ersten Mal erhoben, um die Erde zu verwüsten – das alles weißt du ebensogut wie ich.«

»Wissen?« Der König blickte den Zauberer mit den Augen eines zur Strecke gebrachten wilden Tieres an und lachte bitter auf. »Ich erinnere mich daran. Ich erinnere mich so deutlich daran, als sei es mir selbst zugestoßen und nicht meinem Wieviel-Mal-auch-immer-Urgroßvater.« Er verhielt den Schritt neben dem Zauberer, sein Schatten fiel über ihn wie ein abgestorbener Baum, und die einzelne Flamme ließ seinen vergrößerten, verzerrten Umriß mit der sich ballenden Düsterkeit im Raum verschmelzen. »Und *er* erinnert sich ebenfalls.« Seine Hand, sich wiederholend in der riesigen Schattenhand an der Wand, deutete auf das Bettchen, auf das Kind, das darin schlummerte. »Tief drinnen in seinem Kinderköpfchen liegen diese Erinnerungen vergraben. Er ist kaum sechs Monate alt – sechs Monate, und doch wacht er manchmal schreiend und starr vor Angst auf. Wovon kann ein so kleines Kind träumen, Ingold? Er träumt von den Dunklen. Ich weiß es.«

»Ja«, pflichtete ihm der Zauberer bei. »Du hast auch davon geträumt. Dein Vater dagegen nie. Im Grunde bezweifle ich, daß er je im Leben vor etwas Angst hatte oder Erinnerungen ihn gequält haben. Jene Erinnerungen waren zu tief in ihm vergraben – oder vielleicht gab es für ihn einfach keine Notwendigkeit, sich zu erinnern. Aber du hast von den

Dunklen geträumt und hast sie gefürchtet, obwohl du nicht wußtest, wer sie sind.«

Gil stand im kühlen Luftzug des Fensters und spürte das Band zwischen ihnen so deutlich wie ein Wort oder eine Berührung: die Erinnerung an einen schlaksigen, dunkelhaarigen Jungen, der schreiend aus namenlosen Alpträumen erwachte, und an den Trost, den ihm ein umherwandernder Zauberer gespendet hatte. Die Härte wich aus Eldors Zügen, und seine Stimme verlor die Bitterkeit und klang jetzt nur noch traurig.

»Ich wollte, ich wäre unwissend geblieben«, sagte er. »Die Menschen meines Geschlechts sind niemals wirklich jung, weißt du. Die Erinnerungen, die wir in uns tragen, sind der Fluch unseres Geschlechts.«

»Vielleicht sind sie auch seine Rettung«, entgegnete Ingold. »Und unser aller Rettung.«

Eldor seufzte und trat in nachdenklichem Schweigen an die Wiege zurück, die schmalen, kraftvollen Hände locker hinter dem Rücken verschränkt. Doch er blickte jetzt nicht auf das schlafende Kind hinunter. Sein Blick richtete sich brütend in die Schatten, verlor an Schärfe und blieb an Zeiten hängen, die vor seinem Leben lagen, an Erfahrungen, die älter waren als die seinen.

Nach einer Weile sagte er: »Willst du mir noch einen letzten Gefallen tun, Ingold?«

Der Zauberer warf einen scharfen Blick zu ihm hinüber. »Es gibt keinen *letzten.*«

Ein müdes Lächeln huschte für einen Augenblick über Eldors Gesicht. Offensichtlich war er längst vertraut mit dem Starrsinn des Zauberers. »Am Ende gibt es immer ein letztes Mal. Ich weiß«, fuhr er fort, »daß deine Macht den Dunklen nichts anhaben kann. Aber dank deiner Macht kannst du sie überlisten. Ich habe gesehen, wie es dir gelungen ist. Wenn die Nacht heranbricht, in der sie erneut angreifen, wird deine Macht dir helfen, zu entkommen, während wir anderen im Kampf umkommen müssen. Nein« – er hob die Hand, um der Antwort des Zauberers zuvorzukommen – »ich weiß, was du sagen willst. Aber ich will, daß du gehst. Wenn es soweit ist, befehle ich es dir als dein König. Wenn sie kommen – und das werden sie –, will ich, daß du meinen Sohn Altir an dich nimmst. Nimm ihn und flieh.«

Der Zauberer schwieg, doch seine Barthaare sträubten sich, so fest biß er die Zähne zusammen. Schließlich sagte er: »Du bist, genau genommen, nicht mein König.«

»Dann bitte ich dich als dein Freund darum«, sagte der König, und seine Stimme war sehr leise. »Du könntest uns nicht retten. Nicht alle. Du bist ein großartiger Schwertkämpfer, Ingold, vielleicht der größte unter den Lebenden. Doch die Berührung der Dunklen ist todbringend, für einen Zauberer ebenso wie für jeden anderen. Unser Schicksal hier ist besiegelt. Sie werden wiederkommen, so sicher wie das Eis im Norden, und es wird kein Entrinnen geben. Aber du kannst Tir retten. Er ist der letzte meines Geschlechts, der letzte im Geschlecht der Dare von Renweth, der letzte Abkömmling der Könige von Darwath. Er ist der einzige im ganzen Reich, der sich noch an die Zeit der Dunklen erinnern wird. Die Geschichte selbst hat es nahezu vergessen. Es existieren keine Überlieferungen aus jener Zeit. Lediglich einmal in der allerältesten Chronik werden die Dunklen erwähnt. Mein Vater hat sich an nichts erinnert – meine eigenen Erinnerungen sind lückenhaft. Aber das Bedürfnis danach ist größer geworden. Vielleicht hat es etwas damit zu tun – ich weiß es nicht.

Aber ich weiß, und du weißt es ebenfalls, daß die Dunklen vor dreitausend Jahren kamen und die Menschheit beinahe vom Angesicht der Erde auslöschten. *Und sie verschwanden wieder von der Erde.* Warum sind sie verschwunden, Ingold?«

Der Zauberer schüttelte den Kopf.

»Er weiß es«, fuhr Eldor leise fort. »Er weiß es. Ich habe es dir ein Dutzend Mal gesagt. Er ist eine Verheißung, Ingold. Ich bin nur eine fehlgeschlagene Hoffnung, eine niedergebrannte Kerze. Irgendwo in seiner Erinnerung, dem Erbe des Geschlechts von Dare, liegt der Schlüssel, der uns zum Sieg über die Dunklen führen wird. Wir anderen haben ihn verloren, und sollte ich ihn je besessen haben, so liegt er zu tief begraben. Tir ist der einzige, der um alles weiß. Ihn mußt du in Sicherheit bringen.«

Der Zauberer erwiderte nichts. Die ruhige Flamme der Lampe spiegelte sich, rein und klein wie eine Goldmünze, in seinen nachdenklichen Augen. In der Stille des Raumes war dieser kleine Schimmer reglos. Ein Teich von wächsernem Gold lag auf der polierten Tischplatte so ruhig und scharf umrissen wie ein Scheinwerferlicht. Schließlich fragte der Zauberer: »Und was ist mit dir?«

»Ein König hat das Recht«, antwortete Eldor, »mit seinem Königreich zu sterben. Ich werde den entscheidenden letzten Kampf ausstehen. Eine andere Möglichkeit habe ich nicht. Aber um all der Liebe willen, die du mir entgegengebracht hast, tu dieses eine jetzt für mich. Nimm Tir und bring ihn an einen sicheren Ort. Diesen Auftrag gebe ich dir – sein Leben liegt in deiner Hand.«

Ingold seufzte und beugte den Kopf, als müsse er ein Joch auf sich nehmen. Der goldene Lampenschimmer zeichnete die Umrisse seines Silberhaares nach. »Ich werde ihn in Sicherheit bringen«, erklärte er. »Das verspreche ich dir. Aber ich werde dich nicht verlassen, bevor die Sache nicht hoffnungslos verloren ist.«

»Mach dir keine Gedanken«, entgegnete der König schroff. »Die Sache ist bereits hoffnungslos verloren.«

Tief aus den dunklen Grundfesten des Palastes erklang ein hohles Dröhnen wie der Schlag einer gewaltigen Trommel, und Gil verspürte die Schwingung, die sich durch den Marmorboden fortsetzte. Eldors

Kopf fuhr hoch, sein Mund verhärtete sich, und seine Hand suchte unwillkürlich den Griff des edelsteinbesetzten Schwertes; doch Ingold blieb, eine Statue aus Stein und Dunkelheit, ruhig sitzen. Ein zweites Dröhnen erschütterte die schweren Mauern des Palastes, wie ein Schlag von mächtiger Hand. Doch dann – kein dritter Schlag! Lediglich ein kaltes, kriechendes Entsetzen, das Gil die Haare zu Berge stehen ließ, schien sich von unten heraufzustehlen, die wortlose Drohung einer unbekannten Gefahr.

Endlich brach Ingold das Schweigen: »Sie werden heute nacht nicht kommen.« Trotz seiner Müdigkeit klang seine Stimme überzeugt. »Geh zur Königin und beruhige sie.«

Eldor seufzte. Wie von einem bösen Zauber befreit, der ihn zu Stein hatte werden lassen, hob er seine breiten, hageren Schultern und entspannte den Rücken. »Die Landherren des Reiches versammeln sich in einer Stunde«, sagte er müde und rieb sich die von dunklen Augenringen umschatteten Augen. »Und ich müßte vorher mit der Garde über den Abtransport der Vorräte aus den alten Gewölben sprechen, für den Fall, daß die Nachschubwege abgeschnitten werden. Aber du hast recht, ich sollte zu ihr gehen . . . obwohl ich zuvor noch mit dem Bischof darüber reden müßte, daß die Kirchentruppen in die Stadt gebracht werden.« Wieder begann er, ruhelos auf und ab zu wandern, ein tatendurstiger Mann, dessen Geist dem Körper stets vorauseilte. Ingold blieb in dem geschnitzten Elfenbeinsessel mit den kleinen, vergoldeten Hirschhuffüßen sitzen, und die Flamme vor ihm bewegte sich mit Eldors Schritten, als wäre sie mitgerissen von der rastlosen Tatkraft des Mannes. »Wirst du an der Beratung teilnehmen?«

»Ich habe euch all meine Hilfe und all meinen Rat zuteil werden lassen«, erwiderte Ingold. »Ich glaube, ich werde hierbleiben und noch einmal versuchen, mit den Zauberern in Quo in Verbindung zu treten. Vielleicht ist Tir nicht unsere einzige Antwort. In der Bibliothek von Quo gibt es Aufzeichnungen und Überlieferungen, die seit Jahrtausenden von Lehrer zu Schüler weitergereicht werden; Wissen und die Suche nach Wissen sind der Schlüssel und das Herz der Zauberkunst. Tir ist ein Säugling. Bis er sprechen gelernt hat, ist es vielleicht zu spät für das, was er uns mitzuteilen hat.«

»Vielleicht ist es jetzt schon zu spät.« Als sich die Tür leise hinter Eldor schloß, neigte sich die Flamme.

Nachdem er gegangen war, saß Ingold noch einige Zeit schweigend da und grübelte über dem kleinen, unscheinbaren Flämmchen, dessen Schein auf seinen umschatteten Augen spiegelte und die Knöchel seiner gefalteten Hände beleuchtete. Es waren kräftige Hände mit derben Fingern, über und über mit den Narben alter Schwerthiebe bedeckt. Ein mit den Jahren weiß gewordenes Wundband kennzeichnete eines seiner Handgelenke. Dann strich er sich müde über die Augen und blickte fest in den tiefen Schattenwinkel, in dem Gil, eingerahmt von der kunstvoll durchbrochenen Filigranarbeit der Säulen neben dem Fenster, stand. Er winkte sie zu sich. »Kommen Sie«, sagte er sanft, »und erzählen Sie mir von sich. Haben Sie keine Angst.«

»Ich habe keine Angst.« Aber als sie einen zögernden Schritt auf ihn zu machte, verdunkelte sich das Licht der Lampe, und der ganze Raum entzog sich ihren Blicken im Labyrinth des Schlafes.

Gil sprach mit niemandem über den dritten Traum. Sie hatte über den zweiten mit einer Freundin gesprochen, die ihr zwar teilnahmsvoll zugehört, sie aber nicht wirklich verstanden hatte. Im Grunde genommen verstand sie es selbst nicht. Den dritten Traum aber erwähnte sie niemandem gegenüber, weil sie wußte, daß es kein Traum gewesen war. Diese Gewißheit beunruhigte sie. Vielleicht, so sagte sie sich, würde sie ihn ihrer Freundin eines Tages erzählen, wenn soviel Zeit vergangen war, daß er keine Bedeutung mehr hatte. Aber für den Augenblick verschloß sie ihn in ihrem verschwiegenen Herzen.

Dann erwachte sie eines Tages aus tiefem Schlaf und erhob sich. Als ihr Blick klar wurde, erkannte sie, daß sie sich in dem tiefliegenden Hof jener verlassenen Stadt befand. Die mächtigen Häuser umringten sie wie lichtlose Felsklippen, Mondschein überflutete den Platz und warf seinen Schatten auf die schmutzigen, ungeputzten Steinfliesen unter ihren bloßen Füßen. Der Ort war verlassen wie ein Friedhof. Sie sah, daß dort, wo das gespenstische Silberlicht die Fassade des östlich blickenden Hauses bleichte, die mächtigen Türflügel von innen aus den Angeln gesprengt waren und zertrümmert um ihre Füße herumlagen.

In diesem leeren Toreingang regte sich plötzlich, unruhig und richtungslos, ein leiser Windstoß, der im knisternden Wirbel toter Blätter wieder in sich zusammenfiel. Hinter den blinden Fensterscheiben und den leeren Türen dieses Hauses spürte sie ein Geräusch, eine taumelnde Bewegung, wie ein Schieben von Dunkelheit im Dunkeln, etwas, das blicklos gegen Innenwände stolperte und einen Weg nach draußen suchte. Sie schluckte krampfhaft, und ihr Atem ging schneller vor Angst. Sie warf einen furchtsamen Blick hinter sich in den Bogengang, der auf die menschenleere Straße hinausführte. Aber das Tor war dunkel, und der Gedanke, durch die zusammengeballten Schatten unter dem hohen Gewölbe der eingefriedeten Passage hindurch zu gehen, erfüllte sie mit feuchtkaltem, kopflosem Grauen.

Der Wind, der aus dem Hause drang, nahm an Stärke zu, und sie fröstelte. Während sie sich vorsichtig zu dem dunklen Eingangstor zurücktastete, stellte sie fest, daß sie zu zittern begann und daß ihre Füße auf den Marmorkacheln eiskalt wurden. Die Stille des Ortes war entsetzlich; selbst die lärmende Flucht jener ersten Nacht wäre ihr willkommener gewesen. Damals hatte sie sich, wenn auch unbemerkt, inmitten einer Menschenmenge befunden. Damals war sie nicht allein gewesen. Schweigend und furchtbar lauerte das Unheimliche auf der Schwelle dieses dunklen Hauses, und sie wußte, daß sie um ihr Leben laufen mußte. Es würde ihr nicht gelingen, aus diesem Traum zu erwachen, denn sie wußte, daß sie bereits wach war.

Mit dem Augenblick eines Augenzwinkerns nahm sie wahr, daß sich tief am Boden etwas in dem Schatten der Mauer bewegte. Sie fuhr herum, sah jedoch nichts. Aber sie glaubte, daß sich die Dunkelheit selbst nach ihr ausstreckte und sogar das Mondlicht verschluckte.

Gil machte kehrt und floh, und ihr Schatten hetzte auf dem Boden im elfenbeinfarbenen Mondlicht vor ihr her. Scharfkantige Steine und Eisen schnitten ihr in die bloßen Füße, als sie auf den schwarzen Torbogen zustürzte, doch der Schmerz ging in eiskalter Angst unter, denn ein dünner, zielloser Windhauch zerrte an ihr – und sie spürte mehr, als daß sie sah, wie etwas sich in der völligen Finsternis über ihr bewegte. Als sie auf die Straße hinaustaumelte, hinterließen ihre blutenden Füße rote Flecken auf dem feuchten, schmierigen Kopfsteinpflaster. Sie rannte in herzzerreißendem Entsetzen durch die verlassenen Alleen der Stadt, die, wie sie erst jetzt erkannte, halb in Trümmern lag und deren stilles Pflaster übersät war mit Schutt und kürzlich erst entbeinten menschlichen Knochen. Schatten, schwarz und starr wie steinerne Mauern, erfüllten sie an jeder Wegbiegung mit neuem Schrecken; gnomenhafte Gestalten lauerten unter jeder Regenrinne und jedem eingestürzten Dachgiebel. Die einzigen Geräusche in dieser verlassenen Stadt waren das eilige Klatschen ihrer nackten Fußsohlen auf den Steinen und das Keuchen ihres schweren Atems; die einzigen Bewegungen ihre eigene panische Flucht und die Hast ihres zuckenden, springenden Schattens. Hinter ihr der Wind und die Dunkelheit, die ihr wie Rauch an den Fersen hafteten. Sie rannte mit gefühllosen Füßen und Beinen dunkle Schluchten hinunter, stolperte über Dinge, die sie nicht erkannte, und wußte instinktiv, wo sich der Palast, wo Ingold der Zauberer sich befand, der sie retten würde.

Sie rannte und rannte, bis sie schluchzend und in ihr Kissen verkrallt erwachte, von kaltem Angstschweiß durchnäßt und mit vor Erschöpfung schmerzenden Gliedern. Erst allmählich nahm sie die Umrisse der vertrauten Gegenstände in der Clarke Street wahr, die sich im eindringenden Mondlicht ihren erstaunten Augen in einer Fremdheit boten, als gehörten ihr jetzt beide Welten gleichermaßen. Sie zwang sich, ihren keuchenden Atem zu beruhigen, zwang ihren Geist, Gedanken zu fassen; ihre Beine taten weh, die Füße fühlten sich eiskalt an unter der Bettdecke. Verwirrt klammerte sie sich an den letzten Strohhalm der Vernunft, indem sie dachte: *Darum habe ich geträumt, ich hätte kalte Füße: weil meine Füße wirklich kalt sind.* Sie tastete mit zitternden Händen nach dem Licht, drehte es an und wiederholte, während sie bebend dalag, immer wieder die gleiche verzweifelte, ungläubige Litanei: *Es war nur ein Traum. Bitte, lieber Gott, laß es nur ein Traum gewesen sein.*

Aber noch während sie die Worte vor sich hin flüsterte, spürte sie die klebrige Feuchtigkeit, die ihre gefühllosen Zehen überzog. Widerstrebend streckte sie die Hände danach aus, um sie zu wärmen, und als sie sie zurückzog, waren ihre Finger mit frischem Blut verschmiert von den Schnitten, die sie sich auf den zerbrochenen Steinen im Bogengang zugezogen hatte.

Fünf Nächte später war Vollmond.

Helles Licht weckte Gil. Und als sie aus dem Schlaf auffuhr, erstarrte sie eine Schrecksekunde lang. Als sie um sich herum die nächtlich veränderten Umrisse vertrauter Gegenstände wahrnahm und erkannte, daß sie sich in ihrer Wohnung in der Clarke Street befand, beruhigte sie sich. Eine Zeitlang blieb sie noch still liegen und lauschte mit offenen Augen in die Dunkelheit. Neben ihr auf der Bettdecke lag das weiße Mondlicht.

Dann dachte sie: *Verdammt, ich habe vergessen, die Sicherheitskette vorzulegen.*

Das war eine reine Formsache, ein abendliches Ritual; die Wohnung hatte ein ordentliches Schloß, sie lebte in einer ruhigen Gegend. Sie war fest entschlossen, die ganze Sache zu vergessen, sich auf die andere Seite zu drehen und weiterzuschlafen, doch nach einer Minute kroch sie zitternd vor Kälte aus dem Bett und fischte nach ihrem Kimono mit Pfauenmuster, der an gewohnter Stelle auf dem Fußboden lag. Sie wickelte ihn fest um sich und schlurfte leise in die dunkle Küche. Ihre Füße fanden sich ohne Schwierigkeiten zurecht. Automatisch traf ihre Hand in der Dunkelheit den Schalter, und sie knipste das Licht an.

Am Küchentisch saß der Zauberer.

Seltsamerweise war Gils erster Gedanke, daß dies das erste Mal war, daß sie ihn in vernünftigem Licht sah. Er sah älter aus und müder, das Braun und Weiß seines einfachen Gewandes war verblichen, fleckig und fadenscheinig, aber im wesentlichen war er derselbe stolze, vornehme alte Mann, den sie aus ihren Träumen kannte; der Ratgeber des dunklen Königs; der Mann, dessen Gesicht sich im rötlichen Glanz seines Schwertes gespiegelt hatte, als er ausgeschritten war, der Dunkelheit entgegenzutreten.

Das ist albern, dachte Gil. *Es ist verrückt*. Nicht, weil sie ihn wiedersah – denn damit hatte sie die ganze Zeit über gerechnet –, sondern weil er sich in ihrer Wohnung, in ihrer Welt befand. Was zum Teufel hatte er hier zu suchen, wenn es kein Traum war? Und sie wußte genau, daß es keiner war. Unwillkürlich glitt ihr Blick über die Küche. Das Geschirr vom Abendessen – und das Geschirr des vorangegangenen Abends – türmte sich schmutzig auf dem Tisch. Das Tischtuch verschwand unter einem Durcheinander von Apfelresten, Karteikarten, Tassen mit schimmelnden Kaffeeresten und vollgekritzelten Notizblättern. Zwei benutzte T-Shirts waren unordentlich über die Rückenlehne des Stuhles geworfen, auf dem Ingold saß. Die schäbige elektrische Wanduhr hinter seinem

Kopf zeigte kurz nach drei Uhr an. Das alles wirkte so niederschmetternd verwahrlost, daß es nichts anderes als wirklich sein konnte – es war eindeutig. Sie schlief weder, noch träumte sie.

»Was suchen Sie hier?«

Der Zauberer hob erstaunt die struppigen Augenbrauen und antwortete: »Ich bin gekommen, um mit Ihnen zu reden.« Sie erkannte die Stimme und hatte das Gefühl, sie schon immer gekannt zu haben.

»Ich meine – wie sind Sie hier hereingekommen?«

»Ich könnte Ihnen natürlich eine technische Erklärung geben«, entgegnete er, und flüchtiges Lächeln ließ sein Gesicht plötzlich sehr jung erscheinen. »Aber wäre das von Bedeutung? Ich habe das Nichts durchquert, um Sie zu suchen, weil ich Ihre Hilfe brauche.«

»Hm?«

Das war nicht gerade die Art von Antwort, die Gil aus Büchern über den Umgang mit Zauberern gelernt hatte, doch Ingold zwinkerte in einem Anflug von Belustigung mit den Augen. »Ich hätte Sie nicht aufgesucht«, erklärte er ihr freundlich, »wenn es nicht so wäre.«

»Ah«, sagte Gil tiefsinnig. »Ich verstehe Sie nicht.« Sie schickte sich an, ihm gegenüber Platz zu nehmen. Nachdem sie zwei Lehrbücher sowie den Hochschulteil der *Times* vom Stuhl geräumt hatte, hielt sie in einem verspäteten Anfall von Gastfreundschaft inne. »Hätten Sie gerne ein Bier?«

»Danke.« Er lächelte und studierte ernsthaft die Öffnungsanleitung auf der Oberseite der Dose. Dafür, daß es das erste Mal war, stellte er sich gar nicht so ungeschickt an.

»Wie konnten Sie mich sehen?« fragte Gil, indem sie sich auf ihren Stuhl fallen ließ, während er sich den Schaum von den Fingern schüttelte. »Niemand sonst konnte es – weder König Eldor noch die Wachen am Tor – aber Sie konnten es. Warum?«

»Das liegt daran, daß ich das Wesen des Nichts begreife«, erklärte der Zauberer würdevoll. Seine kräftigen, narbenbedeckten Finger strichen gedankenverloren über die bunte Aluminiumdose, als wollten sie sich die Form und das Gefühl einprägen. »Sie wissen, Gil, daß es im geordneten Schema des Nichts unendlich viele nebeneinander existierende Welten gibt. In meiner Welt, in meiner Zeit, bin ich der einzige, der das Wesen des Nichts begreift – einer von einer Handvoll Menschen, die auch nur seine Existenz ahnen.«

»Und wie haben Sie davon erfahren, ganz zu schweigen davon, wie Sie gelernt haben, es zu durchqueren, da es doch keiner sonst in Ihrer Welt kennt?« fragte Gil neugierig.

Wieder lächelte der Zauberer. »Das, Gil, ist eine Geschichte, die, wollte man ihr gerecht werden, die ganze Nacht in Anspruch nehmen würde, ohne daß wir mit unserem gegenwärtigen Problem weiterkommen. Begnügen Sie sich damit, wenn ich Ihnen sage, daß ich seit ungefähr fünfhundert Jahren der einzige Mensch bin, der den Vorhang durchqueren kann, der Universum von Universum trennt. Mir ist es möglich, das Muster Ihrer Gedanken und Ihrer Persönlichkeit zu erkennen. Durch die welterschütternden Schwingungen der Angst und des Entsetzens sind durch das Nichts in meine Welt gelockt worden. Ich glaube, es gibt nur sehr wenige andere Menschen in Ihrer Welt, die, aus welchem Grund auch immer, sei er nun psychischer oder physischer Natur oder reiner Zufall, durch das Nichts hindurch das Herannahen der Dunklen gespürt haben. Und von diesen Personen waren Sie die einzige, mit der es mir gelungen ist, Kontakt aufzunehmen. Als ich Sie sah und mit Ihnen sprach und als Sie dann nicht nur in Gedanken, sondern leibhaftig auftauchten, habe ich verstanden, was mit dem Nichts geschieht.«

Draußen auf der Clark Street rumpelte ein Lastwagen vorüber, und die Entfernung und die Nacht dämpften das Geräusch. Irgendwo im Haus wurde eine Toilettenspülung betätigt, ein fernes, hallendes Gurgeln in den Abflußrohren. Eine Zeitlang starrte Gil auf die Tischplatte, und ihre Blicke nahmen unbewußt ihre eigene unordentliche Handschrift wahr, mit der sie kaum entzifferbare Notizen über die Instandhaltung von Brücken aus dem vierzehnten Jahrhundert hingekritzelt hatte. Dann blickte sie wieder auf und sah den Zauberer an, der ihr gegenübersaß und Bier trank; sein Stab lehnte neben ihm an der Wand.

Sie fragte: »Was geschieht mit dem Nichts?«

»Als ich in Gae mit Ihnen sprach«, fuhr Ingold fort, »wurde mir klar, daß unsere Welten zur Zeit in sehr enger Verbindung stehen müssen – so dicht beieinander, daß ein Träumer buchstäblich auf der Grenze der beiden Welten wandern und von einer in die andere schauen kann. Das ist ein höchst seltener, vorübergehender Zustand. Die Chance, daß zwei Welten sich so nahekommen, liegt bei eins zu einer Million. Aber es ist ein Zustand, den ich mir in dieser Notlage zunutze machen kann.«

»Aber warum ist es gerade jetzt, in der Zeit der Not, geschehen?« fragte Gil, und als sie sich vorbeugte, warf das harte elektrische Licht grelle Reflexe auf die bunte Stickerei ihres Ärmels. »Und warum hat es mich getroffen?«

Er mußte den unterdrückten Hauch von Unbehagen und Furcht darüber, daß sie auserwählt worden war, in ihrer Stimme gespürt haben, denn als er ihr antwortete, geschah es in sanftem Ton. »Nichts ist dem Zufall überlassen. Es gibt keine zufälligen Ereignisse. Aber wir können nicht alle Gründe kennen.«

Sie verbarg mit Mühe ein Lächeln. »Das ist die richtige Antwort für einen Zauberer.«

»Soll das heißen, daß Zauberer zweideutige Reden führen?« Ein schelmisches Grinsen zog über sein Gesicht. »Das ist eine unserer beiden Berufskrankheiten.«

»Und welches ist die zweite?«

Er lachte. »Eine bedauerliche Neigung, sich in alles einzumischen.«

Sie fiel in sein Gelächter ein. Nach einer Weile wurde sie wieder ernst und fragte: »Aber wenn Sie ein Zauberer sind, warum brauchen Sie dann meine Hilfe? Wie könnte ich Ihnen gegen – gegen die Dunklen helfen? Wer oder was sind die Dunklen?«

Er betrachtete sie einen Augenblick lang schweigend und prüfend, betrachtete sie mit seinen blauen Augen, in denen die Tiefe und Kraft eines Ozeans lag. Seine Züge waren wieder ernst geworden, hatten ihren gewohnten Ausdruck angenommen. »Sie wissen es«, sagte er.

Sie wandte den Blick ab, und durch ihren widerstrebenden Geist zogen Bilder von monolithischen Bronzetüren, die aus den Angeln gesprengt waren; von Schatten, die ihr, unentrinnbar wie gespenstische Wölfe, auf den Fersen folgten. Sie sagte, ohne seinen Blick zu erwidern: »Ich weiß nicht, *was* sie sind.«

»Niemand weiß das«, entgegnete er, »außer vielleicht Lohiro, der Meister von Quo. Es ist eine Frage, von der ich mir wünschte, ich hätte es mir nie zur Aufgabe gemacht, die Antwort darauf zu finden, ein Rätsel, das lösen zu müssen ich bedaure.

Was kann ich über die Dunklen sagen, Gil? Was könnte ich sagen, das Sie nicht schon längst wissen? Daß sie die Haie der Nacht sind? Daß sie das Fleisch von den Knochen reißen, das Blut aus dem Fleisch saugen und die Seele aus dem lebendigen Körper, um ihn dann besinnungslos in den Hungertod taumeln zu lassen? Daß sie im Dunkeln auf den Lüften reiten, in der Finsternis jagen? Daß Feuer und Licht und heller Mondschein sie vertreiben? Würde Ihnen das erklären, was sie sind?«

Gebannt von der rauhen Wärme seiner Stimme und gefesselt vom Blick seiner Augen, der Entsetzen und Erinnerung an noch gräßlicheres Entsetzen in ihr wachrief, schüttelte sie den Kopf. »Aber Sie wissen es«, flüsterte sie.

»Ich wünschte bei Gott, ich wüßte es nicht.« Dann seufzte er und wandte den Blick ab; als er ihr das Gesicht wieder zuwandte, war darin nur noch die selbstsichere Sachlichkeit zu lesen, keine Spur mehr von Zweifeln, Angst und Abscheu vor dem, was er wußte.

»Ich – ich habe von ihnen geträumt.« Gil brachte die Worte nur stammelnd heraus. Zu ihrem Erstaunen fiel es ihr schwerer, diesen ersten ahnungsvollen Traum jemandem zu erzählen, der ihn verstand, als jemandem, der ihn nicht verstand. »Bevor ich sie je gesehen hatte und bevor ich auch nur eine Ahnung von ihrem Wesen hatte, träumte ich von einem – einem Gewölbe, einem Keller – mit Bogengängen, die in alle Richtungen verliefen. Der Boden war schwarz und glatt wie Glas; und inmitten dieses schwarzen Bodens befand sich eine Granitplatte, die neu und uneben war, weil niemals jemand darüberging. Sie haben gesagt, sie kämen unter der Erde hervor.«

»Erstaunlich«, sagte der Zauberer und sah sie sinnend, mit aufmerksamen und neugierigen Augen an. »Sie scheinen ihr Kommen lange vor der Zeit gespürt zu haben. Das hat vielleicht etwas zu bedeuten, obwohl ich mir im Augenblick nicht sicher bin . . . Ja, das waren die Dunklen, oder besser gesagt, der blockierte Eingang zu einer ihrer Brutstätten. Unter der Granitplatte – und mir ist diejenige, von der Sie gesprochen haben, bekannt – befindet sich eine Treppe, eine Treppe, die unermeßlich tief unter die Erde führt. Ich glaube, es waren die Treppen, mit denen alles begann.

Denn die Treppen befanden sich schon immer dort. Man findet Darstellungen davon auf ältesten prähistorischen Steinzeichnungen: große, mit schwarzen Steinen ausgelegte Bodenflächen und in ihrer Mitte Treppen, die in das tiefste Innere der Erde hinunterführen. Niemand ist je hinuntergestiegen – zumindest ist nie jemand zurückgekommen, der es gewagt hätte –, und niemand weiß, wer sie erbaut hat. Manche behaupteten, es waren die Riesen unserer Vorfahren oder die Erdengötter; in alten Überlieferungen werden sie voller Ehrfurcht und als Zauberwesen genannt. Lange Zeit wurden sie für glücklich und von den Göttern begünstigt gehalten. Über den Treppen errichtete die alte Religion ihre Tempel, Tempel, die später die Mittelpunkte der ersten Städte der Menschheit wurden.

All das geschah vor Jahrtausenden. Siedlungen wuchsen zu Ortschaften an und dann zu Städten. Die Städte schlossen sich zusammen; Staaten und Königreiche breiteten sich im blühenden Tal des Braunen Flusses, an den Ufern der Runden See und des Westlichen Meeres und in den Urwäldern und Wüsten von Alketch aus. Die Zivilisation erblühte und brachte ihre Früchte hervor: Zauberei, Kunst, Geld, Bildung, Krieg. Überlieferungen aus jener Zeit sind sehr selten. Irreführende Bruchteile von Berichten, die sich vor allem in der Bibliothek von Quo befinden. Verwirrende Splitter einer Zivilisation von außerordentlicher Tiefe und Fülle, von erhabener Schönheit und Weisheit und wahrhaft verkommener Dekadenz. Überbleibsel einer Gesellschaft, die erst die Zauberei und dann die Kirche und die Grundsätze bürgerlicher Gesetzgebung hervorgebracht hat.

Ich bin im Grunde genommen davon überzeugt, daß damals die Dunklen in der Überlieferung existierten, einfach weil es in der Sprache ein Wort für sie gab. *Sueg* – dunkel, *isueg* – eine archaische, persönlichkeitsbezogene Form desselben Wortes. Doch sie waren nur ein vages, schattenhaftes Gerücht am Rande der ältesten Legenden – die nebelhafte Erinnerung einer verborgenen Furcht. Und wenn es eine solche Überlieferung gab, so brachte sie die Dunklen nicht mit den Treppen in Verbindung. So blieben sie, verwurzelt in den Abgründen der Zeit, ein uraltes, tief im Herzen der Zivilisation vergrabenes Geheimnis.

Von der Zerstörung der alten Welt liegt uns kein zusammenhängender Bericht vor. Wir wissen, daß sich der Untergang im Verlauf weniger Wochen ereignete. Was damals zuschlug, schlug weltweit zu, auch das wissen wir – ein gleichzeitiger Ansturm des Schreckens. Schrecken und Verwirrung waren so überwältigend, daß praktisch kein Bericht erhalten blieb. In den Feuersbrünsten der Dunklen ging auch unser Wissen über ihr Kommen in Rauch auf. Wir wissen, daß sie kamen – aber wir wissen nicht, warum.

Die Menschen ergriffen, unfähig, zu kämpfen, die Flucht und zogen sich in gewaltige Festen zurück, hinter deren dicken Mauern sie ein fensterloses Leben fristeten. Bei Tagesanbruch krochen sie hervor, um ihre Felder zu bestellen, und versteckten sich wieder bei Sonnenuntergang. Dreihundert Jahre lang herrschten vollkommenes Chaos und furchtbarer Schrecken auf der Erde. Es gab kein Wissen darüber, wo oder wann die Dunklen zuschlagen würden. Die Zivilisation verkümmerte, verblich zu ein paar glühenden Funken des mächtigen Leuchtfeuers, das sie einst gewesen war.

Und dann« – hier breitete Ingold die Hände aus, wie um zu beweisen, daß sie leer waren, ähnlich einem Jahrmarktsgaukler – »waren die Dunklen verschwunden. Ob das Ende plötzlich oder allmählich eintrat, wissen wir nicht, da zu diesem Zeitpunkt nur noch wenige Menschen die Kunst des Schreibens genügend beherrschten, um genaue Aufzeichnungen zu machen. Kleine Dörfer waren außerhalb der Burgeinfriedungen entstanden; mit der Zeit wuchsen neue Dörfer auf den Trümmern der alten Städte, deren Namen im Laufe der Jahre in Vergessenheit geraten waren. Es folgten lange Zeiten der Kriege und Veränderungen. Alte Traditionen verloren sich; selbst die Sprache veränderte sich. Alte Lieder und Legenden fielen dem Vergessen anheim.

Dreitausend Jahre sind eine lange Zeit, Gil. Sie sind Historikerin – können Sie mir einigermaßen genau sagen, was vor dreitausend Jahren war?«

»Oh« – Gil durchforstete eilig ihr Gedächtnis nach Erinnerungen an die Kurse über die Zivilisation des Altertums. Marathon? Stonehenge? Die Eroberung Ägyptens durch Hyksos? Ihr Gebiet war das Mittelalter, und sie hatte nur eine sehr verschwommene Vorstellung von allen Ereignissen, die vor Konstantin lagen. Wie mußte das erst für den Durchschnittsbürger sein, der nicht die Universität besucht hatte und sich überdies nicht besonders für Geschichte interessierte? Selbst etwas so Furchtbares wie die Pest, die die westliche Zivilisation tiefgreifend und dauerhaft beeinflußt hatte, war für achtzig Prozent der Bevölkerung lediglich ein Wort – und dies lag immerhin erst sechshundert Jahre zurück.

Ingold nickte, denn darauf wollte er hinaus. Gil fragte sich erstaunt, woher er wußte, daß sie Geschichte studiert, doch er fuhr, wie sie es mittlerweile schon fast als seine Angewohnheit betrachtete, ohne weitere Erklärung fort: »Viele Jahre lang war ich der einzige, der auch nur aus den Legenden über die Dunklen etwas wußte. Ich wußte – ich erfuhr, daß die Dunklen nicht verschwunden waren. Schließlich erfuhr ich, daß ihre Zahl sich nicht einmal erheblich verringert hatte. Und ich hörte Dinge, die in mir die Überzeugung nährten, daß sie zurückkehren würden. Eldors Vater schickte mich in die Verbannung, weil ich meine Befürchtung aussprach, was ich für ausgesprochen kleingeistig von ihm hielt; denn indem er mich fortschickte, verringerte er nicht die Gefahr – doch vielleicht glaubte er, daß ich log. Eldor schenkte meinen Worten Glauben. Ohne seine Vorkehrungen wären wir alle wahrscheinlich in der ersten Nacht ihrer Wiederkehr umgekommen.«

»Und nun?« fragte Gil leise.

»Nun?« Die Nacht neigte sich ihrem Ende entgegen; die Linien der Erschöpfung, die in sein narbenbedecktes Gesicht gegraben waren, erschienen noch ein wenig tiefer. »Wir halten die Stellung im Palast von Gae. Der größte Teil des Heeres unter der Befehlsmacht des Reichskanzlers Alwir, des Bruders der Königin, hat sich bisher in Penambra befunden, wo die Angriffe am schlimmsten waren. Sie müßten in wenigen Tagen in die Hauptstadt zurückkehren; doch wenn nicht ein Wunder geschieht, wird es dann zu spät sein, um die Katastrophe abzuwenden. Ich habe vergeblich versucht, Kontakt mit dem Rat der Zauberer in der verborgenen Stadt Quo aufzunehmen, doch ich fürchte, daß sie ebenfalls belagert sind. Sie haben sich hinter ihren Verteidigungswall der Magie und Sinnestäuschung zurückgezogen. Habe ich auch die Hoffnung, daß wir so lange standhalten können, bis uns Lohiro irgendeine Hilfe schickt, so möchte ich für diese Hoffnung doch nicht das Leben meiner Freunde aufs Spiel setzen. Die Verteidiger des Palastes brauchen mich, Gil. Obwohl ich nicht viel ausrichten kann, werde ich sie nicht verlassen, bevor ohne Zweifel feststeht, daß keine noch so große Anstrengung meinerseits sie retten kann.

Und hier«, sagte er, »brauche ich Ihre Hilfe.«

Sie warf ihm einen verständnislosen Blick zu.

»Sie verstehen«, fuhr Ingold in demselben ruhigen Ton fort, »daß die Zeit für meine Flucht, wenn ich erst so spät aufbreche, sehr knapp bemessen sein wird. Im äußersten Notfall wird mein einziger Ausweg darin bestehen, das Nichts zu durchqueren und in eine andere Welt – diese Welt – zu fliehen. Ich kann beliebig hin und her wechseln, ohne großen Schaden zu nehmen. Normalerweise ist eine solche Durchquerung des Nichts selbst für einen Erwachsenen eine enorme physische Belastung. Für einen Säugling von sechs Monaten kann sie sich, selbst unter meinem Schutz, nachteilig auswirken, und zwei solche Reisen innerhalb einer kurzen Zeitspanne könnten dem Kind wirklichen Schaden zufügen. Ich werde daher mit Tir einen Tag lang in dieser Welt bleiben müssen, bevor ich an einen sicheren Ort in meiner Welt zurückkehren kann.«

Die Dämmerung zog herauf. Gil lächelte. »Sie brauchen einen Ort, um sich zu verstecken.«

»So ist es. Ich benötige einen einsam gelegenen Ort und einige nützliche Dinge des Lebens – einen Ort, an dem ich diese Zeit zurückgezogen verbringen kann. Kennen Sie einen solchen Ort?«

»Sie könnten hierher zu mir kommen«, schlug Gil vor.

Ingold schüttelte den Kopf. »Nein«, sagte er entschieden.

»Warum nicht?«

»Es ist zu gefährlich«, sagte er schließlich. Er erhob sich von seinem Stuhl, trat unruhig zu dem niedrigen, rechteckigen Fenster, schob den Vorhang beiseite und blickte in den Hof des Mietshauses hinunter. Die Hoflichter spiegelten sich grünlich auf der Wasseroberfläche des Swimming Pools und warfen ihren unruhigen Schimmer auf die alten Narben fremder Schlachten in seinem Gesicht. »Zu viele Dinge könnten passieren. Ich setze kein großes Vertrauen in das Schicksal, Gil. Meiner Macht sind in eurer Welt enge Grenzen gesetzt. Wenn etwas schiefgehen sollte, so habe ich keinerlei Verlangen danach, den zuständigen Behörden meine oder des Kindes Anwesenheit erklären zu müssen.«

Einen Augenblick lang hatte Gil die beunruhigende Vorstellung eines Zusammenstoßes der Polizei oder Autobahnstreife mit einem bärtigen Einsiedler in fadenscheinigen Gewändern und dem tödlichen Schwert. Obwohl sie der Meinung war, daß die Polizeistreife schlechter abschneiden würde, war ihr klar, daß eine solche Begegnung nicht gewagt werden dürfe. Nicht, wenn soviel auf dem Spiel stand.

»Es gibt eine Stelle«, sagte Gil nach kurzem Nachdenken.

»Ja?« Er wandte sich hastig vom Fenster ab und ließ den Vorhang zufallen.

»Ein Mädchen, mit dem ich zur Schule ging, wohnt in der Nähe von Barstow – es liegt in der Wüste, höllisch weit weg von hier. Vor zwei Jahren habe ich dort im Sommer ein paar Wochen verbracht. Sie hatte Pferde, und wir sind oft durch das bergige Hinterland geritten. Ich erinnere mich, daß es in einem verlassenen Orangenhain in den Bergen eine Hütte, eine Art Häuschen, gibt. Wir haben dort an einem Nachmittag während eines Gewitters Schutz gesucht. Es ist nichts Besonderes, aber es gibt fließendes Wasser und einen Kerosinkocher, und es liegt so abgeschieden, wie Sie es sich nur wünschen können.«

Ingold nickte. »Ja«, murmelte er mehr zu sich selbst. »Ja, das müßte gehen.«

»Ich kann Ihnen etwas zu essen und Decken bringen«, fuhr sie fort. »Sie müssen mich nur wissen lassen, wann Sie dort ankommen.«

»Das weiß ich jetzt noch nicht«, erklärte der Zauberer ruhig. »Aber Sie werden es zur rechten Zeit erfahren.«

»In Ordnung.« Obwohl Gil eigentlich ein mißtrauischer Mensch war, kam es ihr zu keinem Zeitpunkt in dem Sinn, Ingolds Existenz in Frage zu stellen, und diese Tatsache überraschte sie nicht einmal. Sie stellte zudem fest, daß sie ihm vertraute, als würde sie ihn schon seit Jahren kennen.

Ingold streckte den Arm über den Tisch und ergriff ihre Hand. »Danke«, sagte er. »Unsere Welt ist Ihnen fremd, und Sie schulden uns nichts – es ist sehr gütig von Ihnen, uns zu helfen.«

»Oh nein«, widersprach Gil leise. »Ihre Welt ist mir nicht fremd. Ich war dort, und ich habe die Dunklen gesehen. Gerade kürzlich erst bin ich übrigens sogar König Eldor begegnet.« Hier stockte sie, verwirrt über ihre Taktlosigkeit, denn ihr fiel ein, daß der König und der Zauberer Freunde waren und daß Eldor mit hoher Wahrscheinlichkeit sterben würde, bevor die Woche noch zu Ende ging.

Aber Ingold überging, als der vollkommene Gentleman, der er war, ihre unbedachte Bemerkung. »Ich weiß, daß Eldor erfreut gewesen wäre, Ihre Bekanntschaft zu machen«, erklärte er. »Und seine Dankbarkeit für alles wird Ihnen, ebenso wie meine . . .«

Ein Geräusch in der Nacht ließ ihn plötzlich aufhorchen, und er hielt inne und hob wachsam den Kopf.

»Was ist los?« flüsterte Gil.

Ingold wandte sich ihr wieder zu. »Es tut mir leid, aber ich muß jetzt gehen«, sagte er höflich. Selten verriet seine Stimme Sorge oder Furcht – er hätte sich ebensogut wegen einer wichtigen Einladung zum Tee bei der Königin von Numenor entschuldigen können. Aber Gil wußte, daß auf der anderen Seite des Nichts, im umkämpften Palast von Gae, etwas vor sich ging.

Er erhob sich zum Gehen. Das Schwert an der Hüfte unterbrach die gerade, dunkle Linie seines Umhangs. Gil dachte an die Gefahr und an die Dunklen, die auf der anderen Seite des Nichts warteten. Sie faßte ihn am Ärmel. Mit einer Stimme, die dünner klang als beabsichtigt, sagte sie: »He, passen Sie gut auf sich auf.«

Sein Lächeln war wie das Aufgehen der Sonne. »Danke, meine Liebe. Das tue ich immer.« Dann tat er ein paar Schritte bis zur Mitte der Küche, streckte die Hand aus und schob das Gewebe des Universums beiseite wie einen Vorhang. Während er das tat, zog er sein Schwert, und Gil sah das kalte Licht, das emporstrahlte, als er in die Flammennebel dahinter trat.

Zweites Kapitel

Es war die verdammte, beschissene Benzinpumpe!

Rudy Solis erkannte das Spucken und Fauchen des alten Chevy sofort. Automatisch warf er einen Blick in den Rückspiegel. Nichts. Dann suchte er die dunkle, kerzengerade zweispurige Straße, die vor ihm lag, mit den Augen ab, obwohl er genau wußte, daß es im Umkreis von fünfzig Meilen nichts gab, das einem Licht auch nur ähnlich gesehen hätte. Von allen Orten Südkaliforniens mußte sich das Ding natürlich, um den Geist aufzugeben, die öde, endlose Strecke Wüsten- und Bergland aussuchen, die zwischen Barstow und San Bernardino lag, fernab jeglicher Zivilisation und mitten in einer Sonntagnacht.

Rudy fragte sich, ob er es zu der Party zurück schaffen würde.

Wird ein großes Heulen und Zähneknirschen geben, wenn ich es nicht schaffe, dachte er bei sich und warf einen Blick über die Schulter zurück auf die zehn Packungen Bier, die zwischen zerfetztem Schaumstoff, alten Zeitungen und schmierigen undefinierbaren Kleidungsstücken, die sich auf der durchhängenden Rückbank häuften, aufgestapelt waren. Der Motor setzte aus, hustete entschuldigend und knatterte dann weiter. Rudy verfluchte den Besitzer des Wagens, den drittklassigen Rock and Roll-Star, auf dessen Party er das ganze Wochenende getrunken und in der Sonne gedöst hatte, und die Kumpane, die ihn zum Freiwilligen auserkoren hatten, dreißig Meilen durch das Gebirge nach Barstow zu fahren, damit das Bier nicht versiegte; er verfluchte sie im allgemeinen und flocht ein paar Verwünschungen gegen sich selbst ein, weil er sich zu dieser Fahrt hatte überreden lassen.

Ha, geschieht ihnen ganz recht. Wenn sie das nächste Mal einen suchen, der ihnen das Bier kauft, dann sollen sie ihm verdammt nochmal ein anständiges Auto leihen.

Die meisten Besucher waren wie er mit Motorrädern zu Tarots Party gekommen. Und Tarot – der das Licht der Welt als James Carrow erblickt hatte und immer noch unter dem Namen Jim bekannt war, wenn er nicht sein leuchtend buntes Bühnenkostüm trug – machte keinerlei Anstalten, irgend jemandem seinen eigens für ihn angefertigten Eldorado zu leihen, gleichgültig, wie knapp das Bier wurde.

Ach, zum Teufel, was soll's. Rudy schüttelte sich das lange Haar aus den Augen und riskierte einen weiteren Blick auf die unveränderte Wüstenfinsternis, die sich in seinem Rückspiegel zeigte. Dort oben in dem

Hunderttausend-Dollar-Schlupfwinkel in den Canyons war mittlerweile jedermann so betrunken, daß zehn Packungen Bier nur noch überflüssig waren. Wenn es zum Schlimmsten kam – und dem Motorengeräusch nach zu schließen kam es genau dazu –, konnte er immer noch einen Unterschlupf in den Bergen finden. Bis zum Morgen hätte er Schutz und könnte dann von da aus versuchen, zum nächsten Telefon zu trampen. Er wußte, daß zehn Meilen vor ihm eine Verbindungsstraße lag, die ihn zu einer verfallenen Hütte in einem verwahrlosten, ehemaligen Orangenhain bringen würde. Angetrunken, wie er war, gefiel ihm weder die Vorstellung, in dieser Nacht am Motor herumzubasteln, noch fand er den Gedanken, am Straßenrand zu übernachten, besonders anziehend. Er nahm einen Schluck aus der halbleeren Weinflasche, die auf dem Beifahrersitz stand, und fuhr weiter.

Rudy hatte sich die Hälfte seines Lebens mit Autos und Motorrädern befaßt und sie gefahren – nicht immer mit gesetzlicher Billigung –, doch es bedurfte all seiner Kunstfertigkeit, um dem versagenden Chevy die ein oder zwei Meilen vom letzten beleuchteten Hinweisschild bis zu dem holprigen Seitenweg abzuschmeicheln. Das Aussetzen und Rucken der großen V-8 Maschine, als er den Wagen durch Schlaglöcher, über Schotter und durch gefährlich glitschige alte Bachläufe lenkte, brachte ihn auf den Gedanken, daß das Problem vielleicht einfach nur ein unterbrochenes Kabel war. Er war drauf und dran, auszusteigen, die Motorhaube zu öffnen und nachzusehen – nur – er hatte nichts bei sich, was einer Taschenlampe auch nur ähnelte, und es war abzusehen, daß nichts die blöde Karre wieder zum Anspringen bewegen konnte, sobald sie erst einmal ausgegangen war. Der dünne Lichtkegel der Scheinwerfer beleuchtete Punkte in der Landschaft, die er von früheren Motorradausflügen kannte: eine verkrüppelte Eiche von der Gestalt eines tadelnden Mönches, der finster die Liebespaare verwünschte, die hierher kamen und ihr Auto parkten; einen Felsen, der aussah wie ein schlafender Büffel, dessen Umrisse sich von dem sternenhellen Himmel abhoben. Rudy war, durch seine Gewohnheit, mit Pfeil und Bogen zu jagen, mit dem größten Teil der noch vorhandenen Wildnis in Südkalifornien vertraut, ein Wissen, das ihm so selbstverständlich war wie seine Kenntnis des Innenlebens einer V-8 Maschine oder der Grundrisse seiner spärlich möblierten Wohnung. Er war hier in dieser stillen Wüstenlandschaft ebenso zu Hause wie irgendwo sonst.

Manchmal sogar mehr. Vielleicht war die Jagd der Grund dafür, vielleicht aber auch nur ein Vorwand. Es gab Zeiten, da bereitete es ihm ganz einfach Vergnügen, allein zu sein, eine andere Art von Vergnügen, als Partys zu feiern und Spektakel zu veranstalten, als mit den Kumpels in der Karosseriewerkstatt herumzualbern oder Wochenendtouren mit der Clique in der Wüste zu machen. Rudy, der nicht sonderlich selbstanalytisch veranlagt war, begriff lediglich, daß er die Einsamkeit, die Berührung mit der Weite des Landes brauchte. Er legte Wert auf eine besondere Geschicklichkeit und Sorgfalt in seiner Arbeit. Vielleicht war das der Grund dafür, daß er am Rande der Motorradclique stand; er hatte sie in der Karosseriewerkstatt kennengelernt, war aber nie einer der Ihren geworden. Aber vielleicht war es auch pure Feigheit.

Was auch immer der Grund war, er wurde so akzeptiert, wie er war. Als Experte für Spritzpistolen-Malereien war er in Walt Davids Karosseriewerkstatt in Fontana Teil dieser Welt. Daher war ihm seine Einladung zu Tarots Party verständlich – nicht, daß irgend jemand in Südkalifornien von Tarots Parties ausgeschlossen worden wäre. Tarots Ruf in der Gegend wurde mitbegründet durch das zweifelhafte Gerücht über seine frühere Mitgliedschaft bei den Hell's Angels. Aber je länger er darüber nachdachte, während er den thromboseverdächtigen Wagen tiefer und tiefer in die Gebirgsfinsternis hineinlenkte, desto weniger konnte sich Rudy eine Bande vorstellen, die einen so aus tiefstem Herzen feigen Hasenfuß wie Jim Carrow in ihre Reihen aufgenommen hätte.

Plötzlich steckten die Vorderräder des Wagens, begleitet vom herzzerreißenden Knirschen der Ölwanne auf Stein, in einer gut dreißig Zentimeter tiefen Wasserrinne, die sich quer über den Weg zog. Rudy versuchte zweimal, den Motor wieder anzulassen, erntete jedoch nur ein müdes Surren. Er öffnete die Tür und kletterte vorsichtig hinaus. Seine Stiefel rutschten auf den glatten Steinen des trockenen Bachbettes. Zwei Tage ununterbrochenen Feierns waren seiner Trittsicherheit nicht eben zuträglich. Er erkannte augenblicklich, daß es keinen Sinn hatte, zu schieben, denn der Wagen stand nach vorne geneigt, die vordere Stoßstange nur wenige Zentimeter vom gegenüberliegenden Rand der Wasserrinne entfernt. Im weichen Sand kniend, stellte er fest, daß es möglich war, rückwärts hinauszufahren, wenn der Motor wieder zum Laufen gebracht werden konnte, aber ihm war nicht danach zumute, diesen Versuch mitten in der Nacht zu machen.

Verärgert richtete er sich auf.

Im Sternenlicht konnte er die Form und Ausdehnung der Berge und des flachen Tales, das sich, dicht mit dunklen, dürren, schwarzbelaubten Zitrusbäumen bewachsen, zu seiner Rechten erstreckte, erkennen. Der Unterstand – eigentlich eine Hütte – mußte etwa hundert Meter weiter im dichten Schatten des Berges liegen.

Geschafft, dachte er. *Dem Himmel sei Dank für kleine Gaben.*

Es war erstaunlich, wie still die Nacht war. Es gab wenig Stille in der Welt; selbst fern von anderen Menschen hörte man gewöhnlich Straßengeräusche, Flugzeuge, Klimaanlagen. Das abkühlende Metall des Motorblocks knackte leise in der Dunkelheit; dann und wann seufzte das Gras in der Erinnerung an einen Lufthauch. Rudys Augen gewöhnten sich allmählich an den fahlen Schein der Milchstraße und machten die Umrisse des Hüttendachs, die Form hochaufgeschossener Grasbüschel und knorriger Bäume aus. Seine Schritte klangen sehr laut in dieser Welt der Finsternis.

Er machte ein paar unsichere, wenn nicht gar schwankende Schritte, dann nahm er zwei Sechserpackungen Bier und die Flasche mit dem Rest Muskateller vom Beifahrersitz. Sein Kopf begann zu schmerzen. *Das hat mir gerade noch gefehlt. Eine kaputte Benzinpumpe und zum Reparieren einen Kuter. Wahrscheinlich glauben sie, ich hätte das Biergeld geklaut und mich nach Mexiko aufgemacht.*

Er ging zu der Hütte hinauf.

Sie hob sich einsam vom Dunkel der Berge ab, das hohe Gras, das um die abbröckelnden Mauern herum wuchs, verbarg die steinalten Überreste ehemaliger Farmgeräte und zerbrochener Flaschen, das schäbige Teerpappedach war unter der Last sich anhäufender Blätter durchgesackt. Er stieg die baufällige Vordertreppe hinauf und stellte seine Last auf der schmalen Veranda ab. Ein Schauder überlief ihn in der stillen Kälte der süßlich duftenden Nacht, als er seine ölverschmierte Jeansjacke auszog und um die Hand wickelte. Zutritt zum Haus verschaffte er sich, indem er die Scheibe des Fensters neben der Tür einschlug.

Zu seiner Überraschung funktionierte das Licht noch. *Anschluß an die Stromleitungen auf der Plantage,* stellte er fest und sah sich flüchtig in der schmuddeligen Küche um. Die Wasserleitung funktionierte ebenfalls, das kalte Wasser lief noch, wenn auch nicht das warme. *Nun, man kann nicht alles haben.* In dem Schränkchen unter der Spüle entdeckte er drei Dosen Schweinefleisch mit Bohnen, deren Preisschilder mindestens vier Jahre alt waren, und einen Kerosinkocher mit einer halbvollen Flasche Brennstoff.

Nicht schlecht, überlegte er, *wenn ich etwas zum Kochen hätte.* Weitere Erkundungen brachten ein winziges Badezimmer zu Tage und am Ende eines schmalen Flures ein zellenartiges Schlafzimmer mit einer durchhängenden Liege, deren fadenscheinige Matratze in jedem Gefängnis des Landes als grausam und unzumutbar ausrangiert worden wäre.

Nichts, worüber es sich lohnen würde, nach Hause zu schreiben, dachte er, während er zur Küche zurückkehrte und von da in das sternumkränzte Schweigen der Veranda trat. Er zog seine Jacke an, deren verblichener Jeansstoff grellbunt verziert war mit einem leuchtenden Totenkopf mit Rosen in den Augenhöhlen, lehnte sich in die Türfüllung und beobachtete, während er den Rest Muskateller trank, friedvoll die Nacht. Als die dunkle Stille der Berge seine Seele durchdrang, entschied er, daß dieser Ort doch etwas für sich hatte, nämlich eine vollkommene Abgeschiedenheit, die allen Saufgelagen eines jeden kalifornischen Rockstars in mancher Hinsicht überlegen war.

Nachdem er lange schweigend verharrt hatte, kehrte er ins Haus zurück, um zu schlafen.

Als er erwachte, überlegte er, was er dem kleinen Mann mit dem Vorschlaghammer, der in seinem Kopf wohnte, angetan hatte. Er drehte sich, zu seinem augenblicklichen Bedauern, auf die andere Seite und fragte sich, ob er sterben müsse.

Im Raum war es dämmrig. Er lag eine Weile da und starrte in die Schatten der trockenen, von Spinnweben überzogenen Balken, während Erinnerungen an den vergangenen Tag und die letzte Nacht allmählich in sein widerstrebendes Bewußtsein eindrangen: Tarots Party, die Tatsache, daß heute Montag war und er in der Karosseriewerkstatt erwartet wurde, um flammende Sonnenuntergänge auf Autokarosserien zu malen, der Bierausflug nach Barstow und dieses Schwein von einem Chevy. *Vielleicht ist es nur die Benzinleitung,* sagte er sich, indem seine Gedanken sich kreischend auf dem Hinderniskurs zwischen bohrendem Kopfschmerz und verschiedenen anderen Folgeerscheinungen übermäßigen Weinkonsums zurückbewegten. Wenn das der Fall war, konnte er in wenigen Stunden wieder flott sein. Wenn es die Pumpe war, stand ihm ein langer Fußmarsch bevor.

Rudy trat aus dem Haus und stieg, blinzelnd im fahlen Licht des Morgengrauens, die Treppe hinunter. Bald darauf verfluchte er den Besitzer des Wagens. In dem ganzen Plunder im Kofferraum und auf der Rückbank war nicht ein einziger werkzeugähnlicher Gegenstand zu finden.

Etwas tiefer in dem Wäldchen hinter der Hütte, halb versteckt zwischen Unkraut, stand ein Schuppen, und er brachte zehn grimmige Minuten damit zu, spinnenbevölkerte Abfälle nach Werkzeug zu durchstöbern. Das Ergebnis war nicht sonderlich zufriedenstellend: ein verrosteter Schraubenzieher, dessen Griff von Hundezähnen zerkaut war, einige Sägeblätter mit verbogenen Enden und ein verstellbarer Schraubenschlüssel, der so verrostet war, daß Rudy an seiner Nützlichkeit zweifelte.

Die Berge klärten sich gerade im Sonnenschein auf, als er aus dem Schuppen trat und die Hände an den Jeans abwischte. Um ihn herum traten die klaren, verzauberten Farben aus den grauverschleierten Pastelltönen der Morgendämmerung hervor. Das Haus, das zuvor ein formloser Schattenklotz gewesen war, reifte zu warmen Rottönen und verwittertem Braun heran; in den Fenstern spiegelte sich flammend die Pracht der Sonne wie der blendende Glanz von geschmolzenem Weißgold. Während Rudy im Schatten des Schuppens stand, dachte er einen Augenblick lang, daß es dieser blendende Glanz sei, der seinen Augen einen Streich spielte.

Dann sah er, daß das nicht stimmte, doch konnte er im ersten Augenblick nicht erkennen, was es war. Er beschattete die Augen mit der Hand gegen den blendenden Silberglanz, der wie ein zuckender Feuerspalt in der Luft hing, und zwinkerte in das fast schmerzhafte Strahlen, das sich ihm entgegenbohrte, als sich der Spalt von gleißendem Licht kaum zehn Meter vor ihm verbreiterte. Einen Augenblick lang drängte sich ihm der Eindruck auf, als würden Raum und Wirklichkeit auseinanderfallen, als wären die drei Dimensionen dieser Welt nur auf einen Vorhang aufgemalt und Luft und Erde, Hütte und Berge würden nun beiseitegeschoben, um ein strahlenderes Licht, eine blendendere Dunkelheit und einen unbeschreiblichen Farbenwirbel dahinter freizugeben. Dann taumelte durch diesen klaffenden Spalt eine Gestalt mit braunem Gewand und brauner Kapuze, in der einen Hand ein schimmerndes Schwert, ein schwarzes Samtbündel fest in die andere Armbeuge geklemmt. Die Schwertklinge strahlte, als würde sich sengendes Licht darin spiegeln, und Rauch stieg auf.

Von der Helligkeit des Lichts geblendet, wandte Rudy verwirrt und erschrocken den Kopf ab. Als er ihn wieder umdrehte, war die flammende Erscheinung verschwunden. Geblieben war lediglich ein alter Mann in braunem Gewand, ein alter Mann, der in einer Hand ein Schwert trug und im anderen Arm ein wimmerndes Kind.

Rudy blinzelte. »Was zum Teufel habe ich gestern getrunken?« fragte er laut. »Und wer zum Teufel sind Sie?«

Mit einer weichen, geübten Bewegung steckte der alte Mann das Schwert in die Scheide, und Rudy ging unwillkürlich der Gedanke durch den Kopf, daß dieser Mann, wer immer es auch sein mochte, mit dem Ding sehr schnell bei der Hand sein mußte. Es sah überdies ganz wirklich aus, ebenmäßig und rasiermesserscharf. Der Alte erwiderte mit rauher Baritonstimme: »Ich heiße Ingold Inglorion. Und das ist Prinz Altir Endorion, der letzte Prinz des Hauses Dare.«

»Hä?«

Der alte Mann zog die Kapuze vom Gesicht und enthüllte Züge, die wahrhaft unbeschreiblich waren mit Ausnahme der bemerkenswert tiefblauen Augen mit den schweren Lidern und dem Ausdruck von ehrfurchtgebietender Abgeklärtheit. Rudy hatte nie ein solches Gesicht gesehen. So sanft, so anmutig und so vollkommen beherrschend. Es war das Gesicht eines Heiligen, eines Zauberers oder eines Irren.

Rudy rieb sich die schmerzenden Augen. »Wie sind Sie hierher gekommen?«

»Ich bin durch das Nichts gekommen, das mein Universum von Ihrem trennt«, erklärte Ingold gelassen. »Es kann Ihnen kaum entgangen sein.«

Ein Irrer.

Aus sicherer Entfernung ging Rudy neugierig langsam um ihn herum. Schließlich war der Kerl bewaffnet, und etwas an der Art, wie er das Schwert gehandhabt hatte, überzeugte Rudy, daß er damit umzugehen verstand. Abgesehen von seinem Franz von Assisi-Aufzug sah er aus wie ein harmloser alter Spinner. Doch die jahrelange Verbindung mit den Straßenkumpanen hatte Rudy ein instinktives Mißtrauen gegen jeden eingeimpft, der eine Waffe trug, gleichgültig, wie harmlos er aussehen mochte. Abgesehen davon war jeder, der in diesem Aufzug herumrannte, offenkundig reif für das Irrenhaus.

Der Alte erwiderte seinen forschenden Blick leicht belustigt, während er mit seiner muskulösen Hand gedankenverloren das Kind streichelte, bis es nur noch leise vor sich hin wimmerte und dann ganz verstummte.

Rudy bemerkte, daß das dunkle Gewand des Mannes und die Decken des Babys rauchgeschwärzt waren. Er nahm an, daß sie vielleicht in dem Augenblick aus dem Schatten um die Hausecke gebogen waren, als das Sonnenlicht, das sich im Fenster spiegelte, ihn geblendet hatte. Es war ihm vorgekommen, als wären sie aus einem flammenden Kreis getreten. Das erklärte aber nicht, woher sie gekommen waren und wieso der alte Mann ein Kind trug.

Nach langem Schweigen fragte Rudy: »Sind Sie echt?«

Der alte Mann lächelte, und ein Netz feiner Linien wurde um seinen wirren, weißen Bart lebendig. »Sind Sie es denn?«

»Ich meine, sind Sie ein Zauberer oder so etwas ähnliches?«

»Nicht in diesem Universum.« Ingold betrachtete den jungen Mann, der vor ihm stand, einen Augenblick lang, dann lächelte er wieder: »Das ist eine lange Geschichte«, erklärte er, wandte sich um und schlenderte zum Haus zurück, als wäre er der Besitzer. Rudy heftete sich an seine Fersen. »Wäre es möglich, daß ich hierbleiben kann, bis meine Kontaktperson in dieser Welt mit mir in Verbindung treten kann? Es kann nicht lange dauern.«

Was zum Teufel soll das nun wieder? »Ja natürlich, gehen Sie nur weiter«, seufzte Rudy. »Ich bin selbst nur hier, weil mein Wagen den Geist aufgegeben hat – das heißt, es ist eigentlich gar nicht mein Wagen –, und ich muß die Benzinpumpe überprüfen und sehen, ob ich ihn wieder in Gang bringen kann.« Als er Ingolds erstauntes Stirnrunzeln sah, fiel ihm ein, daß der Bursche angeblich aus einem anderen Universum kam, in dem der Verbrennungsmotor, da man dort noch Schwerter benutzte – und er war immer noch neugierig, wo der Alte dieses hier aufgetrieben hatte –, noch nicht erfunden worden war. »Sie wissen doch, was ein Auto ist?«

»Mir ist der Begriff bekannt. Es gibt sie natürlich nicht in meiner Welt.«

»Natürlich.«

Gemessen stieg Ingold die Treppen hinauf und ging ins Haus voran. Ohne zu zögern, ging er weiter durch den Flur zum Schlafzimmer, wo er das Kind auf die fleckige, klumpige Matratze der Pritsche legte. Das Baby begann augenblicklich, sich aus seinen Decken freizustrampeln, offensichtlich in der festen Absicht, hinunterzukullern und sich den Schädel auf dem Zementfußboden einzuschlagen.

»Aber wer *sind* Sie?« fragte Rudy, der in der Türfüllung lehnte, hartnäckig.

»Ich habe Ihnen schon gesagt, mein Name ist Ingold. Na, jetzt reicht es aber . . .« Er streckte die Hand nach Prinz Tir aus und hinderte ihn daran, sich über den Rand zu winden. Dann warf er einen Blick über die Schulter zurück. »Sie haben mir Ihren Namen noch nicht verraten«, fügte er hinzu.

»Oh – Rudy Solis. Woher haben Sie das Kind?«

»Ich habe es vor einem Feind gerettet«, erklärte Ingold ungerührt.

Großartig, dachte Rudy. *Erst die Benzinpumpe und nun das.*

Ausgewickelt entpuppte sich das Baby als Krabbelkind von etwa sechs Monaten mit rosigem Gesichtchen, schwarzem, flaumigem Haar und Augen, die von einem tiefen, unirdischen Blau waren wie das Herz der Morgenhelligkeit. Ingold legte das Kind in die Mitte der Matratze zurück, von wo aus es augenblicklich wieder an den Bettrand zurückkrabbelte. Der alte Mann zog seinen dunklen, rauchgeschwängerten Umhang aus und breitete ihn wie einen Teppich auf dem Boden aus. Darunter trug er ein weißes, fleckiges und oft geflicktes Wollgewand, einen abgenutzten Ledergürtel und einen tiefer geschlungenen Schwertgurt, an dem in schäbigen Scheiden das Schwert und ein kurzer Dolch hingen. Die ganze Aufmachung sah verdammt echt aus.

Ingold nahm das Kind wieder auf und legte es auf den Umhang auf den Boden. »So«, sagte er. »Wirst du jetzt da bleiben und einschlafen wie ein vernünftiger Mensch?«

Prinz Altir Endorion gab eine bestimmte, aber unverständliche Antwort.

»Fein«, sagte Ingold und wandte sich zur Tür.

»Wessen Kind ist es?« fragte Rudy, indem er die Arme verschränkte und den alten Mann und das Kind beobachtete.

Zum ersten Mal verlor der alte Mann den Ausdruck von Selbstbeherrschung, und Gram oder der Versuch, den Gram zu unterdrücken, ließ seine Gesichtsmuskeln erstarren. Seine Stimme blieb jedoch vollkommen ruhig. »Es ist der Sohn eines Freundes«, erklärte er unbewegt, »der jetzt tot ist.« Einen Augenblick herrschte Schweigen, und der alte Mann lenkte seine ganze Aufmerksamkeit darauf, die Ärmel seines Gewandes zurückzuschieben; auf seinen schweren, muskulösen Unterarmen enthüllte sich wie auf einer Straßenkarte ein Netz alter Narben. Als er wieder aufblickte, war der Ausdruck gütiger Belustigung in seine Augen zurückgekehrt. »Sie glauben mir natürlich kein Wort.«

»Na ja, wenn Sie es schon erwähnen, nein, das tue ich nicht.«

»Gut.« Ingold lächelte und trat an Rudy vorbei in den schmalen Flur. »Es ist besser so. Schließen Sie bitte die Tür hinter sich, ja?«

»Da ist noch etwas«, fuhr Rudy fort und folgte ihm den Flur entlang in die Küche. »Wenn Sie aus einem vollkommen anderen Universum stammen, wie kommt es dann, daß Sie Englisch sprechen?«

»Oh, das tue ich gar nicht.« Ingold stellte eine der Bierpackungen auf den Küchentisch und nahm eine für sich und eine für Rudy heraus. »Englisch sprechen, meine ich. Es klingt nur in Ihrem Bewußtsein wie Englisch. Wenn Sie in meine Welt kommen würden, könnte ich denselben Zauber anwenden, um Sie zu tarnen.«

Ach ja? dachte Rudy höhnisch. *Und vermutlich hast du auf dieselbe Weise herausgefunden, wie man mit einem Bierdosenverschluß umgeht?*

»Bedauerlicherweise steht es nicht in meiner Macht, es Ihnen zu beweisen«, fuhr Ingold gelassen fort und ließ sich auf der Wachstuchkante des schmierigen Tisches nieder. Die butterfarbene Morgensonne vergoldete den Rand seines abgegriffenen Schwertheftes. »Verschiedene Welten gehorchen verschiedenen physikalischen Gesetzen, und die Ihre ist, trotz ihrer gegenwärtigen engen Verbindung mit der meinen, sehr weit vom Herzen und von der Quelle der Kraft entfernt. Die physikalischen Gesetze hier sind sehr schwer, sehr sicher und unumstößlich und unberührt von . . . so manchen anderen Überlegungen.« Er blickte aus dem Fenster zu seiner Rechten, betrachtete das Gefälle des Bodens, schätzte den Winkel der Sonne und die Tageszeit ab. Der Ausdruck konzentrierter Berechnung in seinen Augen, während er Informationen zusammenfügte, die nichts mit Rudy zu tun hatten oder damit, eine Rolle überzeugend zu spielen, beunruhigten Rudy, der das Gefühl nicht loswurde, daß der alte Mann sich zu ruhig, zu unbefangen verhielt. Ihm waren schon des öfteren Menschen begegnet, die sich eine Verkleidung zugelegt hatten; das war kaum zu umgehen, wenn man in Südkalifornien lebte. Und alle diese Möchtegerngrößen, ob jung oder alt, hatten den gleichen Ausdruck eines kostümierten Menschen, gleichgültig, wie unbefangen sie sich gaben. Sie wußten alle, daß sie beachtet wurden.

Dieser alte Kerl nun schien sich über ihn nur insofern Gedanken zu machen, als er, Rudy, ein Mann war, mit dem man zwangsläufig zu tun hatte.

Rudy dachte unvermittelt: *Entweder ist er das, was er zu sein behauptet, oder er ist schon so weit über den Jordan, daß er nie mehr zurückkehrt.*

Und mit seiner Empörung darüber, daß er sich überhaupt so weit hatte bringen lassen, zwei Möglichkeiten einzuräumen, kam ihm augenblicklich die beunruhigende Erinnerung an jenen Lichtspalt und die Farben, die er dahinter zu sehen geglaubt hatte.

Vorsicht, Junge, ermahnte er sich. *Der Knabe tickt nicht richtig. Wenn du nicht aufpaßt, bist du als nächster dran.* Also fragte er: »Aber in Ihrer Welt sind Sie ein Zauberer?« Denn seine Aufmachung ließ keinen anderen Schluß zu.

Ingold wandte seine Aufmerksamkeit wieder Rudy zu. Er zögerte, dann nickte er. »Ja«, sagte er bedächtig.

Rudy lehnte sich an den Tisch und nahm einen Schluck Bier. »Sind wohl ziemlich gut?«

Ingold zuckte die Achseln und entspannte sich, als hätte ihn die Ungläubigkeit in Rudys Stimme beruhigt. »Man sagt es.«

»Aber hier können Sie Ihren Zauber nicht anwenden.« Eine selbstverständliche Behauptung – die Merlinverschnitte dieser Welt taten ihren Zauber nur selten außerhalb der Grenzen einer freundlich gesonnenen Umgebung.

Aber die Merlinverschnitte dieser Welt lächelten gewöhnlich nicht, um das Lächeln dann, bei der Unterstellung eines Schwindels, zu verbergen. »Nein. Das ist unmöglich.«

Rudy konnte den Burschen einfach nicht einordnen. Aber etwas an dieser heiteren Selbstsicherheit veranlaßte ihn zu fragen: »Ja, aber wie können Sie ein Magier sein ohne Zauberei?« Er leerte seine Bierdose, drückte das Blech mit einer Hand zusammen und warf es in eine Ecke des kahlen Raumes.

»Oh, Zauberei hat eigentlich wenig zu tun mit Magie.«

Völlig aus dem Gleichgewicht gebracht, verstummte Rudy, und Stimme und Worte des Alten berührten eine Saite in seiner Seele, die widerhallte wie der ferne Ton einer längst verklungenen Gitarre. »Ja, aber –« begann er und hielt dann wieder inne. »Was ist Zauberei?« fragte er ruhig. »Was ist Magie?«

»Was ist es nicht?«

Für die Dauer von zwei langgezogenen Atemzügen herrschte Schweigen, währenddessen Rudy den plötzlichen, unvernünftigen und überwältigenden Gedanken niederkämpfte, daß dies die Antwort eines Menschen war, der die Magie verstand. Dann schüttelte er den Kopf, als gelte es, das Gewebe der verrückten Vorstellungen des Alten abzuschütteln. »Ich verstehe Sie nicht.«

Ingolds Stimme klang weich. »Ich glaube, Sie verstehen mich.«

Er ist wirklich aus diesem Licht getreten.

Es dauert nicht mehr lange, dann bist du genauso verrückt wie er.

Rudys Stimme war heiser vor Bestürzung. »Ich verstehe nur, daß Sie verrückt sind . . .«

»Bin ich das wirklich?« Die weißen Augenbrauen hoben sich in gespielter Gekränktheit. »Und wie definieren Sie Verrücktheit?«

»Verrückt ist jemand, der den Unterschied zwischen dem, was wirklich ist, und dem, was nur in seiner Einbildung existiert, nicht kennt.«

»Ah«, bemerkte Ingold, dem damit alles klar schien. »Sie meinen also, daß ich verrückt bin, wenn ich etwas, das ich mit eigenen Augen gesehen habe, nicht glaube, nur, weil ich es für unmöglich halte?«

»Ich habe es auch nicht gesehen!« schrie Rudy erregt auf.

»Sie wissen, daß Sie es gesehen haben«, entgegnete Ingold ruhig. »Sie glauben doch tausend Dinge, die Sie niemals mit eigenen Augen gesehen haben, Rudy.«

»Das tue ich nicht!«

»Sie glauben an den Herrscher Ihres Landes.«

»Aber ich habe ihn gesehen! Ich habe ihn im Fernsehen gesehen.«

»Und haben Sie in diesem Fernseher nicht auch Menschen gesehen, die aus silbernen Lichtschwaden auftauchen?«

»Zum Teufel, kommen Sie mir nicht damit! Sie wissen ebensogut wie ich . . .«

»Aber nein, Rudy, ich weiß es nicht. Wenn Sie sich willentlich entschließen, Dinge zu leugnen, die Sie mit Ihren eigenen Sinnen wahrgenommen haben, ist das Ihr Problem, nicht meins. Ich bin, was ich bin . . .«

»Das sind Sie nicht!«

Langsam und geistesabwesend ahmte Ingold Rudys Gewohnheit, die Bierdose zu zerquetschen, nach und zerdrückte sie zu einem Blechklumpen, der etwas kleiner war als seine geballte Faust. »Sie sind wirklich einer der voreingenommensten jungen Menschen, denen ich je begegnet bin«, erklärte er. »Für einen Künstler haben Sie erstaunlich wenig Phantasie.«

Rudy holte tief Luft, um darauf zu antworten, dann stieß er sie hörbar wieder aus. »Woher wissen Sie, daß ich Künstler bin?«

Belustigte Augen sahen ihn herausfordernd an. »Eine kühne Vermutung.« Tief im Herzen wußte Rudy, daß es das nicht war. »Sie sind doch einer, oder nicht?«

»Hm – na ja, ich bemale Autokarosserien und entwerfe Muster für die Benzintanks von Motorrädern, solche Sachen.« Er bemerkte Ingolds verwundertes Stirnrunzeln und fügte hinzu: »Ja, ich nehme an, man könnte es Kunst nennen.«

Wieder schwiegen die beiden, und der alte Mann blickte auf seine narbenbedeckten Hände, die im Sonnenlicht auf der Tischkante ruhten. In der Hütte war nichts zu hören als das Zirpen der Insekten im hohen Gras draußen. Schließlich hob Ingold den Blick und lächelte. »Und ist es unter Ihrer Würde, Freunde zu haben, deren Realität nicht den normalen Maßstäben angepaßt ist, wie Sie es wahrscheinlich nennen würden?«

Rudy dachte an einige der Leute, die um Wild Davids Motorradwerkstatt herumgingen. Nicht den normalen Maßstäben angepaßt, so konnte man es auch nennen. Er lachte. »Teufel, wenn ich so denken würde, hätte ich ungefähr zwei Freunde. Also gut, Sie haben gewonnen.«

Der alte Mann blickte überrascht und ein wenig beunruhigt auf. »Wollen Sie damit sagen, daß Sie mir glauben?«

»Nein – aber es macht mir nichts aus, wenn es Sie nicht stört.«

Wenn er schizo ist, ging es Rudy später durch den Kopf, *dann ist er es durch und durch.* Zauberei, das sagenhafte Reich Darwath, die Verborgene Stadt Quo am Westlichen Ozean, wo das gesammelte Wissen der Magier aus hundert Generationen in den finsteren Labyrinthen von Forns Turm gespeichert lag – es war alles in Ingold, er schien ebenso vertraut damit wie Rudy mit seiner Welt der Pinselstriche, Motorräder und Karosseriewerkstätten, des Benzingeruchs und des Blechs. Den ganzen warmen Vormittag über bastelte Rudy am Motor des Chevy herum. Ingold ging ihm gelegentlich zur Hand, wenn er gebraucht wurde, und hielt sich fern, wenn er nicht gebraucht wurde, und ihr Gespräch drehte sich um Magie, das Nichts, Maschinen und Malerei. Ingold unterlief kein einziger Fehler.

Er war nicht nur vollkommen vertraut mit seiner eigenen Phantasiewelt, sondern Rudy stellte auch fest, daß er jene Wissenslücken hatte, die ein Mensch haben mußte, der diese Welt nur unvollständig kannte. Er schien außerordentlich fasziniert von Rudys Welt, von dem Wunder

Radio und Fernsehen, der Kompliziertheit des Sozialsystems und den Geheimnissen des Verbrennungsmotors. Er hatte die unersättliche Neugier, die, wie er gesagt hatte, das Merkmal der Zauberer war: die Begierde nach Wissen, nach Wissen jeglicher Art, die selbst die elementarsten Bedürfnisse nach Bequemlichkeit und Sicherheit außer Kraft setzte.

Wenn das Kind nicht wäre, dachte Rudy, und blickte aus dem Schatten des Wagens zu diesem Zauberer hinüber, der im hohen Gras saß und aufmerksam damit beschäftigt war, eine Samenkapsel auseinanderzupflücken und zu untersuchen, *wäre es mir gleichgültig. Zum Teufel, der Kerl könnte behaupten, er wäre Napoleon, und ich würde mich einen Dreck darum scheren. Aber es geht nicht, daß er mit einem so kleinen Kind hier am Ende der Welt herumläuft.*

Und die Katerhalluzination, die aus der brennenden Luft hervorgetreten war, tauchte wieder vor ihm auf, das Gefühl der vollkommenen Wirklichkeit dieser Erscheinung, viel klarer, als ihm der Muskateller oder sonst etwas jemals hätte vorgaukeln können. Etwas daran beunruhigte ihn, etwas, das er noch nicht näher bestimmen konnte.

Dann bewegte sich die verrostete Mutter, mit der er sich gerade abmühte, und andere Dinge erforderten seine Aufmerksamkeit. Zehn Minuten später schob er sich, ölverschmiert, schwitzend und erbost, unter dem Wagen hervor. Ingold legte die Samenkapsel beiseite und hob fragend die Augenbrauen.

Rudy schleuderte den Schraubenschlüssel, den er in der Hand hielt, wütend in den Staub. »Verdammte Benzinpumpe«, schnaubte er und ließ sich mit gekreuzten Beinen neben dem Zauberer nieder.

»Es ist also die Pumpe und nicht die Zuleitung?« Rudy hatte ihm das Problem kurz erklärt.

»Ja.« Er fluchte und ließ sich ausführlich über das Auto, seinen Besitzer und die Dinge im allgemeinen aus. Er schloß mit den Worten: »Ich nehme also an, es bleibt mir nichts anderes übrig, als zur Straße zu laufen und von dort aus zu trampen.«

»Nun«, erklärte Ingold behaglich, »meine Kontaktperson in dieser Welt müßte bald hier eintreffen. Sie könnten sich immerhin von ihr in bewohntes Gebiet mit zurücknehmen lassen.«

Rudy, der sich gerade die Hände an einem alten Lumpen abwischte, den er von der Rückbank gefischt hatte, hielt inne. »Ihre was?«

»Meine Kontaktperson in dieser Welt.« Er bemerkte Rudys Erstaunen und erklärte: »Ich werde die Nacht in Ihrer Welt zubringen müssen, und obgleich ich bei anderer Gelegenheit schon gehungert habe, sehe ich dazu keine Veranlassung, wenn es sich vermeiden läßt.«

»Dann sind Sie also auf der Durchreise, stimmt das?« Rudy fragte sich, ob es eine solche Kontaktperson wirklich gab oder ob das ein weiteres Produkt der merkwürdigen Phantasie des Alten war.

»Sozusagen«, erwiderte Ingold langsam.

»Aber wenn Sie in Ihrer Welt ein Zauberer sind, wie kommt es dann, daß Sie Hunger leiden?« fragte Rudy mehr aus einer trägen Neugier heraus als aus anderen Gründen. »Wie kommt es, daß Sie nicht einfach Essen herbeizaubern können, wenn Sie Hunger haben?«

»Weil es so nicht funktioniert«, erklärte Ingold einfach. »Die Vorstellung von Essen zu erzeugen, ist ziemlich einfach. Will ich erreichen, daß Ihnen diese Handvoll Gras wie echtes Brot schmeckt, brauche ich Sie bloß zu überzeugen, daß Sie, in Geschmack, Beschaffenheit und Aussehen, Brot essen. Aber wenn Sie es essen würden, würde es Ihnen nicht mehr Nährstoffe zuführen als Gras, und bei einer ständigen Ernährung damit würden Sie bald verhungern. Aber um das innere Wesen des Grases wahrhaftig zu verändern, müßte man die Wirklichkeit selbst verwandeln, müßte sich in die Beschaffenheit des gesamten Universums einmischen.«

»Viel Aufwand für ein Stückchen Brot.«

»Mehr noch, es ist außerordentlich gefährlich. Jedes Einmischen in die Beschaffenheit des Universums, wie unbedeutend auch immer, ist gefährlich. Aus diesem Grund verwandelt ein Zauberer selten die Gestalt eines Menschen. Die meisten höheren Magier wissen, welchem Prinzip die Verwandlung in ein Tier – mit dem Herzen und dem Bewußtsein eines Tieres – gehorcht, aber nur sehr, sehr wenige würden es wagen, dieses Wissen in die Praxis umzusetzen. Ein Erzmagier würde es vielleicht, unter Lebensgefahr, tun. Aber . . .« Plötzlich verstummte er und hob den Kopf. Rudy vernahm das weit entfernte Tuckern eines Motors in der stillen, hellen Nachmittagsluft.

»Meine Freundin«, erklärte Ingold. Er erhob sich und streifte trockenes Gras und Zweige von seinem Gewand. Rudy sprang ebenfalls auf die Füße, als ein staubiger, roter Volkswagen in einer Kurve am Berghang auftauchte.

»Das sehe ich mir an.«

Die Reifen wirbelten eine helle Staubwolke auf, die den Wagen einhüllte, während er langsam, vorsichtig durch die Furchen und Schlaglöcher der unwegsamen Straße holpernd, näher kam. Wenige Meter von ihnen entfernt hielt er an, die Tür öffnete sich, und ein Mädchen stieg aus.

Sie warf Rudy einen Blick zu und zögerte, Argwohn und Mißtrauen in den Augen. Dann trat Ingold zu ihr und streckte ihr beide Hände zum Willkommensgruß entgegen. »Gil«, sagte er. »Das ist Rudy Solis. Er hält mich für verrückt. Rudy – Gil Patterson. Meine Kontaktperson in dieser Welt.«

Die beiden maßen sich schweigend mit feindseligen Blicken.

Gil wäre fast die Autobahnstreife lieber gewesen. Diesem Typ konnte man den Motorradfreak von weitem ansehen: ölverschmierte Jeans, schmuddeliges, weißes T-Shirt, vergammelte Stiefel. Dunkle Haare mit einem leichten Rotschimmer fielen von einem langen Mittelscheitel bis fast auf die Schultern hinunter. Seine spöttischen dunkelblauen Augen unter scharf hervorstechenden schwarzen Augenbrauen musterten sie kalt von oben bis unten und wandten sich ab. Sie bemerkte einen Knick in seinem Nasenrücken. Ein Bruch des Nasenbeins? RUDY war über einer brennenden Fackel auf dem linken Handgelenk eintätowiert. *Ein richtiger Idiot.*

Ein bißchen groß und mager, aber ganz hübsch. dachte Rudy, während er sie musterte. *Aber zickig, darauf möchte ich wetten. Eine richtige Schreckschraube.* Außerdem bemerkte er die abgetragenen Jeans, das blaukarierte Hemd, ein ungeschminktes Gesicht, Hände, die keine Spuren von harter Arbeit zeigten, abgekaute Fingernägel und kühle, helle, abweisende Augen. *Wo hat Ingold die denn aufgestöbert?*

Ingold fuhr fort: »Rudy hat es hierher verschlagen, weil er Schwierigkeiten mit seinem Wagen hatte. Können Sie ihn auf dem Rückweg mitnehmen, soweit es nötig ist, Gil, mir zuliebe?«

Mißtrauisch wanderten ihre Blicke von Ingold zu Rudy, dann wieder zu dem Zauberer zurück. Ingold legte ihr kurz die Hand auf die Schulter und sagte dann ruhig: »Es ist schon gut. Er braucht mir nicht zu glauben, Gil.«

Sie seufzte und zwang sich, die Anspannung abzuschütteln. »In Ordnung«, stimmte sie zu.

Rudy beobachtete die Szene, die doch etwas an Verärgerung grenzte, mit Neugier: »Du brauchst mir keinen Gefallen zu tun.«

Die hellen grauen Augen wurden noch kühler. Kaum merklich verstärkte Ingold den Druck seiner Hand auf Gils hagerer Schulter, und sie fuhr mit weicherer Stimme fort: »Nein, es ist schon in Ordnung.«

Daraufhin ließ auch Rudys Spannung nach. Und er meinte es aufrichtig, als er sagte: »Danke. Hm – kann ich dir dabei helfen?« Denn Gil hatte sich wieder dem Auto zugewandt und holte verschiedene Vorräte, darunter Dosenfleisch und Windeln, vom Rücksitz. Er blieb ein Stück zurück und folgte Ingold an ihrer Seite zur Hütte. Sobald der alte Mann außer Hörweite war, fragte Rudy leise: »Wer ist er?«

Sie musterte ihn mit ihren hellen Schulmeisteraugen – altjüngferliche Augen im Gesicht eines Mädchens, das nicht älter war als er. »Was hat er dir gesagt?«

»Daß er eine Art Zauberer aus einem anderen Universum ist.«

Wenn Gil verlegen war, wurde sie gewöhnlich schroff. »Das ist die Wahrheit.«

Rudy beschloß, sich nicht aus der Fassung bringen zu lassen. »Wo hast du ihn kennengelernt?«

Gil seufzte. »Das ist eine lange Geschichte«, sagte sie, indem sie sich auf Ingolds übliche Erklärung besann. »Und es spielt eigentlich keine Rolle.«

»Für mich spielt es eine Rolle«, widersprach Rudy und warf einen Blick nach vorn, wo Ingold gerade im Schatten des Hauseingangs verschwand. »Weißt du, ich mag den Alten, ich mag ihn wirklich, auch wenn er nicht alle Tassen im Schrank hat. Ich mache mir nur Sorgen, daß dem Kind etwas passiert.«

Sie blieben am Fuße der baufälligen Treppe stehen, und zum ersten Mal betrachtete Gil das Gesicht des jungen Mannes aufmerksam. Es war sonnengebräunt und sensibel, weder grobschlächtig noch einfältig. »Glaubst du, daß er es zulassen würde, daß Tir etwas passiert?«

Rudy ließ im Geist die Szene zwischen dem alten Mann und dem Kind vorüberziehen, die sanfte Umsicht und den schützenden Ton in seiner Stimme, als er mit dem Baby gesprochen hatte. »Nein«, erwiderte er langsam. »Nein – aber was tun sie hier draußen? Und was wird passieren, wenn er so in die Zivilisation zurückmarschiert?«

In seiner Stimme schwang echte Besorgnis, die Gil fast rührend fand. *Abgesehen davon,* dachte Gil, *hätte ich nicht die Träume gehabt, würde ich wahrscheinlich genauso denken.*

Sie verlagerte ihre Bürde von einer Hand in die andere. »Es wird alles gut gehen«, versicherte sie ruhig.

»Weißt du denn, was los ist?«

Sie nickte.

Rudy sah sie zweifelnd an. Er war nicht völlig zufriedengestellt und spürte, daß irgend etwas fehlte. In einer Hinsicht war das Mädchen wohl tatsächlich Ingolds Kontaktperson zur Wirklichkeit und gab ihm die Hilfe, die der alte Mann trotz seiner offenkundigen Klugheit und trotz seines Charmes bitter nötig hatte. Und doch – und doch – undeutlich schob sich das Bild des alten Mannes, wie er aus einem flammenden, silbernen Lichtkreis trat, wieder in sein Gedächtnis, als er, dicht von Gil gefolgt, die Treppe hinaufstieg. Unvermittelt drehte er sich zu ihr um und fragte: »Glaubst du ihm?«

Aber bevor Gil noch antworten konnte, ging die Hüttentür auf, und Ingold trat, ein gerötetes, schlaftrunkenes Baby in den Armen, ins Freie. »Das ist Prinz Altir Endorion«, stellte er das Kind vor.

Gil und Rudy stiegen die letzten Stufen zu ihm hinauf, und die Frage blieb unbeantwortet. Im großen und ganzen mochte Gil Kinder nicht besonders, aber wie die meisten hartherzigen Frauen besaß sie einen wunden Punkt, wenn es um die ganz Kleinen und Hilflosen ging. Sie berührte die runde, rosige Wange mit ehrfürchtiger Behutsamkeit, als befürchtete sie, das Kind könnte unter der Berührung zerbrechen. »Er ist wunderschön«, flüsterte sie.

»Und sehr feucht«, erwiderte Ingold und ging ihnen ins Innere des Hauses voran.

Es war Rudy, der schließlich das Wickeln übernahm, da er der einzige war, der auf diesem Gebiet Erfahrung besaß. Gil bereitete unterdessen eine Mahlzeit aus Dosenfleisch und kochte Kaffee; Ingold untersuchte die Lichtschalter, um herauszufinden, wie Elektrizität funktionierte. Rudy bemerkte, daß Gil, neben vielen anderen Dingen, einen Ersatzkanister Kerosin mitgebracht hatte. Allem Anschein nach war seit Jahren kein Mensch mehr hier gewesen. Und als er das Haus zum ersten Mal betreten hatte, stand der kleine Kocher – wenn er sich recht erinnerte – verborgen unter einem Tisch.

Woher hatte Ingold es gewußt?

Gil trat zu ihm und stellte einen Styroporbecher mit einer dampfenden schwarzen Flüssigkeit auf den Fußboden neben ihm. Sie beobachtete Rudy, der mit Tir spielte und ihn kitzelte, einen Augenblick lang lächelnd, dann sagte sie: »Weißt du, daß ich noch nie einen Mann gesehen habe, der freiwillig Windeln gewechselt hätte?«

»Teufel«, erwiderte Rudy grinsend. »Wenn du sechs jüngere Geschwister hast, gewöhnst du dich allmählich daran.«

»Wahrscheinlich.« Sie prüfte einen der wackligen Stühle und setzte sich dann, den Arm auf die Rückenlehne gestützt darauf. »Ich hatte nur eine einzige Schwester, und sie ist nur zwei Jahre jünger als ich; ich habe es also nie gelernt.«

Rudy hob den Kopf und sah sie an. »Ist sie dir ähnlich?« fragte er.

Gil schüttelte bedauernd den Kopf. »Nein. Sie ist hübsch. Sie ist zweiundzwanzig und läßt sich bereits zum zweiten Mal scheiden.«

»Ja, eine meiner jüngeren Schwestern ist genauso«, entgegnete Rudy nachdenklich, indem er in der Tasche seiner abgelegten Jacke nach seinen Motorradschlüsseln kramte, die Tir voller Wonne entgegennahm und augenblicklich zu verspeisen versuchte. »Sie ist siebzehn und schon weiter herumgekommen als ich.« Dann bemerkte er Gils hochgezogene Augenbraue und ihren mißbilligenden Blick, dem er zu der Verzierung auf dem Rücken seiner Jacke folgte – Totenkopf, Rosen, schwarze Flammen und all das Zeug. »Ach das«, sagte er ein wenig verlegen. »Picasso hatte seine blaue Periode. Ich hatte meine Pachuco-Periode.«

»Oh«, sagte Gil. Sie glaubte ihm kein Wort. »Bist du in einer Gang?«

Rudy, dem der abfällige Ton in ihrer Stimme nicht entgangen war, ließ sich auf die Fersen zurückfallen. »Was zum Teufel glaubst du, was ich tue? In Fontana leben und Überfälle machen?«

Da sie genau das von ihm dachte, sagte sie: »Nein. Ich meine –.« Sie brach verwirrt ab. »Willst du damit sagen, daß du das selbst gemalt hast?«

»Klar«, erwiderte Rudy, indem er nach dem anstößigen Kleidungsstück mit den mannigfaltigen Symbolen und noch mehr Ölflecken darauf langte und es ausbreitete. »Ich würde es heute allerdings besser machen – ich würde eine andere Aufschrift und kein Feuer wählen; das Feuer sieht irgendwie kitschig aus. Das heißt, wenn ich es heute überhaupt noch machen würde. Es ist ein bißchen kindisch«, gab er zu. »Aber es ist immerhin eine gute Werbung.«

»Willst du damit sagen, daß du dir damit deinen Lebensunterhalt verdienst?«

»Aber ja. Im Augenblick jedenfalls. Ich arbeite in der Karosserie- und

Malerwerkstatt von Wild David Wilde in Berdoo, und das Malen ist verdammt viel einfacher als die Karosseriearbeiten, das kann ich dir sagen.«

Gil betrachtete die Jacke noch einen Augenblick, ihr Kinn ruhte auf den gefalteten Händen auf der Rückenlehne des Stuhles. Obwohl die Zeichnung grausig, aggressiv und unheimlich war, zeugte sie von einer gewissen Kunstfertigkeit und Stilsicherheit. »Dann bist du selbst also kein Motorradfahrer?«

»Ich fahre schon Motorrad«, erklärte Rudy. »Ich mag Motorräder und arbeite daran. Aber ich gehöre zu keiner Gang. Damit kann man sich viel Ärger einhandeln.« Er zuckte die Achseln. »Das sind echt schwere Jungs. Ich könnte das nicht.«

Ingold kam wieder herein, nachdem er die Elektroleitungen bis zu ihrem Ursprung verfolgt und das Gelände um das kleine Haus erkundet hatte, als suche er etwas in der stauberfüllten Stille des Haines. Gil tischte Suppe und Brot auf. Während des Essens lauschte Rudy aufmerksam der Unterhaltung zwischen dem Mädchen und dem Zauberer, und er fragte sich erneut, ob diese magere, zickig aussehende Frau dem Alten glaubte oder ob es sich um rücksichtsvolles Gewährenlassen gegenüber einem alten, geliebten und vollkommen verrückten Freund handelte.

Es war unmöglich, das zu sagen. Daß sie ihn mochte, war offenkundig; sie hatte ihre steife Zurückhaltung ein wenig abgelegt, und ihr Gesicht wirkte, wenn es in Bewegung war, fast hübsch. Aber es war Ingold, der die Gesprächsführung übernommen hatte, während sie ihm folgte; und es gab Augenblicke, in denen Rudy nicht sicher war, ob Gil nicht ebenso verrückt war wie der Alte.

»Das mit den Erinnerungen habe ich nicht verstanden«, erklärte Gil, während sie in ihren Kaffee blies, um ihn abzukühlen. »Sie und Eldor, Sie haben darüber gesprochen, aber ich verstehe es nicht.«

»Keiner versteht es wirklich«, entgegnete Ingold. »Es ist ein sehr seltenes Phänomen, noch seltener als die Zauberkunst. Meines Wissens ist es in der gesamten Geschichte des Reiches nur dreimal in Adelsgeschlechtern und zweimal in Bauernfamilien vorgekommen. Wir wissen weder, was es ist, noch warum es geschieht, warum ein Sohn sich plötzlich an Dinge erinnert, die seinem Großvater widerfahren sind, während sein Großvater derartige Fähigkeiten niemals entwickelt hat; warum diese Fähigkeit nur in der männlichen Linie weitergegeben wird, warum sie eine, zwei oder gar fünf Generationen überspringt, warum einige Söhne sich an bestimmte Ereignisse erinnern, während sie von anderen, an die sich ihre Brüder mit außerordentlicher Klarheit erinnern, keine Ahnung haben.«

»Es könnte so etwas wie eine doppelt rezessive genetische Information sein«, begann Gil nachdenklich.

»Eine was?«

»Ein genetisches Merkmal . . .« Sie unterbrach sich. »Himmel, ihr zwei versteht nichts von Genetik, wie?«

»Wie bei der Pferdezucht?« erkundigte sich Ingold lächelnd.

Sie nickte. »So ähnlich. Auf diese Weise züchtet man ein Merkmal heraus, das immer häufiger auftritt, je länger man die Inzucht weiterführt. Ich werde es irgendwann einmal erklären.«

»Du meinst«, mischte sich Rudy ein, den die Unterhaltung wider Willen anzog, »der Winzling hier erinnert sich angeblich an Dinge, die seinem Vater und Großvater passiert sind, und so ein Zeug?« Er schüttelte das Baby, das auf seinem Schoß saß, spielerisch.

»Er müßte es eigentlich«, erwiderte Ingold. »Aber es ist ein Glücksspiel, denn wir sind nicht sicher, ob er sich erinnert und woran. Sein Vater hat – hatte – die Erinnerung« – eine leichte Bewegung war in der rauhen Stimme des Zauberers zu vernehmen, fast ein Sprung, als er die Zeitform wechselte – »an Dinge, die sich zur Zeit seines ältesten Vorfahren, Dare von Renweth, ereignet hatten. Und, Gil, Dare von Renweth war König zu der Zeit, als sich die Dunklen erhoben.«

»Wer?« fragte Rudy.

»Die Dunklen.« Der Ausdruck der blauen Augen unter den schweren Lidern gab Rudy das unbehagliche Gefühl, daß seine Gedanken durchschaut wurden. »Der Feind, vor dem wir auf der Flucht sind.« Sein Blick wanderte zu Gil zurück, auf deren knochiges Gesicht der Lichtschein durch das Westfenster hart und gelb herunterfiel. »Ich fürchte, daß die Dunklen das unglücklicherweise wissen. Sie wissen vieles – ihre Macht ist eine andere als die meine, von anderer Art, als entspränge sie einer anderen Quelle. Ich glaube, sie haben ihre Angriffe deswegen auf den Palast von Gae konzentriert, weil sie wissen, daß Eldor und Tir ihnen gefährlich werden können, daß die Erinnerungen, über die der König und der Prinz verfügen, der Schlüssel zu ihrer schließlichen Niederlage sind. Sie haben Eldor – ausgelöscht. Jetzt ist nur noch Tir übrig.«

Gil hob den Kopf und warf einen Blick auf das rotwangige Baby, das auf Rudys Schoß saß und würdevoll mit einem Bund Motorradschlüssel hantierte. Dann wanderte ihr Blick zu dem Zauberer zurück, dessen Profil sich vor dem gesprungenen, schmierigen Fenster abzeichnete, durch das man die Berge sehen konnte, verlassen und einsam und von der tiefstehenden Sonne golden gefärbt. Ihre Stimme klang ruhig. »Könnten sie Ihnen hierher gefolgt sein?«

Ingold sah rasch zu ihr hinüber, ihre Augen begegneten einander, dann wandte er den Blick ab. »Ach, ich glaube es nicht«, sagte er freundlich. »Sie haben keine Ahnung, daß es das Nichts gibt, und noch viel weniger wissen sie, wie man es durchquert.«

»Woher wollen Sie das wissen?« fragte sie hartnäckig. »Sie haben selbst gesagt, daß Sie die Kräfte der Dunklen nicht durchschauen und auch keine Vorstellung von ihrem Wissen haben, daß Sie in dieser Welt überhaupt keine Macht haben. – Wenn die Dunklen das Nichts durchqueren würden, hätten sie dann Macht?«

Er schüttelte den Kopf. »Ich bezweifle, daß sie in dieser Welt auch nur existieren könnten«, erklärte er. »Die Gesetze der Materie sind hier vollkommen anders. Was, nebenbei bemerkt, genau das ist, was die Magie möglich macht – eine Veränderung in der Art und Weise, wie physikalische Gesetze wirken . . .«

Die Unterhaltung wandte sich der Theorie der Magie und ihrer Beziehung zu den Kriegskünsten zu, und Rudy hörte mit wachsendem Erstaunen zu; wenn Ingold seinen Teil der Lektion kannte, so konnte man von Gil ganz gewiß das gleiche behaupten.

Nach einiger Zeit nahm Ingold Tir an sich und fütterte ihn, während Gil, die die Stille der letzten westlichen Sonnenstrahlen genießen wollte, leise auf die Veranda hinaustrat. Sie setzte sich an den Rand der hohen Plattform, ließ die gestiefelten Füße in der Luft baumeln, legte die Arme auf den untersten Balken des brüchigen alten Geländers und beobachtete die Berge, deren Farbe sich von Rotgold in ein blasses Kristallblau veränderte. In der Luft schimmerte der Staub im Sonnenlicht, und im nächsten Augenblick legten die Berge ihren kühlen Schatten darüber. Der Abendwind strich sanft durch das löwengelbe Gras der kargen Landschaft. Jeder Felsblock und jeder verkrüppelte Baum wurde von diesem Licht mit einer einzigartigen und besonderen Schönheit erfüllt. Das Licht verlieh selbst dem Wrack des blauen Chevy und dem klapprigen, alten VW, der halb hinter einem Vorhang von flüsternden Gräsern verborgen war, einen Hauch vornehmer Würde.

Sie hörte, wie die Tür hinter ihr geöffnet und wieder geschlossen wurde, und nahm den dunklen Geruch von Talg und rauchdurchdrungener Wolle wahr, als Ingold, der jetzt wieder den dunklen Umhang über das helle Wollgewand gelegt hatte, sich neben ihr niederließ. Einige Minuten lang sagte keiner von ihnen ein Wort; sie beobachteten in warmem, kameradschaftlichem Schweigen den Sonnenuntergang, und Gil empfand ein Gefühl der Zufriedenheit.

Schließlich sagte er: »Danke, daß Sie gekommen sind, Gil. Sie waren eine unschätzbare Hilfe.«

Sie schüttelte den Kopf. »Ach, lassen Sie nur.«

»Macht es Ihnen sehr viel aus, Rudy mit zurückzunehmen?« Seine Stimme verriet ihr, daß er ihre Abneigung gespürt hatte und sich deswegen Gedanken machte.

»Es macht mir nichts aus.« Sie wandte den Kopf, die Wange noch immer auf den Arm auf dem Geländer gelegt. »Er ist in Ordnung. Wenn ich Sie nicht kennen würde, würde ich Ihnen wahrscheinlich auch kein Wort glauben.« In dem goldenen Lichthauch stellte sie fest, daß seine Wimpern, obgleich sein Haar weiß war, noch immer den hellen Rotton hatten, der früher einmal seine natürliche Haarfarbe gewesen sein mußte. Sie fuhr fort: »Aber ich werde ihn an der Hauptstraße absetzen und wieder zurückkommen. Ich möchte Sie nicht allein hier zurücklassen.«

»Ich werde zurechtkommen«, erklärte der Zauberer freundlich.

»Das ist mir egal«, entgegnete sie.

Er warf ihr einen schnellen Blick aus den Augenwinkeln zu.

»Sie könnten uns nicht helfen, wenn etwas passieren würde, wissen Sie.«

»Sie haben hier keine Zauberkraft«, sagte sie leise, »und Sie stehen mit dem Rücken zur Wand. Ich werde Sie nicht allein lassen.«

Ingold verschränkte die Arme auf dem Geländer und legte das Kinn auf die gekreuzten Handgelenke, und eine Weile schien er nur in die Betrachtung der Wellenlinien, die der Wind in dem hohen Gras unter der Veranda zeichnete, versunken zu sein. Das Sonnenlicht umkränzte die Berge in der Ferne wie mit einem Heiligenschein. »Ich weiß Ihre Loyalität zu schätzen«, sagte er endlich, »wenn sie auch fehlgeleitet ist. Aber es wird nicht dazu kommen. Sehen Sie, ich habe beschlossen, das Risiko auf mich zu nehmen und schon heute nacht zurückzukehren, bevor es vollständig dunkel ist.«

In Gils Verwunderung mischten sich Erleichterung und Unbehagen. »Wird es Tir nicht schaden?«

»Ich werde uns in einen Zauber hüllen, der ihn vor dem Schlimmsten schützt.« Ein letzter Sonnenstrahl fiel über den Rand der Berge; die Abendbrise trug die dünne Kälte der hereinbrechenden Nacht heran. »In meiner Welt werden wir noch gut zwei Stunden Tageslicht haben, wenn Tir und ich dort eintreffen – das Nichts scheint eine Zeitverschiebung zu bewirken, eine Ungleichzeitigkeit, die zwischen Ihrer und meiner Welt herrscht. Wir müßten bis zum Einbruch der Dunkelheit unser Versteck erreicht haben.«

»Ist das nicht furchtbar gefährlich?«

»Vielleicht.« Er drehte den Kopf ein wenig und sah ihr in die Augen, und in dem schwächer werdenden Abendlicht glaubte sie zu erkennen, daß er müde aussah. Die Schatten des Geländers bildeten dunkle Streifen auf seinem Gesicht, aber sie vermochten nicht die tiefen Linien um Mund und Augen zu verbergen. Er spielte mit den Fingern geistesabwesend an den Holzsplittern, beiläufig, als spräche er nicht von der Gefahr, in die er sich begeben würde. »Aber ich würde eher dieses Risiko aufnehmen, als Ihre Welt in Gefahr zu bringen, sollte es sich erweisen, daß die Dunklen doch in der Lage sind, mir durch das Nichts zu folgen.«

Dann seufzte er und erhob sich, als wollte er das Thema aus seinen Gedanken verbannen. Er half ihr auf, und seine Hand war rauh, warm und kraftvoll, aber so leicht und gewandt wie die eines Goldschmiedes. Der letzte Schein des Tageslichtes umflutete sie, ihre Umrisse hoben sich von den flammenden Fensterscheiben ab. »Ich habe das Recht, mein eigenes Leben zu riskieren, Gil«, erklärte er. »Aber wenn es mir irgend möglich ist, setze ich nicht das Leben anderer Menschen aufs Spiel, besonders, wenn es sich um Menschen handelt, die sich loyal verhalten wie Sie. Machen Sie sich also keine Sorgen. Wir werden in Sicherheit sein.«

Drittes Kapitel

»Wohin wolltest du?« Gil lenkte den VW vorsichtig in einen kleinen Bogen, rumpelte langsam über Steine und holperigen Boden und setzte dann auf die Straße zurück. Die Straße, die Berge und die dunklen Bäume der Plantage waren im Zwielicht graublau und farblos geworden. Im Rückspiegel sah sie Ingolds Schwert, das zum Abschiedsgruß hoch aufgerichtet war. Sie sah ihn auf der Veranda vor der Hütte stehen, aufrecht und stark in seinem wehenden dunklen Umhang, und ihr Herz zog sich zusammen vor Furcht bei seinem Anblick. Rudy kaute auf einem Grashalm, ließ einen Arm aus dem Fenster hängen und wirkte etwa so beruhigend auf sie wie ein Gruselfilm in einer dunklen, stürmischen Nacht.

»San Bernardino«, erwiderte er und warf ebenfalls einen Blick zurück zu der dunklen Gestalt des Zauberers im Schatten des Hauses.

»Ich kann dich dorthin bringen«, erbot sich Gil, während sie einem Schotterstreifen und der tief ausgespülten Spurrinne der Regenfälle des vergangenen Winters auswich. »Ich fahre weiter nach Los Angeles, es ist also kein Umweg.«

»Danke«, sagte Rudy. »Es ist höllisch schwer, nachts zu trampen.«

Gil grinste ungewollt. »In dieser Jacke kann ich mir das vorstellen.«

Rudy lachte. »Kommst du aus L.A.?«

»Ursprünglich nicht. Ich gehe dort zur Universität; ich sitze im Doktorandenseminar für Geschichte des Mittelalters.« Aus den Augenwinkeln sah sie, daß er überrascht aufblickte, die typische Reaktion für einen Mann, hatte sie festgestellt. »Ursprünglich komme ich aus San Marino.«

»Ah«, sagte Rudy, dem der Name dieses wohlhabenden Vorortes bekannt war, wissend. »Kind reicher Eltern.«

»Eigentlich nicht.« Gil widerstrebte die Zuordnung mehr als die Tatsache. »Na ja – wahrscheinlich könnte man es so nennen. Mein Vater ist Arzt.«

»Facharzt?« fragte Rudy halb neckend.

»Kinderpsychiater«, erklärte Gil und mußte unwillkürlich darüber grinsen, wie genau die Zuordnung auf sie zutraf.

»Oha.«

»Sie haben mich enterbt«, fügte sie mit einem Achselzucken hinzu. »Es spielt also keine Rolle.« Ihre Stimme klang beiläufig, beinahe schuldbewußt. Sie schaltete die Scheinwerfer ein, und der Staub wirbelte weiß im schwachen Licht. Rudy sah, daß ihr Gesicht wieder den verschlossenen, wachsamen Ausdruck zeigte, eine Festung, die gegen jeden Eindringling verteidigt wurde.

»Warum, zum Teufel, haben sie dich enterbt?« Unwillkürlich empfand er, stellvertretend für sie, Empörung. »Jesus, meine Mutter würde meinen Schwestern sogar einen Mord verzeihen, wenn sie nur das Gymnasium abschließen würden.«

Gil kicherte bitter. »Meine hat etwas gegen den Dr. phil.«, erklärte sie. »Welcher aufstrebende junge Arzt oder Zahnarzt würde schon eine Geschichtswissenschaftlerin heiraten? Sie sagt es nicht offen, aber das ist es, was sie meint.« Darauf lenkte Gil den Wagen eine Weile schweigend weiter.

Die dunklen Formen der Berge drängten sich dichter um das kleine Auto, Sterne tauchten im klaren Blau des Abendhimmels auf, klein und hell und sehr fern. Als Rudy in die milchige Dunkelheit hinausstarrte, erkannte er die Landschaftsmerkmale wieder, die er auf der Hinfahrt gesehen hatte, den Felsen, den Baum und die runden, glatten Umrisse des Landes. Die grünen Augen eines winzigen Tieres blitzten kurz in der Dunkelheit auf, dann verschwanden sie, und eine kleine, pelzige Gestalt huschte über die dunkle Straße.

»Sie haben dich also rausgeschmissen, nur, weil du was anderes studieren willst?«

Sie zuckte die Achseln. »Sie haben mich nicht richtig hinausgeworfen. Ich gehe nur einfach nicht mehr nach Hause. Es fehlt mir nicht«, fügte sie wahrheitsgemäß hinzu.

»Wirklich nicht? Mir würde es furchtbar fehlen.« Rudy lehnte sich gegen die Tür zurück, sein Arm lag malerisch auf dem Fenster, und der Wind strich ihm kühl über Handgelenk und Hals. »Na ja, weißt du, das Haus meiner Mutter ist wie ein Bahnhof, überall spielen die kleineren Kinder, die Katzen wimmeln herum, im ganzen Haus schmutziges Geschirr, im Hinterhof die Freunde meiner Schwestern – aber ich kann immer dorthin gehen, verstehst du? Ich werde dort immer willkommen sein, auch wenn ich brüllen muß, damit man mich überhaupt hört. Ich würde verrückt werden, wenn ich dort leben müßte, aber es ist schön, heimzukommen.«

Bei der Vorstellung des Bildes, das er vor ihren Augen entworfen hatte, mußte Gil grinsen, und sie verglich es im Geiste mit der frostig geschmackvollen Atmosphäre im Haus ihrer Mutter.

»Und du hast deine Familie verlassen, um zur Universität zu gehen?« In seiner Stimme schwang Verwunderung und Unglauben darüber, daß sie etwas Derartiges hatte tun können.

»Es gab dort nichts für mich«, erklärte Gil. »Und ich bin gerne Wissenschaftlerin. Sie können es nicht verstehen, daß ich nie etwas anderes tun oder sein oder haben wollte.«

Wieder folgte ein langes Schweigen. Vor ihnen flackerten gelbe Scheinwerferlichter in der Dunkelheit. Die Brücke der Autobahnüberführung spannte sich langgezogen und niedrig vor dem hellen Hintergrund der Berge; wie eine glitzernde Festung aus roten und bernsteingelben Flammen rollte ein Lastwagen darüber, und sein Motor klang wie ein fernes Donnergrollen. Ächzend quälte sich der VW zur Überführung hinauf. Rudy schmiegte sich in den Sitz zurück und betrachtete nachdenklich Gils ausgeprägtes und doch zartes Gesicht. Er dachte über ihre Großzügigkeit nach, die ihren harten Mund Lügen strafte, über die Sentimentalität, die in der Tiefe ihrer strengen, klugen Augen schlummerte. »Das ist komisch«, bemerkte er schließlich.

»Daß jemand so scharf aufs Lernen ist?« In ihrer Stimme lag ein Hauch von Spott, aber er überging es.

»Daß du irgend etwas so sehr willst«, erklärte er ruhig. »Ich habe nie etwas wirklich tun oder sein oder haben wollen. Ich meine, jedenfalls nicht so sehr, daß ich alles andere dafür fallengelassen hätte. Es klingt hart.«

»Das ist es«, entgegnete Gil und wandte ihre Aufmerksamkeit wieder der Straße zu.

»Ist dir Ingold dort über den Weg gelaufen?«

Sie schüttelte den Kopf. Obwohl sie den Eindruck gewonnen hatte, daß es den Zauberer nicht störte, wenn Rudy ihn für einen Anwärter auf die Gummizelle hielt, wollte sie doch nicht mit Rudy über Ingold sprechen.

Rudy ließ jedoch nicht locker. »Kannst du mir sagen, was, zum Teufel, das alles zu bedeuten hatte? Ist er wirklich so übergeschnappt, wie es den Anschein hat?«

»Nein«, erwiderte Gil ausweichend. Sie suchte krampfhaft nach einer einleuchtenden Erklärung für das Ganze, die sie Rudy vorsetzen konnte, um ihn so daran zu hindern, weitere Fragen zu stellen. Im Augenblick verspürte sie ein merkwürdiges Unbehagen, und sie war nicht in der Stimmung, irgendwelche Fragen über sich ergehen zu lassen, geschweige denn solche, die von offensichtlicher Ungläubigkeit zeugten. Ungeachtet der gelegentlichen Scheinwerferlichter auf der Autobahn, war sie sich wie nie zuvor der Schwere und der Tiefe der Nacht bewußt, der Dunkelheit, die von allen Seiten auf sie eindrängte. Ihr wurde klar, daß sie sich ohne rechten Grund wünschte, Rudy würde sein Fenster hochkurbeln, anstatt sich hinauszulehnen und den nächtlichen Wüstenwind durch das Auto streichen zu lassen.

Hinweisschilder, deren grelle Farben in der Dunkelheit leuchteten, huschten vorüber; dann und wann kam ihnen ein Auto entgegen, dessen gelbe Augen wild in die Nacht starrten. Sie legte im Geist die lange Strecke bis nach Hause zurück, die Straße, die sie vergangene Nacht in ihrem Traum qualvoller Unruhe gesehen hatte. Wohin sie kommen sollte, hatte sie in diesem Traum erfahren. Und merkwürdigerweise hatte sie dann vom nächsten Kapitel ihrer Doktorarbeit geträumt, an dem sie heute nacht arbeiten mußte, wollte sie das Ziel des Semesters erreichen. Doch ihre Gedanken sprangen von einem Thema zum anderen und kehrten immer wieder zu der stillen, einsam gelegenen Hütte zurück, zu dem zum Abschiedsgruß erhobenen Schwert . . .

»Du glaubst ihm.«

Überrascht wandte sie den Kopf, und ihre Augen begegneten Rudys Blick.

»Du glaubst ihm«, wiederholte er ruhig, und es klang nicht wie ein Vorwurf, sondern wie eine Feststellung.

»Ja«, erklärte Gil. »Ja, ich glaube ihm.«

Rudy wandte sich ab und blickte aus dem Fenster. »Eigenartig.«

»Es klingt verrückt . . .« begann sie.

Er wandte sich ihr wieder zu. »Nicht, wenn er es sagt«, bestritt Rudy höhnisch und streckte ihr anklagend den Finger entgegen, als würde sie es ableugnen. »Er ist, verdammt noch mal, der glaubwürdigste Mensch, dem ich je begegnet bin.«

»Du hast ihn nie durch das Nichts kommen sehen«, sagte Gil. »Ich habe es gesehen.«

Das brachte Rudy zum Schweigen. Er konnte es nicht über sich bringen, zu sagen: *ich habe es auch gesehen.*

Denn er wußte, daß es nur eine Halluzination gewesen war, dem grellen Sonnenlicht und einem tödlichen Kater entsprungen. Doch die Erinnerung daran kehrte auf beunruhigende Weise wieder – der blendend helle Lichtspalt, die Luft, die sich vor ihm auftat. *Aber ich habe es nicht gesehen,* beharrte er ungehalten. *Es hat nur in meinem Kopf existiert.*

Und er hörte Ingolds Stimme wie ein Echo sagen: *Du weißt, daß du es gesehen hast.*

Ja, ich weiß es.

Aber wenn es nur eine Katereinbildung war, woher wußte er es dann?

Rudy fühlte sich unsäglich erschöpft, und er seufzte. »Ich weiß nicht, was ich glauben soll, zum Teufel.«

»Glaub, was du willst«, sagte Gil. »Es spielt keine Rolle. Er kehrt heute nacht mit Tir in seine eigene Welt zurück. Dann sind sie fort.«

»Das ist doch ein Ammenmärchen!« entgegnete Rudy hartnäckig. »Warum sollte ein – ein Zauberer einen entführten Prinzen auf dem Weg in eine andere Welt durch diese Welt schleppen?«

Gil hielt den Blick fest auf die Straße gerichtet und zuckte die Achseln.

Gereizt fuhr er fort: »Und abgesehen davon, wenn er heute nacht in eine Welt zurückkehrt, in der er über magische Kräfte verfügt, warum hätte er es dann nötig, mich um Streichhölzer anzuschnorren? Er würde sie dort nicht brauchen.«

»Nein, das würde er nicht«, stimmte ihm Gil einlenkend zu. Dann ging ihr die Bedeutung dessen auf, was Rudy gesagt hatte, und sie warf ihm einen raschen Blick zu. »Hat er das wirklich getan?«

»Ja, kurz bevor wir abfuhren«, erklärte Rudy, ein wenig schadenfroh darüber, daß er die beiden durchschaut hatte. »Wozu sollte er Streichhölzer brauchen?«

Gil war zumute, als wäre ihr das Blut in den Adern gefroren. »Oh, mein Gott«, flüsterte sie.

Ich habe das Recht, mein eigenes Leben zu riskieren . . . aber ich setze nicht das Leben anderer Menschen aufs Spiel . . .

Als hätte sich eine Tür geöffnet und das Zimmer dahinter ihren Blicken preisgegeben, erkannte sie, daß Ingold gelogen hatte. Und sie wußte, warum er gelogen hatte.

Sie lenkte den Volkswagen an den Straßenrand, und während noch die abgefahrenen Reifen über den Schotter des unbefestigten Randstreifens holperten, wurde ihre Ahnung zur Gewißheit. Er konnte nur aus einem einzigen Grund Streichhölzer benötigen, der Zauberer, der in seiner eigenen Welt Feuer nach Belieben entfachen konnte.

Und in dieser Welt gab es nur einen einzigen Grund, aus dem der Zauberer heute nacht Feuer benötigen konnte.

Er hatte erst davon gesprochen, daß er zurückkehren würde, als sie sich erboten hatte, bei ihm zu bleiben, als sie die Möglichkeit erwähnt hatte, daß die Dunklen ihm durch das Nichts folgen konnten. Er hatte sich geweigert, aus Gae zu fliehen, bevor für all jene, die ihn brauchten, alle Hilfe zu spät war. Er würde also, in der einsamen Hütte auf sich allein gestellt, eher die Gefahr auf sich nehmen, als das Risiko einzugehen, irgend jemanden mit hineinzuziehen.

»Steig aus«, sagte sie. »Ich kehre um.«

»Was zum Teufel soll das?« Rudy starrte sie an, als hätte sie den Verstand verloren.

»Er hat gelogen«, sagte Gil, und plötzlich zitterte ihre leise Stimme vor Sorge. »Er hat gelogen, als er behauptet hat, er würde heute nacht das Nichts durchqueren. Er wollte uns loswerden, er wollte, daß wir verschwinden, bevor die Dunklen kommen.«

»Was?«

»Es ist mir egal, was du denkst«, fuhr sie hastig fort. »Ich fahre jedenfalls zurück. Er hat von Anfang an Angst gehabt, daß sie ihm durch das Nichts folgen würden . . .«

»Augenblick mal«, setzte Rudy erschrocken an.

»Nein. Du kannst den Rest des Weges trampen. Ich lasse ihn nicht allein mit ihnen.«

Im Licht der Scheinwerfer war ihr Gesicht weiß, ihre hellen Augen brannten fast furchteinflößend eindringlich. *Verrückt,* dachte Rudy, *alle beide vollkommen übergeschnappt. Warum muß das ausgerechnet mir passieren?*

»Ich komme mit«, sagte er. Es war eine Feststellung, kein Angebot.

Mißtrauisch blickte Gil ihn an.

»Nicht, daß ich dir glauben würde«, beeilte sich Rudy zu sagen und ließ sich lässig in die zerschlissenen Polster zurücksinken. »Aber ihr beide braucht wenigstens einen vernünftigen Menschen, der sich um das Kind kümmert. Jetzt dreh die Kiste schon um.«

Ohne auf die Straße hinter sich zu blicken, trat Gil auf das Gaspedal, preschte mit quietschenden Reifen und in einem Hagelsturm aufgewirbelten Schotters über den Mittelstreifen und schoß mit aufheulendem Motor wie ein Blechblitz in die Nacht davon.

»Da«, sagte Rudy eine halbe Stunde später, als das Auto nach einem halsbrecherischen Bremsmanöver auf der kleinen Nebenstraße unter den Plantagenbäumen rutschend zum Stillstand kam. Vor ihnen war die Hütte auf ihrem erhöhten Standort deutlich zu erkennen, alle Fenster waren vom matten Schein einer elektrischen Lampe erleuchtet. Gil sprang aus dem Wagen, bevor sich die dichte Staubwolke gelegt hatte, und schritt rasch über den unebenen Boden auf die Verandatreppe zu. Rudy folgte ihr etwas langsamer. Er bahnte sich vorsichtig einen Weg durch das Gras und fragte sich, wie um alles in der Welt er aus dieser Lage wieder herauskommen und was er seinem Chef in der Werkstatt sagen sollte. *Dave, ich habe es nicht geschafft, am Montag zur Arbeit zu kommen, weil ich irgendwo zwischen Barstow und San Bernardino einem Zauberer helfen mußte, einen kleinen Prinzen zu retten?* Ganz zu schweigen davon, wie er erklären sollte, warum er es nach dem Bierkauf nicht geschafft hatte, zu Tarots Party zurückzukehren.

Er betrachtete die dunkle Landschaft um sich herum, die im Sternenlicht verändert aussah, und ihre unendliche Trostlosigkeit ließ ihn erschauern. Kalter, richtungsloser Wind strich ihm durch das lange Haar – Wind von einem Geruch, der nicht von staubigem Gras oder heißem Sonnenschein herrührte, einem Geruch, den er noch niemals wahrgenommen hatte. Er beeilte sich, mit Gil Schritt zu halten, seine Stiefelabsätze klangen hohl auf den Holzdielen der Treppe. Sie hämmerte an die Tür. »Ingold!« rief sie laut. »Ingold, machen Sie mir auf!«

Rudy schob sich an ihr vorbei und streckte die Hand durch die Fensterscheibe, die er in der vergangenen Nacht zerbrochen hatte, um die Tür von innen zu entriegeln. Als sie die kahle, hell erleuchtete Küche betraten, kam ihnen Ingold, das gezogene Schwert in der Hand und sichtlich voller Zorn, durch den Flur entgegen.

»Verschwinden Sie!« befahl er wütend.

»Den Teufel werde ich«, entgegnete Gil.

»Sie können nichts für mich tun . . .«

»Ich werde Sie nicht allein lassen.«

Rudy blickte von einem zum anderen: von dem Mädchen in den verblichenen Jeans und der Drillichjacke, mit ihren hellen, wild leuchtenden Augen, zu dem alten Mann in dem dunklen, wehenden Umhang, das hoch aufgerichtete Schwert fest in der narbenbedeckten Hand. *Verrückte,* dachte er. *Himmel, in was bin ich da hineingeraten?* Er verzog sich durch den Flur.

Tir lag, in seine dunklen Samtdecken gehüllt, auf dem Bett, und seine Augen waren angstvoll geweitet. Der einzige andere Gegenstand in dem kahlen Zimmer war ein Haufen Brennholz, der aussah, als sei jedes einzelne Möbelstück der Hütte zerkleinert worden; daneben stand der Kerosinkanister. Hinter ihm im Flur erklangen Schritte, und er hörte Ingolds aufgeregte Stimme: »Verstehen Sie nicht?«

»Doch, ich verstehe«, entgegnete Gil ruhig. »Darum bin ich zurückgekommen.«

»Rudy«, sagte Ingold, und seine Stimme war die eines Mannes, der unter allen Umständen gewohnt ist, Befehle zu erteilen. »Ich möchte, daß Sie Gil nehmen, sie ins Auto setzen und fortbringen. Jetzt. Augenblicklich.«

Rudy fuhr herum. »Oh, ich werde allerdings hier verschwinden«, erklärte er grimmig. »Aber ich nehme das Kind mit. Ich weiß nicht, was Sie beide vorhaben, aber ich werde nicht zulassen, daß Sie ein sechs Monate altes Baby mit hineinziehen.«

»Seien Sie kein Narr«, fuhr Ingold ihn an.

»Das müssen gerade Sie mir sagen.«

Gerade in dem Augenblick jedoch, als Rudy sich niederbeugte, um das Kind vom Bett zu heben, gingen die Lichter aus.

Ingold schnellte herum und stieß die Tür mit dem Fuß zu; das Schwert schimmerte wie ein Irrlicht in seiner Hand. Im schwachen Sternenlicht, das durch das einzige Fenster des Raumes fiel, glänzte sein Gesicht, in Schweiß gebadet.

Rudy legte das wimmernde Baby auf das Bett zurück und murmelte: »Diese verdammten Sicherungen.« Er setzte sich zur Tür in Bewegung.

Gil hielt den Atem an. »Rudy, nein!«

Ingold faßte sie am Arm, als sie Anstalten machte, ihn aufzuhalten. In seiner Stimme, die aus der Dunkelheit drang, schwang trügerische Sanftmut. »Sie glauben, es sind die Sicherungen?«

»Entweder die Sicherungen oder ein Kurzschluß irgendwo im Schaltkasten«, erwiderte Rudy. Während er die Tür zum Flur öffnete, warf er einen Blick auf sie zurück und sah ihre Umrisse undeutlich in der beinahe vollkommenen Dunkelheit; der schwache Schimmer des gedämpften Sternenlichts umgab Ingolds weißen Haarschopf mit einem Glorienschein und hob Ausschnitte aus Gils kantigem Gesicht hervor. Die Schneide von Ingolds gezogenem Schwert schimmerte, als ginge von ihr ein eigenes fahles Licht aus.

Im Flur war es dunkel, vollkommen pechschwarz, und Rudy tastete sich blind voran. Er suchte sich davon zu überzeugen, daß seine ängstliche Spannung daher rührte, daß er hier, inmitten des Niemandslandes, in der Falle saß, in einem Haus mit einer irregeleiteten Studentin und einem reizenden, aber vollkommen schwachsinnigen alten Trottel, der mit einem rasiermesserscharfen Schwert, einer Schachtel Streichhölzer und eineinhalb Kanistern Kerosin bewaffnet war. Nach dieser Höllenfinsternis erschien ihm die Küche beinahe hell; er konnte undeutlich die Umrisse des Tisches und der Anrichte und den hellen, sich deutlich abzeichnenden Schein des Fensters neben der Tür erkennen; des einzigen Fensters auf der linken Seite mit der zerbrochenen Scheibe.

Dann sah er, was durch die zerbrochene Scheibe hereinkam.

Er wußte später nicht mehr zu sagen, wie er in das Schlafzimmer zurückgekommen war, entdeckte aber Prellungen an seinem Körper, die er sich während seiner kopflosen Flucht zugezogen hatte. Ihm schien, als hätte er gerade noch in der Dunkelheit der winzigen Küche gestanden und die entsetzliche Form durch das Fenster hereinkriechen sehen, um im nächsten Moment bereits gegen die Schlafzimmertür zu fallen und sie schluchzend zuzuschmettern. »Es ist dort draußen! Es ist dort draußen!«

Ingold stand, das narbenbedeckte Gesicht in den nebelhaften Schein seiner Schwertklinge getaucht, in der Dunkelheit über ihn gebeugt und sagte sanft: »Was haben Sie erwartet, Rudy? Menschen?«

Feuerschein flackerte auf. Gil hatte eine Art Lagerfeuer aus den zerkleinerten Möbelstücken mitten auf dem Zementfußboden entfacht und hustete im schweren Rauch. Tir lag auf der durchhängenden Matratze, starrte mit entsetzt aufgerissenen Augen in die Dunkelheit und wimmerte wie ein geschlagenes Hündchen, das nicht zu bellen wagt. Ein anderes Kind hätte geschrien; aber welche Erinnerungen es auch sein mochten, die sein kindliches Gehirn bevölkerten, sie sagten ihm, daß lautes Schreien den Tod bedeuten würde.

Rudy richtete sich langsam auf; er zitterte an allen Gliedern vor Entsetzen. »Was sollen wir tun?« flüsterte er. »Wir könnten versuchen, auf der Hinterseite hinauszukommen und den Wagen zu erreichen . . .«

»Glauben Sie, daß der Wagen anspringen würde?« Der alte Mann ließ den Blick in dem rauchgeschwängerten hellroten Feuerschein nicht von der Tür. Während er sprach, stellte Rudy fest, daß er den Schwertgriff mit beiden Händen zum Schlag bereit umfaßt hielt. »Ich bezweifle ohnehin, daß wir es bis zum Wagen schaffen würden. Und – im Haus ist seine Größe beschränkt.«

Rudy schluckte, starr vor Entsetzen, krampfhaft, und er sah wieder dieses Ding, klein und abscheulich häßlich und doch übervoll von unaussprechlichem Schrecken. »Sie meinen – es kann seine Größe verändern?«

»Oh ja.« Mit katzenhafter Geschmeidigkeit, das Schwert in der Hand, glitt Ingold zur Tür. »Die Dunklen sind nicht materiell, so wie wir die Materie verstehen. Sie sind nur unvollständig sichtbar und bestehen nicht immer aus demselben – Stoff. Ich habe gesehen, wie sie sich innerhalb von Sekunden von der Größe Ihrer beiden Hände auf ein Ausmaß größer als dieses Haus ausgedehnt haben.«

Krank vor Entsetzen und völlig verwirrt, wischte sich Rudy die schweißnassen Hände an den Jeans ab. »Aber wenn – wenn sie nicht materiell sind«, stammelte er, »was können wir dann tun? Wie können wir gegen sie kämpfen?«

»Es gibt Möglichkeiten.« Der Feuerschein spielte auf Ingolds geflicktem Mantel, während er, die eine Hand am Türgriff, in der anderen das schimmernde Hexenlicht der Klinge schlagbereit erhoben, mit gesenktem Kopf an der Tür stand und auf irgendwelche Geräusche lauschte. Nach einer Weile ergriff er wieder das Wort, und seine Stimme war ein kaum hörbares Flüstern. »Gil«, sagte er, »ich möchte, daß Sie Tir nehmen und sich mit ihm zwischen Bett und Wand stellen. Rudy, wieviel Feuer haben wir noch?«

»Nicht viel. Das Holz war strohtrocken. Es verbrennt sehr schnell.«

Ingold trat von der Tür zurück, behielt sie aber stets im Auge. Der kleine Raum war von Rauch erfüllt, doch das flackernde Feuer fiel bereits in sich zusammen und hielt den näherrückenden Schattenring nur noch mühsam in Schach. Ohne sich umzudrehen, streckte er die Hand aus. »Geben Sie mir das Kerosin, Rudy.«

Rudy gehorchte wortlos.

Mit einer raschen, fließenden Bewegung steckte Ingold, der jetzt große Eile an den Tag legte, das Schwert in die Scheide, nahm den Kanister, schraubte die Verschlußkappe ab und goß einen Schwall der klaren Flüssigkeit über das trockene Holz der Tür. Sie schillerte im gelben Feuerschein, der beißende Geruch vermischte sich mit dem Modergestank des Rauches und nahm Gil den Atem, die mit dem Rücken an die kalte Betonwand gedrängt stand und das eingehüllte Baby reglos in den Armen hielt. Das Feuer war jetzt nicht mehr gelb, sondern hatte eine trübe Orangefärbung angenommen, und die braunen Schatten der schnellen, sicheren Bewegungen des Zauberers zuckten riesig und verzerrt über die engen Wände. Ingold kam zu ihr zurück und tränkte die Matratze mit dem restlichen Kerosin, dessen Gestank sie aus der Nähe beinahe erstickte. Dann stellte er den leeren Kanister behutsam ab, wandte sich um und zog sein Schwert wieder. Alles in allem hatte sein Schwert nicht länger als vierzig Sekunden in der Scheide gesteckt.

Er kehrte zur Zimmermitte zurück, wenige Fuß von dem niedergebrannten Feuer entfernt, das zu einem Häuflein Asche und Glut zusammengefallen war. Als die Dunkelheit um ihn herum zunahm, wurde das fahle Licht, das von seiner Schwertklinge ausging, heller, so hell, daß es sein narbenbedecktes Gesicht beleuchtete. Er sagte leise: »Habt keine Angst.« Ob es nun Zauberkraft war oder nur die Stärke seiner Persönlichkeit, konnte Gil nicht sagen, doch sie spürte, wie ihre Spannung nachließ und ihre Angst einer merkwürdigen, kalten Betäubung wich. Rudy raffte sich aus seiner Erstarrung, nahm das letzte unverbrannte Stück Feuerholz und entzündete es an den Überresten der Glut.

Dunkelheit schien den Raum auszufüllen und, bedrückender als die Dunkelheit, eine Stille, die atmete. In dieser Stille hörte Gil die leisen, tastenden Geräusche in der Küche, ein Kratzen wie von Insektenpanzern, Dunkel, das blicklos durch die Dunkelheit stolperte. An ihrem Herzen spürte sie die heftigen, hämmernden Herzschläge des Kindes, und durch die Türritzen drang ein eisiger Windzug herein, der ihr schweißnasses Gesicht wie mit kalten Federn berührte. Sie konnte ihn riechen, den herben, stechenden Blutgeruch des Dunklen.

Ingolds rauhe Stimme klang sehr ruhig, als er sich Rudy zuwandte: »Nehmen Sie diese Fackel und stellen Sie sich neben die Tür. Haben Sie keine Angst. Wenn das Wesen hereinkommt, möchte ich, daß Sie die Tür hinter ihm schließen und das Kerosin entzünden. Werden Sie das tun?«

Leer, kalt, jegliches Gefühl längst in der unermeßlichen Spannung erstickt, flüsterte Rudy: »Ja klar.« Er schob sich vorsichtig an dem Zauberer vorbei, das brennende Holzscheit flackerte in seiner Hand. Als er seine Stellung neben der Tür bezog, spürte er die Gegenwart des Wesens, die alptraumhafte Ausstrahlung von Angst. Er spürte, daß es gegen die Tür stieß, ein leises, prüfendes Pochen weit oberhalb seiner Augenhöhe, und Gänsehaut überlief ihn. Das Ding würde in greifbarer Nähe an ihm vorüberkommen – wenn es überhaupt vorbeiwollte und sich nicht der ihm am nächsten stehenden Person zuwandte. Doch ihm ging der Gedanke durch den Kopf, daß, wenn es erst vorbei war, nichts ihn daran hindern konnte, durch die offene Tür hinauszuschlüpfen und einen Spurt zum Wagen zu machen.

Wenn der Wagen ansprang . . . Wenn der Dunkle, sobald er Ingold und Gil erst erledigt hatte, ihm nicht ohnehin folgen würde . . . Nein! Er mußte jetzt vernichtet werden – der Dunkle, der Feind, das Wesen von der anderen Seite des Nichts, der obszöne Eindringling in die warme, weiche Welt der kalifornischen Nacht . . .

Sich krampfhaft an die Reste seines zerstörten Weltbildes klammernd, blieb Rudy keine andere Wahl, als in der Dunkelheit, die Fackel in der Hand, neben der Tür zu warten.

Der letzte Schein der Glut verblaßte, das einzige Licht im Raum waren jetzt Rudys schwelende Fackel und die herausfordernd schimmernde Klinge, die Ingold vor sich aufgerichtet hielt, während seine Augen in diesem Zauberlicht wie die eines alten Wolfes glitzerten. Er straffte sich, einen leisen Seufzer auf den Lippen, als die erlöschende Glut in sich zusammensank und auseinanderfiel, und seine Gewänder raschelten vernehmlich. Der Wind, der so eisig durch die Türritzen hereindrang, schien sich zu legen und erstarb dann.

In dem Augenblick, als die Tür nach innen barst, machte Ingold einen Schritt vorwärts, und sein Schwert sauste wie ein Feuerbogen auf die hereinbrechende Flut von Finsternis hinunter. Rudy erhaschte einen kurzen Blick auf den sich ausbreitenden Schattenbaldachin und den endlosen, gierigen Schlund, gesäumt von biegsamen, sich krümmenden Tentakeln, von denen schwelender Schleim auf den Boden tropfte. Wie von einem Zauberbann erlöst, begann Tir zu schreien, und der hohe, dünne, angsterfüllte Ton bohrte sich in Rudys Hirn wie eine Nadel. Funken stoben auf, als das Schwert niedersauste. Das Wesen wich zurück, unglaublich behende für diesen weichen, fließenden Klumpen, und das Ende seines schlangengleichen Schwanzes strich wie eine entrollte Peitsche über Rudys Schulter. Das Ding erfüllte den Raum wie eine dunkle Wolke, schwoll an und pulsierte, als sei sein ganzer aufgeblähter, obszöner Körper ein einziges, schleimiges Organ. Der Peitschenschwanz holte zum Schlag aus und zielte nach Ingolds Kehle, doch der Zauberer duckte sich und bezog, mit der blitzschnellen Reaktionsfähigkeit eines wesentlich jüngeren Mannes, seine Kampfposition. In seinen dunklen Umhang gehüllt, war er in der Finsternis kaum zu sehen; Rudy beobachtete ihn gebannt, hypnotisiert von dem brennenden Bogen seiner Klinge und dem Ding, das nach ihm faßte wie eine riesige Schattenhand.

Gil schrie: »Das Feuer! Das Feuer!« Die Stimme verklang ungehört in Rudys Ohren; es war die Hitze der fast bis auf seine Hand heruntergebrannten Fackel, die ihm die Erinnerung zurückbrachte. Wie aus einem Traum erwacht, fuhr er auf, stieß die Tür mit dem Fuß zu und entzündete den öligen Kerosinfilm mit dem letzten brennenden Stummel der Fackel. Die Tür ging schlagartig in Flammen auf, die Rudy versengten, als er zurücksprang.

Der Dunkle wand sich, plötzlich dunkelrot sichtbar, und zuckte wie unter Schmerzen, veränderte abermals die Größe und fuhr zur Decke hinauf. Doch die Feuerzungen leckten bereits über die Wände den trockenen Deckenbalken entgegen. Funken brannten auf Rudys Gesicht und Händen, als er geduckt durch die Zimmermitte sprang, mit einem Sprung über das Bett setzte und krachend neben Gil an der Wand landete. Funken regneten zischend auf den feuchten, zuckenden Schatten des Dunklen herunter.

Der Raum war ein einziger blendender und erstickender Schmelzofen. Ein blutroter Lichtschein umhüllte das Wesen, während es hierhin und dorthin eilte und einen Fluchtweg suchte. Es war in der Feuerfalle gefangen und wandte sich wie eine Katze Ingold zu und fiel ihn an; sein peitschengleicher Schwanz dehnte sich zu einer Dornenschnur, die nach seinen Händen und Augen schlug und deren Klauen sich in seinem Körper verfingen. Die Klinge hieb rauchende Stücke aus der weichen Masse, aber das Ding türmte sich so groß auf, bewegte sich so schnell auf dem eingeschränkten Raum, daß Ingold nicht zum tödlichen Schlag ansetzen konnte. Flach an die Wand gepreßt, von der Hitze halb erstickt und von den herunterfallenden Funken versengt, konnten Gil und Rudy erkennen, daß Ingold immer weiter in die Ecke gedrängt wurde, in der sie hinter dem schmutzigen Bett kauerten. Verhängnisvoll behindert durch die Notwendigkeit, um jeden Preis zwischen dem Wesen und dem Prinzen zu bleiben, fiel er Schritt für Schritt zurück, bis Gil über das Bett hinweg mit ausgestrecktem Arm seine Schulter hätte berühren können. Jetzt wurden sie, außer von den Funken, auch noch von den Säuretropfen verbrannt, die der zuckende Körper des Wesens um sich schleuderte.

Dann schlug der Dunkle mit Klauen und Schwanz eine Finte, entging der Klinge um Millimeterbreite und warf sich blitzschnell an dem Zauberer vorbei. Im selben Augenblick setzte Ingold über das Bett zu der Wand hin und landete zwischen Gil und Rudy. Gleichzeitig ging, ob durch Zufall oder geplant, die kerosingetränkte Matratze in einer Feuersbrunst auf, die den Saum seines Umhangs versengte und den Dunklen in einer brüllenden Flut scharlachroter Hitze verschlang. Eine Sekunde lang nahm Gil nichts anderes wahr als das wilde, entsetzte Schreien des Kindes in ihren Armen, das heulende Inferno, das nur wenige Fuß von ihrem Körper entfernt war, und die Hitze der Verderbnis, die sie verschlang. Dann zog sich die Feuersbrunst zusammen, und die schwarze Gestalt warf sich zuckend und lodernd wie eine Fackel im Sterben auf sie alle. Ein heißer Lufthauch und Dunkelheit umhüllten Gil, und sie schrie laut auf.

Dann verschwand alles um sie herum in einer plötzlichen, blendenden Feuerflut aus Licht, Farben und Kälte.

Viertes Kapitel

Es gab nichts als Wind und Dunkelheit. Gil regte sich; ihr Körper war ein einziger, gleichförmiger Schmerz, bis auf die Knochen durchgefroren. Übelkeit stieg in ihr auf, als sie sich bewegte. Sie fühlte sich krank, erschöpft und so müde, als wäre sie nach einem schweren Mahl eine lange Strecke in reißendem, kaltem Gewässer geschwommen. Eng an sie geschmiegt lag ein warmes Samtbündel in ihren Armen. Sie nahm den Geschmack von Erde und Gras wahr und den schweren Geruch von Rauch, der aus ihrer Jacke und den Haaren quoll.

Um sie herum war Stille, nur der Wind säuselte.

Sie setzte sich mühsam und unter Schmerzen auf. Das Kind in ihren Armen war still. Im Sternenschein konnte sie kahle, abgerundete Gebirgsausläufer erkennen, die sich in alle Himmelsrichtungen erstreckten, felsig und verlassen und unaufhörlich von eisigem Nordwind umstrichen. Dicht neben ihr lag Ingold, mit dem Gesicht nach unten, und nur durch den schwachen Widerschein des Sternenlichts auf seinem gezogenen Schwert war er in der Dunkelheit zu sehen. Etwas weiter entfernt saß Rudy, eingerollt wie ein Embryo, den Kopf zwischen den Händen.

Sie erkundigte sich: »Alles in Ordnung mit dir?«

Seine Stimme klang gedämpft. »In Ordnung? Ich versuche immer noch herauszufinden, ob ich noch lebe.« Er hob den Kopf, und im Sternenschein hoben sich seine dunklen, abfallenden Augenbrauen schwarz gegen sein bleiches Gesicht ab. »Hast du – bist du –?«

Sie nickte.

Er senkte den Kopf wieder zwischen die Hände. »Jesus Christus, ich hatte gehofft, das Ganze wäre eine Halluzination gewesen. Sind wir jetzt dort – woher Ingold kommt?«

Er will es immer noch nicht aussprechen, dachte Gil. Sie betrachtete die gespenstische, zinngraue Landschaft um sich herum, die im Sternenlicht nur undeutlich zu erkennen war, und sagte: »Jedenfalls sind wir nicht in Kalifornien.«

Rudy erhob sich, taumelte auf sie zu und ließ sich neben sie fallen. »Ist das Baby in Ordnung?«

»Ich weiß es nicht. Ich kann ihn nicht wachkriegen. Er atmet –.« Sie legte die Finger auf die wächserne Wange des Kindes, drückte ihre Lippen auf den kleinen Rosenmund und spürte die dünnen Atemzüge.

»Ingold hat gesagt, daß ihm zwei Durchquerungen in vierundzwanzig Stunden großen Schaden zufügen könnten.«

»So wie ich mich im Augenblick fühle, glaube ich nicht, daß ich eine zweite überleben würde, gleichgültig, wann. Zeig mal her.« Er nahm ihr das Kind aus den Armen, schüttelte es sanft und fühlte, wie kalt sein Gesicht war. »Wir sollten Ingold besser wecken. Gibt es an diesem Ort einen Mond?«

»Es müßte einen geben«, erwiderte Gil. »Schau, die Sternbilder sind dieselben wie bei uns. Dort ist der Große Wagen. Und das ist der Orion.«

»Seltsam«, sagte Rudy und strich sich das lange Haar aus dem Gesicht. Er wandte sich um und ließ den Blick über die öde Landschaft schweifen. Gipfel um Gipfel türmten sich die Berge im Norden zu einer Gebirgskette auf, eine schwarze Felswand mit einem sternhellen Schneerand wie eine Messerschneide als Abschluß. Nach Süden hin waren sie von welligem Land umgeben, das nur von einer dunklen Kluft unterbrochen war, durch die man den schwachen Schimmer eines fernen Flusses erkennen konnte. »Wo immer wir uns hier auch befinden mögen, wir sollten zusehen, daß wir schnellstens irgendwo hinkommen. Wenn noch mehr von den Dingern auftauchen, sitzen wir bis zum Hals in der Scheiße. He!« rief er Ingold an, der sich regte und mit der Hand nach dem Griff seines Schwertes zuckte. »Bleiben Sie bei uns, Mann.«

»Es geht gleich wieder«, sagte Ingold ruhig.

Lüge, dachte Gil. Sie berührte seine Schulter und stellte fest, daß sein Umhang über und über mit verkohltem Schleim befleckt war, der sich in schwarzen Staubflocken abwischen ließ. Ihr eigener rechter Ärmel war mit derselben Masse bedeckt, und ihr rechter Handrücken und das Handgelenk schmerzten und brannten. Um ein Haar hätte der Dunkle sie im Sterben alle mitgerissen.

Ingold rollte sich herum, hob die Hand und strich sich über die Augen. »Geht es dem Prinzen gut?«

»Ich weiß es nicht. Er ist sehr kalt«, sagte Gil besorgt.

Der Zauberer seufzte, richtete sich mühsam auf und nahm Rudy das Kind aus den Armen. Er lauschte auf Tirs Atemzüge und streichelte das winzige Gesichtchen sanft mit seiner zernarbten Hand. Dann schloß er die Augen; lange Zeit schien er tief in Gedanken versunken. Die Stille wurde nur vom leisen Klagen des Windes unterbrochen, – doch um sie herum war die Nacht von Gefahren erfüllt. Rudy und Gil waren sich der Tiefe der Dunkelheit so bewußt wie nie zuvor in der südkalifornischen Welt, wo es immer von irgendwoher einen Lichtschein am Himmel gab, der mit dem Mond und den Sternen wetteiferte. Hier wirkten die Sterne riesig und brennend, schienen mit großen, wachsamen Augen aus der Tiefe der Nacht herunterzustarren. Dunkelheit verhüllte das Land, und die eine kurze Begegnung mit dem Dunklen hatte ausgereicht, um Rudy und Gil bewußt zu machen, wie ungeschützt sie waren, wie sehr ihnen die archaische Angst zusetzte, sich bei Nacht unter freiem Himmel aufzuhalten.

Schließlich schluchzte Tir leise auf und begann zu schreien, das dünne, eindringliche Schreien eines erschöpften Säuglings. Ingold wiegte ihn an seiner Brust und flüsterte ihm unhörbar Worte zu, bis er wieder verstummte, dann hielt er ihn einen Augenblick in den Armen, strich ihm geistesabwesend über das flaumige, schwarze Haar und blickte in die dunkle Ferne. Für kurze Zeit sah Gil in ihm nicht den Zauberer, der den Prinzen und Erben des Reiches in Sicherheit brachte, sondern lediglich einen alten Mann, der das Kind seines toten Freundes wiegte.

Endlich hob er den Kopf. »Kommt. Wir müssen weiter.«

Rudy erhob sich steifbeinig und half erst Gil, dann Ingold auf die Füße. »Ja, das wollte ich Sie auch schon fragen«, sagte er, als der Zauberer Gil das Kind reichte und anschließend die Schwertklinge mit seinem Mantelzipfel reinigte und in die Scheide steckte. »Wohin können wir gehen, um uns aus dieser Hölle in Sicherheit zu bringen?«

»Ich glaube«, erwiderte der Zauberer bedächtig, »daß es das beste ist, wenn wir uns nach Karst, der alten Sommerresidenz des Reiches, durchschlagen. Es liegt in den Bergen, etwa fünfzehn Meilen von hier. Flüchtlinge aus Gae haben dort Zuflucht gesucht, und wir können dort zumindest ein Dach über dem Kopf, etwas zu essen und Neuigkeiten bekommen.«

Rudy behagte der Vorschlag nicht, und er widersprach. »Das ist ein verdammt weiter Weg mitten in der Nacht.«

»Nun, Sie können natürlich auch hier bleiben«, versicherte ihm der alte Mann großmütig.

»Herzlichen Dank.«

Als sie sich auf den Weg machten, umgab der aufgehende Mond die Berge mit einem dünnen, silbernen Flammenrand, und die Schatten des hügeligen Landes lagen tief und furchterregend in der Nacht. Ingolds dunkler Umhang raschelte wie ein Geist im silbernen Gras.

»He, Ingold«, begann Rudy zögernd, während sie sich anschickten, den abschüssigen Hang, der vor ihnen lag, hinabzusteigen. »Es tut mir leid, daß ich Sie einen Verrückten genannt habe.«

Ingold wandte sich zu ihm um, und in seinen Augen blitzte etwas von Mutwillen auf. Würdevoll sagte er: »Entschuldigung angenommen, Rudy. Ich bin nur froh, daß es uns gelungen ist, Sie davon zu überzeugen –«

»He –«, fuhr Rudy trotzig auf, und der Zauberer lachte leise.

»Ich gebe zu, es war keine sehr glaubwürdige Geschichte. Das nächste Mal werde ich mir mehr Mühe geben.«

Rudy folgte ihm vorsichtig den steinigen Hang hinunter. Er bürstete schwarze Krusten von den bunten Ärmeln seiner Flickenjacke. »Ich hoffe, Sie machen so etwas nicht allzu oft«, sagte er. »Es ist verdammt hart für Ihre Freunde.«

Sie waren bis kurz vor dem Morgengrauen unterwegs. Obwohl die Nacht außerordentlich still und kalt war, begegnete ihnen nichts Schlimmeres. Wenn die Dunklen auf der Jagd waren, so jagten sie nicht in diesen Bergen.

Nach einigen Meilen kehrte Ingold den windgekämmten Silberhängen der Gebirgsausläufer den Rücken, und sie wandten den Schritt durch ein steiles, bewaldetes Tal aufwärts, das mitten ins Herz des Gebirges hineinzuführen schien; unter ihren Füßen ein raschelnder Teppich heruntergefallener Herbstblätter, deren Duft in der Luft hing, und irgendwo in der Ferne das Plätschern von Wasser. Während sie sich in den Wäldern befanden, brach Ingold nur ein einziges Mal das Schweigen, um zu sagen: »Ich vermeide die Hauptstraße, die aus der Ebene heraufführt, und nehme den Seitenweg nach Karst hinauf. Auf der Straße hätten wir ein leichteres Vorwärtskommen, aber sie ist von Flüchtlingen bevölkert. Dort wären wir in größerer Gefahr, von den Dunklen überfallen zu werden. Ich für meinen Teil habe keinen Bedarf mehr an weiteren Schwertkämpfen heute nacht.«

Gil, die vom Stolpern über unebenen Boden mit der fünfzehn Pfund schweren Last eines schlafenden Säuglings in den Armen bereits erschöpft war, fragte sich, wie Ingold es bis hierher geschafft hatte, nach dem Kampf im Palast von Gae, ohne Schlaf, anschließend der Kampf mit dem Dunklen in der einsamen Hütte auf der Orangenplantage. Verfügten alle Zauberer über diese Kraftreserve, um durchzuhalten, fragte sie sich, oder war Ingold einfach unglaublich stark und ausdauernd? Unter dem Schatten seiner Kapuze wirkte sein Gesicht bleich und müde, dunkle Ringe der Erschöpfung lagen um seine Augen. Sein Gesicht war an den Stellen, an denen es von dem Peitschenschwanz des Wesens getroffen worden war, von roten Striemen gezeichnet, und die Schultern seines Umhangs waren mit Brandlöchern übersät. Getupft vom matten Licht der Sterne, schritt er aufrecht und gelassen durch die Dunkelheit des Waldes, ganz wie ein alter Herr beim Nachmittagsspaziergang durch den Park.

Sie traten aus dem Schatten unter den Bäumen in den helleren Bereich des niedrigen Buschwerks, das das Bachufer säumte, und das Plätschern des Wassers klang plötzlich lauter in ihren Ohren. Nach der Dunkelheit des Waldes erschien ihnen selbst das treibende Mondlicht hell. Es beleuchtete eine gespenstische Traumlandschaft, in der sich das Schwarz und Bleigrau der tiefdunklen Flecken des Flußsands und vom Wasser glattgeschliffene Steine abwechselten. Vor ihnen ragte flußaufwärts die schwarze Mauer der Gebirgsflanke auf, konturlos vor dem matt schimmernden Himmel, bis auf den orangefarbenen Fleck eines fernen Feuerscheins.

»Dort«, erklärte Ingold und deutete hinauf. »Dort liegt Karst. Dort werden wir finden, was von der Regierung des Reiches Darwath noch übrig ist.«

Karst erinnerte Gil, als sie dort anlangten, an alle anderen wohlhabenden Gebirgsorte, die sie kannte: schön in seiner selbstbewußten, rustikalen Vornehmheit weiträumiger, prachtvoller Häuser, vermischt mit altehrwürdigen Bäumen. Als sie an den dunklen Häusern vorübergingen, blickte sie aufmerksam durch die Schatten der Blätter hinauf und erkannte verschiedene Architekturformen, die sie nie zuvor gesehen hatte, die ihr aber dennoch so merkwürdig vertraut erschienen – die dichtstehenden glatten, schlanken Stützpfeiler, die verschlungenen Pflanzenmotive der Kapitelle und hier und da durchbrochene Steinfriese in wohldurchdachten geometrischen Mustern. Als sie sich der Stadtmitte näherten, sahen sie in der Nähe einiger Häuser angepflockte oder eingepferchte Schafe und Kühe, die mit furchtsam glühenden Augen in die Dunkelheit blickten. Nachdem sie den Wald hinter sich gelassen hatten, verwandelte sich der unbefestigte Pfad, auf dem sie entlangwanderten, in eine kopfsteingepflasterte Straße, in deren moosbewachsener Mittelrinne ein dünnes, silbernes Wasserrinnsal plätscherte. Eine Zeitlang waren sie von den finsteren Schatten der Mauern eingeschlossen, dann traten sie in den taghellen Schein eines Feuers hinaus.

Der Hauptplatz der Stadt lag verlassen da. Gewaltige Holzstöße waren entzündet worden, deren Flammen fünf Meter hoch zu den kalten, starren Sternen aufschlugen und deren Schein rötlich auf dem schwarzen Wasser des großen Stadtbrunnens mit seiner breiten, flechtengesäumten Schale und den dunklen, kaum erkennbaren Bildhauereien schimmerte. In den flackernden Schatten, die überall über den Platz huschten, konnte Gil die Mauern und Türmchen einiger üppiger Villen erkennen, daneben die festungsartigen Türme eines Gebäudes, das sie für die Kirche hielt, und den massiven, quadratischen Klotz, bei dem es sich ohne Zweifel um die Große Markthalle und das Rathaus handelte, dreieinhalb Stockwerke in Fachwerkbauweise, ein schwarz-weißes Spitzenmuster in der Dunkelheit. Auf dieses Gebäude hielt Ingold zu.

Die Flügeltür der Halle war drei Meter hoch und breit genug, einer Kutsche samt Gespann Einlaß zu gewähren, und in einer Ecke war eine kleine, mannsgroße Seitentür angebracht. Ingold rüttelte daran. Sie war von innen verriegelt. Da er genau vor ihr stand und die Sicht versperrte, konnte Gil nicht erkennen, was Ingold tat. Doch einen Augenblick später stieß er die Türe auf und trat in den Lichtschein und den Lärm dahinter.

Das gesamte unterste Stockwerk des Gebäudes, eine riesige, säulengestützte Markthalle, war zum Bersten voll mit Menschen. Das nicht enden wollende, tosende Stimmengewirr war ohrenbetäubend. Der Geruch von Fett und Urin, ungewaschenen Körpern, verschwitzten Kleidern und gebratenem Fisch hing schwer in der Luft. Die blauen Rauchschwaden des Holzfeuers brannten in den Augen und beschränkten die Sicht auf wenige Meter. Es mußte auf fünf Uhr morgens gehen, doch die Menschen liefen umher, unterhielten sich und stritten miteinander und holten Wasser aus zwei halbleeren Fässern in einer Ecke der Halle. Kinder flitzten ziellos zwischen Säulen und unordentlich aufgehäufter persönlicher Habe umher; Männer standen in Grüppchen beieinander, gestikulierten, fluchten und schärften ihre Schwerter. Mütter riefen nach ihren Kindern; Großmütter und Großväter kauerten, in hoffnungsloser Verwirrung dicht aneinandergedrängt, neben den armseligen Bündeln, die ihre Besitztümer enthielten. Einige Leute hatten Enten, Hühner und Gänse in Käfigen mitgebracht; das Geschnatter des Federviehs und der Kotgestank vermischten sich mit dem übrigen Chaos, das auf die Sinne einstürmte. Gil erblickte ein Mädchen von ungefähr zehn Jahren in einem groben, bäuerlichen Wollgewand, das auf einem Haufen Bettzeug saß und eine magere braune Katze in den Armen hielt. Neben einem Hühnerkäfig wiegte sich eine junge Frau in gelbem Satingewand auf den Fersen vor und zurück und betete aus vollem Halse. Ihr kunstvoll frisiertes Haar fiel ihr unordentlich ins Gesicht. Das Feuer warf einen leuchtendroten Schein auf alles und verwandelte so die Menschenmenge und den ganzen Ort in eine Szenerie aus dem Vorhof der Hölle.

Gils Augen brannten vom Rauch und begannen zu tränen, als sie sich auf Ingolds Spuren einen Weg durch die dichtgedrängten Menschenreihen bahnte, indem sie Töpfen und Pfannen, Wassereimern, Kleiderbündeln und Bettzeug, kleinen Kindern und Männerfüßen auswich. Ingold hielt auf die schwere Treppe, die in der Mitte der Halle im Bogen in das nächste Stockwerk hinaufführte, und auf den Tisch am Fuße dieser Treppe zu.

Jemand erkannte Ingold und rief überrascht seinen Namen aus. Der Name wurde wiederholt und wie Wellen bedeutungsloser Geräusche bis in die fernsten Winkel des schattengedämpften Raumes weitergetragen. Und dieses Geräusch war erfüllt von Ehrfurcht, Erstaunen und Angst. Die Menschen wichen vor Ingold zurück, um ihn passieren zu lassen. Jemand zog ein schlafendes Kind beiseite; ein anderer zerrte hastig ein Kleiderbündel und einen Geldsack aus dem Weg. Wie durch ein Wunder öffnete sich vor ihm ein Gang, ein Gang, der gesäumt war von Schattengestalten und wachsam glitzernden Augen, ein Pfad zu dem Tisch am Fuße der Treppe und zu dem kleinen Menschengrüppchen, das darum versammelt war.

Abgesehen vom leisen Glucksen einiger Hühner und dem Schreien eines Säuglings, war es still geworden in der Halle. Erwartungsvoll waren alle Augen auf *sie* geheftet, auf den Zauberer mit seiner Kapuze und dem versengten Gewand, den Mann und die Frau, Fremde in fremdländischen Kleidern aus abgenutztem blauen Drillich, und auf das Bündel aus schmutzigen, schwarzen Decken, das die Frau in den Armen hielt. Gil hatte sich noch nie im Leben so auffällig gefühlt.

»Ingold!« Ein großer Mann in der schwarzen Uniform, die Gil augenblicklich aus ihren Träumen erkannte, löste sich von der Gruppe und schritt ihnen entgegen. Er umarmte Ingold und drückte ihn so ungestüm an seine Brust, daß er ihm leicht die Rippen hätte brechen können. »Wir hatten dich aufgegeben, wir dachten, du wärest tot, Mann!«

»Es ist immer ein Fehler, mich für tot zu halten, Janus«, erwiderte Ingold ein wenig atemlos. »Besonders, wenn . . .«

Doch die Augen des mächtigen Mannes waren bereits an ihm vorübergewandert und auf Rudy, Gil und dem schmutzigen Bündel mit dem aufgestickten, matten Goldemblem in Gils Armen hängenblieben. Die Freude und Erleichterung in seinem Gesicht verwandelte sich in einen Ausdruck ehrfürchtigen Staunens, und wie betäubt lockerte er die Umarmung, als hätte er den Zauberer halb vergessen. »Du hast ihn gerettet«, flüsterte er. »Du hast ihn also doch gerettet.«

Ingold nickte. Janus' Blick wanderte von dem Kind zu dem kraftvollen alten Mann an seiner Seite zurück, als erwartete er, daß Ingold jeden Augenblick verschwinden oder sich in eine andere Gestalt verwandeln würde. Die murmelnden Stimmen der Menge schwollen an wie das Rauschen des Meeres und breiteten sich in die fernen Winkel der Halle aus. Doch um den Tisch herum war eine Insel des Schweigens.

In dieses Schweigen hinein sagte Ingold vollkommen ruhig: »Das ist Gil, und das ist Rudy. Sie waren so freundlich und haben mir bei der Rettung des Prinzen geholfen. Sie sind Fremde aus einem anderen Land und wissen nichts über unser Reich und seine Bräuche, doch sie sind tapfer und zuverlässig.«

Rudy zog, verlegen angesichts dieses Lobes, den Kopf zwischen die Schultern. Gil ihrerseits, die es in den vergangenen fünfzehn Jahren unbewußt vermieden hatte, etwas Gutes an sich zu finden, errötete heftig. Ungerührt fuhr Ingold fort: »Gil, Rudy – Janus von Weg, Kommandant der Stadtgarde von Gae.« Darauf deutete er auf die beiden Gestalten, die noch am Tisch saßen. »Bektis, Hofzauberer des Hauses Dare; Govannin Narmenlion, Bischof von Gae.«

Überrascht, daß nicht Ingold das Amt des Hofzauberers innehatte, warf Gil einen Blick auf Bektis, einen hochmütig gehemmten Mann, in dessen grauen Samtumhang die Tierkreiszeichen eingearbeitet waren. Wegen des kahlgeschorenen Kopfes, der dem Bischof von Gae das Aussehen eines altägyptischen Schriftgelehrten verlieh, und wegen der weiten scharlachroten Robe, die den schlanken, straffen Körper verbarg, dauerte es einen Augenblick, bis Gil erkannte, daß es sich um eine Frau handelte; doch es bestand nicht der allergeringste Zweifel daran, daß sie ein Bischof war. Dieses strenge, asketische Gesicht würde nichts weniger dulden als geistliche Bevormundung und würde keinem anderen zutrauen, das Ansehen ihres Gottes angemessen zu wahren.

Nachdem die Förmlichkeiten der Begrüßung erledigt waren und die Bischöfin ihnen den dunklen Amethystring, den sie trug, zum Kuß entgegengestreckt hatte, hörte Gil hinter sich Janus' tiefe Stimme leise mit Ingold murmeln. ». . . Kampf in der Halle«, sagte er gerade. »Alwir hat hier Flüchtlingslager errichtet . . . Streifen in die Stadt entsandt . . . Nahrungsmitteltransporte begleitet . . . die Menschen hier in Sicherheit gebracht . . .«

»Demnach hat mein Herr Alwir also das Kommando übernommen?« fragte Ingold scharf.

Janus nickte: »Er ist der Reichskanzler und der Bruder der Königin.«

»Und Eldor?«

Janus seufzte und schüttelte den Kopf. »Ingold, es war wie im Schlachthaus. Wir sind kurz vor dem Morgengrauen in Gae angekommen. Die Asche war noch heiß – Teile des Palastes standen noch in Flammen. Er war heruntergebrannt –.«

»Ich weiß«, fiel Ingold ruhig ein.

»Es tut mir leid. Ich hatte vergessen, daß du dort warst. Das Dach der Halle war eingestürzt. Der ganze Palast glich einem Schmelzofen. Knochen und Leichen lagen unter dem Schutt begraben. Es war zu heiß, um viel zu suchen. Aber wir fanden dies hier, neben der Tür des kleinen Raumes hinter dem Thron. Es befand sich in der Hand eines Skelettes, das unter den heruntergestürzten Balken begraben war.« Er deutete auf einen Gegenstand auf dem Tisch.

Mit dem geübten Griff eines Menschen, der längst gewöhnt ist, mit derartigen Dingen umzugehen, hob die Bischöfin das lange, gerade Zweihandschwert auf und reichte es Ingold. Obwohl es vollkommen rußgeschwärzt war, erkannte Gil das Muster der Rubine auf dem Schaft. Einst hatte sie im Traum diese Edelsteine im Lampenschein gesehen, in Bewegung mit den Atemzügen des Mannes, der sie getragen hatte. Ingold seufzte und senkte den Kopf.

»Es tut mir leid«, sagte Janus zum zweiten Mal. Unter den rötlichen Bartstoppeln war sein volles, entschlossenes Gesicht von Erschöpfung und Gram gezeichnet; er hatte nicht nur einen König verloren, sondern einen geschätzten Freund. Gil erinnerte sich an einen Raum, der von einer Lampe erleuchtet war, und an einen hochgewachsenen, schwarz gekleideten Mann, der sagte: ». . . als dein Freund bitte ich dich . . .« Sie empfand den Gram des alten Mannes schmerzlich wie ihren eigenen.

»Und die Königin?« Der Klang seiner Stimme verriet, daß Ingold wußte, welche Antwort er zu erwarten hatte.

»Oh«, sagte Janus erschrocken und hob den Kopf. »Sie wurde gefangengenommen.«

Ingold fuhr entsetzt auf. »*Gefangen*?« Seine zottigen Augenbrauen zogen sich über der Nasenwurzel zusammen. »Dann hatte ich recht.«

Janus nickte. »Wir haben sie schließlich dabei überrascht. Sie können Lasten tragen; ihre Schwänze sind wie Drahtseile. Der Eisfalke geriet mit einem Dutzend seiner Männer im Hauptgewölbe in eine Falle. Sie hatten die Treppe bewacht, da die Bodenplatte gesprungen war –«

»Ja,ja«, unterbrach Ingold ihn ungeduldig. »Ich dachte, sie wären beim ersten Angriff getötet worden. Ich habe ihnen mißtraut. Es geht nicht an«, fügte er mit einem flüchtigen Grinsen hinzu, »daß man den Eisfalken unterschätzt – aber sprich weiter.«

»Nun, das Feuer in der Halle breitete sich rasch über den ganzen Palast aus – jeder, der irgendwo in der Falle saß, entzündete irgendwelche Gegenstände, um Licht zu haben. Die Dunklen kehrten in die Gewölbe zurück wie ein nächtlicher Fluß und schleiften ungefähr ein halbes Hundert Gefangene mit sich, die meisten von ihnen Frauen und einige der dooischen Sklaven, die jammerten und schrien wie Tiere. Der Eisfalke und seine Männer besaßen genügend Verstand, das Gewölbe nicht in Brand zu stecken, und sie lieferten den Dunklen ein höllisches Gefecht. Am Ende wurde die Hälfte der Gefangenen oben zurückgelassen, und die Dunklen flohen über die Treppe nach unten zurück. Fünf der Frauen und einige der Dooer starben, am Schock, wie wir glauben.«

»Und die Königin?«

Janus trat unbehaglich von einem Fuß auf den anderen. Er blickte bekümmert drein. »Sie erlitt einen – schlimmen Schock.«

Der Zauberer betrachtete ihn mit zusammengekniffenen Augen, wägte den Klang seiner Stimme, sein ausweichendes Verhalten. »Hat sie etwas gesagt?«

Bektis, der Hofzauberer, ergriff dienstbeflissen und mit leiser Stimme das Wort. »Ich persönlich befürchte, daß die Dunklen ihren Geist verschlungen haben, wie es ihren Opfern so häufig widerfährt. Sie liegt seither wie im Fieberwahn, und ich konnte sie mit aller Zauberkunst, die mir zu Gebote steht, nicht zurückholen.«

»Hat sie etwas gesagt?« wiederholte Ingold, und sein Blick wanderte von Janus zu Bektis, als suche er etwas; doch Gil hatte keine Ahnung, was.

»Sie hat nach ihrem Bruder gerufen«, erklärte Janus ruhig. »Er kam mit seinen Männern und einem großen Teil des Heeres wenige Stunden nach dem Morgengrauen an.«

Ingold nickte und schien zufrieden mit der Antwort. »Und das hier?« Er wies auf das schweigende Meer von Menschen, die sich in der raucherfüllten Halle drängten.

Janus schüttelte müde den Kopf. »Sie sind den ganzen Tag über den Berg heraufgekommen«, erklärte er. »Ein langer Zug bildete sich um uns herum, als wir den Palast verließen. Seither strömen sie unaufhörlich die Straße herauf. Und drei Viertel von ihnen kommen ohne Nahrungsvorräte. Es ist nicht die Furcht vor den Dunklen allein, die sie veranlaßt, aus Gae zu fliehen – selbst mit all den Wachen und Alwirs Regimentern ist Gae geschlagen. Wahnsinn herrscht in der Stadt, selbst bei Tageslicht. Das Gesetz ist außer Kraft. Wir trafen unmittelbar nach Anbruch des Tages zur Unterstützung der Truppen ein, doch die Menschen waren bereits im Begriff, den Palast zu plündern. Jeder Bauernhof im Umkreis von zehn Meilen von der Stadt ist verlassen – die Ernte verrottet auf den

Feldern, während die Flüchtlinge auf den Straßen verhungern. Karst ist eine kleine Stadt, und sie beginnen bereits, sich um die Nahrungsmittel zu schlagen und um das Wasser und um einen Platz in einem der Gebäude. Vielleicht sind wir hier sicher vor den Dunklen, aber ich gehe jede Wette ein, daß wir schon morgen nicht mehr sicher voreinander sind.«

»Und woraus«, fragte Ingold ruhig, »schließt du, daß ihr hier sicher seid vor den Dunklen?«

Erschrocken setzte der große Mann zum Protest an, schwieg dann aber. Die Bischöfin warf Ingold einen raschen Seitenblick zu, einer Katze gleich, und schnurrte: »Und was, verehrter Herr Ingold, wißt Ihr über die Dunklen?«

»Nur, was wir alle wissen«, ertönte eine neue Stimme. So beeindrukkend war ihr Klang, tief und königlich wie ein feingestimmtes Holzblasinstrument, gespielt von einem Meister, daß aller Augen sich dem Sprecher zuwandten, der wie ein dunkler König vom Glanz der Fackeln vergoldet dastand. Sein Schatten sprudelte wie Wasser vor ihm her, als er herabstieg; wie ein zweiter Schatten blähten sich die Schöße seines schwarzen Samtumhanges hinter ihm auf. Sein bleiches Gesicht war von einer kühlen Schönheit, in seinen regelmäßigen, sinnlichen Zügen zeichneten sich, wie mit einem sorgsam geführten Schnitzmesser gemeißelt, Überlegtheit und Klugheit ab. Das wellige, rabenschwarze Haar, das sein Gesicht einrahmte, verdeckte zum Teil die Kette aus Gold und Saphiren, die auf seinen Schultern und seiner Brust glitzerte wie ein Ring von kalten blauen Augen. »Wie wir alle gesehen haben, bringt es ein gewisses Maß an Ruhm und Vorteilen ein, Unheil vorherzusagen.«

»Vorteile bringt es nur denjenigen, die sich die Vorhersagen zu Herzen nehmen, verehrter Herr Alwir«, entgegnete Ingold sanft, und er deutete mit einer umfassenden Geste in die rauchverschwommenen Schatten des Raumes hinter sich, auf die schmutzige Menge, die zum größten Teil wieder dazu übergegangen war, sich zu unterhalten, die Kinder herumzuscheuchen und sich um Wasser und Lagerplätze zu streiten. »Und manchmal ist nicht einmal das genug.«

»Wie König Eldor am eigenen Leib feststellen mußte.« Der Kanzler Alwir straffte sich, und seine Größe und Vornehmheit stellte die kleine, schäbige Gestalt des Zauberers in den Schatten. Sein Gesicht, von Natur aus eher sinnlich, war eine beherrschte Maske unbewegter Kälte, doch Gil spürte in der Haltung seines großen, kraftvollen Körpers die Spannung und das Mißtrauen zwischen den beiden Männern, beides, wie es schien, über lange Zeit gewachsen. Alwir war verärgert, Ingold auf der Hut. »Tatsächlich«, fuhr der Kanzler fort, »waren Eldors Vorhersagen die ersten; die wiederaufkeimenden Erinnerungen des Hauses Dare, die so lange in seiner Familie begraben lagen. Und doch hat ihn das nicht gerettet. Wir nahmen an, daß Ihr den Prinz an Euch genommen und der Schlacht den Rücken gekehrt hattet, nachdem wir Euer Schwert nicht in den Trümmern der Halle finden konnten – obwohl es gegen Ende viele Kämpfende gab, die die Schwerter der Gefallenen insgeheim aufhoben, um so zu verhindern, daß daraus sichere Schlüsse gezogen werden konnten. War es Euch demnach möglich, die Gestalt der Dunklen anzunehmen und so ihrer Aufmerksamkeit zu entgehen?«

»Nein«, entgegnete Ingold, ohne näher darauf einzugehen. Doch in der Menschengruppe, die dem Tisch am nächsten war, erhob sich ein Murmeln – die Halle war zum Bersten gefüllt, so daß die Unterredung zwischen dem Zauberer und dem Kanzler, obwohl mit leiser Stimme geführt, außer den fünf Nächststehenden mindestens zweihundert Zuhörer hatte. Gil, die, den Rücken an den mächtigen Eckpfeiler der Granittreppe gelehnt, mit dem schlafenden Kind im Arm ein wenig abseits stand, sah die Blicke, die die Menschen Ingold zuwarfen. Furcht, ehrfürchtige Scheu und Mißtrauen lagen darin; selbst hier im Reich war er ein Fremder. Ein Außenseiter, wie ihr plötzlich klarwurde, weder einem König, noch dem Gesetz untertan. Menschen konnten ihm zutrauen, und taten es offensichtlich auch, daß er imstande war, die Gestalt der Dunklen anzunehmen.

»Und dennoch habt Ihr es irgendwie geschafft«, fuhr Alwir fort. »Wofür wir Euch übrigens Dank schulden. Werdet Ihr in Karst bleiben?«

»Warum habt Ihr Gae verlassen?«

Auf diese Frage hoben sich die dunklen, würdevollen Augenbrauen überrascht und belustigt. »Mein lieber Ingold, wäret Ihr dort gewesen . . .«

»Ich war dort«, unterbrach Ingold ihn ruhig. »In Gae gab es immerhin Wasser, Nahrung und genügend Gebäude, in denen alle hätten Zuflucht finden können. Zumindest wäre man dort einigermaßen sicher vor seinen Mitmenschen gewesen.«

»Gewiß ist Karst kleiner«, pflichtete Alwir bei, indem er sich mißbilligend in der überfüllten, stickigen Höhle der raucherfüllten Halle umblickte. »Aber meine Männer und die Königliche Garde unter der fähigen Führung von Kommandant Janus können die Menschen hier besser unter Kontrolle halten als in diesem wahnsinnigen, halb niedergebrannten Labyrinth, das von der schönsten Stadt in der Westlichen Welt übriggeblieben ist. Die Dunklen machen die Flußtäler unsicher«, fuhr er fort, »wie das Sumpffieber den Süden. Aber wie das Sumpffieber scheuen sie höhergelegene Gebiete. Vielleicht ist es möglich, ein Abkommen mit ihnen zu schließen, ähnlich dem der Bergschafe mit den Löwen, die in den Ebenen leben. Um dem Löwen zu entgehen, meidet man seine Wege.«

»Um dem Jäger zu entgehen«, entgegnete Ingold mit ebenso ruhiger Stimme, »scheut das Wild die Städte der Menschen, doch die Menschen folgen ihm in den Wald. Die Dunklen haben die höhergelegenen Regionen niemals heimgesucht, weil es dort nichts zu holen gab. Wenn ihre Beute sich jedoch dorthin zurückzieht, werden sie ihr folgen, und sie werden auf freiem Feld, halbwegs bis Gettlesand verstreut, über sie herfallen, wo sie ohne Mauern und Feuer sein werden, in der irrigen Annahme, sie seien sicher.«

Der Kanzler beugte sich vor, seine kornblumenblauen Augen glitzerten hart wie Juwelen, und die Saphire seiner Kette blitzten im Schein der Fackel auf. »Vor zwei Tagen gab es noch einen König in Gae«, erklärte er. »Und jetzt gibt es keinen mehr. Der Zustand ist vorübergehend. Glaubt mir, Ingold Inglorion, eine ganze Stadt voller Menschen kann nicht mit solcher Leichtigkeit kommen und gehen wie Ihr. Wir konnten offensichtlich nicht in Gae bleiben . . .«

»Warum nicht?« hielt ihm der Zauberer scharf entgegen.

Sein aufkeimender Zorn zeigte sich in der stählernen Härte, die plötzlich in seiner Stimme schwang. »Es herrschte Chaos dort. Wir . . .«

»Das ist nichts gegen das Chaos«, wandte Ingold langsam ein, »das Ihr erleben werdet, wenn die Dunklen hierher kommen.«

In der Stille, die darauf folgte, wurde sich Gil der raschelnden Gegenwart der Zuschauer und Zuhörer bewußt, die ihr zufälliges Lager um den mit Pergamenten überhäuften Tisch herum aufgeschlagen hatten, der jetzt das einzige Hauptquartier des Reiches Gae war – Männer und Frauen mit ihren Kindern oder ihrer Kinder beraubt, gegen ihren Willen in den Bannkreis um den hochgewachsenen, vornehmen Kanzler und diesen schäbigen Pilger gezogen, dessen einziger Besitz das tödliche Schwert an seiner Hüfte zu sein schien. Obwohl überall in der säulenbewehrten Standhaftigkeit der heißen, düsteren Halle Tuscheln und Bewegung herrschten, war es hier still. Der Zweikampf wurde gezwungenermaßen unter den Augen der anwesenden Zeugen ausgetragen.

Alwir schien sich ihrer Gegenwart bewußt zu werden, denn seine Spannung ließ merklich nach, und seine Stimme klang ungezwungener, mit nur einem winzigen Hauch von Belustigung darin, als er sagte: »Ihr verrennt Euch, verehrter Herr Zauberer. Die Dunklen sind noch niemals nach Karst gekommen – von allen Städten des Reiches gibt es in Karst keine Spur von ihren Brutstätten. Wie ich schon sagte, ist der gegenwärtige Zustand vorübergehend; es wird einige Zeit dauern, bis wir uns neu angesiedelt und zurechtgefunden haben. Diejenigen, die sich hierher geflüchtet haben, brauchen nichts zu befürchten. Wir werden Karst zum neuen Mittelpunkt des Reiches machen, fern der Gefahr, die uns von den Dunklen droht; hier werden wir ein gewaltiges Heer aller Verbündeten der Menschheit aufstellen. Wir haben bereits einen Boten nach Quo geschickt, um den Rat und die Hilfe des Erzmagiers Lohiro zu erbitten, und einen in den Süden ins Reich Alketch, um dort um Unterstützung zu bitten.«

»Ihr habt *was* getan?« Diesmal war es an Ingold, entsetzt zu sein, und er war wütender, als Gil ihn je erlebt hatte.

»Mein lieber Ingold«, sagte Alwir herablassend, »Ihr erwartet doch wohl nicht, daß wir die Hände in den Schoß legen. Mit Hilfe der Heere des Reiches Alketch können wir den Kampf in die Brutstätten der Dunklen hineintragen. Mit ihrer Unterstützung und der des Rates der Zauberer können wir die Dunklen auf ihrem eigenen Gebiet angreifen, ausräuchern und die Erde ein für allemal von dieser faulen Pest befreien.«

»Das ist Unsinn!«

Offenkundig zufrieden, daß es ihm gelungen war, den Zauberer aus seinem gewohnten Gleichgewicht zu bringen, hakte Alwir die Daumen in seinen juwelenbesetzten Gürtel ein. »Und was würdet Ihr vorschlagen, verehrter Herr Zauberer?« fragte er mit scheinheiliger Liebenswürdigkeit. »Nach Gae zurückzukehren, damit uns die Dunklen verschlingen können?«

Ingold faßte sich, doch Gil konnte von ihrem Standort neben der Treppe erkennen, wie sehr ihn die Worte des Kanzlers erschüttert hatten. Als er das Wort ergriff, klang seine Stimme sehr ruhig. »Ich schlage vor, daß wir uns in Renweth niederlassen«, sagte er.

»Renweth?« Alwir warf den Kopf in den Nacken, als wüßte er nicht, ob er in Wutgebrüll oder Gelächter ausbrechen sollte. »*Renweth?* Dieser eisige Höllenschlund? Das ist ein Zehntagesmarsch vom Ende der Welt, die Absprungrampe der Hölle. Ebensogut könnten wir Gräber schaufeln und uns darin begraben. Renweth! Das ist nicht Euer Ernst!«

Die Bischöfin wandte Ingold ihre schwarzen Echsenaugen neugierig zu und ergriff zum ersten Mal das Wort. »Das Kloster dort hat in dem strengen Winter vor zwanzig Jahren seine Pforten geschlossen. Ich bezweifle, daß es auch nur ein Dorf dort gibt.« Ihre Stimme war ein trockenes, dünnes Flüstern, wie der Wind, der in der Wüste durch sonnengebleichte Gerippe streicht. »Es liegt ganz sicher zu weit entfernt vom Mittelpunkt des Reiches, um es zu seiner Hauptstadt zu machen!«

»Weit entfernt?« fuhr Alwir auf. »Das ist dasselbe, als würdet Ihr sagen, die Hölle habe ein ungünstiges Klima. Ein fauliger Tümpel im Herzen der Berge!«

»Ich schere mich nicht um das Reich«, entgegnete Ingold, und seine Stimme klang jetzt vollkommen ungerührt, doch seine Augen glitzerten im Fackelschein. »Es gibt kein Reich mehr, es gibt nur noch Menschen in Gefahr. Ihr macht Euch etwas vor, wenn Ihr glaubt, politische Macht könne etwas ausrichten, wenn die Gedanken aller Menschen nur noch auf Rettung ausgerichtet sind.« Der Kanzler erwiderte nichts darauf, doch Gil konnte erkennen, daß seine Wangen von Zornesröte überzogen waren. Ingold fuhr fort: »Im Renweththal liegt die alte Festung von Dare. Wie auch immer Eure Entscheidung ausfällt, von der Festung könntet Ihr die Dunklen fernhalten.«

»Oh ja, ich nehme an, daß wir das könnten, wenn die Festungsanlage noch steht«, gab der Kanzler mit schroffer Stimme zu. »Wir könnten sie ebensogut fernhalten, wenn wir uns entschließen, in der Wildnis zu leben wie die Dooer, uns in Höhlen zu verkriechen und von Käfern und

Schlangen zu ernähren, wenn Ihr so weit gehen wollt. Aber es wird Euch, bei all Eurer hochgerühmten Zauberkunst, nicht gelingen, die gesamte Bevölkerung des Reiches in der Burgfeste von Dare unterzubringen.«

»Es gibt noch andere Burgfesten«, mischte sich die Bischöfin unvermittelt ein, und Alwir warf ihr einen zornglühenden Blick zu. Sie beachtete ihn nicht, verschränkte ihre langen, knochigen Hände und sagte nachdenklich mit ihrer pergamenttrockenen Flüsterstimme: »Es gibt eine Festungsanlage in Gettlesand, die noch als Verteidigungsstellung gegen die Überfälle der Weißen Räuber genutzt wird; darüber hinaus gibt es noch einige im Norden . . .«

»Die sie in den letzten dreitausend Jahren benutzt haben, um ihre Felle darin zu gerben«, entgegnete Alwir, der jetzt ernsthaft wütend wurde, heftig. »Die Kirche leidet vielleicht nicht besonders unter dem Zusammenbruch der menschlichen Gesellschaft, verehrte Bischöfin. Eure Organisation ist dafür geschaffen, an weit verstreuten Orten ihre Herrschaft auszubreiten. Und Ihr, verehrter Herr Zauberer, glaubt, daß Euresgleichen nicht verwundet werden können – Wanderer und Brüder der Vögel, die Ihr seid. Aber es ist ein langer Marsch bis Renweth.« Mit heftigen Kopfbewegungen deutete er auf all die Augen, die gebannt auf sie gerichtet waren, die verschwommenen Gesichter in den Rauchschwaden – das Mädchen mit der Katze, den alten Mann mit den Hühnerkäfigen, die dicke Frau inmitten ihrer zahlreichen schlafenden Kinder. »Wieviele von ihnen würden einen halben Monat im Freien, einen Marsch durch die Flußtäler, durch die die Straßen nach Renweth führen, überleben? Ich sage Euch, wir sind sicher hier – sicherer als auf dem Weg nach Renweth.«

Unter den Menschen erhob sich ein Tuscheln, ein zustimmendes und angstvolles Raunen. Schon einmal waren sie aus ihren behaglichen Häusern geflohen, hatten ein angenehmes Leben in einer Stadt hinter sich gelassen, in der nun bei Tage Gesetzlosigkeit und bei Nacht alptraumhaftes Entsetzen herrschten – es war ein mühseliger Aufstieg über aufgeweichte Straßen gewesen, beladen mit allen Habseligkeiten, die sie tragen konnten. Angstvoll und verwirrt, hatten sie kein Verlangen, weiter zu fliehen. Weder mit Engelszungen noch mit Höllendrohungen wären sie zu überreden gewesen, die Nacht im Freien zu verbringen.

Als Alwin fortfuhr, senkte er die Stimme, so daß nur diejenigen, die der Treppe am nächsten waren, ihn hören konnten. »Verehrter Herr Ingold«, sagte er ruhig, »unter König Eldor verfügtet Ihr über große Macht, Macht, die sich auf das Vertrauen gründete, daß er in Euch gefaßt hatte, als er noch ein Kind unter Eurer Vormundschaft war. Wie Ihr diese Macht angewandt habt, ist allein Eure und seine Sache, denn Ihr hattet Eure Geheimnisse, in die selbst die Mitglieder seiner Familie nicht eingeweiht waren. Aber Eldor ist tot; die Königin liegt im Fieberwahn. Jemand muß das Kommando übernehmen, sonst wird sich das Reich selbst vernichten, wie ein Pferd, das durchgeht und über eine Klippe rast. Eure Zauberkunst kann den Dunklen nichts anhaben – Ihr besitzt keine Macht mehr im Reich.«

Ihre Blicke trafen sich und bohrten sich ineinander wie Schwertklingen, die, gehalten von der gleichgroßen Stärke derjenigen, die sie führen, reglos verharren. Die Spannung zwischen ihnen verdichtete sich zu tiefer Stille, die nur durch das Geräusch ihres Atems gebrochen wurde; blaue Augen blickten in blaue Augen, eingerahmt von Dunkelheit und dem glimmenden Schein des flackernden Kerzenlichts.

Ohne den Blick von Alwir zu wenden, sagte Ingold: »König Eldor ist tot, aber ich schwöre, daß ich seinen Sohn an einen sicheren Ort bringen werde, und dieser Ort ist nicht Karst.«

Alwir verzog die Lippen zu einem dünnen Lächeln, das seine Augen nicht berührte. »Eldors Sohn wird in Karst bleiben müssen, verehrter Herr Zauberer? Altir steht unter meinem Schutz, nicht unter Eurem. Denn ich bin jetzt sein Regent.« Jetzt erst bewegte er die Augen, veränderte seine Körperhaltung und gab seiner Stimme einen beiläufigeren Klang; es war, als würde ein Schauspieler aus einer Rolle treten – oder in eine Rolle hineinschlüpfen. »Kommt, mein Verehrter«, sagte er liebenswürdig, und sein Lächeln war jetzt echt und geringschätzig. »Ihr müßt verstehen, daß es Bedingungen gibt, unter denen das Leben nicht wert ist, erhalten zu werden, und ich fürchte, Ihr habt gerade eine davon genannt. Nun!« Er hob die Hand, um den nächsten Worten des Zauberers zuvorzukommen. »Ich bin sicher, wir werden mit weniger schwerwiegenden Folgen als der Vernichtung der gesamten Zivilisation davonkommen. Ich gebe zu, daß wir hier in mancher Hinsicht in arger Bedrängnis sind, und ich zweifle nicht daran, daß morgen noch weitere Flüchtlinge aus Gae und den umliegenden Landstrichen eintreffen werden. Sobald es hell wird, senden wir einen Wachtrupp zu den Lagerhallen unter der Präfektur im Palast von Gae hinunter. Was die Kontaktaufnahme mit dem Erzmagier Lohiro betrifft, so fürchte ich, daß Eure Kollegen sich verborgen halten, und es entzieht sich sogar Bektis' Macht, zu ihnen vorzudringen.«

»Es liegt ein Bannspruch über der Stadt Quo«, erklärte Bektis steif und sah Ingold über seine lange, gebogene Nase hinweg an. »Und mir ist es mit all meiner Zauberkunst und mit der Magie von Feuer und Kristallkugel nicht gelungen, ihn zu durchbrechen.«

»Das überrascht mich nicht«, entgegnete Ingold sanft.

Die Bischöfin streifte die beiden mit einem kurzen Blick ihrer schwarzen, ausdruckslosen Augen. »Der Teufel schützt die Seinen.«

Ingold neigte den Kopf höflich zu ihr hin. »Ebenso wie der Aufrechte Gott, verehrte Dame. Aber wir Zauberer gehören keiner der beiden Welten an und müssen uns daher nach besten Kräften selbst schützen. Als Hochburg für die Lehren der Magie ist Quo schon immer gegen Überfälle und Vernichtung geschützt worden. Ich bezweifle, daß es einen Zauberer gibt, so fähig er auch sein mag, der in der Lage wäre, den Verteidigungsschirm der Stadt jetzt zu durchbrechen.«

»Aber das genau ist es, was Ihr zu tun vorschlagt?« erkundigte sich Alwir, und in seine beherrschte, melodische Stimme schlich sich ein Anflug von echter Neugier. Er hatte die Schlacht – oder doch zumindest diesen einen Schachzug – für sich entschieden. Jetzt konnte er es sich leisten, Pose und Habitus, die er, wie Gil ahnte, gewöhnlich zeigte, fallenzulassen.

»Es ist das, was zu versuchen ich vorschlage. Wie ich schon sagte, sobald ich den Prinz an einen sicheren Ort gebracht habe. Aber zuerst, verehrter Herr Alwir, brauchen meine beiden jungen Freunde und ich eine kleine Ruhepause. Sie haben eine weite Reise von ihrer Heimat bis hierher zurückgelegt und werden noch heute vor Sonnenuntergang den Heimweg antreten. Und wenn Ihr gestattet, würde ich gerne die Königin sehen.«

Jemand öffnete die Seitentür, und der plötzliche kalte, schneidende Windstoß trieb ihnen den Rauch ins Gesicht; die Bischöfin hustete, ein trockener, kratzender Laut. Hinter der Tür war die Dunkelheit mit hellerem Grau durchzogen.

Der Wind brachte Bewegung in die Menge, und Wogen der Unruhe gingen durch den düsteren, raucherfüllten Raum. Einige der Menschen legten sich endlich, zum ersten Mal in dieser Nacht in Sicherheit, zum Schlafen nieder; andere erhoben sich und begannen umherzugehen, und das Anschwellen ihrer Stimmen war wie die Stimme des Meeres, wenn die Gezeiten wechseln. Der Luftzug von der Tür ließ den Fackelschein heftig über steinerne Bögen und ausgezehrte Gesichter flackern. Männer und Frauen, die sich bis jetzt in ehrerbietiger Entfernung von dem rot erleuchteten Bannkreis der Macht und Gefahr gehalten hatten, der die Großen des Reiches umgab, schoben sich verstohlen näher, und Gil, die mit dem rosigen, schlafenden Kind im Arm am Treppenpfosten lehnte, hörte das murmelnde Geflüster in den Schatten hinter ihr. »Das ist die kleine Hoheit in Person? . . . Das ist der kleine Herr, und nie hat es ein süßeres Kind gegeben . . . Gottlob ist er in Sicherheit . . . Es heißt, der alte Ingold hat ihn den Dunklen gerade vor der Nase weggeschnappt – er ist ein Teufelskerl, was? . . . Geriebener alter Gauner, wahrhaftig. Ebenbild des Satans, wie alle Zauberer . . . Er hat seine Vorzüge, und er hat den Prinzen gerettet, der ohne ihn jetzt sicher tot wäre . . . König nun. Eldors einziges Kind . . .«

Pöbel, dachte Gil und straffte ihren Rücken, der vom stundenlangen Stehen und dem immer drückenderen Gewicht des schlafenden Kindes in ihren Armen schmerzte. Die Menschen kamen so nah heran, wie sie sich wagten –; denn sie war ebenfalls eine Fremde in dieser Welt und ihnen unheimlich. Sie roch den Gestank von altem Schweiß, den sie ausströmten, und den Schmutz der langen Reise. Durch ihre

Bewegung erwachte Tir, bekam eine Strähne ihres Haares zu fassen und begann kläglich zu wimmern.

Rudy, der auf der mächtigen Granitstufe zu ihren Füßen zusammengesunken war und vor sich hindöste, blickte zu ihr auf, erhob sich dann steif und streckte ihr die Arme entgegen. »Komm«, sagte er, »ich nehme ihn eine Weile. Der arme kleine Kerl hat wahrscheinlich Hunger.«

Gil war eben im Begriff, ihm das Kind zu reichen, als Alwir sich zu ihm umwandte, und sie hielt in der Bewegung inne. Die dichtgedrängte Menge zog sich ein Stück zurück. »Ich werde das Kind nehmen«, erklärte er Gil und Rudy, und er sprach mit ihnen, als wären sie Dienstboten. »Ich werde ihn seiner Amme bringen.«

»Bringt ihn zuerst der Königin«, sagte Ingold, der plötzlich an seiner Seite war. »Das wird ihr mehr helfen als irgendeine Medizin, glaube ich.«

Alwir nickte geistesabwesend. »Vielleicht habt Ihr recht. Kommt.« Er machte kehrt und stieg die Treppe hinauf in das Halbdunkel, und das Kind in seinen Armen begann zu zappeln und leise zu weinen. Ingold schickte sich an, ihm zu folgen, doch Janus faßte ihn am Ärmel seines braunen Gewandes und hielt ihn zurück.

»Ingold – darf ich dich um einen Gefallen bitten?« Er hatte die Stimme gesenkt, so daß nur die allernächsten ihn hören konnten. Govannin hatte sich bereits entfernt und sprach mit einer Gruppe kahlgeschorener Mönche in scharlachroten Gewändern, während Bektis Alwir die Treppe hinauf folgte, die langen Hände in den pelzgesäumten Ärmeln und im Gesicht einen Ausdruck frommer Verzweiflung. Eigentlich, dachte Gil, mußte der Befehlshaber der Garde wohl ein großer, lärmender Mann gewesen sein, wie ein irischer Polizist, doch Sorgen und Anstrengung hatten ihn ruhiger und sein rundes Gesicht älter werden lassen. »In einer halben Stunde brechen wir nach Gae auf. Der Eisfalke treibt bereits die Truppen zusammen. Wir haben so viele Wachen aufgestellt, wie wir hier entbehren können, und darüber hinaus Alwirs Truppe. In den Wäldern wimmelt es von Wegelagerern, Flüchtlingen, Menschen, die jetzt, da die Nahrungsmittel so knapp geworden sind, für Essen morden würden, und in Gae ist es noch schlimmer. Das Gesetz ist außer Kraft gesetzt, was immer Alwir auch über den Zusammenhalt des Reiches sagen mag – du weißt es, ich weiß es, und ich glaube, er weiß es ebenfalls.«

Ingold nickte und verschränkte die Arme gegen die Kälte, die von draußen hereindrang und anschwellendes Stimmengewirr, das Rumpeln von Wagenrädern auf Kopfsteinpflaster und das ferne Klirren von Zaumzeug mit sich führte.

»Ich weiß, es ist eine ungebührliche Bitte«, fuhr Janus fort, »nach allem, was du getan hast. Gott weiß, daß du dich heldenhaft geschlagen hast, gleichgültig, was Alwir sagt. Aber würdest du mit uns nach Gae reiten? Die Vorratskammern befinden sich in den unterirdischen Gewölben, und es ist möglich, daß wir dich brauchen, Ingold, um die Vorräte sicher heraufzubekommen. Du kannst den Dunklen nichts anhaben, aber du kannst Licht herbeizaubern, und abgesehen davon bist du der beste Schwertkämpfer der ganzen Westlichen Welt. Wir brauchen jedes Schwert, das wir bekommen können. Ich habe Bektis gebeten, in seiner Eigenschaft als Zauberer mitzukommen, aber er will nicht.« Der Kommandant kicherte verächtlich. »Er sagt, er kann es nicht wagen, die Herrscher des Reiches ohne den Rat eines Zauberers zurückzulassen.«

Ingold stieß ein belustigtes oder empörtes Gelächter aus, dann verstummte er. Von draußen drangen die Stimmen der Wachen herein und die Geräusche der Menschen, die in den Hof drängten, neue Flüchtlinge, die in der Stadt eingetroffen waren. Aus den Winkeln der rauchigen Halle war das Geklapper von Kochtöpfen zu hören, die Stimme eines Mannes, der sich über irgend etwas beklagte, und das Weinen kleiner Kinder.

Der Zauberer seufzte tief, dann nickte er. »In Ordnung. Ich kann auf dem Weg dorthin in einem der Wagen schlafen; zuerst muß ich aber die Königin sehen. Treibt so viele Wagen und Schwerter auf, wie Ihr könnt.« Er wandte sich der Treppe zu; der silbrige Glanz seines weißen Haares wetteiferte mit dem goldenen Schein der Fackeln. Gil folgte ihm und wußte nicht recht, ob sie ihn beim Namen rufen sollte, doch er blieb stehen, als hätte er sie sprechen gehört. Er wandte sich um und trat zu ihr. »Ich werde zurück sein, bevor die Nacht anbricht«, sagte er ruhig. »Bei Tage müßtet ihr beiden sicher sein, aber lauft nicht allein in der Gegend herum. Die Stadt ist nicht sicher, wie Janus schon sagte. Vor Sonnenuntergang komme ich zurück und schicke euch durch das Nichts zurück.«

»Ist das nicht ein bißchen zu früh?« fragte Rudy besorgt. »Ich meine, Sie hatten recht, als Sie sagten, daß es hart ist, das Nichts zu durchqueren, und es würden nur« – er zählte an den Fingern ab –, »fünfzehn oder sechzehn Stunden dazwischenliegen.«

»Ich bin mir der Gefahr bewußt«, erklärte Ingold. »Ihr seid beide jung und kräftig, und es dürfte euch keinen bleibenden Schaden zufügen. Und ihr müßt die Alternative bedenken. Bei Tageslicht seid ihr in Karst in Sicherheit; soweit scheint Alwir bis jetzt recht zu haben, die Dunklen haben das Gebirge noch nicht heimgesucht. Aber ich weiß nichts darüber, was die nächste Nacht bringen wird. Unsere Welten liegen sehr dicht beieinander; der Dunkle ist mir durch das Nichts gefolgt, und es wäre ein Leichtes für einen von ihnen, das wieder zu tun. Ich habe euch einmal gesagt, daß ich der einzige bin, der das Nichts kennt, und als solcher trage ich eine große Verantwortung. Ich darf nicht zulassen, daß sie in andere Welten eindringen. Ganz gewiß nicht in eine Welt, die so dicht bevölkert und schutzlos ist wie die eure. Eine weitere Nacht hier könnte euch zur Falle werden«, schloß er ohne Beschönigung. »Denn wenn die Dunklen sich irgendwo in der Nähe befinden, werde ich euch nicht zurückschicken.«

»Dann glauben Sie Alwir also nicht«, fragte Rudy, indem er die Arme verschränkte und sich an den mächtigen Treppenpfeiler aus Granit lehnte.

»Nein. Es ist nur eine Frage der Zeit, bis die Dunklen nach Karst kommen, und ich möchte euch weit fort wissen, wenn es geschieht.«

»He, versprochen, Mann. Wenn Sie in die Stadt zurückkommen, stehe ich hier auf der vordersten Treppenstufe und warte auf Sie.«

Ingold lächelte. »Das ist sehr klug von Ihnen«, sagte er. »Ihr zwei seid die einzigen, die die Freiheit haben, diese Welt zu verlassen. Angesichts dessen, was uns bevorsteht, seid ihr zu beneiden.« Mit diesen Worten entfernte er sich, stieg die Treppe so leichtfüßig hinauf, als hätte er nicht zwei Nächte lang den Schlaf entbehrt, und wurde von den Schatten am Ende der Treppe aufgenommen.

Fünftes Kapitel

Gils erster Eindruck, als sie aus der schmalen, dunklen Öffnung der Hintertür in das sanft schimmernde Tageslicht und die durchdringende Morgenkälte hinaustrat, war Erleichterung. Sie hatte es irgendwie geschafft, die absonderlichen Schrecknisse der Nacht zu überstehen; sie hatte die Morgendämmerung unversehrt erlebt. Sie konnte sich nicht erinnern, das Tageslicht je mit so bewußter Freude erlebt zu haben.

Die zweite Empfindung war Bestürzung. Als sie auf die oberste Treppenstufe trat, schlugen ihr der Lärm und Gestank wie eine Mauer entgegen. Menschen zankten und stritten miteinander, schrien aus Leibeskräften, fragten, wo Nahrungsmittel zu finden seien, zeterten um den Besitz zerzauster, verängstigter Tiere, drängten sich in wild gestikulierenden Gruppen um die Eingänge der Gebäude, die bereits bis zu den Dachbalken mit Flüchtlingen vollgestopft waren, und forderten Einlaß; andere rauften sich um den halbleeren Stadtbrunnen, stritten mit Stimmen, die scharf waren von angsterfülltem Zorn, um das Wasser. Im heller werdenden Licht erkannte Gil Gesichter, die bleich und angespannt waren, mißtrauische Augen, die ruhelos umherhuschten wie Rattenaugen. Sie suchten verzweifelt nach einem körperlichen und geistigen Halt in dieser ihnen entgleitenden Welt. Der eisige Bergwind brachte mit seinem kalten Hauch den allgegenwärtigen Gestank von achtlos liegengelassenem Unrat.

Jesus Christus, dachte Gil angewidert, *sie fordern die Cholera, die Pest . . . was auch immer, geradezu heraus. Was wissen diese Menschen überhaupt von Seuchen und Hygiene?*

Und das dritte Gefühl, als sie zitternd in der schneidenden Kälte auf der Treppe stand, war Heißhunger. Sie dachte eingehend darüber nach. Der Befehlshaber der Garde schien auf Ingolds Seite zu stehen und konnte sicherlich dazu überredet werden, ihr aufgrund ihrer Bekanntschaft mit dem Zauberer etwas zu essen zu beschaffen. Sie stieg die Treppe hinunter, wobei sie sich ihren Weg um einen in verschmutzte, ehemals vornehme Wollsachen gekleideten Mann in mittleren Jahren bahnen mußte, der sein Lager auf der untersten Stufe aufgeschlagen hatte und die feste Absicht erkennen ließ, an dieser Stelle auszuharren, und trat zu einer Gruppe von einem halben Dutzend Männer und Frauen in der schwarzen Uniform der Stadtgarde, die damit beschäftigt waren, die Transportwagen für die Fahrt nach Gae fertigzumachen. Sie wurden offenkundig von einem hochgewachsenen jungen Mann mit hüftlangen, elfenbeinblonden Zöpfen befehligt, der in einen heftigen Disput mit einem Knäuel von Zivilpersonen in schmutzigen, bäuerlichen Gewändern verwickelt war. Der Anführer der Zivilpersonen schüttelte nachdrücklich den Kopf, der Hauptmann deutete heftig zu dem Pöbel auf dem Platz hinüber. Als sie nähertrat, schickte er die Männer erbost fort, fuhr herum und betrachtete sie aus Augen, so hell und kalt wie Polareis unter farblosen Brauen.

»Kannst du lenken?« fragte er.

»Ein Pferd?« fragte Gil, der unvermittelt Autos in den Sinn kamen, überrascht.

»Gänse meine ich nicht. Wenn du lenken kannst, führst du den Wagen zu Fuß? Oder reitest du auf dem verdammten Vieh? Mir ist es egal.«

»Ich kann reiten«, erklärte Gil, der plötzlich bewußt wurde, warum man ihr diese Frage stellte. »Und ich habe keine Angst vor den Dunklen.«

»Dann bist du eine verdammte Närrin.« Der Hauptmann starrte auf sie herunter und musterte ihre fremdartige Kleidung, die hochmütigen, weißblonden Augenbrauen leicht zusammengezogen. Er verlor jedoch kein Wort darüber, sondern wandte sich nur um und rief nach einer grauhaarigen Frau in abgewetzter schwarzer Uniform. »Seya! Bring die hier zu einem Pferdewagen mit Reitzügeln.« Dann wandte er sich wieder Gil zu. »Sie wird sich um dich kümmern.« Als Gil sich anschickte, Seya zu folgen, fragte er: »Kannst du kämpfen?«

Gil zögerte. »Ich habe noch nie ein Schwert in der Hand gehabt.«

»Dann lauf um Gottes willen denen, die es können, nicht vor den Füßen herum, wenn wir überfallen werden.« Er machte kehrt und rief, präzise und kalt wie eine jagende Katze, einem Wachposten einen Befehl zu. Die Frau, die er Seya genannt hatte, trat zu Gil. Auf ihrem tiefgefurchten Gesicht lag ein Ausdruck spöttischer Belustigung; ihr Schwert baumelte bis zu den Füßen, die in weichen Stiefeln steckten, herunter.

»Laß dich nicht von ihm aus der Ruhe bringen«, sagte sie und blickte der schlanken, sich entfernenden Gestalt nach. »Er würde den König selbst einteilen, einen Wagen zu lenken, wenn Not am Mann ist, ohne auch nur um Erlaubnis zu fragen. Da, sieh nur!«

Gil folgte ihrer Hand mit den Augen und erblickte Janus und Ingold, die inmitten des Durcheinanders am Fuße der Treppe standen, umringt von zeternden Kutschern, gestikulierenden Gardeoffizieren und klapprigen Karren. Der hochgewachsene Hauptmann sprach mit ihnen, die aristokratische Nase hoch erhoben. Janus wirkte empört, Ingold belustigt. Der Zauberer schwang sich auf den nächsten Karren, nahm auf dem Kutscherbock Platz und ergriff die Zügel mit dem sicheren Griff eines Wagenlenkers.

Als sie die letzten Häuser von Karst hinter sich ließen, klärten sich im Osten die spitzen Berggipfel im Sonnenschein auf, der die Szenerie erhellte, ohne die weißen Nebel aufzulösen, die in dicken Schwaden zwischen den Bäumen hingen. Gil saß in dem unbequemen, schmalen Sattel eines breiten Rotschimmels, der vor einen Karren am Anfang des Zuges gespannt war. Sie stellte fest, daß die meisten Fahrzeuge der Stadt eingezogen worden waren, so viele, daß nicht für jeden Wagen ein ziviler Kutscher aufgetrieben werden konnte, der bereit war, in die gespenstische Stadt Gae zurückzukehren. Viele Karren wurden von den Gardisten gelenkt, deren Kameraden zu beiden Seiten des Wagenzuges gingen und eine dünne, weit auseinandergezogene Linie bildeten – Männer und Frauen konnte sie erkennen, von denen die meisten jung waren, wenn auch hier und da ein grauer oder schütterer Haarschopf auftauchte. Sie schritten ruhelos voran, und in ihren Gesichtern zeigten sich Spuren der Anstrengung und Erschöpfung. Dies waren die Kämpfer, auf deren Schultern die Verteidigung von Gae gelegen hatte.

Als es heller wurde, konnte Gil kleine Flüchtlingslager erkennen, die sich an der Straße entlang und weiter in den Wald hinein erstreckten. Auch auf der Straße befanden sich Flüchtlinge, Männer und Frauen in zerknitterten, schmutzigen Kleidern, die unordentliche Bündel mit Dekken und Kochgeschirr auf dem Rücken trugen, notdürftig zusammengezimmerte Karren schoben oder hinter sich herzerrten. Hier und da war ein Mann zu sehen, der einen Esel zog, eine Frau, die eine störrische Kuh am Seil führte. Die meisten von ihnen blieben nicht stehen und schenkten der mühsam vorankriechenden Wagenkolonne und ihrer Eskorte zu Fuß nur wenig Beachtung. Sie waren so erschöpft von der Flucht und der Angst, daß sie keinen anderen Gedanken hatten als den Zufluchtsort, der vor ihnen lag.

Nach einiger Zeit fiel die Straße ab und machte eine Biegung. Im spärlichen Schutz der herbstlichen Bäume spürte Gil, daß der Wind auffrischte und die Richtung änderte. Sie hob den Kopf und sah, daß das Land auf der einen Seite der Straße abfiel und vor ihren Augen die Stadt Gae enthüllte.

Wiedererkennen versetzte ihrem Herzen einen Stich. Gae lag in der Ferne, umgeben von zahlreichen Mauern, geborgen in der Beuge des Flußarms in einer Ebene, die braungolden gefärbt war vom Herbst und durchbrochen vom Weiß der Straßenadern. Ihr war, als hätte sie darin gelebt, wäre durch die winkligen Sträßchen gelaufen, als wäre ihr diese Silhouette von Kindheit an vertraut. Sechs gewundene Säulen streckten sich dem Morgenhimmel entgegen, Stützpfeiler, die sich, der Mauern beraubt, die sie getragen hatten, wie die Knochenfinger eines Skeletts in den weißen Himmel reckten.

»Die Bäume sind kahl«, hörte sie die helle, atemlose Stimme eines Mannes an ihrer Seite. »Im Sommer war es ein Garten.«

Sie blickte hinunter. Neben ihrem Knie, im Rhythmus des vorwärtsrollenden Wagens, schritt der hellhaarige Hauptmann. In seinen Augen spiegelte sich das matte, weiße Licht des Himmels. »Ich weiß«, sagte sie.

Die hellen Augen hefteten sich auf ihr Gesicht. »Du bist Ingolds Reisebegleiterin aus der Fremde.«

Sie nickte. »Aber ich war schon in Gae.«

Auch diesmal stellte er keine Fragen, vermerkte nur im Geiste das Gehörte. Er war hager und schlaksig; in den ineinanderfließenden Schatten der Bäume erkannte sie, daß er jünger war, als sie zuerst angenommen hatte – Anfang Zwanzig, wahrscheinlich einige Jahre jünger als sie. Es war seine Strenge und sein zur Schau getragener Hochmut, was ihn älter erscheinen ließen – das und die langen Linien, die die Unbilden der Witterung um seine hellen Augen gegraben hatten. Nach einer Weile sagte er: »Man nennt mich den Eisfalken.«

»Ich heiße Gil«, entgegnete sie, sich unter den überhängenden Ast einer mächtigen Eiche duckend. Hinter den rostbraunen und silbernen Bäumen und dem milchigweißen Nebel verloren sie Gae wieder aus den Augen. Das Knirschen der Wagenräder vermischte sich mit dem Rascheln der trockenen Blätter auf der Erde.

»In der alten Sprache des Wathvolkes bedeutet *gil* Eis«, sagte er versonnen. »*Gil-shalos* – ein Speer von Eis, ein Eiszapfen. Ich hatte einmal einen Jagdfalken mit diesem Namen.«

Gil sah neugierig auf ihn hinunter. »Dann müßte dein Name Gil-soundso sein.«

Er schüttelte den Kopf. »In der Sprache meines Volkes heißt der Eisfalke *Nyagchilios,* Himmelspilger. Warum bist du mit uns gekommen?«

»Weil du es mir befohlen hast«, erwiderte Gil.

Der Eisfalke hob seine farblosen Augenbrauen. Aber er stellte keine weiteren Fragen, und hätte er es getan, so hätte sie ihm keine Antwort darauf geben können. Sie wußte nur, daß sie sich zu diesen ruhigen und erfahrenen Kriegern hingezogen gefühlt hatte; auf die Aufforderung hin, sich ihnen anzuschließen, hätte sie nicht fernbleiben können.

Sie ließen den Wald und die Ausläufer des Gebirges hinter sich und bewegten sich durch das löwenfarbene Gras der Ebene, als würden sie in einem See von weichem, geschmolzenem Gold schwimmen, über dem die Sonne klein und fern an einem farblosen Morgenhimmel stand. Wieder kamen ihnen Flüchtlinge entgegen, zankende Familien oder Gruppen von Nachbarn, armselige, einzelne Männer und Frauen, die die Überreste ihrer Habe auf dem Rücken trugen, lärmende Kinderbanden, in denen die älteren die jüngeren wie Gänse vor sich hertrieben. Der Straßenrand war mit dem Treibgut der Flucht übersät – Bücher, Bettzeug und an einer Stelle ein silberner Vogelkäfig, zierlich wie Spitze, in dessen offenem Türrahmen ein rosafarbener Zierfink saß und ängstlich in die himmelweite Freiheit aller Windrichtungen zirpte. Der Eisfalke deutete auf den Berg Trad, dessen abgerundeter Gipfel sich in der Mitte der goldenen Ebene erhob und sie mit seinem moosbewachsenen Kreuz krönte, doch Gils Blicke schweiften weiter bis zu den Mauern von Gae.

Sie sah Türme, deren zertrümmerte Pfeiler übereinander aufragten, deren Bögen, Simse und Zinnen so fein waren wie handgeschnitzte Miniaturen, verwobene Spaliere aus kahlen Ästen und über allem anderen die zerschmetterten, gebogenen Rippen der Gewölbepfeiler, die als einziges vom Palast übriggeblieben waren.

Und so sicher, wie sie ihren Namen kannte, wußte Gil, daß es irgendwo in dieser Stadt einen Platz gab, dessen Treppenstufen von Malachitstatuen bewacht wurden und in dessen Trümmern bronzene Türflügel zerbrochen lagen. Irgendwo gab es ein Gewölbe mit einer roten Porphyrtreppe, eine merkwürdige Bodenplatte auf glattem Basaltboden und einen schattenerfüllten Bogengang, der in eine verlassene, zerstörte Straße führte. Der kalte Wind schnitt ihr in die aufgesprungenen Hände, in denen sie die schmutzigen Lederzügel hielt. Das Schaukeln des langsam dahintrottenden Pferdes und das Quietschen der Wagenräder drangen wie ein allmähliches Erwachen in eine nebelhafte Traumwelt; und gleichzeitig wehte diese weiche, rauchige Stimme, vertieft in ein Gespräch mit dem Gardekommandanten, über die Reihen der Marschierenden zu ihr zurück wie ein Nebelfetzen mit dem Wind.

In Gae hing der Gestank des Todes. Gil war nicht darauf gefaßt, und dieser widerliche Geruch schnürte ihr die Kehle zu. Es hatte in ihrem Leben in der anderen Welt genügend überfüllte Busbahnhöfe, Rockkonzerte und Wochenenden in der Wüste gegeben, um sie bis zu einem gewissen Grad gegen den Gestank in Karst unempfindlich zu machen, doch hier hing über den Trümmern der Stadt eine Wolke von Verwesungsdünsten, ein giftiger Gestank von Dingen, die in ihrer Welt verborgen oder verbrannt wurden.

Die Straßen lagen verlassen im Sonnenschein, der Klang von Pferdehufen, Stiefeltritten und quietschenden Wagenrädern wurde von den nackten Mauern zurückgeworfen. Ein jedes Haus zeigte Spuren von Feuer. Eingestürzte Stockwerke, verkohlte Balken, die hervorsprangen wie gebrochene Rippen abgenagter Kadaver, verbarrikadierte Türen und Fenster, über denen die verräterischen Spuren von Ruß erkennbar waren. Gil sah, daß einige der Mauern nach innen gedrückt waren, an anderen Stellen waren kleine Trümmerstücke, vermischt mit rattenzerfressenen Knochen, auf die Straße hinausgeschleudert worden. Die tiefen Schatten waren erfüllt vom Rascheln, das ein Heer von Nagetieren ahnen ließ, die nun, erlöst vom uralten Krieg mit der Menschheit, begierig ihre Siegesbeute verschlangen. Von den zerbröckelnden Mauern herunter starrten wilde, räudige Katzen sie mit irrwitzigen Augen an. Gil hielt die kurzen Zügel ihres schweren Kutschpferdes fest umklammert und versuchte, die aufsteigende Übelkeit zu unterdrücken.

»Vor drei Tagen war sie noch lebendig«, sagte eine leise Männerstimme neben ihr, und sie fuhr erschrocken zusammen. »Und jetzt ist sie vernichtet.«

Ingold hatte seinen Wagen neben den ihren gelenkt. Er blinzelte im Schattenspiel des durchbrochenen Sonnenlichtes.

Etwas raschelte unheilvoll und verschwand blitzschnell hinter einer Gartenmauer. Gil hatte ein Gefühl der Unreinheit, und ein Schauder überlief sie. »Sie meinen die Stadt?«

»In gewissem Sinne.« Ein Zweig knackte unter den Rädern. Der Eisfalke, der wachsam neben dem Zug herritt, fuhr bei diesem Geräusch heftig herum. Gil bemerkte, daß sie es alle fühlten, alle die Fäulnis in den summenden, unheimlich wimmelnden Straßen spürten. Sie fragte sich, wie es wohl sein mochte, jetzt hierher zurückzukehren, für einen Menschen, der in dieser Stadt aufgewachsen, der sie so kannte, wie sie früher gewesen war.

Ihr Blick glitt langsam über die durchbrochenen Linien einer anmutigen Kolonnade, die die Straße säumte, und blieb an kunstvoll ausgearbeiteten geometrischen Mustern und Blumenmotiven, an der Fröhlichkeit und Ausgeglichenheit der zahlreichen, miteinander verschlungenen Friese hängen. Ihr fielen die Möbel in Tirs Kinderstube ein, Ebenholz- und Elfenbeineinlegearbeiten, die eines Museums würdig gewesen wären. Alles, was reich und schön war an dieser Zivilisation, alles Gute, das sie hervorgebracht hatte, war einst hier zu finden gewesen. Sie lenkte das Pferd ein wenig zur Seite, um einer schwarzen Türhöhle auszuweichen, in der der Leichnam einer Frau lag. Ein abgenagter Arm lag schlaff in der Sonne ausgestreckt, funkelnde Diamanten zwischen umherkrabbelnden Fliegen am Handgelenk.

Selbst für diejenigen, die überlebt hatten, gab es kein Zurück mehr. Sie fragte sich, ob die Menschen in Karst das schon begriffen hatten.

Ingold wußte es. Sie erkannte es an der harten Linie seines Mundes, an der Kummerfalte auf seiner Stirn. Janus wußte es ebenfalls. Der Kommandant der Reichsgarde sah bleich und krank aus; doch dahinter lag, seltsam anzusehen in einem Gesicht, zu dem ein T-shirt und eine Sechserpackung Bier wesentlich besser gepaßt hätten, ein Ausdruck tiefer, stiller, qualvoller Trauer. Es war der Ausdruck eines Menschen, der eine Tragödie erblickte und die Bedeutung dessen, was er sah, begriff. Der Eisfalke – es war schwer zu sagen. Dieser rätselhafte junge Mann bahnte sich umsichtig und mit der zielstrebigen Wachsamkeit eines Tieres seinen Weg durch die Trümmer der menschlichen Zivilisation und hatte für nichts anderes einen Sinn als für seine eigene Sicherheit und die Erfüllung seiner Aufgabe.

Plötzlich stieß das Pferd, auf dem sie ritt, ein angstvolles Schnauben aus und warf den Kopf mit wild rollenden Augen in die Luft. Fast zwischen seinen Hufen brachen zwei mißgestaltete, watschelnde Wesen aus einer eingestürzten Eingangstür hervor und flohen mit ungelenken Sprüngen die Straße hinunter. Gil erhaschte einen flüchtigen entsetzten Blick auf flache, halb-menschliche Gesichter unter einer verfilzten, rötlichen Haarmähne, verwachsene Körper und schlenkernde, affenartige

Arme. Sie starrte ihnen entsetzt und atemlos nach, bis sie Ingold leise sagen hörte: »Nein, laß sie gehen.« Sie wandte sich um und sah, daß der Eisfalke Pfeil und Bogen aus einem der Wagen genommen hatte und sich anschickte, die Kreaturen niederzuschießen. Auf Ingolds Einwand hin hielt er, eine helle Augenbraue fragend hochgezogen, inne, und diese wenigen Augenblicke reichten den Wesen, was immer sie sein mochten, aus, um zu verschwinden.

Der Eisfalke zuckte die Achseln und legte seine Waffen zurück. »Es sind nur Dooer«, bekräftigte er eine augenscheinliche Tatsache.

Ingold entgegnete mit ausdrucksloser Miene: »So ist es.«

»Wenn wir erst die Nahrungsmittel geholt haben, werden sie alle um die Wagen wimmeln.« Es klang, als hätte er ebensogut von Ratten sprechen können.

Der Zauberer wandte sich wieder seiner Aufgabe zu und schnalzte mit den Zügeln seines aus dem Tritt geratenen Gespanns. »Dann können wir uns immer noch mit ihnen befassen.« Der Zug setzte sich wieder in Bewegung und schob sich rumpelnd durch die kalten Schatten der engen Straßen. Nach einer Weile zuckte der Eisfalke noch einmal die Achseln und begab sich, geschmeidig wie eine Katze, auf seinen Platz in die Reihe der Garde zurück.

»Was sind sie?« fragte Gil den Gardisten, der ihr am nächsten war, einen blonden jungen Mann mit dem strahlenden Gesicht eines jungen Galahad, der neben ihrem Pferd einherschritt. »Sind es – Menschen?«

Er blickte zu ihr auf und beschattete die Augen mit der Hand gegen das Sonnenlicht, das durch die Löcher in den Gebäuden fiel. »Nein, es sind nur Dooer«, wiederholte er die Worte des Eisfalken. »Gibt es keine Dooer in Ihrem Land?«

Gil schüttelte den Kopf.

»Sie sehen aus wie Menschen«, fuhr der Wachsoldat beiläufig fort. »Aber nein, es sind Tiere. Sie leben wild im Ödland im Westen – auf den Ebenen hinter dem Gebirge wimmelt es von ihnen.

»Ihr Volk würde sie Neandertaler nennen«, erklang Ingolds weiche Stimme neben ihr. »Wenn sie eingefangen werden, setzt man sie im Süden bei der Zuckerrohrernte oder in den Silberminen von Gettlesand ein; viele werden auch zu Arbeiten im Haushalt abgerichtet. Man sagt ihnen nach, daß sie nützliche Sklaven sind, aber offensichtlich hat sie niemand für wert gehalten, mitgenommen zu werden, als ihre Besitzer die Flucht ergriffen.«

Die kalte Mißbilligung in seiner Stimme entging dem jungen Soldaten nicht. »Wir könnten sie nicht ernähren«, sagte er vorwurfsvoll. »Die Nahrungsmittel sind ohnehin knapp genug in Karst.« Und an Gil gewandt, fügte er hinzu, als wolle er sich entschuldigen: »Ich persönlich habe sie noch nie gemocht.«

Die Getreidevorräte lagerten in den Kellergewölben der Stadtpräfektur, einem niedrigen, massiven Gebäude, das eine Seite des Palasthofes begrenzte. Als der Wagenzug davor zum Stehen kam, stellte Gil fest, daß das Feuer ihm wenig zugesetzt hatte, obwohl es ganz offensichtlich auch hier Plündereien gegeben hatte. Eine Fährte schlammiger Fußspuren, zerrissener Getreidesäcke und verschütteter Körner führte wie ein Bach vom eingestürzten Eingang auf den Hof hinauf, wo sie sich im allgemeinen Unrat verlor. An den Hof selbst konnte sie sich erinnern, obgleich sie ihn das letzte Mal von einem Turm aus gesehen hatte, der jetzt in Schutt und Asche lag: ein weitläufiger, mit gemusterten Marmorplatten gepflasterter Platz, breite Torflügel aus kunstvoll bearbeitetem Schmiedeeisen und Bäume, deren kahle, graue Äste verkohlt waren von der Höllenglut, in der die letzte Schlacht untergegangen war. Der kolossale Schatten des Palastes ragte zu ihrer Linken auf, Stockwerk um Stockwerk Trümmer und Zerstörung; der ausgeweidete Bauch, der einst der Thronsaal des Reiches gewesen war, lag, halb verschüttet unter Asche und Schutt, offen zutage.

Das also war der Palast von Gae, den sie jetzt leidenschaftlos, bei klarem Verstand, wach und bei Tageslicht vom Rücken einer schweren, nervösen Schindmähre aus betrachtete, die Hände von den Zügeln aufgerieben und die Augen brennend vom Mangel an Schlaf. Diesen Ort zu sehen war sie gekommen, den Ort, an dem Eldor gestorben war, den Ort, den sie in ihren Träumen erblickt hatte. Hier hatte die Menschheit ihre letzte Schlacht gegen die Dunklen geschlagen – und verloren.

Den rußgeschwärzten Ruinen war deutlich anzusehen, daß man diesen Ort ausgeplündert hatte, noch bevor die Asche erkaltet war.

Leise und höhnisch wurde das Echo zorniger Stimmen von den Steinmauern des Hofes zurückgeworfen. Gil wurde aus ihrer stillen Betrachtung gerissen, und als sie sich umdrehte, sah sie, daß sich eine kleine Gruppe von Wagenlenkern und Gardisten um die breiten, niedrigen Stufen, die zu dem zertrümmerten Tor der Präfektur hinunterführten, versammelt hatte. In ihrer Mitte standen Kommandant Janus und ein großer, muskulöser Mann in bäuerlichem Gewand, in dem Gil den Kutscher des ersten Wagens erkannte. »Also, *dieser* Kutscher wird nicht hinuntergehen und Getreide heraufholen. Wenn das oberste Kellergewölbe ausgeräumt worden ist, wie Ihr sagt, dann bedeutet das, daß man in den unteren Keller hinuntersteigen muß, und das ist der sichere Tod, so sicher wie das Eis im Norden.«

Eine andere Stimme übertönte das allgemeine zustimmende Geschrei. »In den Gewölben herrschen die Dunklen. Ich habe gesagt, ich würde einen Karren lenken, aber ich weigere mich, in die Nähe der Dunklen zu gehen.«

Ein Gardeoffizier brüllte ihm entgegen: »Was dachtet Ihr denn, wer zum Teufel soll denn hinuntersteigen und das Zeug holen?«

Janus, das Gesicht rot vor Zorn, die braunen Augen kalt vor Verachtung, sprach mit ruhiger Stimme. »Jeder kennt den Wert seiner eigenen Tapferkeit am besten. Ich habe keine Verwendung für Feiglinge. Die

Wagenlenker, die mutig genug sind, können uns helfen, die Lebensmittel heraufzuholen. Eisfalke, du übernimmst hier oben das Kommando. Such dir zwölf Männer aus und erschießt jeden und alles, was sich den Vorräten nähert, wenn sie erst einmal heraufgeschafft sind. Sorg dafür, daß das Zeug aufgeladen wird und alles fertig ist zum Aufbruch.«

Aus dem Wagen, den er gelenkt hatte, reichte Ingold ein Bündel Pechfackeln hinunter, stieg dann aus und brachte einen zwei Meter langen Gehstock mit heraus, auf den er sich müde aufstützte.

Der Kommandant löste eine Fackel aus dem Bündel und fuhr fort: »Gae ist keineswegs verlassen. Es ist tot, doch jede Leiche hat ihre Würmer. Es lauern Gefahren sowohl über der Erde als auch darunter.« Er machte kehrt und schritt, die Fackel in der Hand, auf die Treppe zu. Ohne ihn anzusehen, schnippte Ingold leicht mit den Fingern, und mit einem lauten Fauchen ging die kalte Fackel in der Hand des Kommandanten in Flammen auf! Die anderen Gardisten und mehr als die Hälfte der Kutscher drängten herbei, um ihre Fackeln entgegenzunehmen und an der ersten zu entzünden.

Als Gil eine Fackel aus dem Bündel zog, trat Ingold zu ihr und legte ihr eine Hand auf die Schulter. »Das galt nicht Ihnen, Gil. Das geht Sie nichts an.«

Sie blickte zu ihm auf, dann straffte sie sich und sah ihm fest in die Augen. »Sie brauchen sich nicht um mich zu kümmern«, erklärte sie. »Ich werde bei der Garde bleiben.«

Ingold warf einen Blick über die Schulter zurück auf die kleine Gruppe, die sich anschickte, in die Kellergewölbe hinunterzusteigen, dann auf die endlose Reihe von Wagen, die bis zum Nachmittag beladen sein mußten. »Ich habe Sie gegen Ihren Willen hierher gebracht«, sagte er ruhig. »Sie stehen unter meinem Schutz. Ich werde nicht von Ihnen verlangen, daß Sie sich in einem anderen Universum in Lebensgefahr begeben, da Sie doch heute nacht in Ihr eigenes zurückkehren. Das hier ist kein Traum, Gil. Hier zu sterben bedeutet den Tod.«

Der eisige Nordwind schnitt wie ein Messer durch ihre dünne Jacke, und die kalte Sonne ohne Kraft, Wärme zu spenden, blendete sie. Von der Treppe klang eine Frauenstimme – sie meinte Seya zu erkennen – herauf. »*Gil-shalos*! Bleibst du dort oder kommst du?«

Sie rief zurück: »Ich komme!« Ingold faßte sie am Arm, als sie sich in Bewegung setzte. Sie wandte sich zu ihm um und sagte: »Ich werde Ihnen nicht zur Last fallen, das verspreche ich.«

Er lächelte, und sein Gesicht hellte sich auf und vermittelte für einen Augenblick den trügerischen Eindruck von Jugend. »Stur wie ein Esel, was? Wie Sie wollen. Aber wenn Ihnen Ihr Leben lieb ist, bleiben Sie dicht bei den anderen.« Dann schloß er sich ihr an und gesellte sich zu den Gardisten.

Sie arbeiteten flink und lautlos in der Dunkelheit der Kellergewölbe, die Schwerter gezogen, behindert durch die Notwendigkeit, dicht beieinander zu bleiben. Gil folgte der auf und niedertanzenden Kette mattgelber Lichter. Sie wagte kaum zu atmen und lauerte mit angespannten Sinnen auf eine ungewöhnliche Bewegung in der Finsternis, den Atemhauch eines fremden Windes. In den tieferen Gewölben, in denen die Nahrungsvorräte aufbewahrt wurden, war die endlose Dunkelheit erfüllt von winzigen, trippelnden Füßen und einem Meer glitzernder roter Äuglein, und graue Körper huschten aus dem Schein der Fackeln davon; aber verglichen mit der Furcht vor den Dunklen, hatte das alles nicht mehr Bedeutung als eine Kakerlake an der Wand. Sie trugen eine Last nach der anderen ins Tageslicht hinauf, Säcke mit Getreide, gepökeltes Fleisch, große, wachsumhüllte Käseräder, so schnell sie nur konnten unter ihrer schweren Bürde, und Ingold fegte wie ein Irrlicht neben ihnen her, in der einen Hand das Schwert, in der anderen den Stab, dessen Spitze ein helles, weißes Licht verbreitete, das die dichtgedrängten Schatten auseinandertrieb.

Es war harte Arbeit, und sie gönnten sich den ganzen Vormittag über keine Unterbrechung. Gils Arme schmerzten, die aufgesprungenen Hände brannten, ihre Nerven summten wie eine angeschlagene Bogensehne, wenn sie einen Sack Getreide oder Trockenfrüchte oder einen unhandlichen Brocken Käse auf den Stapel auf der obersten Treppenstufe warf und wieder in die lauernde Dunkelheit hinunterstieg. Ihr Kopf dröhnte vor Hunger und Müdigkeit. Gegen Nachmittag zitterte sie unkontrollierbar, und die Treppe, die Kellergewölbe, Männer und Frauen verschwammen vor ihren Augen. Sie blieb stehen, lehnte sich an einen der kunstvoll verzierten Stützpfeiler im Torweg und versuchte, wieder zu Atem zu kommen. Jemand in schwarzer Uniform, der eine Fackel trug, legte ihr leicht und kameradschaftlich die Hand auf die Schulter. Sie folgte ihm blindlings in die Kellergewölbe hinunter.

Der Nachmittag war schon weit fortgeschritten, als sie die Arbeit nach einer letzten schweißtreibenden Stunde des Aufladens beendeten. Benommen und schwindelig vor Erschöpfung, fragte sich Gil, ob sie unter Halluzinationen litt oder ob sie wirklich aus jeder schwarzen Fensterhöhle von ungesehenen Augen beobachtet wurde – ob das Prickeln im Nacken eine Vorahnung wirklicher Gefahr war oder lediglich das Ergebnis einer Erschöpfung, die sie nie zuvor kennengelernt hatte. In dieser letzten Stunde hatte sie nichts und niemanden mehr wahrgenommen, hatte nur noch den Schmerz gespürt, der sie mit jeder Bewegung ihrer müden Arme durchzuckte.

Als irgend jemand sagte, daß Ingold verschwunden sei, konnte sie sich nicht erinnern, wann sie ihn das letzte Mal gesehen hatte.

»Ich glaube, er war bei uns, als wir zum letzten Mal aus dem Keller heraufkamen«, sagte Seya zum Eisfalken, während sie sich mit dem Ärmel ihres durchnäßten Untergewandes den Schweiß von der Stirn wischte.

»Danach nicht mehr?«

Die Frau schüttelte den Kopf. »Ich erinnere mich wirklich nicht mehr.«

»Hat ihn irgend jemand hier oben gesehen?«

Blicke wurden ausgetauscht, Köpfe verneinend geschüttelt. Niemand konnte sich erinnern. Ein dicker, braungekleideter Kutscher sagte: »Nun, er ist ein Zauberer und hat seine Tricks, darauf könnt ihr euch verlassen. Wahrscheinlich stößt er auf halbem Wege oben in den Bergen zu uns. Wir müssen aufbrechen, wenn wir Karst bei Tageslicht erreichen wollen.«

Diese Bemerkung bedurfte offenkundig keiner Entgegnung. Die Gardisten waren bereits damit beschäftigt, die schwelenden Stummel erloschener Fackeln aufzuheben und sie an einem kleinen Feuer zu entzünden, das jemand in einem Winkel des Hofes entfacht hatte, um sich zu wärmen. Gil schloß sich ihnen an, ohne zu zögern, obwohl ihr klar war, daß es nicht möglich war, bei dieser Suche zusammenzubleiben. Janus erblickte sie, als sie im Begriff war, die Treppe hinunterzusteigen, und rief ihr zu: »*Gil-shalos*!« Doch bevor er ihr nacheilen konnte, packte der dicke Kutscher ihn am Arm und erging sich in wortreichen Erläuterungen über das Zurückkehren nach Karst bei Tage. Leise huschte Gil in die Schatten hinunter.

Es war etwas anderes, die Kellergewölbe allein zu betreten. Ihre einsame Fackel warf zuckende, verzerrte Schatten auf das niedrige Deckengewölbe. Ihre Schritte riefen ein vielfältiges, unheimliches Echo in der Dunkelheit hervor, als würde sie von einem Heer von Gnomen verfolgt. Rote, boshafte kleine Augen blitzten in der undurchdringlichen Dunkelheit um sie herum auf und verschwanden wieder. Die Stille schien zu atmen. Eine innere Stimme warnte sie davor, zu rufen, und so setzte sie ihren einsamen Weg schweigend fort und suchte den Irrgarten dunkler Säulen mit den Blicken nach einer Spur des hüpfenden weißen Lichtscheins ab, lauschte auf den weichen Tritt gestiefelter Füße – obwohl ihr jetzt, da sie darüber nachdachte, einfiel, daß Ingold ein Mann war, der sich so lautlos wie ein Schatten bewegen konnte. Sie kehrte dem zertrampelten Weg, den die Plünderer genommen hatten, den Rücken und wandte sich den tieferen Gewölben zu. Durch immer gleiche Gänge wanderte sie, zwischen dunklen Steinsäulen, Granitbäume in einem symmetrisch angeordneten Wald, und der glatte, schwarze Basalt des Fußbodens warf keinen Widerschein ihres Fackellichtes zurück.

Sie spürte, wie es allmählich, unmerklich stärker wurde: das Gefühl, diesen Weg schon einmal gegangen zu sein, lauerndes, namenloses Entsetzen, das beunruhigende Gefühl, aus der Dunkelheit von Wesen beobachtet zu werden, die keine Augen hatten.

Wie sie ihm hätte helfen können, das hätte sie nicht sagen können, denn sie war unbewaffnet und weniger vertraut als er mit den Schrekken der Dunklen. Aber sie wußte, daß er gefunden werden mußte, und

sie wußte, daß er erschöpft war und die Grenzen seiner Belastbarkeit längst überschritten hatte; sie wußte, daß, Zauberer hin oder her, in diesem Zustand gefährlich leicht Fehler gemacht wurden.

Sie hatte die Hoffnung, ihn zu finden, beinahe aufgegeben, als sie einen schwachen weißen Lichtschein auf den dunklen Granitsäulen bemerkte. Sie eilte auf das Licht zu und erreichte schließlich eine Lichtung in diesem Säulenwald. Das Licht ihrer Fackel fiel schimmernd auf die dunkle Treppenflucht aus rotem Porphyr, die in weitem Bogen zu den Trümmern der zerstörten mächtigen Bronzetüren führte, hinter denen nichts mehr war als Dunkelheit. Zwischen zerbrochenen Möbelstücken und staubigen alten Kisten konnte sie die Umrisse von Skeletten erkennen, deren von den Dunklen entbeinte Knochen zwischen den Säulen verstreut lagen. Vor ihren Füßen lag eine von einem Schwerthieb gespaltene Kiste, deren Inhalt sich über den Boden ergossen hatte, und die getrockneten Äpfel vermischten sich mit den Totenschädeln.

Sie kannte den Ort; ihr schlug das Herz bis zum Halse, und das Blut rauschte in ihren Ohren bei diesem vertrauten Anblick. Aber keine Granitplatte unterbrach die uralte Regelmäßigkeit des glatten Basaltbodens. An der Stelle, an der sie gelegen hatte, klaffte schwarz und gähnend ein großes, rechteckiges Loch, das gotteslästerliche Tor zum Abgrund. Und in diesen Abgrund führten schwarze Stufen, unsäglich alt, kalt vom tödlichen Entsetzen ungezählter Jahrtausende, und sie sahen genauso aus, wie sie in ihrer Vorstellung, selbst in ihren Träumen ausgesehen hatten – wie sie seit Anbeginn der Zeit ausgesehen hatten. Der feuchte, kalte Atemhauch, der aus dieser Dunkelheit aufstieg, streifte ihre Wange wie ein Widerhall des Urchaos, Böses jenseits des menschlichen Begriffsvermögens.

Und aus diesem unaussprechlichen Schlund drang das weiße Licht, nach dem sie gesucht hatte, wie der schwache Schein einer fernen Lampe herauf. Es hob die sanften Bögen der Deckengewölbe hervor, die sich in den Linien eines Schädels und in der zarten Rundung des Knochens über der Augenhöhle wiederholten. Gil bückte sich und hob mit zitternden Händen ein langes Schwert auf, das zwischen einem Gewirr von säurezerfressenen Handknochen auf dem Boden lag. Das ausgewogene Gewicht des Schwertschaftes in der Hand, fühlte sie sich besser, sicherer und weniger furchtsam. Sie hielt die Fackel hoch und trat an den Rand des Abgrundes.

Weit unten auf der Treppe, beleuchtet von dem weichen, weißen Lichtschein seines Stabes, erblickte sie Ingold. Reglos wie eine Statue stand er etwa fünfzig Stufen unter ihr, genau an der Stelle, an der die Treppe eine Biegung machte und sich im schwarzen Schlund der Erde verlor. Sein Gesicht war angespannt, als lauschte er auf ein Geräusch, das Gil nicht hören konnte. Sein Schwert steckte in der Scheide, und seine rechte Hand hing kraftlos herunter. Während sie ihn noch beobachtete, bewegte er sich mit den zögernden Schritten eines Hypnotisierten eine Stufe hinunter, dann noch eine, wie ein Schlafwandler, der einer verzauberten Musik nachgeht. Sie wußte, daß sie ihn endgültig aus den Augen verlieren würde, wenn er noch einen oder zwei Schritte machte, es sei denn, sie folgte ihm in die Tiefe. Er stieg eine weitere Stufe hinunter, und die Schatten schlossen sich um ihn.

»Ingold!« rief sie angstvoll aus.

Er wandte sich um und blickte fragend zu ihr auf. »Ja, meine Liebe?« Seine Stimme hallte leise wider, fing sich in der Dunkelheit der Gewölbe. Er blickte um sich, betrachtete die Treppe und die Wände und runzelte die Stirn, als wäre er ein wenig erstaunt, festzustellen, daß er so weit hinuntergestiegen war. Dann drehte er sich nachdenklich um und warf einen Blick in die Tiefe, die vor ihm lag; Gil erinnerte sich mit einem Schaudern daran, daß er ihr einst gesagt hatte, die Neugier sei eine dominierende Eigenschaft eines jeden Zauberers, und ein Magier könne wohl ein Rätsel bis an den Rand seines eigenen Grabes verfolgen. Einen Augenblick lang hatte sie den schrecklichen Eindruck, daß er mit dem Gedanken spielte, die geheimnisvollen Stufen hinunterzusteigen, sich wissentlich in die Falle zu begeben, um herauszufinden, was ihn dort erwarte.

Doch er machte kehrt und kam zu ihr herauf, und die Dunkelheit schien sich zurückzuziehen beim Näherkommen seines Lichtes. Er stieg aus dem Abgrund, blieb auf der letzten Treppenstufe neben ihr stehen und fragte leise: »Hören Sie es?«

Stumm vor Angst, schüttelte Gil den Kopf, dann fragte sie: »Was soll ich hören?«

Einen Augenblick lang ruhte der Blick seiner blauen Augen auf ihrem Gesicht, dann löste er sich von ihr und näherte sich wieder der bodenlosen Dunkelheit. Zwischen seine weißen Brauen hatte sich eine leichte Falte gegraben, als zerbräche er sich, blind gegen die Gefahr, in der sie sich befanden, den Kopf über ein Rätsel. Sie spürte die Gefahr, die überall um sie herum in den Schatten lauerte und sie beobachtete, sie bedrängte, als wolle sie sie in den abscheulichen Schlund treiben. Doch als er sprach, klang seine rauhe Stimme ruhig. »Sie hören nichts?«

»Nein«, entgegnete Gil leise. »Was hören Sie?«

Er zögerte und schüttelte dann den Kopf. »Nichts«, log er. »Ich muß wohl erschöpfter sein, als ich dachte. Ich – ich dachte – ich habe nicht gemerkt, daß ich die Treppe so weit hinuntergestiegen bin. Ich hatte nicht die Absicht.«

Das erschreckte sie mehr als alles andere – die Spur von Resignation in seiner Stimme, das Eingeständnis, wie nahe er daran gewesen war, in die Falle zu gehen. Er runzelte wieder die Stirn und blickte in die Dunkelheit hinunter, die zu seinen Füßen klaffte. Beunruhigt nicht durch die Dunklen, sondern durch irgend etwas anderes, zerbrach er sich den Kopf über eine neue Erkenntnis.

Dann seufzte er und ließ die Sache auf sich beruhen. »Sie sind allein gekommen?« fragte er.

Sie nickte, eine merkwürdig verlorene Gestalt in ihren schmutzigen Jeans, mit der qualmenden Fackel und dem geliehenen Schwert, das schwer in ihrer Hand lag. »Die anderen suchen auch«, entgegnete sie – obwohl das eigentlich nicht erklärte, warum sie allein gekommen war.

»Danke«, sagte er ruhig und legte ihr die Hand auf die Schulter. »Es ist sehr wahrscheinlich, daß Sie mir das Leben gerettet haben. Ich – ich habe das Gefühl, daß ich unter einem Zauber stand, als ob –.« Er brach ab und schüttelte den Kopf, wie um ihn freizumachen. »Kommen Sie«, sagte er schließlich. »Hier entlang geht es schneller. Behalten Sie das Schwert«, fügte er hinzu, als sie Anstalten machte, es an die Stelle zurückzulegen, an der sie es gefunden hatte. »Vielleicht brauchen Sie es noch. Seinem Besitzer wird es nie wieder von Nutzen sein.«

Als der Wagenzug endlich in Karst anlangte, war es kalt geworden, und der fortgeschrittene, müde Tag neigte sich dem Abend entgegen. Sie kamen nur langsam voran, denn die unterernährten Pferde waren am Ende ihrer Kräfte und die Straße steil und faulig aufgeweicht. Je näher sie der Stadt kamen, desto häufiger wurden sie von Männern und Frauen aufgehalten, die ihr Lager im Wald aufgeschlagen hatten und die nun den steilen Hang heruntergeeilt kamen, um etwas Essen zu erbetteln. Nur ein bißchen – es war immer nur ein bißchen.

Janus, der auf seinem Pferd den Zug anführte, schüttelte den Kopf. »In Karst werden die Rationen ausgeteilt.«

»Bah!« Eine Frau in purpurrotem Gewand spie vor ihm aus. »Karst – wenn man überhaupt in die Stadt hineinkommt! Und die, die schon da sind, werden dafür sorgen, daß sie als erste dran sind!«

Der Kommandant blickte mit steinernen Augen auf sie hinunter. »Geht aus dem Weg!« Er trieb sein schweißdunkles Pferd an ihr vorüber. Die Wagen waren nicht einmal zum Stehen gekommen.

»Schwein!« schrie die Frau hinter ihm her und bückte sich, um einen Stein von der Straße aufzuheben, den sie Janus in den Rücken warf.

Er drehte sich nicht um. »Schweine alle miteinander!«

Das hatte Gil nicht erwartet. Neben dem Kopf ihres Pferdes hertrottend, die Hand fest um das Mundstück der Zügel geschlossen, um nicht zu straucheln, hatte sie halbwegs erwartet, unter Jubelrufen in die Stadt begleitet zu werden. *Aber*, dachte sie abfällig, *Menschen sind Menschen – sie jubeln der Gulaschkanone erst zu, wenn sie den Löffel in die Suppe tauchen dürfen*. Sie blickte sich im Zug um und stellte fest, daß sich auf den Gesichtern der Gardisten diese Gefühle nicht spiegelten. *Es ist schon eine teuflische Sache*, dachte sie, *wenn du dein Leben riskierst, um jemandem Nahrung zu beschaffen, und derjenige bewirft dich zum Dank mit Dreck*. Aber sie nahm an, daß die Wachsoldaten in dieser Zeit der Vernichtung zu viel von der menschlichen Natur gesehen hatten, um sich noch von irgend etwas überraschen zu lassen.

Sie marschierten mit einer Unerschütterlichkeit und Gleichmütigkeit, um die Gil sie glühend beneidete, über die abendblaue Straße. Die Zivilisten unter ihnen führten die Pferde schweigend, betäubt vor Müdigkeit, voran. Die Sonne war bereits hinter den Bergspitzen verschwunden, und es wurde immer kälter. Bald würde die Nacht hereinbrechen. Jemand hatte einen schweren Kapuzenumhang für sie aus dem zerstörten Palast mitgenommen, der jetzt um ihre Knöchel flatterte und dessen Falten sich an ihrem Schwert verfingen; das rhythmische Schlagen der Schwertscheide an ihrer Wade empfand sie als eigenartig, aber irgendwie beruhigend. Sie würde das Schwert, zusammen mit der Erinnerung an jenen merkwürdigen, furchterregenden Ort, mit nach Kalifornien zurücknehmen.

Woher, um alles in der Welt, kommen all diese Leute? fragte sie sich, als ein Dutzend oder mehr Menschen aus dem Farn am Straßenrand hervorbrachen und sich den Wagen in den Weg stellten. Sie straffte sich und ließ die Blicke über die Wälder schweifen. Rund um Karst waren die Berghänge mit Hunderten von armseligen kleinen Lagern übersät. *Heilige Muttergottes, glauben sie denn, um Karst ist ein magisches Kraftfeld gezogen? Haben sie Alwir das Geschwätz darüber, wie sicher sie hier sind, wirklich abgenommen?* Die Flüchtlinge hefteten sich an den Wagenzug, hielten Schritt mit den erschöpften Pferden und Wachsoldaten und schoben sie durch die blauen Schattenströme der ersten abseits gelegenen Häuser. Einige der Wachsoldaten zogen die Schwerter, aber es wurde keine Hand gegen sie erhoben; die Leute folgten dem Zug lediglich, drängten sich aneinander, bedrängten aber nicht die Krieger. Sie wollten nur zur Stelle sein, wenn die Verteilung begann. Gil hörte das Stimmengemurmel, das von den moosbewachsenen Mauern zurückgeworfen wurde, ruhelose Anspannung und Unzufriedenheit. So viele Menschen, so wenige Wagen, so wenige Nahrungsmittel!

Und dann erreichten sie den schwach beleuchteten Platz. Gil hielt erschrocken inne. Sie zuckte zusammen wie unter einem Schlag. Kalte Angst hämmerte in ihrer Brust. Auf dem Platz standen die Menschen dicht an dicht, alle Altersstufen, beide Geschlechter, schmutzig, in Lumpen oder völlig heruntergekommenen Kleidern, gierig wie Wölfe. Die mächtigen Feuer der vergangenen Nacht waren an den vier Ecken des Platzes wieder entfacht worden, und ihr zuckender, scharlachroter Schein wiederholte sich tausendfach in ihren glitzernden Augen, Augen wie die der Ratten in den Kellergewölben. Die bedrohliche Spannung war fast greifbar; selbst Gils Pferd, dessen Beine vor Müdigkeit einknickten, spürte sie, warf den Kopf in den Nacken und schnaubte angstvoll.

Janus, der den Kopf des Wagenzuges bildete, lenkte sein Pferd auf die Menge zu, die sich auf das Haus auf der anderen Seite des Platzes zuschob, in dem die Lebensmittelvorräte gelagert werden sollten. Eine kaum merkliche Bewegung ging durch die Menge, eine unbehagliche Strömung in der dunklen Masse von Augen und Gesichtern, aber niemand wich zur Seite. Das Schlachtroß des Kommandanten scheute und wich vor dieser Mauer des Hasses zurück. Janus zog sein Schwert.

In diesem Augenblick ließ eine plötzliche Bewegung den Wagen, den Gil lenkte, knirschend erzittern, und Ingold, der im Inneren geschlafen hatte, schwang sich auf den Kutschbock. Im Schein des Feuers war er für jedermann auf dem Platz sichtbar, die Kapuze war ihm vom Kopf gerutscht und gab den Blick auf sein schroffes Gesicht mit dem weißen Bartdickicht frei und den Augen, die so hart und kalt waren wie der Sturmhimmel. Er sagte nichts, tat nichts, stand nur, auf seinen Stock gelehnt, da und blickte auf die Menschenmenge hinunter.

Nach einer langen Pause des Schweigens wichen die Menschen von den Toren des Hauses zurück. Ein Weg tat sich vor den Gardisten, dem Wagenzug und dem Zauberer auf.

Janus' Stimme drang frostig durch die kalte Nacht. »Fangt mit dem Abladen an. Bringt das Zeug unter dreifacher Bewachung ins Haus.« Er selbst stieg jedoch nicht vom Pferd ab. Weitere Wachsoldaten traten aus dem Haus, gemeinsam mit Alwirs rotuniformierten Privattruppen und Kriegermönchen der Kirche, die ebenfalls rote Uniformen trugen, die Blutsoldaten Gottes. Gil lehnte sich gegen die Flanke des Zugpferdes, spürte den Schweiß kalt auf dem Gesicht, die Wärme des Tieres durch Umhang, Jacke und Hemd hindurch am Arm, und sie war müde und glücklich, daß alles vorüber war. Die Menge auf dem Platz hatte sich ein wenig zurückgezogen. Die Menschen drängten sich jetzt um die hochauflodernden Feuer, beobachteten jedoch jede Bewegung der bewaffneten Männer, die die Vorräte hineintrugen, genau, und ihr ruheloses Gemurmel brach nicht ab.

Gil hörte jemanden rufen: »Herr Ingold!« Sie drehte sich um und sah, daß ihm jemand von der Rathaustreppe aus heftige Zeichen machte. Der Zauberer ließ den Blick über die Menge schweifen und wägte die Lage ab. Doch es beachteten ihn jetzt nur noch wenige Leute; aller Augen waren wie gebannt auf die Lebensmittel gerichtet. Er sprang leichtfüßig vom Wagen, und die Menschen wichen zurück, als er auf der Erde landete. Sie wichen nicht aus Furcht oder Entsetzen zurück, sondern aus Ehrfurcht vor etwas, das sie nicht begriffen und nicht begreifen konnten. Er mußte sie nicht beiseiteschieben, um zur Treppe zu gelangen.

Hätte Gil ihn nicht beobachtet, wäre seiner Spur nicht mit den Augen gefolgt, wäre ihr ohne Zweifel entgangen, was sich als nächstes ereignete. Ein Mann mit rotem Umhang und roter Kapuze erwartete ihn, eine Pergamentrolle in der Hand, farblos im tiefen Schatten des Feuers, auf der Treppe des Rathauses. Er händigte Ingold die Pergamentrolle aus und zog sein Schwert.

Gil sah, wie Ingold das Geschriebene las und dann den Kopf hob. Selbst aus dieser Entfernung spürte sie die Wut und Empörung, die jede Sehne seines Körpers straffte, den Zorn, der in ihm glühte. Ein

Dutzend Männer traten schweigend aus dem Schatten und umringten ihn. Jeder von ihnen trug ein gezogenes Schwert.

Einen Augenblick lang dachte sie, er würde kämpfen. Dann dachte sie, *Mein Gott, es wird einen Aufstand geben*, und eine eigenartige, kalte Wut ließ ihr das Blut in den Adern gerinnen. Einige der rotuniformierten Soldaten schienen das gleiche zu denken, denn sie zuckten vor ihm zurück. Gil fiel ein, daß er, abgesehen davon, daß er ein Zauberer war, als höllisch guter Schwertkämpfer bekannt war. Dann streckte er die Hände aus, zum Zeichen, daß sie leer waren, und die Männer schlossen einen Kreis um ihn. Einer von ihnen nahm ihm den Stab ab, ein anderer das Schwert, und dann verschwand die ganze Gruppe im Schatten der Rathaustüren.

Wie betäubt wandte sich Gil suchend nach Janus um, ob er die Vorgänge beobachtet hatte. Doch der Kommandant hatte ihr den Rücken zugekehrt, seine Aufmerksamkeit war von der Menge voll und ganz in Anspruch genommen. Die Gardisten waren noch immer damit beschäftigt, Getreide, Speckseiten und Kartoffeln die Treppe des Hauses hinauf und in die bewachte Dunkelheit der Türen zu schleppen. Sie bezweifelte, daß außer ihr jemand die Verhaftung überhaupt bemerkt hatte. *Sie haben den Zeitpunkt genau geplant*, dachte sie plötzlich. *Und sie haben darauf gezählt, daß er ihnen kampflos folgen würde, anstatt durch Gegenwehr einen Aufstand heraufzubeschwören.*

Eine Welle der Wut erfaßte sie und ließ keinen Platz mehr für Furcht. Sie blickte zu der Treppe zurück, auf die Schatten und Feuerschein ein Fleckenmuster zeichneten. Sie war leer, als sei nichts geschehen. Der Zauberer hätte ebensogut einfach vom Erdboden verschwunden sein können.

Sechstes Kapitel

Eine sterbende Zivilisation. Ein Land gefangen in Angst. Eine Welt, die vor einem Feind, der unmöglich zu bekämpfen ist, in einem Strudel von hoffnungslosem Chaos untergeht. Und, dachte Rudy, während er an diesem milden Nachmittag über die moosbewachsene Kopfsteinstraße wanderte, *ein verfluchter Haufen Leute, die bis zum Hals im Dreck stecken, während die Flut steigt.*

Wenn Karst nicht bis zu den Dächern mit Menschen vollgestopft wäre, wäre es eine hübsche Stadt, dachte er. *Das heißt, wenn sie Wasserleitungen in den Häusern und Zentralheizungen hätten und Straßen, auf denen man nicht dauernd in Gefahr wäre, sich die Beine zu brechen.* Die Straße, auf der er sich befand und die sich vom Marktplatz kurvenreich bis ins Waldland erstreckte, war verhältnismäßig ruhig und menschenleer; sie war mit unregelmäßigen, faustgroßen Kopfsteinen gepflastert, die zum Straßenrand hin höher und trocken und in der tieferliegenden Mittelrinne, in deren silbernem Wasserrinnsal sich der Himmel spiegelte, dicht mit Moos bewachsen waren. Rudy hatte in einem vollgepfropften und fliegenverseuchten Kämmerchen im dritten Stock des Rathauses schlecht und recht geschlafen und den Rest des Vormittags und einen Teil des Nachmittags damit zugebracht, in Karst herumzustreifen, Lebensmittel und Wasser aufzutreiben, flüchtige Bekanntschaft mit ein paar Flüchtlingen, Gardisten und Leuten des Bischofs zu schließen und die Stadt zu erkunden. Er war zu dem Schluß gekommen, daß sie alle in Kürze tot sein würden, wenn Alwir die Sache nicht bald in den Griff bekam.

Es waren einfach zu viele Menschen. Gil und Ingold hatten recht, was auch immer der Kanzler erzählen mochte. Entgegen den Behauptungen seiner Lehrer in der Schule war Rudy keineswegs dumm, es fehlte ihm lediglich der Sinn für das öffentliche Schulsystem. Er hatte die Beratung der vergangenen Nacht mit angehört – bei der Enge in der Halle wäre das Lauschen schwer zu vermeiden gewesen –, und er hatte heute gesehen, was in Karst vor sich ging. Er hatte die schmutzigen, gesetzlosen Notlager in den Wäldern gesehen und sieben tätliche Auseinandersetzungen miterlebt – drei wegen unterstellter Lebensmitteldiebstähle, zwei um Wasservorräte und zwei ohne jeden ersichtlichen Grund. Er hatte den selbsternannten Predigern und Volksrednern zugehört, die die verschiedensten Vorschläge zur Lösung des Problems vortrugen, angefangen vom Selbstmord bis zur wunderbaren Errettung, und er hatte einen häßlichen, alten Mann gesehen, der von einer Horde von Kindern und deren Eltern gesteinigt wurde, weil er angeblich im Bunde mit den Dunklen war – als könne jemand nah genug an die Dunklen herankommen, um sich mit ihnen zu verbünden. Hauptsächlich aber spürte Rudy die angespannte Drahtseil-Atmosphäre der Stadt, und ihm war mit unerwartetem Schrecken klargeworden, wie schmal die Grenze war, die ein Land, in dem Gesetze herrschen, von einem gesetzlosen Land trennt. Er hatte beobachtet, wie die Handvoll Gardisten, die in der Stadt zurückgeblieben waren, versucht hatten, so etwas wie Ordnung unter den viel zu vielen Menschen aufrecht zu erhalten. Er stellte fest, daß er Mitleid mit den Ordnungshütern hatte, obwohl das ein völlig neues Gefühl für ihn war. Er hätte in diesem Irrenhaus kein Polizist sein mögen.

Die Feuer der Kochstellen erfüllten die Luft mit einem Rauch, der Smogalarmstufe drei gerechtfertigt hätte. Jetzt, als er sich auf den Weg zurück zum Marktplatz machte, begannen Schatten an den Steinmauern des kleinen Gäßchens hinaufzukriechen, und das ferne Stimmengewirr des Platzes wurde von den Wänden geschluckt und zu einem unverständlichen Murmeln wie weit entferntes Glockengeläut gedämpft. Ungeachtet seines Hungers, der Menschenmengen, der Seuchengefahr und der Furcht vor den Dunklen befand sich Rudy auf wundersame Weise mit sich und der Welt im reinen.

Hinter einer Mauer zu seiner Rechten hörte er die Stimmen einer Frau und eines Mädchens. »Und daß Ihr ihn bloß keine Sachen in sein kleines Mündchen stecken laßt«, sagte die Frau.

Die sanfte, zurückhaltende Stimme des Mädchens antwortete: »Nein, Ma'am.«

»Und paßt mir ja auf, daß er nicht fortkrabbelt und sich wehtut; behaltet ihn nur gut im Auge, mein Kind.«

Rudy erkannte das Emblem im rostigen Gittertor der Maueröffnung, die drei schwarzen Sterne, von denen irgend jemand behauptet hatte, daß sie zum Hause Bes, dem Haus, dessen Oberhaupt der Kanzler Alwir war, gehörten. Rudy blieb am Tor stehen. Wenn es wirklich Alwirs Haus war, dann drehte sich das Gespräch der Frauen wahrscheinlich um Tir.

Hinter der Maueröffnung sah er den sanft ansteigenden Garten, der braun war von der Kälte und dem herannahenden Frost, und dahinter die steinerne Mauer einer Terrasse, die die massiven, grauen Umrisse eines prachtvollen Landhauses abschloß. Er hatte recht; zwei Frauen standen in der großen Rundbogentür des Hauses und breiteten ein Bärenfell in den letzten goldhellen Sonnenstrahlen aus. Die dicke Frau in Rot war mit dieser Arbeit beschäftigt, begleitet von viel Getöse und Gezeter, während das schlanke junge Mädchen in Weiß in der klassischen Haltung aller Frauen mit einem Baby auf den Hüften daneben stand.

Die dicke Frau zankte unaufhörlich weiter. »Und paßt auf, daß er sich nicht erkältet.«

»Ja, Medda.«

»Und paßt auf, daß Ihr Euch selbst auch nicht erkältet!« Die Stimme der dicken Frau war schrill und befehlend. Dann zog sie sich geschäftig in die dunklen Schatten der Tür zurück und war verschwunden.

Rudy trat durch das Tor und stieg die stillen, von welken, braunen Hecken gesäumten Gartenpfade hinauf. Über ihm zitterten gichtige gelbe Blätter vor dem wasserblauen Himmel. Selbst im Zustand herbstlichen Verfalls war der Garten makellos. Rudy hielt einen Augenblick in dem Labyrinth der Wege inne, um sich nach dem prunkvoll aufragenden Haus hin zu orientieren, und fragte sich, wen sie dazu brachten, die Hecken täglich zu schneiden.

Das Kindermädchen hatte sich neben den Prinzen auf einen Zipfel des Bärenfells gesetzt. Sie blickte erschrocken auf, als Rudy sich mit einem Satz über das Geländer schwang und zu ihnen trat. »Hallo«, sagte das Mädchen ein wenig verlegen.

Rudy bedachte sie mit einem überaus anziehenden Lächeln. »Hallo«, sagte er. »Ich bin froh, daß du ihn herausgebracht hast – ich hatte schon befürchtet, ich müsse jeden Wachposten im Haus um Erlaubnis bitten, um zu sehen, wie es ihm geht.

Das Mädchen atmete erleichtert auf und erwiderte sein Lächeln. »Ich hätte ihn schon längst hineinbringen müssen«, sagte sie, »aber es ist wahrscheinlich einer der letzten warmen Tage, die wir haben werden.« Sie sprach mit leiser Stimme und einem Anflug von Schüchternheit; Rudy schätzte ihr Alter auf etwa achtzehn bis zwanzig. Ihr rabenschwarzes Haar war zu Zöpfen geflochten, die ihr bis über die Hüften reichten.

»*Warm*?« Wie die meisten Kalifornier war Rudy außerordentlich kälteempfindlich. »Ich habe mich den ganzen Nachmittag halb totgefroren. Was versteht ihr denn hier unter Kälte?«

Überrascht hob sie den Kopf, und ihre Blicke begegneten sich; ihre Augen waren von einem dunklen, strahlenden Blau, wie ein Kratersee an einem Sommernachmittag. »Oh!« Sie lächelte. »Du bist der Reisegefährte von Ingold, einer von denen, die ihm geholfen haben, Tir zu retten.«

Und tatsächlich kroch Tir zielbewußt über das Bärenfell auf Rudy zu, wobei er sich in der schwarz-weißen Seide seines Kleidchens verhedderte. Rudy setzte sich mit gekreuzten Beinen neben das Mädchen, streckte die Arme aus und hob das Kind auf seinen Schoß. »Nun –«, sagte er, ein wenig verlegen angesichts der Ehrfurcht und Dankbarkeit in ihren Augen. »Ich bin da eigentlich nur zufällig hineingeraten. Ich meine, es hieß, entweder mitkommen oder sterben, nehme ich an . . . uns blieb keine große Wahl.«

»Aber du hattest doch in erster Linie die Wahl, bei ihm zu sein, oder nicht?« bohrte sie nach.

»Na ja«, pflichtete er ihr bei. »Aber glaube mir, wenn ich gewußt hätte, auf was ich mich einließ, würde ich immer noch rennen.«

Das Mädchen lachte. »Zum Heldentum verführt.« Sie machte sich auf liebevolle Weise lustig über seine Bemerkung.

»Ach, ich weiß es nicht einmal genau.« Rudy löste Tirs forschende Hände von seinem Kragen und kramte in seiner Tasche nach dem Schlüsselring, den das Kind voller Wonne augenblicklich in den Mund steckte und zu essen versuchte. »Weißt du«, fuhr er nach einigen Minuten fort, »was mich an der ganzen Sache erstaunt, ist die Tatsache, daß es dem Kind so gut geht. Nach allem, was er durchgemacht hat von dem Zeitpunkt, als Ingold ihn aus Gae herausgeholt hat, bis wir ihn hierher zurückgebracht haben, sollte man meinen, daß er einen schweren Schock erlitten hätte. Hat er etwa? Nicht die Bohne! Babies sind so klein, daß man glaubt, sie würden einem in den Händen zerbrechen wie – kleine Kätzchen oder Blumen.«

»Sie sind sehr zäh.« Das Mädchen lächelte. »Die Menschen wären längst ausgestorben, wenn Babies so zerbrechlich wären, wie sie aussehen. Sie sind oft zäher als ihre Eltern.« Geistesabwesend ringelte sie das schwarze, flaumige Haar in Tirs winzigem, rosigem Nacken mit dem Finger zu kleinen Löckchen.

Rudy erinnerte sich an das, was er in der Halle gehört hatte, und an das Gerede während des Tages. »Wie geht es seiner Mutter?« fragte er. »Ich hörte, daß sie – die Königin – krank ist. Wird sie wieder gesund werden?«

Das Mädchen zögerte, und ein Ausdruck von – beinahe von Gram – veränderte die zarte Linie ihrer Wange. »Es heißt, daß die Königin wieder gesund wird«, erwiderte sie langsam. »Aber ich weiß es nicht. Ich bezweifle, daß sie jemals wieder so sein wird, wie sie war.« Das Mädchen veränderte ihren Platz auf dem Bärenfell und strich einen der langen Zöpfe über die Schulter zurück. Rudy zögerte, eine Frage unausgesprochen auf den Lippen, und er fragte sich plötzlich, wie und unter welchen Umständen diesem Mädchen die Flucht aus Gae gelungen war.

»Und deine Freundin?« Mit sichtlicher Anstrengung löste das Mädchen ihre Gedanken von etwas in ihrem Innern, auf das sie lieber keinen Blick geworfen hätte. »Ingolds andere Begleitung.«

»Gil?« fragte Rudy. »Ich nehme an, sie ist heute morgen mit der Garde nach Gae geritten. Das hat man mir jedenfalls erzählt. Mich würdest du im Umkreis von hundert Meilen nicht an diese Stadt herankriegen.«

»Du bist hier weniger als zehn Meilen davon entfernt«, entgegnete das Mädchen ruhig.

Rudy schauderte. »Na, ich kann dir sagen, ich werde noch vor Sonnenuntergang weiter davon entfernt sein. Lebensmittel hin oder her, man muß verrückt sein, um dorthin zu gehen.«

»Ich weiß nicht«, sagte das Mädchen und spielte mit der Spitze ihres Zopfes. »Es heißt, die Gardeoffiziere wären verrückt, man müßte verrückt sein, um überhaupt Gardist zu werden. Und ich glaube das auch. Ich würde niemals zurückgehen, nicht um alles in der Welt, aber die

Reichsgarde, das ist eine Rasse für sich. Sie sind die beste, die hervorragendste Truppe der Westlichen Welt. Der Kampf und das Kampftraining sind ihr Leben. Die Gardeoffiziere sagen, es ist etwas Unvergleichliches, und für sie *ist* es auch unvergleichlich. Ich verstehe das nicht. Niemand versteht es. Außer den anderen Gardisten.«

Profifootballspieler würden es verstehen, dachte Rudy. *Und Hochleistungskampfsportler ebenfalls.* Er erinnerte sich an einige der Inhaber schwarzer Karategürtel, die er zu Hause kannte. Laut sagte er: »Der Himmel steh denen bei, die es mit solchen Leuten aufnehmen. Ingold ist auch bei ihnen.«

»Ach«, sagte das Mädchen ruhig.

»Kennst du Ingold?«

»Nein – eigentlich nicht. Ich – ich bin ihm natürlich schon begegnet.« Sie runzelte die Stirn. »Ich habe immer ein wenig Angst vor ihm gehabt. Man sagt, daß er listig und gefährlich ist, um so mehr, weil er so – so harmlos aussieht. Und Zauberer, na ja – es gibt Leute, die behaupten, daß Zauberer Sendboten des Bösen sind.«

»Des Bösen? Ingold?« Rudy war überrascht und ein wenig entsetzt. Einen harmloseren Alten würde er wohl kaum je finden.

»Nun.« Sie zögerte und wickelte das Ende ihres Zopfes um die Finger. Tir, der die Schlüssel verlegt oder vergessen hatte, zog mit seinen winzigen Händchen an dem weichen, schwarzen Strang. »Die Kirche lehrt uns, daß der Teufel der Herr der Blendung, Prinz der Gaukelei ist. Blendwerk und Sinnestäuschung ist das Handelskapital der Zauberer. Sie verkaufen ihre Seele für die Macht, wenn sie in diese Schule in Quo gehen. Der Rat der Zauberer schuldet niemandem Treue. Es gibt keine Kontrolle über ihr Tun und Treiben.«

Das erklärt den lauernden, dunklen Blick der Bischöfin, dachte Rudy, *der während der Beratung in der vergangenen Nacht so mißbilligend auf dem Zauberer lag. Eine Hexenverfolgerin ohne Zweifel.*

Das Mädchen fuhr fort: »Natürlich war er ein Freund und Berater von – des Königs.«

Etwas in ihrer Stimme, ein kurzes Stocken, ließ Rudy aufhorchen. Er warf ihr einen schnellen Blick zu und fragte sich plötzlich, was für Heimlichkeiten der verstorbene große König Eldor mit dem Kindermädchen seines Sohnes gehabt hatte. Nicht, daß er Eldor einen Vorwurf machen konnte, ging es ihm durch den Kopf.

»Aber Ingold hatte seine – Ziele«, fuhr sie ruhig fort. »Wenn er Tir gerettet hat, dann war es wegen der – vererbten Erinnerung der Könige von Darwath, das gespeicherte Wissen in ihm, das eines Tages vielleicht gegen die Dunklen verwendet werden kann. Nicht, weil Tir nur ein hilfloses Kind in großer Gefahr war.« Sie senkte den Blick und betrachtete den gebeugten Kopf des Kindes, das vor ihr auf dem Bärenfell herumschnüffelte. Ihre Stimme bebte.

Sie hat den Kleinen wirklich gern, ging es Rudy plötzlich durch den Kopf.

Da Königinnen – zumindest seiner verschwommenen Kenntnis nach – *sich nicht selbst um ihre Babies kümmern, hat sie den kleinen Kerl wahrscheinlich aufgezogen.* Sie sah in ihm wohl nicht den Prinzen – oder sogar den König von Darwath, da Eldor gestorben war –, sondern lediglich ein Kind, das sie liebte, so wie Rudy seinen kleinen Bruder liebte. Er sah sie plötzlich mit anderen Augen.

»Glaubst du das wirklich?« fragte er leise. Sie antwortete nicht und sah ihn auch nicht an. »Teufel, wenn man es genau betrachtet, ist das schließlich seine Aufgabe. Wenn er der Hofzauberer ist, muß er solche Sachen tun. Aber ich glaube, daß du dich irrst.«

Eine Zeitlang sagte sie nichts, und über den Garten senkte sich wieder Stille, eine zufriedene Stille, geboren aus dem langen Nachmittagslicht und dem vielleicht letzten goldenen Herbsttag. Die Sonne war bereits durch einen milchigen Wolkenschleier über den westlichen Gipfeln geglitten; die blauen Schatten des Hauses markierten die Risse im Terrassenboden wie eine Sonnenuhr und krochen unentwegt näher auf das Bärenfell und die drei Menschen, die darauf saßen, zu. Rudys Blick fiel auf die vom Frost braun und zinngrau gefleckten Gartenbeete und spürte, wie sich der Friede, der an diesem Ort herrschte, in sein Bewußtsein stahl, eine herzzerreißende Urschönheit, die Stille von altem Gestein und Sonnenlicht, von etwas, das vor langer Zeit geschaut und in weiter Ferne war, wie die verlorene Erinnerung an etwas, das nie war, etwas, das so fern war wie die Lichtspiegelungen in stillem Wasser und doch klar, so klar wie Kristall. Jeder einzelne helle Stein auf der Terrasse, jeder seidige Grashalm, der sich durch die Ritzen hervorgeschoben hatte und jetzt golden geworden war mit dem Fortschreiten des Jahres, enthielt und bewahrte dieses Zauberlicht wie den letzten Widerhall einer ersterbenden Musik. Es war eine Welt, die er gestern noch nicht gekannt hatte und die er von morgen an niemals wiedersehen würde, doch der gegenwärtige Augenblick schien seit dem Tage seiner Geburt auf ihn gewartet zu haben.

»Alde!« Eine scharfe Stimme schnitt in diesen silbernen Frieden, und das Mädchen fuhr, erschrocken und schuldbewußt wie ein Kind, das die Hand in die Keksdose gesteckt hat, herum. Die dicke Frau stand in der Tür, die Fäuste in die breiten Hüften gestemmt und das Gesicht verkniffen und gerötet vor Ärger. Rudy erhob sich umständlich, als sie zeterte: »Auf den kalten Steinen zu sitzen! Ihr werdet Euch den Tod holen! Und die kleine Hoheit auch, das steht fest!« Eifrig kam sie herbeigewatschelt und gluckste und zankte wie eine Glucke mit einem Küken. »Bringt ihn ins Haus, Kind, und Ihr geht auch hinein – die Luft ist eiskalt geworden . . .«

Aber obwohl sie aufgeregt um ihn herumtrippelte, als sei er Luft, wußte Rudy, daß das eigentliche Problem darin bestand, daß Alde ihre Zeit nicht damit verschwenden sollte, mit einem Fremden zu plaudern, anstatt auf das Kind aufzupassen, wie es ihre Aufgabe war. Das Mädchen sah ihn an und zog hilflos und halb belustigt die Augenbrauen hoch. Rudy bückte sich zuvorkommend und hob das Bärenfell mit beiden Armen auf. Das Ding wog eine Tonne.

»Was denkt sie denn, daß ich ihn entführe?« fragte er sie mit leiser Stimme, als die alte Kinderfrau, das Baby im Arm, ins Haus zurückwatschelte.

Alde lächelte schuldbewußt. »Sie macht sich Sorgen«, erklärte sie überflüssigerweise. Sie bückte sich, um die Motorradschlüssel aufzuheben, die aus den Falten des Fells gefallen waren. Mit einem Zipfel ihres Rockes wischte sie die Spucke ab und steckte sie ihm in die Tasche zurück.

»Kommandiert sie dich ständig so herum?« fragte er. »Einen Augenblick lang dachte ich, sie würde dir eine Ohrfeige geben.«

Aldes Lächeln wurde noch breiter, und sie legte den Kopf schief. Dann sagte sie mit einem Lachen: »Für Medda ist Tir ihr Baby. Niemand kann so gut für ihn sorgen wie sie, nicht einmal seine eigene Mutter.«

Rudy mußte jetzt ebenfalls lachen. »Ja, meine Tante Felice ist genauso. So, wie sie mit meiner Mutter umspringt, sollte man nicht meinen, daß Mutter sieben Kinder großgezogen hat. Aber man muß sie einfach machen lassen.«

»Ja, man kann sie eben nicht ändern«, pflichtete Alde ihm bei. »Gib – ich kann das Fell nehmen. Medda würde in Ohnmacht fallen, wenn du ins Haus kommst. Sie weiß, was dem Hause Bes gebührt . . . Nein, es geht schon, ich habe es.«

Einen Augenblick verharrten sie beieinander, die Arme in dem mottenzerfressenen rotbraunen Fell verschlungen. »Dein Name ist Alde?« fragte er.

Sie nickte. »Die Abkürzung für Minalde«, erklärte sie. »Man hat mir deinen schon gesagt. Wenn . . .«

»*Alde*!« klang Meddas scharfe Stimme aus dem Haus.

»Paß auf dich auf«, flüsterte Rudy. »Und auf den Kleinen auch.«

Bei diesen Worten lächelte sie und senkte den Kopf, als wolle sie das Lächeln verbergen. »Du auch.« Damit wandte sie sich ab und eilte durch die breiten Türflügel ins Haus. Die Klauen des Bärenfells klapperten leise auf dem spiegelglatten Boden.

Die Helligkeit des Tages war vom Himmel verschwunden. Die Sonne war längst hinter dem Gebirgsrand verschwunden, und Zwielicht hatte sich rasch heruntergesenkt. Ungeachtet aller Schönheit und des Friedens dieses Nachmittages hatte Rudy nicht die geringste Absicht, noch eine Nacht in dieser Welt zu verbringen. Abgesehen davon stellte er fest, daß er quälenden Hunger litt, und es war ganz offensichtlich überaus schwierig, etwas Eßbares zu ergattern. Er ging durch den toten Garten und das verrostete Gittertor hinaus. Er stellte fest, daß es auf der Straße inzwischen fast ganz dunkel geworden war, obwohl der Himmel noch einen kleinen Rest des Tageslichts bewahrte, wie der Himmel über einer

Bergschlucht. Als die Schatten den Berg hinaufkrochen und sich Karst zu nähern begannen, machte er sich auf die Suche nach dem Zauberer, um den Heimweg anzutreten.

»Rudy!« Er fuhr herum und war überrascht, Gil zu sehen, die eilig aus dem Halbdunkel auf ihn zugeschritten kam, gefolgt von einem jungen Mann mit hellen Wikingerzöpfen, der die bereits vertraute Uniform der Stadtwache trug. Er bemerkte, daß Gil irgendwo einen Umhang aufgetrieben hatte und daß sie in einem Gürtel über den Jeans ein Schwert trug. Angesichts dieser Ausrüstung mußte er grinsen. Es war ein weiter Weg von der damenhaften Studentin von gestern nachmittag . . .

»Wo ist Ingold?« fragte er, als sie nähergekommen war.

Schroff erwiderte Gil: »Man hat ihn einkassiert.«

»Einkassiert?« Einen Augenblick lang konnte er das Gesagte nicht fassen. »*Festgenommen* meinst du?«

»Ich habe es mit eigenen Augen gesehen«, erklärte Gil kurzangebunden.

Aus der Nähe erkannte Rudy jetzt, daß sie erschöpft und mitgenommen aussah; ihre kalten graublauen Augen waren eingesunken und rotgerändert in einem Gesicht, das spitz und weiß geworden war. Nicht gerade vorteilhaft für ihr Aussehen, dachte er. Doch in ihren Augen lag jetzt eine Härte, mit der er sich nicht gerne auf einen Kampf eingelassen hätte.

Sie fuhr fort: »Ein paar Soldaten haben ihn auf der Treppe des Rathauses erwischt, während die Wachsoldaten damit beschäftigt waren, die Lebensmittelvorräte auszuladen.«

»Und er ist einfach so mitgegangen?« fragte Rudy entsetzt und ungläubig.

Gils Begleiter nickte. »Er wußte, daß er nur die Wahl hatte, mitzugehen oder zu kämpfen. Und der Kampf hätte einen Massenaufstand ausgelöst.«

Die klare, sachliche Stimme war ohne besondere Betonung oder Erklärung, doch in Rudys Geist breitete sich das ganze Schauspiel aus. Die Garde stand hinter Ingold und wäre ihm zu Hilfe geeilt; die Leute auf dem Platz hätten sich auf die Lebensmittel gestürzt; die ganze schwelende Gewalttätigkeit des Tages hätte sich in der Wut, in Angst und Entsetzen vor der Nacht verdichtet. Die Stadt wäre hochgegangen wie ein Pulverfaß. Er hatte genügend kleinere Unruhen in der Shamrock Bar in Fontana erlebt, um zu wissen, wie so etwas ablief. Aber was in der Geborgenheit einer Stahlhüttenstadt am Freitagabend in Ordnung war, würde Tod und auf lange Sicht Schlimmeres als Tod bedeuten, wenn es aus Hunger, Wut und Verzweiflung um das Lebensnotwendigste ausgetragen wurde. Bitter bemerkte Rudy: »Sie müssen ihren Mann gut gekannt haben. Wer hat ihn festgenagelt, wißt ihr das?«

»Gils Beschreibung nach zu schließen, waren es Kirchentruppen«, erwiderte der Eisfalke. »Die Roten Mönche. Die Männer der Bischöfin, aber sie können auf jedermanns Befehl gehandelt haben.«

»Welcher Jedermann?« fragte Rudy, und sein Blick wanderte in der Dunkelheit der Straße von Gil zum Eisfalken. »Alwir? Weil er ihn letzte Nacht während der Beratung nicht unterkriegen konnte?«

»Alwir hat Ingolds Macht über den König immer gefürchtet«, sagte der Gardeoffizier nachdenklich

»Und seine Männer tragen ebenfalls rote Uniformen«, fügte Gil hinzu.

Der Eisfalke zuckte die Schultern. »Und der Bischöfin gefällt es mit Sicherheit nicht, einen Sendboten des Bösen so dicht an ihrem Thron zu wissen.«

»Einen was?« fragte Gil aufgebracht, und Rudy erklärte ihr in kurzen Worten die Einstellung der Kirche zur Zauberei. Gils Entgegnung war weder gelehrt noch damenhaft.

»Die Bischöfin ist sehr stark in ihrem Glauben«, sagte der Eisfalke mit seiner leisen, sachlichen Stimme, die ebenso farblos war wie seine Augen. »Oder aber – die Königin könnte den Befehl zu seiner Festnahme gegeben haben. Man sagt, daß sie Ingold auch nie wirklich vertraut hat.«

»Ja, aber die Königin ist derzeit nicht bei Verstand«, entgegnete Rudy grob. »Und wer auch immer ihn eingelocht hat, wir müssen herausfinden, wo sie ihn festhalten, wenn wir nicht zu guter Letzt noch eine weitere Nacht hier verbringen wollen.«

»Ganz zu schweigen von den nächsten fünfzig Jahren, wenn sie sich entschließen, ihn in irgendein Burgverlies zu werfen und dort zu vergessen«, fügte Gil hinzu, und ihre Stimme war schneidend vor Angst.

»Ja«, pflichtete Rudy ihr bei. »Obwohl ich nicht derjenige sein möchte, der diesen alten Knaben für immer aus dem Weg schaffen muß.«

»Hört zu«, sagte der Eisfalke, »Karst ist keine sehr große Stadt. Sie werden ihn entweder ins Stadtgefängnis oder in die Kellergewölbe unter Alwirs Landhaus oder in den bischöflichen Sommerpalast gebracht haben. Wenn wir uns trennen, können wir ihn vor Ablauf einer Stunde finden. Danach könnt ihr tun und lassen – was immer euch beliebt.«

Die leichte Veränderung im Klang dieser leisen, atemlosen Stimme ließ Rudy erschauern unter der plötzlichen Vorahnung des Verderbens, doch die unerforschlichen frosthellen Augen warnten ihn davor, eine Bedeutung in diese Worte hineinzulegen. Alde hatte gesagt, alle Gardisten seien verrückt. Verrückt genug, einen Zauberer unter den Augen der Machthaber aus dem Gefängnis zu befreien? Sie waren Ingolds – und wie es aussah, mittlerweile auch Gils – Verbündete. Rudy fragte sich, ob er überhaupt das Verlangen hatte, sich in die ganze Sache einzumischen.

Auf der anderen Seite war ihm klar, daß er keine große Wahl hatte. Es hieß, entweder den Gefangenen zu befreien oder aber die Nacht – und der Himmel allein wußte, wie viele weitere Nächte – in dieser Welt zu verbringen. Während er noch in der stillen, dunklen Straße stand, spürte

Rudy Unruhe in sich aufsteigen. »Also gut«, sagte er, so munter, wie er es unter den gegebenen Umständen bewerkstelligen konnte. »Wir treffen uns in einer Stunde am Rathaus.«

Sie trennten sich, und Rudy eilte zu Alwirs Haus zurück. Angestrengt überlegte er, auf welche Weise er Alde und, was noch wichtiger war, Medda auf seine Seite bringen konnte, um ins Haus hineinzugelangen und die Suche durchführen zu können.

Gil und der Eisfalke schlugen die entgegengesetzte Richtung ein. Geleitet vom rötlichen Widerschein der Feuer auf dem Marktplatz, hielten sie sich, instinktiv Schutz suchend, dicht an die Mauern gedrückt. Es war jetzt vollkommen dunkel, eine strenge, bewölkte Nacht, und Gil schauderte in der Erkenntnis, daß die Straße die reinste Falle war, begrenzt nach den Seiten und vollkommen offen nach oben. Der Umhang und das Schwert schlugen ihr um die Füße, und sie mußte ihre Schritte beschleunigen, um den jungen Mann einzuholen, der vor ihr weit ausschritt.

Sie waren bereits in Sichtweite der Menschenmenge im Feuerschein des Marktplatzes, als der Eisfalke stehenblieb, den Kopf hob und wie ein erschrockenes Tier in die Nacht lauschte. »Hörst du es?« Seine Stimme war ein Flüstern in der Dunkelheit, sein Gesicht und sein helles Haar ein verschwommener Fleck, umrahmt vom rosigen Schein der Feuer. Gil hielt ebenfalls inne und lauschte in die kühle Stille der Nacht. Mit dem Duft der Pinien brachte der Wind Geräusche aus der Ferne, Geräusche, die aus der Entfernung und in der Dunkelheit verzerrt klangen, aber dennoch unverkennbar waren. Aus den dunklen Wäldern, die die Stadt umgaben, trug der Wind die Schreie von Menschen herüber.

Die Dunklen waren nach Karst gekommen.

Es fand kein Kampf in Karst statt – nur unzählige Nachhutgefechte in den heimgesuchten Wäldern, geführt von der Garde, den Kirchentruppen und den Privattruppen der adeligen Familien und Landherren. Streifen machten Ausfälle von der rotleuchtenden Festung des Marktplatzes aus und brachten dichtgedrängte Grüppchen verängstigter Flüchtlinge mit zurück, die versprengten Überlebenden des ersten Angriffs.

Gil, die sich, das Schwert in der Hand, der Einheit des Eisfalken angeschlossen hatte, erinnerte sich an den ersten wirren Alptraum in Gae und wunderte sich, daß sie ihn furchteinflößend gefunden hatte. Damals hatte sie zumindest gewußt, wo die Gefahr lauerte; in Gae hatte es Fackelschein, Mauern und Menschen gegeben. Aber hier schwebte der Schrecken still durch windbewegte Wälder, tauchte auf, tötete und verschwand wieder mit abscheulicher Gelassenheit. Hier gab es keine Vorwarnung, nur eine gewaltige, schwebende Dunkelheit, die sich von einem Augenblick zum anderen über die Fackeln senkte, weit aufgerissene Rachen wie die Kuppeln säuregeränderter Fallschirme, Klauen, die sich ausstreckten, zu reißen und festzuhalten. Hier waren die Opfer: ein Haufen entbeinter, blutiger Knochen zwischen den Ästen eines halb aufgeschichteten Lagerfeuers oder die blutgetränkte, eingeschrumpfte Mumie eines Mannes, ausgesaugt, während einen Meter weiter seine Frau kniete und bei dem Anblick in hilflosem Entsetzen schrie.

Von Natur aus kaltherzig, fühlte sich Gil weder hilflos, noch wurde ihr, beim Anblick der ersten Opfer, schlecht. Vielmehr war sie erfüllt von einer kalten, besonnenen Wut, wie eine Katze, die beim Töten weder Furcht noch Reue empfindet.

In diesen ersten wirren Minuten kehrten Gil und der Eisfalke im Laufschritt zum Hof der Garde zurück. Dort fanden sie ein wildes Durcheinander vor, in dem Menschen sich bewaffneten, Einheiten sich formten und Janus' tiefe, dröhnende Stimme auf der Suche nach Freiwilligen das Chaos durchschnitt. Da sie ein Schwert trug, schob irgend jemand sie zu einer Einheit hin. Sie waren bereits auf halbem Wege aus der Stadt heraus, bewaffnet mit Fackeln und beklagenswert wenige, um sich den Dunklen entgegenzustellen, als es ihr gelang, sich an die Spitze der Patrouille vorzukämpfen und dem Eisfalken zuzurufen: »Aber ich weiß nicht, wie man ein Schwert handhabt.«

Er warf ihr einen kalten Blick zu. »Dann solltest du keins tragen«, gab er zurück.

Jemand legte ihr die Hand auf die Schulter – es war Seya, die sie am Morgen im Wagenzug kennengelernt hatte – und zog sie zurück. »Du mußt auf die Körpermitte zielen«, erklärte sie Gil hastig. »Führ den Schlag gerade nach unten oder gerade zur Seite. Du mußt aus dem Handgelenk Schwung holen, siehst du? Griff in beide Hände – nicht so, sonst brichst du dir die Daumen. Du mußt nah herangehen zum Töten, wenn sie größer sind als du, und das werden sie hier draußen auf jeden Fall sein. Alles klar? Den Rest kannst du später lernen. Bleib in der Mitte der Gruppe und laß dich auf nichts ein, mit was du nicht fertigwirst.«

Die Losung für die Nacht, dachte Gil spöttisch. Aber als die dunklen, schweigenden Klumpen das erste Mal aus dem dunklen Nebel zwischen den Bäumen auftauchten, war sie erstaunt, wieviel von dieser flüchtigen Lektion sie in die Tat umsetzen konnte. Und sie lernte das oberste Gebot eines jeden Kampftrainings – daß nämlich das Überleben oder Nichtüberleben einer feindlichen Begegnung die eigentliche Probe eines jeden Kampfsystems, einer jeden Technik ist.

In gewisser Hinsicht war es einfach, denn die nebelhaften Körper boten der messerscharfen Klinge nur wenig Widerstand. Genauigkeit und Schnelligkeit zählten mehr als Kraft; denn obwohl sie so schwabbelig schienen, bewegten sich die Dunklen schnell. Aber Seya hatte nicht erwähnt, daß die Dunklen nach fauligem Blut stanken, und sie hatte auch nicht beschrieben, auf welche Weise die abgetrennten Körperteile sich krümmten und schlaff wurden und alles mit menschlichem Blut und einer schwärzlichen Flüssigkeit besudelten, wenn sie zerfielen. In dieser karmesinroten Hölle zwischen Feuer und dunklen Bäumen entdeckte Gil Krieg, Flucht und Tod. Und sie entdeckte auch, daß der Angriff weniger Angst machte als die Verteidigung und daß man, gleichgültig, wie wenig Schlaf und Nahrung man in den letzten achtundvierzig Stunden gehabt hatte, immer um sein Leben kämpfen konnte. Schulter an Schulter kämpfte sie mit den schwarzuniformierten Gardisten von Gae und den zerlumpten Freiwilligen in einfachen Bauernkleidern. Sie eilte auf den Spuren der Kämpfer dahin, die wie ein Wolfsrudel durch den Wald streiften, versprengte und verängstigte Flüchtlinge zusammentrieben und nach Karst zurückbegleiteten. Kalte Kampflust erfüllte sie wie Feuer und vertrieb alle Müdigkeit und Angst.

Bald hatte das Dutzend Krieger, aus dem die Einheit des Eisfalken bestand, etwa fünfzig Flüchtlinge aufgetrieben. Sie bildeten einen lockeren Kreis um sie und verteilten Fackeln an alle, die in der Lage waren, etwas Derartiges zu tragen; die meisten bestanden hartnäckig darauf, sich an ihren Habseligkeiten wie Geld und Nahrungsmitteln festzuklammern, und mindestens dreißig Frauen trugen Kinder in den Armen. Zum dritten Mal in dieser Nacht schickten sie sich an, nach Karst zurückzukehren. Wälder und Himmel waren undurchdringlich schwarz, die dunklen Bäume rauschten im Wind. Die Luft war erfüllt von Schreien und Wimmern. Es war ein dantisches Inferno, beleuchtet vom zuckenden Schein der Fackeln.

Hinter ihr schrie jemand auf. Gil blickte sich um und sah den Dunklen, der mit einem plötzlichen Schlag seiner schleimigen Flügel und einem Hieb seines dornigen Schwanzes über ihr war. Sie trat einen Schritt vor und holte zu einem zischenden Schwertschlag aus. Zu ihrer Rechten erkannte sie Seya, irgend jemand kämpfte zu ihrer Linken. Dann hatten Dunkelheit, Wind und Feuer sie verschlungen, und sie schlug blindlings zu. Die Flüchtlinge hinter ihr drängten sich immer dichter zusammen wie eine Herde Schafe, die Kinder kreischten, die Männer schrien laut auf. Um sie herum glitschten zerfallende Protoplasmafetzen zu Boden. Sie sah, wie dem Mann zu ihrer Rechten die Knie einknickten, und er war ausgesaugt und weiß und blutüberströmt, als der Dunkle sich wie eine riesige, fliegende Qualle von ihm löste. Welle um Welle der Dunkelheit strömte aus den Wäldern hervor.

Der Eisfalke erhob seine klare Stimme zu einem harten Befehl. »Das wird unser letzter Ausfall sein, meine Brüder und Schwestern. Es sind jetzt mehr denn je. Wir werden die Stadt halten müssen.«

In dem kurzen Augenblick der Ruhe, als sich die Dunklen wie ein lichtloses Sturmdach über ihnen sammelten, ertönte die bittere Stimme eines Gardisten. »*Diese* Stadt halten? Diese Ansammlungen von mauerlosen Hühnergehegen?«

»Es ist die einzige Stadt, die wir haben. Und jetzt rennt!«

Und sie rannten, durch den schwarzen Alptraum der sie verfolgenden fremden Wesen, getrieben vom Wind, der hinter ihnen wehte wie der

Atemhauch eines unaussprechlichen Schlundes. Es war ein Alptraum aus Bäumen, Finsternis, sich schlängelnden, halb unsichtbaren Gestalten, Flammen und taumelndem Entsetzen. Sie rannten auf die schützende Stadt Karst zu, und die Dunklen folgten ihnen.

Siebtes Kapitel

Ein böser Schlag für Alwir! Rudy lehnte sich gegen eine der Säulen, die den Bogengang von der Vorhalle des Hauses zum Eingangsflur säumten, und schloß die Augen. Aber nichts konnte das wilde Flackern der Fackeln, die Schreie, die wie eine Metallsäge in seinem Kopf dröhnten, und die Übelkeit, die die Erschöpfung in ihm erzeugte, auslöschen. *Das ganze Geschwätz, daß alles in Butter ist, und laßt uns Karst zur Hauptstadt des neuen Reiches machen, war den Bach runtergegangen. Und Ingold, was auch immer sie mit ihm anstellen mochten, hatte die ganze Zeit über recht gehabt.*

Er öffnete die Augen wieder, und der Sinnestaumel in der Halle bohrte sich wie mit feurigen Messern in seinen Körper und sein Bewußtsein. Es war wie im Wartezimmer des Jüngsten Gerichts. Halle und Eingangsflur waren zu beiden Seiten des Bogenganges von Wand zu Wand mit Menschen vollgepfropft, Flüchtlinge aus den Wäldern und vom Marktplatz, die hier Zuflucht gesucht hatten, als die Verteidigungslinien um die Stadt durchbrochen worden waren. Menschen weinten, beteten, fluchten, und alles aus Leibeskräften; sie rannten durcheinander wie aufgescheuchte Schafe, wenn der Wolf in den Pferch eingedrungen ist. Das dröhnende Getöse war wie das Finale eines Rockkonzerts, so ohrenbetäubend, daß man keine einzelnen Töne mehr unterscheiden konnte, und die Gesichter, die vom blutroten Fackelschein erleuchtet waren, schienen sinnlose Grimassen zu schneiden. Die schwüle Enge des Raumes war erstickend, der Gestank von Rauch und Angstschweiß hing faulig in der Luft. Rudy hatte das Gefühl, abseits zu stehen, und fragte sich, ob er sich in einem von Gils Alpträumen befand. Aber zum einen war er zu hungrig, um zu schlafen, und zum anderen war ihm, als hätte er am falschen Ende des Traumes begonnen, und er konnte sich nicht erinnern, ins Bett gegangen zu sein. Er fragte sich, ob das Ende der Welt mit solchem Krach stattfinden würde. Er hoffte es nicht.

Wie Satan in der Flammenhölle stand Alwir inmitten des Tumults; Blut rann ihm aus einer Wunde auf der Wange hinunter und zog eine rote Spur in den mit Schweiß vermischten Schleim in seinem Gesicht. Eine Hand lag auf dem Schwertknauf, die andere gestikulierte schwarz und beredt – er sprach mit Kommandant Janus und Bischöfin Govannin, die auf ihr gezogenes Schwert gestützt und mit zum Kampf gegürteter Robe dastand. Unter den Spuren des Kampfes war ihr hageres Totenschädelgesicht unbewegt. Rudy hatte den Eindruck, daß in dieser Stadt alle außer ihm mit dem Schwert umgehen konnten. Alwir machte einen Vorschlag, und die Bischöfin schüttelte düster verneinend den Kopf. Die zornige, weitausholende Geste des Kanzlers umfaßte den gesamten Raum. Rudy hatte das unangenehme Gefühl, daß er das Problem, um das es ging, kannte.

Das Haus war nicht zu verteidigen.

Es war offenkundig. Sie waren hierher getrieben worden, als die Verteidigung um den Platz zusammengebrochen war, als die Dunkelheit wie Nebel das Licht der Feuer verschlungen hatte. Eine Minute lang, so war es ihm wenigstens erschienen, hatte Rudy in der Reihe der Bewaffneten gestanden, den Griff eines Schwertes, das ihm jemand in die Hand gedrückt hatte, unbeholfen haltend, im Rücken die windgepeitschten, hochauflodernden Flammen von Dutzenden von Feuern und das Jammergeschrei der unbewaffneten Zivilisten, die sich auf dem Platz schutzsuchend zusammendrängten und mit ängstlichem Entsetzen die unruhigen Bewegungen in der Dunkelheit hinter den Feuern beobachteten. Dann war die Dunkelheit nähergerückt, und die vorher nur geahnten, nebelhaften Körper waren immer deutlicher sichtbar geworden. Als Rudy einen Blick nach hinten geworfen hatte, hatte er gesehen, daß die Feuer immer matter und schwächer, die Flammen ihres Lichts beraubt wurden. Und dann war er gefangen in der kopflosen Hetzjagd nach Mauern, die ein Versteck boten, nach irgendeiner Zuflucht vor dem eindringenden Entsetzen. Er hatte zu den Glücklicheren gehört. Auf dem Platz und in den Straßen wimmelte es von denen, die weniger Glück gehabt hatten.

Und welche Ironie, dachte Rudy, während er die scharlachrote Verwirrung um sich herum betrachtete, daß dieser Ort, den zu erreichen sie sich gegenseitig totgetrampelt hatten, ungefähr soviel Schutz wie ein Vogelkäfig bot.

Es war ein Sommerpalast. Man mußte nicht Architektur studiert haben, um das zu erkennen. Das ganze Gebäude war so entworfen, daß Licht und Luft und Sommerwind hindurchstreichen konnten. Säulengänge wechselten mit offenen Galerien ab, zarte, dreiadrige Bögen mündeten in langgestreckten Aussichtskorridoren mit breiten Fenstern, und die hohe breite Treppe führte vom Eingangsflur zu seiner Linken zu einer Empore, die durch eine Reihe von Arkaden mit dem übrigen Haus verbunden war. Das Ganze würde so zweckdienlich sein wie ein Spitzentischtuch im Hurrikan. Wäre er nicht halb blind vor Erschöpfung in greifbarer Nähe eines entsetzlichen Todes gewesen, Rudy wäre in schallendes Gelächter ausgebrochen.

Janus schlug einen anderen Plan vor. Alwir schüttelte den Kopf. *Veto gegen alles, was Hinausgehen bedeutet*, dachte Rudy. Schwärze schien wie eine körperlose Einheit gegen die hohen Fenster zu drücken, die über die gesamte Länge der Wand verliefen. Vor wenigen Minuten war der hellrote Feuerschein noch durch die Fenster sichtbar gewesen. Jetzt herrschte vollkommene Dunkelheit. Das vielstimmige Getöse der Schutzsuchenden wurde schwächer. Einige Männer und Frauen gingen in das trübe Zwielicht des Eingangsflures hinter dem Bogengang, als suchten sie nach einem sichereren Versteck, wollten aber dazu den Schutz der Masse nicht verlassen. Alwir deutete nach unten auf den Fußboden oder, wie Rudy annahm, zu den Kellern des Hauses. Die Bischöfin stellte ihm eine Frage, die ihm die Zornesröte ins Gesicht trieb.

Aber bevor er noch etwas erwidern konnte, ertönte aus den Tiefen des Hauses ein bedrohliches Bersten, dessen Heftigkeit die Steinmauern bis auf die Grundfeste erschütterte.

In der Stille, die darauf folgte, war Janus' Stimme bis in die fernsten Winkel der Halle hörbar. »Ostgalerie«, rief er.

Eine Frau begann zu schreien, ein langgezogener, nicht endender Ton. Rudy sah eine junge Frau in seinem Alter, die, wenige Meter von ihm entfernt, die Arme fester um eine Schar kleinerer Kinder schloß, die sich trostsuchend an ihre Röcke klammerten. Ein dicker, mit einer Gartenhacke bewaffneter Mann, sprang auf und warf wilde Blicke um sich, als erwartete er, daß die Dunklen aus der pulsierenden Luft herunterstoßen würden. Die Menschen im Raum rückten dichter aneinander, als könnten sie sich dadurch vor den Dunklen verbergen.

Ihre Stimmen steigerten sich zu einem Crescendo verzweifelter Angst, das Alwirs geübte tiefe Schlachtstimme wie ein Messer durchschnitt. »Mir nach! Wir können die Kellergewölbe verteidigen!«

Jemand begann zu heulen. »Nicht die Keller! Nicht unter die Erde!«

Rudy richtete sich mühsam auf, hätte sich um ein Haar mit dem Schwert, das er noch immer hielt, die Finger abgeschnitten und fluchte laut vor sich hin. Ihm persönlich war es gleichgültig, wo sie sich verkrochen, solange es ordentlich dicke Mauern und nur eine einzige Tür hatte. Die Leute schrien, taumelten, drängten hinter Alwir her durch das Bogentor am anderen Ende des Flures. Fackeln wurden von den Wänden heruntergezerrt, und das flackernde rote Licht tauchte den Raum in einen Strudel zuckender Schatten.

Jemand kämpfte gegen den Menschenstrom an, versuchte, in die entgegengesetzte Richtung zu gelangen, und stieß mit Rudy zusammen. Er hielt den vertrauten Arm fest.

»Wohin zum Teufel gehst du?«

Minaldes Haar fiel offen auf ihr zerfetztes und schmutziges weißes Gewand hinunter. »Tir ist oben«, rief sie wild. »Ich dachte, Medda hätte ihn heruntergebracht.« Schultern stießen sie an und drängten sie dicht aneinander. Im Schein der Fackel leuchteten ihre Augen irisblau in ihrem bleichen Gesicht.

»Aber du kannst jetzt nicht hinaufgehen!« Als sie zornig versuchte, sich aus seinem Griff loszureißen, fügte er hinzu: »Hör zu, wenn die Tür verschlossen ist und es gibt irgendein Licht im Zimmer, werden sie ihn nicht finden, er ist sicher. Hier unten gibt es Tausende von Menschen, die sie bekommen können.«

»Sie wissen, wer er ist«, flüsterte sie verzweifelt. »Ihn wollen sie.« Mit einer heftigen Bewegung riß sie sich los und stürzte auf die Treppe zu, indem sie sich wie ein Aal zwischen den Leibern der Menge hindurchschlängelte.

»Du verrücktes Weib, sie werden dich umbringen!« Rudy folgte ihr drängend und schiebend, doch seine Größe war ihm hinderlich, und die Menge zerrte ihn unerbittlich mit. Er sah Alde, die am Fuß der Treppe stehenblieb und eine Fackel aus ihrer Halterung nahm. Mit den Ellbogen bahnte er sich verbissen einen Weg und erreichte die Stelle einige Augenblicke später. Er riß eine zweite Fackel herunter und stürzte hinter ihr her in die Dunkelheit. Er holte sie auf der obersten Stufe ein und packte sie so fest am Arm, daß es Spuren hinterlassen würde.

»Laß mich los!«

»Den Teufel werde ich!« schrie er zurück. »Jetzt hör mir einmal zu . . .«

Mit einem wütenden Schluchzen stieß sie ihm die Fackel ins Gesicht. Er machte einen Satz zurück und konnte gerade noch verhindern, daß er rückwärts die Treppe hinunterstürzte. Als er sich gefangen hatte, war sie nur noch ein flatternder weißer Fleck, weit hinten auf der Galerie, und die Fackel wehte hinter ihr her wie ein Banner. Rudy folgte ihr fluchend.

Ungeachtet der Dunklen ließ sie die Kinderzimmertür für ihn offen. Er stolperte hinein und schlug die Tür, keuchend vor Anstrengung, Wut und Angst hinter sich ins Schloß.

»Du hast den Verstand verloren, weißt du das eigentlich?« schrie er sie an. »Wir hätten beide tot sein können! Du wußtest nicht einmal, ob das Kind noch am Leben ist!«

Sie hörte ihm gar nicht zu. Sie beugte sich über die Wiege und nahm das Kind heraus. Tir war wach, aber still, die dunkelblauen Augen weit aufgerissen in angstvollem Begreifen, wie in der verfallenen Hütte auf der Orangenplantage in Kalifornien. Das Mädchen warf mit einer Kopfbewegung die Haarsträhnen aus dem Gesicht zurück und strich mit den Fingern über die runde Wange des Kindes. Rudy sah, daß ihre Hände zitterten.

»Hier«, sagte er grob und nahm einen Schal von einem Tisch neben dem Kinderbettchen. »Mach eine Schlinge und binde dir das Kind am Körper fest. Du wirst die Hände brauchen, um Fackeln zu tragen.« Sie gehorchte wortlos, wich aber seinem Blick aus. »Ich weiß nicht, ob ich dich nicht eigenhändig verdreschen sollte. Vielleicht würde das ein bißchen Verstand in dein Hirn hämmern.«

Sie nahm ihre Fackel aus dem Wandhalter, in den sie sie gesteckt hatte, und wandte sich mit herausforderndem Blick zu ihm um. Rudy konnte nicht umhin, eine unverständliche Anerkennung ihres Mutes, wenn schon nicht ihres Verstandes, vor sich hinzumurmeln. »Du wirst mir erklären müssen, wie wir zu den Kellergewölben gelangen, von denen die Rede war.«

»Die Treppe hinunter, durch den Bogengang auf der gegenüberliegenden Seite der großen Eingangshalle und dann die Stufen zur Rechten hinunter«, sagte sie mit dünner Stimme. »Es muß der Hauptkeller sein, in dem auch der Wein gelagert wird. Das ist der einzige Raum, der groß genug ist.«

Er nahm seine Fackel und blickte sich flüchtig in dem kleinen, achteckigen Zimmer mit den mattgoldenen Vorhängen und der filigranen Ebenholzeinrichtung um. Dann wandte er sich dem Mädchen zu, deren Gesicht so weiß war wie ihr Gewand in den zuckenden Schatten. »Also, wenn wir getötet werden . . .«, begann er drohend, dann hielt er inne. »Ach«, brummte er, »ich glaube immer noch, daß du verrückt bist.« Er gab ihr seine Fackel, nahm das Schwert in beide Hände, wie er es bei Ingold gesehen hatte, und schob sich vorsichtig zur Tür. Alde blieb schweigend stehen.

»Fertig?«

»Ja«, erwiderte sie leise.

Er murmelte: »Daraus wird nichts, Schätzchen«, und machte einen Schritt vorwärts. Mit einer blitzschnellen Bewegung trat er die Tür auf und schlug zu. Der Dunkle, der sich wie ein tintenschwarzer Protoplasmastrom in den Raum ergoß, spaltete sich selbst mit der leuchtenden Klinge und übergoß die drei Menschen mit seiner übelriechenden Flüssigkeit; der zweite, der unmittelbar auf den ersten folgte, zog sich augenblicklich in einem richtungslosen Windwirbel zurück. In dem dunklen Korridor, der vor ihnen lag, waren keine weiteren Gestalten zu sehen – nur die Ahnung einer ruhelosen Bewegung am anderen Ende. Er faßte Alde am Arm und rannte los.

Zuckende Schatten verfolgten sie den Flur hinunter, gespenstisch große Schatten von Alde, ihm selbst und dem Kind. Das Licht der Fackeln erhellte einen Augenblick lang die Arkaden zu ihrer Linken, doch dahinter verlor sich die Sicht in einem endlosen Abgrund blasphemischer Nacht. Rudy konnte die Dunklen spüren, sie waren überall um sie herum, beobachteten sie mit merkwürdiger, abscheulicher Intelligenz und lauerten nur auf den unbewachten Augenblick, um zuzustoßen. Von der Treppe blickten sie in die Tiefe der Eingangshalle hinunter, wo eine fallengelassene Fackel, die auf dem Fußboden allmählich ausbrannte, ein wirres Durcheinander von Unrat, zerrissenen Kleidern, zurückgelassenen Schuhen und auf der Flucht zertrampelten Möbelstükken beleuchtete. Um den Bogengang auf der anderen Seite herum und undeutlich sichtbar in dem dahinterliegenden Flur gaben ein Haufen zerstreuter Knochen und blutleerer, zusammengeschrumpfter Leichen Zeugnis davon, was geschehen war, nachdem er Alde die Treppe hinauf gefolgt war. Und hinter dem Bogengang schien gleitende, wehende Dunkelheit über den Leichen zu schweben.

Rudys Atem stockte. Vollkommen schutzlos, wie sie auf der Treppe waren, hätte nichts ihn dazu bewegen können, in diese Halle hinunterzusteigen und den Versuch zu machen, sie zu durchqueren. Neben ihm schrie Alde erschrocken auf, und er folgte mit dem Blick zu der Stelle, auf die sie deutete. Vier oder fünf Dinger, die aussahen wie schwarze Schlangenhäute, hingen an der mächtigen Gewölbedecke der Halle, und ihre langen Schwänze baumelten in der bewegten Luft. Der matte Fackelschein spielte auf ihren hornig schimmernden Rücken und hob die Klauen und Stacheln und den glitzernden Säurespeichel, der aus ihren eingezogenen Mäulern die Mauerbögen herunterrann, deutlich hervor. Dann löste sich einer nach dem anderen von der Decke, ließ sich in die Luft fallen, änderte Gestalt und Größe und verschmolz mit den Schatten. Obwohl er zugesehen hatte, wie sie losließen, hatte Rudy keine Ahnung, wohin sie verschwunden waren.

Alde flüsterte: »Es gibt noch einen anderen Weg in die Kellergewölbe. Wir müssen auf demselben Weg zurück. Beeil dich!«

Überflüssige Worte, dachte Rudy, während er, das lange Haar von dem weichen, üblen Windhauch aufgeweht, an ihrer Seite die Galerie hinuntereilte. Wie viele von diesen Wesen waren nötig, das Licht eines Feuers zu verschlucken? Ein Dutzend? Ein halbes Dutzend? Vier? Sein T-Shirt und seine Jeansjacke waren schweißnaß, die Hand, die das Schwert hielt, schmerzte. Die Schatten, die überall um sie herum waren, schienen sich zu bewegen, schienen näherzurücken. Der Fackelschein spiegelte sich matt in Tirs wachsamen Augen wider. Eine Tür führte in einen zugigen Korridor, in dem es nach den Dunklen roch. Sie hatten das Gefühl, daß ihnen etwas folgte, mit leisem Atemhauch und immer außer Sicht. Aldes Atem ging stoßweise wie lauter kleine Schluchzer, Rudys Schritte klangen gespenstisch laut. Sie traten durch eine kleine, schwarze Türöffnung und standen unvermittelt auf einer lichtlosen, schmalen Wendeltreppe. Steil wie eine Leiter und lebensgefährlich schlüpfrig, führte sie tiefer und immer tiefer hinunter; das bernsteingelbe Flackern der Fackeln vergoldete Steinmauern, die kaum einen Meter voneinander entfernt waren.

Schließlich erreichten sie den Keller und nahmen um sich herum den scharfen, modrigen Salpetergeruch wahr, der in unterirdischen Räumen herrscht.

»Wo zum Teufel sind wir?« flüsterte Rudy. »Im Verlies?« Feuchtigkeit schimmerte phosphoreszierend an den rauhen Wänden und sammelte sich zu kleinen Pfützen zwischen den unebenen Fußbodensteinen.

Alde nickte und deutete den Gang hinunter. »Hier entlang.«

Rudy nahm ihr eine der Fackeln aus der Hand und hielt sie niedrig, um die Mauerdecke nicht mit der Flamme zu streifen. »Das hier war wirklich das Verlies?«

»Oh ja«, erwiderte das Mädchen leise. »Vor langer Zeit natürlich. Jede vornehme Familie im Reich hatte ihre eigenen Truppen und Rechtsgewalt über ihre Leute. Die Hohen Könige, die Könige von Gae haben das geändert; heute kann jeder vom Hofe eines Landesherren oder Adeligen aus das Gericht des Königs anrufen. Das betrifft natürlich nur zivile Straftaten, die Kirche verfügt immer noch über ihre eigene Rechtsprechung.« An einer Weggabelung zögerte sie kurz. Das Verlies war ein schwarzes Labyrinth aus verwinkelten, feuchten Gängen, und Rudy fragte sich, woher sie ihre Zuversicht nahm. »Hier entlang, glaube ich.«

Sie betraten den schmalen Gang, das Licht ihrer Fackeln streifte flüchtig geschlossene schwere und grobe Eichentüren, die mit Bronze- und Eisenbändern beschlagen waren und von denen einige sich auf einer Ebene mit den grobbehauenen Bodenplatten des Ganges, andere mehrere schlüpfrige Stufen tiefer befanden. Die meisten der Türen waren verriegelt, einige mit Bleisiegeln und Bändern verschlossen. Die eine oder andere war zugemauert, und die entsetzliche Unwiderruflichkeit der Verurteilung ließ Rudys Handflächen feucht werden. Hier wurde ihm wieder klar, daß er sich in einem anderen Universum befand, in einer Welt, die der seinen völlig fremd war, mit ihrer eigenen Gesellschaft, ihrer eigenen Rechtsvorstellung und ihren eigenen unfehlbaren Methoden, mit denen fertigzuwerden, die versuchten, sich gegen das System aufzulehnen.

Alde stolperte und faßte haltsuchend nach seinem Arm. Rudy blieb stehen, bis sie sich wieder gefangen hatte, und spürte in diesem Augenblick den Luftzug, den Geruch, der über sein Gesicht strich.

In dem Gang, der vor ihm lag, konnte er nichts erkennen. Die dicht beeinanderstehenden Mauern verengten sich zu einem dunklen Rechteck, das die Fackeln nicht durchdringen konnten, eine Dunkelheit, die vom Wind bewegt war und erfüllt von einem entsetzlichen Lauern. Ein Windhauch leckte an den Flammen seiner Fackeln, und plötzlich wurde er sich der Dunkelheit bewußt, die hinter seinem schutzlosen Rücken im Gang lastete. Vielleicht war es nur die übermäßige Anspannung seiner Nerven, die Anstrengung, seine Sinne wie im Fieber geschärft zu halten für die endlosen, alptraumhaften Stunden – aber er glaubte, in der Dunkelheit vor sich eine Bewegung zu erkennen.

Wie gelähmt vor Angst, erstaunte es ihn, daß er überhaupt noch ein Flüstern herausbrachte. »Hier haben wir nichts zu suchen, Alde«, preßte er hervor. »Sieh zu, ob du eine Tür findest, die nicht verschlossen ist.«

Er wandte den Blick nicht von den Schatten. An der Bewegung des Fackelscheins hinter seinem Rücken erkannte er, daß Alde sich zurückschob und Tür um Tür überprüfte. Das Licht seiner eigenen Fackel wirkte armselig gegen die drückende Last der Dunkelheit um ihn herum. Dann hörte er, wie sie flüsterte: »Diese hier ist nur verriegelt, nicht verschlossen.« Langsam wich er zurück und trat zu ihr.

Die schmale, abweisende Tür befand sich am Ende von drei ausgetretenen Stufen, und ihre massiven Bolzen waren fünfzehn Zentimeter tief in den Stein eingelassen. Rudy reichte Alde seine Fackel und stieg zu der

Tür hinunter. Seine Seele zuckte zurück vor der Falle dieser schmalen Nische. Mit dem Schwert durchtrennte er die Bänder, die das mächtige Bleisiegel mit dem Eisen verbanden. Das Metall war lange nicht benutzt und setzte sich mit schrillem, rostigem Kreischen zur Wehr, als er den Riegel zurückschob; die Angeln der schmalen Tür knarrten entsetzlich, als er sie aufstieß.

Soweit er im schwachen Lichtschein der Fackeln erkennen konnte, war der Raum leer, kaum mehr als ein rundes, dunkles Loch mit einer schwarzen Nische in der gegenüberliegenden Wand und einem kleinen Haufen aus modrigem Stroh und staubigen Knochen. Der eigenartige, sterile Geruch, der in der Luft hing, berührte ihn unangenehm, und er trat mit äußerster Vorsicht ins Innere, indem er die Augen anstrengte, um die dichte Dunkelheit zu durchdringen.

Aber obwohl er auf der Hut war, überfiel ihn die Welle der Dunkelheit so plötzlich, daß er keinen Laut von sich geben konnte. Zwischen zwei Herzschlägen wurde er an der Kehle gepackt, und ein Gewicht, schwer wie der Arm des Todes, schleuderte ihn mit solcher Wucht gegen die Mauer, daß es ihm den Atem raubte. Sein Kopf prallte gegen den Stein, und sein warnender Schrei wurde unter dem zermalmenden Druck eines kräftigen Unterarms erstickt; das Schwert wurde seiner Hand entrungen und die Spitze auf seine Kehle gerichtet. Aus der Dunkelheit, die ihn umfangen hielt, drang eine flüsternde Stimme: »Gib keinen Laut von dir.«

Er erkannte diese Stimme, und es gelang ihm, mühsam hervorzustoßen: »Ingold?«

Der würgende Druck auf die Kehle wurde etwas gelockert. Er konnte nichts erkennen in der Dunkelheit, aber der Stoff des Gewandes, das seine Hand streifte, kam ihm bekannt vor. Er schluckte und rang um Atem. »Was tun Sie hier, Mann?«

Der Zauberer schnaubte. »Auf die Gefahr hin, daß ich auf dem Offenkundigen herumreite, ich breche aus dem Gefängnis aus, wie Ihre Freunde es so vulgär nennen würden«, stieß er mit seiner rauhen, ausdruckslosen Stimme hervor. »Ist Gil bei Ihnen?«

»Gil?« Er konnte sich nicht erinnern, wann er Gil das letzte Mal gesehen hatte. »Nein, ich – Jesus, Ingold«, flüsterte Rudy, der sich plötzlich sehr verloren und allein fühlte.

Heller werdendes Licht zuckte in dem dunklen Türbogen auf, und über die unebenen Steinmauern huschten bizarre Schatten. Minalde trat durch die Tür, doch beim Anblick des Zauberers stockte sie, und ihre Augen weiteten sich vor Erstaunen. Dann senkte sie den Blick, und brennende Röte überzog ihr Gesicht bis zu den Haarwurzeln. Sie schwankte und schien in den Gang zurückfliehen zu wollen, obwohl ihr das offensichtlich unmöglich war. Sie sah aus, als würde sie in ihrer Verwirrung gleich eine oder beide Fackeln fallenlassen und sie alle in unwiderrufliche Finsternis stürzen.

Während Rudy sich noch von seiner Überraschung über ihre Reaktion erholte, trat der alte Mann auf sie zu und nahm ihr freundlich eine der Fackeln aus der Hand. »Mein Kind«, sagte er mit weicher Stimme zu ihr, »ein Gentleman erinnert sich nicht an Worte, die eine Dame in der Hitze des Zorns – oder irgendeiner Leidenschaft – zu ihm sagt. Betrachtet es als vergessen.«

Diese Worte ließen sie nur noch tiefer erröten. Sie wollte sich abwenden, doch er ergriff sanft ihren Arm und strich den schwarzen Haarschleier zur Seite, der das stille Kind an ihrer Brust halb verbarg. Er strich zart über den Kopf des Kindes und sah dem Mädchen dann wieder in die Augen. In seiner Stimme lag nicht die Spur einer Frage, als er sagte: »Nun sind sie also schließlich doch gekommen.«

Sie nickte, und Ingold preßte die Lippen unter dem struppigen Wald ungekämmter Barthaare zusammen. Alde schien sich jetzt erst der Gefahr zu erinnern, in der sie schwebten, und sie löste sich aus seinem Griff und streckte die Hand nach der Tür aus, um sie zu schließen.

Ingold rief mit scharfer Stimme aus: »Nicht!«

Fragend ging ihr Blick zu Rudy.

Ingold fuhr fort: »Wenn Ihr diese Tür schließt, wird sie unsichtbar, und wir sitzen vielleicht für alle Ewigkeit hier fest.« Mit diesen Worten deutete er zu der kleinen Mauernische hin, aus der ein Totenschädel klagend in die Schatten starrte. »Auf dieser Zelle lastet ein Zauber, den nicht einmal ich durchbrechen kann.«

»Aber da draußen sind die Dunklen, Ingold«, flüsterte Rudy. »Oben im Haus liegen Hunderte von Toten – Tausende auf dem Platz und in den Wäldern. Sie sind überall, wie Geister. Es ist hoffnungslos, wir werden es niemals . . .«

»Es gibt immer eine Hoffnung«, entgegnete der Zauberer ruhig. »Mit den Siegeln an der Tür dieser Zelle hatte ich keine Möglichkeit, sie zu verlassen – aber ich wußte, es würde jemand kommen, die Tür zu öffnen, den ich überwältigen konnte, wenn nötig. Und es ist jemand gekommen.«

»Ja, aber das war nur ein –« Rudy zögerte, bevor er das Wort aussprach: »Ein Zufall.«

In Ingolds Augen blitzte ein Schatten seiner früheren Schalkhaftigkeit auf. »Erzählen Sie mir nicht, daß Sie immer noch an Zufälle glauben, Rudy.« Er gab ihm das Schwert zurück. »Sie werden ein Siegel finden, das über die Bolzen der Tür gehängt ist. Nehmen Sie es ab und legen Sie es für den Augenblick in die Nische dort. Ich werde Sie einschließen, wenn ich gehe. Hier ist die einzige Stelle in ganz Karst, an der Sie in Sicherheit sind, bis ich zurückkommen oder jemanden schicken kann, der Sie herausholt. Es ist eine drastische Maßnahme«, fuhr er fort, als er sah, wie sich Aldes Augen angstvoll weiteten, »aber immerhin kann ich sicher sein, daß die Dunklen nicht hierher kommen. Werden Sie bleiben?«

Rudy warf Alde einen unsicheren Blick zu, dann sah er zu dem Schädel in der dunklen Nische hinüber. »Sie meinen«, fragte er lauernd, »wenn die Tür einmal geschlossen ist, kommen wir nicht mehr hinaus?«

»Genau. Die Tür ist unsichtbar von innen.«

Geöffnet sah sie wie eine ganz gewöhnliche Tür aus; es war die schattenerfüllte Dunkelheit im Gang dahinter, die Rudy Sorgen bereitete. Das mattgelbe Licht der Fackeln hob die Umrisse der massiven Eisenbeschläge hervor und enthüllte die rauhe Oberfläche der uralten, rauchgeschwärzten Eichenbohlen. Das Bleisiegel, das an den Bolzen hing, bewegte sich wie von Leben erfüllt in dem Luftzug, der durch den Gang strich. Rudy fiel auf, daß Ingold, obwohl er mit erhobener Fackel dicht neben der Tür stand, das Siegel nicht anrührte.

»Schnell«, drängte der Zauberer. »Wir haben nicht viel Zeit.«

»Rudy.« Aldes Stimme klang schüchtern, ihre Augen waren riesig im Fackelschein. »Wenn ich hier sicher bin – so sicher, wie ich heute nacht in dieser Stadt nur sein kann –, wäre es mir lieber, du würdest mit Ingold gehen. Für den Fall, daß etwas passiert, würde ich mich sicherer fühlen, wenn zwei Leute wüßten, wo wir sind, und nicht nur einer.«

Die Bedeutung dieses Gedankens ließ Rudy erschauern. »Hast du keine Angst allein hier unten?«

»Nicht mehr Angst als bisher.«

»Dann nehmen Sie das Siegel ab«, drängte Ingold, »und lassen Sie uns gehen.«

Beherzt trat Rudy zur Tür; der gelbe Schein der rußenden Fackel reichte vom Innern der Zelle bis zur Türöffnung und nicht weiter. Das Siegel, eine runde, matte Bleischeibe, die das Licht eher zu absorbieren als zu reflektieren schien, baumelte noch an den durchtrennten schwarzen Bändern. Es war auf beiden Seiten mit einem Buchstaben aus dem Alphabet von Darwath gezeichnet. Als er die Hand danach ausstreckte, fühlte er sich von einer namenlosen Abscheu zurückgestoßen. Dem Siegel haftete etwas zutiefst Furchterregendes an. »Können wir das Ding nicht einfach lassen, wo es ist?«

»Ich kann nicht daran vorbei«, erwiderte Ingold einfach.

Das Entsetzen, die unfaßbare Schlechtigkeit, die sich in dieser kleinen grauen Scheibe vereinigte, war so ungeheuerlich,daß es Rudy nicht in den Sinn kam, seine Worte in Frage zu stellen. Er nahm das Ding ohne ein weiteres Wort an den schwarzen Bändern und trug es mit weit ausgestrecktem Arm tief in die Schatten der Nische. Er bemerkte, daß Alde, als er damit an ihr vorüberging, zurückwich, als wäre die Strahlung, die davon ausging, wie der Gestank des Bösen.

Alde steckte das Ende der Fackel in einen Mauerriß und wandte sich, das Kind in den Armen wiegend, zu ihm um.

»Wir schicken jemanden zu dir«, versprach Rudy sanft. »Mach dir keine Sorgen.«

Sie schüttelte den Kopf und wich Ingolds Blick aus; das Letzte, was

Rudy von ihr sah, war eine schmale, weiße, in ihr aufgelöstes Haar gehüllte Gestalt mit dem Kind in den Armen. Die Dunkelheit der Türöffnung rahmte sie ein wie ein vergoldetes Heiligenbildchen in einem Schrein. Dann schloß er die Tür und steckte die rostigen Eisenbolzen an ihre Stelle zurück.

»Was war das für ein Ding?« fragte er mit leiser Stimme. Er stellte fest, daß er die Stelle, an der es gehangen hatte, nicht einmal berühren mochte.

»Es ist die Kettenrune«, erklärte Ingold, der auf der obersten der drei ausgetretenen Stufen stand und den Gang aufmerksam beobachtete, ruhig. »In die Mauern der Zelle selbst ist eine Kraft eingewirkt, so daß niemand, der sich darinnen befindet, die Tür finden oder öffnen kann. Mit dem gegen mich gerichteten Zauber der Kettenrune hätte ich, selbst wenn es mir gelungen wäre, die Tür zu finden, die Zelle nicht verlassen können. Wahrscheinlich hätte man mich dort gelassen, bis man mich offiziell hätte verbannen können – oder aber, bis ich verhungert wäre.«

»Das können sie doch nicht tun, oder?« fragte Rudy erschrocken.

Ingold zuckte die Achseln. »Wer hätte sie daran hindern sollen? Gewöhnlich haben die Zauberer ein Auge auf ihresgleichen, aber der Erzmagier ist verschwunden, und die Stadt der Zauberer liegt eingebettet in den Ringen ihrer Zauberkraft. Ich bin ganz auf mich selbst gestellt.« Als er den Ausdruck auf Rudys Gesicht sah, eine Mischung aus Entsetzen und erschrockener Höflichkeit, lächelte Ingold, und seine Augen verloren ein wenig an Härte. »Aber wie Sie sehen, bin ich, Zauberei hin oder her, herausgekommen. Ich bin froh, daß Sie Alde und das Baby mitgebracht haben. Das war bei weitem das beste, was Sie tun konnten. Hier werden sie zumindest vor den Dunklen in Sicherheit sein.«

Er hob seine Fackel, deren schwächlicher Schein die Dunkelheit des Durchgangs kaum durchdrang. »Hier entlang«, erklärte er und deutete in die Richtung, die auch Rudy und Alde zuvor eingeschlagen hatten.

»He«, sagte Rudy leise, als sie den dunklen und winddurchwehten Korridor betraten. »Was hatte das alles zu bedeuten mit ihr?«

Ingold zuckte die Schultern. »Bei unserer letzten Begegnung drohte mir die junge Dame, sie wolle mich töten – der Grund spielt keine Rolle. Vielleicht bereut sie ihre damaligen Gefühle oder auch nur den gesellschaftlichen Ausrutscher. Wenn man im Begriff ist . . .«

In diesem Augenblick erschütterte ein Geräusch die Kellergewölbe, ein tiefes, hohles Dröhnen wie der Schlag einer ungeheuren Faust, und der Widerhall ließ die Mauern erbeben. Ingold hielt mitten im Schritt inne, und seine Augen verengten sich zu einem brennenden Glitzern, so angespannt lauschte er; dann setzte er rasch seinen Weg durch den Gang fort, und Rudy folgte ihm mit gezogenem Schwert. Als sie um die Ecke bogen, sah Rudy, daß der Zauberer die Fackel in seiner Hand drehte, und das rohe Holz schien sich zu einem Stab von eineinhalb Metern Länge auszudehnen, während die Flamme an der Spitze größer wurde und die weiße, diamantene Helligkeit einer Magnesiumfackel annahm, die sengend wie ein kristallenes Beben in jede Ritze der fleckigen, alten Mauern eindrang. Der Zauberer ging, den schäbigen Umhang aufgebauscht wie wehende Flügel, vor ihm her und hielt den leuchtenden Stab halb wie eine Lampe, halb wie eine Waffe in der Hand. Rudy eilte ihm nach, und um sie herum wich die Dunkelheit zurück, um sich dicht hinter ihnen wieder zu schließen.

Irgendwo ganz in ihrer Nähe erklang ein zweiter Schlag, der den Steinboden unter ihren Füßen erschütterte. Es war wie das Dröhnen eines Kolben, der von einem aberwitzig großen Motor angetrieben wird. Kalt und ausgelaugt vor Hunger und Erschöpfung, fragte sich Rudy, ob sie sterben mußten, doch der Gedanke daran war merkwürdig unpersönlich. Gänge trafen zusammen, und wo sie entlangschritten, wich die Dunkelheit zurück; er konnte jetzt den Geruch von Wasser und Moder wahrnehmen, und überall um sie herum hing der Säuregestank der Dunklen in der Luft. Irgendwo kauerte der klägliche Rest der Menschenmenge, die in Alwirs Villa Zuflucht gesucht hatte – die Handvoll Gardisten und die scharlachrot uniformierten Kirchentruppen, der dicke Mann mit dem Gartenrechen, die junge Frau mit ihrer Traube von Kindern und all die anderen Gesichter, die in dem grellen Strudel oben in der Halle mitgeschwommen waren –, in den dunklen, zuckenden Schatten der Kellergewölbe und beobachteten mit entsetzten Augen die Stärke der Dunklen, die die verbarrikadierten Eisentüren, die letzte Verteidigungslinie, aus ihren massiven Angeln hämmerten.

Die Stärke der Dunklen! Rudy spürte sie wie einen Schlag ins Gesicht, als das dritte Bersten die Grundfeste des Hauses erzittern ließ; er spürte, wie sich die Luft zusammenballte und die böse Intelligenz sie umlauerte. Der Wind peitschte jetzt durch den Gang wie der aufkommende Vorbote eines Sturmes, er wehte Ingolds Umhang auf und zerzauste Rudys langes Haar. Das Licht, das von Ingolds Stab ausströmte, hatte jetzt die strahlende Helligkeit eines heißen Sommermittags erreicht und brannte die Geheimnisse der Dunkelheit aus; und in diesem blendenden Glanz bogen sie um eine Ecke in einen Hauptdurchgang und erblickten durch die schweren Schattennebel, die wie Rauch in der Luft hingen, die mächtigen Türflügel am Ende des Ganges.

Obwohl Rudy keine Einzelheiten sehen, keine Formen in der Dunkelheit erkennen konnte, spürte er doch die Feindseligkeit, die die Luft mit den Schlägen von tausend Flügeln peitschte. Ihre Macht schien sich wie eine Mauer über den Korridor zu erstrecken; dahinter erkannte er, kaum sichtbar in den zusammengeballten Schatten, einen breiten Streifen Fackellicht unter der verriegelten Tür. Von den Menschen hinter dieser Tür war kein Laut zu hören. Jene, die es bis zu dieser letzten Zuflucht in den Kellergewölben geschafft hatten, sahen den Dunklen schweigend entgegen.

Er spürte die Veränderung in der Masse der Dunklen, den plötzlichen

Druck jener furchtbaren, fremdartigen Macht, und ein berstender Donnerschlag dröhnte in seinen Ohren, als die Türen nachgaben und mit einem Wirbelsturm herumfliegender Holzsplitter auseinanderbrachen. Schwacher Fackelschein beleuchtete die Gesichter hinter der zerschmetterten Tür und offenbarte nebelhafte Gestalten, die plötzlich in der Dunkelheit feste Umrisse annahmen.

Wie im Fluge warf sich Ingold in diese Finsternis, und das kalte Licht flammte auf wie ein explodierender Stern. Rudy folgte ihm, er klammerte sich an das Licht wie an einen Mantelzipfel, und einen kurzen, furchtbaren Augenblick lang schien es, als strömte die Dunkelheit über ihnen zusammen, das strahlend helle Licht verschlingend und erstickend.

Ob es nun die Erschöpfung war, die seinem Bewußtsein einen Streich spielte, oder Zauberei der Dunklen, wußte Rudy nicht zu sagen. Er glaubte nicht, daß er sich bewegt oder die Augen geschlossen hatte. Und doch war da in dem einen Augenblick die Dunkelheit, die sich über das Licht ergoß; und im nächsten Augenblick war nur noch das weiße, kalte Licht, das die kraftvolle, schäbige Gestalt des alten Mannes umfloß, der den leeren Gang entlangschritt. Das weiße Licht strömte durch die zerschmetterte Tür, fiel auf wächserne, verzerrte Gesichter, spiegelte sich in angstvollen Augen und traf auf den Stahl in den Händen der dünnen Reihe von Soldaten, die zwischen dem zusammengedrängten Häuflein überlebender Flüchtlinge und der Tür standen. Dann verblaßte das Licht und schrumpfte von dem blendenden Strahlen zu dem gelben Lichtfleck einer einfachen Fackelflamme zusammen.

Rudy wußte, daß die Dunklen verschwunden waren. Er spürte es mehr, als er es wußte. Es war keiner von ihnen mehr in den Kellergewölben, keiner in dem Haus über ihnen. Als er Ingold zu der Tür folgte, hallten ihre Schritte hohl in den unbelebten Schatten des Korridors, und er spürte die Leere, die sich um ihn herum in die Dunkelheit ausstreckte. Ob sich die Dunklen vor Ingolds Zorn zurückgezogen oder sich einfach nur, gesättigt vom Töten der Nacht, aufgelöst hatten, das wußte er nicht. Und es spielte auch im Grunde keine Rolle. Daß sie verschwunden waren, war alles, was zählte. Er war in Sicherheit. Er hatte die Nacht überlebt.

Bei dieser Erkenntnis überkam ihn eine Müdigkeit, als wäre mit einem Schlag alle Stärke aus seinem Körper entwichen. Er taumelte und stützte sich haltsuchend an die Mauerwand. Ingold schritt weiter zu der geborstenen Türschwelle, wo sich drei Gestalten aus der Linie der Wachsoldaten gelöst hatten und wartend in einem Rahmen aus Holz- und Eisentrümmern dastanden. Unter dem Schmutz und Schleim des vorangegangenen Kampfes erkannte Rudy Alwir, Janus und Bischöfin Govannin.

Wortlos trat der Kommandant der Garde von Gae vor, fiel vor dem Zauberer auf die Knie und küßte seine narbenbedeckte Hand. Angesichts dieser Geste der Ergebenheit wechselten der Kanzler und der Bischof über den gebeugten Rücken des Wachsoldaten hinweg einen

Blick, in dem sich Mißbilligung und rätselhaftes Mißtrauen mischten. Der Widerhall im leeren Gang brachte die Worte des Kommandanten zurück. »Wir dachten, Ihr wäret verschwunden.«

Ingold berührte den gebeugten Kopf des Mannes und hob ihn dann, die Augen fest auf Alwir geheftet, auf. »Ich habe geschworen, daß ich Tir an einen sicheren Ort bringen würde«, entgegnete er ruhig, »und das werde ich tun. Nein, ich war nicht verschwunden. Ich war lediglich – im Gefängnis.«

»Im Gefängnis?« Janus' dichte Brauen zogen sich über seinen braunen, wilden Augen zusammen. »Auf wessen Befehl?«

»Der Haftbefehl war nicht unterschrieben«, sagte der Zauberer mit seiner allersanftmütigsten Stimme. »Er war nur mit dem Siegel des Königs verschlossen. Jeder, der dazu Zugang hatte, kann es getan haben.« Das Licht der heruntergebrannten Fackel in seiner Hand flakkerte in den erschöpften Höhlen umschatteter Augen. »Die Zelle war mit der Kettenrune versiegelt.«

»Der Gebrauch dieser Dinge ist ungesetzlich«, mischte sich die Bischöfin mit einem ausdruckslosen Blick ihrer schwarzen Echsenaugen ein und verschränkte ihre dürren Skelettarme. »Und es wäre ein Narrenstück, etwas Derartiges in solchen Zeiten anzuordnen.«

Alwir schüttelte den Kopf. »Ich habe einen solchen Befehl ganz gewiß nicht besiegelt«, erklärte er mit verwunderter Stimme. »Und was die Rune betrifft – es hieß immer, es gäbe eine irgendwo in der Schatzkammer des Palastes in Gae, aber ich hatte immer geglaubt, es sei nur eine Legende. Ich bin nur dankbar, daß Ihr Eure Flucht rechtzeitig bewerkstelligen konntet, um uns zu Hilfe zu kommen. Eure Verhaftung war offensichtlich ein Irrtum von irgendeiner Seite.«

Der Blick des Zauberers wanderte vom Gesicht des Kanzlers zu dem der Bischöfin, doch alles, was er sagte, war: »Offensichtlich.«

Viel später am Vormittag desselben Tages ging Rudy den Weg zu der Zelle zurück, die jetzt leer war und offenstand. Es war seine Absicht, das dunkle Siegel an sich zu nehmen und heimlich in einen Brunnen zu werfen. Aber obgleich er ohne große Mühe die Stelle wiederfand und in den staubigen Knochen in der Nische kramte, war ihm offensichtlich jemand zuvorgekommen, denn er konnte das Siegel nicht finden.

Achtes Kapitel

»Wird sie sich wieder erholen?«

»Wenn es keinen Wundbrand gibt am Arm.«

Die Stimmen drangen eigenartig in Gils Ohr, wie etwas in einem Traum Gehörtes. Und wie vom Grunde eines Brunnens konnte sie weit hinaufblicken, und in weiter Ferne sah sie Alwirs hochgewachsene Gestalt, die die Sonne verdeckte wie eine Wolke. Neben ihm stand der Eisfalke, leicht und kühl wie der Wind. Aber das Brunnenwasser, in dem sie lag, war Schmerz, kristallklarer, schimmernder, brennender Schmerz.

Alwirs melodische Stimme fuhr fort: »Wenn er brandig wird, wird sie ihn verlieren.«

Und der Eisfalke fragte: »Wo ist Ingold?«

»Wer weiß? Er hat eine besondere Begabung, im richtigen Augenblick zu verschwinden.

Zum Teufel mit ihm, dachte Gil ohnmächtig. *Zum Teufel mit ihm, zum Teufel mit ihm* . . . Alwir entfernte sich, und ein Sonnenstrahl bohrte sich ihr in die Augen wie ein Messerstich. Sie zuckte mit dem Kopf zur Seite, und die Bewegung zerrte qualvoll an der aufgedunsenen Masse aus Schmerz, in die die Knochen ihres linken Armes eingehüllt waren. Sie weinte Tränen des Schmerzes und der Verzweiflung.

Auf der Höhe des Fiebers träumte sie, und im Traum sah sie ihn. Von dem dunklen Ort aus, an dem sie sich befand, konnte sie in die hell erleuchtete Küche ihrer Wohnung in der Clarke Street sehen. Auf ihrem Tisch war ein muffiges Durcheinander aus alten Kaffeetassen und Papierbögen, und die halbfertige Arbeit lag im ganzen Zimmer verstreut wie durcheinandergewehte Blätter im Herbst. Ihr schien, als müßte sie nur einen Schritt hinuntertun, um dorthin zu gelangen, als würden einige Schritte genügen, sie von hier nach Hause zur Universität, zum ruhigen Studentenleben, zu ihren Freunden und der Sicherheit ihrer Zeit und ihrer Heimatwelt zurückzubringen. Sie hörte das gedämpfte Klingeln des Telefons dort und wußte, daß es eine ihrer Freundinnen war, die versuchte, sie zu erreichen, wie sie es die vergangenen zwei Tage häufig getan hatte. Sie würden sich Sorgen machen – und bald würden sie anfangen, sie zu suchen. Der Gedanke an den Schmerz und die Angst ihrer Freunde um sie quälte Gil fast ebensosehr wie der verwundete Arm, und sie versuchte, in die Küche zu gelangen, um den Telefonhörer abzunehmen, aber sie stellte fest, daß Ingold ihr im Weg stand. Die

Kapuze auf dem Kopf, das Schwert schimmernd wie mattes Feuer, tauchte er, eine dunkle, vom Wind zerzauste und verwehte Gestalt, vor ihr auf. Wie sie sich auch drehte und wendete, er stand ihr immer im Weg und drängte sie zurück. Schließlich begann sie in hilfloser Wut zu schreien: »Laß mich gehen! Laß mich gehen!« Dann zerrte ein Windstoß an ihm und verwandelte seinen braunen Mantel in eine Wolke schwarzer Schatten, und an seiner Stelle schwebte ein Dunkler in der strudelnden Luft. Sie versuchte, fortzurennen, doch er war schon über ihr; sie versuchte, mit dem Schwert, das plötzlich in ihren Händen lag, zu kämpfen, doch als sie nach ihm schlug, schnappte plötzlich sein riesiges, geiferndes Maul nach ihr und hinterließ eine Spur von Säureschleim auf ihrem Arm, der sich tief ins Fleisch einbrannte, bis sie vor Schmerz aufschrie.

In diesem Augenblick sah sie ihren Arm, nur Knochen und zerfetztes Fleisch. Sie sah die Hand, die ihn berührte, die zerfleischte Muskelmasse formte und knetete. Im Traum erinnerte es sie an einen Mann, der Kitt knetete oder verschiedenfarbigen Ton verarbeitete. Es war Ingolds Hand, gekerbt und gezeichnet von alten Narben und schwielig vom Führen des Schwertes – und da stand er, müde und schäbig, die Augen hell, mit schwarzen Ringen der Erschöpfung. Sie schlug mit der gesunden Hand nach ihm, schleuderte ihm schluchzend Beschimpfungen entgegen, weil er sie nicht zurückgehen lassen wollte, weil er sie hier in die Falle gelockt hatte; sie verfluchte ihn und sträubte sich gegen seinen starken, sicheren Griff. Dann verblaßte auch dieser Teil des Traumes, und tiefe Dunkelheit umfing sie.

Von den Stufen des Rathauses aus beobachtete Rudy, wie die Mächtigen des Reiches, die noch am Leben waren, zur Beratung zusammenkamen. Es war jetzt früher Nachmittag, und trübe Wolken waren heraufgezogen und hatten das Tageslicht grau gefärbt. Sie türmten sich schwer über den Bergen auf wie Vorboten des Untergangs. Er hatte gegessen, geschlafen und den Soldaten und denjenigen Überlebenden der nächtlichen Schrekken, die noch in der Lage waren, die grausige Aufgabe zu übernehmen, geholfen, die blutleeren Leichen und zerfleischten Knochen aus dem blutigen Schlamm des Platzes fortzuschaffen. Jetzt fror er und war müde, und er fühlte sich elend an Leib und Seele. Selbst nachdem das Schlimmste beseitigt war – die hoffnungslosen, verrenkten Kadaver, die einst lebende Menschen gewesen waren –, bot der Platz den Anblick völliger Verwüstung. Im Schlamm verstreut und zertrampelt lagen die erbärmlichen Überreste der Flucht – Kleidungsstücke, Kochgeschirr, zerrissene und schlammverschmierte Bücher, aus Gae gerettet von Menschen, die nun keine Verwendung mehr dafür haben würden. Während der Bestattungsarbeiten an diesem Vormittag hatte Rudy ein kleines Vermögen an Juwelen zwischen den Haufen von Unrat und Schlamm gefunden – Wertsachen, die auf der verzweifelten, hoffnungslosen Suche nach einer

Zuflucht in der vergangenen Nacht achtlos fallengelassen worden waren.

Karst war eine Stadt der Toten. Die Menschen stolperten blind vor Erschöpfung, Gram oder Entsetzen durch die Straßen. Gedämpftes Schluchzen und Seufzen war heute in der Stadt ebenso allgegenwärtig wie am Tag zuvor der Rauch von Holzfeuern und der Gestank. Die Häuser, die von Menschen übergequollen waren, standen jetzt zu drei Vierteln leer. Die Menschen begegneten sich auf ihren ziellosen Wanderungen auf der Straße, stellten aber nicht die Frage: *Was nun*, denn sie wagten es nicht.

Gute Frage, dachte Rudy trocken.

Was nun, da die Dunklen überall waren, da er verbannt war in ein vollkommen fremdes Universum, sich versteckte und herumirrte, bis irgend etwas – die Dunklen, die Kälte, der Hunger, die Pest oder was auch immer – ihn erwischte, bevor er es schaffte, in die Sicherheit seiner eigenen Welt zurückzukehren? Und wer konnte sagen, wie lange es bis dahin dauern würde? Vielleicht wußte es nicht einmal Ingold. Und abgesehen davon, was geschah, wenn wieder jemand auf die Idee kam, Ingold einzusperren, und niemand sich fand, ihn zu befreien? Oder was, wenn jemand ihn selbst ins Gefängnis sperrte? Es war immerhin möglich – er war ein Fremder, mit den Sitten nicht vertraut, kannte die Gesetze nicht, die ihn in einen dieser zugemauerten Verschläge bringen konnten, an denen er in der vergangenen Nacht vorübergekommen war. Zum Teufel, er kannte nicht einmal die Sprache, wenn man es einmal genau betrachtete.

Rudy war sich der Tatsache bewußt, daß er noch kein Wort Englisch gesprochen hatte, seitdem er sich in dieser Welt befand. Wie es kam, daß er das Wathe, die gängige Sprache des Reiches, verstand, ganz zu schweigen vom Sprechen, darüber hatte er nicht einmal eine Vermutung. Aber Ingold hatte gesagt, daß er es einrichten würde, damals in Kalifornien, als er den Alten noch für einen harmlosen Irren gehalten hatte. Rudy fand, daß das ein beachtlicher Zauber war für einen Mann, den Alwir als so etwas wie einen herumstreunenden Gaukler bezeichnet hatte.

Sein Blick fiel auf Ingold und Alwir, die den Platz zusammen überquerten – gewiß eine ungute Gemeinschaft. Der Kanzler schritt aus, umweht von seinem weiten, dunkelrot geflammten Umhang, an seinen rehledernen Handschuhen glitzerten blutrote Rubine; neben ihm schlurfte Ingold, auf seinen Stab gestützt, wie ein alter Mann daher. Der Himmel mochte wissen, woher, aber der Zauberer hatte tatsächlich sowohl seinen Stab als auch sein Schwert zurückbekommen.

Als die beiden Männer die Treppe hinaufstiegen, wehte Ingolds starke, rauhe Stimme mit dem typischen samtenen Unterton zu Rudy herüber. ». . . starren uns ins Gesicht, uns allen. Unser Leben, unsere ganze Welt hat sich verändert, und es wäre töricht von uns, das zu bestreiten. Alle Machtgefüge haben sich geändert, und weder durch Intrigen noch durch Magie, Macht oder Glauben können wir bewahren, was wir einmal errungen hatten.«

Alwir erwiderte mit seiner tiefen, wohlklingenden Stimme: »Und wie steht es mit Euch, mein Freund? Die Zauberkunst hat ebenfalls versagt. Wo ist Euer Erzmagier jetzt? Und der Rat von Quo? Eure vielgepriesene Magie . . .«

Gemeinsam gingen sie, die rote und die braune Gestalt, ins Innere des Hauses. *Da hat er sich etwas eingebrockt*, dachte Rudy müde. *Ich bin vielleicht ungebildet, aber dumm bin ich nicht. Als Flüchtlingslager oder Sammelpunkt der Zivilisation hat diese Stadt ausgespielt*. Er betrachtete den stillen Platz. Gestern noch hätte man hier den Quadratmeter für fünfhundert Dollar verkaufen können. Heute war es ein Bankrottgeschäft, Schlamm, der aus Erde, Regen und vergossenem Blut bestand.

Er erkannte einige der Leute, die den Platz auf dem Wege zur Beratung überquerten. Es waren die Adeligen oder Vornehmen des Reiches, die ihm – Himmel, war das wirklich erst gestern gewesen? – gezeigt worden waren, als er, noch vollkommen ohne Sorgen, durch Karst gewandert war und die Lage erkundet hatte. Er erkannte ein paar Landherren, die dem verstorbenen König zu Hilfe geeilt und später von Gae nach Karst geflohen waren – ein junger blonder Surfertyp und ein großer, von zahlreichen Narben gezeichneter Knabe, der aussah wie John Wayne in der Rolle des Sherriffs von Nottingham – Janus, der Kommandant der Wachsoldaten, in sauberer schwarzer Uniform, aber zugerichtet wie ein irischer Wachtmeister nach einer Freitagabendschlägerei, mit einem blauen Auge und einer tiefroten Scharte auf der einen Gesichtshälfte. Dann folgten die Bischöfin Govannin, schwer auf den Arm eines Priesters gestützt, und ein paar niedergeschlagen dreinblikkende ortsansässige Kaufleute, die aus dem Schwarzhandel mit Lebensmitteln und Wasser Profit gezogen hatten, als die Knappheit die Preise in die Höhe getrieben hatte.

Rudy blickte zum Brunnen hinüber und musterte prüfend den Winkel des Schattens, den er warf. Die Beratung konnte den größten Teil des Nachmittags andauern – sie mußten sich den nächsten Schritt einfallen lassen, bevor die Nacht hereinbrach. Rudy fragte sich, ob er Ingold erwischen würde, wenn alles vorbei war, ob es einen Weg gab, zurückzukehren, ohne daß ihm alle Dunklen der Welt durch das Nichts folgten. Vielleicht hatte der Erzmagier, Lohiro von Quo, eine Vorstellung – er war schließlich ein größerer Zauberer als Ingold –, wenn sie den Knaben überhaupt finden konnten.

Doch dann entdeckte er auf dem Platz ein vertrautes Gesicht, und seine Gedanken wandten sich anderen Dingen zu. Sie war jetzt, statt in das einfache weiße Gewand von gestern, in schwarzen Samt gekleidet, und ihr Haar war geflochten und kunstvoll aufgesteckt, was sie ein paar Jahre älter erscheinen ließ. Sie erinnerte ihn an einen jungen Apfelbaum in seiner ersten Blüte, zart und schwerelos und anmutig wie eine Tänzerin.

Er sprang auf, stieg die Treppe hinunter und ging ihr entgegen. »Wie ich sehe, geht es dir gut«, sagte er. »Es tut mir leid, daß ich nicht selbst gekommen bin, um dich zu holen, aber zu diesem Zeitpunkt hatte ich keinen anderen Gedanken mehr, als ein ruhiges Eckchen zu finden und darin zu schlafen.«

Sie lächelte ihn schüchtern an. »Ist schon gut. Die Männer, die Alwir schickte, hatten keine Schwierigkeiten, die Stelle zu finden. Und nach allem, was du letzte Nacht getan hast, hätte ich mich sicher geschämt, wenn du deinen Schlaf eingebüßt hättest, um mich zu holen und sicherzustellen, daß ich nicht wieder in Schwierigkeiten geriet.« Sie sah müde und abgespannt aus, noch zerbrechlicher als am Abend zuvor; Rudy hatte den Eindruck, daß er sie mit einer Hand hätte hochheben können. Sie fuhr fort: »Ich verdanke dir mein Leben und mehr noch Tirs Leben.«

»Na ja, ich würde immer noch behaupten, daß es eine Wahnsinnstat war. Ich sollte meinen Kopf untersuchen lassen, dafür, daß ich dir nachgerannt bin.«

»Ich habe schon einmal gesagt, daß du mutig bist.« Sie lächelte spöttisch. »Jetzt kannst du es nicht mehr leugnen.«

»Und wie ich das tue.« Rudy grinste breit.

In den Winkeln ihrer dunkelblauen Augen bildeten sich kleine, spöttische Lachfältchen. »Obwohl du mir die Treppe hinauf gefolgt bist?«

»Ach, zum Teufel, ich konnte dich schließlich nicht allein gehen lassen.« Er blickte sie einen Augenblick lang ernst an, und ihm fiel wieder das Entsetzen der winddurchwehten offenen Galerie und der finsteren Kellerlabyrinthe ein. »Du mußt das Kind sehr gern haben, daß du seinetwegen dort hinaufgegangen bist.«

Sie nahm seine Hand, und ihre schlanken Finger fühlten sich warm an in dieser flüchtigen Berührung. »Ja, das habe ich«, sagte sie einfach. »Tir ist mein Sohn. Wenn nur ich gestern nacht gestorben wäre, hätte das für niemanden mehr eine Bedeutung gehabt. Aber ich werde dir immer dafür dankbar sein, daß du ihn gerettet hast.«

Sie wandte sich ab und stieg die Treppe hinauf, und ihre Bewegungen hatten die quecksilbrige Leichtigkeit einer Tänzerin. Als sie an den Wachen vorbeischritt, verneigten sie sich zum ehrerbietigen Gruß. Dann verschwand sie im Schatten der mächtigen Türen, und Rudy blieb mit vor Staunen offenstehendem Mund im Schlamm des Platzes zurück.

Der Hof der Garde am entlegenen Ende der Stadt hatte einst als Stallhof irgendeines großen Landhauses gedient. Die übertrieben aufwendigen Wappenschilder über dem Torhaus und den Fenstergesimsen verrieten Gils geübtem Blick Neureichtum und den gewaltigen Minderwertigkeitskomplex der gesellschaftlichen Aufsteiger. Sie konnte von den düsteren blauen Schatten der Behelfsbaracke, in der sie auf einem harten Lager aus Stroh und geliehenen Umhängen lag und Qualen der Erschöpfung und gerade erst überwundener Schmerzen litt, den größten Teil des Hofes überblicken, der jetzt in kühles Nachmittagslicht getaucht war.

Das Tageslicht war nicht vorteilhaft für den Platz. Der Schuppenanbau, der sich auf drei Seiten des Hofes an die Steinmauer anschloß, war in provisorische Barackenunterkünfte verwandelt worden, und Ausrüstung, Waffen und Schlafrollen von ungefähr siebzig Wachsoldaten lagen achtlos zwischen den Futterballen aufgehäuft. Der Schlamm in der Mitte des Platzes war glitschig und übelriechend. In einer Ecke neben einem Brunnen kochte jemand Hafergrütze, und die Rauchschwaden, die der Wind herübertrug, brannten Gil in den Augen. Auf dem schmutzigen freien Stück in der Mitte waren etwa dreißig Soldaten, schlammbespritzt bis zu den Augenbrauen, in Kampfübungen begriffen.

Und sie waren gut. Selbst Gil erkannte mit ihrem ungeübten Blick ihre Gewandtheit und Standfestigkeit; es waren Berufssoldaten, eine Eliteeinheit. Sie wußte, daß sie alle in der vergangenen Nacht gekämpft hatten und daß die meisten von ihnen, wie sie, aus diesem Kampf Verwundungen davongetragen hatten. In den Wirren der vergangenen Nacht war ihr aufgefallen, daß sich unter den Toten nur wenige Gardisten befanden, und jetzt verstand sie, warum: die Geschwindigkeit, Zähigkeit und Reaktionsschnelligkeit wurde ihnen antrainiert, bis die Bewegung des Schlagens-Ausweichens-Parierens von Angriff und Verteidigung so automatisch geschah wie das Zurückzucken der Hand vor einem Feuer. Sie trainierten mit Holzschwertern ähnlich den japanischen *Shinai*, Waffen, die den Gegner weder töten noch verstümmeln konnten, die aber häßliche Blutergüsse hinterließen. Niemand trug ein Panzerhemd, und nirgends war ein Schild zu entdecken. Gil beobachtete sie voll ehrfürchtiger Bewunderung, die ihren Ursprung in aufkeimendem Begreifen hatte.

»Was hältst du davon?« fragte eine kühle Stimme. Sie sah auf und erkannte den Eisfalken, der, undeutlich in dem fahlen Zwielicht, an ihrem Bett stand.

»Davon?« Sie deutete auf die Gestalten, die sich im Hof bewegten und von denen das gedämpfte Klappern von Holz, das auf Holz prallte, herüberdrang. Er nickte, die hellen Augen ausdruckslos. »Ihr braucht es, um vollkommen zu sein, nicht wahr«, sagte sie, indem sie den anmutigen, schnellen, fast tänzerischen Bewegungen der Kämpfenden mit den Blicken folgte. »Und das ist es auch. Die vollkommene Beherrschung.«

Der Eisfalke zuckte die Achseln, doch in den silbernen Tiefen seiner Augen schimmerte Nachdenklichkeit. »Wenn du nur einen einzigen Schlag hast«, bemerkte er, »mußt du vollkommen sein. Wie geht es deinem Arm?«

Sie wollte nicht an die Schmerzen denken und schüttelte müde den Kopf. »Es war dumm von mir«, sagte sie. Auf dem Verband, der durch den zerfetzten Ärmel des Hemdes, das einem Getöteten gehört hatte, zu sehen war, zeigten sich schmutzigbraune Flecken. »Ich war müde; es hätte nicht passieren dürfen.«

Der hochgewachsene junge Mann lehnte sich an die Wand und hakte die Daumen hinter den Schwertgürtel, eine Geste, die sie schon häufig bei den Gardisten beobachtet hatte. »Du warst nicht schlecht«, erklärte er. »Du bist sehr geschickt, du hast Talent. Ich hatte eigentlich nicht geglaubt, daß du die erste Nacht durchhalten würdest. Neulinge schaffen es gewöhnlich nicht. Du hast den Instinkt zum Töten.«

»Was?« rief sie, mehr überrascht als entsetzt aus, obwohl sie bei näherer Betrachtung das Gefühl hatte, daß sie entsetzter hätte sein müssen, als es der Fall war.

»Ich meine es ernst«, sagte der Eisfalke mit seiner ausdruckslosen, gedämpften Stimme. »Bei meinen Leuten gilt das als Kompliment. Zu töten heißt, den Kampf zu überleben. Zu töten heißt, daß man einen sehr starken Lebenswillen hat.« Er blickte in den grauen Nachmittag hinaus und faltete die langen, schmalen Hände über dem aufgestützten Knie. »Hier im Reich hält man solche Ansichten für verrückt. Vielleicht ist dein Volk auch der Meinung. Es heißt auch, daß die Gardeoffiziere verrückt seien; und vielleicht haben die Leute, aus ihrer Sicht betrachtet, recht.«

Vielleicht, dachte Gil. *Vielleicht*.

Für einen Außenstehenden mußte es so aussehen, gewiß. Dieses Streben, dieses Verlangen traf selten auf Verständnis, ebensowenig, wie Rudy verstehen konnte, warum sie um der furchtbaren, abstrakten Freuden des Wissenschaftsstudiums willen ihrer Familie den Rücken gekehrt hatte. In gewisser Weise war es dieselbe Art von Verrücktheit.

Ein kleiner, kahlköpfiger Mann bewegte sich durch das Gewirr der Kämpfenden und beobachtete alles mit funkelnden braunen Koboldsaugen. Dicht hinter Seya blieb er stehen, kratzte sich den kurzgestutzten braunen Bart und verfolgte ihre Anstrengungen gegen einen anderen Gardisten von ungefähr ihrer Größe und ihrem Gewicht. Sie führte einen Schlag und parierte; als sie zum nächsten Angriff ansetzte, trat er leichtfüßig einen Schritt vor und schlug ihr beide Beine unter dem Körper weg, so daß sie gänzlich unfeierlich im Schlamm landete. »Festeren Stand«, mahnte der kleine Mann, dann wandte er sich ab und entfernte sich. Seya raffte sich langsam wieder auf, wischte sich den Schmutz aus dem Gesicht und wandte sich wieder ihrem Gegner zu.

»Es gibt nur sehr wenige«, fuhr der Eisfalke mit leiser Stimme fort, »die das verstehen. Sehr wenige, die diesen Instinkt für das Leben haben, dieses Verständnis für den Glanz der Vollkommenheit. Vielleicht ist das der Grund, warum es immer nur wenige Gardeoffiziere gegeben hat.« Er blickte auf sie hinunter; das Licht tanzte auf seinen schmalen Gesichtsknochen. »Willst du ein Mitglied der Garde werden?«

Gil spürte, wie ihr die Röte langsam ins Gesicht stieg und ihr Puls schneller wurde. Sie zögerte lange, bevor sie antwortete. »Du meinst, ob ich hierbleiben und Gardesoldat werden will?«

»Uns fehlen viele Leute.«

Sie schwieg wieder, doch eine aufgeregte Spannung nahm von ihren Muskeln Besitz, und Verwirrung erfaßte ihr Herz. Sie beobachtete den kleinen, bärtigen, kahlköpfigen Mann im Hof, der unbekümmert zwischen schwingenden Holzklingen umherging, einem hochgewachsenen Wachsoldaten mitten im Schlag parierte, mit fast übernatürlicher Genauigkeit im richtigen Moment zurückwich und dann seinen Weg fortsetzte, um das nächste Opfer zu belehren. Endlich sagte sie: »Ich kann nicht.«

»Wirklich?« war alles, was der Eisfalke darauf erwiderte.

»Ich kehre zurück. In mein Land.«

Er sah auf sie hinunter und zog die farblosen Augenbrauen hoch.

»Es tut mir leid«, murmelte sie.

»Gnift wird es auch leid tun, das zu hören«, sagte der Eisfalke.

»Gnift?«

Er deutete auf den kahlköpfigen Mann auf dem Platz. »Er ist der Lehrmeister der Garde. Er hat dich in Gae in den Vorratskellern und letzte Nacht während des Kampfes beobachtet. Er sagt, aus dir könnte etwas werden.«

Sie schüttelte den Kopf. »Wenn ich bliebe«, sagte sie, »wäre es nur eine Frage der Zeit, bis ich sterben würde.«

»Das ist immer nur eine Frage der Zeit«, entgegnete der Eisfalke. Aber du hast recht.« Er blickte auf, als ein Schatten unter dem niedrigen Schindeldach auftauchte.

»Hallo, Gil.« Rudy setzte sich auf einen Heuballen neben ihrem Lager. »Es heißt, du seist verwundet worden. Ist es schlimm?«

Sie zuckte die Achseln und stöhnte unwillkürlich auf bei dieser Bewegung. »Ich werde am Leben bleiben.« In dem düsteren Licht sah Rudy heruntergekommen und jämmerlich aus, seine bemalte Jacke war nur noch ein Fetzen aus Schlamm und verkohltem Schleim, das lange Haar vom Schweiß verfilzt, doch er hatte es fertiggebracht, irgendwo ein Rasiermesser aufzutreiben, und hatte keine Bartstoppeln mehr wie am Tag zuvor. Sie überlegte, daß sie nicht viel vorteilhafter aussehen konnte.

»Sie haben die Beratung abgebrochen«, berichtete er, während er den nassen, trostlosen Hof mit aufmerksamen Blicken überflog. »Ich nehme an, daß Ingold irgendwo in der Nähe ist, und ich finde, es ist höchste Zeit, daß wir mit ihm über unsere Heimkehr reden.«

Auf der anderen Seite des Hofes trat eine kleine Menschengruppe aus den Schatten des hohen Torhauses hervor. Alwir, Govannin von Gae, Janus, der Kommandant der Garde, und der hünenhafte, narbengezeichnete Landherr, den jemand als Tomec Tirkenson, Landherr von Gettlesand im Südwesten, bezeichnet hatte. Im Grau des trüben Tages wirkte der Umhang des Kanzlers wie ein großer, dunkelroter Blutfleck, und seine volltönende Stimme wurde deutlich zu den drei Menschen in die Baracke getragen. ». . . Frau wird alles glauben, bevor sie zulassen würde, daß ihr Kind stirbt. Ich behaupte nicht, daß er ein anderes Kind gegen den Prinzen ausgetauscht *hätte*, wäre der Prinz von den Dunklen getötet worden – nur, daß es für ihn ein Leichtes gewesen wäre, es zu tun.«

»Zu welchem Zweck?« fragte die Bischöfin mit ihrer trockenen Stimme, die klang wie die von der Wüstensonne ausgedörrten Knochen eines Tieres. Unter seinem weißen Verband stieg Janus die Zornesröte ins Gesicht. Selbst aus dieser Entfernung sah Gil das gefährliche Glitzern in den rotbraunen Augen dieses bärenstarken Mannes.

Alwir zuckte die Schultern. »Ja wirklich, zu welchem Zweck?« sagte er beiläufig. »Aber ein Mann, der den Prinzen gerettet hat, würde ein wesentlich größeres Ansehen genießen als ein Mann, dem es nicht gelungen ist, ihn zu retten, um so mehr, als immer deutlicher wird, daß seine Zauberkunst wenig Wirkung auf die Dunklen hat. Die Dankbarkeit einer Königin kann sehr förderlich sein für den Aufstieg eines Mannes in einer neuen Regierung. Kanzler des Reiches ist kein schlechter Posten für einen Mann, der das Licht der Welt als Sklave in Alketch erblickt hat.«

Janus, dem der Zorn deutlich ins Gesicht geschrieben stand, wollte etwas entgegnen, doch in diesem Augenblick berührte der Eisfalke, der aus der Hütte getreten war und ohne Eile den Platz überquert hatte, den Kommandanten am Ärmel und lenkte seine Aufmerksamkeit von dem Einwand, der ihm hätte gefährlich werden können, ab. Sie unterhielten sich eine Weile ruhig, und Alwir und Govannin hörten ihnen mit mäßiger Neugier zu. Gil sah, wie die lange, schmale Hand des Eisfalken in ihre Richtung deutete.

Alwir hob gemessen die Augenbrauen. »Nach Hause?« fragte er überrascht mit seiner tiefen, melodiösen Stimme, die deutlich über den ganzen Hof zu hören war. »Ich habe etwas anderes gehört.«

Es stand außer Frage, von wem die Rede war. Gil wurde kalt vor Schreck. Sie warf die Umhänge, unter denen sie lag, von sich, sprang auf und ging mit unsicheren Schritten quer über den Hof auf das Grüppchen zu. In ihrem Arm pulsierte der Schmerz bei jedem Schritt. Alwir sah ihr entgegen und wartete, einen Ausdruck nachdenklicher Berechnung in den tiefen, kornblumenblauen Augen.

»Was habt Ihr gehört?« fragte Gil.

Wieder hoben sich die Augenbrauen, und er maß ihr schmutziges, heruntergekommenes Äußeres, das sich schäbig ausnahm gegen seine makellose Vornehmheit, mit kaltem Blick, der wortlos sein Bedauern über die Art von Menschen ausdrückte, die Ingold seine Freunde nannte. »Daß Ingold Euch nicht in Euer Land zurückkehren lassen kann oder will. Sicher hat er mit Euch darüber gesprochen.«

»Warum nicht?« fragte Rudy. Er war Gil unbemerkt auf den Fersen gefolgt.

Alwir zuckte die Achseln. »Fragt ihn. Das heißt, wenn er sich noch in Karst aufhält – plötzliches Erscheinen und Verschwinden ist seine

Spezialität. Ich habe ihn nicht mehr gesehen, seit er die Versammlung verlassen hat, und das ist schon eine ganze Weile her.«

»Wo ist er?« fragte Gil ruhig. Es war das erste Mal, daß sie mit Alwir sprach, das erste Mal, daß der hochgewachsene Kanzler auch nur flüchtig Notiz von ihr nahm, und dennoch verband sie, abgesehen von ihrem Verdacht, wer Ingolds Festnahme angeordnet hatte, ein ungutes Gefühl mit seiner Person.

»Mein Kind, ich habe nicht die leiseste Ahnung.«

»Er hatte im Torhaus Unterkunft genommen«, brummte Landherr Tirkenson und deutete mit seiner großen, schmutzigen Hand zu der schmalen Befestigung, die sich über das Hoftor spannte. »Ich habe nichts davon gehört, daß er die Stadt verlassen hat.«

Gil machte wortlos kehrt und eilte auf die winzige Tür, die zu der Torhaustreppe führte, zu.

»*Gil-shalos*!« Alwirs Stimme hielt sie zurück. Ungewollt blieb sie, gebannt von dem herrischen Ton in seiner Stimme, stehen. Sie stellte fest, daß ihr Atem so schwer ging, als wäre sie gerannt. Der Wind wehte den Umhang des großen Mannes auf, und die Blutrubine glitzerten an seinen Händen. »Ohne Zweifel hat er gute Gründe für sein Handeln – die hat er immer, mein Kind. Aber nehmt Euch in acht vor ihm. Was er tut, tut er für seine eigenen Ziele.«

Zum ersten Mal sah Gil Alwir gerade in die Augen, als hätte sie nie zuvor sein Gesicht deutlich gesehen. Sie betrachtete seine stolzen, sinnlichen Züge, als wolle sie sie sich für immer einprägen: die leicht nach unten gezogenen, geschwungenen Lippen, die seine Verachtung für alle unter ihm Stehenden offenbarten, die Arroganz in der Haltung seines Kinns und den erbarmungslosen Egoismus in seinen glitzernden Augen. Sie bebte am ganzen Körper vor unterdrücktem Zorn, und in den Händen spürte sie plötzlich die Erinnerung an den festen Griff um den Schwertknauf. »Alle Menschen verfolgen ihre eigenen Ziele, verehrter Herr Alwir«, entgegnete sie ruhig. Darauf kehrte sie ihm abrupt den Rücken und schritt, von Rudy gefolgt, davon.

Alwir blickte ihr nach, bis sie in der schmalen, schwarzen Öffnung der Tür zum Torhaus verschwunden war. Er hatte den Haß in Gils Augen erkannt, doch er war an den Haß der Geringeren gewöhnt. Er schüttelte bedauernd den Kopf und schob den Gedanken an sie von sich.

Weder Gil noch Rudy sprachen ein Wort, während sie die schwarze, gewundene Treppe hinaufstiegen. Sie führte in einen Raum, der kaum breiter war als der Eingangsflur und genau über dem Tor selbst lag; windschiefe Fenster mit Butzenscheiben ließen nur die weiße Kälte des Lichts eindringen und vermittelten einen verschwommenen Eindruck von Farben und Formen. Das Gebäude war als Wohnung für den Torwächter bestimmt gewesen, wurde nun aber als Lagerplatz für die Lebensmittelvorräte der Garde benutzt. Säcke mit Weizen- und Hafermehl waren an den Wänden aufgereiht wie Sandsäcke auf einem Deich, dazwischen mit einer dunkelroten Wachsschicht umhüllte Käseräder. Über einen niedrigen Stapel dieser Vorräte auf der anderen Seite des Zimmers waren eine Decke und ein Fellteppich geworfen worden; am Fußende dieses einfachen Lagers war ein zusammengerolltes kleines Bündel mit allerlei Krimskrams, darunter ein frisches Gewand, ein Buch und ein Paar blaue Strickhandschuhe. Ingold saß reglos wie ein Stein im einzigen Stuhl, den es im Zimmer gab, neben dem Südfenster. Im kalten, weißen Lichtschein, der durch das Fenster hereindrang, wirkte er wie auf einer Schwarzweißphotographie, die tiefen Linien des Alters und der Erschöpfung, die sich von den Augen zu den zottigen Schläfen zogen, traten mit unbarmherziger Schärfe hervor, und die Narben auf seinen Händen warfen kleine Schattenkerben.

Gil setzte zum Reden an, dann sah sie, daß sein Blick auf einem Kristall ruhte, den er vor sich auf das Fensterbrett gelegt hatte. Er starrte auf die Mittelfacette des Edelsteins, als suche er ein Bild im Herzen des Kristalls.

Er sah zu ihnen auf und lächelte. »Kommt herein«, forderte er sie auf.

Sie stiegen vorsichtig über das Durcheinander im Raum und bahnten sich einen Weg zu dem kleinen freien Stückchen Fußboden vor dem Bett des Zauberers. Dann nahmen sie auf Säcken und kleinen Fäßchen Platz.

Gil ergriff das Wort. »Alwir hat mir gesagt, Sie schicken uns nicht zurück.«

Ingold seufzte, wandte den Blick aber nicht vor ihrem anklagenden Gesicht ab. »Ich fürchte, er hat recht.«

Sie holte tief Atem, in ihr rangen Schmerz, Angst und Grauen miteinander. Sie drängte alle Gefühle unter eine Schicht innerer Ruhe, die sie nicht wagen konnte, zu durchbrechen, zurück und fragte tonlos. »Gilt das für immer?«

»Für ein paar Monate«, erwiderte der Zauberer.

Langsam ließ sie den Atem wieder entweichen, doch der verhaltene Atemzug löste nicht ihre innere Spannung. »In Ordnung.« Sie erhob sich zum Gehen.

Seine Hand schoß vor und schloß sich um ihr Handgelenk wie eine Schlange. »Setzen Sie sich«, bat er leise. Sie versuchte, ihm den Arm zu entziehen, aber seine Hand war sehr stark. »Bitte.« Sie wandte sich kalt und zornig zu ihm um; doch als sie ihn anblickte, sah sie etwas in seinen blauen Augen, das sie niemals zu sehen erwartet hatte – daß ihr Zorn ihn verletzte. Es erschütterte sie bis ins tiefste Innere. »Bitte, Gil.«

Einen Augenblick lang verharrte sie so, auf Armlänge von ihm entfernt. Seine Finger waren um ihr Handgelenk geschlossen, als befürchtete er, daß er sie niemals wiedersehen würde, wenn er sie jetzt losließe. *Und vielleicht*, dachte Gil, *hätte er damit recht*. Wieder sah sie das Bild ihrer Fieberträume vor sich: warme, helle Bilder von einem anderen Leben, einer anderen Welt, von ihren Freunden und der Wissenschaft, die ihr Lebensinhalt hatte werden sollen, all das fern von ihr und von einem dunklen, furchtbaren Wesen bewacht, das ebensogut ein Dunkler wie

Ingold hätte sein können. Sie sah ihre Pläne, Forschungen und Beziehungen unwiderruflich in einen Abgrund der Abwesenheit stürzen. Zorn stieg in ihr auf wie trockene, lautlose Hitze.

Hinter ihr ertönte Rudys unbehagliche Stimme. »Ein paar Monate sind eine lange Zeit für ein Spielchen mit den Dunklen, Mann.«

»Es tut mir leid«, entgegnete Ingold, doch seine Augen wichen nicht von Gil.

Sie schüttelte, bebend von der Anstrengung, die es sie kostete, ihren Zorn ab. Ohne seine Stütze fiel alle Anspannung von ihr ab. Ingold zog sie sanft auf das Bett neben seinem Stuhl herunter. Sie leistete keinen Widerstand.

»Ich hätte vor der Beratung mit Ihnen reden sollen«, erklärte Ingold ruhig. »Ich hatte befürchtet, daß das geschehen würde.«

Gil sagte noch immer kein Wort, doch Rudy äußerte seine Vermutung. »Sie sagten gestern morgen etwas dergleichen, als Sie mit der Garde nach Gae aufbrachen. Daß wir, wenn die Dunklen auftauchten, vielleicht nicht zurück könnten.«

»Das stimmt«, bestätigte Ingold. »Ich habe es die ganze Zeit über befürchtet. Ich habe Ihnen schon einmal gesagt, Gil, daß unsere Welten sehr dicht beieinander liegen. So dicht, daß ein Träumer unbeabsichtigt die Linie überschreiten kann, so wie Sie es getan haben. So dicht, daß ich schnell von einer Welt in die andere gelangen kann, wie ein Mensch, der hinter den Faltenwurf eines Vorhangs tritt. Mit der Zeit wird die Entfernung wieder größer werden, da die Verbindung zwischen den Welten irgendwann endet. Zu diesem Zeitpunkt wird es, Dunkle hin oder her, sicher genug sein, euch zurückzuschicken.

Das Nichts ist mir unterschwellig stets gegenwärtig, so wie mir das Wetter immer gegenwärtig ist. Als ich es das erste Mal durchquerte, um in Ihrer Wohnung mit Ihnen zu sprechen, stellte ich fest, daß seine Beschaffenheit in der Nähe des Tores, das ich geöffnet hatte, schwächer wurde. Schon damals regte sich die Furcht in mir. Die Dunklen können das Nichts nicht begreifen, aber ich glaube, daß ihnen in diesem Augenblick zum ersten Mal seine Existenz bewußt wurde. Und danach lagen sie auf der Lauer. Als ich das zweite Mal das Nichts durchquerte, nachdem ich der Schlacht im Palast von Gae entkommen war, spürte ich die Anwesenheit des einen Dunklen, der mir folgte. Die Öffnung, die ich gemacht hatte, zog eine ganze Reihe von Schwächungen des Nichts nach sich. Die meisten davon hätten einem Menschen keinen Durchschlupf geboten, aber die Dunklen mit ihrer wandelbaren stofflichen Erscheinung konnten sich zumindest eine der Schwachstellen zunutze machen. Darum habe ich versucht, euch zum Verlassen der Hütte zu bewegen, Gil. Aber natürlich wart ihr beide zu starrsinnig, um zu gehen.«

»*Ich* war starrsinnig?« begann Gil empört. »Sie waren es, der starrsinnig war . . .«

»He, Mann, wenn Sie mir die Wahrheit gesagt hätten . . .«

»Ich habe Ihnen die Wahrheit gesagt«, erklärte der Zauberer. »Sie haben mir nur nicht geglaubt.«

»Na ja . . .« Sein unverständliches Gebrummel endete in Schweigen.

Ingold fuhr fort: »Gestern schien es mir noch einigermaßen sicher, euch zurückzuschicken, als die Dunklen noch fünfzehn Meilen entfernt in Gae waren. Heute ist es ganz ausgeschlossen. Der eine Dunkle, der mir gefolgt ist, hat ihre Wachsamkeit für das Nichts erheblich gesteigert. Und sie wissen jetzt, daß es in der Welt auf der anderen Seite Menschen gibt.«

»Woher wollen Sie das wissen?« Die Faßdauben knarrten, als Rudy die Füße hochzog und überkreuzte und die säurezerfressenen Ellbogen auf die Knie stützte. »Der eine, der Ihnen gefolgt ist, ist drüben gebraten worden. Er ist nie zurückgekehrt, um seinen Bericht abzuliefern.«

»Das mußte er nicht«, wandte sich Ingold an Gil. »Sie haben in der vergangenen Nacht gesehen, wie die Dunklen kämpfen, die Geschwindigkeit, mit der ihre Körper sich bewegen und den Standort wechseln. Ich weiß nicht genau, wie die Verständigung zwischen ihnen funktioniert, aber ich glaube, wenn einer von ihnen etwas lernt, wissen es dann alle. Wenn wir die Beschaffenheit des Nichts schwächen, so daß einige von ihnen euch folgen können, wäre es nur eine Frage der Zeit, bis sie lernen, die Tore zum Nichts selbst zu schaffen – wenn sie sich, wie ich vermute, ihre Kenntnisse nicht kumulativ, sondern simultan aneignen.

Als Wächter des Nichts habe ich die Verantwortung. Zum gegenwärtigen Zeitpunkt kann ich eure Welt nicht der Gefahr aussetzen, indem ich euch zurückschicke.«

In die Stille, die auf seine Worte folgte, wehte Janus' Stimme leise, vermischt mit dem deutlichen, metallischen Klappern von Hufen auf Kopfsteinpflaster, herüber. Irgendwo bellte ein Hund. Abendliches Zwielicht senkte sich auf die geschundene Stadt, und in dem kleinen Raum wurde es allmählich dunkel.

Rudy fragte: »Was können wir also tun?«

»Warten«, entgegnete Ingold. »Warten, bis der Winter vorüber ist und unsere Welten sich so weit voneinander entfernt haben, daß eine Rückkehr gefahrlos ist. Oder warten, bis ich mit dem Erzmagier Lohiro gesprochen habe.«

Gil hob den Kopf. »Sie haben ihn schon einmal erwähnt.«

Der Zauberer nickte. »Er ist der Meister des Rates von Quo, der oberste Zauberer der ganzen Welt. Sein Begreifen unterscheidet sich von meinem, und seine Macht ist größer. Wenn uns irgend jemand helfen kann, dann ist er es.

Bevor die Dunklen in Gae hervorbrachen, vor der Nacht, in der ich mich an Sie gewandt haben, Gil, habe ich mit Lohiro gesprochen. Er erzählte mir, daß sich der Rat der Zauberer, ja, alle Magier der Westlichen Welt in Quo versammeln würden. Magie ist Wissen. Indem wir alle Magie, alles Wissen, alle Macht vereinigen, könnten wir vielleicht einen

Weg finden, die Dunklen zu vernichten. Und bis es soweit ist, sagte er, ›werde ich Quo in den Mauern der Luft einschließen und eine Festung daraus machen, die keine Dunkelheit durchdringen kann. Hier werden wir sicher sein, und von dieser Festung aus werden wir im Licht wieder erscheinen.‹« Als er diese Worte zitierte, verloren seine Augen ein wenig von ihrer Härte, und er nahm den Klang und die Betonung der Stimme eines anderen Mannes an.

»Und seit dieser Zeit, meine Kinder, habe ich nichts mehr gehört. Ich habe gesucht . . .« Er berührte den Kristall, der neben seinem Ellbogen auf dem Fensterbrett lag, und die Facetten blitzten im matten Lichtschein auf. »Manchmal ist mir, als könnte ich die Umrisse der Berge über der Stadt oder Forns Turm durch den Nebel erkennen. Aber ich habe keine Nachricht erhalten, weder von Lohiro noch von einem anderen Zauberer. Sie sind umgeben von Zaubersprüchen, umgeben von magischen Täuschungen. Und daher müssen sie gesucht werden – und nur ein Zauberer kann sie suchen.«

Gil sagte leise: »Dann werden Sie uns also verlassen?«

Ingolds Blick zuckte wieder zu ihr zurück und wurde leuchtender und weniger abwesend. »Nicht sofort«, erklärte er. »Aber wir werden Karst verlassen. Morgen bei Tagesanbruch führt Alwir das Volk südwärts über den Sarda Paß zur alten Festung von Dare in Renweth. Vielleicht habt ihr gehört, daß wir in der Ratsversammlung davon gesprochen haben – es ist die ehemalige Festungsanlage, die vor Tausenden von Jahren, zu der Zeit, als die Dunklen sich zum ersten Mal erhoben, von den Menschen der alten Reiche gegen die Dunklen erbaut wurde. Es wird eine lange und anstrengende Wanderung. Aber in Renweth werdet ihr in Sicherheit sein, sicherer als an irgendeinem anderen Ort dieser Welt.

Ich werde den Zug nach Renweth begleiten. Obgleich ich nicht mehr als Mitglied der Regierung betrachtet werde, bin ich noch immer an das Wort gebunden, das ich Eldor vor seinem Tode gegeben habe. Ich habe versprochen, Tir an einen sicheren Ort zu bringen, und ich werde und muß mein Versprechen halten, ob es Alwir gefällt oder nicht. Ich fürchte, meine Kinder, ihr habt euch mit einem Ausgestoßenen eingelassen.«

»Alwir kann mir gestohlen bleiben«, fuhr Gil auf.

Ingold schüttelte den Kopf. »Der Mann hat seine Vorzüge«, sagte er. »Aber er findet mich – unfügsam. Auf dem Weg nach Renweth wird Tir ständig Gefahr von den Dunklen drohen. Ich kann ihn nicht allein lassen. Aber Renweth wird für mich nur eine Zwischenstation sein, die erste Etappe einer längeren Reise.«

»Hören Sie«, warf Rudy nach kurzem Nachdenken ein. »Wenn wir Sie nach Quo begleiten, könnten Sie uns nicht von dort aus zurückschicken? Wenn es so sicher ist, müßte es der Ort sein, zu dem die Dunklen nicht vordringen können.«

»Das ist wahr«, pflichtete Ingold bei. »Wenn ihr es bis Quo schaffen würdet. Ich würde euch die Reise nicht empfehlen. Selbst in der Blütezeit des Reiches würden es nur wenige Menschen wagen, die Hochebene und die Wüste im Winter zu durchqueren. Es sind fast zweitausend Meilen durch trostloses Land. Zusätzlich zu den Dunklen würden uns die Weißen Räuber bedrohen, barbarische Wanderstämme, die seit Jahrhunderten blutigen Krieg in den abgelegenen Gebieten des Reiches verbreiten.«

»Aber Sie gehen doch auch«, wandte Rudy ein.

Ingolds derbe, narbenbedeckte Finger spielten mit dem Kristall auf dem Fensterbrett. »Und vielleicht wäret ihr in meiner Begleitung sicher. Aber glaubt mir, die Chance, eure Welt wiederzusehen, ist weitaus größer, wenn ihr in der Feste von Dare bleibt.«

Gil schwieg, die knochigen Hände um die Knie geschlungen, und starrte in das trübe Zwielicht des Torhauses. Sie versuchte, sich diese Festung in den Bergen vorzustellen, die Wochen und Monate allein dort, ohne eine Menschenseele zu kennen, isoliert, wie sie es immer gewesen war. Sie biß die Zähne zusammen. »Sie werden aber zu uns zurückkommen, nicht wahr?«

»Ich habe euch gegen euren Willen in diese Welt gebracht«, erwiderte Ingold fest. Seine Hände ruhten auf ihren, und die Wärme seiner Berührung durchrieselte sie, wärmte sie, wie jedesmal, durch ihre Lebendigkeit. »Und wenn es nur aus diesem einen Grund ist, so bin ich doch verantwortlich für euch. Vielleicht weiß Lohiro euch eine bessere Antwort zu geben als ich. Vielleicht kann er sogar mit mir zur Feste zurückkehren.«

»Ja?« fragte Rudy zweifelnd. »Aber was ist, wenn Sie die Zauberer nicht finden können? Wenn sie sich so fest eingeschlossen haben, daß nicht einmal Sie hineingelangen können? Was ist, wenn – angenommen der Erzmagier ist tot?« Er hatte das eigentlich nicht sagen wollen, da Ingold seinen Plan auf der festen Überzeugung aufzubauen schien, daß Lohiro am Leben war, doch Ingolds Stirnrunzeln drückte eher Nachdenklichkeit aus als Angst oder Ärger.

»Es ist möglich«, sagte Ingold langsam. »Ich habe daran gedacht, ja, aber – ich würde es wissen, wenn Lohiro tot wäre.« Das letzte bißchen Zwielicht fing sich in seinen borstigen weißen Augenbrauen, die sich über der Nasenwurzel zusamenzogen. »Der Zauberring, der Quo umschließt, würde es vielleicht verbergen – aber ich glaube, ich würde es wissen. Ich weiß, daß es so ist.«

»Wie ist das möglich?« fragte Rudy neugierig.

»Ich würde es einfach wissen. Weil er der Erzmagier ist und ich ein Zauberer bin.«

»Hat Alwir Sie darum aus der Ratsversammlung ausgeschlossen?« fragte Gil, der die kalten Augen der Bischöfin und die Art, wie Alwir am Tor unten von Ingold gesprochen hatte, durch den Kopf ging. »Weil Sie ein Zauberer sind?«

Ingold schüttelte lächelnd den Kopf. »Nein«, erwiderte er. »Zwischen

Alwir und mir herrscht eine alte Feindschaft. Ihm hat meine Freundschaft mit Eldor nie behagt. Und ich fürchte, er wird mir nie verzeihen, daß ich recht hatte mit meiner Ankündigung der drohenden Gefahr für Karst. Wie ihr vielleicht gemerkt habt, hat Alwir nie viel von dem Vorschlag gehalten, den Rückzug in die Festungen anzutreten. Die Festungsanlagen sind zum größten Teil sicher vor den Dunklen, aber beschränkt in ihrem Wirkungsbereich. Sich dorthin zurückzuziehen wird bedeuten, daß das Reich unwiderruflich zersplittert und Tausende von Jahren menschlicher Zivilisation zunichte gemacht werden. In einer isolierten Gesellschaft, in der Warenverkehr und Kommunikation auf die Dauer des Tageslichtes beschränkt sind, ist ein solchen Schicksal unvermeidlich; die Kultur wird verfallen, Engstirnigkeit um sich greifen; der Gesichtskreis der Menschen wird von der weltoffenen Toleranz aller menschlichen Bedürfnisse zu kleinmütigem Spießertum verkommen, das nicht über die eigenen Grenzen hinausblicken kann. Wie Sie aus Ihren eigenen Forschungen wissen, Gil, bringt die private Rechtsprechung eine Unzahl von Rechtsmißständen hervor. Die Kirche wird, ist sie erst einmal dezentralisiert, degenerieren, ihre Priester und Theologen werden nur noch geweihte Schreiberlinge und Spender der Sakramente an eine zänkische, abergläubische Landbevölkerung sein. Ich fürchte, daß auch die Zauberkunst Schaden erleiden wird, indem sie mehr und mehr von kleinlichem Hokuspokus verdorben wird und den Blick für die eigentlichen Lehren verliert. Alles, was eine geordnete Wissenseinheit erfordert, wird verschwinden – die Universitäten, die Medizin, die Vermittlung jeglicher Form von Wissenschaft.

Eldor war Wissenschaftler, und er erkannte es; er wußte, was früher geschehen war, wußte es aus seinen eigenen Erinnerungen an die langen Jahre voller Aberglauben, Finsternis und kleingeistiger Angst der Menschen, denen das Unbekannte immer bedrohlich erschienen war. Alwir und Govannin sehen es kommen, und sie wissen, daß nichts ihnen die vereinigte Macht wiederbringen kann, wenn sie sie erst einmal verloren haben.

So könnte es also sein, daß Quo unsere einzige Hoffnung ist.«

Rudy legte neugierig den Kopf schief. »Hat Alwir nicht einen Plan erwähnt – etwas von Verbündeten, um die Brutstätten der Dunklen zu vernichten? Ist das immer noch im Gespräch?«

»Ja, das ist es«, erwiderte Ingold trocken. »Er hat Boten in das große Reich Alketch im Süden geschickt, die Unterstützung für seine Pläne erbitten sollen, und ich zweifle nicht daran, daß er sie bekommen wird.«

Der ausdruckslose, verhaltene Ton in seiner Stimme überraschte Rudy, und er blickte von dem Kristall auf, den er gedankenverloren in den Händen drehte, um die letzten schwindenden Sonnenstrahlen damit einzufangen. »Scheint keine schlechte Idee zu sein«, bemerkte er.

Ingold zuckte die Achseln. »Das wäre es nicht«, sagte er, »gäbe es nicht zwei Dinge zu bedenken. Das erste ist, daß unsere Gesellschaft, ob wir es nun ableugnen oder nicht, so gut wie zerbrochen ist. Selbst wenn wir die Dunklen zurücktreiben, welche neue lichte Welt werden wir erringen? Ich habe in meinem Kristall und auch mit anderen Mitteln gesehen, daß die Verwüstungen durch die Dunklen im Süden wesentlich geringer sind als hier. Alketch ist noch immer ein starkes Reich. Sie können uns in Alwirs Feldzug unterstützen, und wenn dann die Überreste unseres Heeres der ganzen Wucht der Verluste ausgesetzt waren, werden sie zur Stelle sein und bereitwillig von dem entvölkerten und wehrlosen Land Besitz ergreifen. Alwir hat dann den Tod gegen Sklaverei eingetauscht – und es gibt unterschiedliche Ansichten darüber, welches das schlimmere Schicksal ist.«

Die blauen Augen glitzerten unter den dichten Brauen. »Ich kenne Alketch, versteht ihr«, fuhr der Zauberer ruhig fort. »Das Reich im Süden trachtet schon seit langem nach unseren nördlichen Ländern. Ich kenne Alketch, und ich kenne die Dunklen.

Alwir kann eine Menge sagen über die vielen Dinge, für die mein Wort die einzige Bestätigung ist. Er hat recht. Was die Dunklen betrifft, ist *mein* Wort die einzige Bestätigung, jetzt, da Eldor tot und der einzige männliche Erbe des Hauses Dare zu jung zum Sprechen ist. Und ich weiß, daß ein Einfall in die Brutstätten der Dunklen zum Scheitern verurteilt ist.

Ich war in einer ihrer Brutstätten. Ich habe die Dunklen in ihren unterirdischen Städten gesehen.«

Der Zauberer lehnte sich mit dem Rücken an die Wand. Der Raum versank allmählich in Dunkelheit. Seine Stimme war ruhig und nüchtern, als er seine Zuhörer an einen anderen Ort, in eine andere Zeit führte.

»Vor langer Zeit war ich Dorfzauberer in einer Ortschaft, oh, drüben in Gettlesand. Es war ein recht großer Ort, aber nicht so groß, daß es dem Herrn von Gettlesand eingefallen wäre, dort nach mir Ausschau halten zu lassen. Tatsächlich war ich untergetaucht, aber das gehört zu einer anderen Geschichte.

Die Dooer ziehen in jenem Teil des Landes frei in Herden umher. Sie ziehen die weiten Ebenen vor, doch sie haben ihre Verstecke in den Bergen, und manchmal sind sie überrascht worden, als sie kleine Kinder fortgeschleppt haben. Eine der Töchter des Bürgermeisters meines Dorfes war verschwunden, und ich folgte ihr und der Bande ihrer Entführer eine Nacht und einen Tag lang tief in die Berge hinein. Es war in einer Höhle, im Vorgebirge einer Gebirgskette in der Wüste, wo ich zum erstenmal einen Dunklen erblickte. Es war Nacht. Das Wesen ließ sich von der Decke der Höhle fallen, an der es gehangen hatte, und verschlang einen alten Dooer, der dort Unterschlupf gesucht hatte. Der Dunkle bemerkte mich nicht.

Nun hatte ich aus alten Büchern, die ich gelesen hatte, und aus uralten Legenden, die mein Lehrer Rath, ebenso wie diesen Edelstein, an mich weitergegeben hatte, einiges über die Dunklen erfahren. Mir war klar, daß dies ein Dunkler sein mußte, der überlebt hatte, und mir kam der Gedanke, daß Gruppen dieser Wesen, die einst die Menschheit überwältigt und dann wieder verschwunden waren, noch immer im Schutz von Bergen und Wüsten verborgen leben mochten. Und weil ich unverbesserlich wißbegierig bin und immer war, folgte ich dem Dunklen durch die Nacht, durch Erdtunnel, so steil, daß ich mich an Wänden und am Boden festklammern mußte, um nicht kopfüber in die schwarze Finsternis zu stürzen. Damals dachte ich, die Zahl der Dunklen hätte sich so sehr verringert, daß sie zu ihrem Schutz dort leben mußten, als armseliges Überbleibsel einer Macht, die einst das Gesicht der Welt geprägt und der Entwicklung der Zivilisation eine andere Richtung gegeben hatte.

Ich folgte dem kleinen Dunklen – er kroch über die Erde und war nur etwa so groß–« hier machte er eine erklärende Handbewegung, »– kriechend, kletternd und stolpernd bemüht, ihn nicht aus den Augen zu verlieren, immer tiefer ins Erdinnere hinein. Und stellt euch vor, in diesem Augenblick taten mir die verschwundenen Dunklen fast leid in ihrer Verbannung, wie ich dachte. Dann wurde der Tunnel vor mir breiter, und vor meinen Augen lag ihre – Stadt.«

Die Stimme des alten Mannes hatte einen hypnotischen Klang, und seine Augen waren blicklos in die Ferne gerichtet. »Natürlich war es vollkommen dunkel«, fuhr er gleich darauf fort. »Ich sehe sehr gut im Dunklen. Die Höhle unter mir muß wohl eine Meile weit in die Erde gereicht haben. Der Tunnel, in dem ich lag, überblickte sie, und ich konnte das andere Ende der Höhle, das tief unter mir in den Schatten lag, kaum erkennen. Die Tropfsteine, die von der Decke herunterhingen, wimmelten, soweit mein Auge reichte, von Dunklen, waren schwarz von ihren Leibern. Das Prasseln ihrer Klauen auf dem Kalkstein klang wie Hagel. Und unten an der Felswand zu meiner Rechten befand sich auf Fußbodenhöhe ein Eingang zu einem weiteren Tunnel, ungefähr so hoch, daß ein Mensch hätte hindurchschlüpfen können. Dort herrschte ein ständiges Kommen und Gehen aus noch tieferen Tiefen. In diesem Augenblick wußte ich, daß unter der Höhle eine weitere ebensogroße oder größere lag und darunter vielleicht noch eine. Und das war nur eine Stadt, meilenweit entfernt von jeglicher Zivilisation, mitten in der Wüste, wahrscheinlich nicht einmal ihre größte Stadt.« Die Erinnerung vertiefte die Linien, die die Jahre und das entbehrungsreiche Leben in sein Gesicht gegraben hatten. Er sah aus wie ein Prophet aus dem Alten Testament, mit der Gabe des Wissens um den Niedergang der Menschheit versehen, aber unfähig, etwas dagegen zu tun. Rudy wußte, daß er nicht diesen Raum, ihn und Gil sah, sondern die endlosen Höhlen der Dunkelheit, und daß er von neuem die entsetzliche Wirkung dieser ersten Erkenntnis verspürte, daß unter der Erde noch unvorstellbar große Horden von Dunklen existierten – nicht in der Verbannung, nicht aus einer Notwendigkeit heraus, sondern weil es die von ihnen gewählte Heimat war. Und es gab nichts, was sie daran hindern konnte, aufzusteigen, wie sie es schon einmal getan hatten.

Rudys Stimme brach das Schweigen, das auf den Bericht des Zauberers gefolgt war. »Sie sagen, sie wären überall an der Decke der Höhle gewesen«, wandte er ein. »Was aber war auf dem Fußboden?«

Ingolds Blick traf ihn, und seine Augen waren fast dunkel in der Erinnerung und fast zornig, daß Rudy ihm diese Frage stellte – zornig, daß er es schon halb erraten hatte. »Sie haben ihre – Herden«, sagte er widerstrebend, und er hätte es dabei belassen, wenn nicht die Augen des jungen Mannes ihn aufgefordert hätte, weiterzusprechen, »mutiert, angepaßt, von Inzucht gezeichnet, nachdem sie zahllose Generationen lang im Dunklen gelebt hatten. Damals erkannte ich, daß die Menschen ihre natürliche Beute waren.«

»Darum also die Treppen«, murmelte Rudy nachdenklich vor sich hin. »Die Dunklen brauchen keine Treppen – sie haben keine Füße. Sie konnten die Dooer hinuntertreiben in . . .«

»Es waren keine Dooer«, fiel ihm Ingold ins Wort. »Es waren – gewissermaßen Menschen.« Angewidert von der Erinnerung, schauderte er. »Aber versteht ihr, meine Kinder, alle Heere der Welt würden nicht ausreichen, Alwirs Plan durchzuführen. Ein Feldzug wird lediglich die bestehende Kampfkraft des Reiches schwächen und zu wenige Soldaten zurücklassen, um die Türen der Häuser gegen das Reich Alketch – oder gegen die Dunklen – zu beschützen.

Die Alternative dazu, nämlich der Rückzug in die Festungen und der Niedergang der Zivilisation in der Hoffnung, daß eines Tages die Bedrohung durch die Dunklen vorüber sein wird, ist kaum eine verlockendere Aussicht, aber ich kann im Augenblick beim besten Willen keinen dritten Weg erkennen. Selbst Alwir mußte gezwungenermaßen zugeben, daß wir nicht einfach vor ihnen fliehen können, und es ist nicht anzunehmen, daß die Dunklen plötzlich Vegetarier werden.

Ihr sehr also«, schloß er ruhig, »daß ich Lohiro finden muß, und zwar schnell. Wenn ich ihn nicht finde, haben wir die Wahl zwischen zwei Katastrophen. Die Magie hat ihr Wissen lange Zeit in einem abgelegenen Turm an den Ufern des Westlichen Meeres gesammelt. Sie hat, fern der Welt, gelehrt, experimentiert, im stillen Mittelpunkt des bewegten Kosmos geruht – Macht gewirkt um der Vollkommenheit der Macht willen, Wissen um der Vollkommenheit des Wissens. Nichts ist dem Zufall überlassen – es gibt keine zufälligen Ereignisse. Vielleicht hat die gesamte Geschichte der Magie vom Anbeginn in Forns Turm an nur diesem Zweck gedient: uns vor den Dunklen zu retten.«

»Wenn ihr das gelingt«, sagte Rudy leise, indem er ihm den Edelstein reichte.

»Wenn es ihr gelingt«, pflichtete Ingold ihm bei. Die Dunkelheit hatte sich herabgesenkt. Regen fiel auf die verwüstete Stadt Karst herunter, wirbelte die dunkle Oberfläche der Pfützen im Schlamm des Hofes auf und bildete dunkle Flecken auf den Balken und Strohdächern der Barakkenanbauten. Ein schneidender Wind wehte von den Bergen herunter und peitschte Gils nassen Umhang um ihre Knöchel, als sie mit Rudy den Hof überquerte.

»Drei Monate«, seufzte Rudy und hob den Kopf im Regen, um die Zerstörung in der Stadt und die Zerstörung der Zivilisation, die sie erbaut hatte, zu betrachten. »Himmel, wenn uns die Dunklen nicht erwischen, werden wir in dieser Zeit erfrieren.«

Gedämpftes Donnergrollen klang herüber wie fernes Artilleriefeuer. Gil suchte Schutz vor dem Regen und der Dunkelheit in den Baracken und blickte Rudy nach, der über den Hof auf den Schein eines überdachten Feuers zuging, das die allgemeine Essensverteilung ankündigte. Wie dunkle, geheimnisvolle Schatten bewegte sich die Garde darum, die Bruderschaft des Schwertes, deren beschmutzte schwarze Umhänge mit dem Emblem ihrer Gemeinschaft, dem weißen vierblättrigen Kleeblatt, gezeichnet waren. Durch das Trommeln des Regens drangen die Stimmen der Männer zu ihr herüber.

Kräftige Hände umschlangen von hinten ihre Schultern. Eine farblose Stimme sagte schmeichelnd: »*Gil-shalos*?« Sie betrachtete die Hände, die dicht an ihren Wangen lagen: lange, schmale Finger, gezeichnet von den Narben und Schwielen des Schwertkampfes. Hinter den Umrissen eines schwarzen Umhangs und den Endfransen weißer Zöpfe erkannte sie ein schmales Gesicht und kühle, nüchterne Augen. Zwei weitere Gestalten stellten sich zu ihrer Rechten und Linken auf.

Mit einer Geste gutgespielter Leidenschaft ergriff der Schwertmeister Gnift ihre Hand und drückte sie an seine Brust. »O Perle meines Herzens«, begrüßte er sie, und Gil brach in Gelächter aus und entzog ihm die Hand. Sie hatte noch nie mit dem Lehrmeister gesprochen, war im Gegenteil eher eingeschüchtert gewesen, wenn sie ihn im Training mit der Garde gesehen hatte. Doch sein scherzhafter Ton nahm ihr die Verlegenheit und milderte die Bitterkeit in ihrem Herzen. Seya zu ihrer Rechten schwieg, doch auf ihrem hageren Gesicht lag ein Lächeln. Offenbar kannte sie Gnifts kokette Spielchen schon lange.

»Was willst du?« fragte Gil, die sich das Grinsen nicht verbeißen konnte, ein wenig schüchtern und doch seltsam vertraut. In der kurzen Zeit ihrer Bekanntschaft hatten Seya und der Eisfalke – und jetzt offenkundig Gnift – sie um ihrer selbst willen akzeptieren gelernt. Selten hatte sie sich so geborgen gefühlt, nicht einmal im Kreise ihrer Freunde an der Universität.

Der Widerschein des fernen Feuers tauchte die glatte Rundung von Gnifts Kopf – seine Glatze sah aus wie eine Tonsur, denn an den Seiten wuchs das Haar voll bis fast auf die Schultern – in einen rötlichen Schimmer. Unter den vorspringenden Brauen waren seine Augen strahlend, flink und sehr lebendig. Ruhig beantwortete er ihre Frage: »Dich.«

Und mit einer galanten Bewegung brachte er ein Bündel zum Vorschein, das er vorher halb hinter dem Rücken versteckt gehalten hatte. Gil öffnete es und fand einen verblichenen schwarzen Umhang, Hemd und Hose aus grobem Wollstoff, einen Wappenrock und einen Gürtel, in dem ein Dolch steckte. Alle Gegenstände trugen das weiße, vierblättrige Kleeblatt.

Neuntes Kapitel

Die ganze Nacht über hielten Mitglieder der verschiedenen militärischen Einheiten Wache in der Stadt, doch kein Laut schlug gegen die Außenmauern als das gleichmäßige Trommeln des Regens. Nach ihrer Abendessensration, bestehend aus Haferbrei und Käse, nahm Gil mit den Gardeoffizieren der ersten Wachmannschaft ihren Platz im Rathaus ein. Die Flüchtlinge, die in dieser mächtigen, halbleeren Höhle Schutz gesucht hatten, verneigten sich ebenso ehrerbietig vor ihr wie vor den anderen Gardisten. Rudy sah ihre Veränderung, als er später in den rauchverhangenen, düsteren Raum trat. Es erstaunte ihn, denn seine Erfahrungen mit Frauen hielten sich in engen Grenzen. »Das nenne ich an der vordersten Front verstecken«, bemerkte er.

Gil grinste. Sie stellte fest, daß Rudys Meinung über sie wesentlich weniger Bedeutung für sie hatte als vorher. »Wir stehen alle an vorderster Front«, entgegnete sie gleichmütig. »Wenn ich schon da stehe, so doch wenigstens mit einer Waffe in der Hand.«

»Hast du gesehen, wie sie trainieren?« Er schauderte geziert.

»Für die Sicherheit, die es bietet, ist der Preis nicht hoch.«

Aber sie wußten beide, daß das nicht der Grund war, warum sie Gnifts Angebot, sich der Eliteeinheit anzuschließen, angenommen hatte.

Am frühen Abend herrschte in dem großen Raum reges Leben, doch es fehlte die lärmende Streitsucht, die bezeichnend für die vergangenen Tage gewesen war. Das Gemetzel in Karst hatte den Geist derjenigen, die es überlebt hatten, gebrochen, hatte ihnen, ebenso wie ihren Regierenden, ins Bewußtsein gerufen, daß es kein Entrinnen und kein sicheres Versteck gab.

Dennoch war Rudy erstaunt, zu sehen, wie viele überlebt hatten. Einige von ihnen erkannte er sogar wieder: da war der dicke Mann, der in der vergangenen Nacht einen Gartenrechen als Waffe getragen hatte, und die beiden kräftigen alten Frauen, mit denen er am Tag zuvor im Wald geredet hatte; drüben in der Ecke sah er die kleine Bande strohblonder Kinder, die über der schlafenden Frau wachten, die sie offensichtlich zu ihrer Beschützerin auserkoren hatten. Vereinzelte Flüchtlinge, die sich den ganzen Tag über im Wald verborgen gehalten hatten, kamen, ebenso wie Menschen, die von ihren in anderen Gebäuden untergebrachten Familien getrennt worden waren, einzeln und in Zweiergrüppchen in die Halle. Von ihrem Standort an der Tür konnten Gil und Rudy sehen, wie sie die Halle betraten, alle Altersstufen, vom Teenager bis zum hinfälligsten Alten; sie traten ein, bewegten sich langsam zwischen den kleinen Grüppchen, die damit beschäftigt waren, ihre armselige Habe zusammenzuschnüren, und musterten prüfend ihre Gesichter. Manchmal, wenn auch selten, fand ein Suchender denjenigen, den er suchte, und dann gab es Tränen und besorgte Worte, Fragen und gewöhnlich noch mehr Tränen. Häufiger gingen die Suchenden unverrichteterdinge wieder hinaus. Ein korpulenter Mann, in den schmutzigen Fetzen einer einstmals anständigen Jacke und Hose aus feinem Wollstoff, streifte fast zwei Stunden lang durch die Halle, dann ließ er sich auf einen Haufen vergessener und nutzloser Gerätschaften an der Tür sinken und weinte hemmungslos, als wolle ihm das Herz brechen.

Als Seya, die grauhaarige Gardistin, mit verzerrter, finsterer Miene aus dem Schatten der großen Treppe zu ihnen trat, war Rudy aufs äußerste niedergeschlagen und von Kälte geschüttelt. »Weiß einer von euch, wo Ingold zu finden ist?« fragte sie ruhig. »Oben liegt ein kranker Mann – wir brauchen seinen Rat.«

»Er müßte noch im Torhaus sein«, mutmaßte Gil.

»Ich werde nachsehen«, erbot sich Rudy. Er überquerte den Marktplatz, auf dem das Licht der Fackeln den vom Regen aufgewühlten Schlamm ungleichmäßig vergoldete. Der alte Brunnen war bis zum Rand mit Wasser gefüllt, das in kleinen ebenholzschwarzen Wellen auf der windabgewandten Seite überschwappte. Der eisige Wind schnitt ihm unter dem nassen, schweren Saum des Umhangs, den er irgendwo aufgetrieben hatte, in die Beine. Nicht einmal die Dunklen würden sich bei diesem Wetter ins Freie wagen, sagte er sich.

Ein goldener Schimmer zeigte ihm den Weg durch das Tor in den Wachhof. Jemand, der in den ehemaligen Ställen Quartier bezogen hatte, spielte auf einem Saiteninstrument und sang dazu:

»Mein Liebster ist wie ein Frühlingstag,
Ein Falke, der sich in die Lüfte schwingt;
Und ich, eine Taube, folge ihm nach,
Und ziehe die Straßen des Himmels hin . . .«

Es war ein schlichtes Liebeslied mit Worten der Hoffnung und der Heiterkeit, doch die Melodie war erfüllt von Schwermut und qualvollem Schmerz, und die Stimme des Sängers ging im Hämmern des Regens fast unter. Rudy trat in die schmale Türöffnung und tastete sich, geleitet von dem schwachen Lichtschimmer, der von oben herunterdrang, die unwegsame Treppe hinauf. Er traf Ingold allein in der kleinen Kammer an. Der schwache, bläuliche Schein einer Lichtkugel über seinem Kopf tauchte seine Stirn, die Nase und die scharfen Wangenknochen in Licht und ließ den Rest des Raumes im Dunkeln. Vor ihm auf dem Fensterbrett lag der Kristall, in dem sich das Licht buntschimmernd brach und ihn mit einem Flammenring umgab.

Frieden und Stille verschmolzen in diesem Raum. Einen Augenblick lang zögerte Rudy, nicht gewillt, in Ingolds Versunkenheit einzudringen, auf der Schwelle. Er sah die Augen des Zauberers und wußte, daß der alte Mann etwas im Herzen des Kristalls erblickte, hell und klar wie eine winzige Flamme; und er wußte, daß seine Stimme, sein Eindringen, die tiefe, ausströmende Stille, die diese Konzentration möglich machte, zerstören würde. Daher verharrte er, und die Stille des Raumes strömte in sein Herz wie die tiefe Ruhe des Schlafes.

Nach einiger Zeit hob Ingold den Kopf. »Wollten Sie etwas von mir?« Das Licht über seinem Kopf wurde heller und beleuchtete sein zottiges Haar und den Bart, der über sein vorspringendes Kinn wallte, mit einem silbernen Schein; es breitete sich aus, bis es auch die dunklen Umrisse von Säcken und Fässern, verstreute Binsen und Sägemehl auf dem Boden und die zufälligen, unbegreiflichen Runenmuster der Mauerrisse und Schatten an der Decke mit einbezog.

Rudy löste sich bedauernd von der Stille im Raum und nickte. »Drüben in der Halle gibt es einen Krankheitsfall«, erklärte er ruhig. »Sieht schlecht aus, glaube ich.«

Ingold seufzte und erhob sich, indem er sein viel zu großes Gewand ausschüttelte. »Das habe ich befürchtet«, sagte er. Er hob den Kristall auf und verstaute ihn irgendwo an seinem Körper, dann schlüpfte er in seinen dunklen Umhang, zog die Kapuze über den Kopf und schickte sich an, zur Tür zu gehen. Das Licht folgte ihm.

»Ingold?«

Der Zauberer hob fragend das Gesicht.

Rudy hatte das Gefühl, daß seine Frage albern war, und zögerte, doch es trieb ihn, sie zu stellen. »Wie machen Sie das?« Er deutete auf den kleinen Lichthauch. »Wie können Sie Licht erzeugen?«

Der alte Mann streckte ihm seine geöffnete Handfläche entgegen; langsam wuchs das Lichtflämmchen aus seiner Hand empor. »Man weiß, was es ist, und ruft es herbei«, und seine Stimme hing leise, klar und rauh im Raum. Die Helligkeit auf seiner Hand nahm zu, wurde weiß und rein, stärker und immer stärker, bis Rudy nicht länger hinsehen konnte und die Augen abwenden mußte. In diesem Augenblick sah er seinen eigenen Schatten, der riesig und schwarz an das Mauerwerk der Wand geworfen wurde. »Man kennt seinen wahren Namen und weiß, was es ist«, fuhr der Zauberer fort, »und man ruft es bei seinem wahren Namen. Es ist nicht schwerer, als eine Blume zu pflücken, die auf der anderen Seite des Zaunes wächst.« Schatten schoben sich vor das strahlende Weiß, und Rudy wandte den Blick zurück und sah, daß sich die kraftvollen Finger des alten Mannes über dem Licht schlossen. Einen Augenblick lang bohrten sich die Lichtstrahlen durch seine Fingerknochen hindurch, dann ließ die Helligkeit nach und verblaßte bald ganz.

Der schwebende Glühwurm des Hexenlichts, das über Ingolds Kopf geleuchtet hatte, bewegte sich nun vor ihnen her die pechschwarze

Treppe hinunter und verbreitete einen matten Lichtschimmer vor ihren Füßen. »Keine Verbindung mit Quo?« fragte Rudy nach einer Weile.

Ingold lächelte über seine Worte. »Wie Sie sagen, keine Verbindung.«

Rudy blickte zu dem kräftigen, weißhaarigen alten Zauberer zurück, und ihm fiel ein, daß das der Mann war, der den raffinierten Zauber mit den Sprachen bewirkt hatte; er sah Ingold wieder vor Augen, wie er sich den Dunklen in den Kellergewölben entgegengestellt hatte: unbewaffnet, bis auf die taghelle Flamme seiner Macht. »Sind sie alle wie Sie?« fragte er unvermittelt. »Die Zauberer? Andere Zauberer?«

Ingolds Miene verzog sich zu einem Lächeln, das ihm das Aussehen eines gealterten Kobolds verlieh. »Nein, gottlob. Nein. Die Zauberer sind im Grunde eine sehr individualistische Bande. Wir werden geformt durch das, was wir sind, genauso wie Krieger, Dichter oder Bauern – aber wir unterscheiden uns sehr voneinander.«

»Wie ist Lohiro?« Der Erzmagier, Meister des Rates von Quo – Rudy fiel es schwer, sich einen Menschen vorzustellen, den Ingold seinen Meister nannte. Er fragte sich, wie dieser zähe alte Bursche wohl mit dem Lehrmeister aller Zauberer der Welt auskam.

»Ah.« Ingold lächelte. »Das ist eine gute Frage. Nicht zwei Menschen, die ihn kennen, haben darauf dieselbe Antwort. Es heißt, er ist wie ein Drache, nämlich der Kühnste und der Listigste, der Tapferste und der Berechnendste – und wie ein Drache erscheint er denen, die ihm begegnen, als würde er ganz aus Licht und Feuer bestehen. Ich hoffe, daß Sie eines Tages die Gelegenheit haben, sich ein eigenes Urteil zu bilden.«

Sie blieben einen Augenblick in der Türöffnung stehen. Vor ihnen lag der Hof der Wachen, vom strömenden Regen überschwemmt; zu ihrer Linken das Tor und dahinter die aufgewühlte Straße. Der Abfluß in der Mitte brauste wie ein Mühlgraben. Der Erdboden im Hof war nur noch aufgeweichter Schlamm. Rudy fragte: »Mögen Sie ihn?«

»Ich würde ihm mein Leben anvertrauen«, erwiderte Ingold ruhig. »Ich liebe ihn wie meinen Sohn.« Dann wandte er sich ab und tauchte in die Dunkelheit der Straße, eine gebeugte müde Gestalt in seinem Kapuzenumhang. Rudy sah ihm nach, als er in der regengepeitschten Nacht verschwand, und ihm fiel ein, daß Ingold zum ersten Mal geradeheraus auf eine Frage nach seinen persönlichen Gefühlen geantwortet hatte. Der alte Mann ging unter einem erleuchteten Fenster weiter unten auf der Straße vorüber, und im Lichtschein schimmerte die Spitze seiner Kapuze feucht. Es war ein mattes Licht, der sanfte Schein einer einzelnen Kerze oder einer Lampe mit Schirm. Rudys Blick wurde zu dem Fenster hingezogen, und er sah einen undeutlichen Schatten hinter den geteilten Scheiben.

Er kannte dieses Fenster.

Nach kurzem Zögern dachte er, *zum Teufel, warum eigentlich nicht*?

Er trat aus dem Schutz des Tores und eilte durch den Regen die nächtliche Straße hinunter.

Alde blickte überrascht auf, als er an ihre offene Zimmertür klopfte. Dann erkannte sie ihn, und ihre veilchenblauen Augen verdunkelten sich vor Freude. »Hallo.«

»Hallo.« Er trat zögernd in den Raum, die vollkommene Stille im übrigen Haus bereitete ihm Unbehagen. Das Zimmer selbst war ein einziges in Halbschatten getauchtes Durcheinander; Kleider, Bücher und die verschiedenartigsten Ausrüstungsgegenstände lagen auf Sesseln, Bett und Fußboden verstreut; Blutrubine schimmerten matt auf einem Kamm, und daneben lagen ein Paar weiße Handschuhe wie runzelige, offene Hände. Minalde trug das weiße Gewand, in dem er ihr das erste Mal begegnet war; es war offenbar ihre Lieblingskleidung, wie für ihn ein lange getragenes Paar Jeans. Ihr schwarzes Haar fiel ihr offen, in dicken, gewellten Strähnen über die schmalen Schultern. »Ich wollte sehen, ob du vielleicht Hife beim Packen brauchen könntest.«

»Das ist sehr freundlich von dir.« Sie lächelte. »Ich brauche weniger Hilfe als ein zweites Gehirn, fürchte ich. Dieses Durcheinander . . .« Sie deutete mit einer beredten Geste um sich.

Im Flur ertönte das Klappern von Schuhen mit harten Absätzen, und die kleine, rundliche Frau, die Rudy auf der Terrasse gesehen hatte – *Himmel, war das wirklich erst gestern abend*? – kam geschäftig mit einem Stapel leerer Säcke über dem Arm herein und zerrte eine kleine Truhe hinter sich her. Sie bedachte Rudy mit einem vernichtenden Blick, würdigte ihn jedoch keines Wortes. An Alde gewandt, sagte sie: »Das war alles, was ich finden konnte, Hoheit, und meiner Treu, ich glaube, das ist auch alles, wofür wir in der Kutsche Platz haben werden. Das und die große Truhe des edlen Herrn Alwir.«

»Es ist gut, Medda.« Alde lächelte und nahm ihr die Säcke ab. »Es ist ein Wunder, daß du das alles aufgetrieben hast in diesem Durcheinander. Danke.«

Die alte Frau warf ihr einen besänftigten Blick zu. »Na ja, es ist wahr, daß das Haus aussieht wie ein Schlachtfeld, und ich konnte das Zeug kaum finden. Wohin das noch führen soll, Hoheit, ich weiß es nicht . . . gezwungen, in einem Karren zu fahren und kaum die nötigsten Kleider am Leib, und überhaupt. Ich kann mir nicht vorstellen, wie wir Renweth lebend erreichen sollen.«

»Wir werden es schon schaffen«, beruhigte sie das Mädchen. »Alwir wird uns sicher hinbringen.

Ohne Rudy eines Wortes oder eines weiteren Blickes zu würdigen, eilte Medda zu einer Zimmerecke, wo sie sich daranmachte, Tücher und Decken zusammenzufalten und in einem der Säcke zu verstauen. Alde wandte sich wieder ihrer eigenen Beschäftigung zu. Sie faltete ein großes, dunkelrot geflammtes Stück Samtstoff, in dem Rudy den

Umhang erkannte, den Alwir am Nachmittag getragen hatte. »Das meiste davon gehört Alwir«, erklärte sie Rudy und deutete mit einer Kopfbewegung auf das Gewirr von Umhängen, Waffenröcken und Gewändern, unter dem das große Bett fast vollständig verschwand. »Er hat mich gebeten, seine Sachen zu packen. Es ist schwer, zu entscheiden, was mitgenommen und was zurückgelassen wird.« Sie verstaute den Umhang und nahm eine mit Sternen bestickte Seidendecke auf, deren Farben in der Bewegung schillerten und wogten. Rudy trat zu ihr und half ihr mit der Geschicklichkeit des erfahrenen Waschsalonbesuchers. Sie lächelte ihm dankbar zu.

»Für mich war das Packen einfach«, sagte er. »Alles, was ich habe, ist eine Decke und ein Löffel und die Kleider, die ich am Leib trage. Für eine Königin reist du mit sehr wenig Gepäck.«

Sie lächelte und schüttelte das schwarze Haar aus dem Gesicht zurück. »Hast du den Wagen gesehen, in dem ich fahren werde? Er hat ungefähr die Größe dieses Bettes. Gewöhnlich bin ich nicht so schlecht ausgerüstet; wenn ich verreise, endet es immer damit, daß ganze Wagenladungen von Dingen mitgenommen werden, Bücher, Kleider, Umhänge, Tennisschläger, ein Schachspiel. Meine Zofe nimmt« – die Worte blieben ihr plötzlich im Halse stecken, als wäre sie in schnellem Lauf gestolpert, und ihre Stimme bebte, als sie den Satz beendete. »Meine Zofe pflegte noch mehr einzupacken.« Dann fuhr sie mit erzwungener Heiterkeit fort: »Auf längeren Reisen habe ich immer Möbel und Bettzeug, Eßgeschirr und Fenster mit . . .«

»Fenster,«

»Natürlich.« Einen Augenblick lang hatte sie, wie der Eisfalke, wenn er mit Gil sprach, vergessen, daß er aus einer anderen Welt kam und fremd in ihrem Land war, und sah ihn mit aufrichtiger Verwunderung an. »Hast du eine Vorstellung, wie teuer Glas ist? Selbst wir Adeligen müssen unsere Fenster mitnehmen, wenn wir reisen. Es wäre unbezahlbar, alle Fenster aller unserer Häuser verglasen zu lassen.« Sie lächelte über den Ausdruck dämmernden Begreifens in seinem Gesicht. Ein wenig reumütig fügte sie hinzu: »Aber ich glaube nicht, daß wir die Fenster in der Festung von Dare brauchen werden.«

»Wie ist es dort?« fragte Rudy. »In der Festung, meine ich.«

Sie schüttelte den Kopf. »Ich weiß es wirklich nicht. Ich war noch nie da. Die Könige des Reiches haben Renweth vor so langer Zeit verlassen; es wurde dort nicht einmal je eine Jagd veranstaltet. Bevor – Eldor . . .« Wieder zögerte sie an dieser Stelle, als widerstrebte es ihr, seinen Namen auszusprechen. »Bevor Eldor vor einigen Jahren dorthin zog, um wieder Truppen dort zu stationieren, ist sie seit Generationen von keinem König von Darwath mehr besucht worden, soviel ich weiß. Aber er erinnerte sich daran. Mein Großvater erinnerte sich ebenfalls daran.«

»Dein Großvater?«

»Oh ja. Unsere Familie, das Haus Bes, ist ein Seitenzweig des Dare von

Renweth. Gelegentlich tauchen diese Erinnerungen in unseren Familien auf, manchmal im Abstand von Hunderten von Jahren. Großvater sagte, daß er sich vor allem an die Dunkelheit in der Festung, an den Rauch und den Geruch erinnerte. Er erzählte, daß er sich an verwinkelte Gänge erinnerte, die von Öllampen erleuchtet waren, und an unwegsame Treppen, die auf und ab in vollkommene Dunkelheit führten. Er erinnerte sich, wie er selbst – oder Dare oder ein anderer Vorfahr – durch die Gänge der Festung gewandert ist, ohne zu wissen, ob es Tag oder Nacht, Sommer oder Winter war, weil ständig künstliches Licht herrschte. Wenn er davon sprach«, fuhr sie fort, und ihre Hände hielten inne und lagen reglos und weiß auf dem bunten Stoff, den sie hielt, »hatte ich das Bild fast vor Augen, so nah war es ihm. Ich sah die Treppen, die steil hinaufführten wie zum Schafott, und den gebrochenen Lichtschein der Lampen auf den Mauern. Ich konnte es riechen, feucht und modrig wie alte Decken und schmutzige Kleider, und ich konnte die Dunkelheit um mich herum fühlen. Es wird hart sein, immer bei Fackellicht zu leben.«

»Immer ist eine lange Zeit«, sagte Rudy, und Minalde wandte den Kopf ab.

Sie sprachen noch eine Weile über die Festung, über den Palast von Gae und über die kleinen Begebenheiten, die ihr Leben als Königin des Reiches von Darwath ausgemacht hatten. Das Feuer in der offenen Schale, die das Zimmer wärmte, brannte herunter, zuckende Flämmchen tanzten in gleichmäßigem, bernsteinfarbenem Schein auf der tiefroten Glut; die zusammengefalteten Kleider strömten einen weichen Duft von Kampferholz und Zitronensäckchen aus. »Ich fürchte, wir müssen vieles davon zurücklassen«, seufzte Alde. »Wir haben nur drei Wagen, und einer davon ist für die Aufzeichnungen, das Archiv des Reiches, bestimmt.« Sie hatte sich auf den Fußboden gesetzt und drehte die Bücher, die neben ihr zu einem kleinen Stapel aufgetürmt waren, eines nach dem anderen in den Händen. Der Feuerschein wurde von den juwelenbesetzten Einbänden funkelnd zurückgeworfen und verbreitete einen goldenen Schimmer wie warme Sonnenbräune auf der zarten Haut von Kinn und Hals. »Ich hätte sie gern alle mitgenommen, aber einige davon sind furchtbar leichtfertig. Bücher sind so schwer, und wir können nur wirklich ernsthafte philosophische und theologische Werke mitnehmen. Sehr wahrscheinlich sind das die einzigen Bücher, die es in den nächsten Jahren in der Festung geben wird.«

Hinter der sanften Melodie ihrer Stimme hörte Rudy das Echo einer anderen, Gils Stimme, die sagte: *Ist dir klar, wie viele große Werke der Literatur in der Geschichte nicht überliefert wurden? Nur, weil irgendein christlicher Mönch sie nicht erhaltenswert fand?* Er hatte den Zusammenhang der Unterhaltung vergessen, doch die Worte kamen ihm wieder in den Sinn, und er sagte nachdenklich: »Wahrscheinlich werden sich eine Menge Leute an die Philosophie und die Theologie klammern.« *Und ich möchte weiß Gott nicht jahrelang nur mit der Bibel zum Lesen eingeschlossen sein.*

»Das ist wahr«, entgegnete sie und wog zwei Bücher in den Händen, als wollte sie Freude und Aufrichtigkeit der Gefühle gegen haarspalterische Schulweisheiten abwiegen. Dann wandte sie den Kopf, und ihr Haar berührte Rudy, der hinter ihr auf der Bettkante saß, am Knie. »Medda?«

Die beleibte Frau, die die ganze Zeit über in mißbilligendem Schweigen in einem dunklen Winkel des Zimmers gearbeitet hatte, trat augenblicklich näher, und ihre Miene hellte sich kaum merklich auf. »Ja, Hoheit?«

»Könntest du auf den Speicher hinaufsteigen und nachsehen, ob du eine weitere Kiste auftreiben kannst? Eine kleine?«

Die Frau knickste gehorsam. »Ja, Hoheit.« Ihr schwerer Schritt und das Geräusch ihrer klappernden Absätze entfernte sich im dunklen Flur. Rudy dachte bei sich: *Ein Punkt für Gil und die Literatur des Altertums.*

Alde lächelte ihm über die funkelnden Edelsteine der vergoldeten Einbände hinweg zu. »Sie kann dich nicht leiden. Sie kann eigentlich niemanden leiden, der nicht tief beeindruckt ist von der Tatsache, daß ich Königin bin. Sie war mein Kindermädchen und bildet sich eine Menge darauf ein, daß sie das Kindermädchen der Königin war. Sie ist ganz anders, wenn wir allein sind. Laß dich nicht von ihr einschüchtern.«

Rudy erwiderte ihr Lächeln. »Ich weiß. Als ich euch das erste Mal zusammen sah, dachte ich, du wärest so eine Art Dienstmädchen, so wie sie dich herumkommandiert hat.«

Sie hob die feinen, dunklen Brauen, und in ihren Augen blitzte es spöttisch auf. »Hättest du mich auch angesprochen, wenn du gewußt hättest, daß ich die Königin von Darwath bin?«

»Klar. Das heißt –« Rudy zögerte verwirrt »– uff – ich weiß es nicht. Wenn jemand gesagte hätte: ›Sieh her, das ist die Königin‹, hätte ich dich vielleicht gar nicht gesehen, hätte dich nicht wirklich angeschaut.« Er zuckte die Schultern. »Da, wo ich herkomme, gibt es keine Könige und Königinnen.«

»Wirklich?« Erstaunt über diese unbegreifliche Vorstellung, runzelte sie die Stirn. »Wer herrscht dann aber über euch? Wen kann euer Volk lieben und verehren? Und wer achtet und bewahrt die Ehre deines Volkes?«

Für Rudy war diese Frage gleichermaßen unbegreiflich, und da sein erfolgreichstes Gebiet in der Schule das Schwänzen von Unterrichtsstunden gewesen war, hatte er nur eine sehr unzureichende Vorstellung davon, wie die Vereinigten Staaten regiert wurden. Aber er erklärte ihr die Regierung so, wie er sie wahrnahm, und das war möglicherweise lehrreicher als politische Theorie, und Alde hörte ihm, die Arme um die hochgezogenen Knie geschlungen, ernsthaft zu. Als er geendet hatte, sagte sie: »Ich glaube nicht, daß ich das ertragen könnte. Nicht, weil ich

Königin bin – aber es klingt so furchtbar unpersönlich. Und im Grunde bin ich ja auch keine Königin mehr.«

Sie lehnte sich an den geschnitzten Bettpfosten zurück, so daß ihr Kopf dicht an seinem Knie ruhte. Im warmen, gelben Feuerschein erschien ihr Profil sehr jung, wenn auch angestrengt, zerbrechlich und müde. »Oh – sie achten mich, sie verneigen sich vor mir. Das liegt an meinem Namen, und an Tirs Namen. Aber – es ist alles vorbei. Es ist nichts mehr übrig davon.« Ihre Stimme klang plötzlich dünn und gepreßt, so, als müßte sie gegen ein aufwallendes Gefühl ankämpfen. Er sah, daß Tränen in ihren veilchenblauen Augen schimmerten.

»Und es kam alles so plötzlich. Es ist nicht die Ehre, Rudy, es geht nicht darum, daß ich Leute brauche, die mich bedienen. Es geht um das Volk. Ich habe nichts dagegen, meine Sachen selbst zu packen, auch wenn es mein ganzes Leben lang Diener für mich getan haben. Aber diese Dienstboten, die zum Palasthaushalt gehörten – sie waren jahrelang um mich herum. Einige stammten aus meiner Familie, aus der Zeit, als ich noch nicht verheiratet war; sie waren seit meiner Geburt bei mir. Menschen wie die Wachposten vor der Tür meines Schlafgemachs – ich kannte sie nicht besonders gut, aber sie waren ein Teil meines Lebens, ein Teil, über den ich mir nie viele Gedanken gemacht habe. Und jetzt sind sie alle tot.«

Ihre Stimme bebte bei dem Gedanken, dann faßte sie sich wieder. »Weißt du, es gab einen alten dooischen Sklaven, der die Böden in den Sälen des Palasts schrubbte. Wahrscheinlich hat er sein Leben lang nichts anderes getan, und er muß wohl an die zwanzig Jahre alt gewesen sein, was für einen Dooer ein sehr hohes Alter ist. Er kannte mich. Wenn er mich sah, brummte er vor sich hin und verzerrte das Gesicht, als wollte er lächeln. Während der letzten Schlacht in der Thronhalle in Gae nahm er eine Fackel und stellte sich damit den Dunklen entgegen; er schwang sie wie die Soldaten ihre Schwerter. Ich habe gesehen, wie er starb. Ich habe so viele Menschen, die ich kannte, sterben gesehen.« Eine Träne rollte über ihre weich geschwungene Wange hinunter; sie suchte seine Augen und forschte darin nach Trost, nach einem Halt angesichts der Angst und des Kummers, den sie geschaut hatte.

»Es ging nicht darum, Königin zu sein oder nicht«, fuhr sie fort, indem sie sich mit bebenden Fingern über die Wange wischte. »Es ist das ganze Leben, alles. Tir ist das einzige, das mir noch geblieben ist. Und in der letzten Schlacht habe ich ihn auch zurückgelassen. Wir schlossen ihn in einem kleinen Raum hinter dem Thron ein, meine Zofe und ich. Im Saal wurde jedes Schwert gebraucht, obwohl keine von uns beiden je eines in der Hand gehalten hatte. Es war wie ein Alptraum, ein – ein aberwitziger Traum voller Flammen und Dunkelheit. Ich glaube, ich muß halb wahnsinnig gewesen sein. Ich dachte, ich müßte sterben, und das spielte im Grunde keine Rolle. Aber ich hatte furchtbare Angst, daß sie Tir finden würden. Und ich ließ ihn allein.« Sie wiederholte die Worte mit einer Stimme, in der verzweifelte Verwunderung lag. »Ich ließ ihn allein. Ich – ich sagte Ingold, daß ich ihn töten würde, wenn er nicht Tir nehmen und verschwinden würde. Er wollte bleiben und bis zum bitteren Ende kämpfen. Ich hatte ein Schwert. Ich sagte ihm, ich würde ihn töten . . .« Einen Augenblick lang schienen ihre Augen nichts von der goldenen Wärme des behaglichen Zimmers wahrzunehmen, so erfüllt war sie von der Erinnerung an das Entsetzliche.

Rudy sagte beschwichtigend: »Nun, wahrscheinlich hat er dir nicht geglaubt.« Ihre gehetzten Augen kehrten in die Gegenwart zurück, und sie belohnte ihn zu seiner Freude mit einem Lächeln, in dem ein Hauch von Selbstironie lag. »Abgesehen davon, glaube ich ohnehin nicht, daß du ihm etwas hättest anhaben können.«

»Nein.« Sie lachte leise und unsicher, wie ein Mensch, der sich an eine tiefe Leidenschaft erinnert, die für ihn alle Bedeutung verloren hat. »Aber wie peinlich, als ich ihm wieder begegnet bin.« Und ob es nun die Reue über ihre Gefühle war, die sie jetzt lächeln machte, oder der Gedanke an ihr schlechtes Genehmen, es reichte jedenfalls aus, sie aus der Umklammerung der entsetzlichen Erinnerungen zu lösen.

Der Regen hatte fast ganz aufgehört, das hartnäckige Trommeln hatte sich in ein sanftes Rauschen an den dicken Fensterscheiben verwandelt. Die Glut in der Feuerstelle fiel in sich zusammen, ihr Schein war wie der letzte Zipfel der untergehenden Sonne. Minalde erhob sich, ging durch den halbdunklen Raum zu der Feuerstelle hinüber, entzündete einen Fidibus an der Glut und steckte damit die drei Kerzen in dem silbernen Kerzenhalter auf dem Tisch an. Sie blies den Fidibus aus, und Rauch kräuselte sich um ihr Gesicht, als sie ihn beiseitelegte.

»Das war es, was ich nicht ertragen konnte«, fuhr sie fort, und ihre Stimme war jetzt so ruhig, als spräche sie nicht von sich selbst, sondern von einem anderen Menschen. »Daß ich mein Kind dem Tod überlassen habe. Bis vorgestern nacht, als Ingold zu mir kam – bis er mir Tir wiederbrachte –, wußte ich nicht einmal, ob sie überlebt hatten oder nicht. Alles, was dann kam, die Dunklen, die die Feuer erstickten und über uns kamen, ihre – ihre Berührung, die Umklammerung wie mit einem Drahtseil – das Gesicht des Eisfalken, als er mich in den Kellergewölben vom Boden aufhob – es erscheint mir vollkommen unwirklich. Es zählte nur noch, daß ich mein Kind, den einzigen Menschen, der mir am Leben geblieben war, alleingelassen hatte . . .«

Ihre Hände und ihre Stimme begannen wieder zu zittern. Rudy trat zu ihr in den Lichtkreis der Kerzen, und er nahm beschwichtigend ihre Hände und spürte die zerbrechlichen Glieder in seinem festen Griff. Die Berührung schien sie aus ihren Gedanken zu wecken, denn sie lächelte halb entschuldigend und senkte den Blick.

»Alwir sagt, daß ich einen Schock hatte und im Fieberwahn lag«, sagte sie leise. »Ich bin froh, daß ich mich nicht erinnern kann, wie wir Gae verließen. Es heißt, die Stadt läge in Trümmern. So werde ich mich immer an sie in all ihrer Schönheit erinnern.« Sie blickte wieder zu ihm auf, und im Winkel ihrer sensiblen Lippen erschien ihr weiches Lächeln mit dem kleinen Hauch von Selbstironie. »Darum also gehören die meisten Dinge hier Alwir und nicht mir. Es ist nicht das, was ich mitgebracht hätte, hätte ich Gae im Vollbesitz meiner geistigen Kräfte verlassen.«

»Sei nicht traurig darüber.«

»Aber gestern nacht«, fuhr Alde fort, »hätte ich dich getötet, wenn du mich daran gehindert hättest, zurückzugehen und Tir zu holen. Ich wollte ihn nicht noch einmal alleinlassen. Ich werde dir ewig dankbar sein, daß du mitgekommen bist, daß du mich durch die Kellergewölbe begleitet und uns beide beschützt hast. Aber ich glaube, ich wäre auch allein gegangen.«

»Ich glaube immer noch, daß du verrückt warst«, sagte Rudy sanft.

Sie lächelte. »Ich habe nie das Gegenteil behauptet.«

Draußen hatte der Regen jetzt ganz aufgehört. Der weiche, wächserne Kerzenschein bildete schlanke kleine, gelbe und weiße Säulen, und das Licht schien heller zu werden in der tiefen Stille des Raumes. Eine Zeitlang umhüllte sie der Friede des Zimmers, bescherte ihnen einen seltsamen, losgelösten Augenblick des Glücks in der Zerstörung und Verwirrung der Welt. Rudy war sich ihrer Finger, die leicht in seiner Hand ruhten, so bewußt, wie er sich nur selten im Leben einer Sache bewußt gewesen war. Der Duft ihrer Haare, ein Duft wie von Wiesenkräutern und Lorbeer, wehte zu ihm herüber, vermischt mit dem sanften Talggeruch der Kerzen und dem vollen Duft von Zedernholz und Lavendel. Sie waren allein und im Einklang miteinander, eingeschlossen im Inneren eines Schmuckkästchens der Zeit. Ihre Augen blickten, fast schwarz in den Schatten des Raumes, zu ihm auf. Und als er hineinblickte, wußte Rudy – und erkannte, daß sie es ebenfalls wußte –, was unausweichlich kommen mußte. Die Erkenntnis durchfuhr ihn wie ein Blitz, doch ohne tiefe Überraschung. Es war, als hätte er es immer gewußt.

Einen endlosen Augenblick standen sie so da, überwältigt von dem Wissen, das sie teilten. Das einzige Geräusch im Raum war der leise Hauch ihres Atems. Dann wurde unten im Haus eine Tür geöffnet, und die Luft im Raum bewegte sich. Die Kerzenflammen zuckten, und die Schatten bewegten sich auf und nieder. Mit dem kalten Luftzug wehte Alwirs volltönende Stimme aus der unnatürlich menschenleeren Halle herauf. ». . . zum Innenhof. Es wird fast die ganze Nacht in Anspruch nehmen, sie zu beladen. Eure Sachen kommen in den dritten Wagen.« Und obwohl keine Worte zu verstehen waren, hörten sie die helle Stimme des Zauberers Bektis antworten, eine nörgelnde Zwischenfrage von Medda und das plötzliche Klirren von Schwertgürtel und Kettenpanzer.

Alde schickte sich zum Gehen, und Rudy faßte ihre Hände. Wieder begegneten sich ihre Augen, erstaunt eine Antwort suchend auf die Frage, warum das, was zwischen ihnen geschehen war, hatte geschehen müssen. Ihre Zuneigung zueinander hatte sich verändert – alles hatte sich verändert und war geprägt von dem, was geschehen war. In ihren Zügen las Rudy Verlangen, Furcht vor dieser furchtbaren, neugeschaffenen Vertrautheit und den Widerschein seiner Verwunderung über ein Gefühl, von dem er nie gewußt hatte, daß er dazu fähig war. Dann flammten ihre Wangen im Kerzenschein plötzlich dunkelrot auf, sie entzog ihm heftig ihre Hände und stammelte. »Ich – ich kann nicht!« Sie wandte sich hastig ab, um zu fliehen, doch seine Stimme rief sie zurück, und ihr Atem ging heftig und stoßweise, als sei sie eine lange Strecke gerannt. »Ich sehe dich morgen auf dem Weg.«

Sie flüsterte: »In Ordnung«, und senkte den Blick. Einen Augenblick später hörte er, wie sich ihre leichtfüßigen Schritte im Flur entfernten.

Zehntes Kapitel

Rudy erinnerte sich, daß er vor langer Zeit und vielleicht in einer früheren Inkarnation einen Film mit dem Titel *Die Zehn Gebote* gesehen hatte, in dem es unter anderem eine denkwürdige Szene des Auszugs der Kinder Israels aus Ägypten gegeben hatte. Charlton Heston hatte seinen Stab gehoben, und alle hatten ihre Siebensachen beisammen und waren bereit zum Aufbruch, und die ganze Vorbereitung hatte auf der Leinwand ungefähr drei Minuten gedauert, Ziegen und Opas und alles inbegriffen, und es war nicht ein einziges zusammengeknülltes Butterbrotpapier oder ein Hundehaufen auf den sauberen Straßen von Theben zurückgeblieben.

In Karst herrschte schon Stunden vor dem Morgengrauen hektisches Treiben. Rudy, der neben dem Wagen stand, in dem die für die Garde bestimmten Lebensmittelvorräte transportiert werden sollten, konnte den größten Teil des Hofes von seinem Platz aus überblicken. Er hatte nicht den Eindruck, daß vor Mittag irgend jemand irgendwohin aufbrechen würde. Es hatte wieder zu regnen begonnen, und der Boden war wie Haferbrei. Die Wagenräder versanken in dem Schlamm, und die Menschen, die in zielloser Geschäftigkeit hin und her rannten, wühlten ihn immer tiefer auf. Regen und Matsch bedeckten alles, durchweichten Rudys Umhang und die Kleider darunter und ließen die zusammengedrängten, schmutzigen Häuflein von niedergeschlagenen Flüchtlingen, die um diese Szene der Verwirrung herum saßen oder standen, noch elender aussehen. Selbst Alwir, der sich gemessenen Schrittes zwischen ihnen bewegte, begann heruntergekommen und verwahrlost zu wirken.

Zu fortgeschrittener Morgenstunde war der Platz ein einziges Durcheinander von Menschen, Waren und kopfloser Packerei. Kinder liefen von ihren Eltern fort und gingen verloren. Schweine rissen sich los und mußten zwischen den stehenden Wagen, den Packtieren und kleinen Stapeln persönlicher Besitztümer wieder eingefangen werden und warfen auf ihrer Flucht alles durcheinander. Größere Familien und Gruppen und das Gefolge unbedeutenderer Adelshäuser waren unter Fluchen und Gestikulieren in letzter Minute mit Beratungen beschäftigt und stritten sich darüber, ob sie nun in den Norden zur Festung des Landherrn Harl Kinghead, in den Süden, mit Alwir und dem Rat der Regierenden nach Renweth oder aber über den Sarda Paß nach Gettlesand ziehen sollten, womit sie sich der Gefahr aussetzen würden, in den kleineren Festungen des Landherrn Tomec Tirkenson von den Weißen Räubern bedroht zu werden. Rudy sah Tirkenson, der, mächtig, von Narben verunstaltet und häßlich, sein Gefolge mit Flüchen in Reih und Glied trieb, die einem Ochsentreiber die Haare hätten zu Berge stehen lassen.

Rudy seinerseits hätte unverzüglich aus der Stadt aufbrechen können. Aus den Hinterlassenschaften der Getöteten hatte er sich warme Kleidung herausgesucht – eine braune Jacke, ein Hemd, Hosen und Stiefel, einen Kapuzenumhang, der ihm zu groß war, und ein Paar Reithandschuhe, die mit Gold und Smaragden bestickt waren. Seine kalifornischen Kleider trug er, zusammen mit Rasierzeug, das er, wie alles andere, von denen genommen hatte, die den Überfall der Dunklen auf Karst nicht überlebt hatten, seinem in Amerika hergestellten Hirschfänger, einem Hornlöffel und seinem großen blauen Plastikkamm, in seinem Bündel. Das ungewohnte Gewicht des Schwertes zerrte an seinen Hüften.

Er lehnte sich mit der Schulter an ein hohes Wagenrad und beobachtete zitternd vor Kälte in dem Wind, der den Regen vor sich hertrieb und die dunklen Bäume über den schwarzen Giebeldächern schüttelte, das kopflose Durcheinander. Schlammverkrustete Menschen feilschten um Plätze in zwei der Wagen, schnürten schmutzige kleine Bündel auf Eselsrücken, in rohgezimmerte Schubkarren oder Handwagen und stritten darüber, was mitgenommen und was zurückgelassen werden sollte. Während er das Schauspiel besah, das Gesicht brennend vom eisigen Wind, dachte er an Kalifornien, als wäre sein Leben dort nicht von ihm selbst, sondern von einem anderen Menschen gelebt worden.

»Da«, ertönte die kühle, kraftvolle Stimme des Eisfalken neben ihm.

Er drehte sich um und sah den hochgewachsenen Hauptmann, der Gil den kleinen Wagenzug wies, der vor dem bischöflichen Palast, neben der Kirche auf der gegenüberliegenden Seite des Platzes, vorgefahren war. Mönche in ihren roten Roben beluden unter den hochmütigen Anweisungen der Bischöfin zwei der Wagen mit Truhen, die offenbar mit schweren Gegenständen gefüllt waren. »Das finde ich bezeichnend«, fuhr der Gardeoffizier fort. »Sie behaupten, ihr Wirken gelte der Rettung der Seelen, aber nach allem, was ich beobachten konnte, sammeln sie lediglich den Zehnten ein und führen Buch darüber, wie groß der Besitz ist, wieviele Seelen geboren und getauft wurden, beichteten und gestorben sind, wie ein Geizhals, der sein Gold zählt. Wenn sie um ihr Leben fliehen, nehmen sie Papier mit anstatt Nahrungsmittel.«

»*Sie*?« wiederholte Gil erstaunt und warf dem großen jungen Mann mit den unangemessenen hellen Zöpfen, die ihm regenschwer über die dunklen Schultern fielen, einen Blick zu. »Ist es nicht auch dein Glaube?«

Ein verächtliches Schnauben war seine einzige Antwort.

Hinter den Wagen der Kirche rannten Alwirs Gefolge und die letzten Regierungsvertreter des Reiches so emsig auf der Treppe des Rathauses auf und ab, als gelte es, einen Feueralarm zu proben. Rudy sah Alde vorne in einem der Wagen sitzen. Sie war in einen schwarzen Pelz gehüllt, die Augen blitzten aus dem Schatten der weich fallenden Kapuze hervor, und auf dem Schoß hielt sie ein großes Bündel dunkler, weicher Decken, aus denen kein rundes, rosiges Kindergesicht hervorlugte; doch einmal bewegten sich die Decken. Das mußte Tir sein. Medda, deren rundes Gesicht vom Weinen ganz verquollen war, kletterte hinauf und nahm ihren Platz an der Seite der Königin ein. Alde drehte den Kopf und ließ den Blick über die Menge schweifen. Über das wogende Chaos hinweg trafen sich ihre Blicke, und sie wandte sich hastig ab, als schämte sie sich, dabei ertappt worden zu sein, daß sie nach ihm Ausschau hielt. Hinter ihr stieg Bektis in einen anderen Wagen. Sein langes Gesicht war von einem kostbaren Marderpelzkragen eingerahmt, und er blickte mit vornehm gerümpfter Nase auf den schmutzigen Pöbel im Hof hinunter.

Dann rief jemand Befehle über den Platz. Es war Kommandant Janus, dessen harte, schmetternde Kampfstimme das Prasseln des strömenden Regens und das Getöse der Zänkereien und Reisevorbereitungen überdröhnte. Alwir bog auf dem Rücken einer Rotfuchsstute mit schlanken Fesseln um eine Ecke des Rathauses. Sein weiter Umhang flatterte im Wind, als er sich niederbeugte, um jemandem letzte Anweisungen zu erteilen. Die Wachen stellten sich in Doppelreihen zu beiden Seiten der Wagen auf. Wie ein Topf voll Haferbrei, der endlich zum Kochen kommt, rissen die Menschen auf dem Platz, allein, paarweise, in Familien oder Gruppen, ihre wenigen Habseligkeiten an sich und drängelten sich um einen Platz innerhalb dieser Doppelreihe oder, wenn ihnen das nicht gelang, so dicht wie möglich in ihren Schutz. Diejenigen, die noch nicht aufbruchbereit waren, verdoppelten ihre Anstrengungen in der Hoffnung, den Zug auf der Straße einzuholen. Denn was immer ihr eigentliches Ziel sein mochte, der Norden, Gettlesand oder Renweth, es war auf jeden Fall vorteilhafter, beim bewaffneten Wagenzug zu bleiben, als sich allein auf den langen Weg zu machen.

Rudi war ein wenig erstaunt über das furchtbare Durcheinander, das in dem Zug herrschte, als er sich erst einmal auf der Straßae bewegte. Die Menschen liefen fast ohne Marschordnung durcheinander, ein einziges Gewirr von Vorratswagen, Transportkarren für Alwirs Haushalt und die Aufzeichnungen der Regierung des Reiches, kleinere Rinder- und Schafherden, hier und da ein paar Ersatzpferde für die Glücklichen, die nach Renweth ritten, lärmende Horden häuslicher Dienerschaft und die wenigen dooischen Sklaven, die hier und da eine wohlhabende Familie aus den Trümmern ihrer Welt herübergerettet hatte. Die Familien scharten sich um die königlichen Wagen oder folgten ihnen in dem Versuch, Schritt zu halten mit ihren Hühnerkäfigen und bellenden Hunden, Schweinen und Milchziegen. Es war erstaunlich, wie vielen Familien es doch gelungen war, im Chaos der vergangenen Wochen zusammenzubleiben, auch wenn viele von ihnen, wie Rudy wußte, Angehörige zu beklagen hatten. Väter und Mütter trugen die Hauptlast, die älteren Kinder schleppten die Kleinen, die noch nicht laufen konnten, andere trieben das Vieh, das sie hatten retten oder sich aneignen können. Es gab auch nicht wenige Großmütter und Großväter in erstaunlich ehrwürdigem Alter – Rudy fragte sich, wie es manchen dieser betagten Leute gelungen war, so schnell zu laufen, daß sie den Dunklen entkommen waren. Aber da waren sie, auf ihren Gehstock oder auf die Schultern ihrer Enkel und Urenkel gestützt, und plapperten miteinander mit dem unbekümmerten Gleichmut derjenigen, für die das Schicksal schon lange keine Überraschungen mehr bereithält. Und als sie Karst verließen, zog diese wilde Horde an einer unendlich viel größeren Anzahl versammelter Haushalte vorüber, die noch den Rest ihrer Habe auf Eselsrücken oder in Hundekarren verstauten oder versuchten, unter den lebenswichtigen Dingen die weniger lebenswichtigen auszusortieren, und dabei keifend und mit besorgten Augen dem Zug nachblickten, der sich im strömenden, grauen Regenschleier entfernte. So wie es aussah, rechnete Rudy damit, daß es noch den gazen Tag dauern würde, bis die letzten Karst verlassen hatten.

Ein schlammverkrusteter alter Mann mit einem armseligen Bündel und einem derben Gehstock gesellte sich zu Rudy, als sie die letzten Häuser der Stadt hinter sich ließen. Der Weg fiel steil ab zu einem gefährlichen Abhang aus schwarzem Morast. Rudy glitt darauf aus, und eine starke Hand ergriff seinen Ellbogen. »Schneiden Sie sich einen Stock von den Bäumen ab«, riet ihm eine vertraute, kratzige Stimme. »Wenn wir erst das Gebirge um Renweth erreichen, werden die Straßen nicht einen Deut besser.«

»Aber wir lassen jetzt das Gebirge hinter uns«, wandte Rudy ein und suchte sich seinen Weg vorsichtiger in den Spuren des Zauberers. »Liegt unser Ziel im selben Gebirge oder in einem anderen?«

»In einem anderen«, erwiderte Ingold. »Wir schlagen vor Gae die Große Südroute ein und folgen ihr durch das Tal des Braunen Flusses, der das Zentralland des Reiches durchfließt. Die Straße zum Sarda Paß kreuzt das Tal, und wir werden ihr bis hinauf in das Große Schneegebirge, die große Bergkette, die das Reich, das Land der Wath, unterteilt und die Flußtäler von den Ebenen und die Wüste von Gettlesand abtrennt, folgen. Die Festung von Renweth liegt oberhalb des Sarda Passes. Passen Sie auf, wohin Sie treten.«

Rudy bahnte sich mühsam einen Weg über schlüpfriges, herbstgelbes Gras um einen gefährlichen Fleck schwarzen Treibsands herum. Die Straße von Gae nach Karst hinauf war sorgfältig angelegt und begradigt, so daß sie bei gutem Wetter leicht zu begehen war, doch das ständige Kommen und Gehen der Flüchtlinge, in Verbindung mit den Regenfällen und dem Aufbruch der Massen seit den frühen Morgenstunden, hatte die Straße in einen gefährlichen Schlammfluß verwandelt. Diejenigen

Flüchtlinge, die ihren Aufbruch aus Karst bis zum Nachmittag hinauszögerten, würden die ganze Strecke bis zur Ebene waten müssen. Rudy betrachtete das graue Dunkel der nebelverhangenen Wälder und stellte sich vor, wie das Land für diejenigen aussehen würde, die auf der Straße festsaßen, wenn die Nacht hereinbrach. Er schauderte.

»Wie weit ist es?« fragte er plötzlich. »Wieviele Nächte werden wir unter freiem Himmel verbringen müssen?«

»Fast hundertsiebzig Meilen«, erwiderte Ingold, der sich auf dem festeren Grund am Rande der Schlammstraße durch das regennasse Buschwerk schlängelte. »Acht bis zehn Nächte, wenn das gute Wetter sich hält und der Pfeilfluß nicht zu viel Hochwasser führt, wenn wir ihn erreichen.«

»Das nennen Sie gutes Wetter?« brummte Rudy. »Ich friere mir den Hintern ab, seitdem ich hierher gekommen bin. Ich glaube, ich werde niemals richtig trocken.

Ingold streckte die Hand aus, und der Regen sammelte sich zu einer winzigen Pfütze in seiner schwieligen Handfläche. »Es könnte weit schlimmer sein«, erklärte er sanft. »Wir hatten in den letzten zehn Jahren strenge Winter mit mörderischen Schneefällen auf den Ebenen hinter dem Gebirge, die die Weißen Räuber, die Barbaren der Ebenen, dazu zwangen, die Siedlungen zu überfallen, um nicht zu verhungern. Dieser Winter verspricht allerdings der schlimmste von allen zu werden.«

»Großartig.«

»*Aber* man hat festgestellt, daß die Dunklen bei schlechtem Wetter seltener angreifen. Stürme, schwere Regenfälle und Schnee scheinen sie unter die Erde zu zwingen. Alles Gute und alles Schlechte hat auch seine Kehrseite.«

»Wunderbar«, warf Rudy ohne eine Spur von Begeisterung ein. »Dann haben wir also die Wahl zwischen den Dunklen und einer Lungenentzündung.«

Der alte Mann hob belustigt die Brauen. »Was würden Sie vorziehen?«

Sie folgten einer Biegung der Straße, wie Gil zwei Tages zuvor, und der Wald teilte sich und offenbarte ihren Blicken weit unter ihnen die verhangene, goldbraune Ebene und, halb verborgen im Perlmutternebel des Flusses, die zerstörte Stadt Gae. Rudy, der an die Riesenstadt Los Angeles gewöhnt war, erschien die Stadt sehr klein, doch ihr hatte eine Größe, ein Wesen der Einheit in ihren Mauern, angehaftet, mit der die sich ausbreitenden charakterlosen Städte, die er kannte, nicht mithalten konnten. In Gedanken setzte er die Stadt wieder zusammen, deckte Dächer auf die verkohlten Mauern der dicht beeinander stehenden Fachwerkhäuser und versah das graue Gewirr von kahlen Ästen mit Blättern. Er erinnerte sich, wie Minalde mit leiser, sanfter Stimme wehmütig gesagt hatte: »So werde ich mich immer an sie in all ihrer Schönheit erinnern . . .«

Dieser Gedanke zog andere nach sich, und er blieb einen Augenblick stehen und ließ den Blick über die ockerfarbene und silbergraue Landschaft gleiten, bis ihm durch das Leiserwerden der Geräusche hinter seinem Rücken bewußt wurde, daß der Zug sich entfernte. Er watete zur Straße zurück und beeilte sich, die anderen einzuholen, indem er sich seinen Weg durch den aufgewühlten schwarzen Schlamm pflügte, in dem sich weiße Hühnerfedern wie Schneeflocken gefangen hatten.

In der Ebene vor den Mauern von Gae schlossen sich dem Zug noch weitere Flüchtlinge an. Die Straße zwischen Gae und Karst und die Große Südroute kreuzten sich einige Meilen vor den zahlreichen Türmchen der Stadttore auf einer großen niedergetrampelten Fläche inmitten des welken Grases. Genau nördlich der Kreuzung ragte der Berg Trad, die einzige Erhebung in diesem flachen Landstrich, auf, der seinen Namen irgendeinem Helden aus längst vergangenen Kriegstagen verdankte. Ein moosbewachsenes Kreuz aus gemeißeltem Stein stand auf dem Gipfel und schenkte der Kreuzung der beiden Straßen sein geheimnisvolles Wohlwollen. Dort stieß ein bunter Haufen von Flüchtlingen aus Gae selbst zu ihrem Zug. Mutigere, törichtere oder vorsichtigere Seelen, die in den ausgeplünderten Ruinen der Hauptstadt ausgeharrt hatten, in der Hoffnung, daß die Gefahr auf wunderbare Weise vorübergehen würde. Sie waren wesentlich besser mit Vorräten ausgerüstet und schwerer beladen als jene, die schon Anfang der Woche nach Karst geflohen waren; sie trugen bessere Kleider, führten Esels- und Pferdewagen, trieben Milchkühe, Schweine und Hühner vor sich her und schleppten große Taschen mit Büchern und Geld, Bettzeug und dem Familiensilber.

»Woher haben sie die Kühe?« wandte sich Rudy an Gil, die zufällig in diesem Augenblick dicht hinter ihm ging. »Sie haben doch um Himmels willen das ganze Viehzeug nicht in der Stadt gehalten?«

Gil entgegnete: »In New York, Boston und Chicago haben die Leute bis 1890 Kühe und Schweine gehalten. Was glaubst du, wie die Leute in den Städten an die Milch gekommen sind?«

Als sich die beiden Gruppen vereinigten, hörte er ein Raunen durch die Reihen des größer werdenden Zuges gehen. »Ist das wirklich Ihre Majestät? Ist Ihre Majestät wirklich gesund und in Sicherheit? Und Seine Kleine Hoheit?« Die Menschen bekreuzigten sich zum Zeichen ihrer Dankbarkeit und verrenkten sich den Hals, um besser zu sehen. Als Amerikaner – und nicht einmal ein besonders gebildeter – hatte Rudy eher erwartet, daß die Untertanen jene, die so große Macht über sie hatten, fürchten und hassen mußten, und es überraschte ihn, zu sehen, welche Achtung sie Alde und Tir entgegenbrachten. Ihm fiel wieder ein, was Alde in der vergangenen Nacht über Liebe und Ehre gesagt hatte – daß das Volk ebenso einen Herrscher brauchte, den es lieben, wie ein Gesetz, dem es folgen konnte. Ihm fiel aus dem Stegreif kein einziges Mitglied seiner Regierung ein, das er achten konnte, ganz zu schweigen einer, für dessen Rettung er Dankgebete zum Himmel geschickt hätte.

Diese Gedanken bewirkten, daß er den hohen, geschlossenen Wagen mit den schlaffen schwarz-roten Standarten mit anderen Augen betrachtete und über das dunkelhaarige Mädchen darin nachdachte.

Der Tag neigte sich dem Ende zu, und sie folgten der Großen Südroute durch das überschwemmte Farmland am Ufer des Flusses. Anders als der schlammige Weg aus den Bergen herunter war hier die Straße breit und gut entwässert, mit tiefen, unkrautbewachsenen Gräben zu beiden Seiten und einem Pflaster aus abgetretenen, festgefügten sechseckigen Blöcken aus einem hellgrauen Gestein. Da die Mitte der Sechsecke tiefer ausgetreten war als die Ränder, sammelte sich der Regen in jeder dieser kleinen Vertiefungen und verwandelte die Straße in ein silbernes Schuppenband, das sich in nebelhafte Ferne erstreckte. Die Karawane ließ die weitgestreckte Ebene von Gae hinter sich, überquerte eine Brücke unter finsteren, leeren Türmen und erreichte dann die fruchtbare Tiefebene, wo die Straße sich behäbig zwischen Wiesen, Feldern und Wäldern dahinschlängelte.

Rudy war, obwohl nicht auf dem Lande aufgewachsen, beeindruckt vom Wohlstand und der Sicherheit, die das Land ausstrahlte. Die Bauernhöfe waren solide gebaut, die meisten von ihnen hatten mehr als einen Raum und getrennte Unterkünfte für die Tiere aufzuweisen – nicht immer die Regel in nichtindustriellen Gesellschaften, wie Gil spöttisch bemerkte. Aber die Verlassenheit des Landes war erschreckend. Sie sahen wenige Menschen – nur die blicklos starrenden Fensterhöhlen leerstehender Häuser, sich selbst überlassenes Vieh und Meile um Meile halb eingebrachte Kornernten, die im Regen verfaulten. Die einzigen Menschen, denen sie begegneten, waren die Bauernfamilien oder was davon übrig war, die auf die Straße gelaufen kamen, all ihre weltlichen Güter – Pflug, Saatgut und Geflügel – und das jüngste Kind des Hauses wahllos auf Ochsenkarren geladen, um sich mit Kindern, Dienern und Hirtenhunden, die kleine Schaf- und Kuhherden vor sich hertrieben, dem wandernden Flüchtlingsheer anzuschließen. Während sie sich durch das verlassene Farmland bewegten, verließen Wachsoldaten, Rote Mönche oder Männer und Frauen, die auf eigene Faust handelten, den Zug und stöberten in den verwüsteten Feldern und merkwürdig zertrümmerten und verlassenen Scheunen nach brauchbaren Vorräten. Doch Rudy fiel auf, daß sie nur selten eines der Häuser betraten. Manchmal kehrten sie mit gewaltigen Mengen von Saatgut und Korn zurück oder mit Schweinen, blökenden Schafen oder kleinen, stämmigen Bauernpferden.

Und es regnete immer noch. Der Zug war zu einem Heer angeschwollen, das im strömenden Regen über die silberne Straße trottete. Rudy dachte an die Anzahl von Meilen, die zurückzulegen waren – *Teufel, das ist, als würde ich von Los Angeles nach Bakersfield laufen* –, und fragte sich, was um alles in der Welt er hier zu suchen hatte. Hinter der düsteren Wolkenschicht und dem schräg fallenden Regenvorhang neigte sich der graue Tag dem abendlichen Zwielicht entgegen.

Er beschattete die Augen und ließ den Blick blinzelnd über die aufgeweichte Landschaft schweifen. Er sah, wie schon einige Male zuvor an diesem Tag, Personen – ob Männer oder Frauen, konnte er nicht unterscheiden –, die, getrieben vom schneidenden Wind, ziellos in der Ferne umherirrten. Er machte sich Gedanken über diese Menschen; denn keiner von ihnen hatte zu erkennen gegeben, daß er die vorüberziehende Karawane bemerkte, und keiner der im Zug Dahinwandernden hatte sie angesprochen oder ihnen ein Zeichen gegeben. Manchmal allein, dann wieder zu zweit oder zu dritt, bewegten sie sich wie Zombies, starrten teilnahmslos ins Leere oder lagen in den Feldern am Boden und blickten ausdruckslos in die Weite des Himmels.

Diese Ausgestoßenen erregten seine Neugier immer mehr. Als er gegen Abend einen Mann und zwei junge Frauen erblickte, die im Graben standen und blicklos ins Leere starrten, verließ er die Straße, kletterte, durch Unkraut und Schlamm rutschend, den Rand des Abflußgrabens hinunter und watete zu ihnen.

Der Mann trug ein lockeres weißes Baumwollhemd, das bis auf seine aufgedunsene, schwabbelige Haut durchgeweicht war. Hände und Mund waren blau vor Kälte, doch er schien keine Notiz zu nehmen von dem knöcheltiefen Eiswasser, in dem er stand. Die Mädchen trugen tropfnasse Seidenfetzen, und in ihr nasses, wirres Haar waren welke Blumen und bunte Bänder geflochten. Sie folgten seinen Bewegungen mit starrten Blicken, doch keiner der drei gab einen Laut von sich.

Rudy ließ die Hand vorsichtig über das Sichtfeld des Mannes gleiten. Die Augen folgten der Hand, zeigten aber kein Begreifen dessen, was sie sahen. Mit den Mädchen war es dasselbe – wunderschöne Mädchen, anmutig und süß wie Maiglöckchen. Rudy hätte mit Freuden das Lager mit einer von ihnen oder beiden geteilt, wenn nicht das kriechende Entsetzen dieser leeren, starrenden Augen gewesen wäre.

»Auch das«, erklang Ingolds Stimme hinter seinem Rücken, »ist das Werk der Dunklen.«

Rudy fuhr erschrocken herum; er hatte den Zauberer nicht herankommen gehört, nicht einmal durch das zehn Zentimeter hohe Wasser. Das Gesicht des alten Mannes, kaum erkennbar im Schatten seiner tief heruntergezogenen Kapuze, sah angespannt und krank aus. »Wir haben in Karst nicht viele davon gesehen, wahrscheinlich weil die Opfer von den Flüchtenden zu Tode getrampelt wurden oder sich in den Wäldern um die Stadt verirrten. Aber ich kenne es von Gae. Ich würde sagen, daß es die meisten Menschen kennen.«

»Was fehlt ihnen?« Rudys Blick wanderte von dem Zauberer zu den drei zitternden Marionetten und spürte eine Gänsehaut, die diesmal nicht von der Kälte herrührte.

»Ich glaube, ich habe schon früher davon gesprochen«, erklärte Ingold ruhig. »Die Dunklen verschlingen den Geist ebenso wie das Fleisch – und ich vermute, daß das der Grund dafür ist, daß Menschen und nicht

Tiere ihre Jagdbeute sind. Neben dem Fleisch und Blut der Menschen verschlingen die Dunklen deren psychische Energie, die Intelligenz – den Geist, wenn Sie so wollen. Vielleicht ist das für sie sogar das wichtigste der drei Dinge.«

Nach diesen Worten schloß Ingold die Augen des Mannes mit Daumen und Zeigefinger, schloß auch seine eigenen Augen und versank einen Augenblick in tiefe Meditation. Plötzlich knickten die Knie des Mannes ein, und als Ingold einen Schritt zurücktrat, fiel er klatschend in das regengepeitschte Wasser und blieb mit dem Gesicht nach unten liegen. Rudy starrte noch immer entsetzt den Toten an, als Ingold nacheinander die beiden Mädchen berührte. Sie stürzten zu Boden und blieben, umflutet von ihrem blumengeschmückten Haar, im schmutzigen Wasser des Grabens liegen. Der Zauberer machte kehrt und kletterte, auf seinen Stab gestützt, wieder auf die Straße hinauf. Rudy folgte ihm. Wasser triefte in Strömen aus seinem Mantelsaum, und er zitterte vor Kälte und Entsetzen über das, was Ingold seiner Meinung nach gerade getan hatte.

Lange Zeit sagten sie nichts, sondern gingen schweigend nebeneinander her. Schließlich fragte Rudy: »Sie erholen sich nicht davon, oder?«

»Nein.« Die Stimme des Zauberers drang körperlos unter seiner Kapuze hervor. *Ein harmloser alter Mann,* dachte Rudy. *Ein armer alter Irrer. Kein Wunder, daß die Leute Angst vor ihm haben.*

»Nein«, fuhr Ingold fort. »Wenn sie sich im Haus befinden, verhungern sie gewöhnlich. Wenn sie im Freien sind, erfrieren sie.«

»Uff – hat man jemals den Versuch gemacht, einen von ihnen zu pflegen, um zu sehen, ob er vielleicht wieder zu sich kommt?«

Ingold zuckte die Schultern. »Gar nicht so einfach, wenn man selbst vor den Dunklen auf der Flucht ist. Oben im Norden in Twegged wurde einmal, als der ganze Ärger gerade erst begann, der Versuch gemacht. Das Opfer, eine Frau, hat zwei Monate ausgehalten.«

»Was geschah nach den zwei Monaten?«

»Ihre Pfleger haben sie umgebracht.« Erklärend fügte der Zauberer hinzu: »Es waren der Ehemann und die Tochter des Opfers, wissen Sie.«

Rudy warf einen Blick über die Schulter zurück. Der Abendnebel senkte sich schwer herab, Schatten und Dunkelheit verhüllten das Land. Er glaubte jedoch, in der Ferne immer noch die Biegung der Straße, den Graben und den weißlichen Fleck auf dunklem Grund zu erkennen.

Es wurde Nacht, und auf der Großen Südroute versuchten die Flüchtlinge meilenweit auf und ab soviel Schlaf zu finden wie möglich. Die glitzernde Kette der Wachfeuer zu beiden Seiten der Straße vertrieb die Dunkelheit. Und jeder, der in der Lage war, eine Waffe zu halten, übernahm daran eine Wache. Die Pfützen gefroren allmählich zu Eis.

Alde gesellte sich in der Nacht zu Rudy ans Feuer, begleitet von Medda, die ihr wie ein rundlicher, argwöhnischer Schatten folgte. Sie benahm sich sehr zurückhaltend, und sie sprachen nicht über das, was sich in Karst zwischen ihnen ereignet hatte, doch Rudy empfand in ihrer Gegenwart ein solches Glücksgefühl, wie er es noch nie zuvor mit einem anderen Menschen erfahren hatte. Als sie so mit dem Rücken zum Feuer beieinander saßen, ohne sich zu berühren, und sich über Tir oder die kleinen Begebenheiten des Tages unterhielten, war die Vertrautheit zwischen ihnen so groß und warm, als würden sie sich einen Umhang teilen.

Die Morgendämmerung zog klar und frostig auf. Der Wind hatte die Wolkendecke aufgerissen, und die Wolken türmten sich nun im Süden auf wie unermeßliche Hänge eines qualvoll weißen Gebirges vor der blauen Weite des Morgenhimmels. Im Zug verbreitete sich die Nachricht, daß Wölfe die Pferdeherde der Kirche angegriffen hatten, jedoch von den Roten Mönchen vertrieben worden waren; vier Nachtwachen waren neben ihrem Wachfeuer blutleer, ausgesaugt von den Dunklen, aufgefunden worden. Desungeachtet zelebrierte Bischöfin Govannin eine behelfsmäßige Dankesmesse in einem der Wagen, und diejenigen, die die Nacht überlebt hatten, dankten ihrem Gott, daß es nicht schlimmer gekommen war.

Sie erreichten jetzt ein sanft gewelltes Gebiet, und die breite Straße schlängelte sich zwischen graugrünen Hügeln hindurch. Gelegentlich konnten sie zu ihrer Rechten in der Ferne die Gipfel der westlichen Berge erspähen, pflaumenblau und grau oder verhangen unter dem düsteren Himmel. Die Landschaft war von Bächen durchzogen, die, im Morgenfrost an den Ufern gefroren, dem grünen, üppigen Tiefland entgegenflossen. Über die Bäche führten gelegentlich steinerne Brücken, doch nicht selten mußten sie der Straße durch eine flache Furt folgen, so daß die Reisenden ständig halb durchnäßt waren und vor Kälte zitterten. Rudy, der steifgefroren war und dem bereits alle Gelenke wehtaten, erinnerte sich an Ingolds Ratschlag und schnitt sich im nächsten Wäldchen, an dem sie vorüberkamen, einen geraden Ast ab, aus dem er sich einen Gehstock schnitzte. Er war nie besonders bewandert in der Pflanzenkunde gewesen, doch der Eisfalke erklärte ihm, daß es Eschenholz war.

Gegen Mittag überquerten sie einen breiten Sattel zwischen zwei Hügeln, von dem aus sie das ganze Land bis zum Fluß hinunter überblikken konnten. Das hohe, fahle Gras wogte unter den kraftlosen Strahlen der kalten Sonne. Der rotgekleidete Soldat, der die Esel vor Minaldes Wagen führte, hatte angehalten, um den Tieren eine Verschnaufpause zu gönnen, und Rudy holte auf und gesellte sich zu ihr. Viele der Reisenden waren auf der Höhe des Miniaturpasses stehengeblieben, um Rast zu machen und einen Blick auf das weite Land dahinter zu werfen. Alde wandte sich zu ihm um und lächelte. »Wie fühlst du dich?« fragte sie zurückhaltend und ein wenig verlegen darüber, daß sie am hellichten Tag mit ihm sprach.

»Mir tut alles weh.« Rudy stützte sich auf seinen Stab, und es war ihm völlig gleichgültig, ob er auf diese Weise wie ein alter Mann aussah oder nicht. »Wie in drei Teufels Namen haltet ihr Leute das aus? Ich fühle mich, als ginge es ans Sterben.«

»Das geht den meisten Leuten hier so«, sagte Alde. »Und mir würde es auch so gehen, wenn ich nicht im Wagen fahren würde, weil ich die Königin bin. Wir haben den ganzen Tag Frauen überholt mit Kindern so klein wie Tir. Sie haben sie getragen. Sie tragen sie den ganzen Weg bis Renweth, wenn sie nicht unterwegs sterben.« Sie zog die Decken fester um das Kind, das sie auf der Hüfte trug. Tir gab einen leisen Protest von sich und machte entschiedene Anstrengungen, sich aus den Decken zu befreien und, wie Rudy befürchtete, von seinem Sitz zu rollen. Das Kind würde noch ein richtiger Plagegeist werden, wenn es erst einmal anfing zu laufen.

»Sterben?« fragte er erschrocken. Er erinnerte sich daran, was die Leute über diejenigen gesagt hatten, die sich von der Karawane entfernten . . .

»Vor Kälte«, erklärte Alde. »Oder vor Hunger. Wir sind jetzt einigermaßen ausgestattet mit Lebensmitteln, aber wenn wir das Farmland verlassen, wird es nicht annähernd genug zu essen geben. Für die Kinder nicht und nicht für die Alten und Kranken.«

Sie verstummte und hob erschrocken den Kopf, um das Land jenseits der Hügel mit den Blicken abzusuchen. Rudy folgte ihrem Blick über die sanft abfallenden Rundungen des graugrünen Hügellandes. In weiter Ferne konnte er riesige, braune Gestalten erkennen, die durch die Weidegründe stampften und sich wie ungeheure lebendige Heuhaufen im Wind wiegten – unglaublich groß, Ungeheuer in der frostigen Ferne.

»Was ist das?« fragte er und beschattete die Augen, um besser sehen zu können. Dann wandte er den Blick wieder Alde zu und sah den besorgten Ausdruck in ihrer Miene. »Sind es . . .«

»Mammuts«, sagte Alde, und ihre Stimme klang verwundert. »Mammuts auf dieser Seite des Gebirges . . .«

»*Mammuts*?«

Sie hörte den Schreck in seiner Stimme, verstand ihn aber falsch und erklärte, indem sie auf ihn hinuntersah: »Elefanten mit Fell. Sie kommen natürlich in den nördlichen Ebenen häufig vor, aber in den Flußtälern sind sie schon seit – oh, Hunderten von Jahren nicht mehr gesehen worden. Und niemals so weit im Süden. Sie müssen aus irgendeinem Grund über die Bergpässe herübergekommen sein.«

Aber die Mammuts waren nicht die einzigen, die über die Bergpässe herüberkommen sollten.

In dieser Nacht, als er mit Alde am Wachfeuer saß und unter Meddas mißbilligenden Augen leise mit ihr sprach, glaubte Rudy, entferntes Hufgetrappel zu hören, ein ungewöhnliches Geräusch in einem Zug, in dem Pferde selten und kostbar waren und sorgfältiger bewacht wurden als Geld von einem Geizhals. Einige Zeit später trieb der Wind den

Geruch von Rauch herüber und ein Geräusch, das ihn an das Geheul von Wölfen erinnerte, wenn auch irgend etwas daran anders war. Am nächsten Morgen ritt er mit Ingold und dem mageren Häufchen Gardisten, die der Zug für kurze Zeit entbehren konnte, aus, um die Ursache der Geräusche zu erforschen.

Sie fanden sie, lange bevor es der Sonne gelungen war, den dichten weißen Flußnebel zu zerstreuen. Der verkohlte Rest eines ausgeweideten Bauernhauses türmte sich im milchigen Nebel auf, umgeben von den schwebenden, schwarzen Schatten gespenstischer Krähen und dem Geruch von verbranntem Fleisch. Sie fanden die Überreste der Bauernfamilie ein Stückchen vom Haus entfernt. Anfangs erkannte Rudy nicht, daß der Kadaver, der auf dem Boden festgespießt war, ein menschlicher Leichnam war; als es ihm dämmerte, war er einer Ohnmacht näher als je zuvor in seinem Leben. Er hörte Janus' Stiefel im weichen Gras quietschen und das leise Klirren des Zaumzeuges, wenn die Pferde erschrokken die Köpfe hochwarfen. Janus sagte: »Nicht die Dunklen«, und Ingold erwiderte, indem er um das zertrampelte Wiesenstück herumging: »Nein.«

Leise wehte die unsichere Stimme eines Gardeoffiziers zu ihm herüber. »Dooer? Verwildert oder – oder durchgedreht?«

Ein anderer widersprach. »Zu Pferde? Mach keine Witze.«

Ingold tauchte wie ein Geist aus dem Nebel auf und hielt ein Stück von einer mit farbigen Glasscherben verzierten Reitpeitsche, von der eine lange, blutgetränkte Feder herunterbaumelte, in der Hand. »Nein«, wiederholte er, und seine Stimme klang ruhig angesichts des entsetzlichen Gemetzels, dessen Überreste nahebei im Gras lagen. »Nein, ich fürchte, es ist das Werk der Weißen Räuber.«

»Auf dieser Seite des Gebirges?« fragte Janus ungläubig und blickte sich beunruhigt um.

Ingold nickte und streckte ihm die Reitpeitsche entgegen. Die baumelnde Feder strich über sein Handgelenk und hinterließ eine blutige Spur auf der Haut. »Leute von den Lavabergen«, sagte er bestimmt und deutete auf den grausigen, über mehrere Quadratmeter verstreuten Beweis. »Es ist ein Opfer – eine Versöhnungsgabe. Eine Opfergabe an etwas, das sie fürchten.«

»Die Dunklen?« fragte der Kommandant. Er nahm das Stück Reitpeitsche und betrachtete es prüfend.

»Ohne Zweifel«, erwiderte Ingold langsam und ließ den Blick über die niedergebrannten Bäume, die verkohlten Trümmer der Nebengebäude und das eingestürzte Haus schweifen, über dem ein abscheulich erwartungsvoller Schwarm kreischender Aasfresser kreiste. »Ohne Zweifel. Obwohl – wenn ihre größte Furcht den Dunklen gilt, warum sind sie dann über die Berge herübergekommen? Die Gefahr der Dunklen ist am größten in den Flußtälern.«

»Vielleicht wußten sie das nicht.«

»Vielleicht.« In der Stimme des Zauberers schwang noch immer Zweifel, und er schritt unruhig auf dem niedergetrampelten Grasstreifen auf und ab und suchte die milchige Nebelschicht, die das Land zweidimensional erscheinen ließ, mit den Augen ab, als wittere er den Geruch einer unbekannten Gefahr. »In jedem Fall bringt es uns in eine ungünstige Lage. Seht ihr, die Spuren hier stammen von beschlagenen Tieren, was bedeutet, daß ihnen die Pferde bereits ausgehen und sie darum auf den Bauernhöfen im Tal neue stehlen müssen. Ich vermute, daß sie zu wenige sind, um ihre Herden vor den Wölfen zu beschützen. Sie werden sich bald der Karawane zuwenden.«

»Würden sie das wagen?« fragte Janus zweifelnd.

»Wenn sie damit ungestraft davonkommen könnten, ja.« Ingold trat wieder an seine Seite und wischte sich die Taufeuchtigkeit von den Ärmeln. Rudy stellte fest, daß er sich instinktiv so vorsichtig wie eine Katze bewegte, so daß seine Schritte kaum eine Spur im nassen Gras hinterließen. »Die vereinten Kräfte von Garde, Alwirs Truppen, den Kirchentruppen, den Überresten des Heeres und Tirkensons Männern sind den Räubern mindestens zwanzig zu eins überlegen. Aber die Karawane ist auf dem Marsch fast sieben Meilen lang, zum Lager zusammengezogen, vier Meilen. Sie können uns wie eine Speerspitze an jedem beliebigen Punkt angreifen.«

Die Gardisten saßen auf und entfernten sich. Nur Janus und Ingold stiegen noch nicht auf die Pferde. Sie blieben stehen und unterhielten sich mit leiser Stimme; der rothaarige Kommandant der Wachen gewaltig neben der kleineren Gestalt des Zauberers. Von seinem unbequemen Platz auf dem unruhigen Pferd aus blickte Rudy auf die beiden hinunter und grübelte über die Freundschaft der Männer nach, die so offensichtlich war trotz der scharfen Ablehnung der Zauberer durch die Kirche. Ihm kam der Gedanke, daß, abgesehen von Gil und ihm selbst, Janus der einzige Freund zu sein schien, den Ingold im ganzen Zug hatte. Die anderen, die gewöhnlichen Menschen, die sich dem Zug zu der sagenhaften Zufluchtsstätte im Süden angeschlossen hatten, traten dem alten Mann mit einem Gemisch aus ehrfürchtiger Scheu, Mißtrauen und offener Angst entgegen. Für sie war er etwas Unheimliches; selbst Minalde, deren Leben und Kind er vor dem sicheren Verderben gerettet hatte, war scheu und schweigsam in seiner Gegenwart. Rudy fragte sich, welche Verbindung zwischen dem Zauberer und der Garde bestand.

»Und wieviel Gefahr droht uns von den Dunklen?«

In dem trüben Licht war Ingolds Miene von Nachdenklichkeit geprägt. Sein Blick ging an dem Kommandanten vorbei und wanderte über die Landschaft, die sich allmählich enthüllte, während der Nebel sich in fahles, kaltes Tageslicht auflöste. In weiter Ferne bezeichnete die Ahnung einer dunklen Bewegung am Fuße der runden Hügel die Straße mit ihrer endlosen Kette von Pilgern; in der Nähe kauerten Krähen in den kahlen schwarzen Bäumen und beobachteten die Wachen mit glänzenden, neugierigen Augen. Um sie herum erstreckte sich nach Norden, Süden und Westen eine von der Sonne versilberte Grasöde. Rudy hatte noch nie in seinem Leben ein so verlassenes Land gesehen.

»Mehr, als wir glauben«, erwiderte der Zauberer ruhig. »Letzte Nacht hat der Mond hell geschienen, aber ich konnte sie aus der Ferne riechen, Massen von Dunklen. Vor langer Zeit gab es am Fuß der Berge eine Brutstätte, deren Zugang eines Tages verschüttet wurde. Die Straße führt uns ziemlich dicht daran vorbei.«

Janus warf ihm einen scharfen, fragenden Blick zu, aber Ingold gab keine weiteren Erklärungen. Er sagte nur: »Im Augenblick sind die Schnelligkeit und das Wetter unsere Verbündeten. Wir müssen die Festung erreichen, und zwar schnell; mit jedem Tag auf der Straße wächst die Gefahr. Es ist möglich, daß wir die Festung, wenn wir sie erreicht haben, nicht nur gegen die Dunklen verteidigen müssen.«

Elftes Kapitel

Ein Fieber der Unruhe schien sich im ganzen Zug zu verbreiten. Die verborgene Gegenwart der Weißen Räuber jagte ihnen bei Tag, die Bedrohung durch die Dunklen bei Nacht Angst ein. Rudy spürte es, während er auf der endlosen Straße dahinwanderte. Er hörte es aus den Gesprächsfetzen heraus, die er aufschnappte, und sah es den Menschen an, mit denen er im Laufe dieser Tage redete, ohne daß es ausgesprochen wurde; er sah es den Bewegungen der Flüchtlinge an, die sich, eine große, zerlumpte Horde, noch immer an den Kern dessen klammerten, was einmal die Regierung des bedeutendsten Reiches der Westlichen Welt gewesen war. Kleine Gruppen und Familien hasteten an ihm vorüber, ein Mann, der einen hoffnungslos überladenen Schubkarren vor sich herschob, drängte fluchend eine erschöpfte Frau mit einem Kind auf den Armen und einer Ziege an einem zerfransten Seil im Schlepptau, sich zu beeilen, noch ein Stückchen weiterzurennen, bevor irgend etwas – die Dunklen, die Wölfe, die unsichtbaren Räuber – sie erwischten. Später begegnete Rudy ihnen wieder, als sie, ein müdes Häufchen, auf einem verwitterten Meilenstein saßen; das Kind wimmerte hungrig vor sich hin, während der Mann und die Frau über die Schultern auf das menschenleere Land hinter ihnen zurückblickten. Die Menschen wurden immer gereizter. Beim Überqueren des Mabigee-Flusses, dessen Brücke durch die unzeitgemäßen Stürme im Gebirge überflutet war, kam es zwischen Alwir und Govannin zu einem erbitterten Wortwechsel über die Wagenladungen von kirchlichen Aufzeichnungen, die die Bischöfin aus Gae mitgebracht hatte. Die Aufzeichnungen könnten zurückgelassen werden – die Wagen würden für die Kranken, die Verwundeten, die sehr Alten und die kleinen Kinder benötigt, deren Kräfte aufgrund des Nahrungsmangels und der Anstrengungen nachließen.

Die Bischöfin fauchte zurück: »Ja , und dann ist vielleicht alles Wissen und Zeugnis, das die Herrschaft Gottes über die der Menschen stellt, auch zurückgelassen, wenn wir die Festung erreichen.«

»Seid nicht närrisch, Frau!« knurrte Alwir. »Gott hat lieber Seelen als einen Haufen verschimmelten Papiers!«

»Er hat ihre Seelen«, gab die Bischöfin bissig zurück, »oder sollte es wenigstens. Wenn es die Seelen sind, die Euch Kopfzerbrechen machen, verehrter Herr Kanzler, dann werft Euren zahmen Teufelsanbeter, Euren geliebten Hexenmeister hinaus und laßt eure kostbaren Kranken an seiner Stelle im Wagen sitzen. Ein Mann, der sich von Zauberern beraten läßt, sollte der letzte sein, der von Seelen spricht.«

Nach der Überquerung des Flusses waren die Flüchtlinge vollkommen durchnäßt und erschöpft, und keiner setzte den Weg danach weiter als ein paar Meilen fort. Der Hauptteil des Zuges machte in einem verlassenen Dorf halt, und die Leute suchten in den Steinhäusern Schutz, die teilweise in Trümmern lagen, verkohlt von den Flammen, die die Bewohner gegen die angreifenden Dunklen entzündet hatten, oder weil sie dem Ansturm der Dunklen nicht standgehalten hatten. Die Gruppen, die keinen Platz mehr in den Häusern fanden, breiteten sich wie überflutendes Wasser auf einer Ebene in alle Richtungen aus und errichteten eine große, wirre Stadt aus Zelten und behelfsmäßigen Schutzdächern, um die die Wachfeuer einen hellen Ring gegen die hereinbrechende Nacht bildeten.

Rudy hatte sein Lagerfeuer in einer kleinen Bodensenke entfacht, hundert Meter hinter dem Haus, das am weitesten von der Straße entfernt lag. Er hatte eine winzige, in die Hügelflanke hineingebaute Hütte entdeckt, die in besseren Tagen als Holzlager gedient hatte und noch immer genügend Scheite für sein Lagerfeuer enthielt. Der Berghang selbst, der von der Straße und dem Lager abgewandt war, bot ausreichenden Schutz gegen den schneidenden, eiskalten Westwind.

Den ganzen Tag über waren die Berge sichtbar gewesen und im Westen und Süden merklich größer geworden. Jetzt ragten sie, von den letzten Sonnenstrahlen beleuchtet, wie eine schwarze Wand in den wolkenverhangenen Abendhimmel, der Sturm brauste um ihre Gipfel, und wenn die Windstöße die Wolkendecke ein wenig hoben, wurden die weißen Winterhauben darauf sichtbar. Man hatte ihm gesagt, daß der Sarda Paß hoch oben in diesen Bergen lag. Rudy dachte an den Schnee und zitterte unwillkürlich. Er hatte sich daran gewöhnt, den ganzen Tag über heißhungrig zu sein, und sein Körper schien sich, sehr zu seinem Erstaunen, den tagelangen Märschen und der Erschöpfung nächtlicher Wachen anzupassen. Aber seit seiner Ankunft im Reich Darwath war er sich eines ständigen Kältegefühls bewußt. Er fragte sich, ob ihm jemals wieder warm werden würde.

Als es vollkommen dunkel war, erschienen Alde und Medda und brachten ihm ein wenig Glühwein mit. Rudy nippte dankbar daran und überlegte bei sich, daß ihm sechs Tassen des stärksten schwarzen Lastwagenfahrerkaffees und eine Handvoll Koffeintabletten lieber gewesen wären. Immerhin bewies es aber doch, so dachte er, während er über den Rand des Bechers hinweg in die dunklen Augen des Mädchens blickte, daß sie ihn mochte oder wenigstens irgend etwas für ihn empfand. *Alde, Minalde,* dachte er niedergeschlagen, *du bist die gottverdammte Königin von Darwath, und ich bin nur ein durchreisender Vagabund, und warum muß das ausgerechnet mir passieren?* Sein Verlangen nach ihr war greifbar, drängend, doch nicht einmal ihre Hände durften sich berühren.

Medda saß, ein rundes Bündel schweigender Ablehnung, auf der anderen Seite des Feuers, weit genug entfernt, daß sie ihre Unterhaltung nicht hören konnte, wenn sie leise genug sprachen. Abgesehen davon verlieh ihre bloße Anwesenheit ihnen einen Anstrich von Ehrbarkeit, ohne den Alde sich überhaupt nicht mit ihm hätte treffen können.

»Würde Alwir wütend werden, wenn er wüßte, daß du hierher kommst?« fragte er, ohne den Blick von der Dunkelheit zu lösen. Es war ein Soldatenkniff, den ihm der Eisfalke beigebracht hatte: Nicht direkt in das Lagerfeuer zu blicken. Es macht die Augen blind für die Bewegungen der Nacht.

»Oh –« Ihre Stimme klang unwillig. »Wahrscheinlich. Er ahnt es ohnehin. Er macht sich Sorgen meinetwegen.«

»Wenn du meine Schwester wärest, würde ich auch lieber ein Auge auf dich haben.«

»So doch nicht, Dummkopf.« Sie lächelte ihm zu. »Er macht sich Sorgen wegen meiner gesellschaftlichen Stellung. Medda übrigens auch.«

Rudy warf einen raschen Blick zu der wohlbeleibten Frau hinüber, und ihr geringschätziger Blick traf den seinen. Sie hatte ihn mit hochmütigen Blicken bedacht, wann immer sich in den vergangenen fünf Tagen ihre Wege gekreuzt hatten, und in dieser Nacht sagte das Schweigen zwischen Alde und Medda mehr als irgendwelche Worte. Er nahm an, daß sie ihrer Schutzbefohlenen, der schönen jungen Frau, die einst ihr kleines Mädchen gewesen war, Vorhaltungen darüber gemacht hatte, daß sie in der Nacht allein ausging, um sich mit einem Mann zu treffen, der nur ein Gardesoldat war und überdies aus einer anderen Welt stammte. An dem frostigen Schweigen konnte er ablesen, wie diese Unterhaltung verlaufen war. Er wußte, daß Medda Alde an ihre Stellung im öffentlichen Leben erinnert hatte und daß Alde ihr ihre Antwort an den Kopf geworfen hatte.

»Wenn es dich in Schwierigkeiten bringt . . .«, begann er.

Sie schüttelte den Kopf, und die dichte Flut ihrer offenen Haare glitt weich über den Fellkragen ihres Umhangs. »Ich würde nur wachliegen in der Nacht«, sagte sie. Und ihre Blicke trafen sich und teilten einander ihr Wissen mit.

So saßen sie eine Weile schweigend, Seite an Seite, doch nicht zu dicht beieinander und erfreuten sich jeder an der Gegenwart des anderen. Er betrachtete die Dunkelheit hinter dem Lichtkreis des Feuers und lauschte auf die Geräusche der Nacht. In der Ferne sah er eine dunkle Gestalt an der Linie der weit auseinandergezogenen Feuer entlang zum Lager zurückwandern, und er wußte, daß es Ingold war, Ingold, der sich in diesen Tagen nicht viel Schlaf gönnte, sondern seine Nächte aufteilte in einen einsamen, schweigenden Wachgang und lange Stunden der Beobachtung in der kalten Zeit vor Sonnenaufgang, während der er tief in das Innere seines verzauberten Kristalls starrte.

Der Wind trieb die Wolken vor sich her, und sie schoben sich vor den hellen Schein des Mondes. Das Lager war so weit hinter dem schützenden Hügel entfernt, daß sie sich geborgener fühlten als je zuvor, und der Mond schien immer noch so hell zwischen den Wolken, daß nichts sie unbemerkt überrumpeln konnte. Rudy hatte weniger Angst vor den Dunklen als vor den Weißen Räubern oder den Wölfen, doch er konnte in der ganzen finsteren Umgebung keine Bewegung entdecken, und er hörte kein näheres Geräusch als das ferne Rauschen des Flusses. So tranken sie den gewürzten Wein, den Alde mitgebracht hatte, und sprachen über Gott und die Welt, über ihre Kindheit und ihr Leben in der Vergangenheit und tauschten Erinnerungen aus wie Kinder Murmeln. Die Wolken zogen sich dichter zusammen, und die Dunkelheit um sie herum wurde undurchdringlicher, doch der Feuerschein spielte hell und wärmend auf ihren Gesichtern.

Der kurze Regenguß, der ohne Vorwarnung vom Himmel fiel, traf sie völlig unvorbereitet. Hand in Hand rannten sie auf die Felshütte zu, während Medda sich brummelnd damit zu schaffen machte, den zurückgelassenen Weinbecher und ein Holzscheit aus dem Feuer aufzuheben. Lachend stürmten sie durch die Tür. Von innen konnten sie Medda gerade noch erkennen, die mürrisch durch das hohe Gras stampfte und sich dabei über die Fackel beugte, um sie vor dem Regen zu schützen. Doch für den Augenblick waren sie allein in der feuchten, nach Erde riechenden Dunkelheit des kleinen Felsenhauses.

Die Erkenntnis, daß sie zum ersten Mal allein und den Blicken aller anderen entzogen waren, kam ihnen gleichzeitig, und ihr Lachen schwand. Er hörte Aldes Atem, und er wußte, daß sie vor etwas Angst hatte, das sie noch nie zuvor empfunden hatte, etwas, dem sich zu überlassen sie noch nicht bereit war. Sie rührte sich nicht, als er die Hände hob und ihr offenes Haar zur Seite strich. Ihre Wange fühlte sich kalt an. Er spürte, daß sie zitterte, daß ihr Atem dicht an seinem Gesicht schneller und unregelmäßig ging. Sie legte die Hände auf seine Brust und sträubte sich, als er sie an sich zog. Der Umhang glitt ihr von den Schultern und fiel mit einem weichen Rascheln um ihre Füße. Er nahm ihren Mund und öffnete ihn mit seinen fordernden Lippen. Sie stieß einen leisen, kehligen Laut der Abwehr aus, wich aber nicht zurück. Sie wurde nachgiebig in seinen Armen und bebte, als er mit der Hand den Konturen ihres Körpers unter dem weichen Gewand folgte, dann schlang sie, erst unsicher, dann fester und immer fester, die Arme um seine Schultern, als wolle sie nie wieder von ihm lassen. Durch den Schleier seines brennenden Verlangens sagte ihm sein gesunder Menschenverstand, daß Medda bald auftauchen würde – daß die alte Kinderfrau sie bereits sehen konnte und ihnen ihre empörte Mißbilligung entgegenglucksen würde.

Er löste die Lippen von Aldes dürstendem Mund, hob den Kopf

und blickte hinaus. Der Regen hatte nachgelassen, und ein Mondstrahl drang durch einen Wolkenspalt. In seinem Licht dah er Medda.

Sie stand kaum einen Meter entfernt. Sie sah sie nicht an. Obwohl ihre Augen weit geöffnet und starr waren, sah sie nichts an. Der Weinbecher baumelte vergessen in ihrer kraftlosen Hand, und die Fakkel war in einer Pfütze zu ihren Füßen erloschen. All das sah Rudy über Aldes Schulter hinweg im Bruchteil einer Sekunde, und ein kalter, richtungsloser Wind strich ihm von irgendwoher aus der Dunkelheit übers Gesicht.

Mit einer Heftigkeit, die einem reinen Schreckreflex entsprang, schleuderte er Alde tiefer in die Hütte hinein und warf die Tür mit einem Donnerschlag zu. Sie prallte gegen die Wand und hielt sich daran fest, um nicht das Gleichgewicht zu verlieren. Ihre Augen waren vor Schreck und, wie er vermutete, weil sie die Situation mißverstand, weit aufgerissen. »Gib mir einen von den Holzstöcken«, befahl er barsch. Etwas in seiner Stimme ließ sie aufhorchen, und sie gehorchte augenblicklich. Er verriegelte damit die Tür und fand einen weiteren, der als Keil zu gebrauchen war. Seine Hände zitterten vor Schreck.

»Draußen ist ein Dunkler«, erklärte er ihr ruhig. Sie sagte nichts, doch im matten Licht, das durch das einzige Fenster der Hütte hereindrang, sah er, daß ihre Augen sich noch mehr weiteten. »Er – hat Medda erwischt.«

»Oh!« flüsterte sie.

»Hast du etwas, womit wir Feuer machen können?«

Sie schüttelte den Kopf, eine betäubte, kaum wahrnehmbare Bewegung. Dann fuhr sie plötzlich herum und sah sich im beinahe lichtlosen Inneren des Raumes um. »Hier an der hinteren Wand gibt es jede Menge Holz«, sagte sie mit leiser, angespannter Stimme. »Dein Feuer draußen . . .«

»Es ist ein weiter Weg bis zu meinem Feuer«, entgegnete Rudy kurz, »und der Regen hat es wahrscheinlich gelöscht. Ich würde dich ohnehin nicht allein hierlassen.« Die Decke des winzigen Raumes war so niedrig, daß er kaum darin stehen konnte. Er stand mit gezogenem Schwert vor der Tür und überlegte verzweifelt, was als nächstes zu tun war. Hinter ihm sammelte Alde Holzscheite und schichtete sie gekonnt, mit trockenem Blattwerk und Reisig versetzt, zu einem Feuerstoß. Sie arbeitete flink und ohne sich die Angst anmerken zu lassen, die in ihrem Innern toben mußte.

Die Nerven aufs äußerste angespannt, kniete Rudy nieder und betaste das Holz. Weich und faserig. Bedurfte es einer besonderen Art von Holz, um durch das Aneinanderreiben von Stöckchen Funken zu erzeugen? Diese Zweige würden es jedenfalls sicher nicht tun. Er untersuchte den Griff des Schwertes. *Stahl. Feuerstein und Stahl.* Hatte es einen Sinn, den Versuch zu machen, ob er einen Funken aus der Stahlklinge des Schwertes schlagen konnte, auf die Gefahr hin, daß er es für Kampfzwecke unbrauchbar machte? Abgesehen davon waren die Wände der Hütte aus Flechtwerk und Putz, nicht aus Stein, ganz zu schweigen von Feuerstein.

Der Regen prasselte jetzt gleichmäßig und leicht auf die vordere Hüttenwand. Der Mond mußte wieder vollständig verdeckt sein, denn er konnte fast nichts erkennen in der Dunkelheit. Doch er spürte plötzlich diesen kalten Wind um die Türkanten streichen, der das Reisig bewegte, die Blätter mit einem trockenen Rascheln aufwehte und ihm die Kehle mit der erstickenden Umklammerung der Angst zuschnürte.

Feuerstein, dachte er in seiner Verzweiflung. *Wir müssen irgendwie einen Funken schlagen.*

»Trägst du irgendwelchen Schmuck? Irgendwelche Edelsteine?«

Sie schüttelte mit weit aufgerissenen Augen den Kopf.

Ach, zum Teufel, wahrscheinlich wüßte ich nicht einmal, was ich mit einem Feuerstein anfangen sollte, wenn er mir mitten ins Gesicht springen würde . . . »Hör zu, wenn das alles vorüber ist, wirst du dir einen goldenen Ring machen lassen mit einem Feuerstein darin, so groß wie eine Walnuß, und du wirst ihn ständig tragen, verstehst du?«

»In Ordnung«, flüsterte sie atemlos.

Was zum Teufel rede ich da? Es wird nichts mehr geben, wenn das alles vorbei ist.

Alde kauerte sich zusammen, um nicht im Weg zu stehen und seinen Schwertarm nicht zu behindern, obwohl ihr angstvolles Herz nach dem Trost seiner Berührung schrie. Hoch oben an der Tür hörte Rudy ein leises, klopfendes Geräusch wie von einem prüfenden Finger, dann ein Kratzen an der dicken Glasscheibe des Fensters. Rudy dachte, während sein Herz wie wahnsinnig gegen die Rippen hämmerte: *Alles, was ich tun kann, ist ein kräftiger Schlag gegen alles, was durch diese Tür hereinkommt. Was ist Stein? Was ist Feuerstein? Was macht einen Funken? Ich wünschte, Ingold wäre hier. Er könnte Feuer machen, einfach indem er das Holz anschaut.*

Ich möchte wissen, ob ich das auch könnte?

Ihm fielen die Worte ein, die Ingold in der Dunkelheit des Tores zu ihm gesagt hatte, während das Lichtflämmchen seiner leeren Handfläche entsprungen war. *Man weiß, was es ist . . . man nennt es bei seinem wahren Namen . . .* Rudy sah zu dem kleinen Holzhaufen hinüber, unter dem die Blätter und das Reisig aufgeschichtet waren. Es würde Feuer fangen, das wußte er. *Sein wahrer Name . . .* Vielleicht gab es einen Zaubernamen für das Feuer. Aber wie man es auch nannte, Feuer war Feuer. Der Geruch, die Helligkeit waren immer dasselbe. Er dachte daran, wie es riechen würde, wenn die Flammen die Zweige erfaßten, irgendwie süß und scharf. Es würde knackende, kleine goldene Funken sprühen, leise knisternde Geräusche von sich geben . . . Er rief es sich in Erinnerung, das Aussehen, den Geruch, die Helligkeit, und er strengte seine Augen und seinen Geist an, um das Reisig in der tiefer werdenden Dunkelheit zu erkennen. Er sah nur, daß der ganze Raum verblaßte; selbst Alde, die neben ihm auf dem Boden kniete . . . und die Eiseskälte der Angst vor dem Tod, der draußen vor der Tür lauerte, war plötzlich nicht mehr so wichtig wie das Feuer, das Feuer um seiner selbst willen. Er konnte es sehen, hören, riechen; er wußte, wie aus aus dem Reisig hervorprasseln würde.

Die trockenen Blätter bewegten sich leise im Wind. Aus weiter Ferne sah er Alde, die die Fingerknöchel an ihre weißen Lippen preßte, und alles ohne jeden Laut. Unbeteiligt sah er im Geist das Feuer im ersten Augenblick seines Aufzüngelns, und er wußte genau, wie es sein würde. Er sah es, konnte es aber noch nicht berühren. Er spürte, wie sein Geist und sein Körper sich entspannten und in weite Ferne zurückzogen, seine Perspektive der Welt veränderte sich, beschränkte sich auf den trockenen Stapel von Blättern, Reisig und Holz, den er ganz deutlich in der vollkommenen Finsternis vor sich sah. Das Holz, der kleine Blätterhaufen, die winzigen goldenen Funken wie Sterne . . . Ohne sich zu bewegen streckte er seinen Geist wie eine Hand nach dem Feuer aus, so mühelos, als pflücke er eine Blume auf der anderen Seite eines Zaunes.

Kleine goldene Funken sprühten plötzlich hell auf, und der scharfe, süßliche Geruch von entzündeten Blättern erfüllte den Raum. Rudy beugte sich, noch immer losgelöst von sich selbst, ruhig und unsicher, ob alles eine Halluzination sei, nieder und schob einen Zweig nach dem anderen ins Feuer, wirkliches Feuer, wo vorher kein Feuer gewesen war. Die Helligkeit verbreitete sich rasch im Raum, der Feuerschein warf vergnügte Schatten auf sein Geicht und vollführte einen wilden, flakkernden Tanz des Triumphes, der sich in winzigen Lichtpünktchen in Aldes Augen widerspiegelte.

Und dann traf es ihn wie ein Keulenschlag. *Das habe ich getan*, dachte er. *Ich habe es getan!* Die Hitze versengte seine zitternden Hände, drang in die kalte Haut seiner Handflächen und seines Gesichtes ein. Der Wind, der so bedrohlich an der Tür geraschelt hatte, wurde schwächer und war dann verschwunden, und draußen vor der Hütte war es plötzlich entsetzlich still, bis auf das leise Tröpfeln des aussetzenden Regens.

Rudys Kopf dröhnte vor Schreck wie von einem Donnerschlag und wogte heftig in ungestümem Triumph. Ein Teil von ihm schrie: *Ich habe es getan! Ich habe das Feuer gerufen, und das Feuer ist gekommen*, und ein anderer sagte: *Ich hätte nicht fähig sein dürfen, das zu tun.* Doch wirklicher als beides, tiefer in der Wahrheit seines Herzens, war ein stilles Wissen, klar und klein wie ein Flämmchen – die Erinnerung an das erste Knacken des Feuers in den trockenen Blättern und das Bewußtsein, daß er es tun konnte.

Dann hob er den Kopf und sah Aldes entsetzte Augen. Sie waren weit aufgerissen vor Angst, Angst, die vermischt war mit Hysterie, Erleichterung und abergläubischem Schrecken, Angst vor den Dunklen, dem Feuer und vor ihm. Er sah die Spiegelung seiner neuentdeckten Macht in ihren Augen, sah es mit den Augen der anderen als etwas Fremdes,

Entsetzliches und Unheimliches. Sie konnte die verzweifelte Frage in ihren Augen nicht aussprechen, und er hätte ihr keine Antwort darauf geben können. Einen Augenblick lang konnten sie einander im Schein des Feuers nur anstarren, wie sie sich schon einmal im erschrockenen, gemeinsamen Erkennen ihres Verlangens angestarrt hatten. Dann warf sie sich, mit einem Schluchzer, der ihr das Herz aus dem Leibe zu reißen schien, in seine Arme und klammerte sich unter heftigem Weinen an ihm fest, als wäre er ihre einzige Hoffnung im Leben. Magie, Schrecken und Tod entließen ihn aus ihrem Griff, die Spannung ließ mit beinahe körperlichem Schmerz nach, und er zog das zarte Mädchen so fest in seine Arme, als wolle er es in seinen Körper aufnehmen, und barg das Gesicht in ihrem dunklen Haar. Sie nahmen einander mit der Leiderschaft der Verzweiflung unter ihren Umhängen auf dem Boden, während das Feuer seinen Schattentanz auf den niedrigen Deckenbalken aufführte.

Danach schlief Alde, das Entsetzen in Leidenschaft erschöpft, und Rudy lag mit griffbereitem Schwert wach und beobachtete das Feuer. Er ließ seinen Gedanken an Vergangenheit und Zukunft freien Lauf, bis der Regen draußen aufgehört hatte und der Morgen dämmerte.

»Nennst du das etwa Kämpfen?« dröhnte Gnift mit einer Stimme, die so schneidend war wie der Stahl seines vielbenutzten Schwertes. »Ran an den Mann! *Ran an den Mann!«* Der Eisfalke, bewaffnet mit einem fünfzig Zentimeter langen Holzstock, machte einen vorsichtigen Ausfall gegen seinen Gegner, einen massigen Gardisten mit einem ein Meter langen Bambusschwert, das ebenso blutige Wunden verursachen konnte wie Stahl. Der junge Hauptmann war an den Händen und im Gesicht davon gezeichnet; Rudy, der am Rande des Kampffeldes saß, schauderte. Er bemerkte, daß Gil neben ihm mit gespannter Aufmerksamkeit zusah. Sie sah aus, als hätte sie in diesem Spiel ihre Runde schon gehabt und das Schlimmste einstecken müssen.

Stures Weib, dachte er. *Sie werden sie töten müssen, bevor sie aufgibt.*

Gnift schrie: »Du sollst ihn angreifen, du elender Feigling, nicht mit ihm schlafen!«

Der massige Mann fuhr herum, und der Eisfalke wich außer Reichweite zurück. Erbittert trat Gnift unter dem Bogen der Holzklinge hervor, packte den Hauptmann an seiner schwarzen Jacke und schob ihn ins Kampfgetümmel zurück. Das Ergebnis war für beide Kampfhähne blutig, schmerzhaft und erschöpfend.

Nachdenklich bemerkte Rudy: »Eines schönen Tages wird jemand diesem kleinen Bastard eins über den Schädel ziehen.«

»Gnift?« Gil hob ihre aufgeplatzte Augenbraue mit einem Ausdruck verwunderter Belustigung. »Das ist verdammt nicht anzunehmen.« Rudy dachte daran, wie Gnift am vergangenen Abend um dieselbe Zeit im letzten Tageslicht mit Tomec Tirkenson, dem großen Landherrn von Gettlesand, trainiert hatte. Vielleicht hatte Gil recht.

Seite an Seite auf einer Decke dicht neben dem behelfsmäßigen Trainingsplatz sitzend, beobachteten Gil und Rudy die Kämpfenden noch eine Weile. Um sie herum bereitet sich das Lager wieder einmal auf die Nacht vor. Bald würde es Zeit sein, ihre magere Essensration abzuholen und sich zu den Wachfeuern zu begeben. Rudy bemerkte, daß Gil mitgenommen und erschöpft aussah, ein magerer, beinahe geschlechtsloser Schatten mit einer wirren Mähne schwarzer Haare. Er wußte, daß sie zusätzlich zu den Tagesmärschen und Nachtwachen jeden Abend trainierte, und das bei Hungerrationen und mit ihrer halb verheilten Verwundung am Arm, als wollte sie sich selbst in den Zusammenbruch treiben.

Der Wind pfiff von den Bergen herunter und überpülte das Lager wie eine hereinströmende Flutwelle. Die Berge türmten sich jetzt riesig groß und nah über ihnen auf und verdunkelten den Himmel im Westen, eine gewaltige Mauer, wie die Rocky Mountains. Am Morgen hatten sie die Kreuzung erreicht, über die ein verfallenes Steinkreuz wachte, und befanden sich nun auf der breiten Straße, die zum Sarda Paß hinaufführte. Hier, im Schatten der Gebirgsausläufer, war es kälter als in der Ebene. Nirgends eine menschliche Behausung.

Vor ihnen im trüben Zwielicht behauptete der Eisfalke seine Stellung und wich den schwingenden Schwertschlägen seines Gegners aus. Sein Gesicht war schweißgebadet und weiß in seinem elfenbeinernen Haarrahmen, und aus seinen hellen Augen sprach äußerste Erschöpfung. Gnift umrundete die Kämpfenden unter Schmähungen und Flüchen. Schließlich trat er flink hinter den Hauptmann und riß ihm mit einer schnellen Fußbewegung die Füße unter dem Körper weg. Der Eisfalke ging zu Boden, sein Gegner stürzte sich von oben auf ihn. Ein verwirrendes Getümmel folgte. Unter dem Schlag des längeren Schwertes hindurch kam der jüngere Mann schließlich überraschend mit einem sauberen Schlag in den Magen des schweren Gardisten hoch, drehte sich in der Bewegung und schleuderte Gnift über den Kopf, so daß er auf dem Rücken des Gardisten im Schlamm landete. Er nahm beide Schwerter an sich und rappelte sich keuchend auf. Der größere Mann lag fluchend und schnaufend am Boden. Gnift schrie: »Wenn du deinen Gegner am Boden hast, mußt du etwas tun, nicht einfach nur das Schwert nehmen und herumstehen wie ein Idiot. Wenn du das tun würdest . . .«

Rudy, den dieses letzte Manöver außerordentlich beeindruckt hatte, flüsterte: »Müssen das alle Krieger machen? Ich meine, Alwirs Soldaten und die Kirchentruppen auch?«

»Die Methode ist sehr ähnlich«, ertönte Ingolds sanfte Stimme hinter ihnen. »Gnift ist nur strenger als die meisten anderen, und die Königliche Garde steht in dem Ruf, die beste Ausbildung in der ganzen Westlichen Welt zu genießen. Natürlich unterscheiden sich die Methoden in den verschiedenen Kampfbräuchen. In Alketch beispielsweise wird die berühmte Kavallerie trainiert, indem man einen Sklaven mit einer Hand an einen Eisenpfosten in der Mitte der Übungshalle kettet, ihm ein Schwert in die freie Hand gibt und den Kavalleriesoldaten seine Säbelangriffe zu Pferde gegen ihn machen läßt.«

»Sie müssen einen ordentlichen Vorrat an Ersatzmännern haben«, warf Rudy ein. »Erinnert mich daran, daß ich mich von Alketch fernhalte.«

Gil sah den Zauberer von der Seite an, ihr Blick wanderte von der Fesselnarbe an seinem Handgelenk zu seinem heiteren Gesicht, und sie sagte: »Jemand hat mir einmal erzählt, daß Sie früher Sklave in Alketch waren.«

»Wirklich?« Ingold zwinkerte mit den Augen. »Na ja, ich bin viel gewesen und habe viel getan im Laufe meines verpfuschten Lebens. Rudy, wenn Sie einen Moment Zeit haben, würde ich gern unter vier Augen mit Ihnen reden.« Er erhob sich und ging durch das hellrot erleuchtete Chaos des Lagers vor Rudy her, der sich ihm an die Fersen heftete. In einiger Entfernung stand Alwirs Wagen, und Rudy erkannte die schwarzen Banner des Hauses Dare und wußte, daß Minalde sich dort mit ihrem Sohn befand.

Er hatte während des Tages kaum ein Wort mit Alde gewechselt. Sie hatte sich still und schüchterner denn je von ihm abgewandt, als wollte sie sich nach der überwältigenden Vertrautheit der vergangenen Nacht in sich zurückziehen. Rudy war verwundert, aber nicht überrascht; sie hatten einander in der Leidenschaft genommen, die auf die große Anspannung und Angst gefolgt war, und solche Dinge konnten am folgenden Morgen in völlig anderem Licht erscheinen. Es konnte der Kummer über Meddas Tod sein, obwohl ihr, als die Garde die bedauernswerte, taumelnde Gliederpuppe, die ihre älteste Vertraute gewesen war, aus dem Lager führte, klar gewesen sein mußte, daß es keine Möglichkeit gab, sie im Zug mitzuschleifen. Es konnte auch die Scham über den Liebesakt selbst sein oder der Vertrauensbruch am toten König, der damit verbunden war. Rudy grübelte darüber nach. Alde erwähnte den König nur selten und scheute bei der Erwähnung seines Namens fast sichtbar zurück. Vielleicht war es auch die Scham darüber, daß sie bei einem gewöhnlichen Mann gelegen hatte – obwohl er aus Bemerkungen zur Geschichte, die Gil beiläufig fallengelassen hatte, schließen konnte, daß das die weiblichen Hoheiten nicht sonderlich zu stören schien – oder, noch wahrscheinlicher, Furcht und Abscheu, weil sie bei einem Zauberer gelegen hatte. Alde war eine gehorsame Tochter der Kirche. Rudy fiel der Ausdruck in ihren Augen ein, die ehrfürchtige Scheu und das wilde Entsetzen, als sie ihn über die gerade entstandene Helligkeit der Flammen hinweg angesehen hatte.

Aber welches auch ihre Gründe waren, er spürte keinen Zorn gegen sich, nur eine furchtbare Verwirrung der Gefühle. Und während er zu dem massigen, grauen Schatten des geschlossenen Wagens vor dem blassen, lachsroten Himmel zurückblickte, wußte er, daß er zu warten hatte, bis seine Zeit gekommen war. Rudy war genug in der Welt herumgekommen, um zu wissen, daß es jedem passieren konnte, mit jedem beliebigen Menschen einmal zu schlafen. Es war das zweite Mal und die darauffolgenden Male, die zählten. So ungeduldig es ihn auch danach verlangte, wieder mit ihr zusammen zu sein, wußte er doch, daß es das Ende bedeuten würde, wenn er sie drängte. Er kannte Alde und wußte, daß unter ihrer trügerischen Sanftmut stählerne Entschlossenheit verborgen lag. All ihrer ruhigen Schüchternheit zum Trotz war sie keine Frau, die leicht ins Bett zu zerren war.

Und das wäre auch in Ordnung, dachte er, und sein Atem ging plötzlich schwerer, *wenn nur sie allein daran beteiligt wäre.*

Er zwang sich, den Blick abzuwenden.

»Also.« Ingold blieb auf dem offenen Stück Grasland stehen, das zwischen dem Lagergelände und der Wachlinie lag, an der die Feuer entfacht worden waren. Hier waren sie allein, Lager wie Wachlinie verloren sich im konturlosen Grau des Abends. Der Wind blies ihnen den kalten Regengeruch entgegen und brauste durch das Gras und über die kahlen, steinigen Stellen unter ihren Füßen. »Sie haben mir heute morgen erzählt, daß Sie in Ihrer Not Feuer herbeigerufen haben. Zeigen Sie mir, was Sie getan haben.«

Rudy sammelte ein paar Zweige, die beim Zusammentragen des Feuerholzes fallengelassen worden waren, und wählte ein trockenes Fleckchen Erde. Mit dem Fingernagel schälte er ein wenig Rinde als Zunder ab, dann setzte er sich mit untergeschlagenen Beine, den Umhang um sich geschlagen, neben den kleinen Holzstapel. Er entspannte Körper und Geist, schloß die Gerüche des Lagers, den Rauch, den Duft des nassen Grases und das Gebrüll der Rinder aus. Er sah nur noch die Zweige und die Rinde und wie das Holz Feuer fangen würde. *Qualmender als die Blätter gestern nacht,* dachte er. *Ein kleiner Punkt, wie mit Hilfe eines Vergrößerungsglases und der Sonne erzeugt . . . ein anderer Geruch als der von den Blättern . . .*

Das Feuer kam viel schneller als beim ersten Mal.

In dem Blick, den Rudy Ingold zuwarf, lag ein Gemisch aus Triumph und ängstlicher Erwartung. Der ältere Zauberer betrachtete die aufzüngelnden Flammen einen Augenblick lang ungerührt, dann löschte er sie, ohne sich zu bewegen. Er zog einen Kerzenstummel aus irgendeiner Falte seiner Kleidung und hielt ihm in einiger Entfernung vor Rudys Augen.

»Zünden Sie die Kerze an«, befahl er.

Rudy tat es.

Ingold blies sie nachdenklich aus und betrachtete ihn eine Weile schweigend durch den weißlichen Rauchfaden. Dann legte er die Kerze beiseite. Aus einem Beutel an seinem Gürtel zog er einen Faden, an dem ein Stück Blei wie ein Senkblei baumelte. Er hielt den Faden vor Rudy hin und brachte das schwebende Gewicht mit der freien Hand zur Ruhe.

»Machen Sie, daß es sich bewegt.«

Es war wie das Entfachen des Feuers, nur anders.

»Hmmm.« Ingold schloß die Hand um das Gewicht und steckte es wortlos wieder ein.

Ein leichter Windstoß fegte durch das Gras neben ihnen. Rudy zappelte unruhig herum, seine Gedanken schreckten vor der Bedeutung dessen, was er getan hatte, zurück. »Was ist es?« fragte er nervös. »Ich meine – wie ist es möglich, daß ich das kann?«

Der Zauberer strich seine Ärmel glatt. »Sie wissen es«, sagte er. »Besser als ich.« Ihre Blicke trafen sich und blieben ineinander hängen. Zwischen ihnen war das Verstehen um etwas, das nur diejenigen kannten, die gefühlt hatten, was es war. Nicht einmal Worte gab es dafür für diejenigen, die es nicht ohnehin schon wußten. »Die Frage ist die Antwort, Rudy. Die Frage ist immer zugleich die Antwort. Was aber nun Ihre Kraft betrifft, würde ich sagen, daß Sie damit geboren wurden, so wie wir alle.«

Wir, dachte Rudy. *Wir.* Wissend, daß Ingold recht haben mußte, und ankämpfend gegen die Netze des Ummöglichen, stammelte er: »Aber – ich meine – ich konnte es doch früher nicht.«

»In Ihrer eigenen Welt konnten Sie es nicht«, entgegnete Ingold. »Oder vielleicht konnten Sie es doch – haben Sie es je versucht?«

Stumm und hilflos schüttelte Rudy den Kopf. Es war ihm seit seiner frühen Kindheit nie in den Sinn gekommen. Doch es drangen ungebetene Bilder in sein Bewußtsein ein, Bilder aus Träumen, die er als sehr kleines Kind gehabt hatte, noch bevor er zur Schule gegangen war. Dinge, von denen er nicht genau wußte, ob er sie wirklich oder nur im Traum getan hatte. Die Erinnerung an eine Sehnsucht in ihm traf ihn wie eine Pfeilspitze, es war ein Verlangen, tiefer als seine Liebe zu Alde, eine wortlose Sehnsucht, die so tief begraben lag, daß er ihren Verlust niemals im Laufe seines ziellosen Lebens gespürt hatte. Die Sehnsucht nach etwas, das man ihm genommen hatte, als er noch viel zu jung war, um sich dagegen zu wehren. Und als wäre er wieder jenes Kind, fühlte er die Tränen, die ihm die Kehle zuschnürten.

»Niemals?« flüstere Ingold, und sein Blick war wie ein Drachenauge, das festhält und widerspiegelt, ein Spiegel, der die Seele verschlingt. In ihm sah Rudy seine eigene Erinnerung an den Funken, der aus den trockenen Blättern geschlagen war, den dunklen, erschrockenen Blick tiefblauer Augen in die seinen. Er sah die Bilder seiner Kindheitsträume und spürte wieder die Trauer, die er verspürt hatte, als er lernen mußte, daß sie zerronnen waren. Ingolds Stimme hielt ihn fest wie eine Kette aus Samt. »Sie haben die Begabung, die Kraft. Aber selbst Ihre geringe Kraft ist gefährlich. Begreifen Sie das?«

Rudy nickte, er konnte kaum atmen. »Werde ich – kann ich?« – Gab es irgendeine Form, die man einhalten mußte, eine besondere Art, zu fragen? – »Wird die Kraft wachsen, wenn ich lerne, sie richtig anzuwenden?«

Der alte Mann machte eine kaum merkliche bejahende Kopfbewegung, seine himmelblauen Augen waren dabei in sich gekehrt und kühl wie Wasser.

»Werden Sie mich lehren?«

Die Stimme klang jetzt sehr weich. »Warum wollen Sie lernen, Rudy?«

In diesem Augenblick fühlte er zum ersten Mal die beängstigenden Ausmaße der Kraft des alten Mannes. Der blaue Blick bohrte sich fest wie ein Speer in sein Bewußtsein, so daß er weder antworten noch ihn abwehren konnte. Er sah seine eigenen Gedanken, entblößt vor dieser beobachtenden Kraft, ein wirrer Brei halb umrissener Sehnsüchte und egoistischer, unangemessener Nachgiebigkeit gegen seine eigenen wechselnden Gefühle, Kleinlichkeit, Trägheit, fleischliche Begierden, tausend Nachlässigkeiten und dumme Fehler in der Vergangenheit und Gegenwart, düstere Schatten, denen er, bei Licht betrachtet, den Rücken zugewandt hatte. »Ich weiß es nicht«, flüsterte er.

»Das ist keine Antwort.«

Rudy bemühte sich verzweifelt, nachzudenken, mehr für sich selbst als für den alten Menn, diese furchtbare Sehnsucht auszudrücken. Plötzlich verstand er, daß es genau das war, was Gnift für den Mut, den Geist, den Körper der Leute tat, daß er sie lehrte, ihre eigene Wahrheit zu verstehen, bevor sie sie einem anderen mitteilen konnten. In diesem Augenblick verstand er, warum Gil mit der Garde trainierte, verstand das Band des Vertrauens und des Verständnisses zwischen Ingold und dem Kommandanten. Und er wußte, er mußte die Frage beantworten und richtig beantworten. Sonst würde Ingold niemals einwilligen, sein Lehrer zu sein.

Aber es gibt keine richtige Antwort! schrie die andere Hälfte seines Bewußtseins auf. *Es ist nichts – es ist nur diese Ruhe. Ich weiß nur, daß es richtig ist und daß ich es tun muß. Es ist nur, daß ich nicht überrascht war, als es mir gelang, das Feuer zu rufen. Aber es ist für jeden anders.*

Und plötzlich wußte und verstand Rudy, als hätte sich etwas in ihm gedreht und auf die Wahrheit seiner Seele gerichtet. *Sag die Wahrheit,* ermahnte er sich selbst. *Auch wenn es albern klingt, es ist die Wahrheit.* Er flüsterte: »Wenn ich es nicht tue, wird nichts mehr eine Bedeutung haben. Wenn ich nichts lerne – darüber –, wird es keine Mitte geben. Es ist die Mitte aller Dinge, nur wußte ich es bis jetzt nicht.«

Die Worte ergaben einen Sinn für ihn, doch für den Zauberer war es wahrscheinlich ein einziges Kauderwelsch. Er hatte das Gefühl, als spräche eine andere Person aus ihm, hervorgerufen aus seinem bewegungsunfähigen Geist durch die hypnotische Kraft dieses tiefenlosen Blickes.

»Was ist die Mitte?« bohrte Ingold weiter, ruhig und unentrinnbar wie der Tod.

»Wissen – nicht etwas *Bestimmtes* wissen, einfach Wissen. Die Mitte zu kennen, ist die Mitte; einen Schlüssel haben, ein Ding, das einen Sinn ergibt, ist der Sinn. Jedes Wissen hat seinen eigenen Schlüssel, und das zu wissen, ist mein Schlüssel.«

»Ah!«

Aus dem Bann dieser Kraft entlassen zu werden war wie ein Erwachen, aber wie ein Erwachen in einer anderen Welt. Rudy stellte fest, daß er schweißnaß war, wie nach einem Schock oder einer großen Anstrengung. Er fragte sich, wie er Ingold jemals für harmlos hatte halten können, wunderte sich, daß es eine Zeit gegeben hatte, in der er den alten Mann nicht halb gefürchtet, halb bewundert und geliebt hatte.

Liebevolle, trockene Belustigung huschte über die Züge des alten Mannes, und wie eine langsame Erleuchtung kam Rudy die Erkenntnis, wie weit Ingolds Zauberkraft reichte.

»Sie verstehen, was es ist«, sagte der Zauberer nach einer Weile. »Verstehen Sie auch, was es bedeutet?«

Rudy schüttelte den Kopf. »Nur, daß ich tun werde, was ich tun muß. Und ich muß es tun, Ingold.«

Bei diesen Worten lächelte Ingold in sich hinein, als erinnere er sich an einen anderen, sehr ernsthaften und sehr jungen Zauberer. »Und das heißt, daß Sie tun müssen, was immer ich Ihnen sage«, erklärte er. »Ohne Fragen zu stellen, ohne Widerrede und nach besten Kräften. Und nur Sie wissen, welche Ihre besten Kräfte sind. Sie werden sich tausend Dinge merken müssen, die keinen Sinn zu haben scheinen, idiotische Dinge, Namen, Rätsel und Reime.«

»Ich kann mir Sachen nicht besonders gut merken«, gestand Rudy verlegen.

»Dann schlage ich vor, daß Sie es lernen, und zwar schnell.« Seine Augen wurden wieder kühl und nüchtern, und in dem knappen, entschiedenen Klang seiner Stimme spürte Rudy erneut das Aufblitzen seiner furchtbaren Kraft. »Ich bin kein Kindergartenonkel; ich habe meine eigenen Aufgaben. Wenn Sie lernen wollen, Rudy, werden Sie so lernen, wie ich es sage, und dann, wenn ich es entscheide. Ist das klar?«

Für den Bruchteil einer Sekunde überlegte Rudy, was geschehen würde, wenn er sagte: *Aber wenn ich nicht kann, was dann?* Aber die Frage war die Antwort, und die Antwort würde lauten: *Dann können Sie eben nicht*. Es war allein seine Entscheidung. Und Ingold würde weiter so freundlich sein wie zuvor, doch er würde das Gespräch nie wieder erwähnen.

Rudy sah seine eigene Zukunft plötzlich klar vor Augen, und er sah, was seine Entscheidung bedeuten würde: eine völlige Veränderung, gewaltig, alles umfassend, unwiderruflich und furchteinflößend, in allem, was er war, allem, was er tun oder sein würde. Die Entscheidung wurde ihm in seine bebenden, unvorbereiteten Hände geschleudert. Eine Entscheidung, die er treffen mußte, von der er nie zurücktreten konnte, die er niemals wieder würde treffen können.

Warum müssen solche Dinge immer mir passieren?

Die Frage war die Antwort. *Weil du es so willst.*

Er schluckte krampfhaft, und seine Kehle schmerzte vor Anstrengung. »Also gut«, sagte er schließlich mit schwacher Stimme. »Ich werde es tun. Ich werde mein Bestes tun, meine ich.«

Die Nacht war endgültig hereingebrochen. Ingold verschränkte die Arme, ein dunkler, verhüllter Schatten vor dem fernen Flackern der Lagerfeuer. Dünner, durchscheinender Bodennebel war aufgestiegen, und hinter ihnen hingen die Gerüche und Geräusche des Lagers undeutlich in der Luft; Rudy hatte das Gefühl, allein in einer feuchten, kalten Welt zu sein, als hätte er stundenlang hier im nassen Gras gekniet und mit einem furchtbaren Engel gerungen.

Und er hatte gesiegt. Seine Seele war leicht und leer, frei von Triumph und ängstlicher Unruhe, als könne er mit dem Wind schweben.

Dann lächelte Ingold und war jetzt nur noch ein schäbiger kleiner Mann in fleckiger, brauner Robe. »Genau das«, sagte er heiter, »werde ich stets von dir erwarten. Selbst wenn du gelangweilt, müde und hungrig bist, wenn du Angst hast vor dem, was ich dich zu tun heiße, wenn du wütend auf mich bist, weil ich mich, wie du meinst, in dein unbedeutendes Leben einmische. Du wirst immer dein Bestes geben, und nur du weißt, was dein Bestes ist. Gott steh dir bei!« Er erhob sich und schüttelte die nassen Grashalme und Zweige von seinem groben Umhang. »Und jetzt kehr ins Lager zurück«, sagte er nicht ohne Freundlichkeit. »Du hast deine Wachrunde noch vor dir.«

Kalter Wind fegte von den Bergen herunter und strich klagend durch die Canyons, die das entlang der Straße aufgeschlagene Flüchtlingslager umgaben. Er drückte Rudys kleines Feuer in dünnen, verwehten Flämmchen zu Boden, schnitt mit eisigen Fingern durch Umhang und Jacke und drang ihm durch Mark und Bein. Die ersten harten kleinen Schneeflokken begannen zu fallen.

Alde war nicht gekommen.

Rudy wußte, warum, und es tat ihm leid. Was in der vergangenen Nacht geschehen war, hatte alles zwischen ihnen verändert. Auch das war unwiderruflich; wenn sie nicht seine Geliebte war, konnte sie auch nicht länger seine Freundin bleiben. Und als gehorsame Tochter der Kirche, die sie war, würde sie nicht die Geliebte eines Zauberes werden.

Minalde würde ihm fehlen. Sein Körper sehnte sich nach ihr, doch das Verlangen lag tiefer, eine Einsamkeit, ein Verlangen nach ihrer Gesellschaft, nach dem Klang ihrer sanften Stimme. Das brachte ihm schmerzlich die Erkenntnis, daß er von nun an ein Außenseiter war und es für den Rest seines Lebens sein würde. In dieser und in seiner eigenen Welt hatte er sich von aller Hoffnung auf Verständigung mit denen abgetrennt, die nicht das Wissen hatten. Es würde noch schlimmer werden, wenn er nach Hause zurückkehrte, soviel wußte er bereits. Aber nachdem er die Mitte, den Brennpunkt, den Schlüssel zu seinem Leben erblickt hatte, wußte er, daß er nicht die Wahl hatte, den Weg nicht weiterzuverfolgen. Selbst wenn er die gefahrvolle Welt der Dunklen verließ und in den elektrischen Dschungel Südkaliforniens zurückkehrte, würde es ihn drängen, weiter danach zu suchen, das wußte er. Und er wußte, daß er es irgendwie, auf irgendeine Weise finden würde, wenn er danach suchte.

Der Wind schnitt ihm ins Gesicht und wehte neben dem Schnee auch das Heulen der Wölfe zu ihm herüber. Hinter ihm versank das Lager allmählich in tiefen Schlaf. Die Straße, die sich in endloser Länge die Anhöhen hinunter und weiter in die Ebene zog, war auf beiden Seiten durch eine unterbrochene Linie von Wachfeuern gezeichnet.

Seine Gedanken wanderten zu seinem Gespräch mit Ingold zurück, und er versuchte, sich an das Spiegelbild seines Geistes oder seiner Seele oder der Mitte seines Wesens zu erinnern, das er in den Augen des Zauberers gesehen hatte. Die Erinnerung war undeutlich, wie die Erinnerung an einen starken Schmerz. Er konnte sich erinnern, daß er es gesehen hatte, wußte aber nicht klar zu sagen, was es gewesen war – nur an die Umklammerung, die Kälte von Ingolds Gedanken in seinem Bewußtsein und an die deutliche Gewißheit, zum ersten Mal in seinem Leben zu wissen, was er war.

Aber er hatte nicht gewußt, daß es ihn Minalde kosten würde. Er hatte nicht gewußt, daß er alles verlieren würde, was er war, denn darauf lief es hinaus. *Aber wenn die Frage zugleich die Antwort ist, hätte es keine Rolle gespielt, wenn ich es gewußt hätte.* Er wußte nur, hätte er sich abgewandt, so wäre er immer sicher gewesen, daß er es schon in der Hand gehalten und doch wieder verloren hatte. Er wußte, er hätte es sich nicht ein zweites Mal nehmen lassen können.

Das Feuer prasselte, und das Holz brach seufzend auseinander. Rudy nahm einen dickeren Zweig und schob es wieder zusammen. Der Sprühregen aufsteigender Funken glitzerte wie Feuerwerk zwischen den Schneeflocken. Er wickelte sich fester in seinen Umhang und warf einen Blick auf der Lager zurück. Im Schein seines wiederaufflackernden Feuers erkannte er eine dunkle Gestalt, die, von Kopf bis Fuß in Pelz gehüllt, auf ihn zukam. Die schwarze Wolke ihres Haares umwehte sie im Wind, und der Feuerschein zauberte, als sie sich an ihn schmiegte, blaue und goldene Schatten in ihre Augen.

Zwölftes Kapitel

»Ruhig. Laß deinen Geist schweigen. Sieh nichts als die Flammen.« Ingolds weiche, hypnotische Stimme beherrschte Rudys Bewußtsein, während er in das helle Lagerfeuer der Garde starrte, an dem er saß. Er versuchte, seine drängenden Gedanken beiseite zu schieben, seine Müdigkeit und sein Verlangen nach Schlaf und seine Sorgen wegen der Weißen Räuber, die er auf den Spuren des Zuges erspäht zu haben glaubte. Er versuchte, an nichts anderes zu denken als an das Feuer, nichts anderes zu sehen, als den kleinen, durch Flammen und Hitze sich verändernden Holzhaufen. Er stellte fest, daß die Gedanken ihn um so mehr bedrängten, je mehr er sie beiseitezuschieben versuchte.

»Entspanne dich«, sagte Ingold leise. »Mach dir jetzt keine Sorgen über irgend etwas. Sieh nur das Feuer an und atme.«

Der Zauberer wandte sich ab, um mit einer Frau in mittleren Jahren zu sprechen, die mit einem kleinen Jungen von kränklichem Aussehen im Schlepptau am Rande des Lagerplatzes der Garde aufgetaucht war.

Hartnäckig versuchte Rudy, seinen letzten Anweisungen zu folgen. Es war der achte Tag nach ihrem Aufbruch aus Karst, und das kalte, trübe Tageslicht verblaßte schon wieder am Himmel. Zänkische Stimmen wehten vom Band der Straße herüber, wo die schmalen Essensrationen ausgeteilt wurden. Aus der Ferne hörte er das Kastagnettenklappern der hölzernen Übungsschwerter und Gnifts scharfe, höhnische Stimme, mit der er seine erschöpften Schüler aufstachelte. Irgendwo hörte er Alde singen und Tirs leise krähende Stimme, die sich mit kindlichen Freudenlauten dazwischen mischte. Ein Gefühl, das er nie zuvor kennengelernt hatte, durchströmte ihn, ein Gemisch aus Sehnsucht, Erleichterung und Zuneigung, und es lenkte ihn hoffnungslos von seiner augenblicklichen Beschäftigung ab.

Er hob den Kopf. Ingold hockte auf den Fersen und blickte ernsthaft in den pflichtschuldig aufgerissenen Mund des Kindes, dann in seine Augen und Ohren. Die Mutter hatte den gequälten, zornigen Gesichtsausdruck, der jetzt im Lager so häufig zu beobachten war. Sie hatte den Blick abgewandt und tat so, als hätte sie ihren Sohn nicht zu diesem alten, aus der Kirche ausgestoßenen Zauberer gebracht; doch ihre Augen glitten immer wieder ängstlich besorgt zu dem Kind zurück. Es gab in der Westlichen Welt Ärzte, die keine Zauberer waren, aber nur wenige hatten den Einfall der Dunklen überlebt. Diejenigen, die mit dem Zug südwärts wanderten, hatten alle Hände voll zu tun zwischen Krankheit und Kälte, Erschöpfung und Hunger; die Menschen waren jetzt nicht mehr so zurückhaltend wie einst, wenn es darum ging, einen Zauberer um Hilfe zu bitten.

Ingold erhob sich und sprach kurz mit der Frau, während seine Hand auf dem dunklen, krausen Schopf des Jungen ruhte. Als sie sich entfernt hatten, wandte er sich wieder Rudy zu und hob fragend die Augenbrauen.

Rudy zuckte hilflos die Achseln. »Wonach soll ich denn schauen?« fragte er.

Ingolds Augen wurden schmal. »Nach nichts. Sieh nur das Feuer an. Beobachte, wie es sich selber formt.«

»Ich habe hingesehen«, wandte Rudy ein. »Und alles, was ich sehen kann, ist Feuer.«

»Was«, fragte Ingold spöttisch, »hast du anderes erwartet?«

»Äh – ich meine . . .« Rudy merkte, daß er irgendwo den Anschluß verpaßt hatte, aber er wußte nicht, wo. »Ich sehe dich jede Nacht, wie du das Feuer beobachtest, und ich weiß mit Sicherheit, daß du nicht einfach nur zusiehst, wie das Holz brennt.«

»Nein«, sagte der Zauberer. »Und wenn du fünfzig Jahre lang Zauberer bist, dann wirst du vielleicht auch mehr als das sehen. Du mußt die Dinge ausschließlich um ihrer selbst willen lieben, Rudy, dann werden sie sich dir öffnen.«

»Manchmal verstehe ich es einfach nicht«, sagte Rudy viel später zu Alde, als sie aus dem Wagen geschlüpft war und sich in die Wärme ihres gemeinsamen Umhangs schmiegte. »Ich habe das Gefühl, daß ich das ganze Zeug verstehen müßte, aber es gelingt mir nicht. Ich weiß nicht einmal, was ich nicht weiß – ich fühle mich wie einer, der ins Meer geworfen worden ist und schwimmen soll, aber es ist tausend Meilen tief. Ich weiß nicht einmal, wie tief es ist.« Er schüttelte den Kopf. »Es ist verrückt. Noch vor einem Monat . . .« Er verstummte, unfähig, diesem Mädchen, das mit Königen und Zauberern aufgewachsen war, zu erklären, daß er noch vor einem Monat jeden ausgelacht hätte, der behauptet hätte, solche Kräfte zu besitzen.

Ihr Körper drängte sich fester an seinen, ihr Atem war ein dünner, weißer Nebel in der Luft. Da die Canyons, durch die die Straße sich jetzt wand, sehr schmal waren, lagen die Wachfeuer nur ein Dutzend Schritte vom Rand des schlafenden Lagers entfernt, eingeengt von den Berghängen, deren Gipfel hinter mächtigen, von schwarzen Pinienwäldern bedeckten Granitvorsprüngen verborgen waren. Gelegentlich hatte Rudy im Laufe des Tages einen Blick auf die höhergelegenen Gipfel der Ostwallkette des Großen Schneegebirges erhascht, die sich in die Wolken bohrten wie ein schadhaftes Gebiß. Doch meistens hatte er nur die Ausläufer der hohen Gebirgskette wahrgenommen, die die Windungen der Straße überblickten und verbargen, was dahinter lag.

Aldes Stimme war beruhigend. »Ob das Wasser tausend Meilen tief ist oder nur zwei Meter, du mußt nur darauf achten, daß du den Kopf oben behält«, sagte sie. »Für einen Fremden machst du deine Sache sehr gut.« Bei diesen Worten schlang sie den Arm fester um seine Taille.

Er grinste sie an und erwiderte den Druck sanft. »Für einen Fremden mache ich meine Sache großartig«, sagte er. Er schob den Arm um ihre Schultern und betrachtete die Tätowierung auf seinem Handgelenk.

Alde bemerkte die Bewegung und warf ebenfalls einen Blick darauf. »Wofür ist das?« fragte sie.

Er kicherte. »Ich denke nur nach. Ein Mädchen, das ich kannte, zog mich immer wegen meiner Tätowierung auf. Das ist mein Name hier auf der Flagge über der Fackel. Sie sagte immer, ich hätte es machen lassen, damit ich mich erinnern könne, wer ich bin, falls ich es einmal vergessen sollte.«

»Und mußt du daran erinnert werden?«

Er blickte eine Weile in die feindliche Stille der fremdartigen Nacht, dann zu den hellen, leuchtenden Sternen hinauf. Das ferne Heulen der Wölfe drang an seine Ohren. Alle Gerüche der mächtigen Berge wehten zu ihm, von Buschwerk und Pinien, Felsen und Wasser. Der lange Griff des Schwertes, das dicht neben seiner rechten Hand lag, schimmerte im matten Feuerschein, ebenso wie das geflochtene Haar der Frau, die sich, warm und zerbrechlich wie ein gefangener Vogel, in die Beuge seines anderen Armes schmiegte. Die Erinnerung an einen sonnengebräunten kalifornischen Jungen in einer grellbunten Jacke, der Autos in einer Karosseriewerkstatt bemalte, ging ihm durch den Kopf wie die Erinnerung an eine uralte Legende. Das einzige, was er mit ihm gemein hatte, dachte er, war die Tätowierung.

»Ja«, sagte er leise. »Ja, manchmal muß ich das.«

»Ich weiß, wie dir zumute ist«, murmelte sie. »Manchmal muß ich auch daran erinnert werden, glaube ich.«

»Wie war das«, fragte er, »Königin zu sein?«

Sie schwieg so lange, daß er befürchtete, sie mit seiner Frage verletzt zu haben. Doch als er auf ihr Profil hinunterblickte, das vom rötlichgelben Schein des Feuers beleuchtet war, sah er statt dessen in ihren Augen sehnsüchtige Verträumtheit, Erinnerungen, deren Schönheit den Schmerz vergessen ließ.

»Es war wunderschön«, sagte sie schließlich. »Ich erinnere mich – an Bälle, der Saal war hell mit Kerzen beleuchtet, und die Flammen bewegten sich im Einklang mit den Kleidern der Frauen. Ich erinnere mich an den Geruch warmer Nächte, an Zitronenblüten und würzige Parfums, an Flußfahrten in der königlichen Barkasse, die Wassertreppe des Palastes beleuchtet wie ein Schmuckkästchen, golden in der Dunkelheit. Meinen eigenen Haushalt zu haben, meinen eigenen Garten, die Freiheit, zu tun und zu lassen, was ich wollte.« Sie legte ihren Kopf an seine Schulter, und die aufgesteckten Zöpfe, die ihr Haar bändigten, waren weich wie

Seide und glänzend wie Ebenholz an seinem Kinn. »Vielleicht wäre es dasselbe gewesen, wenn ich irgendeinen anderen geheiratet hätte«, fuhr sie leise fort. »Vielleicht kam es nicht so sehr darauf an, Königin zu sein, sondern darauf, mein eigenes Heim zu haben.« Ihr Stimme hatte einen wehmütigen Klang. »Weißt du, eigentlich bin ich ein sehr glücklicher Mensch. Ich will nicht mehr, als das Leben so zu nehmen, wie es kommt, ich möchte im Einklang sein mit den kleinen Dingen, kleinen Freuden des Lebens. Ich bin in Wirklichkeit keine eigensinnige, blutrünstige Hexe . . .«

»Doch, das bist du«, neckte er sie und zog sie noch fester an sich. Sie warf ihm einen vorwurfsvollen Blick zu. »Und ich liebe dich trotzdem. Vielleicht liebe ich dich auch gerade darum. Ich weiß es nicht. Manchmal glaube ich, man kann nicht nach dem *Warum* der Liebe fragen. Ich liebe dich einfach so.«

Ihre Arme schlossen sich heftig um ihn, und sie wandte den Kopf ab und barg ihn an seiner Schulter. Nach einer Weile merkte er, daß sie weinte.

»He . . .« Er drehte sich unter dem Gewicht des Umhangs zu ihr um und streichelte zart ihre bebenden Schultern. »He, du kannst doch nicht während der Wache weinen.« Als er die Hände hob und ihren gebeugten Kopf mit den schimmernden, verschlungenden Zöpfen liebkoste, glitt der Umhang zu Boden. »He, was ist los, Alde?«

»Es ist nichts«, erwiderte sie und wischte sich heftig mit dem Handrükken über die Augen. »Das hat nur noch nie jemand zu mir gesagt. Es tut mir leid, ich werde nicht wieder so albern sein.« Sie nestelte an dem heruntergefallenen Umhang, das Gesicht abgewandt und tränenfeucht.

Rudy hob mit sanfter Gewalt ihren Kopf und küßte sie zärtlich auf den Mund. Ihre Lippen schmeckten salzig. »Ich kann es nicht glauben«, murmelte er.

Sie schluckte und wischte sich wie ein Kind mit dem Arm über die Augen. »Es ist wahr.«

Rudy sagte mit weicher Stimme: »Und was ist mit Eldor?«

Bei diesen Worten füllten sich ihre Augen erneut mit Tränen, und sie glänzten feucht wie im Fieber im weichen Schein des Wachfeuers. Einen Augenblick lang war sie unfähig zu sprechen. Sie sah ihn nur hilflos an.

»Es tut mir leid«, sagte Rudy. So vieles war geschehen, daß er vergessen hatte, wie wenig Zeit vergangen war.

Sie seufzte und entspannte sich in seiner Umarmung, als hätte etwas sie verlassen, eine Spannung, deren Schmerz sie aufrecht gehalten hatte. »Nein«, sagte sie leise. »Nein, es ist schon gut. Ich habe Eldor geliebt. Ich habe ihn geliebt, seit ich ein kleines Mädchen war. Er hatte eine magische Ausstrahlung, die die Menschen anzog, eine Lebendigkeit und eine unbegreifliche Größe. Die einfachsten Dinge, die er tat, fanden Beachtung, waren von Bedeutung. Er wurde König, als ich zehn war.« Sie beugte den Kopf wie unter dem Gewicht der Erinnerungen, die sie nicht ertragen, noch ihnen widerstehen konnte. Wortlos legte Rudy wieder den Arm um sie und zog den Umhang über ihre Schultern hoch, um sie vor dem kalten Nachtwind zu schützen. In den schwarzen Felsen über der Straße heulten die Wölfe wieder, der kehlige Chor des tödlichen Rudels fern und undeutlich in der Dunkelheit.

»Ich weiß noch, wie ich am Tage seiner Krönung auf dem Balkon unseres Stadthauses in Gae stand.« Ihr Gemurmel war kaum lauter als das Rauschen der Pinien über der Straße und das Knistern des Feuers. Sie war eine Träumerin, die einen Traum von neuem durchlebte. »Er war aus der Verbannung zurückgekommen –, er fiel immer wieder in Ungnade bei seinem Vater. Es war ein heißer Tag im Hochsommer, und das Jubelgeschrei in den Straßen war so laut, daß man die Musik der Prozession kaum hören konnte. Er sah aus wie ein Gott, der strahlende Ritter aus einer Sage, ein königlicher Prinz der Flammen und Finsternis. Später kam er öfter zu uns, um mit Alwir jagen zu gehen oder irgendwelche Angelegenheiten des Reiches mit ihm zu besprechen, und ich hatte solche Angst vor ihm, daß ich kaum ein Wort herausbrachte. Ich glaube, ich wäre für ihn gestorben, wenn er es gefordert hätte.«

Rudy sah sie vor sich, ein scheues, mageres kleines Mädchen, ganz dunkelblaue Augen und schwarze Zöpfe, im dunkelroten Gewand des Hauses Bes, wie sie hinter den Vorhängen im Saal verborgen stand, um ihren großen, wohlerzogenen Bruder und diesen dunklen, strahlenden König vorbeigehen zu sehen. Er merkte kaum, daß er die Wort laut aussprach. »Dann hast du ihn also immer geliebt.«

Das kleine Lächeln der Selbstironie, das er schon kannte, stahl sich in ihren Mundwinkel. »Ach, damals habe ich mich ständig verliebt. Sechs Monate war ich furchtbar verknallt in Janus von Weg. Aber das war – anders. Ja, ich habe ihn immer geliebt. Aber als Alwir schließlich die Heirat vermittelte, stellte ich fest, daß die Tatsache, daß man jemanden leidenschaftlich liebt, nicht unbedingt bedeutet, daß diese Liebe erwidert wird.«

»Es tut mir leid«, wiederholte Rudy. Er meinte es aufrichtig, auch wenn er in diesem Augenblick begriff, daß der Geist des toten Königs immer sein Rivale bleiben würde. Sie hatte so tief geliebt – es war ungeheuerlich, daß sie verletzt worden war, indem diese Liebe nicht erwidert wurde.

Stumm dankte sie ihm mit einem Druck der Hand, die in der seinen lag. »Er war so – weit weg«, fuhr sie nach einer Weile fort, als sie ihre Stimme wieder unter Kontrolle hatte. »So kalt. Nachdem wir verheiratet waren, habe ich ihn nur noch selten gesehen – nicht, weil er mich gehaßt hätte, sondern – ich glaube, manchmal hat er wochenlang gar nicht mehr daran gedacht, daß er verheiratet war. Rückblickend denke ich, daß ich hätte erkennen müssen, daß seine Größe etwas so Unpersönliches hat, aber – es war ohnehin zu spät.« Sie zuckte die Achseln, doch das Beben in ihrer Stimme strafte die Geste Lügen, und sie wischte sich wieder über die Augen. »Und das schlimmste ist, daß ich ihn immer noch liebe.«

Darauf war keine Antwort möglich. Die einzige Antwort war körperliche Zärtlichkeit, die Nähe eines anderen Menschen und die Sicherheit, daß er bei ihr war und sie nicht verlassen würde. An seiner Brust spürte er ihre Bemühung, das Schluchzen zu unterdrücken, und nach einiger Zeit wurde sie ruhiger, zwang den lebendigen Kummer auf das Feld der Erinnerung zurück, wohin er gehörte. Rudy fragte: »Dann hat Alwir also auch deine Hochzeit vermittelt?«

»Oh ja«, erwiderte sie mit dünner, aber vollkommen ruhiger Stimme. »Alwir wußte, daß ich ihn liebte, aber ich glaube nicht, daß das der Grund war. Er wollte, daß es eine verwandtschaftliche Verbindung zwischen dem Hause Bes und dem Königlichen Haus gibt; er wollte, daß sein Neffe einmal Hoher König wird. Ich glaube nicht, daß er mich zu der Heirat gezwungen hätte, wenn es einen anderen Mann gegeben hätte, da es aber keinen gab . . . so ist Alwir nun einmal, er ist sehr berechnend. Er wußte, daß er nach unserer Hochzeit zum Kanzler ernannt werden würde. Er hat bei allem, was er tut, eine doppelte Absicht.«

Wem sagst du das, Liebling?

»Aber trotz alledem«, fuhr sie fort, »ist er sehr, sehr gut zu mir gewesen. Hinter dieser glänzenden Fassade prachtvoller Schneiderkunst«, deklamierte sie halb scherzend, »steckt in Wahrheit sehr viel Liebe.«

Ach ja? Liebe zu was?

Ihm fiel auf, daß es ihm im Zusammenhang mit Alwir gar nicht in den Sinn kam zu fragen, *Liebe zu wem?*

Von ihrem Wachfeuer aus beobachtete Gil, wie Alde sich erhob, sich fester in ihren weichen, schwarzen Pelzumhang hüllte, vorsichtig den steinigen Hang hinunterstieg und zu ihrem Wagen zurückkehrte, der sich dunkel gegen das erleuchtete Lager abhob. Gil machte sich Sorgen, denn das Böse schien diese Nacht prickelnd zu durchdringen, und sie fragte sich, wie dieses Mädchen, selbst wenn die Lagerwachen ihre Augen offenhielten, so töricht hatte sein können, ihr Kind alleinzulassen, um mit Rudy Solis im Dunkeln zu turteln. Gil war eine Frau, die nicht liebte, und ihre Gefühle für liebende Menschen waren eine Mischung aus Mitgefühl, Neugier und gelegentlichen Sehnsüchten, die sie sich nicht eingestand. Normalerweise wäre es Gil vollkommen gleichgültig gewesen, ob Rudy und die verwitwete Königin Händchen hielten und redeten oder ob sie sich in Freiluftorgien ergingen. Aber in dieser Nacht war das anders. In dieser Nacht spürte sie die Nähe der Dunklen, diese lauernde Bosheit, die sie im finsteren Labyrinth der Kellergewölbe in Gae gefühlt hatte. So nah wähnte sie diese chaotische, unmenschliche Intelligenz, daß sie trotz des Feuers in ihrem Rücken den Blick ständig nach allen Seiten drehte, um zu sehen, ob sie nicht bereits neben ihr standen.

Um Mitternacht löste sie einer von Alwirs Soldaten ab, ein großer, kräftiger junger Mann in einer häufig geflickten und schmutzstarrenden roten Uniform. Sie sah, daß Rudy seinen Posten an einen der Roten Mönche übergab und den Hang hinunter auf das Lager zuhielt. Aus der Dunkelheit des Ortes, an dem sie stand, auf halbem Wege zwischen Lager und Berghang, beobachtete Gil, wie er zwischen den Schatten der Wagen hindurcheilte und leise über die Ladeklappe des Gefährts mit dem Banner des Hauses Dare schlüpfte.

Gil seufzte und schickte sich an, zum Lagerfeuer der Garde zurückzukehren. Doch wie ein Hund witterte sie etwas Unheimliches in der windbewegten Dunkelheit. Sie blickte angestrengt in die Finsternis, die jenseits des gelb beleuchteten Lagers lag, und wie eine kalte, schwere Hand spürte sie das bevorstehende Unheil.

Die meisten Gardisten waren bereits, versunken im raschen, tiefen Schlaf körperlicher Erschöpfung, in ihre Decken gerollt, als Gil zum Lager zurückkehrte. Nur ein Mann war noch wach. Er saß wie ein verwitterter Felsen im schwachen Schein des Feuers und sah aus, als würde er seit Anbeginn der Zeit so da sitzen. Nacht um Nacht hatte sie ihn dort sitzen sehen, wenn er nicht die Außenlinien des Lagers abschritt. Sie konnte sich nicht erinnern, wann sie ihn das letzte Mal hatte schlafen sehen.

Leise hockte sich Gil neben ihm nieder. »Was siehst du?«

Der Zauberer blickte von den Flammen auf. Er lächelte, und der Lichtschein spielte um die dunklen Furchen seines Gesichts. »Nichts von Bedeutung.« Mit einer leisen Bewegung der Hand umfaßte er die lauernde Stille der Nacht. »Nichts, das – dies hier erklären würde.«

»Du spürst es also auch«, sagte sie leise, und er nickte.

»Wir müßten die Festung schon in drei Tagen erreichen«, sagte er. »Gestern nacht habe ich es undeutlich und weit entfernt gespürt. Heute nacht ist es viel schlimmer. Und doch hat es im Zug seit drei Nächten keine Neuigkeiten mehr über die Dunklen gegeben.«

Gil verschränkte die Hände um die hochgezogenen Knie und betrachtete den Widerschein des Feuers, der über ihre zerschundenen, geschwollenen und frostroten Finger zuckte. »Gibt es in diesem Teil des Gebirges eine Brutstätte?« fragte sie.

»Nur die eine, über die ich einmal mit Janus gesprochen habe. Es ist eine alte Brutstätte, deren Zugang schon vor langer Zeit zugeschüttet wurde. Nacht für Nacht habe ich in den Flammen danach geforscht und kein Anzeichen dafür entdeckt, daß sie je berührt worden ist. Doch ich forsche immer weiter.« Er machte eine Kopfbewegung zu dem kleinen Feuer hin. »Und jetzt kann ich sie sehen. Sie liegt in einem breiten, flachen Tal, ungefähr zwanzig Meilen von hier entfernt. Ich sehe, daß die Grundmauern ganz hinten im Tal liegen und zu den Felsen hin aufsteigen; das ganze Tal ist voller Laubwerk, erfüllt von Hitze und Dunkelheit.« Ein Holzscheit zerbrach in den Flammen, und die aufstiebenden Funken überzogen sein Gesicht mit Lichtfäden.

»Der Ort ist immer von Schatten bedeckt. Niemals fällt das Licht der Sonne oder der Sterne auf diesen glatten Stein. Und inmitten dieser Dunkelheit liegt, wie der Eingang einer Gruft, die noch tiefere Dunkelheit des Zugangs selbst. Aber ich kann erkennen, daß er verschüttet ist, und der Haufen aus Erde und Steinen ist mit Pflanzen bewachsen.«

Gil starrte in das Feuer, sah aber nichts weiter als das Spiel der Farben: Topas, Rosenquarz und Zitrin. Sie spürte die aufsteigende Hitze, die auf den Felsen flimmerte und die in das Gestein geprägten, geheimnisvollen Muster versteinerter Pflanzen wie Eisblumen offenbarte. Aber seine rauhe Stimme ließ in ihrem Geiste die Bilder entstehen, die Dunkelheit, die sich in den zu dicht umrankten Bäumen zusammenballte, die Bewegung im Schatten des Berges, die durch keinen Windhauch zu erklären war. Eine Ahnung von urzeitlichem Schrecken hing in der flüsternden, nächtlichen Luft.

»Es gefällt mir nicht«, sagte Gil leise.

»Mir auch nicht«, gab Ingold zurück. »Ich traue diesem Bild nicht, Gil. Wir sind nur noch drei Tage von der Festung entfernt. Die Dunklen müssen zum Angriff übergehen, und zwar bald.«

»Können wir dorthin gehen?«

Er hob den Kopf und ließ den Blick über das stille, schlafende Lager schweifen. Wolken ballten sich am Himmel zusammen und löschten die Sterne; es sah aus, als wollte sich tiefere Dunkelheit über das Land ausbreiten. »Ich glaube nicht«, sagte Ingold, »daß uns eine andere Wahl bleibt.«

Die Dunklen waren überall um sie herum. Gil spürte sie, fühlte ihre Gegenwart in dem lautlosen, bitteren Gifthauch, der das Tageslicht drückte. Sie blieb am Saum eines der unzähligen, verschlungenen Wälder, die das Tal wie die dichtgewebten Netze von monströsen Spinnen überzogen, stehen, blickte nordwärts zu dem aufsteigenden Hang dieses unheilvollen Landstrichs und ertappte sich dabei, daß sie sich im Geiste immer wieder vorsagte, daß es hellichter Tag und Ingold bei ihr war.

Aber sie wußte, daß sie hier waren.

Der Aufstieg war leicht vonstatten gegangen. *Zu leicht,* dachte sie unwillkürlich – ein seltsamer Gedanke. Das breite, flache Tal, durch das Ingold sie den größten Teil des Vormittags über geführt hatte, wies einen ebenen Untergrund und eine leichte Steigung auf und wäre leichter begehbar gewesen als die Straße darunter, wäre es nicht von Pflanzen vollkommen überwuchert gewesen. Der Wind, der ihnen während der langen Meilen von Karst herunter schwer zu schaffen gemacht hatte, war hier wie abgeschnitten. Die Wände des Tals, Felsen, die immer weiter gegen die sich übereinandertürmenden Geröllhänge und die plötzlich aufsteigenden, dunklen Wälle der himmelwärts strebenden Gipfel zurückwichen, schirmten den Ort ab. Sie stellte fest, daß in ihrem Schutz die Luft wärmer war als irgendwo sonst in dieser Westlichen Welt. Aber obwohl ihr zum ersten Mal seit Tagen warm war, versetzte das Tal Gil in Unruhe. Die Wälder waren auf ungesunde Weise dichtgewachsen, die Luft war zu drückend, und der Boden unter ihren Füßen erschien ihr zu eben. Die düsteren, undurchdringlichen Baumgruppen, die sich über die gesamte Breite des Tales zogen, waren wie ein bedrängendes Schattenlabyrinth, und ihre verschlungenen Zweige wachten über den dünnen Fetzen einer Nacht, die niemals endete.

»Sie sind hier«, flüsterte sie. »Ich weiß es genau.«

Neben ihr, fast unsichtbar im Schatten der Bäume, nickte Ingold. Obwohl es kaum später als Mittag war, schien die Atmosphäre in diesem Tal dem Sonnenlicht seltsame Streiche zu spielen. Die schwüle Luft drückte Gil auf die Lungen und, so dachte sie jedenfalls dann und wann, auch auf das Gemüt.

»Können sie uns auch bei Tageslicht gefährlich werden?«

»Wir wissen nur sehr wenig über die Dunklen, meine Liebe«, erwiderte Ingold ruhig. »Jede Macht hat ihre Grenzen, und wir haben gesehen, daß die Macht der Dunklen entsprechend ihrer Anzahl zunimmt. Wir bewegen uns wie auf einer dünnen Eisdecke, die die Tiefen der Hölle bedeckt. Sei also vorsichtig.« Er zog die Kapuze tief ins Gesicht und schritt, ein Geist unter dem diesigen, bleiernen Himmel, voran.

Je höher sie im Tal stiegen, umso stärker wurde das Gefühl in ihr, daß sie in etwas Böses tappten, das weit jenseits des menschlichen Horizonts lag. Das Tal war von einer teuflischen Symmetrie, an dem gedrängten, schichtenförmig angeordneten Gestein der Felsen war irgend etwas falsch. Der Boden unter ihren Füßen stieg glatt auf bis zu einer tiefen Spalte, die das Tal in zwei Teile schnitt, und über die Schlucht und die natürliche Brücke, die darüber führte, schlang sich wilder Wein und eine besonders zähfaserige Efeuart. Versteinerungen, wie sie Gil schon am Abend zuvor auf den Steinen um das Lagerfeuer bemerkt hatte, traten hier ebenfalls auf dem abgebröckelten Felsen hervor – gewaltige Farne, langgliederige Meeresalgen und kriechendes Getier aus längst vergangenen Zeiten, Trilobit und Brachiopode, für immer eingeprägt in das Schiefergestein. Der Boden schien von Millionen von Füßen geebnet, und er war hart wie ein uraltes Flußbett im weglosen Labyrinth der dichtstehenden Bäume.

Ingold blieb stehen und blickte wohl zum hundertsten Mal an diesem Tag zurück, um ihren Rückweg zu überprüfen. Gil rieb sich die schmerzenden Augen; sie hatte ein paar Stunden geschlafen, bevor sie im Morgengrauen das Lager verlassen hatten, aber der Schlafmangel machte sich bereits bemerkbar. Nicht, daß sie gerade diese Bequemlichkeit in Mengen genossen hätte seit dem Aufbruch der Karawane. – Eine

Unregelmäßigkeit in der Beschaffenheit des Bodens erregte ihre Aufmerksamkeit, ein Bachbett, das anders lag, als es eigentlich sollte, eine Felsgruppe . . .

Sie drehte ich um und stellte fest, daß sie allein war. Für einen kurzen Augenblick wurde sie von Panik ergriffen. Wenige Wochen früher hätte sie alle Vorsicht in den Wind geschlagen und nach Ingold geschrien, und wenn es direkt auf dem Fußabtreter der Dunklen gewesen wäre. Aber das Leben, das sie führte, dem eines Winterwolfes gleich, und ihre Gemeinschaft mit dem Eisfalken hatten ihre Reaktionen verändert, und so blieb sie vollkommen reglos stehen und glitt mit forschenden Blicken über die allzu regelmäßige Landschaft.

Eine Hand legte sich auf ihre Schulter, und sie fuhr herum. Ihr Schwert war bereits halb aus der Scheide, als Ingold sie am Armgelenk packte. »Wo warst du?« flüsterte sie atemlos.

Der Zauberer runzelte die Stirn. »Ich war nirgends.« Er blickte sich mißtrauisch um, ihr Handgelenk immer noch fest im Griff.

»Todsicher warst du vor einer Minute nicht hier.«

»Hmmm.« Er kraulte sich nachdenklich seinen struppigen Bart. »Warte hier«, sagte er schließlich, »und laß mich nicht aus den Augen.« Mit diesen Worten ließ er Gils Arms los und ging davon; seine Schritte machten kaum einen Laut in dem knietiefen Unterholzdickicht. Gil strengte sich nach Kräften an, ihn nicht aus den Augen zu verlieren. Und trotz der Müdigkeit und der Trägheit, die sich ihrer Knochen bemächtigt zu haben schien, war sie ganz sicher, daß sie sich weder von der Stelle gerührt, noch die Augen geschlossen hatte. Und doch verlor sie den Zauberer bei hellem Tageslicht, auf offenem Feld, ohne die geringste Versteckmöglichkeit, irgendwie aus den Augen.

Sie blinzelte und rieb sich die Augen. Es lag etwas in der Luft dieses Ortes, dachte sie, etwas Trügerisches, ein unsichtbares Blindekuhspiel. Dann blickte sie zurück und sah ihn etwa sieben Meter weiter am Ende eines niedergetretenen Efeupfades stehen, als hätte er schon immer da gestanden. Als er wieder zu ihr zurückkam, hatte sie keinerlei Schwierigkeiten, seine Schritte mit den Augen zu verfolgen.

Gil schüttelte den Kopf. »Das verstehe ich nicht.« Sie zog ihren Umhang über die Schulter hoch, eine Bewegung, die ihr schnell ebenso selbstverständlich geworden war wie das Zurechtrücken des Schwertgürtels. Bis zu diesem Tag hatte der Umhang nie genug Schutz gegen die Kälte geboten, aber an diesem Ort mit seiner stickigen Luft erschien er ihr heiß und schwer. Überdeutlich war ihr bewußt, daß irgend etwas in diesem Tal nicht stimmte. »Weißt du, was das zu bedeuten hat?«

»Ich fürchte, ja«, erwiderte Ingold langsam. »Die Macht der Dunklen ist groß hier, sehr groß. Sie scheint den Tarnzauber zu beeinflussen, den ich über uns beide verhängt hatte, und das ist ein Jammer, denn es bedeutet wahrscheinlich, daß ich ihn aufheben muß.«

»Willst du damit sagen«, warf Gil überrascht ein, »daß wir die ganze Zeit unter einem Zauber standen?«

»Aber ja.« Beim Anblick ihres bestürzten Geichtsausdrucks lächelte er. »Seit unserem Aufbruch von Karst habe ich eine ganze Reihe von Zauberformeln über den Zug gesprochen. Die meisten davon betrafen Schutz und Wache, Abwehr und Sicherheit. Sie würden einem vereinten Angriff nicht standhalten, aber sie waren ganz nützlich, um zufälliges Unglück abzuwenden.«

Ärgerlich über sich selbst errötete sie. »Das habe ich nie gemerkt.«

»Natürlich nicht. Es ist das Kennzeichen des guten Magiers, daß man ihn niemals irgend etwas tun sieht.« Sie warf ihm einen mißtrauischen Blick zu, um zu sehen, ob er sie auf den Arm nahm, aber er wirkte vollkommen ernst – so ernst, wie Ingold nur aussehen konnte.

«Aber würde uns ein – ein Tarnzauber überhaupt vor den Dunklen schützen?«

»Hier in ihrem eigenen Tal sicherlich nicht«, erwiderte Ingold beiläufig. »Aber die Weißen Räuber sind uns gefolgt, seitdem wir das Lager verlassen haben. Wenn der Tarnzauber unzuverlässig ist, werden wir auf dem Rückweg einen höllisch schweren Stand haben.«

Sie erreichten die Stelle um die Mitte des Nachmittages herum. Gil spürte es von weitem, das Entsetzen sammelte sich in ihren Adern. Sie wußte, daß es die Stelle war, deren Bild Ingold in den Tiefen des Feuers gesehen hatte, ohne daß es ihr jemand sagen mußte. Der Boden war unnatürlich glatt; er stieg in spitzem Winkel auf, und am Fuß des Berghanges war eine mächtige Basaltplatte schräg in den Boden eingelassen, deren entgegengesetzte Kante wie der Rumpf eines zur Seite gekippten Wracks aufragte; eine Ecke war im Talboden versenkt, als wäre sie durch eine unaussprechliche, im Abgrund der Zeit verlorene Naturgewalt hineingetrieben worden. Der Neigungswinkel zeigte, wie tief die Platte verankert war; obwohl sie um gut zehn Meter nach oben verschoben worden war, war keine Spur von ihrem Boden zu sehen. Und in ihrer Mitte klaffte das schwarze Loch einer Treppe, die steil hinunterstürzende Straße in den Schlund der Dunklen.

Der Zugang zur Treppe war offen. Von den Erdmassen und Steinen, die Ingold im Schattenbild des Feuers gesehen hatte, waren kaum noch Spuren im Umkreis der abscheulichen Schlucht zu entdecken. Versprengtes Geröll bedeckte den Hang darunter wie die Spuren eines Vulkanausbruchs, doch die Art, wie es von den allgegenwärtigen Schlingpflanzen überwuchert war, zeigte Gil, daß die Steine schon vor vielen Jahren von dem Loch fortgesprengt worden waren. Dennoch hob sie einen davon auf. Er wies auf der Unterseite die trockenen Reste einer üppigen, obszönen Orchidee, vor Millionen Jahren in einem Ursumpf erstarrt und von der Gewalt dieser Sprengung in Stücke gerissen. Auch Ingold untersuchte das Muster der weitversprengten Steine und bahnte sich dabei systematisch einen Weg zu der bizarr gekippten Bodenplatte und dem Schlund, der gähnend klaffte wie ein lautloser Schrei zum Tag.

Er blieb da stehen, wo der üppig wuchernde Pflanzenwuchs endete und die schwarze Bodenplatte begann. Gil sah, wie er sich bückte, um einen Stein aufzuheben, den er dann eine Weile in den Händen hin und her drehte. Schließlich trat er vorsichtig auf die glatte, schräge Fläche und begann, auf die Treppenöffnung zuzuklettern.

Obwohl alles in ihr sich dagegen sträubte, wie zuvor auf jener Platte in den Kellergewölben von Gae, folgte Gil ihm. Sie kämpfte sich durch das Blattwerk, das sich mit unnatürlicher Hartnäckigkeit um ihre Füße schlang, und kletterte auf die geneigte Bodenplatte, wo der Zauberer, dessen Schatten klein und bleiern um seine Füße lag, in einiger Entfernung wartend stehengeblieben war. Bei Tageslicht betrachtet, entblößt unter dem Himmel, flößte ihr allein die Größe der Platte Furcht ein; von der Ecke, die in der pflanzenerstickten Erde steckte, bis zu der Ecke, die nach oben gerichtet und im vorspringenden Knie des Berges begraben war, mußte sie wohl an die zweihundert Meter messen. In ihrer Mitte wirkte Ingold sehr klein und schutzlos. Es war ein mühsames Klettern auf der glatten Steigung; als Gil bei ihm anlangte, keuchte sie schwer in der klebrigen erstickenden Luft.

»Wir hatten also recht«, sagte Ingold leise. »Das Bild war eine Lüge.«

Unter ihnen dehnte sich, den Winden geöffnet, die Treppe in die Tiefe. Ein kühler, feuchter Lufthauch stieg daraus auf, und Gil spürte, wie ihr wirres, verschwitztes Haar im Nacken klebte. Zwischen ihnen und den Dunklen war jetzt nichts mehr als die Gegenwart der Sonne, und sie warf einen schnellen Blick zum Himmel, als befürchtete sie, Wolken aufziehen zu sehen.

»Und was sollen wir nun tun?«

»So schnell wie möglich zum Zug zurückkehren. Wir wissen noch nicht, was sie vorhaben, aber zumindest kennen wir die Richtung ihres Angriffs. Und vielleicht ist es uns möglich, ihre Pläne zu durchkreuzen und Tirs Weg zur Festung zu decken.«

Gil warf ihm einen fragenden Blick zu. »Aber wie?«

»Etwas, das Rudy einmal gesagt hat. Wenn wir . . .«

Er verstummte und packte sie am Handgelenk. Gil folgte seinem Blick über den glatten, überwucherten Grund des Tales und nahm eine Bewegung zwischen den dunklen Bäumen wahr, unweit einer jener seltsamen schwarzen Gesteinsformationen, die überall im Tal verstreut lagen. Die Bewegung entzog sich bald wieder ihren Blicken, aber Gil wußte, was es war. Es konnte nur eins bedeuten.

Sie fragte: »Haben sie uns entdeckt?«

»Ohne Zweifel. Allerdings sollte es mich wundern, wenn sie näher herankämen.« Ingold begann, sich mit seinem Stab im Gleichgewicht haltend, vorsichtig den Abstieg von der rampenähnlichen Platte, und Gil heftete sich dicht an seine Fersen. Als sie den Erdboden erreicht hatten, suchte Ingold das Tal noch einmal mit den Augen ab, konnte aber nichts mehr entdecken. »Was natürlich gar nichts heißen will«, sagte er, indem er kehrtmachte, um die aufragende Kante der Steinplatte abzuschreiten. »Nur weil wir die Weißen Räuber nicht sehen, heißt das noch lange nicht, daß sie nicht da sind.«

»Was sollen wir also tun?«

Ingold deutete mit dem Stab auf das schmaler werdende Labyrinth von Spalten und steilen Tälern am Ende des Tales der Dunklen, ein wirres Durcheinander alter, vom Felsen abgespaltener und vorgeschobener Lawinenhänge. »Es müßte einen Weg dort hinauf geben«, erklärte er ruhig und blieb im weindurchrankten Schatten der nahtlosen schwarzen Steinmauer stehen.

»Du machst Witze«, rief Gil erschrocken aus.

»Ich mache niemals Witze, meine Liebe.« Er schickte sich an, die Geröllhalde hinaufzusteigen.

Gil blieb noch eine Weile, wo sie war, und sah ihm nach, wie er hinter einer Anhöhe verschwand. Um die konturlose Wand der schwarzen Platte herum war die Landschaft von merkwürdigen Bodenerhebungen und Senken gezeichnet, aber welcher Umbruch auch immer sie verschoben hatte, es war so lange her, daß das Tal sein geologisches Gleichgewicht wiedergefunden hatte. Und diese Tatsache an sich beunruhigte Gil – sie war so alt, so unvorstellbar alt. Weltalter waren vergangen, seit eine geheimnisvolle Macht diese Landschaft geschaffen hatte, Äonen, in denen die Form selbst der Länder und Meere sich verändert hatte. Ihr Blick fiel wieder auf einige Versteinerungen. *Mein Gott,* dachte sie, *dieser Ort war ein tropischer Sumpf, als das hervorgebracht wurde. Wie lange eigentlich bewohnen die Dunklen die Erde schon?*

Wer hätte die Frage je beantworten können, da sie nicht einen Knochen in ihrem schwebenden, plasmatischen Körper hatten? Und doch verfügten sie über Intelligenz, die Intelligenz, Erdschächte zu graben und die dunklen Bodenplatten über ihren Köpfen so zu bauen, daß sie ohne merkliche Zerfallserscheinungen Jahrtausende überdauerten. Sie waren so intelligent, daß sie über ihre eigene Magie verfügten, deren Wesen völlig anders war als das der menschlichen Magie, unbegreiflich für den menschlichen Verstand. Sie waren intelligent genug, den Flüchtlingszug genau zu beobachten, zu wissen, wo Tir sich aufhielt und warum er aus dem Weg geräumt werden mußte.

Mit verschränkten Armen stand Gil eine Zeitlang in den länger werdenden Schatten und grübelte über die Dunklen nach.

Nach einer Weile hob sie den Kopf und sah Ingold am Ende des Tales zwischen dem Gewirr aus Felsblöcken und zusammengedrängten Bäumen auftauchen und wieder verschwinden. Irgend eine Urkatastrophe hatte die Flanke eines der schützenden Gipfel des Tales abgesprengt und eine Wildnis von Granitfelsen und bodenlosen Abgründen hinterlasen; und die Zeit hatte die Trümmer mit pflanzlichem Leben überzogen, das viel zu groß gewachsen war für die senkrechten Felsen. Das Ergebnis erinnerte sie entfernt an eine chinesische Zeichnung, auf der aus einer steil abfallenden Klippe ein ausgewachsener Baum hervorgesprossen war. Aber hier war alles unnatürlicher, unrein und dunkel; hier waren abgestorbene Baumstümpfe heruntergestürzt und verrotteten in Rinnen, die von toten weißen Spitzen nur so starrten, unter herabbröckelnden, halsbrecherischen Kletterpfaden. Hoch oben am Hang eines dieser Felsen sah Gil Ingolds braunen Umhang, der sich auf einem unfaßbar schmalen Felsvorsprung voranbewegte.

Ingold sah, daß sie zu ihm heraufblickte, und blieb, an den Felsen gedrückt, stehen. »Komm herauf«, rief er, und seine Stimme hallte dünn zwischen den Felsen wider. »Es gibt einen Weg.«

Ach, zum Teufel. Gil seufzte. *Man stirbt schließlich nur einmal.*

Gil hatte sich in großer Höhe nie wohl gefühlt. Während sie sich jetzt über den tückischen Pfad vorwärtstastete, beneidete sie den Zauberer um seinen Stab, denn an manchen Stellen verengte sich der Felsvorsprung auf Zentimeterbreite, und an anderen ergossen sich Kaskaden von Weinranken über die Spur und verdeckten jeden Hinweis auf einen Halt unter den Füßen. Wohl ein Dutzend Mal mußte sie, den Blick weder nach oben noch nach unten noch sonst irgendwohin gerichtet als auf ihre zerschundenen Hände, umkehren, wenn ein vielversprechender Sims plötzlich zu Ende war oder wenn ein Spalt zwischen zwei Felswänden zu schmal zum Durchschlüpfen wurde oder versperrt war von faulendem Blattwerk, unter dem sich jede Menge Wesen tummeln konnten, die weniger unheimlich, aber mit Sicherheit ebenso tödlich waren wie die Dunklen. Sie fragte sich, ob es in dieser Welt wohl Klapperschlangen gab – oder aber nicht minder unangenehme giftige Schlangen, die nicht klapperten.

Endlich holte sie Ingold, nach einer halsbrecherischen Strecke, die auf schmalem Felsvorsprung über einen alptraumhaften Schlund voller Dornengestrüpp und Geröll um einen abgerundeten Felsenhang führte, am Anfang einer finsteren Felsspalte ein. Sie schwitzte und keuchte in der Nachmittagshitze und kämpfte auf dem steinigen Untergrund um Halt. Die Sonne hatte sich hinter die Gratlinie der Rampartkette geschoben, so daß die Klamm in tiefem Schatten lag. Von Ingold war kaum mehr zu sehen als der helle Fleck seines Gesichts und das Glitzern seiner Augen.

»Sehr gut, meine Liebe«, begrüßte er sie wohlwollend. »Wir werden noch eine Bergsteigerin aus dir machen.«

»Den Teufel werden wir«, stieß sie atemlos hervor und blickte sich nach hinten um. Wenn es dort, wo sie heraufgeklettert war, einen Weg geben sollte, so wollte sie jedenfalls verdammt sein, wenn sie ihn jetzt entdecken konnte.

»Wir müßten dieser Klamm bis zu der Kammlinie dort oben folgen können«, fuhr er, nach oben deutend, fort. »Wenn wir sie erst überschritten haben, müßten wir uns nahe an der Schneegrenze befinden und damit für den Augenblick außer Reichweite der Dunklen. Wenn wir Glück haben, treffen wir auf der anderen Seite auf einen Pfad, der uns ins Renwethtal führt und damit zur Festung Dare.«

Gil schätzte die Entfernung ab, so gut sie konnte in der irreführenden Klarheit der Gebirgsluft. Sie hatten den Dunstschleier, der über dem Tal schwebte, hinter sich gelassen; hier oben war alles blendend deutlich abgehoben, und die schrägen Schatten veränderten scheinbar die Lage des Gipfels und der Gratlinie. »Ich glaube nicht, daß wir es bis zum Einbruch der Dunkelheit schaffen werden«, sagte sie zweifelnd.

»Ich auch nicht«, stimmte ihr Ingold zu. »Aber wir können die Nacht nicht gut im Tal verbringen.«

Gil seufzte resigniert. »Da hast du allerdings recht.«

Der Zauberer stach vorsichtig mit dem Stab in das lose Gestein, das den Boden bedeckte. Ein großer Gesteinsbrocken neigte sich gefährlich, und ein kleines Geriesel aus Sand und Steinen löste sich und ruschte an ihren Füßen vorbei über den Rand des Abgrundes. Etwas von der Ratsamkeit, das nächste Mal ein Seil mitzuführen, vor sich hinmurmelnd, verbunden mit Verwünschungen gegen die Weißen Räuber unten im Tal, hielt er wachsam nach einem anderen Weg Ausschau. Währenddessen wandte sich Gil um und warf einen Blick über den Felsen zurück, von neuem entsetzt über den selbstmörderischen Aufstieg, den sie gerade gewagt hatte. Ihr Blick wanderte weiter nach unten in das Tal, und ein seltsamer, kalter Schreck durchfuhr sie.

»Ingold«, rief sie leise. »Komm und sieh dir das an.«

Etwas am Klang ihrer Stimme veranlaßte ihn, augenblicklich rutschend und stolpernd zu ihr zu eilen. »Was ist los?«

Aus der Höhe und von der anderen Seite aus betrachtet, erschien die Landschaft in einem anderen Licht. Der Winkel des von den westlichen Bergen her einfallenden Sonnenlichts veränderte die Perspektive dieses Ortes der Finsternis. Von hier aus war die Symmetrie offenkundig, die Mittelpunkte der überwucherten Baumgruppen waren nach einem bestimmten Muster angeordnet, dessen Geometrie sich dem menschlichen Begriffsvermögen entzog. An den Bachläufen war die Ahnung einer unnatürlichen Regelmäßigkeit zu erkennen, die dichten Matten der allgegenwärtigen Weinranken boten aus diesem Blickwinkel einen beunruhigenden Anblick in den systematischen Veränderungen von Farbe und Dichte. Fast genau unter ihnen lag die gewaltige rechteckige Bodenplatte, und die Beziehung zwischen ihrer Lage und der Anordnung der unnatürlichen schwarzen Gesteinshaufen, die das Blattwerk durchbrachen, wurde dieser Frau, deren Blick geschult war für die Grundlagen der Architektur, mit einem Mal erschreckend klar.

Ingold starrte auf den abnormen Teppich, der sich unter ihnen ausbreitete, und runzelte die Stirn. »Es sieht fast so aus – als hätte hier einmal eine Stadt gestanden. Aber es hat nie eine gegeben, nicht in der Geschichte der Menschheit.« Mit den Augen und dem Finger zog er die widernatürlichen Linien gekrümmter Schatten im Pflanzendickicht nach, deren eigenartig stumpfe Winkel in der Beziehung zwischen Bächen und Stein vage sichtbar wurde. »Was ist die Ursache dafür? Es ist, als würden die Pflanzen an manchen Stellen weniger dicht wachsen . . .«

»Begrabene Grundmauern«, erwiderte Gil leise. »Wie es aussieht, liegen die Grundmauern so tief, daß sie kaum Spuren hinterlassen. Auf dieser Linie sind die Bäume kümmerlicher, weil ihre Wurzeln nicht so tief ins Erdreich eindringen können. Siehst du den Lauf dieses Baches? Und doch . . .« Sie hielt verwirrt inne. »Es sieht so geplant, so regelmäßig aus, aber es gleicht keiner Stadt, die ich je gesehen habe. Es hat ein Schema – aber das Schema ist vollkommen verkehrt.«

»Natürlich«, entgegnete der Zauberer sanft. »Es gibt darin keine Straßen.«

Ihre Blicke begegneten sich. Die Bedeutung seiner Worte drangen ihr langsam, wie ein Flüstern aus unerforschlichen Abgründen der Zeit, ins Bewußtsein.

»Komm«, sagte Ingold. »Dies ist kein Ort, an dem wir uns aufhalten sollten, wenn die Sonne erst einmal untergegangen ist.«

Dreizehntes Kapitel

Als sie das Tal hinter sich gelassen hatten, begann der schneidend kalte Wind mit boshafter Absicht an ihren Händen zu zerren, wenn sie sich an tückischen Felsvorsprüngen festklammerten. Manchmal befanden sie sich weit oberhalb der Baumgrenze und bahnten sich ihren Weg über Ziegenpfade, die glatt waren vom alten Schnee, dann wieder kämpften sie sich durch Dickicht oder klammerten sich haltsuchend an die sturmzerzausten Wurzeln tollkühner, kümmerlicher Bäume und vertrauten sich über bodenlosen Abgründen ihrer Stärke an. Gil und Ingold bewegten sich in einer Welt, die nur aus Kälte, Felsen, Wind und dem fernen Tosen von Wasser bestand und in der sie nicht anhalten konnten, selbst wenn sie es gewollt hätten, denn es gab keinen Halt, an dem sie eine Ruhepause hätten einlegen können. Gil war sicher, daß sie ohne den Schein des Zauberlichts, das Ingold ausgesandt hatte, um die Umrisse der Felspfade auszuleuchten, den Aufstieg nicht überlebt hätten. Und selbst so empfand sie, als sie später darauf zurückblickte, nur eine benommene Verwunderung darüber, daß sie es geschafft hatte.

Endlich legten sie sich, eng aneinandergedrängt, um sich gegenseitig zu wärmen, in den Spalten des nackten Felshanges zum Schlafen nieder. In den Tiefen der Nacht spürte sie eine Wetteränderung und roch im Traum von Ferne den drohenden Schnee.

Am nächsten Morgen kamen sie leichter voran, es war nicht viel beschwerlicher als eine harte Rucksackwanderung. Gegen Mittag entdeckte Ingold den Ansatz eines Weges, dem sie über die steilen, baumbestandenen Westhänge des Rampartgebirges folgten. Am fortgeschrittenen Nachmittag erreichten sie schließlich das eisige, gewundene Renwethtal.

Gil beschattete die Augen und blinzelte in die strahlend helle Weite. »Was zum Teufel ist das?« Der kalte Wind, der durch das Tal strich, riß ihr den Atem von den Lippen und kräuselte den Fjord von farblosem Gras wie schnell fließendes Wasser. »Was ist *das?«*

»Es ist die Festung Dare.« Ingold lächelte. Er hatte die Arme verschränkt, um sich zu wärmen, zitterte aber dennoch kaum merklich. »Was hast du erwartet?«

Gil wußte nicht genau, was sie erwartet hatte. Jedenfalls etwas Kleineres. Etwas, das mittelalterlicher wirkte. Nicht diesen trapezförmigen, schwarzen Monolithen, der sich, Gebein vom Gebein des Berges, auf der breiten Anhöhe am Fuße der schroffen, dunklen Felsen in der Ferne erhob. Sein Dach ragte höher hinauf als die Pinien, die auf dem Berggrat dahinter wuchsen. Dünner Pulverschnee wurde in Wolken vom flachen Dach der Festung heruntergeweht, doch an keiner der Seitenwände, die so nackt und glatt waren wie fehlerloses Glas, hatte sich auch nur eine Spur von Schnee niedergelassen.

»Wer, zum Teufel, hat das Ding gebaut?« flüsterte Gil ehrfürchtig. »Wie groß ist es?« Jetzt konnte sie wohl glauben, daß hier die Menschheit den Dunklen standgehalten hatte. Selbst die Macht der Dunklen, die Stein und Eisen mühelos zerschmettern konnte, mußte an dieser Festung scheitern. Mit einem Gefühl der Verwunderung erkannte sie, daß es in dieser dunklen, kalten und schrecklichen Welt, in die sie ohne ihr Zutun geworfen worden waren, schließlich doch eine Stätte der Zuflucht gab.

»Dare von Renweth ließ es erbauen«, erklang Ingolds Stimme neben ihr. »Er hat sich die noch bekannte Technologie und Macht der Alten Reiche zunutze gemacht, eine Macht übrigens, die unsere heutige bei weitem übertrifft. Hier suchte er Schutz mit den Überlebenden seines Volkes, die dem ersten Ansturm der Dunklen nicht zum Opfer gefallen waren, und von hier aus regierten er und sein Geschlecht dieses Tal, den Sarda Paß und alles, was von einem Reich übriggeblieben war, dessen Name, Ausdehnung und Wesen dem Gedächtnis der Menschen völlig verlorengegangen ist. Was seine Größe betrifft . . .« Er warf einen Blick auf den schwarzen Monolithen in der Ferne, der das Tal bewachte. »Es ist klein. Es kann achttausend Menschen beherbergen und ihnen ein gewisses Maß an Bequemlichkeit bieten, und das Tal kann, wenn es bestellt wird, beinahe doppelt so viele ernähren. Es gibt keine Überlieferungen mehr, sofern sie überhaupt je existiert haben, wie vielen Menschen gleichzeitig es in der Vergangenheit Schutz geboten hat.«

Als sie durch das helle Gras des Tales darauf zugingen, schien das Bauwerk, schattenlos unter dem kalten, bewölkten Himmel, immer größer zu werden. Gil blickte sich im Tal um. Es bestand aus einer Reihe von umfriedeten Hochlandwiesen, hier und da unterbrochen von kleinen Espen-, Birken- und Pappelwäldchen, deren Blätter ruhelos im Wind glitzerten. Über diesem Ort, der der erste und der letzte Mittelpunkt des Reiches, seine Wiege und sein Grab war, lag eine harte, klare Schönheit. Gil taten alle Knochen im Leibe weh, und selbst ihre durch den Schwertkampf gestählten Muskeln schmerzten unter den Nachwirkungen der qualvollen Kletterei.

Es ist gar kein so schlechter Ort, dachte sie, *um für endlose Jahre eingeschlossen zu sein.* Doch vertraut mit den kleinlichen Gehässigkeiten unter Nachbarn, hatte sie die Saat bereits in dem Tratsch, den auch vierundzwanzig Stunden höchster Gefahr nicht aus dem Flüchtlingszug hatten verbannen können, bereits wiedererkannt, und sie wußte, wohin es

führen würde – eine kleine Stadt, zusammengedrängt in den Mauern einer Festung, Jahr um Jahr dieselben Menschen, aneinander gefesselt und ohne jede Ausweichmöglichkeit.

»Die Festung steht schon sehr lange«, erklärte Ingold, als sie endlich die Straße erreichten, die an der Festung vorbei über den Sarda Paß führte, dieselbe Straße, auf der sich, viele Meilen weiter unten, Alwir und seine Leute in ihrem Streben nach der sagenumwobenen Sicherheit dieses Ortes jetzt befanden. »Doch die Tore der Festung tragen noch immer die Runen der Macht, dort angebracht von den Zauberern, die bei der Errichtung des Bauwerks halfen – Yad zur Linken und Pern zur Rechten, die Runen des Schutzes und des Rechts. Nur ein Zauberer kann sie als schimmerndes Silbergeflecht in den Schatten erkennen. Doch selbst nach dieser langen Zeit hat der Zauber der Erbauer noch Gültigkeit.« Gil wandte den Blick von den hoch aufgetürmten Gebirgsmassiven, die sich, unterbrochen von der flachen Kerbe des Sarda Passes, Wand um Wand schwarz von den Bäumen verdeckt, erhoben, ab und betrachtete wieder die mächtige Festung. Sie konnte keine Runen entdecken, lediglich gewaltige, stahlbeschlagene Eisenplatten, die seit Jahrhunderten keiner mehr berührt hatte.

Die großen Torflügel standen offen. In ihrem Schatten stand wartend die versammelte Besatzung der kleinen Garnison, die Eldor vor Jahren, als Ingold zum erstenmal die Möglichkeit eines Angriffs erwähnt hatte, hier eingerichtet hatte, um die Festung als mögliche Zufluchtsstätte bereitzuhalten. Die Befehlshaberin der Garnison, eine zierliche, blonde Frau mit den nichtssagendsten Augen, die Gil je gesehen hatte, begrüßte Ingold ehrerbietig und schien nicht überrascht von der Neuigkeit, daß Gae gefallen war und die Flüchtlinge nur noch wenige Tagesmärsche entfernt waren.

»Das hatte ich befürchtet«, erklärte sie und blickte, gedankenverloren mit dem Griff ihres Schwertes spielend, zu dem Zauberer auf. »Wir haben seit mehr als einer Woche von nirgendwoher mehr Nachricht erhalten, und meine Männer berichten, daß sie die Dunklen fast jede Nacht am Ende des Tals ausmachen,« Sie verzog die Lippen zu einem trockenen Grinsen. »Ich bin nur froh, daß, wir Ihr sagtet, so viele Menschen entkommen konnten. Ich erinnere mich, daß die Leute, als ich das letzte Mal in Gae war, über Euch und Eure Warnungen lachten, Euch einen verrückten Unruhstifter nannten und kleine Verse auf Euch dichteten.«

Gil stieß einen kehligen Laut der Empörung hervor, doch Ingold lachte. »Ich erinnere mich daran. Mein ganzes Leben lang habe ich mir gewünscht, in unsterblichen Balladen besungen zu werden, aber die Dinger waren so schlecht, daß man sie sich nicht einmal merken konnte.«

»Und nun«, warf die Befehlshaberin ein, »sind die meisten der Leute, die sie erfunden haben, tot.«

Ingold seufzte. »Es wäre mir lieber, sie wären noch am Leben und würden an jedem Tag meines Lebens davon singen, welch ein Narr ich bin«, sagte er. »Wir werden über Nacht hierbleiben. Könnt Ihr uns verköstigen?«

Die Frau zuckte die Achseln. »Sicher. Wir haben Viehbestände . . .« Sie deutete auf ein Netz von Viehweiden, die sich, mit Zäunen aus Pappelholzpfählen umfriedet, jenseits des Hügels erstreckten. Eine Schar Pferde und ein halbes Dutzend Milchkühe rieben sich das Kinn am obersten Zaunbalken und starrten die Fremden mit gutmütigen, dümmlichen Augen an. »Wir haben sogar eine Brennerei im Wäldchen dort oben; einige der Jungs brauen Blaues Verderben aus Baumrinde und Kartoffeln.«

Ingold schüttelte sich angewidert. »Manchmal verstehe ich Alwirs Standpunkt in bezug auf die Schrecken eines unzivilisierten Lebens.« Damit folgte er ihr die ausgetretenen Stufen zum Tor hinauf.

»Ach, übrigens«, sagte die Befehlshaberin, während die anderen Soldaten der Garnison sich hinter ihnen aufstellten, »bei uns herrscht Festungsrecht.«

Ingold nickte. »Ich verstehe.«

Sie betraten die Festung Dare, und ein Gefühl ehrfürchtigen Staunens ergriff Gil.

Schon von außen war die Festung beeindruckend genug. Im Innern war sie überwältigend, furchteinflößend, dunkel, unheimlich und unvorstellbar groß. Die Schritte der Wachen hallten im Echogewölbe wie fernes Tröpfeln von Wasser, die Fackeln, die sie trugen. schrumpften zu Leuchtkäfern zusammen. Die ungeheure Architektur mit ihren ineinander übergehenden kahlen Flächen hatte nichts zu tun mit der gotisch anmutenden Lebendigkeit der Stadt Karst – war überhaupt mit menschlichen Maßstäben nicht zu messen. Die Technologie, die dieses Bauwerk aus Stein und Luft hervorgebracht hatte, war offenbar allem Wissen in dieser und, wie Gil vermutete, auch in ihrer eigenen Welt überlegen. Sie betrachtete die ganze Länge dieses schier endlosen zentralen Saales, in dem sich die kleinen, hüpfenden Lichter der Wandfackeln im glatten Schwarz der Wasserrinnen im Fußboden spiegelten, und die Kälte, die Größe und Leere ließen sie erschauern.

»Wie ist dieses Bauwerk errichtet worden?« flüsterte sie, und das Gewölbe nahm ihre Stimme auf und hauchte ihre Worte in jeden Winkel des gewaltigen Saales. »Ein Jammer, daß die Erinnerungen des Architekten nicht ebenso weitergegeben wurden wie die des Königs.«

»Ja, das ist es«, stimmte Ingold ihr zu, und auch seine Stimme hallte leise von dem unsichtbaren Deckengewölbe zurück. »Aber die Vererbung ist nicht durch unseren Willen bestimmt – tatsächlich habe ich nicht die leiseste Ahnung, *was* sie bestimmt.« Wie ein Schatten huschte er an Gils Seite, und gemeinsam folgten sie den immer kleiner werdenden Fackeln. Gil blickte sich um und sah, daß die gewaltigen Mauern des

Hauptsaales, soweit das Licht der Fackeln reichte, mit kleinen Türen übersät waren. Reihe um Reihe folgte aufeinander, manchmal durch kleine Steinbalkons, manchmal durch gebrechliche Laufstege verbunden, die sich wie Spinnfäden betrunkener oder wahnsinniger Spinnen über die Wände zogen. Diese dunklen kleinen Türen waren die Zugänge zu zahllosen Zellenlabyrinthen, Treppen und Gängen, deren rätselhafte Windungen ebenso finster waren wie die Labyrinthe unter der Erde.

»Nun, und wie es errichtet wurde – Lohiro von Quo, der Meister des Rates aller Zauberer, hat aus den noch existierenden Überlieferungen eine Untersuchung der Kenntnisse jener Zeit vorgenommen, und er sagt, daß die Mauern mit Hilfe von Magie und Maschinenkraft gleichermaßen aufgerichtet wurden. Die Menschen der damaligen Zeit verfügten über Kenntnisse, die unseren weit überlegen waren; wir könnten ein solches Bauwerk niemals schaffen.«

Sie überquerten auf einer schmalen Brücke eine der vielen schnurgeraden Wasserrinnen, die über die gesamte Länge des Raumes Wasserbekken miteinander verbanden. Gil hielt einen Augenblick auf dem geländerlosen Steg inne und blickte auf das schnell fließende schwarze Wasser hinunter. »Hat er die Untersuchung deshalb gemacht, weil er wußte, daß solche Kenntnisse einmal wieder benötigt werden würden?« fragte sie leise.

Ingold schüttelte den Kopf. »Oh nein, das ist schon Jahre her. Wie alle Zauberer strebt Lohiro nach dem Begreifen um seiner selbst willen – sagen wir, zum Zeitvertreib. Manchmal glaube ich, daß das die eigentliche Antriebskraft aller Zauberkunst ist – die Begierde nach Wissen, das Verlangen nach Begreifen. Alles andere – Erzeugung von Illusionen, Verwandlungskunst, das Gleichgewicht der Geister und Elemente um uns herum, die Fähigkeit, die Welt zu retten, zu verändern oder zu zerstören – ist rein zufällig und diesem zentralen Bedürfnis untergeordnet.«

»Das Problem liegt darin«, brummte Ingold viel später, nachdem sie das bescheidene Abendessen mit den Wachen geteilt hatten und man ihnen eine winzige Zelle unmittelbar neben denen der Garnisonssoldaten angewiesen hatte, »daß ich nur nach etwas Ausschau halten kann, was ich kenne. Es hat überhaupt keinen Sinn, nach etwas Unbekanntem zu suchen.« Er warf einen Blick zu Gil hinüber; sein Kristall warf dreieckige Lichtpünktchen auf das narbige Gesicht des Zauberers, die wie Sterne funkelten. Sie hatten ein kleines Feuer in der winzigen Feuerstelle entzündet, um die Kälte aus der Kammer zu vertreiben. Zu Gils Verwunderung drang in den Raum selbst kein Rauch – das Gebäude mußte eine Entlüftung haben wie ein Wolkenkratzer. Ihre Achtung vor den Erbauern der Festung wuchs noch mehr.

Ingold saß jetzt schon eine geraume Weile vor dem Kristall und starrte hinein. Gil saß, gestärkt vom Haferbrei und der Wärme im Raum, in einer Zimmerecke und schärfte geduldig, wie der Eisfalke es ihr gezeigt hatte, ihren Dolch. Sie fühlte sich schläfrig und behaglich in der Gegenwart des Zauberers. Vom ersten Augenblick ihrer Begegnung an hatte sie das Gefühl gehabt, ihn schon immer gekannt zu haben. Nun war es ihr unmöglich geworden, sich vorzustellen, daß es eine Zeit gegeben hatte, in der sie ihn nicht gekannt hatte. Sie hielt die Klinge prüfend gegen das Licht und fuhr mit ihrem ungeübten Daumen darüber. Für alle Schrekken, die sie erlebt hatte, für die dauernde körperliche Erschöpfung und die Schmerzen in ihrem halbverheilten Arm und für den Verlust ihrer Welt und der einzigen Sache, die sie je wirklich gewollt hatte, gab es, so stellte sie fest, einen Ausgleich. Sie spürte die Last der Verbannung nie, wenn sie mit ihm zusammen war.

Und bald würde er fort sein. Sie würde endlose Wochen lang hier festsitzen, während er auf der Suche nach den Zauberern, seinen Freunden, der einzigen Menschengruppe, die ihn wirklich verstand, seine einsame Wanderung über die Ebenen nach Quo unternahm. Sie fragte sich, was er dort finden würde. Sie fragte sich mit einem fröstelnden Schauer, ob er überhaupt zurückkehren würde.

Er wird, sagte sie sich und betrachtete das ruhige Profil des alten Mannes und seine heiteren, eindringlichen Augen. *Er ist zäh wie ein alter Stiefel und so glatt wie eine Schlange. Er wird zurückkommen, und die anderen Zauberer mit ihm.*

Sie rückte das zusammengeballte Bündel ihres Umhangs ein wenig bequemer hinter ihren schmerzenden Schultern zurecht und blinzelte mit schläfrigen Augen in den Raum. Nach der Kletterei der vergangenen Nacht über das bloße Rückgrat der Welt hätte selbst ein Wachfeuer an der Straße behaglich auf sie gewirkt; diese zwei mal drei Meter große Zelle, in der sie kaum stehen konnte, kam ihr vor wie ein kleiner Winkel des Paradieses.

Ein kritischerer Betrachter hätte den Raum eher als schäbig bezeichnet. Der goldene Schein des Feuers, der in die Risse der rohverputzten Wände und des fliesenbelegten Fußbodens drang, enthüllte schonungslos die Unebenheiten, die nachlässige Handwerksarbeit, die Rußflecken und die Spuren und Kratzer einer Hunderte von Generationen währenden ständigen Benutzung und einer tausendjährigen Vernachlässigung. Mit einer Familie würde die Zelle entsetzlich überfüllt sein, überlegte Gil. Ungebeten tauchte vor ihrem inneren Auge das Bild von Rudys Heim seiner Kindheit auf, beherrscht von den schrillen Stimmen zänkischer Frauen. Sie mußte grinsen bei dem Gedanken, wie hoch wohl die Geschwistermordrate in der Blütezeit der Festung gewesen sein mochte.

Die Schatten der Feuerstelle kamen in Bewegung, als Ingold den Kristall beiseiteschob und aufstand. Er legte sich auf der anderen Seite des Zimmers nieder und zog den Umhang als Decke über sich. Gil schickte sich an, seinem Beispiel zu folgen, und fragte ihn: »Konntest du den Flüchtlingszug sehen?«

»Oh ja. Sie schlagen unter dem Schutz doppelter Wachen ihr Lager für die Nacht auf. Ich kann keine Spur von den Dunklen entdecken. Übrigens zeigt der Kristall die Brutstätte im Tal der Dunklen noch immer als verschüttet.«

»Das gefällt den Leuten, was?« Gil zog den Umhang über sich und betrachtete die wechselnden Muster von Flammen und Schatten auf der dünnen Wand, die vor langer Zeit errichtet worden war, um diese Zelle von einer größeren abzuteilen. Ihre Gedanken schweiften durch die Welt, die in diesen engen Räumen eingeschlossen lag, über den mächtigen, schwarzen Monolithen der Festung, die ihre Dunkelheit, ihr Schweigen, ihre Geheimnisse hütete – Geheimnisse, die sogar Ingold vergessen hatte, ja, selbst Lohiro, der Erzmagier aller Zauberer der Welt. Diese schweren Mauern umschlossen nichts als Dunkelheit.

Sie drehte sich auf die Seite und legte den Kopf in die Armbeuge. »Weißt du«, sagte sie versonnen, »daß dieser Ort hier – genauso ist wie deine Beschreibung von den Brutstätten der Dunklen?«

Ingold öffnete die Augen. »Sehr ähnlich«, pflichtete er ihr bei.

»Soweit ist es mit uns gekommen«, fragte sie, »daß wir leben wie sie, um vor ihnen sicher zu sein?«

»Vielleicht«, räumte der Zauberer ein. »Aber dann müssen wir uns fragen, warum die Dunklen so leben. Und wenn man alles andere in Betracht zieht, sind wir hier immerhin in Sicherheit und werden es auch bleiben, solange wir die Tore bei Nacht geschlossen halten.« Er drehte sich zur Wand. »Schlaf jetzt, Gil.«

Gil betrachtete den Widerschein des Feuers und dachte einen Augenblick uber seine Worte nach. Ihr kam der Gedanke, daß die Sicherheit sich in doppelte Gefahr verwandeln würde, wenn es den Dunklen einmal gelang, in die Festung einzudringen. Die Mauern der Festung umschlossen ewige Finsternis ebenso wie die Labyrinthe der Nacht im Herzen der Erde, die keine aufgehende Sonne je berühren konnte. Unruhig sagte sie: »Ingold?«

»Ja?« In seiner Stimme lag ein Anflug von Müdigkeit.

»Wie lautet das Festungsrecht, von dem die Befehlshaberin gesprochen hat? Was hat es damit zu tun, daß wir die Nacht hier verbringen?«

Ingold seufzte und wandte ihr den Kopf zu. Das fast heruntergebrannte Feuer warf merkwürdige Schatten auf die Furchen und Narben in seinem Gesicht. »Das Festungsgesetz«, erklärte er ihr, »besagt, daß die Unversehrtheit der Festung absoluten Vorrang vor allem anderen hat, vor dem Leben, der Ehre, dem Leben der Familie und geliebter Menschen. Alles, was nach Einbruch der Dunkelheit nicht die Anwesenheit eines menschlichen Wesens erfordert, wird vor den Toren zurückgelassen, und wenn die Tore für die Nacht geschlossen sind, dann ist es oberstes Gesetz – und muß es immer bleiben –, daß bis zum Sonnenaufgang kein Mensch hindurchgehen kann. In früheren Tagen bestand die Strafe für das Öffnen der Tore zwischen Sonnenuntergang und Sonnenaufgang – gleichgültig, mit welcher Begründung auch immer – darin, daß der Betreffende zwischen den Pfosten, die damals auf dem kleinen Hügel gegenüber dem Tor auf der anderen Seite der Straße standen, angekettet wurde und bei Nacht für die Dunklen dort zurückgelassen wurde. Und nun schlaf.«

Diesmal mußte Ingold seinen Worten einen Zauber beigegeben haben, denn Gil schlief augenblicklich ein, und die letzten Worte des Zauberers begleiten sie in die Tiefe ihres Traumes.

Die Dunklen waren auf der Jagd. Sie spürte sie, spürte die schwebende Bewegung im Wirbel der Urfinsternis, das leise Regen in Schluchten, die nie vom Licht berührt worden waren. Durch die bleiernen Nebel des Schlafes hindurch versuchte Gil sich zu erinnern, wo sie sich befand – die Festung, die Festung von Dare. Flüchtlinge, verworrene Bilder tauchten vor ihr auf: Schleichen durch nächtliche Korridore und Lauern auf eine begehrte Beute. Sie spürte die blicklose, lauernde Bosheit, roch wie sie den heißen Pulsschlag des Blutes und spürte durch den dichten Schleier bebender, purpurner Dunkelheit die Wärme der Beute, den Mittelpunkt eines reißenden Strudels aus Begierde und Haß . . . Aber es waren nicht die schützenden Mauern der Festung, von denen sie umgeben war, sondern Wind, schneidende, durchdringende Kälte, das Tosen von Wasser zwischen steinernen Pfeilern, weiß aufschäumender Sprühnebel und frostklare Luft über den Fluten. Gierige Macht nagte an Felsen, gierige Geister zählten schimmernde Perlen an einer langen Kette verschlungener Schläfer und lachten ein hämisches, lautloses Gelächter.

Sie riß die Augen auf. Schweiß strömte ihr über das Gesicht bei der Erinnerung an dieses hämische Gelächter. Sie flüsterte, kaum wagend, ein Geräusch zu machen aus Angst, daß sie sie hören könnten: »Ingold . . .«

Der Zauberer war schon wach. Sein weißes Haar war vom Schlaf zerzaust, und in seinen Augen lag eine gespannte Wachsamkeit, als lausche er auf ein Geräusch in der Ferne, das Gil nicht hören konnte. Ein mattblaues, rundes Hexenlicht schwebte über seinem Kopf; die Feuerstelle war längst erkaltet. »Was ist los?« fragte er sie sanft. »Was hast du geträumt?«

Sie holte tief Luft und versuchte, die schnell verblassenden Fetzen der Dinge, die sie gefühlt, gehört und gerochen hatte, zu fassen. »Die Dunklen . . .«

»Ich weiß«, sagte er leise. »Ich habe es auch gefühlt. Was? Und wo?«

Sie setzte sich auf und zog den Umhang fest um ihre Schultern, als könnte das ihr Zittern zum Stillstand bringen. »Ich weiß nicht, wo es war«, erklärte sie, ein wenig ruhiger geworden. »Es war reißendes Wasser dort und – Steine – behauene Steine, Pfeiler, glaube ich. Sie rissen Steinbrocken aus den Pfeilern heraus und warfen sie in das reißende Gewässer, und – und – sie lachten. Sie wissen, wo sich Tir befindet, Ingold«, schloß sie mit leiser, drängender Stimme.

Er ging durch das Zimmer zu ihr hinüber und legte ihr beruhigend den Arm um die Schulter, obwohl jetzt das Schlimmste für sie überstanden war. Seine Stimme war hart, als er sagte: »Ich weiß es auch. Er ist bei seiner Mutter, eine halbe Tagesreise unterhalb der Steinbrücke, die die Schlucht des Pfeilflusses überquert.«

Mit dem anbrechenden Tag hätte sich der Himmel aufhellen müssen, doch Rudy Solis konnte keine Anzeichen dafür erkennen. Die Schlucht, durch die die Straße hier verlief, war wie ein schwarzer Windkanal. Der Geruch des Windes war streng und erdig, und er hörte sich an wie das tosende Meer in den Pinien hoch über der Straße. Er streifte ruhelos durch das erwachende Lager, unfähig, sich seine innere Unruhe zu erklären. Er schlängelte sich zwischen kleinen Grüppchen von Flüchtlingen hindurch, die sich um ihr Frühstücksfeuer drängten, und bahnte sich fast unbewußt einen Weg zu den Wagen zurück, die er verstohlen verlassen hatte, bevor das Lager zum Leben erwacht war.

Die Feuer waren neu angefacht worden und warfen einen flackernden, beunruhigenden Schein über das Lager. Alde war wach und fütterte Tir auf ihrer kleinen Insel des Friedens im hinteren Teil ihres Wagens mit in Milch eingetauchtem Brot. Auf der anderen Seite des Feuers schlangen ein paar Truppensoldaten des Hauses Bes schweigend ihre magere Ration hinunter. Weiter entfernt zwischen den Wagen kommandierte eine Frau, eine Dienstbotin des Hauses, zwei kleinere Kinder herum, während sie einen Säugling fütterte, der kleiner war als Tir. Ihr Ehemann fütterte unterdessen, in dumpfes Schweigen gehüllt, die Ochsengespanne. Über ihren Köpfen schlugen die Banner wie Ochsenpeitschen im eisigen Wind.

Rudy schüttelte den Kopf und blickte grinsend auf Alde hinunter. Er stand mit der Schulter gegen die Pfosten gelehnt, die das Wagendach trugen. »Weißt du, was mich an dieser Wanderung am meisten überrascht, ist, daß so viele Kinder überlebt haben. Man sieht sie überall im Lager. Schau dir diesen Jungen zum Beispiel an. Er sieht aus, als würde ihn der erste heftige Windstoß davonblasen.«

»Es ist ein Mädchen«, entgegnete Alde ruhig und sah zu, wie das Kind, von dem die Rede war, zwischen den Hufen der Wagengespanne mit sich selbst Fangen spielte. Die Mutter des kleinen Mädchens sah, was es trieb, und rief es mit schriller Papageienstimme zurück zum Feuer; und das Kind kam mit der wunderbaren Unbekümmertheit derer, die gerade erst laufen gelernt haben, mit fröhlich ausgebreiteten Armen, einen Schatz abgerissener Strohhalme in der Hand, zurückgerannt.

Rudy streichelte Tir geistesabwesend über das flaumige Haar. *Er wird auch so aufwachsen,* dachte er. *Wird im lichtlosen Labyrinth der Festung von Dare laufen und bei der Garde ein Schwert handhaben lernen . . .* Der

Gedanke, daß Alde und Tir jahrelang in dieser Festung leben würden, die er nie gesehen hatte, noch jahrelang, nachdem er schon fort war, berührte Rudy eigenartig.

Wenn sie es überhaupt bis dorthin schaffen. Und als er schauderte, war nicht nur die Kälte daran schuld.

»Es ist auch nicht so ungewöhnlich«, fuhr Minalde, einen Schimmer scheuer Boshaftigkeit in den Augenwinkeln, fort. »Wenn du einmal darauf achtest, sind es nicht die Frauen und Kinder, die sich zum Sterben an den Straßenrand setzen. Wenn ein Wagen zusammenbricht, jammert der Mann und verzweifelt – die Frau fängt an, zu schieben. Du mußt nur manchmal die Augen aufmachen.«

»Ach ja?« sagte Rudy, der argwöhnte, daß sie ihn aufs Glatteis führen wollte.

Sie warf ihm einen spöttischen Seitenblick zu. »Im Ernst, Rudy. Frauen sind zäher. Das müssen sie sein, um die Kinder zu schützen.«

Ihm fiel die windbewegte Galerie in Karst ein und das flatternde weiße Kleid eines Mädchens, das in die Dunkelheit der Gänge hinunterlief. »Ahhh!« räumte er ungnädig ein, und sie lachte.

Eine weitere Kinderschar strömte in den Kreis des Feuers, es waren die Lagerwaisen, und das schlanke junge Mädchen, das sie sich zur Beschützerin auserkoren hatten, trug das Jüngste auf dem Arm. Das Mädchen und die Dienstbotin blieben stehen und unterhielten sich. Wie so so beisammen standen, erinnerten sie Rudy an Alde und Medda, als er sie an jenem ersten Tag auf der Terrasse des Hauses in Karst gesehen hatte.

Ein neuer Gedanke kam ihm in den Sinn, und er runzelte plötzlich die Stirn, »Alde?« Sie hob ruckartig den Kopf und vergoß die Milch über ihre Hände. »Woher wissen die Dunklen, wer Tir ist?«

Sie zog die schmalen Brauen fragend zusammen. »Ich weiß es nicht«, erwiderte sie, erschrocken über seine Frage. »Wissen sie es?«

»Ja. Sie waren in Karst und in Gae hinter ihm her. Es gab Unmengen von Kindern in dem Haus in Karst. Sie hätten eigentlich jedes von ihnen für Tir halten können. Aber sie waren genau richtig zur Stelle vor der Tür des Kinderzimmers.«

Sie schüttelte erstaunt den Kopf, ihr offenes Haar strich wie ein Schleier über ihre Schultern. »Bektis!« rief sie, als sie die große Gestalt des Zauberers entdeckte, der gerade durch das Lager auf seinen Wagen zuschritt.

Er trat zu ihr und verneigte sich würdevoll. »Ihre Hoheit wünschen?«

Die zwei Wochen unter freiem Himmel hatten dem Aussehen des Zauberers nicht den geringsten Schaden zugefügt; ebenso wie Alwir war er wählerisch, fast geckenhaft gekleidet, und seine tadellose, graue Robe wies nicht das mindeste widerspenstige Fältchen auf.

Rudy ergriff das Wort. «Woher wissen die Dunklen, wo sich Tir aufhält? Ich meine, sie haben doch keine Augen, sie können doch nicht erkennen, ob er anders aussieht oder so. Woher wissen sie, wo sie ihn finden können?«

Der Zauberer zögerte und bemächtigte sich des Problems mit gewichtiger Miene – wahrscheinlich, so dachte Rudy, um die Tatsache zu verbergen, daß er ratlos war. Schließlich sagte er: »Die Dunklen besitzen ein Wissen, das außerhalb des Gesichtskreises der Menschen liegt.« *Er ist wirklich ratlos.* »Vielleicht hätte der verehrte Herr Ingold Euch eine Antwort darauf geben können, hätte er nicht gerade diesen Zeitpunkt gewählt, um zu verschwinden. Die Quellen des Wissens der Dunklen . . .«

Rudy fiel ihm ins Wort. »Worauf ich hinaus will, ist folgendes: Wissen sie wirklich, daß es sich um Tir handelt, oder sind sie hinter jedem beliebigen Kind in einem vergoldelten Bettchen her? Wenn Alde mit dem Kind auf dem Arm zu Fuß gehen würde, wie alle anderen Frauen hier im Zug, wäre sie dann nicht sicherer, als wenn sie im Wagen eingeschlossen ist?«

Bektis sah mit hocherhobener Nase auf diesen schmuddeligen fremdländischen Emporkömmling hinunter, der sich, wie man ihm berichtet hatte, erdreistete, zu behaupten, er habe Anzeichen dafür entdeckt, daß er ein Zauberer von Geburt sei. »Vielleicht«, entgegnete er hochnäsig, »wenn uns gegenwärtig Gefahr von den Dunklen drohen würde. Doch es ist festgestellt worden, daß es keine Warnungen mehr vor ihnen gab, seitdem wir das Hochland erreicht haben. . .«

»Ach, hören Sie auf! Sie haben gesehen, wie zutreffend dieses Märchen vom Hochland in Karst war!«

». . . *und«*, fuhr der Zauberer unberirrt, mit etwas mehr Schärfe in seiner hohen, hellen Stimme, fort, »ich habe in einem verzauberten Kristall die einzige Brutstätte der Dunklen gesehen, die hier in der Gegend bekannt ist, und ich versichere Euch, daß ihr Eingang verschüttet ist wie schon seit Jahrhunderten. Selbstverständlich kann ihre Königliche Hoheit tun, wie ihr beliebt, aber aus Gründen ihrer eigenen Bequemlichkeit und Gesundheit und im Hinblick auf ihre Stellung und ihren Ruf glaube ich nicht, daß Herr Alwir zulassen wird, daß sie wie eine gewöhnliche Bauersfrau am Ende des Zuges zu Fuß geht.« Damit machte der alte Mann auf dem Absatz kehrt und stolzierte mit wehendem Pelzumhang zu seinem Wagen zurück.

Minalde saß eine Weile schweigend und unglücklich da und drückte ihr Kind an die Brust, als müßte sie es vor einem unbekannten Unheil bewahren. Aus der Ferne drangen die Aufbruchgeräusche des Lagers an ihre Ohren, das Schreien der Esel, das Klirren von Zaumzeug und das Zischen gelöschter Feuerstellen. Irgendwo in der Nähe erhoben sich streitende Stimmen, Alwirs beherrscht und schneidend wie eine Peitsche, gleich darauf das trockene, tadelnde Zischen der Bischöfin Govannin.

Alde seufzte. »Sie haben sich wieder in den Haaren.« Sie küßte Tirs runde kleine Stirn, ließ dieser Geste der Zuneigung eine geschäftsmäßige Überprüfung des Windelzustandes folgen und hüllte ihn dann wieder fest in seine zahlreichen Decken ein. Der Morgen schien kälter statt wärmer zu werden. »Es heißt, daß wir heute abend die Festung erreichen müßten«, fuhr sie mit leiser Stimme fort, so daß niemand außer dem Mann, der neben ihr im Schatten des Wagens stand, ihre Worte hören konnte. »Manchmal kam es mir so vor, als würde die Reise ewig dauern und wir würden diesen Ort niemals erreichen. Bektis hat also wahrscheinlich recht.«

Rudy stützte sich mit dem Ellbogen auf dem Wagen auf. »Glaubst du?«

Sie antwortete nicht auf seine Frage. Hinter dem Wagen war das Gerassel von Zugketten zu hören, und Soldaten unterhielten sich beiläufig, während sie die Ochsen einspannten.

»Werden wir die Festung bei Tageslicht erreichen, oder werden wir nach Sonnenuntergang noch unterwegs sein?«

Einen Augenblick lang hielten ihre Hände in den rastlosen Aufbruchsvorbereitungen im Wagen inne. Mit leiser Stimme sagte sie: »Nach Sonnenuntergang, glaube ich.«

Ingold ließ sich erschöpft mit dem Rücken an einen Felsblock sinken und stützte die Ellbogen auf die angezogenen Knie. »Ich befürchte sehr, meine Liebe«, sagte er müde, »daß wir es nicht schaffen werden.«

Gil, die während der letzten paar Stunden nicht mehr viel wahrgenommen hatte außer den Umrissen des sich immer weiter von ihr entfernenden Zauberers, konnte nur noch nicken. Die kleine Einbuchtung zwischen den Felsen über der Straße, wo sie Unterschlupf gefunden hatten, bot keinen Schutz vor der immer strenger werdenden Kälte, aber zumindest befanden sie sich hier im Windschatten. Den ganzen Tag hatten sie gegen den Wind ankämpfen müssen, der wie ein Wolf an ihren Kleidern gerissen und mit wilder Wut in ihre bloßen Gesichter geschnitten hatte. Gil nahm den Geruch des Sturmes in der Luft wahr, der von den Gipfelgletschern kam. Selbst an diesem vergleichsweise geschützten Ort fiel jetzt Schnee. Es war später Nachmittag, und sie wußte, daß sie die Schlucht des Pfeilflusses nicht mehr vor dem Flüchtlingstreck erreichen konnten. Was die Dunklen auch mit der Brücke dort gemacht hatten, es lag weder in Ingolds noch in ihrer Macht, die Menschen davor zu warnen.

Nach einiger Zeit hatte sie sich soweit wieder erholt, daß sie eine kleine Flasche, die sie im Gürtel trug, hervorholte, den Korken herauszog und vorsichtig daran nippte – verglichen mit dem Zeug schmeckte billiger Whiskey wie Limonade. »Die Befehlshaberin der Festung hat es mir mitgegeben«, erklärte sie, während sie Ingold die Flasche reichte.

Er nahm einen Schluck, ohne mit der Wimper zu zucken. »Ich wußte, daß es einen tieferen Grund im kosmischen Plan aller Dinge dafür gibt, daß du mich begleitest«, sagte er und lächelte ihr durch seinen eisverkrusteten Bart zu. »Das ist schon das zweite Mal, daß du mir das Leben rettest.«

Über ihnen in den Felsen steigerte sich das Brausen des Windes zu einem kalten, klagenden Schrei, und ein ganzer Schwall Schnee wurde auf sie heruntergeweht. Gil rückte dichter an Ingold heran. »Wie weit sind wir noch oberhalb des Pfeilflusses?«

»Zwei oder drei Meilen. Wir könnten ihn von hier aus sehen, wenn die Straße nicht so kurvenreich wäre. Das beunruhigt mich ja so, Gil; wenn sie die Brücke sicher überquert hätten, wären wir ihnen längst begegnet.«

»Könnte nicht der Sturm sie aufgehalten haben?«

»Möglich. Aber er wird erst gegen Sonnenuntergang seine volle Kraft erreichen. Es wäre reiner Selbstmord, wenn sie jetzt anhalten würden.«

»Kannst du nicht etwas gegen den Sturm unternehmen?« fragte sie plötzlich. »Hast du nicht einmal gesagt, daß Zauberer Stürme heraufbeschwören und beenden können?«

Er nickte. »Das können wir auch«, entgegnete er, »wenn es unser Wunsch ist.« Während er sprach, entdeckte sie, daß er keine Fingerhandschuhe, sondern wollene Fäustlinge trug – mittlerweile alt und zerfranst wie alles an ihm, aber, dem kunstvollen Muster nach zu schließen, offenbar von einem Menschen für ihn gestrickt, der den alten Mann sehr gern hatte. »Wir können den Sturm vertreiben oder herbeirufen, wenn es für uns von Vorteil ist – alle Stürme, außer dem Eissturm der Ebenen, der ohne Vorwarnung zuschlägt und gegen den das hier« – er deutete in das wirbelnde Schneegestöber – »wie ein wohltuendes Frühlingslüftchen ist. Aber ich glaube, ich habe Rudy einmal erklärt und auch dir gegenüber erwähnt, daß die Dunklen im Sturm nicht angreifen. Es kann also sein, daß wir das geringere von zwei Übeln wählen, wenn wir nichts gegen den Sturm unternehmen.«

Er wickelte den Schal fester um den Hals, zog die Kapuze tief ins Gesicht und erhob sich zum Gehen. Er half Gil eben auf die Füße, als von der Straße gedämpftes Hufgeklapper und das Klirren von Zaumzeug in ihre schützende Bucht aus Felsen und dürrem Gras heraufdrang, die noch vor einem Augenblick die Geräusche der herannahenden Truppe verschluckt hatte. Jenseits der Felsen sah Gil sie jetzt kommen. Ein müdes Häuflein von Flüchtlingen. Sie erkannte den kräftigen Mann an der Spitze, auf einem braunen Pferd, das den Kopf vor Erschöpfung hängen ließ. Sie wechselte einen raschen, erstaunten Blick mit Ingold. Gleich darauf war der Zauberer davongestürzt, stolperte den Felshang zur Straße hinunter und rief: »Tirkenson! Tomec Tirkenson!« Der Landherr richtete sich im Sattel auf und hob die Hand als Zeichen zum Anhalten.

Gil folgte Ingold mit mehr Hast als Geschicklichkeit zur Straße hinunter. Der Landherr von Gettlesand türmte sich im bleigrauen Zwielicht vor ihnen auf wie ein großer, hagerer Wegelagerer an der Spitze einer zerlumpten Gefolgschaft. Gil ließ den Blick über die Straße schweifen und erkannte, daß sein Gefolge – eine Schar von Familien, eine ansehnliche Herde magerer Schafe und Rinder und eine Gruppe draufgängerischer Burschen zu Pferde – kaum ein Sechstel des Hauptzuges ausmachte.

»Ingold«, rief ihnen der Landherr entgegen. Er hatte eine Stimme wie ein Erdrutsch in einer Kiesgrube und ein Gesicht, das ausgezeichnet dazu paßte. »Wir haben uns schon gefragt, ob wir auf Euch treffen würden, *Gil-shalos*«, begrüßte er sie mit einem Kopfnicken.

»Wo habt Ihr den Rest des Zuges gelassen?«

Tirkenson stieß ein ärgerliches Brummen hervor, und seine hellen Augen nahmen einen harten Ausdruck an. »Unten an der Brücke«, grollte er. »Die Narren schlagen dort ihr Lager auf.«

»Ihr Lager?« Der Zauberer erschrak. »Das ist Wahnsinn!«

»Allerdings. Wer sagt denn, daß sie nicht wahnsinnig sind?« entgegnete der Landherr zornig. »Ich habe ihnen gesagt, bringt die Leute hinüber und zum Teufel mit den Wagen und dem Gepäck, das können wir später holen lassen. . .«

Ingolds Stimme klang plötzlich sehr ruhig. »Was ist geschehen?«

»Heiliger Himmel, Ingold.« Müde fuhr sich der Landherr mit seiner breiten Hand über die Augen. »Was ist nicht geschehen? Die Brücke ist eingestürzt. Die Hauptpfeiler sind unter dem Gewicht von Alwirs Wagen zusammengebrochen und haben den ganzen Plunder mit in die Tiefe gerissen . . .«

»Und die Königin?«

»Nein.« Tirkenson runzelte, erst jetzt erstaunt über diese Tatsache, die Stirn. »Sie ging aus irgendeinem Grund zu Fuß am Ende des Zuges. Hat sich das Kind auf den Rücken gebunden wie alle anderen Frauen auch. Ich weiß nicht, warum – aber eins weiß ich, hätte sie in einem der Wagen gesessen, so hätte es keine Rettung für sie gegeben. Und Alwir hat nichts Besseres zu tun, als eine Bergungsaktion zu beginnen, den Kram aus der Schlucht heraufzuschleppen und Seilbrücken über den Fluß ziehen zu lassen. Dann erklärt die Bischöfin, daß sie ihre Wagen nicht zurücklassen will, also fangen sie an, sie auseinanderzunehmen und in Einzelteilen hinüberzuschleppen. Und eine Hälfte der Leute sitzt auf der einen Seite des Flusses fest, die zweite auf der anderen. Sie geraten sich darüber in die Haare, wie das Gepäck und die Tiere hinübergeschafft werden sollen, und bevor man sich versieht, erklären alle, daß sie das Nachtlager an Ort und Stelle aufschlagen wollen.

Ich habe versucht, ihnen klarzumachen, daß sie bis zum Morgen blaugefroren sein würden, so sicher wie das Eis im Norden, aber Alwirs geliebter Hexenmeister, dieser Bektis, erklärt, er kann dem Sturm Einhalt gebieten, und als Alwir und die Bischöfin endlich fertig sind mit ihren gegenseitigen Beschimpfungen, sagen sie, daß es ohnehin zu spät geworden ist, um den Weg fortzusetzen. Jetzt sitzen sie also dort.« Er fuchtelte empört mit den Händen in der Luft und lehnte sich im Sattel zurück.

Ingold und Gil tauschten einen schnellen Blick aus. »Und dann habt Ihr Euch von ihnen getrennt?«

»Ach – zum Teufel«, grollte Tirkenson. »Vielleicht hätte ich bleiben sollen. Aber Alwir machte den Versuch, den großen Wagen der Bischöfin, in dem sie die Kirchenaufzeichnungen mit sich herumgeschleppt, zu beschlagnahmen, und ein solches Gefasel habt Ihr in Eurem Leben noch nicht gehört. Sie drohte Alwir, ihn zu exkommunizieren, und Alwir bot ihr an, sie in Eisen zu legen. Ihr wißt ja, wie sie sich mit ihren verdammten Papieren anstellt. Die Leute haben Partei ergriffen, und Alwirs Männer und die Roten Mönche waren drauf und dran, den Streit mit Schwertern auszutragen. Ich sagte ihnen, daß sie verrückt sind – das Lager in zwei Teile gerissen, der Sturm, die Weißen Räuber und die Dunklen überall –, daraufhin haben sie sich wieder in die Haare bekommen, und ich hatte die Nase voll. Ich habe meine Leute zusammengerufen und alle, die uns nach Gettlesand begleiten wollen, und dann sind wir aufgebrochen. Vielleicht war das nicht richtig, aber noch eine Nacht im Freien zu verbringen schien mir tosicher das Falsche zu sein. Wir denken, daß wir die Festung vor Mitternacht erreichen können.«

Ingold warf einen Blick zum Himmel, als könne er die Zeit am Stand einer unsichtbaren Sonne über dem Wolkendach ablesen. Der Himmel war jetzt nicht mehr grau, sondern von einem abstoßenden gelblichen Braun, und der Schneegeruch war unverkennbar. »Ich glaube, Ihr habt das Richtige getan«, sagte Ingold schließlich. »Wir werden hinuntersteigen und versuchen, sie zum Weitergehen zu überreden. Ihr werdet mit dem Wetter zu kämpfen haben, bevor Ihr das Tal erreicht, aber wenn es geht, bringt die Festungsbesatzung dazu, das Tor zu öffnen und zu beiden Seiten große Feuer zu entfachen. Rahmt das Tor in Feuer ein und bewacht es mit allen verfügbaren Leuten. Mit etwas Glück werden wir heute nacht eintreffen.«

»Ihr werdet Glück bitter nötig haben«, brummte der Landherr. »Wir sehen uns in der Festung.« Er hob die Hand zum Zeichen des Aufbruchs. Der Zug setzte sich in Bewegung wie ein großes Tier, das sich im letzten Stadium der Erschöpfung voranschleppt. Tirkenson lenkte sein Pferd von Ingold und Gil fort und spornte es aufmunternd an. Dann hielt er noch einmal an und drehte sich zu den beiden Wanderern auf der frostkalten Straße um.

»Eins noch«, sagte er, »nur zu Eurer Information. Nehmt euch vor der Bischöfin in acht. Sie hat das Gerücht verbreitet, daß Ihr und Bektis mit dem Teufel im Bunde seid – und Alwir ebenfalls, eben weil er mit Euch in Verbindung steht –, und sie hat verteufelt viele Anhänger im Zug. Ich habe das nie geglaubt, daß Zauberer ihre Seele für die Macht verkaufen. Aber die Leute haben Angst. Sie sehen, daß Alwir hilflos ist. Ihr mögt vielleicht sagen, daß die Mächte dieser Welt hilflos sind, Wenn sie also schon sterben müssen, wollen sie wenigstens auf der richtigen Seite sterben. Das ist einleuchtend. Aber verängstigte Menschen sind zu allem bereit.«

»Das gilt für die Zauberer ebenso.« Ingold lächelte. »Danke, daß Ihr mich gewarnt habt. Lebt wohl, und euch allen viel Glück auf dem Weg.«

Der Landherr machte kehrt, trieb sein erschöpftes Pferd fluchend an und drohte ihm, es mit den Sporen zu Hundefleisch zu verarbeiten, wenn es sich nicht in Bewegung setze. Gils Blick wanderte von den bösartigen, sternförmigen Sporen des großen Mannes zu den unberührten Flanken des müden Tieres, und sie war vollkommen sicher, ohne recht zu wissen, warum, daß in Ingolds Abschiedssegen ein Zauber wirkte, der das Unheil abwehren, die verschlungenen Ketten der Dinge entwirren und dem Landherrn von Gettlesand und den Menschen in seiner lärmenden, gotteslästerlichen Obhut beistehen würde.

Vierzehntes Kapitel

Es schneite heftig, als Gil und Ingold in Sichtweite des Lagers am Ufer des Pfeilflusses kamen. In dem grauen Wirbel konnten sie zusammengedrängte Gestalten erkennen, die sich um den gelb flackernden Schein der Lagerfeuer scharten, die dunklen, wogenden Rücken kleiner Tierherden, das ruhelose Hin und Her auf dem gegenüberliegenden Ufer der Schlucht und das Kommen und Gehen rund um die eingestürzte Brücke. Auch das Lager auf der anderen Seite der Schlucht war in Bewegung, Lichter wurden hierhin und dorthin geschwenkt, und das Klagelied meckernder Ziegen und das Geschrei eines Kindes kamen mit dem ständig wechselnden Wind von fern herübergeweht. Zwischen den beiden Lagern öffnete sich die Schlucht, ein senkrecht abfallender Abgrund der Finsternis, erfüllt vom Tosen des Flusses. Zu beiden Seiten der Schlucht ragten mächte Zungen aus geborstenem Stein ins Nichts.

»Wie tief ist die Schlucht an dieser Stelle?« fragte Gil, während sie in das Schneegestöber blinzelte, das ihr die Sicht nahm.

»Ungefähr fünfzehn Mter. Es ist sehr schwierig, hineinzuklettern und wieder hinauf, aber das Wasser selbst ist nicht sehr tief. Wie du siehst, haben sie den größten Teil ihrer Herden schwimmend herübergebracht.« Ingold deutete auf drei Männer, die eine kleine Schar Schweine vor sich her den Weg hinauftrieben. »Nach dem, was du mir von deinem Traum erzählt hast, scheint es, daß die Dunklen die Hauptstützpfeiler der Brücke geschwächt haben, so daß sie unter dem Gewicht der Wagen einstürzen mußte. Einen hübscheren Mordversuch wirst du kaum finden. Und obwohl er fehlgeschlagen ist, sitzt Tir heute nacht in einem Lager am Flußufer fest, abgeschnitteen von einem großen Teil der Karawane. Und das Lager ist ein einziges kopfloses Durcheinander. Egal wie, die Dunklen lassen sich keine Gelegenheit entgehen.« Er stützte sich fest auf seinen Stab und machte sich an den beschwerlichen Abstieg über den steilen Hang zu den Feuern hinunter.

Rudy begegnete ihnen am Rande des Lagers. »Was habt ihr herausgefunden?« wollte er wissen.

Während sie sich einen Weg durch das Chaos zu Alwirs großem Zelt bahnten, berichtete Gil ihm die Neuigkeiten über das Tal der Dunklen, Renweth, die Festung und Tomec Tirkensons Worte. Als sie damit fertig war, fragte sie: »Warum war Alde nicht in ihrem Wagen?«

»Ich habe es ihr ausgeredet«, erklärte Rudy. »Ich hatte das ungute

Gefühl, daß sie heute nacht etwas vorhaben, daß aber bei Tageslicht etwas passieren könnte, daran habe ich nicht gedacht. Wir waren nur wenige Meter vor dem Teil der Brücke, der hinuntergerissen wurde.«

»Und du glaubst immer noch an Zufälle«, tadelte ihn Ingold vorwurfsvoll. »Ich muß mich über dich wundern.«

»Na ja«, gestand Rudy ein, »nicht mehr so sehr wie früher.«

Alwirs Zelt war eines der wenigen, die es im Zug noch gab. Es war im Windschatten eines Baumes aufgestellt, und im schwächer werdenden Licht des späten Nachmittages konnte man schon einen gelben Lichtschein darin erkennen. Gil hörte mehrere Stimmen, die wild durcheinander redeten, das scharfe Flüstern der Bischöfin Govannin und dann und wann Bektis' hellen, honigsüßen Tenor.

». . . Sturm tobt hier bei uns keineswegs mit ungebrochener Heftigkeit«, erklärte der Zauberer gerade umständlich. »Und er wird es auch nicht, denn ich werde seine Kraft ablenken und im Norden über den Bergen festbannen bis zu dem Augenblick, in dem wir die Festung erreichen können.«

»Ablenken?« schnarrte Govannin. »Seid Ihr schon in dem Lager am anderen Flußufer gewesen, verehrter Herr Zauberer? Dort liegen die Leute halb begraben und erfroren im Schnee.«

»Aber wir können heute nacht nicht mehr weiter«, warf Alwir ein und fügte mit aalglatter Boshaftigkeit hinzu: »Wir haben nicht genügend Wagen und Pferde, um zügig voranzukommen. Was mitgenommen werden muß, müssen die Leute auf dem Rücken tragen. Und wenn sie sich nicht von dem trennen wollen, was überflüssig ist. . .«

»Überflüssig!« stieß die Bischöfin giftig hervor. »Überlüssig für diejenigen, die sich nur zu gern aller Beweise für die rechtmäßige Stellung der Kirche entledigen würden vielleicht. Bloße Formalitäten für denjenigen, der ihre Existenz lieber vergessen würde.«

Alwir widersprach so scheinheilig wie ein Prediger. »Gottes Kirche ist mehr als ein Haufen vermoderter Papiere, verehrte Dame. Sie wohnt im Herzen der Menschen.«

»Und in den Herzen der Gläubigen wird sie auch immer bleiben«, pflichtete sie ihm trocken bei. »Aber weder das Gedächtnis noch das Recht liegen im Herzen. Männer und Frauen haben für das Recht der Kirche gekämpft und ihr Leben gelassen, und die einzigen Unterlagen, die diese Rechte untermauern, die einzige Frucht dieser geopferten Menschenleben liegt in diesem Wagen. Ich werde nicht zulassen, daß sie auf das bloße Wort des Apportierhundes eines königlichen Säuglings hin im Schnee verschwinden.«

Ingold schob die Eingangsplane des Zeltes zur Seite. Gil sah, wie hinter ihm Alwirs Gesicht sich veränderte und zur Maske erstarrte, silbern und von häßlichen Schatten gestreift, der Mund aus Eisen. Der Kanzler sprang auf die Füße, sein Kopf streifte die Hängelampe über dem Tisch, und er baute sich mit geballten Fäusten vor der hageren, scharlachroten Gestalt der Bischöfin auf; einen Augenblick lang sah es aus, als würde er sie gleich niederschlagen. Aber sie blickte nur mit ihren ausdruckslosen, schwarzen Augen so ungerührt wie ein Haifisch zu ihm auf und wartete mit siegessicherer Miene auf den Schlag.

»Verehrter Herr Alwir!« Rauh und unverwechselbar schob sich die Stimme wie der Pfiff eines Schiedsrichters zwischen sie und löste die Spannung mit einem fast hörbaren Schnappen. Sie wandten sich ihm zu, und Ingold neigte ehrerbietig den Kopf. »Verehrte Bischöfin«, schloß er seine Begrüßung.

Kaum merklich sank der angespannte Körper der Bischöfin auf dem Stuhl zurück. Alwir stemmte die Faust in die Hüfte, um sie nicht auf das Wort eines anderen Mannes hin sichtbar öffnen zu müssen. »Ihr habt Euch also entschlossen, zurückzukommen«, sagte der Kanzler.

»Warum lagert Ihr hier?« fragte Ingold ohne weitere Einleitung.

»Mein lieber Ingold«, entgegnete der Kanzler beschwichtigend, »wie Ihr selbst seht, beginnt es bereits dunkel zu werden. . .«

»Genau das«, fiel ihm Ingold schneidend ins Wort, »meine ich. Ihr hättet weiterziehen können, um die Festung noch heute im Laufe der Nacht zu erreichen, oder aber Ihr hättet zurückkehren müssen über den Fluß, um mit dem Hauptteil des Zuges zusammenzubleiben. Hier, abgeschnitten auf dieser Flußseite, seid Ihr nichts anderes als ein Köder.«

Geduldig erklärte Alwir: »Wie Ihr vielleicht bemerkt habt, haben wir eine Behelfsbrücke über den Fluß gezogen, über die wir allmählich den Rest des Zuges sowie genügend Soldaten herüberbringen, die mit allen Gefahren, die uns während der Nacht drohen könnten, fertigwerden.«

»Und Ihr glaubt, die Dunklen werden damit nicht ebenso leicht fertig wie mit schweren Eichentoren? Ebenso leicht, wie sie mit den Steinpfeilern der Brücke hier fertig wurden?«

»Damit hatten die Dunklen nichts zu tun«, entgegnete Alwir scharf.

»Glaubt Ihr das wirklich?«

Bektis' lange Finger spielten mit einem großen Katzenauge, das er an der linken Hand trug. »Ihr könnt uns nichts mehr weismachen«, warf er geziert ein. »Ihr seid nicht der einzige Zauberer im Zug, und ich habe meine Kraft, hierhin und dorthin in die Berge zu schauen, ebenfalls genutzt. Die einzige Brutstätte, die es in diesem Teil des Landes je gegeben hat, ist schon vor langer Zeit mit Steinen verschüttet worden, und Ihr wißt selbst, daß wir keine Bedrohung durch die Dunklen mehr gespürt haben, seitdem wir das Hochland erreicht haben.« Er hob seine schweren, weißen Augenlider ein wenig und starrte Ingold an, und in seinen dunklen, glühenden Augen mischten sich Herausforderung, Abneigung und Bosheit.

»Das mag vielleicht so scheinen «, entgegnete Ingold langsam. »Aber ich komme von dieser Brutstätte, und ich sage Euch, daß sie offen ist.«

»Und dies ist wieder eines der Dinge«, warf die Bischöfin schneidend ein und legte die Hände auf dem Tisch übereinander wie ein kleines

Häufchen Elfenbeinspindeln, »für die Euer Wort das einzige Zeugnis ist?«

Der schmelzende Schnee auf Ingolds Schultern glitzerte im Lampenschein, als er sich zu ihr umwandte. »So ist es. Aber es gibt Dinge, wie die Gebote Gottes beispielsweise, die wir alle auf Treu und Glauben hinnehmen müssen, verehrte Dame. Gewiß seid Ihr Euch darüber im klaren, daß wir in bezug auf den wahren Weg der Erlösung nur das Wort eines einzigen Mannes haben und daß dieser Weg nicht das ist, was ein logisch denkender Mensch beschließen würde. Für den Augenblick müßt Ihr Euch auf mein – und übrigens auch Gils – Wort verlassen, daß die Dunklen im Tal sind, daß sie sich absichtlich vom Flüchtlingszug ferngehalten und daß sie die Brücke zerstört haben, um den Prinzen zu töten oder ihn auf dieser Seite des Flusses von den anderen abzuschneiden.«

Govannin öffnete den Mund zu einer Erwiderung, schloß ihn dann aber nachdenklich, ohne etwas zu sagen.

Ingold fuhr fort: »Sie werden niemals zulassen, daß Tir, mit all dem, was aus ihm werden könnte und den Geheimnissen, die er vielleicht kennt, die Festung erreicht. Der Sturm bietet uns eine günstige Gelegenheit, und ich glaube, wir sollten sie ergreifen und noch heute nacht weiterziehen, damit wir in seinem Schutz die Festung erreichen.«

»Schutz?« Alwirs Stimme war voller Hohn, als er herumfuhr, um ihm in die Augen zu sehen. »Grabtuch, wolltet Ihr wohl sagen. Wir werden uns zu Tode frieren. . .«

»Hier erfriert Ihr mindestens ebenso schnell«, erklärte Ingold.

Steif und voller Entrüstung verkündete Bektis: »Ich bin durchaus in der Lage, Stürmen wie diesem Einhalt zu gebieten. . .«

»Und den Dunklen auch?« gab Ingold zurück.

Der Zauberer starrte ihn einen Augenblick mit haßerfüllter Miene an, und wäßrige Röte stahl sich in seine bleichen Wangen.

Ohne eine Antwort abzuwarten fuhr Ingold fort: »Und ich könnte es auch nicht. Jede Macht hat ihre Grenzen.«

»Und die Geduld ebenfalls«, fiel die Bischöfin unerschütterlich ein. »Und ich werde mich nicht einschüchtern und wie ein Schaf zur Schlachtbank treiben lassen. Wir können diesem Sturm trotzen und morgen bei Tageslicht weiterziehen.«

»Und wenn der Sturm erst morgen abend nachläßt?«

Alwir legte eine fein behandschuhte Hand auf die Rückenlehne seines geschnitzten Stuhles. »Findet Ihr nicht, daß Ihr diesem Sturm zu viel Bedeutung beimeßt? Ich erkläre mich mit jedem Beschluß einverstanden, vorausgesetzt, ich finde eine Transportmöglichkeit für das Regierungseigentum . . .«

Govannins Augen blitzten auf. »Nicht auf Kosten von . . .«

»Benehmt Euch nicht wie zwei Narren.« Die Worte wurden mit ruhiger Stimme gesprochen, während die weißbestickten Zeltvorhänge zur Seite schwangen und ein Mädchen in die Öffnung trat. Ihr Gesicht wirkte, umgeben vom schwarzen Schleier ihres offenen Haars, sehr blaß. Sie hatte sich gegen die Kälte in eine mit Sternen verzierte Decke gehüllt und hielt Tir unter den Falten an sich gedrückt. Die Augen des Kindes waren weit aufgerissen und wanderten gebannt über das erleuchtete Innere des Zeltes. Sie waren eine juwelenblaue Widerholung der Augen seiner Mutter und ihres Bruders.

»Ihr beiden benehmt euch wie Narren«, fuhr sie mit leiser Stimme fort. »Die Flut steht uns bis zum Hals, und ihr streitet euch darum, wer als erster ins Boot steigt.«

Alwirs aristokratische Nüstern weiteten sich voller Zorn. Aber er sagte nur: »Minalde, geh in deine Kammer zurück.«

»Das werde ich nicht tun«, gab sie vollkommen ruhig zurück.

»Das hier ist nicht deine Angelegenheit.« Er sprach mit ihr wie mit einem widerspenstigen Kind.

»Es *ist* meine Angelegenheit.« Sie brachte die Worte sanft und leise hervor, aber Alwir und Rudy starrten sie entgeistert an, überraschter vielleicht, als wenn sie in heftiges Fluchen ausgebrochen wäre. Alwir sank in sich zusammen, als hätte sie ihn getreten; offenbar hatte er noch niemals auch nur in Betracht gezogen, daß seine stille, fügsame Schwester sich ihm widersetzen könnte. Rudy, der sich noch genau daran erinnerte, wie sie ihm auf der Treppe in Karst eine Fackel ins Gesicht gestoßen hatte, war nicht ganz so überrascht.

»Tir ist mein Sohn«, fuhr sie fort. »Eure Dickköpfigkeit könnte ihn das Leben kosten.«

Das Gesicht des Kanzlers lief rot an. Er sah aus, als wolle er Minalde den Mund verbieten, den Widerspruch gegen altere und erfahrenere Menschen nicht dulden. Aber sie war immerhin die Königin von Darwath.

»*Wenn* der verehrte Herr Ingold die Wahrheit spricht«, sagte er.

»Ich glaube ihm«, erklärte sie. »Und ich vertraue ihm. Und ich werde mit ihm weiterziehen zur Festung, und wenn ich alleine gehe.«

Von ihrem Platz aus sah Gil, daß diese junge Frau, eingehüllt in Sterne und Dunkelheit, bebte. Es konnte ihr nicht leicht gefallen sein, sich einem Mann zu widersetzen, der offenbar all die Jahre über ihr Leben gelenkt hatte. Gils Achtung vor Minalde, die bis zu diesem Augenblick nur ein Name und ein Schatten für sie gewesen war, wuchs.

»Ich danke Euch für das Vertrauen, meine Königin«, sagte Ingold ruhig, und ihre Blicke trafen sich für einen Moment. Gil wußte aus eigener Erfahrung, daß der Blick des Zauberers den Geist entblößen und wehrlos machen konnte. Doch was immer Alde in seinen Augen entdeckte, es mußte sie bestärkt haben, denn sie machte mit aufrechtem Rücken und entschlossener Miene kehrt.

Alwir packte sie am Arm, zog sie dicht zu sich heran und sagte etwas zu ihr, das kein anderer verstehen konnte. Sein Gesichtsausdruck war wütend und starr. Alde befreite sich aus seinem Griff und ging wortlos hinüber in den anderen Teil des Zeltes. Und das war auch gut so, denn so konnte sie das Gesicht ihres Bruders nicht mehr sehen, das sich in kaltem Zorn zu derselben Maske verzerrte, die Gil in dem Augenblick gesehen hatte, als sie das Zelt betrat, eine Maske, die umso erschreckender wirkte, weil sie so unpersönlich war. Aber als er sich wieder umwandte, war sein Lächeln voller Mißbilligung. »Es scheint«, sagte er, »daß wir nun doch noch heute nacht weiterziehen.«

Es war klar, daß dies die Einleitungsworte für etwas anderes waren, aber die Bischöfin fiel ihm so beiläufig ins Wort, daß die Unterbrechung den Anschein völliger Zufälligkeit hatte. »Wenn das so ist«, sagte sie mit ihrer gemächlichen, trockenen Stimme, »dann muß ich gehen und die Wagen der Kirche fertigmachen.« Darauf war sie schneller verschwunden, als irgend jemand für möglich gehalten und bevor ein Befehl hätte ausgesprochen werden können.

Als das Lager endlich abgebrochen wurde, war es fast vollkommen dunkel. Der Schnee fiel jetzt noch heftiger. Der Wind wirbelte kleine Wolken fester Flocken in die Asche der ausgetretenen Lagerfeuer und überzog den aufgewühlten Schlamm mit einer dünnen weißen Decke. Die Nachricht war über die Behelfsbrücke zur anderen Seite des Flusses überbracht worden, und die Familien kamen jetzt langsam herüber, ihre Bündel auf den Schultern, Männer wie Frauen mühsam um ihr Gleichgewicht bemüht auf dem wackligen Spinnengewebe aus Seilen und Pappelholzstangen. Als Rudy gemeinsam mit Ingold und Gil zu der provisorisch gezogenen Brücke hinunterging, um nach dem einen Wagen zu sehen, den Alwir einem befreundeten Kaufmann abgehandelt hatte. stellte er fest, daß sich im Zug, vollkommen unvereinbar mit den gegebenen Umständen, ein optimistischer Geist verbreitet hatte. Es wurde keineswegs weniger gemurrt, und die Flüche waren noch genauso laut und heftig wie zuvor. Männer und Frauen rieben wärmend die Hände aneinander, während sie in der schneidenden Kälte ihre wenigen Habseligkeiten zusammenpackten, und sie keiften und zankten und stritten miteinander – aber etwas hatte sich verändert. Seltsam. Die hoffnungslose Verzweiflung, die während des ersten Teils der Reise geherrscht hatte, war verschwunden. Eine Lebendigkeit knisterte in der Luft, die zuvor nicht zu spüren gewesen war – eine Hoffnung. Es war der Aufruch zum letzten Marsch, wenn sie es schafften. Sie hatten den näheren Umkreis der Festung erreicht.

»Das müßte gehen«, bemerkte Ingold, während er den Gardesoldaten und Alwirs privater Truppe zusah, wie sie den halb zerlegen Kastenwagen den steilen Pfad hinaufzogen. »Zugegeben, Minalde und Tir werden darin wahrscheinlich eine gute Zielscheibe abgeben, aber das ist unter den gegebenen Umständen immer noch besser, als wenn wir Gefahr laufen, sie im Schnee zu verlieren. Was euch betrifft . . .« Er wandte sich um und legte jedem von ihnen eine Hand auf die Schulter. »Was immer ihr tut, bleibt in der Nähe dieses Wagens, dann könnt ihr am sichersten sein, daß ihr die Festung lebend erreicht. Mich wird es im Zug auf und ab verschlagen; es ist möglich, daß ich euch nicht im Auge behalten kann. Ich weiß, daß das alles euch nichts angeht, daß ihr gegen euren Willen hineingerissen worden seid. Keiner von euch ist mir etwas schuldig. Aber ich bitte euch, sorgt dafür, daß Alde und ihr Kind die Festung sicher erreichen.«

»Wirst du nicht hier sein?« fragte Gil beunruhigt.

»Ich weiß nicht, wo ich sein werde«, erwiderte der Zauberer. Schneeflocken setzten sich in seinen Bart und auf seinen Umhang. Gil fand, daß er in dem schwindenden Licht ausgezehrt wirkte. Nicht verwunderlich, dachte sie. Sie selbst wurde nur noch von der Kraft der Unruhe angetrieben. »Paßt auf euch auf, meine Kinder. Ich werde euch sicher aus dieser Sache herausbringen.«

Er machte kehrt und ging davon, und die ausgefransten Enden seines Schals flatterten wie Fahnen im Wind.

»Er sieht schlecht aus«, bemerkte Rudy, auf seinen Stab gestützt, als das fahle Schneegestöber den alten Mann verschluckte. »Ihr beiden müßt einen höllischen Fußmarsch gehabt haben.«

Gil kicherte trocken. »Nicht der geringste Zweifel, daß er ein Zauberer ist, Rudy. Das muß er sein, um die Leute dazu zu bringen, daß sie solche Verrücktheiten mitmachen.«

Rudy warf ihr einen nachdenklichen Seitenblick zu. »Weißt du, schon in Kalifornien fand ich die ganzen Umstände verrückt, aber ich habe *ihm* einfach geglaubt. Es ist so. Man muß ihm einfach glauben.«

Und Gil verstand, was er meinte. Ingold hatte eine Art, alles möglich, sogar wahrscheinlich werden zu lassen –, daß ein zielloser Motorradfreak Feuer aus der Dunkelheit entstehen lassen konnte oder daß eine angehende Wissenschaftlerin mit guten Manieren und Höhenangst ihm über das gefahrvolle Dach der Schöpfung folgte, um gegen körperlose, entsetzliche Feinde zu kämpfen.

Oder daß ein Zug zerlumpter Flüchtlinge, durch Zwistigkeiten entzweit, halb erfroren und am Ende ihrer Kräfte, einen strengen Fünfzehn-Meilen-Marsch durch Sturm und Finsternis schaffen konnte und daß diese Menschen endlich einen Zufluchtsort finden würden, den sie nie gesehen hatten.

Sie seufzte und zog ihren zu weit geratenen Umhang über die schmalen Schultern. Der Wind drang schneidend durch den Stoff. Sie war zum Umfallen müde. Sie wußte, daß die Nacht unvorstellbare Schrecken bringen würde. Sie schickte sich an zu gehen, um die Garde zu suchen, dann hielt sie noch einmal inne. »He, Rudy?«

»Ja?«

»Paß auf Minalde auf. Sie ist eine gute Frau.«

Rudy starrte sie überrascht an, denn er hätte nicht geglaubt, daß sie es wußte, noch viel weniger, daß sie es verstand. Er mußte noch einiges dazulernen über kaltherzige Frauen mit hellen Schulmeisteraugen.

»Danke«, sagte er, auf unerklärliche Weise gerührt von ihrer Besorgnis. »Du selbst bist auch nicht so übel. Für eine Schreckschraube«, fügte er mit einem Grinsen hinzu, das sie boshaft erwiderte.

»Ich verstehe zwar nicht, was sie daran findet, mit einem schäbigen Karossenkleckser herumzuhängen, aber das ist schließlich ihre Sache. Wir sehen uns dann in der Festung.«

Rudy traf Alde an dem Wagen, den die wenigen am Leben gebliebenen Dienstboten des Hauses Bes gerade beluden. Sie selbst war im Begriff, zusammengerolltes Bettzeug hineinzutragen; Medda, wäre sie noch am Leben gewesen, wäre bei diesem Anblick wahrscheinlich tot umgefallen vor Entsetzen. Er küßte sie sanft zur Begrüßung. »He, du warst bombastisch.«

»Bombastisch?«

»Du warst großartig«, verbesserte er sich. »Wirklich. Ich dachte nicht, daß Alwir sich damit abfinden würde.«

Sie errötete im undeutlichen Licht der Fackel und wandte sich ab. »Es war mir gleichgültig, ob er sich damit abfinden würde, wie du es nennst, oder nicht. Aber Narren hätte ich sie nicht nennen dürfen. Alwir nicht, und ganz gewiß nicht die verehrte Bischöfin. Es war – ungehörig.«

»Dann laß dir in der Beichte eine Buße dafür auferlegen.« Er zog sie wieder an sich. »Jedenfalls hast du deinen Standpunkt klargemacht.«

Sie blickte ihm einen Moment lang schweigend in die Augen. »Er hat recht, nicht wahr?« flüsterte sie ängstlich. »Die Dunklen sind in den Bergen.«

Eine Zeitlang blieb sie, die Hände um seinen Hals geschlungen, stehen und blickte ihn mit großen, verzweifelten Augen an, als weigere sie sich, angesichts dessen, was danach kommen mußte, diesen Augenblick zu beenden. Doch als ein Geräusch aus dem Wagen drang, löste sie sich aus der Umarmung und kletterte über die Ladeklappe hinein, um ihren herumrobbenden Sohn in sein kleines Deckennest zurückzulegen. Er hörte ihre flüsternde Stimme. »Bleib hier liegen.« Im nächsten Augenblick tauchte sie an der Wagenplane auf.

»Du wirst eine Leine für ihn brauchen, wenn er erst anfängt, richtig zu krabbeln«, bemerkte Rudy.

Alde schauderte. »Erinnere mich nicht daran.« Damit verschwand sie wieder im Innern des Wagens.

Der Zug begann sich in Bewegung zu setzen. Der Wind blies jetzt noch heftiger; er fauchte die Berghänge herunter und stürzte sich mit eisernen Klauen auf die Wanderer. Rudy stolperte, geblendet vom Schnee, neben dem Wagen her, und seine Finger wurden allmählich taub in den Handschuhen. Die Straße wurde offenbar nicht oft benutzt, war aber in besserem Zustand als die Straße aus Karst heraus, in der Mitte gepflastert, sofern sie nicht von Baumwurzeln aufgebrochen oder durch lange Vernachlässigung verschüttet war. Doch Schneeverwehungen machten das Gehen schwierig, und Rudy wußte, daß die Menschen am Ende des Zuges sich durch ein glitschiges Schlammbett würden vorankämpfen müssen. Der Wind und die Dunkelheit machten es fast unmöglich, etwas zu sehen. Die Gruppe der Gardisten, die den Wagen umringten, wirkte verschwommen und verworren, wie halb erahnte Schatten in einem erschreckenden Traum.

Rudy erinnerte sich daran, was Ingold ihn gelehrt hatte, und versuchte, Licht zu erzeugen. Es gelang ihm, eine große, ungleichmäßige Kugel zu erzeugen, die den Weg etwa drei Schritte vor ihm erleuchtete. Doch die Anstrengung beanspruchte den größten Teil seiner Konzentration, und wenn er im Schnee ausrutschte oder unter den heftigen Stößen des Windes ins Taumeln geriet, wurde das Licht schwächer und verteilte sich. Um ihn herum verdichtete sich der Schnee zu wirbelndem grauen Mehl, nur da, wo er ohne zu schmelzen im Hexenlicht schwebte, verwandelte er sich in einen winzigen, tosenden Wirbelsturm von Diamanten, der ihm in den Augen wehtat. Sein Umhang und seine Stiefel klebten ihm vollkommen durchnäßt am Körper, und die Taubheit in seinen Händen verwandte sich bald in Schmerz. Einmal, als der Wind nachließ, hörte er die Stimme Minaldes, die ihrem Kind im Wagen leise ein Lied vorsang:

»Schlafe, mein Prinzchen, schlaf ein . . .«

Benommen fragte er sich, wie sich dieses Lied je in die Sprache von Darwath hatte einschleichen können.

Er verlor jedes Zeitgefühl. Er hatte nicht die geringste Ahnung, wie lange er schon durch den Sturm stolperte. Ihm war, als wäre er schon Stunden unterwegs, seitdem das Lager abgebrochen worden war. Der Boden stieg ständig an unter seinen strauchelnden Füßen, und der Wind zerrte an ihm wie ein Tier an seiner Beute. Verbissen klammerte er sich mit der einen Hand am Wagen, mit der anderen an seinem Stab fest, und manchmal schien es ihm, als wären das die einzigen Dinge, die ihn noch auf den Füßen hielten. Er wußte genau, daß er sterben mußte, wenn er jetzt fiel.

Irgendwann ging Gil an seiner Seite, und sie wirkte so mager und armselig, daß er sich fragte, warum sie nicht weggeblasen wurde. Sie rief ihm, den Sturm übertönend, zu: »Alles in Ordnung?«

Er nickte. *Eine Dame und eine Wissenschaftlerin,* dachte er. *Und so zäh wie nur möglich.*

Andere wurden von ihnen überholt oder überholten sie mit verzweifelter Verbissenheit. Er sah den alten Mann aus Karst, der noch immer seinen Stapel Hühnerkäfige auf dem Rücken trug, in Decken gehüllt und mit einem Berg Schnee beladen. Die Gruppe der Lagerwaisen folgte, mit einem Seil zusammengebunden wie junge Zicklein, ihrer Betreuerin im Gänsemarsch. Eine beleibte Frau, die eine Ziege mit sich führte, überholte sie; ein Stück weiter sahen sie sie mit dem Gesicht nach unten im Schnee liegen, und die Ziege stand kläglich über ihrem hingestreckten Körper.

Und immer weiter kämpften sie sich voran. Rudy stolperte und fiel, und sein Körper war so taub, daß ihm kaum bewußt wurde, daß er auf den Boden aufschlug. Jemand beugte sich über ihn, zog ihn auf die Füße und schüttelte ihn mit einer Heftigkeit, die ihn verwunderte, aus seiner Benommenheit – eine gespenstische, dunkle Gestalt mit wehendem Umhang und einem Stab, an dessen Ende ein bläulichweißes Licht glühte. Rudy stolperte wortlos zum Wagen zurück, griff haltsuchend nach den Planenseilen, und die Gestalt wurde von der Dunkelheit verschlungen. Um sich herum in dem lichtlosen Chaos sah er andere Gestalten, die Liegengebliebene auf die Füße zerrten und mit Worten und Flehen, Flüchen und Schlägen vorwärtstrieben. Er klammerte sich verbissen an dem Seil fest und erinnerte sich daran, daß er versprochen hatte, Alde zur Festung zu bringen, daß es irgendwo in diesem schwarzen Universum unendlicher Kälte ein Ziel gab. Er hatte bereits erfahren, daß der Tod unter gewissen Umständen sehr willkommen sein konnte.

Zeit war ein irreführender Begriff geworden; die Augenblicke vergingen mit schwerfälliger Langsamkeit. Jede Bewegung war eine unvorstellbare Anstrengung, die kaum der Mühe wert war. Rudy fühlte sich wie dieser Knabe bei den alten Griechen, der den Stein den Berg hinaufrollen mußte, obwohl er ganz genau wußte, daß er gleich darauf wieder hinunterfallen würde. Die Nacht war schon weit fortgeschritten. Am veränderten Klang des Sturmwindes erkannte er, daß sie das Gebiet der tiefen Schluchten hinter sich gelassen und offeneres Gelände erreicht hatten. Vollkommen erschöpft, Geist und Wille untergegangen in der betäubenden Dunkelheit, die in seinem Innern ebenso herrschte wie um ihn herum, versuchte er, das Hexenlicht wieder herbeizurufen, erhielt aber nicht den leisesten Schimmer.

Setz nur immer weiter einen Fuß vor den anderen, sagte er sich verbissen. *Du wirst ankommen.* Ein Windstoß traf ihn wie ein Keulenschlag; er fiel, und diesmal entschloß er sich, nicht wieder aufzustehen. Sie konnten es ohne ihn bis zur Festung schaffen. Er würde jetzt ein wenig schlafen.

Eine Zeitlang trieb er in Erinnerungen dahin, an das warme Hügelland in Kalifornien, das wiegende Gold des sonnenverbrannten Grases und an das Gefühl der Sonne auf seinen bloßen Armen, wenn er am späten Abend, das Haar vom Wind zersaust, auf seiner Maschine den Highway 15 entlangbrauste. Er fragte sich, ob er das je wieder würde tun können. *Wahrscheinlich nicht*, entschied er. Aber selbst das war nicht besonders wichtig. *Wer hätte gedacht, daß eine Fahrt für den Biernachschub damit enden würde, daß ich in einem Gebirge erfriere, das nicht einmal existiert?*

Das Leben ist seltsam.

Ein zwei Meter großer Riese mit einem Tritt wie ein Esel baute sich plötzlich über ihm auf und trat ihm mit dem Stiefel in die Rippen. Die

Kälte kehrte zurück, und ein dünnes Schmerzgerinnsel schlich sich in all seine Muskeln und Gelenke. Er murmelte vorwurfsvoll: »He«, und der Riese trat ihn noch einmal.

»Steh auf, du Rotznase!« *Warum hatte ein zwei Meter großer Riese Gils Stimme?*

Hochnäsige, eierköpfige Hexe. »Nein.«

Von den wenigen Wochen Training im Schwertkampf hatte sie bereits einen Griff wie von einer klaubenbewehrten Pranke. Überraschend genug, daß jemand, der auf achtundneunzig Pfund Klappergerüst heruntergemagert war, die Kraft aufbringen konnte, ihn auf die Füße zu zerren und mit solcher Macht gegen den rollenden Wagen zu schleudern, daß er nicht anders konnte, als sich festzuhalten.

»Und jetzt geh weiter«, befahl sie.

Wie dumm von ihr, daß sie nichts verstand. »Ich kann nicht mehr«, erklärte er mit schwacher Stimme.

»Zum Teufel mit dir!« schrie sie ihn, plötzlich voller Wut, an. »Vielleicht bist du ja ein verdammter Zauberer, aber du bist auch ein Feigling und ein Versager, und ich will verdammt sein, wenn ich zulasse, daß du dich auf die Straße legst und stirbst und alle im Stich läßt. Wenn du unbedingt sterben willst, dann warte damit, bis du zur Festung kommst. Wir sind nur noch ein paar Meilen davon entfernt.«

»Hmh?« Rudy versuchte, sich an dem Seil festzuhalten, aber seine Finger waren zu taub. Er schwang den ganzen Arm durch die Lücke zwischen Seil und Plane. »Was hast du gesagt?«

Aber plötzlich spürte er, wie als Antwort auf seine Frage, eine Veränderung in der Luft. Der stürmische Wind drehte ab, und der unaufhörliche, hämmernde Druck ließ nach, so daß er ins Taumeln kam, als hätte er einen Halt verloren. Der Schnee prasselte nicht mehr auf seinen Körper wie Maschinengewehrfeuer, sondern fiel eine Zeitlang senkrecht zur Erde und hörte dann ganz auf. Er hörte das Tosen des Windes in den Pinien hoch über der Straße und das klagende Heulen zwischen den Felsen, doch um ihn herum war die Luft zwar bitter kalt, aber vollkommen windstill.

Einer der Zugochsen brachte ein klägliches Brüllen heraus, und das Gespann kam zum Stehen. Stiefel knirschten im Schnee, irgendwo knarrte ledernes Zaumzeug. Er konnte seinen eigenen Atem und den der Frau an seiner Seite deutlich hören.

»Was ist los?« flüsterte er. »hat sich der Sturm gelegt?«

»Nicht so, das ist nicht möglich. Abgesehen davon hört man ihn noch weiter oben.«

Er blinzelte in die Dunkelheit und hob seine bebende Hand, um die Eiskristalle von seinen Wimpern zu wischen. »Was hat das dann . . .« Dann wurde ihm klar, was passiert sein mußte. Angst und Schrecken schossen einen Adrenalinstoß durch seine Adern, der seinen benommenen Kopf augenblicklich klarfegte. »O Gott«, flüsterte er. »Ingold.«

»Er hat den Sturm aufgehalten, nicht wahr«, sagte Gil leise. »Sie müssen zu viele Leute verloren haben . . .«

»Aber weißt du, was das heißt?« fragte Rudy drängend. »Es heißt, daß die Dunklen jetzt angreifen werden.« Er machte probeweise einen Schritt vom Wagen fort und stellte fest, daß er stehen konnte, wenn er sich fest auf seinen Stab aufstützte. »Wir müssen weiter.«

Die Garde, ungefähr dreißig Mann stark, schloß sich zu einem Ring zusammen; er konnte ihre Stimmen in der Dunkelheit ausmachen. Gott allein wußte, wo der Rest des Zuges geblieben war. Der Sturm hatte sie so weit auseinandergerisssen, daß nun jedermann auf sich selbst gestellt war. Er beugte und streckte die rechte Hand ungelenk und versuchte sich davon zu überzeugen, daß sie immer noch ihm gehörte. Er hörte Gil, die leise mit den Gardeoffizieren sprach, und das kurze, kalte Lachen des Eisfalken. Gil kam zu ihm zurück. »Kannst du ein bißchen Licht machen?« fragte sie. »Ab hier wird das Land flacher, wir könnten vollkommen vom Weg abkommen. Sieh nur.«

Es gab wahrhaftig nur einen einzigen Punkt, an dem sie sich orientieren konnten: ein winziges, orangefarbenes Lichtquadrat, fern und scharf umrissen in dem kalten Ödland.

»Tomec Tirkenson wacht in der Festung. Das sind die Feuer am Tor.«

»In Ordnung«, sagte Rudy. »Dann können wir uns immerhin danach richten.« Er versuchte mehrere Male, Licht zu erzeugen, aber sein erschöpfter Geist war der Aufgabe nicht gewachsen. Sie setzten sich wieder in Bewegung und hielten unbeirrt auf den winzigen, hellroten Stern zu; jeder Schritt fiel qualvoll schwer auf dem unebenen Grund. Aus dem Wagen drang Tirs ängstliches Wimmern und Aldes Stimme, die ihn leise zu beschwichtigen versuchte. Er trat auf einen harten Gegenstand, der unter seinen Füßen davonrollte und ihn zu Fall brachte. Im Fallen berührte er den Gegenstand mit der Hand; es war ein eisener Kochtopf. Trotz der Kälte und Gefahr mußte er grinsen – andere hatten es schon bis hierher geschafft. Wahrscheinlich war das ganze Tal übersät mit liegengelassenen Haushaltsgeräten, die in der letzten verzweifelten Anstrengung, durchzuhalten, fortgeworfen worden waren. Nun, wenn andere es geschafft hatten, konnte er es auch schaffen.

Dann spürte er es – in der stillen Luft ein Windhauch, nicht wie der heftige Sturmwind, sondern ein dünnes, richtungsloses Flüstern, das von Stein und feuchtwarmer Dunkelheit erzählte, von oben, von hinten und von allen Seiten eine leise Bewegung in der Luft. Er drehte sich um und sah die Dunklen.

Wie er sie sehen konnte, wußte er nicht – vielleicht durch einen neuerworbenen Sinn, der durch die Übung seiner Kräfte für das Magische geschärft war. Sie schwebten über den Schnee auf den Wagen zu, kaum voneinander und von dem wogenden Fluß der Illusionen, in dem sie schwebten, zu unterscheiden. Die peitschenähnlichen Schwänze dienten als Antrieb und Ruder; sie bewegten sie geschmeidig gleitend voran, die mehrgliedrigen Beine unter den weichen, tropfenden Tentakeln des schleimtriefenden Mauls zusammengefaltet. Einen Augenblick lang stand er wie gebannt da, fasziniert von den immer wechselnden Formen , die einmal deutlich sichtbar, dann wieder geisterhaft verschwommen waren. Er fragte sich, in welchem Sinne man sie überhaupt als stofflich bezeichen konnte. Aus welchen Atomen und Molekülen mochten diese geschmeidigen, pulsierenden Körper bestehen? Welches Gehirn oder welche Gehirne hatten die Treppen ersonnen, die in die Finsternis unter der Erde führten?

Dann stieß einer der Ochsen ein lautes Schreckgebrüll aus und versuchte, einen Satz vorwärts zu machen; er stürzte, zog den anderen Ochen des Gespanns im Gewirr des Zaumzeugs mit sich zu Boden und zerschmetterte die Deichsel des Wagens mit seinem Gewicht.

»Die Dunklen!« warnte Rudy die anderen mit einem verzweifelten Aufschrei und versuchte, Licht – irgendein Licht – zur Unterstützung gegen den unsichtbaren Feind zu erzeugen. Er hörte Alde schreien. Dann flammte hinter ihnen ein grelles Hexenlicht auf und durchbohrte die Dunkelheit, und der heranströmende Fluß von Schatten und Illusion brach sich daran und wurde auseinandergewirbelt wie ein großer Rauchkreis. Ingold trat aus der unnatürlichen Stille auf sie zu. Sein Schatten fiel hart und blau auf den glitzernden Schnee zu seinen Füßen.

»Schneidet den Ochsen los, holt unsere Königin aus dem Wagen und lauft weiter«, befahl er kurz. Nun kamen auch die Gardisten, deren Gesichter ausgezehrt wirkten unter den Reifkrusten, auf sie zugerannt. »Janus, glaubst du, daß ihr es bis zur Festung schaffen werdet?«

Der Kommandant, kaum kenntlich unter der Eisschicht, die wie Schuppen auf Haaren und Umhang lag, blinzelte zu dem Licht in der Ferne hinüber, vor dem jetzt die winzigen Gestalten von Menschen deutlich sichtbar waren. »Ich glaube, ja«, keuchte er. »Du hast uns schon wieder das Leben gerettet.«

Ingold erwiderte: »Es ist noch eineinhalb Meilen zu früh, um das zu sagen. Die Königin . . .«

Er drehte sich zum Wagen um. Der Eisfalke hatte das Ochsengespann abgeschnitten, doch der Wagen war augenscheinlich nicht mehr zu gebrauchen. Durch die vorderen Planenvorhänge blickte ein blasses Gesicht, umrahmt von einer Fellkapuze und einer Flut rabenschwarzer Haare, heraus.

Rudy trat hastig zum Wagen. »Wir müssen um unser Leben laufen, Liebes«, sagte er leise, und sie nickte und zog sich wortlos in die Schatten des Wagens zurück, um Tir zu holen. Einen Augenblick später erschien sie wieder mit dem dick in Decken eingeschlungenen Kind auf dem Arm; ihr Gesicht wirkte bleich in dem Lichtschein, der von Ingolds Stab ausströmte, und ihre Augen waren groß und verstehend. Gil streckte ihr die Arme entgegen und nahm ihr das Kind ungeschickt ab, während Rudy Minalde über die zerbrochene Wagendeichsel herunterhalf. Selbst durch zwei Paar Handschuhe und die stechende Taubheit seiner Finger hindurch war er sich der Berührung ihrer Hand bewußt.

»Wie weit ist es noch?« flüsterte sie.

Gil nickte zu dem hellroten Schimmer in der Ferne hinüber, der die Tore der Festung markierte. »Ungefähr zwei Meilen.«

Aldlel nahm Gil das Kind wieder ab und spürte gleichzeitig das kalte Prickeln, das sie von früher kannte, das unbewußte Erfassen der Gegenwart der Dunklen. Das Auftauchen des Lichts hatte sie nicht in die Flucht geschlagen. Die Dunklen hatten sich lediglich zurückgezogen, um in einiger Entfernung zu warten.

Hoch über ihnen heulte immer noch der Wind, doch um sie herum war es unheimlich still. Aus dem Tal drangen Stimmen zu ihnen herüber, verzerrt durch Kälte und Entfernung, Stimmen der Angst, der Hoffnung und der Verzweiflung. Überall aus den umliegenden Bergen strebten Flüchtlinge den Lichtern der Festung entgegen, unsichtbare Gestalten, die sich durch Stille und tiefen Schnee vorankämpften. Doch im Lichtkreis, den Ingolds Stab erzeugte, war die kleine Gruppe von Gardisten um den umgestürzten Wagen herum allein. Eingehüllt in Frost, wirkten sie wie Eiswesen aus einem Märchen, mit Diamanten besetzt und ihr Atem kristallklarer Rauch. Und hinter ihnen, gerade außerhalb des Gesichtskreises, regte sich unsichtbar im blauschwarzen Meer der Nacht jener Hauch einer ruhelosen Bewegung.

Als Ingold zu der kleinen Gruppe an der Wagendeichsel trat, fiel sein Licht scharf auf ihre hageren, erschöpften Gesichter. Er war ein Mann, der andern seine Kraft mitteilte; Gil stellte fest, daß seine Gegenwart sie wärmte wie ein Feuer, und sie bemerkte, daß auch Alde und Rudy nicht mehr ganz so sterbenselend aussahen. Er legte Alde kurz die Hand auf die Wange und sah ihr forschend ins Gesicht. »Könnt Ihr es schaffen?«

»Ich muß«, erwiderte sie einfach.

»Tapferes Mädchen. Rudy . . .«

Rudy trat zögernd vor.

»Leite deine Kraft in den Stab; dazu ist er da, nicht, damit du dir nicht die Zehen stößt.«

Rudy warf einen erstaunten Blick auf den Wanderstab, den er sich viele Meilen zuvor am Straßenrand abgeschnitten hatte. »Äh – du meinst, das ist alles? Man muß nichts Besonderes tun, damit ein Stab magische Kraft bekommt?«

Ingold sah aus, als würde er ein kurzes Stoßgebet um Geduld zum Himmel schicken. »Allen Dingen haftet von Natur aus magische Kraft an«, erklärte er geduldig. »Nun . . .«

Zaghaft beschwor Rudy noch einmal Licht herauf, und er spürte, wie die Kraft seine Hand, das Holz, das durch die Benutzung glattgerieben worden war, und die Luft durchdrang. Licht flammte rauchig an der Spitze seines Stabes auf, wurde heller und warf blaue und schwarze Doppelschatten auf die Speichen der Wagenräder, die schmalen, erschrockenen Gesichter der beiden Frauen, auf den nutzlos gewordenen Wagen und auf Ingolds tief eingefallene Augenhöhlen.

Leise sagte der Zauberer: »Laß sie nicht allein, Rudy.« Rudy hatte plötzlich das unangenehme Gefühl, daß der alte Mann um sein Versagen wußte, wußte, daß er sich zum Sterben hingelegt und die anderen ihrem Schickal überlassen hatte. Er spürte, wie ihm die Röte ins Gesicht stieg.

»Es tut mir leid«, murmelte er.

Wind strich um seine Füße. Er fuhr herum und blickte angestrengt in die Dunkelheit. Er spürte eine Gegenkraft, die sich wie die kalte Berührung einer fremden Hand in sein Bewußtsein drängte. Sein Licht verblaßte, und als er aufblickte, sah er, daß auch Ingolds Stab unruhig zu flackern begonnen hatte. Gleichzeitig roch er den Säuregestank der Dunklen. Der Stahl klirrte, als Gil ihr Schwert zog; die Garde schloß sich zu einem nach außen gerichteten Kreis, und ihre gezogenen Klingen blitzten matt auf.

Welcher Instinkt ihn gewarnt hatte, konnte er nicht sagen, doch er duckte sich, zog das Schwert, wirbelte herum und schlug zu, alles in einer einzigen Bewegung, bevor er das Wesen, das aus der Nacht auf ihn herunterfiel, noch richtig wahrgenommen hatte. Er hörte Alde schreien und erhaschte einen flüchtigen Blick auf Gil, die mit steinernem Gesicht und flammender Klinge in einem weit ausholenden seitlichen Schlag die Dunkelheit spaltete, die sie berstend mit einem Strom von Blut und Schleim übergoß. Das Hexenlicht verblaßte zu einem grauen Schimmer, und die Gardisten wichen zurück und verteidigten sich, so gut sie konnten, gegen den schleimtriefenden Angriff. Die Gegenkraft zehrte an ihm, sog seine Kraft wie aus einer offenen Arterie, und eine Zeitlang sah er nichts und wußte nichts, als daß er zwischen den Dunklen und der Frau hinter seinem Rücken bleiben mußte.

Dann waren sie plötzlich und ohne Vorwarnung verschwunden, und das Hexenlicht leuchtete wieder in voller Kraft. Jemand schrie: »Kommt weiter!« Rudy faßte Alde am rechten, Gil am linken Arm, und gemeinsam eilten sie über den schleimigen Schneematsch, während das Licht seines Stabes Schlamm und blutige Knochen beleuchtete und die Garde sich zu einer dichtgeschlossenen Keilformation um sie gruppierte. Ingold schritt ihnen voran, und sein Atem stieg weiß in das Licht, das den Schnee, zertrampelt von kopfloser Flucht und übersät mit den fortgeworfenen Habseligkeiten der Fliehenden, erhellte. Erschöpft mühte sich Rudy, mit ihm Schritt zu halten. Bleiern vor Kälte und Müdigkeit stolperte er durch den mit Unrat übersäten Schlamm und versuchte, den Blick auf das leuchtende, hellrote Lichtquadrat in der Ferne zu heften, das das Ende dieses alptraumhaften Weges bezeichnete. Er konnte jetzt deutlich Bewegung dort erkennen, kleine Gestalten in dem mächtigen Tor. Wieder spürte er die Gegenwart der Dunklen, die sich wie Sturmwolken über ihnen zusammenballten, und er fühlte die Berührung ihrer magischen Kraft, die an seiner Stärke zerrte und sog.

Dann stürzten die weichen, finsteren Schatten wie Aasgeier herunter, eine kaum sichtbare Todeswolke, die die Nacht erfüllte. Rudy hatte das Gefühl, als sei seine Klinge mit Bleigewichten beschwert, sein Arm voll Novocain gepumpt. Er wußte, daß er augenblicklich getötet worden wäre, hätte er sich nicht in der Mitte der Gruppe befunden. Als er Gil in der grauen Dunkelheit zuschlagen und sich unter dem fauchenden Hieb einer Dornenpeitsche ducken sah, die eineinhalb mal so lang war wie sie selbst groß, verstand er plötzlich, warum Gil und ihre Gefährten so verbissen, Verwundungen, Kälte und Erschöpfung zum Trotz, trainierten. Es war nur ihr Training, das ihnen jetzt das Leben rettete. Dünner Wind kräuselte sich höhnisch um sie, und die Dunklen waren verschwunden. Rudy rang nach Atem; er klammerte sich an seinen Stab, stützte mit der anderen Hand die halb ohnmächtige Alde und fragte sich, ob er die Kraft haben würde, sie bis zur Festung mitzuziehen. Obwohl sie nur noch weniger als eine Meile entfernt waren, konnten sie die hochauflodernden Flammen der Torfeuer kaum sehen hinter den zusammengeballten, verhüllenden Schatten, die die Nacht erfüllten. Die Gardisten schlossen sich wieder zusammen.

»Und jetzt«, rief Ingold, »lauft. Lauft schnell!«

Entsetzt wandte Janus ein: »Sie sind überall um uns herum. Sie werden uns niemals durchlassen.«

Der Zauberer keuchte vor Anstrengung, und das bleiche Licht fiel auf seine Hände, die voller Wunden und mit ekelhaftem Schleim bedeckt waren. »Sie werden, wenn ihr jetzt geht. Beeilt euch, oder . . .«

»Du bleibst nicht zurück!« rief der Kommandant aus.

»Aber . . .« begann Rudy benommen.

»Tut, was ich euch sage!« donnerte der Zauberer, und Rudy wich erschrocken einen Schritt zurück. Ingold zog sein Schwert mit einer fließenden, schimmernden Bewegung, und die Klinge blitzte in der Dunkelheit auf. *»Geht!«*

Janus sah ihn lange an, als könne er zu guter Letzt doch noch den Befehl verweigern. Dann machte er mit einem Ruck kehrt und schritt durch Schnee und Dunkelheit davon; nach kurzem, unsicheren Zögern folgten Rudy und die anderen ihm nach. Rudy und Gil stützten Minalde von beiden Seiten. Er spürte, daß die magischen Kräfte der Dunklen vor dem Licht, das er trug, zurückwichen und sich an einem anderen Punkt zusammenzogen. Er warf einen Blick über die Schulter zurück und sah, daß Ingold noch an derselben Stelle stand, an der sie ihn verlassen hatten, eine dunkle Gestalt im flammenden Lichthof, den Kopf ein wenig geneigt, um auf die Geräusche der Nacht zu lauschen, der Schnee zu seinen Füßen gefleckt vom Blut, das aus seinen zerschnittenen Knöcheln tropfte.

Der Zauberer wartete, bis das kleine Grüppchen sich fast zweihundert Meter von ihm entfernt hatte. Dann sah Rudy, als er noch einmal zurückblickte, daß er seinen Stab in den Schnee warf. Das Licht verlosch.

Die Schwertklinge beschrieb einen sengenden, phosphoreszierenden Bogen. Rudy wußte, daß die Dunklen den alten Mann eingekreist hatten.

Sie rannten weiter. Tir hatte zu weinen begonnen, ein dünnes, erschöpftes Wimmern, gedämpft im Schutz des mütterlichen Umhangs. Es war kein anderer Laut zu hören; doch als Rudy einmal an Alde vorbei flüchtig in Gils Gesicht blickte, sah er, daß es eine einzige, bleiche Maske des Schmerzes war. Das flammenhelle Tor schien näherzurücken, obwohl er jetzt die Gestalten deutlich erkennen konnte, die im Schein der riesigen Feuer auf der Treppe beisammenstanden, und hinter ihnen die gewaltigen Runen von Schutz und Recht, in blutrotes Licht getaucht. In einer dunklen Gestalt erkannte er Tomec Tirkenson, in einer anderen glaubte er Govannin zu erkennen. Irgend etwas schien mit seiner Wahrnehmung der Entfernung nicht zu stimmen. Die Luft war vollkommen still, ohne Bewegung, Geruch oder Atemhauch, sogar ohne eine Ahnung der Nähe der Dunklen – obwohl er genau wußte, daß er sich in diesem Punkt irren mußte; es mußte daran liegen, daß ihm allmählich die Sinne schwanden. Die Dunklen mußten ihnen auf den Fersen sein, mußten auf den Augenblick des Angriffs lauern. Zweimal blickte er über die Schulter zurück und sah Ingolds Klinge, die wie ein Leuchtkäfer durch die Dunkelheit schnellte. Er fragte sich benommen, warum der Zauberer sie weitergetrieben hatte, und fragte sich mit aller Kraft, die ihm noch zum Fragen blieb, ob sie es bis zum Tor schaffen würden, bevor sich die Dunklen endgültig auf sie herabstürzen würden. Der Boden stieg jetzt steiler an; er hatte das Gefühl, durch einen knietiefen Schlammsee zu waten, und mühte sich verzweifelt, auf den Füßen zu bleiben.

Dann blies der Wind von oben auf sie herab – nicht der Wind der Dunklen, sondern der Sturmwind, der den Schnee auf sie herunterwirbelte, während sie dem flammenden Höllenschlund des Tores entgegeneilten. Das Tosen des aufbrausenden Unwetters war wie das Heulen von Wölfen auf tödlicher Jagd. Die Sturmwinde, deren Gewalt Rudy aus dem Gleichgewicht brachten, toben blendend und schneidend und mit wilder, grausamer Freude über sie hinweg. Er taumelte weiter und sah plötzlich vor sich den hochaufragenden Schatten eines riesigen, düsteren Felsens, und der Sturm trieb das Feuer zu zehn Meter hohen Flammenbäumen auf. Er trat in der Dunkelheit auf etwas und fiel, und Aldes Arm entglitt seiner Hand. Als er den Kopf hob, sah er vor sich das hell erleuchtete Tor; er war über die Stufen gefallen. Er sah Gil, die Alde die Treppe hinaufzog, eingerahmt in ein wildes Gefunkel aus Feuer und Schnee, ihr dunkles Haar im Wind zu einer einzigen, fließenden Wolke vermischt.

Jemand kam zu ihm herunter und zog ihn in das rote Inferno hinauf. Halb ohnmächtig, wie er war, konnte er nur noch erkennen, daß die Hand, die seinen Arm umfaßte, in einen schwarzen Samthandschuh gehüllt war, auf dem Rubine glitzerten wie frisch vergossenes Blut.

Als sein Blick wieder klar wurde, lag er auf dem Boden gleich hinter dem Tor, halb begraben unter dem fallenden Schnee. Männer und Frauen kamen herein, taumelnd vor Kälte und Erschöpfung – auch Kinder entdeckte er unten ihnen, und ihm wurde klar, daß Gil recht gehabt hatte. Seine Ergebenheit in sein Schicksal im nächtlichen Schnee war die Haltung eines Feiglings gewesen, den ein Achtjähriger beschämen konnte. Weiter hinten sah er, scharf abgehoben vor dem rötlichen Licht, Govannin, einem Totenschädel gleich, mit lebendigen Kohlen in den Augenhöhlen, ein Schwert in der hageren Knochenhand. Alwir stand wie ein dunkler Turm; seine Schwester, auf seinen starken, mächtigen Arm gestützt, hielt das erschöpft schluchzende Kind an ihrer Brust. Alwirs Augen ruhten auf keinem von ihnen, sie waren auf die dunkle Höhle der Festung gerichtet und berechneten das Ausmaß seines neuen Königreiches. Und hinter ihnen stand Gil, das struppige, hexenhafte Haar vom Sturm zerzaust, am Tor und blickte angestrengt in die Dunkelheit hinaus. Doch in der weiten, eisigen, sturmgepeitschten Wildnis konnte Rudy keine Bewegung eines Lichts entdecken.

Fünfzehntes Kapitel

»Wo ist er?« fragte Rudy.

»Bei der Garde.« Gil schnallte ihren Schwertgürtel fest, ohne ihm in die Augen zu sehen. Er sah, daß sie geweint hatte.

Rudy drehte sich um und stellte fest, daß er sich an der Wand festhalten mußte, um unter Schmerzen auf die Füße zu kommen. Der ganze Körper tat ihm weh, und Stiche durchfuhren seine Muskeln und Gelenke bei jeder Bewegung wie kleine elektrische Schläge. Mattheit hatte nicht nur von seinen Knochen, sondern auch von seinem Geist Besitz ergriffen, so daß nichts – weder die Flucht der vergangenen Nacht, noch die Neuigkeiten, mit denen Gil ihn an diesem Nachmittag geweckt hatte – ihn mit Kummer oder Freude erfüllen konnte. Er betrachtete das als Folge seiner tiefen Erschöpfung.

Wenn ich nach Kalifornien zurückkomme, schwor er sich müde, *werde ich mich niemals wieder über irgend etwas beklagen. Ich werde immer wissen, daß alles unendlich viel schlimmer sein könnte.*

Wenn ich je nach Kalifornien zurückkomme, fügte er im Geist hinzu und folgte Gil aus der Kammer.

Die Kammer war eine aus einem Gehege von Zellen, die sich in wahllosem Durcheinander hinter einer Tür zur Rechten des großen Eingangstores erstreckten. Um hinauszugelangen, mußte er sich im schwachen Lichtschein zwischen zusammengedrängten Menschen hindurchschlängeln, die noch schliefen, dort liegengeblieben, wo sie in ihrer blinden Erschöpfung zusammengebrochen waren, und über die armseligen Häufchen von Töpfen und Decken steigen, die in den Ecken der winzigen Kämmerchen herumlagen. Neben einer kleinen Feuerstelle lehnte eine Puppe mit Porzellankopf wie ein totes Kind an einem Paar zerissener Stiefel. Es roch nach ungewaschenen Kleidern und der fortgeworfenen Windel eines Säuglings. Blinzelnd trat Rudy in die schwach beleuchtete Haupthalle der Festung hinaus.

Während er sich in der dunklen Uneinnehmbarkeit der Festung umblickte, konnte er sich nur wundern über die Kraft der Menschen, sich zu erholen, und über ihre Fähigkeit, überall heimisch zu werden. Nachdem sie sich durch Gefahren, Tod und Dunkelheit gekämpft hatten, richteten sich die Menschen jetzt hier in dieser furchteinflößenden Festung aus Stein und Stahl behaglich auf den Winter ein. Die Kinder – Minalde hatte recht, Kinder hingen zäh an ihrem Leben – rannten wie wild in dem riesigen Saal hin und her, und ihr schrilles, durchdringendes Geschrei hallte laut von unsichtbaren Gewölben zurück. Er hörte süße hohe Frauenstimmen und das herzliche, vergnügte Lachen eines Mannes. Auf der einen Seite dieser ungeheuren Halle bezeichnete ein blendendes Rechteck das Tor – Tageslicht drang, gedämpft von Wolken und Schnee, herein. Auf der anderen Seite der Halle brachten einige Mönche in geflickten roten Roben ein Bronzekruzifix über einem Zelleneingang an, der ansonsten nicht von hundert anderen, genau gleichen, Eingängen zu unterscheiden gewesen wäre, und markierten somit den Herrschaftsbereich der Kirche – die Kathedrale von Renweth und die Verwaltungsräume der Bischöfin Govannin. Sie verlor augenscheinlich keine Zeit. Auf einem schmalen Steg darüber sah er Alwir, der, Luzifer gleich in seinem Samtumhang, schweigend seine Domäne überwachte.

Die Garde bewohnte eine Anzahl von Zellen gleich rechts hinter dem großen Festungstor. Gil führte Rudy durch einen schmalen Eingang. Er sah Janus, der sich im Schein einer rußenden Öllampe mit ein paar Bürgern herumstritt, die den Eindruck machten, als wären sie wohlhabend gewesen, bevor die Dunklen allem Reichtum, Grundbesitz und Ansehen ein Ende bereitet hatten.

Janus erklärte ihnen geduldig: »Die Zellenzuweisungen unterstehen nicht der Zuständigkeit der Garde, das ist der Verantwortungsbereich des Herrn der Festung. Ich schlage daher vor . . .« Aber keiner der Männer sah aus, als würde er ihm überhaupt zuhören.

Der Raum war angefüllt mit Vorräten und Panzerhemden, Waffen und Feuerholz. Einige der Gardisten schliefen mitten in dem Durcheinander, und von ihren schlaffen, ausgezehrten Gesichtszügen war ihr Zustand äußerster Erschöpfung abzulesen. Im Raum dahinter war das Durcheinander noch schlimmer. Hier saßen die meisten der Gardisten herum, verzehrten ihr dürftiges Mahl aus Brot und Käse, schärften ihre Schwerter und flickten die Uniformen. Der Eisfalke, dem das offene Haar wie ein Vorhang aus flüssigem Platin bis über die Taille fiel, hinderte einen Topf Wasser am Kochen, indem er ihn ungeduldig anstarrte. Einige der Leute hoben den Kopf und riefen ihnen laute, fröhliche Worte der Begrüßung entgegen, die Rudy mit dem kraftlosen Rest von Begeisterung, den er aufbringen konnte, erwiderte. Es stank nach Schmutz, Öl und Rauch. Wie um alles in der Welt würde es erst in einem Jahr aussehen? Oder in zwei Jahren? Oder zwanzig? Bei diesem Gedanken stieg Übelkeit in ihm auf.

Ein schmuddeliger Vorhang teilte eine Art Wandschrank ab, in den die Gardisten ihre Verpflegungsvorräte in wildem Durcheinander gestapelt hatten. Rudy trat durch den schmutzigen Raumteiler und blinzelte in das Halbdunkel, denn kaum ein Schimmer des gelben Öllichts drang aus dem anderen Raum herüber; eine Szenerie aufgehäufter Säcke, zerschrammter Fässer und eines mit Schmutz und altem Stroh bedeckten Bodens und der betäubende Geruch von staubigem Käse und Zwiebeln stürmten auf ihn ein. An der Rückwand dieser schmalen Kammer hatte jemand auf den Getreidesäcken ein behelfsmäßiges Bett hergerichtet. Auf diesem Bett lag Ingold, der aussah wie der Leichnam eines heruntergekommenen Landstreichers.

»Du bist verrückt, weißt du das eigentlich?« begrüßte ihn Rudy.

Die blauen Augen öffneten sich, benommen und traumverloren vor Müdigkeit. Dann erhellte das vertraute Lächeln sein ganzes Gesicht, streifte das Alter von ihm ab und verlieh ihm einen schelmischen, eigenartig jugendlichen Ausdruck.

»Du hättest umkommen können.«

»Du hast einen überwältigenden Sinn für das Offenkundige«, entgegnete Ingold langsam, aber seine Stimme hatte einen neckenden Klang, und er war augenscheinlich erfreut, Gil und Rudy am Leben und wohlauf zu sehen. Die Hände des Zauberers waren mit Lumpen verbunden und sein Gesicht von Striemen und Erfrierungen gezeichnet, aber im großen und ganzen, fand Rudy, machte er den Eindruck, als wäre er noch am Leben. Ingold fuhr fort: »Danke für deine Sorge um mich, aber die Gefahr war nicht so groß, wie es den Anschein hatte. Ich war ziemlich sicher, daß ich mir die Dunklen vom Leib halten konnte, bis ich den Zauberbann gegen den Sturm löste. Ich wußte, daß ich ihnen unter der Deckung des Sturmes würde entkommen können, weißt du.«

»Ach ja?« gab Rudy zurück. »Und wie zum Teufel hast du geglaubt, dem Sturm zu entkommen?«

»Bloß eine Frage der Technik.« Ingold wandte sich einem anderen Thema zu. »Schneit es noch immer?«

»Es kommt noch ziemlich heftig herunter«, erwiderte Gil, indem sie sich neben das Kopfende des Bettes setzte und die Beine anzog wie ein dürrer Grashüpfer. »Aber der Sturm hat aufgehört. Tomec Tirkenson sagt, daß es seit vierzig Jahren nicht mehr so kalt war. Der Eisfalke meint, daß er so früh im Winter noch nie solche Schneemengen in den Canyons gesehen hat. Du hast einen kalten Weg über den Paß vor dir.« Kaum sichtbar in dem rauchdurchzogenen Halbdunkel, wirkte ihr Gesicht mager und ausgezehrt, aber gelassen.

»Ich werde warten, bis es aufgehört hat zu schneien«, erklärte Ingold behaglich und faltete die verbundenen Hände vor sich auf der mottenzerfressenen Wolldecke. Er wirkte bleich und krank. Rudy gefiel die verträumte Mattigkeit seiner Stimme nicht und auch nicht die Art, wie er so reglos ausgestreckt auf den Getreidesäcken lag. Was auch immer der alte Knabe sagte, er war dem Tod verdammt nahe gewesen.

»Viel länger kann ich nicht zögern«, fuhr der Zauberer fort. »Es sind Dinge geschehen, die es unbedingt erforderlich machen, daß ich Lohiro um Rat frage, abgesehen von der Tatsache, daß Alwir, soweit mir bekannt ist, immer noch die Absicht hat, seine Armee hier zu versammeln, um gegen die Brutstätten der Dunklen vorzudringen.«

»Hör mal«, begann Rudy. »Was deine Wanderung nach Quo betrifft . . .«

Doch bevor er seinen Satz beenden konnte, steigerten sich die gedämpften Geräusche der Stimmen draußen zu einem wirren Durcheinander, gefolgt von dem hastigen Scharren und Schieben, das entsteht, wenn zu viele Leute auf zu engem Raum gleichzeitig den Versuch machen, sich ehrerbietig zu erheben. Der Fetzenvorhang wurde heftig beiseitegezogen, und ein hochaufragender Schatten schob sich vor das eindringende Licht. Alwir, der Herr der Festung von Dare, trat näher. An seiner Seite, dunkel und schlank wie ein gerade neu erblühter junger Apfelbaum, erschien Ihre Königliche Hoheit Minalde.

Der Kanzler blieb einen Augenblick schweigend stehen und betrachtete würdevoll den alten Mann auf seinem Lager aus Säcken. Als er dann sprach, klang seine melodische Stimme vollkommen ruhig. »Man hat mir gesagt, Ihr wäret tot.«

»Keine große Übertreibung«, erwiderte Ingold heiter, »aber nicht ganz zutreffend, wie Ihr seht.«

»Aber Ihr könntet es sein«, sagte der Kanzler. »Ohne Euch wären wir vielleicht alle dort am Fluß umgekommen. Ich bin gekommen . . .« Die Worte schienen ihm im Halse steckenzubleiben wie trockenes Brot. »Ich bin gekommen, um Euch zu sagen, daß ich Euch Unrecht getan habe, und um Euch meine Hand zum Zeichen der Freundschaft zu reichen.« Er streckte die Hand aus, und die Juwelen seiner zahlreichen Ringe blitzten im fahlen Licht auf.

Ingold reichte ihm seine schmuddelige, verbundene Hand zum Zeichen, daß er das Angebot annahm, die Geste eines Königs unter Gleichen. »Ich habe nur getan, was ich Eldor versprochen habe«, erklärte er. »Ich habe seinen Sohn genommen und in Sicherheit gebracht. Mein Versprechen ist erfüllt. Sobald es das Wetter zuläßt, werde ich aufbrechen, um die Verborgene Stadt Quo zu suchen.«

»Glaubt Ihr denn, daß es möglich ist, sie zu finden?« Alwir runzelte mit besorgtem Ausdruck die Stirn, doch in seinen Augen lag ein Hauch von Berechnung.

»Das werde ich erst wissen, wenn ich sie suche. Aber der Rat der Zauberer von Quo ist in jeder Beziehung wichtig für uns: für Euren Feldzug, für die Festung, für die Menschheit. Lohiros Schweigen beunruhigt mich. Wir haben schon seit mehr als einem Monat kein Wort mehr von ihm oder einem Mitglied des Rates der Zauberer gehört. Und es ist möglich, daß sie nicht wissen, was geschehen ist.«

»Ihr glaubt also immer noch, daß Lohiro nicht tot ist?«

Ingold schüttelte entschieden den Kopf. »Ich würde es wissen«, sagte er. »Ich würde es fühlen. Trotz aller magischen Kräfte, die die Stadt wie einen Feuerring umgeben, würde ich es wissen.«

Zum ersten Mal ergriff Minalde, die Augen dunkel vor Sorge, das Wort. »Was glaubt Ihr aber, was geschehen ist?«

Ingold schüttelte wieder den Kopf und sagte einfach: »Ich weiß es nicht.«

Und während sie einen Augenblick lang auf ihn hinunterblickte, hörte sie aus seiner Stimme den Unterton von Hilflosigkeit und Furcht – Furcht nicht um die Macht der Magie in der Welt, sondern um seine Freunde in Quo, die einzigen Menschen, zu denen der alte Mann wirklich gehörte. Bisher hatte sie ihn nur in seiner Kraft und Bestimmtheit wahrgenommen, jetzt zog plötzlich eine Wolke des Mitgefühls über ihr Gesicht. Sie sagte: »Wäre Euer Versprechen nicht gewesen, so hättet Ihr sie schon vor Wochen gesucht. Es tut mir leid.«

Ingold lächelte ihr aufmunternd zu. »Das Versprechen hatte nichts damit zu tun, mein Kind.«

Unvermittelt trat sie an sein Lager, beugte sich nieder und küßte ihn auf sein wirres, silbriges Haar. »Gott steh Euch bei«, flüsterte sie. Dann machte sie kehrt und eilte aus dem Raum, und zurück blieben ihr Geliebter und ihr Bruder, die ihr verwirrt und überrascht nachstarrten.

»Ihr scheint eine Eroberung gemacht zu haben«, kicherte Alwir, doch Rudy dachte bei sich, daß seine Stimme nicht nur Freude darüber ausdrückte. »Aber sie hat vollkommen recht. Der Dienst, den Ihr dem Reich erwiesen habt, ist mit keiner Belohnung wettzumachen.« Er blickte sich um in der unordentlichen Kammer mit den schmierigen Wänden und den Gerüchen und dem Rauch, der aus dem angrenzenden Raum der Garde, zusammen mit Gnifts brüchiger, unmusikalischer Stimme, die von der Liebe im Kornfeld sang, zu ihnen hereindrang. »Ihr verdient etwas besseres als ein Hinterzimmer in den Zellen der Garde. Der Königliche Haushalt ist in einem regulären Zimmertrakt eingerichtet – wir können Euch dort mit der Bequemlichkeit ausstatten, die Eurem Stand zukommt, verehrter Herr.«

Der Zauberer schüttelte lächelnd den Kopf. »Andere haben für den Raum eine bessere Verwendung als ich«, wehrte er ab. »Und abgesehen davon breche ich schon bald auf. Solange es eine freie Koje im Quartier der Garde gibt, habe ich immer eine Heimat.«

Der Kanzler musterte ihn einen Augenblick lang neugierig. »Ihr seid ein seltsamer Vogel«, sagte er schließlich ohne einen Anklang von Groll. »Aber tut, wie es Euch beliebt. Und wenn Ihr dieses Zigeunerlebens je überdrüssig werden solltet, so gilt immer noch mein Angebot. Durch den Streit zwischen uns ist Euer Können vergeudet worden, verehrter Herr. Ich kann Euch nur um Eure Erlaubnis bitten, Euch dafür Genugtuung leisten zu dürfen.«

»Es gibt keine Erlaubnis«, erklärte Ingold, »und auch keine Genugtuung. Der alte Streit ist vergessen.«

Kanzler Alwir, der Herrscher des Reiches und Herr der Festung von Dare, entfernte sich unter Verneigungen aus der Kammer.

Einen Augenblick später schlüpfte der Eisfalke herein und gab Ingold von dem Tee zu trinken, den er gerade gebraut hatte. Der Tee strömte einen merkwürdigen Geruch aus, aber es hieß, daß er vor Erkältungen schütze. Rudy ging plötzlich der Gedanke durch den Kopf, daß er sich, obwohl halb erfroren, naß und dem Hunger- und Erschöpfungstod nahe, niemals auch nur ein wenig krank gefühlt hatte. *Wahrscheinlich hatte ich keine Zeit dazu,* überlegte er. *Und das, was ich durchgemacht habe, würde jede Bakterie mit einem Rest von Selbstachtung in den Untergang graulen.*

»Ingold«, sagte Gil ruhig, nachdem der Gardeoffizier den Raum verlassen hatte. »Was deinen Weg nach Quo betrifft . . .«

»Ja«, fiel der Zauberer ein. »Ja, darüber müssen wir uns noch unterhalten.«

Rudy rutschte unruhig am Fußende des Lagers herum. »Ich finde, du solltest nicht allein gehen.«

»Nein?«

»Du hast gesagt, es ist höllisch gefährlich – na gut. Aber ich finde, du solltest mich oder Gil oder einen der Gardeoffiziere, irgend jemanden, mitnehmen.«

Der alte Mann verschränkte die Arme und fragte gleichgültig: »Glaubst du nicht, daß ich selbst auf mich aufpassen kann?«

»Nach der Wahnsinnstat, die du gestern nacht vollbracht hast?«

»Meldest du dich freiwillig?«

Rudy fuhr zusammen und sog hörbar den Atem ein. »Willst du damit sagen – du würdest mich mitnehmen?« Er konnte die ungeduldige Erwartung in seiner Stimme und, wie er Ingolds Augenausdruck entnahm, in seinem Gesicht nicht ganz unterdrücken. Die Aussicht, den alten Mann begleiten zu dürfen, gleichgültig, welchen Gefahren sie ausgesetzt sein würden – von ihm auch nur die Anfangsgründe der Magie zu erlernen –, überschatteten, ja löschten vorübergehend alles aus, was er je in bezug auf Weiße Räuber, Eisstürme und die Gefahren, die im Winter in den Ebenen lauerten, gehört oder gefürchtet hatte. »Du meinst, ich kann mit dir gehen?«

»Ich hatte bereits erwogen, dich darum zu bitten«, erklärte Ingold. »Zum Teil, weil du mein Schüler bist, und zum Teil aus . . . anderen Überlegungen heraus. Gil gehört jetzt zur Garde . . .« Er streckte die Hand aus und strich ihr mit einer wortlosen Geste liebevoller Zuneigung übers Haar. ». . . und die Festung kann in den kommenden Monaten schlecht auf einen Gardisten verzichten. Aber verstehst du, Rudy, darüberhinaus bist du im Augenblick der einzige Zauberer außer mir, dem ich vertrauen kann. Nur ein Zauberer kann Eingang in die Stadt Quo finden. Wenn ich es aus irgendeinem Grund nicht bis Quo schaffen sollte, dann wird alles auf deinen Schultern liegen.«

Rudy zögerte erschrocken. »Heißt das –, daß ich am Ende vielleicht den Erzmagier suchen muß?«

»Diese Möglichkeit besteht«, gab Ingold zu. »Besonders nach dem, was ich gestern nacht erfahren habe.«

»Aber –«, stammelte er, plötzlich eingeschüchtert von der Last dieser

Verantwortung. Ihm wurde klar, daß es zu den Privilegien des Magiers gehörte, solche Verantwortungen zu tragen, aber dennoch . . . »Hör zu«, sagte er ruhig. »Ich möchte mitkommen, Ingold, wirklich. Aber Gil hat recht. Ich bin ein Feigling und Versager, und wenn ich dich nicht unterwegs schon in Schwierigkeiten bringe oder im Stich lasse –, wenn ich allein den Rat suchen müßte, würde ich vielleicht alles verderben.«

Ingold lächelte freundlich: »Nicht so schlimm, wie ich es bereits dadurch verdorben hätte, daß ich mich hätte umbringen lassen. Mach dir keine Sorgen, Rudy. Wir alle tun, was wir tun müssen.« Er nahm einen kleinen Schluck von seinem Tee. »Ich nehme an, das ist damit abgemacht. Wir brechen auf, sobald das Wetter umschlägt, vermutlich innerhalb der nächsten drei Tage.«

Drei Tage, dachte Rudy, hin- und hergerissen zwischen Bedenken und Begeisterung. Und dann fiel ihm zu seinem Entsetzen ein, daß er angesichts der Möglichkeit, seine Unterweisung durch den Zauberer fortzusetzen, Minalde fast völlig vergessen hatte.

Ich kann sie nicht alleinlassen!, dachte er erschrocken. *Nicht die fünf oder sechs Wochen lang, die diese Reise dauern wird!* Doch gleichzeitig war ihm klar, daß er nie bewußt die Möglichkeit einer Wahl wahrgenommen hatte. Ingold zu begleiten, unter der Anleitung des alten Mannes die Kunst der Magie zu erlernen, das war es, was er wollte – in gewissem Sinne das einzige, was er wollte. Schon damals, als er unterwegs auf der langen Wanderung zum ersten Mal kraft seines Willens Feuer herbeigerufen hatte, hatte er gewußt, daß es ihn um die Frau bringen konnte, die er liebte; auch damals schon hatte er gewußt, daß ihm kein anderer Weg zur Wahl stand. Und doch – wie sollte er es erklären?

Er erinnerte sich daran, daß er vor langer Zeit in einem anderen Leben mit einer Studentin in einem roten Volkswagen durch die Nacht gefahren war und über die einzige Sache gesprochen hatte, die jemand haben oder sein oder tun wollte. Jetzt warf er einen Blick zu ihr hinüber, auf ihr schmales, von Narben gezeichnetes Gesicht mit den hellen Schulmeisteraugen und dem wirren Schopf ihres nachlässig zusammengebundenen Haares. Es war ihr schwergefallen, etwas, das sie nicht mochte, zu verlassen für etwas, das sie liebte. Noch schwerer mußte es sein, dachte er, etwas, das man liebte, zu verlassen für etwas, das man noch mehr liebte.

Erfüllt von tiefer, inneren Unruhe, richtete er seine Gedanken wieder auf das, was Gil sagte: »Dann wirst du also bis dahin hier dein Lager aufschlagen?«

»Ich nehme nicht viel Platz in Anspruch«, erwiderte Ingold, »und die Gesellschaft hier ist mir bei weitem lieber. Abgesehen davon«, fügte er hinzu, indem er seine Teetasse wieder aufnahm, »habe ich bis jetzt nicht herausgefunden, wer meine Verhaftung in Karst angeordnet hat. Ich glaube zwar nicht, daß Alwir mich aus dem Weg räumen würde, solange er noch Verwendung für mich hat, aber es gibt tief in den Eingeweiden der Festung Zellen, die verschlossen sind mit den Mitteln der Magie, die viel tiefer und mächtiger und viel, viel älter ist als die meine, Zellen, aus denen ich niemals entkommen könnte. Die Kettenrune befindet sich irgendwo hier in der Festung – in wessen Besitz, kann ich nicht sagen. Solange ich mich noch in der Festung von Dare aufhalte, würde ich es wirklich vorziehen, unter Freunden zu schlafen.«

Rudy fuhr gedankenverloren mit den Fingern an der modrigen Kante der Decke entlang. »Glaubst du wirklich, daß es so ist?«

»Ich weiß es nicht«, gab der Zauberer gelassen zu. »Und es wäre mir sehr unangenehm, es herauszufinden. Der kluge Mann verteidigt sich, indem er sich nicht angreifen läßt.«

»Nennst du das, was du letzte Nacht gemacht hast, dich nicht angreifen lassen?«

Ingold lächelte reuevoll. »Das war eine Ausnahme«, gab er zu. »Und unvermeidlich. Ich wußte, daß ich die Dunklen von Tir ablenken und so lange würde aufhalten können, bis ihr in der Nähe des Tores seid. Zu diesem Zeitpunkt waren nicht mehr sehr viele von ihnen übrig, nicht genug, um sich zu teilen und doch noch genug Kraft zu haben, einen Gegenzauber gegen mich zu erwirken.«

»Ich verstehe das nicht«, sagte Gil, indem sie das Ende ihres Haarzopfes über die Schulter zurückwarf. »Ich weiß, daß es nicht mehr viele waren – aber warum haben sie uns ziehen lassen? Sie sind Tir seit Karst gefolgt. Sie kennen die Festung, und sie wußten, daß gestern nacht ihre letzte Gelegenheit war, ihn zu erwischen. Aber sie haben kehrtgemacht und sich gegen dich gewandt. Warum?«

Er antwortete ihr nicht sofort. Er lag da und folgte den dünnen Dampfschwaden, die aus seiner Teetasse aufstiegen, mit dem Blick, und sein ruhiges Gesicht wirkte plötzlich alt und müde. Dann wanderten seine dunkel geränderten Augen zu ihr hinüber. »Erinnerst du dich«, sagte er langsam, »wie ich fast – verschwunden wäre im Kellergewölbe von Gae? Als du mich von der Treppe der Dunklen zurückriefst?«

Gil nickte wortlos; sie erinnerte sich, daß sie an diesem Tag zum ersten Mal ein Schwert in der Hand gehalten hatte. Sie spürte wieder die Dunkelheit, das unheimliche Gefühl lauernder Angst. Sie sah im Geist den alten Mann, wie er allein tief unter ihr auf der Treppe stand und auf etwas lauschte, das sie nicht hören konnte, die Schatten, die ihn umgaben, vom weißstrahlenden Schein seines Stabes beleuchtet. An diesem Tag war sie zum letzten Mal eine Studentin und Fremde in dieser Welt gewesen, der Mensch, der sie einst gewesen war. Die Erinnerung an dieses Mädchen in der Ferne, allein und mit einem geliehenen Schwert und einer schwelenden Fackel gegen die Heerscharen der Dunklen bewaffnet, schnürte ihr so die Kehle zu, daß sie glaubte, daran ersticken zu müssen.

Er fuhr fort: »Damals sahnte ich bereits, worüber ich jetzt Gewißheit habe. Prinz Tir ist nicht ihr Hauptziel. Oh, sie werden ihn natürlich nehmen, wenn sie ihn bekommen können . . . Aber wenn sie die Wahl haben, so wie ich ihnen gestern nacht die Wahl ließ, ist es nicht Tir, den sie wollen.

Sie wollen mich.«

»Dich?« stieß Rudy erschrocken hervor.

»Ja.« Der Zauberer nippte an seinem Tee und stellte dann die Tasse beiseite. Hinter dem Vorhang teilte Gnift irgend jemandem mit schneidender Stimme mit, daß er eine miserablere Fußhaltung habe als ein Schlittschuhläufer mit Holzbein. »Offensichtlich kann ich ihnen einen entscheidenderen Schaden zufügen als Tir. Ich hatte es schon vorher geahnt, aber nach der vergangenen Nacht kann es daran keinen Zweifel mehr geben.«

»Aber wie – ich meine – deine Magie kann ihnen doch nichts anhaben«, wandte Rudy beunruhigt ein. »Für sie bist du nur einer von vielen Schwertkämpfern. Du weißt nicht mehr über die Zeit der Dunklen als alle anderen. Ich meine, es ist doch Tir, der sich einmal erinnern wird.«

»Diese Fragen habe ich mir auch schon gestellt«, entgegnete Ingold ruhig. »Und ich kann nur zu dem Schluß kommen, daß ich etwas weiß, dessen ich mir aber noch nicht bewußt bin – ein Schlüssel, der noch nicht am richtigen Platz steckt. Sie wissen, was es ist, und sie wollen verhindern, daß ich mich erinnere.«

Rudy schauderte aus ganzem Herzen. »Was wirst du also tun?«

Der Zauberer zuckte die Schultern. »Was kann ich schon tun? Ich werde einige grundsätzliche Vorsichtsmaßnahmen treffen. Aber es konnte ratsam für dich sein, dir dein Angebot, mich nach Quo zu begleiten, noch einmal gründlich zu überlegen.«

»Zum Teufel damit«, sagte Rudy verächtlich. »Du bist derjenige, der sich alles noch einmal gründlich überlegen müßte.«

»Wer sollte sonst gehen, wenn nicht ich?« fragte Ingold. »Und wenn ich Angst vor dem Sterben hätte, dann hätte ich mich von vornherein nicht auf diesen Beruf einlassen dürfen. Dann hätte ich in Gettlesand bleiben müssen und Rosen züchten und Horoskope erstellen. Nein – alles, was ich im Augenblick tun kann, ist, ihnen immer einige Schritte voraus zu sein und zu hoffen, daß ich die Antwort herausfinde, bevor sie mich erwischen.«

»Du bist verrückt«, bemerkte Rudy nachdrücklich.

Ingold lächelte. »Also wirklich, Rudy, ich dachte, wir hätten die Frage meiner Zurechnungsfähigkeit längst geklärt.«

»Ihr seid alle verrückt!« fuhr Rudy hartnäckig fort. »Du und Gil und Alde und die Gardisten . . . Wie zum Teufel kommt es, daß ich letzten Endes immer von lauter Spinnern umgeben bin?«

Der alte Mann ließ sich behaglich in seine Decken zurücksinken und nahm seine Teetasse wieder auf, und der Dampf kräuselte sich um sein Gesicht wie Rauch vom Altar eines geschlagenen Götzen. »In der Frage liegt die Antwort, Rudy. Vorausgesetzt natürlich, du willst die Antwort wirklich so dringend wissen.«

So betrachtet, war sich Rudy nicht ganz sicher, ob er das wollte.

Alde wartete im Vorraum auf ihn. Die meisten der Gardisten waren hinausgegangen. Hinter dem schmalen, dunklen Bogen des Eingangs ertönte die laute Stimme Janus', der noch immer mit denselben Kaufleuten diskutierte. In einem Winkel war der Eisfalke, entspannt und in sich ruhend wie eine Katze, eingeschlafen. Abgesehen von ihm waren sie allein im Raum.

»Alde . . .« begann Rudy. Sie erhob sich von der Bank, auf der sie gesessen hatte, und legte ihm den Finger auf die Lippen.

»Ich habe alles gehört«, sagte sie leise.

»Hör zu . . .« versuchte er zu erklären.

Wieder verschloß sie ihm den Mund. »Natürlich mußt du mit ihm gehen.« Ihre Finger schlossen sich kühl und leicht um seine Hand. »Stand es denn überhaupt in Frage, ob du gehen würdest?«

Er lachte leise beim Gedanken an seine Befürchtungen. »Ich glaube – für mich nicht. Aber ich hätte nicht gedacht, daß du es verstehen würdest.« Sie standen so dicht beieinander wie auf der Wanderung, als sie es sich zur Gewohnheit gemacht hatten, sich während der Nachtwachen einen Umhang zu teilen. Der Schein des kleiner werdenden Feuers hüllte sie in einen matten, unruhigen Schatten, und er roch den Duft des Süßgrases, das sie sich ins Haar geflochten hatte. »Ich hätte nicht geglaubt, daß es irgend jemand verstehen könnte. Denn ich verstehe es verdammt nochmal selbst nicht.«

Sie stieß eine leises, freundliches Lachen aus. »Er ist dein Lehrer, Rudy«, sagte sie. »Und du hast den Wunsch, zu lernen. Selbst wenn ich es wollte, könnte ich dich nicht daran hindern.« Doch ihre eigenen Worte Lügen strafend, schmiegte sie sich noch fester an ihn.

Wir alle setzen unsere Prioritäten, dachte Rudy, indem er ihr dunkles, seidiges Haar beiseite strich und sie auf die Lippen küßte. *Wenn es zur Wahl zwischen mir und Tir käme, wüßte ich verdammt genau, wer draußen im Regen stehengelassen würde.* Auch sie hätte eine deutliche Antwort, würde es zu einer Entscheidung zwischen ihren Lieben kommen.

Die Glut in der Feuerstelle knisterte leise, eine gelbe Flamme schoß daraus hoch, und dann fiel sie zusammen und hüllte sie in noch tiefere Schatten. Aus der Halle jenseits der Garderäume drang beständiges Stimmengemurmel wie das Plätschern eines Baches zu ihnen herein. Rudy stellte fest, daß er sich bereits an die Festung, ihre Geräusche, ihre Schatten und Gerüche zu gewöhnen begann. Er spürte, wie die Last der Gesteinsmassen ihn bedrückte. Doch als er Minalde jetzt küßte und ihren schlanken Körper fest an sich zog, fand er, daß die Ruhe und Stille und Liebe ohne Furcht eine Menge für sich hatten.

Ihr Atemhauch war wie ein Flüstern an seinen Lippen, als sie murmelte: »Ich verstehe es, Rudy – aber du wirst mir fehlen.«

Sein Arm schloß sich noch fester um ihre Schultern. Gesprächsfetzen kamen ihm ins Gedächtnis, Dinge, die sie in Karst und während der Nachtlager auf ihrer langen, gefährlichen Wanderung gesagt hatte. Sie hatte die Welt, die ihr vertraut war, und alle Menschen darin, die sie geliebt hatte, verloren, mit Ausnahme ihres Sohnes. Und jetzt verließ auch er, Rudy, sie. Und doch hatte sie nicht gesagt: *Geh nicht.*

Was war das für eine Liebe, fragte er sich, die sein Verlangen verstand und die Trennung, die es mit sich brachte, leichter zu machen versuchte?

Er war einer solchen Liebe noch niemals begegnet.

Alde, eine Frau wie dich gibt es unter Millionen Frauen nicht. Ich wünschte, verdammt, du wärest nicht die Königin. Ich wünschte fast, ich würde nicht zurückgehen oder ich könnte dich und Tir mit mir zurücknehmen, wenn ich gehe.

Doch beides war gleichermaßen unmöglich.

Als sie sich von ihm löste, ihren Umhang fester um die Schultern zog und durch den dunklen Eingang verschwand, fiel ihm plötzlich ein, daß sie ihm nicht einmal die Frage gestellte hatte: *Werde ich dir auch fehlen?*

Im verschwommenen Lichtschimmer hinter dem verschmutzten Türvorhang sah Gil, wie der Mann und die Frau sich umarmten, miteinander verschmolzen und sich wieder trennten. Ingolds Stimme durchbrach die Stille des Raumes. »Armes Kind«, sagte er mitleidig. »Armes Kind.«

Sie warf einen Blick zu Ingold hinüber, von dem nur das Glitzern der Augen und die verbundenen, auf der Brust gefalteten Hände in der Dunkelheit sichtbar waren. »Ingold?«

»Ja, meine Liebe?«

»Glaubst du, daß es wirklich keinen Zufall gibt?«

Die Frage schien ihn nicht besonders zu überraschen, aber schließlich gab es nicht viele Dinge, die ihn überraschen konnten. Gil hatte Menschen gekannt – ihre Mutter zum Beispiel – die geantwortet hätten: »Was für eine Frage in einer solchen Zeit!« Aber es war eine Frage, die nur in einer solchen Zeit gestellt werden konnte, wenn alle Nebensächlichkeiten des Tages beiseitegeschoben waren und es nur noch das Verständnis gab zwischen Menschen, die einander gut kannten.

Ingold dachte eine Weile nach, dann sagte er: »Ja. Ich glaube, daß nichts zufällig geschieht, daß es so etwas wie einen Zufall nicht gibt. Wie könnte es auch?« Als er sich gegen den Getreidesack zurücklehnte, war ein leises Rascheln und Pfeifen zu hören. »Warum fragst du?«

»Nun«, erwiderte Gil unsicher. »Ich glaube, ich verstehe, daß Rudy hierhergekommen ist, um – um ein Zauberer zu werden, um das für sich herauszufinden – weil er als Zauberer geboren wurde. Aber bei mir ist das anders. Und wenn es keine Zufälle gibt, warum bin ich dann hier? Warum ich und nicht irgend jemand anderes. Warum wurde ich weggerissen, warum habe ich alles verloren, was ich hatte – das Studium, meine Freunde und – und das Leben, ja wirklich, das Leben, das ich führte? Ich verstehe es nicht.«

Ingolds Stimme war ernst in der Dunkelheit, und sie sah den matten Lichtschimmer auf seinem Wangenknochen, als er ihr das Gesicht zuwandte. »Du hast mir einmal vorgeworfen, nach Art der Magier doppeldeutige Reden zu führen. Aber ich weiß es wahrhaftig nicht, Gil. Ich verstehe es nicht mehr als du. Aber ich glaube, es hat irgendeinen Sinn, daß du hier bist. Glaub mir, Gil. Bitte, glaub mir.«

Sie zuckte, verlegen wie immer, wenn jemand sich um sie Sorgen machte, die Schultern. »Es ist nicht wichtig«, log sie und wußte im selben Augenblick, daß Ingold die Lüge heraushörte. »Weißt du, es hat mich höllisch geärgert, als du mir sagtest, daß Rudy ein Zauberer würde. Nicht, weil ich es auch sein wollte, sondern – es kommt mir vor, als hätte er alles gewonnen und nichts verloren, weil er eigentlich nichts hatte, dessen Verlust ihn geschmerzt hätte. Aber ich habe alles verloren . . .« Sie verstummte, und das Schweigen schob sich zwischen sie wie das Meer zwischen einen Schwimmer und das Ufer.

»Und nichts gewonnen?« Auf diese Frage wußte sie keine Antwort. »Vielleicht ist es gar nicht Rudys Wohl, dem sein Kommen in unsere Welt dient. Rudy ist ein Zauberer, und das Reich, die Welt braucht plötzlich ganz dringend Zauberer. Und vielleicht wird die Festung in den kommenden Monaten ebenso dringend eine Frau mit dem Mut einer Löwin brauchen, die im Schwertkampf geübt ist.«

»Vielleicht.« Gil legte das Kinn auf ihre hochgezogenen Knie und starrte durch die Dunkelheit auf den schwachen Widerschein der Glut an der Wand, der wie ein Streifen falscher Morgendämmerung in der Nacht der Festung war. »Aber ich bin keine Kriegerin, Ingold. Ich bin Wissenschaftlerin. Das ist alles, was ich je war und je sein wollte.«

»Wer kann sagen, was du bist, mein Kind?» fragte Ingold freundlich. »Oder was du schließlich einmal sein wirst? Komm«, fuhr er fort, als die Stimmen im anderen Raum lauter wurde. »Die Gardisten sind zurück. Laß uns hinausgehen.«

Während Gil und Ingold leise durch den Vorhang traten, Ingold schwer auf Gils Schultern gestützt, strömten die Gardisten in das Zimmer zurück. Sie begrüßten den Zauberer mit lärmender Freude, und Janus hätte ihn um ein Haar umgeworfen, als er ihn in den Lichtkreis des neu entfachten Feuers zog. Im rosigen und topasfarbenen Feuerschein hoben sich die Furchen und Schatten der Anstrengung in seinem Gesicht und die Schäbigkeit seines geflickten Gewandes deutlich ab. Das Feuer sandte seine warmen, flackernden Strahlen über narbenbedeckte Gesichter, ausgefranste schwarze Wappenröcke mit dem weißen, vierblättrigen Emblem und über staubige Decken, die zu notdürftigen Umhängen zusammengerafft waren. Die tüchtigste Kampfeinheit dieser Westlichen Welt drängte sich um ein dürftiges Feuer wie Landstreicher in einem

Güterwagen. Gils Waffenbrüder, Menschen, die sie einen Monat zuvor noch nicht einmal gekannt hatte.

Und doch waren ihr die Gesichter so unendlich vertraut. Janus' derbe, eckige Visage hatte sie, namenlos, zum ersten Mal im kalten Licht eines Viertelmondes in einem entsetzlichen Traum gesehen, an den sie sich deutlicher erinnerte als an so manche Universitätsparty, die sie besucht hatte. Und jene weißen Zöpfe, malerisch über die anonymen Schultern eines Schläfers gelegt . . . sie erinnerte sich, daß sie sich gefragt hatte, ob ihr Besitzer der Fremde war, als der er ihr erschien. Damals hatten sie keine Bedeutung für sie gehabt – Nebenfiguren in einem Drama, das sie nicht verstanden hatte. Doch jetzt kannte sie sie besser als irgendeinen ihrer Liebhaber aus der anderen Welt – mit einer Ausnahme – besser, als sie je einen Menschen im Leben gekannt hatte.

Ingold saß am Kopfende der Lagerstatt des Eisfalken dicht bei der Feuerstelle, die Gardisten um ihn gedrängt, und erzählte mit weitausholenden Bewegungen eine Geschichte, an deren Ende Janus den Kopf in den Nacken warf und aus vollem Halse lachte.

Eine Stimme ertönte neben Gil. »Nun, er hat es wohl gut überstanden.«

Sie blickte auf und sah Rudy, der auf der anderen Seite des mit einem Vorhang verschlossenen Bogens an der Wand lehnte. Sein langes Haar war hinten zusammengebunden. Das und die Beleuchtung des Feuers ließen sein raubvogelhaftes Gesicht habichthafter erscheinen denn je. Er hatte sich verändert seit jener Nacht, in der er das Feuer herbeigerufen hatte, stellte sie fest. Vielleicht älter geworden. Doch nicht so sehr anders, als vielmehr stärker er selbst, als er es vorher gewesen war.

»Ich mache mir Sorgen um ihn, Rudy.«

»Er ist zäh«, sagte Rudy, doch seine Stimme klang beunruhigt. »Er wird durchkommen. Teufel, wahrscheinlich wird er länger leben als du und ich.« Aber er wußte, daß es das nicht war, was sie meinte.

»Was, wenn er getötet wird, Rudy?« fragte Gil leise. »Was wird dann aus uns?«

Er hatte diesen Gedanken ein ums andere Mal von sich geschoben nach dem Abend in Karst, als Ingold, auf Befehl des Rates verhaftet, verschwunden war. Er flüsterte: »Verdammt, ich weiß es nicht.«

»Darüber mache ich mir Sorgen«, fuhr Gil fort und hakte die knochigen Hände mit den Striemen und Narben und Trainingsblasen in das abgenutzte Leder ihres Schwertgürtels. »Das ist es, was mir schon die ganze Zeit über Sorgen macht. Daß es vielleicht kein Zurück mehr gibt.«

Die Frage ist die Antwort, dachte Rudy. *Die Frage ist immer gleichzeitig die Antwort.* »Aber von nichts, das wir tun, gibt es ein Zurück«, sagte er. »Und von nichts, das wir sind. Es verändert uns, das Gute und das Schlechte. Was es ist, werden wir. Wenn wir festsitzen, sitzen wir fest. Wäre das denn so schlimm? Ich habe hier meine Kraft gefunden, Gil, und das war es, wonach ich immer gesucht habe. Und eine Frau, wie ich sie unter zehn Millionen nicht finden würde. Und du . . .«

»Eine Heimat«, sagte Gil, die plötzlich die Wahrheit erkannte, einfach. »Und danach habe ich immer gesucht.«

Und plötzlich und unerwartet fing Gil an zu lachen. Nicht hysterisch und laut, sondern ein leises, von Herzen kommendes Lachen der Belustigung. Rudy konnte sich nicht erinnern, sie schon jemals lachen gesehen zu haben. Es verwandelte die Farbe ihrer frostgrauen Augen in Blau, und die knochige Härte ihres Gesichtes wurde gemildert.

»Und meinem Lehrer wird es ungeheuer gut gefallen.« Sie grinste zu ihm auf. »Was für eine Doktorarbeit! ›Die Auswirkungen unterirdischer Eindringlinge auf die Kultur des vorindustriellen Zeitalters‹.«

»Ich mache keine Witze«, widersprach Rudy, noch immer verwundert darüber, wie verändert sie war, wie schön trotz aller Narben und trotz des Schwertes.

»Ich auch nicht.« Und sie brach wieder in leises Gelächter aus.

Rudy schüttelte den Kopf über diese Veränderung. »Dann sag mir ganz ehrlich«, forderte er, »ob du wieder von hier fort willst. Wenn du die Wahl hättest zwischen der anderen Welt und dem, was du jetzt hast und wo du jetzt bist, und wenn dies alles nie geschehen wäre – würdest du zurückgehen?«

Gil sah ihn eine Weile nachdenklich an. Dann wanderte ihr Blick zum Feuer, zu Ingold, dessen warme, rauhe Stimme seine Zuhörer in Bann hielt, weiter zu dem Feuerschein auf den Gesichtern der Gardisten und den schwarzen Schatten dahinter, und noch durch sie hindurch zu der mächtigen Festung, der Nacht, die sie in ihren Mauern umfing, und der winddurchwehten Finsternis, die draußen lauerte. »Nein«, sagte sie endlich. »Ich muß wohl verrückt sein, daß ich das sage, aber nein, ich würde nicht zurückgehen.«

Sie musterte ihn nachdenklich von oben bis unten. »Weißt du, für einen so schäbigen Kerl hast du wirklich Klasse.«

»Dafür, daß du eine Schreckschraube bist«, entgegnete Rudy würdevoll, »ist es wirklich scharfsinnig, daß du das bemerkst.«

Gemeinsam gingen sie zum Feuer und setzten sich neben Ingold nieder.

Zweites Buch

Die Mauern der Dämmerung

Erstes Kapitel

Es war in der Shamrock Bar in San Bernardino an einem regnerischen Samstagabend. Der Regen trommelte leise an das Spiegelglasfenster, und auf dem nassen Straßenpflaster draußen schimmerten grelle Lichter. Im Hintergrund spielten zwei bärtige Motorradfreaks und eine schlampige Blondine Poolbillard. Rudy Solis kippte das zweite Bier dieses Abends und sah sich im Raum um. Es gab irgend etwas, das er verloren hatte, etwas, das man ihm fortgenommen hatte, aber er erinnerte sich nicht mehr, was es gewesen war. Nur noch ein dumpfer Schmerz war davon übrig.

Er hatte kein Geld mehr und war noch nicht einmal annähernd genug betrunken. Hinter der Bar ging Billie May an dem Regal mit leeren Gläsern und Bierflaschen auf und ab, und in dem mit Fliegendreck beschmutzten Spiegel folgte ihr ihr Spiegelbild und offenbarte ihr dickes, schwarzes Augenmake-up und die rote Spitzes ihres BH's über dem tiefausgeschnittenen Pullover. Im Spiegel war die ganze übliche Samstagabendbande zu finden, Menschen, die Rudy schon von der Schule her kannte – manche sogar seit frühester Kindheit: Peach McClain, der Welt fettester Hells Angel mit seiner alten Braut, Crazy Red, der Karatelehrer Big Bull und die Bande aus der Stahlfabrik. Aber ihm war, als wären sie alle Fremde. Er machte eine Handbewegung, und eine Bierflasche hob von dem Regal vor dem Spiegel ab und schwebte über die Theke in seine Hand. Niemand bemerkte es. Er schenkte das Bier in sein Glas und trank, ohne es richtig zu schmecken. Aus der Musikbox drang das blecherne Wimmern von Stahlsaitengitarren und dazu eine schmalzig nasale Stimme, die eine Lobeshymne auf den Ehebruch sang. Der Schmerz des Verlustes in seinem Innern war unerträglich.

Er nahm die Hand mitten in der Luft, dreißig Zentimeter über der Bar, von der Flasche und ließ sie dort schweben. Immer noch bemerkte es kein Mensch, oder zumindest war keiner daran interessiert. Rudy starrte an der Flasche vorbei sein Spiegelbild an – die scharfen, knochigen Züge und abfallenden Augenbrauen in dem Rahmen aus langem, rötlichschwarzem Haar. Seine Finger waren verschmiert mit Autolack und Öl, und sein Name war über einer flammenden Fackel auf seinem Handgelenk eintätowiert. Hinter ihm war das Spiegelglasfenster plötzlich so dunkel geworden, als wäre draußen alles Licht erstorben.

Geschüttelt von einem Entsetzen, das er sich nicht erklären konnte, drehte er sich um. Draußen waren keine Straßenlaternen und keine Neonlichter mehr zu sehen, nur Dunkelheit, die weich und lebendig gegen das Fenster zu drücken schien – Dunkelheit, in der sich eine ruhelose Bewegung regte, als wären ihre fahlen Tiefen von unvorstellbar geschmeidigen Wesen erfüllt. Er versuchte zu schreien, doch nur ein kraftloses Rasseln kam aus seiner Kehle. Er versuchte, darauf zu zeigen, doch die Leute in der Bar sahen durch ihn hindurch, als wäre er Luft. Ein Energiestrahl traf die Mauer der Bar von außen wie eine gewaltige Faust und zerschmetterte sie mit einer ungeheuren Explosion berstender Mauersteine. Durch die aufgerissene Wand rollte die Dunkelheit wie eine Welle herein.

»Rudy!« Kalte Hände ergriffen seine um sich schlagenden Arme. »Rudy, wach auf! Was ist los?«

Er wachte keuchend auf. Angstschweiß durchdrang ihn bis auf die Knochen. In der Dunkelheit des Raumes zeigte ihm sein Zaubererauge Minalde, Königin von Darwath und Mutter des Thronerben, die sich im Bett neben ihm aufrichtete. Die gestärkte Seide der Bettdecke, die um ihre Schulter schimmerte, und die Angst in ihren weit aufgerissenen, irisdunklen Augen ließen sie noch jünger wirken, als sie mit ihren neunzehn Jahren war. In der warmen, dunklen Stille des Raumes roch es nach Bienenwachs und dem Duft ihres schlafzerzausten Haares. »Was war los?« fragte sie ihn noch einmal mit sehr leiser Stimme. »War es ein Traum?«

»Ja.« Rudy ließ sich, zitternd wie vor tödlicher Kälte, neben ihr zurücksinken. »Nur ein Traum.«

In der dunklen Unterkunft der Garde im ersten Stockwerk erwachte Gil Patterson, deren Träume von einem geruhsamen Studentenleben in einem anderen Universum mit Namen Kalifornien durch das Gefühl bevorstehender Schrecken unterbrochen waren. Sie blieb eine Zeitlang reglos in ihrer schmalen Koje liegen und lauschte mit offenen Augen auf die leisen Geräusche der Festung von Dare und auf ihre eigenen hämmernden Herzschläge. Sie sagte sich immer wieder, daß die Festung sicher war. Der einzige Ort der Welt, in den die Dunklen nicht eindringen konnten. Doch das bedrohliche Gefühl wurde eher noch stärker in ihrem Herzen, als daß es nachließ.

Schließlich erhob sie sich lautlos wie eine Katze. Der gedämpfte gelbliche Schein der brennenden Feuerstelle im Hauptraum der Garde warf einen schwachen Schein in die Kammer, die sich die Frauen der Tageswache teilten. Er streifte namenlose Schultern, geschlossene Augen, wirres Haar, die schwarzen Umhänge mit dem schlichten Vierblatt-Emblem der Garde und den harten Glanz von Stahl. In diesem schwachen Abklatsch von Licht zog sie sich ein Hemd und Kniehosen an, hüllte sich in ihren Umhang und schlüpfte aus dem Raum. Der

Boden war eiskalt unter ihren bloßen Füßen, als sie sich im angrenzenden Garderaum einen Weg zwischen den Kojen hindurch bahnte. Ihrem Gefühl nach mußte die Hälfte der Nachwache zwischen Mitternacht und Morgengrauen um sein, aber in der fensterlosen Festung war das Zeitgefühl anders.

Sie schob den Vorhang am anderen Ende des Raumes zur Seite.

Der Zauberer Ingold befand sich nicht in seinem sogenannten Quartier. Tatsächlich hatte der Zauberer sein Lager in einem Winkel aufgeschlagen, in dem die Garde einen Teil der Lebensmittelvorräte aufbewahrte, die sie zusammengetragen, gerettet und im Zusammenbruch des Reiches gegen alle und jeden verteidigt hatten. Im schwachen Lichtschein der Feuerstelle erkannte Gil eine Vertiefung in den Getreidesäcken, die an der rückwärtigen Wand des kleinen Kämmerchens aufgestapelt waren. Sie fand ein paar mottenzerfressene Gewänder und eine außerordentlich schmutzige Flickendecke, aber keinen Zauberer. Sein Stab war ebenfalls verschwunden.

Sie eilte durch den Garderaum zurück, durchquerte die äußere Kammer, in der Waffen, Fässer mit Blauem Verderben und Wacholderfusel lagerten, und trat in die höhlenhafte Tiefe des Ganges. Die gewaltige Haupthalle maß fast dreihundert Meter von dem Doppeltor im Westen bis zu der dunklen, von Türmen geflankten Mauer des Regierungshauptquartiers im Osten. Sie hätte sich ebensogut im Freien befinden können, denn die konturlosen schwarzen Mauern, die den Gang zu beiden Seiten begrenzten, erstreckten sich hoch hinauf und entzogen sich da, wo sie eine Decke stützten, dem Blick. Auf dem weitläufigen Fußboden murmelten die tiefen, schwarzen Wassergraben, über die sich winzige Brükken spannten; die Stille um sie herum war wie die überwältigende Ruhe der schneebedeckten Berge draußen. Doch die Dunkelheit wurde nicht vom Mond oder den Sternen erhellt, sondern von Fackeln, die zu beiden Seiten des dunklen Stahltors flackerten. Die schwache hellrote Flamme zeichnete einen kleinen Doppelkreis auf die schimmernd schwarze Fläche des glattpolierten Bodens und erzeugte glühenden Widerschein auf dem Riegel, den Streben und dem Schließring.

Da, wo die beiden roten Flammenkreise miteinander verschmolzen, stand ein Mann, dessen wilde, weiße Haarmähne vom Lichtschein mit brennendem Gold gesäumt war.

Leise rief sie: »Ingold!«

Er wandte sich um und hob fragend die Augenbrauen. Gil zog den Umhang fester um die Schultern und lief rasch die breite Treppe zum Tor hinauf. Sie konnte sich nicht erinnern, daß ihr, seitdem sie in seiner Begleitung das Nichts durchquert hatte und unfreiwillig in dieses andere Universum gekommen war, schon einmal warm gewesen wäre.

»Ja, meine Liebe?« fragte er mit einer Stimme, die wie unverdünnter Whisky und Samt zugleich klang. Das Gesicht, das der unruhige Lichtschein enthüllte, war immer unbeschreibbar gewesen, doch mehr als sechzig Lebensjahre hatten ihm den Ausdruck eines Menschen verliehen, der viel erlebt hatte, gefurcht und zerschunden und zum größten Teil hinter einem gestutzten, ziemlich struppigen weißen Bart verborgen. Als sie neben ihm stand, waren ihre Augen auf gleicher Höhe wie seine.

»Was ist los?« fragte sie ihn ruhig.

Er erwiderte nur: »Ich glaube, du weißt es.«

Sie warf einen nervösen Blick über die Schulter auf das dunkle stählerne Tor. Hier war das Entsetzen stärker, die lauernde Macht des Bösen in der Nacht. Hier spürte sie das unheimliche, kalte Entsetzen, das mit dem Verstand nicht faßbare Gefühle, über unbekannte Abgründe der Zeit hinweg von einer boshaften, unbegreiflichen Intelligenz beobachtet zu werden. »Sie sind gekommen«, flüsterte sie, »nicht wahr?«

Ingold legte ihr sanft die Hand auf die Schulter. »Ich glaube, es ist besser, du bewaffnest dich.«

Minalde beobachtete Rudy beim Ankleiden, und ihre Augen waren dunkel in dem fahlblauen Hexenlicht. »Was ist los?« flüsterte sie.

»Ich weiß es nicht.« Er sprach mit leiser Stimme, um den kleinen Prinzen nicht zu wecken, der in seinem vergoldeten Bettchen im Schatten der gegenüberliegenden Wand schlief. »Aber ich glaube, ich gehe jetzt besser zurück.« Nach einem Monat in dieser Welt hatte er sich mehr oder weniger an die fremdartige Kleidung gewöhnt und fühlte sich nicht mehr unbehaglich in den grobleinenen Hosen, dem langärmeligen Hemd, dem Waffenrock, den kniehohen Stiefeln und dem buntbestickten Überwurf, den er nach dem großen Gemetzel der Dunklen in Karst einem toten Edelmann abgenommen hatte. Dennoch trauerte er noch immer der Bequemlichkeit von Jeans und T-shirt nach. Er schnallte sein Schwert um und beugte sich über das zerwühlte Bettzeug aus bunter Seide, um die Frau zu küssen, die ihn schweigend beobachtete. »Wirst du morgen früh am Tor sein, um uns Lebewohl zu sagen?«

Er legte die Hände um ihr Gesicht. Sie faßte ihn an den Gelenken, als wolle sie ihn noch ein paar Minuten länger bei sich festhalten. »Nein«, erwiderte sie ruhig. »Ich kann nicht, Rudy. Es ist ein weiter Weg nach Quo, und die Straße ist gefährlich. Wer weiß, ob ihr die Verborgene Stadt oder den Erzmagier überhaupt findet, wenn ihr am Ende angelangt seid?« Ihre Augen schimmerten plötzlich im phosphoreszierenden Schein des Hexenlichts. »Ich konnte es noch nie ertragen, Lebewohl zu sagen.«

»He!« Rudy beugte sich wieder über sie. Er faßte sie um die Schultern, und ihr dunkles Haar floß schwer über seine Finger, als er sie an sich zog. »He, Ingold ist bei mir. Wir werden es schon schaffen. Ich kann mir nichts und niemanden vorstellen, der verrückt genug ist, es mit dem alten Knaben aufzunehmen. Es wird kein Abschied für immer sein.«

Sie sah mit einem schiefen Lächeln zu ihm auf. »Dann hat es auch keinen Sinn, großes Aufheben darum zu machen, nicht wahr?« Ihre

Lippen trafen sich wieder, diesmal sehr zart, und die Strähnen ihres offenen Haars kitzelten ihn im Gesicht. »Geh mit Gott, Rudy, wenn die Bischöfin auch auf der Stelle tot umfallen würde, wenn sie wüßte, daß ich das zu einem Zauberer sage.«

Während sie sich wieder küßten, murmelte Rudy etwas über die Bischöfin. »Was ihr ohne Zweifel nicht im geringsten schaden würde«, fügte er hinzu, als sich ihre Lippen voneinander lösten. Sanft wischte er ihr eine Träne von der Wange. Er konnte sich nicht erinnern, daß es in den fünfundzwanzig Jahren seines Lebens einen Menschen, ob Mann oder Frau, gegeben hätte, der sich Sorgen um ihn gemacht hatte. *Warum muß es ein Mädchen in einem anderen Universum sein*? überlegte er. *Warum muß es eine Königin sein*? Wieder stahl sich eine Träne über ihre Wange, und er flüsterte: »He, paß gut auf das kleine Möpschen auf, während ich fort bin.« Wider Willen mußte sie lachen über die Anrede, mit der Rudy den Prinzen Tir, den letzten Erben des Hauses Dare, bedachte.

»In Ordnung.« Sie lächelte unsicher.

»Wir werden den Erzmagier und seinen Rat finden«, flüsterte Rudy ihr ermutigend zu. »Du wirst schon sehen.« Er küßte sie noch einmal flüchtig, wandte sich dann hastig zum Gehen, und das blaue Flämmchen verblaßte hinter ihm.

Er eilte in der Dunkelheit durch das Labyrinth des Königlichen Wohnbereichs. Sein Herz war von Kummer erfüllt.

Sie machte sich Sorgen um ihn, um so mehr, als sie keinen Menschen mehr hatte außer ihm – ihm und ihrem kleinen Sohn. Vor einem Monat hatte sie den Mann verloren, den sie angebetet hatte, das Reich, das sie regiert hatte, und die Welt, in der sie aufgewachsen war. Und doch hatte sie kein einziges Mal gesagt: »Geh nicht.«

Und, was noch schlimmer ist, du egoistischer Mistkerl, verfluchte er sich selbst, *es ist dir nicht ein einziges Mal in den Sinn gekommen, nicht zu gehen.*

Sie hatte die Tatsache, daß sein Verlangen, ein Zauberer zu werden, die Liebe zu ihr überwog, niemals in Frage gestellt. So elend ihm auch angesichts der Wahrheit zumute war, er verstand es so, wie es war: Er war vor allen anderen Dingen ein Zauberer. Vor die Wahl gestellt, was er in der beschränkten Zeit, die ihm in diesem Universum noch zur Verfügung stand, tun würde, entschloß er sich eher, die Quellen seiner Kraft und die Lehren, die Ingold und die anderen Zauberer ihm vermiteln konnten, zu suchen, als bei der Frau zu bleiben, die er aufrichtig liebte.

Warum mußte ich ihnen nur zur gleichen Zeit begegnen? fragte er sich bekümmert. *Warum mußte ich diese Entscheidung treffen*?

Selbst ihr Verständnis für seine Entscheidung war wie Salz in der offenen Wunde seines Schuldgefühls.

Doch er hatte überhaupt keine andere Wahl gehabt.

Er blieb auf der obersten Stufe der östlichen Haupttreppe, die zur ersten Ebene hinunterführte, stehen.

Sein Gefühl, daß irgend etwas nicht stimmte, daß namenloses Entsetzen im schwarzen Labyrinth der Festung lauerte, war jetzt stärker und beunruhigte ihn wie ein nur schwach vernommener Laut. Er zitterte wie ein Hund vor dem Donnerschlag, seine Nackenhaare stellten sich auf. Um ihn herum schien die Stille durch die verzweigten Gänge zu streichen. Er schickte sich an, die Treppe hinunterzusteigen, während er nervöse Blicke über die Schulter zurückwarf.

Irgendwo unter ihm mußte eine Tür geöffnet worden sein. Wie der schwache Dufthauch von Räucherwerk schwebte leiser Gesang zu ihm herauf, die leise tönenden, vollen Stimmen von Mönchen, die die Mitternachtsmesse sangen. Rudy hielt auf der Treppe inne, und der Gedanke daran, daß das Hauptquartier der Kirche genau unter dem Königlichen Bereich lag und daß der fanatischen Bischöfin von Gae Zauberer verhaßt waren, ging ihm durch den Sinn.

Soweit er wußte, war seine Liebe zu Alde niemandem bekannt, mit Ausnahme von Gil vielleicht, seiner Gefährtin, die es mit ihm in diese fremde Welt verschlagen hatte. Er bezweifelte, daß Alde eine ernsthafte Gefahr daraus erwachsen könne – immerhin war sie die Königin des in Trümmern liegenden Reiches Darwath, und der König war bei dem entsetzlichen Gemetzes im brennenden Palast von Gae ums Leben gekommen. Doch er wußte zu wenig über die Sitten und Tabus dieser Welt, als daß er die Gefahr einer Entdeckung hätte riskieren wollen. *Und vielleicht, zum Teufel,* dachte er, *gibt es hier eine Bestimmung, nach der ich mich aus allem herauszuhalten habe, da ich aus einem anderen Universum komme und eigentlich gar nicht hier sein dürfte.*

Aber wenn es so war, wollte er es nicht wissen.

Im Augenblick bestand keine Gefahr – es gab eine Menge anderer Treppen, die hinunter führten. Einige von ihnen waren Bestandteil des ursprünglichen Bauplanes der Festung und wie die Mauern aus schwarzem, massivem Gestein gebaut. Andere dagegen waren offensichtlich vor Jahrtausenden von früheren Bewohnern nachträglich errichtet worden, indem sie einfach da, wo es ihnen gefiel, Löcher in den Boden der Gänge gehauen und notdürftig zurechtgezimmerte Treppen hinuntergelassen hatten. Der gleiche Vorgang hatte sich offensichtlich mit den Mauern und Zellen der Festung abgespielt, denn an manchen Stellen verliefen die Mauern in strenger Geradlinigkeit in die Dunkelheit, während an anderen Stellen verworrene Behelfsmäßigkeit vorherrschte. Zellen, die mitten über den Weg gebaut waren, blockierten Durchgänge, andere Zellen waren von Zugängen unterteit, und Trennwände aus Ziegeln, Stein und Holz hatten den ursprünglichen Grundriß buchstäblich in tausend in sich geschlossene Einheiten zerhackt, deren Umrisse sich mit wechselnder Bestimmung verändert hatten, so daß das Ergebnis nach dreitausend Jahren auch für die geschickteste Ratte aller Versuchslaboratorien noch eine Herausforderung gewesen wäre.

»Ich spüre nichts«, erklärte Janus von Weg ruhig. Der große Kommandant der Garde von Gae saß auf der Kante einer Koje neben der Feuerstelle im Raum der Garde. Loses kupferrotes Haar umrahmte sein ernstes Gesicht. Er warf einen Blick über die Feuerstelle zu Ingold hinüber. »Aber ich vertraue dir. Wenn du sagst, daß die Dunklen dort draußen sind, würde ich dir glauben, selbst wenn die Sonne hoch am Himmel stünde.«

Eine Bewegung ging durch die Reihe der übrigen Gardisten, und ein zustimmendes Gemurmel erhob sich. Der Eisfalke, der mit seinen langen weißen Wikingerzöpfen wie ein Fremder unter den Gardesoldaten wirkte, sagte leise: »Der Geruch der Nacht selbst ist schlecht.« Melantrys, eine zierliche junge Frau mit den Augen einer Ninja, blickte nervös über die Schulter zurück.

»Zum Teufel mit dem Geruch«, grollte Tomec Tirkenson, der Landherr von Gettlesand, ein großer, schroffer Mann aus der Ebene, dessen Ländereien auf der anderen Seite des Gebirges lagen. »Es ist genau wie in den Nächten, in denen das Vieh ohne Grund durchgeht.«

Der Eisfalke warf Ingold einen ungerührten Blick zu. »Können sie eindringen?« fragte er, als ginge es um nicht mehr als um den Ausgang eines Rennens, in dem er eine unbedeutende Summe gesetzt hatte.

»Ich weiß es nicht.« Ingold rückte sich auf seinem Platz an der Feuerstelle bequemer zurecht und verschränkte seine von Schwertkämpfen zernarbten Hände auf den Knien. »Aber wir können uns darauf verlassen, daß sie es versuchen werden. Janus, Tomec – ich schlage vor, daß in allen Gängen, auf allen Ebenen und bis in den letzten Winkel Wachen patrouillieren. Auf diese Weise . . .«

»Aber wir haben nicht genügend Leute dafür!« wandte Melantrys ein.

»Wir haben genug Leute für eine halbwegs vernünftige Patrouille«, entgegnete Janus. »Aber wenn es den Dunklen gelingt, einzudringen, so steht fest, daß wir, derart weit auseinandergezogen, an keiner einzigen Stelle wirkungsvollen Widerstand leisten können.«

Der Eisfalke zog fragend die Augenbraue hoch und warf dem Zauberer einen Blick zu. »Werden wir kämpfen?«

»Wenn wir können«, erwiderte Ingold. »Deine Patrouillen können mit Freiwilligen ergänzt werden, Janus. Nehmt die Waisen der Festung als Führer. Sie stecken ihre Nasen ohnehin in alles hinein; sie können sich ruhig einmal nützlich machen. Wir müssen die Gänge überwachen, damit wir wissen, ob und wo die Dunklen eindringen. Es ist unwahrscheinlich, daß es ihnen gelingt«, fuhr er ernsthaft fort, »denn in die Mauern der Festung sind die machtvollsten Zauberkräfte der alten Welt eingewoben. Aber ob nun die Zauberkraft nachgelassen hat oder die Dunklen stärker geworden sind in den vergangenen Jahren, ich weiß es nicht.« Trotz der Ruhe, die in seiner tiefen, rauchigen Stimme lag, fand Gil, daß er im unruhigen Flackern des Feuerscheins hart und gehetzt wirkte. »Aber ich weiß, daß wir die Festung aufgeben müssen, wenn es den Dunklen gelingt, einzudringen, und dann sind wir mit Sicherheit verloren.«

»Die Festung aufgeben!« rief Janus erschrocken aus.

»Das ist einleuchtend«, pflichtete der Eisfalke Ingold bei, indem er sich mit dem Rücken an die Wand lehnte. Er hatte eine helle, fast tonlose Stimme, die selbst dann ungerührt klang, wenn er über den Verlust der letzten Zufluchtsstätte sprach, die der Menschheit noch geblieben war. »All die vielen kleinen Treppen, die meilenlangen verlassenen Gänge . . . Wir könnten sie niemals hinaustreiben.« Die Offiziere sahen einander betreten an. Sie wußten, daß seine Worte wahr waren.

»Und nicht nur das«, warf Gil ruhig ein. Aller Augen wandten sich ihr zu. »Was ist mit dem Lüftungssystem?« fuhr sie fort. »Die Luft hier muß irgendwohin abziehen. Die ganze Festung muß durchzogen sein mit Schächten, die für einen Menschen zu eng sind. Aber die Dunklen können ihre Größe und Gestalt verändern. Sie könnten durch Löcher schlüpfen, die nicht größer sind als Rattengänge, und der Himmel weiß, daß wir Ratten in der Festung haben. Es brauchte nur einer von ihnen in das Lüftungssystem zu gelangen – dann könnte das Ding nach Belieben angreifen, und wir wären niemals in der Lage, es zu finden.«

»Verflucht«, flüsterte Janus, »daß die Dunklen ausgerechnet zu Beginn des härtesten Winters seit Menschengedenken hervorkommen müssen. Wenn wir die Festung aufgeben, würden diejenigen, die nicht gleich beim ersten Einbruch der Nacht umkommen, erfrieren, bevor sie einen schützenden Unterschlupf erreichen. Diese Berge liegen begraben unter dem Schnee.«

»Ratten . . .«, sagte Tirkensohn leise. »Ingold, woher wissen wir, ob die Dunklen nicht schon irgendwo in den höhergelegenen Ebenen lauern? Die Festung stand fast zweitausend Jahre lang leer.«

»Wir hätten es gemerkt«, erklärte der Zauberer. »Glaub mir, wir hätten es inzwischen längst gemerkt.«

»Aber ihre Eier?« fuhr Tirkenson fort. »Wie vermehren sich die Dunklen, Ingold? Wie Gil-Shalos gesagt hat, würde es reichen, wenn einer in die Luftschächte eindringt und seine Eier wie ein Lachs auf dem Weg ablegt. Es wäre möglich, daß wir auf einem Laichgrund der Dunklen sitzen.« Obwohl die Gardeoffiziere für gewöhnlich nicht leicht aus der Ruhe zu bringen waren, schien eine Welle des Entsetzens durch ihre Reihen zu laufen. Der Fechtmeister Gnift schauderte und wechselte einen raschen, besorgten Blick mit Melantrys.

»Darum zumindest braucht ihr euch keine Sorgen zu machen«, entgegnete Ingold ruhig. Er zupfte einen Strohhalm aus dem zerfransten Ärmel seines Umhangs, während er den Blicken der Anwesenden auswich. »Ich habe die Brutstätten der Dunklen unter der Erde gesehen, und ich versichere euch, daß sie sich nicht einmal annähernd auf so – angenehme – Weise vermehren.« Er blickte wieder auf, und seine Miene war ruhig und beherrscht. »Aber wie dem auch sei, wir dürfen unter keinen Umständen zulassen, daß die Dunklen hier eindringen. Die Gänge müssen von Patrouillen überwacht werden.«

»Wir können die Kirchentruppen mit heranziehen«, erklärte Janus, »und ebenso Alwirs Privattruppe.«

»Ich habe meine eigene Mannschaft«, fügte Tirkenson hinzu und erhob sich. »Mein Haufen kann die Südseite des Hauptganges übernehmen.«

»Gut.« Ingold erhob sich ebenfalls, und sein Blick glitt suchend über die Gesichter der Gardisten, die sich in der engen Kammer zusammendrängten. »Ich bezweifle, daß die Dunklen die Mauern selbst durchbrechen können, aber wenn sie es tun, müssen wir es wissen.«

»Wie sollen wir es erfahren?« Melantrys zog ihren Schwertgürtel straff und blickte mit kalten, schwarzen Augen zu ihm auf. »Die Schwarzen können die Seele, das Blut oder das Fleisch eines Menschen zwischen zwei Herzschlägen verschlingen, bevor er auch nur einen Schrei ausstoßen kann.«

»Auch bei einem Gardesoldaten?« fragte Ingold nachsichtig.

Beleidigt straffte sie sich. »Natürlich nicht.«

»Na also.« Er nahm seinen Stab auf, und sein Schatten richtete sich lauernd hinter ihm auf, wie ein Widerhall der Dunkelheit, die wartend hinter den Toren der Festung lag. Noch einmal ließ er den Blick suchend durch den Raum gleiten, in dem die Gestalten jetzt zu einem hektischen Durcheinander von Vorbereitung und Aufbruch verschmolzen. Vielleicht war es dem Feuerschein zuzuschreiben, doch die Linien wirkten plötzlich tiefer in diesem ruhigen, ausdruckslosen Gesicht. Gil konnte nicht sagen, ob Erschöpfung, Sorge oder Ärger daran schuld war.

Um sie herum gürteten Männer und Frauen ihre Schwerter und suchten nach ihren Umhängen; Zurufe drangen durch die dunklen, schmalen Türen des Gardequartiers. Die Luft schien plötzlich drückender zu sein, die Angst darin spürbar wie Elektrizität; Gil hatte das Gefühl, daß, würde sie Ingolds Umhang berühren, Funken aus dem Stoff sprühen müßten. Janus blieb einen Augenblick neben Ingold, den er um einiges überragte, stehen. Auf seinem Gesicht mit der eingedrückten Stupsnase lag ein ernster Ausdruck.

»Damit wären die Gänge soweit gesichert«, sagte er ruhig. »Aber wie steht es mit dem Tor?«

»Ja«, pflichtete Ingold ihm bei. »Das Tor. Ich habe das Gefühl, daß sie ihren Angriff darauf konzentrieren werden. Im Hauptgang ist die Decke so hoch, daß sie von oben angreifen können, wenn sie erst einmal im Inneren der Festung sind, und dann ist die Bodenverteidigung nahezu sinnlos.«

»Ich weiß«, sagte Janus leise. »Wir werden sie im Torgang selbst bekämpfen müssen, nicht wahr?«

»Vielleicht«, entgegnete der Zauberer. »Gil – ich werde am Tor deine

Hilfe brauchen.« Dann runzelte er die Stirn und warf einen raschen, forschenden Blick über die noch anwesenden Gardisten. Seine strahlend blauen Augen, wie Falkenaugen unter den hervorspringenden Brauen, glitzerten in der Dunkelheit. »Und wo«, fragte er scharf, »ist Rudy?«

Das war eine Frage, die auch Rudy in diesem Augenblick beschäftigte.

Er wußte, daß er sich noch irgendwo auf der zweiten Ebene befand, aber das war auch schon alles, was er mit Sicherheit sagen konnte. Nachdem er die Kurve verpaßt hatte, die zu der von ihm gesuchten Truppe führte, hatte er versucht, durch einen scheinbar parallel verlaufenden Korridor zurückzugelangen – mit niederschmetterndem Erfolg. Ein behelfsmäßiger Gang hatte ihn gelockt, der durch eine ehemals große Zelle führte, nur um ihn in einem Gewirr von zerfallenen Ziegeln und trockenem Moder in die Irre zu führen. Auf diesem Wege gelangte er nach vielen Windungen schließlich zum Mittelpunkt des Labyrinths, einem seit langer Zeit unbenutzten Abfluß des Rohrleitungssystems der Festung. Jene verfluchend, die die Pläne für die Festung entworfen hatten, ebenso wie jene, die sich berufen gefühlt hatten, sie solcherart zu verbessern, durchquerte er die dunkle, von murmelndem Wasser durchspülte Gosse und trat in den jenseitigen Gang hinaus.

Er schritt ohne Licht durch die Dunkelheit. Das war eine der Fähigkeiten, die ihn vollkommen überrascht hatten, ebenso wie seine Fähigkeit, kaltes Holz zu entflammen und Licht an seiner Stabspitze zu erzeugen. Ingold hatte ihm erklärt, daß dieser Zauberblick ihm ebenso angeboren war wie die anderen Gaben, die Saat einer Zauberkraft, die in der warmen, behäbigen Welt von Südkalifornien keine Früchte hatte tragen können.

Und gleichzeitig spürte er es – Spannung, die sich steigerte, wie Wasser, das hinter einem schwächer werdenden Damm ansteigt, das lauernde Entsetzen, das die dunklen Gänge, durch die er lief, erfüllte. Er beschleunigte die Schritte im Rhythmus seines Herzschlags. In ihm wuchs die Überzeugung, daß die Dunklen draußen lauerten und ihre unmenschlichen Begierden und ihren Willen auf die glatten, undurchdringlichen Mauern der Festung richteten. Jenseits aller menschlichen Magie, jenseits selbst des menschlichen Begriffsvermögens, war ihre Zahl und ihre Macht so groß, daß ihre Anwesenheit durch die drei Meter dicken, aus Zeit, Stein und Zauberkraft errichteten Mauern spürbar war. Er mußte Ingold finden, mußte irgendwie einen Weg aus diesem Labyrinth heraus finden . . .

Er befand sich in einem kurzen geraden Gang, der allem Anschein nach ein Teil der ursprünglichen Festung war. Ein wärmerer Luftstrom deutete darauf hin, daß sich in der Nähe eine Treppe befand, die zur ersten Ebene hinunterführte. Rudy blieb stehen und versuchte, sich zu orientieren. Gleich vor ihm türmte sich das Gangende schwarz und nahtlos wie aus einem einzigen Stück dunklen Glases gegossen auf. Das mußte, so stellte er überrascht fest, die schwarze Außenmauer der Festung selbst sein.

Großartig, dachte er. *Ich bin verdammt im Kreis gelaufen, und nach dem ganzen Herumgerenne komme ich womöglich noch immer mitten im Gebiet der Kirche an.* Er zuckte die Schulter. *Aber das ist immer noch zehnmal besser, als die ganze Nacht hier oben herumzulaufen.*

Dennoch ging er nicht weiter. Zu seiner Rechten stieg eine kurze Treppe von nur wenigen Stufen auf, an deren oberem Ende sich eine Tür befand. Die spiegelglatte Schwärze des Gesteins verriet, daß Treppe und Tür zum ursprünglichen Grundriß der Festung gehörten, doch die Lage der Tür erregte seine Aufmerksamkeit. Sie war so gelegen, daß sie von jeglichem Licht im Gang in vollkommenen Schatten getaucht, buchstäblich unsichtbar erscheinen mußte. Nur ein Zauberer, der wie Rudy ohne Licht durch den Gang schritt, konnte sie überhaupt entdecken.

Gebannt ging Rudy darauf zu. Sein Gefühl für die wachsende Gefahr und das Entsetzen, das von den Dunklen drohte, wurde stärker. Sie würden angreifen, und zwar bald – das spürte er bis in die Knochen. Und vorausgesetzt, daß sie die Nacht überlebten, würden Ingold und er am nächsten Morgen aufbrechen und Hunderte von Meilen durch trostlose Ebene und die Wüste wandern, um die Stadt Quo zu suchen, die verborgen am Westlichen Ozean lag. Ob er diesen versteckten Raum nach seiner Rückkehr wiederfinden würde?

Große Neugier packte ihn, jene unstillbare Neugier, die das hervorstechendste Merkmal aller Zauberer war.

Die Tür war verschlossen und das eiserne Schloß so verrostet, daß es kaum zu bewegen war. Aber es war auch nicht schlimmer als die Ölwannen einiger Autos, mit denen sich Rudy zu seiner Zeit abgemüht hatte. Anders als die gleichförmig rechteckigen Zeilen überall sonst in der Festung war die Kammer hinter dieser Tür rund. Eine kahle Werkbank zog sich zur Hälfte um die Wand; unter der Werkbank standen Holzkisten, in denen sich allerlei verrostetes Gerümpel befand.

In der Mitte des Raumes stand ein Tisch, der aus dem Fußboden aufragte. Wie die Mauern war er aus glashartem, schwarzen Gestein. Er war etwas größer als einen Meter im Durchmesser, und in seiner Mitte war, gleich dem Glasdeckel eines Schmuckkästchens, ein Pflock aus schwerem Kristall eingelassen. Als Rudy sich auf die Tischkante setzte und eine Lichtkugel über seiner Schulter erzeugte, um sich das Ganze näher zu betrachten, wurde der weiße Schein grell in seine Augen zurückgeworfen. Der Kristall selbst war trübe, doch darunter glitzerte es wie von einem Diamanten. Er versuchte erst mit den Fingernägeln, dann mit seiner Dolchspitze, den Deckel abzuheben, doch ohne Erfolg. Aber es war irgend etwas darunter, dessen war er gewiß. Eine flüchtige Ahnung von Kanten und Flächen flüsterte in jener milchigen Tiefe. Hätte ihn jemand beobachtet, wie er den undurchdringlichen Stein untersuchte, er wäre an eine große, gescheckte Katze erinnert worden, die sich von einem Spiegel narren läßt.

Zum Teufel damit, dachte er und schickte sich an, seinen Platz zu verlassen. *Dies ist nicht der richtige Zeitpunkt, mit Spielzeug herumzutrödeln.*

Doch es zog ihn wieder zu dem Kristall zurück. Sein Schatten lag hart und dunkel und scharf umrissen in dem kalten, ruhigen Licht der Phosphorkugel über seiner Schulter auf dem grauen Glas. Nach kurzem Nachdenken schwächte er das Licht ab und zerstreute es ein wenig. Dann versuchte er, durch den Kristall hindurchzusehen, doch das Ding widerstand seinem Blick. Nach und nach ließ er das Hexenlicht vollständig vergehen, saß da und starrte das Ding im Dunkeln an.

Um ihn herum war es vollkommen still. Er wußte, daß er eigentlich gehen sollte, tat es aber nicht. Er spürte, daß das Ding ein magischer Gegenstand war, von einer tiefen, mechanischen Zauberkraft, die weit jenseits seiner natürlichen Begabung lag. Er fragte sich verwundert, ob das die Magie war, die er in der Schule von Quo erlernen würde.

Erneut glitt er suchend mit den Fingern über den Kristall, doch er konnte keine Nahtstelle zwischen Glas und Stein entdecken.

Ihm kam ein anderer Gedanke. Zögernd richtete er einen dünnen Lichtstrahl auf den Kristall selbst.

Weiße, blaue und lavendelfarbene Strahlenbündel blühten um ihn herum auf wie die dreidimensionalen Schwanzfedern eines himmlischen Pfaus. Er schreckte zurück und beschattete die Augen vor dieser hervorbrechenden Lichtflut, dann dämpfte er das Licht und machte tastende Versuche mit dem bißchen Lichtzauber, den er gelernt hatte. Er überzog den Kristall mit einem schwachen Lichtschimmer, dann beugte er sich darüber und blickte hinein in das glitzernde Bett farbiger Salzkristalle, die am Grunde des Kristallzylinders lagen.

Ein Spielzeug? Ein verzaubertes Kaleidoskop?

Oder das Zauberwerkzeug einer größeren Magie?

Während er in diese leuchtenden Tiefen hinunterstarrte, wich alle Spannung von ihm, und seine Seele schüttelte langsam alle Sorgen um die Dunklen, um Ingold, Alde und die Antwort auf das Rätsel selbst ab. Er überließ sich dem weichen, hellen Glitzern der Edelsteine dort unten, was immer es auch bewirken würde.

Eine Zeitlang verwirrten ihn die Bilder. Er verstand ihren Sinn nicht – unzusammenhängende Szenen von wirbelndem Sand, Felsen, auf denen nichts wuchs, und ein wogendes Meer von braunem Gras, unsichtbar in der wolkenverhangenen Nacht. Er spürte mehr, als daß er sah, wie ein dunkler Ort Gestalt annahm, von Wolken überdacht und von tiefen Schneewehen bedeckt, eingeengt zwischen hohen, schwarzen, von verkrüppelten Pinien gekrönten Felsen. Hinter den Wolken spürte er von Schluchten zerrissene Gipfel, Höhen, so schroff wie Messerschneiden, und endlose Gletscherweiten, über die der Wind heulend dahinpfiff . . .

Der Sarda Paß? fragte er sich. *Die morgige Reise?* Die Bilder wurden deutlicher – zerklüftete Gebirgsausläufer und eine endlose braune Ebene, deren lohbraunes Gras sich unter der Peitsche des Windes wiegte. Ein schwarzer, wolkenverhangener Himmel. Eine fahle Straße erstreckte sich in gnadenlose Ferne, bis sie den Blicken entschwand.

Gewaltige Kälte und Bitterkeit verschlangen seine Seele.

Und als würden sich die Bilder im Einklang mit seinem Herzen bewegen, sah er den sanften Widerschein von Kerzenlicht und Sternenstickerei auf den schillernden Farben einer seidenen Bettdecke. Die Farben bebten und veränderten sich mit den Schluchzern der Frau, die unter der Decke lag: meerwasserblau, schillernd bunt, dann schilfgrün. Ihr schwarzes Haar umfloß sie wie ausgebreitete Seide.

Ich kann sie nicht verlassen, dachte er verzweifelt. *Ich kenne sie erst so kurze Zeit.*

Und Quo nicht sehen? mischte sich die andere Hälfte seines Bewußtseins ein. *Und nicht mit dem Erzmagier sprechen? Nicht die Wege der Kraft von Ingold erlernen?*

Er schloß die Augen. Wie ein Kribbeln der Haut wurde ihm die Gegenwart der Dunklen wieder bewußt, das Ansteigen ihrer Wut, das die Nacht mit Spannung erfüllte wie die Ankündigung einer Gewitterentladung. *Ich muß gehen,* dachte er plötzlich mit schauderndem Entsetzen. Aber er blieb wie gelähmt zwischen den Möglichkeiten – Minalde auf der einen, Ingold und der Erzmagier Lohiro auf der anderen Seite.

Er öffnete die Augen, und das Bild in dem Kristall veränderte sich erneut.

Klein und in weiter Ferne waren die Sterne sichtbar – mehr Sterne, als er sich je hatte träumen lassen, bedeckten einen strahlenden Himmel, der tief und glitzernd über den endlosen Wellen des blauschwarzen Meeres hing. Ihre strahlende Helligkeit berührt das Schaumband, das den silbernen Bogen des Ufers säumte. Vor dem flammenden Himmel glaubte er die Umrisse eines Turms ausmachen zu können, dessen Stockwerke sich, eines über dem anderen, aus den Bäumen erhoben, die dichtgedrängt auf einer kantigen, in das Meer hinausragenden Landspitze standen. Aber der Turm schien eigenartig ungreifbar, schien seinem Blick auszuweichen und ihn wieder den Sternen zuzuwenden. Er versuchte zum Landesinneren hin zu blicken, doch auch dort wurde sein Blick abgelenkt. Die mehr erahnten Umrisse von Bauwerken drängten sich zusammen, verschlungene Farbmuster auf steinernen Säulen von der Dunkelheit gedämpft, wurden für kurze Zeit sichtbar und verschwanden dann wieder im Nebel. So sehr er sich auch bemühte, das Land zu sehen, sein Blick kehrte zum Sand, dem Meer, dem mitternächtlichen Himmel zurück. Es war, als wolle sich das Land sanft seinen Fragen entziehen.

Vor dem kantigen Hüge und dem undeutlich sichtbaren Turm erhaschte er plötzlich das kurze Aufblitzen von Sternenlicht auf Metall, das kurz funkelte und dann wieder verschwunden war. Er blickte noch einmal hin, während er alle drückenden Gedanken von seiner Seele abstreifte. Wieder blitzte das Metall auf, und flüchtig sah er einen langen, wehenden Umhang, der den Sand streifte, und das Scharren eines Fußes oberhalb des Meeressaumes. Wie Opale, die sich plötzlich über den Strand ergossen, löschte eine Welle Fußabdrücke im Sand aus. Der Mann, dessen Fußspuren es waren, schritt langsam weiter, und Rudy konnte jetzt das Sternenlicht auf seinem leuchtend goldenen Haar erkennen – Haar, das die Farbe von Sonnenlicht hatte.

Es überraschte ihn, denn er hatte geglaubt, der Erzmagier Lohiro wäre alt.

Doch dieser Mann war nicht alt. Er war sicherlich weniger als vierzig Jahre alt und hatte ein junges, glattrasiertes Gesicht. Lediglich die entschlossenen Linien um seinen Mund und die Falten in den Winkeln seiner Augen, die von einem gefleckten, veränderlichen Kaleidoskopblau waren, verrieten die Härte der Lebenserfahrung. Seine Hand, die den harten, schimmernden Holzstab umfaßt hielt, erinnerte Rudy an Ingolds Hand, gefurcht von den Narben des Schwertkampfes, außerordentlich gewandt und kraftvoll. Die Stabspitze war von einem metallenen Halbmond von etwa fünf Zentimetern Durchmesser geschmückt, dessen innere Kante hart strahlte. Das Sternenlicht fing sich darin ebenso wie in den großen blauen Augen und in dem Schimmern des Schaumes, dessen Brandung wie Spitzen das Ufer umspielte und an etwas zerrte, das halb begraben im Sand lag.

Als Rudy darauf hinunterblickte, erkannte er, daß es ein Skelett war; an seinen bloßen Knochen klebte noch altes Blut, und durch die feuchtschimmernden Augenhöhlen des Schädels krochen abscheuliche Krabben. Der Erzmagier veränderte kaum die Richtung, um ihm auszuweichen. Der Saum seines dunklen Umhangs streifte es im Vorübergehen und strich dann wieder über den Sand, während er seinen Weg am Ufer entlang fortsetzte.

Schweißnaß und plötzlich von Angst erfüllt, richtete sich Rudy auf. Das Licht verblaßte in dem Kristall unter ihm, und der Raum wurde wieder in tiefe Dunkelheit getaucht. Dann hörte er ein schwaches, fernes Donnern, ein Zittern, das die Festung bis auf die dunklen, uralten Knochen seiner Grundmauern erschütterte.

Donner, dachte Rudy.

Donner? Durch drei Meter dicke Mauern hindurch?

Sein Magen krampfte sich zusammen. Er sprang auf und eilte auf die Tür zu. Ein zweiter Donnerschlag dröhnte durch die Festung, rief ein leises, unheilvolles Klirren in den Haufen metallenen Gerümpels in den Ecken hervor und bebte in den Mauern nach.

Rudy begann zu rennen.

Zweites Kapitel

»Dieser verfluchte Junge«, flüsterte Ingold, und Gil stellte fest, daß er in den wild zuckenden Schatten sehr bleich wirkte. Der erste Ansturm dieser unglaublichen Kraft, die gegen die Außentore dröhnte, hatte die Fackeln in ihren Wandhaltern erschüttert, und sie flackerten unruhig, als würde das Licht selbst vor dem Herannahen der Dunklen zittern. Hinter ihr im Hauptgang war ein wildes Chaos ausgebrochen.

Leute mit Fackeln rannten kopflos hin und her, riefen einander widersprüchliche Neuigkeiten und Gerüchte zu und schwangen eilig angefertigte Waffen in ihren zitternden Händen. Kleine Gruppen von Kindern und alten Leuten, die Mittelpunkte kleiner Familienverbände, kauerten sich wie ängstliche Vögel am Rande der Wasserläufe, der Mitte des großen Raumes so nahe wie nur irgend möglich, zusammen, nachdem sie beim ersten Donnerschlag entsetzt aus ihren Zellen geflohen waren. Die anderen, Mütter und Väter, die ihre Schutzbefohlenen in der undurchdringlichen Dunkelheit der kleinen Kammern zurückgelassen hatten, drängten sich um Janus und das kleine Häufchen von Gardisten, das im Hauptgang zurückgeblieben war, und sie gestikulierten heftig mit den Armen, fragten, was zu tun sei, und flehten sogar um die bestätigende Lüge, daß sie in Sicherheit seien. Janus überragte diese Menschen im Licht der Fackeln, und er beschwichtigte mit tiefer, eindringlicher Stimme Ängste und versuchte nach besten Kräften, in diesem strudelnden Durcheinander von Lärm und Licht Patrouillen zu rekrutieren.

Gil erschien es wie ein dantisches Höllenschauspiel, mit schwerer, samtener Dunkelheit und einem wahllosen Durcheinander flackernder Lichter. *Dem Himmel sei Dank, daß die Festung aus solidem Gestein erbaut ist. Vielleicht überstehen wir die Sache, ohne uns bis zum Morgengrauen selbst zu Brandopfern gemacht zu haben.*

Wenn uns nicht die Dunklen schon vorher erwischt haben, fügte sie in Gedanken hinzu.

Aber Ingold war da, und Gil war es nie wirklich möglich gewesen, Angst zu empfinden, wenn sie sich in der Nähe des Zauberers befand.

So spürte sie nur eine kalte Losgelöstheit, obgleich ihr Blut heftig durch die Adern raste und ihr Körper vor kalter Spannung bebte. Die Abgelöstheit war ebenso eine körperliche wie eine gefühlsmäßige, denn sie stand an Ingolds Seite auf der Treppe vor dem Tor, die dröhnenden

Donnerschläge des bestürmten Stahls im Rücken; niemand würde sich ihnen dort nähern.

Der Lärm im Hauptgang war ohrenbetäubend; die dröhnenden Schläge vermischten sich mit den wilden Schreien der Menschen und stiegen hallend zu den gewaltigen Deckengewölben empor, bis der ganze Gang eine einzige, riesige Echokammer war. Männer und Frauen rannten schreiend durcheinander, zielgerichtet oder ziellos, und das Auf- und Niederhüpfen der Fackeln in ihren Händen war wie das Ausschwärmen von Glühwürmchen in einer Sommernacht. Hinter Gil waren die Schläge der Dunklen gegen die Torflügel wie ein tiefer Widerhall, der ihr durch Mark und Bein ging.

Ingold wandte sich zu ihr um und fragte ruhig: »Ist Bektis hier?« Er sprach vom Hofzauberer des Kanzlers Alwir, dem einzigen Magier in der Festung außer ihm selbst.

»Du machst wohl Witze«, gab Gil murmelnd zurück, denn Bektis war von äußerster Besorgtheit um sein eigenes Wohlergehen geprägt. Ingold lächelte nicht, doch ein kurzes belustigtes Auflitzen in seinen Augen verlieh seinem ganzen Gesicht für einen flüchtigen Augenblick einen jugendlichen Ausdruck. Er verschwand so schnell, wie er gekommen war, und die Linien der Anspannung wurden wieder sichtbar.

»Dann befürchte ich, daß ich keine Wahl habe«, sagte der Zauberer leise. Der bläuliche weiße Lichtschein an seiner Stabspitze tauchte sein Gesicht in Schatten; vielleicht war das Flackern der Fackeln hinter ihm schuld an Gils Eindruck, daß sein Gesicht einen Ausdruck bitteren Selbstvorwurfs angenommen hatte, aber sie wußte es nicht genau zu sagen. »Gil, ich hatte dich nicht darum bitten wollen, denn du verfügst nicht über Zauberkräfte, und die Gefahr ist außerordentlich groß.«

»Das spielt keine Rolle«, entgegnete Gil ruhig.

»Nein.« Ingold betrachtete sie einen Augenblick, und ein seltsamer Ausdruck, den sie nicht deuten konnte, verdrängte die ruhige Gelassenheit in seinem Gesicht. »Nein, für dich natürlich nicht.« Er nahm ihre Hände und legte seinen Stab hinein. Der matte weiße Schein an der Spitze blieb bestehen, obgleich sie weder eine Kraft noch Spannung in dem Stab selbst spürte. Es war bloß Holz, in Jahrzehnten des Gebrauchs geglättet und jetzt warm von seiner Hand. »Das Licht wird möglicherweise schwächer werden, wenn die Dunklen mir zuviel von meiner Kraft entziehen«, warnte er sie. »Aber laß mich nicht im Stich.«

»Nein«, versicherte Gil, erstaunt, daß er diese Möglichkeit überhaupt erwähnte.

Ingold lächelte über den selbstverständlichen Tonfall ihrer Stimme. »Ich behaupte nicht, daß einer von uns beiden die Sache überleben wird«, fuhr er fort. »Aber wenn die Außentore fallen, wird das Innentor wie dünnes Blech nachgeben. Eisfalke!« rief er, und der schlanke junge Offizier löste sich aus der Gardemannschaft um Janus und eilte auf sie zu.

So war die Lage, als Rudy sie erblickte, während er das letzte Stückchen von einer Behelfsleiter, die von einem baufälligen Balkon in der zweiten Ebene herunterführte, hinuntersprang. Sie sahen aus wie Späher in feindlichem Gebiet, eingerahmt von den zuckenden, rußigen Schatten der Torfackeln, die Gesichter in den weißen Schein des Stabes getaucht. Der Lärm am Tor verdoppelte sich, die einzelnen Schläge verschmolzen zu einem ununterbrochenen Ansturm, unter dessen ohrenbetäubendem Donnergetöse die Flügel des Innentores sichtbar erbebten. Rudy stockte der Atem vor Entsetzen.

Jemand in seiner Nähe schrie gellend. Der Eisfalke eilte leichtfüßig, die Zöpfe im Dunkeln weiß auf seinem schwarzen Wappenrock, die Treppe hinauf und begann, die Ringe, die das Innentor verschlossen, herumzudrehen. Der Gedanke an die anstürmende Wut draußen in der Nacht ließ Rudy das Blut in den Adern gefrieren, aber um keinen Preis wäre er nahe genug an das Tor herangegangen, um sie aufzuhalten. Die Torflügel schwangen lautlos in den Angeln nach innen auf; das Dröhnen des Angriffs gegen das Außentor hallte aus dem drei Meter langen Durchgang wie eine heulende Gezeitenwelle herüber. Das schwarze Quadrat klaffte weit offen wie ein gellender Schlund der Dunkelheit und des brüllenden Entsetzens.

Im weißen Kreis des magischen Lichts standen Ingold und Gil wie Liebende beieinander, Zauberer und Kriegerin, die narbenbedeckten geschundenen Kämpferhände auf dem Holz des Stabes verschlungen. Dann sah Rudy, und sein Herz krampfte sich bei dem Anblick zusammen, wie Ingold kehrtmachte und die Treppe hinaufstieg. Gil folgte ihm, den leuchtenden Stab hoch erhoben wie eine Laterne in der Hand.

Das kann sie nicht machen! dachte Rudy verzweifelt und eilte zum vordersten Rand der versprengten, schreckensstarren Menge, die sich im Hauptgang gesammelt hatte. *Sie hat keine eigenen magischen Kräfte. Wenn die Dunklen das Tor stürmen und Ingolds Kraft überfluten, so hat sie ihnen nichts entgegenzusetzen!*

Aber er konnte sich ihnen nicht nähern. Hilflos stand er am Rande der Dunkelheit.

Die Schwärze des Durchgangs rahmte den alten Mann mit dem fleckigen rostbraunen Umhang und das Mädchen in verblichenem Schwarz mit dem weißen Emblem auf der Schulter und dem fahlen Lichtschein über dem Kopf ein. Das Donnergetöse der Macht der Schwarzen umhüllte sie in der tiefen Nacht dieses abgeschiedenen Raums, doch weder Gil noch Ingold blickten zurück. Ingolds Blick war auf das Tor gerichtet, Gils Augen waren, unbeirrbar ruhig inmitten dieses unirdischen Gebrülls, auf Ingolds Rücken geheftet.

Sie ist verrückt, dachte Rudy entsetzt. *Nie, nie, nie . . .*

Ingold war am Ende des schmalen Tunnels angelangt. Im schnell verblassenden Schein des Hexenlichts sah Rudy, wie er die Hände ausstreckte und auf den bebenden Stahl des Außentores legte. Nur wenige Zentimeter Metall trennten ihn von dem unbändigen Blutdurst, der die Nacht draußen vergiftete – trennten die Menschen hier in der Festung von der augenblicklichen, schrecklichen Vernichtung. Das Hexenlicht flackerte und wurde schwächer . . .

Dann sah Rudy die Runen, deren Zauberkräfte in das Tor eingewirkt waren, wie Feuer, das sich von Ingolds Fingerspitzen aus verbreitete. Zuerst schienen sie nur ein schwacher Widerschein, der im Inneren des Metalls schwamm wie ein Schwarm Fische unter der klaren Wasseroberfläche, und nur für den Blick des Zauberers sichtbar. Aber unter Ingolds Berührung wurden sie heller, erwachten zu flackerndem Leben in einem Gewebe leuchtender Wandmalerei, die sich von oben bis unten über die Torflügel und über die Mauern daneben ausbreitete. Sie waren unbegreiflich in ihrer Komplexität, und das Netz wurde dichter und dichter, je mehr dieser feinen Silberfäden schimmernd sichtbar wurden. Das Licht, das von ihnen ausging, zeichnete die Umrisse des alten Mannes silbern nach und tauchte seine narbigen Hände in einen bebenden, phosphoreszierenden Schein. Die Schönheit dieses Anblicks ließ Rudy verstummen, und er vergaß die Gefahr und die Bedrohung, die von den Dunklen draußen ausging. Er beobachtete Ingolds Hände, die über diese schimmernde Galaxis glitten, und seine Berührung rief die eingewobenen Namen alter Magier hervor und zeichnete seinen eigenen Namen in diesem Netzwerk aus Licht nach.

Es war nicht möglich, und doch hörte Rudy ihn über das wilde Tosen hinweg sprechen, seine rauchige, samtene Stimme, die seine Zauberworte des Schutzes und der Abwehr einwoben und dem Tor seine Kraft eingaben. Wie schon zuvor auf dem Weg von Karst herunter spürte Rudy auch hier wieder, wie die Macht der Kraft diesen kleinen Mann erfüllte und einhüllte.

»Was zum Teufel glaubt dieser alte Narr eigentlich, was er da tut?«

Die Worte wurden dicht an Rudys Ohr hervorgestoßen. Er konnte sie kaum verstehen bei dem Höllenlärm am Tor. Er wurde aus seiner Versunkenheit gerissen. Einen Augenblick lang sah er Ingold so, wie ihn ein Nichtzauberer sehen mußte, als alten Mann in geflickter brauner Robe, der allein in der Dunkelheit stand und mit den Fingern imaginäre Muster auf das Tor zeichnete. Dann fuhr Rudy herum und erblickte den Kanzler Alwir an seiner Seite, das Gesicht dunkel und verzerrt vor Wut.

»Er spricht einen Zauber über das Tor!« rief Rudy ihm zu.

Der Kanzler eilte an ihm vorüber und stürmte die Treppe hinauf. »Er wird uns alle umbringen!« Alwir schritt durch die Dunkelheit und das lärmende Tosen, wie ein Mensch, der sich blind gegen den Regen stemmt, dann packte er die Kante des mächtigen Tores, um es zuzuschlagen. Der schwere Stahl gab ohne Schwierigkeiten nach und schwang leicht herum, bis er von einer anderen Hand aufgehalten wurde. Kühl und hochmütig starrte der Eisfalke dem Kanzler in die blauen Augen.

Rudy konnte nicht hören, was zwischen ihnen gesprochen wurde.

Alwirs Gebrüll verlor sich in der tosenden Wut, die aus dem Gang herausdrang, und der Eisfalke hob die Stimme nicht zur Erwiderung. Das aberwitzige Dröhnen war jetzt kaum noch als Geräusch zu bezeichnen, eher als Urgewalt, die alle Geräusche auslöschte. In dem fahlen Lichtschein, der von dem Stab in Gils Hand ausging, hatte die Szene vor dem Tor etwas alptraumhaft Unwirkliches, verschwommen in dem schmutzigen Rot des Fackelscheins. Die beiden schwarzgekleideten Männer, der eine rabenschwarz, der andere hell wie Eis, standen einander stumm gegenüber.

Obwohl Gil im Tunnelgang zwischen den Toren gemerkt haben mußte, was sich hinter ihr abspielte, konnte Rudy nicht einmal eine Drehung ihres Kopfes entdecken. Das Licht des Stabes, den sie hielt, erstarb.

Als Rudy an Alwir und dem Eisfalken vorbei in die Dunkelheit blickte, erkannte Rudy zu seinem Entsetzen, daß das Licht der Runen vollkommen verblaßt war. Ingold stand allein in einer dunklen Höhle von widerhallendem Metall, und die einzigen sichtbaren Zeichen auf dem bebenden Stahl waren die silbernen Linien seines eigenen Zaubers. Und immer noch konnte Rudy sehen, wie er sich in der Dunkelheit bewegte, wie er Zeichen malte, die aufflackerten und dann von der Bosheit der Dunklen verschlungen wurden. Über den rasenden Ansturm der Schläge gegen das Tor hinweg hörte Rudy Alwir brüllen: »Schließt das Tor! Ich befehle Euch, mir aus dem Weg zu gehen und das Tor zu schließen!«

Der Eisfalke musterte ihn mit kalten, farblosen Augen und rührte sich nicht von der Stelle. Hinter ihm war der Tunnel jetzt in vollkommene Dunkelheit getaucht.

Der Kanzler rief etwas mit seiner mächtigen Schlachtstimme, und seine Hand fuhr zum Schwert, riß es aus der Scheide. Metall blitzte in den rötlichen Schatten der Fackeln auf . . .

. . . und das leise metallische Zischen der Schneide in der Luft war so deutlich hörbar wie Musik.

Die plötzlich eintretende völlige Stille in der Halle war wie ein Brüllen in den Ohren. Es war in diesem gewaltigen Saal wie die Stille unter freiem Himmel, im ersten Augenblick nicht einmal unterbrochen von einem Atemzug unter Hunderten von Menschen, die herbeigeströmt waren, um hier im Hauptgang ihre fragwürdige Zuflucht zu suchen. So tief war das Schweigen, das über ihnen allen lag, daß Rudy den weichen, leisen Klang von Ingolds zurückkehrenden Schritten deutlich hören konnte.

Der Zauberer trat, von Gil dicht gefolgt, durch das dunkle Tor. Der alte Mann nahm Alwir die Torkante aus der verkrampften Hand und schob sie sanft zu. Der leise hallende Schlag, als das Tor ins Schloß fiel, setzte sich bis in die hintersten Winkel der verstummten Halle fort.

»Die Tore werden den Dunklen jetzt standhalten.« Wie der Klang des

Tores war Ingolds kratzige Stimme leise, doch sie wurde in alle Winkel getragen. »Es ist möglich, daß sie versuchen, heute nacht noch an anderer Stelle einzudringen, aber . . . ich glaube, die größte Gefahr ist gebannt.«

»Du–törichter–alter–Bastard!« Alwirs volltönende Stimme strich knirschend wie eine Feile über die Worte. »Das Öffnen des Innentores hätte unser aller Tod sein können!«

»Es hätte niemals standgehalten, wenn es den Dunklen gelungen wäre, die Zauberkräfte des Außentores zu brechen«, gab der Zauberer sanft zurück. Sein Gesicht war sehr bleich, und sein Haar war dunkel und matt vom Schweiß, aber nur Gil war nahe genug bei ihm, um zu sehen, daß seine Hände nicht vollkommen ruhig waren. Schweigend reichte sie ihm seinen Stab und blieb dicht neben ihm stehen.

Als Alwir sprach, war seine Stimme schneidend wie ein Peitschenschlag. »Und ist das wieder etwas, worüber Ihr als Zauberer als einziger befugt seid zu urteilen? Haltet Ihr Euch als einziger Zauberer der Festung für berechtigt, jeden Wahnsinnsplan, der Euch in den Sinn kommt, aufzuführen?«

Ingold hob die schweren Lider und richtete seine blauen Augen auf Alwir. »Ich bin nicht der einzige Zauberer«, entgegnete er ruhig. »Fragt Euren Hofmagier Bektis.«

Alwir fuhr herum. »Bektis!«

Er stieß das Wort hervor, wie ein Hundeführer vielleicht eine Peitsche am Stiefel zerbrechen würde, damit sein Hund mit dem Bauch im Schmutz bei Fuß gekrochen käme. Der Hofzauberer löste sich überaus würdevoll aus einer Menschengruppe, die sich vor dem Westtor gesammelt hatte, und eilte herbei, die Goldstickerei auf seinen samtenen Ärmeln vom zuckenden Schein der Fackeln übergossen.

»Ob die Tore nun nachgegeben hätten oder nicht«, erklärte er, indem er sich geziert über den hüftlangen, silbrigen Bart strich, »es wäre vielleicht besser gewesen, Ihr hättet Euch mit anderen beratschlagt, bevor über das weitere Vorgehen entschieden wurde.« Mit hochmütig erhobener Nase blickte er auf Ingold herab. Rudy sah, daß ihm Schweißperlen auf der hohen, gewölbten Stirn standen.

»Das wäre es in der Tat gewesen«, schnurrte eine andere Stimme plötzlich leise und trocken und dünn wie ein Windhauch, der durch Knochen streicht, »wenn Ihr hier gewesen wäret.«

Wie von der Tarantel gestochen, fuhr Bektis herum. Govannin Narmenlion, die Bischöfin von Gae, stieg an der Spitze einer kleinen Einheit der Roten Mönche, der kahlgeschorenen Krieger der Kirche, die Treppe hinauf. Über dem tiefen Blutrot des kirchlichen Gewandes war das Gesicht der Bischöfin hager und knochenhart, ein Totenschädel, in dessen dunklen Augenhöhlen lebendige Kohlen brannten. Nur ihre vollen Lippen verrieten ihr Geschlecht. Ihre rasselnde Stimme übertönte die empörte Erwiderung des Hofmagiers mühelos. »Ich muß Euren Mut loben, Ingold Inglorion. Aber es heißt ja, daß der Teufel die Seinen beschützt.«

Ingold verneigte sich zu ihr hin. »Ebenso wie der Aufrechte Gott, verehrte Dame«, erwiderte er. »Ihr wißt besser als ich, in wessen Händen das Schicksal der Menschen in der Festung liegt.« Er sah aus, als könne er jeden Moment umkippen, doch er hielt dem glühenden, starren Blick gelassen stand, und es war Govannin, die sich schließlich abwandte.

»Und er war nicht der einzige, der sich durch seine Abwesenheit verdächtig gemacht hat, verehrte Bischöfin«, fügte Alwir mit boshafter Liebenswürdigkeit hinzu.

»Das stimmt«, entgegnete die Bischöfin ruhig. »Viele waren nicht auf ihrem angewiesenen Posten. Andere wieder blieben – um ihre Nahrungsvorräte zu bewachen, damit sie nicht in ihrer Abwesenheit geplündert würden.«

Die Brauen des Kanzlers fuhren in die Höhe und senkten sich dann wieder über Augen, die von demselben strahlenden Morgenblau waren wie die seiner Schwester Minalde, jedoch so hart wie die Saphire, die er um den Hals trug. »Geplündert?«

»Oder überprüft«, fuhr die Bischöfin leise fort, »um für spätere – Gelegenheiten vorgemerkt zu werden.« Alwirs Mund verhärtete sich unheilverkündend.

Er holte zum Schlag aus. »Ihr glaubt also wirklich, daß während eines Angriffs der Dunklen . . .«

»Der Glaube muß sich selbst nach besten Kräften schützen«, fiel sie ihm schneidend ins Wort. »Wenn wir uns unsere Unabhängigkeit bewahren wollen, so dürfen wir unser Brot nicht den prüfenden Blicken einer weltlichen Macht aussetzen.«

»Als Herr der Festung habe ich das Recht, zu kontrollieren . . .«

»Herr der Festung!« stieß Govannin verächtlich hervor. »Der Bruder der Statthalterin des wahren Königs, verehrter Herr, und nicht mehr. Ein Mann, der gemeinsame Sache mit Zauberern macht, der die Absicht hat, den Erzmagier, die linke Hand des Satans selbst, hier unter uns zu bringen. Wenn Ihr den Segen des Aufrechten Gottes für Eure Pläne erwartet . . .«

»Der Aufrechte Gott wirkt in vielfältiger Weise«, knirschte Alwir. »Wenn unser Schlag gegen die Dunklen in ihren eigenen Brutstätten gelingen soll, so brauchen wir sowohl die Truppen des Reiches Alketch im Süden als auch die Zauberer des Westen.«

Wie ein Feuerstein schlugen seine Worte Funken aus diesen stahlharten Augen. »Der Aufrechte Gott hat nichts mit den Werkzeugen des Satans zu tun«, zischte sie. »Und auch nicht mit denen, die sich die Hände mit solchem Werkzeug beschmutzen.«

»Wir leben nicht mehr in Zeiten, in denen sich ein Herrscher seine Werkzeuge aussuchen kann.«

»Es gibt Zeiten, die ein Bündnis mit dem Bösen rechtfertigen würden.«

Ruhig faßte Gil Ingold am Arm, und gemeinsam stiegen sie die Treppe hinunter und betraten die Haupthalle des schattenreichen Ganges. Der alte Mann bewegte sich langsam und steifgliedrig und stützte sich schwer auf seinen Stab. Diejenigen, die herangekommen waren, um sich die Gegenüberstellung von Zauberer und Kanzler nicht entgehen zu lassen, wichen vor ihm zurück und machten murmelnd das Zeichen gegen das Böse. Rudy gesellte sich schweigend zu den beiden. Er deutete mit einer Kopfbewegung zu der Bischöfin und dem Kanzler zurück, die sich noch immer stritten, und schüttelte den Kopf. »Ich kann es nicht glauben.«

»Aber Rudy«, sagte Ingold gelassen. »Sie haben nicht den geringsten Beweis, daß ich etwas anderes getan habe, als die ganze Festung durch das Öffnen des Innentores zu Gefahr zu bringen.« Er warf ihm einen belustigten Blick aus seinen eingesunkenen Augen zu

»Aber ich habe die verfluchten Runen gesehen!« brach es aus Rudy hervor. »Sie sind *verschwunden*, gottverdammt!«

»Wirklich?« Gil warf ihm einen neugierigen Blick zu. »Weißt du, ich habe überhaupt nichts gesehen. Ich konnte lediglich – irgend etwas, irgendwelche Kräfte in der Luft spüren. Aber es war nichts als – Dunkelheit um mich herum.«

Hilfesuchend wandte sich Rudy an Ingold. »Natürlich sind sie verschwunden«, erklärte der Zauberer. »Aber du warst der einzige Mensch in der Festung, der es sehen konnte – du und Bektis.«

»Und es wäre Bektis' Stellung angemessen gewesen, wenn er es gesagt hätte«, fügte Gil böse hinzu.

Sie sah müde aus, fand Rudy, und das war wahrhaftig kein Wunder. Nachdem sie von Karst heruntergekommen war und die Schwertübungen mit der Garde aufgenommen hatte, hatte Gil allmählich das Aussehen einer halbverhungerten streunenden Katze angenommen. Er hatte sie nie verstanden, weder als überhebliche, intellektuelle Studentin in Kalifornien noch jetzt, als Kriegerin der Festung. Doch nachdem er sie hinter Ingold gesehen hatte, während er die Heere der Nacht bezwungen hatte, empfand Rudy eine Hochachtung für sie, die beinahe an Ehrfurcht grenzte.

»Auf diese Weise handeln wir Zauberer uns den Ruf ein, exzentrisch zu sein«, fuhr Ingold mit seiner sanften, rauchigen Stimme fort. »Wir tun Dinge, die andere Menschen nicht verstehen, denn wir sehen die Dinge anders und handeln so, wie wir es für angemessen halten. Diejenigen, die nicht über magische Kräfte verfügen, können uns nicht begreifen und müssen uns daher mißtrauen oder, in seltenen Fällen, uns vorbehaltlos trauen. Es ist nicht weiter verwunderlich, daß Zauberer nur wenige Freunde haben und daß diese wenigen anderen Freunde meistens ebenfalls Zauberer sind.« Sie überquerten eine Fußbrücke, und auf dem stillen Ebenholzstrom unter ihnen funkelte Laternenlicht. »Und überdies hat man von schrecklichen Dingen gehört, die denen geschehen sind, die Magier zu Freunden haben.«

Die Menschengrüppchen, die zusammengedrängten Familien und ruhelos umherstreifenden Beobachter, kehrten allmählich, einer nach dem anderen, aus dem Hauptgang in das schwarze Labyrinth der Festung zurück. Aus den Korridoren der unteren Ebenen konnte man die Rufe der Wachposten hören. Alwir und Govannin, jeder für sich von einem Gefolge umringt, kehrten durch den Hauptgang zu ihren Quartieren zurück, und die Gehässigkeit war ihren Stimmen anzuhören, obwohl die Entfernung und der Hall die Worte verwischten. Eine Reihe Gardisten hatte am Tor Stellung bezogen, und ihre gezogenen Schwerter blitzten unheimlich im roten Schein der Fackeln. Der Schrecken ebbte langsam ab. Rudy fragte sich, wie lange es noch bis zur Morgendämmerung war.

»Ich kann mir nicht vorstellen, wie das werden soll, wenn ihr beiden den Erzmagier und den Rat der Zauberer hierher bringt«, fuhr Gil fort, während sie sich den dunklen Gardeunterkünften näherten. »Alwir wird versuchen, sie gegen die Bischöfin aufzubringen, so wie er sich sogar der Truppen des Reiches Alketch bedienen wird, wenn er sie bekommen kann.«

»Ich bezweifle nicht, daß er sie bekommen wird«, entgegnete Ingold ruhig. »Aber da in Alketch praktisch eine Priesterherrschaft besteht, hat er Glück, wenn ihm seine kostbaren Verbündeten nicht die Macht entreißen und der Kirche übergeben. Er braucht Lohiro an seiner Seite, um diese Gefahr auszugleichen, wenn er glaubt, die Brutstätte der Dunklen angreifen und dennoch hinterher über ein Königreich herrschen zu können.«

»Ingold«, sagte Rudy unbehaglich, »ich glaube, ich habe den Erzmagier gesehen.«

Die Aufmerksamkeit des alten Mannes verdichtete sich und konzentrierte sich wie ein Laserstrahl. »Wo? Wie?«

»Hier in der Festung. In diesem komischen Kristall. Ich – ich hatte mich verlaufen.« Der Zauberer hob spöttisch die Augenbraue, sagte jedoch nichts. Zögernd beschrieb Rudy den Raum, den Tisch, den Kristall und das Bild, das er darin gesehen hatte.

Ingold hörte aufmerksam zu, bis Rudy geendet hatte, dann fragte er ihn: »Wo befindet sich dieser Raum?«

»Ich weiß es nicht«, erklärte Rudy verlegen. »Irgendwo auf der zweiten Ebene, das ist alles, was ich weiß.«

Ingold schwieg so lange, daß Gil Zeit hatte, sich zu fragen, welche verborgenen Flüche ihm durch den Kopf gingen. Schließlich seufzte er. »Das ist Lohiro«, sagte er. »Ich habe ihn auch so gesehen, am Strand von Quo entlang gehend. Aber das Ding, von dem du gesprochen hast, habe ich noch nie gesehen.« Sie blieben vor dem Eingang der Gardeunterkünfte stehen. Ingold blickte über die Schulter in die Dunkelheit des Hauptganges zurück. Flackernde Lichter eilten auf hurtigen Geisterfüßen hin und her, wie Gespenster an einem bitter ernsten Halloweenabend. Er wandte sich wieder zu ihnen um. »Ich bin jetzt seit einem Monat, seit der Zerstörung von Gae, auf der Suche nach einer Nachricht, einem Kontakt von Lohiro.«

»Könntest du deine Abreise verschieben?« fragte Gil. »Es dürfte nicht länger als schlimmstenfalls zwei Tage dauern, diesen Raum zu finden.«

Der alte Mann zögerte, offensichtlich hin- und hergerissen. Schließlich schüttelte er den Kopf. »In zwei Tagen werden die Schneestürme von den höhergelegenen Gletschern heruntergekommen sein und den Sarda Paß wieder begraben haben.« Er seufzte. »Wenn wir morgen aufbrechen, wird das die letzte Gelegenheit sein, sie zu den Gebirgsausläufern zurückzutreiben. Danach wird es Wochen dauern, bevor wir hinaus können.«

»Wäre es das nicht wert?« Sie sah sich um, als wolle sie einen Blick auf die rauhe Welt hinter den fensterlosen Mauern der Festung werfen. »Wenn du eine Verbindung zu ihm herstellen könntest, dann könnte er morgen hierher aufbrechen, und ihr würdet die benötigte Zeit um die Hälfte verringern.«

»Vielleicht«, entgegnete der Zauberer ruhig. »Wenn wir den Raum wiederfinden. Und wenn der Kristall wirklich ein Mittel der Kommunikation und nicht nur der Beobachtung ist. Und wenn das Bild, das du gesehen hast, Rudy, nicht nur ein Nachhall längst vergangener Ereignisse oder ein Teil der Trugbilder ist, die Quo umgeben. Wahrsagungen mit Hilfe des Kristalls sind keineswegs eine sichere Angelegenheit. Denk an die Brutstätten der Dunklen in dem Tal nördlich von hier, Gil. Im Feuer und im Kristall erscheinen sie noch immer als verschüttet, obwohl wir beide, du und ich, dort waren und mit eigenen Augen gesehen haben, daß sie schon seit Jahren offen sind. Und überdies«, fuhr er düster fort, »müssen wir vielleicht danach immer noch zu dieser Reise aufbrechen, wenn der Winter mittlerweile unbarmherzig über die Ebenen hereingebrochen ist. Aber ich will dich um den Gefallen bitten, Gil . . .«

Ihre Blicke begegneten sich, und plötzlich lächelte er so reumütig wie ein Schuljunge. »Mir scheint, das ist mein Abend, um alle möglichen Dinge von dir zu erbitten.«

Sie erwiderte sein Lächeln. »Irgendwann werde ich dich auch um etwas bitten.«

Ein schelmischer Ausdruck blitzte kurz in seinen müden Augen auf. »Gott steh mir bei.« Er lächelte. »Wenn wir fort sind und deine Gardepflichten dir die nötige Zeit lassen – dann halt für mich nach diesem Raum Ausschau. Lohiro wird ihn sicherlich sehen wollen, wenn er hierher kommt.«

»In Ordnung«, versprach Gil ruhig.

»Ja, aber sie wird verdammte Schwierigkeiten haben, den Raum zu finden«, wandte Rudy ein. »Ich meine, da sie keine magischen Kräfte hat . . .«

Ingold und Gil wechselten einen raschen Blick, ein kurzes Aufblitzen von Augen im Schein des Stabes, der zwischen ihnen stand. Dann lächelte Ingold wieder. »Das hat sie noch nie aufgehalten.«

Darauf herrschte einen Augenblick lang Schweigen. Dann machte der Zauberer abrupt kehrt und verschwand durch die Tür im Gardequartier.

Gil seufzte und blickte in das zufällige Flirren von Licht und Dunkelheit im Hauptgang zurück. Rudy stellte fest, daß sich auf ihrem Gesicht, wenn es entspannt war, ein Netzwerk feiner Linien um die Augen gebildet hatte, das die zurückhaltende, schlaksige Studentin im roten Volkswagen nicht gehabt hatte. Sie hatten eine lange Nacht hinter sich, die sich nun, gegen Morgen, ihrem Ende zuneigte. Wenn die Dunklen draußen warteten, so warteten sie schweigend.

Nichts ist so schön, wie der Aufbruch zu einer mehr als fünfzehnhundert Meilen langen Wanderung nach nur zwei Stunden Schlaf, dachte er müde und schickte sich an, sich in das Quartier zu begeben und sich um das Packen zu kümmern. Doch dann kam ihm ein anderer Gedanke in den Sinn, und er hielt inne. »He, Gil?«

Sie fuhr aus ihren Gedanken auf und wandte sich ihm zu. Sie blickte ihn mit ihren hellen Schulmeisteraugen an.

»Was würdest du von jemandem halten, der – der einen Menschen verläßt, den er liebt, um etwas zu suchen, wonach er sich sehnt?«

Nachdenklich schwieg Gil eine Weile. »Ich weiß es nicht«, sagte sie schließlich. »Vielleicht liegt das daran, daß ich nicht viel von der Liebe verstehe. Ich sehe Leute aus Liebe handeln, wie sie sagen, aber es ist für mich, als würde ich jemanden beobachten, der aus tiefer religiöser Überzeugung heraus handelt – es ist mir unverständlich. Meine Eltern – meine Mutter – wollten bestimmte Dinge für mich und konnten nicht verstehen, daß ich nichts anderes sein wollte als eine Wissenschaftlerin. Konnten es absolut nicht begreifen, daß ich lieber in einem schäbigen Büro im historischen Seminar der Universität von Los Angeles leben wollte als im vornehmsten Hunderttausend-Dollar-Haus in Orange County. Und sie behauptete, sie würde mich lieben. Immer und immer wieder. Ich bin also kein Sachverständiger in Fragen der Liebe, Rudy. Aber was das Verlassen eines Menschen betrifft für etwas, wonach du dich sehnst . . . Für wie lange verlassen? Wie wichtig ist es für die Person, daß du bleibst? Es ist alles relativ. Alles ist relativ.«

Rudy scheute davor zurück, die Sache beim Namen zu nennen. »Na ja, also wenn du nur wenig Zeit hättest und stündest vor der Wahl, diese Zeit mit der Person zu verbringen, die du liebst, oder von ihr getrennt zu werden für etwas – wonach du dich sehnst. Etwas, wonach du dich mehr sehnst als nach allem anderen auf der Welt, mit Ausnahme dieses geliebten Menschen.«

Gil schüttelte mit einer Kopfbewegung ihren wirren Haarschopf über die Schulter zurück. »Wie kommst du darauf, daß du die Wahl hast?«

Rudy schuckte. »Hmm?«

Ihre Stimme war so kühl und unbeteiligt wie ihre Augen. »Nur ein Zauberer kann die Stadt Quo finden, Rudy. Ingold sind die Dunklen auf den Fersen, der Himmel mag wissen, warum. Er braucht einen anderen Zauberer, der ihm Rückendeckung gibt. Wenn du dich nicht freiwillig bereiterklärt hättest, ihm bei der Suche nach dem Erzmagier zu helfen, wärest du wahrscheinlich von unwiderstehlichen Kräften dazu getrieben worden, Rudy.«

Darauf herrschte langes Schweigen, während Rudy versuchte, das Gehörte zu verdauen. Die Liebe und die Einsamkeit der Verbannung stritten in ihm gegen die brennende Erinnerung an jenen ersten Augenblick der Erkenntnis seiner Kraft, den Augenblick, als er Feuer aus der Dunkelheit erzeugt hatte. Das gleichzeitige Verlangen nach Liebe und Kraft überrollte ihn wie eine Flutwelle mit einem Wirrwarr an Erinnerungen: Ingold in einem leuchtenden Runengewebe; die dunkle Tiefe von Minaldes aufmerksamen Augen; und die Bewegung der schimmernden Wellen, die über einen halb versunkenen Totenschädel hinwegrollten.

Doch im Grunde hatte das alles keine große Bedeutung. Er würde gehen, weil es von ihm verlangt wurde.

»Du hast eine fantastische Art, die Dinge auszudrücken, Schreckschraube«, murmelte er müde.

Gil zuckte die Achseln. »Bücherwissen«, erklärte sie. »Verdirbt den Verstand. Geh und schlaf ein bißchen. Du hast morgen einen langen Fußmarsch vor dir.«

Es war ein kleines und sehr müdes Häuflein, das sich drei Stunden später in der kalten, grauen Morgendämmerung auf der Treppe der Festung versammelte. Während er zähneklappernd neben Ingold im schneeverhangenen Morgenlicht stand, überlegte Rudy, daß es gelegentlich besser war, überhaupt keinen Schlaf zu haben als zu wenig. Soweit er wußte, hatte sich Ingold gar nicht hingelegt. Jedesmal, wenn er in den wirren, verbliebenen Stunden der Nacht aufgewacht war, hatte er den alten Mann an der Feuerstelle sitzen sehen, den Kopf eingehüllt von den dämonischen Schwaden seines übelriechenden Tees, den Blick starr auf den Kristallsplitter geheftet, den er bei sich trug, während Gil und der Eisfalke in ihrer gewohnten, schweigenden Zielstrebigkeit die Vorräte für die Reise zusammentrugen.

Nach drei sturmgepeitschten Tagen lag das Renwethtal trostlos und unter Schneemassen begraben da wie ein weißes, wellenbedecktes Meer, das sich an den schwarzen Klippen des umliegenden Gebirges brach. Im Westen stieg das flache Band der Straße hinauf zu der dunklen Kerbe des Sarda Passes, der fast verborgen in einer dichten, grauen Wolkendecke lag; im Osten wand sich die Straße abwärts durch ein Gelände, das noch vor einer Woche aus in Sonnenschein getauchten hohen Wiesen und verstreuten Baumgruppen bestanden hatte, hinaus aus dem Tal, vorbei an der zerstörten Brücke, die über die Schlucht des Pfeilflusses führte, in die von Dunklen heimgesuchte Tiefebene des Pfeilflusses. Im Norden stieg das bewaldete Land zwischen den schroffen Felsen der Ostwallkette und dem gewaltigen Massiv des Schneegebirges Meile um Meile auf wie ein Fjord, um sich weiter oben mit der kalten Wiesenfläche der Baumgrenze und den weißen Felswänden, wo die Gletscher beginnen, zu vereinigen.

Um die Festung herum waren Klumpen von Schnee und losgerissener Erde durch den heftigen Ansturm der Dunklen aufgewühlt worden und lagen Hunderte von Metern von den Mauern entfernt verstreut wie ausgespiene Lava eines erstarrten Vulkans. Die Mauern selbst waren unberührt, das schwarze Tor, das unter dem wütenden Ansturm der Dunklen gedröhnt hatte wie ein gewaltiger Gong, ohne einen Kratzer.

Der Wind fauchte durch das Tal und heulte in den Bäumen. Rudy schauderte in seinem klammen Umhang und fragte sich, ob ihm jemals wieder warm werden würde. Neben ihm sagte der Eisfalke gerade zu Ingold: »Ich hoffe, ihr habt Schaufeln eingepackt, falls ihr euch nicht in Adler verwandeln und über den Sarda Paß fliegen wollt. Der Winter hat gerade erst begonnen, und es heißt, Gettlesand auf der anderen Seite des Gebirges ist bereits von hohem Schnee bedeckt.«

Selbst als unbedarfter Neuling in der Kunst der Zauberei wußte Rudy, daß nur wenige Magier es gewagt hätten, sich in die Gestalt eines Tieres zu verwandeln, und jedenfalls nur im äußersten Notfall. Aber für einen Nichtzauberer war Magie gleich Magie, und von außen betrachtet, sah die Verwandlung in eine andere Gestalt auch nicht anders aus als die einfache Erzeugung von Trugbildern. Auf der anderen Seite dachte Rudy sehnsüchtig daran, wie gut es wäre, ein Schneemobil herbeizaubern zu können.

Der Eisfalke fuhr mit der gleichen tonlosen Stimme leichthin fort: »Ich nehme an, daß meine Reise einfacher sein wird – vorausgesetzt, daß mir mein Pferd nicht gestohlen wird.«

»Deine Reise?« fragte Gil erstaunt.

Die hellen Augenbrauen hoben sich ein winziges Stückchen.»Hast du es noch nicht gehört? Ich bin ausgewählt worden, mit dem Brief unseres Herrn Alwir an den Kaiser in den Süden nach Alketch zu reiten und ihn um die Hilfe seines Heeres zu bitten.«

Ingold legte Gil die Hand leicht auf die Schulter, um ihrem erbosten Einwand zuvorzukommen. »Es war eine einleuchtende Wahl«, erklärte er ruhig. »Alwir hat den Boten mit den größten Überlebenschancen ausgesucht.«

Der zufällig der gleiche Mann ist, der ihn letzte Nacht daran gehindert hat, dir das Tor vor der Nase zuzuschlagen, fügte Rudy in Gedanken hinzu. Aber ebenso wie Gil sagte er nichts weiter.

Gelassen kramte Ingold in seinen weiten Gewändern und brachte schließlich einen kleinen, abgegriffenen Gegenstand aus geschnitztem Holz zum Vorschein und reichte ihn dem Gardeoffizier. »Ich vertraue dich ihm an«, sagte er. Der Eisfalke nahm es und drehte es neugierig in den Fingern. Es war dunkel und rauchgeschwärzt und offenkundig alt. Rudy hatte den Eindruck, daß es geformt war wie ein lebendiges Wesen, doch es war weder eine menschliche Gestalt noch die eines Tieres, das er gekannt hätte. »Es trägt die Rune des Schleiers«, erklärte Ingold, »die Rune, die den Geist und die Augen ablenkt. Es wird dich keineswegs unsichtbar machen, aber vielleicht ist es dir auf deiner Reise von Nutzen.«

Der Eisfalke neigte zum Dank den Kopf, während Ingold seine abgetragenen blauen Handschuhe anzog und sich einen drei Meter langen grauen Wollschal um den Hals wickelte, so daß die Enden wie Fahnen im eisigen Wind flatterten. Ein Schwarm Hirtenkinder kam um die Ecke der Festung gerannt, Waisen, die mit dem Hüten der Tiere betraut worden waren. Die meisten von ihnen liefen ziellos und brüllend vor Lachen durcheinander und bewarfen sich mit Schneebällen, als hätten sie nicht in der Nacht noch Versteck mit dem Tod gespielt. Aber zwei von ihnen führten einen Esel zwischen sich, ein mageres, armseliges Tier, das auf seinen Flanken des Brandmal des Glaubens, ein Erdenkreuz, trug. Der Esel stellte einen großen Sieg Alwirs und Ingolds dar, denn der größte Teil der Viehbestände der Festung gehörte der Kirche. Rudy vermutete, daß Govannin dem Tier den Teufel ausgetrieben und den Segen über ihm gesprochen hatte.

In der Dunkelheit des Tores tauchten noch weitere Schatten auf. Alwir trat, dunkel, vornehm und makellos wie die Festungsmauern, in das fahle Morgenlicht, gefolgt von Janus, Melantrys, Gnift und Tomec Tirkenson, der in wenigen Tagen selbst mit seinem Gefolge, seinen Herden und seinen Soldaten aufbrechen würde, um den langen Heimweg über den Paß nach Gettlesand anzutreten. Von Govannin, der Bischöfin von Gae, war nichts zu sehen. Getreu ihren Worten, wollte sie mit den Werkzeugen des Satans nichts zu tun haben und ihr Vorhaben nicht durch ihre Anwesenheit unterstützen.

Ingold löste sich aus der Gruppe seiner Freunde und stieg die Treppe hinauf, dem Kanzler entgegen. Worte wurden an Rudys Ohr geweht, Alwirs Stimme tief und melodisch, Ingolds Erwiderung warm und rauchig. Er warf Gil einen verstohlenen Blick zu und stellte fest, daß ihre Miene hart und verbissen war, ihre Augen schmal und kalt. Er spürte die Spannung, die von ihr ausging, wie Rauch – Kummer und Sorgen und Angst. *Und warum auch nicht, zum Teufel*? dachte er. *Wenn der alte Mann draußen in der Ebene das Zeitliche segnet, dann steht ihr ein langer Aufenthalt bevor.*

Uns beiden. Der Gedanke machte ihm Angst.

»He, Schreckschraube?«

Sie warf ihm einen finsteren Blick zu.

»Paß auf dich auf, während wir weg sind, ja?«

Sie zwang sich augenscheinlich, sich zu entspannen, und es gelang ihr auch ein wenig. »Ich bin nicht diejenige, die auf sich aufpassen muß«, entgegnete sie. »Alles, was ich tun muß, ist ruhig dasitzen und darauf achten, daß die Tür zu ist.«

Rudy lag es auf der Zunge, sie darum zu bitten, für ihn auf Alde aufzupassen, doch bei tieferem Nachdenken konnte er sich nicht vorstellen, daß eine so zähe, nüchterne Person wie Gil mit der schüchternen, zurückgezogenen Minalde auskommen konnte.

Gil seufzte. »Gute Reise, Spinner«, fügte sie hinzu. »Dreh nicht durch und verwandel dich nicht in einen Frosch.«

»Ich glaube, zum gegenwärtigen Zeitpunkt würde ihm nicht einmal das gelingen«, erklärte Ingold, der gerade wieder auf sie zukam, weise. Die Herren der Festung verschwanden wieder in den Schatten des Tores. Nach einer Weile folgte der Eisfalke ihnen, und sein dunkler Umhang wirbelte den Pulverschnee auf, der die Stufen bedeckte. »Im Augenblick ist er ganz harmlos.«

»Tausend Dank«, brummte Rudy.

»Genieß es«, sagte Ingold drängend. »Es hat eine Menge für sich, wenn man nicht in der Lage ist, diejenigen, die man liebt, unbeabsichtigt zu vernichten. Und mit Sicherheit wirst du nicht mehr harmlos sein, wenn wir zurückkommen, sofern wir zurückkommen.«

»Ihr zwei«, seufzte Rudy, »seid die schlimmsten beiden Pessimisten, die mir je im Leben begegnet sind. Kein Wunder, daß ihr so gut miteinander auskommt.«

Gil und Ingold machten unbewußt Front gegen den gemeinsamen Gegner. »Die klare Beurteilung der Situation«, erklärte Ingold, »wird oft mit Pessimismus verwechselt.«

»Man darf beides nicht miteinander verwechseln«, fügte Gil hinzu.

»Eines Tages werde ich dir den Unterschied erklären.«

»Danke«, sagte Rudy finster. »Ich freue mich schon darauf.«

Er machte kehrt und schickte sich an, die Treppe hinunterzusteigen. Einen Augenblick lang standen Ingold und Gil allein vor dem Tor der Festung, doch Rudy nahm dem Anführer der Hirtenkinder die Zügel des Esels aus der Hand und sah daher nicht, was sich zwischen den beiden abspielte, wenn sich überhaupt etwas abspielte. Einen Augenblick später kam der Zauberer zu ihm herunter und stemmte sich gegen den schneidenden Wind, während er sich fester in seinen dunklen Umhang hüllte. Während sie sich einen Pfad über den verschneiten Weg zur Straße pflügten, die sie über den Sarda Paß führen würde, warf Rudy einen Blick zurück. Er sah Gil auf der Treppe stehen und ihnen nachsehen, die narbenbedeckten Hände im Schwertgürtel eingehakt. Ein eisiger Windstoß trieb ihm den Schnee in die Augen; er glaubte, noch eine weitere Gestalt, klein und in schwarzem Umhang, im Schatten des gewaltigen Tores stehen zu sehen; doch als er wieder hinsah, konnte er keine Spur mehr von ihr entdecken.

Drittes Kapitel

Für den Rest seines Lebens waren die Erinnerungen an die Reise nach Quo für Rudy mit der Erinnerung an den Wind verknüpft. Er hörte niemals auf. Er war ein ebenso untrennbarer Bestandteil dieser flachen, braunen, eintönigen Welt wie die endlosen Wellen trockenen Grases und die kahle, ungebrochene Linie dort, wo die dunkle Ebene und der wolkenverhangene Himmel in einer Unendlichkeit der Kälte und Leere aufeinandertrafen. Der Wind wehte beständig aus dem Norden und war so bitter kalt wie der Frosthauch des unendlichen Universums. Er fegte von den großen Eisflächen herunter, wo, wie Ingold erklärte, die Sonne tausend Jahre lang nicht geschienen hatte und nicht einmal das dickfelligste Mammut überleben konnte. Er raste brüllend über die Ebenen hinweg wie ein Fluß, der Hochwasser führt, und er drang ihnen durch Mark und Bein. Ingold sagte, er könnte sich an keinen Winter erinnern, in dem der Wind so kalt und ununterbrochen geweht hätte, und auch nicht daran, daß der Schnee schon einmal so weit südlich gefallen wäre. Weder er noch irgend jemand, mit dem er gesprochen habe, könne sich an dergleichen erinnern.

»Wenn es gewöhnlich auch nur halb so schlimm ist, dann wundert es mich nicht, daß wir keinem Menschen begegnet sind«, bemerkte Rudy und drängte sich so dicht an ihr vom Wind niedergedrücktes Lagerfeuer, wie es ihm möglich war, ohne sich selbst in Flammen zu setzen. Sie hatten ihr Lager in einer wellenförmigen Bodensenke aufgeschlagen, in der Ingold das Suhlloch eines Tieres – eines Bisons oder Gelbus – erkannte. »Selbst ohne die Dunklen wäre dieser Teil des Landes ein ungemütlicher Ort, um hier sein Leben zu fristen.«

»Es gibt einige, die es dennoch tun«, entgegnete der Zauberer, ohne den Blick zu heben. Der Wind verwehte die Flammen ihres Feuers zu kurzen, gelben Bändern, die am Staub leckten. In dem unruhigen Lichtschein waren nur die Vorsprünge in seinem eigenartig verschwiegenen Gesicht zu sehen – die Nasenspitze, die weit auseinanderliegenden, abgeflachten Dreiecke seiner Wangenknochen und der schmale, verschlossene Mund. »Das Land hier ist zu hart für den Pflug und zu trocken, um es regelmäßig zu bestellen; aber im Süden und draußen in der Wüste gibt es Siedlungen von Silberminenarbeitern, und hier, dicht am Gebirge, liegen die Vieh- und Pferdeweiden des Reiches. Die Bewohner der Ebene sind ein harter Schlag«, erklärte er, und seine kräftigen

Finger drehten an den Blättern der Süßwasserpappelzweige, die er zu einem Strang flocht. »Und ihnen bleibt auch nichts anderes übrig.«

Rudy beobachtete, wie er die Pflanzen miteinander verwob, und unterschied im zuckenden Feuerschein die Umrisse der Samen, Blütenblätter, Blätter, Hülsen und Staubgefäße. Auf diese Weise konnte er die Pflanze benennen und rief sich ins Gedächtnis zurück, was Ingold über ihre heilenden Eigenschaften erzählt hatte. »Befinden wir uns immer noch im Reich Darwath?« erkundigte er sich.

»Offiziell ja«, erwiderte Ingold. »Die großen Landherren der Ebenen hatten dem Hohen König in Gae einen Treueeid geleistet – tatsächlich erstreckt sich das Reich als gesetzgebende Einheit bis zum Westlichen Ozean, denn der Fürstbischof von Dele empfängt – empfing – die Gesetze aus Gae. Aber Gettlesand und die Länder, die an Alketch angrenzen, führen seit langer Zeit Krieg gegen das Kaiserreich im Süden, und ich bezweifle, daß der Bruch zu kitten ist, gleichgültig, welche Politik Alwir auch verfolgen mag.« Er blickte auf, ein kristallblauer, heller Schimmer zwischen den Schatten seiner Kapuze und dem Schal, der seine untere Gesichtshälfte bedeckte, und der Feuerschein lag rotgolden auf seinen langen, geraden Wimpern. »Aber wie du siehst«, fuhr er fort, »sind die Ebenen selbst nahezu menschenleer.«

Rudy wählte einen langen Stock und stocherte in dem kleinen Feuer herum. »Wie kommt das? Ich meine, ich sehe hier all diese Tiere, Antilopen, Bisons und unvorstellbar viele verschiedene Vogelarten. Man könnte in diesem Teil des Landes ganz gut davon leben.«

»Man könnte«, pflichtete ihm Ingold sanft bei. »Aber es ist ein leichtes, in den Ebenen umzukommen. Hast du jemals einen Eissturm erlebt? Es gibt ihn gelegentlich im Norden. Ich bin einmal in der Umgebung der Weißen Seen auf die Überreste einer Mammutherde gestoßen, Fetzen gefrorenen Fleisches, verstreut im mannshohen Schnee. Die Tiere waren buchstäblich in Stücke gerissen worden von der höllischen Gewalt des Sturmes. Ich habe gehört, daß die Kälte im Zentrum dieser Sturmwinde so groß ist, daß grasende Tiere mit einer solchen Geschwindigkeit steiffrieren, daß sie nicht einmal umfallen, sondern, zu Eis erstarrt und halb im Schnee vergraben, die Blumen, die sie gerade gefressen haben, noch gefroren im Maul, stehen bleiben. Und die Stürme brausen ohne jede Vorwarnung aus blauem Himmel herunter.«

»Das muß die Grundstückspreise natürlich verderben«, stimmte Rudy schaudernd zu. Aber etwas Unbestimmtes regte sich in seinem Gedächtnis, etwas, das er gelesen oder das ihm jemand vorgelesen hatte . . . Wild Davids Karosseriewerkstatt in Fontana fiel ihm wieder ein, er selbst auf dem aufgeworfenen Sitz aus zerschlissenem Kunststoff und schmieriger Polsterung von Davids altem Drehsessel, in alten, verrotteten Nummern des Reader's Digest blätternd, während eine Gruppe von Motorradfahrern der Umgebung fluchend darüber stritt, was er auf den Tank der Harley von irgend jemandem pinseln sollte . . .

»Und wenn du auch die Auswirkungen eines Eissturmes noch nicht gesehen hast«, fuhr Ingold fort, »so kennst du doch das Werk der Weißen Räuber aus eigener Anschauung.«

Blitzartig überfiel Rudy die fast körperliche Erinnerung daran – die süße Schwere des bunt schimmernden Nebels im Flußtal unterhalb von Karst, und der säuerliche Geschmack der Übelkeit in der Kehle. Die Rauchschwaden in der Nebelluft, die blutigen Überreste dessen, was einmal ein menschlicher Körper gewesen war, das krächzende Gelächter der Rabenkrähen und Ingold, wie ein grauer Geist in dem zinnfarbenen Licht, das Gewand von Trautropfen gesäumt, einen blutigen Lederriemen in der Hand, wie er zu Janus sagte: »Das ist das Werk der Weißen Räuber.«

Rudy schauderte. »Wer sind die Weißen Räuber?« fragte er.

Der alte Mann zuckte die Achseln. »Was soll ich dir darüber erzählen?« entgegnete er. »Sie sind das Volk der Ebenen, die Könige des Windes. Es heißt, daß sie früher einmal nur im hohen Norden beheimatet waren, auf weiten Wiesen am Rande der Eisfelder. Aber inzwischen machen sie alle nördlichen Ebenen unsicher und suchen sogar, wie wir gesehen haben, die Flußtäler im Herzen des Reiches heim.«

Am Rande des engen Lichtkreises schnaubte und stampfte der Esel, dem Rudy den Namen Che Guevara gegeben hatte, unruhig bei irgend einem Geräusch in der nächtlichen Ferne und legte die langen Ohren zurück. Aus der Ferne hörte Rudy das Heulen der Präriewölfe. »Weißt du«, sagte er mit gespielter Gleichgültigkeit, »ich glaube nicht, daß ich auf dem Weg von Karst herunter jemals wirklich einen Weißen Räuber gesehen habe. Ich wußte, daß sie dem Konvoi folgten, aber ich habe keinen je zu Gesicht bekommen.«

»Nun, sie sind außerordentlich gefährlich, wenn man sie nicht sieht.« Ingold lächelte. »Und du irrst dich in jedem Fall. Du hast einen gesehen. Der Eisfalke ist ein Weißer Räuber.«

Natürlich, dachte Rudy, den die Tatsache, daß die Weißen Räuber nicht aussahen wie die Sioux oder die Hunnen, mehr erstaunte als die Neuigkeit, daß der Eisfalke unter dem dunkelhaarigen, blauäugigen Volk der Wath ein Fremder war. Und jetzt, als er darüber nachdachte, fiel ihm ein, daß der Eisfalke nicht dem Glauben der Bischöfin Govannin anhing; jedenfalls hatte er nur verächtlich die Nase gerümpft, als Gil ihn danach gefragt hatte. Rudy fiel wieder das Bauernhaus im Nebel ein . . .

»Das ist der Hauptgrund, warum Alwir ihn für die Mission in Alketch ausgewählt hat«, fuhr Ingold fort, während er die Pflanzen beiseite legte und sich erhob. »Von allen Menschen hat ein Weißer Räuber die größte Chance, die Reise lebend zu überstehen.« Er nahm seinen Stab auf und schickte sich an, seinen gewohnten kurzen Kontrollgang um ihr Lager zu machen, bevor er sich zur Wache niederließ.

»Ja, aber wenn er zu den Feinden gehört, wie kommt es dann, daß er Gardeoffizier geworden ist?« fragte Rudy unsicher, und Ingold, der im

Begriff war, sich abzuwenden, hielt in der Bewegung inne, ein dunkler, undeutlicher Schatten vor dem helleren Sand der Böschung hinter ihm.

»Was ist schon ein Feind?« Seine rauchige Stimme schien körperlos aus der Dunkelheit zu dringen. »Die unterschiedlichsten und merkwürdigsten Menschen stoßen zur Garde. Ich bin sicher, daß der Eisfalke es dir erzählen würde, wenn er wollte, daß du es weißt.« Und obgleich Rudy keine Bewegung des Zauberers erkennen konnte, schien er vor seinen Augen zu verblassen.

Rudy schüttelte verwundert den Kopf. Ingold konnte der am wenigsten sichtbare Mensch sein, dem er je begegnet war. Sichtbar, wenn er gesehen werden wollte, und ansonsten nahezu unsichtbar. Rudy wußte, es lag nicht daran, daß er besonders menschenscheu war. Der Zauberer beobachtete die Welt wie ein Jäger hinter einem unsichtbaren Schirm; Tarnung schien ihm zur zweiten Natur geworden zu sein. Rudy fragte sich, ob alle Zauberer ihm darin glichen.

Er kauerte sich dicht an das kleine Lagerfeuer. Die Nacht war so kalt, daß er selbst in einer Entfernung von zwölf Zentimetern nur wenig von der Wärme des Feuers spürte. Holz wurde allmählich rar auf der baumlosen Ebene, und sie verbrannten Gestrüpp und Büffeldung. Anders als ein flackerndes Holzfeuer brannte der Dung in ruhiger, kirschroter Glut, und das Innerste des Feuers war wie ein bernsteinfarbener Brunnen wabernder Hitze. In diesem Brunnen nahmen unter seinem müßigen Blick Bilder Gestalt an – die diamantene Dunkelheit von Aldes Kammer in der Festung, in der eine goldene Lichtkugel rein und wunderbar wie eine Lichtfrucht oder ein musikalischer Ton um die Kerzenflamme schwebte, und Minaldes Gesicht, über ein Buch gesenkt, das Schimmern einer Träne auf ihrer Wange.

Obgleich er ziemlich sicher war, daß die Träne nicht ihm galt, sondern dem Schicksal der Heldin in ihrem Buch, sehnte er sich doch schmerzlich danach, bei ihr zu sein und sie zu trösten. Zuerst hatte er sich gescheut, ihr Bild auf diese Weise in den Flammen zu suchen, weil er ihr nicht nachspionieren wollte. Doch sein Verlangen, sie zu sehen, zu wissen, daß es ihr gut ging, war stärker gewesen als seine Bedenken. Er fragte sich, ob Ingold es wußte.

Ob Ingold wohl jemals das Bild einer Frau, die er liebte, in den Flammen gesucht hatte?

Wind zerrte plötzlich an den Flammen, löschte das Bild aus ihrem Innern. Wie Seidenbänder in einem Wirbelsturm wurden sie erst in die eine, dann in eine andere Richtung fortgerissen . . . Und Rudy stellte fest, daß der Wind nicht aus dem Norden kam.

Er kam aus keiner bestimmten Richtung – dünn, kalt, schwingend. Vom Licht geblendet, hob er den Blick zum Himmel; doch als sich seine Augen endlich an die Umgebung gewöhnt hatten, sah er nur den Schrecken der Dunkelheit. Er war im Begriff, aufzuspringen, als eine ruhige Stimme hinter ihm sagte: »Bleib, wo du bist.«

Irgendwo in der Dunkelheit sah er die flatternden Enden eines Schals und das Glitzern von Augen. Ein weiterer Windstoß wirbelte das Feuer auf, und das wiederentfachte Licht spiegelte sich im glasig grünen Blick des Esels und hob die Umrisse von Ingolds Mantel hervor. Als Rudy wieder zum Himmel aufblickte, sah er sie, schwarz vor dem Schwarz des bewegten Himmels, eine geschmeidige Wellenbewegung und das Glitzern von Klauen und feuchttriefenden, glänzenden Rücken. Die Dunklen schwebten wie eine Wolke gegen den Wind Richtung Norden.

Rudy merkte, daß seine Hand an den Schwertgriff gefahren war, und lockerte den Griff langsam, während sie weiterflogen. Sein Herz hämmerte rasend, und seine Haut fühlte sich eiskalt an. »Wir haben Glück gehabt«, flüsterte er.

»Also wirklich, Rudy.« Ingold trat aus der Dunkelheit zu ihm. »Das hatte mit Glück nichts zu tun.«

»Willst du damit sagen, daß du uns unsichtbar gemacht hast?«

»Oh, nicht unsichtbar.« Der Zauberer ließ sich am Feuer nieder und legte den Stab in Reichweite auf den Boden. »Ich habe lediglich verhindert, daß sie uns bemerken.«

»Hm?«

Ingold zuckte die Schultern. »Sicherlich ist es dir auch schon einmal passiert, daß du jemanden nicht bemerkt hast? Vielleicht hast du gerade den Kopf abgewandt oder warst für einen Augenblick von etwas anderem abgelenkt, hattest deine Schlüssel fallengelassen oder mußtest niesen. Es ist ganz einfach, so etwas herbeizuführen.«

»So, daß es allen gleichzeitig passiert?« Ein solcher kollektiver Mangel an Wachsamkeit hatte etwas Erschreckendes.

Ingold lächelte. »Selbstverständlich.«

Rudy schauderte. »Das waren die ersten Dunklen, die wir in der Ebene gesehen haben, weißt du das?«

»Selbstverständlich.« Der Zauberer kramte in einer seiner vielen Taschen nach dem angegilbten Kristall, in dem er die Bilder ferner Ereignisse zu suchen pflegte. »Ich habe allen Grund anzunehmen, daß uns diese Dunklen bereits folgen, seitdem wir das Gebirge hinter uns gelassen haben, oder daß sie zumindest die Straße durch die Ebene überwachen.«

»Du meinst, sie haben nach uns Ausschau gehalten?«

»Ich weiß es nicht.« Der Zauberer warf ihm über den trüben Feuerschein hinweg einen Blick zu. »Denn wenn es so wäre, würde das bedeuten, daß sie wissen, daß unsere Verbindung zu den Zauberern von Quo abgebrochen ist.«

»Aber woher sollten sie das wissen?«

Ingold zuckte die Achseln. »Woher wissen sie überhaupt irgend etwas?« fragte er. »Auf welche Weise erkennen sie Dinge? Was ist das Wesen ihres Wissens? Sie besitzen eine vollkommen fremdartige Intelligenz, Rudy, die dem Muster menschlichen Denkens selbst fremd ist.«

Rudy schwieg einen Augenblick. Dann sagte er: »Aber ich bin der Meinung, daß sie am ehesten erfahren konnten, daß unsere Verbindung zu Quo abgebrochen ist, wenn sie wissen, was mit den Zauberern dort geschehen ist.« Er warf einen zögernden Blick über die Flammen hinüber. »Verstehst du?«

»Ich verstehe«, erklärte der alte Mann, »und ich würde dir zustimmen, bis auf einen Punkt. Ich weiß nicht, was Quo widerfahren ist, noch wie es den Dunklen gelungen ist, die Zauberer dort in der Belagerung zu halten. Aber wenn Lohiro tot wäre, wüßte ich es. Ich würde es fühlen.«

»Was glaubst du also, was geschehen ist?« fragte Rudy hartnäckig.

Aber auf diese Frage wußte Ingold keine Antwort.

Und auch die wenigen versprengten Flüchtlingsgruppen, denen sie begegneten und die auf dem Weg in den Norden gegen den schneidenden Wind ankämpften, wußten keine Antwort darauf. Tagelang streiften die Wanderer mutterseelenallein durch ein Universum von braunem, wogendem Gras und seichten Wassertümpeln – Wasser, das vom Regen wie gehämmertes Silber aufgewühlt oder öfter noch zu fahl schimmernden Eisflächen gefroren war. Aber zweimal begegneten sie in diesen ersten paar Wochen den nicht mehr sehr zahlreichen Überresten von Familien oder Dorfgemeinschaften, die auf der Flucht waren vor Kälte, Angst und Dunkelheit. Die Geschichten, die diese Männer und Frauen erzählten, waren immer dieselben: sie handelten von kleinen Wesen, die sich durch kalte Schornsteine hinunterzwängten oder zwischen den Fenstergittern hindurchkrochen, von riesigen Wesen, die Türen aus den Angeln rissen oder Steinmauern mit der geballten Wut aller Teufel der Nacht einrissen, und von eiskaltem, richtungslosem Wind und verstreuten, bleichen Knochen auf der Erde.

»Und Zauberer?« fragte Ingold jene, die um den schwachen Schein des Lagerfeuers herumsaßen.

»Zauberer.« Eine dicke, muskulöse Frau mit einem Gesicht wie eine lederhäutige Kartoffel, spie verächtlich ins Feuer. »Hat ihnen oder uns viel genützt, ihre Zauberei. Ich habe mit einem Studenten aus Quo gesprochen. Sie sind alle verschwunden, versteckt, verschanzt in einem magischen Ring, und sie haben uns unserem Schicksal überlassen. Wir werden sie erst wiedersehen, wenn die Dunklen verschwunden sind.«

»Wirklich?« entgegnete Ingold, indem er seine Päckchen mit Medikamenten einwickelte und verstaute. Er hatte sich für die Gastfreundschaft der Gruppe innerhalb ihres notdürftigen Wachkreises erkenntlich gezeigt, indem er ihre Wunden, die ihnen in Kämpfen mit den Dunklen oder den Weißen Räubern geschlagen worden waren, oder die Folgen ihrer Erschöpfung heilte. »Wann war das?«

Sie zuckte die Achseln. »Es ist Monate her«, erklärte sie. »Er hat eine Nacht bei uns verbracht. Am nächsten Morgen haben wir seine Knochen mit denen meines Mannes begraben. Haben seinen Namen nie erfahren.«

»Geflohen, das ist meine Meinung«, brummte das Oberhaupt der Sippe. Er musterte sie im Feuerschein mißtrauisch mit seinen für Gettlesand-Bewohner typischen grünen Augen, fragte sie jedoch nicht, warum sie allein unterwegs waren und westwärts zogen in diesen schlimmen Zeiten. »In den Süden geflohen, in den Dschungel und zum Kaiser von Alketch.«

Ingol horchte überrascht auf. »Wo habt Ihr das gehört?«

Der große Mann schüttelte den Kopf. »Es leuchtet einfach ein«, erklärte er. Weit draußen in der Ebene erhob sich der dünne, silbrige Chor der Wölfe und heulte den Mond an. Die Lagerwachen regten sich und schätzten ihre Entfernung; in der Nähe brüllte ein Ochse angstvoll auf und stemmte sich klirrend gegen seine Kette. »Es gibt keine Dunklen in Alketch, heißt es. Aber ich würde lieber als freier Mensch sterben als dort leben.«

»Was soll das heißen, in Alketch gibt es keine Dunklen?« fragte Rudy überrascht.

»Man sagt es«, erklärte der Patriarch. »Aber meiner Meinung nach verbreitet der Kaiser dieses Gerücht, um billige Sklaven zu bekommen.«

Die zweite Gruppe, der sie viele Tage später begegneten, war wesentlich kleiner. Sie bestand aus zwei Männern und ein paar mageren, flachshaarigen Kindern, den einzigen Überlebenden aus einer Siedlung von Silberminenarbeitern. Die Kinder beobachteten sie mit mißtrauischen Blicken durch wirre Strähnen hellen Haars hindurch und stahlen ein Beil und ein Paket Haferflocken, als Rudy ihnen den Rücken kehrte. Doch auf Ingolds Frage nach Zauberern sagte der älteste von ihnen nur: »Tot, nehme ich an.«

»Warum sagst du das?« fragte Ingold freundlich.

Der Junge sah ihn müde und verächtlich an. »Sind das nicht alle?«

»Irgendwie ist es nicht verwunderlich«, sagte Ingold später, als er an Rudys Seite durch das trockene, seidige Meer von rauschendem Gras weiter westwärts trottete. In den Büffellöchern und den Gräben am Straßenrand sammelte sich der Schnee der vergangenen Nacht zu kalten, grobkörnigen Hügeln oder wurde wie Sand über die Straße geweht. »Lohiro hat alle namhaften Zauberer aufgerufen, sich in Quo zu versammeln. Es wundert mich nicht, daß man nichts von ihnen gehört hat.«

Rudy schwieg eine Weile. Der lange Weg von Karst herunter ging ihm durch den Kopf, und er erinnerte sich an Ingold, wie er in der Dunkelheit vor dem dröhnenden Tor der belagerten Festung gestanden hatte. »Du meinst«, sagte er dann ruhig, »daß keiner sonst auf die Hilfe der Magier zählen kann?«

»Nun – das ist nicht unbedingt so.« Der alte Mann betrachtete den Horizont einen Augenblick lang prüfend, dann sah er Rudy wieder an. »Es gibt Magier, die nie in Quo waren, weise Dorffrauen, selbsternannte Zauberkünstler, Schmalspurmagier, die ihre Fähigkeiten nie weiterentwickelt haben, ebenso wie die unbedeutenden Hellseher, deren Kunst und Ehrgeiz nicht ausgereicht haben, sie durch die Labyrinthe nach Quo zu führen. Und darunter gibt es noch eine dritte Stufe der Zauberei, Menschen, die mit einer einzigen magischen Fähigkeit geboren wurden – die Feuer herbeirufen, Dinge finden und Wundersprüche tun können; Kinder, die trockene Späne durch ihren Blick entzünden oder verlorene Gegenstände finden können, Frauen, die sagen: ›Gesegnet seist du‹, und es scheint zu stimmen, Wunderheiler, die behaupten, ihre Kraft sei das Ergebnis ihres erlernten Wissens, nicht aber ihrer heilkräftigen Hände; Menschen, die derartige Kräfte gewöhnlich von Kindesbeinen an unterdrücken und im Beichtstuhl ableugnen; Menschen, deren Kräfte so unbedeutend sind, daß sie ihnen nicht zu dem zweifelhaften Ruhm der Zauberei verhelfen, und die den gesellschaftlichen Makel, ein geborener Magier zu sein, zu vermeiden suchen. Das sind die einzigen Beherrscher magischer Kräfte, die im Kampf gegen die Dunklen noch zur Verfügung stehen.«

»Und du«, sagte Rudy.

»Und ich«, pflichtete ihm der alte Mann bei.

Während ein Tag auf den anderen folgte und die silberne Straße nach Westen dahinschwand unter dem schwarz bewölkten Himmel, sprach Ingold mehr über die Zauberei. Er erzählte Rudy von den langanhaltenden Auseinandersetzungen mit der Kirche, von ihren ehemaligen Hochburgen und von den großen Magiern vergangener Zeitalter, Forn, Kedmesh und Pnak, die mit den Wildpferdherden über die nördlichen Ebenen gezogen waren. Manchmal zeigte Ingold ihm Tierfährten oder erklärte ihm die wenigen Tiere, die zäh genug waren, in dieser bitteren Kälte im Freien umherzustreifen – riesige Bisons mit dickem zottigem Fell, Gelbus, die aussahen wie kurzhalsige, höckerlose Kamele, getigerte Wildpferde und die vielen Vogelarten des endlosen Graslandes. Er sprach über ihre Lebensgewohnheiten und Eigenarten nicht wie ein Jäger, sondern wie die Tiere sich selbst betrachteten mit ihrer beschränkten Intelligenz und ihrer welterfahrenen Bedächtigkeit. Mit der Zeit stellte Rudy fest, daß er sogar den Gedankengängen und Beweggründen von Che, dem Maultier, folgen konnte, obwohl dadurch das Zusammenleben mit dem störrischen, ängstlichen Tier kein bißchen leichter wurde. Gelegentlich fragte der alte Mann etwas, das er zuvor erklärt hatte. Nachdem er bei den ersten derartigen Gelegenheiten notgedrungen zugeben mußte, daß er nicht aufgepaßt hatte, hörte er schließlich aufmerksamer zu. Und indem er zuhörte, ergab es viel mehr als zuvor einen Sinn, wie es sich mit allem verhält, je mehr man darüber erfährt.

Im Laufe dieser Reise wünschte sich Rudy häufig, er hätte die Anstrengungen eines wohlmeinenden Schulsystems, ihm Bildung zu vermitteln, weniger erfolgreich umgangen. Das meiste des Gelernten schien ihm mit Magie nicht das geringste zu tun zu haben. Es kam ihm vor wie ein vorbereitender Unterricht in Dingen, die er hätte wissen müssen, aber nicht wußte: wie Pflanzen wuchsen und warum, die Form der Landschaft und des Himmels, die Bewegung der Luft und warum der Wind so wehte, wie er es tat. Er lernte, wie man meditierte und die Unruhe des Geistes besänftigte und auf einen Stern, eine Flamme oder ein einziges, im Winde schaukelndes Grasbüschel konzentrierte, wie man zuhörte und wie man die feinen Unterschiede in der Stille und Leere der Ebenen erkennen lernte, die unterschiedlichen Formen der Kieselsteine, die unbedeutendsten Veränderungen des Windes, der Farbe und Neigung des Bodens. Rudy hatte den Eindruck, daß Ingold außer einem Zauberer zumindest noch ein hervorragender Späher sein mußte, denn er beherrschte die Kunst des Überlebens, wußte, wie man ein verstecktes Lager errichtete, wie man Wasser an trockenen Orten aufspürte und wie man den unfruchtbarsten und abweisendsten Landstrichen noch Nahrung abrang.

Manchmal blieb Ingold stehen, um eine Blume am Straßenrand zu pflücken oder auf eine Pflanze hinzuweisen, die im Gelände wuchs. Wenn er ihm eine solche Pflanze zeigte und ihr Wachstum und ihren Nutzen, sofern sie einen besaß, erklärt hatte, fand Rudy es außerordentlich ratsam, alles über diese Pflanze Gelernte wiederholen zu können. Als Künstler, der er gewesen war, hatte er gelernt zu beobachten; und nachdem er acht oder zehn verschiedene Pflanzen eingehend untersucht hatte, wußte er, worauf er achten mußten, wenn er auf unbekannte Exemplare stieß. Nach kurzer Zeit wurde es zu einem Spiel, und er spürte sie von sich aus auf und stellte Ingold Fragen über diejenigen, die er nicht kannte. Unvermittelt kam er zu der Erkenntnis, die jeder Biologielehrer ihm schon Jahre zuvor hätte vermitteln können – daß nämlich verschiedene Gruppe von Lebewesen Übereinstimmungen in Aufbau und Funktion aufweisen. Die Ordnung, die er darin erkannte, erstaunte und begeisterte ihn; es war, als hätte er sich fünfundzwanzig Jahre lang in einer Schwarz-Weiß-Welt bewegt und plötzlich, als er um eine Ecke bog, die Farben entdeckt.

»Magie ist Wissen«, erklärte Ingold eines Nachmittags, während sie auf den weißen Steinbrocken saßen, die auf dem Boden der Talsenke lagen, in der sie vor dem Wind Schutz gesucht hatten. Das Land stieg jetzt höher an, und das Gras wuchs spärlicher. Die wogenden Felder hohen, braunen Grases waren kurzen Grasbüscheln und großen, zerzausten Salbeibüschen gewichen. Ausgetrocknetes Schwemmland durchzog den Boden und bedeckte ihn mit Steinen und Geröll. Da, wo sie lagerten, floß ein dünnes Rinnsal dahin, dessen Räder selbst zur Mittagszeit vereist waren. Die Kälte schnitt durch Rudys Handschuhe hindurch, als er die Trinkflaschen auffüllte. Ingold saß auf den Felsen hinter ihm und strich versonnen die trockenen, gelben Blätter eines verdorrten Schachtelhalmes durch die Finger, während er, ohne es sich anmerken zu lassen, die Böschung der Senke, die sich vor dem fahlen Himmel abzeichnete, mit den Blicken absuchte. »Selbst der begabteste Alchimist kann nichts ausrichten ohne Wissen, ohne Beachtung für jede einzelne Facette der Welt, in der er wirken muß.«

»Ja«, sagte Rudy, indem er sich zurücklehnte und die Flasche mit steifen, ungeschickten Fingern zustöpselte. »Aber vieles von dem, was du mir manchmal beigebracht hast, scheint mir irgendwie sinnlos. Wie zum Beispiel der Schachtelhalm, den du da in der Hand hast – ich meine, er hat überhaupt nichts mit Magie zu tun. Es ist nur ein Gras. Du hast selbst gesagt, er hat keinen Nutzen.«

»Er hat keinen Nutzen für uns oder für die Tiere, weil er weder als Arznei noch als Nahrung dient«, stimmte Ingold ihm zu und drehte den dürren Halm in seinen behandschuhten Fingern. »Aber wir selbst haben auch keinen Nutzen für andere Lebensformen – außer, wie ich vielleicht erwähnen darf, als Nahrung für die Dunklen. Der Schachtelhalm existiert, genau wie du und ich, um seiner selbst willen, und bei allem, was wir in dieser Welt tun, die wir mit ihm gemeinsam haben, müssen wir das in Rechnung ziehen.«

»Ich verstehe, worauf du hinaus willst«, sagte Rudy, nachdem er eine Zeitlang darüber nachgegrübelt hatte, wievieles von dem, was er liebte und wertschätzte, objektiv betrachtet ziemlich nutzlos war. »Aber ich hatte nicht den blassesten Dunst, als ich mit der Zauberei anfing. Ich habe Feuer herbeigerufen, weil ich es mußte.«

»Nein«, widersprach ihm der Zauberer. »Du hast Feuer herbeigerufen, weil du wußtest, daß es möglich war.«

»Aber ich wußte es nicht.«

»Warum hast du es dann versucht? Ich glaube, daß du im Grunde deines Herzens wußtest, daß du es konntest. Vielleicht hast du es sogar als Kind schon einmal getan.«

Rudy saß auf dem verblichenen Felsengerippe und schwieg eine Weile. Der Wind strich leise klagend über die Böschung hinter ihnen, und Che spitzte seine langen Ohren nach dem Geräusch. In der Senke selbst regte sich kein Windhauch. Es war so still, daß er das leise Knacken des Eises im Wasser hören konnte. »Ich weiß es nicht«, sagte er schließlich mit dünner, ein wenig ängstlicher Stimme. »Ich glaube, ich habe davon geträumt. Ich habe eine Menge solches Zeug geträumt, als ich noch ein ganz kleines Kind war, vielleicht drei oder vier Jahre alt. Ich erinnere mich, daß ich eimal träumte – jedenfalls glaube ich, daß es ein Traum war –, daß ich einen dürren Zweig in unserem Hinterhof aufhob, und als ich ihn in der Hand hielt, wußte ich, daß ich ihn zum Blühen bringen konnte. Und das tat ich dann auch. Die weißen Blüten sprossen überall hervor, nur weil ich ihn in der Hand hielt, weil ich wußte, daß es geschehen würde. Dann lief ich zu meiner Mutter und erzählte es ihr, und sie gab mir eine Ohrfeige und sagte, ich solle mir keinen Unsinn einbilden.« Das Ereignis stand jetzt deutlich vor seinen Augen, aber so fern, als hätte ein anderer es erlebt. In seiner Stimme klang keine Trauer und keine Wut, lediglich Verwunderung über die Erinnerung selbst.

Ingold schüttelte den Kopf. »Wie kann man einem Kind so etwas sagen.«

Rudy fegte es mit einem Achselzucken beiseite. »Aber ich habe mich immer dafür interessiert, wie die Dinge zusammengesetzt waren. Autos zum Beispiel – ich glaube jedenfalls, daß ich aus diesem Grund gut mit Autos umgehen konnte. Zu wissen, wie sie funktionieren, wie sie klingen und sich anfühlen, ob sie in Ordnung sind oder nicht. Ich glaube, mit dem Körper des Menschen ist es dasselbe. Und ich glaube, daß das der Grund ist, warum ich gemalt habe. Nur um zu lernen, wie es ist und wie alles zusammenpaßt.«

Der Zauberer seufzte und legte den dürren Schachtelhalm zwischen die Felsen. »Vielleicht ist es nur gut so«, sagte er endlich. »Du hättest dort niemals den richtigen Lehrer gefunden, weißt du. Und es gibt nur wenige Dinge auf der Welt, die gefährlicher sind als ein Magier, der nicht gelernt hat, mit seinen Kräften umzugehen.« Ein frisch aufkommender Wind strich die Böschung herunter. Ingold erhob sich schaudernd, zog die Kapuze tief ins Gesicht und wickelte den langen Schal darum, so daß nur noch die Nasenspitze und die leuchtend blauen, tiefliegenden Augen von seinem Gesicht zu sehen waren. Rudy stand ebenfalls auf, hängte die Wasserflaschen über die Halterungen am Packsattel und führte Che den schmalen Pfad hinauf, der sie in die Senke hineingebracht hatte. Ingold stieg behende vor ihm her.

»Ingold?«

Sie kletterten die letzten paar Schritte zur ebenen Erde hoch und kehrten zur Straße zurück. Ein Schwarm Präriehennen flatterte vor ihren Füßen auf. Che warf erschrocken den Kopf in den Nacken. Der Himmel hatte sich merklich verdunkelt, und in der Ferne sah Rudy den Regen in Strömen fallen.

»Warum ist ein Magier, der nicht gelernt hat, mit seinen Kräften umzugehen, so gefährlich?«

Der Zauberer blickte zu ihm zurück. »Ein Magier wird über magische Kräfte verfügen«, erwiderte er ruhig. »Es ist wie mit der Liebe, Rudy. Wenn du sie brauchst, wirst du sie finden. Du wirst den Zwang verspüren, sie zu suchen. Und wenn du keine wahre Liebe finden kannst, wirst du verderbliche Liebe nehmen oder das, was in manchen Kreisen für Liebe ausgegeben wird. Und es kann dich verletzen und jeden, den du berührst, ins Verderben stürzen. Aus diesem Grund gibt es eine Schule in Quo«, fuhr er fort, »und den Rat der Zauberer.

Die Zauberkunst von Quo ist die Hauptrichtung, der Mittelpunkt der Lehre. Seitdem der Alte Forn sich dorthin zurückzog und begann, alles Wissen der Magie in seinem schwarzen Turm am Meer zu sammeln, sind der Erzmagier und die Zauberer des Rates von Quo die Lehrer all jener gewesen, die in der Lage waren, das Gelehrte zu verstehen. Es sind die Lehren, die seit Urzeiten von der Magie überliefert werden, das Vermächtnis der Reiche, die vor dem ersten Einfall der Dunklen vor dreitausend Jahren existierten. Sie sind älter als irgendein Königreich der Erde, älter als die Kirche.«

»Ist das der Grund, warum die Kirche so schlecht auf uns zu sprechen ist?«

Der Wind hatte begonnen, Regen, vermischt mit harten, winzigen Hagelkörnern, auf sie herunterzupeitschen. Ergeben zog Rudy seine Kapuze auf. Er hatte sich längst an den Gedanken gewöhnt, daß er naß wurde, wenn es regnete. Es gab keinen Schutz vor dem Regen in der offenen Ebene.

»Die Kirche findet uns ungehorsam«, entgegnete Ingold freundlich. »Sie bezeichnen die magischen Kräfte als Offenbarung von Teufelswerk, doch im Grunde läuft es darauf hinaus, daß wir die Macht haben, die Materie des Universums zu verändern, und daß wir weder ihr noch ihrem Gott untertan sind. Wie du bereits erraten hast, sind wir Exkommunizierte, auf gleiche Stufe gestellt mit Ketzern, Landesverrätern und Quacksalbern, die Brunnen vergiften, um ihre Geschäfte aufzubessern. Wenn es der Kirche einfallen würde, die Sache auf die Spitze zu treiben, könnte sie Alwir in arge Bedrängnis bringen, weil Bektis in seinem Dienst steht, und sogar weil er mit mir zusammenarbeitet. Die Kirche verheiratet kein Paar, wenn einer der beiden mit magischen Kräften geboren ist. Und wenn wir sterben, so werden wir wie Verbrecher in ungeweihter Erde begraben, wenn man uns nicht einfach verbrennt wie tollwütige Tiere. Was auch geschieht, Rudy, denk immer daran, daß das Gesetz keinen Zauberer schützt.«

Die dunklen Kellergewölbe unter dem Palast von Karst kamen Rudy in den Sinn – die schmale Tür und die Kettenrune, deren Kraft Ingold dort unten festhalten sollte, bis er verhungert war. *Kein Wunder*, dachte er, *daß diejenigen, die nur über eine einzige magische Fähigkeit verfügen, Schweigen darüber bewahren. Verwunderlich ist nur, daß überhaupt jemand Zauberer wird.*

Der Regen prasselte schwarz und eisig von einem dunklen Himmel herunter. Er bildete Pfützen in den Gräben am Straßenrand, sammelte sich auf dem ebenen Grund und lief in Strömen über Rudys Umhang hinunter, der allmählich vollkommen durchnäßt war. Er versuchte sich zu erinnern, wann er zum letzten Mal einen klaren Himmel gesehen hatte, und fragte sich wehmütig, ob das jemals wieder geschehen würde.

Ingold fuhr, mehr zu sich selbst als zu seinem Gefährten, in seiner Rede fort. »Darum sind die Bande zwischen uns so stark. Wir sind die einzigen, die einander wahrhaft verstehen, so wie Lohiro und ich die Gedanken des anderen kennen. Darum sind wir beide, er und ich, gemeinsam als Verbündete gegen die ganze Welt gezogen, darum war er wie ein Sohn für mich und hat mich zu seinem Vater erkoren. Wir sind alles, was wir haben, Rudy – Zauberer und die wenigen Menschen, die begreifen, auch wenn ihnen selbst die Gabe der Zauberkraft fehlt. Quo ist mehr als nur der Mittelpunkt der Zauberkunst auf Erden; es ist unsere Seelenheimat. Es ist alles, was wir haben.«

Der wolkenbruchartige Regen ließ allmählich nach. Licht und Nebelschwaden wogten am finster drohenden Himmel, und weit und breit war kein Sonnenstrahl und kein blaues Fleckchen Himmel in Sicht. Es war, als wäre die ganze Welt in Wolken gehüllt, als würde die Sonne nie wieder durchbrechen.

Rudy fragte: »Äh – heiraten Zauberer untereinander? Oder könnte ein Zauberer – beispielsweise – einen gewöhnlichen Menschen heiraten?«

Ingold schüttelte den Kopf. »Dem Gesetz nach nicht. Es gibt dem Gesetz nach keine Ehe mit exkommunizierten Personen, wie wir es sind, jedenfalls heute nicht mehr, obwohl die Dinge in vergangenen Zeiten anders lagen.« Er warf ihm einen scharfen Seitenblick zu, und Rudy hatte, wie schon so oft, das unangenehme Gefühl, daß Ingold seine Gedanken las. »Früher gab es das Sprichwort: ›Die Frau eines Zauberers ist eine Witwe.‹ Wir sind Wanderer, Rudy. Wir treffen die Entscheidung in dem Augenblick, in dem wir die magische Kraft akzeptieren, in dem wir uns selbst eingestehen, was wir sind. Es gibt Menschen, die keine Zauberer sind und uns dennoch verstehen, aber meistens begreifen sie auch, daß wir nicht so sein können wie sie. Nur selten ist ein Mensch, sei es nun Frau oder Mann, zu finden, der auf dieser Grundlage eine dauerhafte Beziehung eingehen kann. In gewissem Sinne sind wir von Geburt an verdammt, wenn auch nicht so, wie die Kirche es versteht.«

»Kann ein Zauberer lieben?«

Ein schmerzlicher Ausdruck huschte über seine blauen Augen wie ein kurzer Schauder nach einem kalten Luftzug. »Gott steh uns bei, ja.«

Dieses ganze merkwürdige Gemisch von Wissen und Information diente nur als Hintergrund, um Rudys Gedanken zu beschwichtigen und ihm zu helfen, sich auf das Wichtige zu konzentrieren und es zu verstehen. Der Schritt vom Begreifen der Welt zum Begreifen der Magie war sehr klein.

Eines Nachts zeichnete Ingold die Runen in den Staub neben dem kleinen Lagerfeuer, und Rudy, der inzwischen darauf gekommen war, daß sich der Zauberer nicht zu wiederholen pflegte, brachte den Rest der Nacht damit zu, ihre Form und Reihenfolge im schwachen, rötlichen Schein des Feuers zu studieren. Später zeichnete er sie immer wieder während seiner Nachtwachen für sich selbst auf und rief sich eifrig ihre Formen, Namen und Eigenschaften – die Kraftfelder, die in jedem einzelnen der Symbole zusammenliefen – in Erinnerung. Manchmal sprach Ingold beim Abendessen darüber oder wenn sie sich zum Nachtlager niederließen, erklärte, wie man sie sich zur Meditation und Wahrsagerei zunutze machen konnte, erzählte, woher sie kamen, wer sie als erster gezeichnet hatte und warum. Allmählich ergaben ihre Muster für Rudy einen Sinn. Er begriff, wie eine Rune, die mit den angemessenen Worten und Gedanken gemacht war, ihre Eigenschaften anziehen und sich damit umgeben konnte. Auf diese Weise konnte Yad schützen und den Blick eines Suchenden abwenden vor allem, das sein

Zeichen trug, konnte Traw sichtbare Dinge unsichtbar machen und konnte Pern die Gedanken derjenigen, die darauf blickten, auf Vernunft, Gerechtigkeit und Gesetz richten.

Ingold zeichnete sie niemals wieder alle gleichzeitig für ihn auf.

Während das Flachland allmählich vollständig den Ausläufern der kalten, salbeibewachsenen Wüstenlandschaft wich, lehrte er Rudy noch viele andere Dinge. Er zeigte ihm die einfachen Tricks der Illusionen, mit denen ein Zauberer sich tarnen konnte, so daß andere Menschen Dinge sahen, die nicht wirklich vorhanden waren. Ein Magier hätte das Trugbild durchschaut, doch die meisten Menschen, die es gewohnt waren, mit den augenfälligen Eindrücken umzugehen, waren mühelos zu der Überzeugung zu bringen, daß sie einen Menschen von anderem Äußeren, einen Baum, ein Tier oder einen flammenden Wirbelwind sahen – oder einfach überhaupt nichts. Rudy erinnerte das Ganze weniger an Magie als an Schauspielerei, Märchenerzählen oder Malen, nur eben auf andere Weise ausgeführt. Er konnte bereits Feuer herbeirufen und das weiße Hexenlicht zu einer Kugel formen, die an der Spitze seines Stabes ohne Hitze leuchtete wie Elmsfeuer. Er hatte gelernt, seine Fähigkeit, im Dunkeln zu sehen, besser zu nutzen, und es war ihm nach wiederholten Versuchen gelungen, sichtbare Gegenstände in die Luft zu zeichnen. Als sie tiefer in das Wüstenland eindrangen und das Wasser knapp wurde, erklärte ihm Ingold, wie man einen Wasseranzeiger durch die Verzauberung der Zweige einer bestimmten Pflanze erhielt und wie man mit Hilfe der Magie erkannte, ob eine Pflanze giftig war.

Eines Abends sprachen sie von der Kraft, vom Hauptschlüssel eines jeden Menschen oder Geschöpfes oder Lebewesens – und Ingolds Definition der Lebewesen unterschied sich wesentlich von Rudys. Er sprach vom Brennpunkt allen Seins, des wahren Seins, das Platon das Urbild genant hatte; es zu begreifen war der Schlüssel zur Großen Magie und die Fähigkeit, es zu sehen, das Ziel des Magiers. Als er über das Feuer hinweg in diese leuchtenden, kristallblauen Augen blickte, sah Rudy in ihnen das Spiegelbild seiner eigenen Seele, die, wie die silbernen Runen auf dem Tor der Festung, unter der Oberfläche des vertrauten Körpers lag. Er sah unbeteiligt und ohne Mitleid seine Gefühle, das Ineinandergreifen von Selbstgefälligkeit und Liebe, Sehnsucht und Trägheit, ein helles, schillerndes Perpetuum mobile der Liebe, Feigheit und Faulheit, die seine ruhelose Seele antrieben. Er sah es mit Ingolds klaren, unnachsichtigen Augen, Fehler und Tugenden gleichermaßen, und er war weder erstaunt noch beschämt. Es war nur da, existierte als das, was es war. Und in dieser zeit- und körperlosen Versunkenheit erkannte er plötzlich dieses Wesen an seiner Seite; es war wie ein vom Blitz enthüllter Fels, aus dem die Kraft strahlte, hell erleuchtet im Innern von einer Magie, die aus seinem sichtbaren Herzen hervordrang. *Ingold*, dachte er überrascht und erschrocken, denn die kurze Vision jener zernarbten Tiefen der Liebe, des Kummers und der Einsamkeit ließen seine eigenen hellen, oberflächlichen Empfindungen unbedeutend erscheinen. Wieder wurde er von einem Gefühl der Ehrfurcht für den Zauberer ergriffen, wie zuvor am dröhnenden Tor der bedrängten Festung und davor in jener Nacht im Flußtal, als Ingold ihn gefragt hatte, warum er ein Zauberer werden wollte. Diese Ehrfurcht hielt Rudy gewöhnlich verborgen, sie geriet halb in Vergessenheit angesichts des schäbigen kleinen Mannes mit den narbenbedeckten Händen und dem feinen, spöttischen Humor. Aber die Ehrfurcht verließ ihn nie vollständig, sie wurde größer, je besser er diesen alten, heruntergekommenen Pilger verstehen lernte. Er fragte jetzt nie mehr, woher Ingold wußte, ob Lohiro von Quo tot oder lebendig war.

»Die Zauberei ist ganz anders, als ich erwartet hatte«, sagte Rudy viel später in dieser Nacht, während er die Decke um sich festzog und Ingold sich am Feuer niederließ, um die erste Wachschicht zu übernehmen. »Ich meine, ich dachte immer, es wäre so etwas wie – na ja, Leute, die sich in Wölfe verwandeln oder Drachen besiegen, die Mauern niederreißen, durch die Luft fliegen oder auf dem Wasser wandeln – solche Sachen eben. Aber so ist es nicht.«

»Eigentlich ist es doch so«, erwiderte Ingold leichthin und stocherte in der Glut ihres kleinen Feuers. »Du selbst weißt, daß man sich nicht in einen Wolf verwandelt – weil es nicht nur außerordentlich gefährlich wäre, die eigene Persönlichkeit in das Herz und das Bewußtsein eines Wolfes hineinzuversetzen, sondern weil es sich darüber hinaus als eine zu große Versuchung erweisen könnte.«

Aus der Ferne antworteten die Wölfe auf seine Worte, ihr leises Heulen wehte mit dem Wind zu ihnen herüber. In der Dunkelheit ihres Lagerplatzes in der Bodensenke bemerkte Rudy das helle, harte Glitzern in Ingolds Augen und hörte den Anflug von Träumerei in seiner Stimme.

»Wölfe lieben ihr Leben so, wie es ist, Rudy. Stark zu sein – zu töten – im Rudel mit dem Sturmwind zu leben – es würde den Wolf in deiner Seele anrühren. Es würde immer die Gefahr bestehen, daß du nicht zurückkehren wolltest, verstehst du. Und was das Besiegen von Drachen betrifft«, fuhr er mit gütigerer Stimme fort, »nun, Drachen sind in Wirklichkeit sehr scheue Wesen, hinterhältig und gefährlich zwar, aber sie greifen Menschen gewöhnlich nur dann an, wenn sie vom Hunger dazu getrieben werden.«

»Heißt das – es gibt wirklich Drachen? Echte, lebendige Drachen?«

Der Zauberer sah ihn, erstaunt über diese Frage, an. »Aber ja, ich habe sogar einmal einen Drachen erschlagen. Vielmehr habe ich den Köder gespielt, und Lohiro hat die Schwerstarbeit gemacht. Und das übrige – Mauern einreißen und über das Wasser wandeln . . .« Er lächelte. »Es hat einfach noch keinen Bedarf dafür gegeben.«

»Willst du damit sagen«, wandte Rudy unbehaglich ein, »daß du es könntest? Wenn du müßtest?«

»Auf dem Wasser wandeln? Ganz sicher könnte ich ein Boot auftreiben.«

»Aber wenn es kein Boot gäbe?« bohrte Rudy hartnäckig.

Ingold zuckte die Schultern. »Ich bin ein recht guter Schwimmer.«

Rudy schwieg eine Weile, stützte den Kopf in die Hände und blickte in den schwarzen, grenzenlosen Himmel hinauf. Er hörte das Bellen der Wölfe auf der Jagdfährte, süß und unvorstellbar einsam in der Ferne, und er erinnerte sich an Männer, die er gekannt hatte, menschliche Wölfe auf einer Jagdfährte aus Stahl und Benzin. *Im Rudel mit dem Sturmwind leben* . . . Das verstand er. Diesen Geist kannte er.

Dann kam ihm ein anderer Gedanke in den Sinn. »Ingold? Als du sagtest, die Dunklen seien – ›Wesen mit fremdartiger Intelligenz‹ – hast du damit gemeint, daß die Menschen ihr innerstes Sein, ihr Urbild, nicht verstehen können, nicht wahr? Und aus diesem Grund können wir ihre Magie nicht begreifen?«

»Genau.«

»Aber wenn – wenn du in das Wesen eines Dunklen schlüpfen würdest, wenn du seine Gestalt annehmen würdest, könntest du sie dann nicht verstehen? Würdest du dann nicht wissen, was sie sind und wie sie denken?«

Ingold schwieg so lange, daß Rudy bereits befürchtete, er hätte den alten Mann gekränkt. Doch der Zauberer starrte nur in das Feuer und zog einen dürren Grashalm durch die ruhelosen Finger. Als er zu sprechen begann, ging seine rauhe Stimme fast unter im Heulen des Windes. »Ich könnte es tun«, erklärte er. »Tatsächlich habe ich schon oft daran gedacht.« Er warf Rudy einen Blick zu. In den Augen des Zauberers erkannte Rudy das übermächtige Verlangen nach Wissen, die Neugier, die sich im Wesen aller Zauberer zu kaum stillbarer Begierde steigerte. »Aber ich werde es nicht tun. Niemals. Die Gefahr wäre zu groß.« Er ließ den Grashalm, den er in der Hand hielt, in das Feuer fallen und beobachtete sinnend, wie er zu schwelen begann und sich schwarz färbte in den Bändern von brennendem Gold. »Denn, verstehst du, Rudy – es könnte mir gefallen, ein Dunkler zu sein.«

Viertes Kapitel

»Ich hätte nie gedacht, daß es so früh dazu kommen würde.« Gil schleuderte einen Brocken Schnee in den aufgewühlten Schmutz der Talstraße unter ihnen.

Seya setzte Pfeil und Bogen ab, schüttelte den Schnee von ihrem schwarzen Umhang und warf einen flüchtigen Blick auf die dunklen Pinien, die sich hinter dem kleinen Wachposten erhoben. »Daß es wozu kommen würde?« fragte sie.

Steif vor der langen Wache an diesem eiskalten Nachmittag, erhob sich Gil. »Daß wir die Straße gegen unsere eigenen Leute verteidigen müssen.«

Seya erwiderte nichts.

»Ich habe den Rauch ihrer Lagerfeuer beobachtet«, fuhr Gil beiläufig fort, während sie ihre Waffen, Bogen, Schwert und Speer, an sich nahm. »Ich vermute, daß sie ihr Lager bei den verfallenen Wachtürmen am Eingang des Tales, die Janus das Hohe Tor genannt hat, aufgeschlagen haben. Es waren einige Tausend, die gestern die Straße heraufkamen. Den Feuern nach zu schließen, glaube ich nicht, daß es heute auch nur noch annähernd so viele sind. Die Dunklen müssen in der Nacht gekommen sein.« Gereizt durch das Schweigen der älteren Frau, fuhr sie herum. »Wir hätten sie nicht wie Bettler davonjagen dürfen, weißt du.«

Seyas Miene drückte Unbehagen aus. Ihr hatte es auch nicht besonders gefallen. Die Neuankömmlinge waren halb erfroren, in Lumpen gehüllt und dem Hungertod nahe, als sie die Talstraße heraufgekommen waren. Es hatte keiner großen Kraftanstrengung bedurft, sie fortzuschicken. Doch sie sagte nur: »In dem Augenblick, als du das Emblem der Garde anlegtest, Gil-Shalos, hast du auf das Recht verzichtet, eine Meinung zu haben. Wir dienen dem König von Gae – in diesem Fall Prinz Altir. Oder der Königin.«

Gil verschränkte die Arme und versuchte vergeblich, sich die Hände unter dem dunklen, schäbigen Umhang zu wärmen. In der Ferne konnte sie noch die dünnen, bläulichen Rauchwolken der Holzfeuer erkennen, die in den frostklaren Himmel aufstiegen. *Es war nicht die Königin, die die Befehle erteilt hat,* dachte sie. *Es war Alwir. Aber es hätte ebensogut Ihre Majestät gewesen sein können, das machte nicht den geringsten Unterschied.*

Sie dachte an die Königin, die scheue, dunkelhaarige Frau, die vollkommen im Schatten ihres eleganten Bruders stand. Sie sah die beiden jetzt wieder vor sich, wie sie gestern in der dunklen Toreinfahrt der Festung gestanden hatten, die Wachen im Kreis um sie herum aufgestellt. Die Goldstickerei auf ihren kostbaren Gewändern funkelte hell im fahlen Sonnenlicht. *Wir haben weder genügend Nahrungsmittel noch den Platz, um euch aufzunehmen,* hatte Alwir zu dem hochgewachsenen Mönch gesagt, der die Flüchtlinge über den Paß heraufgeführt hatte und der jetzt in seinen beschmutzten roten Gewändern, die sich braun wie geronnenes Blut vom Schnee abhoben, an ihrer Spitze stand. *Die Nahrungsmittel, die wir noch haben, werden uns gerade bis zum Frühjahr reichen.*

Unter den Wachen, die Alwir umstanden, war Bewegung aufgekommen. Man hörte das Rascheln von ledernen Messerscheiden, an denen herumhantiert wurde. Die Flüchtlinge hatten sich wortlos abgewandt und waren auf ihren tiefen Spuren im verharschten Schnee umgekehrt.

»Schau nur.« Seyas Stimme riß Gil aus ihren Gedanken, und sie wandte rasch den Kopf, um dem deutenden Zeigefinger der älteren Gardistin mit den Augen zu folgen. Ein einzelner Reiter war auf der Straße aufgetaucht. Sein großer, knochiger Rotfuchs bahnte sich vorsichtig einen Weg durch die schlüpfrigen, eisdurchzogenen Schlammlöcher, in die sich die Straße verwandelt hatte. Selbst wenn die elfenbeinfarbenen Zöpfe nicht gewesen wären, die über die dunklen Schultern des Reiters fielen, hätte Gil die große, schlanke Gestalt und die lockere Haltung, mit der sie zu Pferde saß, erkannt. Die farblosen Augen blickten zu den Frauen hinüber, und eine behandschuhte Hand hob sich zum Gruß und Abschied.

Gil erwiderte den Gruß, unsicher, ob sie lachen oder traurig sein sollte. Es war typisch für den Eisfalken, daß er zu einer Reise aufbrach, von der er vielleicht nicht wiederkehren würde, ohne seinen engsten Freunden mehr als ein Winken zum Abschied zu schenken. Es würde eine lange und beschwerliche Reise werden – er hatte nur dieses eine Pferd. Getier war außerordentlich kostbar in der Festung von Dare.

Als ihn die dunklen Wälder unterhalb des Passes verschluckten, warf sie einen besorgten Blick zu dem Rauch des Lagerfeuers hin, der die schwarzen Bäume verschleierte, und sagte: »Glaubst du, daß er Schwierigkeiten bekommen wird, wenn er an ihrem Lager vorbeireitet?«

Seya zog die Augenbrauen hoch. »Er?«

Gil mußte zugeben, daß es angesichts der kaltblütigen Kühnheit des Eisfalken nicht sehr wahrscheinlich war.

Seya fuhr fort: »Eher ist anzunehmen, daß Janus und die anderen, die sich aufgemacht haben, um Lebensmittel aufzutreiben, Schwierigkeiten bekommen werden. Als ich aufbrach, stritten Alwir und Govannin immer noch aus Leibeskräften darum, wie viele Gardisten die Wagen begleiten und wie viele von ihnen beritten sein sollten. Alwir beharrte darauf, daß wir in der Festung nicht mehr kampffähige Leute entbehren können als unbedingt nötig – und angesichts des Angriffs der Dunklen in der vergangenen Woche hat er damit nicht einmal so unrecht –, und

Govannin steht kurz vor dem Schlaganfall, weil die meisten der Wagen, die sie mit dem Trupp mitschicken, ihr gehören.«

»Ich stimme Govannin zu«, entgegnete Gil. Sie legte die Waffen der Gardisten – den Bogen und den Speer – beiseite, um Seya zu helfen, den Schnee von der Decke zu schütteln. »Die Flüchtlinge sahen nicht so aus, als wären sie in der Verfassung, es auch nur mit einer kleinen Gruppe bewaffneter Männer aufnehmen zu können; aber Janus wird bis in die Flußtäler vordringen, und er wird vielleicht mit den Weißen Räubern kämpfen müssen. Es heißt, es sei eine Bande dort unterwegs.«

Seya kletterte die Felsen hinunter und ließ sich in der Nische unter einem überhängenden Felsen nieder. Hier hatte sie sowohl einen guten Überblick über die Straße als auch Schutz vor dem schneidenden Wind. Während ihrer vierstündigen Wachschicht hatte Gil reichlich Gelegenheit gehabt, diese Stelle auszukundschaften. »Es ist leicht zu erraten, wie es jetzt in den Flußtälern aussieht«, sagte sie ruhig. »Sie werden Schwierigkeiten genug haben, Banditen, Wölfe und Dunkle abzuwehren.«

Gil band sich den Schwertgürtel wieder um die Taille. »Weißt du, wohin sie ziehen?«

Seya schüttelte den Kopf. »Wo immer Nahrungsmitel gelagert waren. Verlassene Städte, bekannte Bauernhöfe – wo immer sie Getreidespeicher oder streunendes Vieh auftreiben können.« Sie lachte unvermittelt, und scharfe Linien, wie Falten in nasser Seide, gruben sich in ihr Gesicht. »Die andere Sache, um die sie sich schon den ganzen Morgen über herumstreiten, ist die Tatsache, daß Tomec Tirkenson und seine Leute endlich über den Sarda Paß Richtung Gettlesand aufgebrochen sind.«

»Ich wußte, daß sie vorhatten aufzubrechen, sobald der Schnee ein wenig nachgelassen hat.« Gil schmiegte sich in ihren feuchten Umhang und zog die dunklen, schweren, rauchgeschwängerten Falten des Stoffes fest um sich. »Alwir müßte hocherfreut sein; auf diese Weise hat er weniger Mäuler zu stopfen.«

»Und weniger Leute zur Verteidigung der Festung.« Seya zog sich die freie Decke über die Beine. »Aber was Govannin wirklich ein Dorn im Auge war, ist die Tatsache, daß Tirkenson sein ganzes Vieh mitgenommen hat. Sie untersagte ihm, es mitzunehmen, da die Menschen in der Festung es dringender benötigten; sie drohte ihm die Exkommunikation an, wenn er es dennoch täte. Er antwortete ihr, sie hätte ihn schon vor zehn Jahren exkommuniziert und er würde trotzdem noch ganz fröhlich herumspazieren, das Vieh gehöre ihm, er habe es nach Gae mitgebracht, und er würde jedem den Hals brechen, der versuche, ihn daran zu hindern, es mit nach Gettlesand zu nehmen. Seine Kuhtreiber standen alle hinter ihm aufgereiht, so daß Ihre Hochwürdigkeit nicht viel sagen konnte, und Alwir schien wenig Lust zu verspüren, sich mit dem letzten Landherrn anzulegen, der dem Reich noch treu ist. Als ich aufbrach, zündete die Bischöfin Kerzen an in der frommen Hoffnung, daß er in der Hölle braten möge.«

Gil lachte. Ihr gefiel der Landherr von Gettlesand. Aber wenn er gegangen war und nicht nur seine Rinder, sondern auch seine Pferde mitgenommen hatte, dann war es kein Wunder, daß Govannin die restlichen ängstlich hütete. Ausgehungert wie die Flüchtlinge oben am Paß waren, mochten sie wohl versuchen, die Pferde nur um ihres Fleisches willen zu töten.

Der Wind fegte über den Berghang und blies eine leichte Schneewolke von den Felsen auf sie herunter. Die Wolkendecke hing an diesem Tag nicht sehr tief, sie streifte gerade noch die Spitzen der weiß verhüllten Gipfel; als sich die Wolken bewegten, glaubte Gil, das Aufblitzen der Gletscher zu erkennen. *Werden sie größer oder tauen sie ab*? fragte sie sich nachdenklich. *Ich möchte wetten, daß sie größer werden, wenn es viele Winter gegeben hat, die so kalt und schneereich waren wie dieser. Genau das, was wir brauchen, um unsere Schwierigkeiten noch zu vergrößern. Eine gottverdammte Eiszeit!*

Sie warf einen Blick zurück auf den Paß, den aufgewühlten, gefrorenen Schlamm des abfallenden Weges hinunter über das unfruchtbare, schwarz und weiß gescheckte Land und den finsteren Wald, den selbst das Rotwild verlassen hatte. In der Ferne bildete der Rauch des Lagers einen dünnen, weißen Streifen in der nebelverhangenen Luft. »Weißt du, woher die Flüchtlinge gekommen sind?« fragte sie Seya.

Die Gardistin zuckte die Schultern. »Von Penambra vielleicht. Der Mönch, der mit Alwir sprach, hatte einen südlichen Akzent. Wahrscheinlich sind einige von ihnen wochenlang in den Tälern umhergeirrt.«

Vielleicht hatte Alwir recht, dachte Gil, während sie den schlammigen Pfad hinunterkletterte und sich anschickte, durch den Wald zur Festung zurückzukehren. Die gewaltigen Vorräte an Mais, Weizen und gepökeltem Fleisch, die in den oberen beiden Stockwerken der Festung gelagert oder heimlich im Zellenlabyrinth des Kirchenbereichs gespeichert wurden, wirkten unerschöpflich, bis man sich klarmachte, daß sie mehr als achttausend Seelen durch den Winter bringen mußten. Es war erst Anfang Oktober. Und man wußte nicht, was Janus Eßbares unten in den Tälern würde auftreiben können. Vielleicht war es unumgänglich gewesen, ihr und den anderen Gardisten zu befehlen, ausgehungerten Kindern Nahrung und Schutz zu verweigern und sie den Dunklen zu überlassen. Das war die Kehrseite des Kriegerlebens. Die reinen Freuden des Kampfes waren Bestandteil eines größeren Bildes, und was für sie eine Art war, ihr Leben zu gestalten, war für andere, die über ihr standen, lediglich ein Werkzeug der Politik.

Auch, so überlegte sie, mit diesem Schicksal stand sie schwerlich allein da. Mit ihrer hellen, unmelodischen Stimme begann sie zu singen: »Des Polizisten Los ist ohne Zweifel hart«, und die Melodie von Gilbert O'Sullivan schwebte mit dem fremden Wind durch die dunklen, felsigen Wälder eines anderen Universums.

Die Straße beschrieb einen Bogen um ein Pinienwäldchen, und die

Gerüche der Festung, der beißende Rauch von Holzfeuern, auf denen die Frauen gebrauchtes Fett und Asche zu Seife verarbeiteten, und die warme Ausdünstung der Tiere, kamen ihr aus der Ferne entgegen. Kinderlachen vermischte sich mit dem verwirrten Blöken von Schafen und Ziegen, mit dem Klang einer Axt irgendwo im Wald und mit einer tiefen Baßstimme, die wie Gil ein Lied sang. Gefrorener Schlamm knirschte unter ihren Stiefeln, als sie um die letzte Wegbiegung trat. Und schon lag sie vor ihr, und die glatten Mauern schimmerten unter dem bleichen, glanzlosen Himmel.

Sie war vielleicht nicht so groß wie die monströsen Hochhäuser, mit denen Gil als Kind des zwanzigsten Jahrhunderts aufgewachsen war. Doch die Festung war weit über eine halbe Meile lang, einige hundert Meter breit und fast fünfunddreißig Meter hoch. Die gewaltigen Torflügel wirkten winzig verglichen mit dem Monolithen, in den sie eingelassen waren. Die Bewohner wimmelten in Scharen auf der breiten Treppe herum und zertrampelten den Schnee, der davor lag. Schwarz und rätselhaft hütete die Festung ihre Geheimnisse.

Welche Geheimnisse? fragte sich Gil. *Wer hat sie erbaut, und wie wurde sie erbaut?* Sie wußte recht gut, daß das Bauwerk mit seinen sanften, beständigen Luftströmen und den dunklen, niemals versiegenden Wasserkanälen die Technologie des gegenwärtigen Zeitalters bei weitem übertraf. *War es mit Hilfe von Magie oder lediglich durch hervorragende Maschinenkunst errichtet?*

Und ihr unendlich aufnahmebereites Wissenschaftlerbewußtsein verfolgte den Gedanken: *Wer könnte es wissen?*

Eldor vielleicht? Vor langer Zeit hatte sie im Traum gehört, wie der tote König von den Erinnerungen gesprochen hatte, die er vom Begründer des Hauses Dare, Dare von Renweth, der diese mitternächtlichen Mauern erbaut hatte, geerbt hatte. Aber Eldor war während der Zerstörung von Gae umgekommen. *Sein Sohn, Altir?* Die Erinnerungen waren an ihn weitergereicht worden und hatten ihn zum Ziel der Bosheit der Dunklen gemacht. Aber er war noch ein kleines Kind, zu jung, um zu reden. *Lohiro?* Vielleicht. Doch der Erzmagier hielt sich in Quo verborgen, und es würde noch Wochen dauern, bis er zur Festung kam, wenn überhaupt.

Gil dachte nach. Ingold hatte gesagt, daß die Aufzeichnungen nicht bis in die Bauzeit der Festung zurückreichten. Den Wirren des ersten Einfalls der Dunklen in das Reich waren Jahrhunderte der Unwissenheit, der gesellschaftlichen Desorientierung, der Hungersnöte und Gewalttaten gefolgt. Aber wie weit reichten sie wirklich zurück? Und gab es so etwas wie eine mündliche Überlieferung, wie bei Merlin und seinen tanzenden Riesen, die Stonehenge errichteten? Was enthielten die Wagenladungen von Kirchenaufzeichnungen, um deretwillen Govannin auf dem Weg von Gae herunter die Gefahr eines Bürgerkrieges mit Alwir auf sich genommen hatte?

Eine flüchtige Bewegung nahm ihren Blick gefangen und lenkte sie von diesem Gedanken ab. Zu ihrer Rechten schlüpfte jemand zwischen den Bäumen hindurch – jemand, der ungesehen bleiben wollte und sich nicht sonderlich geschickt dabei anstellte. Gil erhaschte flüchtig einen bunten Bauernrock, der fast verborgen war unter einem weit wehenden, dunklen Umhang. Sie fragte sich, ob es sie überhaupt etwas anginge.

Der Schatten bahnte sich, von Baum zu Baum huschend, oberhalb der Straße einen Weg durch den Wald. *Wahrscheinlich ist ihr Ziel das Flüchtlingslager*, überlegte Gil. *Es ist das einzige, was in dieser Richtung liegt. Wenigstens ein Mensch, der ein wenig Mitleid zeigt, wenn es auch nicht viel nützt.*

In diesem Fall allerdings *ging* es sie etwas an. Es blieb kaum genug Zeit, dorthin und wieder zurück zu gelangen. Gil blieb unvermittelt stehen, schnippste, um die Davonschleichende zu täuschen, mit den Fingern und fluchte, als hätte sie etwas vergessen, machte dann kehrt und eilte zurück. Als sie nicht mehr in Sichtweite der voraussichtlichen Route des Wächters war, schlüpfte sie zwischen den Felsen am Straßenrand hindurch und kletterte den Abhang hinauf. Sie versteckte sich zwischen zwei Tannen und wartete. Ihr dunkler Umhang, dessen weißes, vierblättriges Emblem der Garde auf der Schulter wie ein Fleckchen Schnee auf feuchtdunklem Holz wirkte, verschmolz mit der Dunkelheit des verhangenen Spätnachmittages. Bald darauf sah sie, wie die Frauengestalt vorsichtig zwischen den Bäumen hervortrat und auf dem Saumpfad oberhalb der Straße dahineilte, während sie immer wieder ängstlich zurückblickte und sich wärmesuchend in die Falten ihres schwarzen Pelzumhangs schmiegte. Eine große, juwelenbesetzte Spange funkelte sternengleich in ihrem schwarzen, aufgesteckten Haar.

Es war der Umhang, den Gil erkannte. Nur eine einzige Frau in der Festung besaß einen solchen Umhang.

»Hoheit!« rief sie aus, und Minalde blieb mit erschrocken aufgerissenen Augen stehen. Gil trat zwischen den Tannen hervor.

»Bitte, kehrt zurück«, sagte Alde hastig und strich sich die losen Haarsträhnen aus dem Gesicht. »Ich gehe nicht weit, und . . .«

»Ihr werdet es auf keinen Fall vor Einbruch der Dunkelheit bis dorthin und wieder zurück schaffen«, erklärte Gil unumwunden.

»Ich gehe nicht zu dem Flüchtlingslager.« Alde straffte sich, um ihrer Würde Nachdruck zu verleihen. Ihr Gesichtsausdruck erinnerte Gil an ihre jünger Schwester, wenn sie schwindelte.

»Und Ihr solltet auf keinen Fall allein gehen«, fuhr Gil fort, als hätte sie die Worte der anderen nicht gehört.

Alde würde es im Lügen nicht besonders weit bringen. »Aber ich muß«, protestierte sie. »Bitte, haltet mich nicht auf. Es ist noch reichlich Zeit . . .«

»Sie haben ihr Lager unten am Hohen Tor vor dem Tal aufgeschlagen«, erklärte Gil nachdrücklich. »In wenig mehr als zwei Stunden wird es dunkel. Und abgesehen davon . . .« Sie machte einen Schritt auf Alde zu, die augenblicklich zurückwich wie ein Tier, das zur Flucht ansetzt. Gil riß sich zusammen und sprach in milderem Ton. »Abgesehen davon«, fuhr sie freundlich fort, »würdet Ihr es vielleicht überhaupt nicht mehr zurück schaffen, wenn sie erführen, wer Ihr seid.«

»Sie werden es nicht erfahren«, widersprach Alde beharrlich, immer darauf bedacht, den Abstand nicht zu gering werden zu lassen. »Es wird mir schon nichts passieren.«

Gil seufzte. »Das könnt Ihr nicht wissen.« Sie machte wieder einen Schritt vorwärts, und Alde wich ängstlich zurück.

Rudy hatte einmal gesagt, daß Aldes wahnwitzigem Mut nur noch ihr Eigensinn gleichkam. Gil verstand jetzt, was er damit gemeint hatte. »Geht wenigstens nicht allein«, bat sie.

Alde errötete ein wenig und begann reumütig: »Ihr müßt nicht . . .«

»Weiß der Himmel, irgend jemand muß es tun!« Gil machte auf dem Absatz kehrt und schickte sich an, durch den verschneiten Wald zum Eingang des Tales zurückzukehren. »Dieser Weg ist schneller, und wir können einen Bogen machen, damit uns der Wachposten auf der Straße nicht sieht.« Alde folgte ihr wortlos.

Die beiden Frauen brauchten etwas mehr als eine Stunde, um das Lager zu erreichen. Wie Gil vermutet hatte, hatten sich die Neuankömmlinge am Hohen Tor niedergelassen, alte Wachtürme, die in früheren Zeiten das Fürstentum um die Festung gegen die kleineren, weniger hochentwickelten Reiche in den niedriger gelegenen Tälern verteidigt hatten. Seitdem sich das Reich ausgedehnt hatte, bildeten die Türme keine Grenzlinie mehr und waren dem Verfall anheim gegeben worden. Jetzt waren von ihnen nur noch Ruinen übrig, weinumrankte Klippen aus verwittertem Gestein, die den schmalen Durchlaß der schlammigen Straße überragten, Festungen nur noch für Vögel und anderes Getier.

Auf der Straße trat den Frauen ein magerer, grauhaariger Mann entgegen – der einst, den sackartigen Falten auf seinen schlaffen Hängebacken nach zu urteilen, außerordentlich fett gewesen sein mußte. Er war mit einem Speer bewaffnet und trug über einem Sammelsurium von Vogelscheuchenlumpen einen verkrusteten Umhang aus goldbesetztem Samt. Alde gab ihre Namen als Alde und Gil-Shalos aus der Festung von Dare an und verlangte, mit seinem Herrn sprechen zu dürfen.

Ihre Füße sanken knöcheltief im Schlamm ein, als sie den Platz vor dem nördlichen Wachturm überquerten. Der Platz roch wie eine Kloake, eingehüllt in einen niemals sich lichtenden Schleier vom Rauch der Holzfeuer. Das armselige Treibgut der Flucht lag über den Boden verstreut. Dünne Bündel mit letzten Habseligkeiten, vereinzelte Kochtöpfe und kleine Häufchen Feuerholz lagen im schmutziggrauen Schnee. Männer und Frauen saßen elend um die Feuer gekauert oder liefen schleppenden Schritts zwischen ihnen herum. Es war sehr still auf dem Platz, nur das schwache, anhaltende Greinen eines Kindes war zu hören. Gil schämte sich ihres Umhangs, ihrer Stärke und der mageren Essensration, die sie am Mittag hinuntergeschlungen hatte. Alde an ihrer Seite war sehr bleich.

Ihr Begleiter machte vor einem Unterschlupf aus Zweigen und Gebüsch halt. In seinem schattendunklen Hintergrund glaubte Gil eine kleine, steife Gestalt zu erkennen, die vollkommen mit einer zerlumpten Wolldecke zugedeckt war; ein Mann saß auf einem Lager aus abgeschnittenen Pinienzweigen nicht weit von der Öffnung des Unterschlupfes und hielt zwei Jungen die Hände, die mit tränenverschmierten Gesichtern und dicht an ihn geschmiegt schliefen. Er blickte fragend auf, als die Schatten der beiden Frauen sich vor das Licht schoben.

»Gnädiger Herr?«

Der Mann erhob sich schwerfällig und vermied es dabei sorgfältig, die Jungen zu wecken. Dann kam er hinkend aus dem Unterschlupf hervor. Gil erkannte in ihm augenblicklich den Mönch wieder, der für die Flüchtlinge gesprochen hatte, als Alwir sie vom Tor der Festung fortgejagt hatte. »Ja, Trago?« Seine dunklen Augen, die tief in ihre lederharten Höhlen eingesunken waren, glitten an ihm vorbei zu Gil und Alde und blieben einen Augenblick lang an Aldes Gesicht hängen. »Ja«, sagte er ruhig. »Du kannst gehen, Trago. Hol bitte jemanden, der bei den Jungen bleibt, sei so gut.«

Trago salutierte und entfernte sich.

Der Mann wandte sich wieder zu ihnen um, und Gil bemerkte, wie wächsern die Haut unter dem dunklen Gewirr seines ungekämmten Bartes wirkte. »Ich bin Maia von Thran«, stellte er sich mit unverändert ruhiger Stimme vor. »Bischof von Penambra.« Alde setzte überrascht zum Sprechen an, und er lächelte plötzlich. Seine Zähne blitzten sehr weiß hinter seinem dunklen Bart. »Ich glaube, mein Vorgänger hat Eurer Hochzeit beigewohnt, Hoheit«, erklärte er. Aldes Gesicht wurde von heftiger Röte überzogen, für die nicht die Kälte verantwortlich war. Er fuhr mit freundlicher Stimme fort. »Ich war damals sein Gardehauptmann.« Zum Zeichen seiner Ehrerbietung für ihre Stellung verneigte er sich vor ihr. In seiner Stimme schwang kein Spott, als er sagte: »Willkommen bei den Überlebenden von Penambra.«

»Es tut mir leid«, sagte Alde ruhig. »Bitte, glaubt nicht, daß ich aus – einer müßigen Laune heraus gekommen bin, oder – oder . . .«

»Nein«, entgegnete er beschwichtigend, »das glaube ich nicht. Aber da Ihr inkognito und ohne Gefolge erschienen seid, vermute ich, daß dies alles andere als ein offizieller Besuch ist.«

Nur ein Narr hätte die Wirkung nicht bemerkt, die Alwirs abweisende Haltung gegenüber den Flüchtlingen auf seine sanftmütige Schwester hatte, dachte Gil; und diese große, dürre Vogelscheuche in den kirchlichen Lumpen sah nicht eben aus wie ein Narr. Er hatte begriffen, wie die Dinge im Lande standen. Und es war ziemlich sicher, daß er wußte, daß Alde ohne die Zustimmung und Kenntnis des Kanzlers hierher gekommen war.

Alde hob den Blick und sah ihm in die Augen. »Es tut mir leid«, wiederholte sie. »Aber ich habe es nicht fertiggebracht, *nicht* zu kommen.«

»Ich verstehe«, sagte Maia, »und ich danke Euch für Euer Mitgefühl.« Er ließ den Blick über das Lager schweifen. Männer in den schlammverkrusteten Fetzen ehemaliger Uniformen schnitzten in der wärmenden Nähe der rauchigen Feuer Pfeile, während die Frauen die Kinder versorgten, so gut es ging. Der schwere Geruch von gesottenem Aas hing in der Luft, dünne Suppen brodelten vor sich hin, und ein Kind wimmerte heiser und anhaltend. »Dennoch rate ich Euch, nicht noch einmal zu kommen. Als gesetzesmäßiger Herrscher kann ich die meisten meiner Leute daran hindern, zu Banditen zu werden. Aber bei Eurem nächsten Besuch bin ich vielleicht schon tot oder abgesetzt. Morgen schon habt Ihr es vielleicht mit einem anderen zu tun. Die Dunklen haben einen hohen Tribut gefordert.«

Alde fragte mit schüchterner Stimme: »Ist Penambra also wahrhaftig zerstört?«

»Vollkommen«, erwiderte der Bischof ruhig. »Annähernd neuntausend von uns verließen die Stadt mit Wagenladungen von Gütern, Nahrungsmitteln und allem, was wir tragen konnten. Ihr kennt Penambra – eine Stadt der Brücken, auf hundert Inselchen in der Bucht erbaut. Regenfälle überfluteten die Stadt, so daß wir in den Kellern in der Falle saßen; und die Dunklen suchen die Keller selbst während des Tages heim. Die Hälfte unserer Vorräte fiel den Wassermassen, die Hälfte der Leute den Dunklen zum Opfer, bevor wir die Stadt noch verlassen hatten. Auf unserem Weg durch das Delta war es dasselbe. Das Land ist überflutet durch die unzeitgemäßen Regenfälle und die Dunklen, die die Dämme an den Flüssen zerstört haben. Was einst der blühendste Teil des Reiches war, liegt jetzt verlassen da oder ist von Ghulen bevölkert, die von der Ausplünderung der Häuser der Toten leben. Es liegt unter der Schreckensherrschaft der Dunklen. Sie schleppen ebensoviele mit sich fort, wie sie auf der Stelle töten. Wußtet Ihr das?«

»Ja«, erwiderte Alde. »Ich wußte es.«

Er blickte sie forschend an und nickte dann. »Wenn Ihr das wißt, Hoheit, und weilt doch unter uns, dann habt Ihr mehr Glück gehabt, als ich dachte.«

Er verschränkte die langen, knochigen Arme. Dafür, daß er Kommandant der Kirchentruppen gewesen war, so dachte Gil, war er ein bemerkenswert freundlicher Mensch. Eine Gruppe zerlumpter Krieger marschierte vorüber, um die Lagerwachen abzulösen. Es waren magere, schmutzige Männer und Frauen, die im Vorübergehen salutierten.

Maia seufzte. »Nun ja. Die Leute sprachen von der Festung von Dare, dem alten Zufluchtsort in Renweth. In einigen Teilen des Landes haben

Bauernsiedlungen ihre eigenen kleinen Festungen errichtet, befestigte Bauwerke am Ufer des Flusses. Euer Bruder ist nicht der erste, der uns abgewiesen hat. Aber selbst diese Festungen scheinen keinen Schutz gegen die Dunklen zu bieten. Wir sind auf einige Festungen gestoßen, die wie Eierschalen zerschmettert waren, und die Bewohner waren tot oder hatten den Verstand verloren. Wir wurden von Rudeln von Wölfen und Hunden verfolgt, die mehrere hundert Kopf stark waren. Sogar von Weißen Räubern wurde im Tal gemunkelt . . . Manchmal habe ich auf diesem Marsch das Gefühl gehabt, es müßte das Ende der Welt sein.« Seine weißen Zähne blitzten kurz hinter den verfilzten Bartsträhnen auf. »In gewisser Weise glaube ich, daß man sich mit dem Ende der Welt leichter abfinden könnte. Wenn das, was in den Schriften steht, wahr ist, würde es wenigstens schnell gehen.«

»Oh, aber es ist alles sehr schnell gegangen.« Alde blickte sich in dem trostlosen Lager um, und die Juwelen glitzerten in ihrem Haar, als sie den Kopf bewegte. »Im Sommer saßen wir alle noch auf den Terrassen, betrachteten die Sonnenstrahlen auf den Blättern und träumten von Schlittenfahrten und Bällen zum Winterfest. Und nun sind wir vielleicht alle tot, noch bevor das Winterfest da ist. Das nenne ich schnell.«

Etwas an dem Sarkasmus ihrer Worte schien ihn zu belustigen, denn er kicherte in sich hinein. »Möglich. Möglich.« Der graue Himmel über ihnen wurde allmählich immer dunkler; er zog die Lumpen seines Umhangs fester um sich. »Aber hierher zu kommen und sich von einem, der diesen gewaltigen Festungsmonolithen im Rücken und seine wohlgenährten Kaufleute in ihren Hermelinumhängen um sich hat, sagen zu lassen, daß es weder Nahrung noch Unterkunft gibt . . . ich weiß nicht, was ich erwartet habe, Hoheit. Aber das jedenfalls nicht.«

Alde erwiderte nichts, aber Gil konnte erkennen, daß die Schamröte auf ihren Wangen brannte.

Ein Mädchen kam durch das aufgewühlte, schlammige Lager auf den Unterschlupf zugerannt, neben dem sie standen, und rief: »Gnädiger Herr! Herr Bischof!« Er trat ihr entgegen, und sie stieß atemlos hervor: »Truppen, gnädiger Herr! Sie kommen von der Straße herunter.«

Maia warf einen schnellen Blick zu Alde hinüber und begegnete ihrem überraschten Blick. Dann eilten sie alle davon, um zu sehen, was vorging.

Bevor sie die Straße erreicht hatten, hörte Gil bereits die Geräusche der Truppe, die die unnatürliche Stille im Lager übertönten. Neben dem Klirren der Koppelschlösser aus Messing, dem leisen Schmatzen von Stiefeln in halb gefrorenem Schlamm und dem leisen Klingeln der Panzerhemden hörte sie den schnaubenden Atem erschöpfter Pferde und das Knirschen von Ledergeschirr und Wagenrädern. Das Stück Land, auf dem der Wachturm stand, ragte über die Straße, und der Rand war gesäumt mit zerlumpten, schweigenden Beobachtern, die zur Seite wichen, um dem Bischof und den beiden Frauen Platz zu machen. Unter sich sah Gil den Trupp durch die Abenddämmerung eilen – Janus auf seinem kräftigen, braunen Wallach, das rote Haar unter einem Panzerhelm verborgen, die Augen blitzend auf jede mögliche Gefahr gerichtet, die aus dem Lager und dem von Menschen bevölkerten Wald dahinter drohen mochte. Dann kamen Alwirs Soldaten in ihren scharlachroten Uniformen. Sie führten die Pferde, die die leeren Wagen zogen, am Halfter. Als sie an den hungrigen Augen derjenigen vorüberzogen, denen sie Nahrung und Unterkunft verweigert hatten, hielten sie den Blick unbehaglich und beschämt gesenkt. Und schließlich die in Doppelreihe marschierende Wache der Roten Mönche, gesichtslos hinter ihren geschlossenen Helmen. Die Männer und Frauen um Gil beobachteten diese Demonstration der Stärke schweigend; nur ein Kind, das weiter hinten in der Menge stand, fragte laut, ob diese Menschen ihnen etwas zu essen bringen würden.

Maia, der neben Gil stand, sagte leise: »Es ist töricht von ihnen, so spät am Tage aufzubrechen.«

Alde schüttelte den Kopf. »Sie wollten mittags schon fort sein. Ich weiß nicht, was sie aufgehalten hat.«

Gil wußte es, doch sie sagte nichts. Die jüngste Auseinandersetzung zwischen Alwir und Govannin hatte offensichtlich Früchte getragen; obwohl die Einheit, die die leeren Vorratswagen begleitete, einen großartigen Eindruck machte, hätte Gil, wäre es ihre Entscheidung gewesen, sie verdoppelt. Auch sie erinnerte sich an die Bauernhöfe, die von den Weißen Räubern niedergebrannt worden waren.

Der Bischof von Penambra rührte sich nicht, bis der letzte Wagen und der letzte Mann der Nachhut im Schatten des verschneiten Waldes untergetaucht war. Dann sagte er: »Sie ernten also nicht nur, sondern besorgen auch noch die Nachlese, so daß diejenigen, die nachfolgen, sich aus der Spreu ihr Mahl bereiten müssen.«

Alde warf ihm einen raschen Blick zu, ihr Gesicht war gerötet vor Scham. Sie stammelte: »Wir – wir benötigen alles, was wir finden können. Alwir hat den Kaiser von Alketch um Truppenunterstützung ersucht, um ein Heer aufzustellen. Sie werden die Brutstätten der Dunklen in Gae ausmerzen und so einen sicheren Ort schaffen, von dem aus wir die Erde von den Dunklen zurückerobern können.«

Die buschigen Augenbrauen des Bischofs hoben sich, und die hohe Stirn überzog sich mit einem Leiterwerk von tiefen Falten. »Bei verschiedenen Anlässen ist der Kaiser von Alketch mit dem Teufel verglichen worden, Hoheit, und es ist insofern richtig, als man vom Teufel sagt, daß er keines Menschen Haus betreten kann, wenn er nicht vorher dazu aufgefordert worden ist, doch danach kann kein Mensch ihm mehr befehlen, es wieder zu verlassen. Ich glaube, Euer Bruder wäre gut beraten, wenn er die siebenhundert Krieger, die mir noch geblieben und die dem Hause Dare treu ergeben sind, bei sich aufnehmen würde, anstatt feindliche Soldaten mit seinem Brot zu nähren.«

»Mein Bruder sagt . . .« setzte Alde an. Doch dann schwieg sie, zu beschämt, um fortzufahren.

»Euer Bruder ist ein Mann, der seine Absichten für sich behält«, schloß Maia freundlich. Er streckte die große, knochige Hand mit den beiden verkrüppelten Fingern aus und legte sie auf den weichen, schwarzen Pelz, der ihr von den Schultern floß. »Ich verstehe, Hoheit. Aber legt bei ihm ein Wort für uns ein. Sagt ihm, daß er unsere Schwerter brauchen wird. Sagt ihm, was Ihr wollt. Wir können hier nicht mehr lange ausharren, und es gibt auf der Erde keinen Ort mehr, an dem wir Schutz suchen können.«

»Ich werde es ihm sagen.« Alde blickte fest in das hagere, wächserne Gesicht auf.

»Bittet für uns«, sagte Maia, »und wenn Ihr sie jemals brauchen solltet, Hoheit, so könnt Ihr auf unsere Schwerter und unsere Herzen zählen.«

»Wir können sie nicht einfach dem Hungertod überlassen«, rief Alde heftig aus. Auf der einsamen Straße hatte sich die Dämmerung auf sie herabgesenkt. Der Abend lag wie ein Schleier über den dunklen Bäumen.

»Alwir kann«, erklärte Gil.

»Das würde er nicht tun!«

»Er hat es bereits getan. Wenn er die Penambraner in die Festung holen wollte, müßte er, damit unsere eigenen Leute nicht verhungern, eine Art Rationierungssystem einführen. Govannin wird das niemals zulassen.«

»Aber sie ist die Bischöfin!« beharrte Alde leidenschaftlich. »Sie ist das Oberhaupt der Kirche!«

»Sicher«, pflichtete ihr Gil ungerührt bei. »Glaubt Ihr, sie würde einen zweiten Bischof in ihrem Bezirk mit offenen Armen aufnehmen? Noch dazu einen Menschen von niederer Herkunft?« Gil hatte genug vom Namenssystem in Wathe gelernt, um zu wissen, was dieses ›von Thran‹ am Ende von Maias Namen zu bedeuten hatte: Landarbeiter, Ackerknecht, Kornschnitter vielleicht; jedenfalls einer, auf den die Sprößlinge aus altem, edlen Geblüt, die sich des halbköniglichen ›-ion‹ an ihrem Titel rühmen konnten, herabsehen mußten.

Alde seufzte entmutigt. »Ich wünschte, Ihr würdet so etwas nicht sagen.«

»Ich kann es nicht ändern.« Gil zuckte die Achseln. »Ich bin der geborene Advocatus Diaboli. Aber ich sage nicht, daß es nicht sein kann.« Etwas raschelte in den dunklen Zweigen, und Gil richtete ihre Aufmerksamkeit auf das Geräusch. Eine Eule schwebte leise von einem Ast herunter. Sie wandte sich wieder Alde zu und ließ sich nicht anmerken, daß ihr Herzschlag sich beschleunigt hatte. »Alwir hat in einem recht – man muß irgendwo die Grenze ziehen«, fuhr Gil fort. »Aber es ist Platz genug in der Festung, wenn es den Neuankömmlingen nichts ausmacht, in den hinteren Räumen des vierten Stockwerks oder unter den Ziegeln des fünften zu hausen. Und ich weiß nicht, was die Leute, die Alwir zur Nahrungssuche ausgesandt hat, finden werden. Wenn noch reichlich Vorräte in den Tälern lagern, könnte das die Lage verbessern. Das hat Alwir nicht in Betracht gezogen.« Sie zuckte wieder die Schultern. »Aber ich weiß nur zu gut, daß nicht alle Vorräte in der Festung registriert sind und sich im Hauptlager befinden. Ich bin auf meinen Patrouillegängen an Dutzenden von leerstehenden Zellen vorübergekommen, die verschlossen und verriegelt sind, und ich möchte wetten, wenn der Frühling erst anbricht und die Leute am Verhungern sind, werden Leute wie Alwirs Freunde Bendle Stooft und Mongo Rabar ganz plötzlich ihr Bündel öffnen. Aber ich weiß es natürlich nicht genau.«

Alde runzelte die Stirn. »Wo könnten wir die Lebensmittelvorräte aufbewahren, wenn die Penambraner kommen? Sie werden den Platz zum Wohnen brauchen.«

»Das ist einfach«, erwiderte Gil. »Man könnte sie nach draußen schaffen. Es ist schon ein paarmal darüber gesprochen worden – man könnte hinter den Viehställen eine riesige Scheune bauen und sie mit einer Mauer gegen Wölfe und Rotwild schützen. Die Dunklen essen kein Getreide oder Fleisch von toten Tieren.«

»Glaubt Ihr, daß Alwir das tun würde?«

»Alwir würde es großartig finden. Er wäre ganz von Sinnen vor Freude, wenn er wüßte, wo alle Vorräte in der Festung aufbewahrt werden. Govannin wird es verhindern, und sie werden einen Streit darüber vom Zaun brechen, ob all diese Nichtkrieger in der Festung gebraucht werden.«

Alde warf ihr einen vorwurfsvollen Blick zu. »Hat Euch schon einmal jemand gesagt, daß Eure Gedankengänge sehr häßlich sind?«

Gil grinste in der Dämmerung vor sich hin. »Was glaubt Ihr wohl, warum ich nie geheiratet habe?« Sie hielt plötzlich inne, faßte Alde am Arm und bedeutete ihr, ebenfalls stehenzubleiben. Doch das Geräusch, das sie vernommen hatte, war nur das Seufzen des Windes, der eiskalt durch die kahlen Äste strich. Ihr wurde bewußt, daß es plötzlich sehr dunkel geworden war. Sie beschleunigten ihren Schritt und setzten den Weg fort.

»Da«, sagte Gil, als sie eine Biegung der schlammigen Straße erreichten. In weiter Ferne war im schwarzen Berghang ein rötliches Lichtviereck zu sehen. »Sie müssen Feuer vor dem Tor entzündet und es offengelassen haben.«

»Das können sie nicht tun!« widersprach Alde. »Es ist gegen das Gesetz der Festung! Wenn die Dunklen zahlreich angreifen würden . . .«

»Es bedeutet, daß sie Euer Verschwinden bemerkt haben«, erklärte Gil ruhig und warf einen Blick zum Himmel hinauf. Zu beiden Seiten der Straße waren die Bäume mit der Dunkelheit verschmolzen und bildeten einen undurchdringlichen Dom, in dessen endlosem Säulenlabyrinth hier und da eine schwarzgefleckte Buche wie Silber in der Finsternis schimmerte. Wenn das letzte Tageslicht schwand, würden sie fast blind dahinwandern.

»Aber Tir ist drinnen«, widersprach Alde heftig. *Das sieht ihr ähnlich,* dachte Gil mißbilligend, *daß sie an ihr Kind denkt, anstatt sich um ihre eigene Sicherheit Gedanken zu machen.* »Alwir hätte . . .«

»Aber ich bitte Euch«, fiel Gil ihr streng ins Wort. »Glaubt Ihr wirklich, das würde er tun?« Sie blieb erneut stehen; diesmal war sie sicher. Sie spürte es in den Adern, die plötzliche Spannung, die kaum etwas mit Angst zu tun hatte. Gänsehaut bildete sich auf ihren Armen. Sie fühlte die ruhelose Bewegung der Luft auf den Wangen wie den Atemhauch uralter Nacht.

Sie spürte eine Bewegung in der Luft über ihr; doch als sie aufblickte, sah sie nur dunkle Wolken. Aber sie spürte etwas in den Schatten, etwas, das boshaft lauernd die verschneite Dunkelheit durchdrang. Das leise Klirren ihres Schwertes, als sie es zog, klang sehr laut in der vollkommenen Stille.

»Da!« flüsterte Alde. Gil fuhr herum und sah, geistergleich, eine Bewegung in der Dunkelheit über dem Schnee. Geschmeidig und unmenschlich wurde es flüchtig sichtbar und verschwand wieder. Ohne recht zu wissen, warum, wandte sich Gil um und erspähte etwas – eine nur erahnte unnatürliche Bewegung, Schnee, der gegen den Luftzug aufgewirbelt wurde – zu ihrer Rechten. Aber es verflog wieder wie ein in die Dunkelheit geflüstertes Wort.

Dann sauste etwas aus der Luft auf sie herunter, etwas, aus dessen ungeheurem Schlund Säure troff und den Schnee zu ätzendem Regenwasser schmolz, etwas, das nach Blut und Dunkelheit stank. Es zischte leise, als die rasiermesserscharfe Klinge durch das rußschwarze Protoplasma glitt und sie beide mit einem Schwall faulig-zäher Flüssigkeit, die aus der Wunde strömte, übergoß. Gil sah das Wesen jetzt, das sich als ein formloses Dunkel, das im Flug größer wurde, durch die Luft schwang, mit panzerharten Zangen zuschnappte und mit dem gezackten Schwanz, der sich wie eine Peitsche aufrollte und dicker war als der Unterarm eines Menschen, plötzlich zum Schlag ausholte. Sie hieb mit dem Schwert zu und trennte zwei Meter von diesem peitschenden Tau ab, das sich augenblicklich aufzulösen begann. Das Wesen warf sich wie ein brüllender Orkan des Schweigens auf sie, die triefenden Tentakel seines Maules reckten sich ihr entgegen, eine uralte, alles verschlingende Wolke der Nacht. Sie trat in das schleimtriefende Gewirr zuckender Membrane, hieb in die Dunkelheit und wußte, noch bevor ihr Schwert das Ungeheuer spaltete, daß sie es erwischt hatte, und zwar sauber. Dann legten sich die klebrigen Überreste des geschlagenen Wesens wie nasse, zerfallende Tücher im Wind um sie. Der Schnee um sie herum stank.

Alde, die sich geistesgegenwärtig zu Boden geworfen hatte, um Gil freie Bahn zu geben, wollte sich erheben. Ihr Gesicht war totenbleich, aber ruhig.

»Nein«, mahnte Gil leise, »bleibt unten.« Wortlos gehorchte Minalde. Nichts rührte sich in der Dunkelheit, aber Gil spürte die Eiseskälte der Dunklen noch immer. Durch den Leichengeruch des Schnees um sie herum nahm sie die schärfere Ausdünstung der lebenden Kreaturen wahr. Mit einer einzigen Bewegung fuhr sie herum und schlug zu; ihr Körper reagierte auf Zeichen, bevor ihr Bewußtsein sie wahrnahm. Das Wesen, das so plötzlich aus der Dunkelheit hinter ihr aufgetaucht war, wurde von einem langen, mit einer Hand geführten Seitenhieb gespalten, der, wie Gnift ihr am selben Morgen versichert hatte, aussah, als würde eine alte Großmutter einen Teppich klopfen . . .

Zum Teufel mit Gnift und seiner Großmutter, dachte Gil, während sie sich der Schleimflut entgegenwarf und auf den dritten Dunklen einhieb. Irgendwie fand sie Gefallen an dieser sauberen, furchtbaren Präzision. Gesicht und Hände mit rußschwarzem Schleim bedeckt, schnellte sie herum, um die Nacht nach weiteren Zeichen des Angriffs witternd zu durchforschen.

Die Nacht war still. Sie streckte den Arm aus und zog Alde hastig auf die Füße; dann rannte sie auf das hellrote Lichtviereck zu, das einzig noch sichtbar war in der Schwärze der wolkenverhangenen Nacht. »Sind es noch mehr?« flüsterte Alde, während sie über die Schulter zurückblickte zu der geballten, winddurchstreiften Dunkelheit der Bäume und den Bergen dahinter. »Könnt Ihr . . .«

»Ich weiß es nicht«, erwiderte Gil schwer atmend. Ihre Füße glitten im zertrampelten Schlamm der Straße aus, und sie strauchelte, das Schwert in der einen Hand, mit der anderen Alde fest am Ellbogen gefaßt. »Sie haben eine Brutstätte zwanzig Meilen nördlich von hier im Tal – sie haben also keinen weiten Weg bis hierher. Ich vermute, daß diese drei Dunklen von der Hauptgruppe der Angreifer abgeirrt waren.« Das Licht war jetzt nähergerückt, warm und bernsteinfarben auf dem Schnee, glashart zurückgeworfen von den schwarzen Mauern der Festung. In dem hellroten, wirbelnden Feuerschein wurden Gestalten erkennbar – Alwir, der in seinem Umhang mit den wehenden Schößen wie Luzifer aussah, der Schwertmeister der Garde, Gnift, dessen Glatze den Feuerschein widerspiegelte, Seya und die übrigen Gardeoffiziere.

»Die Hauptgruppe der Angreifer?« fragte Alde entsetzt. »Aber wo . . .?«

»Könnt Ihr Euch nicht vorstellen, wo die anderen Dunklen sind? Warum haben uns nur drei von ihnen angegriffen?« Sie erreichten das letzte abschüssige Stückchen Land und traten in den Schein der gewaltigen Feuer. Das rötliche Licht vergoldete Aldes zerschrammtes, schmutziges Gesicht und warf einen lebendigen Schimmer auf den dunklen, windzerzausten Pelz ihres Umhangs. Sie schüttelte verwirrt den Kopf.

»Sie sind alle unten am Hohen Tor«, erklärte Gil ruhig.

Alde zuckte erschrocken zusammen. »Oh, nein«, flüsterte sie.

Dunkle Gestalten drängten sich in dem hellen Spalt des Eingangs. Alwir schritt die Treppe hinunter auf sie zu. Seine Miene drückte Erleichterung und Besorgnis und – so fand Gil – ein wenig Verärgerung aus. Es half nicht gerade, daß Alde augenblicklich und ohne nachzudenken die Schuld auf sich nahm und sich benahm wie ein Schulmädchen, das bei einem dummen Streich ertappt worden war. Ihr Bruder faßte sie sanft am Arm und führte sie die Stufen hinauf.

Im Torweg sprachen alle durcheinander. Die Torflügel – sechs Zentimeter dicker, solider Stahl – wurden geschlossen. Die gut geölten Verschlußmechanismen klickten leise, als die Ringe gedreht wurden. Gil kam es vor, als drängten sich Hunderte von Menschen in dem drei Meter langen Torweg – Gardisten und Alwirs rotuniformierte Soldaten, Freiwillige und Herdenkinder, neugierige Müßiggänger und Menschen, die mit ihrer Geschäftigkeit im Wege waren. Der enge Raum hallte von ihrem Geplapper wider. Schwelende Fackeln gaben ein gespenstisches Licht. Gil hörte sich die Geschehnisse hervorsprudeln, Seya und Gnift lauschten ihr aufmerksam. Starke Hände lagen auf ihrem Rücken und auf ihren Schultern. Sie war von all ihren Freunden umringt. Vor ihr tanzten, kaum sichtbar hinter den dichtgedrängten Rücken der Menschen, die zuckenden Schatten irrwitzig über Königin und Kanzler. Die schlammbedeckte kleine Schwester und der hochgewachsene Bruder teilten sich gemeinsam in den weiten, dunklen Umhang des Mannes.

Als die Menge durch das innere Tor in den Hauptgang hinausquoll, überholte Gil die beiden. Sie sah Alde ernsthaft und so heftig reden, daß ihr die nassen Haarsträhnen um das Gesicht flogen. Alwir blieb stehen und hörte ihr würdevoll zu.

Gil war nahe genug, um seine Worte zu verstehen. »Alde, es tut mir leid, ich kann nichts für sie tun . . .«

»Du kannst es versuchen!« rief Alde heftig. »Du kannst wenigstens mit ihm reden, anstatt sie wie Landstreicher davonzujagen!«

»Du bist eine Mutter«, erwiderte der Kanzler, »und dein Herz ist leicht von Mitleid zu erweichen. Ich bin ein Befehlshaber. Janus und seine Leute sind heute nachmittag zur Nahrungssuche in die Flußtäler aufgebrochen, und vielleicht können wir die Lage neu überdenken, wenn sie zurückkommen.«

»Dann ist es zu spät!« entgegnete sie hartnäckig. Ihr Bruder faßte sie bei den Schultern und sah ihr in das weiße, angespannte Gesicht, die brennenden Augen.

»Alde, bitte begreif doch«, sagte er leise. Sie wandte den Kopf ab. Ihr Gesicht streifte das weiche, perlenbesetzte Leder seines behandschuhten Handgelenks. Er legte ihr sanft die Hand auf die Wange und zwang sie, ihm wieder in die Augen zu sehen. »Alde, meine Schwester – ich bitte dich, stell dich nicht gegen mich. Wenn du das tust, wird sich die

Festung in Chaos auflösen, und wir werden alle vernichtet. Bitte, geh nie wieder hinter meinem Rücken fort.«

Sie nickte niedergeschlagen, und Alwir legte ihr beschwichtigend den Arm um die Taille. Alde stützte sich auf ihren Bruder, als wäre sie völlig erschöpft, ihr schwarzes Haar floß über seine samtbedeckte Schulter, und er führte sie zu den Königlichen Gemächern zurück, die jetzt ihre Heimat waren.

Umringt von Gardisten, sah Gil ihnen nach, zwei dunkle Gestalten, deren Umrisse sich im warmen, zuckenden Schein der Fackeln abzeichneten. *Nun ja, was soll's, zum Teufel,* dachte sie. *Jetzt, da Rudy fort ist, hat sie nur noch ihn. Und ich kann verstehen, daß Alwir keinen Leuten Einlaß gewähren will, die ihn dafür hassen, daß er sie zuvor abgewiesen hat.*

Dennoch war ihr zumute, als hätte sie gerade zugesehen, wie das Todesurteil für den freundlichen Priester und seine zerlumpte Schar bei den Ruinen des Hohen Tores unterzeichnet wurde.

Fünftes Kapitel

»Gott im Himmel!«

»Also wirklich, Rudy«, entgegnete Ingold mit überaus sanfter Stimme. »Du brauchst dir keine Sorgen zu machen. Es sind nur Dooer.«

»Berühmte letzte Worte.« Rudy stand unentschlossen auf dem tiefliegenden Hohlweg und beobachtete beunruhigt den schmutzigen Haufen menschenähnlicher Wesen, die so unvermittelt auf der Böschung über ihnen aufgetaucht waren. »Genauso hat General Custer über die Indianer gesprochen.« Ingold warf ihm einen verwunderten Blick zu. »Ach, vergiß es.« Er zog das Schwert und machte sich auf einen Kampf gefaßt.

In Karst hatte Rudy zahme, versklavte Dooer gesehen, die ihren Herren mit furchtsamen, hündischen Blicken nachgewatschelt waren. Damals hatte er sie für bedauernswerte Kreaturen gehalten. Wild und nackt, mit entblößten Reißzähnen, wie sie zu beiden Seiten der verlassenen Straße standen, sahen sie vollkommen anders aus. Es mußten wohl über zwanzig kräftige Männer in der Schar sein; der Größte von ihnen, der mitten auf dem Weg stand, einen mächtigen Steinbrocken in der verkrümmten Hand, war nicht viel kleiner als Rudy. Ingold hatte ihm bei früherer Gelegenheit gesagt, daß Dooer praktisch alles aßen, einschließlich Esel – wahrscheinlich auch einschließlich Menschen, wenn es ihnen gelang, sie zu töten. Er fragte sich, wieviel Ingolds und sein eigenes Schwert gegen so viele würden ausrichten können.

Ingold schnalzte vorwurfsvoll mit der Zunge und legte Che beschwichtigend die Hand auf den Schädel. Das Maultier war einer Hysterie nahe – es bedurfte wahrhaftig keiner großen Anstrengung, es in diesen Zustand zu versetzen –, doch unter dem Streicheln des alten Mannes beruhigte es sich rasch. Rudy, der ein Stück vor ihnen stand, wagte einen Blick zu Ingold zurück.

»Würden diese Wesen Menschen angreifen?«

»Oh, höchstwahrscheinlich.« Ingold ergriff den Stirnriemen des Esels mit einer Hand, schob sich an Rudy vorbei und schritt ruhig auf das halbe Dutzend behaarter, zweibeiniger Wesen zu, die die Straße versperrten. »In diesem Teil des Landes werden sie gejagt und zur Arbeit in den Tretmühlen der Silberminen gezwungen. Ich glaube nicht, daß die wild lebenden Dooer wissen, wohin ihre Gefangenen gebracht werden, aber sie bringen die Menschen mit Pferden, Netzen und Feuer in Verbindung, und das reicht ihnen.«

Der große, männliche Dooer vor ihm hob unter furchterregendem Gebrüll seine Waffe. Unbekümmert deutete Ingold auf den Hauptteil der Gruppe, Frauen und Kinder, die sich auf dem Berghang über ihnen drängten. »Siehst du, wie die schwächeren Mitglieder des Stammes sich in der Nähe der stärkeren halten? Auf diese Weise schützen sie sich gegen Präriewölfe und *Hrigg*, die furchtbaren Raubvögel.«

Rudy holte tief Luft – etwas wenig Ratsames in unmittelbarer Nähe einer größeren Anzahl von wilden Dooern. *Also gut, Mann, du bestimmst die Regeln*, dachte er und wog sein Schwert in der Hand, entschlossen, sein Leben so teuer wie möglich zu verkaufen.

Ingold, der ihm einige Schritte voraus war, drehte nicht einmal den Kopf. »Sachte, Rudy. Kämpfe nie, wenn du ungesehen vorübergehen kannst.« Als er dicht herankam, schienen die Dooer vergessen zu haben, warum sie dort auf der Straße standen. Einige blickten ziellos in die Luft, auf den Boden oder warfen einander verwirrte Blicke zu, andere verließen die Straße und gruben nach Würmern oder stocherten in dem niedrigen Buschwerk nach Eidechsen zum Essen. Ingold, Rudy und Che drängten sich an ihnen vorbei. Die einzige Belästigung war der unerträgliche Geruch.

»Wähle immer den leichtesten Ausweg«, belehrte ihn Ingold gutgelaunt, als sie die menschenähnlichen Wesen hinter sich ließen, und kratzte den Esel hinterm Ohr. »Es schont die Nerven.«

Rudy warf einen Blick zu den Neandertalern zurück, die sich bereits verstreuten und zu ihren gewohnten Beschäftigungen zurückkehrten, nämlich der Käferjagd und dem Flöhesuchen. »Puh!« entgegnete er erleichtert.

Ingold hob belustigt die Augenbrauen. »Also wirklich, Rudy. Abgesehen von ihren rauhen Tischmanieren sind sie nicht die schlechteste Gesellschaft, die ich mir vorstellen kann. Ich bin einmal fast einen Monat lang mit einer Dooersippe durch die nördliche Wüste gezogen, und obwohl sie keine besonders vornehmen Begleiter waren, achteten sie darauf, daß mir kein Leid geschah.«

»Du bist mit diesen Dingern herumgezogen?«

»Aber ja«, versicherte Ingold. »Das war damals, als ich noch Dorfzauberer in einem kleinen Ort in Gettlesand war. Der Ort lag Hunderte von Meilen von ihren gewohnten Fährten entfernt, aber sie wußten offensichtlich, daß ich ein Zauberer war, denn als das Wasser der einzigen Quelle auf ihrem Gebiet ungenießbar wurde, kamen sie in den Süden und schleppten mich eines Nachts von da fort, um das Wasser in ihrer Quelle wieder genießbar zu machen.«

»Und hast du es getan?« erkundigte sich Rudy, gleichermaßen gebannt wie abgestoßen.

»Selbstverständlich. In der Wüste bedeutet Wasser Leben. Ich konnte sie schlecht zwingen, wegen des Wassers näher zu den Siedlungen der Menschen zu kommen, denn dann wären sie gefangen oder getötet worden.«

Darauf konnte Rudy nur den Kopf schütteln.

Sie hatten die Hochebene verlassen und die Grenze des Wüstengebietes bereits überschritten. Sie wanderten durch eine trockene, kalte Welt, in der die Fußmärsche von Wasserquelle zu Wasserquelle bemessen wurden und der Wind Staubdämonen über den kahlen Horizont peitschte. In den großen, flachen Senken, die aussahen wie ausgetrocknete Seen, spielte der Wind gespenstische Weisen in den rasselnden Gerippen oder Stechkakteen. Die Erhebungen dazwischen bestanden aus kahlem Fels, Ton und Lavagestein, das von der ungebrochenen Grausamkeit der Elemente zu bizarren Umrissen geformt oder zu Steinen, Kieseln und Sand zerrieben worden war. An manchen Stellen war der Weg vollständig unter Dünen begraben, deren Sand mit den leiterähnlichen Spuren von riesigen, über zwei Meter langen Seitlichkriechern bedeckt waren. Einmal erblickte Rudy Tiere, die aussahen wie riesige, zweibeinige Vögel, im pfeilschnellen Flug an der rötlichen Linie des Horizonts. Es war ein unheimliches Land, in dem, sofern sie nicht miteinander sprachen, tagelang keine anderen Laute zu vernehmen waren als das beständige Pfeifen des Windes, die Huftritte des Esels auf dem Weg und das rieselnde Scharren des verwehten Sandes. Es war wie die Stille in den Bergen in Rudys kalifornischer Heimat, die Stille, die er damals auf seinen einsamen Ausflügen mit dem Jagdgewehr oder mit Pfeil und Bogen gesucht hatte. In dieser unendlichen Stille war das Surren eines Insekts wie der Lärm von Flugzeugmotoren. Die einzigen Geräusche, die sie hörten, waren diejenigen, die sie selbst verursachten – das Knirschen der Ledergürtel und ihre Atemzüge.

In dieser verlassenen Weite begegneten die Wanderer keiner Menschenseele, doch die Einsamkeit verursachte Rudy nicht etwa ein Gefühl des Alleinseins, sondern versetzte seine Seele in einen Zustand maßlosen Friedens. Sie sprachen selten in jenen Tagen. Keiner von beiden schien es zu vermissen. Sätze, die im Abstand von zwei oder drei Tagen ausgesprochen wurden, hielten den Faden der Unterhaltung aufrecht. Einmal zeigte Ingold Rudy den Bau des Tarantelfalken oder die Spuren des kleinen gelben Katzenhirsches, dann wieder erkundigte sich Rudy nach einem unbekannten Kaktus oder einer Gesteinsart, die er noch nie gesehen hatte. Zweimal fühlten sie die Nähe der Dunklen, die sie in Nächten aufspürten, wenn der Wind sich gelegt hatte. Aber die meiste Zeit waren sie mutterseelenallein.

»Wie lange warst du in der Wüste?« fragte Rudy, nachdem sie lange Zeit schweigend dahingewandert waren.

»Mein ganzes Leben lang«, erwiderte Ingold und lächelte über den erstaunten Blick, den Rudy ihm zuwarf. Seit ihrem Aufbruch von der Festung hatte sich die fahle Wolkendecke nicht ein einziges Mal gelichtet; in dem schattenlosen Licht erschienen die Linien in seinem windgegerbten Gesicht sehr dunkel. »In der Wüste bin ich zu Hause, weißt du. Quo ist zwar meine Seelenheimat, der Ort, zu dem ich gehöre, aber aufgewachsen bin ich in der Wüste. Ich habe sie von einem Ende zum anderen durchwandert, von der Grenze zum Dschungel von Alketch bis zu den Lavabergen, die das Eis im Norden begrenzen, und dennoch kenne ich sie nicht ganz.«

»War das zu der Zeit, als du Dorfzauberer warst?«

»Oh, nein. Das kam später, nachdem König Umar, Eldors Vater, mich aus Gae verbannt hatte. Fünfzehn Jahre lang lebte ich damals als Einsiedler im Land der geborstenen Felsen, in dem es nur einsame Berge und den Himmel gibt. Manchmal war ich monatelang allein dort, und nur der Wind und die Sterne leisteten mir Gesellschaft. Einmal dauerte es vier Jahre, bis ich ein anderes menschliches Wesen zu Gesicht bekam.«

Entsetzt und verständnislos starrte Rudy den Zauberer an. Es war ihm unbegreiflich. Wie die meisten Menschen seiner Generation hatte er selten mehr als zwölf Stunden allein verbracht. Er konnte sich einfach nicht vorstellen, wie es war, vier Jahre lang allein, vollkommen allein zu sein. »Was hast du getan?«

Seine Gefühle mußten sich in seiner Stimme ausgedrückt haben, denn Ingold lächelte wieder. »Nach Nahrung gesucht. Das nimmt viel Zeit in Anspruch in der Wüste. Ich habe die Tiere und den Himmel beobachtet. Und nachgedacht. Meistens habe ich nachgedacht.«

»Worüber?«

Ingold zuckte die Schultern. »Über das Leben. Über mich. Die Dummheit der Menschen. Den Tod. Angst. Macht. Das war – ach vor vielen Jahren. Es gab damals noch einen anderen Einsiedler dort, einen Mann von außerordentlicher Güte und Kraft, der mir zu einem Zeitpunkt half, als ich Hilfe bitter benötigte.« Er runzelte die Stirn in der Erinnerung. Rudy sah in seinen Augen einen kurzen Widerhall des jungen Mannes, der er damals gewesen, als er allein durch die Einsamkeit der Wildnis gewandert war. Dann schüttelte Ingold den Kopf, als wolle er einen unmöglichen Gedanken von sich schieben. »Er ist inzwischen höchstwahrscheinlich tot, denn er war ziemlich alt, als er mir das erste Mal begegnete, und ich war nur ein bißchen älter als du jetzt.«

»Kannst du mit ihm in Verbindung treten?« fragte Rudy neugierig. »Wenn er ein Zauberer ist, weiß er vielleicht Neuigkeiten über die Zauberer von Quo.«

»Oh, Kta war kein Zauberer. Er war – ich weiß nicht, was er wirklich war. Einfach nur ein kleiner, alter Mann. Aber nein, weder ich noch sonst irgend jemand könnte mit ihm in Verbindung treten. Man könnte ihn finden, wenn er gefunden werden wollte, und wenn nicht . . .« Ingold breitete seine leeren Hände aus. »Ich habe ihn mehr als fünfzehn Jahre nicht gesehen.«

Während sie schweigend weiterwanderten, gingen Rudy alle möglichen unzusammenhängenden Gedanken durch den Kopf, und er erfaßte mit den Augen winzige Spuren im Sand, Muster, die der Wind gegraben hatte, und Gestalt und Wesen von Pflanzen, die gelb und verdorrt vor dem verlassenen Himmel standen. Er versuchte, sich Ingold als jungen Mann vorzustellen, sich eine Situation auszumalen, in der der Zauberer Hilfe bitter benötigte, versuchte, sich ein Bild von dem Menschen zu machen, der in der Lage war, Ingold etwas zu geben, das er nicht selbst finden konnte.

Die Straße stieg aus der Senke zu einer kleinen Anhöhe auf, deren Scheitelpunkt über einen kahlen Rand in eine weitere flache, mit Salzgestrüpp bewachsene steinige Senke auslief. Ein Windstoß peitschte Rudy die langen Haarsträhnen in die Augen. Einen Augenblick lang war er nicht sicher, ob er es sich nur einbildete oder ob er wirklich weit draußen in der Ebene etwas aufblitzen sah. Selbst als er stehenblieb und die Augen mit der Hand beschattete, erkannte er nicht genau, was es war – nur, daß hoch oben in der Luft die Aasgeier darüber kreisten.

»Was ist das?« fragte er leise, als Ingold umkehrte und an seiner Seite stehenblieb.

Der alte Mann antwortete eine Weile nicht. Er stand, die Augen angestrengt in die Ferne gerichtet, da, und zeigte keine sichtbare Bewegung. Aber Rudy spürte die angespannte Unruhe, die in ihm aufstieg, als mache er sich auf einen plötzlichen Angriff gefaßt.

»Weiße Räuber«, erklärte Ingold schließlich.

Rudy wandte den Blick von den entsetzlichen Überresten des Opfers der Weißen Räuber ab. Die Leiche mußte schon beinahe eine Woche dort gelegen haben. Was Geier und Schakale nicht gefressen hatten, hatten die Ameisen abgenagt. Doch der Leichnam war noch frisch genug, um abscheulich zu wirken. Rudy lenkte seine Aufmerksamkeit auf das Kreuz, das am Kopf des lang ausgestreckten Opfers errichtet worden war; es war mehr als zwei Meter hoch und mit kunstvollen Federbändern, polierten Knochen und Glas behangen. Das Kreuz selbst bestand aus Holz, das in dieser baumlosen Gegend sehr selten war, und am Schnittpunkt der Balken war ein Totenschädel festgenagelt. Die Federbüsche und geflochtenen Grasstränge drehten sich spielerisch im Wind und erinnerten ihn merkwürdig an die Schädel aus Zuckerwerk und mit Rosen in den Augenhöhlen zur *Fiesta de los Muertos*.

»Es ist ein Beschwörungspfahl.« Ingold schritt um das Kreuz herum, und er bewegte sich so katzengleich, daß er kaum Spuren in der ausgedörrten, aufgeworfenen Erde hinterließ. Er glitt leicht mit den Fingern über das glattgeschliffene Holz, als wolle er durch die Berührung etwas erkennen, dann strich er über die baumelnden Glasstücke. »Das ist eigenartig.« Er sagte die Worte halb zu sich selbst, wie ein Mensch, der in seinem Garten Blumen findet, die er nicht selbst gepflanzt hat.

Rudy schauderte und suchte den Horizont ab, als könnten die Weißen Räuber plötzlich wie Apachen in der fahlen Einöde aus Sand und Dornen vor ihnen auftauchen.

»Haben es die Weißen Räuber getan?«

»Oh, ja.« Ingold trat zu dem Gerippe des Opfers und kniete nieder, um die abscheulichen Knochen zu untersuchen. Rudy wandte den Blick ab. »Die Weißen Räuber bringen Menschenopfer dar, um irgend etwas, vor dem sie sich fürchten, günstig zu stimmen – du hast das in den Tälern vor Renweth schon einmal gesehen –, und gewöhnlich, wenn auch nicht immer, errichten sie einen Beschwörungspfahl, damit die Seelen der Gemarterten tot bleiben.« Er richtete sich stirnrunzelnd auf. »Gewöhnlich widmen sie diese Versöhnungsgaben den Eisstürmen, die sie für böse Geister halten; in letzter Zeit haben sie oftmals den Dunklen gegolten. Aber das hier . . .« Er trat wieder zu dem Kreuz, selbst einem Geist ähnlich im bleichen Licht des schattenlosen Nachmittags. »Das habe ich noch nie gesehen.« Er entfernte sich ein Stück und stocherte mit dem Stab in der harten, rissigen Erdkruste. Die knorrigen gelben Zweige des Katzendorns zerrten an seinem Umhang, und der aufgewirbelte Sand verwischte seine Spuren. »Sie fürchten sich vor etwas, Rudy, und sie fürchten sich so sehr, daß sie einen der Ihren opfern, um seinen Zorn abzulenken. Aber es kann kein Eissturm sein, so weit im Süden – und es sind nicht die Dunklen.«

»Woher weißt du das?« fragte Rudy erstaunt.

»Ich erkenne es am Muster der Federbänder und an den Zeichen, die in das Holz geritzt sind. Hier sind nicht die gewohnten Jagdgründe irgendeines Stammes der Weißen Räuber, den ich kennen würde – sie streifen überhaupt nicht durch die Wüste, sondern bleiben in den Ebenen auf den Spuren von Bison und Mammut. Nur der ungewöhnlich kalte Winter und die Dunklen haben sie hierher getrieben.« Er kam zurück und nahm Ches Zügel wieder auf, und er sah ganz so aus wie ein zerlumpter alter Schürfer, der zwischen Kaktus und Dornengestrüpp nach der Goldader sucht. »Wir müssen vorsichtig sein und unsere Spuren verwischen«, fuhr er fort, während er sich dem Weg zuwandte. »Die Weißen Räuber schätzen Stahlwaffen sehr hoch und würden uns höchstwahrscheinlich die Kehle durchschneiden, um in den Besitz unserer Schwerter zu gelangen.«

»Großartig«, sagte Rudy schicksalsergeben. »Noch etwas, worum wir uns Sorgen machen müssen.«

»Zweierlei«, berichtigte ihn Ingold. »Um Räuber und das, wovor sie sich fürchten.«

Aber während der zwei darauffolgenden, ereignislosen Tage sahen sie keine Spur von den Weißen Räubern. Am Nachmittag des zweiten Tages glaubte Rudy auf der Straße vor ihnen eine Staubwolke und eine Bewegung zu erkennen, und er schlug vor, daß sie sich verstecken sollten.

»Unsinn«, winkte Ingold ab. »Jeder Weiße Räuber, der den Staub

höher als bis zu den Knien aufwirbelt, würde aus dem Stamm ausgestoßen und den Schakalen zum Fraß überlassen.«

»Oh.« Rudy beschattete die Augen und blickte in die klare, graue Ferne. »Es ist aber eine verdammte Menge Staub für eine einzige Familie.«

Als sie näher herankamen, erkannte Rudy, daß es tatsächlich mehr als eine Familie oder auch nur einige Sippen waren. So wie die Flüchtlinge aus Gae und Karst und die zerlumpten Überlebenden von Penambra war hier eine ganze Stadt auf den Beinen. Eine lange Reihe rollender Wagen war umringt von einem auseinandergezogenen Ring von Reitern und weit verstreuten Führern zu Fuß. Das Knarren von Ledergeschirr und das Hundegebell klang merkwürdig fremd in Rudys Ohren. Bis zu diesem Zeitpunkt war ihm nicht bewußt gewesen, wie sehr er sich an die Stille der Wüste gewöhnt hatte. An der Spitze des Wagens schritt eine Frau mit langem Umhang zu Fuß, und sie war es auch, die den Schritt beschleunigte, um ihnen entgegenzutreten, als die berittenen Führer von beiden Seiten herankamen. Etwas in der Anordnung des Zuges erinnerte Rudy an das, was Ingold über die Wandergewohnheiten der Dooer gesagt hatte, und er mußte unwillkürlich lächeln bei dem Gedanken.

Als die Frau nah genug war, zog sie die Kapuze ihres Umhangs zurück und enthüllte ein langes, flaches Gesicht, das schon reizlos gewesen sein mußte, bevor es von den Narben der Schwanzschläge der Dunklen und den Brandflecken durch die Säure gezeichnet worden war. Ihre Krieger blieben hinter ihr zurück, finstere, staubige Gestalten in Schaffelljacken und mit zwei Meter langen Bögen in den Händen. Die Frau selbst trug eine Hellebarde, deren gewaltige Klinge in dem fahlen Tageslicht schimmerte und die sie offenkundig als Gehstock benutzte.

»Willkommen«, rief sie ihnen entgegen, als sie herankamen. »Ich freue mich, Euch hier auf unserem Weg zu begegnen, Pilger.« Von nahem erkannte Rudy, daß sie etwa fünf Jahre älter war als er. Sie hatte glattes, schwarzes Haar, das zu einem Pferdeschwanz gebunden war, und die haselnußfarbenen Augen, denen man in Gettlesand so häufig begegnete. »Woher kommt Ihr, daß Ihr westwärts wandert? Seid Ihr aus dem Reich?« Hoffnung, Wißbegier und ängstliche Erwartung lagen im Widerstreit in ihrer und ihrer Begleiter Miene.

Ingold streckte ihr die Hand entgegen und beugte zum Zeichen des Grußes und der Ehrerbietung den Kopf. »Wir kommen aus dem Reich«, erwiderte er. »Aber ich fürchte, wir bringen schlechte Nachrichten, meine Dame. Gae ist gefallen. König Eldor ist tot.«

Die Frau schwieg, und die Hoffnung wich aus ihren Augen. Die Krieger um sie herum, Männer wie Frauen, wechselten vielsagende Blicke. Irgendwo im Wagenzug schrie ein Baby, und eine Frau beschwichtigte es.

»Gefallen«, sagte sie nach einer Weile. »Wie ist das geschehen?«

»Die Stadt liegt in Trümmern«, erwiderte Ingold ruhig. »Sie wird bei

Nacht von den Dunklen und bei Tage von Ghulen, Tieren und wildgewordenen Dooersklaven heimgesucht. Der Palast ist abgebrannt und König Eldor in den Trümmern umgekommen. Es tut mir leid«, sagte er milde, »daß ich so schlechte Nachrichten überbringen muß.«

Sie senkte den Blick, und Rudy sah, wie sich ihre großen, vernarbten Hände fester um den Hellebardenschaft schlossen, als wollte sie sich haltsuchend darauf stützen. Als sie wieder aufblickte, stand in ihren Augen äußerste Erschöpfung. »Dann kommt Ihr also aus Gae?« fragte sie. »Denn wenn Euer Ziel Dele im Westen ist, wenn Ihr gehofft habt, dort Zuflucht zu finden . . .« Sie deutete auf die Wagen hinter sich, die sich langsam um die Fremden auf der Straße sammelten. »Ungefähr zwei Drittel dieser Leute stammen aus Dele. Der Rest stammt aus Ippit oder dem Gebiet um den seichten Fluß. Ich bin Kara von Ippit. Ich war – bin die Dorfzauberin.«

Ingold warf ihr einen prüfenden Blick zu. »Ihr seid eine Zauberin?«

Sie nickte. »Der Priester hatte immer Verständis dafür. Und ich war in der Lage, mit den Kräften, über die ich verfüge, zu helfen . . .«

»Hast du einen Rang?«

»Nein. Ich mußte Quo schon nach dem ersten Jahr verlassen, weil meine Mutter krank war.« Dann wurde ihr plötzlich klar, was seine Frage bedeutete, und sie warf ihm einen neugierig erregten Blick zu. »Seid Ihr ein Zauberer?«

»Ja. – Deine Mutter ebenfalls?«

Sie nickte, und Rudy sah, wie sich ihr zu Tode erschöpftes Gesicht von neuem belebte. »Habt Ihr etwas aus Quo gehört, irgendeine Neuigkeit?« fragte sie. »Ich habe es verzweifelt versucht, habe mich wochenlang darum bemüht, aber ich habe nicht einmal einen Blick auf die Stadt werfen können. Ihr seid der erste Zauberer, dem ich begegne, seit all das begonnen hat.« Sie streckte die Hand aus und ergriff die seine. »Ihr wißt nicht, wie gut das tut . . .«

»Oh, doch, ich weiß es sehr gut«, widersprach er ihr mit einem Lächeln. »Ich habe kein Zeichen und keine Neuigkeiten von Quo oder einem anderen Zauberer außer Euch erhalten, seitdem Gae gefallen ist. Wir sind jetzt auf dem Weg nach Quo, um Lohiro zu suchen und um Hilfe zu bitten.«

Ein Hauch von Röte flammte unter dem verbrannten Braun ihrer Haut auf. »Nun ja«, sagte sie, »ich fürchte, mich eine Zauberin zu nennen ist dasselbe, als würdet Ihr Euer kleines Maultier dort als Schlachtroß bezeichnen. Von derselben Familie vielleicht, aber anders in der Art.« Sie blickte ihm wieder forschend ins Gesicht, und die schwarze Linie ihrer Augenbrauen kräuselte sich plötzlich, als würde sie nach einer verlorengegangenen Erinnerung suchen.

Wieder legte sich ein Lächeln auf sein Gesicht. »Das Fohlen eines Schlachtrosses vielleicht«, sagte er leichthin. »Was ist Euer Ziel, Kara?«

Sie seufzte und schüttelte den Kopf. »Gae«, erklärte sie einfach. »Oder jedenfalls die Flußtäler. Nachdem wir Ippit verlassen hatten, zogen wir nach Dele, der nächsten Stadt. Wir konnten Ippit nicht mehr halten – zu viele Gebäude waren zerstört, und wir konnten uns vor den Überfällen der Dunklen nicht mehr schützen. Drei Tage bevor wir Dele erreicht hätten, begegneten wir einem Zug von Flüchtlingen, die aus dieser Stadt kamen, und die meisten von ihnen waren halb erfroren und verhungert. Wir teilten die Lebensmittel, die wir noch hatten . . . Wir sind jetzt seit drei Wochen unterwegs. Wir dachten, wenn es uns gelingt, die Flußtäler zu erreichen . . .« Sie verstummte hoffnungslos.

»In den Tälern wimmelt es von Dunklen. Sie sind dort viel zahlreicher als auf den Ebenen. König Eldors Sohn Altir ist zur alten Festung von Dare in Renweth am Sarda Paß gebracht worden, wo Kanzler Alwir die Regierung über das, was vom Reich noch übrig ist, errichtet hat. Doch auch sie sind in harter Bedrängnis«, fuhr Ingold fort, ohne die Szene zu erwähnen, die er und Rudy im Feuer gesehen hatten, die Abweisung der Flüchtlinge aus Penambra durch Alwin und seine Truppen.

Kara nickte entmutigt. »Das hatte ich befürchtet«, flüsterte sie. »Gibt es überhaupt irgendeinen Ort . . .?«

»Vielleicht. Tomec Tirkenson, der Landherr von Gettlesand, hat die alte Festung am Schwarzen Felsen wieder in Betrieb genommen. Ich weiß nicht, wie überfüllt sie ist und wie gut ausgestattet mit Vorräten, aber wenn Ihr dorthin geht und an seine Gnade appelliert, kann es sein, daß er einigen von Euch eine Heimat geben kann.«

Kara blickte über die Schulter zurück zu dem verwahrlosten Reiterhaufen, und Rudy schien es, als würde, ohne daß ein Wort fiel, ein Vorschlag unterbreitet, weitergegeben, geprüft und darüber abgestimmt – ein Rat der Verzweifelten, die keinen anderen Ausweg mehr sahen. Ihr Blick richtete sich wieder auf Ingold. »Wir werden hingehen, und wenn er uns abweist, ist es immer noch besser, als in Ippit zu bleiben und auf den Tod zu warten.« Sie straffte die breiten Schultern und schüttelte ihr glattes, schweres Haar zurück.

»Tirkenson hat in Kirchenkreisen keinen guten Ruf«, erklärte ihr Ingold. »Aber er ist so barmherzig, wie es ihm seine Stellung als Landherr von Gettlesand gestattet, und er weiß darüber hinaus, wie vorteilhaft es ist, einen Zauberer in seiner Festung zu beherbergen. Ist Eure Mutter bei Euch?«

Kara nickte.

»Und hat sie zu ihrer Zeit die Schule von Quo besucht?«

Ein ungewohnter, spöttischer Funke glomm in ihren Augen auf. »Um all dieses hochtragende Buchwissen über sich ergehen zu lassen? Sie doch nicht.«

Ingold lächelte, und die plötzliche Wärme in seinem Ausdruck nahm sie vollkommen gefangen. Sie sah ihn forschend an, als versuche sie, ihn einzuordnen. Überraschung löste ihre Verwirrung ab, dann legte sich ein ehrfürchtiger Ausdruck über ihr Gesicht. Sie flüsterte: »Ihr seid Ingold Inglorion.«

Er seufzte. »Das ist mein unglückseliges Los.«

Unbeholfen stammelte sie, »Es tut mir leid, Herr . . . Ich wußte nicht . . .«

»Bitte«, fiel ihr Ingold ins Wort. »Ihr gebt mir das Gefühl, entsetzlich alt zu sein.« Er ergriff ihre Hände. »Noch eins, Kara. Irgendwo hier in der Gegend treibt sich eine Bande Weißer Räuber herum – ich vermute, ein Stamm auf der Jagd, ungefähr dreißig Mann stark. Vor zwei Tagen sind wir auf einen Beschwörungspfahl gestoßen. Ich würde vorschlagen, Ihr verdoppelt Eure Wachen und schickt den Kreis der Führer weiter aus. Die Räuber haben Angst. Vielleicht wollen sie einen Eurer Leute als weiteres Menschenopfer verschleppen, ganz sicher jedoch werden sie hinter Euren Schafen her sein.«

Einer der Männer in der Gruppe hinter Kara fragte besorgt: »Angst? Wovor haben sie Angst? Vor den Dunklen?« Bei der Erwähnung der Weißen Räuber war ein Flüstern durch den Zug gegangen wie die Witterung des Wolfes durch eine Rinderherde.

Nun, dachte Rudy, *sie sind Wüstenbewohner. Vielleicht haben einige von ihnen die Überreste der Versöhnungsgaben der Räuber an die hiesigen Gespenster gesehen.*

»Möglich«, erklärte Ingold. »Aber der Beschwörungspfahl, den wir gesehen haben, galt nicht den Dunklen. Ich habe keine Ahnung, wovor sie sich fürchten, aber ich weiß, daß sie sich fürchten.«

Kara runzelte nachdenklich die Stirn. »Es ist nicht die richtige Jahreszeit für Brände«, sagte sie. »Und es kann sich hier unten im Süden nicht um Eisstürme handeln. Es sei denn, es ist eine Sippe aus dem hohen Norden, die keine Ahnung hat, wie weit südlich sie gekommen ist . . .«

»Es würde mir schwerfallen, anzunehmen, daß eine Sippe Weißer Räuber, unter welchen Umständen auch immer, nicht wissen sollte, wo sie sich befindet«, widersprach Ingold. »Ich kenne die Versöhnungsgaben für alle diese Dinge. Sie waren nicht darunter. Habt Ihr irgendwelche Gerüchte oder Geschichten gehört, Spuren oder Zeichen von etwas Fremdem in der Gegend gesehen?«

Ein bärtiger Bauer, der mit einem Langbogen bewaffnet war, grinste. »Etwas, wovor die Räuber sich fürchten würden? Tausend durchgehende Mammuts vielleicht, verfolgt von einem Schwarm entsetzlicher Vögel, oder eine Sonnenkatze mit einem Dorn in der Tatze . . .«

Ingold schüttelte den Kopf und erwiderte sein Grinsen. »Nein – sie errichten keine Beschwörungspfähle gegen etwas, das sie töten können.«

»Eine Seuche?« mutmaßte Kara nachdenklich.

Er zögerte. »Vielleicht. Obwohl die Räuber eine ziemlich einfache Art haben, mit Krankheiten umzugehen?«

»Sicher«, pflichtete sie bei. »Aber in Zeiten großer Seuchen können sie nicht *alle* zurücklassen.«

»Ich habe schon erlebt, daß sie zwanzig aus einer Sippe fallengelassen haben, Ma'am, ungelogen«, warf der Bauer ein und kratzte sich am Kopf. »Und es hat viel Krankheit und Hunger gegeben in diesem Winter, was auch kein Wunder ist bei diesem vermaledeiten Wetter.«

»Vielleicht«, sagte Ingold wieder. »Aber im allgemeinen betrachten die Weißen Räuber Krankheit nicht als ein Übel, das von außen kommt, sondern vielmehr als Willensschwäche des einzelnen. Die Räuber sehen die Dinge anders als wir. Manchmal fürchten sie sich vor sehr merkwürdigen Dingen. Aber in jedem Fall gibt es irgend etwas da draußen; und davor – und vor allen anderen Unbilden des Weges – möget Ihr, Kara von Ippit, und alle, die in Eurem Schatten wandern, geschützt sein.« Er streckte die Hand aus und machte ein rasches Zeichen über ihrem Kopf. »Ich wünsche Eurer Reise ein glückliches Ende.«

Sie lächelte scheu und wiederholte sein Zeichen. »Ich Eurer ebenfalls – Herr.«

Damit schieden sie voneinander; Rudy und Ingold setzten ihren Weg fort, Kara und der Zug der Flüchtlinge den ihren. Der Staub, den die Karawane aufwirbelte, hüllte die beiden Wanderer ein, und eine Zeitlang, während sie sich zwischen Wagen, Frauen, Kindern, Hühnern und Ziegen hindurchschlängelten, waren sie von weißem Dunst umgeben. Handwerker schoben Karren voller Werkzeuge an ihnen vorüber, Bauern trugen Pflüge auf dem Rücken, und ungeübte Krieger waren mit Schwertern und Hellebarden bewaffnet. Am Rande des Zuges trieben Hunde unter dem leisen Gebimmel von Glöckchen die Schafe voran. Mehr als einer der Städter hob die Hand zum Gruß, als die beiden Zauberer vorübergingen. Eine alte Frau, die strickend in einem der Wagen saß, krächzte munter: »Ihr geht in die falsche Richtung, Jungs!« Karas Stimme wehte erschrocken und mißbilligend leise zu ihnen herüber. »Mutter!«

Rudy grinste. »Das also ist eine jener Zauberinnen, die nicht gelernt haben, mit ihren Kräften umzugehen, und Gefährlicheres als die es auf der Welt nicht gibt?«

»Sie kennt ihre Grenzen.« Ingold lächelte in Erinnerung an die alte, unansehnliche Frau. »In der Regel sind halbgelehrte Zauberer schlimmer als vollkommen ungelehrte, aber sie besitzt die Herzensgüte, deren es Zauberern oft mangelt. Auf ihre Art ist sie eine Ausnahme unter den Zauberern.«

»Wirklich?«

Ingold zuckte die Schultern. »Zauberer sind keine liebenswerten Menschen, Rudy. Herzensgüte ist nur selten das hervorstechende Merkmal eines Magiers. Die meisten von uns sind hochnäsig wie der Teufel, besonders diejenigen, die erst ein paar Monate in der Ausbildung sind. Aus diesem Grund gibt es den Rat der Zauberer. Es muß etwas existieren, das die Auswirkungen des Wissens, daß man tatsächlich die Bahnen des Universums lenken und verändern kann, ausgleicht. Hast du sie noch nie gespürt – die Euphorie, die sich einstellt mit dem Wissen, daß du Feuer in deinen Händen erzeugen und die Winde des Himmels nach deinem Gebot lenken kannst?«

Rudy warf Ingold einen unbehaglichen Seitenblick zu und begegnete Augen, die viel zu viel wußten, und einem boshaft belustigten Lächeln darüber, daß er ihn durchschaut hatte. Unwillig brummte er: »Ja – und – ich meine, was ist damit?«

Die letzte Herde wurde an ihnen vorübergetrieben, und der weißliche Staub wehte mit dem Wind davon. Unter dem eintönigen Himmel erstreckte sich die steinige Einöde ins Nichts. »Ja, was soll damit sein?« Ingold lächelte. »Außer, daß die Leidenschaft der Kraft die furchtbare Eigenschaft hat, einem zu entgleiten. Der Rat und der Erzmagier haben schwer damit zu schaffen, nicht die Kraft selbst, sondern die Seelen derjenigen, die sie besitzen, im Zaum zu halten.«

Rudy dachte einen Augenblick über das Gehörte nach, und ihm fiel die Empfindung ein, die sein Herz bestürmte, als er Feuer erzeugt hatte, der überwältigende, freudige Funke des Triumphes, als die Kraft seiner Vorstellung gewirkt hatte. Und plötzlich sah er eine Spur des Weges vor sich, der zu unvorstellbarem Übel führen konnte. Aber es war ein Übel, das er begriff. Es war die Suche nach Wissen um des Wissens willen, nach Macht um ihrer selbst willen, für die er Minalde verlassen hatte, um sein eigenes Schicksal zu erforschen, und für die er in jener verborgenen Kammer verharrt hatte, um die Geheimnisse des Kristalls zu enträtseln, während draußen die Zerstörung der Festung drohte und Ingold dem Tod ins Auge blickte. Er erkannte in sich die Anlage zur Entgleisung der Kraft.

Und während sein Verstand vor diesem Gedanken zurückscheute, fragte er sich: *Fühlt Ingold das gleiche wie ich? Und Lohiro?* Wie ein junger, goldener Drache, mit seinen leeren, glitzernden Augen, stieg das Bild des Erzmagiers vor ihm auf. *Hat er mit der Leidenschaft grenzenloser Horizonte gerungen?*

Es muß so sein, dachte Rudy, *da sie ihn zum Erzmagier ernannt haben. Der mächtigste Zauberer der Welt, Herr über alle anderen. Man mußte seine Rolle beherrschen, um unter dieser Last nicht zusammenzubrechen. Macht – die reine Macht. Der Rausch dieser Macht muß die Wirkung aller Drogen, die je zusammengebraut wurden, übertreffen.*

»Wie lange dauert es?« fragte er. »Wie lange muß man in Quo lernen?«

»Die meisten Zauberer bleiben drei bis fünf Jahre dort«, erklärte der alte Mann, indem er den Blick von der fernen Staubwolke auf der Straße abwandte und wieder in die westliche Einöde richtete. »Aber wie du gesehen hast, erhalten nicht alle Magier ihre Ausbildung dort. In vergangenen Zeiten existierten mehrere Zentren der Zauberei, die größten in der Umgebung von Penambra. Andere Magier wiederum lernen als Lehrlinge bei umherziehenden Zauberkünstlern, wie Karas Mutter vermutlich. Die dritte Kategorie, zu der die Feuererzeuger, Finder und

Handaufleger gehören, arbeitet mit Hilfe des reinen Instinkts, wenn überhaupt. Aber der Mittelpunkt von allem ist Quo. Seine Türme sind unsere Heimat.«

Der Nachmittag neigte sich seinem Ende entgegen, die Dunkelheit senkte sich schwer aus dem Osten herab. In der Festung würden sie jetzt bald die Tore schließen, begleitet von Govannins Gebeten und Bektis' mittelmäßigen Zaubersprüchen.

»Aber wie paßt das alles zu Bektis?« fragte Rudy neugierig. »War er auch in Quo?«

»Aber ja, natürlich. Bektis war zehn Jahre vor mir dort. Er findet, daß ich ziemlich tief gesunken bin.«

»Dann hast du die Zauberei also auch in Quo gelernt?«

»Nun – das stimmt nicht ganz.« Ingold warf Rudy einen Blick zu. Die Abendschatten verwischten die Konturen seines Gesichtes der Kapuze. »Ich habe sieben Jahre lang in Quo studiert«, fuhr er fort, »und ich habe sehr viel über Magie, die Kraft und das Formen der Beschaffenheit des Universums gelernt. Aber unglücklicherweise ist es niemandem dort gelungen, mir die Eitelkeit und Dummheit und meine Vorliebe dafür, Gott zu spielen, auszutreiben. Die Folge davon war, daß meine erste Handlung, als ich nach Hause zurückkam, darin bestand, eine Kette von Ereignissen in Bewegung zu setzen, die alle Mitglieder meiner Familie, das Mädchen, das ich liebte, und mehrere hundert vollkommen unschuldige Menschen, von denen ich die meisten seit meiner Kindheit gekannt hatte, auslöschten. Daraufhin«, sagte er in Rudys entsetztes Schweigen hinein, »zog ich mich in die Wüste zurück und wurde zum Einsiedler. Und erst in der Wüste lernte ich, was es heißt, ein Magier zu sein, Rudy. Denn, ich glaube, ich habe es dir schon einmal gesagt«, schloß er ruhig, »wahre Magie hat wenig mit Zauberei zu tun.«

Und darauf wußte Rudy nichts zu sagen.

Sechstes Kapitel

Wie ihr Bruder ihr befohlen hatte, kehrte Minalde nicht zu dem Flüchtlingslager am Hohen Tor zurück. Doch eine Woche nach ihrem ersten Besuch schlug Gil denselben Weg wieder ein. Sie bewegte sich vorsichtig wie ein Leopardenjäger, denn sie erinnerte sich noch gut an Maias warnende Worte über den Charakter des Menschen, der möglicherweise seine Nachfolge als Anführer der Penambraner antreten würde.

Die Straße wurde noch immer bewacht, aber wesentlich nachlässiger. Die Anzahl der Penambraner war beängstigend geschrumpft. Ein Gardist namens Caldern, ein kräftiger, behäbig wirkender Nordländer, hatte dem Lager einen Besuch abgestattet und berichtet, daß es nur noch eine Handvoll Leute waren, die sich um die armseligen Lagerfeuer gedrängt und einen erbeuteten Fuchs gekocht hatten. Er hatte keine Spur von Maia gesehen. Diese Nachricht hatte Minalde zum Weinen gebracht.

Warum, so fragte sich Gil, während sie im Dämmerlicht unter den stillen Bäumen stand, spürte sie diesen Kitzel drohender Gefahr, das Gefühl, beobachtet zu werden? Um sie herum war der winterliche Wald in Schweigen gehüllt, eine düstere Welt feuchtbrauner Rinde, schneebeladener Pinien, kahler, verkrüppelter Unterholzzweige, die aus den Schneewehen ragten wie froststarre Hände eines Leichnams. Seit drei Tagen hatte es nicht mehr geschneit, und der Boden war schmutzig aufgewühlt, wo die Penambraner nach Eßbarem gesucht und ihre Schlingen aufgestellt hatten. In der unbewegten Luft roch sie den Rauch der Holzfeuer vom Lager her.

Warum lag in der Trostlosigkeit dieser Hauch von verborgenem, lauerndem Leben? Sie fragte sich, welche unterbewußten Signale so heftig in ihrem angespannten Bewußtsein anschlugen. Oder waren es einfach die Gerüchte von den Weißen Räubern oder die halb verwehten Wolfsfährten, die sie weiter oben auf der Straße entdeckt hatte?

Der Eisfalke würde es wissen, dachte sie. *Der Eisfalke würde die Gefahr nicht nur spüren – wenn es überhaupt eine Gefahr gab –, sondern in der Lage sein, ihre Quelle aufzuspüren.*

Doch der Eisfalke war auf seinem beschwerlichen Weg durch die überschwemmten Flußtäler und war mit den Gefahren, die ihm selbst drohten, ausreichend beschäftigt.

Durch die Stille des finsteren Waldes drangen Geräusche von der Straße herüber – das Schmatzen von Pferdehufen im eisigen Schlamm, das Knirschen von Wagenrädern, Männer- und Frauenstimmen und das leise Klirren von Schwertgürteln und Kettenpanzern – Geräusche, die in ihrer Vertrautheit beruhigend auf sie wirkten. Dankbarkeit erfüllte ihr Herz, als sie zur Straße hinübereilte. Der Trupp Nahrungssuchender war sicher aus den Tälern zurückgekehrt.

Von der Straßenböschung aus, die an dieser Stelle sehr hoch war, sah sie sie kommen; die Zugpferde strauchelten immer wieder in dem gefrorenen Schlamm. Sie erkannte Janus, der den Zug zu Fuß anführte; sein Pferd war in das Joch gezwungen worden und zog eine Wagenladung voll modriger, verschmutzter Getreidesäcke, dazwischen ein halbes Dutzend geräucherter Schweine. Die Straße war hier in schlechtem Zustand, und die Roten Mönche und Alwirs Soldaten mußten mit Hand anlegen, um die Wagen anzuheben und die einsinkenden Räder durch den knietiefen Morast zu stemmen. Alle Wagen waren vollbeladen.

Sie sah, wie Janus stehenblieb und den anderen mit der Hand ein Zeichen zum Anhalten gab. Er stand genau unter ihr, und sie stellte fest, daß er in der Woche der Nahrungssuche in den Tälern deutlich an Gewicht verloren hatte. Seinem breiten Gesicht, das von schmutzigen, roten Stoppeln bedeckt war, sah man die Erschöpfung, die schlaflosen Nächte und Tage voll harter, ermüdender Arbeit deutlich an. Er trat einen Schritt vor und prüfte die Straße mit einem Stock, den er bei sich trug; er sank tief in dem eisdurchsetzten Schlamm ein. Janus war, ebenso wie seine Soldaten, von oben bis unten mit halb getrocknetem, halb gefrorenem Morast bedeckt, und sein dunkler Waffenrock war nur dort, wo er den Schmutz abgebürstet hatte, von den scharlachroten seiner Begleiter zu unterscheiden. Mit einer Geste des Widerwillens rief er seine Leute zusammen; Gil hörte, wie er einige Männer ausschickte, Pinienzweige und Äste zu holen, um sie über die Straße zu legen, da sie andernfalls in einer Woche um dieselbe Zeit noch an derselben Stelle feststecken würden.

Die Leute verteilten sich, kletterten die frostharte Böschung hinauf und verschwanden in der Dunkelheit des Waldes. Es waren weniger als bei ihrem Aufbruch in die Flußtäler, und sie waren erschöpft und entkräftet und von oben bis unten schlammbedeckt. Etwas hing in der Luft, was auch Janus offensichtlich mißfiel. Dann fiel sein Blick auf Gil, und ein wenig von der Anspannung wich aus seinen Zügen. »Gil-Shalos!« rief er zu ihr hinauf. »Wie steht es in der Festung?«

»Unverändert«, gab sie zurück. »Wenig Neues von den Dunklen; ein paar eingeschlagene Schädel. Seid ihr am Lager beim Hohen Tor vorbeigekommen?«

Er nickte, und sein angespanntes, verschlossenes Gesicht straffte sich vor Kummer. »Zur Hölle mit Alwir! Er könnte die Leute, die noch am Leben sind, ohne weiteres aufnehmen. Es sind so wenige; sie würden ihm keine Schwierigkeiten machen.«

Eine andere Stimme, sanft, freundlich und ein klein wenig bedauernd, fiel ein: »Vielleicht mehr, als du glaubst.«

Gil blickte überrascht auf. Auf der gegenüberliegenden Straßenböschung stand Maia von Thran.

Er sah aus wie die Leiche eines in Lumpen gehüllten Bettlers, dessen Haare und Bart nach seinem Tode noch gewachsen sind. Hinter ihm im Wald bewegte sich etwas. Aus dem eintönigen Dunkel der Bäume lösten sich etwa fünfzig seiner Leute, in Tierfelle gehüllt und mit ihrem verfilzten Haar selbst Tieren gleich. Sie stießen zwischen sich das Dutzend Roter Mönche, die sich auf die Suche nach Pinienzweigen begeben hatten, gefesselt, geknebelt und entwaffnet, voran.

Janus erstarb der Hilferuf auf den Lippen.

»Es ist eine ganz einfache Angelegenheit«, fuhr der Bischof mit seiner sanften Stimme fort, »einem Krieger allein oder zwei Männern einen Hinterhalt zu stellen, selbst für Menschen, die dem Hungertod nahe sind. Schwieriger war es, diese Straße so tief aufzugraben und in Schlamm zu verwandeln, sie unpassierbar für beladene Wagen zu machen, und euch hier aufzulauern. Hättet ihr drei Tage länger auf euch warten lassen, so bezweifle ich, daß wir durchgehalten hätten. Aber jetzt haben wir ja Lebensmittel, wie ihr seht . . .« Damit deutete er auf die mit Vorräten beladenen Wagen. ». . . und die nötige Ausrüstung, mehr zu suchen, wenn wir erst einmal wieder bei Kräften sind.«

Gil hörte ein Geräusch hinter sich. Auf ihrer Seite der Straße traten ebenfalls Penambraner zwischen den Bäumen hervor – schmutzig, Wölfen gleich, so abgemagert, daß die Frauen nur daran von den Männern zu unterscheiden waren, daß sie keinen Bart hatten. Diejenigen, die nicht mit Schwertern bewaffnet waren, trugen Keulen oder andere behelfsmäßige Waffen. Eine Frau hielt eine eiserne Bratpfanne in der Hand, deren blutbefleckte Unterseite die erfolgreiche Anwendung verriet. Sie begannen bereits, die Böschung hinunterzuklettern, um den Inhalt der Wagen davonzuschleppen.

»Einst haben wir als Kameraden zusammen gekämpft, Janus von Weg«, fuhr Maia fort, und seine zur Klaue verkrümmte Hand schloß sich fester um den Stab, der, wie Gil mutmaßte, das einzige war, was ihn noch auf den Beinen hielt. »Vielleicht würdest du mir jetzt einen Dienst erweisen und dem Herrn der Festung von Dare eine Botschaft von mir überbringen.«

Gil seufzte und rieb sich die müden Augen. »Ich würde meine Schwester an einen Harem verkaufen«, verkündete sie in die menschenleere Dunkelheit des Ganges hinein, »für eine Tasse Kaffee«. Doch niemand hörte ihr großzügiges Angebot, und nur das Echo des mitternächtlichen Schweigens murmelte eine Erwiderung.

Es war Nacht in der Festung.

Hier war immer Nacht. Die dunklen Mauern hielten die Dunkelheit im

Innern ebenso wirkungsvoll fest, wie sie die Dunklen draußen abwehrten. Doch in den Stunden des Tages wurde das Labyrinth der Gänge von zahlreichen flackernden Fackeln und Öllampen erhellt, und der beißende Rauch der kleinen Feuer hing in schmutzigen, überfüllten Kammern. Gelächter, Gesang, Gezänk, Festungstratsch und Festungspolitik hallten lärmend in der Halle auf und ab. Die Haupthalle war immer voller Menschen, die alle möglichen Gegenstände anfertigten, um sie gegen Lebensmittel, Waren oder auch nur Freundschaft einzutauschen. Menschen, die in den Becken neben den Wasserkanälen Wäsche wuschen, und Menschen, die beisammenstanden und redeten oder um Gewinnpunkte, Geld oder Liebe spielten. Spät in der Nacht spürte man die Last, das Alter, die Gesteinsmassen der Festung. Dann erinnerte die schweigende Einsamkeit Gil an die Beschreibung, die Ingold ihr von den unterirdischen Brutstätten der Dunklen gegeben hatte.

Die Stille lastete drückend auf ihr und verdoppelte die Einsamkeit in ihrem Herzen. Vom baufälligen Balkon im zweiten Stockwerk konnte Gil nur wenig von dem endlos weiten Gewölbe erkennen, das unter ihr lag, denn es war nur von den Torfackeln beleuchtet, die in der Ferne einen schwachen Schein verbreiteten, und von den wenigen Mauerfakkeln neben den Türen, die zum Kirchenbereich führten. Ein Luftzug strich, feuchtkalt wie der Finger eines vorüberstreifenden Geistes, über ihr Gesicht. Wie die Anlage der Wasserkanäle unter ihr war auch das Belüftungssystem das Ergebnis der längst vergangenen Kunst eines Baumeisters.

Wessen?

Gil bewegte ihre steifgewordenen Muskeln und versuchte, ein Gähnen zu unterdrücken. Die letzten beiden Tage waren sehr anstrengend gewesen.

Bei den Ratsversammlungen, die einberufen worden waren, nachdem Janus die Botschaft von Maia von Thran an Alwir überbracht hatte, war sie nicht zugegen gewesen. Aber sie hatte miterlebt, wie Janus dem Kanzler und Govannin auf der Treppe der Festung entgegengetreten war; und sie hatte den unbändigen Zorn gesehen, der Alwirs dunkles Gesicht überflutet hatte bei der Nachricht, daß der Bischof von Penambra und seine Leute mehrere Tonnen Nahrungsmittel und darüber hinaus jeden Wagen und jedes entbehrliche Pferd der Festung in ihren Besitz gebracht hatten. Und es hatte die Lage nicht eben entspannt, daß Govannin, nach einer Sekunde entsetzten Schweigens, gesagt hatte: »Ich habe Euch gesagt, Ihr solltet mehr Gardisten mitschicken.« Wäre Alwir ein Zauberer gewesen, so dachte Gil, die Bischöfin von Gae wäre mit Sicherheit vor seinem Blick nicht nur davongelaufen, sondern davongesprungen.

Ein überaus fettleibiger, in grünen Samt gekleideter Kaufmann aus Alwirs Gefolge räusperte sich verlegen und sagte vorsichtig: »Besteht die Möglichkeit, gnädiger Herr, daß die Dunklen diesem – schändlichen Emporkömmling das Handwerk legen?«

Govannin warf unbewegt ein: »Der Bischof von Penambra scheint als Befehlshaber seiner Leute fähig genug zu sein, das noch eine ganze Weile zu verhindern.«

Der Kaufmann nestelte einen Augenblick lang an den Hermelinschwänzen herum, die sein Wams verzierten. »Hm – mit der Garde von Gae und Euren eigenen Truppen, gnädiger Herr, könnten wir ebenfalls ein beträchtliches Heer ins Feld führen . . .«

»Nein.« Die Härte dieser neu hinzugekommenen Stimme ließ alle Anwesenden zusammenfahren. Im schattenlosen Grau des verhangenen Nachmittages war Aldes Gesicht wie Marmor, sie hatte die Lippen fest zusammengepreßt, und ihre Nasenflügel bebten vor Zorn. Niemand hatte gesehen, wie sie schattengleich herbeigeschlüpft war und sich zu der Gruppe auf der breiten Treppe der Festung gestellt hatte. »Es ist unser Volk, Bendle Stooft, und sie wollen diese Festung mit uns teilen. Ich wäre Euch dankbar, wenn Ihr das nicht vergessen würdet.«

Angesichts ihres unbändigen Zorns konnte selbst Alwir keine Einwände machen.

Natürlich folgten Beratungen und Verhandlungen. Das ganze bisherige System der Lebensmittelverteilung und Subventionierung, privater Tauschgeschäfte und eher zufälliger Almosenwirtschaft mußte neu organisiert werden, und Govannin wehrte sich mit Händen und Füßen gegen den Vorschlag einer allgemeinen Bestandsaufnahme der Lebensmittelvorräte in der Festung. Doch noch am selben Tag wurden vor der Festung gesicherte Lagerplätze angelegt; jeder Mann, jede Frau, jedes Kind in der Festung, Krieger wie Zivilisten wurden hinausgeschickt, um beim Bau zu helfen und die Lebensmittel aus den oberen Stockwerken der Festung zu dem neuen Vorratslager zu schaffen. Gerade für jene, die auch in den dunklen Stunden der Nacht Wache hielten, war es eine ermüdende, wenn auch notwendige Arbeit. Gil wußte, daß Maia und seine Penambraner in die Festung einziehen würden, gleichgültig, was Alwir in den Verhandlungen mit ihnen vorbringen würde.

Und das ist auch richtig so, dachte sie, während sie ihre steifgewordenen Schultern streckte, um sie zu entspannen und die Schmerzen in den Muskeln zu lindern, die von zu wenig Schlaf und zu kärglichem Essen herrührten. Abgesehen davon, daß sie die zusätzlichen Krieger aus Penambra als Gegengewicht zu den Truppen von Alketsch brauchen würden, wenn sie hier eintrafen, war es ungeheuerlich gewesen, den Flüchtlingen den Schutz zu versagen.

Zu oft hatte sie auf dem Weg von Karst nach Renweth nächtliche Wachen gehalten, um je wieder frei zu sein von der Angst davor, im Dunkeln unter freiem Himmel zu sein. Sie dachte an den Eisfalken, der einsam durch die überschwemmten, gefahrvollen Täler wanderte, nur vom Schutz der Schleierrune begleitet, und an Rudy und Ingold in der verlassenen Weite der Ebenen. Sie stellte fest, daß Ingold ihr mehr fehlte, als sie je für möglich gehalten hätte, und daß sie sich wünschte, sie könnte, ebenso wie die Zauberer, Gesichter in den Flammen sehen. Es wäre nicht dasselbe – nichts war mit Ingolds Nähe vergleichbar, mit seiner spöttischen, großzügigen Belustigung über die Welt, die ihn umgab –, aber zumindest würde sie wissen, ob er noch am Leben war.

Ihr fiel kein einziger Mensch in ihrer eigenen Welt ein, dessen Verlust ihr so nahe gegangen wäre. Die Welt selbst, ja – die in Sonnenschein getauchten, friedlichen Rasenflächen der Universität, vergoldet im herbstlichen Abendlicht, die stille Wärme der Bibliothek um Mitternacht, wenn sie, umgeben von muffig riechenden Büchern, durch endlose Bände Latein oder Altfranzösisch einem einzigen Hinweis nachging. Inzwischen würden ihre Freundinnen und ihr Professor, Dr. Smayles, ihr Verschwinden gemeldet haben, und ihre Eltern würden eine Suche veranlaßt haben. Der Gedanke daran, was sie alle um ihretwillen durchmachen mußten, bekümmerte sie zutiefst. Natürlich konnten sie in ihrem unordentlichen Apartment kein Zeichen dafür finden, daß sie die Absicht gehabt hätte zu verreisen. Vielleicht würden sie sogar auf ihren alten roten Volkswagen stoßen, der unweit der Stelle, an der ein ausgeflippter Karosseriemaler namens Rudy Solis zum letzten Mal gesehen worden war, vor sich hin rostete.

Und was sollte sie sagen, wenn sie zurückkam?

Ein Gegenzug zerrte an der Flamme ihrer Fackel, so daß ihr Schatten unruhig über die Mauer neben ihr hüpfte. Mit dem Luftzug drang Schneegeruch an Gils Nase.

Das Tor der Festung stand offen!

Sie hielt die Fackel hoch und starrte mit zusammengekniffenen Augen angestrengt in die dunkle Ferne. Ihr Herz hämmerte plötzlich laut in der Brust. Draußen war es finstere Nacht; die Dunklen konnten überall sein. Aus dieser Entfernung konnte sie nicht erkennen, ob die Schatten des Tores größer wurden oder nicht, aber sie sah jetzt, daß die Fackeln zu beiden Seiten des Tores im Luftzug flackerten und zuckten und unruhige rußige Flecke auf die dunkle Wand dahinter warfen. Vom Torwächter war nichts zu sehen.

Kalte Angst stieg in ihr auf. Wenn die Dunklen eingedrungen waren und den Wachposten überwältigt hatten . . . Es mußte Caldern sein, ging es ihr durch den Kopf, während sie geduckt durch das Labyrinth steingepflasterter Gänge eilte, den Rauch ihrer Fackel wie einen Kometenschweif hinter sich herziehend. Wenn die Dunklen eingedrungen waren und Caldern überwältigt hatten . . . Aber wie hätten sie eindringen können? Sie zählte die Wegbiegungen nach links und rechts, eilte tief gebückt durch einen Behelfskorridor und stieg, das Schwert bereits in der Hand, eine brüchige Leiter hinunter. Der Fackelschein tanzte wild um ihren Schatten, als sie in den Hauptgang hinaustrat und auf das Tor zueilte.

Das Innentor stand einen Fuß breit offen, und der dunkle Spalt zwischen den beiden Torflügeln war wie der Augenschlitz im Visier eines schwarzen Helmes. Gil schlich vorsichtig von der Seite heran, und das Blut brannte wie Feuer in ihren Adern. Die Stufen, auf denen sie mit Ingold gestanden hatte, als er sie gebeten hatte, das Licht für ihn zu halten, lagen verlassen da, und Gil runzelte plötzlich die Stirn bei diesem ungewöhnlichen Anblick. Wenn die Dunklen eingedrungen waren und Caldern erwischt hatten, wäre etwas zu sehen gewesen – Knochen, Blut, sein Schwert –, irgendein Zeichen des Geschehenen. Selbst wenn sie ihn ergriffen und fortgetragen hätten . . .

Sie fuhr hastig herum. Die menschenleere Haupthalle erstreckte sich einige hundert Meter hinter ihrem Rücken.

Fang bloß nicht damit an, ermahnte sie sich streng. *Das erste zuerst.*

Sie schob das Innentor ein wenig weiter auf und stand in dem tintenschwarzen Spalt.

Das diesige Sternenlicht, das in dem schmalen offenen Rechteck des Außentores zu sehen war, war nicht viel, aber es genügte ihr, um den drei Meter langen Gang zwischen den Toren zu erkennen. In den undurchdringlichen Schatten der Nischen und Deckengewölbe war keine Bewegung wahrzunehmen, und, was Gil noch wichtiger war, sie spürte die Gegenwart der Dunklen nicht. Sie hielt die Fackel hoch, und obgleich sie auch in dem Luftzug unruhig flackerte, beleuchtete sie nichts Furchteinflößendes. Dennoch war Gils Körper angespannt wie der einer Katze, als sie lautlos durch den Gang zum geöffneten Tor glitt.

Zum ersten Mal seit ihrer Ankunft in Renweth war die Wolkendecke aufgerissen. Eiskaltes Mondlicht tauchte die Außenwelt in frostiges Licht, verwandelte den Schnee in Diamanten und die Schatten in Samt. Der Frost hatte den schwarzen Stein der Treppe mit einem Spitzenmuster überzogen. Die Abdrücke von drei Paar schweren Stiefeln führten die Treppe hinunter durch den gefrorenen Schlamm des Weges und beschrieben dann einen Bogen zu dem Lebensmittellager hinüber, das erst in dieser Woche errichtet und im Laufe der letzten beiden Tagen aufgefüllt worden war.

Gil seufzte müde. Jetzt war ihr alles klar.

In wenigen Tagen würden Maia und die Penambraner in der Festung eintreffen. Die Lebensmittel, die Alwirs Regierung und Hunderte von größeren und kleineren Unternehmern in der Festung gespeichert hatten, waren zum Lager draußen gebracht worden, um Platz zu schaffen. Aber doch wahrscheinlich nicht alle, wie Gil vermutete; wahrscheinlich waren in irgendwelchen verlassenen Zellen und verborgenen Winkeln noch immer Vorräte angehäuft von jenen, die sich nicht auf das Schicksal verlassen und niemandem alles, was sie besaßen, anvertrauen wollten. Die Garde, Alwirs Soldaten und die Kirchengruppen sollten das Außenlager bei Tage bewachen – und die Furcht vor den Dunklen würde es bei Nacht sichern.

Die Fußspuren waren noch nicht gefroren. Caldern konnte leicht fortgelockt worden sein; seit dem großen Angriff der Dunklen hatten sie keinen weiteren Versuch mehr gemacht, das Tor aufzubrechen, und die Torwache wurde gewöhnlich vom wachhabenden Hauptmann übernommen, damit auf diese Weise die anderen Wachposten wußten, wo sie ihren Anführer finden konnten. Wer würde schon vermuten, dachte Gil, daß jemand sich bei Nacht hinauswagen könnte, um Lebensmittel zu stehlen?

Den Spuren nach zu schließen, mußten es drei sein, und ein vierter, der den Hauptmann ablenkte. Das sprach für eine Bande. Nicht ein einzelner Mann oder eine Frau, die befürchteten, ihre Familien müßten nach dem Einzug der Penambraner in der Festung hungern, waren hier am Werk, sondern eine organisierte Gruppe von Leuten, die soviel beiseite schaffen würden, wie sie konnten, um es erst wieder im Frühling, wenn der Hunger groß war, zum Vorschein zu bringen.

Das alles war klar wie der Mondschein, der die Stufen in Kristall tauchte.

Gil stand ihrem Empfinden nach noch lange in der diamantenen Nacht, und der Geruch von Schnee und Pinien stach ihr wie Eiswasser in die Nase. Vor langer Zeit war sie Studentin gewesen, ging es ihr durch den Kopf, und es war nie ihre Absicht gewesen, jemandem ein Leid zuzufügen. Das einzige, wonach sie sich gesehnt hatte, war die reine Einsamkeit der Wissenschaft, der Friede im Geist und im Herzen, zu denken, Rätsel zu lösen, vergangene Zeiten zu rekonstruieren und die Wahrheit zu suchen hinter den Polemiken derjenigen, deren Geschäft es war, über die Vergangenheit Unwahrheiten zu verbreiten. Allein in der klirrenden mitternächtlichen Kälte, stand es ihr klar vor Augen, der Wissenschaft hatte ihr einziges Streben gegolten. Das Wissen hatte sie den Ehemännern vorgezogen, die sie hätte haben können, hätte sie sich jemals die Mühe gemacht, nach ihnen zu suchen, und dem friedlichen Leben im Schoße der Familie, das sie links liegen gelassen hatte angesichts des Entsetzens, das ihre Eltern über den von ihr gewählten Weg gezeigt hatten.

Aber inzwischen war ihr ganz anderes Wissen begegnet.

Lautlos trat sie in den finsteren Torweg zurück. Sie stemmte sich mit der Schulter gegen die massiven Eisenbeschläge des Tores und drückte sie zu.

Das rußige Licht der Fackel warf einen unbeständigen, matten Goldglanz auf die Ringe und Hebel, die das Tor verschlossen. Sie hörte das dumpfe Klicken des Mechanismus tief in den schweren Massen des Eisens, und als müßte sie schnellstens entfliehen vor dem, was sie getan hatte, nahm sie ihre Fackel aus dem Wandhalter und eilte, so schnell sie konnte, durch den Torweg zurück. Sie bewegte sich lautlos, alle Sinne aufs äußerste angespannt. Es war nicht auszuschließen, daß die Dunklen durch das offene Tor hereingeschlüpft waren und irgendwo in der

Finsternis der Festung lauerten. Stärker als ihre Furcht war der Zorn gegen die Unverantwortlichkeit der Menschen, die das getan hatten – die nicht nur ihr eigenes Leben, sondern das aller Festungsbewohner und die Sicherheit der letzten Zuflucht auf Erden für Geld aufs Spiel gesetzt hatten.

In den Wochen, seitdem die Gardeoffiziere sie gebeten hatten, eine der Ihren zu werden, hatte Gil Dutzende von Dunklen getötet. Der Eisfalke hatte gesagt, sie sei zum Töten geboren, ein schauriges Lob, von dem sie nicht sicher war, ob sie es gerne annehmen wollte. Vielleicht bedeutete es nur, daß sie von Natur aus kaltherzig und zielstrebig war und im Zweifelsfall eher töten würde, als sich töten zu lassen. Aber jetzt war ihr zumute, als hätte sie eine Rettungsleine durchtrennt und drei Menschen ertrinken lassen. Sie war froh, daß sie ihre Gesichter nicht gesehen hatte und daß sie nicht wußte, wer sie waren.

Sie konnte den Laut, den sie hörte, als sie durch das Innentor trat, nicht genau bestimmen. Es konnte das Rascheln von Stoff sein oder etwas Hartes, Schweres, das durch die Luft sauste. Aber in der Zeit bei der Garde hatte sie sich haarscharfe Reflexe angeeignet, und so krachte der bleibeschwerte Knüppel, der ihr den Schädel zerschmettern sollte, statt dessen schmerzvoll auf ihre Schulter nieder und schleuderte sie zu Boden. Die Fackel rutschte ihr aus der Hand, und noch im Abrollen verschwamm die Dunkelheit vor ihren Augen. Hastige Schritte näherten sich ihr, und sie zog das Schwert zu einem weitgeschwungenen Seitwärtsschlag auf Fußbodenhöhe, wobei sie den Körper gegen den Aufprall anspannte, so gut sie konnte. Eine der Gestalten, die im Dunkel vor ihr auftauchten, machte einen Satz rückwärts. Die andere schrie auf, fiel über sie und zuckte und wand sich vor Schmerzen unter Schreien, die in der gewaltigen Weite der Gewölbehalle widerhallten. Ein Gewicht lastete schwer auf Gils verletzter Schulter, die Schreie gellten in ihren Ohren, und eine heiße, klebrige Flüssigkeit ergoß sich über sie beide.

Kopflose Wut darüber, daß sich jemand so auf ihr wälzte, erfaßte Gil, und sie wand sich unter ihm hervor. Der Schmerz fuhr ihr bei jeder Bewegung durch die Schulter. Ihr Blick klärte sich. Ein bärtiger Mann, den sie zu erkennen glaubte, hüpfte, mit einem Kurzschwert bewaffnet, in Reichweite des Kampfgeschehens herum. Hinter ihm stand ein zweiter, ebenfalls mit einem Schwert bewaffneter Mann, dessen Gesicht aschfahl war vor Übelkeit. Gil nahm sich nicht die Zeit nachzudenken, sondern versuchte augenblicklich, wieder auf die Füße zu kommen. Doch der bärtige Mann machte sich die Gelegenheit zunutze und trat mit einem hart nach unten geführten Schlag auf sie zu. In einem Gewirr von Schmerz und Dunkelheit erkannte Gil in dem Schlag eine ›Sargfinte‹, ein törichter Zug, auf den ihre Reaktion so automatisch wie ein Lidschlag war. Sie traf ihn mit einem zweihändig geführten Stoß unterhalb des Brustbeins, und Blut quoll ihm gleichzeitig aus dem Mund und aus der Brust. In seinen entsetzten Augen malte sich das fast komische Erstaunen des Anfängers angesichts des Todes ab.

Der dicke kleine Mann im Hintergrund ließ sein Schwert fallen und ergriff die Flucht. Gil verharrte mit schwirrendem Schädel auf den Knien und sah ihm nach, als er durch die gesamte Länge des Hauptganges davonlief, und sie empfand nichts als kalte, gespenstische Gleichgültigkeit und vielleicht ein klein wenig Verachtung für seine Feigheit. Der Mann, der hinter ihr am Boden lag, wand sich noch immer und schrie haltlos und in schriller Tonlage, während er vergebens versuchte, sein Bein zu umfassen. Gil wandte langsam den Kopf und sah, daß sie ihm den linken Fuß über dem Knöchel abgetrennt hatte. Er lag, noch in seinem goldbestickten Pantoffel aus grünem Ziegenleder, wenig mehr als einen Meter von ihr entfernt. Dann verlor sie das Bewußtsein.

»Wird sie wieder?«

Die Stimmen um sie herum sprudelten wirr durcheinander. Gil flüsterte mit tauben Lippen: »Ingold?« und blinzelte zu den Schatten über ihr auf. »Es ist bald wieder gut, Täubchen«, sagte Gnift mit leiser, heiserer Stimme, und eine Hand strich ihr beruhigend übers Haar. »Alles wird gut.«

Gil seufzte und schloß die Augen, die im schwachen, rauchigen Feuerschein schmerzten. *Ich glaube, der Eisfalke hatte schließlich doch recht.* Genug der müßigen Gedanken, daß sie das Tor hinter jenen drei bedauernswerten Dieben geschlossen und sie draußen ausgesperrt hatte, und all der Augenwischerei um den Wert des menschlichen Lebens. Auf die Probe gestellt, hatte sie einen Menschen getötet, ohne sich auch nur zu fragen, *was tue ich da*?

Gil wußte, daß sie in jenem Augenblick genau gewußt hatte, was sie tat. Sie rettete ihre eigene Haut. Geistesabwesend dachte sie, *vier zu eins, daß der arme Teufel verblutet ist*.

Und sie brach in Tränen aus, wie damals, als sie ihre Unschuld verloren hatte. Sie hatte eine Grenze überschritten, und sie konnte den Schritt nie wieder rückgängig machen. Es war ihr nicht mehr möglich, dieselbe zu sein wie vordem.

»He, Engelauge«, erklang Gnifts Stimme wieder, und seine narbenbedeckte Hand wischte die Tränen von ihren Wangen. »Es ist alles vorbei. Nur ein kleines, gebrochenes Schlüsselbein. Nichts weiter.« Aber sie konnte die Tränen nicht aufhalten und weinte, nicht wegen der Schmerzen, sondern um ein Gefühl des Verlustes willen und weil sie sich selbst erkannt hatte.

Die Welt wurde allmählich wieder klar vor ihren Augen. Sie lag auf ihrer eigenen Koje in den Gardeunterkünften, und im verschwommenen, gelben Schein der Öllampen in dem schmalen Raum drängten sich ihre Kameraden. Ihre Schulter war geschient und verbunden, und Gnift wickelte gerade die notdürftigen Chirurgenwerkzeuge ein. Seine freundlichen Zwergenaugen strahlten. Neben ihm stand Melantrys, ein blutgetränktes Tuch in der Hand. Caldern, der als Hauptmann der Mitternachtswache den Eisfalken vertrat, überragte sie beide.

Melantrys blickte zu ihr herüber. »Das hast du gut gemacht«, sagte sie. »Sauberer Schlag. Ich habe dir gesagt, daß sie einen starken Seitwärtsschlag hat, Gnift. Hat beide Knochen glatt durchtrennt und noch die Hälfte des zweiten Knöchels.« Ihr kühler, sorgloser Blick kehrte zu Gil zurück. »War es ein einhändiger Schlag?«

Gil holte tief Atem und nickte. Mit einer Stimme, die entsetzlich sachlich klang, sagte sie: »Ja. Was war eigentlich mit dir los, Caldern?«

Der große Hauptmann kratzte sich verlegen am Kopf. »Hab' mich zum Narren halten lassen«, sagte er in seinem breiten Nordländerdialekt. »Kam ein Kerl und hat Zeter und Mordio geschrien. War keiner sonst da, den er rufen konnte. Ich ihm nach, und er führt mich wer weiß wohin; und am Ende hat er mich abgehängt. Tut mir schrecklich leid, Mädchen.«

Gil schüttelte den Kopf und schloß, da sie das Licht blendete, wieder die Augen. »Das hast du ja nicht ahnen können.«

»Keiner wäre auf den Gedanken gekommen«, ertönte Janus' Stimme, und der Befehlshaber tauchte plötzlich aus der Dunkelheit auf. »Es kam uns gar nicht in den Sinn, Wachen am Tor aufzustellen, um die Leute daran zu hindern, es in der Nacht aufzureißen.« Er bahnte sich mit den Ellenbogen einen Weg durch die dichtgedrängte Gruppe und baute sich, groß und wuchtig wie ein Lastwagen, hinter ihr auf. »Geht es dir gut, Gil-Shalos?«

»Prima«, erwiderte sie leise. Der einzige Mensch, der den Schmerz in ihrem Herzen hätte lindern können, hatte sein Lager irgendwo in den Ebenen aufgeschlagen; sie wollte nichts als schlafen.

Sie hörte, wie Janus zu den anderen sagte: »Für heute nacht ist es genug, Jungs; Zeit, daß das Ärztekollegium den Saal räumt. Es herrscht Alarmzustand – wahrscheinlich gibt es keinen einzigen Dunklen im Umkreis von hundert Meilen, aber um ganz sicher zu gehen, sind alle Truppen zur Patrouille eingeteilt.«

Gleich darauf war Scharren, Stöhnen, Scherzen und lebhaftes Fluchen im scharfen Tonfall des Wathe zu hören. Mit geschlossenen Augen lauschte Gil den sich entfernenden Geräuschen, Gnift, der heftig mit Melantrys flirtete, und Janus, der sich mit Caldern in ihrem unverständlichen Nordländerdialekt unterhielt. Die Stimmen entfernten sich unter dem Klirren von Schwertgürteln und Kettenpanzern. Einsamkeit und Dunkelheit kehrten wieder ein.

»Kann ich irgend etwas für Euch tun?«

Gil schlug verwundert die Augen auf. Minalde saß in ihren dünnen Bauernröcken und dem schwarzen Umhang auf der Nachbarkoje.

»Ihr könntet mir etwas Wasser holen, wenn es Euch nichts ausmacht.« Die junge Frau trat zum Gemeinschaftsbecken und schöpfte etwas Wasser heraus. »Was macht Ihr hier?«

»Man hat mir gesagt, daß Ihr verwundet seid«, erklärte Alde einfach. »Ich wurde geweckt, um den Haftbefehl für Parscino Pral zu unterschreiben.« Sie kam mit der tropfenden Tasse in den Händen zurück. »Könnt Ihr Euch aufsetzen zum Trinken?«

»Ich glaube schon. Wer ist Parscino Pral?«

»Der Mann, dem Ihr den Fuß abgeschlagen habt.« Das sagte Alde vollkommen ungerührt, während sie Gil half, sich, in sämtliche in der Gardeunterkunft vorhandenen Kissen gestützt, aufzurichten. Bei der geringsten Bewegung rieben die zersplitterten Enden des Schlüsselbeins im zerfetzten Fleisch schmerzhaft aneinander. »Es war einer der reichsten Kaufleute von Gae. Der Mann, den Ihr getötet habt, war Vard Webbling, sein Teilhaber. Pral sagt aus, daß der dritte Mann Bendle Stooft war.«

»Das stimmt.« Gil erinnerte sich jetzt, und die Gesichter rückten an die richtige Stelle. Pral hatte sich an dem Tag, als Janus von den Penambranern freigelassen worden war, unter Alwirs Gefolge von Kaufleuten befunden. Auch Bendle Stooft war dabei gewesen, in grünen Samt und Hermelin gekleidet. An Vard Webbling erinnerte sie sich überhaupt nicht. Aber das war auch nur noch eine Frage von wissenschaftlichem Interesse. Alde jedenfalls sah kein bißchen erregt aus. *Aber schließlich*, dachte Gil, *hat Alde mehr Menschen sterben sehen, als ich mir je vorstellen könnte. Seit der Zerstörung von Gae war ihr Leben nichts als ein Chaos von Flucht und Schrecken*. Es war nicht wahrscheinlich, daß sie Schuldgefühle hatte wegen ein paar getöteter Männer und eines geschlossenen Tors, das drei weitere zum Tode verurteilte.

»Könntet Ihr ihn vor Gericht identifizieren?« fragte Alde.

»Sicher«, erwiderte Gil, »ohne Schwierigkeiten.«

Alde blies zwei der drei Lampen im Raum aus. »Möchtet Ihr, daß ich noch ein Weilchen hierbleibe?« fragte sie.

Gil schloß wieder die Augen, und sie sagte leise: »Nein. Trotzdem vielen Dank.« Sie hörte, daß die junge Frau zögerte, dann entfernten sich schnelle, leichtfüßige Schritte durch die menschenleere Gardeunterkunft in den Gang hinaus.

Bendle Stooft wurde am späten Vormittag des darauffolgenden Tages in dem großen Raum im Königlichen Bereich, den Alwir zum Audienzsaal gemacht hatte, der Prozeß gemacht. Das schlaffe, weiche Gesicht mit dem fliehenden, runden Kinn war von den schlimmen Träumen der vergangenen Nacht gezeichnet. Jetzt saß er auf einem geschnitzten Stuhl und spielte nervös an den Edelsteinringen an seinen Fingern, so daß seine Hände in dem warmen, goldenen Schein des Kerzenlichts glitzerten wie ein Feuerwerk aus Topas und Grün. Es war eine offizielle Sitzung; Kerzen säumten den eigenartig geschnitzten Ebenholztisch, an dem die Gerichtsmitglieder saßen, und verliehen ihnen das merkwürdige Aussehen von Heiligenfiguren, die von geweihtem Licht umrahmt sind. Der Glanz der Münzstickerei flammte und blitzte auf Alwirs Brust und Ärmeln und wand sich wie eine Tätowierung um die Handknöchel mit den schwarzen Glacéhandschuhen. Der Glanz spiegelte sich als hartes, tiefdunkelrotes Glitzern im Amethyst von Govannins Bischofsring und schimmerte im Purpurrot ihres Gewandes. Minalde, die zwischen den beiden saß, wirkte sehr blaß und gefaßt.

Gil stand, von Janus und Caldern flankiert, hinter dem Angeklagten. Sie war erschöpft von dem Fußweg; sie hatte Fieber, und ihr Kopf brummte. Der Raum um sie herum erschien ihren müden Augen unwirklich und seltsam zweidimensional. Farben tropften so lebendig wie Blut in die samtene Dunkelheit, und die Geräusche veränderten sich ständig, waren entweder viel zu laut oder summend und weit entfernt.

Ihre eigene Stimme hallte seltsam in ihren Ohren, als sie sagte: »Das ist der Mann.«

»Seid Ihr ganz sicher?« fragte Alwir. Die Bischöfin löste ihre langen, zerbrechlichen Finger und verschränkte sie auf andere Weise wieder, als wolle sie das Muster beobachten, das der Schatten ihrer knochigen Gelenke warf.

»Ja«, erwiderte Gil. »Natürlich.«

»Ihr begreift sicher den Ernst der Anklage?« fragte Alwir mit seiner weichen, melodischen Stimme. »Ihr müßt ganz sicher sein, daß jeder Irrtum ausgeschlossen ist.«

Gil runzelte die Stirn. »Er und sein Freund haben versucht, mich zu ermorden«, erklärte sie. »Es ist nicht sehr wahrscheinlich, daß ich ihn vergessen würde.«

»Und«, warf Janus ein, »wenn die Anklage ernst ist, sind es die Folgen des Vergehens, nach Einbruch der Dunkelheit das Festungstor offen zu lassen, um so mehr.«

»Sehr richtig«, pflichtete Alwir ihm würdevoll bei. »Und ganz gewiß ist irgendeine Art von Bestrafung erforderlich.«

»Irgendeine Art?« schnurrte Govannin, und sie warf ihm aus Augen, so dunkel wie Rauchachat, einen schnellen Seitenblick zu. »Nach dem Festungsgesetz gibt es dafür nur eine einzige Bestrafung.«

Das Kerzenlicht spiegelte sich tausendfach in des Kanzlers dunkelblauen Augen. Er gab einen mißbilligenden Kehllaut grundsätzlicher Zustimmung von sich, und Stooft wurde weiß wie ein Fischbauch. »Da es aber«, fuhr Alwir fort, »keine eindeutigen Beweie dafür gibt, daß die Festung in Gefahr war . . .«

»Gnädiger Herr«, fiel ihm Janus ins Wort, »wir haben die Knochen von Stoofts drei Helfern heute morgen vor dem Lebensmittellager gefunden. Es steht fest, daß die Dunklen letzte Nacht im Tal waren.«

»Aber zu welcher Zeit, verehrter Herr Kommandant?« fragte Alwir. »Vielleicht erst Stunden später. Wir wollen hier Gerechtigkeit üben.«

Gerechtigkeit? Eine Zorneswelle stieg in Gil auf, und ihr gebrochenes Schlüsselbein rieb schmerzhaft aneinander. *Dieser Mensch hat versucht, mich zu ermorden.* Und sie warf Stooft gerade rechtzeitig einen Blick zu, um zu sehen, wie er sich in seinem Stuhl zurücklehnte; diese kaum wahrnehmbare Bewegung der Entspannung sprach Bände. Er hatte vor dem Prozeß mit Alwir geredet. Er wußte, daß er nicht sterben würde. Wut erfaßte sie wie ein reißender Blutstrom, eine Wut, die heftiger war als während ihres Kampfes am Tor. Janus' Hand schloß sich fest um ihren gesunden Arm, um sie daran zu erinnern, daß sie noch immer vor dem Hohen Rat der Regierenden stand.

»Tatsächlich bin ich der Meinung«, fuhr Alwir würdevoll fort, »daß das Problem des Lebensmitteldiebstahls und -hortens mit einem Schlag gelöst werden kann, wenn wir die Verteilung und Bewachung der Vorräte in eine Hand geben. Dadurch, daß Maia und seine Leute in der Festung aufgenommen werden, verdoppelt sich die Gefahr des Schwarzhandels. Vernünftige Bewachung kann das Problem im Keim ersticken, und wir werden uns nicht mehr mit derartigen Schwierigkeiten herumschlagen müssen.«

»In eine Hand?« Die Bischöfin hob ihre dünnen Augenbrauen, doch ihre Augen blieben so gefühllos wie die eines Haifischs, wie feuchte Kiesel in einem Bachbett. »Unter der Verwaltung des Rates, dessen Vorsitz Ihr selbst führt, verehrter Herr Kanzler?«

Alwir straffte die Schulter. Mit beherrschter Liebenswürdigkeit sagte er: »Ihr werdet sicher zugeben, daß das besser ist als das gegenwärtige Durcheinander . . .«

»Das kann ich nicht behaupten.« Ihre flüsternde Stimme, trocken wie ein Windhauch, klang sanft und nachdenklich. »Aber wenn Euch an einer kontrollierten Lagerung der Lebensmittel gelegen ist, verehrter Herr, wer könnte die Zentralverwaltung besser übernehmen als die Kirche, die über einen weitaus besser ausgebildeten Mitarbeiterstab verfügt als ihr und die darüber hinaus auch ein eigenes Heer hat?«

»Ausgeschlossen!« brauste Alwir wütend auf.

»Dann strebt Ihr also in Wirklichkeit keine Kontrolle an, nicht wahr?«

»Wir haben das alles schon oft diskutiert«, sagte der Kanzler, dessen Stimme plötzlich angespannt klang. »Mit einer vernünftigen Verwaltung . . .«

»Durch wen?« gab die Bischöfin zischend zurück. »Durch Leute wie Bendle Stooft, Euren guten alten Freund aus Gae?«

»In früheren Zeiten waren wir Freunde«, erklärte Alwir steif. »Aber ich werde in keiner Weise zulassen, daß diese Freundschaft mein Urteil in diesem Fall beeinflußt.«

»Dann haltet Euch an das Gesetz der Festung«, forderte sie, »und laßt ihn nach Sonnenuntergang in Ketten draußen zurück.«

»Gnädiger Herr!« krächzte Bendle Stooft, während er mit einer Behendigkeit, die für einen so fettleibigen Mann ganz erstaunlich war, von seinem Stuhl aufsprang.

»Schweig!« fuhr Alwir ihn an.

Der Kaufmann warf sich vor dem Ebenholztisch auf die Knie. »Gnädiger Herr – bitte – ich werde es nie wieder tun. Ich schwöre es. Die anderen waren schuld. Ich schwöre, es war alles Webblings Idee, wirklich, Webblings und – und Prals –, sie haben mich gezwungen, mitzumachen . . .« Seine Stimme brabbelte unaufhörlich und wurde immer schriller, wie die einer alten Frau. »Bitte, gnädiger Herr, ich werde es nie wieder tun. Ihr habt gesagt, Ihr würdet nicht zulassen, daß mir etwas geschieht. Ich verspreche Euch, ich werde alles tun, was Ihr sagt . . .«

»RUHE!« brüllte Alwir.

Die beiden Wachen traten, kaltblütig wie Roboter, wie ein Mann vor, ergriffen den Mann bei den Armen und zogen ihn auf die Füße. Gil sah im warmen Schein der Kerzen, daß er heftig zitterte und daß ihm der Schweiß über das Gesicht lief, als würde er in der Hitze schmelzen. Er klammerte sich schluchzend an die Wachen.

Alwir fuhr, etwas ruhiger geworden, fort: »Nun, es ist nicht die Rede von einer Hinrichtung gewesen, obgleich eine empfindliche Strafe in irgendeiner Form erforderlich ist.«

Govannin senkte den Blick auf ihre Hände. »Es gibt nur eine einzige angemessene Bestrafung.«

»Wirklich, verehrte Bischöfin«, sagte Alwir, »wir wollen kein Exempel statuieren . . .«

Sie blickte auf. »Ich bin der Meinung, das ist eine ausgezeichnete Gelegenheit, ein Exempel zu statuieren.« Im unruhig zuckenden Kerzenlicht erinnerte ihr altersloses Gesicht an einen der Raubtiergötter aus alten Zeiten. »Es wird sicher zur Folge haben, daß Diebe mit ähnlichen Absichten in Zukunft ihre Handlungen sehr sorgfältig überlegen werden.« Sie strich mit ihren langen, kalten Fingern eine Falte in ihrem scharlachroten Ärmel glatt.

»Wenn die Nahrungsmittelvorräte konsolidiert werden . . .«

»Konfisziert, wolltet Ihr wohl sagen?« Ihre Augen glitzerten boshaft. »Es gibt Hunderte von Kleinunternehmern in der Festung, denen es gelungen ist, Getreide, Vieh und getrocknete Lebensmittel von Gae hierherzubringen. Andere wiederum planen selbst auszuziehen und auf Nahrungssuche zu gehen. Wieviele Menschen würden wohl soviel Eigeninitiative zeigen, wenn alles in die Hände von Leuten wie diesem Stooft hier gelangen würde? Vielleicht würden sie sogar kämpfen, wenn sie, nach all ihren Mühen feststellen müssen, daß man sie um das bestohlen hat, was ihnen bereits gehörte.«

»Kämpfen wäre Wahnsinn.«

Sie zuckte ihre spitzknochigen Schultern. »Konfiszierung wäre das meiner Ansicht nach auch.«

»Es ist keine Konfiszierung!«

»Ein bloßes Wortspiel, verehrter Kanzler«, sagt sie gleichgültig.

Alwir fand seine Beherrschung unter sichtbarer Anstrengung wieder.

Die Bischöfin blickte mit ihrem leisen Schlangenlächeln auf ihre Hände hinunter und sagte nichts mehr.

»Ich nehme an, es ist reiner Zufall, daß der größte dieser – Kleinunternehmer, wie Ihr sie nennt – die Kirche selbst ist? Daß ungeachtet Eurer frommen Sprüche über die Seelsorge Euer eigentliches Anliegen der Reichtum der Kirche ist?«

»Die Seele wohnt in einem Körper, verehrter Kanzler. Wir haben immer für beide Sorge getragen. Ebenso wie Ihr, versuchen wir nur das Beste zu tun für diejenigen, die Gott uns anvertraut hat.«

»Und ist das der Grund, warum Ihr, der Stellvertreter des Gnädigen Gottes, den Tod dieses Mannes fordert?«

Sie hob den Kopf; der Blick ihrer schwarzen Augen unter den schweren Lidern traf seinen mit selbstsicherer Ruhe. »Selbstverständlich.« Stooft stieß einen erstickten Schrei aus. »Und das ist mein endgültiges Urteil als Mitgliedes Rates.«

»Und mein endgültiges Urteil«, knirschte Alwir, »lautet, daß der Kaufmann Bendle Stooft öffentlich dreißig Peitschenhiebe erhalten und dreißig Tage bei Brot und Wasser eingesperrt werden soll. Minalde?« Er warf seiner Schwester, die die ganze Zeit über schweigend verfolgt hatte, was sich zwischen dem Kaufmann, der Bischöfin und ihrem Bruder abspielte, einen Seitenblick zu.

Sie hob den Kopf, und ihre dunklen, juwelendurchwirkten Zöpfe streiften ihre Wangen, die im rötlichen Lichtschein so weiß wie Papier geworden waren. »Ich stimme für seinen Tod.«

»WAS?« Alwir sprang, sprachlos zwischen Entsetzen und Wut, halb vom Stuhl auf.

Stooft stieß einen unartikulierten, wimmernden Schrei aus und hätte sich wieder auf die Knie geworfen, hätten nicht Janus und Caldern ihn daran gehindert. Er begann zu schluchzen. »Gnädiger Herr! Gnädiger Herr!« Tränen strömten seine bebenden Wangen hinunter. Alde hob den Blick und betrachtete ihn mit mühsam bewahrter Ruhe; ihre weichen Lippen waren schmal und grau, als wäre ihr speiübel.

Gil fragte sich, wie sie selbst sich derartig hatte anstellen können, weil sie einen Mann getötet und einen anderen in Notwehr verletzt hatte. Wut und Verzweiflung hatten sie dazu gebracht. Niemand hatte die Richtigkeit ihrer Handlung angezweifelt, kein Sturm des Protests hatte sich erhoben. Jetzt hing der Mann winselnd zwischen seinen zwei Wächtern und bat um sein Leben, um Gnade, um Aufschub. Minalde jedoch mußte ihr Urteil mit kühlem Kopf sprechen.

Alwir setzte an, seiner Schwester mit leiser, zorniger Stimme etwas zuzuflüstern, doch sie fiel ihm ins Wort, und ihre Stimme klang dünn und gepreßt. »Durch Euer Vergehen, Bendle Stooft, habt Ihr mein Leben, das Leben meines Sohnes und das Leben meines Bruders in Gefahr gebracht, der Euch, wie ich meine, mit der Bitte um Eure Begnadigung große Barmherzigkeit erwiesen hat. Ihr habt das Leben

Eurer Frau, Eurer Töchter, Eures kleinen Sohnes und jedes Bewohners dieser Festung, vom Höchsten bis zum Niedrigsten, in Gefahr gebracht.« Ihre Stimme gewann an Sicherheit und Kraft, aber Bendle Stooft hörte gar nicht zu. Er schluchzte nur immer wieder: »Bitte nicht! Bitte nicht!« Alde fuhr fort: »Als Königin von Darwath und Statthalterin des Prinzen Altir Endorion verfüge ich, daß Ihr heute bei Sonnenuntergang auf dem Hügel, der dem Tor der Festung gegenübersteht, zwischen zwei Pfosten angekettet und dort den Dunklen zum Opfer zurückgelassen werdet. Gott sei Eurer Seele gnädig.«

Der Kaufmann brüllte auf: »Ihr seid eine Mutter, gnädige Frau! Nehmt meinen Kindern nicht den Vater!«

Sie reckte das Kinn in die Höhe; ihr Gesicht war ruhig und kalt wie ein gefrorener Teich, aber Gil sah die kleine, senkrechte Linie, die sich zwischen ihren Brauen bildete. Janus und Caldern mußten den Gefangenen buchstäblich von seinem Stuhl zerren und halb aus dem Raum tragen, halb schleifen, während er die ganze Zeit brüllte wie ein Verdammter.

Benommen und entkräftet folgte Gil ihnen auf den Fersen. Als sie durch die Tür der Halle in die Dunkelheit hinaustrat, drehte sie sich noch einmal um und erhaschte einen letzten Blick auf Minalde, die im sanften Schein der aufgereihten Kerzen, den Kopf weinend in die Hände gestützt, dasaß.

Siebtes Kapitel

In dem erstaunten Bewußtsein, daß sie geschlafen hatte, wachte Gil langsam und allmählich auf. Der Duft von Räucherwerk stieg ihr schwer in die Nase; sie empfand ihn als erstickend, nach den Dingen, die sie im Traum gerochen hatte – wenn es ein Traum gewesen war. Leise Gesänge, Strophe und Gegenstrophe, verschmolzen in ihrem Ohr. Sie stellte fest, daß sie in einem achteckigen, dunklen Vorraum saß, der ansonsten völlig leer war. Sie suchte in ihrer getrübten Erinnerung und vermutete, daß sie sich zum Ausruhen hierher zurückgezogen hatte, nachdem die anderen von der Hinrichtung bei Sonnenuntergang zurückgekehrt waren.

Oder vielleicht war auch die Hinrichtung nur ein Traum gewesen.

Sie glaubte es nicht. Matsch und Schnee an ihren Stiefeln waren frisch und tropften schmelzend auf den glatten, schwarzen Steinboden. Sie erinnerte sich, daß sie zusammen mit den Männern, Frauen und Kindern der Festung zum Hügel vor dem Tor hinübergelaufen war, begleitet vom Heulen der Wölfe und des Windes in den Bäumen und dem einsamen Weinen der drei oder vier Frauen, die um Bendle Stooft und Parscino Pral trauerten.

Wie eine Gegenstimme zu dieser Melodie hatte sie das Gemurmel der Menge um sie herum vernommen. »Recht so. Als wir Flüchtlinge von Gae nach Karst herunterkamen, hat mir der alte Geizkragen einen Penny für einen Laib Brot abgeknöpft – einen ganzen Penny! Und wir mit den sechs Kleinen kurz vorm Verhungern und keinen Platz, um unseren Kopf hinzulegen!« – »Einen Penny für Brot?« lachte ein anderer bitter. »Er und Pal haben mir sechs Kupferstücke für einen lächerlichen Platz in einem Waschhaus berechnet, wo ich die Nacht geschützt verbringen konnte. Ich habe in dieser Nacht meine Frau verloren. Von mir aus hätte diese Gardistin auch noch seine Hände und seinen Kopf nehmen können, nicht nur seinen beschissenen Fuß.«

Unterstützt eure örtlichen Wachsoldaten, dachte Gil erschöpft, dann hob sie den Kopf und sah sich um. Allmählich wurden ihre Erinnerungen klarer. Sie war mit Janus und Melantrys zusammen gewesen. Alwir hatte sie um eine Unterhaltung im Königlichen Bereich gebeten. Sie war ihnen bis zur Kirche gefolgt, während vor ihren Augen alles immer verschwommener wurde, dann war sie zurückgeblieben. *Soll Janus mit ihm reden*, hatte sie gedacht. *Ich werde nicht auf seinen Befehl diese gottverdammte Treppe hinaufsteigen.*

Sie erkannte jetzt, daß der Vorraum wie eine Kanzel als Eingangshalle zum Allerheiligsten selbst in den Hauptgang gebaut worden war, lange nach der ursprünglichen Erbauung der Festung. Für Gils Historikerauge wies dieser Vorbau auf eine Periode der Überbevölkerung in der Geschichte der Festung hin, dieselbe Überbevölkerung, die zu den alarmierenden Wucherungen und Verschlingungen der ursprünglichen Gänge und Zellen geführt hatte. Der Vorraum enthielt lediglich einige geschnitzte Bänke und das ikonenartige Bildnis eines ihr unbekannten Heiligen, der von Schlangen totgebissen wurde. Eine Tür in der gegenüberliegenden Wand führte in das Allerheiligste.

Irgendwo wurde eine Tür geöffnet. Gesang wehte aus dem Allerheiligsten heraus, die wohlklingenden Stimmen der Mönche, die Gott in einer archaischen Sprache priesen. Gil war das alles merkwürdig vertraut, ein verwirrender Spiegel ihrer Studien des Mittelalters, eine phantastische Reminiszenz an das Nichts, das sie, wie andere vielleicht auch, durchquert hatte, um hierher zu gelangen. Die Schriften, die Govannin am Ort der Hinrichtung verlesen hatte, waren ihr vertraut erschienen und hatten ihr das bedrückende Gefühl vermittelt, es mit zwei verschiedenen Realitätsebenen zu tun zu haben.

Govannins Bild tauchte vor ihr auf, eine Silhouette vor dem vom Sonnenuntergang gelb gefärbten Himmel. Wie ein dunkler, harter Stein hatte sie in ihrem wehenden Umhang zwischen den Pfählen gestanden; die Pfeiler standen wie Gewehrkimmen zwischen dem Festungstor und der dunklen Kerbe des Sarda Passes, und Govannins gekreuzte Arme hatten ein Fadenkreuz gebildet, das auf das kleine, unheilvolle Auge der sinkenden Sonne ausgerichtet war. Während Parscino Pral schon halb tot vor Angst und vom Blutverlust schlaff in seinen Ketten an dem einen Pfahl hing, hatte Bendle Stooft während der Gebete des Bischofs unaufhörlich gewimmert und um Gnade gefleht. Die Männer und Frauen der Festung hatten in weitem Kreis wie ein dunkler See aufmerksamer Augen um sie herum gestanden. Auf der anderen Seite des Hügels hatte sich ihnen eine zweite, kleinere Gruppe von Flüchtlingen zugesellt, etwa zweitausend in Lumpen gehüllte Frauen, Männer und Kinder, die schweigend gekommen waren, um der Gerechtigkeit der Festung beizuwohnen.

Ein Schneesturm war über das Tal hinweggefegt. Die Ketten hatten klirrend gegen die Pfähle geschlagen, und die Schlüssel hatten in Janus' Händen gerasselt. Alwir hatte die Anklage mit seiner geübten, kraftvollen Stimme verlesen, und Govannin hatte die Gebete gesprochen und den Herrn um Vergebung für die Sünden dieser Männer gebeten, allerdings mit einer Stimme, der anzumerken war, daß es ihr vollkommen gleichgültig war, ob er ihre Bitten erhörte oder nicht. Dann, als die Sonne in der zerklüfteten Dunkelheit der Wolkenbänke verschwand, hatten alle den Verurteilten den Rücken gekehrt und waren zur Festung zurückgekehrt, während das winterliche Zwielicht das Land rasch einhüllte.

Gil erinnerte sich nebelhaft an Maia von Thran, wie er, auf seinen Stock gestützt, zwischen Alwir, Govannin und Minalde die Stufen zur Festung hinaufgehumpelt war. Sie war überzeugt, daß sie niemanden über die morastige Straße hinunter zum Hohen Tor hatte zurückkehren sehen.

Aber auch das mochte alles ein Traum gewesen sein.

Nervös und fiebrig erhob sich Gil und trat zu der Tür, die zum Allerheiligsten führte. Sie blickte in den gewaltigen Raum, der doppelt so hoch war wie die normalen Zellen und eine Bodenfläche von wahrscheinlich tausend Quadratmetern hatte, doch war Gil im Schätzen solcher Dinge nie besonders gut gewesen. Die ganze düstere Weite wurde nur durch drei Kerzen erhellt, die auf der kahlen Steinplatte des Mittelaltars brannten; in ihrem spärlichen Lichtschein löste sich der gewaltige Saal in ein verworrenes, aufsteigendes Gitterwerk auf. Säulen, Galerien und Balkone schwebten wie steinerne Spitzen eins über dem anderen, Miniaturkapellen waren in phantastisch hängende Altäre und auf unregelmäßig gehauenen Plattformen gebaut, die sich wie Wendeltreppen hinaufwanden; und über allem thronten finster die leblosen Heere von Dämonen, Heiligen, Engeln, Tieren und Ungeheuern, die aus einem Dschungel von Schnitzwerk herablugten. Keine Menschenseele war zu sehen, aber Gil hörte den Wechselgesang zwischen den Kapellen in der gespenstischen Finsternis.

Sie hatte es schon damals auf dem Weg von Karst herunter gehört – Segensgottesdienste und Totenmessen, Abend- und Morgenandacht. Wie pflanzten sich die Wurzeln durch das Nichts fort und in welche Richtung, fragte sie sich. Was war die Evolution der Gedanken? Direkte Übertragung oder die doppelten Zweige einer archetypischen platonischen Wurzel? Oder etwas anderes, vollkommen Unbegreifliches? Sie grübelte über den Heiligen im Vorraum nach, dessen merkwürdig ovale Augen eher erstaunt als gepeinigt blickten. Gab es einen christlichen Heiligen, der als zweites Frühstück heidnischer Vipern sein Leben ausgehaucht hatte?

Das alles waren wissenschaftliche Spielereien, und sie würden keinen Deut an der Bedrohung durch die Dunklen oder an den unvermeidlichen Zusammenstößen zwischen Alwir, Govannin und dem Erzmagier ändern, das wußte sie sehr gut. Aber Gil war Wissenschaftlerin und gleichgültig, wie lange sie mit den Gardisten trainierte, wieviele Männer sie tötete und wie ihr dabei zumute war – es würde sich nichts daran ändern. Es war das, was kein Mensch, außer Ingold, je an ihr hatte verstehen können – ihre Freude am Wissen um seiner selbst willen und an der Rekonstruktion längst vergangener Ereignisse und ihre neugierige Suche nach den allertiefsten Wurzeln der Welt.

»Gil-Shalos.«

Sie fuhr erschrocken herum. Durch den Nebel ihrer Fieberglut erkannte sie Bischöfin Govannin, die im Lichtschein des Vorraums auftauchte wie ein Fiebertraum, geschlechtslos und kalt im tiefen Blutrot ihrer Bischofsgewänder, ein Wesen von nichtmenschlicher Schönheit,

Klugheit und treuer Ergebenheit für ihren Gott. Doch ihre Stimme war eine trockene Frauenstimme. »Geht es Euch nicht gut?« erkundigte sie sich ohne Hast. »Bei der Gerichtsverhandlung schient Ihr krank zu sein, und jetzt seht Ihr auch nicht viel besser aus.«

»Die Wunde ist ein bißchen entzündet, das ist alles«, sagte Gil entschuldigend. »Morgen oder übermorgen werde ich darüber hinweg sein.«

Govannin deutete mit ihren langen, knochigen Fingern auf den Verband und die Schlinge um Gils Schulter, ohne sie zu berühren. »Ein bißchen länger wird es wohl dauern, fürchte ich. Verletzungen an der Schulter können sehr unangenehm sein«, sagte sie.

Hinter ihnen erhoben sich im Allerheiligsten von neuem Gesänge – Gil nahm an, für Bendle Stoofts Seele. Die Bischöfin an ihrer Seite hob den Kopf und lauschte mit kritischem Gehör. Im goldenen, diesigen Schein der Lampe betrachtete Gil nachdenklich ihr Gesicht, die hohe, intelligente Stirn, die tiefliegende, fanatische Augen überschattete, die harte Entschlossenheit, die wie Duellnarben Wangen und Lippen zeichnete. Zierliche, kleine Ohren, so zart wie Muscheln, schmückten den glatten, kahlen Schädel, der in der zähen Kraft des faltigen Nackens auslief. Gil kam es in den Sinn, daß Govannin Narmenlion in ihrer Jugend eine bestrickend schöne Frau gewesen sein mußte, die umworbene Schönheit eines Regiments – nur waren Frauen mit ihrer kalten und zielstrebigen Intelligenz selten von irgend jemandem umworben. »Euer Gnaden?« wandte sie sich leise an die Bischöfin, und die dunklen Augen kehrten wie aus einem Traum zu ihr zurück. »Wie wurde die Festung erbaut?«

Anders als Gils Freunde unter den Gardisten erwog sie die Frage sorgfältig. Schließlich sagte sie: »Ich weiß es nicht. Was an und für sich höchst seltsam ist«, fuhr sie fort, während sie mit ihren langen, knochigen Fingern leicht über den schwarzen Stein des Eingangs neben ihr strich, denn es ist unsere Zuflucht und unsere Heimat.«

»Weiß es irgend jemand?«

Govannin schüttelte den Kopf. »Meines Wissens nein. Man hielt mich für viel zu gebildet für eine Erbin, und doch kann ich mich nicht erinnern, etwas darüber gehört zu haben.«

Gil mußte lächeln. »Ja, ich war auch – viel zu gebildet.«

Die Ahnung eines Lächelns huschte über Govannins volle verschlossene Lippen. »Tatsächlich?«

»Oh, ja. In meiner Heimat war ich Wissenschaftlerin. In gewisser Weise werde ich das wohl immer bleiben, nehme ich an. Wäre es möglich, daß die Erbauung der Festung irgendwo in den Kirchenaufzeichnungen erwähnt ist? Auf welche Weise und von wem sie bewerkstelligt wurde?«

Die Bischöfin verschränkte nachdenklich die Arme. Hinter ihr nahm Gil eine Bewegung im Allerheiligsten wahr, grau gewandete Mönche,

die eine schmale Treppe hinaufstiegen, schwach beleuchtet vom bernsteinfarbenen Schein einer Räucherschale. Sie tauchten in den Schatten unter, doch ihre Stimmen schwebten noch im Raum wie Wind in den Felsen. »Vielleicht«, sagte Govannin endlich. »Die meisten der Schriften stammen aus der Vorzeit, aber sie enthalten eher Lehre und Weisheit als Baukunst. Die Aufzeichnungen, die wir, nicht mit Hilfe des gnädigen Herrn Alwir, hierher in die Festung gebracht haben, reichen zurück in die Zeit, als das Erzbistum hier in Renweth war, jedoch nicht bis in die Zeit der Dunklen selbst, soweit ich weiß. Aber vielleicht gibt es doch einige, die soweit zurückgehen.« Sie mußte wohl das Aufleuchten in Gils Augen gesehen haben. »Ist es wichtig für Euch?«

»Es könnte sein«, erwiderte Gil. »Diese Aufzeichnungen könnten Hinweise enthalten, irgendwelche Informationen, nicht nur über die Festung, sondern auch über die Dunklen. Was sie sind – warum sie kamen –, warum sie wieder verschwanden.«

»Möglich«, sagte die Bischöfin nach einigem Nachdenken. »Aber zum größten Teil werdet Ihr, so glaube ich, Berichte darüber finden, wie die Ernte war, wer geboren und wer begraben wurde und ob die Regenfälle leicht oder heftig waren. Was das Auftauchen der Dunklen in der Vorzeit betrifft . . .« Sie runzelte die Stirn; ihre dünnen, dunklen Augenbrauen zogen sich zusammen, und die Linien des starken, unheimlichen Gesichts verhärteten sich. »Ich habe gehört, daß die Zivilisation der Vorzeit böse und verdorben war. In all ihrem Stolz und ihrer Herrlichkeit verübte sie schändliche Taten. Heute wie früher ist es meine feste Überzeugung, daß die Zeit der Dunklen eine Strafe war, die solange andauerte, wie Gott es bestimmt hatte. Im Buche Iab steht geschrieben, daß Gott nach seinem eigenen Ratschluß den Teufel über die Welt regieren läßt.« Sie zuckte die Achseln. »Ich lebe schon sehr lange und habe gelernt, die Gründe für Gottes Handeln nicht in Frage zu stellen.«

»Mag sein«, entgegnete Gil. »Aber mir erscheint es ein großes Maß an Kummer und Schmerzen, die vielleicht vermieden werden könnten. Wenn Gott nicht wollte, daß wir aus der Geschichte lernen, hätte er uns keine Hände gegeben zum Schreiben und keine Augen zum Lesen.«

»Die Spitzfindigkeit eines Zauberers«, entgegnete die Bischöfin ruhig. »Die Spitzfindigkeit, die sie alle in Versuchung führt und zu Fall bringt. Nein, ich kritisiere nicht Eure Argumentation, obwohl ich weiß, daß Ihr Euren Magierfreunden die Treue haltet. Jedoch bezweifle ich, daß es sinnvoll ist, gegen die Absichten Gottes anzukämpfen. Seine Wege sind langsam, aber so sicher und unausweichlich wie das Eis im Norden.«

»Aber«, wandte Gil unbeirrbar ein, »wer kennt die Absichten Gottes?«

»Ich sicher nicht. Und ich glaube nicht, daß es schlecht ist, aus der Geschichte zu lernen. Ich gehöre noch nicht zu den Mönchen, die die Verbrennung aller Bücher und die Verbreitung der Schrift aus der Erinnerung allein predigen. Wissen ist Macht, sei es über die Dunklen, über Könige, die an sich reißen, was Gottes rechtmäßiges Eigentum ist, oder über Zauberer und Magier, die überhaupt nicht an Gott glauben und die der Teufel für seine eigenen Ziele mißbraucht. Wir können Wissen mit Wissen bekämpfen und ihre Macht mit der unseren.«

»Wie die der Kettenrune zum Beispiel?« gab Gil ein wenig bitter zurück. Ein dunkler, rätselhafter Blick traf sie.

»Der Gebrauch solcher Hilfsmittel ist ungesetzlich«, erklärte die Bischöfin. »Die Kettenrune kann die Macht eines Zauberers binden und verkümmern, und ich habe davon gehört, daß sie auf diese Weise angewendet wurde. Doch das Werk des Bösen zu benutzen verdirbt die gute Sache. Die Suche nach dem Erzmagier von Quo kann nur Böses bringen.«

»Glaubt Ihr nicht, daß die Macht eines Zauberers auch von Gott gegeben sein kann?«

Vielleicht hatte sie die Worte hitziger ausgestoßen als beabsichtigt. Govannin musterte sie einen Augenblick lang ausdruckslos, und Gil erschien es im Nebel des Fiebers und des schwachen Lichts, als wäre sie nur ein körperloser Schatten und ein wild brennendes Augenpaar. »Ihr überstürzt seine Verteidigung«, sagte sie schließlich, und in ihrer Stimme lag nur das gleichgültige Interesse einer Python, die die Welt beobachtet und ihr Beuteopfer auswählt. »Nehmt Euch in acht vor ihm, mein Kind. Er ist sehr fähig und übt eine große Anziehungskraft aus für einen Mann, der seine Seele dem Teufel verschrieben hat – und das hat er getan, auch wenn er es nicht zugeben wird. Der Teufel benutzt auch die Menschen, die aus Unwissenheit oder Stolz nicht sehen, was sie getan haben, indem sie der Versuchung der Macht nachgegeben haben. Aber ich bin alt, Gil-Shalos. Ich habe die andere Seite der Magie gesehen, böse Zauberer, halsstarrige, ehrgeizige und selbstsüchtige Abtrünnige. Wäret Ihr je einem von ihnen begegnet, die da für die Mächte des Bösen wirken und sie mit offenen Armen empfangen, Ihr würdet nie wieder glauben, die Fähigkeiten eines Magiers wären von Gott gegeben oder hätten irgend etwas mit ihm zu tun.«

»Aber er ist anders!« widersprach Gil erregt. Bilder strömten in ihr Bewußtsein und unkluge Worte auf ihre Lippen. Sie erinnerte sich an Ingold, wie er in der strahlenden Helligkeit seines Hexenlichts gestanden und Schneesturm und Dunkelheit ferngehalten hatte, bis die Gardeoffiziere Tir und Alde sicher in die Festung gebracht hatten. Sie erinnerte sich, wie der alte Mann, umgeben von Runen der Macht, die keiner außer ihm sehen konnte, in den Tunnel dröhnender Dunkelheit getreten war, und an den Blick in seinen Augen, als er ihr den glühenden Stab gereicht und sie gebeten hatte, ihm den Rücken zu decken. »Er würde sich dem Bösen niemals beugen, niemals seine Macht im Namen des Bösen mißbrauchen. Es gibt gute und schlechte Zauberer, so wie es gute und schlechte Menschen gibt . . .«

Govannin zog ihre dunklen, vornehmen Augenbrauen hoch. Gil verstummte stammelnd. Ihre Wangen waren plötzlich heißer, als es das

Fieber bewirken konnte, und sie war froh über den Schutz der Dunkelheit. »Es tut mir leid«, stammelte sie verwirrt. »Meine Worte waren ungehörig, und Ihr wart so gütig zu mir.« Wahrscheinlich war es Jahrzehnte her, daß ein Angehöriger des gemeinen Volkes so zu Govannin Narmenlion gesprochen hatte, ging es Gil durch den Kopf.

Aber die Bischöfin schwieg nur einen Augenblick, einen neugierigen, nachdenklichen Funken in den Augen. Als sie sprach, klang ihre trokkene, rasselnde Stimme freundlich: »Ihr gefallt mir, mein Kind«, sagte sie. »Ihr seid als Kriegerin genauso wie als Wissenschaftlerin, geradlinig und niemals ohne Ziel und Zweck. Ihr habt ein reines Herz – rein in der Wissenschaft, rein in der Leidenschaft und rein in der Liebe. Einem solchen Herzen können Schmerzen zugefügt werden, es kann grenzenlos Gutes und grenzenlos Böses vollbringen, aber es kann nicht gebeugt oder eingeschüchtert werden.« Sie streckte die Hand aus und legte ihre eiskalten Finger an Gils Wange. »Ich werde Euch die Kirchenaufzeichnungen schicken, wenn Ihr es wünscht, und auch jemanden, der das Geschriebene für Euch übersetzen kann. Das Wissen ist mein Geschenk an Euch, mit all den Folgen, die daraus erwachsen.«

Sie streckte ihr die knochige Hand entgegen, und Gil ließ sich auf ein Knie nieder und küßte den dunklen Kristall des Bischofsringes.

Als sie später in der Gardeunterkunft aus fiebrigem Schlaf erwachte, fragte sie sich, ob auch das ein Traum gewesen sein mochte. Doch nach dem Abendessen erschien Minalde mit einem schweren Buch in ihrer Kammer und erklärte, daß die Bischöfin sie gebeten habe, es Gil-Shalos zu bringen.

»Ich hatte ohnehin vor, zu kommen«, fügte sie hinzu und setzte sich ans Fußende von Gilos Koje.

Durch die Tür hinter ihr hörte Gil die Geräusche der Gardisten, die zur Nachtwache aufbrachen, das Knirschen von Leder, das leise Klirren von Gürtelschnallen und Melantrys' helle, scherzende Stimme.

Minalde fuhr mit dem Finger über die metallbeschlagenen Kanten des Bucheinbandes. »Was steht darin?«

Gil erklärte in kurzen Worten ihren Wunsch, die Ursprünge der Festung zu erforschen, um einige ihrer Geheimnisse zu lüften. »Zum Teufel«, sagte sie, »schließlich gibt es so viel mehr in der Festung, als man mit dem Auge erkennen kann. Zum Beispiel – wie kommt es, daß das Wasser in den Aborten und Brunnen ständig fließt? Selbst wenn die Festung auf einem unterirdischen Fluß erbaut worden wäre, fließt das Wasser doch nicht bergauf. Warum ist die Luft fast überall frisch und nicht abgestanden und modrig? Wie ist die Festung überhaupt erbaut worden? Ich weiß, daß sie vor dreitausend Jahren von Dare von Renweth gebaut wurde, zu der Zeit, als sich die Dunklen zum ersten Mal erhoben«, fuhr sie fort, »aber wie lange hat es gedauert? Wo blieben die Leute, bis sie fertiggestellt war, wenn mit dem Bau erst nach dem ersten

Auftauchen der Dunklen begonnen wurde? Oder waren damals die Dunklen nur unten in den Flußtälern, und die Berge waren vor ihnen sicher?«

»Nein«, erwiderte Alde bestimmt. »Denn es gibt eine Brutstätte der Dunklen, die weniger als zwanzig Meilen von hier entfernt liegt, wie Ihr wißt.«

Gil erinnerte sich an die schräge Platte aus schwarzem Stein inmitten überwucherter Wälder, und sie schauderte.

»Und ansonsten«, fuhr Alde fort, »habt Ihr mir bereits mehr erzählt, als ich wußte. Ich habe gehört, daß die Magie in der Vorzeit sich von unserer heutigen Magie unterschied, aber ich weiß nicht, was das bedeutet. Ich weiß, daß es vor Jahrhunderten in vielen Städten magische Orte, eine Art Tempel der Zauberei, gab, nicht nur in Quo – vielleicht war es damals in der Vorzeit genauso. Rudy sagt, daß die Magie in die Mauern der Festung eingeschmolzen ist.«

Bei der Erwähnung des Namens ihres Geliebten überzog eine feine Röte Aldes Wangen, und Gil unterdrückte ein Grinsen. In vieler Hinsicht erinnerte sie dieses dunkelhaarige Mädchen an die Erstsemester, die sie unterrichtet hatte; sie war schüchtern, hübsch und sehr unsicher. Bei solchen Gelegenheiten fiel es schwer, sich vorzustellen, daß diese Frau mit der sanften Stimme durch Feuer und Dunkelheit gegangen war, daß sie ihren Mann in der Flammenhölle des vom Kampf zerstörten Palastes hatte sterben sehen und daß sie, nur mit einer Fackel und ihrer wildentschlossenen Tapferkeit bewehrt, den Mächten der Nacht entgegengetreten war. Es war die Königin von Darwath, die wahre Herrscherin der Festung, die hier am Fußende ihrer unordentlichen Koje saß, die Beine unter dem bunten Bauernrock untergeschlagen.

»Jedenfalls hat mir die Bischöfin angeboten, mir die Bücher zu leihen, damit ich nach den Antworten suchen kann«, erklärte Gil und setzte sich, gestützt von ihren zahlreichen Kissen, auf. »Gnift hat mir bereits verkündet, daß Training und Patrouille in den nächsten drei Wochen nicht für mich in Frage kommen . . . ich vermute, daß er recht hat«, fügte sie mit einem bedauernden Blick auf ihre bandagierte Schulter hinzu. »Aber ich brauche jemanden, der sie mir vorliest und mir die Sprache beibringt.«

»Oh, das kann ich machen«, erbot sich Alde. »Wirklich, es würde mir nichts ausmachen. Ich kenne das Altwath und die Hohe Sprache der Kirche, die sich sehr von der wathischen unterscheidet. Wißt Ihr, es wäre das erste Mal, daß ich etwas in der Schule Gelerntes wirklich anwenden würde.«

Gil betrachtete sie im Dämmerlicht des Raumes einen Augenblick lang gebannt. »Was habt Ihr in der Schule gelernt?«

Alde zuckte die Achseln. »Handarbeit«, erklärte sie. »Lieder – und wie man die verschiedenen Formen der Dichtung schreibt. Ich habe einen ganzen Wandteppich über Shamilfar und Syrindis gewoben – das war ein berühmtes Liebespaar – aber ich bin fast verrückt geworden darüber und habe dann keinen zweiten mehr gemacht. Tanzen, Harfe und Hackbrett spielen. Etwas über die Hauptteile des Reiches und ein bißchen Geschichte. Ich konnte Geschichte nicht ausstehen«, gestand sie kleinlaut.

»Das geht den meisten Leuten so«, tröstete sie Gil.

»Bei Euch ist es anders.« Aldes schmale, wohlgepflegte Finger fuhren über die Kurven der Prägearbeiten im Ledereinband.

»Ich war darin immer ein bißchen komisch.« Der Spitzname ›Schreckschraube‹, den Rudy ihr neckend gegeben hatte, war ihr keineswegs neu gewesen.

»So, wie Ihr darüber redet, klingt es, als hättet Ihr ein Ziel«, sagte Alde. »Als würdet Ihr etwas Bestimmtes suchen. Alles, was wir je in Geschichte gelernt haben, waren diese kleinen Geschichtchen, die angeblich die Moral stärken, wie zum Beispiel die über den Mann, der in einem heldenhaften Nachhutgefecht sein Leben läßt, um seine Kameraden zu retten, oder die Geschichte von all den altehrwürdigen Patriarchen, die sich lieber vom Feind abschlachten lassen, als in die Sklaverei zu gehen. So ein Zeug. Geschichten, die, wie ich vermute, niemals passiert sind.«

Historische Anekdoten und Geschichten aus ihrer eigenen Schulzeit kamen Gil in den Sinn, und sie lachte. »Vielleicht.«

»Aber wenn Ihr jemanden sucht, der Euch vorliest, so würde ich es mit Freuden tun.«

Gil musterte Aldes Gesicht einen Augenblick schweigend. Sie hatte zu viele Nächte bis zur Schließung in der Universitätsbücherei gesessen, so, wie manche Leute immer die letzten sind in der Bar, um Aldes Wunsch nicht zu verstehen. Und eine Königin als Forschungsassistentin, was das betraf – *Alwir,* dachte Gil, *wird sie kaum vermissen.* »Sicher«, willigte sie ruhig ein. »Wann immer Ihr Euch die Zeit nehmen könnt.«

Sie bezogen die winzige Abstellkammer in der Gardeunterkunft, die Ingold als Quartier gewählt hatte. Dort waren sie ungestört und doch nicht allzuweit vom Mittelpunkt der Ereignisse entfernt, und der Raum befand sich am entgegengesetzten Ende der Festung wie der Königliche Bereich mit seinem politischen Geschehen. Alde gewöhnte es sich an, jeden Tag zu kommen. Meistens brachte sie Tir mit, und während Gil Notizen auf bienenwachsüberzogene Holztafeln kritzelte, die sie in einem verlassenen Lagerraum gefunden hatte, arbeitete sie sich fleißig durch die uralten Überlieferungen. Gil stöberte in einem anderen Lagerraum einen dünnbeinigen, altmodischen Tisch auf, der klein genug war, um Platz in ihrem engen Arbeitszimmer zu finden. Zwei Fässer mit getrockneten Äpfeln dienten ihnen als Stühle.

So begann für sie eine Zeit des ungestörten Studierens, und Stunden des Abschreibens und Ordnens von Notizen wechselten mit einsamen Gängen durch die abgelegeneren Teile der Festung, auf der Suche nach dem geheimnisvollen runden Raum, den Rudy kurz vor seinem Aufbruch beschrieben hatte. Eines Tages, als sie von einer dieser Wanderungen zurückkehrte, fand sie Alde, im schwachen Lichtschein in eine der Notiztafeln vertieft, an ihrem Schreibtisch vor.

»Ist das alles, was Ihr tut?« fragte die junge Frau und deutete zögernd auf die wächserne Oberfläche.

Gil blickte ihr über die Schulter. Sie schrieb gewöhnlich mit einer silbernen Haarnadel als Stift, in einer Mischung aus Englisch und den Schriftzeichen des Wathischen. Auf der Tafel stand geschrieben:

> Swarl (?) S. von Tirwis, Se. Aldor, Bet, Urgwas – Hungersnot, Schneefälle Paß 2, H T Garn bes 4 (–) – Erw Dklf – Bev Fg 12 000 + 3 Sdlg (Großer Ring??) – gaenguo begraben (?) – Bschf Kardthe, Tracho

»Ja«, erklärte sie munter. »Das stammt aus den Überlieferungen, aus denen Ihr mir gestern vorgelesen habt. Es ist nur eine Zusammenfassung – Swarl, wann immer er in Renweth regiert haben mag, hatte drei Söhne namens Aldor, Bet und Urgwas . . .«

»Bet ist ein Mädchenname«, berichtigte Alde.

»Oh.« Gil machte eine Notiz. In der Sprache von Darwath waren Pronomen ohne Geschlechtsbestimmung. »Wie dem auch sei, im zweiten Jahr seiner Herrschaft brach eine Hungersnot aus, und die Schneefälle waren so heftig, daß der Sarda Paß unpassierbar war. Zu dieser Zeit wurde die Bevölkerung der Festung auf zwölftausend geschätzt, und es gab drei Siedlungen im Tal, von denen eine der Große Ring hieß – fragt mich nicht, warum. In der Überlieferung fehlt jede Erwähnung der Dunklen, was nicht erstaunlich ist, da wir bisher in keiner der Überlieferungen auf die Dunklen gestoßen sind. Im vierten Jahr seiner Herrschaft wird erwähnt, daß am Hohen Tor eine Garnison stationiert war, obwohl es vielleicht schon seit Jahren besetzt gewesen sein mag. Die Bischöfe während seiner Regierungszeit waren Kardthe und später ein Mann oder eine Frau namens Tracho . . .«

»Das ist die alte Schreibweise für Trago. Es ist ein Männername.«

»Danke.« Gil machte wieder eine Notiz. »Und während seiner Regierungszeit begruben sie den gaenguo, worüber ich Euch einige Fragen stellen wollte. Ist gaenguo nicht die alte Bezeichnung für einen – einen glücklichen Ort oder einen angenehmen Ort?«

»Na ja – angenehm stimmt nicht ganz–, ich glaube, ehrfurchtgebietend wäre das angemessene Wort.« Alde streckte den Fuß aus und rollte Tirs Ball zu dem Kind zurück, das zufrieden auf dem Fußboden spielte. »Es wird angenommen, daß es Orte gab, an denen bestimmte Kräfte zusammenflossen, an denen die Leute Dinge sehen konnten, die weit weg waren, oder wo die Menschen Visionen und Erscheinungen hatten.«

Gil grübelte nach, während Tir eifrig über das raschelnde Stroh und die alten Binsen, die über den Fußboden gestreut waren, auf sie zugekrabbelt kam. Alde beugte sich nieder und streckte dem Kind die Hände entgegen und zog es neben ihren Knien zum Stehen hoch. Tir warf den Kopf in den Nacken und krähte vor Vergnügen.

»Wißt Ihr, was ich glaube«, sagte Gil schließlich nachdenklich. »Ich wette, daß das, was sie begruben, die alte Brutstätte der Dunklen war.« Sie nahm die Tafel auf und drehte sie in den Händen. Das Wachs fühlte sich kalt und glatt an wie Marmor. »Der Ort ist weiß Gott unheimlich genug. Aber eigentlich ist es das Gegenteil eines gaenguo. Die Atmosphäre zerstört magische Kräfte eher, als daß sie sie bestärkt. Sehr interessant«, murmelte sie.

»Inwieweit interessant?« Alde warf Gil, die Hände ihres Sohne fest in den ihren, einen fragenden Blick zu.

»Weil es so aussieht, als hätten sie zu dieser Zeit die Vorstellung von den Dunklen vollkommen von den Brutstätten getrennt. Was weniger überraschend ist, als es den Anschein hat«, fuhr sie fort, »wenn man bedenkt, daß das Feuer die Hauptwaffe gegen die Dunklen bildete. Was natürlich auch der Grund dafür ist, daß wir keinerlei Überlieferungen aus der Zeit der Dunklen besitzen.«

Alde ließ Tir wieder zu Boden gleiten, und er kroch zielstrebig fort, um seinen Ball zu holen. »Wie ärgerlich«, bemerkte sie überflüssigerweise.

»Nun, mehr als das.« Gil setzte sich auf das schmale Lager aus Getreidesäcken und bedeckte ihre kalten Füße mit ihrem Umhang. »Auf diese Weise waren alle vollkommen unvorbereitet, als es wieder geschah. Ich meine, bis zum letzten Sommer hatte niemand auch nur von den Dunklen gehört.«

»O doch, wir hatten von ihnen gehört«, widersprach Alde. »Darum – in gewisser Weise hat das Ingold geschadet, wißt Ihr. Als ich ein kleines Mädchen war, erzählte Medda mir immer, ich dürfe in der Nacht nicht aus dem Bett steigen und im Haus herumlaufen, weil sonst die Dunklen mich auffressen würden. Ich glaube, das wurde allen Kindern erzählt.« Ihre Stimme schwankte – am Ende war es Medda gewesen, die von den Dunklen verschlungen worden war. »Irgendwann wurde man dann zu groß für diese Geschichte. Die meisten kleinen Kinder glaubten an die Dunklen. Es waren die Eltern, die nicht daran glaubten.«

Einen Augenblick lang versuchte Gil sich das Los eines schäbigen, exzentrischen Pilgers vorzustellen, der die Behörden davon zu überzeugen versuchte, daß der schwarze Mann Amerika verschlingen würde. »Es wundert mich, daß Eldor ihm geglaubt hat«, murmelte sie.

»Eldor« – Minalde zögerte. »Eldor war ein außergewöhnlicher Mensch. Und er vertraute Ingold. Ingold war sein Lehrer, als er noch ein Kind war.«

Gil blickte rasch auf, als sie die gepreßte Anspannung in Aldes Stimme hörte. Die junge Frau hielt den Blick beharrlich in die Ferne gerichtet, und sie kämpfte gegen die Tränen an, die ihr plötzlich in die Augen gestiegen waren. *Wie groß auch ihre Liebe zu Rudy sein mag*, dacht Gil, *es ist eine Liebe in ihr, die sie niemals wird verleugnen können.* In der angespannten Stille, die nun folgte, hörte Gil die Stimme von Melantrys, die sich mit Seya darüber stritt, ob sie während eines Schwertkampfes den Umhang ablegen sollte oder nicht.

Dann zwang sich Alde zu einem kleinen, reumütigen Lächeln und wischte sich mit dem Handrücken über die Augen. »Es tut mir leid.«

»Ist schon in Ordnung.«

»Nein«, sagte Alde. »Es ist nur so, daß ich manchmal nicht verstehe, was eigentlich war zwischen mir und – und Eldor. Als hätte ich es nie verstanden. Ich glaubte, ich könnte ihn dazu bringen, mich zu lieben, wenn ich ihn nur stark genug liebte. Vielleicht war ich einfach nur dumm.« Sie wischte sich wieder über die Augen. »Aber es tut weh, wißt Ihr, wenn man alles gibt, was man zu geben hat, und derjenige, dem man es gibt – wendet sich einfach ab.« Unfähig, Gil in die Augen zu sehen, blickte sie wieder fort. Gil fand, unbeholfen und sprachlos wie sie angesichts ihrer eigenen oder anderer Leute Gefühle war, keine Worte der Erwiderung.

Doch Alde schien ihr das Schweigen nicht zu verübeln. Im Gegenteil, sie schien einen gewissen Trost darin zu finden. Tir, der die andere Seite der Kammer erreicht hatte, kam mit seiner gewohnten Zielstrebigkeit zu den Frauen zurückgekrabbelt, und Alde beugte sich mit einem Lächeln wieder zu ihm hinunter und zog ihn auf die Füße. Gil fand, als sie Mutter und Kind eingehend betrachtete – zartknochig und biegsam, mit großen, morgenglanzblauen Augen –, daß der Kleine Alde sehr ähnlich sah. *Und das ist auch gut so*, dachte sie bei sich, *daß das Kind so wenig von Eldor hat. Wenn man ein Liebesverhältnis mit einem Mann hat, von dem die Kirche behauptet, er wäre ein Diener des Teufels, ist es nicht eben eine Hilfe, wenn man ständig das Abbild seines Vorgängers vor Augen hat.*

Alde hob plötzlich mit einem Ruck den Kopf, als wolle sie den Schmerz und die Verwirrung dieser ersten, hoffnungslosen Liebe mit Absicht von sich schieben. »Und wo wart Ihr die ganze Zeit?« fragte sie. »Die Wachen sagten, Ihr wäret gleich nach dem Frühstück verschwunden.«

»Oh.« Gil zuckte die Schultern. »Ich habe einen Erkundungsgang gemacht, das heißt, eigentlich habe ich etwas Bestimmtes gesucht . . . seid Ihr nicht zufällig einmal auf die Erwähnung einer – einer Art Beobachtungskammer in der Festung gestoßen? Ein Raum mit einem schwarzen Steintisch darin, in dessen Mitte sich eine Art Kristall befindet?«

»Nein.« Alde runzelte die Stirn, und ihre schwarzen Brauen nahmen die Form abwärts geschwungener Flügel an. »Aber es ist komisch – es kommt mir so bekannt vor. Ein Tisch – ist es eine Kristallscheibe, die in die Platte eingelassen ist?«

»Ja«, sagte Gil. »Sie ist ein Teil des Tisches. Woher wußtet Ihr das?«

»Ich weiß es nicht. Ich habe das Gefühl, daß ich schon einmal etwas Ähnliches gesehen habe – fast so, als hätte ich davon geträumt, denn ich weiß genau, daß ich in Wirklichkeit nie einen solchen Tisch gesehen habe. Es ist komisch«, fuhr Alde leise fort, lehnte sich mit dem Rücken an den Tisch, das Gesicht in sorgenvolle Falten gezogen. Tir, den sie auf den Schoß genommen hatte, faßte nach der juwelenbesetzten Spange, die ihr Haar zusammenhielt, und sie löste sie und gab sie ihm, worauf ihr dunkles Haar sich über ihre Schultern und ihr Kind breitete.

Gil stützte den Arm, den sie in einer Schlinge trug, auf das Knie. »Warum ist es komisch?« fragte sie.

»Weil – ich dieses Gefühl schon oft hatte, seitdem ich in der Festung bin«, erwiderte Alde mit besorgter Stimme. »Als ob – als ob ich mich an Dinge erinnern würde, als ob ich schon einmal hier gewesen wäre. Manchmal gehe ich eine Treppe hinunter oder durch einen Korridor, und plötzlich habe ich das Gefühl, schon einmal dort gewesen zu sein.«

»Wie ein *déjà vu*?« Es gab eine Bezeichnung dafür in der Sprache von Darwath – ein Umstand, den Gil interessant fand.

»Nicht ganz.«

»Wie die vererbte Erinnerung, die in manchen Familien von den Eltern auf die Kinder übertragen wird?« fragte sie neugierig. »Ihr habt mir erzählt, daß Eure Familie ein Seitenzweig des Hauses Dare ist.«

Im düsteren, gelblichen Schein der Lampe warf Alde ihr einen sorgenvollen Blick zu. »Aber die Erinnerungen werden nur vom Vater an den Sohn weitergegeben«, sagte sie leise. »Und Eldor erzählte mir einmal, daß seine Erinnerungen aus dem Leben anderer so waren wie Erinnerungen aus seinem eigenen Leben. Sehr deutlich, wie Visionen. Was ich spüre, sind nur – Gefühle.«

»Vielleicht äußern sich vererbte Erinnerungen bei Frauen anders als bei Männern«, mutmaßte Gil. »Vielleicht treten sie bei Frauen weniger konkret auf und sind darum jahrhundertelang nicht beachtet worden, weil es immer einen männlichen Erben im Hause Dare gab. Vielleicht hattet Ihr keine Erinnerungen, weil es nicht notwendig war.« Gil beugte sich vor. Die Körner in dem Sack, auf dem sie saß, raschelten leise und strömten einen leicht muffigen Geruch in der winzigen Kammer aus. »Mir fällt ein, daß Ingold mir vor langer Zeit erzählt hat, daß Eldors Vater Umar überhaupt keine derartigen Erinnerungen hatte, weil es nicht notwendig war, und er sagte, daß die vererbten Erinnerungen manchmal nur in jeder zweiten oder dritten Generation auftreten oder noch längere Zeitspannen überspringen. Aber er sagte, daß sie in Eldor erwachten, weil es notwendig war.«

Minalde blickte schweigend auf das Kind hinunter, das völlig selbstvergesen auf ihrem Schoß spielte. Ihr Haarschleier verbarg ihren Gesichtsausdruck, doch als sie sprach, klang ihre Stimme weich und zweifelnd. »Ich weiß es nicht«, sagte sie.

Gil erhob sich mit einem Ruck. »Ich glaube, daß die Notwendigkeit dahintersteht«, verkündete sie.

»Wirklich?« fragte Alde scheu.

»Zum Teufel, ja. Kommt, wir gehen zusammen auf Erkundung. Wir wollen sehen, woran Ihr Euch erinnern könnt.«

Während der Winter immer weiter fortschritt und der Schnee das Tal zu einer weißen, abgeschiedenen Welt machte, führten Gil und Minalde ihre ziemlich unsystematische Erforschung der Festung von Dare fort. Sie durchstreiften die vierte und fünfte Ebene, wo Maia von Thran sein Hauptquartier eingerichtet hatte. Er begrüßte sie, umgeben von seinen bewaffneten Truppen, in seiner eigenen Kirche am Westende. Sie erforschten die überfüllten Elendsquartiere, die sich im fünften Stockwerk um die Treppen herum gebildet hatten, wobei ihnen der plätschernde südliche Dialekt der Penambraner in den Ohren klang, und durchstreiften die dunklen, menschenleeren Gänge, die sich dahinter erstreckten. Wie Theseus mit einem Fadenknäuel bewaffnet, durchwanderten sie meilenweit dunkle, verlassene Korridore, die nach trockenem Moder rochen und in denen ihnen der Staub von Jahrhunderten wie Bodennebel um die Füße wirbelte.

In den abgelegenen Teilen der Stockwerke fanden sie Lagerräume, Kapellen und Waffenkammern, die mit rostigen Waffen angefüllt waren. Sie entdeckten die Überreste von Brücken, die einstmals den Hauptgang im vierten und fünften Stockwerk überspannt hatten, dünne Spinnengewebe aus Seilen, die bis dahin in den dichten Schatten der Decke verborgen gewesen waren. Sie stießen auf Zellen, die fast bis zur Decke mit übereinandergestapelten Möbelstücken vollgestopft waren, Möbelstücke von fremdartigem Bau, mit verschlungenen, in Blattgold ausgearbeiteten Herz- und Karomustern bemalt. Sie kamen an verschlossenen Zellen vorüber, in denen es von Ratten wimmelte, die verborgenen Lebensmittellager unbekannter Spekulanten. Sie entdeckten Dinge, die sie nicht verstanden – schimmelige, mit unleserlichen Zeichen vollgeschriebene Pergamente und merkwürdige, kleine weiße, vielflächige Dinger aus milchigem Glas, dreiviertel so groß wie Gils Faust, deren Bestimmung ihnen unbekannt und unvorstellbar war.

»Ihr solltet Alwir von dem Bündel Pergamentbögen erzählen, das wir gefunden haben«, bemerkte Gil, während sie ihre Spuren aus einem abgelegenen Winkel im fünften Stockwerk zurückverfolgten. Der gelbe Lichtteich ihrer Lampe wogte um ihre Füße. Hier oben war die Luft wärmer, und die engstehenden Wände der dichtgedrängten Zellen rückten den beiden Frauen schweigend und bedrückend nah. Unheimliche Schatten lauerten an den Wänden und taumelten um die Flamme wie übergroße Nachtfalter um eine erlöschende Kerze. Gil beneidete Rudy und Ingold um ihre wunderbare Fähigkeit, mühelos Licht herbeizurufen. *Wahrscheinlich verschwenden diese verdammten Zauberer keinen überflüssigen Gedanken daran.*

»Das werde ich«, entgegnete Minalde und hob die Lampe höher, um besser sehen zu können. »Er und Bischöfin Govannin fangen bereits an, sich um Schreibmaterial zu streiten. Alwir möchte eine Volkszählung in der Festung vornehmen.«

»Das sollte er auch. Und er sollte seine eigenen Aufzeichnungen machen.«

»Ich weiß.« Alde hatte genug von Gils Sinn für die Geschichtswissenschaft in sich aufgenommen, um zu erkennen, daß bestimmte Ereignisse in den Kirchenannalen vollkommen anders dargestellt waren als in den weltlichen Aufzeichnungen. »Aber da es kein Schreibzeug gibt, macht kein Mensch irgendwelche Aufzeichnungen.«

»Großartig«, entgegnete Gil. »Wenn das Ganze sich also in dreitausend Jahren wiederholt, werden die Leute genauso übel dran sein wie wir jetzt.«

»Oh, nein!« widersprach Alde. »Es kann nicht – ich meine . . .«

Gil zog die Brauen hoch und blieb in einem schattendunklen Durchgang stehen. »Es kann sehr wohl, zum Teufel. Das alles könnte Teil eines regelmäßigen Zyklus' sein. Wir wissen nicht, warum die Dunklen damals kamen oder wie oft das schon geschehen ist. Wir wissen, daß sie irgendwelche Herden unter der Erde halten; wir wissen, daß sie Gefangene verschleppen. Stammen die Herden vielleicht von Gefangenen ab, die sie vor dreitausend Jahren hier gemacht haben? Haben die Menschen sie zurück in die Erde getrieben, oder sind sie aus eigenem Antrieb gegangen?«

»Aber warum sollten sie?« rief Alde unglücklich.

»Der Teufel soll mich holen, wenn ich es weiß.« Gil sah etwas Facettenartiges in einem verlassenen Torgang glitzern und blieb stehen. Sie hob noch einen der kleinen, weißen Glaspolyeder auf und drehte den geheimnisvollen Gegenstand nachdenklich in der gesunden Hand. »Aber genau das müssen wir herausfinden, Alde. Wir müssen einen Schlüssel dazu finden – und im Augenblick sind die Festung und die Annalen die einzigen Anhaltspunkte, die ich mir vorstellen kann.« Sie zuckte die Schultern. »Vielleicht verschwenden wir unsere Zeit, und der Erzmagier kennt alle Antworten auf unsere Fragen, wenn er mit Rudy und Ingold hierher kommt. Aber vielleicht kennt er sie auch nicht.«

Sie setzten ihren Weg durch den Korridor fort. Gil verstaute den Polyeder in ihrer Armschlinge, um ihn später genauer zu untersuchen. Wo sie gingen, narrte sie flüsterndes Echo, gaukelte ihnen Schritte, Schatten und Atemzüge vor. Doch die Festung hielt ihre Geheimnisse wohl verborgen, sicher eingerollt in den Windungen und Gegenwindungen der verschlungenen Gänge, oder sie enthüllte sie auf rätselhafte und unbegreifliche Weise.

Gleich zu Anfang ihrer Bemühungen entschlossen sie sich, Bektis nach dem Beobachtungszimmer mit dem Kristalltisch zu fragen, in der unwahrscheinlichen Hoffnung, daß sein Wissen einen Schlüssel enthielt, wo er zu finden war.

Der Hofzauberer des Hauses Dare hatte indessen wenig Zeit, sich mit den kindischen Spielereien von zwei Mädchen zu befassen. Er blickte mit einem Stirnrunzeln auf, als sie seine Zelle, einen großen, abgelegenen Raum im Labyrinth des Königlichen Bereiches, betraten. Der bläuliche Schein des Hexenfeuers, das über seinem Kopf glühte, fiel auf seinen hohen, kahlen Schädel und den gebogenen Rücken seiner stolzen Hakennase. Pflichtschuldig machte er eine steife, angedeutete Verbeugung. »Ich bitte um Vergebung, Hoheit«, sagte er mit seiner fast hohen, honigsüßen Stimme. »In einem solchen Kleid, wie Ihr es tragt, könnte man Euch leicht für eine gewöhnliche Frau halten.« Sein brettsteifer Rücken drückte äußerste Mißbilligung aus.

Dennoch lauschte er Gils Beschreibung des Raumes, den sie suchten, nickte weise mit dem Kopf und setzte seine gewohnte Miene nachdenklicher Würde auf, die er, wie Gil ungnädigerweise vermutete, wahrscheinlich täglich vor dem Spiegel übte. Während sie sprach, blickte sie sich in dem Raum um und registrierte die wenigen, schwarz eingebundenen Bücher, die in den Regalen im kleinen Wohnbereich auf der gegenüberliegenden Seite der Zelle standen, und das kostbare Schnitzwerk der Truhe und der Bettstatt. Anders als der Tisch in ihrem eigenen winzigen Arbeitszimmer war die Bettstatt fast neu und nach der letzten Mode gefertigt, die in Gae vor dem Auftauchen der Dunklen geherrscht hatte. Das Möbelstück war offensichtlich nicht aus einem der alten Lagerräume der Festung herausgeholt worden, sondern, in Stücke zerlegt, aus Karst mitgebracht und hier wieder zusammengesetzt worden. Das machte das bißchen Mitleid, das sie damals für Alwirs Beförderungsprobleme gehegt hatte, vollends zunichte. Er konnte nicht allzu schlimm dran gewesen sein, wenn er es sich leisten konnte, die Schlafzimmereinrichtung seines Hofzauberers mitzuschleppen. Im kalten, hellen Schein des Hexenlichts funkelte die scharlachrote Stickerei auf Bektis' Ärmeln, in deren Muster Gil die Tierkreiszeichen wiedererkannte. Sie suchte ihr eigenes Symbol, das geschwungene M der Jungfrau, darunter heraus, bis ihr plötzlich klar wurde, daß das eine weitere unerklärliche Übertragung, in der einen oder der anderen Richtung, quer durch das Nichts war.

Bektis hustete bedeutungsvoll. »Die Menschen der Alten Reiche, gnädige Frau«, sagte er salbungsvoll, »verfügten über Kräfte, die weit über unser Wissen hinausgehen. Von ihnen und ihren Taten ist nur sehr wenig bekannt.«

Alde unterbrach ihn zögernd. »Die verehrte Frau Bischöfin sagt, daß die Menschen der Vorzeit schlecht waren und verdorben.« Ein zorniger Funke blitzte in den dunklen Augen des alten Mannes auf. »Das behauptet sie von allen Dingen, die ihr nicht genehm sind. In jener Zeit war die Zauberei ein Teil des Lebens im Reich, nicht etwas, worauf man sich unter Gefahren einließ. Damals gab es mehr Zauberer, und ihre Macht war viel größer. Selbst in einer Zeit, an die wir uns noch erinnern können, Hoheit, war die Zauberei nicht geächtet, denn hat es nicht, außer in Quo, auch in Penambra und Gae selbst, dem Ort, an dem heute der Palast steht, Hochburgen der Zauberei gegeben?«

»Ach, wirklich?« fragte Gil neugierig.

Die dunklen Augen glitten zu ihr hinüber. »Allerdings, Gil-Shalos. Damals, in den großen Tagen der Zauberei, waren wir geachtet; mit Hilfe der Zauberei wurde das Reich Darwath erbaut. Doch die Kirche vertrieb uns, indem sie sich die Gefühle der Unwissenden zunutze machte; und die Hochburgen der Zauberei verschwanden, eine nach der anderen, so daß die wenigen Zauberer, die es noch gab, auf die Straße getrieben wurden. Das liegt Jahrhunderte zurück«, fuhr er mit weicher, leiser Stimme fort, die aber plötzlich geladen war von ohnmächtiger Bosheit. »Aber wir vergessen nicht.«

Gil bewegte den Arm unbehaglich in der schmutzigen Schlinge. »Und Euer Wissen enthält nichts von ihren Taten?«

»Nein. Meines nicht und auch keines anderen Menschen Wissen.« Der alte Mann senkte den Blick, seine Stimme klang wieder völlig gelassen. »Der Erzmagier Lohiro hat eine Studie von einigen der Werke der Vorzeit angefertigt, aber selbst sein Wissen ist nur bruchstückhaft.«

Vielleicht, weil er sich nicht auf eine mechanische Sicht der Welt stützen konnte, dachte Gil und erhob sich zum Gehen. Sie gab Alde ein Zeichen mit den Augen, und sie verließen den Hofzauberer, der wieder begann, Perlen zu zerreiben und mit Schafgarbe und Fenchel zu einem Mittel gegen Verdauungsbeschwerden zu verrühren. Das blaue Hexenlicht beleuchtete die spinnengleichen Bewegungen seiner Hände.

Sie durchforschten nicht nur die dunklen Gänge der Festung, sondern, Gils geduldiger, wissenschaftlicher Systematik entsprechend, auch alle alten Berichte, die ihnen in die Hände fielen. Aber die Dinge, die für zeitgenössische Berichterstatter bedeutungsvoll schienen, waren nicht immer das, was ein Geschichtswissenschaftler suchte. Gil arbeitete sich durch ein zweites Labyrinth unbedeutender Informationen, die das Liebesleben vergangener Monarchen und die Machtkämpfe mit längst verderblichen Kirchenoberhäuptern betrafen und Berichte enthielten über Hungersnöte und schlechte Ernten und über die Höhe des Schnees am Sarda Paß. Manchmal nahmen ihre Bemühungen einen unwirklichen Charakter an, als würde sie durch Zeit und Raum wandern und auf einer merkwürdigen Suche, deren Bedeutung sie selbst nur nebelhaft verstand, die unzähligen Schichten des Universums immer wieder von neuem durchqueren.

Während dieser Zeit sehnte sie sich, mehr als nach allem anderen, nach Ingold. Sie fühlte sich ratlos im Umgang mit Fakten, Sprachen und Zusammenhängen, die sie kaum begriff. Alde war ihr eine unschätzbare Hilfe, doch sie stammte aus der Oberklasse und hatte eine strenggläubige Erziehung genossen, und vieles über die Geschichte der Kirche, des Reiches und der Zauberei wußte sie einfach nicht. Während Gil in ihrem winzigen Arbeitszimmer geduldig und bis in die tiefen Nachtstunden hinein die modrigen, engbeschriebenen Handschriften entzifferte, fehlte ihr die Gegenwart des alten Mannes, von dem sie, wenn schon nicht tatsächliche Hilfe, so doch moralische Unterstützung erhalten hätte. Manchmal, wenn die Stimmen der Nachtwachen aus fernen Korridoren zu ihr herüberdrangen und die fremdartigen Worte im fahlgelben Schein der Lampe ihr vor Müdigkeit vor den Augen verschwammen, stützte sie den verletzten Arm auf die schräge Fläche ihres Schreibtisches und fragte sich, wie sie dahin gekommen war, wo sie sich befand. Wie konnte es geschehen, daß sie in einer Zeitspanne von sechs Wochen aus dem Land der Sonne und der Blue Jeans in eine frostige, gefahrenumwitterte Trutzburg inmitten fremder Berge geraten war und sich durch unleserliche Pergamente arbeitete, um einen Hinweis auf etwas zu finden, das zu suchen er sie gebeten hatte? Und sie fragte sich, ob er sie in seinem kleinen magischen Kristall beobachtete und ob er überhaupt an sie dachte.

Zwischen den beiden Labyrinthen der Gegenwart und der Vergangenheit lag ein drittes, das, wie sie fühlte, viel weniger durchschaubar und doch viel bedeutender war als die ersten beiden. Es war ein Irrgarten der Erinnerung, so vergänglich wie ein Rauchwölkchen oder die leisen Geräusche, die man vielleicht in der Nacht zu hören glaubte – ein Irrgarten, den man vielleicht flüchtig in dem nach innen gerichteten Blick der Erinnerung in Aldes Augen erkennen konnte.

»Das ist interessant«, sagte Gil, als sie und Minalde durch die Hintertür einer bretterverkleideten Zelle im zweiten Stockwerk, die bis zur Decke mit Möbeln und jenen geheimnisvollen, unsinnigen weißen Polyedern vollgestopft war, hinaustraten. In ihren Kleidern hingen Wolken von Staub; Alde nieste und fächelte den Staub von ihrem Gesicht weg. Beide waren, wie Kinder, die auf einem Bauplatz gespielt hatten, von einer grauen Staubschicht bedeckt. »Den Möbeln nach zu schließen, die wir da drinnen gefunden haben, sieht es so aus, als wäre dieser Bereich in dem Maße, wie die fünfte Ebene leerer wurde, immer voller geworden.«

»Das ergibt doch keinen Sinn«, widersprach Alde überrascht, indem sie versuchte, sich den Staub von den Armen zu wischen, was aber nur zu dem Erfolg führte, daß ihre weißen Ärmel mit riesigen, dunklen Schmutzflecken übersät wurden. »Wenn solcher Platzmangel herrschte, warum sind sie dann nicht einfach in das fünfte Stockwerk gezogen?«

Gil zuckte die Achseln und zeichnete einen weiteren Pfeil an die Wand. »Es dauerte ewig, bis man da oben und wieder unten ist«, mutmaßte sie. »Die zweite Ebene war einfach beliebter. In den Städten meiner Heimat leben die Menschen noch gedrängter, nur um in einem beliebten Stadtteil zu wohnen.« Sie blickte sich nach allen Seiten um. »Wo zum Teufel sind wir hier eigentlich?«

Alde hielt die Lampe hoch über den Kopf. Ein kurzer Gang endete ungefähr fünf Meter weiter an einer kahlen Mauer – der Bauweise nach

Bestandteil des ursprünglichen Bauwerks. Das Schwenken der Lampe brachte die Schatten um sie herum in Bewegung, und Gil schauderte ein wenig im Luftzug.

Ein wärmerer Luftzug von irgendwoher trug den Gesang von Mönchen an ihr Ohr. »Nicht weit vom Königlichen Bereich entfernt, glaube ich«, beantwortete sie ihre eigene Frage. »Es müßte eine Treppe geben . . .«

»Nein, Gil, wartet einen Augenblick.« Alde stand reglos da, und sie wirkte sehr bleich und zerbrechlich. »Ich kenne diesen Ort, ich weiß es sicher. Ich war schon einmal hier.«

Gil schwieg und betrachtete den angestrengten Kampf in ihren Zügen. Einen Augenblick lang suchte Alde verzweifelt in ihren Erinnerungen, dann schüttelte sie mutlos den Kopf. »Ich kann mich nicht erinnern«, flüsterte sie. »Und doch ist es so nah. Ich spüre, daß ich auf diesem Weg schon so oft gegangen bin. Er war ein Teil meines Lebens . . . ich mußte etwas tun, etwas, das ich so oft tat, daß ich mit geschlossenen Augen hinfinden konnte.«

»Dann schließt die Augen«, schlug Gil leise vor, »und geht hin.«

Alde reichte ihr die Lampe und stand, eingehüllt in Dunkelheit, mit geschlossenen Augen da. Sie machte einen zögernden Schritt und noch einen. Dann änderte sie unvermittelt die Richtung, und ihr Schritt gewann an Sicherheit. Ihre dünnen, blauen und purpurroten Röcke wirbelten den Staub vom Boden auf. Einen Augenblick lang glaubte Gil, sie würde geradewegs gegen die Mauer laufen. Doch der Winkel des Schattens, den das Lampenlicht warf, war trügerisch; gerade, als Gil ausrief: »Holla! Vorsicht!« schien der Schatten Alde zu verschlingen. Sie stolperte und stieß einen harmlosen, damenhaften Fluch aus. Als Gil sie erreicht hatte, sah sie, daß Alde auf eine kurze, schwarze Treppe gestoßen war, die zu einer dunklen Tür mit einem verrosteten, zerbrochenen Schloß führte.

»Ist es das?«

Gil, die sich bemühte, die Lampe so zu halten, daß sie in den milchigen Kristall, der in den Tisch eingelassen war, hineinsehen konnte, blickte auf. »Natürlich«, sagte sie. »Das ist der Beobachtungsraum, den Rudy in der Nacht vor seinem Aufbruch gefunden hat; es ist der Raum, den zu suchen Ingold mich gebeten hat. Und Ihr habt ihn gefunden.« Sie sah das verwirrte Erstaunen in Aldes Miene und zögerte. »Ist es nicht das, wonach Ihr gesucht habt?«

Alde schritt langsam an der Werkbank entlang und strich gedankenverloren über die glatte Kante. Sie hob einen weißen Polyeder auf, der auf dem Tisch gelegen hatte. Dort, wo ihre Finger ihn berührten, glühte er im Widerschein der Lampe schwach rosa auf. »Nein«, sagte sie ruhig.

»Erkennt Ihr dies hier nicht?« Gil saß auf der Kante des dunklen Tisches und machte eine weitausladende Handbewegung.

Alde blickte von dem kleinen facettenreichen Gegenstand auf, den sie in der Hand hielt. Das staubbedeckte Haar hing ihr strähnig ins Gesicht. »Oh, doch«, entgegnete sie sachlich. »Aber ich habe das Gefühl, daß ich diesen Raum durchquert habe auf dem Weg zu – zu einem anderen Ort.«

Gil sah sich in dem Raum um. Es gab nur die eine Tür, durch die sie gekommen waren. Das Schweigen zwischen ihnen dehnte sich aus, und Gil schauderte plötzlich in dem Gefühl, daß sie dem Unbekannten ganz nah waren. In diesem Schweigen nahm sie allmählich etwas anderes wahr, ein schwaches, kaum wahrnehmbares Summen oder Dröhnen, das aus dem dunklen Gestein der Mauern zu dringen schien. Es bahnte sich langsam einen Weg in Gils Bewußtsein, und sie runzelte die Stirn. Es war ihr vertraut, so vertraut wie ihr Herzschlag – etwas, das sie hätte erkennen müssen, das sie aber nicht mehr gehört hatte, seit . . .

. . . Wann? Verwundert erhob sie sich und trat zu der Wand, die der Tür gegenüberlag und an der das Dröhnen am vernehmlichsten schien. Sie streckte die Hand über die schmale Werkbank und legte die Finger auf die Steinmauer.

»Oh, mein Gott«, flüsterte sie, als ihr mit einem Schlag die Erkenntnis kam. Unendlich viele Möglichkeiten, auf die sie nicht vorbereitet gewesen war, schienen sich wie Abgründe vor ihren Füßen aufzutun.

Alde sah den Ausdruck in ihren Augen, ergriff die Lampe und trat hastig zu ihr. »Was ist los?«

Gil wandte den Kopf und sah Alde an, und ihre kühlen, grauen Augen wirkten beinahe blau in dem zitternden Schein. »Faßt die Mauer an«, flüsterte sie.

Alde gehorchte zögernd, und augenblicklich legte sich ein erstauntes Stirnrunzeln, in dem sich halb Fucht, halb Erkennen ausdrückten, auf ihr Gesicht. »Ich – ich verstehe nicht.«

Gils Stimme war kaum mehr als ein leiser Hauch, als fürchtete sie, das fast unhörbare Geräusch zu ersticken. »Es ist das Geräusch von Maschinen.«

Die Falltür war nicht verborgen, wie Gil befürchtet hatte. Sie war nur nicht sofort sichtbar, weil die Werkbank, die Jahrhunderte später gebaut worden war, genau darüber stand. Der Tunnel, der sich wie ein Wurmloch durch die Dunkelheit der schwarzen Festungsmauern bohrte, schien endlos aufwärts zu führen. Als sie schließlich in den großen Raum hinaustrat, der mit Wärme, Staub und dem leisen, beständigen Dröhnen von Metall und Luft angefüllt war, wurde Gil bewußt, daß sie tatsächlich eine Schwelle überschritten und Gebiete betreten hatte, die kein Mensch in dieser Welt kannte – nicht einmal Ingold, dessen war sie gewiß. Sie erkannte, daß die Festung von Dare, weit davon entfernt, eine einfache Schatzburg zu sein, in sich selbst ein Rätsel bildete, so schwarz und undurchdringlich wie die Dunklen.

Sie faßte in den Tunnel hinunter und nahm die Lampe, die Alde getragen hatte. Als sie diese einzige Lichtquelle hochhielt, lösten sich dunkle Schatten aus der Finsternis, die sie umgab – gewaltige, ölglänzende, schwarze Rohre, Kabelrollen, die sich wie Schlingpflanzen von der niedrigen Decke herunterwanden, und die klaffenden Öffnungen von gewaltigen Zuleitungen, aus denen warme Luft strömte wie aus den Nüstern eines geheimnisvollen Tieres. Das Geräusch, obschon nicht laut, erschütterte sie bis auf die Knochen wie der Schlag eines gewaltigen Herzens.

Alde kletterte aus dem Schacht und starrte mit weit aufgerissenen, angstvollen Augen auf den verwirrenden Anblick, der kaum sichtbar war in seiner Schattenhülle. Gil wurde plötzlich klar, daß sie es mit einem Menschen zu tun hatte, der in etwa mit dem technischen Entwicklungsstand des vierzehnten Jahrhunderts – und noch dazu als Adelige – aufgewachsen war. Noch vor wenigen Minuten hatte sie keinen Unterschied zwischen sich und ihr wahrgenommen, sie hätten ebensogut Zeitgenossinnen sein können. Nun lag ein gähnender Abgrund von Zeit und Kultur zwischen ihnen. Selbst sie, die sie zumindest theoretisch vertraut war mit der Bouldertalsperre und den Wundern von Detroit, verstummte vor dieser gewaltigen Ansammlung von Hebeln, Schrauben und Röhren, deren Umrisse im Schein der Lampe nur andeutungsweise zu erkennen waren. Alde mußte es wie eine andere Welt vorkommen.

»Was *ist* das?« flüsterte Alde. »Wo *sind* wir?«

»Ich würde sagen«, erwiderte Gil mit ebenso leiser Stimme, als fürchte sie, die Stille, die über diesem düsteren Metalldschungel lag, zu stören, »daß wir uns ganz oben in der Festung befinden, oberhalb der fünften Ebene. Die Leiter in diesem Schacht schien endlos nach oben zu führen. Tja, und was es ist . . .« Sie hob die Lampe hoch und sog den schwachen Ölgeruch ein, der hier in der Luft hing. Ihr fiel auf, daß es hier weder Staub noch Ratten gab. Nur Dunkelheit und den leisen, regelmäßigen Schlag des Herzens der Festung. »Es muß die Pumpanlage sein.«

»Die was?«

Gill schritt um den kleinen, freien Platz vor der Falltür herum. Das Licht in ihrer Hand fiel auf glatte, glänzende Flächen, und der warme Luftzug wehte ihr störrisches, widerspenstiges Haar auf. »Pumpen, die Luft und Wasser im Umlauf halten«, erklärte sie nachdenklich. »Ich wußte, daß es sie irgendwo geben mußte.«

»Warum?« fragte Alde erstaunt.

»Die Luft und das Wasser können sich nicht von selbst in Bewegung halten, wie ich schon gesagt habe.«

Sie bückte sich und hob einen weiteren, gläsernen Polyeder auf, der halb verborgen im Schatten eines verschlungenen Kabelhaufens gelegen hatte.

»Aber warum ist in den Aufzeichnungen nichts davon erwähnt?« fragte Alde von ihrem Sitz am Rande der Falltür aus.

»Das ist, wie man es bei uns ausdrücken würde, die Preisfrage.« Gil schlüpfte um eine Röhre aus glattem, schwarzen, unversehrten Metall und ließ die Hand über eine riesige Öffnung gleiten. Tief unten in der Öffnung konnte sie ein engmaschiges Drahtgitter erkennen. Offensichtlich war sie nicht die einzige, die sich über das Eindringen der Dunklen in das Lüftungssystem Gedanken gemacht hatte. »Und die zweite Frage lautet, was ist die Energiequelle?«

»Die was?«

»Die Kraftquelle, die – die dafür verantwortlich ist, daß all das sich bewegt.«

»Vielleicht bewegt es sich einfach von selbst, weil es sein Wesen ist, sich zu bewegen.« Und das war, wie Gil erkannte, eine vollkommen vernünftige Erklärung, wenn man ein mittelalterliches Weltbild zugrundelegte.

»Nichts unter dem Mond ist dazu in der Lage«, erklärte Gil, indem sie auf Aristoteles und die sublunarische Physik zurückgriff. »Alles andere braucht einen Antrieb, um sich zu bewegen.«

»Oh«, sagte Alde, ohne weitere Fragen zu dem Thema zu stellen. Die unsichtbaren Mauern nahmen das Gemurmel ihrer Stimmen auf und wiederholten es wieder und immer wieder, übertönt vom tiefen Dröhnen der Rohre.

»Alde, ist Euch klar . . .« Gil wandte sich, verschmutzt und verstaubt in ihrer schwarzen Uniform, ein Schimmer des Lampenlichts auf dem Gesicht, wieder um. »Es könnte noch andere solche Orte in der Festung geben, andere Räume, Laboratorien, Verteidigungsanlagen, was auch immer! Verborgen und vergessen. Wenn wir sie finden könnten . . . Gott, ich wünschte, Ingold wäre hier. Er würde uns helfen können.«

Alde hob plötzlich mit einem Ruck den Kopf. »Ja«, sagte sie. »Ja, das könnte er. Denn – Gil, sagt mir, ob das einen Sinn ergibt. Könnte die – die Energiequelle – Magie sein?«

Gil schwieg einen Augenblick nachdenklich, dann nickte sie. »Das muß es sein.« *Nach dreitausend Jahren*, dachte sie, *ist es eine einfachere Lösung als ein verborgener Atomreaktor*.

»Denn das würde auch erklären, warum es in keiner der Aufzeichnungen erwähnt ist.« Alde beugte sich vor. Ihre dunklen Zöpfe fielen ihr über die Schultern, und ihre Augen waren weit aufgerissen und, wie Gil fand, ein wenig ängstlich. »Ihr habt gesagt, daß die Festung von Zauberern erbaut wurde, die darüber hinaus Baumeister waren. Aber die Schriften der Kirche gehen viel weiter zurück als bis zur Zeit der Dunklen. Die Kirche war auch damals schon sehr mächtig.« Sie sprach mit leiser, angespannter Stimme. »Es ist so leicht, die Angst vor den Zauberern zu schüren, Gil. Wenn sie das Geheimnis der Festung kannten – wenn dieses Geheimnis einmal verloren war, konnte kein Mensch es wiederfinden. Und das konnte so einfach geschehen.

Eine Handvoll Leute ... Wenn ihnen – wenn ihnen etwas zustieß – bevor sie ihre Nachfolger einweihen konnten ...«

Gil schwieg. Ihr fiel Ingold ein, wie er vor dem verzauberten Tor der Festung gestanden hatte, und der fanatische Haß in Govannins Schlangenaugen.

Alde blickte auf, und ihre Augen leuchteten im Lampenschein. »Ich habe mein Leben lang nichts anderes gelernt, als ihnen zu mißtrauen und sie zu fürchten«, fuhr sie fort. »Ich weiß also, wie die Menschen über sie denken. Ich weiß, daß Rudy Zauberkraft hat, Gil, aber ich habe dennoch Angst um ihn. Und er ist irgendwo dort draußen. Ich weiß nicht, wo. Ich liebe ihn, Gil«, sagte sie leise. »Es mag ungesetzlich, töricht, hoffnungslos und noch viel mehr sein, aber ich kann es nicht ändern. Es gab ein Sprichwort, das besagt: *Die Frau eines Zauberers ist eine Witwe.* Ich dachte immer, es wäre deswegen, weil sie von der Kirche verbannt sind.« Sie stellte die Füße auf die Sprossen der langen Leiter, die zum zweiten Stockwerk hinunterführte. Sie begegnete Gils Blick. »Jetzt verstehe ich, was damit gemeint ist. Eine Frau, die sich in einen Zauberer verliebt, schafft sich damit nur Kummer und Sorgen.«

Geblendet von einer plötzlichen Flucht der Selbsterkenntnis und Tränen, wandte Gil den Kopf ab. »Wem sagst du das, Schatz«, murmelte sie vor sich hin.

Alde, die sich bereits anschickte, wieder hinunterzusteigen, blickte auf. »Was?«

»Nichts«, log Gil.

Achtes Kapitel

Rudy schreckte mit dem Gefühl drohenden Unheils aus tiefem Schlaf auf. Über ihm heulte der Wind, doch in der Bodensenke, in der sie ihr Lager aufgeschlagen hatten, war es windgeschützt und einigermaßen ruhig. Er setzte sich auf. Der Felsen, an den er sich während der Wache gelehnt hatte, bohrte sich ihm schmerzhaft in den Rücken, sein Atem ging schnell, und seine Hände waren feucht und eiskalt. Ihm blieb das Herz stehen bei der Erkenntnis, daß Ingold verschwunden war.

Ein hastiger Blick nach allen Seiten bestätigte die Befürchtung. Im düsteren, zuckenden Schein des Feuers konnte er keine Spur von dem Zauberer entdecken.

Hastig sprang Rudy auf, und das Entsetzen, inmitten der sturmgepeitschten nächtlichen Wüste sich selbst überlassen zu sein, lag im Widerstreit mit dem Schrecken darüber, daß er während der Nachtwache eingeschlafen war. Ein dünner Windstoß fuhr auf ihn nieder, doch das war nicht der Grund für sein plötzliches Schaudern. Er wußte, daß er nicht fähig war, ohne den Zauberer zu überleben. Und – wer oder was konnte Ingold so still und heimlich entführt haben?

Er wurde von Panik ergriffen. Nachdem er Bogen und Köcher eilig aufgerafft hatte, kletterte er die steile, felsige Böschung hinauf. Oben angelangt, traf ihn das Sturmtosen mit voller Kraft, und selbst mit seinem Zaubererblick konnte er nichts anderes erkennen als das heftige Wogen der Salbeisträucher und Wolken. Verzweifelt schrie er gegen den Wind an: »INGOLD!« Der Sturm trieb den Klang seiner Stimme zu ihm zurück.

Hier oben herrschte unbeschreibliche Kälte, sie schnitt in seine Lungen wie ein Schwert aus Eis. Der Sturm riß ihm den Schrei von den Lippen und jagte ihn ziellos in die Dunkelheit. Er rief noch einmal: »INGOLD!« Seine Stimme ging im Sog der Nacht unter.

Was sollte er tun? Zum Lager zurückkehren und warten? Worauf? Sich zur Straße zurück durchschlagen, die einige Dutzend Meter hinter ihm lag, um nach einer Spur des alten Mannes Ausschau zu halten? Den Morgen abwarten? Aber dann konnte er sich ebensogut alle Hoffnungen aus dem Kopf schlagen, denn der Sturm dieser Nacht würde Ingolds Spuren vollkommen vom Angesicht der Erde tilgen. Kopflose Furcht ergriff Besitz von ihm – das Entsetzen davor, im Dunkeln mutterseelenallein zu sein. Er wußte, daß er ohne Ingold hilflos war, unfähig, seinen

Weg fortzusetzen, und wahrscheinlich ebenso unfähig, nach Renweth zurückzukehren, gestrandet inmitten eines furchtbaren und feindseligen Ortes. Er kämpfte gegen den kaum bezwingbaren Wunsch an, fortzulaufen, zu fliehen, gleichgültig, wohin. Der Sturm schrie ihm Flüche ins Ohr und zerrte mit eiskalten Eisenklauen an seinem Gesicht. Ingold war verschwunden – und Rudy wußte, daß er ohne ihn nicht überleben würde.

Dann hörte er, zerrissen und verzerrt in der täuschenden Wut des Sturmes, die rauhe, kraftvolle Stimme des Zauberers, der seinen Namen rief. Rudy fuhr herum und blickte in die Richtung, aus der er den Ruf zu hören geglaubt hatte. Er strengte die Augen an, konnte aber in der tiefen Dunkelheit der tosenden Wüstennacht nichts erkennen. Der Wind heulte so laut, daß er seinen eigenen Schrei kaum hätte vernehmen können, und doch hörte er den Ruf erneut.

Er stemmte sich gegen die Macht des Sturmes an und lenkte den Schritt in die Dunkelheit.

Es dauerte keine halbe Stunde, bis ihm klar wurde, daß er ein hoffnungsloser Narr gewesen war. Wo Ingold auch sein mochte, was immer auch aus ihm geworden war, ihn in der tosenden Dunkelheit des Sturmes zu suchen grenzte an Selbstmord. Während er, durchgefroren bis auf die Knochen und keuchend vor Anstrengung, sich auch nur auf den Beinen zu halten, blindlings unter den Peitschenhieben der Elemente dahintaumelte, verfluchte Rudy die kopflose Furcht, die ihn aus dem verborgenen Lager in der Senke getrieben hatte. Er hatte sie vollkommen aus den Augen verloren, wanderte hilflos umher und jagte jeder irrlichtigen Ahnung einer Bewegung und jedem Laut im Wind nach, den er für seinen Namen hielt . . .

Verzweifelt machte er schließlich kehrt und schlug den Weg in die Richtung ein, in der er das Lager vermutete. Aber nichts in dieser sturmzerrissenen Landschaft erschien ihm vertraut. Zauberer oder nicht, er konnte nicht im Dunklen sehen, wenn der Wind seine Augen blind machte. Auf den tauben Wangen spürte er bereits die stechende Kälte von feinem Pulverschnee.

Wenn du dich hinlegst, wirst du sterben, ermahnte er sich selbst streng. *Bleib um Himmels willen bis zum Tagesanbruch in Bewegung, sonst endest du als Beitrag zum Unterstützungsfonds für hungerleidende Schakale.* Doch die Verlockung des Schlafes umgarnte ihn, der Gedanke an die Wärme hinter der dunklen Mauer. Er dachte an Minalde, die Süße ihrer Umarmungen, an die warmen, goldenen Nachmittage in Kalifornien und die endlosen Gepräche mit seinen Kumpanen, die sich um nichts drehten, während sie mit Bierdosen nach dem Abfalleimer warfen . . . *Geh weiter, du Niete,* befahl er sich, indem er sich zwang, diese sanften Versuchungen aus seinen Gedanken zu verbannen. *Denk an das Geräusch von Fingernägeln auf der Wandtafel. Denk an einen Sprung ins Wasser. Denk an alles, nur nicht an Schlaf.*

Er zwang sich, weiterzugehen.

Es ging jetzt nicht mehr darum, irgendwohin zu gehen oder jemanden zu finden – nur noch darum, einen Fuß vor den anderen zu setzen, den Blutkreislauf bis zum Morgen aufrechtzuerhalten. Am Morgen würde Zeit genug sein . . . Zeit *wozu*? Ingold zu finden, der höchstwahrscheinich genau in die entgegengesetzte Richtung lief wie er selbst und das noch so viele Stunden weiter tun würde, wie es dauerte, bis der Morgen graute? Zu schlafen, hier draußen mitten im Nichts, ohne den Mantel der Zauberei und die Erfahrung des alten Mannes, die ihn beschützte, den Gefahren der Wüste ausgesetzt? Er fragte sich, ob das der Eissturm war, von dem Ingold gesprochen hatte, der Orkan schneidender Kälte, der ein grasendes Mammut mit den Butterblumen im Maul auf einen Schlag erstarren lassen konnte . . .

Er kämpfte gegen das Verlangen, zu schlafen, an. Gils Bild tauchte vor seinen Augen auf, wie sie ihn durch jenen anderen Schneesturm hindurch angeschrieen hatte, in den sie während ihrer letzten Wegstrecke auf der Flucht zur Festung von Dare geraten waren – war das drei Wochen her? Einen Monat? Er sah Gil vor sich, wie sie ihn aus dem Schnee hochgezerrt und gezwungen hatte, weiterzugehen, als er sich hatte hinlegen und sterben wollen. *Es ist mir egal, ob du ein gottverdammter Zauberer bist*, hatte sie gesagt. *Du bist ein Feigling und ein Versager*. Und es stimmte. Er war immer einer gewesen. Aber jetzt konnte er es sich nicht leisten. Diesen Luxus konnte weder er sich selbst, noch irgend jemand sonst ihm erlauben. Wenn die Dunklen Ingold aus dem Lager fortgeführt hatten, war es an ihm, Rudy Solis, dem Zauberer von San Berdoo, die verborgene Stadt Quo zu finden und Lohiro das Problem vorzutragen.

Die Verzweiflung, die ihn bei diesem Gedanken befiel, war so groß, daß er daran dachte, sich auf der Stelle hinzulegen und dem Kältetod zu überlassen.

Feigling und Versager, hatte Gil ihn genannt. Er spürte seine Hände und Füße nicht mehr; sein ganzer Körper war gefühllos und schlaff, sein Geist umnachtet in der unerbittlichen Umklammerung von Kälte und Erschöpfung. Er stolperte und fiel, und der Schneesturm strich über ihn hinweg.

Das Kribbeln in seinen tauben Fingerspitzen weckte ihn. Ohne die Augen zu öffnen, bewegte er die Hand; die Eisschicht, die sich auf seinem Handschuh gebildet hatte, knisterte, und er hörte das hastige Trippeln von Tierfüßen, die durch den Schnee davonhuschten. Durch die geschlossenen Lider nahm er Licht wahr. Er wußte, daß er es geschafft hatte.

Rudy seufzte. Er war naß und durchgefroren bis auf die Knochen. Aber die Eiseskälte des nächtlichen Sturmes hatte nachgelassen, und der Wind war wieder zu seinem gewohnten, gleichmäßigen Heulen abgeflaut. Er war heißhungrig und zu Tode erschöpft, und alle Knochen taten ihm weh. Es wäre angenehm gewesen, hier an diesem verhältnismäßig geschützten Platz liegenzubleiben und auf Hilfe zu warten. – Hatte er sich vergangene Nacht noch auf die windgeschützte Seite eines ausgetrockneten Wasserlaufs geschleppt?

Nur würde keine Hilfe kommen. Schaudernd und voller Entsetzen wurde er sich wieder bewußt, daß Ingold unwiderruflich verschwunden war.

Wenn Ingold verschwunden ist, dachte er plötzlich in wilder Verzweiflung, *wie zum Teufel komme ich dann nach Kalifornien zurück*?

Lohiro, dachte er. *Lohiro ist der Erzmagier und der Oberste des Rates. Er ist noch mächtiger als Ingold. Er wird es wissen.*

Doch sein Herz wurde von Kummer ergriffen. Der alte Mann war verschwunden. Nie wieder würde er ihm im flackernden Schein des Lagerfeuers mit dem ihm eigenen boshaften Schalk in den schläfrigen Augen gegenübersitzen – ihn nie wieder mit seinem Spott treffen, wenn er die Samenkapseln von Schachtelhalm und Spaltkraut verwechselte – nie wieder, die ausgebreiteten Hände mit weißem Licht gefüllt, eingehüllt in einen Kreis strahlenden Lichtglanzes, aus der Dunkelheit hervortreten. Rudy drückte den Kopf in den eisigen Schnee. Er hatte den alten Mann geliebt, nicht nur um seiner Zauberkraft willen oder weil er sein Lehrer war. Er wußte, daß er ihn auch dann geliebt hätte, wenn er ein alter ehemaliger Stahlarbeiter in seiner Nachbarschaft in San Bernardino gewesen wäre.

Rudy fiel Lohiro ein und das Bild, das er in dem Kristalltisch in der Festung von ihm gesehen hatte – das abgeklärte, unbewegte Gesicht in seinem Rahmen von flammend goldenem Haar, die Ausdruckslosigkeit seiner kaleidoskopblauen Augen. Was hatte Ingold von Lohiro gesagt? Daß er wie ein Drache war, ein Wesen von Feuer und Macht, Gold und Licht. Aber der Erzmagier konnte dem schäbigen, biertrinkenden alten Sonderling, den Rudy im strahlend silbernen Glanz der morgendlichen Stille der kalifornischen Berge zum ersten Mal gesehen hatte, das Wasser nicht reichen.

Rudy wußte, daß es Zeit war, weiterzugehen.

Er öffnete die Augen und stellte fest, daß er im Schutze der überhängenden Böschung des trockenen Wasserlaufes ausgestreckt dalag. Der Schnee um ihn herum war aufgeweht und durch seine Körperwärme zu einer Mulde geschmolzen, die ihn zusätzlich vor dem kalten Wind schützte. Er lag in dem langen, blauen Schattenstreifen, den die Böschung warf. Unmittelbar hinter dem Rand der Böschung, wo der Schnee hell in der Sonne glitzerte, hockten ein halbes Dutzend kleiner Tiere mit braun-weiß gestreiftem Fell. Sie waren ungefähr von der Größe einer Katze, hatten aber die langgezogene Nase, die faltigen Lippen und die glitzernden roten Augen von Ratten. Sie saßen aufgerichtet auf den Hinterpfoten und betrachteten ihn mit boshafter Enttäuschung. Ihre Schnurrhaare zuckten beständig. Rudy erinnerte sich an das Kribbeln in den Fingern, das ihn geweckt hatte, und warf hastig einen Blick darauf. Das Leder der Handschuhe war an den Fingerspitzen angenagt.

Voller Ekel hob er einen Stein auf und warf ihn nach den Ratten. Sie verschwanden mit beinahe höhnischem Ausdruck im verschneiten Gestrüpp. Rudy wischte das angenagte Leder am Hosenboden ab. Er hatte das unangenehme Gefühl, daß er die Tiere nicht zum letzten Mal gesehen hatte.

Wachsam nahm er seinen Bogen auf. Es war ihm gelungen, ihn ebenso wie den Köcher mit Pfeilen im Laufe der Nacht nicht zu verlieren. In seiner Flasche war noch etwas Wasser, und es lag genug Schnee, so daß er damit vorläufig keine Schwierigkeiten haben würde. In seiner Tasche am Gürtel hatte er noch ein wenig getrocknetes Fleisch und Dörrobst. Außerdem besaß er ein Messer, ein Schwert und ein paar Ersatzsehnen für den Bogen. Zitternd vor Kälte im kraft- und wärmelosen Sonnenlicht, wickelte er sich fest in seinen feuchten Umhang, doch es nutzte nicht viel. Die Kälte, die durch seine feuchten Kleider drang, würde zusätzlich an seinen Kräften zehren, aber es war aussichtslos, sie trocknen zu wollen. Er kletterte die Böschung hinauf, um einen Blick in die Umgebung zu werfen.

Nichts als Trostlosigkeit ringsherum. Nirgendwo war eine Spur der Straße zu entdecken. Die Wolkendecke war ein wenig aufgerissen, so daß die Sonne undeutlich als weißer Fleck im endlosen Wolkendach zu erkennen war. Der Wind war noch immer schneidend kalt. Das Land erstreckte sich in fahler, rötlicher Weite von felsigem Sand, durchsetzt mit dürftigem Gestrüpp, Kakteen und Gras. Hier und da war der Sand von Schnee bedeckt, der in unbeständigen kleinen Wirbeln aufgeweht wurde.

In der Öde der Landschaft waren der Wind aus dem Norden und die Sonne im Osten seine einzigen Richtungsanzeiger. Er versuchte sich zu erinnern, ob er die Straße in der vergangenen Nacht überquert hatte und ob er sich nördlich oder südlich davon befand; er versuchte, sich die Karte in Erinnerung zu rufen, die Ingold eines Nachts am Lagerfeuer für ihn in den Sand gezeichnet hatte. Alles, woran er sich noch erinnern konnte, war, daß sie an irgendeiner Stelle die Hauptstraße nach Dele verlassen und sich westlich halten mußten, um das Meeresgebirge und die Verborgene Stadt Quo zu erreichen.

Das zumindest konnte er tun. Sich westwärts halten – und was dann? Das Meeresgebirge schließlich erreichen? Wie lange würde das dauern? Zwei Wochen zu Fuß, ohne Orientierung und praktisch hilflos? *Träum nur weiter*. Und angenommen, er tat es. Das Meeresgebirge war jetzt ein einziges, großes Spinnengewebe von Zauber und Illusion. *Was zum Teufel soll ich tun, mich vor das Gebirge stellen und schreien?: ›Laßt mich herein. Ingold schickt mich!‹*

Doch genau aus diesem Grund, fiel ihm ein, hatte Ingold ihn mitgenommen. War er auch ein versponnener Pinselschwinger und ungebildeter Karosseriekünstler, so war er doch der einzige freie und vertrauenswürdige Zauberer der westlichen Welt. Ingold, um dessen abgenagte Knochen sich die aasfressenden Ratten wahrscheinlich längst stritten, zählte auf ihn.

Und abgesehen davon, wo sonst hätte er hingehen sollen?

Er schritt westwärts aus. Die trostlose Weite der Wüste nahm ihn auf.

Als er mit Ingold durch das Ödland gewandert war, hatte er geglaubt, die Einsamkeit und Stille dieser Gegend verstehen zu lernen, doch jetzt merkte er, daß er sich getäuscht hate. Er war vollkommen allein, vollkommen vergessen. In dieser ganzen, gewaltigen Weite war er die einzige Menschenseele. Die Sonne stieg höher und gewann ein wenig an Kraft. Sein Umhang trocknete allmählich, und sein Schatten schwebte fahl und verschwommen vor ihm her. Ein paarmal entdeckte er in der steinigen Öde Kaninchen oder große Eidechsen von der Länge seines Armes, und einmal hörte er aus der Ferne das unverwechselbare trokkene Rasseln einer Klapperschlange. Aber er wußte, er war mutterseelenallein. Wenn er aus vollem Halse schreien würde, so würde seine Stimme ungehört durch diese silberne Weite klingen und verhallen, ohne je an ein menschliches Ohr zu dringen. Unbeirrbar wie eine Schildkröte bewegte er sich langsam und verbissen immer in derselben Richtung voran.

Ein Dickicht von Gebüsch und Ölpalmen in einiger Entfernung deutete auf Grundwasser hin; als er es erreichte, fand er ein Felsenbecken vor, das zur Hälfte mit Schmelzwasser gefüllt war. In der öden Stille des Mittags aß er gerade soviel von dem getrockneten Fleisch und dem Dörrobst wie nötig, ruhte dann ein wenig und ließ seine Gedanken schweifen. Er fragte sich, was Minalde wohl tun mochte und wie es Tir ging. Er machte sich Gedanken wegen der Weißen Räuber und des Geistes, den sie fürchteten. War er es vielleicht gewesen, der Ingold so lautlos aus dem Lager entführt hatte? Oder waren es die Dunklen gewesen, die ihren Spuren von der Festung aus hartnäckig gefolgt waren? Würde Lohiro die Antwort darauf wissen? Hatte Lohiro Ingold, der wie ein Vater für ihn war, in den Flammen gesehen, so wie Rudy Alde darin beobachtet hatte? Das Bild, das er in dem Kristall erblickt hatte, drängte sich beunruhigend in seine Gedanken, die kalten, leeren blauen Augen und der Saum des Umhangs, der über den feucht schimmernden, von Krabben wimmelnden Totenschädel strich.

Eine leise Bewegung im Gesträuch erregte seine Aufmerksamkeit; gleich darauf hoppelte ein Hase mit aufmerksam zuckenden Ohren und schnuppernder Nase mißtrauisch hervor. *Armer kleiner Kerl,* dachte Rudy, während sich seine Hand vorsichtig zum Bogen stahl. Viele Nachtwachen hindurch hatte er die Tiere beobachtet und sich ihnen irgendwie verwandt gefühlt. Sie taten niemandem etwas zuleide und befaßten sich, wie er, in der Hauptsache mit der Nahrungssuche und damit, sich alle Schwierigkeiten vom Halse zu halten. Die Ohren des

Hasen drehten sich wie Radarantennen. Das scheue kleine Wesen blickte um sich und hatte wohl die vergebliche Hoffnung, daß sich an diesem Ort kein gieriger, zähnestarrender Tod verborgen hielt, der seinen sanften Hasenträumen von saftigen Blattspitzen und nymphomanischem Treiben ein Ende bereiten würde. *Das Leben ist hart,* dachte Rudy, *aber entweder bist du dran oder ich, und mir wäre es lieber, wenn du es bist.*

Als er anlegte, blieb das Ende des Bogens an einer Wurzel hängen, und der Pfeil trudelte zur Seite. Der Hase erwachte augenblicklich zu hektischem Leben und stob in wilden Sätzen davon. Rudy war wieder allein.

Großer Weißer Jäger hat wieder alles vermasselt. Er nahm seine Überlegungen wieder auf.

Schließlich schoß er doch noch drei Hasen, einen an der Stelle, an der er lagerte, zwei später im ersten Zwielicht. Zwischen Felsen stieß er wieder auf Gebüsch. Nachdem er seine Spuren verwischt hatte, baute er sich, indem er Dornengestrüpp zwischen den Felsblöcken aufstapelte, eine Art Festung zur Verteidigung seines Lagerplatzes. Er entzündete ein kleines Feuer und fragte sich, ob es ratsam sei, zu schlafen. *Wahrscheinlich nicht,* überlegte er. Gleichzeitig war ihm klar, daß es ihm nicht gelingen würde, die ganze Nacht wach zu bleiben. Ausgehungert wie er war, fiel es ihm schwer, nicht alle drei Hasen auf einmal zu essen, doch angesichts der Tatsache, daß er nicht wußte, woher er die nächste Mahlzeit nehmen sollte, kroch er in seinen dornigen Unterschlupf und versank in Träume von Super-Hamburgern und Sonnenschein.

Mitten in der Nacht hörte er gedämpfte Tritte von Tierpfoten und leises Scharren von stumpfen Krallen auf dem Felsen. Schweißgebadet schreckte er auf. In der Dunkelheit war es ihm unmöglich, hinter dem Gewirr ineinandergeschlungener Dornenranken etwas zu erkennen. Am nächsten Morgen entdeckte er im Sand um seinen Unterschlupf herum Wolfsspuren von der Größe seiner Hände.

Dieser Tag war kälter, sonnenlos und grau. Aus dem Geruch des Windes schloß er, daß der Regen noch ausbleiben würde, und er füllte seine Wasserflasche mit Schnee, den er aus einer Vertiefung im Felsen zusammengekratzt hatte. Das Land lag hier tiefer und war spärlich bewachsen mit kleinen Salbeibüschen, Ölsträuchern und Ocotillo, der wie ausgetrocknete Knochen im Wind rasselte. Der Wind wurde immer schneidender und zerrte an seinem Gesicht und seinem Umhang. Er sah weit und breit nichts, was man auch nur im entferntesten für eßbar hätte halten können, und allmählich überkam ihn das Gefühl der Einsamkeit und Furcht.

Gegen Nachmittag stellte er fest, daß er verfolgt wurde.

Die Erkenntnis kam ihm nach und nach. Anfangs war es nur ein unbestimmtes Gefühl, mißtrauische Wachsamkeit auf freier Ebene, unbewußte Verwunderung über ein ungewohntes Rascheln im Gebüsch zu beiden Seiten. Er hatte lange genug mit dem Wind gelebt, um das Muster seiner Geräusche zu erkennen. Und er merkte, wann dieses Muster sich veränderte.

Er blieb stehen und hielt den Atem an, um die Geräusche und den Geruch des Landes in sich aufzunehmen. Nichts war zu hören als das Heulen des Windes in dem Gesträuch, das die Öde, durch die er den ganzen Tag gewandert war, wie ein hüfthoher Wald bedeckte. Er blickte langsam um sich und suchte das Land nach einem Zeichen ab, das ihm verraten würde, mit welchem Gegner er es zu tun hatte und in welche Richtung er davonlaufen konnte. Wie den Hasen fiel ihm kein anderer Ausweg ein; er wünschte nur, er könnte wie sie mit hundertdreißig Stundenkilometern davonstürmen.

Ein Geräusch fesselte seine Aufmerksamkeit. Er wandte den Blick zurück zu einem Gebüsch, das er bereits ohne Erfolg abgesucht hatte. Doch jetzt sah er einen großen, männlichen Dooer, der einen gewaltigen Steinkeil in der Hand hielt und Rudy mit derselben gierigen Bosheit anstarrte, die er bereits in den Augen der Aasratten entdeckt hatte. Wie sie zog er sich langsam zurück und verschwand im Strauchwerk, das ihn seinen Blicken entzog.

Rudy fuhr hastig herum, als er im Gesträuch weitere verstohlene Geräusche hörte. Wieder zog sich ein geducktes Wesen heimlich zurück. Rudy spürte, wie ihm der Schweiß ausbrach.

Jetzt entdeckte er sie überall. Was hatte Ingold gesagt – daß er mit einer Gruppe von ihnen umhergewandert war? Aber diese Dooer machten keineswegs den Eindruck auf ihn, als hätten sie ähnlich freundliche Absichten. Sie waren mit grob gehauenen Handäxten bewaffnet und hatten Stoßzähne wie wilde Keiler. Rudy setzte seinen Weg vorsichtig fort. Er war einem gewaltsamen Tode schon einige Male recht nahe gewesen, seitdem er sich in dieser Welt befand, doch plötzlich erschien es ihm wesentlich angenehmer und würdevoller, zu erfrieren, von den Dunklen verspeist oder sogar von Ingold mit seinem eigenen Schwert durchbohrt zu werden, als von einer Horde Neandertaler niederträchtig in Stücke gerissen zu werden. Er suchte den Horizont ab und entdeckte schließlich, wonach er Ausschau gehalten hatte – eine Baumgruppe in der Ferne, die ein Wasserloch anzeigte. Er fragte sich, wie gut Dooer klettern können. Aber zwischen den Bäumen konnte er zumindest Rückendeckung finden und sie abwehren. So, wie die Dinge hier lagen, auf freiem Felde umzingelt, befand er sich wohl eher auf verlorenem Posten.

Als er weiterging, stellte er fest, daß sie hinter ihm und auf beiden Seiten einen Kreis gebildet hatten. Er hörte, wie sie sich im Gebüsch voranschoben, um ihn zu überholen. Wenn er das zuließ, war es um ihn geschehen, soviel stand fest. Also beschleunigte er seine Schritte, um die Baumgruppe – Pappeln, wie er jetzt erkannte –, zu erreichen. Im

Laufen löste er den Schwertgürtel und schob die Waffe zum Rücken hinauf, für den Fall, daß er rennen mußte. Nach kurzer Überlegung zog er auch den Umhang aus, rollte ihn zusammen und stopfte ihn unter den Schwertgürtel. Das hätte ihm jetzt gerade noch gefehlt, daß er über das verdammte Ding stolperte. Er versuchte, die Entfernung bis zu den Bäumen abzuschätzen, aber es gelang ihm nicht; die trockene, klare Wüstenluft ließ die Dinge näher erscheinen, als sie in Wirklichkeit waren. Erst einmal losgerannt, das wußte er, hatte er vor der Horde zu bleiben.

Im Salbeigesträuch vor und neben ihm bewegte sich etwas – geduckte, flinke Gestalten, die zu einem Spurt über freies Feld ansetzten. *So geht es nicht*, dachte Rudy. Er lief los.

Überall um ihn herum schienen Dooer aus dem Boden zu wachsen. Er hatte nicht geglaubt, daß es so viele waren – fünfundzwanzig mindestens, die mit schrillem, unartikuliertem Geheul auf ihn zustürzten, einige von ihnen wesentlich näher, als er vermutet hatte. Diejenigen, die bereits vor ihm waren, versuchten, ihm den Weg abzuschneiden. Aber sie hatten keine Chance. Rudy hatte die längeren Beine und überholte sie mühelos. Dann rannte er, so schnell er konnte, auf die Baumgruppe zu, während ihm die ganze Horde auf den Fersen folgte.

Als Kind war ihm einmal ein Rudel Straßenköter nachgehetzt, und er erinnerte sich immer noch an den atemlosen Schrecken dieser Verfolgungsjagd. Aber damals waren es nur ein paar hundert Meter gewesen. Er erkannte ziemlich bald, daß er sich seine Kräfte würde einteilen müssen. Die Dooer waren noch ein gutes Stück hinter ihm, doch ihre hohen Kehllaute drangen deutlich an sein Ohr, und er wußte, daß sie ihn einholen würden, wenn seine Kräfte nachließen. Er versuchte, ihre Schnelligkeit abzuschätzen und ihr seine eigene Geschwindigkeit anzupassen. Die Bäume wirkten jetzt bereits nicht mehr so nah wie zuvor, und ihm war klar, daß es eine lange Verfolgungsjagd sein würde. Flüchtig dachte er: *Wäre ich doch lieber Läufer geworden, anstatt ein gottverdammter Motorradfahrer.* Seine Lunge begann zu schmerzen; sein ganzer Körper – obwohl gestählt von der endlosen Wanderschaft – brannte vor Erschöpfung. *Und man stelle sich vor, daß es Leute gibt, die kilometerweit nur so zum Spaß laufen*!

Noch bevor er die Hälfte der Strecke hinter sich gebracht hatte, spürte er, wie seine Kräfte nachließen. Das heisere Gebrüll kam näher, und als er einen Blick zurück wagte, saß er, daß die Anführer der Dooer, die sich in hüpfender, krummbeiniger Gangart vorwärtsbewegten, nur noch ein paar Meter hinter ihm waren. Das Aufblitzen ihrer entblößten Hauer bewirkte einen Adrenalinstoß durch seinen Körper und trieb ihn voran. Doch seine Schritte wurden bereits unsicher, die Anstrengung machte sich in jeder Faser seines schweißgebadeten Körpers bemerkbar.

Mit drei Schritten Vorsprung erreichte er die Baumgruppe, kaum fähig, zu atmen oder sich auf den Füßen zu halten. Mit einem Griff über die Schulter zog er sein Schwert und schlug dem ersten seiner Verfolger den Arm halb ab. Die Klinge bohrte sich zwischen Rippen und Brustbein, und das Wesen stürzte heulend in einem Schwall von Blut zu Boden, während sich der Ring der übrigen Verfolger auflöste und ein Stück zurückzog. Voller Entsetzen stemmte Rudy den Fuß auf den noch immer zuckenden Neandertaler, um das Schwert aus seinem Körper zu ziehen. Das Wesen hieb seine Zähne in seinen Stiefel und das Fleisch darunter, bevor es, in dem Augenblick, als die Klinge frei war, sein Leben aushauchte. Der Ring schloß sich wieder um Rudy, der jetzt mit dem Rücken Deckung an einem Baum nahm und verzweifelt auf behaarte Hände und Gesichter einschlug, während er vor Erschöpfung keuchte und von Blut und Schmutz bespritzt wurde. Ein Stein traf ihn an der Schulter, als sich die Dooer wieder aus der Reichweite seines Schwertes zurückzogen. Nicht gewillt, den geringen Schutz, den ihm der Baumstamm bot, aufzugeben, fuhr Rudy herum. Mit tödlicher, geübter Zielsicherheit schleuderten die Angreifer jetzt aus allen Richtungen Steine nach ihm. Ein Stein von der Größe von zwei Fäusten riß wenige Zentimeter neben seinem Kopf ein Stück Rinde vom Baum; ein anderer traf ihn so furchtbar am Ellbogen, daß sein Arm gefühllos wurde, und ein dritter wurde schmerzhaft gegen seine Rippen geschmettert. Mit mehr Hast als Geschicklichkeit stopfte er das Schwert in den Schwertgürtel – wessen geistreiche Idee war es bloß gewesen, die Scheide auf dem Rücken zu befestigen? – und sprang nach dem untersten Baumast. Dann zog er sich ungeschickt hinauf und schickte ein Stoßgebet zum Himmel, er möge sich nicht mit der tödlichen, messerscharfen Schneide des ungeschützten Schwertes das Bein absäbeln. Die Dooer umringten den Baumstamm, rüttelten daran, schrien wild durcheinander und warfen mit Steinen nach Rudy. Er klammerte sich fest an die schwankenden Äste und versuchte, sich in Erinnerung zu rufen, wie tief Pappeln in der Erde verwurzelt waren. Keiner der Dooer machte jedoch den Versuch, ihm auf den Baum zu folgen. Nach einer Weile, als ihr Geheul zu einem wütenden Knurren abflaute, ließ er sich auf einem Ast nieder.

Großartig. Rudy machte es sich umständlich in der Hauptgabelung des Baumes bequem und änderte vorsichtig die Lage seines Schwertes. *Ich bin nicht nur verloren und verlassen, ich hänge auch noch am Baum. Wenn es wirklich keine Zufälle im Leben gibt, so verstehe ich zumindest nicht im geringsten die kosmische Bedeutung meiner Lage. Es scheint mir eine ziemlich unsichere Art zu sterben.*

Er zog den linken Fuß hoch und untersuchte die Fleischwunden am Bein. Der Stiefel und die Gamasche waren mit Blut getränkt, aber er konnte den Fuß noch bewegen – die Sehnen waren nicht verletzt. Dennoch würde die Wunde eitern, wenn er sie nicht mit Alkohol desinfizierte oder irgendwie sauberbrannte. Im Augenblick schien das kein leichtes zu sein. Er beugte den Arm und stellte fest, daß er zwar höllisch wehtat, aber wohl nicht gebrochen war. Vorsichtig betastete er die Rippen und wimmerte auf. Die Dooer beobachteten ihn von unten mit gierigen Blicken. Er fragte sich, wie lange sie wohl die Stellung halten würden und was geschehen würde, wenn er einschlief.

Der frostige Nachmittag schleppte sich dahin. Die Dooer kauerten auf dem Boden um den Baum herum und entfernten sich gelegentlich auf der Jagd nach Eidechsen oder Raupen. Der Wind zauste in ihrem struppigen, dunklen Haar. Rudy nahm seinen Umhang aus dem Gürtel und hüllte sich darin ein, um das bißchen Wärme, das dieser ihm spenden konnte, zu nutzen. Der klopfende Schmerz in seinem Bein ließ die Frage in ihm aufkommen, wie lange es dauern mochte, bis eine Blutvergiftung einsetzte. Diese Furcht war es schließlich, die ihn veranlaßte, sich festeren Halt in der Astgabelung des Baumes zu suchen, den Stiefel aufzuschnüren und, schweißüberströmt und von Übelkeit geschüttelt, mehrmals Feuer an der Klinge seines Messers zu erzeugen, bis das Metall heiß genug war, das Fleisch in der Wunde zu versengen. Der Vorgang war außerordentlich qualvoll und dauerte, da Rudy nicht entschlossen genug war, es auf einen Schlag hinter sich zu bringen, lange Zeit. Seine Bemühungen endeten damit, daß er das Messer fallen ließ und sich übergab. Kraftlos hing er in den Zweigen des Baumes und hatte Angst, hinunterzufallen und in Stücke gerissen zu werden. Er wünschte, er wäre tot.

So verharrte er, bis es beinahe dunkel war.

Unter dem wolkenverhangenen Himmel zog die Dämmerung frühzeitig herauf. In seiner Benommenheit bemerkte Rudy das Verblassen des Tageslichtes erst, als das plötzliche Anschwellen der knurrenden Laute ihn wieder vollständig ins Bewußtsein zurückrief.

Die Dooer richteten sich zischend und hustend auf, ängstliche Wachsamkeit in den Knopfaugen, die Körper angespannt vor Furcht. Von seinem Aussichtspunkt aus konnte Rudy zwei große, straußähnliche Vögel erkennen, die im Schatten der Dämmerung lautlos durch das Salbeigesträuch schritten. Trotz ihrer Größe blieben sie beinahe unbemerkt wegen ihres zottigen, bräunlichgrauen Gefieders und des weichen, katzenhaften Ganges. Er hatte solche Vögel schon einmal aus der Ferne gesehen und ihre Spuren entdeckt. Jetzt bemerkte er, daß sie einen gewaltigen, habichtartigen Schnabel hatten und daß ihre Augen in der vorderen Hälfte des Schädels saßen – das Merkmal für Raubvögel –, wie Ingold ihm erklärt hatte.

Die Dooer waren verstummt. Sie zogen sich nach und nach ins Gebüsch zurück, bis selbst Rudy von seinem erhöhten Standpunkt aus sie kaum noch erkennen konnte. Er zog sich, mit so wenig Anstrengung wie möglich, in sitzende Position hoch, riß einen Streifen aus dem Saum seines Wappenrocks, verband damit die geschwollene Wunde an seinem linken Bein und band den Stiefel darüber zusammen. Während er verbissen arbeitete, verfluchte er sich selbst; dadurch, daß er sich hatte verwunden lassen, hatte er seine ohnehin schon geringe Überlebenschance noch einmal halbiert. Allein der Gedanke an den Versuch, mit dem verletzten Fuß zu laufen, verursachte ihm Übelkeit, ebenso wie das Wissen, daß die Dooer höchstwahrscheinlich am Morgen wieder auftauchen würden.

Er hatte keine Ahnung, in welcher Richtung Westen lag, aber er konnte, indem er sich in den Zweigen des Baumes aufrichtete, in der Ferne die Umrisse eines hohen Felsengebirges erkennen, das ihm einigen Schutz bieten würde, wenn es ihm gelang, hinaufzusteigen. Er schob den Gedanken daran, was geschehen würde, wenn es ihm nicht gelänge, von sich. Im Augenblick war es günstig, vom Baum zu steigen und einen Ort zu suchen, an dem ihn die Dooer nicht sofort suchen würden. Sobald die Straußenvögel mit dem Säbelschnabel verschwunden waren.

Plötzlich merkte er, daß sich unter ihm etwas bewegte. Eine Dooerfrau brach fast unter den Füßen eines der Riesenvögel aus ihrer Deckung hervor und floh mit einer Geschwindigkeit, die Rudy den Wesen gar nicht zugetraut hatte. Doch der Vogel schnellte voran wie eine Gazelle, und sein Schnabel hackte noch im Schritt auf das Beutetier ein und warf es in einem zuckenden Gewirr von Armen, Beinen und Blut zu Boden. Der andere Vogel hatte die Verfolgung seiner eigenen Beute aufgenommen, eines jungen männlichen Dooers, der noch einen Vorsprung von hundert Metern hatte. Rudy beobachtete entsetzt, wie das Vogelwesen den flüchtenden Dooer mit langen, mühelosen Schritten einholte, ihn im Laufen aufschlitzte und dann auf einem Bein dastand, mit der Klaue des anderen ein Glied seines Opfers festhielt und geschäftig daran herumpickte, ganz wie ein Papagei, der eine Erdbeere frißt. Reglos vor Angst verharrte Rudy an seinem Platz auf dem Baum, bis die Vögel ihr grausiges Mahl beendet hatten und in die Dämmerung davonstolzierten. Die anderen Dooer waren wie vom Erdboden verschluckt. Die Überreste seiner ehemaligen Verfolger waren von Aasratten umringt, die aus dem Nichts aufgetaucht zu sein schienen, um sich um die Knochen zu reißen.

Die Ratten würdigten ihn kaum eines Blickes, als er sich endlich vorsichtig von seinem Ast gleiten ließ. Sie ließen ein leichtes Interesse erkennen, als sein Fuß den Boden berührte und sein steifes Knie einknickte, wandten sich aber wieder ihrer Mahlzeit zu, als er sich aufrichtete. Rudy hatte einen Moment lang das unangenehme Bild vor Augen, was geschehen wäre, wenn er sich nicht mehr hätte erheben können. Die Schwäche und die Schmerzen in seinem linken Bein machten ihm Sorgen. Er humpelte um den Baumstamm herum und suchte sein Messer, dann schnitt er einen Wurzelsproß von der Länge eines Gehstocks ab. Nachdem er seinen Bogen überprüft hatte, erwog er einen Augenblick lang, einige der Ratten als Fleischvorrat zu schießen. Das wäre nicht schwerer gewesen, als Fische in einem Faß zu jagen – doch der Gedanke, die Aasfresser wirklich zu essen, widerstrebte ihm. Abgesehen davon hätte er sich mit ihren Brüdern um die toten Tiere schlagen müssen, und außerdem wünschte er sich nichts sehnlicher, als von hier zu verschwinden.

Er stützte sich auf seinen Stab, der, wie das meiste Pappelholz, fast zu biegsam war für seinen Zweck, und humpelte mühsam davon.

Als er erwachte, hörte er ein Trompeten in der Ferne. Einen Augenblick lang wunderte er sich über das Geräusch und fragte sich, ob es noch ein Teil seiner Träume war. Gerade noch hatte er mit Ingold am Lagerfeuer gesessen und mit einem Stab Runen in den Staub gemalt . . . Mit dem endgültigen Erwachen kamen die Schmerzen zurück, die Schmerzen der Verspannungen und Wunden, das bohrende Stechen seiner gebrochenen Rippe und das furchtbare Pochen in seinem zerfleischten Fußgelenk. Er hatte, zusammengerollt wie ein Embryo und halb erfroren nach dem Fußmarsch, hoch oben in einer Felsspalte geschlafen.

Das Trompeten verblaßte nicht gleichzeitig mit seinen Träumen. Es wiederholte sich, der Laut von Lebewesen, schrill und durchdringend.

Elefanten?

Was zum Teufel haben Elefanten mitten in der Wüste von Gettlesand zu suchen? Oder habe ich diesmal wirklich Fieberphantasien?

Er zog sich mühsam hoch und kletterte auf den Felsen hinauf.

Auf dem Weg von Karst nach Renweth hatte der Zug einmal – vor Jahren, wie es ihm vorkam, obwohl er wußte, daß es noch nicht einmal einen Monat zurücklag – auf einem hohen, grünen Bergsattel haltgemacht. Es hatte aufgehört zu regnen, silberne Schleier hatten sich über der herzzerreißenden Schönheit der Landschaft unter ihnen gelüftet, und sie hatte heilig und geheimnisvoll, vom Regen und Tau mit Perlen überzogen, vor ihnen gelegen. Er hatte neben dem kleinen, mit Tierhaut überdachten Wagen gestanden, auf dem das schwarze Banner des Hauses Dare geflattert hatte, und sich auf das Wagenrad gestützt, während Alde, Tir in den Armen, sich zu ihm heruntergebeugt hatte, um sich mit ihm zu unterhalten. Sie hatte über das regennasse Land auf braune Schatten gedeutet, die sich in der Ferne bewegt hatten, und hatte gesagt: »Mammuts. Es hat schon – oh, Hunderte und Hunderte von Jahren keine Mammuts mehr in den Flußtälern gegeben.«

Und jetzt waren sie hier.

Sie bewegten sich in der kalten, fahlen Öde der Wüste wie wandelnde Heuschober voran, schneller, wesentlich größer als die Elefanten, die Rudy in seinem Leben zu Gesicht bekommen hatte. Sie ähnelten auf groteske Weise den künstlichen Nachbildungen in bebilderten Nachschlagewerken – riesige Leiber, die von gewaltigen klobigen Köpfen und Schultern abfielen, kleine, fächerförmige Ohren, zurückgebogene Stoßzähne, die dem Klangbogen einer alten Harfe ähnelten, und darüber kleine, schwarze Knopfaugen. Ihr braunes Fell war weiß gesprenkelt vom Schnee, der von einem trüben, eintönigen Himmel herunterfiel. Rudy erkannte die Bullen der Herde, die so mächtig waren wie Frachtwaggons, die etwas kleineren Kühe und die Jungtiere, deren kleinstes immer noch von ehrfurchtgebietender Größe war und die sich wie Jumbo, das Elefantenbaby, mit dem Rüssel am Schwanz der Mutter festhielten. Ein kalter Windstoß schnitt ihm ins Gesicht und trieb Schnee in sein schützendes Felsenversteck. Die Mammuts wanderten durch den Schneesturm, der sie von den braunen, grasbewachsenen Hochebenen des Nordens vertrieben hatte, in südlicher Richtung davon.

Wie weit würde ihn diese aussichtslose Suche noch bringen? Im Westen zog sich die Linie des farblosen Horizonts wie mit dem Lineal gezogen dahin. Er bezweifelte, daß er das Meeresgebirge in den nächsten Wochen zu Gesicht bekommen würde, und er war sich jetzt schon darüber im klaren, daß er die Wanderung nicht so lange durchhalten würde. *Ingold hatte recht*, dachte er finster. *Ich hätte es mir noch einmal überlegen und schön in der Festung bleiben sollen. Aber verdammt, damals wußte ich schließlich noch nicht, daß ich ihn verlieren würde.*

Ingold wußte es. Er wußte, daß die Wahrscheinlichkeit groß war, daß es einen von uns beiden erwischen würde, und er befürchtete, daß es ihn treffen würde. Und er wußte, daß ein anderer die Suche würde fortsetzen müssen.

Mutlos ließ Rudy den Kopf auf den Felsen sinken. *Warum ausgerechnet ich?*

Die Frage ist die Antwort, Rudy. Die Frage ist immer auch die Antwort. Weil du ein Magier bist. Du wolltest mitkommen, um die Kunst der Magie zu lernen. Du wurdest ein Magier, und er hat dich mitgenommen, weil nur ein Magier die Suche zu Ende führen kann. Du stehst noch immer in seiner Schuld.

Ich wollte das nicht! lehnte sich sein Geist auf.

Du wolltest nicht wahrhaben, daß du Feuer aus der Dunkelheit hervorrufen kannst?

Verdammt, dachte Rudy müde. *Verdammt, verdammt, verdammt. Selbst, wenn er fort ist – verschwunden – von den Dunklen verschlungen, zieht man im Streit mit Ingold den kürzeren.*

Der Wind schlug um und wehte schnelles, gleichmäßiges Hufklappern an sein Ohr – Pferde, ein ganzer Trupp. Ein fernes, gedämpftes Hämmern ließ den Felsen unter seinem Körper erzittern. Er schob den Kopf ein Stückchen über den Rand der Felsspalte und sah sie; Geistern gleich schwebten sie grau wie Nebel durch das windgejagte Schneetreiben.

Weiße Räuber!

Ingold hatte recht gehabt. Ohne Zweifel war dies das Volk des Eisfalken. Helle Zöpfe wehten hinter den hageren, langbeinigen Kriegern her, die, über den gebogenen Hälsen ihrer Wildpferde zusammengeduckt, Wikingern glichen.

Die Pferde zogen mit wehenden Mähnen und dampfenden Nüstern in einer einzigen, fließenden Linie weniger als eine halbe Meile entfernt dahin und waren doch nur als hämmernde Ahnung von Bewegung in der Öde wahrzunehmen. Die Gestalten hatten nichts an sich, das ins Auge fiel; die Pferde waren zum größten Teil vom gleichen Wolfsgrau wie die Umgebung, und die Reiter trugen dieselbe Farbe. Selbst das farblose Hell ihrer Zöpfe spiegelte die sonnengebleichte Färbung trockenen Grases wider. Das Flattern von Anhängern, Federn und funkelnden Glasscherben an ihren Harnischen wirkte wie das zufällige Aufblitzen von Wind und Blättern. Sie folgten den Spuren der Mammuts in einem großen Bogen und verschwanden dann, vom Wind getrieben, im Süden.

Rudy seufzte. Er würde an diesem Tag wieder jagen müssen, denn sein Hasenfleisch ging zur Neige. Zuerst aber mußte der Verband an seinem Knöchel gewechselt werden. Er riß einen weiteren Streifen Stoff aus dem Saum seines ausgefransten Wappenrocks. Dann untersuchte er besorgt die Wunde. Er hatte keine Ahnung, wie eine Blutvergiftung aussah oder wie lange es dauerte, bis sich rote Streifen bildeten. Ingold hatte ihm einige Zaubersprüche für den Notfall beigebracht, um Wundbrand fernzuhalten, aber er wußte nicht, ob er sie richtig anwandte. Rudy wurde klar, wie groß seine Unwissenheit war und wieviel er noch würde lernen müssen, vorausgesetzt, er würde aus diesem ganzen Durcheinander mit dem Leben davonkommen. Er zuckte zusammen bei dem Gedanken an all das Wissen, das er früher munter an sich hatte vorüberziehen lassen. Gute alte Zeit damals, als es ihm noch möglich gewesen war, zu einem Arzt, einem Lebensmittelladen oder – Gott bewahre! – im äußersten Notfall sogar zur Polizei zu gehen. Während er aus seinem Unterschlupf kletterte, fiel ihm ein, daß Ingold seiner eigenen Erzählung nach fünfzehn Jahre lang allein durch diese Wüste gezogen war. Kein Wunder, daß Ingold so vollkommen selbständig war. Rudy hob seinen wertlosen Stab auf und wandte sich wieder westwärts.

Er wanderte den ganzen Tag lang.

Da der Wind immer von rechts kam, wußte er, daß er in westlicher Richtung wanderte, obwohl die Sonne niemals durch die endlose Wolkendecke brach. Manchmal stellte er sich die Frage, was er wohl tun würde, wenn das Meeresgebirge in Sicht kam. Aber warum, zum Teufel, machte er sich Gedanken? *Du wirst längst tot sein, bevor es noch in Sichtweite ist*. Eigentlich hatte er keinen Grund weiterzuwandern, aber er tat es dennoch, beharrlich wie eine Ameise, die ein Fußballfeld überquert. Er fragte sich, was aus Ingold geworden war, ob die Dunklen ihn erwischt hatten oder ob es etwas anderes gewesen war, diese unsichtbare andere Macht, die die Weißen Räuber so sehr fürchteten. Was würde aus Gil werden, für immer gefangen in dieser fremden Welt.

Er überquerte eine hochgelegene, baumlose Felsebene. Das Land um ihn herum bestand jetzt vorwiegend aus Geröll und Sand; Einöde, in der nur hier und da ein karger Strauch wuchs. Aufgewirbelter Sand und Schnee schnitten ihm ins Gesicht, und qualvoll bohrte sich die Kälte durch den Verband in seine Wunde. Die Finger waren taub in ihren armseligen Handschuhen. Drei Tage war er jetzt schon mutterseelenallein durch dieses öde Land gewandert – länger, als er je im Leben allein gewesen war. Obwohl ihm Einsamkeit immer weniger ausgemacht hatte als den meisten anderen Menschen, die er kannte, hatte sich sein Herz an den beiden vorangegangenen Tagen nach Gesellschaft gesehnt – nach irgend jemandem, selbst einem vollkommenen Fremden; er hätte sich sogar mit seiner Schwester Yolanda begnügt. Doch er stellte fest, daß er sich an die Gesellschaft seines eigenen Geistes gewöhnte. Obwohl ihn noch immer die Vorstellung schreckte, Monate und Jahre allein zu verbringen, wie Ingold es getan hatte, konnte er sich jetzt immerhin vorstellen, was es bedeutete. Wieder senkte sich die Dämmerung herab. Er fragte sich, wo er die Nacht verbringen würde. Das Land um ihn herum war vollkommen flach und trostlos, weit und breit kein Fels oder Baum, nichts weiter als ein paar vereinzelte Flecke dünnen Buschwerks. Er war müde und entkräftet, wußte aber, daß er durchhalten mußte, bis er eine geschützte Stelle fand. Sich auf freiem Feld niederzulegen und zu schlafen würde den sicheren Tod bedeuten.

Eine Bewegung fesselte seinen Blick. Eine auf- und niederhüpfende, staksige, fast ungeschickte Bewegung, der dennoch etwas seltsam Katzenartiges anhaftete, auf dem Gipfel einer Felskette . . . Rudy erstarrte. Um diese Tageszeit war das Licht trügerisch; es narrte mit seinen grauen Schatten die Augen, und das Peitschen der wenigen Sträucher im Wind verbarg die Schritte derjenigen, die in der Dämmerung jagten. *Dooer*? fragte er sich. *Himmel, nicht schon wieder*.

Dann sah er es, einen grauen Fleck in der Ferne. Es rannte schwerelos über den Sand, ein wehendes, wolfsgraues Federkleid und das fahle Schimmern eines sensenförmigen Schnabels.

Es gab keinen Ort, zu dem Rudy sich flüchten konnte, und keine Hoffnung, den Vogel abzuhängen, aber Rudy lief. Er spürte den bohrenden Schmerz im Bein und in der Rippe, doch er lief weiter, rannte verzweifelt in die Dämmerung, nur das Entkommen im Kopf, das ebenso aussichtslos war, wie ein beschleunigendes Auto zu überholen. Er riß sich die Füße an den Steinen auf, und der Atem stach in seiner Lunge. Hinter sich hörte er das gedämpfte, leichte Blopp-blopp-blopp von weichen, krallenbewehrten Füßen. Er konnte nicht zurückblicken; neben dem Bestreben, auf den Beinen zu bleiben und schneller zu laufen, waren alle anderen Gedanken in seinem Kopf ausgelöscht. Er spürte keinen Schmerz und keine Müdigkeit mehr, nur noch blankes Entsetzen. Kopflos rannte er in die herabsinkende Dämmerung.

Als er fiel, glaubte er im ersten Augenblick, sein verletztes Bein hätte ihn im Stich gelassen. Aber seine Hände, mit denen er den Fall aufzufangen versuchte, griffen ins Leere, und er stürzte über den flachen Felsrand und durch das biegsame Netz von Zweigen, das die Grube darunter verdeckt hatte, hinunter. In dem dämmerigen Lichtschein und seiner Verwirrung spürte er, daß sich Zweige in seinen Haaren verfingen. Er prallte gegen etwas Hölzernes, Rauhes, das seine Gesichtshaut abschrammte, während er das letzte Stück halb hinunterrollte, halb rutschte, um dann auf der frisch aufgegrabenen Erde am Grund zu landen. Zu benommen, um die Vorgänge zu begreifen, rollte er herum und blickte nach oben. Drei Meter über ihm hoben sich die Umrisse des entsetzlichen Raubvogels vom buschbewachsenen Rand des Felsens ab. Der Vogel blickte mit schiefgelegtem Kopf zu ihm hinunter, als bemühe er sich, zu verstehen, wieso seine Beute plötzlich dorthin geraten war. Einen Augenblick lang fragte sich Rudy, ob der Vogel zu ihm herunterspringen würde, und das Herz blieb ihm beinahe stehen bei dem Gedanken. Selbst wenn er weder sein Schwert noch die Arme im Fall gebrochen hatte, war ein Kampf hier in der Grube vollkommen aussichtslos. Doch der Vogel plusterte nur empört das Gefieder auf, öffnete seinen schwertförmigen Schnabel, stieß einen heiseren, unwilligen Schrei aus und stolzierte in die Dunkelheit davon.

Rudy ließ sich gegen den Pfosten hinter seinem Rücken sinken und schloß die Augen. Er hatte das Gefühl, daß es keinen Unterschied machte, ob er jetzt schlief, in Ohnmacht fiel oder starb. Doch nach einiger Zeit sagte er sich, daß er immer noch tief im Dreck steckte und besser daran tat, sich aufzusetzen und umzusehen, wenn er nicht ein böses Ende finden wollte.

Er öffnete die Augen und blickte sich um.

Großartig. Ich bin in eine Mammutfalle geraten.

Es konnte sich um nichts anderes handeln. Er hatte im Fallen den größten Teil der Strauchdecke mit sich heruntergerissen, so daß der Rand der Grube vor dem dunkler werdenden Himmel deutlich zu erkennen war. Es roch nach frisch ausgehobener Erde, und unterhalb des Randes standen weiße Wurzelfinger aus der schwarzen Wand der Grube hervor. In der Mitte der Grube waren drei gewaltige Pfähle in den Boden gerammt, und einen von ihnen hatte er im Fall gestreift. Indem er sich daran festhielt, richtete er sich auf und befühlte die aufgerissene Wange mit der Hand. *Nur Mut*, sagte er sich. *Du hättest dich ebensogut auf dem Weg nach unten aufspießen können.*

Aber wer zum Teufel, fragte er sich, *kann denn hier draußen eine Mammutfalle gebaut haben? Gibt es hier so etwas wie eine Stadt . . .?*

Weiße Räuber!

Großartig.

Er ließ sich an dem Pfahl wieder hinuntergleiten und kauerte sich, den Kopf in die Hände gestützt, zusammen. *Vielleicht hätte ich mich besser aufspießen sollen*, dachte er. *Das wäre wenigstens schnell gegangen. Wie ist es nur möglich, daß, gerade wenn die Welt am schwärzesten aussieht, ich mich umdrehe, und alles wird noch viel schlimmer?*

Alles, was mir jetzt noch fehlt, um meine Lage vollkommen zu machen, überlegte er verbittert, *ist ein Mammut.*

Die Erde bebte.

Von Ferne drang das hohe, kreischende Trompeten eines verängstigten Tieres an sein Ohr, begleitet vom dröhnenden Stampfen eines schwergewichtigen Wesens auf der Flucht und dem schnellen Trommeln von Pferdehufen.

Wenn ich da bleibe, wo ich jetzt bin, dachte Rudy müde, *wird das verdammte*

Biest genau auf mir landen, und dann bin ich zu Mus gequetscht und heraus aus dem ganzen Schlamassel.

Nein, sagte er sich. *So, wie die Dinge in letzter Zeit laufen, würde ich wahrscheinlich nur verwundet und müßte mich immer noch mit den Weißen Räubern herumschlagen. Aber Himmel, sie haben schließlich Pferde. Selbst wenn ich unversehrt und gesund wäre, könnte ich ihnen nicht entkommen.*

Ach, zum Teufel. Er stützte sich auf Hände und Knie und kroch in die Ecke der Grube, die der Richtung, aus der sich das Mammut näherte, am nächsten lag, weil dort die Aussicht, daß das Tier an ihm vorbeifallen würde, am besten war. Das Erdbeben seiner Schritte erschütterte den Boden grollend. Das Tier schrie schrill und durchdringend, und Rudys Kopf dröhnte von dem Klang. Eine herannahende Panzerdivision hätte nicht mehr Lärm machen können. Das Unheil war unausweichlich und stürzte Rudy in einen Alptraum aus Lärm und Angst. Das Beben erschütterte ihn bis auf die Knochen. Dann hob er den Kopf und sah die Umrisse vor dem Himmel auftauchen – ein gewaltiger, brauner Schädel, ein Fleischkoloß von der Größe eines zweistöckigen Hauses, ein schlenkernder Rüssel, Augen, die rot waren vor Schmerz und unbändiger Wut. Die Beine des Tieres waren bis zu den Knien mit schwarzem Blut bespritzt. Unten in der Falle gefangen, konnte Rudy nur entsetzt hinaufstarren. Der Donnerhall der Schritte, das Gebrüll und das Meeresrauschen der Huftritte wirbelten in seinem Kopf herum. Ein Pferd mit Reiter flog genau am Rande der Grube vorüber, und die Zöpfe des Mannes schimmerten weißlich in der Dunkelheit. Gebannt beobachtete Rudy, wie das Mammut zurückscheute; die stampfenden Füße überschütteten ihn mit herunterfallenden Steinen und Erde, während das Tier drohend über ihm verharrte. Wie in Zeitlupe sah er, daß der Reiter einen Pfeil aus dem Köcher nahm und anlegte, als das Mammut scheute und den Rüssel zu einem ohrenbetäubenden Wutgeheul hob. Das Pferd bäumte sich erschrocken auf, seine Hufe waren nur wenige Zentimeter vom Grubenrand entfernt. Der Reiter legte den Bogen an und zielte im tosenden Trubel von Schatten, Gewicht und Bewegung, von fliegender Mähne und wehendem Fell und dem gewaltigen Leib des Tieres, das sich über ihm auftürmte. Rudy kam es vor, als löse sich der Pfeil im Zeitlupentempo vom Bogen, um sich dann mit ruhiger Zielsicherheit durch die dazwischenliegenden vier Meter bis zum Federschaft in das glühend rote Auge des Mammuts zu bohren. Mit einem letzten Schmerzensgeheul bäumte sich das Tier auf seinen baumstarken Hinterbeinen auf und schien einen Augenblick schwerelos über der Grube zu schweben, in der Rudy, bewegungslos vor Entsetzen, gefangen saß. Dann stürzte es, einer Lawine gleich, auf ihn herunter.

Neuntes Kapitel

Zuerst war nichts als Stille und das leise, unaufhörliche Klagen des Windes um ihn. Rudy nahm gedämpftes Licht, den Geruch von geschnittenem Mesquitholz und Blut und die kühle Feuchtigkeit der Erde unter seiner zerschundenen Wange wahr. Er seufzte auf, und der Schmerz in der gebrochenen Rippe ließ seinen Atem stocken. Er versuchte, sich zu bewegen, aber es gelang ihm nicht. *Dann hol's doch der Teufel,* dachte er bei sich und lag still. Sein Kopf schmerzte, aber die wirren Traumhalluzinationen der vergangenen Nacht waren verschwunden. Pferde, Lärm und der langsame, würdevolle Flug eines einzelnen Pfeiles vor dem Zwielicht des Himmels vermischten sich zu einem Bild in seinem Kopf, doch das letzte, woran er sich deutlich erinnern konnte, war jener gewaltige, verzerrte Fleischkoloß, der brüllend über ihm in die Grube hereingestürzt war und den letzten Rest Licht ausgelöscht hatte. Er nahm, sehr langsam und sehr vorsichtig, zwei Atemzüge und unterzog seinen Körper im Geiste einer Bestandsaufnahme, indem er jedes seiner Gliedmaßen einzeln durchging, wie Ingold es ihm gezeigt hatte.

Immerhin lebte er noch, ein Umstand, der ihn einigermaßen in Erstaunen versetzte. Sein Kopf schmerzte, und seine eine Körperhälfte wies eine dicke Schwellung auf. Er hatte Schmerzen im linken Bein. Es fühlte sich kraftlos an, aber es war nicht schlimmer als am Tag zuvor. Auch glaubte er, daß noch einige Rippen mehr gebrochen waren. Leider konnte er sie nicht befühlen, um sich zu vergewissern. Und das war der springende Punkt – er konnte seine Hände nicht bewegen.

Sie waren ihm auf den Rücken gefesselt.

Hatten ihn die Weißen Räuber einfach gebunden und den Aasratten zum Fraß zurückgelassen? Doch von der anderen Seite des Strauchwerks, von dem er umgeben war, drang Rauchgeruch an seine Nase, und er hörte gedämpftes Pferdegewieher. Er lag mit dem Gesicht nach unten in einem Unterschlupf aus Zweigen; soviel konnte er erkennen, doch da er der Wand zugewandt war, sah er nichts weiter als das Gewirr graublättriger Zweige und die Kette von Ameisen, die friedfertig darüber hinwegkrabbelten. Er fragte sich, ob er allein war, wollte sich aber nicht verraten, indem er sich umblickte.

Statt dessen lauschte er, indem er sein Bewußtsein zur Ruhe brachte und seine Atemzüge dämpfte. Er stellte fest, daß es ihm nach den Tagen, die er in der Einsamkeit der Wüste zugebracht hatte, leichter fiel, seine

Gedanken auszuschalten. Allmählich trat alles, bis auf seinen Gehörsinn, in den Hintergrund. Immer deutlicher drangen die Geräusche an sein lauschendes Ohr – das leise Rascheln der dürren Gräser im Wind, das Knistern trockener Blätter, das kaum vernehmbare Flüstern von Schritten dicht bei seinem Unterschlupf und das weiche, schabende Geräusch eines Weidmessers, das Haut von Muskeln trennte, begleitet von einem neuerlichen Aufwallen des Blutgeruchs. *Häuteten sie das Mammut?* In der Nähe war leises Stoffrascheln und das Knirschen von Lederriemen zu hören, als sich der Wachposten am Eingang seines Unterschlupfes bewegte. *Es gab also einen Wachposten.*

Rudi erweiterte seine Sinne, sandte sie wie Fühler aus und ertastete blind die Beschaffenheit und die Grenzen des Lagers. Einige Geräusche ergaben keinen Sinn für ihn – leise, scharrende Laute und dann gedämpftes Klopfen von Stein auf Holz. Er nahm den Geruch von Rauch und Holz von einem Feuer wahr, das geschürt wurde, und hörte wieder Schritte. Ein kalter Windstoß fuhr durch das Lager und wehte den Geruch von fernem Schnee herüber. Und Rudy hörte ein feines, klirrendes Geräusch, das ihm bekannt vorkam, wie ein Windgeläute aus Knochen.

Aus unerfindlichem Grund beunruhigte ihn das Geräusch.

Leise Schritte raschelten im Sand, und es roch nach Wildnis und Süßgras. Ein zweiter Wachposten erhob sich, und Rudy hörte wieder ein kaum vernehmliches Knirschen von Lederriemen. Er konnte keine Stimme erkennen – *vielleicht verständigten sie sich durch Zeichen?* –, doch er wußte, daß der Unterschlupf zu niedrig war, um darin aufrecht zu stehen. Die beiden mußten sich also draußen befinden. Vorsichtig wandte er den Kopf, um sich zu vergewissern, und durch den niedrigen Eingangsbogen des Unterschlupfes erkannte er zwei Paar Beine in weichen Stiefeln; dahinter flackerte gespenstisch ein Feuer im hellen Tageslicht. Auf der anderen Seite des Feuers erhob sich ein mit Glasscherben geschmückter Opferpfahl, dessen Bänder sacht im Wind schaukelten. Wie eine Vogelscheuche, die die Höllengeister vertreiben soll, dachte Rudy. Davor trieb eine Kriegerin mit langen, gerstenblonden Haarflechten die Stangen für ein Menschenopfer in den Boden.

Rudy überkam eine ungute Ahnung, wen sie dazu auserkoren hatten.

Ruhe bewahren, ermahnte er sich, als er eine Welle des Entsetzens in sich aufsteigen spürte. *Ingold hat dir einen Entfesselungszauber beigebracht, und damals im Lager hat es ausgezeichnet geklappt.* Dennoch kostete es ihn drei Versuche, die ihm beinahe das Blut in den Handgelenken abschnürten, bevor sich die Fesseln endlich lockerten und er in der Lage war, seine Hände verstohlen zu befreien. Seine Füße waren ebenfalls gefesselt, doch mit den Händen ließen sich die Knoten schneller lösen. Angesichts der Wachposten, die noch immer draußen standen, reduzierte er seine Bewegungen auf ein Mindestmaß. Er wußte bereits, was er zu tun hatte.

Sie hatten ihm sein Schwert und sein Messer ebenso wie Umhang und Handschuhe abgenommen. Aber wenn er die Pferde unbemerkt erreichen konnte und wenn es ihm gelang, zwei für sich zu entwenden und den Rest freizulassen, hatte er eine Chance, zu entkommen. – Und mit einem Pferd würde er es vielleicht doch noch bis zum Meeresgebirge schaffen. Er wußte, daß es selbst im Schutz eines einfachen Täuschungszaubers nicht möglich war, sich zwischen dem näherstehenden Wachposten und demjenigen am vorderen Eingang hindurchzuschlängeln. Doch der Unterschlupf war nichts weiter als ein etwa ein Meter hohes Zeltchen aus abgeschnittenen Mesquitzweigen, das vorne offen und hinten nur lose bedeckt war. Kein Laut drang aus der unmittelbaren Umgebung zu ihm.

Der Täuschungszauber war einfach wie alle Täuschung. *Mistkäfer,* entschied Rudy. *Unschädlich und klein kommt er dahergekrabbelt und hat seine Mistkäferangelegenheiten im Sinn. Wer, in drei Teufels Namen, sieht sich schon nach einem Mistkäfer um*? Er hatte unter Ingolds kritischen Blicken mit der Kunst der Täuschung gearbeitet und war einigermaßen stolz auf die Ergebnisse gewesen. Ein solcher Zauber war wie ein Windhauch aus kaltem Feuer auf der Haut, ein weicher, schimmernder Mantel der Irreführung, der ihm, wie so vieles in dieser Welt, den Anschein gab, etwas zu sein, das er nicht wahr.

Er schob das Strauchwerk beiseite und schlüpfte hindurch.

Hätte er sich nicht mitten im Lager befunden, hätte er kaum bemerkt, daß es ein Lager war. Es war auf einer salbeibewachsenen Ebene, und die Zweighütten verschmolzen, genau gleich in Größe und Anordnung, mit den umliegenden Mesquitbüschen. Von seinem Standpunkt aus konnte er nur ein Lagerfeuer sehen, doch der Geruch von anderen, aus nicht qualmendem Holz und in geschützten Bodensenken halb verborgen entzündet, drang zu ihm herüber. Ebenso pflegte Ingold seine Lagerfeuer anzulegen. Etliche Weiße Räuber waren zu sehen, Männer wie Frauen, doch die Frauen, das erkannte Rudy auf den ersten Blick, waren wie Gil – jungfräuliche Kriegerinnen, gekleidet und bewaffnet wie die Männer, mit Augen kalt wie Stahl. Sie trugen alle die gleiche Kleidung, enganliegende Tuniken und Hosen aus Wolfs- oder Pumafell, deren graugoldene Farbe sich mit den Farbtönen des Bodens vermischte. Einige trugen schmale Mäntel aus Wolfs- oder Büffelleder, und alle waren sie bewaffnet mit Messern, Bogen und einer Art Wurfschlingen. Vor einigen der Hütten sah er Speere, die mit griffbereitem Schaft in der Erde steckten. Der Opferpfahl, den er bereits zuvor bemerkt hatte, stand in der Mitte des Lagers. Ein alter Mann schmückte ihn wie einen Weihnachtsbaum, mit Strängen aus Knochenstücken, geflochtenem Gras, Glasscherben und Blumen. Vor dem Pfahl saß eine Frau und wetzte ein langes Jagdmesser. Weiter hinten waren die Mustangs in Gruppen angebunden, so daß sie dem zufälligen Beobachter wie eine Herde grasender Wildpferde erscheinen mußten.

Mit äußerster Vorsicht machte sich Rudy, der Mistkäfer, auf den Weg über die freie Fläche des Lagers.

Er bewegte sich langsam und immer in den Grenzen der Täuschung voran. Als er an einem Wachposten vorüberkam, der wenige Meter vor seinem ehemaligen Gefängnis stand und sich mit einer der Frauen unterhielt, bedachte er ihn mit keinem Blick. Zum ersten Mal seit vielen Tagen war die silberne, fahle Sonnenscheibe hoch am Himmel aufgetaucht, und der Schatten, den Rudy auf die Erde warf, war der eines Insekts, in seiner Art vollkommen. Der kalte Wüstenwind verfing sich in den geflochtenen Bändern des Opferpfahls und verwehte die Blätter der Winterrosen, die durch die Augenhöhlen eines Totenschädels gewunden waren. Der Räuber befestigte die letzten Federn am Querbalken und trat zurück. Es war ein alter Mann, das Haar so weiß, daß es fast blau schien und ein Gesicht wie ein von den Jahren geschwärzter Eichenknorren. Rudy blieb stehen, um ihn vorüberzulassen.

Aber er ging nicht vorüber.

Rudy gefror das Blut in den Adern. Der uralte Krieger blickte auf die Erde, wo die Täuschung des Mistkäfers sich befinden mußte, und ein Anflug von Verwunderung legte sich auf seine ledernen, undurchdringlichen Züge. Dann machte er, ohne den Blick von Rudy abzuwenden, einige Schritte zu einem Unterschlupf hin und bedeutete einem Mann und einer Frau, die in der Nähe standen, herbeizukommen. Sie leisteten seiner Aufforderung Folge und brachten Speere mit.

Rudy brach der kalte Schweiß aus. *He, also wirklich, ihr könnt doch nicht einen unschuldigen kleinen Käfer verdächtigen . . .* Doch jetzt, da er darüber nachdachte, fiel ihm ein, daß der Eisfalke alles und jeden verdächtigte. Rudy beschleunigte den Schritt, soweit er es wagte, und versuchte, um den alten Mann herumzugehen. Doch die drei Räuber beratschlagten sich kurz durch Handzeichen und in leisen Flüstertönen und stellten sich dann wieder in den Weg. *Das ist nicht fair*, dachte Rudy entsetzt. Er sah sich nach etwas um, das er als Waffe benutzen konnte. Dann machte er einen letzten Versuch, die drei zu umgehen, doch der alte Krieger vertrat ihm wieder den Weg.

Rudys Angst siegte. Seine Konzentration ließ nach, und die Täuschung brach in sich zusammen. Der Weiße Räuber sprang erschrocken zurück, als Rudy scheinbar aus dem Nichts auftauchte. Diesen kurzen Überraschungsmoment machte sich Rudy zunutze. Er hob einen Holzknüppel vom Boden auf, und er entbrannte in seiner Hand zu einer weißen Flamme kalter Illusion. Als die Räuber herbeikamen, schlug er mit dem glühenden Stock nach dem Gesicht des Mannes, brach durch die Reihen und rannte um sein Leben.

Das Lager erwachte zu brodelndem Leben. Hagere, helle Gestalten schienen aus dem Nichts aufzutauchen, um ihn zu verfolgen. Rudy stürmte mit strauchelnden Schritten an ihnen vorüber. Er vernahm das weiche Schnappen eines Bogens, und während er mit seiner Flammenkeule auf den Mann einschlug, der versuchte, ihm den Weg abzuschneiden, spürte er den Schmerz des Widerhakens, der seinen Knöchel streifte. Die Räuber wichen vor seiner flammenden Waffe zurück. Einer der Wachposten bei den Pferden versuchte, ihn von der Seite zu ergreifen. Rudy drehte sich um und rammte ihm das Knie zwischen die Beine, dann riß er sich los und rannte weiter. Als er den Zügel eines scheuenden Mustangs zu fassen bekam, griffen Hände nach seinem linken Arm. Er wirbelte herum und holte weit mit dem Knüppel aus, worauf sich der Kreis von Menschen für einen Augenblick weitete. Dieser Augenblick genügte. Indem er ein Dankgebet zum Himmel schickte, daß das Pferd nicht besonders groß war, kletterte er auf den Rücken des Tieres und hieb auf die Räuber, die ihn von allen Seiten umringten, ein. Er sah, daß seine Chance gekommen war, riß den Kopf des Pferdes zur offenen Wüste hin herum und bohrte ihm die Fersen in die Flanken.

Der Mustang bockte augenblicklich, senkte die Nase und schleuderte ihn drei Meter weit ins Gebüsch.

Der Aufprall auf dem Boden war unvorstellbar. Es nahm ihm den Atem, und die gebrochenen Rippen bohrten sich wie Dolche in seine Seite. Er versuchte, sich herumzurollen, um auf die Füße zu kommen, doch ein Speer mit Steinspitze bohrte sich neben ihm in den Boden und heftete den Saum seiner Tunika fest. Die Schatten der Räuber fielen auf ihn, und der nächste Speer sauste genau auf seine Brust zu.

Er verfehlte sein Ziel. Aus einer Entfernung von weniger als drei Metern geworfen, machte er plötzlich einen unfaßbaren Schlenker mitten im Flug und traf ihn völlig unschädlich mit der Breitseite. Die Räuber erstarrten und deuteten unter aufgeregtem Geflüster an ihm vorüber auf etwas, das weit draußen in der braunen Ferne der Wüste war.

Ein Geist, dachte Rudy mutlos und drehte den Kopf, um zu sehen, was los war. Doch er sah nur eine dunkel gekleidete Gestalt, die sich aus dem Wind und der Stille zu lösen schien, ein vertrauter alter Landstreicher mit wilden Augen, der auf das Lager zugeschritten kam, als gehörte es ihm. Einer der Räuber, derjenige, der dem angreifenden Mammut den Pfeil ins Auge geschossen hatte, schoß seinen Bogen nach ihm ab. Der Pfeil verfehlte ihn um Meter. Rudy kamen die Tränen der Erleichterung.

Ingold trat zu ihm und zog den Speer, der ihn auf dem Boden festhielt, mit einem Ruck heraus. Seine narbenbedeckte, plumpe Hand streckte sich ihm entgegen und zog ihn auf die Füße, und eine bekannte Stimme schrie: »In was hast du dich verwandelt?«

»In einen Mistkäfer, Herrgott nochmal!« stieß Rudy atemlos hervor. »Warum zum Teufel war ihnen ein lausiger Mistkäfer verdächtig?«

Im Schatten seiner Kapuze blitzten Ingolds Augen spöttisch auf. »Hast du einen einzigen Mistkäfer gesehen, seitdem du in diese Welt gekommen bist?«

Rudy sagte nichts.

Ingold fuhr fort: »Es gibt keine – wie du bemerkt hättest, wenn du auf das, was um dich herum vorgeht, geachtet hättest.« Er blickte von Rudy zu den Weißen Räubern, die jetzt einen Kreis um sie bildeten und die Speerspitzen auf sie richteten, als hätten sie einen bis zur Erschöpfung gejagten Bären vor sich. Ingold hielt den Speer, den er aus dem Boden gezogen hatte, locker in der Hand und machte keine Anstalten, ein Schwert oder irgendeine andere Waffe zu ergreifen. »Und abgesehen davon«, fuhr er fort, als wären sie allein und in Sicherheit, »hätte ein einfacher Tarnzauber genügt, um durch den Hintereingang zu verschwinden und ins Gebüsch zu laufen. Das ganze Feuerwerk, das du gerade veranstaltet hast, hättest du dir ersparen können. Du brauchtest kein Pferd, Rudy. Doch jetzt, nachdem wir uns so verdächtig wie nur möglich gemacht haben, ist ein Tarnzauber natürlich ganz ausgeschlossen.«

Der Kreis schloß sich enger um sie, eine knisternde Hecke von steinernen und stählernen Speerspitzen, wie die Zähne eines Haifisches. Ingold musterte die Krieger bewegungslos.

»Es tut mir leid«, murmelte Rudy.

Der Zauberer entgegnete zähneknirschend: »Es könnte uns beiden noch viel mehr leid tun, bevor diese Sache zu Ende ist.«

Ein leises Geräusch hinter seinem Rücken erregte Ingolds Aufmerksamkeit. Einige der Räuber zogen sich hastig ein Stück zurück. Rudy spürte die Anspannung des Zauberers, die geballte Kraft, das flammende Potential, das sich wie gewöhnlich hinter seinem milden, bescheidenen Gesichtsausdruck verbarg. Die Räuber schienen das gleiche zu spüren. Jedenfalls schien keiner von ihnen bereit, einen Angriff gegen ihn zu wagen.

Dann kam Bewegung in die Reihen, und ein hochgewachsener Weißer Räuber trat in die Mitte des Kreises und hob die Hände zum Zeichen, daß er unbewaffnet sei.

Es war ein prachtvoller Wikinger von ungefähr vierzig Jahren. Die Enden seines hellen geflochtenen Schnurrbartes hingen ihm bis zur Halsgrube herunter. Seine Augenbrauen waren buschig und nach oben gezogen wie die eines Luchses; die Augen darunter waren kalt wie gefrorener Bernstein. Das ausgeblichene Graugold seiner Kleider aus Pumaleder war durch kein Rangabzeichen unterbrochen; aber fraglos war er der Häuptling der Räuber. Die Erhabenheit umgab ihn wie ein Umhang.

Mit eiskalten Augen, die das Herannahen einer Herde oder einen drohenden Sturm an der Biegung eines einzigen Grashalmes erkannten, musterte er Ingold und Rudy einen Augenblick lang schweigend. Die weißen Faltennetze, die sein Gesicht überzogen, hoben sich hell von der dunkel gegerbten Haut ab. Als er zu reden begann, war seine Stimme so dunkel wie ein Nebelhorn, und er sprach mit einem volltönenden Akzent in der Sprache der Wath.

»Ihr seid weise Männer?«

»Ich bin ein weiser Mann«, antwortete Ingold sachlich. »*Er* kann nur zaubern.«

Die kühlen Augen wanderten kurz zu Rudy hinüber, wägten die Unterscheidung ab und ließen ihn dann links liegen. Rudy spürte, wie ihm die Hitze ins Gesicht stieg, und er wünschte, er könnte wahrhaftig verschwinden oder sich wieder in einen Mistkäfer verwandeln und in die Wüste davonkrabbeln, um nie wieder gesehen zu werden.

»Das dachte ich mir«, erklärte der Räuber. »Selten verfehlt Yobshikithos, der Pfeiltänzer, sein Ziel, aber es heißt, daß weise Männer manchmal schwer zu treffen sind. Ich bin Zyagarnalhotep, Hufspur des Windes, und ihr seid vom Land der Weißen Seen zum Volk der Zerklüfteten Berge gekommen.«

»Ihr seid weit von eurer Heimat entfernt«, entgegnete Ingold würdevoll. »Verlassen die Mammutherden die nördlichen Ebenen und locken euch so tief in den Süden?«

Die Nebelhornstimme dröhnte: »Wir reiten, wohin wir reiten. Die Länder aller Ebenen und der Wüste gehören uns, und wir machen davon Gebrauch, ohne Schlammwühler aus den Flußländern um Erlaubnis zu bitten, so klug sie auch sein mögen. Du aber«, fuhr er mit einer Bewegung seiner narbenzerfurchten Hand fort, »du hast vor nun zehn Nächten unseren Opferpfahl erblickt, und du hast ihn gelesen, ohne sofort die Flucht zu ergreifen, wie es die Menschen der Geraden Wege stets tun. Bist du also jener weise Mann, dessen Namen man vor vielen Jahren im Süden kannte, der Wüstenwanderer, der ein Freund des Weißen Vogels und seines Stammes war?«

Ingold schwieg einen Augenblick lang, als würde der Name, ebenso wie die Steine der Wüste oder die Fesselnarbe an seinem Handgelenk die Erinnerung an ein anderes Leben und ein anderes Selbst wachrufen. »Ich bin dieser Wüstenwanderer«, sagte er schließlich. »Aber ich muß dir sagen, Hufspur des Windes, daß die Bekanntschaft mit mir den Weißen Vogel das Leben gekostet hat.«

»Ich war ein Freund jenes Weißen Vogels«, entgegnete der Häuptling ruhig. »Und die Menschen sterben, ob du sie nun kennst oder nicht, Wüstenwanderer.« Helle Wimpern verschleierten das Funkeln seiner Augen. »Aber wenn du derselbe bist und wenn der Weiße Vogel die Wahrheit gesagt hat, so ist es gut für uns alle, daß meine Leute dich nicht getötet, sondern meine Ankunft abgewartet haben.«

»Glücklich sind deine Leute«, entgegnete Ingold freundlich, »daß sie es nicht versucht haben.«

Die goldenen Augen maßen die blauen in kühler Herausforderung, doch gleich darauf verzog sich der Mund unter dem geflochtenen Schnurrbart anerkennend. »Ja«, sagte der Häuptling leise. »Ja, du bist wahrhaftig derselbe Wüstenwanderer, der die Pferde des Weißen Vogels gestohlen . . .«

»Das habe ich niemals getan!« warf Ingold entrüstet ein.

». . . und eine gewisse Wette abgeschlossen hat, die die Schreckensvögel betraf . . .«

»Das war ich nicht.«

». . . und sie verlor?«

»Ich habe sie gewonnen. Und abgesehen davon«, fuhr Ingold ungerührt fort, »liegt das alles viele Jahre zurück, und ich war in jenen Tagen ein überaus junger und törichter Wüstenwanderer.«

»Du, der du nun alt und weise genug bist, um in die Kriegslager geschritten zu kommen, wenn böse Geister das ganze Land überziehen?«

Als hätte das Aussprechen des Namens sie herbeigerufen, rüttelten Windstöße die Glasscherben und Federn am Opferpfahl rasselnd durcheinander, das weiße Sonnenlicht blitzte in dem tanzenden Metall auf, und die Rosenblätter fielen ab und lagen im Gras wie Opferblut. Unruhe ging durch die Reihen der Räuber; einige Köpfe fuhren herum, nicht zu dem Opferpfahl, sondern zu der Verlassenheit der Wüste. Doch es war nichts als die arktische Kälte.

Ingold lehnte sich schwer auf seinen Speer. »Erzähl mir von diesen bösen Geistern«, forderte er den Häuptling auf.

Zyagarnalhotep musterte diese beiden zerlumpten Pilger aus dem Land seiner Feinde einen Augenblick lang schweigend, als wolle er abwägen, was jeder von ihnen tauge. Rudy hatte das ungute Gefühl, als wäre die Sache noch längst nicht ausgestanden. Doch der Häuptling sagte nur: »Kommt. Speist mit mir, du und dein Kleines Insekt, das zaubern kann. Dann wollen wir darüber reden.«

Die Hütte von Hufspur des Windes war größer als die übrigen, aber genau wie die anderen nicht zu unterscheiden von einem Mesquitgebüsch, das sich in geringer Entfernung davon befand. Eine dünne Rauchfahne verriet das Feuer darin, von dem der Geruch von gekochtem Fleisch ausging. Ingold hielt unbeirrbar auf den getarnten Eingang zu und ging voraus in den ausgehobenen Innenraum. »Sind wir hier sicher?« fragte Rudy leise, mit einem besorgten Blick auf die Krieger, die draußen in Gruppen beisammenstanden und sich unterhielten.

»Warst du irgendwann in den vergangenen vier Tagen sicher?« entgegnete Ingold trocken. »Setz dich und zeig mir dein Bein.«

Der Innenraum war eng, niedrig und dämmrig und roch nach gemahlenem Salbei, Erde und Holzfeuer. Bison- und Mammutfelle lagen auf dem Boden verstreut, und Rudy ließ sich auf einem davon nieder, während Ingold die zahlreichen Beutel und Päckchen durchwühlte, die er am Körper verborgen bei sich trug.

Rudy beschlich eine schreckliche Ahnung. »He . . .«

Ingold blickte auf.

»Das Ganze war doch nicht etwa eine Prüfung, oder? Ich meine, um zu sehen, wie gut ich allein zurecht komme?«

»Nein«, bemerkte der Zauberer ungerührt und begann, die verkrusteten Binden von Rudys Fußgelenk und Wade zu lösen. »Erstens bist du noch nicht soweit, daß man dich irgendeiner Prüfung unterziehen könnte, und eine derartige Prüfung würde einem Mord gleichkommen. Wenn ich die Absicht habe, meine Helfer umzubringen, dann tue ich das gezielt und nach einer anständigen Vorwarnung. Zweitens hätte ich die Prüfung bereits in dem Augenblick für nicht bestanden erklärt, als du aus dem Lager in den Sturm hinausgelaufen bist, ohne dich auch nur zu vergewissern, ob ich wirklich verschwunden war oder nicht.«

»Ja, aber ich . . .« Der Sinn von Ingolds Worten dämmerte ihm allmählich. »Hmmh?«

Ingold seufzte und hockte sich auf die Fersen. »Es ist der älteste Trick im Buch, Rudy«, erklärte er geduldig. »Wenn du zwei Kameraden trennen willst, kannst du das am einfachsten erreichen, indem du einen Tarnzauber über einen von beiden legst, während der andere ihm den Rücken zukehrt. Du warst eingeschlafen, nicht wahr? Das dachte ich mir. Der andere läuft dann in der entgegengesetzten Richtung davon und brüllt den Namen seines Freundes heraus, ohne den Platz sorgfältig abzusuchen oder auch nur einen zweiten Blick darauf zu werfen. Einige wenige unbeobachtete Augenblicke haben für ihren Zweck schon ausgereicht. Und der Sturm hat alles nur noch verschlimmert.«

»Ihren Zweck – wer sind sie?« stieß Rudy wimmernd hervor, während Ingold eine Paste aus zerstoßenen Kräutern und Wasser auf die halb verkrustete Wunde strich.

Der alte Mann blickte wieder zu ihm auf und trocknete sich an einem Zipfel seines geflickten fransigen Umhangs die Hände ab. »Die Dunklen«, erwiderte er finster. »Ich nehme an, die gleichen, die uns von Renweth aus gefolgt sind. Es waren nicht viele, aber immerhin genug, um mich bis zum Morgen in einer Erdhöhle in dem Bachbett festzuhalten. – Ich brauche einen neuen Fetzen aus deinem Umhang, Rudy. Wir haben nichts anderes, um die Wunde zu verbinden.«

Rudy ermunterte ihn, indem er philosophisch überlegte, daß in diesem Stadium einige Fetzen mehr keinen Unterschied machten. Ihm war klar, daß er wie ein schamlos überzogener Bettler aus einem Ingmar-Bergman-Film aussah mit seinen schmutzstarrenden Lumpen, den langen Haaren, dem zerschundenen Gesicht und den vier Tage alten Bartstoppeln. Ingold sah nicht viel besser aus. Er wirkte wie ein heiliger Franz nach einer Wirtshausprügelei. Die letzten vier Tage waren auch an ihm nicht spurlos vorübergegangen.

»Ich wollte dich nicht im Stich lassen, als ich dir nicht nachgegangen war und dich so schnell wie möglich eingeholt hatte«, fuhr Ingold fort, während er sich über die Wunde beugte, um sie wieder zu verbinden. »Die Dunklen haben mich zwei Tage lang verfolgt, und ich mußte mich immer in der Nähe eines Unterschlupfes halten. Ich habe schließlich die meisten von ihnen getötet – darum glaube ich auch, daß sie von Renweth kamen und uns die ganze Zeit über verfolgt haben.«

»Hmmh?« sagte Rudy und wimmerte dann vor Schmerz auf, als Ingold seine gebrochenen Rippen vorsichtig mit den Fingern abtastete.

»Sitz still, dann tut es auch nicht weh.«

»Zur Hölle damit. Wie meinst du das mit Renweth?«

»Es ist immer schwierig, die Dunklen zu zählen, Rudy.« Der Zauberer kniete in der dämmrigen Hütte vor ihm und unterbrach mit ernstem Gesicht seine Untersuchung. »Aber es waren mit Sicherheit in der zweiten Nacht weniger als in der ersten und noch weniger in der dritten. Wenn sie sich untereinander hätten verständigen können und wenn sich andere in erreichbarer Nähe befunden hätten, wären es mehr geworden, nicht weniger. Daher ihr Bestreben, uns zu trennen, anstatt in einem offenen Kampf zu riskieren, daß ihre Anzahl sich noch weiter verringerte.« Er wandte sich wieder seiner Medikamententasche zu. »Deine Rippen sind übrigens nur angebrochen. Ich werde einen Klebeverband anrühren, um sie stillzuhalten, bis sie verteilt sind. Das dürfte nicht länger als ein paar Wochen dauern, vorausgesetzt, du versuchst nicht, deine heutigen Heldentaten zu wiederholen. Ich war auch in der Suche nach dir behindert, weil ich Che auf der Spur bleiben mußte.«

»Che ist immer noch bei dir?«

»Ja«, erwiderte Ingold gutmütig. »Im Augenblick habe ich ihn im Ärmel versteckt.« Als er Rudys Gesichtsausdruck bemerkte, grinste er plötzlich zum ersten Mal, seit sie sich wiedergefunden hatten. »Ich habe ihn draußen in der Wüste versteckt, nicht weit von hier«, erklärte er. »Ich konnte ihn doch nicht verlieren. Die Bischöfin würde mich doppelt exkommunizieren, käme ich ohne ihren Esel zurück.«

Rudy rückte die zerfetzten Überreste seines Umhangs zurecht und verfluchte denjenigen, der es versäumt hatte, in diesem Universum den Reißverschluß zu erfinden, als er sich in den Schnüren verfing. »Hör zu, Ingold«, sagte er schließlich. »Du sagst, die Dunklen haben keine Verstärkung bekommen. Ich war vier Tage lang allein in der Wüste und habe nicht einen einzigen Dunklen zu Gesicht bekommen.« Ingold nickte, und Rudy hatte einen Augenblick lang das eigenartige Gefühl, daß der alte Mann jene einsamen Stunden an den Linien seines Gesichts ablesen konnte wie die Spuren eines Vogels im Sand. »Und weißt du was? Ich habe auch keine Spur von diesem Geist gesehen.«

»Nein«, sagte Ingold ruhig. »Ich auch nicht.« Sorgfältig sammelte er seine Kräuter und Medikamente mit flinken Bewegungen zusammen. Sein Gesicht lag im Schatten, während er sprach. »Und das Merkwürdige ist, daß ich nicht einmal seine Gegenwart gespürt habe. Ich habe die letzte Nacht ohne Feuer wachgesessen und, wie es nur Zauberer können, die Fäden und Fasern der Luft meilenweit durch die Wüste beobachtet, belauscht und abgetastet nach dem geringsten Zeichen, ob die Dunklen meinen Aufenthaltsort noch kennen. Aber es war keine Spur mehr von den Dunklen zu finden und auch keine Spur von irgend etwas anderem. Kein Atemhauch, keine Bewegung, kein Geist schwebte über dem Sand. Es gab nur jene nächtlichen Kreaturen, die eins sind mit dem Wesen der Erde.«

Rudy nickte. Er begriff, was Ingold getan hatte. So, wie er selbst seine Sinne ausgesandt hatte, um das Lager jenseits seiner Gefängniswände zu erforschen, hatte Ingold das gleiche in sehr viel größerem Umfang getan. Mit dem Netz seines Bewußtseins hatte er Hunderte von Wüstenmeilen überzogen und die Bewegung jedes vom Wind gestreiften Grashalmes, jedes leise Knirschen des von Fußtritten aufgeworfenen Sandes, jeden Geruch, den die nächtliche Luft mit sich brachte, abgetastet und verstanden; er hatte die Nacht nach Gefahr abgesucht – und keine gefunden.

»Aber«, fragte Rudy, »wo oder was ist dann dieser Geist?«

»Diese Frage stellen alle meine Leute«, grollte die tiefe Stimme des Häuptlings. Rudy blickte auf und sah, daß Hufspur des Windes die Hütte betreten hatte. Er hielt den Kopf in dem niedrigen Raum gebeugt. Der schwere Geruch von Holzfeuer und geschmortem Wild umgab ihn. Die Krieger, die nach ihm die Hütte betraten, Unterhäuptlinge des Stammes, wie Rudy mutmaßte, trugen einen dichtgeflochtenen Korb, der innen und außen mit festem Ton ausgestrichen und mit dampfenden Fleischstücken gefüllt war. Andere trugen kleinere Gefäße, die einen grünen, scharf riechenden Brei enthielten. Auf den zweiten Blick erkannte Rudy, daß einige der kleineren Gefäße aus den Hirnschalen von Dooern gefertigt waren.

Die Unterhäuptlinge setzten sich etwas abseits auf die Felle nieder und unterhielten sich leise in ihrer Sprache. Nur Hufspur des Windes ließ sich bei Rudy und Ingold nieder und brachte Fleisch und Brei und eine Flasche mit einem Getränk mit, das einen unangenehm süßlichen Nachgeschmack und eine tückische, berauschende Wirkung hatte.

»Und nun«, sagte der Häuptling, als sie gegessen hatten und das Halbdunkel in der Hütte sich mit hereinbrechender Nacht noch vertiefte. »Ihr weisen Männer, die ihr alle Schriften der Schlammwühler hinter den Bergen lest, was ist das für ein Geist, der noch schrecklicher ist als die Sauger der Nacht?«

»Noch schrecklicher?« fragte Ingold leise, Rudy hörte in der weichen, körnigen Stimme nicht nur Besorgnis, sondern auch unzähmbare Neugier. Einmal auf seiner Spur, dachte Rudy, würde Ingold ihm schon auf die Schliche kommen.

»Es muß so sein.«

»Warum? Hast du ihn gesehen?«

Er machte eine verneinende Bewegung, und in einer seiner dicken, schimmernden Bartflechten blitzte es silbern auf.

»Woher willst du dann aber wissen, daß dieser Geist noch furchtbarer als die Dunklen ist?«

Der Weiße Räuber zuckte die Achseln, eine Geste, die an die knappen Bewegungen des Eisfalken erinnerte. »Sie fliehen vor ihm«, sagte er. »Alle Erdhöhlen, aus denen sie aufgestiegen sind, haben sie verlassen, und sie kommen nicht mehr in diesen Teil der Ebene. Wenn dieses Wesen die Sauger verschlungen hat, dann wird es jetzt uns vernichten. Wenn die auserkorene Beute eines Wesens ausstirbt, wendet es sich dann nicht einer anderen zu? Wir wissen nichts über dieses Wesen, und niemals haben wir es gesehen. Aber warum sind die Sauger verschwunden? Wovor würden solche Wesen fliehen? Hast du, Wüstenwanderer mit all deinem Wissen, je den Namen dieses Geistes gehört?«

»Nein«, entgegnete Ingold. »Mir ist nichts zu Ohren gekommen. Wann sind sie verschwunden, die Sauger der Nacht?«

Hufspur des Windes dachte eine Weile nach. Draußen schwoll der Wind zu einem kreischenden Sturm an, und die Bodentemperatur fiel beständig; das Lederdach des Unterschlupfes ratterte zornig in seinen Befestigungen.

»Es war die Zeit des ersten Viertelmondes im Herbst«, erklärte der hochgewachsene Wilde schließlich, und Rudy, der die Sehergabe des Magiers besaß, bemerkte, wie Ingold plötzlich aufblickte und eine seltsame Spannung sein zerfurchtes Gesicht erhellte. »Ja«, fuhr der Häuptling fort, »sie erhoben sich beim letzten Vollmond im Spätsommer weit oben im Norden und jagten über die Gründe unseres Volkes, der Stcharnyii, der Mammutjäger, des Volkes der Ebenen. Und wir zogen südwärts, das Volk der zerklüfteten Berge, das Volk der Weißen Seen, das Volk der Lavaberge und alle anderen Stämme der Stcharnyii. Wir haben in den Wüsten gejagt und uns wie die Dooer von kleinen Käfern ernährt, die wir vom Boden aufgelesen haben. Und jetzt sind die Sauger der Nacht verschwunden und erheben sich nicht mehr aus ihren Löchern. Was aber hat sie vertrieben, Wüstenwanderer? Welchen Geist fürchten sie? Denn jetzt ist er hierher gekommen und hat die Sauger der Nacht selbst hier in der Wüste aus ihren Löchern vertrieben. Wir haben unser Nachtlager neben einem dieser Löcher aufgeschlagen, und sie sind in der Nacht nicht hervorgekommen. Was sollen wir tun, wenn dieses Wesen beschließt, uns zu jagen?«

Ingold saß eine Weile reglos da, als wäre er zu Stein erstarrt. Doch Rudy spürte die Spannung, die ihn wie ein Elektrizitätsstrom durchfloß, und er hörte sie, als Ingold sprach, hinter der tiefen, rauhen Ruhe seiner Stimme. »Wenn das Wild verschwindet, frißt der Löwe nicht das Gras, von dem es sich ernährt hat«, sagte er leise. »Und auch der *Hrigg*, der Schreckensvogel, ißt nicht die Käfer und Eschen, die die Beute seiner Beute sind. Vielleicht haben die Menschen nichts zu fürchten von diesem Geist. Aber sag mir, Hufspur des Windes, wo befindet sich das Loch, an dem ihr die Nacht so ruhig und traumlos verbracht habt?«

»Auf schnellen Pferden«, erklärte der Häuptling der Weißen Räuber, »könnten wir die Stelle morgen erreichen.« Seine Bernsteinaugen glitzerten wie die eines Tieres im Dunkeln.

Ingold fragte wie beiläufig: »Und hast du nicht schnelle Pferde?«

Zehntes Kapitel

Ungeachtet seines feurigen Versuches, es Errol Flynn gleichzutun, hatte Rudy vor seiner Ankunft in diesem Universum noch nie auf dem Rücken eines Pferdes gesessen. Auf dem Weg von Karst herunter war er nur einmal geritten, als er sich einer Streife der Garde angeschlossen hatte, um ein von den Weißen Räubern niedergebranntes Bauernhaus zu erkunden. Die Erinnerung daran, was er dort gesehen hatte, drehte ihm noch immer den Magen um. Aufgewachsen mit John Wayne und seinen Western, hatte er immer gedacht, daß nicht viel dazu gehörte, sich auf den Rücken eines Pferdes zu schwingen und gen Sonnenuntergang davonzugaloppieren. Erst kürzlich hatte er aber festgestellt, daß das ein Irrtum war.

Die Pferde der Weißen Räuber waren größer und langbeiniger als jene, die im Reiche Darwath gezüchtet wurden, und da sie sich von dem kargen Salzstrauch und dem Haargras der Wüste ernährten, waren sie von magerem Körperbau mit hervorspringendem Rückgrat. Darüber hinaus waren sie scheu und halbwild, und Rudys Demütigung fand ihren Höhepunkt, als er in der bleiernen Dunkelheit vor der eisigen Wüstendämmerung höchst unfeierlich von der gutmütigsten alten Mähre der Herde, die Hufspur des Windes eigens um ihrer Zahmheit willen für ihn ausgewählt hatte, abgeworfen wurde. Neiderfüllt blickte er vom Boden auf zu Ingold, der auf einem feurigen Falbenhengst saß wie ein Kosakenhauptmann.

»Warst du zufällig irgendwann in der Kavallerie?« fragte er, während einige der Weißen Räuber, deren lautloses Lachen fast greifbar war in der bleiernen Dunkelheit, sich anschickten, seine Mähre einzufangen.

»In gewisser Weise«, antwortete der Zauberer geheimnisvoll. Sein Atem dampfte sichtbar im Sternenlicht; er hielt den ledernen Zügel in der behandschuhten Hand, während die andere locker auf seinem Schenkel ruhte.

Rudy fiel das Gerücht ein, das ihm von irgendwo – von Gil? – zu Ohren gekommen war, daß Ingold in seinen jungen Jahren Sklave in Alketch gewesen sei. Er erinnerte sich auch daran, auf welche Weise die Kavallerie in Alketch sich in Form hielt. An einen Pfosten gekettet den Säbelschlägen der Offiziere ausgeliefert, konnte er sein reiterisches Können kaum verbessert haben; aber wenn die Geschichte stimmte, war sie ganz sicher für die eisernen Nerven des alten Mannes verantwortlich. »Das wundert mich nicht«, murmelte er vor sich hin.

Die Räuber kehrten, nach außen hin ernst, aber innerlich belustigt, zurück und führten das lammfromme Tier am Zügel.

Noch vor Morgengrauen hielten sie sich nördlich und folgten dieser Richtung den Tag über. Die Wolken, die am Tag zuvor aufgerissen waren, ballten sich wieder zusammen, und der Tag wurde immer kälter statt wärmer, während die kleine Reiterschar unter einem fahlen, sonnenlosen Himmel dahinpreschte. Gegen Mittag machte die eisige Luft den Atem der Räuber sichtbar; weißer Dampf stieg vom Rücken der Pferde auf. Schneeflecken bedeckten den roten Sand, und je weiter nördlich sie kamen, desto dichter wurde die Schneedecke. Hier und da entdeckte Rudy Spuren, die ihm nicht vertraut waren, und Ingold erklärte ihm, daß sie von Tieren stammten, die im hohen Norden heimisch waren. Tiefer und beängstigender aber als die Kälte war die Stille, die über dem Land lag. Nichts schien zu leben und sich zu regen in dieser Einöde aus Sand und Schnee. Gelegentlich schien sogar der Wind, der in Stößen wie Staubteufel über sie hinweg wirbelte, sich völlig gelegt zu haben. Wenn die Reiter anhielten, um Rast zu machen oder ihre Pferde gegen eines der mitgeführten Ersatztiere auszutauschen, schritt Hufspur des Windes ruhelos am Rande der Gruppe auf und ab und sprach leise mit dem Dutzend Krieger, die sie begleiteten, oder lauschte in die Ebene hinaus nach Lauten, die Rudy nicht vernehmen konnte. Die Krieger, die mit ihnen ritten, waren schweigsam und unruhig wie Tiere vor einem Sommergewitter, und sie hielten sich dicht beieinander in der endlosen Weite der schneebedeckten Einöde.

»Dort«, flüsterte der Häuptling und deutete auf eine Stelle, an der das rot und weiß gefleckte Land zu einem fernen, nebelhaften Horizont aufzusteigen begann. »Dort ist es.«

Rudy beschattete die Augen und blickte in die Ferne. Er konnte etwas Flaches, dunkel Schimmerndes erkennen, wie ein tiefliegender Ölsee. Obwohl er einen Umhang aus Büffelleder trug, den ihm die Weißen Räuber überlassen hatten, war ihm plötzlich kalt.

»Gibt es solche Orte in eurer Heimat im Norden?« wandte sich Ingold an Hufspur des Windes, während sie die Pferde auf den dunklen Schimmer zulenkten.

»Nicht in unserem Land«, erwiderte der Häuptling der Zerklüfteten Berge. »Beim Stamm der Lavaberge südlich von unseren Jagdgründen gab es einen dieser Orte. Sie nennen sie *Tuar*, und draußen in der Salzebene im Osten hat man auch von ihnen gesprochen.«

»*Tuar*?« fragte der Zauberer neugierig. »Sehend.«

»Es heißt, daß an solchen Orten die Schamanen, die weisen Männer meines Volkes, in weite Fernen sehen können, wenn sie zuvor den Geistern der Erde die ihnen zustehende Ehre erwiesen haben. Es heißt auch, daß die Jäger vom Stamm der Lavaberge einst auf diese Weise gejagt haben, indem die weisen Männer die Spuren der Antilope gesehen und ihre Leute hingeführt haben. Aber sie jagen nicht mehr auf diese Weise.«

»Warum nicht?«

Zyagarnalhotep schüttelte den Kopf. »Das erzählen sie nicht. Man sagte auch, daß von diesen Stellen Heilkraft ausging.«

Tief in Gedanken verstummte Ingold, und bald erreichten sie den Eingang zur Heimat der Dunklen.

Es war das erste Mal, daß Rudy einen solchen Ort sah. Mit einem Eingang, wie er ausgesehen haben mußte, bevor die Menschheit die tief in den Boden eingelassenen Steine als Träger früher Tempel und Festungen benutzt hatte. Vor ihnen lag ein großer Platz, dessen Seitenlänge Hunderte von Metern betrug. Er sah aus wie ein Fußballfeld aus schwarzem, schimmerndem Glas. In der Mitte klaffte ein rechteckiger Schatten wie ein weit aufgerissener, zum Himmel schreiender Schlund. Von dort aus führten ausgetretene Stufen in die Tiefe der Welt. Gleichzeitig abgestoßen und auf eigenartige Weise angezogen, schauderte Rudy. Angst überfiel ihn wie ein plötzlicher Schwindel in großer Höhe. Er spürte das Verlangen in sich, dieses tiefschwarze Loch zu bedecken, es zu bedecken und den Deckel mit einer Kette zu verschließen und mit der Rune von Dare zu versiegeln, der Rune, die das Böse nicht hindurchdringen lassen würde. Doch Hand in Hand mit seiner Abwehr ging die Furcht, daß, kam er dem Eingang einmal zu nah, er diese Treppen hinuntersteigen und, gegen seinen bewußten Willen, aus freien Stücken zu den Dunklen gehen würde.

Dort, wo der schneebedeckte Grund sich zu der glasigen Fläche hinabsenkte, brachten die Reiter ihre Tiere zum Stehen. Ingold lenkte sein Pferd vorsichtig den Abhang hinunter. Die Hufe klapperten laut auf dem Gestein, als er bis an den Rand der Öffnung heranritt. Dort saß er ab und machte seinen Stab los, der am Widerrist seines Pferdes festgebunden war. Von der schneebedeckten Böschung aus, wo er sein Pferd inmitten der Weißen Räuber angehalten hatte, beobachtete Rudy ihn mit einem Gefühl gespenstischen Unbehagens. Eine Zeitlang blieb Ingold mit abgewandtem Kopf am Rande der Stufen stehen und lauschte nach etwas. Dann stieg er ein paar Stufen hinunter und horchte erneut. Er hatte die Hände in den unpassenden blauen Fäustlingen um den hölzernen Stab geschlossen, und über ihm war der Himmel weiß und gewaltig.

Hufspur des Windes rief ihm zu: »Was hältst du davon, Wüstenwanderer?«

Ingold drehte sich zu ihm um und schob die Kapuze aus dem Gesicht zurück. »Ich weiß nicht recht, was ich davon halten soll«, antwortete er. Wie ein leibhaftiger Geist in der kalten, windgepeitschten Einöde kehrte er zu ihnen zurück. Das Pferd folgte ihm wie ein Hund mit schleifendem Zügel. »Ich habe das Gefühl, daß sie fort sind. Ich glaube tatsächlich nicht, daß es dort unten ein lebendes Wesen gibt, ob gut oder schlecht.

Willst du mit mir hinunterkommen, um dich selbst zu überzeugen, Hufspur des Windes, oder willst du hier oben Wache halten, während ich hinuntersteige?«

Der Häuptling sah unbehaglich drein, ein Gefühl, das Rudy aus tiefstem Herzen teilte. Er vertraute Ingold vorbehaltlos und hatte nie erlebt, daß er sich irrte. Wenn der Zauberer sagte, daß nichts dort unten war, dann hatte er vermutlich recht damit. Andererseits wußte Rudy, daß die Dunklen über besondere magische Kräfte verfügten. Es bestand immerhin die winzige Möglichkeit, daß Ingold sich irrte. Und wenn es Rudy schon nervös machte, konnte man von einem Menschen, der den Zauberer nur vom Hörensagen kannte, kaum erwarten, daß er ihm ins Herz der Dunkelheit folgte, auch wenn er ein noch so harter Bursche sein mochte.

»Wenn du recht hast, und es gibt nichts dort unten«, sagte der Häuptling schließlich, »dann wäre es besser, wenn wir oben bleiben und dir den Rücken decken.«

»Sehr richtig«, pflichtete Ingold ihm ohne jeden Spott bei, denn schließlich war dies vor allem *seine* Aufgabe. »Rudy?«

»Eh?« sagte Rudy. »Oh, ja. Natürlich.« Er ließ sich vom Pferd gleiten und wunderte sich, wie zerschlagen er sich fühlte. Ein neunstündiger, schneller Ritt war kein Vergnügen für einen Anfänger. Er fragte sich, ob er für den Rest seines Lebens ein Krüppel bleiben würde. Er zog den Speerschaft, den er als Wanderstab benutzte, hinter der Satteldecke hervor und humpelte die Böschung hinunter zu dem Zauberer, der ihn auf der glatten Steinfläche erwartete.

Ingold wandte sich wieder der Treppe zu. Dann erstarrte er, wie ein Wolf, den ein plötzliches Geräusch erschreckt, und hob den Kopf, als schnuppere er nach dem Rauch eines fernen Feuers. Seine Augen reflektierten das dumpfe, weiße Tageslicht, als er den Himmel mit den Blicken absuchte.

»Es kann nicht sein«, murmelte er leise vor sich hin.

Rud blickte sich beunruhigt um. »Was kann nicht sein?«

»Wir sind viel zu weit südlich.« Ingold fuhr herum und suchte den Horizont ab. Seine Augenbrauen waren besorgt und erstaunt zusammengezogen. In diesem Augenblick warf eines der Pferde mit einem Schnauben den Kopf in den Nacken und begann unruhig zu tänzeln.

»Zu weit südlich wofür?«

Ingold wandte sich zu den Weißen Räubern um. »Ich bin nicht sicher«, erklärte er Hufspur des Windes, »und vielleicht irre ich mich – aber ich glaube, es ist ein Eissturm im Anzug.«

Es war das erste Mal, daß Rudy bei den unbeugsamen Räubern eine Gefühlsregung wahrnahm. Angst funkelte in den Bernsteinaugen des Häuptlings. »Bist du sicher?« fragte er und machte den Kriegern hinter sich ein Zeichen, eine rasche Handbewegung, die eine Welle der Bewegung und geflüsterter Worte in ihre Reihen brachte. Sie hatten ebenfalls Angst.

»Nein! – Doch, ich bin sicher.« Ingold blickte erst in die eine, dann in die andere Richtung, und tiefe Linien der Besorgnis gruben sich in sein Gesicht.

Nicht etwa weil wir innerhalb der nächsten sechzig Sekunden alle zu Eiswürfeln erstarren werden, argwöhnte Rudy, *sondern weil er nicht versteht, daß es sich so weit südlich ereignet, zum Teufel.*

»Nicht!« rief der Zauberer, als eine der Frauen ihr Pferd herumriß, um zu fliehen. »Ihr könnt auf keinen Fall schneller sein.

»Nein«, pflichtete ihm Hufspur des Windes bei. »Hier sind wir immerhin bei dir, Wüstenwanderer.« Damit lenkte er sein Pferd rasch die Böschung hinunter und über das Steinpflaster auf die Treppe und die Höhlenöffnung zu. Die anderen folgten seinem Beispiel. Ingold schritt ihnen, den hinkenden Rudy im Schlepptau, nach.

»Wie bald?« flüsterte Rudy mit einem Blick zum fahlen, eintönigen Himmel. Er spürte nichts, merkte nichts als die lauernde Kälte, die ihm schon den ganzen Tag über die Haare zu Berge stehen ließ.

»Sehr bald.« Als er die Gruppe der Weißen Räuber erreicht hatte, wechselte Ingold den Stab von der rechten in die linke Hand, und Rudy mußte innerlich grinsen. Wie die alten Westernhelden tat Ingold viele Dinge mit der linken Hand.

Rudy hatte gehört, wie Gil von den Treppen der Dunklen gesprochen hatte, doch bis jetzt hatte er die unheimliche Ausstrahlung, die von ihnen ausging, die fremdartigen und unbegreiflichen Abgründe der Zeit, nicht begriffen. Selbst verlassen – wenn sie überhaupt verlassen war – hatte diese schwarze, entsetzliche Treppe etwas Lauerndes und bösartig Kaltes, das ihm einen Schauder über den Rücken jagte. In diese Finsternis war niemals Licht gedrungen, ebensowenig wie in die abgelegeneren Winkel der Festung von Dare. Jene, die das Licht scheuten, konnten in dieser Dunkelheit nach Belieben kommen und gehen, ebenso still und unsichtbar wie der Luftstrom, in dem sie sich treiben ließen. Und die Stufen sahen so abgenutzt aus. Die ganze Leere des halb versunkenen, dunklen Steins war von Fußtritten geglättet, und das harte, weiße Licht des Himmels spiegelte sich nicht darin wider. Wieviele kleine, bloße Füße waren über diese Fläche gezerrt worden? Wieviele waren diesem flüsternden Ruf in den dunklen Tod gefolgt? Und über welch eine schreckliche Zeitspanne hinweg?

Und doch stellte Rudy fest, daß die Weißen Räuber lieber in eine angeblich leere Brutstätte der Dunklen hinunterstiegen, als aufgrund der entfernten Möglichkeit, daß Ingold sich mit der Sturmwanderung irrte, an der Oberfläche zu bleiben.

Ingolds Stab leuchtete in magischem Licht auf, als er vor ihnen die Treppe hinunterstieg. Phosphoreszierend erhellte es die engen Wände, das Gewölbe der niedrigen Decke und die endlosen, gewundenen Stufen. In dem Augenblick, als Rudy, dem Zauberer auf den Fersen, die Schwelle überschritt, nahm er den Geruch wahr, der von unten aufstieg, den süßlichen Gestank alter Verwesung, der die Pferde scheu machte und die Menschen ängstlich. Sie warfen einander beunruhigte Blicke zu. Der Geruch umgab sie wie ein Nebel, als sie der gewundenen Treppe ins Herz der Erde folgten.

Sie bogen um eine Ecke, und das Tageslicht war hinter ihnen verschwunden. Der fahle Schein des Stabes spiegelte sich glasig grün in den Augen der Pferde, und die Luft war erfüllt von der Furcht der Menschen. Rudy blickte zu der schwarzen Decke auf und erkannte, daß sie mit langen Meißelschlägen von unten nach oben in den Stein gehauen war. Die Stufen waren gerade, aber verwirrend unregelmäßig in Höhe und Breite, wie nicht anders zu erwarten, da sie von fußlosen Wesen geschaffen waren. Kalte, feuchte Luft strich ihm ums Gesicht und brachte den Gestank von Tod und Verwesung mit sich. Er schauderte und suchte soviel Trost wie nur möglich im lebendigen Geruch der Menschen und Pferde um ihn herum, in der Wärme der aneinandergedrängten Körper und in dem Flüstern und gelegentlichen leisen Schnauben, das die tödliche Stille von unten brach. Einige Male hörte er das Kratzen von Krallen an den Wänden und erhaschte einen Blick auf eine der mageren, ängstlichen Aasratten, die wie flüchtige Schatten in den Mauerrissen verschwanden.

Was immer sich dort unten befand, es war tot, tot und verwest. Der Abstieg schien Stunden zu dauern. Die Treppe war nur von dem schwachen Schein des magischen Feuers beleuchtet, der auf die Schultern des alten Mannes vor Rudy field. Rudys Beine schmerzten, während seine Sinne geschärft waren für jegliche Geräusche oder Bewegungen aus der Tiefe. Aber es kam nichts – nur der schwache Verwesungsgeruch.

Gerade als Rudy das Gefühl hatte, seine Beine müßten ihm jeden Augenblick den Dienst versagen, rief Ingold plötzlich: »Halt!« Er blieb so unvermittelt stehen, daß Rudy um ein Haar mit ihm zusammengeprallt wäre. Mit einem kaum hörbaren Rascheln seines Fellgewandes löste sich Hufspur des Windes aus der Reihe seiner Krieger und schlüpfte zu ihnen. Rudy versuchte, einen Schritt nach vorne zu machen, um zu erkunden, was die Dunkelheit vor ihnen barg, doch Ingold versperrte ihm mit ausgestrecktem Arm den Weg.

»Was ist los?«

Schweigend deutete der Zauberer mit seinem Stab ins Leere.

Rudy war von Ehrfurcht überwältigt, und was eigentlich munter hatte klingen sollen, war kaum mehr als ein Flüstern: »Heiliges Höllenfeuer!« stieß er atemlos hervor, und Ingold bickte ihn mit hochgezogener Augenbraue an.

»Dieses Höllenfeuer, wie du es nennst, ist in der Tat heilig«, sagte der Zauberer ruhig. »Denn was du hier siehst, hat außer mir noch kein Mensch gesehen und überlebt, um davon zu berichten. Dies ist das Reich der Dunklen unter der Erde.«

Sieben Meter unter ihnen fiel der Höhlenboden in winzigen Hügeln in eine Dunkelheit ab, die selbst das Licht des Stabes nicht erhellen konnte. Die Höhle selbst war einige hundert Meter hoch und vielleicht doppelt so breit. Die gegenüberliegende Seite verlor sich in undurchdringlichem Dunkel. Zwischen dem Wald von Kalksteinsäulen in der Grotte konnte man schmale, dunkle Durchgänge erkennen, die zu weiteren Höhlen führten. Gewaltige Stalaktiten hingen wie die Kreuzgewölbe von einer üppigen gotischen Decke herunter, und sie schimmerten so seltsam in dem ruhigen weißen Lichtschein, als wären sie glattpoliert. Der Höhlenboden war mit einem Teppich aus welkem, bräunlichem Moos bedeckt, an manchen Stellen unterbrochen von schwarzen Wasserflächen, deren bewegungslose Oberfläche das Licht wie polierter Onyx zurückwarf. So vollkommen war die Stille in der äonenalten Höhle, daß die gewaltigen, verschlungenen Gewölbe die Atemzüge der Eindringlinge, die sich wie ein Häuflein von Bettlern auf der Schwelle des verlassenen Reiches ihres Feindes zusammendrängten, aufnahmen.

»Seht.« Hufspur des Windes streckte die Hand aus. Etwas bewegte sich dort unten – Aasratten, die mit glitzernden Knopfaugen am Rande eines Beckens entlanghuschten, dessen Wasser wie ein Obsidian wirkte. Kaum erkennbar unter dem braunen, dürren Moos des Höhlenbodens, waren Knochen zu sehen, die im weißen Schein des magischen Lichtes bleich schimmerten. Wieviele? Das war schwer zu sagen wegen der zahlreichen Stalagmiten, die vom Boden aufragten, aber es schienen viele Knochen zu sein. »Vielleicht ist das ein Friedhof, der Ort, an dem sie die Knochen derjenigen liegen ließen, die sie verschleppten.«

»Unsinn«, widersprach Ingold. Er hob den Kopf und ließ den Blick in die grenzenlose Weite der Höhle schweifen. »Erstens sind es viel zu wenige. Wenn dies hier der Ort wäre, an dem sie die Knochen ihrer Opfer ablegten, dann müßte der Boden meterdick damit bedeckt sein nach all den Jahren, die die Dunklen ihre abscheulichen Herden in dieser Höhle hielten. Und außerdem, sieh dir das dort an . . .« Er deutete mit dem Stab zur Decke. Alle Augen folgten der Bewegung des Lichts. »Siehst du, wie ausgehöhlt und glänzend die Stalaktiten sind? Die Klauen der Dunklen haben sie glattgerieben. Und siehst du, wie tief ausgefurcht der Weg ist, der in dieses Loch in der Decke führt? Das muß einer ihrer Hauptdurchgangswege gewesen sein. Sie würden niemals dort leben, wo sie die Leichen aufbewahren. Kein Tier würde das tun.«

»Willst du damit sagen, daß sie dort oben lebten?« flüsterte Rudy. »Wie Fledermäuse an der Decke? Ich dachte, du hättest erzählt, sie seien intelligent und hätten eine Zivilisation?«

»Das haben sie auch«, entgegnete Ingold. »In gewisser Weise. Aber ich glaube, es ist eine Zivilisation des Geistes, eine Zivilisation, die sich nach außen hin überhaupt nicht ausdrückt. Es ist eine Zivilisation, zu der unsere Intelligenz keinen Zugang hat; und selbst wenn, könnten wir sie genausowenig verstehen wie ein Schaf oder ein Schwein ein Liebesgedicht, Geld oder den Begriff der Ehre.«

Rudys Blick wanderte über die dunklen, schimmernden Wände, und er nickte. »Das leuchtet mir ein. Ich könnte einige Leute nennen, die mit zwei der drei Dinge große Schwierigkeiten hätten.« Er hörte, wie Ingold auflachte.

Während sie sich unterhielten, begann Rudi die Kälte zu bemerken. Sie kam die Treppe heruntergekrochen und wurde immer schneidender, bis er sogar in dem schweren Büffelledermantel zu zittern begann. Selbst die kältegewohnten Weißen Räuber drängten sich wärmend aneinander; ihr Atem dampfte in der strahlenden Helligkeit von Ingolds Licht. Aus dem verwinkelten Tunnel der endlosen Treppe hörte Rudy das Klagen ferner Stürme, ein dünnes, hohes Kreischen, dessen Wildheit sein Herz erstarren ließ. Der Abstieg hatte lange gedauert – Gott allein wußte, wie tief im Innern der Erde sie sich befanden. Doch die Wucht des Eissturmes drang bis dorthin. Die Feuchtigkeit ihres Atems sammelte sich an den glatten Wänden und gefror zu einer weißen Schicht.

Als er zu sprechen begann, klapperten seine Zähne. »Warum sind die Knochen dann da? Können wir hingehen und nachsehen?« Ihm kam der Gedanke, daß sie noch tiefer unten vielleicht besser gegen die unirdische Kälte geschützt waren.

Ingold deutete mit dem Stab in die Tiefe. Rudy erkannte augenblicklich, daß es unmöglich war, die Pferde die senkrecht abfallende Stufe hinunterzubringen. Er fragte sich, ob die Dooer, oder wen immer die Dunklen in ihre Brutstätten lockten, sich die Füße brachen, wenn sie über den Rand der Stufe fielen.

Der Zauberer warf dem Häuptling der Weißen Räuber einen Blick über die Schulter zu. »Habt ihr Seile?« fragte er.

Die Pantheraugen unter den langen, gebogenen Augenbrauen umwölkten sich. »Mein Freund, das ist nicht gut«, sagte Hufspur des Windes ruhig. »Dort unten sind die Toten. Die ganze Höhle stinkt nach ihnen. Man kann die Luft, die aus den Gängen dort unten aufsteigt, riechen. Besser ist es, wenn du hier bleibst und mit uns das Ende des Sturmes abwartest.«

Ingold wandte sich ungeduldig ab und trat auf der schmalen Stufe ruhelos von einem Fuß auf den anderen. Er kam dem Rand des Abgrunds gefährlich nah. »Warum sind sie tot?« fragte er. »Wie sind sie ums Leben gekommen?«

Der Häuptling zog hörbar die Luft ein, als wollte er ausdrücken, daß dies die Fragen eines Narren seien. »Du stehst in der Höhle der Sauger der Nacht und fragst, warum Menschen an diesem Ort gestorben sind? Bleib in unserer Mitte, Wanderer in der Nacht. Daß die Sauger Menschen morden, ist nichts Neues.«

Ingold sagte nur: »Gib mir ein Seil.«

Sie gaben es ihm.

»Rudy?«

Gehorsam ließ Rudy ein magisches Licht an der Spitze des Speeres, den er als Wanderstab benutzte, aufleuchten. Mit Fingern, die steifgefroren waren in den zerlumpten Handschuhen, hielt er das Licht über den Abgrund, während Ingold seinen Stab hinunterfallen ließ und dann mit der selbstverständlichen Gewandtheit eines Bergsteigers das Seil hinunterrutschte. Als Rudy den Zauberer beobachtete, der sich über den Boden der Höhle vorantastete, bemerkte er, daß die Aasratten einen großen Bogen um den Zauberer machten. Er fragte sich, ob das ein eigener Zauber war oder ob die Aasratten lediglich annahmen, der Zauberer sei ein Säbelzahntiger. Von hier oben gesehen, war er nur ein kleiner alter Mann, über dessen gebeugtem Kopf der Schein seines Stabes wie ein kleiner Stern schwebte. Das Braun seines Umhangs verschmolz mit dem dürren Moos, das unter seinen leichten Schritten zu Staub zerfiel. Rudy folgte dem phosphoreszierenden Lichtschein, der einige Zeit in den Schatten der Stalagmiten auf und ab hüpfte, mit den Augen, während Ingold erkundete, was sich hinter und zwischen den Säulen verbarg. Dann verschwand er, auf Erforschung tieferer Dunkelheit, plötzlich durch einen von Klauen geglätteten Durchlaß.

Rudy hörte, wie Hufspur des Windes hinter ihm murmelte: »Nicht für alle Pferde, alle Jagdadler oder alle gefügigen Frauen dieser Welt würde ich mich den Saugern der Nacht auf diese Weise nähern. Der Tod lauert in diesem Gang. Riecht er es denn nicht? Der Geist, den selbst die Sauger fürchten, hat diese Höhlen von einem Ende zum anderen durchweht und die Sauger ebenso wie ihre Opfer vernichtet. Doch er geht los wie ein kleiner barfüßiger Priester.«

Die Kälte wurde immer schneidender und trieb Menschen und Tiere schutzsuchend noch dichter zusammen. Rudy fragte sich, ob Ingold dort unten, allein mit den Ratten und der Dunkelheit, wohl zu Eis erstarrte. Dann und wann fuhr ein Windstoß heulend durch die Gänge herunter, hing klagend in dem Höhlengewölbe und strich singend über den Teppich froststarren Mooses. Rudy war jegliches Zeitgefühl verlorengegangen. Etwas mehr als eine Stunde mußte vergangen sein, als das Licht unten in der Höhle wieder aufleuchtete und Ingold, zitternd wie ein halb erfrorener Bettler, zurückkehrte. Er reichte Rudy den Stab hinauf, der das leuchtende Ende vorsichtig anfaßte und feststellte, daß das Holz kalt und fest in seiner Hand lag. Dann kletterte Ingold das letzte Stück des Seiles hinauf. Der Reif auf seinem Umhang glitzerte wie Diamantenstaub. Die Weißen Räuber machten ihm Platz in ihrer Mitte.

»Nun, Dieb der Pferde des Weißen Vogels?« murmelte Hufspur des Windes. »Hast du gefunden, wonach du suchtest?«

»Ich habe die Pferde des Weißen Vogels nicht gestohlen«, widersprach Ingold. Durch die Kälte hindurch konnte Rudy den Fäulnisgestank riechen, der seinem eisverkrusteten Umhang anhaftete. Im fahlen Schein des magischen Lichts sah er weiß und erschöpft aus – wie ein Mann, dachte Rudy, dem sich gerade der Magen umgedreht hatte.

»Aber nein«, fuhr der alte Mann fort. »Ich habe nur die Toten gefunden. Es sind fast nur noch Skelette, aber man sieht deutlich, daß sie alle zur gleichen Zeit gestorben sind, nicht nach und nach. Ratten, Würmer, weiße Kröten so groß wie dein Kopf . . . Aber das ist alles. Selbst in den tiefsten Winkeln der Höhle spüre ich nicht die Gegenwart eines Lebenwesens – weder der Dunklen noch irgendeiner Kreatur, die sie vertrieben haben könnte.«

Rudy beeilte sich, die Bilder zu verdrängen, die seine allzu lebhafte Phantasie heraufbeschworen hatte. Aber etwas in der heiseren, müden Stimme des alten Mannes verriet ihm, daß Ingold diese Höhlen noch viele Nächte in seinen Träumen durchwandern würde. Bei dem plötzlichen Geräusch trippelnder Füße, das aus der Tiefe heraufdrang, spürte Rudy Übelkeit in sich aufsteigen. »Aber warum?« flüsterte er.

»Warum?« Ingold warf ihm einen Blick zu. »Wenn irgend etwas die Dunklen getötet hat – ich bin mir dessen allerdings nicht so sicher –, dann könnte es ebensogut die Herden getötet haben. Wenn die Dunklen ihre Brutstätten aber einfach verlassen haben, um anderswohin zu ziehen, konnten sie ihre Herden kaum mitnehmen, nicht wahr?«

»Aber hätten sie die Höhle nicht gegen jeden Geist, der sie angriff, verteidigen können?« fragte Hufspur des Windes, dessen froststarre Bartzöpfe knisterten.

»Vielleicht«, erklärte Ingold leise. »Aber wir wissen nicht einmal sicher, ob es einen Geist gab. Ich glaube es nicht. Ich bin nicht einmal davon überzeugt, daß sie ihre Brutstätte aus Angst verlassen haben.«

Das dunkle, tierhafte Gesicht des Häuptlings wurde nachdenklich. »Wenn nicht die Angst – was hat sie dann vertrieben?«

»Vielleicht haben sie einem Befehl gehorcht?«

»Und wer könnte den Dunklen befehlen?«

»Eine gute Frage«, sagte der alte Mann. »Eine Frage, auf die ich die Antwort in Quo suchen werde. Wenn die Zauberer dort mir nicht helfen können, vielleicht kann diese Frage und das, was ich hier gesehen habe, ihnen helfen. Alles, worum ich dich bitte, Hufspur des Windes, ist die Erlaubnis, daß ich dein Land durchwandern darf.«

Der Häuptling lachte leise auf. »Als könnte die Erlaubnis irgendeines Menschen die Taten des Wüstenwanderers beeinflussen. Und was willst du, weiser Mann und dein Kleines Insekt, dort tun, zusammen mit allen weisen Männern der Welt an einem Ort am westlichen Ozean?«

»Einen Weg finden, um die Dunklen wirklich zu vertreiben«, erwiderte der Zauberer ruhig, »oder bei dem Versuch umkommen.«

Sie tauchten aus dem Inneren der Erde in eine Welt auf, die vollkommen verändert und verwüstet war. Als sie sich durch die Schneewehen, die die letzten paar Meter der Treppe beinahe völlig blockierten, an das verbleibende Tageslicht hinaufkämpften, fuhr die schneidende Kälte Rudy in die Knochen und nahm ihm den Atem. Das kleine Grüppchen von Weißen Räubern und Pferden betrat eine Landschaft, die begraben war unter hartem Pulverschnee, der so kalt war, daß er unter den Füßen knirschte. Eine schwarze Wolkendecke verhüllte den Himmel, und zwischen ihm und der gefrorenen Erde zogen Wirbelstürme ihre Bahn. Harmlosere Winde jagten einander ziellos über die Wüstenei und bliesen den Schnee bald aus der einen, bald aus der anderen Richtung auf, im letzten Ansturm des Hurrikans, der das Land in ein Grab verwandelt hatte.

»Hattest du nicht gesagt, der Sturm wäre vorüber?« stieß Rudy unter unkontrollierbaren Schüttelfrösten hervor.

»Er *ist* vorüber.« Ingold schwang sich leichtfüßig auf seinen geliehenen Hengst. Der Atem gefror in seinem Bart zu Eis, während er sprach. »Das sind nur die Nachwehen.«

Auf ihrem Ritt südwärts durch die unnatürliche Dunkelheit des späten Nachmittag kamen sie an einer Herde Bisons vorüber, die halb begraben in den tiefen Schneewehen standen. Die Tiere hielten die Köpfe gesenkt; sie waren mitten im Grasen bei lebendigem Leibe zu Eis erstarrt. *Kein Wunder*, dachte Rudy, *daß die Weißen Räuber sogar einen der Ihren opfern, wenn nötig, um den bösen Geist, der so etwas zu tun imstande ist, zu besänftigen.*

Sie schlugen ihr Lager lange nach Einbruch der Dunkelheit auf. Selbst die frostkalte Wüstennacht war wärmer als der hellichte Tag nach dem Eissturm. Die Weißen Räuber richteten schweigend und gewandt das kleine Behelfslager her, und Ingold blieb noch lange am Feuer sitzen und unterhielt sich mit Hufspur des Windes. Rudy konnte sie durch den schmalen Eingang seines Unterschlupfes erkennen, den golden flackernden Widerschein des Feuers auf den langen Bartflechten des Häuptlings und auf den Narben, die Ingolds Hände bedeckten.

Später kam Ingold in den Unterschlupf und kroch unter die Felldekken. Das Feuer draußen war fast völlig heruntergebrannt. Rudy flüsterte: »Ingold? Was hältst du davon?«

Ingolds Stimme drang aus der Dunkelheit zu ihm herüber. »Wovon?«

»Von dem Geist, zum Teufel.«

Ein blaues Auge und ein Stückchen von Ingolds struppigem Bart schoben sich unter den Fellen hervor. Dann richtete sich der Zauberer auf den Ellbogen auf. »Ich glaube nicht, daß es ihn gibt. Jedenfalls nicht den, vor dem die Weißen Räuber sich fürchten. Am Grund dieser Höhle konnte ich keine Spur von einem Lebewesen fühlen.«

»Dann glaubst du also, daß die Dunklen aus freien Stücken fortgegangen sind?«

»Das halte ich für möglich.«

»Könnten sie durch einen Eissturm wie den heutigen vertrieben worden sein?«

Ingold dachte einen Augenblick schweigend nach. Schließlich sagte er: »Das glaube ich kaum. Meines Wissens hat es so weit im Süden noch nie einen Eissturm gegeben, und wie Hufspur des Windes sagte, haben die

Dunklen ihre Brutstätten beim ersten Viertelmond im Herbst verlassen, also vor ungefähr sieben Wochen. Die Dunklen können das Wetter nicht voraussehen, Rudy. Selbst der begabteste Zauberer kann einen Eissturm erst wenige Minuten, bevor er losbricht, voraussagen.«

Draußen in der Dunkelheit wieherte ein Pferd, ein beruhigendes Geräusch. Es war kein anderer Laut zu hören, nur das unaufhörliche Stöhnen des Windes. Selbst die Wölfe schwiegen.

»Ist das gemeint, wenn die Leute sagen, etwas sei – so unaufhaltsam wie das Eis im Norden? Oder so sicher wie das Eis im Norden?« erkundigte sich Rudy.

»Nein, das bezieht sich nicht auf die Eisstürme«, antwortete Ingold. »Im Norden gibt es die großen Eiswüsten, in denen kein Leben bestehen kann. An manchen Stellen wächst das Eis um einen Zentimeter im Jahr, an anderen sogar mehr.«

»Bist du schon einmal dort gewesen?«

»Oh ja. Das ist schon lange her. Lohiro und ich hatten – ich glaube, man konnte sagen, wir hatten einen Auftrag zu erfüllen, und wir wären um ein Haar beide erfroren. Damals zog sich der Rand der Eiswüste am Grat einer beachtlichen Gebirgskette entlang, die auf den alten Karten der Nordwall genannt wird. Als ich das letzte Mal dort war, lagen die Berge fast vollständig unter dem Eis begraben.«

»Ingold«, fragte Rudy leise, »was hat das alles miteinander zu tun? Vor sieben Wochen war der erste Viertelmond im Herbst. Gae wurde überwältigt. Lohiro und alle Zauberer der Welt brachen die Verbindung zu den Menschen ab. Die Dunklen verschwanden aus ihren Brutstätten in den Ebenen, nachdem sie zuvor ihre Herden getötet hatten. Was zum Teufel geht da vor, Ingold? Was ist los?«

Der alte Mann seufzte. »Ich weiß es nicht, Rudy. Ich weiß es wirklich nicht. Ist das ein Glied in einer Kette zufälliger Katastrophen, oder ist es ein einziges Rätsel, zu dessen Lösung es nur einen einzigen Schlüssel gibt? Wir teilen den Planeten mit den Dunklen, seit die Menschheit besteht, und doch wissen wir nicht mehr von ihnen, als daß sie unsere Feinde sind. Wenn es einen Schlüssel gibt, werden wir ihn in Quo finden? Oder ist der Schlüssel in den Dunklen selbst verborgen, wo er sich dem menschlichen Verständnis vollkommen entzieht? Oder befindet er sich an dem Ort, an dem wir ihn zuletzt suchen würden, in der Festung von Dare?«

Elftes Kapitel

Der Bote des Kaisers von Alketch kam an einem Nachmittag das Tal hinaufgeritten, an dem zum ersten Mal nach einer Woche Schneefall die Sonne schien. Die meisten Bewohner der Festung waren draußen beschäftigt; sie reparierten die Weidezäune, bauten neue Umzäunungen für die Lebensmittelvorräte, hackten Holz oder schleppten Steine für die geplante Schmiede. Die Kriegerscharen, die unter der Anleitung verschiedener Hauptmänner exerzierten, rannten, sprangen und schwangen schwitzend, aber guten Willens ihre durch Gewichte beschwerten Waffen. Kinder aller Altersstufen tummelten sich im Tal, fuhren Schlitten, liefen Schlittschuh oder rutschten auf dem Hinterteil über den zugefrorenen Bach. Ihre Freudenschreie erfüllten die Luft wie das Flöten von Sommervögeln.

Gil hatte diesen Nachmittag gewählt, um mit einem der kleinen weißen Polyeder, die sie und Alde auf ihrem Erkundungsgang durch die alten Lagerräume und Stollen gefunden hatten, ein Experiment zu machen. Obwohl sie überall auftauchten, waren sie ihnen rätselhaft geblieben und schienen zu nichts nutze zu sein. Wie die Festung selbst waren es glänzende, glatte Geheimnisse.

Zuerst hatte sie Alde gegenüber die Vermutung geäußert, daß es Spielzeug sei.

»Aber sie würden zerbrechen, wenn man sie fallenließe«, widersprach Alde. Die beiden jungen Frauen gingen über den neu angelegten Weg zu der Lichtung im Wald, wo die Gardesoldaten den ganzen Morgen über exerziert hatten. Gil hatte ihr regelmäßiges Training wieder aufgenommen und war grün und blau am ganzen Körper.

»Opfergaben?« schlug sie vor.

»Wofür?« fragte Alde. »Opfergaben sind Kerzen, Duftessenzen oder Räucherwaren oder Wertgegenstände, die der Kirche geschenkt werden.«

»Vielleicht waren es doch Spielsachen«, bemerkte Gil. »Sie passen genau aufeinander.« Und das stimmte; die Facetten paßten genau aufeinander, wie in einem Zellgewebe oder einer dreidimensionalen Bienenwabe. »Sind sie wirklich zerbrechlich?«

Aber aus einem merkwürdigen Gefühl des Unbehagens heraus, war es nun, weil sie etwas nicht verstand, oder vielleicht auch nur, weil sie in ihrer Welt zu viele Science Fiction-Filme gesehen hatte, war Gil zu dem

Entschluß gekommen, auf besseres Wetter zu warten, um das Experiment im Freien durchzuführen. Auf der Lichtung trafen sie Seya und Melantrys, die mit hölzernen Übungsschwertern gegeneinander kämpften. Sie klärten die beiden Gardesoldaten über ihr Vorhaben auf. In der Mitte der Lichtung befand sich ein flacher Felsblock, und Gil legte einen der weißen, gläsernen Polyeder darauf, deckte ihn mit einem Stück Sackleinen zu und schlug mit einem Hammer darauf. Das Ergebnis war wenig sensationell. Der Polyeder zersprang in sechs oder sieben Teile und setzte weder ein tödliches Giftgas noch fremdartige Embryonenwesen frei. Gil war beschämt über ihre Furchtsamkeit, doch sie stellte fest, daß Alde, Seya und Melantrys sich in ehrfurchtsvoller Entfernung gehalten hatten.

Die Scherben schienen nichts weiter zu sein als eine Art Glas, schwer und glatt, wie weißer Obsidian. Hielt man sie gegen das schwache Sonnenlicht, so waren sie leicht durchscheinend, ansonsten hatten sie nichts Bemerkenswertes an sich.

»Das verstehe ich nicht«, bemerkte Melantrys, während sie eine der Scherben in ihren kleinen, narbenbedeckten Händen drehte. »Ich habe noch nie auch nur davon gehört.«

»Ich weiß«, erklärte Gil. »Sie werden in den Aufzeichnungen nicht erwähnt. Und doch stoßen wir überall in der Festung darauf.«

»Vielleicht hast du recht, und es ist ein Spielzeug«, wandte Seya ein. »Tir spielt jedenfalls gern damit.«

Tir, der dick eingemummt war in schwarze Decken und Felle, so daß er eher aussah wie ein stämmiges Krautgewächs als wie ein Kleinkind, war damit beschäftigt, eines der milchig-weißen Prismen am Rande des Felsens hin und her zu rollen. Alde saß neben ihm und rollte den Gegenstand jedesmal zu ihm zurück, wenn er ihn fortschubste. Bei Seyas Worten hob sie den Kopf. »Aber die Festung ist von Menschen erbaut worden, die vor der Vernichtung flohen«, erklärte sie plötzlich. »Hätten sie unter diesen Umständen Spielzeug mitgenommen?«

»Wir wissen nicht, ob die Dinger so alt sind wie die Festung«, wandte Seya ein.

»Nein«, entgegnete Gil. »Andererseits haben wir keinen Hinweis darauf gefunden, wie sie gemacht sind.«

Alde wandte sich gerade noch rechtzeitig ihrem Sohn zu, um zu verhindern, daß er über den Rand des Felsens krabbelte und in den Schnee purzelte. Tir entwickelte sich zu einem ruhigen, kräftigen Kleinkind, dessen stilles, unauffälliges Verhalten eine erstaunliche Fähigkeit, Unheil anzurichten, verbarg. Er konnte unbemerkt lange Strecken krabbeln und strebte leise und zielsicher auf jede Gefahr zu, wobei er mit ernsthafter Miene jedes mundgerechte Bröckchen verzehrte, das das Schicksal ihm in den Weg legte und das seine Mutter nicht schnell genug vor ihm in Sicherheit bringen konnte. Manchmal war er völlig in sein Spiel mit den Polyedern vertieft, stapelte das Dutzend, das Alde in ihrem

Raum aufbewahrte, immer wieder von neuem aufeinander und untersuchte sie stundenlang voller Verzückung. Gil fragte sich, ob es das gewöhnliche Staunen eines kleinen Kindes über die Welt war oder ob Tir sich an das längst vergessene Wissen irgendeines Vorfahren in der Festung erinnerte.

»Wenn die Menschen, die die Festung erbaut haben, in einer so schlechten Verfassung hier ankamen wie wir«, bemerkte Melantrys, während sie die Lederschnur aus dem Haar zog und die dichte, gerstenblonde Mähne auf die Schultern hinunterschüttelte, »wäre es wahrscheinlich, daß die Dinger ziemlich wichtig waren. Maia hat erzählt, daß seine Leute Schmuck im Wert von vielen tausend Kronen im Schnee liegen sahen, als sie den Paß heraufkamen. Die Fliehenden hatten ihn einfach fortgeworfen.«

Durch den Wald drangen gedämpfte Stimmen zu ihnen. Gil hob den Kopf und sah Alwir vorübergehen. Die Bewegung seiner edlen Hände begleitete den Tonfall seiner melodischen Stimme. An seiner Seite ging Maia von Thran, einen ungespannten Langbogen in der Hand, und nickte. Der Kanzler warf einen Blick durch den kargen Schirm laubloser Birken und sah die drei Gardefrauen in ihren schäbigen schwarzen Uniformen und die junge Königin mit ihrem Sohn. Gil hörte, wie Alde scharf die Luft einsog; als sie sich zu ihr umwandte, sah sie den Ausdruck der Verzweiflung, der über ihr Gesicht huschte.

Eine schrille Kinderstimme rief etwas, und Tad der Herdenjunge kam, eine Bande von Festungswaisen im Schlepptau, auf den Kanzler zugerannt. Alwir blickte hochmütig auf den Jungen hinunter, bis er hörte, was Tad ihm zu sagen hatte; dann beugte er sich, plötzlich aufmerksam geworden, zu dem Kind hinunter. Gil hörte nicht, was Tad sagte, aber sie sah den Blick, der zwischen dem Bischof und dem Kanzler gewechselt wurde. Dann liefen Tad und seine kleine Schar auf die Lichtung zu, und Tad rief: »Gnädige Herrin! Gnädige Herrin!«

Alde sprang rasch auf. »Was ist los, Tad?«

Die Kinder kamen mit erhitzten Gesichtern und schneenassen Kleidern, eingehüllt in ihren dampfenden Atem wie in eine Wolke, aufgeregt zum Stehen. »Der Bote aus Alketch, gnädige Herrin«, stieß der Junge atemlos hervor. »Lyddie hat ihn auf dem Weg vom Tal herauf kommen gesehen.«

Die gesamte Bewohnerschaft der Festung schien sich auf der Eingangstreppe versammelt zu haben, um der Ankunft des Boten aus Alketch beizuwohnen. Doch ob sie nun aus Gae oder Penambra hierher gekommen waren, keiner von ihnen sprach ein Wort, es war ein Meer gebannt wartender Gesichter. Von ihrem Beobachtungsposten aus konnte Gil erkennen, daß der Bote allein geritten kam. Der Eisfalke war nicht mit ihm zurückgekehrt.

Einen Augenblick lang trübte der Kummer ihren Blick, und sie sah nichts mehr. Der Eisfalke war ihr Freund gewesen, der erste Freund unter den Gardeoffizieren. Kühl, abweisend und in sich gekehrt, hatte er ihr nur einmal ein eher zweifelhaftes Lob über ihre angeborene Bereitschaft, zu töten, ausgesprochen. Die Schwielen und Schläge, die er ihr in Übungskämpfen zugefügt hatte, reichten aus, um sie in den meisten Kreisen als tödliche Feindin auszuzeichnen. Doch sie waren beide Fremde unter dem Volk von Wath gewesen, und das hatte sie verbunden. Und sie hatten beide hinter Ingold gestanden, in jener Nacht, als die Dunklen die Festung bestürmt hatten.

Aus diesem Grund hatte Alwir ihn in den Süden gesandt. Und er war nicht zurückgekehrt.

Der Bote stieg vom Pferd. Das Murmeln der gewaltigen, dunklen Menschenmenge vor den Toren der Festung war wie das Rauschen des fernen Meeres. Der Bote war ein jüngerer, schwarzhäutiger Mann mit hochmütigen, scharfgeschnittenen Gesichtszügen und dichten, tiefschwarzen Locken. Unter einem scharlachroten Reiseumhang trug er eine knielange, goldbesetzte Tunika, deren Muster sich auf den enganliegenden, hochhackigen roten Stiefeln wiederholte. Ein kleiner, aus Horn gefertigter Bogen hing auf seinem Rücken; am Sattel waren ein Spitzhelm aus vergoldetem Stahl und ein schmales Zweihandschwert mit Scheide befestigt. Seine Augen leuchteten blaßgrau in dem dunklen Gesicht.

Er verneigte sich tief. »Gnädiger Herr Alwir.«

Alwir, der über ihm auf der untersten Treppenstufe stand, bedeutete ihm, sich aufzurichten.

»Mein Name ist Stiarth na-Salligos, Neffe und Botschafter seiner Kaiserlichen Hoheit, Lirkwis Fardah Ezrikos, Herr über Alketch und Prinz der Sieben Inseln.« Er straffte sich; diamantene Ohrringe funkelten an seinen Ohrläppchen.

»Ich begrüße Euch im Namen des Reiches von Darwath«, sagte Alwir mit seiner tiefen, melodischen Stimme. »Und durch Euch Euren Herrn, den Kaiser des Südens. Ich heiße Euch beide willkommen in der Festung von Dare.«

Gil hörte, wie das Gemurmel hinter ihr bei diesen Worten anschwoll, und ein Mann zischte mit zorniger Stimme: »Ach? Und sein ganzes verdammtes Heer wohl auch?«

»Unser Brot zu rationieren, um die verfluchten Südländer damit zu füttern«, brummte eine andere Stimme, die fast im allgemeinen Geflüster unterging; und eine dritte Stimme entgegnete: »Elende Mörderbande.«

Das Gehörte noch in den Ohren, sah Gil, wie Minalde mit hocherhobenem Kopf und blassen Wangen die Treppe hinunterstieg, um Stiarth na-Salligos zu begrüßen. Der vornehme junge Mann beugte sich über ihre Hand und murmelte ein paar höfliche Worte. Sie stellte ihm eine Frage; Gil verstand nur seine Antwort.

»Euer Bote?« Seine edle Stirn furchte sich in einem Ausdruck besorgten Bedauerns. »Oh weh. Mein Weg hierher war mit Gefahren gepflastert. Er wurde im Deltaland unterhalb von Penambra von Räubern erschlagen. Es wimmelt dort von ihnen; sie verbergen sich bei Nacht und machen am Tage die Straßen unsicher, morden und stehlen, was immer sie finden. Ich selbst bin nur mit knapper Not mit dem Leben davongekommen. Euer Bote war ein tapferer Mann, gnädige Frau. Ein würdiger Vertreter des Reiches.«

Er verneigte sich wieder, diesmal noch tiefer als beim ersten Mal. Dabei schwang er seinen scharlachroten Umhang nach hinten wie ein balzender Vogel, und der gewellte Saum hob sich wie Blut vom Schnee ab. Gil erhaschte einen flüchtigen Blick auf das Amulett, das an seinem vergoldeten Gürtel hing – klein, aus Eichenholz, der Hand eines Menschen angepaßt. Eine Welle des Zorns überrollte sie, stärker als die Trauer, die sie zuvor verspürt hatte. Reglos blieb sie stehen, während Alwir Minalde den Arm bot und sie zu dem dunklen Tor hinaufführte. Die Menschenmenge teilte sich vor ihnen; Stiarth von Alketch folgte ihnen vornehmen Schrittes.

Der Gegenstand, den der Bote am Gürtel trug, war das Abbild der Rune des Schleiers, das Ingold dem Eisfalken zu seinem Schutz gegeben hatte, bevor er davongeritten war.

»Er hat ihn ermordet.« Das Klappern von Gils Stiefelabsätzen hallte sehr laut von dem hohen Gewölbe der großen Westtreppe wider. »Der Eisfalke hätte sich niemals von diesem Amulett getrennt.«

»Auch nicht, um es dem Mann zu geben, der ermächtigt ist, die Verhandlungen um die Truppen zu führen, die wir so dringend brauchen?« fragte Minalde ruhig. Gil und Alde erreichten einen Treppenabsatz, auf dem sich ein alter Mann aus Gae zusammen mit zwei unrechtmäßigen Gattinnen und einem Käfig voller Hühner häuslich niedergelassen hatte. »Nicht einmal in einem Notfall? Wenn sie die Wahl hatten zwischen dem einen oder dem anderen, dann hätte er seinen Auftrag erfüllt und den Boten geschützt.«

»Der Eisfalke?» Gil wich dem Hühnerkäfig und einer Katze aus und setzte ihren Weg fort. Aus dem Gang unter ihnen drang ein schwacher gelber Lichtschein herauf und wies ihnen den Weg zur Hintertür der Gardeunterkunft. Kochgerüche stiegen zu ihnen auf. »Glaubt mir, er hat keinen Menschen mehr geschätzt als sich selbst. Am allerwenigsten einen – einen parfümierten Kaiserlichen Neffen, dem er mit bloßen Händen das Kreuz hätte brechen können.« Am Fuße der Treppe wandten sie sich nach rechts, folgten einem kurzen Gang und traten dann durch eine Behelfstür zu ihrer Rechten in ein Gewirr ungleich aufgeteilter Zellen. »Er hat sich nie etwas aus dieser Art von Nächstenliebe gemacht, Alde. Stiarth kann sich nur mit Gewalt in den Besitz von Ingolds Amulett gebracht haben. Und das bedeutet, daß er den Eisfalken ermordet haben muß, und zwar wahrscheinlich mit Hilfe einer List. Es dem Eisfalken zu stehlen ist gleichbedeutend mit Mord; es war sein Schutz gegen die Dunklen.«

Gils Worte klangen ruhig, doch der Zorn glühte noch heiß in ihrer Brust. Vielleicht war es die Erinnerung an das affektierte Grinsen des Boten oder die Tatsache, daß die Verhandlungen ausschließlich von Alwir geführt wurden, während Alde ihm lediglich als Aushängeschild diente. Vielleicht war es auch nur die Erinnerung an ihr Erwachen in der regennassen Dämmerung jener Scheune in Karst, als der Eisfalke in seiner kühlen, unpersönlichen Art sich nach ihrem Wohlergehen erkundigt hatte. Etwas davon mußte sich jedenfalls in ihrer Stimme niedergeschlagen haben, denn Alde berührte ihren Ärmel und bat sie, stehenzubleiben.

»Gil«, sagte sie, »ob der Eisfalke es ihm freiwillig gegeben hat oder nicht – rührt nicht mehr daran.«

»Wie?« Gils Stimme hallte scharf durch das Halbdunkel der verlassenen Gänge.

»Ich meine – Gil, Ihr seid die einzige, die etwas von diesem Amulett wußte. Aber Ihr seid nicht die einzige, die glaubt, daß – daß Stiarth na-Salligos etwas damit zu tun hat, daß der Eisfalke nicht zurückgekehrt ist. Und Gil, bitte . . .« Ihre Stimme klang plötzlich drängend, fast ängstlich, ihre Augen hatten die Farbe von Pflaumen in dem flackernden Lichtschein. ». . . Alwir sagt, wir können es uns nicht leisten, die Verhandlungen scheitern zu lassen. Nicht aus diesem Grund.«

Gil unterdrückte eine harte Erwiderung. Einen Augenblick stand sie da und kämpfte gegen ihre dumpfe Wut an, und sie wußte, daß Alde in gewissem Sinne recht hatte. *Was geschehen ist, ist geschehen. Der verräterische Mord an einem der wenigen Freunde, die ich hatte, ist geschehen. Vergangenheit.*

»Vielleicht«, sagte sie langsam. »Aber wenn diese Art von Verrat der Preis ist, wollen wir die Verhandlungen dann wirklich fortsetzen?«

Alde wandte den Blick zur Seite. »Das wissen wir nicht.«

»Natürlich nicht, zum Teufel! Alde, ebenso wie ich habt Ihr in jenen alten Geschichtsaufzeichnungen gelesen. Verglichen mit dem, was sie getan haben, um die Grenzfrage mit Gettlesand zu lösen, wäre der Mord am Eisfalken eine Pfadfindertat.«

Alde wandte sich Gil mit forschendem Blick zu. »Wir wissen nicht, ob er den Eisfalken ermordet hat.«

»Ach nein?« entgegnete Gil. »Jedenfalls hat er gelogen, das steht fest. Hätten Räuber ihn ermordet, hätten sie ihn ausgeplündert, und Stiarth wäre niemals in den Besitz des Amuletts gekommen.«

Minalde schwieg.

»Na gut«, fuhr Gil freundlicher fort. »Ich werde nicht mit den anderen Gardesoldaten darüber sprechen, obwohl Melantrys der gleichen Meinung ist wie ich. Und ich werde keine Rache üben, die die Verhandlungen gefährden würde. Aber ich kann nur für mich selbst reden, für niemanden sonst.«

Einen Augenblick lang hingen Schweigen und düstere Schatten zwischen ihnen, nur unterbrochen von fernen Unterhaltungen, die aus anderen Gängen zu ihnen herüberdrangen. Die großen Tore würden bald für die Nacht geschlossen werden; die Kirchenglocken hatten bereits durch die Weite der Festung geläutet, und nicht wenige Gläubige hatten sich zur abendlichen Andacht in die große Zelle unter den königlichen Gemächern, dem Zentrum von Bischöfin Govannins Reich, begeben. Stiarth von Alketch, wie alle anderen Südländer ein fanatischer Anhänger der Kirche, würde sich sicherlich unter ihnen befinden. Irgend jemand – Bok der Tischler, soweit sie sich erinnerte – hatte ihr erzählt, daß der Kaiserliche Neffe mit der alten Kirchenfürstin gespeist und anschließend mehrere Stunden lang unter vier Augen mit ihr gesprochen hatte, bevor die Ratsversammlung mit Alwir, Minalde und den anderen Würdenträgern der Festung begann. Jetzt wirkte Alde erschöpft und niedergeschlagen im schwachen Schein ihrer Tonlampe; ihr locker zusammengebundenes Haar war zerdrückt von der offiziellen Krone. Sie war eine königliche Prinzessin und die Machtquelle ihres Bruders, dachte Gil, während sie das weiße, verschlossene Gesicht betrachtete. Und sie war, ebenso wie die Gardeoffiziere, nichts anderes als eine Schachfigur.

»Danke«, sagte Alde ruhig.

Gil zuckte die Achseln. »Ich hoffe, es ist es wert.«

»Einen Brückenkopf für die Menschheit in Gae zu errichten?« Alde warf ihr einen erschrockenen Blick zu. »Wenn die Brutstätte dort erst einmal ausgeräuchert ist . . .«

»Aber wird das geschehen? Solange Govannin und das Heer von Alketch alles versuchen, um die Zauberer, den Erzmagier, sofern er sich je blicken läßt, und Ingold zu vernichten und solange all die anderen Anführer sich mit Alwir um die Macht streiten? Solange die Alteingesessenen der Festung Maias Penambranern feindlich gesonnen sind und die gewöhnlichen Leute die Kaufleute beschuldigen, das Getreide zu stehlen? Alde, wir haben es hier mit einem Sack Flöhe zu tun, nicht mit einem Eselsgespann, das gemeinsam in eine Richtung zieht.«

»Ich weiß«, entgegnete Alde leise. »Und darum danke ich Euch, daß Ihr – daß Ihr die Lage nicht noch verschlimmert habt.«

Gil verhielt im Schritt und warf einen neugierigen Blick in das liebreizende, empfindsame Gesicht der anderen. Was sie sah, war eine junge Frau, die in Gils Welt kaum die High School verlassen hätte, in deren dunkelblauen Augen sich jedoch bereits alle Erfahrungen von Zerstörung, Entsetzen und Tod, von Verantwortung und den schmutzigen Machenschaften eigennütziger Politik spiegelten. Gils Groll gegen den Kaiserlichen Neffen wirkte dagegen plötzlich sehr persönlich und unbedeutend. »Ihr wißt, daß ich Euch immer den Rücken decken werde«, seufzte sie schließlich.

»Danke«, sagte Alde noch einmal. Ihre Schritte hallten in den dunklen Gängen, als sie sich den Gardeunterkünften zuwandten. In den dunklen

Winterwochen war die Freundschaft zwischen den beiden Frauen gewachsen, eine Freundschaft, die aus Einsamkeit und Achtung voreinander entstanden war. Alde bewunderte Gils rasche Auffassungsgabe und ihre scharfe, kalte Intelligenz; Gil beneidete Alde um ihre Geduld und ihr mitfühlendes Wesen, beides Eigenschaften, von denen sie wußte, daß sie ihr fehlten. Jede der Frauen erkannte den Mut der anderen an. Gil verstand Aldes Kummer und Verwirrung angesichts der wachsenden Entfremdung von ihrem Bruder in den Wirren der Festungspolitik. Sie brauchte nur an ihr eigenes verheerendes Familienleben zu denken. Doch selbst wenn Alde den Kummer begriff, der sich in diesen dunklen Tagen in Gils Herzen vertiefte, so sprach sie niemals davon.

Nach einer Weile fragte Alde: »Hattet Ihr vor, Eure Studien heute nacht wieder aufzunehmen?«

Gil zuckte die Achseln. »Nein, ich glaube nicht. Ich habe den größten Teil der letzten Aufzeichnungen entschlüsselt, und das Ganze gibt nicht viel her. Es ist spät – ich glaube, Drago III. war der letzte herrschende König, der von Renweth stammte, und das war Jahrhunderte nach der Zeit der Dunklen. Als er verschwunden war, wurde die Hauptstadt wieder nach Gae hinauf verlegt, wo sich in jenen Tagen die große Zitadelle der Magier befand.«

»Er ist verschwunden?« fragte Alde erstaunt.

»Nun – er machte sich mit jemandem namens Pnak zu einem Ort auf, der Maijan Gian Ko genannt wurde. Es gab viel Aufregung deswegen, und er kehrte niemals zurück. Ich frage mich, wo dieses Maijan Gian Ko liegt.«

»Das war der alte Name für Quo«, erklärte Minalde. »Der größte Ort des Glücks oder der Große Ort der Magie – der Mittelpunkt der Magie auf der Erde. Wenn sich Drago nach Quo aufgemacht hat, wundert es mich nicht, daß darüber Aufregung geherrscht hat. War Drago denn ein Zauberer?«

Gil zuckte die Achseln. »Keine Ahnung. Sein Sohn war jedenfalls derjenige, der den großen Feldzug gegen die Magier von Gae begann, woraufhin sie tatsächlich aus der Stadt gejagt wurden. Warum fragst du?«

»Nun«, erklärte Alde, »ich habe oft darüber nachgedacht, wie wir den Beobachtungsraum gefunden haben – indem ich einfach die Augen geschlossen habe und losgelaufen bin. Manchmal liege ich nachts im Bett und tue dasselbe im Geiste, laufe einfach so durch die Gänge und sehe alles mögliche um mich herum. Meist ist es nichts besonderes. Aber ein paarmal hatte ich das Gefühl, daß es in der Festung noch mehr Ebenen geben müßte. Glaubt Ihr, daß es vielleicht unter dieser hier noch Ebenen gibt, direkt in den Stein des Berges hineingehauen?«

»Es wäre einleuchtend«, bekräftigte Gil. »Selbst wenn die Energie für die Pumpen aus magischer Quelle entspringt, mußten sie doch ihre

Maschinerie *irgendwo* installieren, und wir haben bis jetzt noch keine Spur davon gefunden. Aber wie wir den Zugang dazu finden könnten – darauf habt Ihr mich gerade gebracht.«

Sie traten durch den breiten, dunklen Bogengang in die Haupthalle, wo die Tore gerade für die Nacht geschlossen wurden. Die Wachmannschaften des Tages und des Abends standen in Grüppchen herum, und der leise Fluß ihrer Unterhaltung schwebte über den gewohnten Geräuschen dieses gewaltigen Hauptgewölbes. Melantrys stand, klein, energisch und hochmütig, neben Janus und dem Hauptmann von Alwirs Truppen und traf ihre Vorbereitungen für die Nacht. Im Schatten des Tores leuchteten die weißen Vierblätter der Garde wie eine unheimliche Narzissenwiese auf dem verblichenen Schwarz ihrer zusammengedrängten Schultern; die scharlachroten Uniformen des Hauses Bes waren mit schwarzen Sternen besät; die Offiziere der Kirche trugen Uniformen von tieferem, schmucklosem Rot.

Alde runzelte nachdenklich die Stirn. »Am besten beginnen wir unsere Suche damit, daß Ihr die Tafeln holt, auf denen die Festung aufgezeichnet ist; dann gehen wir gemeinsam zum Beobachtungsraum zurück. Von dort aus können wir uns nach . . .«

»Irgendwohin wenden«, beendete Gil ihren Satz. Sie strebten der Gardeunterkunft zu und stolperten am Eingang fast über eine Frau, die dort im Schatten herumlungerte. Sie schreckte auf und eilte davon, eine große, rothaarige Frau, die einen fadenscheinigen braunen Umhang um die Schultern zusammengerafft hatte. Sie kam Gil irgendwie bekannt vor. Als sie wenig später mit Gils Karten die Unterkunft verließen, sahen sie die Frau wieder. Sie strich um die Gruppe am Tor herum, rieb sich die geröteten Fingerknöchel, zupfte nervös an ihrem Umhang und blickte ängstlich um sich. Doch als Seya zu ihr trat und sie ansprach, lief sie wieder davon.

Von dem Gang vor dem Beobachtungsraum aus bahnten sie sich langsam ihren Weg durch die Festung zurück. Sie verglichen die Bauweise und Beschaffenheit der Wände, der Böden und Türen und blieben immer wieder stehen, damit Gil Eintragungen auf die Wachstafeln, die sie bei sich trug, kratzen konnte, während Alde angestrengt nachdachte. Ihre Erinnerungen waren nicht immer zuverlässig, doch die vielen Wochen der Nachforschungen und das Anfertigen der Karten hatten sie beträchtlich aufgefrischt. Es gab zu diesem Zeitpunkt sicher keinen Menschen, der mehr über die Festung wußte als die beiden Frauen.

Sie hielten sich soweit wie möglich in den Gängen, in denen die ursprüngliche Bauweise der Festung erhalten war. Über eine der Originaltreppen stiegen sie in die erste Ebene hinunter und folgten einer Reihe von Gängen, die sich im Urzustand befanden. »Wir scheinen uns auf die Gardeunterkünfte zuzubewegen«, bemerkte Gil, als sie durch einen schmalen Verbindungsgang in einen langen, verlassenen Raum traten, der den Mittelpunkt eines kleinen, abgeschlossenen Labyrinths von

Kammern und Korridoren zu bilden schien. »Ich glaube, wir befinden uns tatsächlich genau dahinter, im südwestlichsten Winkel der Festung.«

»Der Beobachtungsraum liegt an der Südostecke«, sagte Alde. »Dort schien der Haupttunnel des Pumpensystems zusammenzulaufen.«

»Ich frage mich . . .« Gil trat durch eine halb versteckte Tür und blickte sich um. Alde hob die Lampe so hoch sie konnte, um den Raum besser zu beleuchten. »Jedenfalls sind wir nahe daran. Dies hier ist ein Teil des ursprünglichen Bauwerks, und ich *glaube*, daß die Wand dort die Innenseite der vorderen Festungsmauer ist. Nichts daran deutet auf einzelne Steinblöcke hin. Wenn wir . . .«, Gil machte kehrt und deutete auf einen Durchgang. »Dort entlang.«

Es stellte sich heraus, daß ›dort entlang‹ nicht eine Zelle oder eine Abstellkammer war, sondern ein winziger Gang, der in einem quadratischen Eckraum endete. Der Raum war so vollgestopft mit Gerümpel, daß die hölzerne Falltür im Boden fast völlig verdeckt war. Mit einem Freudenschrei und ohne auch nur den geringsten Gedanken daran zu verschwenden, welche Frankenstein'schen Schrecken im Dunkel darunter lauern mochten, zerrte Gil an dem verrosteten Metallring der Bodenklappe und wurde gleich darauf von einem schwarzen Loch, eindringlichem Staubgeruch und einer aufsteigenden Wolke warmer Luft begrüßt.

»Hier ist es wie in einer anderen Welt.« Der große, dunkle Raum nahm Minaldes leise Stimme auf und trug das Echo zu ihr zurück wie die murmelnden Seufzer von Millionen vergangenen Stimmen. »Was für ein Ort war das?«

Unwillig wich die Dunkelheit dem schwachen Schein der Lampe. Umrisse wurden sichtbar: Tische, Bänke, schimmerndes Metall, weiße und mattgraue Polyeder und funkelnde Kristallfacetten. Gil ging einen Schritt weiter, und der Widerschein der Lampenflamme sprang ihr aus unzähligen winzigen Spiegeln entgegen. Goldene Lichtflecke glitten über eine fest zusammengerollte Schriftrolle und tanzten auf Glasbehältern, die mit aschgrauem Pulver oder hellem Staub gefüllt waren. Der schwarze Boden hatte in der Mitte eine altarartige Erhebung, deren Oberfläche ausgehöhlt war.

Gil wandte sich zu Alde um. »Ich vermute, daß hier alles noch genauso ist wie zu der Zeit, als es gebaut wurde. Es muß das Werk der letzten Generation sein, die in der Alten Zeit geboren ist.« Sie strich mit der Hand über die glatte Kante eines Tisches. »Dies hier ist eines der alten Laboratorien.«

»Wie Bektis' Werkstatt?« fragte Minalde und näherte sich zögernd der Mitte des Raumes.

»Mehr oder weniger.« Gil brachte die Lampe näher an den Tisch heran und ließ erst den Lichtschein, dann ihre Finger zögernd über das matte Glas der Polyeder gleiten, die dort in großer Unordnung verstreut lagen.

»Aber was hat das alles zu bedeuten?« Alde hob einen kleinen Gegenstand auf, der wie eine Hantel aus Glaskugeln und Gold aussah. »Wozu ist das?«

»Keine Ahnung.« Gil stellte eine kleine, rätselhafte Holzfigur aufrecht auf den Tisch; das Lampenlicht glitt wie Wasser über die ebenmäßigen Rundungen. Sie rollte ein großes Glasei ins Licht und sah, daß die Innenwand mit einer weißlichen Kristallkruste überzogen war, die aussah wie Salz. »Es ist schon verdammt komisch, daß wir genau zu dem Zeitpunkt auf das Laboratorium der alten Zauberer stoßen, wenn alle Zauberer dieser Welt sich auf der anderen Seite des Kontinents befinden.«

Alde stieß ein leises, zustimmendes Lachen aus. Ihre Augen leuchteten groß und verwundert in der Dunkelheit, als erinnere sie sich an das, was sie hier sah, aus einer anderen Existenz, einem anderen Leben.

»Und es ist warm hier unten«, fuhr Gil nachdenklich fort. »Ich glaube, es ist das erste Mal, seitdem ich das Nichts durchquert habe, daß mir warm ist.« Sie drückte leicht gegen die Eisentür auf der anderen Seite des Raumes. Die Türe glitt geräuschlos in den Angeln zurück. Aus dem dahinterliegenden Raum drangen leise, pumpende Maschinengeräusche. Das Licht der Lampe beleuchtete eine Reihe im Boden eingelassener Becken. Die schwarzen, steinernen Wände der Becken wiesen Rückstände von Wasser und ein aufsteigendes Netz von Eisengittern auf. Gil schritt mit gerunzelter Stirn über die schmalen Wege zwischen den Becken. »Könnten es – Hydrokulturen sein?«

»Was?« Alde hatte sich niedergekniet und fuhr neugierig mit dem Finger über einen Wasserfleck.

»Pflanzenanbau in Wasser, ohne Erde. Alde, was zum Teufel haben sie hier unten als Licht benutzt? Hatten sie genügend Licht, um Pflanzen zu ziehen?« Sie öffnete eine weitere Tür, und Reihen von Wasserbecken grinsten ihr aus dem Dunkel entgegen. Sie wandte sich um. »Man könnte Nahrung für die ganze verdammte Festung hier unten anbauen, wenn man eine Lichtquelle hätte.«

»Erzählen wir Alwir davon?« fragte Gil eine ganze Weile später, als sie die schmale, steile Treppe zu dem verborgenen Vorratsraum hinaufstiegen. Alde stieg voran und trug die Lampe. Gil war beladen mit allen möglichen rätselhaften Gegenständen, einem halben Dutzend Juwelen von unterschiedlicher Größe, die sie in einem Bleikästchen gefunden hatte, und einigen der neuen Polyeder, die mattgrau statt milchigweiß waren, deren Bedeutung aber genauso unergründlich blieb. Ein Schauder überlief sie, als die kältere Luft der ersten Ebene ihre knochigen Hände erfaßte.

»N-nein«, erwiderte Alde. »Noch nicht.«

Sie legten ihre Schätze auf den langen, staubigen Tisch in der Mitte des großen, verlassenen Raumes und stellten die Lampe dazwischen, so daß sie von ihrem schwachen, flackernden Schein beleuchtet wurden. Durch die Tür und den Korridor sahen sie den Widerschein anderer Lichter und hörten ein Kind weinen, worauf eine tiefe, weiche Männerstimme ein Schlaflied anstimmte. Der Geruch von Essen und schmutziger Wäsche drang zu ihnen. Alle Geräusche und Gerüche der Festung kündeten von einem Leben in Sicherheit vor den Dunklen. Hier in diesem kleinen, abgeschiedenen Zellenkomplex war nichts als Schatten, Staub und Zeit.

»Gil«, begann Alde zögernd, »ich – ich glaube nicht, daß ich Alwir trauen kann.« Das Eingeständnis ihres Mißtrauens schien ihr im Halse steckenzubleiben. »Für ihn – für ihn ist alles nur Mittel zum Zweck.« Ihre Hand ruhte auf einem undurchsichtigen Kristall, miteinander verbundene Glasflächen und ein unbegreifliches Gewirr von Röhren. »Dies hier ist Teil eines Ganzen, das sehr wichtig sein könnte, wenn die Magier zurückkehren. Alwir wäre in der Lage, die Sachen zu vernichten oder wegzuschließen, wenn er glaubt, daß er dadurch irgendwelche Zugeständnisse von Stiarth erreichen kann. So ist er nun einmal, Gil. Alles ist wie Spielkarten in seinen Händen.«

Ihre Stimme bebte plötzlich vor Kummer. Gil war unbehaglich zumute, und sie sprach barscher, als es in ihrer Absicht lag. »Zum Teufel, Ihr seid nicht der einzige Mensch in der Festung, der in ihm nicht gerade ein Geschenk Gottes für das Reich sieht.«

»Nein«, pflichtete Alde ihr bei. Ein unwillkürliches Lächeln zuckte um ihren Mund, war aber gleich darauf wieder verschwunden. »Aber ich müßte zu ihm halten. Er war sehr gut zu mir.«

»Das muß er auch«, warf Gil ein. »Schließlich seid Ihr die Quelle seiner Macht. Er selbst hat keine legale Macht.«

Alde schüttelte den Kopf. »Nein. Aber er hat die wahre Macht«, erklärte sie. »Manchmal glaube ich, daß sogar seine Freundschaft mit – mit Eldor nur ein Teil seines Spiels war. Doch Eldor war selbst so stark, daß er ihn in der Hand hatte, stark genug, um Alwir für sich arbeiten zu lassen, wie ein starker Mann, der ein halbwildes Pferd reitet.« Sie seufzte und strich sich mit der schmalen, weißen Hand über die Augen. »Vielleicht wußte Eldor Bescheid«, fuhr sie müde fort. »Vielleicht hat er mich darum nie an sich herangelassen. Ich weiß nicht, Gil. Ich schaue zurück und sehe Dinge, die damals geschehen sind, und ich beginne, alles anzuzweifeln. Manchmal glaube ich, daß Rudy der einzige Mensch ist, der mich je um meiner selbst willen geliebt hat und nicht um der Dinge willen, für die man mich benutzen kann.«

Gil legte tröstend die Hand auf Aldes schmale Schulter. »Das kommt dabei heraus, wenn man in das Machtgeschäft verwickelt ist«, sagte sie leise. »Wir sind, wer wir sind, Gott steh uns bei.«

Plötzlich mußte Alde, die Augen noch tränenverhangen, lachen. »Und warum muß ich dann alle Nachteile der Macht haben und keinen ihrer Vorteile?« Mit ergeben verzogener Miene nahm sie die Lampe vom Tisch. »Aber Ihr versteht jetzt sicher«, sagte sie, während sie durch den Korridor vorausging, »warum ich glaube, daß Alwir noch nichts von unserer Entdeckung erfahren sollte.«

Sie traten wieder in die Haupthalle mit ihrem Gewirr von Licht und Stimmen hinaus. Im Schatten des Tores hatte sich ein kleines Grüppchen versammelt. Selbst aus der Entfernung hörten sie das laute Weinen einer Frau. Sie wechselten rasch einen Blick, dann eilten sie auf die Eingangstreppe zu.

Zu dieser nächtlichen Stunde befanden sich nicht viele Bürger in der Halle. Gil vermutete, daß es noch einige Stunden war, bis die Mitternachtswache ihren Dienst antreten würde. Ihre eigene Wache begann um acht Uhr morgens, doch ums sechs Uhr war die Übungsstunde angesetzt; widerstrebend dachte sie daran, daß sie eigentlich schlafengehen mußte.

Es war die rothaarige Frau, die Gil schon früher aufgefallen war, die weinte. Sie stand, umringt von einer kleinen Gruppe von Gardisten, an die Wand gedrückt da, und der Fackelschein loderte wie Feuer auf ihrem dichten, wirren Haarschopf.

Janus brummte: »Verdammt, sollen wir etwa eine Wache aufstellen, die dafür sorgt, daß die Leute nachts in der Festung bleiben? Man sollte meinen, daß die Dunklen schon dafür sorgen.«

»Es ist wegen dem Essen«, erklärte Gnift einfach, und seine blitzenden Koboldaugen wanderten zu dem geschlossenen Tor hinüber. »Alles ist knapp geworden. Und wenn jetzt noch das Heer von Alketch heraufkommt . . .«

»Aber der Kaiser kann doch nicht erwarten, daß wir seine Truppen durchfüttern!« wiedersprach einer von Alwirs Unteroffizieren.

Melantrys lachte spöttisch auf. »Das wirst du schon sehen, wie er es kann.«

»Was ist los?« erkundigte sich Alde. »Was geht hier vor?«

Im gelben Schein der Fackel hob die Frau ihr tränenverschmiertes Gesicht. »Ach, gnädige Hoheit«, flüsterte sie. »Oh Gott, steh mir bei. Ich habe nie geglaubt, daß er es tun würde. Er hat es gesagt, aber ich habe ihm nicht geglaubt.«

»Ihr Mann«, erklärte Janus kurz. »Ein Mann namens Snelgrin. Er hat sich draußen versteckt, als die Tore geschlossen wurden, um Lebensmittel zu stehlen und im Wald zu verbergen.«

»Ich hätte nie gedacht, daß er es tut«, jammerte die Frau. »Ich habe nie gedacht . . .«

»Offenbar hat er auch nicht viel gedacht«, fiel Melantrys ihr leise ins Wort. Gil erinnerte sich jetzt – die Frau hieß Lolli. Sie war die erste der alten Festungsbewohner, die sich mit einem der Neuankömmlinge aus Penambra verheiratet hatte. Maia hatte die Trauung vor nicht ganz drei Wochen vollzogen.

Lolli begann wieder, mit leiser, erstickter Stimme zu reden. Alde kniete neben ihr nieder und faßte sie tröstend bei den Schultern, doch die

Frau schien die Berührung kaum wahrzunehmen. »Er wollte nichts Böses tun«, stöhnte sie. »Ich habe versucht, es ihm auszureden, aber er sagte nur, es sei Vollmond und klarer Himmel, und es würde niemandem schaden. Ich habe gebetet und gebetet, daß er seine Meinung ändert . . .«

Gil machte schweigend kehrt und ging davon. Es gab nichts, das sie oder irgend jemand sonst hätte tun können, und insgeheim pflichtete sie Melantrys bei. Die Dummheit des Mannes ging nur ihn selbst etwas an, und der mögliche Kummer seiner Frau hatte offensichtlich keine große Bedeutung für ihn gehabt.

Andererseits ließen sich die Menschen durch Angst oder durch Liebe zu allen möglichen Taten hinreißen. Gil stellte fest, daß es ihr nicht mehr wie einst gelang, sie einfach als Dummköpfe abzutun, die unbegreifliche Torheiten begehen. Die Liebe, das Leid und die Angst, die darin lagen, waren den Gefühlen in ihrem eigenen widerspenstigen Herzen zu nahe.

Kurze Zeit später hörte sie Janus und Gnift, die leise zu ihren Schlafkojen zurückkehrten. Irgendwo in der Festung glaubte sie, Lollis klagendes Weinen zu hören, doch es konnte ebensogut nur ihre Einbildung sein oder ein völlig anderes Geräusch. Sie fragte sich, was von Snelgrin noch übrig sein würde, wenn am nächsten Morgen die Tore geöffnet wurden.

Ihre Gedanken wanderten zum Eisfalken, wie er, kühl, abweisend und sehr jung, durch die Flußniederungen davongeritten war, dann zu Ingold und Rudy, die wie der glücklose König Drago III. die Reise zum größten Ort der Magie angetreten hatten, um vielleicht niemals zurückzukehren.

Maijan Gian Ko.

Schläfrig nahm ihr Verstand die ursprüngliche Bedeutung des Wortes auf.

Gian Ko.

Gaenguo.

Ihre Augen weiteten sich in der Dunkelheit. Was hatte Bektis gesagt? ». . . mitten in Penambra und Gae, an derselben Stelle, an der heute der Palast steht . . .?«

Das Blut gefror ihr in den Adern.

Aber das ergibt doch keinen Sinn, dachte sie. Die furchtbare Stille im Tal der Dunklen fiel ihr wieder ein, die drückende Schwüle der Luft und das unheimliche Gefühl, belauert zu werden. Sie erinnerte sich an die abscheuliche Geometrie des Ortes, die nur im schrägen Licht des Sonnenuntergangs und nur von den überwucherten Klippen des Berges darüber zu erkennen war, an das Gefühl atemloser Benommenheit und an die Machtlosigkeit von Ingolds magischen Kräften.

Aber war die Wirkung auf Zauberkräfte immer negativ? Könnte es sein, daß sie irgendwann einmal positiv war? Ist das der Grund, warum Zauberer ihre Zitadellen, gewöhnliche Menschen ihre Städte in der Nähe dieser . . . glücklichen Orte errichteten?

Und wenn es so ist, dachte sie weiter, *ist das der Grund, warum diese Orte überhaupt glücklich – ihre Wirkung positiv – waren?*

In dieser Nacht machte Gil kein Auge zu.

Gil hatte nie eine sonderliche hohe Meinung von den Menschen gehabt, doch als am Morgen die Tore geöffnet wurden, sank ihre Achtung noch um einige Grade. Die Sache hatte sich offensichtlich in der Festung herumgesprochen, denn in der Haupthalle hatten sich bereits vor sieben Uhr mehr als hundert Bürger eingefunden, um sich mit eigenen Augen zu überzeugen, was von dem unglücklichen Snelgrin übriggeblieben war. Müde nach der schlaflosen Nacht, zerschunden und erschöpft nach dem morgendlichen Schwerttraining, hatte Gil die Wache angetreten; am liebsten hätte sie auf dem Absatz kehrt gemacht und sie alle zum Teufel gejagt.

Wie sie gehofft hatte, war Alde da, und die wesentlich größere und schwerere Lolli stützte sich auf sie. Es war offenkundig, daß sie beide nicht geschlafen hatten. Lollis Gesicht war rotgefleckt und verschwollen vom vielen Weinen, Aldes dagegen streng und ruhig. Lediglich ihrer gefaßten Haltung war es zu verdanken, daß die Leute sich nicht gegenseitig schubsten und drängelten, um besser sehen zu können. Zu Gils Verwunderung waren sogar Alwir und Govannin erschienen. Sie hielten sich im Hintergrund, doch ihre Anwesenheit war deutlich spürbar.

Ziemlich viele Zuschauer, dachte Gil mißmutig und ließ den Blick über die Menge wandern, während Janus und Caldern die schweren Riegel des Innentores betätigten und sich dann in den dunklen Bogengang begaben, um das Außentor zu öffnen. *Hoffentlich bietet sich ihnen wenigstens ein lohnender Anblick.*

Schließlich wurden die Neugierigen aber doch enttäuscht. Die Dunklen waren in dieser Nacht wohl anderweitig beschäftigt gewesen. Man fand Snelgrin, lebendig, aber zu Tode erschrocken und halb erfroren im Schnee, auf der Eingangstreppe der Festung. Er raffte sich mit ungeschickten, kantigen Bewegungen auf und taumelte ohne fremde Hilfe die Treppe hinauf. Seine Frau schrie und schluchzte vor Freude. In gewisser Weise war es rührend anzusehen, fand Gil, die in der Eiseskälte des Sonnenaufgangs schauderte. Doch einige der Zuschauer hätten wohl lieber einen Haufen eisverkrusteter Knochen gesehen.

Nach dem stickigen Geruch von Fett, Rauch und menschlichen Ausdünstungen war die kristallklare Frische des Morgens eine willkommene Abwechslung. Malvenfarbene Wolken türmten sich über den Gipfelhängen. Darüber war der Himmel von einem hellen Blaugrün und überzog den aufgewühlten braunen, eisverkrusteten Schlamm mit einem kühlen, reinen Licht. Gil stand auf den Stufen und schlang den Umhang fester um sich. Sie dachte an die drei Männer, hinter denen sie die Tore geschlossen hatte – an den Eisfalken, dem die beschützende Rune des

Schleiers gestohlen worden war, an Ingold, der auf der Suche nach dem Erzmagier geradewegs in die größte Brutstätte der Dunklen in der ganzen westlichen Welt wanderte, und an Rudy.

»Gil?«

Alde stand neben ihr. Gil seufzte erleichtert auf. »Ihr seid die Frau, mit der ich reden wollte.«

Gemeinsam verließen sie Gils Posten, und Gil berichtete Alde atemlos von ihren nächtlichen Überlegungen und der Bedeutung des Begriffs ›glücklicher Ort‹.

»Die beiden marschieren also mitten hinein«, beschloß sie ihren Bericht. Ihr Atem hob sich wie ein weißer Schleier vor dem Hintergrund der dunklen Bäume ab. »Bektis ist sicher inzwischen wach, nicht wahr? Könnt Ihr ihn bitten, mit ihnen Verbindung aufzunehmen? Ingold hat erzählt, daß es möglich ist, Verbindung mit Lohiro in Quo aufzunehmen, also muß es einen Weg geben. Vielleicht mit Hilfe des Kristalls. Bringt ihn dazu, daß er Verbindung mit ihnen aufnimmt und ihnen sagt, sie sollen nicht weitergehen, bevor ich mit ihnen gesprochen habe.« Sie warf einen Blick zum strahlend hellen Himmel hinauf. Sie schätzte, daß es Ende Oktober sein mußte. Die Tage neigten sich bereits dem Winterfest entgegen. »Gegen Sonnenuntergang ist meine Wache zu Ende.«

»In Ordnung.« Alde hüllte sich fester in ihren Zobelumhang und eilte über den schlammigen Pfad auf die Festung zu. Der dichte Pelz wogte im Sonnenlicht. Doch nach weniger als einer Stunde kam sie bereits zurück. Sie hatte ihren dünnen Bauernrock hochgerafft, damit er nicht im Schlamm schleifte, und glitt immer wieder auf dem eisglatten Weg aus.

Gil, die wie eine unterernährte Amsel in einer Ecke des Lagerplatzes hockte, gab ihre Versuche, die Hände warmzureiben, auf und lief Alde entgegen. »Was hat er gesagt?«

»Es tut mir leid, Gil«, stieß Alde atemlos hervor. Eine Kinderschar rannte schreiend und Schneebälle werfend an ihnen vorüber. Sie waren auf dem Weg in den Wald, um Reisig zu sammeln. Rauchgeruch drang von den Wäschetrögen zu ihnen herüber. »Es tut mir leid. Bektis sagt, daß sie bereits angekommen sind?«

»Wie?«

»Er sagt, sie haben die Unsichtbaren Mauern der Magie bereits erreicht. Er kann sie mit seinem Zauber in den Labyrinthen nicht finden.«

Gil fluchte vernehmlich. »Wie lange sind sie schon dort? Weiß dieser Schmalspurzauberer das wenigstens?«

»Nein. – Auf solche Dinge achtet Bektis nicht sonderlich. Aber sie sind erst wenig mehr als vier Wochen unterwegs, ich nehme also an, daß sie das Meeresgebirge gerade erst erreicht haben.«

»Verflucht – wie dumm ich doch war«, rief Gil aus. »Dumm und blind. Ich hätte viel früher auf den Klang dieses Wortes kommen müssen.« Sie hob einen Schneeklumpen auf und schleuderte ihn wütend gegen die Lehmwand der nächstgelegenen Hütte.

»Wenn sie die Unsichtbaren Mauern bereits erreicht haben«, fuhr sie, ruhiger geworden, fort, »dann wissen sie alles, was wir ihnen zu sagen haben, wenn sie wieder herauskommen.«

Zwölftes Kapitel

»Siehst du das?«

»Was soll ich sehen?«

Ingold gab keine Antwort. Er steckte seine behandschuhten Hände in die Ärmel und beobachtete Rudy mit unergründlicher, forschender Miene, wie er es immer tat, wenn er dem Jüngeren beim Zaubern zusah. Eine Brise bewegte die gelb gewordenen Blätter der Espen über ihnen und schüttelte Regentropfen auf sie und den aufgeweichten Weg vor ihnen.

»Meinst du die Straße?« fragte Rudy und blickte zurück.

Die Abzweigung, die er gesehen – oder zu sehen geglaubt – hatte, war verschwunden. Nur die Hauptstraße war noch zu sehen, deren sechseckige Pflastersteine ausgetreten und silbrig unter dem gelbbraunen Blätterteppich hervorblitzten. Sie wand sich schweigend durch die regennasse Domstille des Waldes.

Rudy warf Ingold einen fragenden Blick zu, erkannte jedoch, daß er von dieser Seite keine Hilfe erwarten konnte. Er wandte sich wieder der pflanzenüberwucherten Böschung über der Straße zu und fragte sich, warum er so sicher war, daß sich dort ein Weg hätte befinden müssen. Zum ersten Mal erfuhr er das Gefühl, daß etwas falsch war, an dem, was offensichtlich existierte, und daß das, was nicht existierte, richtig war. Aber es war nichts zu sehen. Nur eine regennasse Böschung, die mit wildem Wein und triefendem braunem Farn überwuchert und von einer gespensterhaften Reihe schwarzgefleckter Birken gekrönt war. Irgendwo in der Ferne toste ein über die Ufer getretener Fluß um Baumstämme herum, die ursprünglich seine Ufer gesäumt hatten. Die Luft war erfüllt von seinem fernen Brüllen und dem Geruch von Blättern und Wasser.

Vorsichtig tastete er sich Schritt für Schritt durch den matschigen, gelben Blätterteppich auf die Böschung zu. Der Straßengraben, der die Straße von der steilen, dicht bewachsenen Böschung trennte, war durch die starken, in dieser Jahreszeit ungewöhnlichen Regenfälle bis zum Rand gefüllt. Angetrieben von irgendeiner rätselhaften Macht – vielleicht aber auch nur von der unbezwingbaren Neugier des Zauberers – schickte sich Rudy an, durch den Graben zu waten.

Sein Fuß traf auf Stein.

Er fragte sich, wie er die kleine Brücke, die über den Graben führte, hatte übersehen können. Sie lag unmittelbar vor ihm, alt und moosbewachsen und sehr schmal, spannte sich ihr Bogen über das Wasser wie ein buckliger Zwerg. Ein Meilenstein am anderen Ende war fast vollständig unter herunterhängenden Schlingpflanzen verborgen; doch beim näheren Hinsehen erkannte Rudy, daß die Rune Yad hineingemeißelt war. Die Rune des Schleiers.

Und hinter der Brücke begann der Weg.

Rudy hatte ihn noch nie gesehen, aber ihm war, als hätte er gewußt, daß er genauso aussehen würde. Das Gefühl eines *déjà vu* reichte bis in die kleinste Einzelheit – die Art, wie die braunen Ranken des wilden Weins die Seitenhänge des Einschnitts wie Vorhänge in einem schlampigen Haushalt verhüllten, die knöcheltiefe, modrige Schicht gelber Blätter auf dem Weg und die schwarzgeränderten Pilze, die oben auf der Böschung wuchsen. Den Fuß auf der Brücke, blickte Rudy zu Ingold zurück, der lächelnd neben dem Esel stand. »Kannst du sie sehen?« fragte er zweifelnd.

Ingolds Lächeln wurde noch breiter. »Natürlich.« Er kam, den Esel hinter sich herziehend, heran.

Es hatte den ganzen Tag über in silbernen Strömen geregnet, und die Wanderer waren trotz der schützenden Bäume vollkommen durchnäßt und steif vor Kälte. Die östlichen Ausläufer des Meeresgebirges waren dicht bewaldet, und das Prasseln des Regens auf den Blättern hatte sie an das Brausen eines Meeres erinnert. Auch die beiden vorangegangenen Tage hatte es unaufhörlich geregnet. Der Regen hatte die Straße, die vor ihnen lag, ihren Blicken entzogen, die Bäche zu Flüssen anschwellen lassen und die Niederungen in graue Schlammlandschaften verwandelt, die über und über mit dunklem Schilfrohr gespickt waren. Über den Bäumen war der Himmel immer noch grau, kalt und bedrohlich, dennoch war es wärmer als in den froststarren Weiten der Ebenen und in der sturmgepeitschten Wüste. Rudy schauderte in seinem Büffelfellmantel.

Selbst gegen Ende des Jahres war das Meeresgebirge wunderschön und üppig nach der spröden Kargheit der baumlosen Landschaften. Rudy schlurfte durch die regennassen Blättermassen in der Wegsenke, und die Schönheit der Umgebung öffnete seine Seele. Er freute sich an der Stille des Waldes, an den Farben und der Lebendigkeit der bronzenen und gelbbraunen Farne, am Schwarz der feuchten Tannenrinde und dem Dunkelrot der Eiche und an dem Wechselspiel von Dunkel und Silber. Sie waren von Bewegung und Leben umgeben, dem blitzschnellen Peitschen eines buschigen Eichhörnchenschwanzes im Geäst und dem hohen, schrillen Kreischen eines Eichelhähers. Der Weg führte über die Böschung hinweg, wand sich durch den Wald weiter und verlief dann über einen mit gelben Tamarisken bewachsenen Hügelkamm und durch einen schmalen Paß, der zuvor nach Rudys fester Überzeugung nicht dagewesen war.

Der Boden war durch die dicke Schicht feuchter Blätter gefährlich glitschig, doch sein Bein tat ihm kaum noch weh. Er benutzte als

Wanderstab noch immer den Speerschaft, den er von den Weißen Räubern bekommen hatte, und trug den Mantel aus Büffelfell, den sie ihm geschenkt hatten. Ein Windstoß schüttelte den Regen von den Bäumen und wehte den kalten, feuchten Duft der Gebirgshöhen zu ihnen herunter. Die Gipfel waren von Wolkendunst verhüllt, doch der Geruch war wie ferne Musik, die die Seele anrührt.

Wider alles Erwarten hatten Ingold und er das Meeresgebirge erreicht. Nun galt es nur noch, den Weg nach Quo zu finden.

»RUDY!«

Der Schreck in Ingolds Stimme riß ihn in die Wirklichkeit zurück. Gleich darauf prallte etwas Wildes, Schwarzgefiedertes gegen seinen Kopf, und ein Schnabel verfehlte um Haaresbreite sein Auge und bohrte sich in seinen Wangenknochen. Er schlug nach den scharfen Krallen und hörte das Zischen von Ingolds Stab, der wenige Zentimeter vor seinem Gesicht niedersauste. Mit einem heiseren, höhnischen Schrei wich die riesige Krähe dem Schlag aus. Von ihrem Schnabel tropfte Blut, als sie sich mit schwerfälligen Flügelschlägen in die Bäume zurückschwang. Rudy stand, schwer atmend vor Schreck, zitternd auf dem Weg, und ein Hitchcock-Film, den er in der Spätvorstellung gesehen hatte, kam ihm plötzlich ins Gedächtnis. Blut lief ihm über die Finger, als er die Wunde befühlte. Ingold beobachtete die Bäume, und seine Miene drückte kalte Wut aus. Aus den kahlen Zweigen flatterten ganze Schwärme schwarzer Krähen auf. Ihr unverschämtes Lachen schwebte, zusammen mit den dürren Blättern, die sie mit den Flügeln abgerissen hatten, zur Erde herunter wie verirrte schwarze Federn.

»Ist alles in Ordnung?« Ingold wandte sich zu Rudy um, zog aus irgendeiner Falte seiner Gewänder ein Taschentuch und tupfte die Wunde damit ab.

»Ja«, flüsterte Rudy. »Ich glaube schon. Warum zum Teufel hat der Vogel mich angegriffen?«

Der Zauberer schüttelte den Kopf. »So etwas geschieht hier, wenn deine Aufmerksamkeit nachläßt. Das oder etwas ähnliches.«

Rudys Hände zitterten, als er das Taschentuch nahm. Die Wunde brannte in dem kalten Wind. Selbst die tiefe Wunde, die ihm die Dooer am Bein zugefügt hatten, war weniger schlimm gewesen. Sie hatte ihn nicht unvorbereitet getroffen.

Es war unmöglich, auf die Unsichtbaren Mauern der Magie, von denen die Stadt Quo eingeschlossen war, vollkommen vorbereitet zu sein.

Oftmals hatten die beiden Wanderer das Gefühl, verfolgt zu werden. Rudy ertappte sich dabei, daß er sich in der Stille des regennassen Waldes ständig ängstlich umschaute. Manchmal war er überzeugt, Dinge, die vorhanden waren, nicht zu sehen. Dann hielt er an und ließ seinen Geist in jenen Zustand der Gleichmütigkeit gleiten, in dem er alle Dinge kristallklar erkennen konnte, so wie er damals in der Wüste seine eigene Seele erkannt hatte. Oft konnte er sich die magische Wirkung solcher Stellen nicht erklären, obwohl er sie spürte; doch einmal stieß er auf einen anderen Weg, der von dem eigentlichen wegführte und sich um ein von Dornenhecken überwuchertes Espenwäldchen wand, das er für größer und höhergelegen gehalten hatte, als sich schließlich herausstellte. Ingold folgte ihm wortlos auf diesem neuen Pfad. Manchmal dagegen nahm der Zauber die Form einer seltsamen, irrationalen Angst an, eines heftigen Widerwillens dagegen, den Weg fortzusetzen, oder einen unbezwingbaren Ekel davor, an einem bestimmten Baum vorüberzugehen. Und als er vorüber war, blickte Rudy zurück und sah undeutlich die Umrisse der Kettenrune, die in der überwucherten Rinde kaum zu erkennen war.

»Wenn du mich fragst, ich glaube, in diesem Wald kann man sich verdammt leicht verlaufen«, murmelte Rudy, nachdem Ingold ihn angehalten und ihm eine Abzweigung durch eine finstere Klamm gezeigt hatte, die Rudy aus irgendeinem unerfindlichen Grund vollkommen entgangen war. Als er sich erst auf dem Pfad befand, lag er offen sichtbar da, und Rudy war nicht einmal mehr sicher, ob er seinen Blicken je entzogen gewesen war.

Ingold tat, als müsse er seine Augen vor allzu grellem Licht abschirmen. »Blendend«, murmelte er. »Die Intelligenz dieses Burschen ist einfach blendend.«

»Wovor haben sie Angst?« fuhr Rudy fort, ohne seinen Spott zu beachten.

»Angst?« Ingold zog die Augenbrauen hoch.

»Ich meine, ihre magischen Kräfte schützen sie doch, wenn sie in Schwierigkeiten geraten. Wenn es zu einem Kampf käme, meine ich, was unwahrscheinlich ist. Wer würde sich schließlich mit einer Bande von Zauberern anlegen?«

»Du darfst die Beweggründe der Menschen nicht unterschätzen«, gab Ingold belehrend zurück. »Besonders unter dem Einfluß der Kirche. Vergiß nicht, daß der Erzmagier als die linke Hand des Teufels bezeichnet worden ist. Es ist noch nicht so lange her, daß der Prinzbischof von Dele dem Rat den Krieg erklärt und ein großes Heer ausgesandt hat, um die Stadt einzuäschern und so viele Zauberer wie möglich zu verbrennen.«

»Haben die Zauberer sich erfolgreich zur Wehr gesetzt?« fragte Rudy beeindruckt.

»Natürlich nicht. Das Heer kam nie auch nur in die Nähe von Quo. Es gab Regen und Nebel, und die Truppen verirrten sich in den Gebirgsausläufern. Schließlich wurden sie, Meilen entfernt von der Stelle, an der sie den Aufstieg ins Gebirge begonnen hatten, auf der Hauptstraße wieder abgesetzt. Zauberer können kämpfen, wenn die Umstände es erfordern. Aber wir verstehen uns großartig darauf, Auseinandersetzung zu vermeiden. Warte einen Augenblick.«

Rudy blieb verwundert stehen. Ingold faßte ihn am Arm und führte ihn über den schmalen Pfad zum Rande einer wolkenverhüllten Schlucht, die zwischen den glatten, kahlen Baumstämmen zu sehen war. Ingold hielt sich einen Schritt vor Rudy und tastete sich mit einer Vorsicht voran, die Rudy lächerlich erschien – bis sich plötzlich herausstellte, daß der Abgrund viel näher lag, als ursprünglich angenommen. Unvermittelt stand er vor dem steil abfallenden, schwarzen Felshang, der in einem Haufen von Geröllbrocken und abgesplitterten, zerschmetterten Bäumen endete, die vom Bodennebel in der Schlucht fast verhüllt wurden. Schwindelnd trat er hastig einen Schritt zurück. Er glaubte, unten auf den Felsen noch etwas anderes entdeckt zu haben, etwas, das wie die zerschmetterten Glieder der toten Bäume aussah, nur weißer.

Er blickte ängstlich um sich. Der Weg selbst hatte sich verändert. Nebel zog sanft von den höhergelegenen Gipfeln herunter, die Farne waren von silbernem Tau überzogen, und die Bäume zogen sich wie spöttische Geister in den Nebel zurück.

»Wir sind schon ziemlich hoch«, bemerkte Ingold. Seine leise, kratzige Stimme wirkte ruhig und seltsam körperlos in dieser kühlen, zweidimensionalen Welt. »Von hier aus wird der Weg schwieriger sein. Der Zauber, der über dem Pfad liegt, hat bis hierher diejenigen, die mit bösen Absichten, aus Neugier oder Langeweile gekommen sind, längst in die Irre geführt. Die einzigen, die es schaffen, bis hierher zu kommen, sind diejenigen, die Magier werden wollen und die Fallen erkennen, bevor sie sich schließen – oder diejenigen, die wirklich Böses gegen die Zauberer im Schilde führen.«

»Was sollen wir also tun?« flüsterte Rudy beunruhigt.

»Tun?« Der Nebel war jetzt so dicht, daß Ingold nur noch ein körperloser, gesichtsloser Schatten war. »Den Nebel auflösen, natürlich.«

Zögernd und abgehackt stieß Rudy die Worte hervor, die Ingold ihm zur Beeinflussung des Wetters beigebracht hatte. Gespenstisch kalt strich der Nebel über sein Gesicht. Er spürte jetzt den Zauber, der den Nebel beherrschte und wie ein Netz über ihnen zusammenzog. Er setzte seine eigene Kraft dagegen, merkte aber, daß er dieser Macht nicht gewachsen war, daß es ein älterer und unendlich viel komplexerer Zauber war. Er stand allein da, eingehüllt in den Nebel, der ihn mit seiner Dichte fast erstickte, als würde er von einem feuchten Leichentuch erdrückt. Sein Gesicht war schweißnaß, und er mußte gegen den Drang ankämpfen, schreiend davonzulaufen – gleichgültig, in welche Richtung –, nur um der bösartigen Kraft der Hände zu entrinnen, die das Netz zusammenhielten.

»Ich kann nicht«, flüsterte er verzweifelt.

Ingold schnalzte vorwurfsvoll mit der Zunge. »Kann nicht! Wenn du es nicht kannst, müssen wir hier bleiben oder blind weitergehen. Es wird bald Abend.«

»Verflucht!« stieß Rudy jammernd hervor. »Kannst du mir nicht einen stärkeren Zauber sagen?«

»Warum? Der, den du hast, genügt völlig.«

»Das ist nicht wahr! Du weißt genau, daß du dieses Zeug wegwischen könntest wie ein Spinnennetz!«

»Mit demselben Zauber, den du angewendet hast, Rudy.« Ingold war nur noch ein dunkler Fleck in den Nebelschwaden, doch seine Stimme wirkte wärmend wie ein Feuer an einem kalten Ort. »Die Kraft deines Zaubers ist die Kraft deiner Seele. Ist dir das noch nicht aufgefallen?« Ingold trat näher heran. Der grobe Stoff seines Gewandes war mit Tautropfen besetzt. »In dem Maße, in dem du wächst, wächst auch die Macht deines Zaubers.«

»Aber spürst du es denn nicht?» stammelte Rudy hilflos. »Es ist – es ist, als würde ein Kind gegen einen Erwachsenen kämpfen. Ich werde nie . . .«

»Wenn du immer nie sagst«, entgegnete Ingold sanft, »wirst du es eines Tages selbst glauben. Wenn das Kind mit dem Rücken an der Wand steht, muß es gegen den Erwachsenen kämpfen, nicht wahr? Und manchmal kann es den Kampf gewinnen.«

Rudy schwieg. Über dem Nebelfeld wurde der Himmel merklich dunkler, der erste kalte Abendwind strich von den verborgenen Höhen herunter . . .

Wind. Die endlosen Winde der Ebene.

Mit äußerster Konzentration sprach Rudy die Zauberworte, die die Winde herbeiriefen.

Sie waren eiskalt, rochen aber nach den Felsen und Gletschern der Gipfel. Scharf, gleichmäßig und kraftvoll wehten sie herab, sprengten graue Pferde aus der Schlucht herauf, trieben den Nebel vor ihnen auf wie erschrockene Geister. Nebelgestalten lösten sich vom Weg und zogen sich zögernd zurück. In der Schärfe des Windes, der Rudy die langen Haare in die Augen wehte, schüttelten die Bäume vorwurfsvoll ihre Nässe über ihnen aus. Rudy setzte sich in Bewegung, und Ingold führte den Esel schweigend hinter ihm her.

In dieser Nacht schlugen sie ihr Lager im Schatten der höhergelegenen Gipfel unter freiem Himmel auf. Ingold legte einen schützenden Zauber um das Lager, der für das Auge des Zauberers als dünner, magischer Feuerring sichtbar war, doch in dieser flüsternden Nacht wurden sie durch nichts bedroht. Am Morgen hatten sich die Wolken ein wenig aufgelöst, und Ingold deutete auf den Paß, den sie suchten, eine schmale Kerbe im Schwarz der Felsenwand. Im Laufe des Tages bewegte sie sich unbegreiflicherweise immer weiter nördlich, und manchmal schienen die Wege, die Ingold wählte, nicht einmal in die Nähe ihres Zieles zu führen.

Sie befanden sich jetzt oberhalb der Baumgrenze, wo Felsen sich stolz wie Göttinnen über dem Weg auftürmten. Hier und da klammerte sich eine knorrige Krüppeleiche oder ein Büschel Heidekraut in den kahlen Hängen fest, und Wasser fiel wie schimmernde Spitzenschleier herunter oder brodelte in Felsenrinnen, aus deren Tiefen es rost- und zinnfarben und samtig moosgrün leuchtete. Der Weg war tückisch, er wand sich in scharfen Kurven die steile Felswand hinauf und wurde gelegentlich von gewaltigen Felsblöcken überschattet. An manchen Stellen war der Weg unter einem Felsbrocken oder einem Haufen Geröll, den tödlichen Zeugen der Magie, die Quo beschützte, begraben. Rudy fragte sich, was ihm an dieser Stelle zugestoßen wäre, hätte er sich nicht in Ingolds Begleitung gefunden.

Ingold ging jetzt voraus. Er spürte die verschlungenen Pfade mit übernatürlicher Sicherheit auf. Rudy war erstaunt über die innere Erschöpfung, die sich nach der Anstrengung des vergangenen Tages in ihm breitmachte. So sehr er sich auch anstrengte, er konnte nicht einmal die Hälfte der magischen Illusionen erkennen, die Ingold sah. Es wäre ihm sicher niemals in den Sinn gekommen, einen reißenden Gebirgsbach genau an der Stelle zu überqueren, wo er in tosendem Fall hinunterstürzte. Doch wo er am tiefsten und gefährlichsten aussah, war eine Furt. Ebensowenig hätte er den Weg gefunden, der über einen scheinbar senkrecht abfallenden Felshang führte.

Und dann war da die Brücke.

»Was stimmt an der Brücke nicht?« wollte Rudy wissen. Die moosbewachsene Steinbrücke spannte sich in stolzem Bogen über die Schlucht; ihr schwachblauer Schatten war auf dem Dornengestrüpp und dem Geröll zu sehen, unter dem die Bachrinne tief unter ihnen verschwand.

»Sie ist nicht da«, erklärte Ingold einfach.

Rudy sah genauer hin, dann trat er nahe heran und klopfte mit dem Stab auf den Boden. Holz traf unverkennbar auf Stein.

»Teile des Weges sind mir fremd«, fuhr der Zauberer fort, »und er hat sich vor kurzem verändert – ich glaube, er ist gefährlicher geworden. Aber ich habe diese Schlucht schon dutzendmal überquert. Es gibt keine Brücke hier.«

»Vielleicht ist sie neu gebaut worden, seitdem du das letzte Mal hier warst?«

»Seit Anfang dieses Sommers? Das glaube ich kaum, angesichts der Moosschicht, die darauf gewachsen ist. Sieh nur, wie abgetreten die Steine sind. Die Brücke sieht aus, als gäbe es sie seit Anbeginn der Zeit. Und da ich weiß, daß das nicht stimmt . . .« Er zuckte die Achseln. »Sie war nie da.«

»Ich glaube, mich zu erinnern«, sagte Rudy überzeugend, »daß du mir einmal erklärt hast, was es bedeutet, seinen eigenen Sinnen zu mißtrauen, weil man etwas für wahr hält . . .«

Ingold lachte bei der Erinnerung an ihre erste Unterhaltung in der alten Hütte in den kalifornischen Bergen. »Ich gebe mich geschlagen«, erklärte er ergeben. »Wenn wir die Schlucht auf mühsamerem Weg überquert haben, und die Brücke erweist sich als wirklich und nicht als magische Illusion, dann kannst du mich beschimpfen, soviel es dir beliebt, und ich werde mich demütig der Peitsche beugen.« Als sie aber, blutend und zerschunden von der Anstrengung, den widerspenstigen Che über den unwegsamen Pfad aus der Schlucht heraufzuzerren, die andere Seite erreicht hatten, blickte Rudy zurück und erkannte, daß die Steinbrücke ein einziger Strang geflochtener Weidenruten war, zerbrechlich wie ein Spinnennetz, über das die Magier ihren Zauber gewoben hatten. Von hier aus konnte er auch den Knochenhaufen am Fuße des Felsens darunter erkennen.

Rudy fiel ein, daß Kara diesen Weg genommen hatte. Und Bektis ebenfalls, und Ingold in jungen Jahren. War es damals schon genauso schlimm gewesen? Es war ein hoher Preis, den die Sicherheit kostete.

»He, Ingold? Wenn Quo sich am Rande des westlichen Meeres befindet und die Unsichtbaren Mauern der Magie die Landseite schützen – hat schon einmal jemand versucht, vom Meer her anzugreifen?«

»Oh ja«, erwiderte der Zauberer. »Der Versuch ist gemacht worden.«

Rudy dachte darüber nach. Er hatte Angst vor dem Meer, dem tiefen Wasser und vor den vielen Dingen, die einem Menschen widerfahren konnten, wenn er sich über diesen dunklen Tiefen befand. Der Gedanke behagte ihm nicht.

Das also war die andere Seite der Macht – die Kraft, die die Zauberer zu Einzelgängern machte, zu Vagabunden, zu Verstoßenen in ihrer eigenen Welt, die Macht, die sie verband. Er erinnerte sich plötzlich an den Blick in Aldes Augen, als er zum ersten Mal durch magische Kraft Feuer hervorgerufen hatte.

Du hast die Zauberei gesucht, sagte er sich selbst. *Und das ist sie nun. Eine Brücke der Magie und die Knochen darunter.*

Stundenlang wanderten sie durch schmale Schluchten oder über eisglatte Felssimse in den Höhen der Berge. Zweimal versuchten sie, den Weg abzukürzen und den kahlen, bräunlichen Berghang zu überqueren, doch der Weg war hier so steil, daß sie gezwungen waren umzukehren. Schließlich verlor sich der Weg vollständig in der trostlosen Felsenöde. Als sie keuchend am Rande eines verwitterten Schieferhanges standen, blickte Rudy zu dem Paß hinauf und mußte feststellen, daß sie viel zu weit gegangen waren und daß die Gletscher, die ihn säumten, jetzt südlich von ihnen unter dem sonnenlosen Himmel schimmerten.

Reglos wie eine Statue stand Ingold, auf seinen Stock gestützt, da, und nur sein zusammengepreßter Mund und die zornig blitzenden Augen verrieten ihn. Irgendwo in der Ferne hörte Rudy das Heulen des Windes und das wütende Zischen einer Klapperschlange. Ansonsten herrschte vollkommene Stille, und die Welt war so ohne jedes Leben, wie sie es gewesen war, als die Sonne sie mit ihrem Lied aus dem Meer hervorgelockt hatte. Der Zauberer machte auf dem Absatz kehrt und trat wortlos den Rückweg über den trügerischen Pfad an.

Der Abend überraschte sie in einem tiefen, schmalen, dicht mit Bäumen bewachsenen Tal, an dessen unterem Ende sich ein schwarzer Bergsee mit stiller, öliger Oberfläche befand. »Dieser Platz ist mir gänzlich unbekannt«, sagte Ingold ruhig und betrachtete mißtrauisch das dunkle Baumdickicht, das den Weg fast vollständig verbarg. »Ich glaube, der Wald ist größer, als wir annehmen. Siehst du, wie verschwommen der Rand dort ist? Er täuscht das Auge. Es sollte mich wundern, wenn wir den Wald vor Einbruch der Dunkelheit durchqueren können.«

Ungefähr zum tausendsten Mal an diesem Tag warf Rudy einen ängstlichen Blick über die Schulter zurück. Der Geruch des Waldes mißfiel ihm, aber er stellte fest, daß das Wasser ihn noch mehr abstieß. Ein feuchter weißer Dunst stieg jetzt von dem dunklen See auf und umschwebte in dichten Schwaden die Bäume, die ihm am nächsten standen. »Ja«, entgegnete er langsam. »Aber es ist mir lieber, wir versuchen es, anstatt an diesem See zu lagern.«

»Um die Wahrheit zu sagen, mir auch.« Ingold nahm den Zügel des Esels und schritt, Zauberworte auf den Lippen, auf den Wald zu.

Die schwarzen Bäume standen sehr dicht, und die Zwischenräume waren üppig bewachsen mit hartblättrigen Stechpalmen, dunkelgrünem Efeu und wildem Wein, in dessen Ranken sich die Füße der Wanderer verfingen. Der Talnebel, der wie weiße Katzen um die dornenumrankten Baumstämme strich, verfolgte sie. Die Dunkelheit senkte sich immer tiefer über den Wald, und Rudy, der Ingolds Zauberworten zaghaft seine eigenen hinzufügte, spürte die Kraft der Magie, die diesen Ort zu einer düsteren Einheit, einem Knoten der Feindseligkeit und des Bösen, verschlang. Zweimal kamen sie vollständig vom Weg ab, und Rudy begann zu argwöhnen, daß die Bäume selbst sich bewegten.

»Allmählich wird es eintönig«, keuchte Rudy, als sie zum vierten Mal anhalten mußten, um Ches Last mit Hilfe des kleinen Beils von Brombeerranken zu befreien. Der Esel stand zitternd vor Entsetzen da, das Weiß seiner Augen leuchtete im Dämmerlicht. »Wir müssen umkehren und versuchen, den Wald zu umgehen. So kommen wir nie ans Ziel.«

»Schon wieder dein nie«, sagte Ingold vorwurfsvoll. Doch trotz der zunehmenden Dunkelheit konnte Rudy erkennen, daß sich tiefe Linien der Besorgnis und Erschöpfung in das dornenzerkratzte Gesicht des alten Mannes gegraben hatten. Als sie den Esel befreit hatten, gingen sie ein paar Schritte weiter und blickten sich dann um. Der Weg hinter ihnen war verschwunden.

Rudy fluchte. Ingold seufzte geduldig und schloß die Augen. Bald darauf sah Rudy, daß er in äußerster Konzentration die Stirn runzelte und daß seine Atemzüge tiefer wurden. Die Dunkelheit schien sich wie ein Netz über ihnen zusammenzuziehen. Rudy nahm plötzlich raschelnde und trippelnde Geräusche wahr. Irgendwelche Wesen schienen sich in den Bäumen durch Pfeiftöne zu verständigen.

Schließlich entspannten sich Ingolds Schultern, und er öffnete die Augen. »Zu meiner Zeit gab es einen verwunschenen Wald in diesen Bergen«, erklärte er, »aber er war anders als dieser hier. Unglücklicherweise füllt der Wald das ganze Tal aus, und die Hänge auf beiden Seiten steigen steil an. Aber wenn wir jetzt weitergehen, laufen wir Gefahr, tiefer drinnen in eine Falle zu geraten. Wenn das geschieht, würde ich es lieber bei Tageslicht erleben.«

Sie kehrten um. Rudy stieß ein paar sanfte Flüche gegen Lohiro und seine Bande aus und ließ ihnen etliche Zaubersprüche folgen, die Ingold ihm beigebracht hatte. Der Weg aus dem Wald hinaus war ebenso schwer zu finden wie der Weg hinein, und es war vollkommen dunkel, als sie den Waldrand endlich erreichten. Sie schlugen ihr Nachtlager unter den weniger dichtstehenden Bäumen an einem Bach auf, und Ingold zog den magischen Schutzkreis doppelt und dreifach in die modrigen Blätter.

Es war viele Nächte her, daß Rudy Aldes Bild in den Flammen gesucht hatte. Ingold aber betrachtete noch immer seinen Kristall im flackernden Schein des Feuers. Rudy beobachtete ihn, an Körper und Geist erschöpft, und folgte den Bewegungen der blauen Raubvogelaugen, die irgend etwas in den funkelnden Facetten suchten. Die Bilder, die er selbst in dem Kristalltisch in der Festung gesehen hatte, kamen ihm in den Sinn – strahlend blaue Augen, so tief und kalt wie der Himmel und glitzernd wie die diamantene Schaumbrandung über bleichen Knochen, schienen ihn anzustarren. Das Bild verfolgte ihn noch in seinem ruhelosen Schlaf.

Er träumte von Knochen – Knochen, die in der Dunkelheit lagen, doch im Traum konnte er im Dunkeln sehen; der schwache Schein seines magischen Lichtes strich in gespenstisch silbrigen Streifen über die immer gleichen Bögen von Schädeln, Rippen und Becken. Das dürre, braune Moos, in dem die Knochen lagen, war hier faulig feucht, und es wimmelte darin von namenlosem, abscheulichem Leben. Um ihn herum glühten die Augen von Aasratten rot in der Dunkelheit. Etwas bewegte sich und hüpfte plump davon. Eine augenlose, weiße Kröte rülpste ihm von einem unförmigen Schädel aus schmierig zu. Andere Kröten hüpften zwischen den Knochen herum und glitschten auf dem morastigen Boden aus, als sie dem magischen Licht entflohen. Rudy stöhnte auf und mühte sich, dem Entsetzen des Traumes zu entkommen, die Augen abzuwenden von dem gräßlichen Schauspiel, das, wie er jetzt erkannte, den schwarzen, unebenen Höhlenboden meilenweit wie ein fauliger Sumpf überzog. Stalagmiten erhoben sich wie gespenstische Baumstämme aus dem Morast, und glitzernde rote Augen hüpften dazwischen auf und nieder. Er hörte das Rascheln hurtiger Füße im dürren, braunen Moos, das dort, wo es nicht in feuchte Verwesung übergegangen war, zu grauem Staub zu zerfallen schien. Wieder entrang sich ihm ein angeekeltes Stöhnen. Diesmal war er es jedoch nicht selbst, der aufschrie, sondern der Mann, der am dunklen Eingang zu einer abgelegeneren Höhle lehnte. Er stand mit dem Rücken zu Rudy, doch Rudy erkannte ihn – würde ihn überall erkennen, was immer auch geschah. Das magische Licht schimmerte auf weißem Haar und auf der Narbe zwischen Handschuh und Ärmel. Dann herrschte Stille, die nur unterbrochen wurde vom Rascheln unzähliger winziger Füße zwischen Moos und Knochen . . .

. . . in den Blättern des Waldbodens!

Ches Entsetzensschrei ließ Rudy schweißgebadet aus dem Schlaf fahren. Der Esel riß angstvoll an seinem Pflock. Er hatte die Ohren flach an den Kopf angelegt und rollte mit den Augen. Hinter ihm stand Ingold am Rande des schwach leuchtenden Schutzrings. Und jenseits davon, zwischen den Bäumen, sah Rudy ein grenzenloses Meer roter Augen.

»Heiliger Himmel!« Rudy sprang auf und bückte sich nach seinem Stab.

»Kein Licht«, sagte Ingold leise, ohne den Kopf zu wenden. Es regte sich kein Lüftchen, doch das Flüstern der kleinen Klauenfüße klang wie der Vorbote eines Sturms. Selbst da, wo sie von der Dunkelheit verborgen waren, konnte Rudy ihre geduckten, zusammengedrängten Körper spüren. Ihr trockener Gestank war überall.

»Können sie den Kreis durchbrechen?« fragte Rudy flüsternd. Die weiße Flamme des Ringes warf jetzt einen helleren, flackernden Schein auf die herabgefallenen Blätter.

»Nein«, erwiderte Ingold leise. Etwas knarrte und raschelte über ihnen. Rudy blickte nach oben. Die Ratten hingen dicht an dicht, wie faulendes Obst, an den Zweigen der Bäume.

»Ingold, wir müssen weg von hier.«

»Wir müssen nichts dergleichen«, erklärte der Zauberer mit unerschütterlicher Stimme. »Solange der Kreis nicht durchbrochen wird, sind wir sicher.«

Du mußt ihm vertrauen, dachte Rudy und kämpfte verzweifelt gegen den Drang, davonzulaufen, an. *Er weiß mehr darüber als du.* Überall in dem dunklen Wald bewegten sich die Ratten; ihr schreckliches Getrippel erfüllte die Farne mit Leben. Er sah sie jetzt deutlich; sie strömten in graubraunen Massen über die knorrigen Wurzeln der Bäume und hohlen Stämme. Sie schwärmten durch das Bachbett und schlüpften über den dicken Blätterteppich. Unter ihren runzeligen Nasen waren scharfe weiße Zähne sichtbar. Che schrie, die Nüstern geweitet vor Entsetzen, erneut auf und riß an seiner Leine.

Rudy sah, wie sich der Pflock aus dem Boden löste, und griff nach der Leine. Der Esel stieß einen beinahe menschlichen Schrei aus und bäumte sich auf. Mit einer kleinen Fontäne aus Moder und Erde wurde der Pflock aus dem Boden gerissen, die Leine entglitt Rudys Händen. Der Esel senkte den Kopf und sprang mit einem Satz über den Rand des Kreises und in die Dunkelheit.

Es war, als hätte es den weißen Flammenring nie gegeben. Die aufgewirbelten Blätter hatten den Boden noch nicht wieder berührt, als die Ratten zischend und pfeifend wie ein schmutziger Fluß vorwärts strömten. Rudy hörte Che aufbrüllen und rannte ihm nach, wobei er voller Entsetzen mit seinem Stab nach den grausamen, pelzigen Tieren schlug, die wie Kletten an seinen Stiefeln, seinen Armen und dem Mantelsaum hingen. Eines der Tiere ließ sich von einem Baum fallen und streifte sein Gesicht. Er glaubte, sich selbst schreien zu hören, doch später wußte er es nicht mehr mit Sicherheit zu sagen, denn im selben Augenblick brüllten hinter ihm lodernde Flammen auf und übergossen ihn mit ihrem Schein. Das Feuer prasselte über das Meer von grauen Körpern, das ihn zu verschlingen drohte. Er drehte sich um und sah, wie Ingold seinen Stab schwang, der Feuer ausspie wie ein Flammenwerfer.

Che brüllte angstvoll; sein Fell war blutüberströmt, und an seinem zerfetzten Zaumzeug hingen drei riesige Ratten. Rudy schlug sie mit seinem Stab herunter und spürte im selben Augenblick, daß sich scharfe Klauen und Zähne in seine Waden bohrten. Starr vor Entsetzen und vom unbändigen Verlangen getrieben, den widerwärtigen Kreaturen zu entkommen, schlug er darauf ein und ergriff hastig die Zügel des Esels.

Das Feuer breitete sich prasselnd im dürren Farn des Waldes aus. Als die modrig-feuchten Blätter Feuer fingen, stiegen gewaltige, schwarze Rauchschwaden auf. Die Flammen im Farn züngelten in diesem dichten Schleier wie der brennende Höllenschlund. Lichterloh brennende Ratten flohen hierhin und dorthin und setzten mit ihrem feurigen Pelz das Unterholz in Brand. Der ohrenbetäubende Lärm ihrer schrillen Schreie übertönte das Tosen der Flammen. Der Rauch brannte Rudy in den Augen und legte sich auf seine Lungen, er fühlte sich geblendet und gefangen in einem Wall von Hitze, aus dem es kein Entrinnen gab. Brüllend riß Che an der Leine, und Rudy fühlte, daß seine Hände klebrig waren von Blut, als er sich verzweifelt abmühte, das verängstigte Tier aus einer zuschnappenden Falle erstickender Hitze und Flammen hinauszuziehen.

Plötzlich tauchte Ingold, den Schal über Mund und Nase gezogen, keuchend in den wogenden Rauchschwaden auf. Er packte Rudy am Arm und zerrte ihn hinter sich her. Sie kämpften sich durch ein flammendes Inferno, dessen Boden aus Flammen, dessen Dach aus erstickendem Rauch bestand und das von den wilden Schreien der Ratten, die bei lebendigem Leibe verbrannten, erfüllt war. Aus dem brennenden Unterholz ragten die feuchten Baumstämme wie schwarze Rauchsäulen auf. Unfähig zu atmen, unfähig eine Richtung von der anderen zu unterscheiden, wußte Rudy nur noch, daß er in der erstickenden Hitze verzweifelt nach Luft rang und daß Ingolds Hand seinen Arm wie eine eiserne Fessel umklammert hielt. Als der Wald endlich hinter ihnen lag, loderte der Widerschein des Feuers im dunklen Wasser des Bergsees wie ein Strom aus Blut und Gold.

Sie machten erst halt, als die Nacht fast vorüber war. Der Feuerschein lag jetzt weit hinter ihnen, doch der Gestank von Rauch und Ratten hing in ihren Kleidern, und das Prasseln des brennenden Unterholzes war meilenweit zu hören. Halb erstickt und einer Ohnmacht nahe, überließ Rudy sich willenlos Ingolds Führung. In völliger Dunkelheit ging es auf und ab über steinige Pfade und durch Bäche, deren Eiseskälte ihnen in die Füße schnitt. Als der Morgen dämmerte, lagen sie, rußgeschwärzt und erschöpft, auf ebenem, steinigem Boden. Rudy, dessen Gesicht und Hände versengt waren, fühlte sich nicht mehr in der Lage, weiter zu fliehen, und er konnte, aus Angst vor seinen Träumen, auch keinen Schlaf finden. Das graue Licht, das allmählich den Himmel überzog, enthüllte die Straße, deren sechseckige, silbrige Pflastersteine fast verborgen waren unter dem Schmutz, der sich im Laufe von Jahrhunderten angesammelt hatte. Vor ihnen türmte sich, eingehüllt in Dunst und Nebel, den die Morgenröte zart zu färben begann, das Gebirge. Hinter ihnen lag die hügelige, echsenfarbene Hochwüste.

Sie befanden sich genau da, wo sie sich drei Tage zuvor befunden hatten, bevor sie die Unsichtbaren Mauern der Magie erreicht hatten.

Rudy seufzte fast gleichgültig. *In Ordnung, Mann, mach, was du willst. Ich wollte deine miese Stadt ohnehin nicht besuchen. Nächstes Jahr besuche ich stattdessen Disneyland.*

Doch Ingold richtete sich mühsam auf, stützte sich mit rußgeschwärzten Händen auf seinen Stab und ließ den Blick über den dunklen Rücken des Gebirges im Westen schweifen. Rudy stellte fest, daß der alte Mann halbtot aussah und wie ein Betrunkener schwankte. Plötzlich fühlte er Besorgnis in sich aufsteigen. Die ersten Sonnenstrahlen fingen sich im Haar des Zauberers. Ingold hob den Kopf, und seine Stimme hallte über die bewaldeten Hügel am Fuße des Gebirges. »LOHIRO!« rief er, und das Echo dröhnte von den Berghängen zurück. »LOHIRO, KANNST DU MICH HÖREN? WEIßT DU, WER ICH BIN?« Gesträuch, Steine und Wasser flüsterten ihm eine Antwort zu. Irgendwo schrie ein Eichelhäher. Hoch oben schob sich ein Rauchfähnchen vor die Morgensonne wie eine rosige, ziehende Wolke. Sein Ruf hallte von Fels zu Fels. »LOHIRO, WO BIST DU?«

Doch das Echo verhallte, und die Stille verhöhnte sein Verklingen.

Sie stiegen den ganzen Tag bergauf.

Zuerst war es dieselbe Straße, der sie schon einmal gefolgt waren, doch sie kamen jetzt schneller voran, weil sie ihre magischen Tücken bereits kannten. Dennoch fiel Rudys Blick gelegentlich auf eine Wegabzweigung, die er vorher nicht wahrgenommen hatte. Das Wetter verschlechterte sich wieder; am Himmel ballten sich Regenwolken zusammen. Rudy verschob die Schlechtwetterfront einige Meilen weiter nördlich, wo sich die angestauten Wassermassen in die Felsrinnen des Vorgebirges ergießen konnten. Ihm schien, daß sie auch so schon genug Schwierigkeiten zu bewältigen hatten. Sie erreichten das bewaldete Tal mit den verbrannten Bäumen und dem stillen Bergsee lange vor Sonnenuntergang und setzten ihren Aufstieg über die seitlichen Berghänge fort.

Die höhergelegenen Gipfel waren noch immer wolkenverhangen. Die grauen Felsen waren feucht und kalt. Rudy, der erschöpft und halb erfroren den widerspenstigen Esel hinter sich herzog, folgte Ingold blindlings. Als die Nacht hereinbrach, befanden sie sich in einem nebelverhangenen Wald weit oberhalb des Tales. Rudy war so entkräftet, daß er sich kaum noch auf den Beinen halten konnte. Er bat Ingold, ihn um Mitternacht zur Wachübernahme zu wecken; doch als er endlich mit steifen, schmerzenden Gliedern erwachte, stellte er fest, daß er feucht war vom Morgentau. Die Welt war in milchiggrauen Nebel getaucht.

»He, du hättest mir einen Tritt geben sollen«, sagte er entschuldigend und richtete sich auf. Die Eisschicht auf seiner Decke knisterte leise.

»Das habe ich versucht«, entgegnete Ingold unbekümmert. »Mehrmals sogar. Genausogut hätte ich mit einem Knüppel auf dich einschlagen können.« Er hatte ein kleines Feuer entzündet und buk Pfannkuchen über dem eisernen Dreifuß, den sie zum Kochen benutzten. Die dunklen Ringe unter seinen Augen waren angeschwollen. Er sah aus, als hätte er sich geprügelt. »Es macht nichts«, fügte der Zauberer gutmütig hinzu. »Ich mußte ohnehin nachdenken.«

Rudy fragte sich, wieviel der alte Mann geschlafen hatte, seitdem sie die verlassene Brutstätte der Dunklen in der Ebene hinter sich gelassen hatten. Er setzte sich auf, lockerte schwungvoll die Schultern und dachte mit Grausen daran, daß er die Eisdecke auf dem nahegelegenen Bach aufhacken mußte, um sich zu rasieren. Die Welt roch frisch, nach feuchtem Gras, Schnee und kalter Luft. Doch aus dem Tal drang ein anderer Geruch herauf. Rudy, der nicht wußte, was er zu bedeuten hatte, und dem er mißfiel, wandte hastig den Kopf. Er warf einen Blick zu Ingold hinüber. Der alte Mann kramte in den Taschen nach dem Trockenfleisch, von dem Hufspur des Windes ihnen einen ansehnlichen Vorrat mitgegeben hatte. Seine Bewegungen waren langsam und träge. *Du hast die Nacht vielleicht zum Nachdenken gebraucht,* dachte Rudy finster bei sich, *aber es wird eine verdammt lange Kletterei heute, und du siehst aus, als könnten dir sechs Tassen Kaffee, zehn Stunden Schlaf und eine Handvoll Aufputscher nicht schaden.*

»Ich bin heute morgen schon ein Stückchen den Weg hinaufgegangen«, erklärte Ingold und kehrte ans Feuer zurück. »Der Pfad selbst endet ungefähr zwei Meilen weiter; von dort aus wird es unwegsamer. Wir zwei könnten es schaffen, aber wir müßten Che zurücklassen. Und abgesehen davon, daß er in dieser Wildnis sicher umkommen würde, liegen genügend Schwierigkeiten vor uns, auch wenn wir nicht versuchen, uns von den Gaben der Natur zu ernähren.«

Rudy seufzte. Bei dem Gedanken an eine Klettertour durch ein Gebiet, das noch unwegsamer war als das am Vortag, taten ihm alle Knochen weh. Zumal er es am Vortag nicht für möglich gehalten hatte, daß das Gelände noch unwegsamer werden könnte. Mit zusammengebissenen Zähnen fragte er: »Was sollen wir also tun?«

»Umkehren.«

Erleichterung durchrieselte Rudys Körper wie ein heißes Bad, das augenblicklich in der Liste seiner Sehnsüchte an erste Stelle rückte, noch vor einem üppigen Mahl, Kalifornien und Minalde. »Ich bin dabei«, erklärte er. »Vielleicht ist es bei Tage nicht so schwierig, den Wald zu durchqueren.« Doch das war ein Irrtum.

In der Umgebung des Baches war das Unterholz des Waldes niedergebrannt, wenn auch die feuchten Stämme und Blätter der Bäume dem Feuer widerstanden hatten. Jenseits des verbrannten Waldstückes wichen die Bäume anfangs Rudys Zaubersprüchen, doch trotz seiner magischen Kräfte spürte er die Stärke ihres Widerstandes, und ihre unnachgiebige Macht beängstigte ihn. Nach einiger Zeit standen die Bäume dichter beieinander, und die Wanderer verfingen sich in Brombeer- und Weinranken, so daß Ingold nur noch mit Mühe einen Weg bahnen konnte. Und selbst dann schloß sich das Gesträuch sofort hinter dem alten Mann wieder, und Rudy mußte sich durch das dichtrankende Gestrüpp kämpfen, um seinen Führer nicht aus den Augen zu verlieren. Das matte Licht des bewölkten Tages wurde vom dichten Geäst und den verschlungenen Kletterpflanzen verschluckt und verblaßte zu trübem Zwielicht, bis es im Wald schließlich fast so dunkel war wie am Abend.

Rudy fluchte, als Ches Last sich zum wiederholten Mal im dichten Brombeergestrüpp verfing. Er zog das kleine Beil hervor und begann, auf die dicken Ranken einzuhacken. Das Brombeergestrüpp war mit Efeu durchwachsen, und das Beil verfing sich ebenfalls. Als sich das Gewirr endlich lichtete, waren Rudys Gesicht und Hände von blutigen Kratzern übersät. Als er weitergehen wollte, stellte er fest, daß der Weg vor ihm wie vom Erdboden verschluckt war.

»Ingold!« rief er. »Ingold, warte einen Augenblick! Wo bist du?«

Doch nur das Schweigen der schwarzen Bäume antwortete ihm. Dornige Brombeerranken umgaben ihn drohend und undurchdringlich. Er konnte weder vor noch hinter sich einen Weg erkennen.

»INGOLD!« rief er noch einmal. Irgendwo im Wald war ein huschendes, gieriges Rascheln zu hören, doch es kam nicht annähernd aus der Richtung, in der Ingold verschwunden war. Rudy kämpfte gegen die aufsteigende Panik an und sammelte all seine Kräfte zu einem Zauber, der ihn aus dem Dickicht, das ihm vorkam wie eine zuschnappende Falle aus Stacheldraht, befreien sollte, doch die Magie, die dem Wald innewohnte, sog seine Kraft auf wie der Egel das Blut, und das Flüstern der Bäume klang fast wie Gelächter.

Fast eine Stunde lang rief er Ingolds Namen, bis seine Stimme vor Anstrengung und Entsetzen brüchig und seine Kleidung schweißgetränkt war. Er begann sich zu fragen, ob dem alten Mann etwas zugestoßen war und ob er je wieder zu ihm zurückkehren würde. Die Ratten kamen ihm in den Sinn. »INGOLD!« rief er, und diesmal verlieh die Panik seiner Stimme Schärfe.

Mit zusammengebissenen Zähnen wiederholte er die Zauberworte, die ihm einen Weg, irgendeinen Weg, bahnen sollten. So sehr hielt ihn das erstickende Gefühl der Angst umklammert, daß nicht viel fehlte, und er hätte sich blindlings in das Dornengestrüpp geworfen, um sich mit bloßen Händen den Weg freizukämpfen. Doch plötzlich raschelte es leise in den Blättern hinter ihm, und er fuhr entsetzt herum – vor ihm lag ein Pfad. Es war ein ziemlich breiter Weg, und er glaubte weiter unten in einer Biegung Sonnenlicht auf den Blättern schimmern zu sehen. Er schloß die Hand fester um Ches Zügel . . .

. . . und hielt inne.

Sonnenlicht? Es regnet schon seit Tagen pausenlos.

Rühr dich nicht von der Stelle, hatte Ingold gesagt. *Es ist der älteste Trick im Buch.*

Wie ein verirrtes Kind blieb Rudy auf der Stelle stehen und rief immer wieder Ingolds Namen.

Endlich hörte er eine gedämpfte Antwort, eine rauhe, brüchige Stimme, die rief: »Rudy?«

»Ich bin hier drüben!«

Es folgte das Geräusch von schweren Schritten, und eine heftige Bewegung ging durch die dunklen Zweige. Einen schreckensstarren Augenblick lang hatte Rudy das Bild eines unvorstellbaren, geifernden Monsters vor Augen, das seine Spur verfolgte, indem es ihn mit Ingolds Stimme rief; doch wenig später tauchte der Zauberer, Gesicht und Hände vollkommen zerkratzt und Dornenranken und Zweige im Umhang und in den Haaren, an einer lichteren Stelle zwischen den Bäumen auf. Er sah bleich und abgespannt aus, erschöpft vom Kräftemessen mit den Schatten. Wortlos nahm er Rudy am Arm, zog das Beil aus dem Gepäck und begann, systematisch eine Schneise in das Dornengestrüpp zu schlagen. Das Unterholz wich nur widerwillig; es hielt das Beil umklammert, zerrte an ihren Kleidern und streckte die scharfen, gierigen Klauen aus, um an ihren Gesichtern zu reißen oder ihnen die Augen auszukratzen. Die beiden Männer konnten sich vor Erschöpfung kaum noch auf den Beinen halten. Als sie endlich aus dem düsteren Wald hervorbrachen, stellten sie fest, daß sie sich auf einem schmalen, zerklüfteten Felsüberhang befanden, von dem aus die Klippen fünfzehn Meter tief senkrecht in eine Schlucht abfielen, deren Boden mit angeschwemmtem Geröll und entwurzelten Bäumen bedeckt war.

Ingold ließ sich wortlos an einem Felsblock niedersinken und schloß die Augen. Rudy, der sich schweigend neben ihm niedergelassen hatte, begrüßte sogar die Kälte nach der unheimlich lautlosen, schwülen Dunkelheit in dem verwunschenen Wald. Froh, sich ein paar Minuten ausruhen zu können, Minuten, in denen er keine Angst davor hatte, was als nächstes geschehen würde, schloß Rudy ebenfalls die Augen. Der Wind strich durch die Schlucht unter ihnen, und hinter ihnen murmelten die Bäume des Waldes ihre zornigen Flüche. Kalter Sprühregen netzte sein Gesicht, doch Rudy brachte es nicht über sich, die Regenwolken zu vertreiben. Der Wind brachte einen bitteren, metallischen Geruch mit sich, den er schon einmal wahrgenommen hatte.

Er schlug die Augen auf und warf einen Blick in die Schlucht hinunter. Er sah jetzt, daß die Steine am Rand des Baches schwarz gefleckt waren und das Gesträuch langgezogene verbrannte und stockige Spuren aufwies, als wäre eine ätzende Flüssigkeit von einer höhergelegenen Stelle der Schlucht heruntergesickert. Der stechende Geruch stieg, giftig und aufdringlich, zu ihnen auf. Rudy hustete und warf seinem Gefährten einen Blick zu.

Ingold hatte die Augen wieder geöffnet. Sein schweißnasses Haar trocknete allmählich. Auf seinen zerkratzten Händen bildete das geronnene Blut kleine Rinnsale. Sein Blick war in die Ferne gerichtet, und in seinen Augen lag ein Ausdruck unsäglicher Müdigkeit und verzweifelter Resignation.

»Ingold?«

Nur seine Augen bewegten sich, doch ein Lächeln blitzte in ihnen auf.

»Was ist los?« fragte Rudy.

Der alte Mann schüttelte den Kopf. »Nur, daß wir in die Schlucht hinabsteigen müssen. Wir können nicht durch den Wald zurückgehen. Es hausen viel schlimmere Mächte darin, als ich dachte, und ich möchte nicht riskieren, bis zum Einbruch der Nacht darin festzustecken.«

»Ingold, das gefällt mir nicht«, wandte Rudy ein. »Wessen Werk ist das alles? Was geht hier vor? Hat Lohiro das alles getan?«

Ingold hob müde die Hände. »Nein. Nicht Lohiro allein. Einiges davon habe ich selbst getan, als ich in Quo war. Tatsächlich sind viele der magischen Fallen in den Wäldern mein Werk, doch sie sind inzwischen verändert und – viel gefährlicher gemacht worden. Alle Mitglieder des Rates haben ihre magischen Kräfte in das Labyrinth einfließen lassen. Das Labyrinth verändert sich ständig, die Fallen und Illusionen verschieben sich mit jedem neuen Geist, der darin Eingang findet. Aber es ist noch nie so – so kompliziert gewesen, noch nie so gefahrvoll. Doch es war die Absicht Lohiros und des Rates, sich mit unüberwindlichen Mauern zu umgeben. Nur die Schöpfer des Labyrinths können es jetzt noch verändern.«

Rudy seufzte. Er fragte sich, was wohl aus ihm geworden wäre, wenn die Dunklen Ingold in der Wüste wirklich den Garaus gemacht hätten. Hätte er den Weg ins Innere des Labyrinths finden können?

Ausgeschlossen, entschied er. *Ich wäre am Fuß des Gebirges herumgeirrt, bis ich tot zusammengebrochen wäre.*

»Du bist der Große Weiße Führer«, sagte er nach einer kurzen Pause. »Aber ich sage dir, mir gefällt diese Schlucht ganz und gar nicht.«

Ingold lachte kurz auf. »Kluges Köpfchen.« Er erhob sich steifbeinig vom Boden, hob seinen Stab auf, nahm Ches Zügel in die Hand und machte sich an den steilen Abstieg in die Schlucht.

Am Boden der Senke war der heiße, metallische Dunst stärker und brannte in der Nase. Im fahlen Tageslicht schimmerte fauliges, schwarzes Wasser in öligen Lachen, die gesäumt waren von brandiger, übelriechender Vegetation. Selbst dicht an den Wänden der Schlucht waren die Pflanzen in der verderblichen Luft verkümmert. Ein mannshohes Pflanzendickicht in einiger Entfernung war farblos und verrottet in der giftigen Atmosphäre der engen Schlucht. Vom Rand des Abhangs blickten die dunklen Bäume des verwunschenen Waldes drohend herunter. Weit vor ihnen, auf dem fernen Gebirgsgrat, glaubte Rudy den Paß zu erkennen.

Eine Zeitlang folgten sie den Windungen der Schlucht, vorbei an stinkenden Pfuhlen und verkrüppelten, sterbenden Bäumen. Nach einer letzten Biegung sahen sie das Ende vor sich – einen stinkenden schwarzen Höhleneingang mitten in einem Geröllhang aus Schiefer- und Granitbrocken. Schwarzer und grellgelber Schleim hatte tiefe Rinnen in den Sand rund um den Höhleneingang gegraben. Eine faulige, grünliche Dunstschicht hatte sich über den Boden ausgebreitet. Auf den Hängen über der Höhle waren die Bäume von gesundem Wuchs. Es herrschte vollkommene Stille, die nicht einmal von einem Vogelgezwitscher unterbrochen wurde. Rudy hörte, wie Ingold zischend den Atem einsog.

»Was ist los?« erkundigte er sich leise, doch der Zauberer legte den Finger an die Lippen und gebot ihm zu schweigen.

Mit einer Stimme, die vom Rascheln des Windes im Gras nicht zu unterscheiden war, mahnte er: »Sie haben ein ausgezeichnetes Gehör.«

Furchtsam senkte Rudy die Stimme zu einem kaum vernehmlichen Hauch. »Wer bitte?«

Der alte Mann war bereits im Begriff, sich lautlos hinter die Felsen zurückzuziehen. Er erwiderte leise: »Drachen.«

»Könnte er nicht zufällig draußen auf der Jagd sein?« flüsterte Rudy zuversichtlich.

Sie standen Seite an Seite im schwarzen Schatten eines verwitterten Granitfelsens, der ihnen zur Höhle hin Schutz bot. Sie hatten die Schlucht meilenweit zurückverfolgt und die Felswände sorgsam abgesucht, aber der einzige Weg, der hinausführte, war derjenige durch den verwunschenen Wald.

»Natürlich nicht«, erwiderte der Zauberer ebenso leise. »Hörst du nicht das Kratzen der Schuppen auf dem Höhlenboden?«

Rudy lauschte schweigend und richtete all seine Sinne auf das dunkle Loch, das sich drohend vor ihnen öffnete. Es schien kein anderes Geräusch auf der Welt zu geben als das Prasseln des Gerölls unter Ches unruhigen kleinen Hufen. Dann hörte Rudy das trockene Schleifen eines unvorstellbar schweren Leibes und das Fauchen eines fauligen Atemzuges.

»Wie groß ist das Ding?« flüsterte er entsetzt.

Ingold zog sich einige Schritte vom Rand des Felsens zurück. »Mindestens fünfzehn Meter lang. Ich habe gehört, daß alte männliche Drachen fast doppelt so groß sein können.«

»Dreißig Meter!« stöhnte Rudy tonlos auf. Er versuchte, die Entfernung von ihrem Felsen bis zu den Granitblöcken neben dem Höhleneingang zu schätzen – ihm schienen es Meilen zu sein, ob nun Godzilla dahinter auf der Lauer lag oder nicht.

»Vielleicht schläft er«, fuhr der Zauberer leise fort, »aber ich bezweifle es. Dem Grad der Verfärbung der Bäume nach zu schließen, haust er hier seit etwas mehr als zwei Monaten. Wahrscheinlich wurde er hier eingeschlossen, als das Labyrinth um Quo verändert und verstärkt wurde. Aber es gibt hier in den Bergen nur wenige Tiere, und sicherlich keines, das groß genug ist, daß ein Drachen Jagd darauf machen würde. Du siehst ja selbst, daß am Höhleneingang keine Knochen herumliegen.«

»Großartig«, sagte Rudy mit bebender Stimme. »Unser Freund wird außer sich sein vor Freude über unseren Anblick.« Er schob sich vorsichtig um die Felskante herum und betrachtete prüfend den Boden vor der Höhle.

Hier, am Ende der Schlucht, war der Gestank der Bestie atemberaubend. Das tiefe, sandige Bachbett war übersät mit umgestürzten, verfaulenden Bäumen, Eukalyptus, Pappeln und Eichen, deren Wurzeln von der giftigen Flüssigkeit, die aus dem Höhleneingang sickerte, zerstört worden waren. Völlig verfärbtes Unkrautdickicht und verkümmertes Strauchwerk säumte die Höhle auf beiden Seiten bis zur halben Höhe der Granitfelsen. Ingold trat zu Rudy und legte ihm leicht die Hand auf die Schultern.

»Du nimmst die linke Seite über die Felsen dort; ich führe Che und klettere rechts von der Höhle den Hang hinauf. Lauf, so schnell du kannst, ohne Lärm zu machen. Wenn er herauskommt und dich angreift, spring in Deckung. Ich werde dann versuchen, seine Aufmerksamkeit auf mich zu lenken. Es ist ohnehin wahrscheinlicher, daß er mich angreift, da ich den Esel bei mir habe. Wenn das geschieht, mußt du mir mit dem Schwert zu Hilfe kommen. Wenn du nah genug herankommst, mußt du versuchen, ihn hinter den Vorderbeinen, am Bauch oder im Nacken zu treffen. Und bleib von seinem Schwanz weg. Er kann dich damit bewußtlos schlagen, bevor du noch weißt, wie dir geschieht.«

Ingold schickte sich zum Gehen an, doch Rudy hielt ihn am Ärmel zurück. »Er – er kann doch nicht etwa fliegen, oder?« flüsterte er besorgt.

Der Zauberer schien erstaunt zu sein über diese Frage. »Gütiger Himmel, nein.«

»Oder Feuer spucken?«

»Nein, aber sein Speichel verursacht Verätzungen und sein Blut Verbrennungen auf der Haut. Nein – die Gefährlichkeit der Drachen liegt in ihrer Schnelligkeit, ihrer Stärke – und ihren magischen Kräften.«

Entsetzt flüsterte Rudy: »Ihren magischen Kräften?«

Der Zauberer zog eine Augenbraue hoch. »Nach deinen Erfahrungen mit den Dunklen wirst du doch wohl nicht glauben, daß die Saat der Magie auf die Menschheit beschränkt ist. Drachen verfügen nicht über menschliche Intelligenz; ihre Magie ist die Magie eines Tieres, die Magie, die das Beutetier dem Jäger in die Falle lockt – zum größten Teil eine Magie der Illusion und Unsichtbarkeit. Gegen einen Drachen ist jeder Tarnzauber wirkungslos, und kein magisches Trugbild kann ihn irreführen. Denk daran.« Er schloß die Hand fest um Ches Zaumzeug und trat aus dem Schutz des Felsens in das fahle Tageslicht hinaus. Rudy nahm seinen Stab und machte sich zum Spurt auf die linke Felswand der Schlucht bereit. Ingolds Flüstern hielt ihn auf. »Und noch eins. Was du auch tust – sieh niemals in die Augen des Drachen.«

Mit schnellem, entschlossenem Schritt strebte Ingold dem Geröllhang zu, der rechts vom Höhleneingang den Berg hinaufführte. Nicht gewillt, sich dem beißenden Gestank der Drachenhöhle zu nähern, stemmte Che die Hufe in den Boden und schüttelte die kurze Mähne, doch Rudy wußte, daß Ingold viel kräftiger war, als er aussah.

Rudy lief in die andere Richtung. Er wich den Wasserlöchern und den Gruppen sterbender Bäume am Rande der Felshänge aus und dachte mit Unbehagen an die Möglichkeit, in den Felsen, die er hinaufklettern mußte, Klapperschlangen zu begegnen. Der Stab, den er trug, schränkte die Bewegungsfreiheit seiner Hände ein. Er blickte über die Sandfläche hinweg, die die Wände der Schlucht voneinander trennten; Ingold und Che waren im braunen Gestrüpp fast verschwunden.

Plötzlich hörte Rudy ein schleifendes Geräusch, wie von tonnenschwerem Eisen, das über Stein gezogen wird. Etwas Rundes, Goldenes, gläsern Schimmerndes blitzte in der Dunkelheit der Höhle auf, und er blieb, weniger starr vor Entsetzen als in gebannter Verwunderung, abrupt stehen. Ein drohendes Zischen ertönte, begleitet von einer wogenden Dunstwolke stinkenden Atems, der Rudy in den Augen brannte. Er blinzelte geblendet und wischte sich die brennenden Tränen aus den Augen . . .

Und dann sah er ihn.

Niemals hätte er an etwas so Abscheuliches und Grellbuntes gedacht. Er hatte sich ein grünes, krokodilähnliches Wesen vorgestellt, wie die Drachen in seinen Bilderbüchern, nicht jedoch ein Produkt der widernatürlichen Verbindung eines Dinosauriers mit Kalliope. Der Leib des Untiers leuchtete zinnoberrot und flammend golden, und grüne, schwarze und weiße Streifen schmückten, wie die Perlenstickerei auf einem Paar Pantoffeln, seine eingefallenen Rippen. Sein schwerer Kopf war gehörnt und gepanzert. Dicht an dicht stehende Schuppen von leuchtendem Purpurrot, Schwarz und Gold vermittelten den seltsamen Eindruck, als wäre er mit Bändern geschmückt; vom Schlangenhals aus verlief ein langer Zackenkamm über das mächtige Beckengelenk der Hinterbeine bis zum stachelbewehrten, tödlichen Schwanz hinunter.

Grüner Schleim tropfte von seinem gepanzerten Kinn. Das Untier drehte den Kopf, nicht mit den langsamen, behäbigen Bewegungen einer Leinwandbestie, sondern so schnell wie ein Vogel; und Rudy starrte unvermittelt in ein Paar runde, goldene Augen.

Bernsteinfarbenem Quecksilber gleich, sogen diese beiden Spiegel seine Seele in sich auf. Er verstand das Bild nicht, das er deutlich und fern darin sah und das ein Echo der Gewißheit in seinem Herzen hervorrief. In weiter Ferne sah er das Bild seiner eigenen, in Ketten gelegten Hände vor einer eiskalten Kuppel winterlicher Sterne. Ein Hauch von bitterer Kälte und tiefer Verzweiflung schlug ihm – das wußte er so sicher, wie er seinen Namen kannte – aus seiner eigenen Zukunft entgegen. Er war so vollkommen gebannt, daß er sich nicht bewegen oder die Augen abwenden konnte, selbst wenn er es gewollt hätte. Er mußte schauen und verstehen . . .

Er hätte nie geglaubt, daß ein so gewaltiges Wesen so schnell sein konnte. Der Drachen schnellte vorwärts wie eine Eidechse. Rudy erwachte aus seiner Versunkenheit, aber er hätte sich wahrscheinlich nicht einmal in Sicherheit bringen können, wäre er darauf vorbereitet gewesen. Doch statt der gierigen, langen Reißzähne traf ihn nur aufgewirbelter Sand wie ein Peitschenhieb, denn der Drachen änderte plötzlich mitten im Sturm, vor Wut und Schmerz fauchend, die Richtung. Rudy warf sich zur Seite, um dem ausschlagenden Hinterfuß zu entgehen. Als er den Kopf wieder vom Boden hob, sah er gerade noch, wie Ingold vor dem dampfenden Blutstrom zurücksprang, der aus der verwundeten Flanke des Ungeheuers hervorstürzte. Der Kopf am Ende des langen Halses stieß zu wie eine Schlange. Ingold brachte sich mit einem Sprung außer Gefahr, und sein Schwert traf funkensprühend auf die gepanzerte Nase.

Der Drachen richtete sich auf seinen gewaltigen Hinterbeinen auf, und sein Bauch schimmerte wie fleckiges Elfenbein im fahlgrauen Licht des Tages. Dann stürmte er wieder nach vorn und stieß mit aufgerissenem Maul zu. Gleich darauf machte er eine halbe Drehung und holte zu einem Schlag mit seinem acht Meter langen stachelgespickten Schwanz aus, dessen Wucht einem Mann mit Leichtigkeit das Genick hätte brechen können. Ingold wich geschickt zur Seite, um gleich darauf wieder herbeizuspringen und das Schwert durch die erstickenden Dämpfe des Drachenatems hindurch gegen die gefletschten Zähne und das eiserne Maul zu schwingen.

Nicht den Kopf, verdammt, dachte Rudy benommen. *Er ist rundum gepanzert.* Als der Zauberer jedoch zum zweiten Mal dem Peitschenhieb des Schwanzes auswich, begriff er seine Absicht. Ingold lenkte den Drachen ab und brachte ihn in Stellung, so daß Rudy den tödlichen Schlag führen konnte.

Von vorne war der Hals des Drachen durch die weit gespreizte Krause aus Knochenschuppen geschützt, so daß es unmöglich war, ihm aus dieser Richtung einen tödlichen Schlag zu versetzen. Doch jedesmal wenn das Untier den Kopf senkte und nach Ingold schnappte, streifte er mit der gesamten Länge des Halses den Boden. Von seinem Standort aus konnte Rudy deutlich erkennen, wie zart die Schuppen über den pulsierenden Arterien an seiner Kehle waren. Ein einziger Schlag würde genügen – vorausgesetzt natürlich, man war bereit, sich unter den Leib dieses scharlachroten, wutschnaubenden Fleischkolosses zu begeben.

Rudy wurden bei dieser Vorstellung die Knie weich, und er suchte das eisengepanzerte Untier nach einem anderen Ziel ab.

Er konnte keins entdecken. Seine dürftigen Anatomiekenntnisse schlossen keine Drachen ein. Er hatte keine Ahnung, wo bei ihnen das Herz saß; abgesehen davon bezweifelte er, daß sein Schwert den buntschillernden Rippenpanzer durchdringen könne.

Der mächtige Stachelschwanz zischte wie eine Peitsche durch die Luft und traf Ingold, der nicht rechtzeitig zur Seite springen konnte, mit solcher Wucht an der Schulter, daß er in den Sand geschleudert wurde. Die Klauen schlugen nach ihm wie Schwerter, und er versuchte verzweifelt, sie im Liegen abzuwehren. Rudy war klar, daß es um sie beide geschehen war, wenn es dem Drachen gelang, den alten Mann zu durchbohren. Er richtete sich auf, zog sein Schwert und wartete lauernd auf eine günstige Gelegenheit zum Angriff. Ingold gelang es irgendwie, herumzurollen und wieder auf die Füße zu kommen; er lockte den angreifenden Drachen immer weiter in seine Richtung und verhinderte geschickt, daß Rudy in sein Gesichtsfeld geriet. Seltsamerweise hörte Rudy den alten Mann von weither sagen: »Ich habe tatsächlich schon einmal einen Drachen getötet – vielmehr habe ich die Rolle des Lockvogels übernommen und Lohiro die Schwertarbeit . . .«

Wenn Lohiro dazu fähig war, dachte Rudy finster, *dann kann ich es auch.* Er fand es immerhin beruhigend zu wissen, daß dem Erzmagier ebenfalls die Aufgabe des Schlächters und nicht die unendlich viel schwierigere des Köders zugewiesen worden war.

Der Drachen schlug wieder mit den Klauen nach Ingold. Der Zauberer ging erneut zu Boden. Sein blutiges Schwert blitzte auf, als er nach dem zuschnappenden Maul hieb. Der riesige Schatten breitete sich im durchnäßten, rauchenden Sand über ihm aus. Rudy war zur Stelle, als sich der gewaltige Kopf senkte. Ingold sah ihn kommen und rollte sich zur Seite; der Kopf schwang herum und folgte ihm, und grüner Speichel tropfte von den scharfen Zähnen in den Sand. Rudys Schwert sauste durch die Luft, als wolle er Holz damit spalten. Es durchtrennte die Halsschlagader, und er konnte gerade noch zur Seite springen, um der Blutfontäne zu entgehen, die dampfend und brodelnd aus der Wunde geschossen kam und ungefähr fünfzehn Meter weiter gegen die Felswand donnerte. Der Drache warf den Kopf in den Nacken und brüllte; er preßte die Klauen gegen die Wunde, und sein gewaltiger Schwanz peitschte den Sand.

Rudy machte einen Satz unter den zuckenden Schatten und zerrte Ingold auf die Füße, dann zog er ihn unter einem ätzenden Regen von Blut zu dem Geröllhang hin. Seine Hände brannten, und der Rauch stach ihm in der Lunge. Der peitschende Schwanz schlug so dicht neben ihnen auf die Erde, daß sie in eine Wolke aufgewirbelten Sandes gehüllt wurden. Als Rudy den Hang hinaufzuklettern begann, drehte er sich noch einmal um und starrte voller Entsetzen auf den gewaltigen, grellbunten Leib zurück, der unter dem fahlen Himmel schwankte.

Dann fiel der Drache und stürzte zur Seite wie ein entgleister Güterzug; unter der Wucht des Aufpralls bebte die Erde. Die Bestie bäumte sich noch einmal auf und stieß ein schrilles, metallisches Gebrüll aus, und die buntbebänderte Mähne peitschte heftig in den letzten Zuckungen des Todes. Die Bäume, gegen die er sich warf, knickten um; ihre Blätter schrumpften unter seinem giftigen Blut.

Rudy zog Ingold ein Stückchen weiter den Hang hinauf. Er war so erschöpft, daß er sich kaum bewegen konnte. Der alte Mann hing schwer und bewegungslos in seinen Armen, sein Mantel war am Rücken, der von den Klauen des Untiers aufgerissen war, klebrigfeucht.

In seiner Bosheit oder im letzten Todeskampf richtete sich der Drache auf und warf sich ein letztes Mal zum Angriff gegen sie, dann schloß sich sein Maul mit einem Schwall von Blut und Speichel. Der massige Leib hob sich in einer letzten, krampfhaften Zuckung und lag still. Eine schwarze Flüssigkeit quoll zwischen seinen scharfen Zähnen hervor.

Rudy flüsterte: »Gütiger Himmel . . .«

Doch Ingold fiel ihm leise ins Wort. »Pst, still.«

Die goldenen Augen öffneten sich. Sie starrten haßerfüllt und unmenschlich auf die beiden Zauberer, die, außerhalb seiner Reichweite, an dem Geröllhang kauerten. Dann blinzelten sie, und mattschimmernde Schleier senkten sich über das sterbende innere Feuer. Einen Augenblick lang formte sich eine verwunderte Frage in den Augen des Drachen. Die abscheuliche rote Knochenmaske war keines Gesichtsausdrucks fähig, doch eine flüchtige Sekunde lang hatte Rudy das Gefühl, daß ihm aus den eingesunkenen Augen ein anderes Wesen entgegenblickte. Er glaubte, ein hageres, dunkles, bärtiges Gesicht zu sehen, dessen Drachenblick für kurze Zeit auf Ingold ruhte, bevor die matten Bernsteinlichter für immer verloschen.

Um sie herum herrschte eine Stille, als würde alles erwartungsvoll den Atem anhalten. Rudy spürte, wie sich die Luft bewegte und veränderte, obwohl sich kein Wind regte; es war, als würde sich der Vorhang der Wahrnehmung verschieben.

»Schau dich um«, sagte Ingold leise.

Rudy wandte den Kopf. Ein alter, überwucherter Pfad wand sich zum Paß hinauf, der, wie er jetzt bemerkte, nicht einmal fünf Meilen vom Ende der Schlucht entfernt war. Zum ersten Mal, seitdem sie das Meeresgebirge erreicht hatten, fehlte das Gefühl der Täuschung und

Irreführung völlig. Er warf einen Blick auf den roten Kadaver zwischen modernden Baumstrünken, und seine grellbunten Schuppen und Stacheln begannen sich bereits unter dem Einfluß der giftigen chemischen Vorgänge in seinem Körper schwarz zu färben. Dann sah Rudy zu Ingold hinüber und stellte fest, daß sein Gesicht alt und eingefallen war und blaß vor Entsetzen.

»Was ist los?« flüsterte Rudy.

Freudlos hefteten sich die blauen Augen auf sein Gesicht. »Es ist der Weg zum Paß, Rudy«, erklärte er ruhig. »Der Weg nach Quo.«

»Aber er war vorher nicht da.«

»Nein.« Ingold erhob sich mit steifen Gliedern. Die Bewegungen schienen ihm Schmerzen zu bereiten, denn er zog scharf den Atem ein. »Er – er hat die Täuschung aufgehoben. Kurz bevor er gestorben ist.«

»Er?« wiederholte Rudy verständnislos. »Wer er? Der Drache? Aber wieso hatte der Drache Macht über das Labyrinth?«

Der Zauberer wandte sich müde ab und begann zum Gipfelpunkt des Hanges hinaufzusteigen, von wo aus das angstvolle Schreien des Esels zu ihnen herunterdrang. Schwer auf seinen Stab gestützt, hinkte er zu Che hin, um ihn zu beruhigen. Rudy stellte fest, daß er seinen Stab, der mittlerweile im Blut des Drachen völlig verkohlt war, unten liegengelassen hatte.

Ingold fuhr fort: »Ich glaube, der Zusammenhang ist offenkundig. Wir haben gerade einen der Erschaffer des Labyrinths getötet, Rudy – ein Mitglied des Rates der Zauberer. Ich habe dir einmal erklärt, wie leicht es ist, das eigene Wesen zu vergessen, wenn man erst das Wesen eines Tieres angenommen hat.« Er blickte zurück zu dem Drachen, der in dünne Rauchfetzen gehüllt dalag, die fröhlichen Farben im dunkler werdenden Blut ertränkt. »Nachdem er das Wesen eines Drachens angenommen hatte, vergaß er, was es heißt, ein Mensch und Zauberer zu sein. Er wurde zum Gefangenen in seinem eigenen Labyrinth. Erst im Sterben erkannte er mich und tat, was er in Erinnerung an unsere Freundschaft für mich tun konnte.« Unter der schleimigen Schmutzschicht war Ingolds Gesicht von Wunden und Kratzern gezeichnet, aus denen das Blut langsam in seinen Bart tropfte.

»Willst du damit sagen – daß das ein Freund von dir war?«

»Ich glaube, ja«, erwiderte Ingold tonlos.

»Aber warum hätte er so etwas tun sollen? Warum hat er sich überhaupt in einen Drachen verwandelt?«

Ingold seufzte, und das Geräusch klang wie das Rasseln einer Klapperschlange in seiner Kehle. Er wischte sich über die Augen, und als er den Arm sinken ließ, war der Ärmel mit fauligem roten Schleim bedeckt. »Ich weiß es nicht, Rudy. Die Antwort darauf finden wir in Quo. Und ich fange an, mich vor dieser Antwort zu fürchten.«

Dreizehntes Kapitel

Die Nacht spukte durch die Gänge der Festung, und mit ihr die Dunkelheit und die unruhigen Bewegungen der Schläfer in den zahllosen, aneinandergereihten Zellen und Fluren. Es herrschte vollkommene Stille, die nur von den gelegentlichen Schreien der Schlafenden unterbrochen wurde, die aus ihren entsetzlichen und immer gleichen Träumen aufschreckten.

Der schwache Schein einer Lampe vergoldete die Rundungen einer Sanduhr und zuckte in winzigen Flämmchen auf der Schneckenverzierung an Gils silberner Haarspange. Die Wachstafeln schimmerten, wo das Licht auf sie fiel, in sattem Gelb, und der kunstvoll durchbrochene, schmale Rahmen der Tafeln leuchtete mahagonirot wie ein kostbarer alter Wein. Um sie herum war es still in dem Arbeitszimmer.

Es war ein neues Arbeitszimmer, in das sie mit Aldes Hilfe immer mehr Tafeln, Pergamentrollen und Gerätschaften aus den Laboratorien in den Kellern der Festung heraufgeschafft hatte. Einzelne Formen waren im Lampenschein erkennbar: milchig-weiße oder klare graue Polyeder, eine Anzahl geschliffener Edelsteine, merkwürdige Röhrengebilde aus Gold und Glas und rätselhafte Einheiten aus Metall und Holz, einige davon hart und kantig, andere sanft geschwungen und dem Griff der Hand angepaßt. Stapel von Wachstafeln und haufenweise schmutzige, modrige, überkritzelte Pergamentrollen lagen auf dem Tisch – Zeugen erfolgloser Forschung, ein Puzzle, dessen Botschaft ihnen nach Gils Befürchtung auf schmerzhafte Weise übermittelt werden würde.

Ihr war die Botschaft jetzt vollkommen klar. Sie hatte sie wie eine längst vergessene Fährte durch ihre Aufzeichnungen verfolgt, durch ein Gewirr altertümlicher Worte, veralteter Schreibweisen, Veränderungen der Dialekte und der Sprache selbst. Der Zusammenhang war nicht immer deutlich erkennbar, aber es gab ihn. Nicht bei allen Brutstätten waren in den alten Tagen, als die Heiler und Seher und Märchenerzähler in den nördlichen Königreichen ebensoviel Macht hatten wie die Kirche im Süden, die Zitadellen der Magie erbaut worden. Aber alle Zitadellen der Magie, um die sich später die Städte angesiedelt hatten, waren in der näheren Umgebung einer Brutstätte entstanden.

Gil ließ den silbernen Schreibstift fallen und begann, im Raum auf und ab zu gehen. Ihre Schultermuskeln schmerzten vom harten Training, sie hatte Blasen an den Händen vom Schwertgriff, und ihre Finger waren so steif, daß ihr das Schreiben schwerfiel. Ihr Haar war im Nacken nachlässig zusammengebunden. Verschwitzte Strähnen fielen ihr ins Gesicht. Müdigkeit, Sorgen und Angst bereiteten ihr qualvolle Kopfschmerzen. Sie ahnte, wie Ingold zumute gewesen sein mußte, als er sich vergeblich bemüht hatte, mit Lohiro in Verbindung zu treten. Und anstatt schnellstens die Reise nach Quo anzutreten, hatte er den Wagenzug von Karst herunter begleiten müssen. *Und überdies,* grübelte sie finster, *verdammt wenig Dank für seine Mühe zu erhalten.*

Was geht das mich an? fragte sie sich heftig. *Warum habe ich solche Angst um ihn und leide mit ihm in seinem Schmerz? Diese Welt ist mir fremd, und ich werde in meine eigene Welt zurückkehren, an einen Ort, an dem die Sonne scheint und es immer genug zu essen gibt. Warum leide ich so?*

Aber, wie Ingold immer sagte, in der Frage lag bereits die Antwort. *Vorausgesetzt natürlich,* fügte sie im Geiste hinzu, *man sucht so verzweifelt nach einer Antwort.*

»Gil?«

Sie blickte auf. Minalde blies die Fackel aus, die sie in der Hand trug und trat durch einen dünnen Rauchschleier ins Zimmer. Sie sah so blaß und müde aus, als hätte sie eine anstrengende Arbeit hinter sich. Als sie in den Schein der Lampe trat, sah Gil, daß sie geweint hatte.

Gil brauchte nicht nach dem Grund zu fragen. Sie wußte, daß am Abend eine Ratsversammlung stattgefunden hatte. Alde trug noch immer ihre offiziellen Kleider, das hochgeschlossene schwarze Samtgewand, das mit den golden funkelnden Adlern des Hauses Dare über und über besetzt war. Edelsteine schimmerten in ihrem geflochtenen Haar. Das war Alde, die Königin, ein völlig anderer Mensch als das junge Mädchen, das in dünnen Bauernröcken und abgetragenem Mieder geschäftig durch die Gänge der Festung zu eilen pflegte.

Sie rückte einen Klappstuhl heran, setzte sich und begann mit unbewegter, wächserner Miene ihre Ringe von den Fingern zu streifen. Gil saß ihr gegenüber und beobachtete sie schweigend.

Nach einiger Zeit sagte Alde mit schwankender Stimme: »Ich wünschte, er würde mir das nicht antun.« Ihre Hände zitterten so heftig, daß sie einen Ring, einen aus einem Stück geschnittenen Siegelring, fallen ließ.

»Wie war die Ratsversammlung?« fragte Gil sanft, um sie zum Reden zu bringen.

Alde schüttelte den Kopf und preßte die gefalteten Hände an die bebenden Lippen. Endlich brachte sie mit beherrschter Stimme heraus: »Ich weiß nicht, warum es mir immer noch wehtut, wenn er so ist, aber ich kann nichts dagegen tun. Gil, ich *weiß,* daß ich recht habe. Vielleicht will ich – will ich meinen Kuchen essen und doch auch behalten und mich an seinem Anblick erfreuen, vielleicht will ich es auf Kosten unserer Verbündeten. Aber sie können es sich leisten, ihre Truppen selbst zu ernähren. Wir dagegen können es nicht, wenn wir im Frühjahr genügend Saatgut übrigbehalten wollen. Natürlich weiß ich, daß wir Verpflichtungen aus dem Getreide- und Viehhandel mit ihnen hatten, aber sie sind Jahre alt, und inzwischen ist alles anders geworden. Und natürlich ist mir klar, daß ich mich damit in dem Augenblick, in dem die Zeiten hart werden, um die Begleichung einer Schuld drücke. Aber was zum Teufel sollen wir denn tun, Gil?« Ihre Stimme wurde laut und brüchig, als sie den ersten Fluch ausstieß, den Gil je aus ihrem Munde gehört hatte. »Aber ich werde uns nicht von den Schulden freikaufen, indem ich durch meine Unterschrift einen Teil des Reiches abtrete! Wenn ich diesen Vertrag unterzeichne . . .«

»Einen Augenblick«, fiel Gil ihr ins Wort. »Welchen Vertrag? Welchen Teil des Reiches sollt Ihr abtreten?«

Die Worte brachen die Flut der Gefühle der jungen Königin, den Zorn, den Schmerz und die Schuldgefühle, wie ein Fels die Wellen bricht und ihnen die Kraft nimmt. Sie saß einen Augenblick lang schweigend da und spielte gedankenverloren mit dem kleinen Häufchen funkelnder Edelsteine auf dem Tisch. Endlich brach sie ihr Schweigen. »Penambra«, sagte sie tonlos.

»Penambra!« rief Gil erschrocken aus. »Dieser Seehafen ist der Schlüssel zum gesamten Runden Meer. Wenn Ihr es an Alketch abtretet, beherrschen sie die ganze Küstenlinie!«

Mutlos blickte Alde auf. »Ich weiß«, sagte sie. »Und ich weiß, daß es überschwemmt ist und in Trümmern liegt und daß es dort nichts mehr gibt als Dunkle und Ghule. Es ist wertlos für uns; wir können es nicht halten, wenn es uns nicht gelingt, in Gae einen Brückenkopf zu errichten. Alwir sagt, es hieße, den Kaiser von Alketch mit falscher Münze zu bezahlen, und wir könnten es jederzeit rückgängig machen. Er will den Handel mit Stiarth um jeden Preis.«

»Ihr habt doch nicht unterschrieben, oder?« fragte Gil besorgt.

Alde schüttelte den Kopf. »Er hat mir danach vorgeworfen, ich hätte uns alle vernichtet.« Sie schniefte und wischte sich über die feingeschnittene Nase, die bereits rot und wundgescheuert war. »Er hat gesagt, durch meine Schuld seien wir alle verdammt, hier in der Festung zu verfaulen, während das Reich zwischen den Weißen Räubern und Alketch in Stücke gerissen wird, und alles nur, weil ich mich an – an meine Stellung als Königin klammere . . .«

Gil wußte, was das leichte Schwanken in ihrer Stimme bedeutete. In Alwirs Vorwürfen lag gewöhnlich ein Fünkchen Wahrheit, genügend Wahrheit, um in den Köpfen seiner Gegner Zweifel an ihren eigenen Beweggründen zu säen. Als junges Mädchen war Minalde sicherlich stolz darauf gewesen, Königin zu sein – Stolz war ein Teil dieses Amtes. Und Alde hatte wahrscheinlich aus diesem Grund Schuldgefühle gehabt, und sie hatte ihm vielleicht sogar die Waffe in die Hand gegeben, indem sie ihm ihre Gefühle eingestand. *Mistkerl,* dachte Gil leidenschaftslos.

»Seht mal«, erklärte Gil, »wenn Stiarth sich vor den Kopf gestoßen fühlt und sich völlig zurückzieht, was haben wir schon verloren? Der ganze Plan, die Brutstätten anzugreifen, ist ohnehin ein Hasardspiel.«

Aldes Wangen färbten sich dunkelrot, und sie wandte hastig den Blick ab. »Er hat auch gesagt«, murmelte sie, »ich hätte die Absicht, das ganze Unternehmen zunichte zu machen.«

»Warum?« fragte Gil, eher erstaunt als mitfühlend. Einen Augenblick später gestand sie sich finster ein, daß der Mangel an Mitgefühl einer ihrer wenig liebenswerten Züge war.

Alde stützte das Gesicht in die Hände. »Er behauptet, Ingold hätte meine Gedanken vergiftet. Und vielleicht hat er recht. Vor einem Jahr noch . . .«

»Vor einem Jahr hat ein anderer die Verantwortung für Euer Volk getragen«, warf Gil ungehalten ein.

Alde schüttelte bekümmert den Kopf. »Gil, er hat mehr Ahnung von diesen Dingen als ich.«

»Oh ja! Er weiß eine Menge, aber er weiß nur, was er wissen will, so liegen die Dinge.« Alde saß reglos und schweigend da, und Gil fuhr mit freundlicherer Stimme fort: »Habt Ihr heute abend überhaupt schon etwas gegessen? . . . Ich werde Euch in der Gardeunterkunft etwas zu essen besorgen, und dann solltet Ihr ein Glas Wein trinken und zu Bett gehen.«

Doch Alde machte noch immer keine Bewegung. Ihre Stimme war kaum mehr als ein Flüstern, als sie sagte: »Er hat sich immer um mich gekümmert, Gil.«

Er hat sich um dich gekümmert, wie ein Mann sich um einen teuren Schraubenzieher kümmert, dachte sie kalt, *weil er ein brauchbares Werkzeug ist.* Aber weil genau das die eigentliche Ursache von Aldes Verzweiflung war, wollte sie ihr nicht noch mehr Kummer bereiten, indem sie es laut aussprach. Statt dessen fragte sie: »Wie hat es Maia aufgenommen?«

Alde blickte auf, und in ihren Augen war Furcht zu erkennen. »Er war wütend«, sagte sie leise. »Ich habe ihn noch nie so zornig gesehen, nicht einmal, als Alwir ihn und sein Volk vor den Toren abgewiesen hat. Er hat es nicht gezeigt, solange Stiarth noch anwesend war, aber danach . . . Er ist sonst immer so freundlich. Govannin wird es gegen Alwir verwenden.« Wieder schüttelte sie mutlos den Kopf. »Das kommt noch hinzu«, fuhr sie fort. »Ich darf keine Zwietracht in der Festung säen, indem ich mich gegen ihn und auf ihre Seite stelle. Ich weiß nicht, warum es mich so aus der Fassung bringt . . .«

Es bringt dich aus der Fassung, weil er es so will, dachte Gil bitter. Sie wandte sich um, als ihr scharfes Gehör leise Schritte vor der Tür wahrnahm. »Wer ist da?« Dem Gang nach zu schließen war es keiner von den Gardisten. Es waren die Schritte einer Frau.

»Gil-Shalos?« Eine rußig-trübe kleine Flamme tauchte im Eingang auf und fiel auf einen wirren dunkelroten Haarschopf. »Man hat mir gesagt, die gnädige Frau sei hier.«

»Komm herein, Lolli.« Aldes Rücken straffte sich, als die kräftige Frau aus Penambra den Raum betrat. »Wie geht es Snelgrin?«

Gil war immer wieder erstaunt zu sehen, daß selbst der bescheidenste Bewohner der Festung Alde gleichermaßen als Königin wie als Freundin achtete. Mit Tir auf den Hüften sah man sie am Tage ihre Runde durch die Festung machen und auf den Bänken an den Wasserbecken in der Halle sitzen und mit den Frauen reden, die dort ihre Wäsche wuschen. Oder man betrat die Unterkünfte der Gardisten oder der Truppen des Kanzlers und traf Alde in freundschaftlicher Unterhaltung mit einem alten Schlachtveteranen an.

»Es geht ihm nicht gut, gnädige Frau«, erwiderte Lolli ruhig. »Ich mußte zu Euch kommen. Vielleicht kennt Ihr Euch mit Menschen und Krankheiten aus?«

Alde schüttelte den Kopf.

»Aber Ihr seid gelehrt. Ihr habt Bücher gelesen.«

»Ein paar. Ein bißchen. Aber ich könnte nicht . . .«

»Ich habe mit Maia gesprochen, aber er konnte mir auch keine Antwort geben. Und dieser Bektis, dieser Zauberer . . . ich bitte um Verzeihung, gnädige Frau, da er zu Eurem Haus gehört, aber er wäre nicht einmal in der Lage, Warzen wegzuzaubern, viel weniger – das.«

»Was?« fragte Alde freundlich. »Was ist los mit Snelgrin? Ist er krank?«

»Nein!« rief die Frau verzweifelt aus. »Er ist kerngesund und bärenstark – aber er ist anders. Er hat sich nach jener Nacht verändert.«

»Das ist nicht verwunderlich«, bemerkte Gil mit ruhiger Stimme, »nachdem er die Nacht im Freien verbracht hat.«

»Nein«, widersprach Lolli beharrlich. »Das sagt Bektis vielleicht. Aber doch nicht so.« Sie richtete die Augen hilfesuchend auf Alde. »Es – manchmal habe ich das Gefühl, es ist überhaupt nicht Snel. Es ist ein völlig anderer.«

»Was?« riefen die beiden Frauen wie aus einem Mund, und Alde fügte hinzu: »Woran merkst du das?«

»Ich weiß es nicht! Wenn ich es wüßte, wäre es leichter.« Lolli schlug die großen, geröteten Hände vors Gesicht, und ihre Stimme klang gedämpft, als sie sprach. »Er vergißt alles mögliche, Dinge, die er wissen müßte, wie – wie die Gänge in der Festung zum Beispiel und warum er in jener Nacht draußen geblieben ist. Manchmal irrt er einfach nur herum. Ich weiß nicht, was ich tun soll, gnädige Frau! Und er spricht kaum mit mir. Nur hin und wieder, und dann ist es – anders.«

Gil warf Alde über Lollis gesenkten Kopf hinweg einen fragenden Blick zu. »Schock?« fragte sie leise, und Alde nickte.

»Es ist nicht nur der Schock.« Mit flehenden Augen hob Lolli das Gesicht aus den Händen. »Es ist nicht nur die Nacht, die er draußen verbracht hat, in der Angst, die Dunklen würden ihn holen. Wenn er mich anfaßt . . .« Ein Ausdruck der Abscheu huschte über ihr Gesicht, und sie verzog den Mund mit einem entsetzten Schaudern. »Ich kann es nicht ertragen. Wir sind erst ein paar Wochen verheiratet, und wir wollten nichts weiter als glücklich sein. Und jetzt scheint es – ich kann seine Berührung nicht ertragen. Es ist nicht er, und bei Gott, ich weiß nicht, was es ist. Oh Snel«, flüsterte sie hoffnungslos. »Snel.«

Alde strich ihr besänftigend über die angespannten, bebenden Schultern. Lolli senkte wieder den Kopf und schluchzte unter Aldes tröstender Hand wie ein verängstigtes Tier still vor sich hin. Lange Zeit herrschte tiefe Stille, die nur von ihren Seufzern unterbrochen wurde. Aber etwas an dieser Stille ließ Gil die Haare zu Berge stehen; sie hatte das Gefühl, beobachtet zu werden. Goldene Lichtstreifen huschten über das wirre kupferrote Haar und hoben Aldes Fingerknöchel und das tiefe Blau ihrer Augen hervor, als sie Gil einen besorgten, hilfesuchenden Blick zuwarf.

»Lolli«, fragte Gil nach einem Augenblick, »wo ist er jetzt? Wo ist Snel?«

Die Frau schüttelte nur müde den Kopf. »Weiß der Himmel«, murmelte sie. »Wandert die ganze Nacht herum. Wandert einfach nur herum. Tote Augen in einem toten Gesicht. Er ist mein Mann, und ich habe ihn geliebt, aber ich will nicht allein mit ihm im Bett sein.«

»Nein, natürlich nicht«, sagte Alde beschwichtigend. »Hör zu, Lolli, wohnst du noch in der Zelle oben in der fünften Ebene? Dann schlage ich vor, daß du erst einmal umziehst. Pack deine Sachen zusammen und such dir eine andere Zelle, am besten mit jemandem zusammen. Glaubst du, daß Winna dich heute nacht in ihren Räumen schlafen läßt?« Sie meinte das Mädchen, das die Waisenkinder der Festung betreute und in deren Begleitung sie und Gil Lolli oft gesehen hatten. »Ich werde Janus bitten, daß er und seine Gardisten nach Snel Ausschau halten, und wenn ihn jemand findet, dann werden Gil und ich mit ihm reden. Vielleicht ist er nur vom Schock so eigenartig. Es ist erst einen Tag oder zwei her . . .«

»Zwei Tage«, flüsterte die Frau. »Und zwei gespenstische Nächte.«

»Komm«, Alde faßte Lolli bei den Händen und zog sie auf die Füße. »Du mußt dich jetzt ausruhen.«

Alde hat gerade einen politischen K. o.-Schlag einstecken müssen und ist von dem Mann verflucht worden, dessen Meinung ihr ebensoviel bedeutet wie ihre eigene, dachte Gil verwundert, *und doch hat sie noch Mitgefühl und mehr übrig für die Eheprobleme anderer.* Während sie, eine Lampe in der Hand, den beiden Frauen zum Zellengewirr der Waisen folgte, schüttelte Gil erstaunt den Kopf über die Fähigkeit der jungen Königin, anderen zu helfen.

Um diese nächtliche Stunde lagen die Gänge verlassen da, und in den angrenzenden Zellen war es still. Gil schauderte, bedrückt von der furchtbaren Dunkelheit, und gleichzeitig wunderte sie sich über sich selbst. Sie hatte in vielen Nachtwachen die Festung durchwandert und noch nie eine so drückende Angst verspürt. Zweimal fuhr sie zusammen und blickte sich nach allen Seiten um wie eine ängstliche Katze, doch der Lampenschein enthüllte nichts in den dichten Schatten hinter ihnen.

Dennoch ließ sie ein Gefühl drohenden Unheils nicht los, und sie scheute vor jeder unübersichtlichen Biegung der Gänge zurück.

Die Unterkunft der Waisen lag in der vierten Ebene. Lampen waren entzündet worden, und Winna, ein Mädchen von siebzehn Jahren, saß, bekleidet mit einem zerlumpten Nachthemd, inmitten eines zerwühlten Deckenhaufens und versuchte vergeblich, ein schluchzendes Kind zu trösten, das nicht viel älter sein konnte als Tir. Andere Kinder drängten sich, verängstigt und unruhig wie alle Kinder angesichts von Alpträumen, schlaftrunken um sie. Winna blickte hastig auf, als Tad, ihr Stellvertreter unter den Herdenkindern, die Neuankömmlinge hereinließ.

»Was ist los?« fragte Alde.

Winna schüttelte den Kopf. »Heute scheint die Nacht der Alpträume zu sein, das ist alles. Erst Lydris, dann Tad und jetzt Prognor.«

»Ich hatte keinen *Alptraum«*, widersprach Tad, eifrig bemüht, seine Überlegenheit über die Jüngeren zu beweisen.

»Nein«, pflichtete Winna ihm bei, »du bist schon zu groß für Alpträume – aber immerhin ein schlimmer Traum. Was kann ich für Euch tun, Alde?«

Wieder ein Mensch, dachte Gil, *der bei allen eigenen Sorgen noch Anteilnahme für andere hat.*

Winna lauschte Aldes geflüsterten Erklärungen mit ernsthafter Miene, nickte mit dem Kopf und strich dem Kind in ihrem Schoß über das Haar. Die blassen Gesichter und die großen Augen, die körperlos im tiefen Dunkel des Raumes schwebten, gehörten zu den Waisenkindern, deren Eltern in den Ruinen von Gae und dem Massaker von Karst umgekommen waren. *Peter Pans verlorene Kinder*, dachte Gil. *Tapfere kleine Überlebende des Weltuntergangs.* Das letzte, was sie sah, als sie mit Alde den Raum verließ, war Winna, die zwischen den Kindern einen Schlafplatz für Lolli freimachte, und Tad und ein anderes Kind, die sich freiwillig eine Decke teilten.

»Was haltet Ihr von der Sache?« fragte Gil Alde, während sie in die Dunkelheit der verschlungenen Gänge traten. Die hüpfende Flamme ihrer Lampe warf ihre Schatten gespenstisch verzerrt an die Wände hinter ihnen.

Alde schüttelte den Kopf und löste ihren Haarknoten, so daß die geflochtenen Strähnen wie Seidenstränge über ihr Gewand aus Schwärze und Feuer fielen. »Ich weiß es nicht«, erwiderte sie ruhig. »Lolli hat jedenfalls furchtbare Angst. Ist es möglich, daß die bloße Furcht vor den Dunklen Snelgrin in den Wahnsinn getrieben hat?«

»Genau das befürchte ich auch«, bestätigte Gil. »Und glaubt mir, die Vorstellung, daß ein Irrer nachts durch die Festung streift, trägt nicht eben zu meinem Wohlbefinden bei.«

»Dabei seid *Ihr* doch bewaffnet«, fügte Minalde hinzu. »Ich finde, wir sollten als nächstes mit Janus sprechen. Aber wenn Snelgrin wahnsinnig ist, was dann? Sollen wir ihn einschließen? Ihn mit Getreiderationen durch den Winter füttern, die im Frühjahr als Saatgut verwendet werden könnten? Ihm von jemandem die Kehle durchschneiden lassen wie . . .« Sie verstummte, doch Gil kannte den Schluß des Satzes. *Wie Medda vom Eisfalken.* Medda, deren Geist die Dunklen verschlungen hatten, war von Aldes Kindheit an ihre Amme gewesen. Alde wußte, daß es keine andere Wahl gegeben hatte, als die alte Frau zu töten, aber sie hatte, das wurde Gil in diesem Augenblick klar, dem Eisfalken nie verziehen, daß er die Tat ausgeführt hatte.

»Ist er gefährlich?«

»Ich weiß es nicht. Gibt es eine Möglichkeit, das herauszufinden?«

»Natürlich«, erklärte Gil bitter. »In meinem Teil der Welt haben die Verantwortlichen immer danach gehandelt. Wenn ein Mensch ausflippt, dann warten sie so lange, bis er tatsächlich jemanden umbringt, und dann schließen sie ihn ein. Sonst wüßten sie es ja nicht mit Sicherheit.«

Alde starrte sie ungläubig an. »Das meint Ihr nicht ernst!«

»Ehrenwort.«

»Das ist abscheulich.«

Sie kamen an einer Behelfstreppe vorüber, die in die nächste Ebene hinaufführte. Im Deckendurchbruch hing Wäsche, die in der aufsteigenden wärmeren Luft trocknen sollte. Es schien kein Licht von oben herunter, doch auf die nächste Treppe, die nach unten führte, ebenfalls ein brüchiges Holzgebilde, fiel schwacher Kerzenschein aus einer durch einen Vorhang abgeteilten Zelle, in der eine Männerstimme ein Schlaflied sang. Die beiden Frauen stiegen hinunter in einen Gang, aus dem ihnen die Dunkelheit wie aus einem tiefen Brunnenschacht entgegengähnte. Der Wind der Belüftungsanlage strich durch ihre Haare, und Gil überfiel plötzlich wieder diese dumpfe Ahnung drohenden Unheils. Winnas Worte fielen ihr ein, die ihr von den Alpträumen der Kinder erzählt hatte.

»Alde«, fragte sie ruhig, »spürt Ihr etwas?«

»Was meint Ihr?« Alde blieb stehen. Die Schatten des Ganges ballten sich dichter um sie.

»Wartet einen Augenblick.«

Ungefähr vierzig Sekunden vergingen. Die Stille war so hörbar wie ein Atemzug in einem Raum, den man leer vermutet. Gil war sich plötzlich der gewaltigen Weite der Festung, der Dunkelheit, die ihre Gänge und Zellen erfüllte, eindringlich bewußt. Alde schauderte. »Nein«, sagte sie schließlich. »Laßt uns gehen, Gil. Was spürt Ihr?«

»Ich glaube, die Dunklen haben sich in großer Zahl vor der Festung zusammengezogen«, erklärte Gil. »In der Nacht, als sie angriffen, hatte ich dasselbe Gefühl. Rudy und Ingold ebenfalls. Tad hat mir später erzählt, daß er in jener Nacht Alpträume hatte.«

Alde blickte sich erschrocken um. »Was ist mit den Toren?« flüsterte sie. »Werden sie standhalten?«

»Ich glaube schon. Ingolds Zauberformeln schützen sie noch immer.«

Dennoch überlief Gil ein heftiger Schauder bei der Erinnerung an die entsetzliche Dunkelheit damals in dem lärmerfüllten Korridor. Mehr als alles andere wünschte sie, Ingold wäre jetzt in der Festung, um seiner Macht gegen die Dunklen willen, um der bloßen Kraft seiner Anwesenheit und um seiner Macht über ihre Ängste willen.

»Wo könnte Janus sein?«

»In der Gardeunterkunft.« Sie setzten sich eilig wieder in Bewegung. »Wir sollten Alwir wecken und ihm unsere Befürchtung mitteilen.«

»Ja.« Alde schritt ruhig vor Gil her und hielt die Lampe hoch, deren Flamme einen golden glitzernden Widerschein auf der Stickerei ihre Gewandes hervorrief. »Er ist sicher noch nicht lange zu Bett gegangen. Und wenn die Dunklen vor der Festung sind . . . Oh!« rief sie erschrokken aus, als sie den Hauptgang erreicht hatten, der in die königlichen Gemächer führte, und sie etwas Kleines, Weißes erblickte, das sich entschlossen auf sie zubewegte. »Du kleines Biest, du!«

Über die lange Strecke des tiefdunklen Ganges hinweg erkannte Gil Tir, der mit der ihm eigenen sturen Entschlossenheit auf den nächstbesten Abgrund zustrebte. Er konnte noch nicht richtig laufen, hatte sich jedoch eine Methode angeeignet, um aus seinem Bettchen zu entkommen. Nur sein weißes Hemdchen war in der Dunkelheit wie ein auf und ab hüpfender Fleck zu sehen, wie ein weißes Kaninchen in einer dunklen Nacht.

Dann sahen sie, daß sich im Schatten hinter ihm etwas bewegte.

Zuerst war Gil nicht sicher, doch sie glaubte, einen Mann zu erkennen. Er trug etwas in der Hand, und er war lautlos aus dem Raum gekommen, den Minalde bewohnte. Ihr war nicht klar, wie sie seine Augen in der Dunkelheit hatte erkennen können, doch sie sah sie.

In dem Augenblick, als Alde zu schreien begann, hatte sie schon den halben Korridor hinter sich gelassen und das Schwert gezogen. Undeutlich erkannte sie Snelgrin und sah, daß der Gegenstand in seiner Hand ein Beil war. Er mußte sie gesehen und Aldes Schrei gehört haben, doch seine starren, leeren Augen waren auf das Kind gerichtet, das nur wenige Meter von ihm entfernt war, und seine Bewegungen waren schnell. Gil wußte nicht, wie, doch es gelang ihr, den Saum von Tirs Nachthemd zu erhaschen und das Kind zur Korridorwand hin zu schleudern, gerade als das Beil funkenschlagend an der Stelle aufprallte, an der es gerade noch gekrochen war. Sie war zu nah, um von der Schwertklinge Gebrauch zu machen, daher drehte sie die Waffe um und versetzte dem Mann einen Schlag mit dem schweren Schwertgriff ins Gesicht. Sein Nasenbein splitterte, und eine große Platzwunde zeigte sich, doch er blinzelte nicht ein einziges Mal mit den toten Augen. Kalte, lähmende Angst ergriff Besitz von ihr. Sie versuchte zurückzuweichen, doch er packte sie am Haar und schleuderte sie mit dem Kopf gegen die Wand. Seine Kraft war so übermenschlich, daß er ihr Gewicht gar nicht wahrzunehmen schien. Tir war jetzt ebenfalls in schrilles, entsetztes

Schreien ausgebrochen, und Snelgrin wandte sich ihm, das Beil in der Hand und das ausdruckslose Gesicht blutüberströmt, wieder zu.

Jemand wand Gil das Schwert aus den betäubten Händen. Wie ein Berserker stürzte sich Alde auf den Mann und hieb in rasendem Zorn, wenn auch ungeübt, auf ihn ein. Snelgrin riß die Arme schützend vors Gesicht und wich taumelnd zurück. Menschen kamen herbeigeeilt, Stimmen überschlugen sich, Lichter zuckten über die Mauern. Tirs Schreie bohrten sich in die Dunkelheit. Wie im Fiebertraum sah Gil den vierschrötigen Snelgrin, der Minalde aus dem Weg schleuderte, als wäre sie eine Motte, den Kopf einzog und blindlings davonrannte, bis ihn die Dunkelheit verschluckte.

Gil raffte sich auf und lief zu Tir, der schreiend an der Wand kauerte, um ihn aufzuheben. Er schien nicht verletzt zu sein. Gleich darauf riß ihr eine Wahnsinnige mit wirrem Haar und blutiggebissenen Lippen das Kind aus den Armen, ließ sich langsam auf den Boden sinken und drückte es fest an die Brust.

»Alde«, flüsterte Gil und schlang die Arme um die junge Frau. »Es ist alles in Ordnung, es geht ihm gut. Fehlt dir auch nichts?«

Sie nickte mit dem dunklen, zerzausten Kopf, und jemand packte Gil unsanft am Arm. »Was ist los?« fragte Alwir, aus dessen Wangen alles Blut gewichen war. Hinter ihm stürmten seine Soldaten in den Gang. Sie waren nicht alle vollständig angekleidet, trugen jedoch ausnahmslos ihre Waffen. Auch Stiarth war zur Stelle; er strömte noch immer den weibischen Duft aus und hatte sich nur hastig ein Nachtgewand übergeworfen, was seiner Würde einigen Abbruch tat.

»Snelgrin«, erklärte Gil kurzangebunden. »Er ist wahnsinnig.«

»Wer?« erkundigte sich der kaiserliche Neffe.

»Der Mann, der damals nachts draußen vor dem Tor geblieben ist, hat den Verstand verloren«, erklärte Gil, während Alwir niederkniete, um seine schluchzende Schwester in den Arm zu nehmen. Er machte keine Anstalten, sie aufzuheben, sondern hielt sie nur im Arm, während sie sich, von Weinkrämpfen geschüttelt, an ihn klammerte.

»Aber warum?«

»Weil . . .«, begann Gil. Dann sprangen ihre Gedanken zu einem anderen Gegenstand, und sie verstummte plötzlich. Sie war sich kaum bewußt, daß sie laut sprach, als sie hervorstieß: »Er ist zum Tor gegangen, um es zu öffnen.«

»Was?«

Doch sie hatte bereits kehrt gemacht und flog den Gang hinunter.

Wie gut kennt Snelgrin die Wege der Festung? fragte sie sich, während sie durch die Gänge hastete, die ihr durch die wochenlangen Erkundungen so vertraut waren wie die Straßen ihrer Heimatstadt. *Wird er es wagen, die Haupthalle zu durchqueren, um Zeit zu gewinnen? Wird es Melantrys gelingen, ihn am Tor aufzuhalten? Wie verrückt ist Snelgrin? Ist er im Augenblick vor mir oder hinter mir?*

Sie hatte keine Zeit mehr, ihre Gedanken zu ordnen. Sie eilte durch eine leere Zelle, von der, wie sie wußte, eine Leiter in den Hauptgang hinunterführte, ohne Rücksicht auf ihre Höhenangst und die Tatsache, daß das Ding sicher mehrere hundert Jahre alt und völlig baufällig und verrottet war. *Es ist der kürzeste Weg*, dachte sie, *und das schlimmste, was dir passieren kann, ist, daß du hinunterfällst und dir das Bein brichst.*

Das Holz knarrte, und die Leiter schwankte bedenklich unter ihrem Gewicht. Die Haupthalle war leer. Rufe, hastige Schritte und die dünnen Schreie eines verängstigten Kindes drangen aus der Ferne an ihr Ohr. Durch das Training war ihre Reaktionsfähigkeit ausgezeichnet; als die Sprosse unter ihrem Fuß brach, stieß sie sich automatisch ab, landete leichtfüßig auf dem Boden und lauschte in die Dunkelheit.

Keine hastig fliehenden Schritte. Am Tor brannten Fackeln, doch von Melantrys, die die Nachtwache leitete, war keine Spur zu sehen. *Hatte sie sich den Verfolgern angeschlossen?* fragte sich Gil. *Gott steh uns bei, sie hätte recht daran getan.* Die Vorstellung, daß ein wahnsinniger Mörder in den Labyrinthen der Festung herumlief, war fast genauso beängstigend wie der Gedanke, daß die Dunklen dort brüten könnten. Wenn er nach oben floh, statt nach unten zu laufen, so konnte er in der fünften Ebene jahrelang existieren, ohne daß ihn je ein Mensch zu Gesicht bekam.

Abgesehen von seinen Opfern, dachte Gil.

Doch sie war ganz sicher, daß er nicht nach oben gelaufen war. Vom Eingang der Kirche aus, an dem sie sich jetzt befand, schien ihr das Tor in seinem flackernden Fackelschein winzig und unendlich fern. Ohne recht zu wissen, warum, fiel sie in Laufschritt.

Sie hatte die Hälfte der Strecke durch die Haupthalle hinter sich gebracht, als sie ihn sah. Er mußte sich die Gänge der Festung genau eingeprägt haben, denn er kam aus einem kleinen Eingang zur Rechten des Tores geschlüpft. Sein Gesicht war blutverkrustet. Sie sah, daß er neben dem Beil jetzt auch noch eine große Axt bei sich trug. Geduckt wie ein Tier, drehte er die Verschlußringe und zog daran. Das Innentor ließ sich mühelos in seinen lautlosen Angeln bewegen. Er öffnete das Tor weit, schob etwas unter den rechten Torflügel und schwang die Axt. Metall traf auf Metall.

Mein Gott, er klemmt das Tor mit einem Keil fest!

Gil stieß einen wilden, unartikulierten Wutschrei aus und nahm die letzten Meter im Sturm.

Snelgrin blickte aus seiner gekrümmten Haltung auf. Der Eisenkeil schlug Funken, als er ihn mit den letzten paar Hieben fest in den Torspalt trieb. Gil sah wie durch einen Schleier sein Gesicht, dessen Ausdruck durch seine Verrücktheit nur umso erschreckender wirkte; es war, als versuche ein Wesen ohne Gesichtsmuskeln, einen bestimmten Ausdruck nachzuahmen. Geifer tropfte von seinen schlaffen Lippen. Der Mann stieß ein keuchendes Grunzen hervor und sprang mit einem Satz in die vollkommene Dunkelheit des Torkorridors, gerade bevor Gil ihn erreicht hatte.

Kann er im Dunkeln sehen? fragte sie sich, während sie die Treppen hinaufeilte und sich ihm nach in die Dunkelheit stürzte. Das weit geöffnete Innentor ließ ihr keine Zeit zu Vermutungen oder Verzögerungen.

Sie wußte, wo sich die Verschlußringe am Außentor befanden, und ihre Hände trafen auf die Hände des anderen. Sie hatte seine Kraft bereits zu spüren bekommen, und jetzt in der Dunkelheit war sie entsetzlich und überwältigend. Hände kratzten und stießen sie; die Axt streifte ihr Bein, als sie versuchte, seine Arme und seinen Körper zu fassen zu bekommen. Sie schrie in die Dunkelheit hinaus und flehte zum Himmel, daß die anderen Gardisten auftauchen würden, bevor sie überwältigt war. Der schwere Körper prallte gegen den ihren, Atemzüge keuchten an ihrem Ohr, und der Gestank seiner ungewaschenen Kleider stieg ihr in die Nase. Einen Augenblick lang waren sie im ungleichen Zweikampf umschlungen. Dann spürte sie, wie ihre Beine nachgaben und sie fiel; eine Lawine flammender Sterne ergoß sich vor ihren Augen. Als würde diese blendende Sternenflut wahrhaftig Licht spenden, sah sie plötzlich Snelgrins Gesicht vor sich; es schwebte zuckend über ihr, die Augen waren vor Überraschung aus den Höhlen getreten. Jemand hatte einen Pfeil durch seinen Adamsapfel getrieben. Er würgte, schlug mit den Händen danach und machte lautlos Schluckbewegungen. Der Schweiß stand ihm glänzend im Gesicht. Er taumelte die paar Schritte zum geschlossenen Außentor und riß an den Verschlußringen. Wie durch Zauberei bohrte sich ein zweiter Pfeil in seine Schläfe, als er gerade den Kopf zur Seite drehte.

Zehn Punkte für den Schützen, dachte Gil und verlor das Bewußtsein.

Als sie wieder zu sich kam, schien die gesamte Bewohnerschaft der Festung um sie versammelt zu sein. Das Getöse der Stimmen war wie das Meer in einer engen Felsenbucht und überrollte die bloßliegenden Knochen ihres schmerzenden Schädels. Das Licht der Fackeln tat ihr in den Augen weh. Sie schloß die Augen wieder und versuchte, das Gesicht abzuwenden.

Ein feuchtes Tuch lag auf ihrer Stirn. Verärgert wollte sie es beiseiteschieben, doch knochige Finger schlossen sich um ihr Handgelenk. »Ruhig, Kind«, flüsterte die pergamentene Stimme der Bischöfin Govannin. Gil versuchte, sich aufzurichten, fiel zur Seite und mußte sich augenblicklich übergeben. Die harten Hände faßten sie an den Schultern und hielten sie wortlos fest.

»Was ist passiert?« fragte Gil, als sie endlich in der Lage war zu sprechen. Sie fühlte sich leicht benommen, und alle Glieder taten ihr weh. Sie stellte fest, daß ihr Gesicht von Snelgrins Fingernägeln völlig zerkratzt war. Während des Kampfes hatte sie die Kratzer nicht einmal gespürt.

»Snelgrin ist tot.« Die dürren Finger strichen eine feuchte Haarsträhne aus Gils Stirn. »So wie wir alle jetzt tot wären, wenn Ihr ihm nicht gefolgt wäret.«

Neben dem würdevollen, hageren Gesicht der Bischöfin tauchte Maia von Thran im Schein der Fackel auf. Er hielt seinen Langbogen noch gespannt in der Hand. »Ich kam gerade aus der Kirche, als Snel durch das Innentor verschwand«, erklärte er. »Ich hatte Angst, daß ich ihn nicht rechtzeitig erreichen würde.«

»Ich auch.« Gil blickte um sich. Es waren zwar nicht alle Bewohner der Festung, die sich um sie drängten, aber immerhin der größte Teil. Alle Gardeoffiziere und die meisten der Roten Mönche, Alwirs gesamtes privates Heer und Maias Truppe waren um sie versammelt. Über Melantrys' Gesicht zog sich eine klaffende Wunde, und an ihrer Schläfe begann sich eine walnußgroße Beule zu bilden. Stiarth von Alketch trug jetzt eine Art Sarong mit Blumenmuster, und Alwir, der seinen Samtumhang über das Nachthemd geworfen hatte, wirkte recht menschlich mit seinen bloßen Füßen. Etwa drei Viertel der Männer, Frauen und Kinder waren in ihren Nachthemden oder, wenn sie keine besaßen, in Bettücher gehüllt, herbeigeeilt. Gil erkannte den Herdenjungen Tad, Bendle Stoofts rundliche Witwe und Winna, deren blondes Haar in Flechten über ihren Rücken fiel. Und alle redeten durcheinander.

Janus kehrte vom Tor zurück. Caldern und Bok, der Zimmermann, bemühten sich immer noch, den Keil durch einen Gegenkeil von der anderen Seite aus dem Türspalt zu treiben. Snelgrins Leichnam war aus dem Korridor herausgezogen worden. Sein Gesicht lag im Schein der Fackeln, sein Ausdruck hatte nichts Menschliches an sich. Gil drehte sich bei dem Anblick der Magen um, und sie wandte sich ab.

Sie hörte Bektis leise und hastig reden. »Ich bin ganz sicher, gnädiger Herr. Die Dunklen haben sich draußen in großer Zahl versammelt. Die Ausstrahlung der Gefahr muß ihn in den Wahnsinn getrieben haben . . .« Sie wandte den Kopf und sah, daß er an Alwirs Seite stand. Bektis' Erscheinung war untadelig in seinem grauen Samtgewand, und jedes Härchen seines hüftlangen, seidig schimmernden Bartes war peinlich genau an seinem Platz. *Interessant,* dachte Gil. *Alwir hat sich in den Kampf gestürzt, auch wenn er es in seinem Nachthemd tun mußte, während Bektis in den königlichen Gemächern zurückgeblieben ist, bis das Entwarnungssignal kam. Wahrscheinlich hatte er ein Bett vor die Tür geschoben. Sieh mal an.*

»Nein«, erklang eine leise Stimme hinter ihr, und als sie aufsah, blickte sie in Maias Augen. Der Bischof von Penambra hockte auf den Fersen und betrachtete forschend Alwir, Bektis und Govannin, die im rötlichen Schein der Fackel nervös von einem Bein auf das andere traten. »Snel hat sich nie von der Nacht erholt, die er im Freien verbracht hat, nicht wahr, Gil-Shalos?«

Gil schüttelte bestätigend den Kopf. »Seine Frau hat mit uns gesprochen.«

»Sie hat auch mit mir gesprochen.« Er warf einen raschen Blick zu Lolli hinüber, und seine dunklen Augen glänzten. Nachdem er und seine Leute in der Festung wohnten, hatte er die Kirchenmode übernommen, Gesicht und Kopf zu scheren; es hatte lange gedauert, bis Gil sich daran gewöhnt hatte, sein langes, schmales, hohlwangiges Gesicht ohne den buschigen schwarzen Bart zu sehen. »Sie ist aus Penambra und weiß genau, was es bedeutet, im Freien zu übernachten und den Angriff der Dunklen zu erwarten. Ich dachte, daß es vielleicht daran lag, daß er allein war . . . aber ich kannte Snel ein wenig. Er war ein Mensch ohne jede Phantasie. Es bedarf einer gewissen Empfindsamkeit, um wahnsinnig zu werden. Aber ich wußte es nicht.« Er verschränkte die verkrüppelten Hände über den Knien und stützte das Kinn darauf. Mit hämmernden Kopfschmerzen und zitternd von den Nachwirkungen des Kampfes, ließ Gil sich gegen die Wand hinter ihrem Rücken zurücksinken.

Der Bischof von Penambra fuhr mit gedämpfter Stimme fort. »Bektis taugt natürlich nicht als Heiler des Geistes. Aber ich habe gehört, daß Ingold Inglorion ein Meister in diesen Dingen ist. Es ist ketzerisch von mir, so etwas zu sagen«, hier entblößte er grinsend seine weißen Zähne, »aber ich bedaure seine Abwesenheit.«

»Das tue ich ebenfalls, mein Freund«, seufzte Gil.

Er warf ihr einen neugierigen Blick zu, dann wandte er sich wieder dem ausgestreckten Toten mit den leeren Augen zu. »Es ist bekannt, daß die Dunklen den Geist ihrer Opfer verschlingen«, erklärte er leise. »Aber es ist das erste Mal, daß ich erfahren habe, daß sie ihn durch etwas anderes ersetzen können.«

Vierzehntes Kapitel

Rudy Solis und Ingold Inglorion erreichten die Stadt der Zauberer um die Mittagszeit des darauffolgenden Tages. Sie sahen von einer Anhöhe hinunter, und als sich der Ozeannebel aufzulösen begann, erblickten sie die kleine Stadt – ein Dorf, genauer gesagt, dessen Gebäude um die berühmte Schule gruppiert waren –, die langsam aus den permutterfarbenen Schleiern auftauchte.

Selbst aus dieser Entfernung hatte Rudy den Eindruck, noch nie einen Ort gesehen zu haben, der so vollkommen von den Dunklen zerstört war.

In Gae hatte er Häuser gesehen, die eingestürzt oder rauchgeschwärzt waren und in deren Dächern und Mauern große Löcher klafften. Hier konnte er kein Gebäude entdecken, dessen Mauern noch standen, kein Dach, das nicht heruntergerissen und in blinder Raserei in die schuttübersäten Straßen geschleudert worden war. In dem feuchten Seeklima hatte sich bereits üppiges Unkraut zwischen den Trümmern angesiedelt.

Lange stand er an Ingolds Seite schweigend auf dem sanft geschwungenen Gipfel der Anhöhe. Der Wind strich durch das silbrige Gras zu ihren Füßen. Nur die Schreie der Seevögel und das Donnern der Brandung waren zu hören. Die Luft roch salzig. Ein Nebelschleier legte sich über die Stadt und lüftete sich gleich darauf wieder, wie um die nackten Knochen mit einer spöttischen Verbeugung zu enthüllen. Möwenschwärme flatterten kreischend aus den Trümmern auf und ließen sich kurze Zeit später wieder nieder. Andere Möwen schwebten klagend mit ausgebreiteten weißen Flügeln bewegungslos am eintönigen Himmel. Rudy fragte sich, wie es am Tag nach dem Angriff der Dunklen hier ausgesehen hatte. Hatten die Möwen die Stadt überfallen wie eine Heimsuchung der Todesengel, um die Leichen zu zerhacken, oder waren ihnen die Ratten zuvorgekommen?

Er wagte kaum, Ingold in die Augen zu sehen.

Ingold stand wie aus Stein gehauen neben ihm. Sein Gesicht war vollkommen ausdruckslos. Um nichts in der Welt hätte Rudy ihn in diesem Augenblick angesprochen. Nach einiger Zeit straffte sich Ingold und schlug wortlos den Weg zur Stadt ein.

Die Stadt war übersät mit Leichen. Die Art, wie die Knochen verstreut lagen, verriet, daß Aasfresser sich darum gestritten und sie auseinandergerissen hatten. Mechanisch bestimmte Rudy die Spuren – Füchse,

Ratten, Koyoten, Krähen. Die Leichen hatten so lange im Freien gelegen, daß es kaum Verwesungsgeruch und nur wenige Fliegen gab. Ingold untersuchte die Spuren so sachlich wie ein Versicherungsbeamter, betrachtete eingehend die Mauern, die vom Feuer geschwärzt waren. Er studierte die rußigen Streifen, wo das Feuer mit brennenden Stöcken gelegt worden war, oder die regelmäßigen Brandmuster bis zu den Dachbalken hinauf, wo die Bewohner einfach alles, was sie besaßen, in Flammen gesetzt hatten; und er musterte die Skelette, die in Zweier- oder Dreiergruppen auf dem Boden lagen. Es schien, daß die Zauberer nicht einmal Zeit gehabt hatten, sich zu ihrer Verteidigung zusammenzuschließen.

Es erstaunte Rudy ein wenig, wie klein Quo war. Zu keiner Zeit konnte die Stadt der Zauberer mehr als ein paar tausend Menschen beherbergt haben, von denen nach Ingolds Aussage ungefähr ein Drittel Magier und ihre Lehrlinge gewesen waren. Schrullige kleine Steinhäuser drängten sich um den Hauptplatz oder säumten die winkeligen Gäßchen, die aus der Stadt hinausführten. Nur im Zentrum von Quo gab es größere Gebäude, deren schroffe Ruinen sich vor den verspäteten Pilgern auftürmten. Dort zog sich das Schulgelände am Rande der Bucht entlang. Die Gebäude waren durch eine lange Kolonnade verbunden, deren geschwärzte Säulen den Blick auf das stahlgraue Meer freigaben. Am äußersten linken Rand des Geländes lag das Torhaus wie eine zertretene Sandburg, eingerahmt von den Überresten eines gewaltigen Bauwerks mit mehreren Stockwerken und zahlreichen Türmen, die jetzt beinahe begraben waren unter den herunterhängenden Ranken eines wildwachsenden Dachgartens. Zur Rechten, am Ende der langgezogenen Bucht, am äußersten Punkt der Landzunge, stand der schwarze Stumpf eines Turmes.

Auf diesen Turm hielt Ingold unbeirrbar zu.

Er hatte kein Wort gesprochen, seitdem sie nach Quo gekommen waren, und sein Gesicht war so ruhig und unbewegt, als wäre die zerstörte Stadt ihm fremd und nicht die einzige Heimat, die sein Herz für den größten Teil seines Erwachsenenlebens gekannt hatte. Der zerfetzte, mit dem Blut des Drachen besudelte Saum seines Mantels streifte im Vorübergehen einen Totenschädel und einen Stab, die halb verborgen zwischen Schutt und Unkraut lagen. Rudy hatte plötzlich das Gefühl, die ganze Szene schon einmal gesehen zu haben, und er schauderte erschrocken.

Forns Turm war ebenfalls kleiner, als Rudy gedacht hatte. Die Gebäude, die ihn umstanden, waren etwas größer als ein paar aneinandergereihte Häuser und standen auf der quadratischen Landzunge, die ins Meer hinausragte. Der Turm selbst, vielmehr das, was von ihm übriggeblieben war, hatte die Größe von zwei übereinandergestapelten geräumigen Zimmern. Die runde, rußgeschwärzte Außenmauer ragte zehn Meter hoch. Von dem Platz vor dem Turm aus konnte Rudy der

eingestürzten Treppe, die sich an der Seite hinaufwand, mit den Augen folgen. Während er, an Ingolds Fersen geheftet, durch die Ruinen streifte, blickte er über den halbmondförmig geschwungenen Strand und die Treppe mit ihrem verschlungenen Plattenmuster, die von der Schule hinunterführte. Und dann sah er, halb im Sand vergraben an der Gezeitenlinie, die Überreste eines krabbenzernagten Skeletts.

Die beiden Männer erreichten den höchsten Punkt des Hügels. Der Turm und die Gebäude, die ihn umstanden, waren auseinandergeborsten und vollkommen ausgebrannt. Die schwarzen Steintrümmer lagen überall verstreut. *Zugegeben, diese Gebäude sind später erbaut worden als die Festung und von völlig anderer Bauart,* dachte Rudy, während er sich nach einem Steinsplitter bückte und gleich darauf den Schritt beschleunigte, um Ingold wieder einzuholen. *Aber man hätte meinen sollen, daß die Zaubersprüche des Erzmagiers die Dunklen hätten abhalten können, so wie Ingolds Zauber den Dunklen die Tore der Festung verschlossen hat.*

Vor ihm folgte Ingold den zerfallenen Spuren von Gängen, die er einst leichten Schrittes durcheilt, ging an Türen vorbei, an die er einst geklopft hatte in den Tagen, als diese Räume noch Menschen beherbergt hatten, die er kannte. Er warf kaum einen Blick auf die deckenlosen Ruinen und zerfallenen Mauern.

Er kommt mir vor wie ein Mann mit einer tödlichen Verwundung, dachte Rudy angstvoll. *Er ist noch betäubt vom Schock. Die Nervenenden sind noch gefühllos. Gnade ihm Gott, wenn der Schmerz einsetzt.*

Vor ihnen klaffte ein Loch.

Der Boden war weggesprengt worden, und die zersplitterten Balkenenden zeigten deutlich, daß die Explosion von unten stattgefunden hatte. Vom Rande des Lochs aus blickte Rudy in die Labyrinthe der Kellergewölbe und erkannte dicke Säulen und abgetretene rote Kachelböden, auf denen sich der Staub von Jahrhunderten gesammelt hatte, der jetzt durch die Feuchtigkeit zu Schlamm geworden war. Klaffende Explosionslöcher enthüllten darunter ein weiteres Kellergewölbe, das wohl direkt auf dem Felsen des Hügels errichtet war. Aber statt des grauen Felsgesteins spiegelte glatter, schwarzer Basalt den fernen Himmel wider. Aus der Tiefe strich ein warmer Luftzug um Rudys Gesicht und brachte den Geruch noch tieferer Dunkelheit mit sich herauf.

Ingold, der an seiner Seite stand, sagte unvermittelt: »Ich hätte es ahnen müssen.«

Rudy wandte ihm rasch den Blick zu. Der Zauberer sah ruhig und unberührt aus; die aufsteigende Luft strich durch sein zerzaustes weißes Haar. Rudy beeilte sich zu sagen: »Du hättest es nicht wissen können.«

»Ach, ich weiß nicht«, entgegnete der Zauberer geistesabwesend. »Ich habe mich immerhin in ziemliche Schwierigkeiten gebracht, indem ich alle Welt vor der Möglichkeit gewarnt habe. Ich weiß nicht, warum mir nicht aufgefallen ist, daß alle alten Schulen der Magie sich in Städten befanden, die später von den Dunklen zerstört wurden.«

»Ja, aber es sind viele Städte von den Dunklen zerstört worden«, warf Rudy hastig ein. Die ruhige, kratzige Stimme Ingolds hatte einen Unterton, der ihm nicht gefiel. Wie die erste Erschütterung, die ein Erdbeben ankündigt, dachte Rudy. »Sie wußten, in welche Richtung sich deine Forschung bewegte. Jeder von ihnen . . .«

Ingold seufzte und schloß die Augen. Sehr ruhig sagte er dann: »Laß mich allein, Rudy.«

»Hör zu . . .« begann Rudy, und die Augen des Zauberers öffneten sich. In ihnen stand eine schwarze Tiefe der Qual, die fast an Wahnsinn grenzte.

Sanft wiederholte die rauhe Stimme: »Laß mich allein.«

Rudy floh so entsetzt, als hätte sich ein müßig aufgehobener Kieselstein in seiner Hand in eine Atombombe verwandelt. Als er am Fuß des Hügels angelangt war und zurückblickte, schien es ihm, als hätte sich der alte Mann nicht von der Stelle gerührt.

Lange Zeit streifte Rudy durch die leeren Räume der zerstörten Stadt der Zauberer und lauschte dem Tosen des Meeres. Das Donnern der Brandung klang tröstlich in seinen Ohren, es war wie ein Echo des Winters in Kalifornien. Ob es nun an der vertrauten feuchtkalten Seeluft, am salzigen Geruch oder an der Magie lag, die der Stadt immer noch innewohnte, er war plötzlich von einem Gefühl des Friedens, einer so ungeheuren Stille ergriffen, als wäre er heimgekehrt. *Heimgekehrt,* dachte er, und seine Schritte waren fast lautlos auf dem farbigen Mosaikboden aus Marmor, *und die Heimat liegt in Trümmern, und die Familie – eine Familie, die ich nie gekannt habe – tot!* Er blickte zu der einsamen Gestalt auf dem Hügel zurück, die sich sehr dunkel vor dem weißen, leeren Himmel abhob.

Quo – vernichtet. Alle Menschen, die du gekannt, geliebt und geachtet hast – vernichtet. Der Erzmagier verschwunden – Lohiro, den du geliebt hast wie einen Sohn. Und die einzigen, die übriggeblieben sind, sind Lehrlinge wie ich, Scharlatane wie Bektis und heilkundige Frauen wie Kara und ihre Mutter. Alwirs Heer ist geschwächt und zieht ohne Rückendeckung in den Kampf gegen die Dunklen. Die Festung bleibt ohne Schutz zurück, als leichte Beute für die Weißen Räuber, die Truppen von Alketch oder die Dunklen. Und nur du bist übrig, der letzte Zauberer, eine verlorene Seele wie ich damals in Kalifornien.

Und natürlich hättest du es ahnen können, aber natürlich war es nicht dein Fehler. Aber er wußte genau, daß Ingold das niemals glauben würde.

Schweren Herzens wandte sich Rudy ab. Eine Zeitlang streifte er durch die ehemalige Schule, durch Vorlesungssäle, deren geschnitzte Bänke umgeworfen und verkohlt waren, Laboratorien und Arbeitsräume, deren Mobiliar von einer wilden, unbegreiflichen Kraft zermettert war und die übersät waren mit glitzernden Glassplittern und zerborstenen Edelsteinen. Er ging durch Lesesäle, deren Sofas und Sessel aufgerissen, verkohlt und von Säure zerfressen waren und in denen die herausgerissenen Buchseiten über den regenfeuchten Fußboden verstreut oder in feuchten Stapeln in den Ecken lagen. In einem dieser Räume fand er, halb verborgen in einer Nische und von heruntergefallenen Holzbalken geschützt, eine Harfe, den einzigen unberührten und unversehrten Gegenstand in dieser Welt der Trostlosigkeit und Zerstörung.

Während er sie, über eine Treppe, auf der bereits das Moos zu sprießen begann, zu der Stelle hinuntertrug, an der sie den Esel angepflockt hatten, kam ihm plötzlich in den Sinn, was diese Ruine bedeutete. Ohne die Schule würden spätere Generationen von Zauberern, gleichgültig wie begabt sie auch sein mochten, genau wie er ungelehrte Beherrscher des Feuers bleiben, hoffnungslose Träumer auf der Suche nach einer Ausdrucksform, die sie nie finden würden.

Oder schlimmer noch, dachte er. *Ein Magier verfügt immer über Magie . . . Wenn du keine gute Liebe finden kannst, dann suchst du dir verdorbene Liebe.*

Der Wind zerzauste sein langes Haar, und seine Hände wurden kalt, als er die Harfe auf Ches Rücken befestigte. Immerhin konnten sie einen Gegenstand aus der alten Stadt am Westlichen Ozean mitnehmen. Einen unversehrten Gegenstand aus all der Zerstörung. Er zog den rauhen, schweren Pelz seines Büffelfellmantels am Hals fester zusammen und blieb eine Zeitlang in dem veränderlichen Licht von weißer Sonne und perlmuttschimmerndem Nebel stehen und starrte aufs Meer hinaus.

Er dachte an die Festung von Dare.

Er sah nicht das Bild vor sich, an das er sich oft erinnerte – die von Kerzen beleuchteten Schatten in Aldes stillen Kammern und die Irrgänge, die sich zwischen den uralten Mauern dahinzogen –, sondern er sah die Festung von außen, wie er sie nur einmal gesehen hatte an dem Morgen, als er mit Ingold die Reise nach Quo angetreten hatte. Das Bild, das in seinem Geist entstand, war fast wie auf der Kinoleinwand. Schwarz, quadratisch und massiv hob sich die Festung vom Schnee ab, der in dicker Schicht um ihre Mauern lag, unbezwingbar, rätselhaft, selbstgenügsam. Er sah das Massiv des Schneegebirges dahinter und roch die kalte, schneidende Frische der Gletscherwinde. Und mit dem Bild keimte ein Verlangen in seinem Herzen auf, eine unbezwingbare Sehnsucht danach, dort zu sein. Doch die Sehnsucht kam nicht aus seinem Inneren, ihm war, als hätte ein anderer sie in sein Herz gepflanzt.

Und als er aufblickte, sah er wieder den schwarzen, merkwürdig gleichmäßigen Umriß des Hügels am Meer und die dunkle gedrungene Ruine von Forns Turm. Durch das Flechtwerk der laublosen Bäume erkannte er die kleine Gestalt, die mit erhobenen Armen, den Umhang aufgebläht in der steifen Meeresbrise, auf dem Hügel stand. Und er wußte, daß das, was er spürte, ein Ruf war, und daß dieser Ruf von dem Mann kam, der allein am Herzen der letzten zerstörten Zitadelle der Magie stand. Der letzte Zauberer, ein ausgestoßener, herumziehender Zigeuner mit einem Schwert an der Hüfte und dem Rücken zur Wand, rief sie alle – die Zweitklassigen, die Versager, die Anfänger, die

Scharlatane und die heilkundigen Frauen. Er rief jeden, der Ohren hatte, zu hören – rief sie zur Zusammenkunft in die Festung von Dare.

Bald darauf kam Ingold von dem Hügel zurückgewandert. Sein Gesicht war hart und verschlossen, seine Augen bitter und beängstigend kalt, die Augen eines Fremden. Rudy sprang vom Geländer der Kolonnade, auf dem er gesessen hatte, herunter, um ihn zu begrüßen, aber es gab nichts, das er in diesem starren, eiskalten Blick hätte begrüßen können. »Komm mit«, forderte Ingold ihn kurzangebunden auf. »Es gibt noch etwas, das wir tun müssen.«

An diesem Nachmittag sprach der Zauberer kaum noch mit Rudy, der den Esel am Zügel nahm und dem alten Mann schweigend zu der Ruine neben dem Torhaus folgte. Die terrassenförmig angelegten Dächer hatten in mehreren Ebenen übereinander unvergleichliche Gärten getragen, die nun abgestürzt waren. Die verschlungenen Bäume, Gitterwerk, Blumen, Erde, Säulen und zersplitterten Balken bildeten eine einzige gewaltige Pyramide der Zerstörung. Ingold suchte die Trümmer ab, bis er ein ehemaliges breites Fenster fand, das ihnen noch Einlaß in die Halle im Erdgeschoß gewährte, dann schlüpfte er zwischen den gefährlich lockeren Granitbrocken hindurch und bahnte sich einen Weg ins Innere. Rudy folgte ihm, ohne Fragen zu stellen, obwohl Ingold ihn weder gebeten hatte, zu folgen, noch zu bleiben. An manchen Stellen gingen sie unter einem Deckenstück hindurch, das schwankte und ächzte unter den Gesteinsmassen, die auf die brüchigen Gewölbebögen drückten. An anderen Stellen mußten sie über Berge von Geröll klettern. Einmal krochen sie unter einem mächtigen Fenstersturz hindurch, der in der Mitte auseinandergebrochen war und der allein durch sein Gleichgewicht Tonnen von farbigem Gestein trug. Während er sich keuchend mühte, mit Ingold Schritt zu halten, fürchtete Rudy fast, daß Ingold hier an diesem Ort den Tod suchte, denn der Zauberer verhielt sich plötzlich merkwürdig und beängstigend fremd in seiner Bitterkeit und seinem Zorn. Es schien Rudy plötzlich möglich – sogar folgerichtig –, daß er es so einrichten würde, daß er in der Stadt, die einst seine Heimat gewesen war, mit den anderen gemeinsam unterging.

Doch als sie sich von der letzten verschütteten Treppe in die eingestürzten Gewölbe hinunterarbeiteten, verstand Rudy, warum Ingold hierher gekommen war.

Der bläuliche Schein des magischen Lichts erfüllte langsam den langen, schmalen Raum. Er blieb auf den Goldeinbänden der Bücher, auf prunkvoll verzierten Lederrücken und funkelnden, edelsteinbesetzten Beschlägen hängen. Wie ein Geist, der ins Reich der Lebenden zurückgekehrt ist, ging Ingold an den Reihen der Lesetische vorbei und strich mit seinen kräftigen, vernarbten Händen über die Bücher, wie ein Mann vielleicht das Gesicht einer Frau berühren würde, die er einst geliebt hat.

Es war klar, daß sie nicht alle mitnehmen konnten. Es waren Hunderte von Bänden, das gesammelte Wissen von Jahrhunderten. Aber so unvollständig es auch sein mochte, das Wissen war die Seele der Stadt Quo und die Seele der Magie. Dieses Wissen zu schützen war der Grund für die Erbauung dieser Stadt, die Rechtfertigung für die magischen Ringe, die diesen Ort so fest umschlossen, daß selbst nach dem Tod aller Bewohner der Stadt das Bild von Quo weder im Wasser noch in den Flammen noch im Kristall heraufbeschworen werden konnte.

Wortlos berührte Ingold die Schlösser und Ketten, die die Bücher mit den schrägen Tischen verbanden, und die Ketten klirrten leise, als sie sich lösten. Er trug zwei Bände zu Rudy hin, der im Eingang gewartet hatte, und reichte sie dem jüngeren Mann, als wäre er ein namenloser Diener. »Du mußt zu mir zurückkommen«, sagte Ingold und wandte sich ab.

Insgesamt trugen sie zwei Dutzend Bücher hinauf. Rudy hatte keine Ahnung, was es für Bücher waren und warum diese ausgewählt wurden und keine anderen, aber sie waren allesamt groß und schwer, und ihr Gewicht drückte Che unbarmherzig nieder. Ingold riß Stoffetzen aus einem Vorhang und knotete behelfsmäßige Bündel für sich und Rudy, in die sie das packten, was Che nicht mehr tragen konnte. Ein Blick in das Gesicht des alten Mannes hielt Rudy davon ab, sich über die zusätzliche Bürde zu beklagen. Als sie zum letzten Mal über den Schutthaufen hinauskletterten, wandte sich Ingold um und legte einen Wach- und Schutzzauber über die ganze Ruine, daß weder Regen noch Verwitterung noch herumstreunende Tiere eindringen konnten, daß alles so blieb, wie es war, beschützt, bis er hierher zurückkehren würde.

Inzwischen war es dunkel geworden.

Sie schlugen ihr Lager am Strand auf. Wenn die Dunklen noch immer in der zerstörten Stadt lauerten, so boten die Ruinen ihnen zu viele Verstecke. Die Nacht war kühl, und es roch nach Regen; doch die Wolkendecke über dem Meer riß auf und enthüllte einen Mond, so üppig und voll wie eine silberne Frucht, und sein Licht überzog die Wolkenberge wie mit Schneekristallen. Das Prasseln ihres Feuers aus Treibholz vermischte sich mit dem leisen Plätschern der Wellen zu einer flüsternden Erinnerung an Kalifornien.

Nach Hause, dachte Rudy. *Nach Hause.*

Er nahm die Harfe, die er gefunden hatte, aus ihrer behelfsmäßigen Hülle und ließ die Finger zögernd über die dunklen, wohlgeformten Rundungen gleiten. Die silbernen Saiten und das Muster der roten Intarsien im schwarzgelackten Holz des Resonanzkörpers leuchteten im Schein des Feuers auf. Wie die meisten Kalifornier einer bestimmten Generation beherrschte Rudy genügend Gitarrengriffe, um einfache Melodien zu spielen, doch er spürte, daß dieses Instrument für eine Musik geschaffen war, deren Weise und Schönheit sich seinem Vorstellungsvermögen entzog.

Er sah, daß Ingold ihn beobachtete. »Kannst du darauf spielen?« fragte er zögernd. »Oder weißt du, wie es gestimmt ist?«

»Nein«, entgegnete Ingold rauh. »Und ich wäre dir dankbar, wenn du nicht darauf spielen würdest, solange du nicht weißt, was du tust.« Damit wandte er sich ab und blickte aufs Meer hinaus.

Wortlos wickelte Rudy die Harfe wieder ein. *Vielleicht kann Alde es mir beibringen,* dachte er. *Irgend jemand in der Festung müßte jedenfalls darauf spielen können.* Er hatte das Gefühl, zu wissen, wie das Instrument klingen würde, und verstand sehr gut, warum Ingold nicht wollte, daß er darauf herumstümperte.

»Das Instrument heißt Tiannin«, fügte Ingold nach einiger Zeit hinzu, ohne ihn anzusehen.

Tiannin, dachte Rudy, der wandernde Wind, der Südwind an Sommerabenden, der Ruhelosigkeit und Sehnsucht in die Herzen der Menschen sät. Er befestigte die Harfe auf Ches Rücken, bat den unglücklichen Esel im Geiste um Verzeihung und kehrte zum Feuer zurück. In der Dunkelheit hinter ihrem Lager sah er die Zackenlinie der eingestürzten Kolonnaden, und sein Zaubererauge enthüllte ihm die Muster aus Blumen, Herzen und Augen, die den farbigen Stein überzogen. Gegen den azurblau schimmernden Horizont hob sich die gedrungene dunkle Form von Forns Turm wie ein verbrannter Baumstumpf ab. Im Westen schimmerte das Mondlicht auf den Schaumkronen der Wellen.

Vor der schwarzen Wand der Klippen blitzte im flüchtigen Sternenlicht eine Metallspitze auf.

Rudy hielt den Atem an, sein Herz und die Zeit selbst schienen stillzustehen. Ingold hob den Kopf, als hätte er ein Geräusch gehört, dann blickte er in die Dunkelheit hinaus, in der selbst Rudys geschärfte Sinne nichts mehr wahrnehmen konnten. Im flackernden Schein des Feuers drückte Ingolds Miene eine Hoffnung aus, die fast schrecklich anzusehen war. Doch lange Zeit war nichts in der Nacht zu hören als die Brandung des Meeres und Rudys hämmernder Herzschlag.

Dann blitzte wieder die goldene Spitze auf, und in den Schatten am Strand bewegte sich etwas. Rudy wollte aufspringen, doch eine Hand legte sich mahnend auf seinen Arm, und er spürte, daß Ingolds Finger bebten.

Ein Mondstrahl fiel auf das sichelförmige Ende eines Stabes und leuchtete noch strahlender in offenem, feuerfarbenem Haar. Der Wind fing sich in einem dunklen Umhang, der sich kurz aufblähte hinter dem Mann, der am Rand des Meeres entlangschritt und dunkle, geheimnisvolle Spuren im Sand hinterließ.

Rudy wußte, daß ihr Lager in Tarnzauber vollkommen eingewoben und so unsichtbar war wie die Mauern der Magie, die die Grabstadt Quo noch immer umgaben, doch der Blick des Mannes war genau auf sie gerichtet. Im Mondlicht sah Rudy, daß er lächelte und den Schritt beschleunigte. Ingolds Finger schlossen sich wie ein Schraubstock um Rudys Handgelenk.

Einige Meter vor dem Lager fiel Lohiro in Laufschritt. Ingold war augenblicklich auf den Füßen, und er eilte auf ihn zu und streckte ihm die Hände zur Begrüßung entgegen. Der Mond beschien die beiden Männer, den älteren und den jüngeren, er fiel auf silbernes und goldenes Haar und auf ein Skelett, das halb im Sand vergraben zu ihren Füßen lag.

»Ingold, du alter Landstreicher«, sagte Lohiro leise. »Ich wußte, daß du kommen würdest.«

»Warum bist du hiergeblieben?« erkundigte sich Ingold später, nachdem sie den Erzmagier an ihr Lagerfeuer gezogen hatten. Lohiro blickte von seinem Mahl aus gebackenem Brot und Dörrfleisch auf. Rudy fand, daß er mager und gehetzt aussah; das edel geschnittene Gesicht war scharf und ausgezehrt. Die leuchtende Goldmähne, die ihm fast bis auf die Schultern fiel, war mit Silbersträhnen durchzogen. Seine Augen waren genauso, wie Rudy sie im Kristall gesehen hatte – groß und von unterschiedlichsten Blautönen wie ein Kaleidoskop, hell und dunkel gesprenkelt und von jener seltsamen, ausdruckslosen Leere, die Rudy auch damals aufgefallen war. Nachdem er Ingold vor den Trümmern von Forns Turm gesehen hatte, verstand er diesen Ausdruck.

»Weil ich nicht wegkonnte.« Lohiro lachte kurz und bitter über die Schärfe in Ingolds Blick. »Oh, die Dunklen sind fort«, versicherte er ihnen mit angespannter, verächtlicher Stimme. »Sie sind noch in derselben Nacht in dichten Schwärmen, deren Dunkelheit die Sterne auslöschte, verschwunden. Aber ich . . . Wir alle gemeinsam haben das Labyrinth um Quo gewoben, mein Freund. Ein Mann allein konnte das Netz nicht zerreißen.«

»Und doch sind sie verschwunden?«

Die weißen, knochigen Finger deuteten nach oben. »Durch die Luft«, erklärte er. »Über das Labyrinth hinweg.«

Ingold runzelte die Stirn. »Wie ist das möglich? Das Labyrinth reicht meilenweit über die Stadt.«

Lohiro schwieg, dann schüttelte er müde den Kopf. »Ich weiß es nicht«, sagte er. »Ich weiß es wirklich nicht.«

»Kam der Angriff überraschend?« fragte Ingold ruhig. Der Erzmagier nickte. Sein Stab steckte hinter ihm im Sand wie ein Speer.

»Kamen die Dunklen auch aus den Brutstätten der Ebenen?«

»Nein.« Lohiro hob den Kopf. Die Frage schien ihn zu überraschen. »Nein, sie hatten ihre Brutstätten verlassen, um sich dem Angriff auf Gae anzuschließen. Wußtest du nicht . . .? Natürlich konntest du es nicht wissen.« Er seufzte und rieb sich die Augen. »Wir erfuhren, daß sie die Ebenen verlassen hatten, um Gae anzugreifen – in der Nacht, als es geschah, glaube ich. Wir waren seit Wochen am Rande des Zusammenbruchs. Wir hatten Ratsversammlungen, Ausschußsitzungen und leisteten Forschungsarbeit während der Nachtwachen. Lehrlinge des ersten Semesters arbeiteten sich durch die alten Aufzeichnungen in der Bibliothek. Thoth, der Archivar, grub seine ältesten Dokumente aus, Dinger, die so alt waren, daß nur Spinnweben und Zaubersprüche sie noch zusammenhielten. Es erinnerte mich an den alten Witz über den Unglücksvogel, dessen Kamel einen Diamanten verschluckt hat.« Er zuckte die Achseln. Seine mageren Schulterknochen zeichneten sich deutlich unter dem dunklen Stoff seines Umhangs ab. »Aber wir fanden nichts von Bedeutung. Nur . . .« Er zögerte, als müßte er mit sich kämpfen, und seine geschwungenen Augenbrauen zogen sich in plötzlichem Schmerz zusammen.

»Nur – was?«

Lohiro blickte auf und schüttelte den Kopf. »Es war sehr spät. Thoth, Anamara und ich waren noch auf, aber ich glaube, alle anderen waren zu Bett gegangen. Auf die eine oder andere Weise hatten wir alle die Zerstörung Gaes gesehen. Über der Stadt lag eine tiefe Schwermut. Dennoch glaube ich, daß keiner von uns sich Sorgen um die eigene Sicherheit gemacht hat. Es geschah – ganz plötzlich.« Er schnalzte mit den langen Fingern. »Einfach so. Eine gewaltige Explosion – ich habe nie etwas dergleichen erlebt. Du hast gesehen, wie der Turm zugerichtet ist.«

Ingold nickte, und seine Stimme war sehr müde. »Wie die Experimente, die Hasrid immer mit seinem Sprengpulver anstellte«, sagte er. »Erinnerst du dich an das Steingebäude, das er in die Luft jagte?«

Lohiro grinste freudlos. »Das war gar nichts«, erklärte er, »verglichen mit dieser Explosion. Es war wie – ich weiß es nicht. Es erschütterte den Turm bis auf die Grundfeste. Ich glaube nicht, daß ich etwas tat, saß da wie ein Narr, und das hat mir wahrscheinlich das Leben gerettet. Anamara rannte zur Tür und riß sie auf . . . Die Dunkelheit überrollte sie wie eine mächtige Welle. Ich glaube, sie hatte nicht einmal Zeit, einen Ton von sich zu geben.«

Ingold wandte den Blick ab, und Rudy sah im warmen Schein des Feuers, wie plötzlich jeder kleine Muskel in seinem Gesicht, von der Schläfe bis zum Kinn, scharf hervorsprang.

Lohiro fuhr fort: »Ich glaube, Thoth erzeugte eine Feuerflamme – ich weiß es nicht. Dann . . .« Er bemerkte Ingolds Gesichtsausdruck und hielt inne. »Es tut mir leid«, sagte er leise und senkte den Blick auf seine Hände. Einen endlosen Augenblick lang wurde entsetzliche Stille nur vom Rauschen der Brandung unterbrochen. »Das wußte ich nicht.«

Ingold wandte sich ihm wieder zu. Sein Gesicht war ruhig, aber etwas in seinen Augen hatte sich verändert. »Es ist nichts«, sagte er. »Es war nie etwas.« Und Lohiro fing seinen Blick auf und lächelte unsicher.

Rudy sah die Schweißperlen, die plötzlich am Rande der Schläfen des alten Mannes glitzerten wie Diamantenketten.

»Und das war alles«, fuhr der Erzmagier ruhig fort. »Ich umgab mich mit dem stärksten Tarnzauber, den ich kenne, kroch unter den Tisch und betete.« Er schlang seine langen Finger ineinander und strich nervös damit über die viel zu mageren Hände. »Im nächsten Augenblick gab es einen Donnerschlag, als würde der ganze Turm in die Luft fliegen – was ja auch geschah –, und von meinem Platz aus sah ich nichts als eine dunkle Sturmwelle, als sie den Raum in Fetzen rissen. Ich konnte nichts tun, nicht einmal aus meinem Versteck hervorkriechen und gegen sie kämpfen, denn sie schwärmten in den Raum wie monströse Bienen, und um mich war nichts als surrende Finsternis. Durch das Loch in der Mauer konnte ich undeutlich erkennen, daß die ganze Stadt unter einer Wolke begraben war; es war, als würde ich in ein furchtbares Unwetter hinuntersehen.« Ein plötzlicher Windstoß vom Meer wehte sein dichtes, glänzendes Haar auf. Lohiro schüttelte den Kopf und heftete seine müden, leeren Augen auf Ingold. »Die Zauberer hatten keine Chance«, sagte er leise. »Ich sah Licht, Feuer. Ich konnte die Kraft fühlen, die sie diesem Sturm entgegenschleuderten. Aber es waren so viele Dunkle – so viele. Irgend jemand verwandelte sich in einen Drachen. Von meinem Platz aus konnte ich ihn sehen, wie einen riesigen, von Hornissen umschwärmten Adler. Aber die meisten von uns wurden so plötzlich im Schlaf überrascht, daß sie nicht einmal wußten, wie ihnen geschah.«

Die Meeresbrise war stärker geworden, und die Wellen schlugen lauter gegen die fernen Klippen. Rudy sah, daß sich die Wolken zusammenballten und vor den strahlenden Mond schoben.

»Und danach?« warf Ingold leise ein. »Warum hast du dich nicht mit mir in Verbindung gesetzt?«

»Ich habe es versucht.« Der Erzmagier seufzte. »Die Schöpfer des Labyrinths sind tot, aber das Labyrinth lebt. Ich habe wochenlang versucht, mit dir in Verbindung zu treten.«

Ingold wollte etwas sagen, doch dann besann er sich eines anderen. Im Schein des Feuers wirkte er plötzlich streng und alt, und dunkle Linien bitterer Sorge gruben sich tief um Mund und Augen.

Nächtliches Dunkel legte sich wie ein Schleier über den Strand, und der Mond verschwand hinter der schnell dahinziehenden, dichten Wolkendecke. Sein schwindendes Licht glitzerte auf den weißen Schaumkronen der aufgepeitschten Wellen. Selbst im Schutz der Felsen begann ihr kleines Feuer heftig im Wind zu flackern.

»Ja, aber warum . . .?« begann Rudy.

Ingold fiel ihm ins Wort. »Wovon hast du gelebt?«

Lohiro lachte bitter auf. »Von Moos.«

»Aus ihrer Brutstätte?«

Lohiro nickte, und ein verzerrtes Grinsen zuckte unvermittelt um seinen breiten Mund. »Oh, es gab natürlich noch einiges in den Trümmern zu holen, wenn man sich auch mit den Ratten darum schlagen mußte. Ich habe eine Weile davon gelebt. Aber schließlich bin ich in die Brutstätte der Dunklen hinuntergestiegen und habe mich vom Moos ernährt wie ihre armen, unglücklichen Herden. Nicht, daß es mir sehr viel besser bekommen wäre . . .« Er hielt inne und wimmerte wie unter einem plötzlichen Schmerz auf. Seine mageren Hände schlossen sich krampfhaft umeinander.

»Ja?« fragte Ingold leise.

Die leeren Augen huschten flackernd zu ihm hinüber. »Wovon habe ich gerade gesprochen?«

»Von dem Moos.«

»Ach ja.« Lohiro zuckte die Achseln. »Manchmal habe ich mich gefragt . . . Ich habe wie ein Tier gelebt. Mutterseelenallein. Im Dunkeln, wie ein Maulwurf. Es gab Zeiten, da dachte ich, ich würde wahnsinnig.«

»Sicher«, warf Rudy ein. »Aber warum . . .?«

»Rudy, halt den Mund!« fuhr Ingold ihn an, und Rudy schwieg, erschrocken über den harten Ton in seiner Stimme. Ingolds Profil hob sich vom dunklen Hintergrund des Meeres ab, und Rudy sah, daß die Nasenflügel des alten Mannes kaum merklich bebten, als wäre er wütend oder als ginge sein Atem vor Schreck schneller. Doch Ingold fuhr ruhig fort: »Was ist mit den Herden der Dunklen?«

Lohiros Blick schweifte ab. »Was soll mit ihnen sein?«

»Waren sie noch unten?« Ein Sturm kündigte sich mit kalten, heftigen Windstößen vom Meer her an.

»Nein«, sagte Lohiro nach einer kurzen Pause. »Nein. Sie waren verschwunden. Ich weiß nicht, wie und wohin. Es war keine Spur mehr von ihnen zu sehen.«

Ingold dachte einen Augenblick über das Gehörte nach, dann hob er ein Stück Treibholz auf und stocherte damit im Feuer herum. Funken stoben auf, und der Wind zerrte an den Flammen. »Du hattest recht mit dem Drachen«, bemerkte er beiläufig. »Er verfing sich ebenfalls im Labyrinth. Wir mußten ihn töten.«

»Weißt du, wer es war?«

»Hasrid, glaube ich«, erklärte Ingold. »Drachen hatten es ihm schon immer angetan.«

Der Erzmagier nickte. »Das stimmt.«

Verwundert blickte Rudy von einem zum anderen. Unausgesprochene und unvollendete Sätze hämmerten in seinem Bewußtsein. Ohne erklärbaren Grund hatte er plötzlich Angst – vor Ingold, der streng, abweisend und in sich gekehrt war, und vor dem hochgewachsenen, hageren Erzmagier, der ganz am Rande des Feuerscheins saß und nervös mit seinen langen Fingern spielte. Rudy hatte Angst vor der Spannung, die das Schweigen zwischen ihnen erfüllte, vor den Dingen, die offensichtlich unausgesprochen blieben zwischen ihnen, und vor etwas, das er nicht benennen konnte. »Hör mal«, sagte er, »Ich sehe mich ein bißchen in der Stadt um . . .«

Ingold sah ihn nicht einmal an. »Halt den Mund und bleib, wo du bist!« Er blickte wieder zu Lohiro auf. »Allerdings muß ich sagen, daß Rudy mir eine große Hilfe war. Er war ein genauso guter Lockvogel wie du, als wir den Drachen im Norden getötet haben.«

Lohiro nickte. »Ja«, sagte er. »Das hatte ich ganz vergessen.«

Ihre Blicke begegneten sich über das Feuer hinweg. Das Schweigen war jetzt wie ein zum Zerreißen gespannter Draht. Rudy schoß plötzlich der Gedanke durch den Kopf, daß er sich in entsetzlicher Gefahr befand; doch wie in dem Moment, als er dem Drachen in die Augen geblickt hatte, war er unfähig, sich zu bewegen. In den wechselnden Schattierungen von Lohiros Augen konnte er nichts Menschliches entdecken. Absolut nichts.

Ingold sagte leise: »Du hast nie im Leben Lockvogel gespielt.«

Die Augen waren leer und ausdruckslos. Der Erzmagier saß reglos wie ein Roboter; die ruhelosen Hände hörten auf, sich zu bewegen, und seine langen, feinen Gesichtszüge erschlafften plötzlich. Eine Ewigkeit lang war nichts anderes zu hören als das kalte Brüllen des Meeres und Ingolds abgerissene Atemstöße.

Dann schlug Lohiro blitzschnell zu. Der metallene Halbmond an seinem Stab war wie in Feuer getaucht, als er über die Flammen hinweg auf Ingolds Kehle zuschnellte. Ingold hielt das Schwert bereits in den Händen. Kniend wehrte der alte Mann den Schlag ab und sprang gleich darauf auf die Füße. Im selben Augenblick stürzte der Erzmagier mit leerem, starrem Blick auf ihn zu; sein zerfetzter Mantel wirbelte Sand und Glut auf. Starr vor Entsetzen konnte Rudy nichts weiter tun, als benommen zuzusehen.

Ingold wehrte Lohiros Angriff so knapp ab, daß die metallene Sichelspitze eine feine rote Linie auf seinem rechten Wangenknochen zeichnete. Er fing die Rückseite der Sichel mit der Klinge und nutzte den Schwung der Bewegung, um dem Erzmagier die Waffe aus den Händen zu reißen. Sie rutschte ein Stück weit durch den Sand. Rudy stieß einen entsetzten, warnenden Schrei aus, als Lohiro sich mit bloßen Händen auf Ingold stürzte . . .

. . . und sich veränderte!

Der lange Körper schien mit dem wehenden Umhang zu verschmelzen, und die weißen, ausgestreckten Hände schienen sich zu vermehren und in Klauen zu verwandeln. Ohne in der Bewegung innezuhalten, wurde er zum herabstürzenden Dunkel eines klaffenden, säuretriefenden Schlundes, der mit seinem stacheligen Peitschenschwanz ausholte, um Ingolds Körper zu umschlingen. Dann erfaßte ihn der Sturm wie eine Eislawine und riß den Dunklen wie einen gewaltigen Drachen in die tosende Nacht davon.

Der Sturm jagte brüllend auf Rudy und Ingold nieder, das ganze Universum war erfüllt von Lärm und Gischt. Aufgepeitschter Sand begrub das Feuer unter sich. Rudy saß noch immer, vor Entsetzen gelähmt, da, als Ingold sich durch den Aufruhr der Elemente zu ihm kämpfte und ihn mit einem Ruck auf die Füße zog. Der alte Mann raffte hastig seinen Stab und Ches Zügel auf, dann zerrte er Rudy durch den tobenden Hurrikan Richtung Quo.

Lohiro erwartete sie auf der Treppe, die vom Strand hinaufführte. Sein Gesicht war so weiß wie das eines hohläugigen Leichnams in der tosenden Dunkelheit von Sturm und Magie, und sein goldener Haarschopf bauschte sich um seine Stirn wie ein feuriger Heiligenschein. Über das donnernde Brausen der Brandung hinweg war seine Stimme deutlich vernehmbar, kühl und belustigt. »Nun, Ingold? Willst du mich wirklich töten?« Er hielt seinen gezackten Speer stoßbereit. »Mich?«

»Dich vor allen anderen, mein Sohn«, flüsterte Ingold.

Mit einer schnellen Bewegung drehte Lohiro den Stab um und schlug mit dem eisenbeschlagenen Ende nach Ingolds Schläfe. Der alte Mann duckte sich und hieb sein Schwert nach oben. Rudy sah weiße Haut und ein dünnes Blutgerinnsel, als der Erzmagier vor der Klinge zurückwich und seinen Stab wie eine Axt niedersausen ließ. Ingold fing die Wucht des Schlages mit dem Schwertgriff auf, zog den Speer mit einem scharfen Ruck zu sich heran und stieß in dem Augenblick, als der Speer festgeklemmt und sein Gegner aus dem Gleichgewicht war, zu. Eine Feuerflamme schoß aus Lohiros Hand in Ingolds Gesicht. Der alte Mann taumelte auf den Stufen zurück und riß den Arm schützend vor die Augen. In diesem Augenblick stieß der Jüngere wieder mit dem Stab zu, traf ihn unterhalb der Knie und warf ihn in den Sand. Dann drehte er den Stab wieder um und stieß ihn wie eine Mistgabel auf Ingolds Kehle zu. Die Bewegung war unvorstellbar schnell und geschickt, so tödlich wie der Biß einer Schlange. Doch irgendwie gelang es dem alten Mann, unter den messerscharfen Zacken der Waffe wegzurollen; er packte den Speerschaft mit beiden Händen, stieß dem Erzmagier den Fuß zwischen die Beine und wirbelte ihn über seinen Kopf hinter sich in den dunklen Sand. Ingold richtete sich schwer atmend auf die Knie auf, und aus seiner Handfläche sprangen weißglühende Flammen auf . . .

Aber Lohiro war verschwunden.

Ingold kam taumelnd auf die Füße. Regen peitschte vom schwarzen, tobenden Himmel herunter. Wie aus einer Ohnmacht erwacht, eilte Rudy an Ingolds Seite. Wortlos packte der Zauberer ihn am Arm und zog ihn die Stufen hinauf. Blitze zuckten über den Himmel und erhellten für Sekunden das Gerippe der verlassenen Stadt, und Donner erschütterte die Welt wie die Posaunen des Jüngsten Gerichts. Die regennassen Haare klebten an ihren Wangen, als sie durch die Kolonnade hasteten, deren Säulen mit jedem Blitz neonblau aufleuchteten, um gleich darauf mit dem Donnerschlag wieder von der Nacht verschlungen zu werden. Der Sturm riß an ihren triefendnassen Kleidern. Che schrie und bäumte sich gegen die Zügel. Rudy fragte sich verzweifelt, was sie tun würden, wenn es dem dummen Tier gelang, sich loszureißen und mit all ihren Vorräten und den Büchern, für deren Rettung Ingold und er ihr Leben aufs Spiel gesetzt hatten, davonzupreschen.

Dann blendete ihn ein grelles Licht, ein scharfer Gasgeruch drang ihm in die Nase, und das knisternde Geräusch des Blitzes ließ ihm die Haare zu Berge stehen. Rauch stieg von der eingestürzten Mauer vor ihnen auf. Rudy fuhr herum und sah Lohiro, der mit seinen leeren Augen und höhnischem Grinsen hinter ihnen stand.

Ein Blitz erhellte Lohiros hocherhobene bleiche Hand. Ein ohrenbetäubender Donnerschlag begleitete die weiße Flamme einer Explosion; neben ihnen barst ein Torpfosten, und Rudys dicker Büffelfellmantel wurde von herumfliegenden Trümmern zerfetzt. Ein Regenschwall versperrte ihm sekundenlang die Sicht. Durch die Wasserschleier hindurch nahm er den Erzmagier als verschwommenen Umriß wahr. Das durchnäßte Goldhaar klebte dicht an seinem Schädel; er kam langsam mit seinem messerscharfen Speer auf sie zu. Rudy wich zurück. Er wagte nicht, weiter zu fliehen, in der Angst, daß der nächste Blitz den Tod bedeuten konnte.

Zwischen Rudy und dem Erzmagier stand Ingold; die Klinge seines Schwertes schimmerte gespenstisch in der nächtlichen Sintflut. Auf dem überfluteten Steinboden kreisten die beiden Zauberer wachsam umeinander. *Ein Meter Klinge,* dachte Rudy benommen, *gegen zwei Meter dunkles, stahlhartes Holz. Schlüpfriger Boden und schlechte Sicht.* Lohiro schwenkte den Oberkörper hin und her wie eine Schlange, Ingold machte einen wachsamen Schritt zur Seite. Er erwiderte eine rasche Bewegung von Lohiros weißen Fingern mit einem Gegenzauber, und gleich darauf barst ein Donnerschlag aus der Stille, und die Luft war von beißendem Gasgestank erfüllt.

Plötzlich gab es zwei Lohiros. Rudy sah den zweiten katzengleich aus dem eingestürzten Eingang, keinen Meter von ihm entfernt, schlüpfen; blitzschnell und mit tödlicher Lautlosigkeit stieß er die Zackenspitze gegen Ingolds ungeschützten Rücken.

Che bäumte sich auf und schrie vor Entsetzen über die geisterhafte Erscheinung. Rudy rief verzweifelt: »INGOLD? PASS AUF, HINTER DIR!«

Der Zauberer wirbelte herum. Tränenblind vom schneidenden Wind zog Rudy sein Schwert und schlug nach dem zweiten Lohiro, nur um zu sehen, wie die Gestalt sich in Luft auflöste. Ingold wich der scharfen Sichelspitze zu spät aus und taumelte, die Hand an die Seite gepreßt, zurück. Der Stab zischte in der Luft, als der Erzmagier ihn herumwirbelte und krachend auf Ingolds Schädel niedersausen ließ. Gelähmt vor Entsetzen sah Rudy, wie Lohiro sich hinunterbeugte und das Schwert aus den kraftlosen Händen des alten Mannes wand. Er blickte mit einem Ausdruck kalter, gnadenloser Befriedigung in den unmenschlichen Augen auf den gekrümmten Körper seines Gegners hinunter. In diesem Augenblick stürzte sich Rudy mit einem Wutschrei auf den Erzmagier. Seine Klinge schnitt durch den Regenvorhang und traf nur Dunkelheit und das verhallende Echo von Lohiros höhnischem Gelächter.

Rudy eilte Ingold zu Hilfe, der sich mühsam aus einer Lache aus Regen und Blut aufrichtete. Che war längst durch einen der dunklen Torbögen davongaloppiert. Rudy zog den alten Mann auf die Füße, raffte das Schwert auf, das ein Stück weiter auf dem Boden lag, und schleppte den halb Bewußtlosen in den Schutz eines Innenraums.

Es war eines der wenigen Gebäude in Quo, die noch über eine Decke verfügten. Regen und Wind prasselten auf die aufgetürmten Trümmer der darüberliegenden Stockwerke wie das Hämmern des wildgewordenen Meeres. Rudy zitterte vor Angst und Erschöpfung, als er Ingold auf eine Matte modernder Blätter und aufgeweichter Buchseiten legte. Er erzeugte ein schwach flackerndes magisches Licht; in seinem Schein erkannte er zwei Skelette, die in einem anderen Winkel des Raumes lagen.

Ingolds Gesicht war in dem gespenstischen Licht leichenblaß und verzerrt vor Schmerz und Anstrengung, das Bewußtsein nicht zu verlieren. Rudy sah die Wunde, die der Speer in seine Seite gerissen hatte, als Ingold sich, abgelenkt durch seinen Aufschrei, umgedreht hatte. *Und Lohiro wußte genau, daß das passieren würde, verdammt,* dachte Rudy wütend, während er sich bemühte, Ingold den Umhang auszuziehen, um die Wunde genauer zu untersuchen.

»Nicht«, flüsterte Ingold abwehrend.

»Du bist verletzt, Mann«, protestierte Rudy. »Ich muß . . .«

»Nein, ich bin ein Heiler, Rudy. Es ist schon gut.« Der alte Mann rang um Atem, er preßte die Hand an die blutende Wunde.

»Du wirst verbluten, verdammt . . .«

»Red keinen Unsinn.« Ingold schlug die Augen auf, wieder die Augen eines Fremden, hart, glitzernd und zornig. Sein Atem ging rasselnd und stoßweise, aber Rudy bemerkte, daß der Blutstrom zwischen seinen versengten Fingern bereits nachließ. »Welcher Teufel hat dich geritten, mich hier herein zu bringen?«

Der schneidende Hochmut in seiner Stimme entfachte Rudys Wut. »Ich mußte dich an einen schützenden Ort bringen! Du hast geblutet wie ein abgestochenes Schwein!«

»Und wessen Schuld ist das?« fuhr Ingold ihn erbost an. »Sich vom allerbilligsten Trick überrumpeln zu lassen, den man sich nur vorstellen kann.«

»Es tut mir ja leid!« brauste Rudy wütend auf. »Das nächste Mal lasse ich dich deinen gottverdammten Kampf alleine ausfechten!«

Ebenso zornig gab Ingold zurück: »Und wenn du nicht genug Verstand im Kopf hast, zu merken . . .«

Sie hoben gleichzeitig den Kopf, als das magische Licht verblaßte. In diesem Augenblick spürte Rudy den Zauber, dieselbe starke Macht, die ihm in dem verwunschenen Wald die Kraft geraubt hatte. In der zunehmenden Dunkelheit fühlte er, wie Ingold die Hand ausstreckte, um Licht zu erzeugen. Es traf auf dieselbe unerbittliche Macht. Mit seinen Zaubereraugen sah er, daß Ingold sich aufrichtete, und hörte gleichzeitig, wie er vor Schmerz scharf den Atem einzog. Draußen prasselten Hagelstürme auf den Steinboden herunter. Ein blendender Blitz erhellte die windgepeitschten Regenschwaden und die große, hagere Gestalt im dunklen Torbogen.

Ein bläuliches magisches Licht flackerte auf und huschte über die Wandtäfelung, die verkohlten Überreste von Stühlen und die schimmernden Goldfäden in den modernden Vorhängen. Es durchzog Lohiros goldenes Haar mit Quecksilber und verlor sich in seinen starren, unmenschlichen Augen. Beim Anblick der beiden durchnäßten, blutbesudelten Gestalten, die in der Ecke des Raumes kauerten, verzog sich sein breiter Mund zu einem häßlichen Grinsen. Langsam stieg er die Treppe hinunter in den Raum.

Rudy wollte sein Schwert ziehen, doch Ingold hielt ihn zurück. »Sei nicht albern.« Der alte Mann erhob sich mühsam, und die Klinge in seiner Hand erstrahlte in kaltem Licht.

Und das sagt er, dachte Rudy, als der Zauberer taumelte und sich an der Lehne eines zertrümmerten Stuhles haltsuchend festklammerte. Aber er war klug genug, den Mund zu halten.

Ob das Taumeln eine Finte gewesen war oder nicht, wußte Rudy nicht zu sagen, jedenfalls reagierte Lohiro prompt. Die Speerspitzen blitzten wenige Zentimeter vor Ingolds Augen auf. Doch der alte Mann fing die Sichel mit dem Schwertgriff auf und lenkte sie nach unten, so daß sie im Holzboden steckenblieb. In derselben Bewegung stach er mit dem Schwert nach Lohiro. Der Erzmagier ließ den Schaft seiner Waffe fahren und sprang mit leeren Händen zurück.

Ingold eilte ihm nach und schlug mit feuriger Klinge zu. In diesem Augenblick erkannte Rudy zu seinem Entsetzen, warum der alte Mann so wütend darüber gewesen war, sich im Inneren eines Hauses wiederzufinden – warum er den Sturm überhaupt heraufbeschworen hatte. Hier, wo der Wind keine Gefahr für ihn darstellte, veränderte sich Lohiros Körper, verwandelte sich in die Gestalt eines Dunklen. Der Dunkle duckte sich unter der zischenden Klinge hindurch und huschte zur Seite, dann ließ er sich nicht auf Ingold, sondern auf Rudy niederfallen.

Rudy blieb keine Zeit, das Schwert zu ziehen. Er warf sich, dicht an die Wand gedrückt, flach auf den Boden und legte die Arme schützend über den Kopf. Der Geruch nach Stein, Moder, Blut und Säure verschlang ihn und raubte ihm den Atem. Steine und Blätter rieselten auf ihn nieder, und ein zerfetzter Mantelsaum strich über sein Gesicht. Irgendwo ganz nah sauste etwas Metallisches zischend durch die Dunkelheit. Als er aufblickte, sah er, daß es Ingold war, der über ihm stand. Aus der Wunde an seiner Seite quoll wieder Blut. Ein Stück weiter zog Lohiro seinen Speer aus dem Fußboden. Er lächelte, aber seine Augen waren noch immer leer.

Der Erzmagier kam leichtfüßig und geschmeidig wie eine Katze näher. Die Dunklen hatten wohl sein Bewußtsein übernommen, aber es war sein eigener, durchtrainierter Körper. Und er war frisch und bei Kräften – frischer jedenfalls als Ingold, der die harte Arbeit in der Bibliothek und den Kampf mit dem Drachen hinter sich hatte. Außerdem war dem Erzmagier nicht bewußt, daß er versuchte, einen Mann zu töten, der einmal sein Freund gewesen war.

Rudy warf einen Blick auf Ingold. Rotgeränderte Augen glitzerten in den schwarz verschwollenen Augenhöhlen. Es war kein Mitleid in ihnen und kein Bedauern. Wie Lohiro war Ingold jetzt ein Roboter mit dem einzigen Ziel, zu töten.

Er wich einer Finte gegen die Augen und dem wuchtigen Schlag gegen seinen Kopf, der darauf folgte, aus und sprang zur Seite, als die Sichelspitzen auf seinen Leib zustießen. Lohiro wich vor Ingolds Ansturm zurück und drängte dann wieder nach vorn. Die Sichelspitzen blitzten auf, fingen Ingolds Schwertklinge ab und rissen ihm die Waffe heftig aus der Hand. Das Metall schlug Funken, als es an die gegenüberliegende Mauer prallte. Ingold wich mit leeren Händen einen Schritt zurück.

Lohiro sprang wie ein goldener Puma auf ihn zu. Rudy konnte nicht erkennen, daß Ingold auch nur die Hand bewegte, doch er mußte etwas getan haben, denn Lohiro rutschte aus und verlor den Halt. In dieser gewonnenen Sekunde riß Rudy sein Schwert aus der Scheide und warf es Ingold zu. Wäre der Zauberer weniger erschöpft gewesen, hätte er vielleicht schneller reagiert, doch der Erzmagier konnte seinem Angriff ausweichen und fand sein Gleichgewicht wieder. Ein gedämpfter Knall ertönte zwischen ihnen und warf Ingold gegen die Wand zurück. Gleich darauf sauste der Speer zischend durch die Luft, und die Sichelspitze bohrte sich durch Ingolds Schwerthand in die Wandtäfelung. Dann stürzte sich der Dunkle, der eben noch Lohiro gewesen war, auf den alten Mann. Kurz bevor der Dunkle Ingold erreicht hatte, sah Rudy, wie der Zauberer mit der Linken den Dolch aus seinem Gürtel zog; die nadelfeine Spitze blitzte auf. Dann hörte er einen Schrei, etwas zwischen Quietschen und Stöhnen, und einen Augenblick lang war Rudy nicht sicher, wer geschrien hatte und warum.

Die Dunkelheit wich zurück. Ingold stand immer noch, die Schwerthand festgespießt und die Augen geschlossen, an die Wand gedrückt; Schweißperlen glänzten auf seinem Gesicht. Lohiros schmale weiße Hände klammerten sich haltsuchend an Ingolds Schultern, sein goldener Kopf lag dicht an Ingolds Gesicht, doch die Knie begannen bereits unter seinem Körper nachzugeben. Langsam glitt der Erzmagier zu Boden und blieb zusammengekrümmt vor dem alten Mann liegen.

Ingold ließ den blutigen Dolch fallen und zog mit der freien Hand den Speer aus der Wand. Als Rudy ihn erreichte, kniete er bereits auf dem Boden und zog den blutenden Körper des Erzmagiers in seine Arme.

Lohiro öffnete die Augen und blinzelte benommen in das Gesicht, das über ihm schwebte. »Ingold?« flüsterte er, dann hustete er krampfhaft, und ein schmales Blutgerinnsel floß ihm aus dem Mundwinkel. Im

Schein des magischen Lichtes wirkte sein Gesicht gespenstisch, es war schweißüberströmt und so spitz, als würden die Knochen sichtbar hervortreten. Selbst Rudy erkannte mit seinem unerfahrenen Blick, daß seine Verwundung tödlich war.

Ingold sagte nichts, er saß nur mit gesenktem Kopf da, das Gesicht im Schatten verborgen.

Der Erzmagier flüsterte: ». . . gelogen. Die Dunklen hierunten.« Er versuchte, Atem zu holen, und hustete wieder mit einem abscheulich gurgelnden Geräusch. Seine knochigen Finger zupften ruhelos an Ingolds Ärmel. »Falle . . . Labyrinth. Kommen.« Er keuchte erstickt, und der Schmerz verzerrte sein eingefallenes Fuchsgesicht. »Heiler . . . du kannst mich heilen . . . Sie lassen mich gehen. Frei.«

Leise sagte der alte Mann: »Es tut mir leid, Lohiro.«

»Nicht absichtlich . . . sie nahmen . . . beherrschten mich.« Er würgte wieder, kämpfte rasselnd um Atem. Seine Finger schlossen sich krampfhaft um Ingolds Mantel und zerrten daran wie ein ungeduldiges Kind. »Heilen . . . du kannst es. Sie lassen mich gehen.«

Ingolds leises Murmeln war nur für die Ohren des Sterbenden bestimmt. »Es tut mir leid. Sie könnten dich wieder übernehmen, verstehst du.«

»Nein«, keuchte Lohiro. In seinem Gesicht zuckten Wut und Schmerz um die Wette. Dann war auch das vorüber, und er spuckte einen Schwall Blut. »Weiß nicht«, flüsterte er. »Dumm . . . ich konnte dich noch nie . . . besiegen. Sie übernehmen dich . . . aber sie wissen es nicht.« Er hustete und versuchte, sich aufzurichten. Über Ingolds Schulter hinweg erkannte Rudy, daß sich aus der Brust des jüngeren Zauberers ein breiter Strom dunklen Blutes ergoß. »Sie wollen dich«, fuhr er mit versagender Stimme fort. »Dich . . .«

»Warum?«

Die blauen Augen schlossen sich, und goldene Wimpern hoben sich scharf von der weißen Haut ab, die bereits wächsern zu werden begann. Lohiro rollte den Kopf von einer Seite zur anderen, sein Gesicht war schmerzverzerrt. »Einer von ihnen«, flüsterte er. »Wurde einer von ihnen. Sie sind nicht viele . . . sie sind einer. Sie wollen dich . . .«

»Warum?« fragte Ingold wieder.

Lohiro fuhr fort, als hätte er die Frage nicht gehört. »Ich weiß . . . Aber dumm. Es tut mir leid. Ich weiß . . .«, flüsterte er. »Das Moos . . . die Herden der Dunklen . . .«, wieder schüttelte ihn ein krampfhafter Husten, und Blut quoll ihm aus dem Mund. ». . . das Eis im Norden . . .«

Der goldene Kopf fiel zurück. Einen Augenblick später lösten sich die knochigen weißen Finger von Ingolds Ärmel, und der hagere Körper wurde schlaff in seinen Armen. Lange saß Ingold so in der Dunkelheit und wiegte den Freund, den er getötet hatte, in den Armen. Dann legte er den Leichnam sacht auf den Boden nieder und erhob sich, das Gesicht hart, furchtbar und leer wie ein steinernes Standbild.

»Komm«, sagte er ruhig. »Wenn die Dunklen da unten sind, dann werden sie jetzt hinter uns her sein.« Er verschwand durch den Torbogen nach draußen und kehrte kurz darauf mit Che zurück. Er hob sein Schwert auf und steckte es in die Scheide, während Rudy seine eigene Waffe und Lohiros Speer mit den Goldspitzen an sich nahm.

Draußen tobte der Sturm mit unverminderter Stärke weiter. Regen und Wind rauschten auf die Stadt nieder. Ingold zog die Kapuze tief ins Gesicht und schlang den langen, durchnäßten Schal darum. Dann drehte er sich zögernd um und warf einen Blick auf den toten Lohiro. Der Erzmagier lag zusammengekrümmt in einer Blutlache auf dem blätterbedeckten Boden.

Lange Zeit stand Ingold so, als wolle er eine Erinnerung in seinem Herzen festigen. Dann ging der Körper des toten Erzmagiers plötzlich und ohne Vorwarnung in Flammen auf; im rotgoldenen Feuerschein waren die scharfgeschnittenen Züge, die langen, feinnervigen Hände und das leuchtende Haar deutlich zu erkennen. Die Stichflamme schoß bis zur Decke auf, eine Flammensäule, die an den Deckenbalken leckte und deren Schein Ingolds ruhiges, fast gleichgültiges Gesicht und seine gequälten Augen erleuchtete. Rudy sah, wie der Körper schwarz wurde, wie sich das Fleisch unter topasgoldenen Hitzeschleiern von den Knochen löste. Dann konnte er den Anblick nicht länger ertragen und wandte sich ab. Der ganze Raum war erfüllt vom Gestank verbrannten Fleisches.

Nach einiger Zeit hörte er, daß Ingold Che die Treppe hinaufführte, und folgte ihm in den Regen hinaus.

So schlichen sie sich im Schutz des Hurrikans aus Quo wie Diebe. Die Dunklen ließen sie, gefangen in den Unsichtbaren Mauern der Magie, zurück. Sie ließen aber auch in dieser Stadt die Trümmer der Zauberkraft der Welt zurück und die Hoffnung auf die Hilfe der Zauberer für die Menschheit. Gegen Morgen schlugen sie ein feuerloses Lager in den Bergen auf, und Rudy fiel in tiefen, erschöpften Schlaf. Als er am Nachmittag erwachte, saß Ingold noch genauso da, wie er ihn zuletzt gesehen hatte; die Arme um die hochgezogenen Knie geschlungen, starrte er blicklos auf die Ruinen am grauen Meer hinunter und weinte lautlos.

Fünfzehntes Kapitel

Der Feuerschein zuckte über die Steine im Flußbett und spielte auf den Saiten der Harfe. Rudy respektierte Ingolds Wunsch und spielte nicht darauf, doch Nacht um Nacht, in der stürmischen Finsternis der Wüste, fühlte er sich unwiderstehlich zu dem Instrument hingezogen, wickelte es aus seiner Umhüllung und erforschte die sechsundzwanzig Saiten. Er lernte sie kennen, wie er die Runen kennengelernt hatte, in ihrer Folge, einen jeden Ton in seiner ihm eigenen Schönheit und Bestimmung.

Ingold saß ihm am Feuer gegenüber und schwieg, wie er seit fünf Tagen geschwiegen hatte.

Im großen und ganzen gab Rudy dem Schweigen des alten Mannes den Vorzug vor seiner bitteren Ironie und der ätzenden Höflichkeit, mit der er allen Versuchen, ihn über das Geschehene hinwegzutrösten, begegnet war. Es hatte Tage gegeben, an denen er ihn am liebsten zur Hölle gejagt hätte und davongelaufen wäre – aber wohin hätte er sich wenden sollen in der vom Winter heimgesuchten Ebene?

Der Winter hatte sich unbarmherzig über das öde Land gelegt. Himmel und Erde waren vom gleichen ehernen Grau, sie kamen nur langsam voran, und ihre Jagdbeute war armselig. Rudy hatte die Aufgabe des Jagens übernommen; er erledigte auch die meisten anderen Dinge. Stundenlang lag er oft im Unterholz auf der Lauer, um Fleisch zu erbeuten, das Ingold selten anrührte. Er hatte Lohiros Blut aus den Kleidern des alten Mannes gewaschen und die Risse in seinem Umhang geflickt. Wenn Ingold überhaupt aß, dann nur, weil Rudy ihn dazu zwang; wenn er sprach, dann mit einer gleichgültigen Bitterkeit, die an Verachtung grenzte. Er schien sich immer tiefer in sich zurückzuziehen, sich einzumauern in seine ureigene Hölle von Schuld, Trauer und Schmerz.

Warum auch nicht? dachte Rudy, und seine Gedanken schweiften zu der zauberumwobenen Stadt an den Ufern des Westlichen Ozeans und zu dem Leichnam des Magiers mit dem goldenen Haar zurück, das wie Strohhalme in den Flammen verkohlt war. *Wer könnte behaupten, daß Lohiro die Antwort nicht wußte? Wer könnte behaupten, daß er sie uns nicht hätte geben können, hätten die Dunklen seinen Geist erst einmal freigelassen?*

Wenn sie ihn wirklich freigelassen hätten, natürlich.

Und wenn Ingold ihn nicht in seinem Zorn darüber, daß er sie alle verraten hatte, einfach hätte sterben lassen, als es in seiner Hand lag, ihn zu retten.

Rudy warf einen Blick über das Feuer. Ingold starrte in die Flammen, die sich in seinen freudlosen Augen hundertfach spiegelten. Er sah alt, ausgezehrt und heruntergekommen aus, sein langes weißes Haar flatterte um die eingefallenen Wangen und die finster brütenden Augen. Draußen in der Dunkelheit ertönte dünn und hoffnungslos das Heulen eines Koyoten, der Schrei einer verlorenen Seele, die in der trostlosen Wildnis umherirrte. Die Wolkendecke war aufgerissen, und der Vollmond starrte vom zerklüfteten Grat der westlichen Berge auf sie herunter. Rudy fragte sich, was Ingold in den Flammen sah.

War es die Stadt Quo, wie sie in der warmen Schönheit des vergangenen Sommers gewesen war, noch ahnungslos vor dem Schrecken, der tief in ihrem Herzen lauerte? Lohiros leere Augen? Dinge, die hätten sein können, hätte Ingold sie vor den Dunklen gewarnt? Oder die Festung, schwarz inmitten von Schnee unter fremden, kalten Sternen, jetzt da die Zauberer der Welt buchstäblich an den Fingern einer Hand abzuzählen waren?

Ingold, Bektis, Kara, ich und Karas Mutter, zählte Rudy im Geiste niedergeschlagen auf. *Was zum Teufel können wir ausrichten gegen die vereinten Mächte der Dunklen? Wer kann überhaupt etwas gegen sie ausrichten?*

Kein Wunder, daß Ingold wie ein Geist schweigend durch die Wüste wanderte.

Nur von Zeit zu Zeit raffte sich der Zauberer auf und unterwies ihn in der Kunst der Magie, worin für Tage ohne Ende ihre einzige Unterhaltung bestand. Doch seine Unterweisungen waren wie alles andere auch, kalt, bitter und grausam. Er schien sich nicht weiter darum zu kümmern, ob Rudy etwas lernte oder nicht; für ihn war dieser Unterricht lediglich ein Mittel zum vorübergehenden Vergessen. Manchmal gaukelte er Rudy ohne weitere Erklärung ein Trugbild vor oder umgab sich mit einem Tarnzauber und nötigte Rudy, ihn zu suchen. Zwei Tage lang hatte er Rudy der Sehkraft beraubt und ihn so gezwungen, sich auf seine anderen Sinne zu verlassen, während sie in blindem Schweigen dahinwanderten. Ohne Vorwarnung hatte Ingold Sturmböen und Regen erzeugt, seichtes Gewässer in tödliche Stromschnellen verwandelt, mit denen Rudy fertig werden mußte. Mit Hohn und Verachtung und unter bösen Beschimpfungen brachte er ihm die komplizierten und furchtbaren Geheimnisse des Wahrsagens aus Wasser und Knochen bei.

Alles, was Ingold lehrte, lehrte er wie ein vollkommen Fremder. Darüber hinaus war er nicht zu bewegen, auch nur ein einziges Wort zu sprechen.

Spielerisch schlugen Rudys Finger Akkorde an. Die Töne der Harfe hatten einen wahrhaftigen Klang. *Die Harfe eines Zauberers,* dachte er, *mitgebracht aus der Stadt der Zauberer. Hatte der Zauber, der sie vor der Vernichtung bewahrt hatte, ihr auch die Stimmung erhalten? Zögernd zupfte er erst die Melodie und schlug dann die Akkorde einer wundervollen, schwermütigen Ballade an; sein Geist und sein Körper beugten sich der Harfe, seine Augen dem Sternenlicht und dem Feuerschein auf Händen und Saiten.* Die Musik war klar, rein und unglaublich köstlich, wie ein Stern, eingeschlossen in einen Kristall, und er schämte sich seiner Ungeschicklichkeit und seiner Unwissenheit, die dieser Schönheit so unwürdig war.

Draußen in der stürmischen Wüstennacht stimmten die Koyoten wieder ihr vielstimmiges, kehliges Geheul an. Rudy blickte auf und sah, daß Ingold fort war.

Der Mond war hinter den Bergen verschwunden. Rudy spürte nichts von der Gegenwart der Dunklen oder irgendeines anderen fremden Wesens in der Einöde aus Steinen und rissiger Erde. Che stand dösend an seinem Pflock.

Rudy legte die Harfe beiseite und suchte bedächtig und vorsichtig das Lager ab. Es war sicher in den Grenzen seines magischen Schutzringes. Ingolds Stab war ebenfalls verschwunden, dazu einer der Bögen.

Die Fährte eines Zauberers im Sternenlicht aufzuspüren war eines der schwierigsten Unterfangen überhaupt. Aber Ingolds hartes Training machte sich bezahlt; Rudy entdeckte die Lage eines Zweiges und eines Sandhäufchens, das nicht vom Wind aufgeweht worden sein konnte, Hinweise auf eine mögliche Fährte. Er legte den Schwertgürtel an, nahm den Stab an sich, der einst Lohiro gehört hatte, und bestimmte seinen Standpunkt anhand einer Einkerbung in den Bergen und der Form und Beschaffenheit der Landschaft. Dann entfernte er sich leise vom Lager; ein Stückchen weiter drehte er sich noch einmal um und sprach einen Zauber darüber. Als er gleich darauf einen Blick zurückwarf, war von dem Esel, dem Feuer und ihrem Gepäck keine Spur mehr zu sehen.

Er bewegte sich durch die stürmische Nacht wie ein Geist. Seine aufs äußerste angespannten Sinne fanden hier und da eine Spur des alten Mannes – eine Stelle, an der ein Präriefuchs unerklärlicherweise einen Bogen geschlagen hatte, einen Kratzer im Staub eines Felsens. Er vernahm keinen Laut, nahm keine Bewegung in der Weite der Steinwüste wahr, doch seine Blicke kehrten zweimal zu einem zusammengesunkenen schwarzen Schatten zurück, der zwischen kahlen Felsbrocken kauerte. Er konnte in diesem Felsengewirr keine Spur von dem Zauberer entdecken, doch in langen Meditationen hatte er gelernt, Lebendes von Leblosem zu unterscheiden. Und einmal hatte er, in einer anderen stürmischen Wüstennacht, einen Blick auf Ingolds Seele erhascht, und diesen Augenblick würde er niemals vergessen.

Dennoch mußte er sehr nahe herangehen, bevor er sicher war.

Er schlich sich an Ingold heran wie ein Windhauch in der Nacht; durch das Jagen hatte er sich eine gewisse Erfahrung darin angeeignet. Doch bevor er die Felsengruppe noch erreicht hatte, bewegte sich Ingold; er wandte den Kopf, und seine Augen glitzerten hart in der Dunkelheit. Dann wandte sich der Zauberer gleichgültig wieder ab.

Rudy löste sich aus seinem Schattenversteck. »Hast du die Absicht, heute nacht noch ins Lager zurückzukommen?«

»Geht dich das etwas an?«

Erbost über die anmaßende Härte, stemmte sich Rudy fest auf seinen Stab und sagte: »Oh ja, ich wüßte ganz gerne, ob die Dunklen dich als Nachtmahl verspeisen.«

»Sei nicht albern. Eher finden wir Veilchen hier in der Wüste, als daß wir den Dunklen begegnen. Hast du denn die Augen nicht offengehalten?«

»Doch, das habe ich.« Sie sprachen beide mit leiser, gepreßter Stimme, ihre Körper verschmolzen fast vollständig in den Felsen und Schatten; ein ahnungsloser Beobachter wäre zwei Meter an ihnen vorübergegangen, ohne sie zu bemerken. »Aber ich bilde mir nicht ein, soviel klüger zu sein als die Dunklen.«

»Was ist los mit dir, Rudy«, lachte Ingold spöttisch. »Glaubst du, ich werde nicht mit den Dunklen fertig?«

»Nein, das glaube ich nicht.«

Ingold wandte sich wieder ab und stützte das Kinn in die Hände auf seinen angezogenen Knien.

»Ich glaube nur, daß es dir im Zweifelsfall ganz gut gefallen würde, wenn dich die Dunklen verschlingen«, fügte Rudy kalt hinzu. »Auf diese Weise müßtest du nicht vor Alwir treten und eingestehen, daß die ganze Sache eine Pleite war, und müßtest die Schande nicht über dich ergehen lassen, als Versager betrachtet zu werden.«

Ingold seufzte. »Wenn du glaubst, ich würde etwas so Unangenehmes in Kauf nehmen wegen eines Menschen, der so außerordentlich unbedeutend ist wie Alwir, dann ist dein Sinn für die Verhältnismäßigkeit ebenso armselig wie dein Harfenspiel.« Er blickte auf und fuhr dann ungeduldig fort: »Ja, ich hatte die Absicht, heute nacht zurückzukommen.«

»Warum hast du dann einen Bogen mitgenommen?«

Ingold schwieg.

»Oder hattest du Angst, ich würde das Weite suchen?«

»Das steht dir frei«, fuhr der alte Mann verärgert auf. »Du hast, was du wolltest – du bist ein Magier, soweit ich einen aus dir machen konnte. Kehr du zurück und spiel Politik mit Alwir. Geh zurück und erhalte dir das Trugbild, daß deine Kraft dir die Fähigkeit oder das Recht verleiht, den Lauf der Dinge zu verändern. Geh zurück und sieh zu, wie die Menschen, die du liebst, sterben, sei es durch deine eigene Hand oder durch dein verdammtes Einmischen in ihr Leben, und dann sieh zu, wie es dich in dreiundsechzig Jahren verändert. Aber bis dahin spar dir deine selbstgerechte Beurteilung meiner Person und meiner Handlungen.«

Rudy verschränkte die Arme vor der Brust und betrachtete schweigend den alten Mann. Verborgen im Schatten seiner Kapuze, schien sein Gesicht nur aus scharfen Knochen, Wunden und Narben inmitten einer wirren Mähne schmutzigweißer Haare zu sein. *Auf dem besten Weg, wieder ein Wüsteneinsiedler zu werden,* dachte Rudy. *Und warum auch nicht? Wir haben die Sache verpatzt. Die Magier sind tot. Was immer Lohiro uns hätte berichten können, hätten die Dunklen ihn freigelassen, Ingold hätte es zunichte gemacht.*

Ruhig fragte Rudy: »Und was soll ich den Leuten in der Festung erzählen?«

Ingold zuckte die Achseln. »Was du willst. Sag ihnen, ich sei in Quo gestorben. Das wäre nicht einmal die Unwahrheit.«

»Und soll ich das auch Gil sagen?« fuhr Rudy mit wutbebender Stimme fort.

Der alte Mann blickte auf, und in seinen Augen drückten sich Zorn aus und der erste lebendige Funke, den Rudy seit Wochen in ihnen gesehen hatte. »Was hat Gil damit zu tun?«

»Du bist der einzige, der sie in ihre eigene Welt zurückbringen kann.« Erst als er das ausgesprochen hatte, wurde Rudy das ganze Ausmaß seines Zorns bewußt. »Du bist der einzige, der das Tor durch das Nichts kennt. Und es ist immerhin deine Schuld, daß sie überhaupt hier ist. Du hast kein Recht, sie zu zwingen, für immer in diesem Universum gefangen zu bleiben.«

Er spürte die Wut, die in dem alten Mann aufwallte, Wut und eine andere Regung, die seinen trostlosen, selbstquälerischen Zustand, in dem er seit Quo gefangen war, brach. Doch ebenso wie sein Kummer drückte sich seine Wut still und im Innern aus. Mit fremder, gepreßter Stimme sagte er: »Vielleicht wäre es Gils eigener Wunsch, in dieser Welt zu bleiben.«

»Aber sicher«, gab Rudy höhnisch zurück. »Mir selbst ist es egal, so oder so. Aber sie hat ein Leben dort zu verlieren, eine Laufbahn, die sie sich wünscht, und einen Platz in ihrer Welt. Wenn sie hier bleibt, wird sie nie etwas anderes sein als ein einfacher Soldat, obwohl sie doch immer Wissenschaftlerin werden wollte. Und so wird es sein, bis sie von den Dunklen oder der Kälte oder im nächsten blödsinnigen Krieg, den Alwir in der Festung anzettelt, getötet wird. Ich habe diese Frau gern, Ingold, und ich werde nicht zulassen, daß sie deinetwegen gegen ihren Willen hier festsitzt. Dazu hast du kein Recht.«

Der Zauberer seufzte, und das Leben schien wieder von ihm zu weichen und sogar die bittere Welle des Zorns mit fortzuschwemmen. Er ließ den Kopf langsam in die Hände sinken und sagte sehr leise: »Nein, du hast recht. Ich glaube, ich muß zurückkehren, und wenn es nur aus diesem Grunde wäre.«

Rudy setzte zu einer Erwiderung an, besann sich dann aber eines anderen. Ingolds Zorn hatte ihn überrascht, und sein plötzliches Nachgeben beunruhigte ihn noch mehr. Doch er spürte, daß ein Band der Bitterkeit, ein trostloser Selbsthaß, der ihm eine gewisse Stärke verliehen hatte, gerissen war. Nun war nichts mehr da.

Ruhig sagte er schließlich: »Ich gehe zum Lager zurück. Kommst du nach?«

Ingold nickte, ohne aufzublicken. Rudy kehrte ihm den Rücken und schritt langsam auf seinen eigenen unsichtbaren Spuren zurück. Einmal drehte er sich um und sah, daß sich der alte Mann nicht von der Stelle gerührt hatte. Die dunkle Gestalt hob sich kaum von dem Felsen, vor dem er kauerte, ab. Rudy konnte sich nicht erinnern, jemals in seinem Leben einen so einsamen und unglücklichen Menschen gesehen zu haben.

»Glaubst du, daß sich in den Häusern jemand befindet?«

Die Stadt, die vor ihnen lag, war in Mondlicht getaucht; eine Ansammlung kleiner Ziegelhäuser, die sich jenseits der Straße den Berghang hinaufzogen. Fernes Wasserplätschern und dichte Dattelpalmenhaine, die schwarz in den kalten, funkelnden Himmel ragten, bezeichneten die Stelle, an der sich ein Bach befand. Einige Häuser waren von den Dunklen zerstört; doch das lag, so wie sie aussahen, schon eine Weile zurück. *Beim ersten Viertelmond des Herbstes?* fragte sich Rudy. Die meisten Ziegelsteine waren eingesammelt und aufgestapelt worden, um die verbliebenen Häuser zu verstärken und in kleine private Festungen zu verwandeln, die auf der Außenseite von der Grundmauer bis zum Dachfirst mit kunstvollen Bildern und religiösen Symbolen verziert waren. Am nächstgelegenen Haus war eine schöne Frau abgebildet, die mit den Füßen auf einem buckligen Teufel stand, den linken Arm gegen einen Schwarm kaum kenntlicher, fischartiger Dunkler erhoben, den rechten Arm und den Umhang schützend über eine kniende Schar von Betenden gelegt. Das Bild, dessen Farben sich im Mondschein verloren, dessen Figuren aber in ihren Umrissen klar hervortraten, war von einer überraschenden und ursprünglichen Schönheit. Aus irgendeinem Grund erinnerte es Rudy an die Runen auf dem Festungstor.

»Möglich«, antwortete Ingold auf seine Frage. »Aber ich glaube kaum, daß sie bei Nacht ihre Türen aufriegeln.«

»Also auf zur Kirche«, seufzte Rudy und tauchte in die Schatten der schmalen Straßen ein. Ingold heftete sich an seine Fersen. Rudy ging der Gedanke durch den Kopf, daß das Gift allmählich aus dem Körper des alten Mannes wich; zwar sprach er immer noch selten, aber wenn er es tat, schien er immerhin zu merken, wer sein Gegenüber war. Doch Rudy vermißte seinen hintergründigen Humor, seine gutmütig fatalistische Weltanschauung, das kurze, flüchtige Grinsen, das seine Züge so sehr zu verändern pflegte.

Als sie jedoch die Kirche erreichten, versetzte Ingold Rudy in Erstaunen, indem er ihn um das Gebäude herum zur Rückseite führte, wo sich ein kleiner Anbau an die festungsartige Mauer schmiegte. Er klopfte an die schwere Tür. Innen bewegte sich jemand, und ein Riegel wurde zur Seite geschoben. Die Tür wurde hastig geöffnet und ebenso hastig wieder hinter ihnen geschlossen.

Der Mann, der sie hereingelassen hatte, war ein kleiner, ein wenig rundlicher Priester mit einer Kerze in der Hand. »Seid willkommen . . .«, begann er, dann sah er Ingolds Gesicht. Im sanften Bernsteinschein der Kerze wich ihm alle Farbe aus den Wangen.

Das plötzliche Verstummen des Priesters riß Ingold aus seinen Gedanken, und er warf dem jungen Mann einen erstaunten Blick zu.

Der Priester flüsterte: »Ihr wart es.«

Ingold runzelte die Stirn. »Sind wir uns schon einmal begegnet?«

Der Priester wandte sich hastig ab und stellte die Kerze nervös auf dem kleinen Tisch im Raum ab. »Nein – nein, natürlich nicht. Ich – bitte fühlen Sie sich in diesem Haus willkommen. Es ist spät für Wanderer – wie Euch . . .« Er verriegelte die Tür hinter ihnen, und Rudy bemerkte, daß seine Hände dabei zitterten. »Ich bin Bruder Wend«, sagte er, während er sich wieder umwandte. Sein Gesicht war erstaunlich ernst für einen Mann Anfang Zwanzig. Er trug die graue Kleidung eines Dieners der Kirche. Sein Kopf war kahlgeschoren, doch aus der Farbe seiner schwarzen Augenbrauen und der ernsten braunen Augen schloß Rudy, daß er schwarzes oder dunkelbraunes Haar wie er selbst haben mußte.

»Ich bin der Priester des Dorfes«, erklärte Bruder Wend, der seine Unruhe oder Furcht nur mit Mühe verbergen konnte. »Leider mittlerweile der einzige. Wollt Ihr zu Abend essen?«

»Danke, wir haben schon gegessen«, wehrte Rudy wahrheitsgemäß ab – und abgesehen davon, dachte Rudy, wenn die Dinge hier genauso lagen wie in der Festung, war die Nahrung knapp genug. »Alles, worum wir bitten, ist ein Lager auf Eurem Fußboden und ein Stellplatz für unseren Esel.«

»Aber ja – natürlich.«

Der Priester führte ihn mit Che zu den Ställen. Während Rudy den Esel versorgte, berichtete er dem Priester alle Neuigkeiten, die er kannte – die Zerstörung von Gae, die Flucht nach Renweth, Alwirs Angriffspläne und die Vernichtung von Quo. Er erwähnte weder seine eigenen magischen Kräfte noch daß Ingold ein Zauberer war. Ingold hatte sich nach einem kurzen Austausch der unumgänglichsten Höflichkeiten an die Feuerstelle zurückgezogen und brütete schweigend vor sich hin. Doch im Laufe des Abends kehrten die Blicke des jungen Priesters, während er sich leise mit Rudy in der Dämmerung des kleinen Raumes unterhielt, immer wieder zu Ingold zurück, als müsse er ihn mit einer Erinnerung in Verbindung bringen; und Rudy bemerkte wohl, daß diese Erinnerung ihn ängstigte.

Rudy war gerade im Begriff, sich in der Nähe der Feuerstelle das Nachtlager zu bereiten, als ungeduldig an die Tür geklopft wurde. Ohne zu zögern erhob sich Bruder Wend, schob den Türriegel zurück und ließ zwei kleine Kinder herein. Es waren zwei Mädchen von acht und neun Jahren, mit dem sandfarbenen Haar und den haselnußbraunen Augen der Menschen von Gettlesand. Mit hohen, aufgeregten Stimmchen sprudelten sie eine verworrene Geschichte von gelber Krankheit und Fieber, ihrer Mutter und ihrer kleinen Schwester Danila, vom letzten Sommer und von heute nacht hervor und klammerten sich dabei mit weit aufgerissenen, furchtsamen Augen an die Ärmel des jungen Mannes. Wend nickte, redete ihnen beruhigend zu und wandte sich dann wieder seinen Gästen zu.

»Ich muß gehen«, sagte er leise.

»Einer von uns wird Euch die Tür wieder aufmachen«, versprach Rudy. »Seid vorsichtig.«

Als der Priester verschwunden war, stand Rudy auf und verriegelte die Tür hinter ihm. »Gehst du schlafen?« fragte er die schweigende Gestalt am Feuer.

Ingold starrte in die Flammen und schüttelte den Kopf. Er schien die Frage kaum wahrgenommen zu haben.

Rudy schlüpfte unter die Decke zurück, bevor sie Gelegenheit hatte abzukühlen und bettete den Kopf auf einem der schweren Bände, die sie aus Quo mitgenommen hatten – die einzige Verwendung, die er bisher für sie hatte finden können. »Kennst du den jungen Mann irgendwoher?« fragte er.

Ingold schüttelte wieder den Kopf.

Rudy hatte in den letzten drei Wochen viele dieser einseitigen Unterhaltungen geführt. Manchmal blieb er hartnäckig, bis er irgendeine Antwort erhielt, die meistens einsilbig ausfiel, aber heute gab er seine Bemühungen auf. Als er die Augen schloß, saß Ingold unverändert am Feuer und brütete über dem, was er in den Flammen erblickte.

Rudy fragte sich, was er suche, fragte ihn aber nie.

Seine Gedanken gingen zu den Bildern zurück, die ihm seine eigenen Feuerwachen enthüllt hatten, meistens Bilder von Minalde, undeutlich, aber tröstlich: Alde, in ihr weißes Wollwand gekleidet, wie sie sich im Schein des Kaminfeuers das Haar kämmte und Tir, der eifrig in der kleinen Kammer umherkrabbelte, ein Liedchen vorsang; Alde, wie sie mit angezogenen Beinen im düsteren Arbeitszimmer in der Gardeunterkunft saß und laut vorlas, während Gil, umgeben von einem Durcheinander von Büchern und Tafeln, Notizen machte und dabei gelegentlich den Kopf hob und lachend etwas sagte; und einmal war Alde in eine heftige Auseinandersetzung mit ihrem Bruder verwickelt, Tränen liefen ihr über das bleiche, wütende Gesicht, während Alwir mit verschränkten Armen dastand und kalt und ablehnend den Kopf schüttelte. Die Bilder verfolgten Rudy in die Dunkelheit und vermischten sich mit anderen: den verlassenen Brutstätten in der sturmgepeitschten Wüste im Norden; den leeren Straßen von Quo; dem überraschten Ausdruck in Bruder Wends großen, dunklen Augen bei Ingolds Anblick; und der Art, wie er erschrocken geflüstert hatte: »Ihr wart es.«

»Ja«, erklang Ingolds leise, unendlich müde Stimme. »Ich war es.«

Rudy blinzelte überrascht. Sein Mund war trocken vom Schlaf, und er stellte fest, daß der Priester zurückgekehrt war. Ingold verriegelte die Tür hinter ihm; in den Schatten, die das verlöschende Feuer erzeugte, schienen seine Kleider wie in Blut getaucht.

Der Priester entgegnete ängstlich: »Was wollt Ihr von mir?«

Trotz und Angst vermischten sich in der Stimme des jungen Mannes. Ingold betrachtete ihn einen Augenblick schweigend, die Arme vor der Brust verschränkt. Seine vernarbten Hände wirkten knochig und abgearbeitet im flackernden roten Schein des Feuers. »Es geht ihr besser, nicht wahr?« entgegnete er nur.

»Wem?«

»Der Mutter dieser Kinder.«

Der Priester fuhr sich nervös mit der Zunge über die Lippen. »Ja, durch Gottes Gnade.«

Ingold seufzte und kehrte zu seinem Platz an der Feuerstelle zurück, wo er seinen Umhang, den er sich als Decke untergelegt hatte, wieder über die Schultern zog. »Es war allerdings nicht die Gnade Gottes«, bemerkte er ruhig. »Jedenfalls nicht im gewöhnlichen Sinn. Sie sind nicht gekommen, um Euch um die Sterbesakramente zu bitten, obwohl jeder weiß, daß das Gelbfieber für den, der daran erkrankt, fast immer tödlich ist. Sie haben Euch gebeten, sie zu heilen, so wie Ihr ihre kleine Schwester vor einigen Monaten geheilt habt.« Er nahm den Schürhaken und stocherte in der Glut. Die plötzlich aufspringenden Flammen verzerrten die Linien und Narben in seinem eingefallenen Gesicht auf merkwürdige Weise. Er blickte zu Wend zurück. »Stimmt es nicht?«

»Es lag in Gottes Händen.«

»Das sagt Ihr vielleicht, aber Ihr glaubt es selbst nicht.« Der Priester zuckte zusammen, als hätte er sich verbrannt. »Wenn Ihr es glauben würdet, so müßtet Ihr Euch nicht vor mir fürchten«, fuhr Ingold fort.

»Was wollt Ihr?« wiederholte Wend gequält.

Ingold legte den Schürhaken beiseite. »Ich glaube, das wißt Ihr.«

»Wer seid Ihr?«

»Ich bin ein Zauberer.« Ingold lehnte sich an die Wand zurück, und die Schatten umhüllten ihn.

Als der Priester wieder das Wort ergriff, war seine Stimme angespannt und brüchig vor Erregung. »Das ist eine Lüge«, flüsterte er. »Sie sind alle tot. Er hat es mir gesagt.«

Ingold zuckte die Achseln. »Er ist auch ein Zauberer. Sein Name ist Rudy Solis. Ich heiße Ingold Inglorion.«

Der Priester holte scharf Atem, wandte sich ab und begrub das Gesicht in den Händen. Sein Körper zitterte wie von tödlicher Kälte geschüttelt. »Er hat gesagt, sie wären tot«, wiederholte er mit dünner, gebrochener Stimme durch die Hände hindurch. »Und, möge Gott mir vergeben, ich habe mich gefreut, es zu hören. Es war ein furchtbares Unglück, aber ich war froh zu hören, daß Gott die Versuchung endlich nach all diesen Jahren von meinen Schultern genommen hat. Ihr habt kein Recht, sie wieder zu bringen.«

»Nein«, pflichtete Ingold ihm ruhig bei. »Aber Ihr wißt ebenso wie ich, daß Gott keine Versuchung von Euch nehmen kann. Sie kommt aus Euch selbst, nicht aus irgendeiner äußeren Quelle. Und Ihr würdet in Versuchung geraten, solange Ihr lebt – jedesmal, wenn jemand Euch bittet, Eure Heilkraft anzuwenden, und wenn in zukünftigen Zeiten einer aus Eurem Volk Euch bittet, seine Tür mit den Runen zu schützen, um die Dunklen fernzuhalten. Wie könntet Ihr es ihm abschlagen?«

Der junge Mann hob das Gesicht aus den Händen. »Ich würde es niemals tun«, stieß er hervor.

»Nein?«

»Ich habe keine Kraft«, flüsterte der Priester hoffnungslos. »Ich habe sie aufgegeben – geopfert. Ich habe keine Kraft.« Er warf Ingold einen hilfesuchenden Blick zu, seine vollen, bebenden Lippen waren fest zusammengepreßt. »Die Kraft kommt von den Teufeln, den Herren der Spiegel. Ja, Gott steh mir bei, ich bin der Versuchung ausgeliefert und werde es immer sein. Aber ich werde meine Seele nicht um der Kraft willen verkaufen, nicht einmal für die Kraft, anderen zu helfen. Die Kraft kommt aus dem Reich des Teufels, und ich werde mich auf keinen Handel mit ihm einlassen. Aber dann – hatte ich diesen Traum – ich sah diese Stadt, die ich tief im Herzen schon mein ganzes Leben lang kenne, und Ihr wart dort . . .«

»Wißt Ihr, warum Ihr diesen Traum hattet?« Ingolds leise Stimme schien von einem körperlosen Schatten unter Schatten zu kommen, in denen nur die eingesunkenen himmelblauen Augen blitzten.

»Es war ein Ruf«, flüsterte Wend. »Ein Hilferuf. Eine Aufforderung. Irgendwohin zu kommen . . .«

»Zur Festung von Renweth am Sarda Paß zu kommen«, ergänzte Ingold, und seine tiefe, körnige Stimme füllte, obwohl leise und ruhig, den winzigen Raum aus. »Um mir und Rudy – und allen, die wir auftreiben können – zu helfen, die Dunklen zu vertreiben.«

»Und was noch?« Schweiß glänzte auf dem Gesicht des jungen Mannes, seine schwarzen Augenbrauen hoben sich scharf von der weißen Haut seines hohen, kahlgeschorenen Schädels ab. »Soll ich mich offen zum Teufel bekennen? Soll ich meinem Bischof – wenn er noch am Leben ist – und allen anderen, die es wissen wollen, verkünden, daß ich ein Abtrünniger bin? Soll ich mich als Ketzer der Verfolgung aussetzen?«

Rudy, dem plötzlich ein anderes stählernes, dunkles Augenpaar in einem kahlgeschorenen Schädel einfiel, dachte, daß der junge Mann so unrecht nicht hatte.

»Und zu Unrecht«, fügte Wend leise flüsternd hinzu. »Zu Unrecht. Diese Welt ist, wenn alles gesagt ist, nichts als eine Illusion. Sie wird auch ohne mich weitergehen. Meine Seele ist alles, was ich besitze, und wenn ich sie verliere – dann ist es für alle Zeit.«

In dem langen Schweigen, das auf seine Worte folgte, sahen sich Priester und Zauberer über die Glut der Feuerstelle hinweg in die Augen. Sie glichen sich auf seltsame Weise in ihren dunklen Gewändern. Rudy erinnerte sich an seine eigenen Tage als Umherirrender auf den Straßen Kaliforniens, von Sehnsüchten getrieben, die er nicht benennen konnte, ein Ausgestoßener, weil nichts mit den Begriffen, die er als Wahrheit kannte, zu erklären war. Er versuchte sich ein Leben des Kampfes gegen diese Sehnsüchte vorzustellen, versuchte, sich vorzustellen, was es bedeutete, sich immer wieder gegen die Gabe der Zauberei zur Wehr setzen zu müssen.

Ein Magier verfügt immer über Magie . . .

Er konnte es sich nicht vorstellen.

Ingold erhob sich. »Es tut mir leid«, sagte er leise. »Ihr seid so vielen Versuchungen ausgesetzt; es wäre ein schlechter Dank für Eure Gastfreundschaft, würde ich noch welche hinzufügen. Wir werden gehen.«

»Nein.« Als Ingold sich anschickte, Rudy zu wecken, hielt Bruder Wend ihn am Ärmel fest, obwohl er noch einen Augenblick zuvor sich eher die Hand abgehackt hätte, als den alten Mann anzufassen. »Zauberer oder Teufel, ich kann Euch nicht in die Nacht hinausjagen. Es – es tut mir leid. Es liegt nur daran, daß ich schon so lange dagegen ankämpfe.«

Ingold hob die Hand, als wolle er sie dem jungen Mann auf die Schulter legen, doch der Priester wandte sich ab und zog sich zu seinem Lager auf der anderen Seite der Kammer zurück. Rudy hörte das leise Rascheln von Decken, als er sich hinlegte. Gleich darauf kehrte Ingold zu seinem Platz an der Feuerstelle zurück, zog die Knie hoch und war offensichtlich entschlossen, bis zum Morgengrauen in das Feuer zu starren und zu grübeln.

Das Feuer brannte langsam herunter, und Stille senkte sich über die Kammer, doch Rudy hörte keine Veränderung in den unregelmäßigen Atemzügen des Priesters, und er wußte, daß er nicht schlief.

»Und er hatte recht«, sagte Rudy, als sie sich viele Tage später darüber unterhielten. »Das ist ja das Schlimme. Du weißt, daß Govannin immer sagt: ›Der Teufel beschützt seinesgleichen.‹ Aber das stimmt nicht, nicht mehr. Die Gebirgsausläufer, durch die sie jetzt bereits zwei anstrengende Tage lang wanderten, lagen unter einer tiefen Schneedecke. Die steilen Felsenhänge über ihnen waren mit schweren weißen Schneewehen im Zickzackmuster überzogen, und die dunklen Bäume bogen sich unter dem Gewicht. Ein Wolkenschleier verhüllte die höheren Gipfel und füllte die Felsenkerbe des Sarda Passes mit grauem Nebel.

Jeder Atemzug brannte Rudy in der Lunge. Sein langes, feuchtes Haar klebte um sein Gesicht und hing über den Kragen seines Büffelfellmantels. Die Metallspitzen seines Stabes schimmerten matt im fahlen nachmittäglichen Licht. Seine Schulter schmerzte unter der Last der Bücher, die sie von Quo mitgebracht hatten, doch seine Gedanken kreisten wie Möwen um immer dieselben wirren Vorstellungen.

Wir sind zu Hause.

Zu Hause bei Minalde.

Und was noch?

Er hatte sich im Laufe der Zeit daran gewöhnt, Unterhaltungen alleine zu führen. »Du hast mir einmal geraten, nie zu vergessen, daß wir Ausgestoßene sind. Aber damals dachten wir noch, es gäbe einen Erzmagier, der uns helfen könnte. Und jetzt stehen wir vor dem Nichts, buchstäblich vor dem Nichts. Jeder, der sich selbst als Zauberer bezeichnet, fordert die Schwierigkeiten heraus.« Er zuckte die Achseln. »Ich mache Wend keinen Vorwurf daraus, daß er bleibt, wo er ist.«

»Ich auch nicht.«

Erstaunt über die Antwort, blickte er auf. Ingold hatte seit Tagen kein Wort mehr gesprochen.

Zu seiner Verwunderung fuhr der alte Mann fort. »Es sollte mich wundern, wenn überhaupt jemand auftaucht. Höchstens noch Kara und ihre Mutter, wenn ihnen inzwischen nichts zugestoßen ist. Aber – die Feindseligkeit gegen die Zauberei hat sich sicher vertieft. Und diejenigen, die noch am Leben sind und meinen Ruf gehört haben, sind wahrscheinlich die gleichen, die ihre Angst vor Feindseligkeiten nicht überwinden konnten.«

Ingold trat neben ihn und stützte sich, unter der Last der Bücher gebeugt, auf seinen Stab wie ein sehr alter, heruntergekommener Bettler mit seinem langen weißen Haar, dem verfilzten Bart und dem schmutzigen, zerlumpten Umhang. Seine Augen wirkten eingefallen und müde. Aber immerhin hatte er die Sprache wiedergefunden.

Ingold fuhr fort: »Vielleicht verstehst du jetzt meinen Drang, mich in die Einsiedelei zurückzuziehen.«

»Ich kann dir nur sagen, so wie du dich benommen hast, war ich verdammt versucht, dich deinem Schicksal zu überlassen.

Der Zauberer zog die Schultern hoch. »Es tut mir leid«, bat er ruhig um Verzeihung. »Es war nett, daß du den Kummer eines alten Mannes über dich hast ergehen lassen.«

Rudy zuckte die Achseln. »Nun«, sagte er wohlwollend, »da ich selbst mein Leben lang vollkommen war, fällt es mir nicht so schwer, dir zu verzeihen.«

»Danke«, entgegnete der Zauberer würdevoll. »Das ist zu gütig von dir. Aber nachdem ich dein Harfenspiel gehört habe, finde ich es etwas voreilig von dir, dich als vollkommen zu bezeichnen.«

Ihre Blicke begegneten sich, und Rudy grinste. »Ich mußte es dir schließlich irgendwie heimzahlen, nicht wahr?«

Ingold schauderte. »In diesem Fall bitte ich doppelt um Verzeihung«, erklärte er. »Wenn das als Vergeltung gedacht war, muß mein Benehmen wirklich abscheulich gewesen sein.«

»He!« rief Rudy empört aus.

»Zum ersten Mal in meinem Leben bin ich wirklich dankbar, daß ich vollkommen unmusikalisch bin«, sagte der Zauberer nachdenklich – doch es entsprach, wie Rudy wußte, nicht ganz der Wahrheit. »Ich nehme also an, daß ein jeder Zustand seine guten Seiten hat.«

»Nun, dann sollten wir zwei jetzt angestrengt darüber nachdenken, welche guten Seiten es hat, in Ungnade zu fallen«, sagte Rudy. »Denn genau das wird passieren, wenn Alwir erfährt, was in Quo geschehen ist.« Dann fügte er mit veränderter Stimme hinzu: »Was ist in Quo geschehen, Ingold?« Der Wind heulte in den Bäumen über dem Paß, aber nur ein schwacher Hauch erreichte die beiden Wanderer, die sich durch die Schneewehen voranarbeiteten. Die Wolken, die den Hang herunterschwebten, waren ebenso kalt und grau wie die Nebel, die Quo verhüllt hatten. »Hat Lohiro sich den Dunklen zur Verfügung gestellt – oder waren das die Dunklen selbst?«

Darauf folgte ein langes Schweigen, und Ingold betrachtete die Spuren der Hasen und Vögel im Schnee, als könne er daraus die Antwort ablesen. Als er schließlich sprach, klang seine rauhe Stimme müde: »Ich glaube, es waren die Dunklen selbst.« Er seufzte. »Bis zum heutigen Tag weiß ich nicht, ob sie ihn damals am Ende freigelassen haben. Wenn es so ist, hätte ich ihn mit uns zurückbringen können. Immerhin wären wir dann im Besitz des Wissens, das die Zauberer ausgegraben haben, bevor sie vernichtet wurden. Aber ich konnte das Wagnis nicht eingehen, Rudy«, beteuerte er mit leiser, eindringlicher Stimme. »Ich konnte es einfach nicht.«

»Nein, wahrhaftig«, pflichtete Rudy ihm bei. »Bei all seinem Wissen und mit den Dunklen im Rücken – kein Wunder, daß kein Haus mehr stand, daß die Zauberer alle tot waren und Forns Turm in Trümmern lag. Wenn deine Kraft sie von den Toren der Festung fernhalten konnte, so hat seine Kraft die ihre verdoppelt.«

»So, wie ihre Kraft die Kraft der Magie in der Nähe ihrer Brutstätten beeinflussen und in beliebige Bahnen lenken konnte. Ich hätte es ahnen müssen, als Hufspur des Windes die Brutstätte als Ort des Sehens bezeichnete. So wurde auch Quo in den alten Tagen genannt – und Gae übrigens auch. Es bedurfte der gesammelten Kräfte der Dunklen, um Gae niederzuwerfen«, fügte er hinzu. »Er war schlau geplant, Rudy, der letzte Schlag gegen Gae, Quo, Penambra – auch Dele, soweit Kara uns berichtet hat – und alles innerhalb weniger Tage. Die Verteidigungslinie war zerrissen und die Hoffnung auf die Hilfe der Magier zunichte gemacht.«

Ingold seufzte, und sein Atem hing wie ein dünner Wolkenfetzen im Nebel. »Ich mußte ihn töten, Rudy. Ich durfte nicht zulassen, daß er seine Kraft wiedererlangte. Vielleicht war er immer noch ein Gefangener in seinem eigenen Körper. Sicher, was immer es auch war, es hatte seine Sprache, seine Eigenarten, seine Fertigkeiten. Aber es hatte nicht sein Wissen. Lohiro hätte gewußt, daß Anamara, die Rote, und ich uralte Kameraden waren.« Er hob die Hände hoch, und Rudy sah zum ersten Mal seit langem die Andeutung eines Lächelns durch seinen wirren Bart blitzen. »In dem Jahr, als wir uns liebten, damals in Quo, hat sie mir diese Handschuhe gestrickt. Für die viertmächtigste Zauberin in der Westlichen Welt war sie ziemlich häuslich veranlagt. Lohiro hätte ihren Tod mir gegenüber niemals so nebenbei erwähnt.«

»Hat dich das auf die richtige Spur gebracht?« fragte Rudy leise.

»Zum Teil. Und – seine Augen gefielen mir nicht. Aber nach allem, was er durchgemacht hatte, war ich mir nicht sicher.«

»Also hast du ihm eine Falle gestellt?«

Ingold nickte niedergeschlagen und stapfte weiter durch den Schnee. Che ließ sich störrisch hinterherziehen – keinem der beiden Männer war es je gelungen, das dumme Tier dazu zu bewegen, freiwillig zu folgen, ein Charaktermangel, den Rudy in seinen finsteren Augenblicken der Boshaftigkeit der Bischöfin von Gae zuzuschreiben geneigt war. »Ich habe ihn in die Falle gelockt«, bestätigte Ingold, »und getötet. Vielleicht haben sie ihn wirklich losgelassen. Als er im Sterben lag, sprach er von den Dunklen – daß es nicht viele sind . . . nur ein Wesen. Vielleicht war er einer von ihnen, und wenn ich ihn geheilt hätte, hätten wir erfahren können, was sie wußten, warum sie sich erhoben haben – und warum sie ihre Brutstätten verlassen haben.«

»Und was hättest du sonst noch tun können?«

Ingold schüttelte den Kopf. »Vor allem hätte ich klüger sein müssen. Ich hätte auf die Verbindung zwischen den sogenannten Glücklichen Orten und den Dunklen kommen müssen. Und ich hätte meine Forschungen in Quo weiter betreiben müssen, anstatt mich wegen politischer Spielchen durch das halbe Reich hetzen zu lassen. Aber ich habe die Antwort verloren, wenn es überhaupt je eine Antwort gab. Dafür haben die Dunklen gesorgt. Und im übrigen gab es vielleicht nie eine Antwort.«

»Natürlich gab es eine«, widersprach Rudy. Er warf dem alten Mann einen raschen Blick zu, während sie das letzte steile Wegstück hinter sich legten. Der verharschte Schnee knirschte unter ihren Stiefeln. »Und es gibt immer noch eine. Es muß eine Antwort geben.«

»Wirklich?« Ingold folgte ihm dicht auf den Fersen, den widerspenstigen Esel hinter sich herziehend. »Früher dachte ich, es gäbe für alles, was geschieht, einen Grund und auf jede Frage eine Antwort. Ich bin da nicht mehr so sicher. Warum bist du so überzeugt, daß es auf diese Frage eine Antwort gibt?«

»Weil die Dunklen selbst jetzt, nachdem Quo zerstört ist, noch hinter dir her sind. Sie haben dich von hier in die Hölle und wieder zurück gejagt, um zu verhindern, daß du die Antwort findest. Die Dunklen glauben, du wüßtest etwas, und sie waren uns in diesem Spiel bisher immer einen Schritt voraus.«

Ingold seufzte und blieb mit gesenktem Kopf stehen; sein Gesicht war im Schatten der Kapuze verborgen. Ein Schneegestöber wehte von oben auf sie herunter und brachte den Geruch von hohen Berggipfeln, Gletschereis und Felsen mit. Graue, wogende Nebelschwaden hüllten sie ein und verliehen der hereinbrechenden Dämmerung im Schlund des Passes etwas Unheimliches. »Nun sind wir also wieder da, wo wir angefangen haben«, sagte er schließlich. »Bei der Frage und der Antwort. Ich bin derjenige, den sie wollen, aber sie haben alle ausgelöscht, außer mir. Ist das die Frage oder die Antwort?«

»Was wirst du daraus machen?«

Ingold warf ihm einen scharfen Blick zu und setzte seinen Weg ohne Erwiderung fort. Rudy folgte ihm, wobei er immer wieder die Festigkeit des Bodens unter der Schneedecke mit dem Stab prüfte. Die Abenddämmerung senkte sich herunter. Die scharfe, kalte Feuchtigkeit des Nebels schien ihm bis in die Knochen zu dringen.

Ein Stück vor ihm war der alte Mann stehengeblieben. Rudy folgte seinem Blick und spähte angestrengt in die grauen Wolkenmassen, die den Paß verdeckten.

In den Abendnebeln nahmen dunkle Gestalten Form an, erwachten aus Schatten und Wind zum Leben. Ein Windstoß wehte einen Umhang auf, blähte ihn zu einem großen dunklen Flügel auf; die Gestalten traten immer deutlicher aus dem Nebel hervor. Ingold stand wie angewurzelt da; seine Kapuze war ihm aus dem Gesicht gerutscht, und in seinen stillen Augen mischten sich Zweifel, Furcht und eine eigenartige, wilde Hoffnung.

Rudy trat leise neben ihn. »Sind das die Leute der Bischöfin?«

»Ich weiß es nicht«, flüsterte Ingold.

Dann dröhnte eine Männerstimme mit einem Getöse vom Paß herunter, als würde ein Felsblock von einer Lawine den Abhang hinuntergerissen. »INGOLD!« brüllte die Stimme, und Ingolds Gesicht war plötzlich sehr bleich in der grauen Abenddämmerung, als er zu der Versammlung hinaufblickte.

Dann rief er unvermittelt aus: »Thoth!« und eilte mit einer Schnelligkeit durch die Schneewehen voran, mit der Rudy nicht Schritt halten konnte. Der Größte der Menschengruppe löste sich aus der Mitte der anderen und lief Ingold mit wehenden schwarzen Gewändern entgegen. Sie begrüßten sich wie verlorene Brüder und umarmten sich im wogenden Nebel und Schneegestöber, während die anderen Thoths Beispiel folgten und den Weg heruntergeeilt kamen.

Als Rudy näher kam, erkannte er Kara unter ihnen, ihre narbenzerfurchten Züge waren zu einem zögernden Lächeln verzogen. Die anderen kannte er nicht, aber er wußte, um wen es sich handeln *mußte.* Es waren ihrer mindestens dreißig, alle Altersstufen, Männer wie Frauen;

viele waren alt, aber einige schienen auch noch sehr jung zu sein. Thoth und Ingold hielten einander noch immer umschlungen. Thoth, der die Kapuze zurückgeschoben hatte, erwies sich als finsterer alter Mann, dessen geschorener Kopf und scharf gebogene Nase Rudy an Bischöfin Govannin erinnerten; seine Augen hatten die Farbe von hellem Honig.

Eine weitere Gestalt löste sich aus der Menge und schob sich näher, ein unglaublich winziger, ururalter Einsiedler, so eingeschrumpft vom Alter, daß er aussah, als wäre er hundert Jahre lang in der Wüstensonne getrocknet und gebleicht worden.

»Kta!« rief Ingold voller Freude aus und schlang den freien Arm um die schmalen Schultern. »Du bist also doch gekommen!« Und der winzige alte Mann lächelte sein gütiges, zahnloses Lächeln und nickte.

»Rudy«, rief Ingold, und Rudy dachte bei sich, daß er in den letzten sechs Wochen mehr Gefühlsregungen an dem gewöhnlich schwer aus der Fassung zu bringenden Zauberer gesehen hatte als andere Menschen in Jahrzehnten. »Rudy, das sind unsere Leute.« Ingold hatte einen Arm um Thoth und den anderen um den alten Kta gelegt, und zwischen ihnen und der Gruppe freudig erregter Fremder auf dem verschneiten Paß spann sich ein unzerreißbares Band, eine Kette aus Licht, die sie zusammenschloß. Ingolds Gesicht leuchtete vor Freude. »Das sind die Zauberer, die meinem Ruf gefolgt sind. Sie haben hier gewartet, um uns bei unserer Rückkehr willkommen zu heißen. Und das, meine Freunde«, fuhr er fort, »ist Rudy Solis. Er ist mein Lehrling und einer von uns.«

Sechzehntes Kapitel

Anders als dem Boten von Alketch wurde Ingold und Rudy kein förmlicher Empfang bereitet. Doch aus der Menschengruppe, die sich im Lichtschein des Tores versammelt hatte, lösten sich zwei Gestalten und eilten die dunklen Stufen hinunter. Unten angelangt blieben sie verlegen stehen.

Rudys und Aldes Blicke trafen sich, und ihm war, als wollte ihm die Seele aus dem Leib springen und ihn schwerelos den verschneiten Pfad hinauftragen. Irgendwie hielt er sie dann bei den Händen, der Fackelschein tauchte ihr schwarzes, geflochtenes Haar in Feuer, und das Herz schlug so laut in seiner Brust, daß er glaubte, jedermann in der Festung müßte es hören. Und er wiederholte immer wieder bei sich: *Es ist ein Geheimnis. Unsere Liebe ist ein Geheimnis, das kein Mensch erfahren darf.* Er spürte, daß er kein Wort herausbringen würde, also stand er nur da und blickte in die kornblumenblauen Tiefen ihrer Augen.

Er wurde aus seiner Träumerei gerissen durch Gils leisen Freudenschrei, als Ingold einen Arm um sie schlang und ihr, begleitet von den aufmunternden Rufen der Gardisten, die auf der Treppe versammelt waren, einen schallenden Begrüßungskuß auf die Wange drückte. Rudy blickte auf und erkannte sie alle – Janus, Seya, Melantrys, Gnift – und noch einige Festungsbewohner, die sich höchstwahrscheinlich einer Anweisung der Kirche widersetzt hatten und herausgekommen waren, um die Pilger willkommen zu heißen. Es war eine freundliche Geste, aber im Grunde genommen wünschte Rudy, die Treppe wäre menschenleer bis auf ihn selbst und die Frau, die vor ihm stand.

»Alwir ist drinnen«, erklärte Alde, während sie sich von ihm löste. Die Berührung ihrer Fingerspitzen hatte ein Feuer der Sehnsucht in ihm entfacht, dessen Schein sich in ihren Augen widerspiegelte. Doch vermischt mit der Freude und dem Verlangen entdeckte er noch etwas anderes in ihren Zügen – die merkwürdige Sicherheit einer Frau, die die ganze Zeit über gewußt hat, daß der Mann, den sie liebte, zurückkehren würde.

»Er hat sich den ganzen Tag über mit Stiarth von Alketch eingeschlossen«, sagte Gil, deren Wangen von verlegener Röte überzogen waren. »Ihr zwei zählt nicht.« Sie löste sich aus Ingolds Arm und trat zu Rudy, um ihm einen unschuldigen, schwesterlichen Kuß auf die

Wange zu geben. »Aber ich bin verdammt froh, daß ihr wieder zu Hause seid, Hohlkopf.«

Zu Hause, dachte Rudy. *Ich war zu Hause am Westlichen Ozean und habe dort nur noch eine unheimliche Ruine gefunden.* In ihren Blicken zeigte sich keine Spur von Überraschung, und er sagte: »Ich nehme an, du weißt es schon?«

Sie nickte und warf Ingold, der sich, Kta noch immer im Schlepptau, inmitten der aufgeregt durcheinanderredenden Gruppe der anderen, mit Thoth und Kara unterhielt, einen Blick zu. Rudy hatte herausgefunden, daß Ingold Inglorion für die meisten anderen eine Legende war – man konnte es ihren Augen immer noch ablesen. Es war ein bunt zusammengewürfelter Haufen, der sich um die drei versammelt hatte. Rudy erkannte Karas Mutter – Nan war ihr Name, wie ihm jemand erklärt hatte –, eine verwitterte, weißhaarige kleine Frau mit gebeugtem Rücken und brüchiger Stimme, eine der wenigen, die nicht sonderlich von Ingold beeindruckt zu sein schienen. Kta gehörte ebenfalls dazu – er strahlte alle und jeden mit seinem zahnlosen Grinsen an –, und Thoth war der dritte im Bunde. Aber alle anderen, von dem dicklichen kleinen Mann mit Brokatturban und überreichlich besticktem Wams über die kindliche rothaarige Hellseherin in Lumpen bis zu den schwarzhäutigen Gelehrten in fremdländischer weißer und silberner Toga und dem buntgekleideten Sängerknaben, betrachteten Ingold mit einer Ehrfurcht, die an Anbetung grenzte.

»Und Ingold – Ingold hört doch!« sprudelte Minalde plötzlich hervor. Ihre dunklen Augen waren groß vor Begeisterung, und sie hatte offensichtlich völlig vergessen, daß sie den alten Mann einmal gefürchtet hatte. Sie drängte sich durch die Reihen der Zauberer und zupfte Ingold, ungeduldig wie ein Kind zu Weihnachten, eifrig am Ärmel. »Wir haben Dinge hier gefunden, wunderbare Dinge!«

»Die alten Laboratorien befinden sich hier und sind unversehrt«, fügte Gil hinzu. Dann wurden sie fortgerissen, und Rudy wurde in der Welle der allgemeinen Bewegung mitgetrieben, während die beiden Frauen, begleitet von vielen Wiederholungen und Gesten, in ein aufgeregtes Duett verfielen. »Dinge, die wir nicht verstehen . . .« »Und Gil hat die Aufzeichnungen ausgegraben . . .« »Luftzüge und Wasserpumpen und die alten Beobachtungsräume . . .«

Wie zwei Schulmädchen, dachte Rudy belustigt. *Schulmädchen, die das ganze Gebäude auf den Kopf gestellt und vielleicht den Schlüssel zur Vernichtung der Dunklen gefunden haben, um dessentwillen Ingold und ich erfolglos bis nach Quo gelaufen sind.*

»Und Alde hat die Erinnerungen des Hauses Dare geerbt«, beendete Gil ihren Bericht triumphierend. »Auf diese Weise haben wir das alles überhaupt nur finden können.«

Der Zauberer warf der jüngeren Frau einen erstaunten Blick zu. »Ist das wahr?«

Alde nickte, plötzlich verlegen geworden. »Ich glaube schon. Ich erinnere mich an Dinge, die ich sehe, aber – aber es sind keine Visionen wie – wie Eldor sie hatte.«

Ein leichtes Schwanken war in ihrer Stimme zu hören, doch Ingold überging es, ohne zu zeigen, daß er es bemerkt hatte. »Sind es die Erinnerungen einer Frau oder eines Mannes?«

Über diese Frage hatte sie noch nicht nachgedacht, und sie zögerte einen Augenblick. »Ich weiß es nicht. Eines Mannes, glaube ich, wenn sie von Dare von Renweth kommen. Und es sind weniger Erinnerungen als das Gefühl, etwas wiederzuerkennen, an bestimmten Stellen schon einmal gewesen zu sein. Gils Forschungen und ihre Karten haben uns viel weitergebracht.«

»Interessant«, sagte der Zauberer leise. »Interessant.« Sein Blick ruhte noch eine Weile auf dem Mädchen, der Kindfrau seines toten Freundes, die jetzt Schulter an Schulter mit Rudy stand, während ihre Hand, halb verborgen in den Falten ihrer Röcke, die seine suchte. Ingolds Stirn umwölkte sich wie von einem plötzlichen Schmerz, glättete sich aber gleich darauf wieder. Er wandte sich Gil zu und legte ihr den Arm um die eckigen Schultern. »Und wohin habt ihr die Sachen gebracht?«

Janus und die anderen Gardisten hatten sich inzwischen zu ihnen gesellt, und es war Janus, der auf die Frage antwortete: »Sie haben den Raum ganz hinten in der Gardistenunterkunft übernommen. Gil hat ihn zu ihrem Arbeitszimmer erklärt, als der Lagerraum nicht mehr ausreichte; es ist jetzt ein ansehnlicher Komplex.«

»Die ersten Zauberer kamen erst letzte Woche an«, berichtete Gil, während sie gemeinsam die Treppe hinaufstiegen und den dunklen, hallenden Torgang durchschritten. »Dakis, der Sängerknabe, war der erste, dann kamen Grau und Nila, die Wetterhexen . . .«

»Und Bektis war völlig außer sich«, erklärte der Sängerknabe, während er entzückt über die schmale Brücke tänzelte, die sich über einen der Wasserläufe spannte. »Ich war sicher, daß ihn der Schlag treffen würde.«

Als sie durch die düsteren Gänge der Festung gingen, folgten ihnen viele Blicke, müßige und neugierige, feindselige und wohlwollende, angesichts der stattlichen Zahl von Gardisten und der Zivilisten, die sie begleiteten. Sie waren von magischem Licht umgeben, das sie wie ein schimmernder Nebel umwogte.

Erstaunt über das Durcheinander, das im Wohnbereich der Zauberer herrschte, blieb Ingold stehen. »Wir hatten noch nicht genug Zeit, alles zu ordnen«, erklärte Gil.

»Es beruhigt mich, das zu hören«, entgegnete der alte Mann und ließ den Blick über den schmalen, langgezogenen Raum schweifen. Der größte Teil des Mobiliars schien aus Fliesen, Fellen und Kisten zu bestehen; Stäbe lehnten an den Wänden wie Gewehre in einer Waffenkammer; behelfsmäßig aufgestellte Regale waren gefüllt mit zerlesenen Büchern. Das magische Licht schimmerte wie mattblaue Seide auf dem runden Klangkörper einer Laute aus Birnenholz und blitzte auf den Kanten der weißen und grauen Glaspolyeder, die überall im Raum, auf dem Tisch und auf dem Boden, umherlagen. Pergamentrollen, Wachstafeln, verstaubte Bücher und vergilbte Papierrollen bedeckten jede horizontale Fläche des Raumes, und auf einem der wenigen Stühle lag ein Haufen groben braunen Stoffes und darauf ein kleines Nadelkissen aus glänzendem Satin, das aussah wie ein winziges Stachelschwein.

Die Zauberer hatten sich offensichtlich häuslich niedergelassen.

»Und wir müssen euch auch noch zeigen . . .« begann Alde.

Doch Thoth unterbrach sie. »Sie müssen sich ausruhen und etwas essen, Kind.« Seine Stimme klang hart wie das Krächzen eines Geiers, behäbig und schwer. Einmal warf er einen Blick auf den Stab mit der Sichelspitze, den Rudy in eine Ecke gelehnt hatte, und wandte sich dann wieder Ingold zu. »Ihr habt Quo also gefunden?«

Ingold schloß die Augen und nickte müde. »Ja«, erwiderte er.

»Und Lohiro?«

»Tot.«

Thoths Augen huschten zu dem Stab, dem Stapel Bücher, die Rudy und einige freiwillige Helfer auf eine freigemachte Tischdecke legten, und wieder zu den mitgenommenen Zügen seines Freundes zurück. »Aha«, sagte er.

Ingold öffnete die Augen. Er betrachtete prüfend das schmale Gesicht des anderen. »Was ist geschehen, Thoth? Lohiro sagte, du wärst mit den anderen umgekommen?«

»Nein.« Der Archivar von Quo legte Ingold seine lange, knochige Hand auf die Schulter. »Die anderen . . . ja. Die beiden Frauen hier haben mir von ihrer Entdeckung erzählt, was die glücklichen Orte der alten Zeit betrifft«, fuhr er leise fort. »Ich nehme an, dasselbe hast du auch herausgefunden.«

Ingold nickte bekümmert.

»Doch ihre Erkenntnisse gehen weiter, da sie Zugang zu Dingen hatten, die du nicht wußtest.«

Nur diejenigen, die Ingold am nächsten standen, hörten seine leise geflüsterten Worte. »Ich hätte es wissen müssen.«

»Vielleicht«, entgegnete Thoth unbewegt. »Aber du irrst, wenn du glaubst, Lohiro hätte über diese Kenntnisse nicht verfügt.«

Ingold hob überrascht den Kopf; wenn auch jetzt kein Grund mehr bestand, Angst zu haben, ließ der Gedanke daran seine eingesunkenen Augen plötzlich alt erscheinen.

»Ich habe, wie du weißt, von Anfang an die ältesten Berichte nach Anhaltspunkten über die Dunklen durchforscht«, fuhr Thoth fort, »aber ohne großen Erfolg. Die Aufzeichnungen reichten nur bis in Forns Zeit zurück, aber deine Erwähnung der Brutstätten in Gae, Penambra und Dele – alles Zentren der Magie in alten Zeiten – fügte sich in das beängstigende Bild. Kurze Zeit nachdem Lohiro und der Rat der Zauberer die Stadt gegen alle abgeschirmt hatten, wandte ich mich mit meinen Vermutungen an ihn, und wir, Anamara, er und ich, begannen die Stadt und das Meeresgebirge im Umkreis von Meilen abzusuchen. Wir hatten den Verdacht, daß sich eine Brutstätte unter den Grundfesten des Turms selbst, unter den tiefsten Kellergewölben, befinden müßte, obwohl wir keine Anzeichen dafür entdecken konnten. Dennoch sprachen wir drei immer wieder neue Zauberworte über die Grundmauern des Turms. Glaub mir, Ingold, nicht einmal der Windhauch der Dunklen hätte durch die Risse im Boden aufsteigen können, wären wir nicht verraten worden.«

Die rätselhaften Augen des Zauberers ruhten einen Augenblick lang auf dem ausgezehrten Gesicht des alten Mannes. »Als wir das ganze Gebirge in ein magisches Labyrinth verwandelten, sprach Lohiro zum ersten Mal davon, daß die Dunklen ein einziges Wesen seien. Wir fanden wenig über sie in den Büchern, obwohl meine Lehrlinge die Bibliotheken auf den Kopf stellten und Bücher durchforsteten, deren Sprache längst in Vergessenheit geraten war – aber mit geringem Erfolg. Doch Lohiro sah in Anamaras Spiegel, daß die Dunklen in Penambra und Gae kämpften. Er erklärte, ihre Stärke läge in ihrer Anzahl und ihrer Beweglichkeit. Und er sagte, was einer von ihnen lernt, würden auch die anderen wissen. Er war sich dessen sicher, nachdem sie ihre Brutstätten im Norden verlassen hatten, um sich dem Angriff auf Gae anzuschließen.

Zuerst sprach er nur im Zusammenhang mit dem Labyrinth davon, daß wir es uns nicht leisten könnten, auch nur einen einzigen Dunklen hindurchschlüpfen zu lassen. Aber später, als immer mehr Städte von den Dunklen vernichtet wurden und wir immer noch nichts über sie wußten, das es uns ermöglicht hätte, unsere Magie gegen sie einzusetzen, erklärte er, wir müßten um jeden Preis etwas über ihr eigentliches Wesen herausfinden. Und er sagte, wir hätten keinerlei Hoffnung, sie zu besiegen, bevor nicht einer von uns sie durch die Verwandlung seiner eigenen Person kennenlernen würde.«

Ingold erbleichte. »Aber das war Wahnsinn.«

»Das habe ich ihm auch gesagt«, entgegnete der Archivar trocken. »Aber du darfst nicht vergessen, daß wir mit dem Rücken zur Wand standen. Es war sogar davon die Rede, Quo zu verlassen und ohne Plan und letztendlich auch ohne Hoffnung gegen sie zu kämpfen. Lohiro sagte, es wäre Wahnsinn, wenn ein schwacher Mensch es mit einem starken aufnähme, aber er fühlte sich nicht so sehr unterlegen. Er war sehr stolz, Ingold. Stolz und verzweifelt. Du weißt, daß er immer zu denen gehörte, die all ihre Kräfte bedingungslos in den Kampf werfen. Vielleicht glaubte er, daß sein Tod das schlimmste war, was passieren konnte.

Dann fiel Gae. Wir sahen es in Anamaras Spiegel; wir sahen dich und Eldor und all die anderen in dem brennenden Palast. Wir konnten es nicht mit ansehen. Es war tiefe Nacht, kurz vor dem Morgengrauen.

Lohiro ließ uns in der Bibliothek zurück, und mein Herz war so schwer, daß ich nicht darauf achtete, ob er nach oben in sein Arbeitszimmer ging oder nach unten. Ich glaube, es ist auch gleichgültig.

Dieser Tag war bitter für uns, Ingold. Anamara, Hasrid und ich suchten dich den ganzen Tag über im Kristall, doch wir konnten keine Spur von dir entdecken. Wir beklagten deinen vermeintlichen Tod.«

»Ich hätte ebensogut tot sein können«, seufzte Ingold. »Ich habe das Nichts durchquert – ich war in einem völlig anderen Universum, ich und Prinz Tir. Hat Lohiro mich gesucht?«

Thoth schüttelte den Kopf. »Das weiß ich nicht. Keiner von uns sah ihn an jenem Tag. Gegen Abend wurde der Vorschlag gemacht, wir sollten nach Karst ziehen, wo die Flüchtlinge sich gerade versammelten. Wir wußten, daß die Dunklen dort zuschlagen würden und daß Bektis der einzige Zauberer im Umkreis von Hunderten von Meilen war. Wir sprachen noch immer darüber, als die Dunkelheit hereinbrach.«

Der alte Archivar verstummte wieder, seine merkwürdigen gelben Augen waren jetzt in sich gekehrt und sehr hell. Im flackernden Schein des magischen Lichts hatten sich schweigend und atemlos weitere Zuhörer um sie versammelt. Ingolds Lippen waren fest zusammengepreßt, und aus seinem Gesicht war alles Blut gewichen wie von einer inneren Verletzung. Durch ihn sah Rudy wieder die Ruinen der kleinen, friedlichen Stadt, roch den süßen, herbstlichen Duft der Weinranken, die über farbigen Stein wucherten, und hörte das leise Rauschen des Meeres.

»Ich weiß nicht, zu welchem Zeitpunkt Lohiro die Gestalt der Dunklen annahm«, fuhr Thoth ruhig fort. »Ich weiß nur, daß wir tief in der Nacht immer noch im Turm versammelt waren und darüber berieten, was wir tun sollten. Dann wurden die Mauern vom Widerhall einer solchen Explosion erschüttert, als würden die Grundfesten des Turmes selbst auseinanderbersten, als würde die Erde unter uns in die Luft fliegen. Ich glaube, ich sprang auf, aber den anderen blieb keine Zeit, sich von der Stelle zu rühren. Die Tür der Bibliothek flog auf, und Lohiro stand im Rahmen, die Augen ausdruckslos und leer wie blaugrünes Glas; hinter ihm tobte ein Sturm von Dunklen, wie ich ihn noch nie gesehen hatte. Er war der Erzmagier – er hielt uns alle mit der Magie des Meisters gefangen.« Er schüttelte den Kopf. »Und dann war es vorbei.

Ich glaube, Anamara versuchte, ihn zu überwältigen. Aber ich wußte, daß es aussichtslos war, wenn Lohiro das Wesen der Dunklen in sich aufgenommen hatte. Also verwandelte ich mich, als dieser Sturm der entfesselten Kräfte über den Raum hereinbrach, in eine Natter, die bescheidenste und schnellste Kreatur, die mir in den Sinn kam. Alles, was später geschah, habe ich nicht mit menschlichen Augen wahrgenommen. In mein Bewußtsein drangen nur Dunkelheit und Schreie, Feuer und aufblitzende Lichter. Der Turm stürzte über uns zusammen. Lohiro verschmolz mit einem der Dunklen und verschwand in der Nacht. Ich sah, wie sich die Dunkelheit über die Stadt legte und wie gewaltige Feuersäulen von Finsternis und Magie erstickt und aufgesogen wurden. Hasrid verwandelte sich in einen Drachen. Andere nahmen alle möglichen Gestalten an, um zu kämpfen, doch Lohiros Kraft und die Dunklen vernichteten sie alle. Aber das alles spielte keine Rolle für mich. Ich war eine Schlange mit den Ängsten und Begierden einer Schlange. Mir war kalt, und ich versteckte mich im Schutt bis zum Morgengrauen.«

Im Raum war es still. In dem schwachen, bläulichen Lichtschein konnte Rudy erkennen, daß einige der versammelten Zauberer Tränen in den Augen hatten – sie weinten um den Erzmagier, um die Welt, an deren Peripherie sie gelebt hatten, und um die zerstörte Stadt, nach der sie sich alle einmal gesehnt hatten. Ingold aber hatte alle Tränen im Meeresgebirge vergossen, und in seinen Augen war nichts als Leere und Erschöpfung.

Thoths goldene Augen kehrten wieder in die Gegenwart zurück. »Hast du schon einmal für einige Zeit im Körper eines anderen Wesens gelebt, Ingold?«

Ingold nickte. Niemand rührte sich.

»Dann wirst du verstehen, daß danach die Zeit keine Rolle mehr für mich spielte. Ich weiß nicht mehr, wie lange ich brauchte, um das Meeresgebirge hinter mir zu lassen. Die Liebhaber kleiner Insekten zählen die Tage nicht. Ein Teil meines Bewußtseins war sich darüber klar, daß ich ein Zauberer und ein Mensch war, aber es kümmerte mich kaum. Ich empfand vielleicht so etwas wie Trauer. Ich verbarg mich zwischen den Felsen und glitt mutterseelenallein durch feuchtes Gras und Regen. Ich war nichts . . . nichts. Aber ich muß wohl gewußt haben, daß ich ein Mensch war, denn ich bewegte mich langsam Richtung Osten voran, und ich befand mich schon tief in der Wüste, als mich das unstillbare Verlangen packte, die Festung Dare in Renweth am Sarda Paß zu suchen. Es war das Verlangen eines Menschen, weit jenseits dessen, was eine Schlange fühlen oder vollbringen könnte. Doch die Sehnsucht war so stark, daß ich wußte, ich konnte sie nur als Mensch stillen. Und so verwandelte ich mich in einen Menschen zurück.

Ich wußte nicht«, beendete er seine Erzählung leise, »daß der Ruf von dir kam, mein Freund.«

Ingold seufzte. »Vielleicht wäre es besser gewesen, du wärest mit dem Bauch am Boden geblieben, Schlangenmagier.«

Eine einzige Linie am Mundwinkel, so fein wie ein Federstrich, deutete ein flüchtiges Lächeln an. »Es ist leichter, sich von der Natur zu ernähren«, entgegnete Thoth, »aber die Gesellschaft wird mit der Zeit langweilig. Allerdings werde ich bis an mein Lebensende die Angst vor dem Läufervogel nicht mehr loswerden.«

»Ja«, stimmte Ingold ihm in der Erinnerung seiner eigenen Erlebnisse zu. »Ich weiß noch, daß mir jahrelang Hunde in meinen Alpträumen erschienen sind.«

»Hä?« krächzte eine dünne Stimme. Nan, die Hexe, schob sich plötzlich in ihren Kreis, ihre hellen Augen funkelten boshaft. »Soll ich Euch also ein wenig Heuschreckensuppe servieren, Schlangenmagier? Oder Euch ein paar fette Mäuse, Herr Kater? Oder wollt Ihr hier stehen und reden, bis Ihr umfallt vor Hunger?«

»Mutter!« rief Kara entsetzt aus. »Das ist . . .«

»Ich weiß, wer es ist, Mädchen«, gab die alte Dame barsch zurück. »Und ich sage dir, laß die armen Männer essen, bevor sie mit ihren Geschichten darüber, wie ungeheuer tapfer sie waren, hausieren gehen.« Ihr Rücken war so gebeugt, daß sie den Hals verrenken mußte, um zu ihnen aufzublicken, und Rudy fand, daß ihr nur noch ein spitzer schwarzer Hut und ein Hexenbesen zur Vollkommenheit fehlten.

»Danke«, sagte Ingold ernsthaft. »Eure Sorge um unser Wohlergehen rührt mein Herz.«

»Huh!« brummte sie und trippelte auf das Kämmerchen zu, in dem sich die Gemeinschaftsküche befinden mußte. In der Tür wandte sie sich noch einmal um und fuchtelte ihnen mit dem hölzernen Löffel zu. Der dichte grau-weiße Haarwust fiel ihr bis auf die mageren Schultern hinunter, und die Augen glitzerten in ihrem Hexengesicht. »So so, Euer Herz!« kicherte sie. »Zauberer haben kein Herz. Und ich sage die Wahrheit, denn ich bin selbst eine Zauberin, und ich habe nicht mehr Herz als ein Würger.« Mit diesen Worten verschwand sie.

»Sie hat recht«, erklärte Ingold gutmütig. Thoth sah ihn entrüstet an, doch Kta lachte.

»Die Truppe der Zauberer steht in Alwirs Sold, genau wie die Garde«, erklärte Gil, während Kara, ihre Mutter und ein mageres, rothaariges Mädchen Haferbrot und Eintopf servierten. »Bektis speist noch immer an der königlichen Tafel – wahrscheinlich, weil das Essen dort besser ist –, aber ich nehme an, daß er und Alwir später vorbeikommen.« Sie lächelte Alde zu, die auf der anderen Seite des Raumes mit gekreuzten Beinen auf einem Stapel Büffel- und Mammutfellen zwischen Rudy und dem schlafenden Prinzen Tir saß und das karge Festmahl der Zauberer teilte. Ein Feuer flackerte im Kamin und leuchtete auf den Gesichtern der buntgemischten Gesellschaft, die hier versammelt war.

Es fehlte nicht viel, und Rudy hätte an Aldes Seite angefangen zu schnurren. Es war das erste Mal seit mehr als zwei Monaten, daß er eine Nacht durchschlafen konnte, ohne vier Stunden Wache stehen zu müssen; er war gebadet, rasiert und am Zielort angelangt, und dieses ungewohnte Gefühl war an sich schon angenehm genug. Außerdem befand er sich in der Gesellschaft der Frau, die er liebte, und unter seinesgleichen, und das nach einer Reise, die er nicht zu überleben geglaubt hatte. Es würde eigenartig sein, unter einem Dach zu schlafen.

Er tastete unter den Fellen nach Aldes Hand. Sie warf ihm aus den Augenwinkeln einen Blick zu und lächelte.

In dem schwachen Lichtschein und von der Seite betrachtet, sah Alde verändert aus, selbstsicherer – *weniger hübsch, dafür aber schöner,* dachte Rudy ungereimt. Er blickte zu Gil hinüber, die wie ein magerer Junge neben Ingolds Stuhl auf dem Boden hockte, und stellte fest, daß sie sich ebenfalls verändert hatte. Sie erschien ihm irgendwie weicher, obwohl ihr Körper wie ein Lederriemen war. Ihre Augen waren freundlicher, doch um den Mund hatte sie einen strengen Zug, der von bitteren Erfahrungen zeugte, die sie nicht aus dem Bewußtsein verbannen konnte.

Nun ja, zum Teufel, dachte er. *Wir haben uns alle verändert, selbst der alte Ingold.*

Vielleicht würde der alte Mann eines Tages seine heitere Überlegenheit wiedergewinnen, mit der er einst die Welt betrachtet hatte. Die Erlebnisse in Quo hatten ihm tief im Innern Wunden zugefügt, die nur schwer wieder heilten. Nach dem ersten Ansturm von Begrüßungen und Erzählungen war Ingold wieder in Schweigen verfallen. Während des Mahles hatte er nur sehr wenig gesprochen. Das hieß allerdings nicht, daß in dem Raum Ruhe herrschte. Nachdem man gegessen hatte, wurden Neuigkeiten ausgetauscht, Geschichten erzählt und Abenteuer berichtet. Vor allem Rudy, Gil und Alde plauderten eifrig miteinander.

Dann und wann ließ Ingold den Blick über die Gesichter der Anwesenden wandern – nicht, um herauszufinden, wofür dieser merkwürdige Haufen zu gebrauchen war, das würde später kommen. Für den Augenblick begnügte er sich damit, sie ein wenig kennenzulernen – die heilkundigen Frauen und Teeblätterhellseher, die kleinen Fische, die der Zerstörung von Quo zufällig entgangen waren. Sie bildeten gemeinsam mit dem asketischen Überlebenden der Katastrophe, einem weisen alten Einsiedler und einem heruntergekommenen Spritzkünstler, der versehentlich in sein Schicksal hineingestolpert war, das ganze Heer, das hinter Ingold stehen würde, die Magie, die gesammelte Magie, die ihm in dieser Welt noch zur Verfügung stand.

Kein Wunder, daß er aussieht wie eine wiederaufgewärmte Leiche, dachte Rudy.

»Und nun«, sagte Ingold schließlich in die behagliche Stimmung hinein, die sich nach dem Mahl eingestellt hatte, und legte die Hand fest auf Gils Schulter, »zeigt mir die Wunderdinge, die ihr gefunden habt.«

Als hätten sie auf dieses Stichwort nur gewartet, sprangen Alde und Gil auf. »Wir haben sie dort hinten gesammelt«, erklärte Gil und zeigte ihm den Weg. »Die Tür dort führt in den Raum, in dem wir die Treppe zu den Laboratorien entdeckt haben; wir halten sie gewöhnlich verschlossen. Wir bringen alle Sachen hier herein . . .« Die meisten Zauberer hatten ihre Schätze aus den Laboratorien und Lagerräumen bereits gesehen und blieben im Gemeinschaftsraum zurück. Thoth, Kta und Kara folgten Rudy, Ingold und den beiden Frauen durch ein staubiges Kämmerchen, das kaum größer war als ein Flur, in einen Lagerraum, in dem ein Brettertisch, beladen mit den geheimnisvollen Funden, aufgestellt worden war. Über die Tischplatte verstreut lagen Gefäße, Kästen, zu Ketten aneinandergereihte Glaskugeln, Apparate aus Glaszylindern und Golddraht, verschlungene Metallröhren und glatte, unerklärliche entweder mattgraue oder weiße Polyeder.

»Diese Dinger haben uns das größte Kopfzerbrechen bereitet«, erklärte Gil, während sie Ingold einen der weißen Gegenstände zuwarf. »Sie waren überall – unter den Maschinen in den Pumpräumen, in Vorratskammern aufgehäuft, über den Becken in den Hydrokulturgärten zu Netzen verbunden. Das einzige, wozu sie im Augenblick nütze sind, ist, daß Tir gern damit spielt.«

»Aha«, sagte Ingold und drehte den Polyeder einen Augenblick lang prüfend in den Händen. Ganz plötzlich erwachte der kleine Gegenstand zu schimmerndem Leben, und sein weicher, weißer Schein überzog die harten Linien in Ingolds Gesicht. Er warf Gil den Polyeder wieder zu, die ihn ungeschickt auffing. Er fühlte sich kühl an.

»Lampen«, erklärte er.

»Oh . . .«, stieß Gil mit atemloser Begeisterung hervor. »Ah, wie wunderbar! Aber wie haben die Leute sie damals ein- und ausgeschaltet? Wie funktionieren die Dinger?« Sie blickte von dem Polyeder, der in ihrer Handfläche leuchtete und ihr schmales Gesicht erhellte, auf.

»Ich nehme an, daß sie sie einfach bedeckten, wenn sie kein Licht brauchten«, vermutete Ingold. »Das Material selbst enthält einen Zauber, der das Licht für lange Zeit hält, und kann mit sehr einfachen Mitteln zum Leuchten gebracht werden. Selbst ein Zauberer des niedrigsten Ranges, etwa ein Feuerfinder, könnte es bewerkstelligen.«

»Hmm.« Rudy nahm einen der weißen Kristalle vom Tisch und betrachtete eingehend die Bodenfacette. »Das hättest du dir doch denken können, Gil. Hier steht ›einhundert Watt‹.«

»Gebt ihm eine Ohrfeige von mir, Alde. Aber im Ernst, ich hätte es mir denken können, weil ich mich ständig gefragt habe, wie die Festung ursprünglich einmal beleuchtet wurde. Und in den Kellern unten gibt es Hydrokulturgärten, ein Raum nach dem anderen, und keine erkennbare Lichtquelle . . .«

»Hast du je Marihuana im Wandschrank gezogen?« fragte Rudy zusammenhanglos.

»He, alles, was bei mir in den Wandschränken gewachsen ist, waren Pilze. Aber Ingold, mit dieser Lichtquelle könnten wir die Gärten wieder bebauen. In Hydrokulturen könnten wir Wagenladungen von Gemüse auf kleinstem Raum anbauen. Und dort unten ist es warm genug dazu.«

»Man könnte den Pumpen die Energie entnehmen, um die Becken zu erwärmen«, fügte Rudy hinzu. »Und außerdem könnte man so auch Wasser erhitzen.«

»Ja, aber es ist uns nicht gelungen, die Hauptenergiequelle zu finden.«

»Sie ist sicherlich mit Hilfe der Magie verborgen und versiegelt worden«, unterbrach Ingold die Unterhaltung, die immer mehr ins Technische zu entgleiten drohte. »Vermutlich basieren die Pumpen auf demselben Prinzip wie die Lampen. Die Zauberer der alten Zeit konnten wahrscheinlich das Wesen eines Stoffes so verändern, daß er etwas wie Licht oder eine andere Energie über unglaubliche Zeitspannen halten konnte.«

Gil blickte nachdenklich vor sich hin. »Du meinst, die ganze Festung funktioniert so ähnlich wie eine riesige Wärmeplatte?«

»Im Prinzip ja.«

»Großartig«, bemerkte Rudy und wandte sich dem Tisch zu, um die verschiedenen Glas- und Metallgegenstände darauf zu begutachten. Zaghaft nahm Alde Gil den leuchtenden Polyeder aus der Hand.

»Wißt ihr, was das bedeutet?« fragte sie leise. »Es bedeutet, daß wir nicht mehr im Dunkeln durch die Gänge irren oder befürchten müssen, die ganze Festung in Flammen zu setzen.«

»Es bedeutet, daß ich nicht mehr Gefahr laufe, zu erblinden, weil ich diese verdammten Bücher im mickrigen Kerzenschein lesen muß, das bedeutet es.« Gil war gerade im Begriff, einen weiterern Polyeder vom Tisch zu nehmen, als sie mitten in der Bewegung erstarrte. »Was, zum Teufel, . . .?«

Rudy wandte sich vom Tisch ab, seine Augen leuchteten vor Stolz. In den Händen hielt er vier oder fünf der geheimnisvollen Gegenstände, die Alde aus dem Laboratorium heraufgebracht hatte, jetzt zu einer Form zusammengepaßt, die einem großen, unförmigen Gewehr sehr ähnlich war.

»Was ist das?« Alde ging um den Gegenstand herum und stellte sich mit der Unbekümmertheit eines Menschen, der sich noch nie im Leben Gedanken über den Begriff eines Gewehres gemacht hat, vor die Mündung. Instinktiv hob Rudy die Mündung, um sie nicht auf sie gerichtet zu halten.

»Es ist ein – ein . . .« Es gab kein Wort in der Sprache der Wathe dafür. »Es schießt aus dem Loch hier am Ende.«

»Schießt was?« fragte Gil und trat neugierig näher. Sie strich über die große Glaskugel, die genau in die weiche Biegung des Schafts paßte. »Mit welcher Munition schießt es?«

Rudy blickte auf den schlauchartigen Lauf hinunter. »Ich weiß es nicht«, erwiderte er, »aber ich habe eine Vermutung.« Er schulterte das Gewehr wie ein Schütze bei der Parade. »Ich vermute, daß es Flammen schießt. Was sollte sonst ein Gewehr gegen die Dunklen nützen?«

»Es ist ein Flammenwerfer.« Dafür gab es ein Wort in der Sprache der Wathe.

»Ja. Und ich glaube, daß er durch magische Kräfte betätigt wurde.«

»Du meinst«, warf Alde aufgeregt ein, »daß dieser – Flammenwerfer – Feuer spucken kann?«

»Gebündelt und gelenkt durch den Lauf«, bemerkte Ingold nachdenklich, während seine Finger geschmeidig über das glatte, abzuglose Rohr fuhren, »müßte die Reichweite der Flamme viel weiter sein, als ein Zauberer sie werfen könnte. Aber wodurch könnte eine solche Flamme gespeist werden?«

»Ich weiß es nicht«, erwiderte Rudy eifrig, und seine Stimme überschlug sich vor Aufregung. »Aber wenn es dort unten ein Laboratorium gibt, werde ich es herausfinden, darauf kannst du dich verlassen. Ingold, überleg doch mal! Du hast immer wieder von einem – einem dritten Grad der Magie erzählt, von Menschen, die nur über einen einzigen kleinen Teil der Kraft verfügen. Die Feuerbringer und Wahrsager, Menschen, die ihre Fähigkeiten nie entwickelt haben, weil die Kirche sich darüber empört hat, und sie hatten keine andere Wahl, als sich der gewöhnlichen menschlichen Gesellschaft anzupassen oder den gelehrten Zauberern anzuschließen. Aber so ist es nicht mehr. Ich möchte wetten, wir könnten mit den Zauberern, die wir hier haben, und den Feuerbringern, die wir in der Festung auftreiben, eine Flammenwerfereinheit aufstellen! Ingold, das ist die Lösung! Wir hätten gar nicht nach Quo zu wandern brauchen! Die Antwort war die ganze Zeit über hier zu finden!«

»Wenn das eine Antwort ist«, wandte Thoth mit trockener Stimme ein, »warum wurde es nicht schon vor dreitausend Jahren gegen die Dunklen eingesetzt?«

Dieser Einwand ernüchterte und verunsicherte Rudy.

Der Archivar von Quo verschränkte die knochigen Arme vor der Brust, seine gelben Augen glitzerten im Dämmerlicht. »Während unserer Nachforschungen in Quo habe ich keinen Hinweis darauf gefunden, daß ein solches Ding gegen die Dunklen eingesetzt wurde. Meiner Ansicht nach haltet Ihr ein Experiment in Händen, das fehlgeschlagen ist.«

»Oder das niemals bis zu Ende geführt wurde«, warf Alde plötzlich ein. »Weil – nun, Gil und ich, wir haben viele Räume entdeckt, vor allem die Laboratorien im Keller, aber auch einige der Pumpenkammern, die so aussehen, als seien sie in großer Eile verlassen worden. Sie wurden von niemandem übernommen, sondern lediglich verschlossen und verlassen.«

»Aber warum?« fragte Kara, die die ganze Zeit über schweigend neben ihnen gestanden und zugesehen hatte, wie Kta die kleinen Edelsteine in den Kästen auf dem Tisch einen nach dem anderen betrachtete.

»Ich weiß es nicht«, erwiderte Alde, »aber ich *glaube*, daß den gelehrten Zauberern, die die Festung erbaut hatten, etwas zustieß. Ich glaube, daß die Kirche sie verbannte oder töten ließ. Wenn das überraschend geschah, ist es möglich, daß sie die Flammenwerfer zurücklassen mußten und niemals fertigstellen konnten.«

»Das wäre aber nicht sehr klug«, widersprach Kara.

»Es war auch nicht sehr klug, mich am Vorabend eines Angriffs der Dunklen in den Gewölben unter Karst einzuschließen«, erklärte Ingold beißend. »Aber wir haben es mit Fanatikern zu tun . . . oder zumindest mit *einer* Fanatikerin, in unserem Fall.«

Im Raum herrschte unbehagliches Schweigen. Rudy räusperte sich. »Äh – wie wahrscheinlich ist es wohl, daß dasselbe wieder passiert?«

Ingolds Augen blitzten boshaft. »Angst?«

»Nein – ich meine, ja. Ich meine . . .«

»Nicht nötig – noch nicht. Wir haben Alwir davon überzeugt, daß sein Feldzug gegen die Brutstätten ohne uns zum Scheitern verurteilt wäre.«

»Wie?« rief Rudy verständnislos. »Wir repräsentieren die ganze Magie, die ihm zur Verfügung steht, und das ist, Anwesende ausgenommen, nicht eben viel.«

»Also wirklich, Rudy«, sagte Ingold, und in seiner Stimme klang ein Hauch der alten Heiterkeit an, seine schweren Lider zeigten etwas von der gewohnten Überlegenheit. »Wozu könnte eine Einheit von Zauberern wohl gut sein? Als militärischer Nachrichtendienst natürlich.«

»Gütiger Himmel«, flüsterte Rudy.

»Ingold!« Die Stimme des Sängerknaben klang durch den kurzen Gang herüber. Andere Stimmen fielen ein. »Gnädiger Herr Ingold?«

Röcke raschelten im Korridor, und das rothaarige Hexenmädchen tauchte mit großen dunklen Augen im Eingang auf. »Der gnädige Herr Alwir ist hier«, stieß sie atemlos hervor. »Er fragt auch nach der gnädigen Frau Minalde.«

Alde seufzte, und Rudy hatte das Gefühl, daß sie sich unmerklich straffte; eine winzige Linie der Erschöpfung zeigte sich in ihren Augenwinkeln.

Er grinste. »Wirklich nett, wieder zu Hause zu sein.« Wie er gehofft hatte, brachte seine Bemerkung sie zum Lachen.

»Fang!« rief Ingold. Er brachte einen Polyeder zum Leuchten und warf ihn Rudy zu, einen weiteren reichte er Alde und einen dritten dem rothaarigen Mädchen. Ein blendender Schein umgab sie, als sie durch den Gang davoneilten. Kara, Kta und Thoth folgten ihnen, ihre Schatten fielen lang und schwarz auf den Boden. Aus dem Gemeinschaftsraum klang gedämpftes Stimmengewirr herüber. Gelächter vermischte sich mit Nans keifender Stimme und den leichten, spielerischen Weisen von Dakis' Laute. Ingold trat an den Tisch, entzündete eine vierte Lampe und reichte sie Gil.

»Danke«, sagte er leise. »Ihr habt eure Sache sehr gut gemacht.«

Sie nahm die Lampe, wie sie einst seinen leuchtenden Stab entgegengenommen hatte, und das weiche Licht strömte zwischen ihren Fingern hindurch. »Ingold?«

»Ja, mein Kind?«

»Eine Frage wollte ich dir schon immer stellen.«

»Nun?«

Sie öffnete die Lippen, doch dann zögerte sie verwirrt und unfähig, ein Wort hervorzubringen. Ihre hellen, unduldsamen Augen leuchteten ungewöhnlich blau im Schein der Lampe. Als sie endlich sprach, war nicht festzustellen, ob es die ursprünglich beabsichtigten Worte waren oder nicht. »Hatte es einen besonderen Grund, daß du mich gebeten hast, dir den Rücken zu decken, damals, als die Dunklen die Festung angriffen? Ich weiß, daß du es warst, der das Licht am Leben erhielt, aber hattest du einen Grund dafür, mich den Stab halten zu lassen?«

Ingold schwieg eine Weile und wich ihrem Blick aus. »Ja«, sagte er schließlich, »und es war unverzeihlich, daß ich dich darum gebeten habe, denn es war meine Schuld, daß du hierher gekommen bist, und ich hatte nicht das Recht, dich in Gefahr zu bringen.«

Sie zuckte die Achseln. »Es spielt keine Rolle.«

»Nein«, entgegnete er bitter. »Gott weiß, daß ich es nur zu oft getan habe.«

Das düstere Schuldbewußtsein und die Selbstverachtung in seiner Stimme ängstigten sie. Sie faßte ihn bei der Hand und zwang ihn, ihr in die Augen zu sehen. »Du tust, was du tun mußt«, sagte sie sanft. »Du weißt, daß ich dir überallhin folgen würde.«

»Und genau aus diesem Grund«, erklärte Ingold, und seine rauhe Stimme klang plötzlich gepreßt, »habe ich dich gebeten.« Doch die Anspannung kam aus seinem Innern, und seine Stimme wurde wieder weicher. »Du warst die einzige, Gil, von der ich genau wußte, daß du nicht davonlaufen würdest.«

»Das ist sehr viel Vertrauen in jemanden, den du erst einen Monat kanntest«, sagte Gil ruhig.

Ingold nickte. »Aber es gibt Momente, meine Liebe, da habe ich das Gefühl, dich schon ein Leben lang zu kennen.«

So verharrten sie noch eine Weile, Zauberer und Kriegerin, und Ingold drückte seine Fingerspitzen sanft gegen die ihren. In seinen Augen konnte sie die Spuren der Reise erkennen – Schmerz und Einsamkeit und nur einen Abglanz der alten Heiterkeit, die einst so bezeichnend für ihn gewesen war. Sie erkannte aber auch die Spur einer ihr unbekannten Empfindung.

Was er in ihren Augen las, wußte sie nicht, doch es hatte zur Folge, daß er hastig den Blick abwandte und ihr den Arm um die Schultern legte. Dann führte er sie durch den Gang hinaus in das Licht und Stimmengewirr.

Drittes Buch

Die Heere des Lichts

Erstes Kapitel

Die Nacht war still. Der Wind, der tagsüber heftig die eisbedeckten Berghänge im Norden heruntergepfiffen hatte, war gegen Sonnenuntergant zu einem ruhelosen Gemurmel in den dunklen Pinienwäldern des Renwethtales abgeflaut. Gegen Mitternacht hatte sich auch das gelegt. Von einem Ende des Tales bis zum anderen hingen die schwarzen Zweige der Bäume bewegungslos herunter und überzogen sich in der schärfer werdenden Kälte allmählich mit einer dünnen Eisschicht. Der Atem eines Menschen, kaum sichtbar im seelenlosen Schimmer der wenigen hochstehenden Sterne, hätte sein Gesicht wie eine diamantene Wolke umgeben oder sich als Rauhreif auf seine Lippen gelegt. In dieser durchdringenden Kälte wagten sich nicht einmal die Wölfe hinaus; die Stille spannte sich, fast greifbar in dieser froststarren, trostlosen Welt, von einem lichtlosen Fels zum anderen.

Und doch hatte sich unter den dunklen Bäumen etwas bewegt.

Rudy Solis war ganz sicher. Zum vierten Mal in ebenso vielen Minuten warf er einen Blick hinter sich, und die Angst kroch ihm über den Rücken und prickelte in seinem Nacken. Aber außer dem matten Sternenschein, der den unberührten Schnee überzog, konnte er nichts entdecken.

Er stand ungefähr zwanzig Meter vom Waldrand entfernt und blickte in die Dunkelheit des Waldes zurück. Obwohl fest eingehüllt in seinen dicken Büffelfellmantel, zitterte er. Und das kam nicht allein von der Kälte. Er wußte, daß es im Schutz des Waldes wärmer sein mußte, und es wäre erheblich klüger gewesen, zwischen den Bäumen Schutz zu suchen, als im Freien zu bleiben und zuzuhören, wie sich in seinen Lungen Eiskristalle bildeten.

Aber weder die Verheißung des Himmels noch die Furcht vor der Hölle hätten ihn dazu bringen können, in die Dunkelheit des Waldes zu treten.

Ein Luftzug strich über sein Gesicht wie eine feuchtkalte, tastende Hand. Er mußte alle Kraft zusammennehmen, nicht herumzuwirbeln, um den unsichtbaren Gegner aufzuspüren. Aber er wußte, daß er nicht wegrennen durfte. Auf offener Ebene in einer stillen Gebirgsnacht würde die Flucht augenblicklich den Tod bedeuten. Der Tarnzauber, der ihn unsichtbar machte, basierte, wie alle Tarnzauber, auf der Ablenkung jeder Aufmerksamkeit. Der Zauberer, der ihn benutzte, durfte nichts tun, was die Aufmerksamkeit auf ihn hätte lenken können; andernfalls mußte der Zauber versagen. Und abgesehen davon wußte Rudy, daß kein menschliches Wesen den Dunklen davonlaufen konnte.

Das ist doch zu albern, sagte er sich verzweifelt, *Was ist, wenn Lohiro sich geirrt hat? Oder noch schlimmer, wenn er gelogen hat? Die Dunklen haben seinen Geist wochenlang beherrscht. Woher zum Teufel sollen wir wissen, ob er die Wahrheit sagte, als er behauptete, die Dunklen hätten ihn freigelassen? Ingolds Tarnzauber ist eher gegen eine kollektive als gegen eine individuelle Intelligenz gerichtet – aber woher sollen wir wissen, ob wir damit den Grund, aus dem die Magie der Menschen nie gegen die Dunklen wirksam war, nähergekommen sind? Was ist, wenn das Ganze eine Falle ist?*

Unerträgliche Angst bemächtigte sich seiner; ihm war, als würde ihm ein ungeheurer, dunkler Schatten langsam folgen. Aber er konnte nichts erkennen, keine Bewegung in der weißen Öde der schneebedeckten Grasebene, und er hörte nichts als seinen eigenen zischenden Atem und das heftige, viel zu schnelle Hämmern seines Herzens. War auch seine Wahrnehmung mit äußerster Schärfe auf jedes warnende Anzeichen von Gefahr eingestellt, so wußte er doch gleichzeitig, daß ihn kein warnendes Zeichen retten konnte.

Kalter, richtungsloser Wind strich um ihn wie der Luftzug aus einem urzeitlichen Abgrund der Dunkelheit, in den niemals ein Lichtstrahl gedrungen war. Einen Augenblick setzte sein Herz aus, nur um dann noch rasender zu hämmern. Er verspürte einen beinahe unwiderstehlichen Drang zu rennen, doch sein Verstand sagte ihm, daß selbst wenn er rannte, selbst wenn er die halbe Meile über die eisige schneebedeckte Ebene bis zur fensterlosen Festung von Dare schaffte, man ihn nicht hineinlassen würde. Denn wenn die gewaltigen Tore bei Sonnenuntergang einmal geschlossen waren, durften sie nach dem Festungsgesetz vor Sonnenaufgang nicht geöffnet werden.

Also zog er den fremdartigen Schleier der Illusion fester um sich und betete zum Himmel, daß sie recht gehabt hatten – Lohiro, Ingold und Thoth – mit der Behauptung, daß dieser Zauber seinen Körper vor den unmenschlichen Begierden der Dunklen schützen würde.

Er spürte das Nahen der Dunklen an der Veränderung des Windes. Dicht bei ihm wurde eine kleine Schneewolke aufgewirbelt wie von einem heftigen Windstoß, doch sein Fellkragen wurde von keinem Lüftchen bewegt. Um ihn herum war die schneebedeckte Ebene gewellt wie ein gefrorenes, silbernes Meer; aber aus den Augenwinkeln nahm er eine Bewegung wahr, ein plötzliches Flattern, das gleich darauf, wie im Traum, wieder verschwunden war. In den Schatten der Bäume glaubte er eine Bewegung zu erkennen, obwohl sich kein Zweig regte.

Sie waren überall um ihn herum, doch ein Schleier der Illusion verbarg sie vor seinen Augen. So sicher wie er das wußte, so stark hoffte er, daß seine Tarnung ihn ihren Blicken entziehen würde. Er spürte ihre Bewegung, doch es gab nichts, worauf er seinen Blick hätte richten können – nur einen flüchtiger Schimmer auf etwas feucht Pulsierendem, plötzlich aufblitzende Säure auf scharfen Chitinklauen. Sein Kopf war erfüllt von einem Summen . . . einem Windhauch, der nach Blut und Verwesung stank . . .

Dann war es plötzlich über ihm, ein Fiebertraum von einem abscheulichen Schuppenleib, fünf Meter lang von dem mit geifernden Tentakeln bewehrten Maul bis zur zuckenden Spitze des langen Peitschenschwanzes. Gewaltige Klauenfüße hingen wie riesige Wespenbeine herunter. Zischend tropfte Säure in den Schnee.

Rudy biß die Zähne zusammen, um nicht zu schreien. Der Schweiß gefror auf seinem Gesicht, und jeder Muskel seines Körpers kämpfte gegen die Kräfte an, die ihm zuschrien, zu laufen. Würgende Übelkeit stieg in ihm auf. Mehr als das Böse, mehr noch als die entsetzliche Gefahr, die wie eine Rauchwolke über ihm atmete, war er von Ekel erfüllt vor der *Andersartigkeit* – der vollkommenen Fremdartigkeit in der Welt des Sichtbaren, des Stofflichen . . . des Normalen.

Dann war es vorbei. Der Windstoß, den die Dunklen beim Davonfliegen erzeugten, wehte ihm schneidend einen Schwall Schnee entgegen, während er langsam in die Knie ging.

Wie lange er so in der Dunkelheit gekniet hatte, wußte er nicht zu sagen. Er zitterte unbeherrscht und hielt die Augen fest geschlossen, als wolle er die Erinnerung an den abscheulichen, geifernd über ihm schwebenden Leib auslöschen.

Etwas streifte sein Gesicht; er fuhr herum und schnappte keuchend nach Luft.

Hinter ihm stand Ingold Inglorion und blickte im mattblauen Licht der Sterne spöttisch auf ihn hinunter.

»Alles in Ordnung?«

Rudy ließ sich langsam auf die Fersen zurücksinken und preßte die behandschuhten Hände fest aneinander, um das Zittern zu vermindern. Dann brachte er mühsam hervor: »Ja, alles bestens. Laß mir nur eine Minute Zeit, dann springe ich mit einem Satz über ein Haus.«

Der Zauberer kniete neben ihm nieder; wieder streifte ihn der weite Ärmel seines geflickten braunen Umhangs, und es war ein warmes und seltsam beruhigendes Gefühl. Trotz der Kälte hatte Ingold die Kapuze zurückgeschoben, und sein weißes Haar und der struppige, kurz gestutzte weiße Bart schimmerten wie Reif in dem gespenstischen Licht. »Du hast dich sehr gut gehalten«, sagte der alte Mann mit seiner weichen, kratzigen Stimme.

»Danke«, gab Rudy mit zittriger, krächzender Stimme zurück. »Aber das nächste Mal lasse ich dich deine neuen Zaubersprüche selbst ausprobieren.«

Die buschigen weißen Augenbrauen hoben sich. »Nun, ich bin gewiß nicht hier draußen, weil der Mond gerade günstig steht, um Misteln zu pflücken.«

Rudy errötete ein wenig. »Vergiß es«, murmelte er. »Du solltest überhaupt nicht hier draußen sein, Mann. Du bist schließlich derjenige, hinter dem die Dunklen her sind.«

»Ein Grund mehr, herauszukommen«, entgegnete der alte Mann. »Ich kann mich nicht für alle Zeiten in der Festung einmauern. Und wenn meine Vermutung stimmt, daß ich auf irgendeine Weise den Schlüssel zur Vernichtung der Dunklen besitze, dann muß ich ihnen ohnehin irgendwann entgegentreten. Und es kann nur gut sein, wenn ich mich vorher von der Wirksamkeit meines Tarnzaubers überzeugt habe.«

Rudy schauderte, beeindruckt von der ruhigen Selbstverständlichkeit in Ingolds Stimme. Rudy fürchtete die Dunklen, wie alle Menschen die Wesen fürchten, die Körper und Geist verschlingen. Er hatte Angst vor der uralten Brut der entsetzlichen unterirdischen Nacht, der fremdartigen Intelligenz, die sich menschlicher Magie und menschlichem Begriffsvermögen entzieht. Aber zumindest war er sich einigermaßen sicher, daß sie ihn nicht kannten – nicht seinen Namen, sein Wesen. Er wußte, daß er nicht das Ziel ihrer besonderen Bosheit war. Es war nicht sein Leben, was sie wollten. Er stammelte: »Aber um Himmels willen, Ingold, du mußtest doch nicht herauskommen und deinen Zauber selbst ausprobieren. Ich meine, zum Teufel, wenn er bei mir wirkt, müßte er doch auch bei dir wirken.«

»Wahrscheinlich«, stimmte Ingold zu. »Aber man weiß es eben nie genau.« Er zog den Umhang fester um sich. Im schwachen Lichtschein konnte Rudy erkennen, daß er bewaffnet war; unter den weiten Falten seines Gewandes zeichnete sich deutlich die lange harte Linie des Schwertes ab, das er im Gürtel trug. Die rechte Hand in dem verblichenen blauen Handschuh war nie weit von dem glattpolierten Schaft entfernt.

»Erinnerst du dich«, fuhr Ingold mit seiner sanften Stimme fort, »daß du mich einmal in dem magischen Labyrinth, das die Stadt Quo umgab, um einen Zauber gebeten hast, der die Nebelwand aufbrechen sollte?«

»Du hast mir geantwortet, derjenige, den ich benutzte, würde vollkommen ausreichen«, bestätigte Rudy. »Ich kann nicht gerade behaupten, daß ich hoch erfreut war.«

Ungerührt wischte der alte Mann eine Schneeflocke von seinem zerfransten Ärmel. »Wenn es je meine Absicht sein sollte, dich zu erfreuen, Rudy, werde ich dich bestimmt fragen, wie ich es am besten anstellen soll.« Das boshafte Funkeln in seinen Augen verlieh seinem bärtigen Gesicht einen seltsam jungenhaften Ausdruck. »Aber was ich dir damals gesagt habe, war die Wahrheit. Die Kraft jeden Zaubers ist die Kraft deiner Magie – deines Geistes. Deine Kraft wird durch dein Wesen geformt. Deine Zauberkraft, das bist du selbst.«

Rudy begriff die Wahrheit dieser Worte. Er schwieg. Im Labyrinth des weglosen Meeresgebirges hätte er sie nicht verstehen können. Diese Worte waren der Schlüssel zur Magie der Menschen – vielleicht der Schlüssel zum Wesen der Menschen überhaupt.

»Bist du dir dieses Zaubers sicher, Rudy?« fragte der alte Mann ruhig. »Könntest du ihn wieder anwenden?«

»Ja«, antwortete Rudy nach einer Weile des Nachdenkens. »Ja, ich glaube schon. Ich hatte Todesangst, aber . . .«

»Aber du hast den Kopf nicht verloren«, ergänzte Ingold. »Und du hast den Zauber aufrechterhalten.« Er nickte anerkennend; Eiskristalle glitzerten in seinem struppigen Bart. »Glaubst du, das würde dir auch in der Brutstätte der Dunklen selbst gelingen?«

Die Vorstellung traf Rudy wie eine Eiswasserinjektion mitten ins Herz. »Himmel, ich weiß es nicht! Es ist . . .« Dann sah er die gespannte Aufmerksamkeit, die Frage in den kristallblauen Augen. »He, du meinst – *wirklich* in der Brutstätte der Dunklen? Ich meinc, das war nicht nur eine – hypothetische Frage?«

Ingolds vereister Bart knisterte leise, als er lächelte. »Also wirklich, Rudy, du müßtest mich doch inzwischen gut genug kennen, um zu wissen, daß ich mich selten mit Hypothesen abgebe.«

»Ja«, pflichtete Rudy ihm mißtrauisch bei. »Und das ist wahrscheinlich das Beängstigende an dir.«

»Es ist das Beängstigende an jedem Zauberer. Etwas, das für jeden anderen nur eine Hypothese ist, bedeutet für einen Zauberer eine unwiderstehliche Versuchung. Glaubst du, du hättest dich in der Brutstätte der Dunklen in der Hand?«

Rudy schluckte krampfhaft. »Ich glaube schon.« Die lebhafte Vorstellungskraft, die der Ansporn und der Fluch aller geborenen Magier ist, jagte ihm einen Schauer über den Rücken. »Darum geht es also die ganze Zeit, nicht wahr?«

Ingolds Blick kehrte aus einer tiefen Träumerei in die Gegenwart zurück. Im Sternenlicht wirkten seine Augen hell und übernatürlich klar. »Der Kanzler Alwir hat keine Aussicht, Gae von den Dunklen zurückzuerobern, solange ihre Brutstätte dort nicht bekannt ist«, entgegnete er ruhig. »Seine Wahl ist auf Gae gefallen, zum einen wegen seiner Bedeutung als Hauptstadt des Reiches, zum anderen, weil es den Mittelpunkt aller Nachrichtenwege bildet.

Aber die Zeit drängt. Unsere Verbündeten aus dem Kaiserreich von Alketch und die verschiedenen Landherren des Reiches werden sich in nicht allzu ferner Zukunft hier versammeln. Du wirst schon sehr bald nach Gae aufbrechen.«

»In Ordnung«, stimmte Rudy unter der heldenhaften Anstrengung, seiner Stimme Festigkeit zu verleihen, zu. »Äh – nur ich?«

Ingold schnaubte verächtlich. »Ja, nur du, du ganz allein«, fauchte er bissig. »Natürlich nicht! Gae ist völlig verwüstet – du würdest dich niemals in den Straßen zurechtfinden und die Brutstätten aufspüren können.«

Ein Windhauch blähte seinen Umhang auf und zerzauste Rudys langes Haar. Rudys Muskeln verkrampften sich, aber er bewegte sich nicht.

Einen Augenblick später sah er den flimmernden Schatten eines leichten Wirbelwindes, der über den Schnee davontanzte. Sein Atem entwich in einer silbern schimmernden Wolke.

»Unter den Zauberern, die den Angriff der Dunklen überlebt haben«, fuhr Ingold ruhig fort, »sind weniger als ein Dutzend, die über genügend Kräfte verfügen, um sich der heutigen Prüfung zu unterziehen. Sie alle befinden sich heute nacht ebenfalls hier im Tal. Unter ihnen wiederum sind nur zwei, die aus Gae stammen – Saerlinn, ein Heiler aus dem unteren Teil der Stadt, und ich selbst.«

Rudy nickte. Er hatte die letzten Zauberer der Welt in den vergangenen Wochen kennengelernt. Saerlinn war ein blonder, etwas nervöser junger Mann, etwas älter als er selbst. Er trug eine Brille, was ungewöhnlich war unter Zauberern, da ihre Sinne und Fähigkeiten üblicherweise geschärft waren, und er hatte sie, was noch erstaunlicher war, unversehrt von Gae bis ins Tal von Renweth gebracht.

»Zuerst hatte ich vor, die Erkundungsreise nach Gae selbst anzuführen«, erklärte der alte Mann, und Rudy warf ihm einen erstaunten, vorwurfsvollen Blick zu. »Aber abgesehen von der Tatsache, daß ich als Anführer der Zauberertruppe kaum entbehrlich bin, habe ich ein gesteigertes Interesse an der Erhaltung meiner Gesundheit. Und da die Dunklen Jagd auf mich machen – aus welchem Grund auch immer –, wäre ich in ihrer Brutstätte doppelt gefährdet, entdeckt zu werden. Es wäre reine Dummheit, sie derartig in Versuchung zu führen.«

»Es wäre irgendwie sinnlos, wenn du während eines Routineauftrages ums Leben kommen würdest«, stimmte ihm Rudy zu.

Ingold lächelte. »Genau«, bekräftigte er. »Ich schicke Thoth als Anführer einer Expedition nach Penambra – er kennt die Stadt aus seiner Jugendzeit, als er dort Heiler war. Und ich werde die Räuberschamanin Mondschatten mit einigen Spähern zu der Brutstätte ins Tal der Dunklen, etwa zwanzig Meilen nördlich von hier, schicken. Sie kennt sich hervorragend in den Wäldern aus.«

Im Wald bewegten sich plötzlich Zweige und raschelten in dunklem, ziellosem Wind. Wolken zogen von den Gletschergipfeln, die sich im Westen auftürmten, herunter und verdeckten die spärlichen Sterne. Die Kälte schnitt wie ein Messer durch Rudys Mantel.

»Kara von Ippit begleitet dich und Saerlinn nach Gae«, fuhr Ingold fort. »Sie hat die solideste Ausbildung in der Zauberei. Wenn man Alwins Hofmagier nicht mitzählt, natürlich.«

Rudy stieß verächtlich die Luft aus. »Wenn er heute nacht hier draußen ist, fress' ich meine Stiefel, ohne den Dreck abzukratzen.«

»Wenn das so ist, muß ich dir zu meinem Bedauern mitteilen, daß dir ein Mahl entgeht«, seufzte Ingold. »Bektis kennt Gae ebenfalls. Aber ich bin überzeugt, daß seine unaufschiebbaren Verpflichtungen es ihm nicht gestatten werden . . .«

Die Worte erstarben ihm auf den Lippen, und er hob mit einem Ruck den Kopf. Ein Schrei zerriß die Stille, ein verzweifelter, hallender Schrei, der sich hochschraubte zu den höchsten Tönen des Entsetzens, dann umkippte und brach. Rudy sprang auf, die Haare standen ihm zu Berge; doch augenblicklich legte sich eine Hand mit eisernem Griff um seinen Arm.

»Rühr dich nicht, du Dummkopf.«

Eine Gestalt brach aus dem Wald auf der anderen Seite des Tales hervor; sie wirkte schwarz und winzig klein in der weiß überzogenen Landschaft. *Ein Mann,* dachte Rudy und beobachtete ihn, wie er, jung und schlank, um sein Leben rannte und in seiner entsetzten Hast über den eigenen Umhang stolperte.

Ein Hauch von Dunkelheit glitt wie ein Wirbelwind über den Schnee. Der Flüchtige schrie wieder auf, warf die Arme in die Luft und hastete kopflos auf den schwarzen Monolithen der Festung von Dare zu. Dunkelheit quoll zwischen den Bäumen hinter ihm hervor, ein merkwürdiges Gewoge von Bildern, das selbst die Nachtsicht des Zauberers nicht durchdringen konnte. Etwas blitzte feucht und klebrig auf, und ein letzter, so durchdringender Schrei erklang, als würde er dem zerfließenden Fleisch entrissen. Dann herrschte Schweigen, und etwas fiel rasselnd in den halb geschmolzenen Schnee.

Selbst aus der beträchtlichen Entfernung konnte Rudy den Blutgeruch erkennen, den der ziellose Wind mit sich trug.

»Wer war es?« fragte Rudy.

Seine Stimme war so leise, daß nur bestimmte Tiere und andere Zauberer sie hören konnten. Und dennoch klangen seine Worte ketzerisch laut in der entsetzlichen Stille des Gebirges.

Ingold richtete sich von dem aufgeweichten, stinkenden Klumpen im Schnee auf. Von den Knochen, die sie gefunden hatten, war nicht nur alles Fleisch gerissen worden, sondern sie waren so merkwürdig verformt, als wäre die Knochenmasse selbst geschmolzen. Angeekelt wanderte Rudys Blick von den schwarzen, zähflüssigen Überresten zu Ingolds unbewegtem Gesicht. Die Dunkelheit verhüllte die Züge des alten Mannes, doch der Blick des Zauberers konnte die Nacht durchdringen; Rudy konnte keine Veränderung des Ausdrucks in dem zerfurchten, schwer zu beschreibenden Gesicht erkennen.

Aber nach dem, was in den Ruinen der Stadt der Zauberer geschehen war, würde den alten Mann so leicht nichts mehr aus der Fassung bringen.

»Sobald die Sonne am Himmel steht, werden wir mit den anderen hierherkommen und das, was von ihm übrig ist, verbrennen,« erklärte Ingold ruhig. »Wenn wir es jetzt tun, lenken wir nur die Aufmerksamkeit der Dunklen auf uns.«

Er ließ den Gegenstand, den er in der Hand hielt auf den stinkenden Knochenhaufen zu seinen Füßen fallen. Runde Brillengläser blitzten im

Sternenlicht in ihrem verbogenen Rahmen. Ingold sagte: »Es scheint, daß ich den Dunklen in Gae nun doch einen Besuch abstatten werde.«

Die Morgendämmerung lichtete eben die finstere nächtliche Wolkendecke, als Rudy und Ingold am Tor der Festung anlangten. Während er den schlammigen Pfad hinaufstieg, vorbei an Ziegenverschlägen und baufälligen Werkstätten, die auf einem weiten Gelände um die Festung herumstanden, sah er, daß sich der größte Teil der Einheit der Zauberer auf der eisüberzogenen Treppe versammelt hatte. Er konnte diejenigen ausmachen, die wie er die Nacht im Freien verbracht hatten. Kara von Ippit in ihrem fadenscheinigen Umhang und den beiden Strickjacken, die ihre Mutter erst kürzlich für sie gestrickt hatte. Thoth, der Archivar, dessen Topasaugen in seinem schmalen Gesicht leuchteten wie Irrlichter. Dakis, der Sängerknabe. Die kindliche Hexe namens Ilae aus dem Norden, deren dunkle Augen aus einer wirren, roten Haarmähne hervorlugten. Und hinter ihnen drängten sich jene Überlebenden des Angriffs der Dunklen, deren Kräfte Ingold für nicht ausreichend gehalten hatte, um an dieser Prüfung des neuen Zaubers teilzunehmen: Wetterhexen, herumziehende Wahrsager, Hellseher und heilkundige Frauen, das untere Ende des Machtgefüges, das dem verhängnisvollen Ruf des toten Erzmagiers nach Quo nicht gefolgt war.

Bei ihrem Anblick sank Rudys Mut. *So wenige,* dachte er. *Und was zum Teufel können wir überhaupt gegen die Macht der Dunklen ausrichten?*

Weitere Gestalten tauchten in dem erleuchteten Gang auf, der vom äußeren zum inneren Tor führte. In dem Dampf, der da entstand, wo die wärmere Luft aus dem Inneren der Festung mit der kalten Außenluft zusammentraf, wirkten sie gespenstisch – die Gardisten der ersten Tageswache, die sich die blauen Flecken von der morgendlichen Schwertübung rieben und einander scherzhaft beschimpften. Gleich darauf kamen die Herdenkinder herausgestürmt, um sich mit Schneebällen zu bewerfen und die Ziegen zu melken. Ihnen folgten die Seifenköche, Jäger, Holzfäller und Gerber, Männer wie Frauen, die den kärglichen Möglichkeiten dieses öden und einsamen Tales alle nur möglichen Erwerbsquellen abrangen.

Unter ihnen befanden sich Minalde in ihrem Pelzumhang und den bunten Bauernröcken und Gil in der schwarzen Uniform der Garde.

Während Alde die Treppe hinunter und Rudy entgegeneilte, schob sie die Kapuze über die dunklen Flechten zurück. Im Sonnenlicht hatten ihre Augen das unirdische Blau eines Vulkansees an einem Sommernachmittag; beschattet, wie sie jetzt waren, wirkten sie samtblau, fast schwarz und groß vor Besorgnis. Sie faßte Rudy bei der Hand. »Man hat mir erzählt, daß jemand geschrien hat«, stieß sie atemlos hervor.

Rudy kämpfte gegen das Verlangen an, ihr tröstend den Arm um die Schultern zu legen, wie er es getan hätte, wären sie sich allein begegnet.

»Ich bin froh, daß du es nicht warst, du Niete«, fügte Gil hinzu, die sich gerade zu ihnen gesellt hatte. Ihr langes Schwert schlug ihr beim Gehen gegen die Knöchel. Ihre hellen Oberlehreraugen erlaubten keinerlei Rückschlüsse auf den wahren Zustand ihrer Gefühle, aber sie schien sich aufrichtig zu freuen, daß er die Nacht überlebt hatte.

Alde flüsterte: »Wer war es?«

»Saerlinn. Ich weiß nicht, ob du ihn kanntest.«

Sie nickte, und ihre Augen füllten sich mit Tränen. Alde kannte fast jeden in der Festung und war mit allen gut Freund. Wieder mußte Rudy gegen den Drang ankämpfen, sie zu umarmen, ihr wortlosen Trost zu geben. »Es bringt uns in eine unangenehme Lage«, erklärte er ruhig. »Wenn wir die Brutstätten in Gae erforschen . . .«

»Du?« Ihre Augen weiteten sich erschrocken. »Aber das kannst du nicht . . .« Sie verstummte abrupt, und ihre Wangen färbten sich langsam rot. »Das ist – es ist nicht nur deshalb«, fügte sie dann mit sanfter Würde hinzu, die Rudy ein Lächeln entlockte. »Was wird aus deinen Experimenten mit dem Flammenwerfer, Rudy? Du kannst sie nicht . . .«

»Sie müssen eben warten«, entgegnete Rudy. »Ich werde einen zusammensetzen und mit nach Gae nehmen; der Rest kann warten, bis ich zurück bin.« Er legte ihr die Hände auf die Schultern und lächelte ihr in das furchtsame, vergrämte Gesicht. »Und ich werde zurückkommen«, versprach er.

Gils Stimme durchdrang das Schweigen, das zwischen ihnen herrschte. »Du glaubst also wirklich, du kannst einen funktionierenden Flammenwerfer bauen?«

Erstaunt über ihre Taktlosigkeit blickte er auf und sah, was sie gesehen hatte – die hochgewachsene Gestalt Alwirs, der im diesigen Licht des Tores stand und sie beobachtete. Rudy trat hastig einen Schritt zurück und schickte sich an, den Weg zur Treppe hinaufzusteigen.

»Jede Wette«, brüstete er sich in breitem kalifornischem Dialekt. »Teufel, in einem Monat werden Schwerter überflüssig sein.«

»Das wäre nur gut für dich«, bemerkte Gil, »da du keins anfassen kannst, ohne dich zu schneiden.«

Doch selbst während des Geplänkels war er sich des kalten Blickes bewußt, mit dem Alwir ihn betrachtete. Er trat zu Ingold, der am Fuße der Treppe im Kreise der anderen Magier stand.

Alwir kam die Treppe hinunter, gefolgt von Bektis, seinem Hofmagier, der sich abwechselnd die Hände rieb und über seinen hüftlangen silbernen Bart strich, als wolle er sich selbst zu irgend etwas beglückwünschen. Die Saphire an seiner prachtvollen Kette konnten nicht blauer und härter funkeln als seine Augen.

Auf der untersten Stufe blieb der Kanzler stehen und blickte mit unbewegter Miene auf Ingold herab. »Dann war Eure Information also richtig«, bemerkte er mit seiner vollen, melodiösen Stimme. »Die Sache kann nach unseren Plänen durchgeführt werden.«

»Von denen, die über die Kraft verfügen«, entgegnete Ingold ruhig, »ja.«

»Und die Erkundung?«

»Wir werden morgen um diese Zeit aufbrechen.«

Alwir nickte zufrieden. Hinter ihnen warf die diesig verhangene Sonne jetzt ein mattes, verschwommenes Licht auf die Öde des schneebedeckten Tals und enthüllte die schäbigen, umzäunten Vorratslager und die kettenbehangenen Pfähle auf dem Hinrichtungshügel gegenüber der Festung.

»Und was ist mit denen da?« Die verächtliche Geste des Kanzlers umfaßte die anderen Magier – alte Frauen, junge Männer, ernsthafte schwarze Südländer und eishelle Schamanen aus den Ebenen.

»Glaubt mir, gnädiger Herr«, entgegnete Ingold, und in seinen umwölkten Augen blitzte Verärgerung auf, »ob die geplante Invasion nun stattfindet oder nicht, diese Menschen sind Eure Hauptverteidigungsmacht gegen die Dunklen. Behandelt sie nicht geringschätzig.«

Alwir zog die Brauen hoch. »Ein wenig beeindruckender Haufen«, bemerkte er verächtlich, während er den Blick über sie schweifen ließ, und Rudy, der an Aldes Seite zurückgekehrt war, spürte, daß die unergründlichen blauen Augen einen Moment auf ihm ruhten. »Aber vielleicht gefährlicher, als sie aussehen.«

»Viel gefährlicher, gnädiger Herr.« Die neu hinzugekommene Stimme zog Rudy und, fast gegen seinen Willen, auch Alwirs Aufmerksamkeit an. In der morgendlichen Helligkeit hatten die Wachen ihre Fackeln im Schnee gelöscht, doch im Torweg über ihnen zuckte noch der rötliche Widerschein der Flammen an den glatten Mauern. Davor stand, deutlich umrissen, die Bischöfin von Gae, Govannin, in ihrer roten Robe. Mit ihrem kahlgeschorenen Kopf und den schmalen, feingliedrigen Händen sah sie aus wie ein in grellrote Flammen gehülltes Skelett.

»Wenn Ihr Euch für den Feldzug der Werkzeuge des Teufels bedient, gnädiger Herr«, sagte sie drohend, und ihre Stimme war so trocken wie sengender Wüstenwind, »dann wird das Euer Verderben sein. Es sind Exkommunizierte, die ihre Seele verkauft haben für die Kräfte, die sie besitzen.«

Zornesröte färbte Alwirs Wangen, doch seine Stimme verlor nicht ihre wohlklingende Ruhe. »Wäre der rechte Glaube ebenso abhängig von einer zentralen Regierung wie das Reich, würdet Ihr sie vielleicht mit Segnungen überhäufen«, bemerkte er spöttisch.

Die Flügel der feingemeißelten Nase blähten sich in verächtlichem Hohn. »Solche Worte sagen mehr über den Sprecher aus als über die Angelegenheit«, entgegnete sie, und die Röte auf Alwirs Wangen vertiefte sich noch um einige Grade. »Besser, Euer kostbarer Feldzug wird ein Fehlschlag, als daß Ihr den Zorn der Kirche auf Euch zieht, indem Ihr Menschen wie diese beherbergt. Geschäfte mit den geborenen Magiern – den verfluchten Magiern! – beschmutzen die Seele wie klebriger

Schlamm, bis alle Gläubigen es erkennen und den Frevler aus ihren Reihen verstoßen. Schon das Gespräch mit ihnen besudelt den wahren Gläubigen.«

Rudy spürte, wie Aldes eiskalte Finger sich um seine Hand schlossen, und aus den Augenwinkeln erkannte er den heftigen Kampf in ihren angespannten Zügen. Sie war eine gläubige Tochter der Kirche gewesen, bis er in jener regnerischen Nacht auf dem langen Marsch von Karst herunter seine Kraft entdeckt hatte – und sie zu Liebenden geworden waren.

Alwir biß die Zähne knirschend aufeinander. »Das hat Euch nicht davon abgehalten, herauszukommen und Euch davon zu überzeugen, wie es ihnen geht.«

In der trockenen Stimme der Bischöfin schwang seidenweich ein drohender Unterton. »Es zahlt sich aus, seine Feinde zu zählen, gnädiger Herr Alwir.«

Auf der Treppe war es jetzt ganz still, nur der auffrischende schneidende Wind heulte in den Bäumen. Die Gardisten beobachteten die Auseinandersetzung mit Unbehagen. Sie hatten sich längst an die heftigen, boshaften Streitereien zwischen Bischöfin und Kanzler gewöhnt, aber man konnte nie genau voraussagen, ob sie sich nicht einmal zum Bürgerkrieg steigern würden.

Dann zog Alwir spöttisch eine Braue hoch. »Und zählt Ihr mich dazu, gnädige Frau?«

»Euch?« Das graue Licht umrahmte die Rundung ihres kahlen Schädels, als sie ihn, die feingeschwungenen Lippen geringschätzig verzogen, von Kopf bis Fuß musterte. »Euch ist es gleichgültig, ob Ihr zu den Guten oder zu den Schlechten gezählt werdet, gnädiger Herr, solange die Annehmlichkeiten des Lebens zu Eurer Verfügung stehen. Ihr würdet mit dem Teufel in der Hölle speisen, wenn das Mahl nur gut wäre.«

Mit diesen Worten wandte sie sich mit einem Schwung ihrer scharlachroten Robe ab und verschwandt in der Dunkelheit des Torweges. Ihre Schritte verhallten in dem gewaltigen, leeren Gewölbe der Haupthalle.

Alde flüsterte: »Rudy, ich habe Angst vor ihr.«

Unter den Falten ihres schweren Umhangs verborgen, drückte er fest ihre Hand. Um sie herum schwoll die allgemeine Unterhaltung an. Zwei der jüngeren Wetterhexen hatten sich erboten, den aufkommenden Schneesturm abzulenken, bis Saerlinns Leichnam verbrannt war, und Thoths strenge, sachliche Stimme ertönte gerade: »Das zu tun hieße die Gesetze des Universums zu mißbrauchen, die vorschreiben, daß die Winde nach ihrem eigenen Belieben wehen.« Darauf folgte eine kurze Auseinandersetzung, doch alle, außer Ingold und Kta, fürchteten den Archivar von Quo.

Im Schutz des Stimmengewirrs sagte Rudy leise: »Was kann sie schon ausrichten, Liebes? Du bist die Königin. Selbst wenn sie über uns

Bescheid wüßte – was nicht der Fall ist –, tun wir doch niemandem etwas zuleide.«

»Nein«, gab sie gepreßt zurück. Doch ihre Finger bebten in seiner Hand.

Zweites Kapitel

»Ingold?«

Gil blieb in dem schmalen Eingang stehen, der in den flirrenden Schatten im Raum beinahe unsichtbar war. Kta hatte ihr gesagt, daß sie ihn hier finden würde, in einer winzigen Kammer, die tief in der geheimen Ebene der Festung verborgen lag – der unterirdischen Ebene, von deren Existenz die meisten Festungsbewohner keine Ahnung hatten. Gil warf einen Blick in das Kämmerchen und sah, daß es eine Miniaturausgabe des Beobachtungsraumes in der zweiten Ebene war, in dessen Tisch aus Stein und Kristall Rudy einst von weitem den besessenen Erzmagier gesehen hatte.

Ingold saß auf der Kante des runden Tisches aus schwarzem Stein und blickte aufmerksam in das veränderliche Leuchten, das aus seiner Mitte emporflutete. Beim Klang ihrer Stimme hob er den Kopf, seine Wangen waren von Licht- und Schattenkaros überzogen; dann streckte er ihr die Hand entgegen, und das weiße Licht verblaßte.

»Ich war gerade im Begriff, dich rufen zu lassen«, sagte er ruhig, während sie sich neben ihn auf die Tischkante setzte. Dann sah er, daß ihre Lippen fest zusammengepreßt waren und ihre schwieligen Finger nervös an der Schnalle ihres Schwertgürtels herumnestelten, und er erkundigte sich: »Was ist los, meine Liebe?«

»Stimmt es, was Rudy sagt?« fragte sie. »Daß du den Kundschaftertrupp nach Gae anführst?«

Einen Augenblick lang betrachtete er sie schweigend. Als der kalte Lichtschein verblaßte, kam es Gil so vor, als würden sich die Linien in seinem verwitterten Gesicht einen Moment lang vertiefen. »Nachdem Saerlinn tot ist, bin ich der einzige, der ihn anführen kann«, erwiderte er.

»Aber sie werden dich umbringen!« rief sie verzweifelt aus.

Bei diesen Worten leuchteten die blauen Augen auf. Ingolds Lächeln hatte etwas Besonderes, denn es veränderte ihn, wie Sonnenstrahlen eine Landschaft verändern konnten, und das, was vorher streng und kantig gewesen war, wirkte plötzlich jung und ungebärdig. »Du tust mir weh, Gil«, tadelte er sie. »Mein eigener Tarnzauber . . .«

»Das ist kein Anlaß, Witze zu machen.« Bei Gil äußerte sich die Sorge um andere immer in Form von Ärger. Ihre Stimme klang rauh und hart, als sie sprach. »Die Dunklen haben Lohiro übernommen, und er war der gottverdammte Erzmagier.«

»Lohiro hat sich freiwillig zu ihnen begeben«, erklärte der Zauberer. Im kalten, unruhigen Schimmer, der von dem Kristall ausging, hob sich die Narbe, die er im tödlichen Kampf mit Lohiro davongetragen hatte, wie eine frische Wunde auf dem flachen Boden seines Wangenknochens ab.

»Nun, wenn sie ihn gefangenhalten konnten«, gab Gil bissig zurück, »wird es ihnen bestimmt keine Schwierigkeiten bereiten, dich zu *töten.*«

Ein Abglanz der ungestümen Heiterkeit war noch in seinen Augen zu erkennen. »Dazu müssen sie mich erst fangen.«

Gil warf ihm einen Blick zu; sie fühlte sich zwischen Zorn und Besorgnis zerrissen. Dann seufzte sie ergeben. »Also, alles, was ich sagen kann, ist, daß du eine äußerst merkwürdige Art hast, dich vor ihnen zu verstecken, aber das geht mich schließlich nichts an.«

»Oh.« Ingold lächelte bedauernd. »Aber es geht dich sehr wohl etwas an, Gil. Ich habe erfolgreich dafür gesorgt, daß es dich etwas angeht, indem ich dich gegen deinen Willen in diese Welt gebracht habe, in der du jetzt gefangen bist.«

Gil schüttelte den Kopf. »Das war nicht deine Schuld. Du konntest ja nicht ahnen, daß die Dunklen versuchen würden, das Nichts zu durchqueren.«

»Es ist sehr freundlich von dir, das zu sagen. Aber ich hätte mir früher darüber Gedanken machen müssen.« Auf der dunklen Mauer beugte sich sein gewaltiger Schatten nieder, als er sich zu ihr umwandte und ihre Hand ergriff. »Ich war mir über die Gefahr im klaren. Aber zu dem Zeitpunkt, als ich den Prinzen Tir rettete, war deine Welt die einzig mögliche Zuflucht für mich, und ich brauchte einen Verbündeten auf der anderen Seite des Nichts. Und glaub mir, ich habe auf bittere Weise gelernt, daß es nicht ratsam ist, sich in das Geschick fremder Welten einzumischen.«

Gil zuckte die Achseln. »Wenn du es nicht getan hättest, wäre Rudy immer noch damit beschäftigt, Motorräder für die Hell's Angels zu bemalen. Du wirst nicht behaupten, daß das nur ein Zufall war.«

»Ich glaube nicht, daß es so etwas wie Zufälle gibt«, entgegnete Ingold, und ihre Blicke begegneten sich. »Und abgesehen davon«, fuhr er fort, »wenn ich mich nicht eingemischt hätte, wärest du nicht gewaltsam von dem Leben, das du dir an der Universität aufgebaut hast, von deiner Forschungsarbeit und deinen Freunden getrennt worden. Hätte nicht die Gefahr bestanden, daß die Dunklen dir durch das Nichts folgen und deine Welt ebenso zerstören würden wie die unsere, so wärest du schon vor langer Zeit dorthin zurückgekehrt. Und aus diesem Grund, meine Liebe«, schloß er ruhig, »bin ich heute nacht hierher gekommen.« Er zog sie näher zu sich heran. Licht flammte plötzlich in dem in der Tischmitte eingelegten Kristall auf und tauchte sie beide in weiße Kaleidoskopstrahlen. »Schau in den Kristall, Gil.«

Sie beugte sich folgsam darüber und schloß blinzelnd die Augen in dem funkelnden Glanz. »Ich – ich verstehe nicht«, stieß sie hervor.

Das Strahlen fesselte ihren Blick und machte sie blind für den übrigen Raum, die Schatten und die Gestalt an ihrer Seite. Obwohl es still war um sie herum, war ihr zumute, als fiele ihr Blick auf Musik; nur das leise pulsierende Summen der Maschinen in den nahegelegenen Pumpräumen brach die äußerste Ruhe des Bildes, das sie gefangen hielt.

»Es ist – nicht leicht zu erklären«, sagte die Stimme neben ihr. »Diese Beobachtungskammer war ursprünglich dazu bestimmt, die Abwehr der Festung zu überwachen – ein logischer Verwendungszweck, wenn man die Länge der Korridore, um die es geht, bedenkt. Aber magische Kristalle haben, wie Rudy inzwischen gelernt hat, einen vielseitigen Nutzen. Was du jetzt siehst, ist ein künstliches Gebilde, der sichtbare Ausdruck von Ideen, die zu gewaltig sind, als daß man sie mit einfachen Mitteln begreifen könnte.«

Gil runzelte die Stirn. Allmählich gewöhnten sich ihre Augen an die strahlende Helligkeit des Lichtstroms, der ihr entgegenflutete.

Eine Zeitlang war sie nicht einmal sicher, ob sie das, was sie zu sehen glaubte, auch wirklich sah, denn sie nahm den Kristall selbst nicht bewußt wahr. Sie glaubte, durch die Unendlichkeit des Alls hinunterzublicken, die in gleißendes Licht getaucht war und in der, wie Blasen in einer schimmernden Flüssigkeit, Goldkugeln sich bewegten und einander langsam in einem unerforschlichen Tanz umkreisten. Auf ihren Oberflächen flossen schillernde Farben ineinander, die sie weder kannte noch begreifen konnte, und enthüllten Sterne, Galaxien, Zeitalter – kosmische Bilder von etwas, das weder Raum noch Zeit war. Die Kugeln wurden immer kleiner, je weiter sie entfernt waren, doch es gab weder einen Horizont noch eine Mauer, die ihre Sicht hätte brechen können; soweit ihr Blick reichte in diesem strahlenden Äther, bewegten sie sich, verschmolzen miteinander, trennten sich, umschwebten einander nach endlos sich wiederholenden Mustern, deren Bedeutung an die Schwelle ihres Bewußtseins rührte. Sie schimmerten wie geöltes Gold, berührten sich, schmiegten sich in den Lichtschleiern aneinander wie die Hände von Tänzern in der Vereinigung, um dann unendlich langsam wieder auseinanderzuschweben.

Als Ingold wieder zu sprechen begann, schienen seine Worte aus weiter Ferne zu ihr zu dringen. »Was du siehst, ist das Nichts, Gil, das Nichts zwischen den Welten – das Nichts, das du durchquert hast, als du hierher kamst. Die Kugeln sind Welten – Galaxien – Äonen der Zeit – eine jede ein grenzenloser Kosmos von Materie, Energie und Leben. Das ist die genaueste Beschreibung, die ich dir geben kann, und sie kommt der Wirklichkeit ungefähr so nah wie die fünfzackige Zeichnung eines Kindes dem Wunder und der Kompliziertheit eines wirklichen Sternes. Siehst du die miteinander verbundenen Kugeln, die uns am nächsten sind?«

Sie nickte. »Sind das – sie sehen aus, als würden sie sich auseinanderbewegen.«

»Das tun sie auch«, murmelte er. Es sind unsere Welten, deine und meine, Gil. Im vergangenen Sommer schwebten sie aufeinander zu, bis sie so dicht beieinander lagen, daß der Schleier zwischen ihnen dünner wurde. Einem Menschen, der das Wesen des Nichts begreift, wie ich, ist es möglich, von dieser Welt zu jeder beliebigen anderen zu wechseln. Aber in jener Nacht in den Gewölben von Gae, beim ersten Viertelmond im Herbst, lagen unsere Welten so dicht beieinander, daß ein Schläfer ohne sein Wissen im Traum herübergezogen werden konnte, so wie es dir geschah. Diese Nähe hat mich daran gehindert, dich zurückzuschicken, denn jeder Spalt in dem zarten Gewebe, das deine Welt von meiner trennt, würde eine Reihe von Rissen nach sich ziehen, durch die die Dunklen hindurchschlüpfen könnten – was einer ja auch getan hat.

Aber unsere Welten trennen sich, sie lösen sich aus ihrer kosmischen Verbindung. In ungefähr sechs Wochen, zur Zeit des Winterfestes, wird es mir möglich sein, das Tor durch das Nichts zu öffnen und dich in deine Welt zurückzuversetzen, ohne die Menschheit, die dich hervorgebracht hat, in Gefahr zu bringen.«

Bei seinen letzten Worten hob sie mit einem Ruck den Kopf und sah ihm in die Augen.

»Und aus diesem Grund, meine Liebe, bin ich heute nacht hier«, wiederholte er freundlich. »Denn du hast recht. Ich weiß nicht, was mich in Gae erwartet. Gefahr ganz sicher, und vielleicht auch der Tod. Ich hatte gehofft, ich könnte dich heute nacht in deine Welt zurückbringen, damit du nicht für immer hier gefangen bist.«

Gil flüsterte: »Heute nacht?« Es kam so unvermittelt, daß sie erschrak bei der Vorstellung, sie könne das Abendessen im trostlosen Tal von Renweth einnehmen und den Abend mit einem Mitternachtsimbiß in einem Café auf dem Westwood Boulevard in Los Angeles beschließen. Unerklärliche und widersprüchliche Empfindungen bestürmten sie. Sie konnte Ingold nur mit ausdruckslosen, brennenden Augen anstarren.

Er nahm sanft ihre Hände und sagte: »Es tut mir leid, Gil. War das der Grund, warum du zu mir gekommen bist?«

Sie war keiner Erwiderung fähig, und Ingold fuhr fort: »Du weißt, daß die Dunklen seit jener Nacht, in der sie vergeblich versuchten, das Tor der Festung aufzubrechen, das Tal von Renweth unsicher machen. Es ist möglich, daß sie darauf warten, daß unsere Wachsamkeit nachläßt, oder daß sie auf eine Gelegenheit hoffen, mich außerhalb der Festungsmauern zu überraschen. Aber es kann ebensogut sein, daß sie darauf warten, daß ich mir wieder am Gewebe des Universums zu schaffen mache und ein Tor durch das Nichts öffne. Und das wage ich nicht.«

Sie brachte noch immer kein Wort heraus. Unter ihr war der Kristall dunkel geworden, und der Raum war in Schatten getaucht. Doch ihr war, als könnte sie noch immer in einer verschwommenen Unendlichkeit dunkle Kugeln sehen und die Ahnung einer langsamen, kreisenden Bewegung in der Dunkelheit wahrnehmen. Schließlich sagte sie ruhig: »Es ist schon gut.«

Seine Hände lagen warm und beruhigend auf ihren Schultern und verbannten, wie es schon immer in ihrer Macht gestanden hatte, alle Ängste. »Es tut mir leid«, sagte er wieder.

»Das ist es nicht.«

Aus der Dunkelheit, die sie umgab, entsprang ein flackernder, bläulicher Lichtschein. Während Ingold ihr vom Tisch hinunterhalf, weitete sich das Licht aus und wurde heller, und in seinem Schein konnte man die spartanische Beschaffenheit der kleinen Kammer erkennen und den Kristall, der, funkelnd und von einem mattglänzenden Grau, in die Mitte des Tisches eingelassen war. Das Licht schwebte über Ingolds Kopf, und ihre Schatten breiteten sich um ihre Füße aus, als sie durch die schmale Tür hinausgingen. Es beleuchtete die Staubwolken, die sie aufwirbelten, als sie durch die Gänge der verlassenen Hydrokulturkammern schritten. Es rief einen blitzenden Widerschein auf den Einzelteilen der Flammenwerfer in Rudys Laboratorium hervor. Wie ein wanderndes Irrlicht schwebte es ihnen auf der schmalen, steilen Treppe zu den bewohnten Ebenen der Festung voraus und begleitete sie durch das Gewirr von Kammern, Fluren und Verbindungsgängen, die das Hauptquartier der Magiertruppe bildeten.

Der Gemeinschaftsraum der Treppe lag verlassen da, und das einzige Licht ging von der Glut aus, die wie ein Haufen Diamanten in der geräumigen Feuerstelle lag. Die runden, goldgelben Augen der Quartierkatzen funkelten ihnen aus jedem finsteren Winkel entgegen.

Ingold seufzte, und als er endlich sein bitteres Schweigen brach, hatte seine Stimme einen Klang, den sie noch nie zuvor wahrgenommen hatte. »Es war nie meine Absicht, dich in so große Gefahr zu bringen, Gil. Es heißt, daß Zauberer neben vielen anderen Fehlern die unangenehme Eigenschaft haben, ihre Freunde auf furchtbare Weise zu gefährden. Ich hoffe nur, daß ich dich sicher in deine Welt zurückbringen kann, bevor das Unheil hier seinen Lauf nimmt. Die Sterblichkeitsrate derjenigen, die mir nahe stehen, scheint mir erschreckend hoch.«

Die reuevolle Niedergeschlagenheit in seiner Stimme brachte sie aus der Fassung. »Das ist nicht wahr«, sagte sie.

»Glaubst du nicht?« Sein Gesicht war in der Dunkelheit verborgen, so daß der Schmerz und die Ironie in seiner Stimme noch deutlicher herauszuhören waren. »Der Stab, den Rudy geerbt hat, gehörte einem meiner liebsten Freunde, dem verwaisten Kind eines anderen Menschen, der mir nahe stand.«

»Das hat nichts mit dir zu tun.«

»Nein?« Wie auffliegende Funken waren seine Augenbrauen mit Gold gesprenkelt. »Einen von ihnen habe ich in der Stunde seines

Todes im Stich gelassen, den anderen habe ich mit eigenen Händen getötet. Ich weiß nicht, wie ich noch *mehr* damit hätte zu tun haben können.«

»Jeder von ihnen hätte von dir verlangt, das zu tun, was du getan hast, und das weißt du ganz genau.« Er wollte sich von ihr abwenden, doch sie faßte ihn an seinem groben Gewand. »Ihr wart Gefangene einer Kraft, die ihr nicht beherrschen konntet«, flüsterte sie erregt. »Quäl dich nicht dafür, daß du es überlebt hast.«

Er schwieg, nur sein schwerer Atem war zu hören. Im schwachen Schein der Glut nahm sie ihn nur als undeutlichen Schatten wahr, doch er war ihr so gegenwärtig, wie ihr noch nie im Leben ein Mensch gegenwärtig gewesen war. Der geflickte Wollstoff in ihrer Hand, der Geruch nach süßen Kräutern, Seife und Rauch, von dem seine Kleider durchdrungen war, der Lichtschein, der in seinem weißen Haar schimmerte – sie spürte deutlich und mit geschärften Sinnen, daß sie ihn immer und überall erkennen würde, auch ohne ihn zu sehen oder zu hören, allein durch das Gefühl seiner Nähe. Als er ihr Handgelenk mit den Fingern berührte, durchfuhr es sie wie ein elektrischer Schlag.

Mit sanfterer Stimme sagte sie: »Du mußt aufhören, dich selbst zu quälen, Ingold. Das alles war nicht deine Schuld.«

»Aber an deinem Tod wäre ich schuldig.«

»Glaubst du, das ist wichtig für mich?«

»Es ist wichtig für *mich.*« Und plötzlich war ihre Hand leer. Sie hörte das trockene Rascheln des Vorhangs, der die Nische, in der er schlief, abtrennte, aber ihre Blicke konnten die Dunkelheit in diesem Winkel des Raumes nicht durchdringen. Seine rauhe Stimme drang wie ein körperloses Gemurmel aus dem Schatten zu ihr. »Gute Nacht, Gil. Und Lebewohl. Verzeih mir, wenn ich nicht aus Gae zurückkehren sollte.«

An anderer Stelle in der Festung hatten andere Menschen sich Lebewohl gesagt.

Es war spät in der Nacht. Rudy hatte vor einiger Zeit den mitternächtlichen Wachwechsel gehört; doch obwohl er sich der Zeitspanne, die seither vergangen war, bewußter war als die meisten anderen Menschen, kostete es ihn einige Anstrengung, sie im Geiste in Stunden und Minuten zu übertragen. Er wußte, daß es ungefähr zwei Uhr dreißig sein mußte. Aber das war etwas, das die Bedeutung verloren hatte. Er hatte das Bedürfnis, die Uhrzeit zu wissen, abgelegt, ebenso wie er nicht mehr automatisch nach dem Lichtschalter tastete, wenn er durch eine Tür ging.

Licht zu erzeugen war ein leichtes für ihn, im Dunkeln zu sehen noch einfacher.

Er schritt lautlos durch die dunklen Gänge der zweiten Ebene und nahm die verschlungenen Wege ebenso sicher, wie er einst in Kalifornien den Weg zu Wild David Wildes Karosseriewerkstatt gekannt hatte. Sein

Weg führte ihn durch einen schwarzen, staubigen Gang zwischen den Zellen, die Alwirs private Truppe beherbergte, und einen Lagerraum, in dem der Kanzler nach Rudys fester Überzeugung heimlich Lebensmittelvorräte für einen seiner Freunde unter den Kaufleuten beiseitegeschafft hatte. Dann kam er durch ein Kämmerchen, das von einer ehemaligen Schreibstube abgeteilt worden war, und nahm eine Abkürzung durch eine stillgelegte Latrine.

Alde hatte ihm diesen Weg gezeigt, nachdem er aus Quo zurückgekehrt war. Es war die kürzeste Strecke von den Gemeinschaftsräumen der Magiertruppe zu ihren Räumen, mit nur einem kleinen Umweg, um das Gebiet der Kirche zu meiden.

Er bog in einen weiteren Gang ein. Aus einem Raum drang Stimmengemurmel und das Klappern eines Würfelbechers. Einen Augenblick lang sah er das hochmütige, unnachgiebige Gesicht der Bischöfin Govannin vor sich, wie sie im Morgenlicht auf der Treppe der Festung gestanden hatte. *Es zahlt sich aus, seine Feinde zu zählen.*

Es gab eine Feindin, die er ganz sicher nicht mit dem Vergrößerungsglas zu suchen brauchte. Aber was konnte sie schon tun?

Er langte an einer leiterartigen Behelfstreppe an, die, in sicherem Abstand vom Kirchengebiet, ein Stockwerk tiefer führte. Hier gab es nicht einmal einen Glimmstein, denn nur wenige Menschen nahmen diesen Weg; unten lag nichts als ein Abgrund der Dunkelheit, der nach Staub und Mäusen roch. Die brüchigen Sprossen knarrten unter seinem Gewicht. Er suchte festen Halt auf dem morschen Holz und sprang das letzte Stück bis zum Boden.

Erst als er unten aufkam, nahm er die Bewegung wahr, und mit seinem Zauberblick sah er das Schimmern von Samt und Juwelen. Schwach wie der Dufthauch der Veilchenwurzel drangen das unverkennbare Klirren eines Schwertgriffs gegen eine Gürtelschnalle und das Rascheln eines schweren Umhangs zu ihm.

Eine volle, weiche Stimme erklang in der Dunkelheit. »Seid nicht so ängstlich, mein Lieber. Ich habe nicht die Absicht, Euch etwas Böses zu tun.«

Rudy atmete hörbar aus. »Das ist gut zu wissen«, bemerkte er. »So spät in der Nacht macht man sich irgendwie Gedanken um die Leute, die einem in abgelegenen Gängen über den Weg laufen, wißt Ihr.«

»Wahrhaftig, da habt Ihr recht.« Alwir öffnete eine Klappe der Laterne, die er trug, und weißes, scheckiges Licht drang von dem magischen Stein im Inneren durch die Gitterfläche. »Ingold hat Euch gelehrt, argwöhnisch zu sein.« Er stellte die Laterne auf einen vorspringenden Mauersims und wandte sich wieder zu Rudy um. Sein schönes, wohlgerundetes Gesicht war sehr weiß in der Fülle seines rabenschwarzen Haares. »Ja«, fuhr er fort, »man kann nur staunen über die Leute, die bei Nacht herumwandern.«

Rudy wurde plötzlich, mit einem leichten Schaudern in der Magengrube, klar, daß Alwir auf ihn gewartet hatte. Er konnte keine Ausflüchte erfinden, der Duft von Minaldes Parfüm hing noch in seinen Kleidern. *Alwir wußte,* dachte Rudy, *daß er mich in der letzten Nacht vor meiner Abreise hier würde abfangen können. Es hätte ihm aber auch in den anderen Nächten seit meiner Rückkehr aus Quo keinen große Schwierigkeiten bereitet.* Rudy wischte sich die feuchten Hände an den Hosen ab und wartete, was Aldes Bruder ihm zu sagen hatte.

»Man hat mir berichtet, daß Ihr großartige Fortschritte in der Kunst der Magie macht«, fuhr Alwir in leichtem Plauderton fort. »Eure Arbeit an den Flammenwerfern wird uns selbstverständlich unschätzbare Dienste leisten, wenn wir zum Angriff gegen die Dunklen ziehen. Glaubt Ihr, daß Dare von Renweth etwas ähnliches benutzt hat, um die Brutstätten der Dunklen anzugreifen?«

Rudy schluckte, durch das unverbindliche Geplauder aus der Fassung gebracht, krampfhaft, doch er hatte keine andere Wahl, als sich auf das Spiel einzulassen. »Äh – ich weiß es nicht. Wir haben keinen Beweis dafür gefunden, daß Dare von Renweth die Brutstätten überhaupt jemals angegriffen hat.«

»Aber ich bitte Euch«, entgegnete Alwir im Ton spöttischer Überlegenheit. »Wir wissen doch beide, daß er es getan haben muß. Auf irgendeine Weise wurden die Dunklen besiegt. Ich habe das sichere Gefühl, daß Eure Erkundungen in Gae ans Licht bringen, wie das geschah – und wie wir, verbündet mit den Heeren von Alketch, das gleiche tun können.«

»Ja«, erwiderte Rudy mißtrauisch. Er bemühte sich vergeblich, das Katz-und-Maus-Spiel zu durchschauen. »Unsere Chancen stehen jedenfalls gut.«

Alwirs Miene verzog sich zu einem breiten, falschen und kalten Lächeln. »Und danach?«

»Wenn ich danach überhaupt noch am Leben bin«, entgegnete Rudy und wählte seine Worte sehr sorgfältig, »werden wir weitersehen.«

»Oh ja.« Alwir lächelte noch immer, doch die Blicke seiner blauen Augen hätten Diamanten zerkratzt. Als wolle er das Thema wechseln, sagte er unvermittelt: »Ich gehe davon aus, daß Eure Verbindung mit meiner Schwester ein wohlgehütetes Geheimnis ist? Nicht, daß ich ihre Gefühle nicht verstehen würde«, fügte er hastig hinzu, um Rudys Entgegnung zuvorzukommen. »Schließlich ist sie jung und einsam. Sie war Euch dankbar, weil Ihr das Leben ihres Sohnes gerettet habt – wie wir alle natürlich. Und sie konnte sich schwerlich in Gil oder Ingold verlieben.« Er seufzte. »Ich hätte die Sache verhindert, hätte es in meiner Macht gelegen. Aber die Affäre scheint hinter meinem Rücken begonnen zu haben und war zu dem Zeitpunkt, als wir hier ankamen, wohl schon beträchtlich fortgeschritten. Stimmt das nicht?«

Mit gepreßter Stimme fragte Rudy: »Was wollt Ihr?«

»Mein lieber junger Freund.« Der Kanzler seufzte wieder, ohne daß das entschlossene Lächeln von seinen Lippen gewichen wäre. »Ich versuche nicht, Euch in die Enge zu treiben. Aber ein Mann hat das Recht, ein offenes Wort mit dem Menschen zu sprechen, der mit seiner Schwester das Lager teilt. Ich frage mich, ob Ihr bedacht habt, welche Folgen das für sie haben kann.«

Als Rudy beharrlich schwieg, schüttelte er in einer Mischung aus Geduld und Enttäuschung den Kopf. »Wahrscheinlich seid Ihr als Zauberer in der Lage, zu verhindern, daß sie durch Euch schwanger wird – oder wenn Euch dieser Gedanke noch nicht gekommen ist, nehme ich an, daß sie sich Rat bei ihren Freundinnen unter den Gardisten holen kann. Und soweit mir bekannt ist, war meine Schwester dem armen Eldor treu, und Altir ist tatsächlich das Kind des verstorbenen Königs.«

»Soweit Euch bekannt ist!« brauste Rudy, empört über diese Beleidigung, auf. »Sie hat ihn angebetet, zum Teufel!«

»Und gewiß tief um ihn getrauert«, gab Alwir mit einschmeichelnder Stimme zurück. Rudy errötete heftig, und Alwir fuhr fort: »Es wäre milde ausgedrückt, zu behaupten, daß es ihrem Ruf schaden würde, wenn die Leute erführen, daß ihre Königin weniger als zwei Wochen brauchte, um einen Ersatz für ihren – angebeteten – Herrn für ihr Bett zu finden. Ich könnte sie wahrscheinlich vor größerem Unheil bewahren«, schloß er bedächtig, »aber zweifellos würde sie exkommuniziert werden.«

Rudy sah Govannins fanatisch glitzernde Augen vor sich. Er schluckte schwer. »Ihr könnt doch nicht . . .«

Alwirs geschwungene Augenbrauen hoben sich. »Im Süden würde eine Frau, die mit einem Zauberer das Lager teilt, verbrannt werden.«

Rudy starrte ihn entsetzt an. »Ihr scherzt.«

»Verschafft Euch keinen falschen Trost auf ihre Kosten«, ermahnte ihn der Kanzler sanft. »Wenn der Skandal an die Öffentlichkeit dringt, würde sie mit Sicherheit exkommuniziert, und das würde bedeuten, daß sie die Regierungsgewalt und die Vormundschaft über ihren Sohn verliert.«

Die Worte drangen anfangs bedeutungslos an Rudys Ohr, dann dämmerte ihm allmählich ihr Sinn, und Wut stieg in ihm auf. Er war überrascht, wie fest seine Stimme klang: » . . .die Euch übertragen würde.«

»Selbstverständlich.« Alwir schien erstaunt, daß es daran Zweifel geben sollte. Er legte Rudy wohlwollend die Hand auf die Schulter. »Aber glaubt mir«, fuhr er mit leiser, würdevoller Stimme fort, »ich habe nicht den Wunsch, einen solchen Skandal hervorzurufen.«

Mit zusammengebissenen Zähnen stieß Rudy hervor: »Sehr freundlich.«

»Ich habe Alde wirklich gern, wißt Ihr. Sie ist ein liebes Kind, wenn auch ein wenig starrköpfig; und ich muß gestehen, daß ich eine gewisse Schwäche für hübsche junge Mädchen habe.«

Rudy dachte an die quälenden Gewissensbisse, die sich Alde gemacht hatte, als sie gegen ihre treue Ergebenheit für ihren Bruder angekämpft hatte, und an die Ernüchterung, die der tiefen Liebe zu ihm entsprungen war. Er zitterte buchstäblich vor Wut, überwältigt von einem kaum bezähmbaren Verlangen, dem lächelnden Mann vor ihm die Zähne einzuschlagen – aber das hätte Alde auch nicht geholfen.

Munter fuhr Alwir fort: »Aber seht Ihr, ich habe ein großes Interesse daran, ihren guten Ruf und die Ehre ihres Sohnes zu schützen, und ein Skandal würde beides zunichte machen. Ich hoffe, Ihr versteht meine Haltung.«

Rudy verstand in diesem Augenblick lediglich, wie es dazu kommen konnte, daß jemand rot sah und in blinder Raserei mordete. Er rang um innere Ruhe, dann fragte er: »Und wie ist Eure Haltung?«

Alwir hob die Augenbrauen. »Nun, ich biete Euch natürlich meinen Schutz an«, erklärte er mit einer Stimme, als wäre das ganz offensichtlich. Aber seine berechnenden Augen lagen auf Rudys Gesicht und beobachteten prüfend die Überraschung, die seinen Zorn ablöste. Dann fuhr er mit freundlicher Stimme fort: »Bis Ihr in Eure eigene Welt zurückkehrt.«

Rudy starrte ihn entgeistert an, wie ein Mann, der seine eigenen Eingeweide betrachtet, bevor ihm endlich dämmert, daß er tot ist. Völlig betäubt und unfähig zu antworten, hörte Rudy dem glatten, beiläufigen Redefluß zu.

»Ich kann die Schwäche meiner Schwester für Euch dulden, da sie niemandem schadet. Sie hat keinen Einfluß auf die Thronfolge und wird ohnehin bald beendet sein. Tatsächlich halte ich es für vorteilhaft, wenn eine Frau etwas hat, was sie beschäftigt hält. Wenn ich auch ihre Handlungsweise nicht gutheißen kann, so ist es doch immerhin besser als endloses Klagen und Brüten. Und Euer Aufenthalt hier bei uns war immer als vorübergehender beabsichtigt, nicht wahr?«

»Ja«, flüsterte Rudy hilflos. *Vor Quo,* dachte er. *Vor der Wüste. Bevor ich wußte, wer ich bin und Feuer aus kaltem Holz und Dunkelheit erzeugte.*

»Dann ist es ja gut«, sagte der Kanzler zufrieden. »Und wenn Minalde wieder heiratet . . .«

»Heiratet?«

»Nun, sie ist schließlich erst neunzehn«, erklärte Alwir salbungsvoll. »Ich hoffe, Ihr kennt sie gut genug, um zu wissen, daß sie nicht in der Lage ist, selbst Macht auszuüben, besonders nicht in der Welt, in der wir von nun an leben werden. Selbst wenn wir die Dunklen besiegen, müssen wir uns auf einen langen Krieg mit ihnen einrichten. Es werden Zeiten kommen, in denen sich die Starken nehmen, was sie bekommen können. Sie kann unter diesen Umständen nicht die Herrschaft übernehmen – aber ein Mann könnte es durch sie.«

»So wie Ihr«, warf Rudy bitter ein.

Alwir zuckte die Achseln. »Ich bin ihr Bruder. Natürlich würde ich es vorziehen, wenn sie unverheiratet bliebe, aber das wäre kaum sehr gerecht gegen sie. Und ich habe nicht die Absicht, zuzulassen, daß sie sich in eine Affäre mit einem – vollkommen unpassenden Mann stürzt.«

Oder mit einem Mann, der stark genug ist, dir Schwierigkeiten zu bereiten, dachte Rudy. *Ach, Alde, was habe ich nur getan, dich so in seine Gewalt zu bringen?* Von hilfloser Wut überwältigt, rief er heftig: »Warum könnt Ihr sie nicht einfach in Ruhe lassen?«

»Mein lieber Rudy«, lachte Alwir leise auf, »Ihr müßtet eigentlich inzwischen gelernt haben, daß diejenigen, die durch ihre bloße Existenz im Besitz der Macht sind, niemals und von niemandem in Ruhe gelassen werden. Was habt Ihr zu verlieren? Ich nehme an, daß Eure kleine Liebschaft eine vorübergehende Angelegenheit ist, und habe deshalb keine Einwände gegen ihr Fortdauern. Aber was geschieht, nachdem Ihr hier von hier fort seid, geht Euch nichts an. Was habt Ihr dann also verloren?«

Nur alles, dachte Rudy betäubt. Die benommene Leere wich allmählich bitterer Verzweiflung, die wie die kalte Hand des Todes nach ihm griff. *Magie und Liebe. Hoffnung. Dinge, die ich nie für möglich gehalten und doch gefunden habe.* Wie ein Brunnen voll unendlicher Trauer tat sich die Zukunft vor ihm auf, die hoffnungslose Welt der Autobastler und Kneipenhocker, die ihm umso trostloser erschien durch das Wissen, was er verlieren würde. Seitdem er in diese Welt gekommen war, hatte er oft Todesangst ausgestanden, aber dieses Schicksal hatte er sich niemals im entferntesten ausgemalt – der einzigen beiden Dinge beraubt zu werden, die je Bedeutung für ihn gehabt hatten, und verdammt zu sein, in einer Welt sein Leben zu fristen, in der es sie nicht gab und nie gegeben hatte.

Drittes Kapitel

Die schönste Stadt der Westlichen Welt – so hatte Minalde von Gae gesprochen.

Ein Garten, so hatte der Eisfalke die Stadt genannt.

Aber der Eisfalke war tot, ermordet vom Gesandten des Kaiserreichs von Alketch, Alwirs zukünftigem Verbündeten. Minalde . . . Rudy wollte nicht an Alde denken, obwohl er in den letzten elenden sieben Tagen kaum etwas anderes getan hatte. Und Gae lag vor ihm wie der madenzerfressene Leichnam einer schönen Frau, deren Knochen unter dem fahlen, faulenden Fleisch sichtbar werden.

Die Zauberer hatten die Stadt im Morgengrauen betreten, Schatten in den dunklen Nebeln, die aus dem vereisten Morast aufstiegen. Die überfluteten Windungen des Großen Braunen Flusses hatten die Unterstadt verschlungen, und selbst die oberen, landeinwärts gelegenen Stadtteile wiesen Spuren der winterlichen Überschwemmung auf. Eine schleimige Schicht von Schimmelpilzen und Moosen bedeckte die zerfallenen Mauern; der Platz im Schatten der eingestürzten Türme des Stadttores war ein diesiger, knietiefer Sumpf, der sich so weit erstreckte, wie Rudys Blick in dem kalten, schimmernden Nebel reichte. In dieser ganzen abscheulichen, verschleierten Welt schienen die einzigen Laute das ferne Tröpfeln von Wasser zu sein und die Schreie von unsichtbaren Krähen, die sich um ihre entsetzliche Beute zankten.

Alde hat diese Stadt geliebt, dachte er, während sein Blick über die aussätzige Trostlosigkeit schweifte, die vor ihm lag. *Sie ist hier aufgewachsen; es war ein Teil des Lebens, das sie liebte, bevor die Dunklen . . . und bevor ich kam.*

Rudy hoffte, daß sie es nie so würde sehen müssen, wie es sich jetzt seinen Blicken bot.

Er wechselte seinen Stab in die andere Hand und überprüfte die Waffe, die er in einem Halfter an der Seite trug. Es war die einzige Waffe ihrer Art, ein gewehrähnlicher Gegenstand aus Glas und Gold – ein Handflammenwerfer, der eine zehn Meter lange Flammensäule spucken konnte. Rudy hatte beschlossen, daß er das Reich der Dunklen, wenn er es schon betreten mußte, gut vorbereitet aufsuchen würde.

Die Stille, die über der Stadt lag, war beängstigend. Nebel umhüllte sie wie bleierne Finsternis und verdeckte die eingestürzten Mauern und Säulen mit rätselhaft schillernden Schleiern. Aber es war keine Totenstille, die Rudy die Haare zu Berge stehen ließ und ihn veranlaßte, angestrengt in die Nebel zu starren. Es war eine Stille, die lebte und lauerte.

Wie eine sich verdichtende Rauchwolke tauchte Ingold unvermittelt neben ihm auf. »Hier entlang«, murmelte er mit einer Stimme, die kaum lauter war als die huschenden Füße der Ratten auf den Steintrümmern vor ihnen. »Kara hat mir berichtet, daß die Hauptstraße zum Palast unpassierbar ist. Wir können durch die Oleanderstraße gehen.«

Andere Gestalten tauchten wie aus dem Nichts auf – Kara von Ippit und der uralte kleine Einsiedler Kta, der sich Ingolds Protesten zum Trotz in letzter Minute ihrer Expedition angeschlossen hatte. Kara flüsterte: »Mir hat diese Straße gar nicht gefallen. Es sah fast so aus, als – als hätte jemand eine Mauer aus Schutt und Trümmern quer darüber gebaut.«

Ingold nickte. »Vielleicht ist es so.« Sein Atem schwebte einen Augenblick sichtbar wie Rauch über ihm und löste sich dann in dem diesigen Weiß auf, das die Gruppe einhüllte. Im Schatten seiner Kapuze wirkten seine Augen übertrieben hell und erschöpft; er sah aus wie ein Mensch, dessen Nerven zum Zerreißen gespannt sind. Dann wandte er sich ab, und die Zauberer wurden wieder von den kalten, dunklen Dunstschleiern eingehüllt.

Auf ihrer Wanderung durch die zerstörte Stadt wurde Rudy allmählich klar, warum der alte Mann darauf bestanden hatte, daß ein Teilnehmer des Kundschaftertrupps die Stadt kennen sollte. Keine Karte hätte ihnen den richtigen Weg durch die verwinkelten Hintergäßchen weisen können, die sie in weitem Bogen um den offenen, nebelverhangenen Marktplatz führten oder durch die bleierne Finsternis zu den unkrautüberwucherten Kolonnaden und Einkaufspassagen, in deren dichten Schatten sie vor lauernden Blicken geschützt waren. Ingold führte sie mühelos durch zerfallene Höfe, in denen dicke Teppiche verschlungener Weinranken ein verkohltes Gewirr aus Steintrümmern und menschlichen Knochen unter sich begruben, durch halb überflutete Gäßchen, deren Mauern mit wucherndem Moos überzogen waren, und durch den froststarren Matsch verlassener Ställe, die die wohlhabenderen Gebiete der Stadt säumten. Zweimal erblickte Rudy, als sich der milchige Nebel im Morgengrauen lichtete, kleinere Gruppen von Dooern, die, halb verborgen im Dunst, durch überwucherte Seitengäßchen schlichen. Und einmal, als sie gerade am Becken eines zugefrorenen Brunnens auf einem einstmals beliebten Platz vorübergingen, hörte er in der Nähe einen Säugling schreien, ein abgerissenes, hilfloses Klagen, das ihn mit Entsetzen erfüllte.

Er faßte Ingold am Umhang. »Hast du das gehört?«

Das Geräusch war ebenso unvermittelt abgebrochen, wie es begonnen hatte.

Kara blickte sich nervös um, und ihre kräftigen Hände schlossen sich fester um die Hellebarde mit der langen Klinge, die sie anstelle des üblichen Stabes trug. Ktas kleine, schwarze Vogelaugen blitzten neugierig auf. Ingolds Gesicht blieb ausdruckslos in dem kalten Zwielicht, doch Rudy fand, daß er ziemlich bleich um die Lippen geworden war.

»Hattest du geglaubt, Gae sei völlig verlassen, Rudy?« fragte er leise. Der Pesthauch, der vom eisverkrusteten braunen Wasser im Brunnenbecken aufstieg, wurde ihnen entgegengeweht, und in dem Dunst wirkte Ingold einen Augenblick lang wie ein flacher, grauer Schatten, an dem nur die Augen leuchteten.

»Dooerbabies schreien nicht so«, gab Rudy flüsternd zurück. »Ich habe sie in den Ebenen draußen gehört.« Als Ingold nichts erwiderte, fuhr er fort: »Weißt du, wer es sein könnte? Ich dachte, es wäre keine lebende Seele in Gae zurückgeblieben.«

»Niemand?« Die Stimme des Zauberers war sehr leise, und Rudy hörte daneben andere Geräusche – Schritte im Schlamm und etwas Feuchtes, Schweres, das über Steine geschleift wurde. Er spürte die Veränderung in der Luft, als sich der Nebel um sie herum verdichtete, heraufbeschworen durch Ingold, um sie vor feindlichen Blicken zu schützen. Seine Haut prickelte unter dem Gefühl eines Tarnzaubers. »Niemand vielleicht, in dem du ein menschliches Wesen erkennen würdest.«

»Du meinst – diejenigen, deren Geist von den Dunklen verschlungen worden ist?« Rudys Hände wurden feucht, er tastete nach dem Flammenwerfer an seinem Gürtel. »Aber ich dachte, sie seien zu Zombies geworden und an Entbehrung und Hunger gestorben . . .«

»Das ist richtig.« Ingolds Stimme war nur ein Atemhauch. »Ich fürchte nur, diese hier sind weniger unschuldig, Rudy. Es müssen Leichenfresser sein.«

Sie tauchten dicht bei dem Brunnenbecken aus dem Nebel auf – zusammengesackt, widerwärtig, stinkend. Es war mehr als der entsetzliche Verwesungsgestank, der in ihren bunten, zerfetzten Kleidern hing; die Ausdünstung dessen, was sie waren, umgab sie wie eine Wolke von Schmutz. Es waren ihrer fünf, zwei Männer und drei Frauen. Eine der Frauen hatte einen aufgeschwemmten schwangeren Bauch, die andere war fast noch ein Kind. Ihre Haare waren mit Schleim und geronnenem Blut verkrustet, ihre Kleider – aus goldbesticktem und hermelinbesetztem Brokat und Samt – waren schmutzstarrend und zerdrückt, als hätten sie darin geschlafen, gegessen, herumgehurt und sich wild sträubende Tiere geschlachtet. Die Ghuls bewegten sich äußerst vorsichtig und blickten beständig über die Schultern zurück. Zwei von ihnen waren mit Beilen bewaffnet, und der Anführer trug ein juwelenbesetztes Schwert.

Sie gingen, leise miteinander flüsternd, nur wenige Schritte an den Zauberern vorbei, und ihre Blicke huschten hierhin und dorthin – überallhin, nur nicht zu der Stelle, an der die Zauberer standen. Rudy hörte, wie der Anführer flüsterte: »Der verdammte Mutterfresser von

einem Kundschafter hat erzählt, die Leute vom Fluß unten wären irgendwo in diese Gegend hier gezogen.« Die schwangere Frau ließ sich in Worten über den Kundschafter aus, die einigen der Hell's Angels aus Rudys Bekanntschaft die Schamröte ins Gesicht getrieben hätte. Aus der Nähe betrachtet sah keiner von ihnen sehr gesund aus. Das Gesicht des jungen Mädchens war übersät mit häßlichen Narben – wie riesige Impfmale, dachte er törichterweise, dann wurde ihm klar, daß sie von den Pocken herrühren mußten. Der kleinere der beiden Männer schniefte und schneuzte sich dann die Nase in seinen ohnehin schon tropfnassen Ärmel. Die anderen fluchten und fuhren ihn an, er solle still sein, wenn er nicht selbst im Topf enden wolle.

Als sie wieder von den weißen Nebelschwaden verschluckt wurden, begriff Rudy endlich, was für Menschen das gewesen sein mußten.

Es waren die Bürger von Gae, die sich Alwirs Flüchtlingszug in den Süden nicht angeschlossen hatten – diejenigen, die in Gae geblieben waren, um die verlassenen Häuser auszuplündern und den herrenlosen Reichtum in den Trümmern zu genießen. Sie hatten den Toten, die unter den Trümmern des Palastes begraben lagen, die Waffen aus den verbrannten Händen gerissen und den Leichen in den Kellern und Straßen die Kleider vom Leib gestohlen. Sie hatten es vorgezogen, in der Stadt zu bleiben, anstatt die Unbilden der Flucht auf sich zu nehmen, sie hatten sich Rattenlöcher zum Wohnen in den königlichen Ruinen der vornehmen Häuser gebaut und schlugen sich mit den ehemaligen Dooersklaven und untereinander um die immer karger werdenden Nahrungsvorräte.

Als Ingold inmitten aufwirbelnder Nebelschwaden sich unvermittelt zum Gehen wandte, kam Rudy der Gedanke, daß er, der die Stadt in ihrer Blütezeit gekannt hatte, unter den Ghulen ein vertrautes Gesicht entdeckt haben mochte.

Zerrissen zwischen Abscheu und Mitleid, folgte Rudy dem alten Mann.

Sie überquerten wieder einen Hof und wandten sich in ein Gäßchen, das so überwuchert war mit den Weinranken, die ganze Gebiete der Stadt besetzt zu haben schienen, daß sie sich nur mit Mühe durch das wilde Dickicht schlagen konnten. An anderer Stelle mußten sie eine regelrechte Mauer von Schlingpflanzen durchhauen, und Rudy fragte sich, während er mit den zähen Ranken kämpfte, wie es hier wohl sein würde, wenn die Nacht hereinbrach und die allgegenwärtigen Fallstricke sie an der Flucht hinderten. Dann hielt Ingold in einem schmalen Gäßchen an, an dessen Ende nichts zu sehen war als schimmernder Nebel. Im heller werdenden Tageslicht war sein Gesicht ein hartes Gemisch aus Flächen und Schatten; wie in Bildern einer bestimmten Kunstrichtung waren die einzigen Farbtupfer seine Augen. Er berührte Rudys Ärmel, deutete nach vorn und flüsterte: »Dort.«

Rudy blickte stirnrunzelnd und mit zusammengekniffenen Augen in den Nebel. Nach einem Augenblick bemerkte er, daß das, was er für einen dunkleren Fleck im Nebel gehalten hatte, in Wirklichkeit ein gewaltiges Gebäude war, eine Andeutung von eingestürzten Dachfirsten, zertrümmerten Türmen, verkohlten Balken und Verfall. Der Wind blähte die verbliebenen Vorhänge auf und roch nach Wasser, Fäulnis und feuchter Erde. Der Nebel wurde plötzlich von matten Sonnenstrahlen durchdrungen; wäßrige Farben wurden durch den schimmernden Schleier hindurch sichtbar. Ecken und Kanten traten aus der Dunkelheit hervor. Stück für Stück enthüllte sich der Palast von Gae ihren Augen wie der vielfarbige Leichnam eines Drachen, dessen bloße Rippen hoch in den milchigen Himmel ragten.

Hier also waren Eldors Knochen in den brennenden Trümmern zurückgeblieben, dachte Rudy. Hier hatten die Dunklen Alde fortgeschleppt, und die Wachen hatten sie in letzter Sekunde vom Rand des Abgrunds zurückgerissen. Hier hatte Ingold der Schlacht den Rücken gekehrt, um Eldors und Minaldes Sohn Tir durch das kosmische Nichts vorübergehend im freundlichen, sonnigen Kalifornien in Sicherheit zu bringen.

Hier hatte alles begonnen.

Und hier, das wurde ihm plötzlich mit einem ahnungsvollen Schauder deutlich, würde es, jetzt oder später, enden.

Der Hof lag leer und verlassen vor ihnen, eine schlammverschmierte, zerbröckelte Mosaikfläche aus grünen und roten Steinen, über die sich bereits die ersten tastenden Weinranken schlängelten. Ingold rückte die Seilrolle, die er auf den Schultern trug, zurecht und flüsterte: »Wir gehen einzeln hinüber. Kara, behalt Kta im Auge.« Er nahm den Stab fester in die Hand und trat in den Hof hinaus.

Eine Bewegung an der Mauer zur Linken lenkte Rudys Aufmerksamkeit ab. Er fuhr herum, und seine Hand zuckte zum Flammenwerfer, aber alles, was er entdecken konnte, war eine riesige Ratte, die furchtlos über den Haufen aus Schmutz, Weinranken und Knochen huschte. Als er sich wieder dem Hof zuwandte, war Ingold verschwunden.

Auf der ganzen fahlen Fläche des Hofes war keine Spur von ihm zu entdecken. Nicht einmal ein Fußabdruck zeichnete sich im froststarren Moos auf den Bodenfliesen ab.

Dann sah er den Zauberer im Schatten des Bogenganges auf der anderen Seite des Hofes stehen, fast völlig verborgen im Gewirr der durchbrochenen Marmorarbeiten und dürren Weinranken. Ingold hob die Hand und gab Rudy ein Zeichen, ihm zu folgen.

Er fühlte sich nackt und ausgeliefert auf der weiten Fläche des Hofes, als er Ingolds Aufforderung Folge leistete. Und obwohl er fast erwartet hatte, daß der Zauberer ihn mit der sanften Frage empfangen würde, ob er die Absicht habe, seine Ankunft durch einen Ausrufer verkünden zu lassen, sagte Ingold nichts. Rudy erkannte plötzlich, daß seine Zeit als Zauberlehrling vorbei war. Er war jetzt, was er war, und es war seine eigene Sache, Schwierigkeiten zu vermeiden.

Kara folgte als nächste. Rudy nahm flüchtig einen wehenden grauen Umhang und das schleifende Geräusch eines Mantelsaums auf gefrorenen Weinranken wahr. An einer Stelle, an der die Mosaiksteine gebrochen waren, sah er den Schatten der hochgewachsenen Frau, und die matten Sonnenstrahlen blitzten kurz auf der Klinge ihrer Hellebarde auf. Dann stand Kara mit blassem Gesicht neben ihm.

Ingold hatte sich entfernt, um die Vorhalle zu erkunden. Sein brauner Umhang verschmolz mit den düsteren Schatten in den durchbrochenen Bogengängen. Rudy warf einen Blick zurück über den moosbewachsenen Hof, dessen leuchtende Farben fast vollständig unter der zähen Schicht aus Schlamm, Asche und Blättern verborgen waren.

»Wo ist Kta?«

Kara ließ den Blick ebenfalls über den Hof wandern und schüttelte den Kopf. »Er wollte mir folgen«, flüsterte sie. Rudy verfluchte seine eigene Dummheit. »Einer von uns beiden hätte nach ihm gehen müssen«, gab er leise zurück. »Er ist vielleicht so zäh wie die Wurzel eines alten Salbeigestrüpps, aber ich glaube nicht, daß er ein geborener Magier ist. Ich habe ihn jedenfalls noch nie etwas wie einen Zauber wirken gesehen.« Und das entsprach durchaus der Wahrheit, denn der kleine mumienhafte Alte war, soweit die anderen wußten, vollkommen unwissend und ungebildet, freute sich jedoch wie ein Kind an den Zauberkünsten der jüngeren Magier. Die anderen Zauberer in der Festung betrachteten ihn eher als eine Art Unikum, denn als Gewinn für ihre Truppe. Aber Rudy hatte sich sieben Tage lang bemüht, mit dem unermüdlichen Marschtempo des kleinen Fossils Schritt zu halten. Es war ein mühsames Waten durch die brackigen, überschwemmten Flußtäler gewesen, die zwischen Gae und Renweth lagen, und Rudy war zu dem Schluß gekommen, daß Kta nicht nur ohne Nahrung und Schlaf auskam, sondern daß er sich darüber hinaus des Nachts lediglich aus Rücksicht auf die Gebrechlichkeit seiner Gefährten zur Ruhe niedersetzte.

Kara murmelte: »Soll einer von uns umkehren und ihn suchen? Ingold würde es uns nie verzeihen, wenn wir den Alten verlieren . . .«

Sie brach mitten im Satz ab. Ingold und Kta tauchten hinter ihnen auf, und Ingold flüsterte mit aufgebrachter Stimme: » . . .und da du dich immerhin in diese Expedition selbst hineingedrängt hast, könntest du dich wenigstens meinem Urteil als Anführer beugen.«

»Ach?« entgegnete der kleine Einsiedler ohne das geringste Zeichen von Betroffenheit. An Ingolds Seite wie ein Vögelchen dahinhüpfend, wirkte er winzig und unvorstellbar zerbrechlich.

»Du mußt zugeben, daß du zu alt bist, um dich mitten ins Getümmel zu stürzen. Ich habe dir erlaubt, bis hierher mitzukommen, aber du wirst nicht mit uns in die Brutstätte hinuntersteigen.«

Der Alte straffte den Rücken soweit ihm das überhaupt möglich war und blickte mit glänzenden schwarzen Äuglein zu Ingold auf. »Ich werde unsichtbar sein«, entgegnete er mit seiner piepsigen Stimme.

»Ich bin nur um deine Sicherheit besorgt, Kta«, widersprach Ingold beharrlich. »Du weißt . . .«

Der winzige Alte trippelte aufgeregt um Ingold herum und hätte ihn fast zu Fall gebracht durch die Hurtigkeit seiner Bewegung. Dann stieß er ihm den knochigen, rosigen Zeigefinger in die Brust. »Immer diese Sorge um die Sicherheit der anderen«, rief er mit schriller, vorwurfsvoller Stimme. »Gleichgültig, ob sie diese Sicherheit überhaupt haben wollen oder nicht.«

»Du weißt, daß du dich nicht aus einer Falle befreien könntest«, erklärte Ingold geduldig.

»Das könntest du ebensowenig, und wenn du noch so geschickt mit deinem furchterregenden Fleischermesser umgehen kannst.«

Ingold blickte mißmutig vor sich hin, während Kta sich bereits abwandte und allen voraus auf den großen, eingestürzten Gang zuhüpfte, der in die Dunkelheit der Kellergewölbe hinunterführte. Als er über die unkrautüberwucherte Schutthalde aus Stein- und Bronzetrümmern kletterte, drehte er sich noch einmal um und rief selbstgefällig über die Schulter zurück: »Und schließlich bin ich es nicht, den die Dunklen von einem Ende der Welt bis zum anderen jagen.«

Ingold öffnete den Mund zu einer Erwiderung, doch Kta war bereits in den entsetzlichen Schattenschlund gesprungen. Rudy und Kara bemühten sich, mit Ingold, der Kta in diesen Vorhof der Hölle folgte, Schritt zu halten. Leise wandte sich Rudy, als sie durch den düsteren Eingang des Gewölbes schritten, an Ingold: »Da hat er recht.« Es war seines Wissens das erste Mal, daß Ingold in einer Auseinandersetzung den kürzeren gezogen hatte.

Der Zauberer warf ihm einen stechenden Blick zu. »Unsinn«, fauchte er. »Er ist zu alt, um an der Erforschung der Brutstätte teilzunehmen, und zu starrsinnig, es zuzugeben.«

Und du liebst ihn so sehr, dachte Rudy, *daß du auf keinen Fall willst, daß ihn der Versuch das Leben kostet.* Aber klugerweise erörterte er das Thema der Starrsinnigkeit nicht weiter mit Ingold, sondern folgte ihm schweigend durch das fahle Grau der oberen Kellergeschosse.

Hier war die Zerstörung noch größer. Es sah aus, als sei diese halbunterirdische Vorhalle zu den Kellergewölben in ein Grenzland der Dunkelheit verwandelt worden. Hier rankte sich der wilde Wein dichter und verband die verkohlten Balken mit undurchdringlichen Vorhängen, zwang die Steine der Mauer selbst mit Gewalt auseinander. Finsternis lauerte in allen Winkeln; die Wände und der Boden schimmerten glitschig feucht, und der modrige Gestank unterirdischer Vegetation war atemberaubend und legte sich pelzig auf die Zunge. Rudy wurde von wachsender Unruhe ergriffen, er hatte das Gefühl, in eine Falle zu laufen. Die Weinranken schienen ihm immer wieder absichtlich ein Bein zu stellen. Er fragte sich, wie schnell ein Mensch wohl von diesem Ort fliehen konnte.

»Da«, sagte Ingold leise. Halb verborgen unter den wuchernden Pflanzen klaffte dunkel und furchtbar über einer mit Knochen übersäten Schwelle ein weiterer Eingang. »Dieser Gang führt in die unteren Gewölbe, wo wir die Treppe zur Dunkelheit finden werden. Ihr alle kennt den Zauber, der euch dem Bewußtsein der Dunklen entzieht.« Er würdigte Kta keines Blickes. »Aber denkt daran, daß ihr euch eines zweifachen Zaubers bedienen und auch vermeiden müßt, daß ihre Herden euch entdecken. Außerdem«, fuhr er mit einem warnenden Blick auf Rudy und Kara fort, »dürfen wir uns von keinen menschlichen Gefangenen blicken lassen. Seit Anbeginn ihres Auftauchens haben die Dunklen Menschen als Gefangene mitgenommen. Es ist nicht unsere Aufgabe, sie zu befreien, gleichgültig, wieviel Mitleid wir auch mit ihnen haben mögen. Wir würden damit nicht nur unseren Auftrag, sondern auch unser Leben aufs Spiel setzen. Der Tarnzauber wird uns nur dann schützen, wenn wir absolut nichts tun, das die Aufmerksamkeit der Dunklen auf uns ziehen könnte. Andernfalls sind wir verloren.«

Du hast gut reden, dachte Rudy, während er der vermummten Gestalt die rote Porphyrtreppe hinunter folgte, die in die unteren Gewölbe führte. *Keiner von uns kannte Gae. Du bist der einzige, der möglicherweise auf einen Menschen stößt, den er kennt.*

Als er später einmal die Wachstafeln betrachtete, auf denen er die Gänge und Höhlen, die er durchwanderte, eingezeichnet hatte, überraschte ihn das, was er sah, denn er erinnerte sich an die meisten davon gar nicht mehr im einzelnen. Den größten Teil seiner Erinnerungen an die Brutstätte verdrängte er ins Unterbewußtsein, und sie stiegen in seinen Träumen, wie aufgeschwemmte Leichen in schwarzen Gewässern, an die Oberfläche. Die Stunden, die er unter der Erde verbrachte, hatten etwas Unwirkliches, Verzerrtes; in dieser endlosen Nacht verlor die Zeit jede Bedeutung. Angst, Schrecken und Abscheu verschleierten zudem sein Gefühl für sein eigenes Wesen, als er so, verborgen in den Schwaden der Illusion und für niemanden sichtbar, dahinwanderte.

Nachdem sie sich in der obersten Höhle voneinander getrennt und in einem gemeinsamen Zauber die Zeitgrenzen ihres Unternehmens festgelegt hatten, wanderte Rudy allein weiter wie ein Geist, der in einer ebenso abscheulichen wie unbegreiflichen Welt umherirrt. Es war eine Welt der Dunkelheit, glitschiger Feuchtigkeit und allgegenwärtiger entsetzlicher Gefahr, eine Welt, deren Existenz er nicht einmal für möglich gehalten hatte und die er niemals ganz aus seinem Bewußtsein würde verdrängen können.

Die Dunklen waren überall. Sie drängten sich an den Wänden und Decken unermeßlicher Höhlen der Dunkelheit; das Scharren ihrer Krallen auf dem glattpolierten Kalkstein bildete einen beständigen Hintergrund zu seinem Ekel und seiner Angst. Mit seinen Zaubereraugen sah er das feuchte Schimmern ihrer dichtgedrängten Rücken und das Schillern des fauligen Schleims, der unaufhörlich von den kalten Körpern heruntertropfte. Ihr scharfer, leicht metallischer Gestank stieg ihm betäubend in die Nase, und er verspürte wachsende Angst davor, entdeckt und bei lebendigem Leib unter diesen schleimigen Wesen begraben zu werden.

Die erste sehr weiträumige Höhle, in der er sich, am Fuße des magischen Seils, von den anderen Zauberern trennte, war die schlimmste von allen, denn in ihr krochen die Dunklen nicht nur über Decke und Wände, sondern huschten auch wie ungeheure Kakerlaken über den Boden, wobei ihre peitschenähnlichen Schwänze in dem braunen, verkümmerten Moos raschelten und klebrig-feuchte Spuren in dem verwitterten Pflanzenteppich hinterließen. Anderswo bewegten sie sich hauptsächlich an den Decken der Höhlengänge entlang, wimmelten zwischen den Stalaktiten und Felsspalten, und ihr widerlicher Schleim tropfte zäh auf den moosbewachsenen Boden. Rudy, der nie Angst vor Spinnen und Schlangen gekannt hatte, verstand plötzlich diesen tödlichen Ekel vor der bloßen Berührung eines abscheulichen Wesens.

Er hatte geglaubt, er würde sich mit der Zeit an die Gegenwart der Dunklen gewöhnen und vertrauensvoller unter seinem Tarnzauber ausschreiten. Aber er hatte sich geirrt. Ebensowenig gewöhnte er sich an das lauernde Entsetzen vor der Dunkelheit selbst oder an das widersinnige Gefühl, daß all die Meilen von Erde und Stein auf ihm lasteten. Nur diejenigen, die niemals in der Dunkelheit unter der Erde gefangen gewesen waren, konnten die Labyrinthe der lichtlosen Festung von Dare mit dem Reich der Dunklen vergleichen. Denn trotz ihrer bedrückenden Dunkelheit und trotz ihrer überwältigenden Masse von Eisen und Stein hatte die Festung Grenzen. Hier unten war die Dunkelheit grenzenlos. Der Druck war die Last der Erde selbst. Die kriechenden Schrecken, die diesen Ort bevölkerten, waren ebenso endlos, ebenso unausweichlich wie diese Dunkelheit, in die nie ein Lichtstrahl gedrungen war.

Erst jetzt verstand Rudy Ingolds Überzeugung, daß ein Angriff auf die Brutstätten niemals erfolgreich sein konnte. Die Gänge wanden sich endlos in die schwarzen Eingeweide der Erde hinunter, undurchschaubare Labyrinthe, die ganze Heere verschlingen konnten. Während er immer tiefer in dieses blicklose Reich eindrang, wurde er von Verzweiflung und düsterer Hoffnungslosigkeit übermannt. Er fragte sich, wie je ein Heer, selbst wenn ihm, wie Dare von Renweth, die Mittel der Technik zur Verfügung standen, jemals einen Sieg gegen die Masse und Macht der Dunklen hatte erringen können.

Aber er war ausgesandt worden, Erkundungen zu betreiben. In all seinem Schrecken und Ekel und der betäubenden Verzweiflung nahm er einige Einzelheiten deutlich wahr. Er stellte fest, daß es in den Brutstätten warm war, und daß ein Strom wärmerer Luft auch da, wo die Dunklen nicht wie abscheuliche Käfer aus den Löchern im fauligen Moos gekrochen kamen, die nach unten führenden Gänge durchzog. Er sah auch, daß an verschiedenen Stellen unterschiedliche Moosarten wuchsen. Samtige, grünlich-schwarze Teppiche, die gelegentlich ganze Höhlen überzogen, gingen an anderen Orten in Braun über und zerfielen zu trockenem Staub. An anderen Stellen wuchsen knorrige, verkrüppelte Pflanzen wie plumpe, unaussprechliche Wälder aus dem Boden. Weißliche Moose hingen wie schleimige Algenvorhänge von den feuchten Wänden herunter. Und die Herden der Dunklen ernährten sich gierig von allem.

Die Herden der Dunklen berührten Rudy eigenartig. Er stellte fest, daß sein Ekel vor diesen krummbeinigen menschenähnlichen Wesen mit ihren hervorquellenden Augen fast ebenso überwältigend war wie sein Entsetzen vor den Dunklen selbst. Er hatte gewußt, daß sie den Menschen ähnlich waren, hatte aber Wesen wie die Dooer der Ebenen erwartet – haarig und affenartig, gefangene Neandertaler. Aber die Wesen, die über die dürren Moosfelder schlurften oder an den bodenlosen Wasserbecken hockten und tranken, waren kleiner, zarter gebaut und hatten einen größeren Schädel; die aufgeregten Schreie, die sie ausstießen, wenn sie durch eine Bewegung in die Luft aufgeschreckt wurden, waren einer Sprache entsetzlich ähnlich.

Sie waren nicht die einzigen, die sich vom Moos ernährten und mit riesigen, angstvollen Augen in die Dunkelheit starrten. In einer Höhle, die so groß war, daß er sie nicht bis zum anderen Ende übersehen konnte, stieß Rudy auf Männer und Frauen in zerlumpten, schmutzigen Kleidern, die umherstolperten und Moos aßen und unaufhörlich vor sich hinmurmelten. Sie bewegten sich nicht wie die unglücklichen Wesen, deren Geist von den Dunklen verschlungen worden war, aber Rudy fragte sich dennoch, wie viele von ihnen wohl bei gesundem Verstand waren. Die Höhle beherbergte etwa ein Dutzend solcher Gruppen, deren Mitglieder einst Geschäfte geführt und Familien ernährt hatten und unter den schattigen Arkaden der zerstörten Stadt über ihnen gelustwandelt waren. Vielleicht gab es noch immer Verwandte von ihnen dort oben, vielleicht hatten sie Ehemänner, Frauen oder Kinder in der Festung von Dare.

Er wich zurück, um einer Frau auszuweichen, die auf allen vieren zum Rand des Beckens kroch, an dem er stand. Sie hatte langes blondes Haar und war vermutlich einmal sehr schön gewesen. Dieser Gedanke ging Rudy durch den Kopf, als er ihr ausgezehrtes Gesicht und ihren aufgeschwemmten, schlaffen Bauch mit stumpfer Gleichgültigkeit betrachtete. Sie schlürfte im Dunkeln von dem Wasser und murmelte mechanisch vor sich hin: »Wasser fünfundfünfzig Schritte von der Wand, Wasser fünfundfünfzig Schritte von der Wand.«

Es könnte Alde sein, dachte Rudy, und bei dem Gedanken stieg brennende Übelkeit in ihm auf. Vielleicht war es eine ihrer Freundinnen. Hatte Janus nicht berichtet, daß die Dunkeln in jener letzten Schlacht im Palast eine große Zahl von Kämpfenden fortgeschleppt hatten? Rudy schloß die Augen, ihm war plötzlich schwindlig; jeder der Festungsbewohner hätte an ihrer Stelle sein können.

Aber, wie Ingold gesagt hatte, sie waren nicht gekommen, um Mitgefühl oder Rettung zu bringen. Ihre Aufgabe war es, Karten anzufertigen, und genau das tat Rudy, indem er immer tiefer und tiefer in die schwarzen, von abscheulichem Leben erfüllten unterirdischen Tunnel der Brutstätte eindrang. Er stieß auf Höhlen, in denen ölig schwarzes Wasser stand, aus dem Stalagmiten herausragten wie Säulen aus einem Glasboden. Er entdeckte unzählige Höhlen, die mit Knochen übersät waren – unendlich alt und fast zu Staub zerfallen oder frisch und glitschig und von abscheulichen Nagern und Insekten umwimmelt. Er fand auch die Kinderstuben, die eigentlichen Brutstätten der Dunklen, und der Anblick brachte ihn einer Ohnmacht näher, als er es je in seinem Erwachsenenleben gewesen war.

Ich werde dafür sorgen, daß dieser Ort ausgeräuchert wird, schwor sich Rudy, die Hand fest um den Flammenwerfer geschlossen. *Und wenn ich persönlich mit einer Schachtel Streichhölzer hierher zurückkommen muß.*

Schließlich legte er eine Rast in einer Felsennische ein und kühlte sein erhitztes Gesicht im aufsteigenden Luftzug. Der Gedanke, noch tiefer in dieses endlose Schreckensreich der Finsternis einzudringen, ging fast über seine Kraft. Er war erschöpft, verspürte aber keinen Hunger. Er zweifelte daran, daß er je wieder Hunger haben würde, nachdem er die Brutkammern der Dunklen gesehen hatte.

Die Zeit hatte keine Bedeutung im Reich der Dunklen, daher stellte er, als sein Blick zufällig auf seinen Handrücken fiel, mit Verwunderung fest, daß die rote Rune Hlal, die Ingold darauf gezeichnet hatte, bevor sie sich getrennt hatten, fast völlig verblaßt war. *Die Zeit vergeht wirklich schnell, wenn man sich gut amüsiert,* dachte er voller Sarkasmus und erhob sich. Dürres Moos zerfiel unter seiner Hand zu Staub, als er sich an der Felswand abstützte. Er wischte sich die schmutzigen Hände am Saum seines schmierigen Umhangs ab und bereitete sich auf eine lange, ekelerregende Wanderung zur Erdoberfläche vor.

Plötzlich traf ihn ein kalter Windhauch. Er strömte aus dem Tunnel über seinem Kopf auf ihn herunter – der wirbelnde, richtungslose Atem der Dunklen. Tief unten in der Höhle, aus der er gerade gekommen war, hörte er eilige Schritte und das angestrengte, rauhe Keuchen eines Mannes. *Er kommt hier vorbei,* dachte Rudy und warf von der schmalen Felsspalte, in die er sich schutzsuchend gedrückt hatte, einen Blick zu dem Tunnel vor ihm und dann in die Höhle zurück. Auch aus dieser Richtung strömte ihm kalter Wind entgegen, dem Mann auf den Fersen, der in der Dunkelheit auf ihn zurannte.

Großartig, dachte Rudy, während er überlegte, in welcher Richtung er davonlaufen sollte, denn er hatte kein Verlangen, zwischen die Dunklen und ihre Beute zu geraten. Doch bevor er sich noch von der Stelle rühren konnte, wirbelte der Wind schon wie ein Sturzbach über ihn. Der flüchtende Mann taumelte durch die Öffnung der Felsspalte hindurch und Rudy beinahe in die Arme.

Die Dunklen waren nur wenige Meter hinter ihm. Sie strömten in dem Augenblick aus dem Tunnelende heraus, als Rudy und der Flüchtende miteinander zu Boden gingen. Rudy fluchte, und der andere stöhnte überrascht und enttäuscht auf. Als die gallertartigen Leiber auf sie niederschwärmten und die biegsamen Tentakel wie triefende Schlangen aufrollten, wand sich Rudy aus der Umklammerung los und sprang auf.

Wyatt Earp selbst hätte nicht schneller ziehen können.

Der Flammenwerfer spie grelles Licht und Feuer aus, und die dicke Flammensäule, die aus dem großen Lauf schoß, war unerträglich hell in dieser unendlichen unterirdischen Dunkelheit. Die chromgelbe Flamme strich über die glitschigen Leiber wie ein Strom aus sengendem Gold.

In der aufblitzenden Helligkeit erhaschte Rudy einen flüchtigen Blick auf das Gesicht des Fliehenden, ein ausgezehrter Schädel in einem Gewirr grauer, verfilzter Haare. Dann schrie der Mann auf und schlug die Hände schützend vor die Augen, die seit der Zerstörung von Gae kein Licht mehr erblickt hatten, und die Dunklen waren wieder über ihnen.

Aber das Feuer breitete sich unter ihnen aus; in dem engen Tunnel stolperten sie übereinander wie eine kopflose Herde Schafe. Von unten stieg Wind herauf, und Rudy wirbelte herum und richtete den Flammenwerfer nach unten. Im selben Augenblick schlug ein Stachelschwanz von oben nach ihm, und er feuerte noch in der Bewegung eine brüllende Flammensäule hinauf, deren Hitzestrahl das dürre Moos weit vor ihm am Höhleneingang versengte.

Es brannte wie Zunder. Rudy blinzelte und zuckte erschrocken zurück, als die Flammen sich mit entsetzlicher Geschwindigkeit in der Höhle darunter ausbreiteten. Stalaktiten, Stalagmiten, Alabasterschleier und Kristallfelsen waren plötzlich in rötlichen Schein getaucht. Rudy konnte undeutlich erkennen, wie Dunkle zuckend von der unsichtbaren Höhlendecke fielen, sich gequält in dem hellen Schein wanden und säurespeiend vom gierigen Sog der Flammen verschlungen wurden. Rudy hatte die Hoffnung, unentdeckt zu bleiben, aufgegeben und floh, den wirbelnden Windhauch der Dunklen im Rücken.

Als er in den etwas breiteren Tunnel vor ihm eintauchte, war er wieder in Dunkelheit gehüllt. Er strauchelte auf dem glitschigen, steilen Boden, als er sich umwandte und auf die Dunklen feuerte, die ihm folgten. Die zusammengedrängten Leiber der Dunklen barsten in zuckenden Flammen, und Funken fielen zischend in das feuchte schwarze Moos, das hier den Boden bedeckte. Von den Tunnelmauern geleitet, wütete der kalte Wind um ihn, und er folgte blindlings seinen eigenen unsichtbaren Runen zurück und feuerte gelegentlich in die Masse seiner Verfolger, wo die Feuerfunken auf das dürre braune Moos trafen, das die Wände an manchen Stellen bedeckte, schossen augenblicklich Flammen auf.

Blinde, weiße Halbmenschen rannten schreiend durch die Feuersbrunst und schützten ihre riesigen Augen vor dem Licht. Männer und

Frauen in Lumpen rannten kopflos und unter Entsetzensschreien hinterher. Um ihn herum gingen Decken und Wände in Flammen auf, und ihm fiel plötzlich voller Schrecken ein, daß die letzte Höhle vor dem Seilaufstieg zur Erdoberfläche ganz mit dem dürren braunen Moos überzogen war. Der Gedanke durchfuhr ihn wie ein elektrischer Schlag. Ein einziger Funke würde die ganze Höhle in Brand setzen, und wenn er sie bis dahin wenigstens zur Hälfte durchquert hatte . . .

Die oberen Höhlen waren ein einziges erstickendes Durcheinander aus Rauch, Dunkelheit und Halbschatten. Er glitt auf dem glitschigen Boden immer wieder aus und wehrte die schreienden Menschen und Fastmenschen ab, die gegen ihn taumelten, an ihm zerrten und unverständliche Worte brüllten. Der Rauch, der vom Wind und den Dunklen aufgewirbelt wurde, brannte ihm in den Augen. Ratten, die auf der Flucht vor der Höllenglut in den unteren Höhlen waren, wimmelten um seine Füße.

In der letzten Höhle war nichts als ein heftiger Sturm der Dunkelheit. Rudy spürte bereits, wie sich die Macht der Dunklen ausbreitete und die Flammen löschte. Er spürte die gewaltige Kraft des Willens, der in der aufgewühlten Luft pulsierte. Braunes Moos und zerfallene Knochen knirschten unter seinen Füßen. Der helle Feuerschein strömte aus den Höhlengängen heraus; er tauchte die Kalksteinfelsen in schwefelfarbenen Glanz und rahmte die dichten Rauchwolken. Schwarze, glänzende Leiber quollen aus dem Gang, der nach oben führte, ein Strom aufgerissener Münder und triefenden Schleims. Wie ein Fluß strömten sie auf das Feuer im Tunnel zu und schickten ihre Kraft aus, es zu löschen. Rudy hastete den steilen Felsen hinauf auf den nächsten Tunnel zu, als eines der unglücklichen Herdenwesen brennend und unter Schmerzensschreien in die Höhle stolperte und in dem dürren Moos zusammenbrach.

Rudy, der seine schmerzenden Augen mit der Hand schützte, schien es, als würde die gewaltige Höhle, in der die ganze Festung und mehr Platz gehabt hätte, in einer einzigen Explosion untergehen, so rasend schnell breitete sich das Feuer im dürren Moos aus. Ihm wurde schwindlig vom plötzlichen Sauerstoffverlust, und er rang verzweifelt um Atem. Einen Augenblick lang fürchtete er, ohnmächtig zu werden und in die tosende Höllenglut zurückzustürzen. Im Laufen spürte er, daß sich Hitzeblasen auf seiner rechten Wange bildeten und seine Handrücken versengt wurden. Er hatte das Gefühl, daß alle Dunklen der Brutstätte über seinen Kopf hinwegströmten und ihre Magie einsetzten, um die Flammen zu löschen, während er, behindert durch das Gewicht des Flammenwerfers, unter ihnen davonrannte und das magische Seil suchte.

Dann fiel er und verlor das Bewußtsein.

Er kam langsam wieder zu sich. Um ihn herum herrschte Dunkelheit.

Er schmeckte Felsen und Wasser und roch Schleim. Seine Hände waren leer.

Mit einem verzweifelten Schrei fuhr er auf und wurde gleich darauf von kräftigen Händen wieder zu Boden gedrückt. Etwas Feuchtes, Eiskaltes strich über seine verbrannte Wange.

»Halt still«, mahnte Ingold, und seine Stimme klang nicht unfreundlich. »Ich glaube, für heute hast du genug Unheil angerichtet.«

Allmählich durchdrang Rudys Zaubererblick die Dunkelheit wieder.

Sie befanden sich in einem kleinen, gewölbeartigen Raum. Die einzige Tür führte in ein kleines, ummauertes Gärtchen, in dem ein halbes Dutzend Aprikosenbäume dicht beieinander standen. Neben dem Gestank von Säure, Staub und zerfallenem Moos, der ihm in der Nase hing, nahm Rudy den Geruch von altem Schnee und aufgewühlter Erde wahr. Es roch nach einem heraufziehenden Unwetter. In der Dunkelheit waren die Umrisse Kara von Ippits erkennbar, die vor der Tür saß und zusätzliche Eintragungen auf einer ihrer Tafeln machte. Ihre Hellebarde lehnte neben ihr an der Wand. In einem Winkel des kleinen Raumes hatte sich Kta zum Schlafen zusammengerollt; er sah aus wie eine lappenumwickelte Inkamumie.

Rudy seufzte und machte es sich auf dem nicht unbehaglichen Lager aus alten Blättern bequem. Sie gaben ein feuchtes Rascheln unter der Decke, die darüber ausgebreitet war, von sich und strömten einen modrigen, wehmütigen Duft aus. »Himmel«, flüsterte er. »Ich hatte gehofft, daß ihr alle aus der Brutstätte heraus sein würdet, als das Feuer außer Kontrolle geriet.«

Ingold lächelte und fuhr fort, eine Pflanzensalbe zu mischen. Im schwachen Lichtschein, der von außen hereindrang, sah Rudy einen zerbrochenen Krug neben dem Zauberer auf dem Boden stehen. Er war gefüllt mit eiskaltem Quellwasser, das schimmernd auf den rauhen Steinboden sickerte. »Wenn ich nicht angehalten hätte, um ein Nachhutgefecht der Dunklen zurückzuschlagen«, entgegnete der alte Mann freundlich, »hätte ich mich in der letzten Höhle befunden, als sie in Flammen aufging. Hast du mich nicht gesehen?«

Rudy riß erschrocken und schuldbewußt die Augen auf. »Himmel, nein. Es tut mir wirklich leid . . .«

»Ich müßte wohl einen Luftsprung machen vor Freude, daß der Tarnzauber so gut wirkt . . . Halt still, ich habe nicht die Absicht, dir ein Brandzeichen zu verpassen. Es ist Brandsalbe, und sie wird dir guttun. Zum Glück gab es einen Tunnel, der einigermaßen direkt um die Höhle herumführte, und ich habe es nach draußen geschafft – allerdings mußte ich das Seil an der Treppe zurücklassen.«

»Wieso?«

»Weil ich dich getragen habe.« Er lehnte sich zurück und wischte sich die Hände am Zipfel von Rudys Decke ab. Sein brauner Umhang roch nach Rauch und der ganzen Fäulnis der Brutstätte. Im Schatten seiner

Kapuze blickten seine Augen belustigt und gütig. »Ich nehme an, dein Versuch mit dem Flammenwerfer hat sich als erfolgreich erwiesen?«

Noch etwas mitgenommen lachte Rudy auf, und Ingold fiel ein – und es war das erste Mal seit langer Zeit, daß Rudy den Zauberer lachen hörte. Die Anspannung war aus seinen Zügen gewichen, und zurückgeblieben war nur ein flüchtiger, gehetzter Ausdruck wie ein Widerschein der Schrecken, die er in der Brutstätte der Dunklen gesehen hatte. Rudy würde diesen Ausdruck in den Augen derjenigen, die an der Expedition teilgenommen hatten, noch öfter wiedererkennen.

Die Erinnerung an jene faulige Dunkelheit kam ihm wieder in den Sinn, und er wurde ernst. Leise sagte er: »Es wird sehr schwer sein.«

Ingold warf ihm einen raschen Seitenblick zu. »Glaubst du, daß es überhaupt durchführbar ist?«

Rudy runzelte die Stirn. »Natürlich. Wir werden eine wirkungsvolle Rückendeckung brauchen, um die Flammenwerfertruppe auf den Boden der Brutstätte hinunterzubringen. Aber wenn wir erst einmal unten sind, können wir uns den Rückweg freibrennen. Wenn wir den Nachwuchs vernichten und wenigstens fünfzig Prozent der Brutstätte zerstören können, so wird es uns gelingen, Gae wieder für Menschen bewohnbar zu machen.«

»Und du glaubst, daß ein Menschenheer die Hälfte der Brutstätte zerstören kann?«

»Das Moos brennt wie Zunder, Mann.« Rudy veränderte seine Lage und stöhnte gequält auf. Jeder Muskel seines Körpers tat ihm weh. »Glaubst du es nicht?«

Der alte Mann schwieg eine Weile und blickte auf seine zerschundenen, von Brandwunden bedeckten Hände hinunter. Dann sah er zur Tür. »Kara, übernimmst du die erste Wache?«

»Wenn es euch recht ist«, entgegnete sie mit ihrer eigenartig tiefen Stimme.

Rudy richtete sich mühsam auf; er war verwundert, wie zerschlagen er sich fühlte. Ingolds klebrige Salbe brannte auf seinem Gesicht und seinen Händen.

»Ich lose mit dir darum«, erbot er sich. »Oder laß uns Strohhalme ziehen. Wer den kürzesten zieht, muß sich schlafen legen. Der Himmel weiß, wie Kta das macht«, fügte er hinzu.

Karas Lächeln war zögernd und flüchtig, ein Ausdruck, der bereits wieder erloschen war, bevor Rudy ihn noch richtig wahrgenommen hatte. Es war, als wäre sie irgendwann in ihrer Kindheit für ihr Lachen bestraft worden. Sie beugte sich vor und legte die Tafeln, an denen sie gearbeitet hatte, in ihre alte Tasche. Rudy sah, daß sie für ihre Aufzeichnungen ebenso wie Gil eine spitze Haarnadel benutzte, die sie jetzt in den Aufschlag ihres Umhangs steckte; die winzige Lilienblüte aus Diamanten funkelte wie ein Stern auf dem grauen Wollstoff. Die kostbarsten Edelsteine und Schmuckstücke waren eine Alltäglichkeit für diejenigen, die die Zerstörung von Gae und Karst überlebt hatten. »Warum packen wir nicht zusammen und verlassen die Stadt gleich jetzt?« fragte sie ruhig. »Ich glaube nicht, daß einer von uns in der Verfassung ist, zu schlafen.«

Ingold legte sich in den Schatten neben Kta und zog seine Decke über den Umhang.

»Nein«, entgegnete er leise. »Wir sollten nicht bei Nacht in Gae herumlaufen. Es lauern noch andere Gefahren als nur die Dunklen dort draußen. Und wir sind alle erschöpft. Uns würden nur zu leicht Fehler unterlaufen. Es dauert nur noch ein paar Stunden bis zum Morgengrauen.« Damit drehte er sich zur Wand, doch Rudy hätte keine Wette darauf abgeschlossen, ob er nun schlief oder nicht.

Rudy erhob sich mit unsicheren Knien und trank, was in dem rissigen Krug noch an Wasser übrig war. Es war kalt und schmeckte nach Fels und Ingolds Kräutern, und er fühlte sich dem Verdursten nahe. Dann trat er zur Tür und setzte sich Kara gegenüber in den verfallenen Türrahmen. Der Gedanke an die Träume, die der Schlaf mit sich bringen würde, weckte in ihm die Befürchtung, daß er für den Rest seines Lebens zur Schlaflosigkeit verdammt war.

»Rutsch 'rüber«, sagte er. »Wir beide können uns die Nacht mit Gespenstergeschichten vertreiben.«

Wieder glitt das flüchtige Lächeln über ihre Züge. Der Wind rauschte in den Zweigen der Gartenbäume, und es klang wie das Klappern der Knochen eines Gehängten. Regenschauer fegten über die nasse Erde und schnitten in Rudys verbrannte Wange. über den eingefallenen Giebeln der Stadt glaubte Rudy wieder das Weinen eines Kindes zu hören – vielleicht war es aber auch nur die klagende Herausforderung eines Katers.

»Rudy?« fragte Kara leise. »Was hast du in den Brutkammern gesehen?«

»Hast du sie nicht gesehen?«

Sie schüttelte den Kopf. »Ich habe mehr die Seitengänge erforscht und bin darum nicht so tief eingedrungen. Ich habe sie nicht erreicht.«

»Sei froh.« Ein Windstoß strich scharf über seine Wunde. Er zog den alten Mantel fester um sich. Der krause Fellkragen kratzte ihn am Kinn.

»War es so schrecklich?«

Er starrte schweigend in den dunklen Hof hinaus. Kara blies in die Hände und rieb sie wärmend aneinander, ihre dunklen Augen wichen nicht von seinem Gesicht. Schließlich sagte er: »Du bist in der Wüste aufgewachsen.«

Sie nickte. »Ja.«

»Weißt du, was eine Gifttarantel ist?«

»Natürlich«, entgegnete Kara, ein wenig erstaunt über diese unzusammenhängende Frage.

»Dann frag mich nicht, was ich dort unten in den Brutkammern gesehen habe.«

Sie dachte einen Augenblick lang schweigend über seine Worte nach, dann gab sie ein ersticktes Stöhnen von sich und wandte sich betroffen ab.

Viertes Kapitel

»Es spielt eigentlich keine Rolle, wann sie zurückkommen, verehrter Herr Kanzler«, erklärte Bischöfin Govannin ruhig und sah auf ihre weißen, knochigen Hände hinunter. »Es wäre im Grunde sogar in vieler Hinsicht besser, wenn sie gar nicht zurückkämen.«

Alwir wandte den Kopf nicht, aber von ihrem Platz an der Seite der Feuerstelle in Hauptraum der Gardeunterkunft sah Gil, wie der Schein der Glimmsteine über seinen Brokatumhang zuckte, als er die Schultern straffte. Auf der anderen Seite des Feuers hielt die Anführerin der neuformierten Feuertruppe, Melantrys, in ihrer Vorführung der Flammenwerfer inne. Minalde, die sich an dem Tisch in der Mitte des Raumes mit dem Bischof von Penambra unterhalten hatte, hob mit einem Ruck den Kopf. Die Unterhaltung verstummte plötzlich im ganzen Raum.

Govannin fuhr mit sanfter Bosheit in der Stimme fort: »Ihr könnt nicht behaupten, daß die Mächte, die das Kaiserreich von Alketch regieren, einem Unternehmen, das von Zauberern geführt und geplant wird, ihre Unterstützung leihen werden.«

Alwir musterte die Bischöfin, die in dem einzigen im Raum vorhandenen Lehnstuhl saß und die Hände im Schoß verschlungen hatte, von Kopf bis Fuß. »Ingold Inglorion, verehrte Bischöfin«, erklärte er gelassen, »führt und plant in dieser Festung gar nichts. Ich habe ihn zum Anführer der Magiertruppe ernannt, was seinen Fähigkeiten entspricht. Und ich darf vielleicht darauf hinweisen, daß die Kirche bisher weder Kenntnisse noch Waffen zum Schutz gegen die Dunklen beigetragen hat.«

Govannin reckte das Kinn in die Höhe. »Und welches Verdienst kann das Werk eines Zauberers schon gegen die Rettung der Seele bedeuten?«

»Ihr kennt Euch mit der Rettung unserer Seelen besser aus als ich, verehrte Bischöfin«, fiel Melantrys mit ihrer leisen, sanften Stimme ein. »Aber mit Hilfe dieser Dinger werden wir unsere Haut retten, daran besteht kein Zweifel.« Ihre kleine, zierliche Hand fuhr liebkosend über die gebogenen Röhren und Drähte, die die Glaskugeln des Flammenwerfers verbanden. Sie schüttelte ihr gerstenblondes Haar zurück. Unter den pechschwarzen, unglaublich langen Wimpern blitzten ihre Augen mit der gnadenlosen Härte eines Falken hervor. Rudy hatte

Melantrys zwei Flammenwerfer von der Größe eines Gewehres zurückgelassen mit der Anweisung, die Feuertruppe zusammenzustellen. Melantrys hatte ihn beim Wort genommen. »Das Heer von Alketch wird unter diesen Bedingungen nichts gegen die Magie einzuwenden haben«, fügte sie hinzu.

»Die Unwissenden und die Gottlosen vielleicht nicht«, entgegnete die Bischöfin. »Aber in jedem Heer gibt es Unwissende und Gottlose. Manchmal sind es sogar die Befehlshaber selbst.«

Alwir fuhr zornig herum und begegnete ihrem schmallippigen Echsenlächeln. Mit gezwungener Munterkeit sagte er: »Es hieße die göttliche Vorsehung mit Füßen zu treten, würden wir die Waffen, die uns, auf wunderbare Weise erhalten, aus der Alten Zeit in den Schoß gefallen sind, zurückweisen. Wie genau die Heere des Dare von Renweth die Dunklen besiegten, entzieht sich bedauerlicherweise unserer Kenntnis. Aber ich bin überzeugt, daß er Waffen wie diese benutzte – und wenn das so ist, muß er auch über eine ausgebildete Truppe von Feuerbringern verfügt haben, die sie handhaben konnten. Ihren Erfolg kann man wohl an der langen Zeitspanne, in der die Menschheit Ruhe vor den Dunklen hatte, ablesen.«

Die Elfenbeinfinger der Bischöfin zuckten. »Zaubererwerk«, stieß sie verächtlich hervor. »Es besudelt die Hände eines jeden, der sich damit befaßt, Euren kostbaren Dare von Renweth nicht ausgenommen.« Sie warf einen bösen Blick zu Bektis hinüber, der im bernsteinfarbenen Schein des Feuers den zweiten Flammenwerfer eingehend betrachtete. Janus und die Gardisten, die am Tisch pokerten, beobachteten mißtrauisch, in welche Richtung die Mündung zeigte.

Alwir behielt sein unbeirrbares Lächeln bei. »Ich glaube, wir haben für heute genug über Zauberei geredet, verehrte Bischöfin.«

»Ihr werdet noch mehr als genug davon hören, wenn die Beauftragten des Herrn von Alketch hier eintreffen.« Ihre strengen Augen glitzerten wie Sternenschein auf ölig schwarzem Wasser. »Der Kaiser von Alketch ist ein Mann des wahren Glaubens.«

»Er ist ein von Pristern besessener Frömmler, der seine eigene Frau als Hexe verbrennen ließ«, mischte sich der Bischof von Penambra erbost ein und blickte von seinen verkrüppelten Händen auf.

Govannin verzog hochmütig die Lippen. »Tatsache ist und bleibt, Maia *von Thran«,* sie ließ seinen bäuerlichen Nachnamen mit der Verachtung des Mitglieds der ältesten aller vornehmen Familien über die Zunge rollen, »daß es im Süden, wo der Rechte Glaube stark und unverdorben ist, keine Dunklen gibt. Nur im Norden, wo die heidnischen Räuber ihr Unwesen treiben, haben sich die Dunklen gegen die Menschheit erhoben.«

»Behauptet Stiarth von Alketch«, wandte Janus ein. Er sprach den Namen aus, als wäre er Galle in seinem Mund.

»Zweifelt Ihr etwa an seinen Worten?« schnurrte Govannin.

Da Janus schwieg, öffnete Melantrys den Mund zu einer Erwiderung, doch Alwirs volle Stimme kam ihrer wahrscheinlich unangemessenen Bemerkung zuvor.

»Selbstverständlich nicht. Ein Mensch, dessen Welt um ihn herum in Trümmer zerfallen ist, hat eine gewisse Ausstrahlung. Ihr kennt sie; Ihr habt sie alle schon gesehen. Daran zumindest hättet Ihr es erkennen müssen.« Der Kanzler musterte sie von oben herab, und seine hochmütigen Augen mahnten diese Krieger in Lumpen, zu leugnen, was sie im Grunde ihres Herzens genau wußten. »Er war kostbar gekleidet und wohlgenährt – so sieht ein Mensch nicht aus, dessen Welt in Trümmern liegt. Nein«, fuhr Alwir fort, »ob es nun Gottes Wille oder das Verdienst des Kaisers ist oder auch nur reiner Zufall und das Schicksal der Menschheit, es gibt keine Dunklen in Alketch. Und wir wären Narren, würden wir unsere Politik nicht danach ausrichten.«

Unruhe und mißtrauisches Gemurmel ging durch den Raum. Melantrys verschränkte die Arme über der plumpen Waffe in ihrem Schoß; Minaldes Blick war finster auf ihre Fingerspitzen gesenkt. Govannin ließ sich mit einem unangenehmen Glitzern in den Augen zurücksinken und verschlang ihre Hände wieder im Schoß.

Alwir fuhr fort: »Wir haben alle Landherren des Reiches benachrichtigen lassen: Harl Kinghead im Norden und Tomec Tirkenson in Gettlesand, außerdem Degedna Marina und ihre Vasallen im Land des Gelben Flusses im Osten. Keiner von ihnen hat uns eine Antwort zukommenlassen. Die Hand der Dunklen lastet schwer auf dem Reich. Vielleicht rührt keiner einen Finger zu seiner Verteidigung. Ich habe gehört, daß der Größte aller Landherren, der Prinz von Dele, tot ist. Die anderen haben vielleicht längst ihre eigenen Königtümer ausgerufen und regieren von ihren elenden Festungen aus, ungeachtet der Treueeide, die sie dem Hohen König von Gae geleistet haben.

Und aus diesem Grund müssen wir mit unseren Verbündeten von Alketch zusammenarbeiten und unsere Vorurteile und jeglichen Groll, den wir in der Vergangenheit vielleicht genährt haben, im Zaum halten.« Wie zufällig streiften seine kalten, diamantblauen Augen die hagere Gestalt des Bischofs von Penambra, der ihm darauf einen finsteren Blick zuwarf. »Wir sind auf dieses Bündnis angewiesen«, fuhr der Kanzler mit strenger Stimme fort. »Wir sind darauf angewiesen wie ein verwundetes Glied auf einen gesunden, kräftigen Körper. Das Kaiserreich von Alketch verfügt über all die Dinge, die uns jetzt fehlen – einen blühenden Handel, Bildung, Kunst, Kultur, die nötigen Mittel, um Stahlwaffen zu schmieden, und eine zivilisierte Gesellschaft, um Gesetze durchzubringen.«

»Oh ja«, murmelte Janus und legte seine mächtigen, rotbehaarten Unterarme auf den Tisch. »Aber wessen Gesetze?«

Einen Augenblick lang herrschte Schweigen im Raum, und ein harter Zug bildete sich um Alwirs Lippen.

Schließlich ergriff Govannin das Wort: »Geschriebene Gesetze, mein starker Freund. Die Art von Gesetzen, die der verehrte Herr Alwir schon immer aus den Überlieferungen zu tilgen versucht.«

»Die nutzlosen Haarspalterein von Kirchenrechtlern, deren Knochen in den Straßen von Gae verfaulen!« Die Aufzeichnungen der Kirche waren Alwir ein steter Dorn im Auge. »Ich schwöre beim Eis im Norden, daß das Papier, auf dem sie geschrieben stehen, mehr wert ist als sie.«

»Damit Ihr Eure eigenen Gesetze darauf niederschreiben könnt?«

Alwir verlor die Beherrschung und schrie zornig: »Um die Zahl der Bevölkerung und die Ereignisse in der Festung aufzuzeichnen!« Aufs äußerste gereizt, machte er einen drohenden Schritt auf sie zu, doch dann sah er ihr Lächeln und beherrschte sich mühsam.

Niemand rührte sich oder sprach ein Wort. Nur Gnift klatschte eine abgegriffene Spielkarte auf den Tisch und krächzte: »Und acht liebliche Herzen für die reizende Dame in Schwarz.«

Alwir preßte die Lippen zusammen, seine Nasenflügel bebten, und er sog die Luft tief und vernehmlich ein. »Ich sage Euch, verehrte Bischöfin – und ich sage es euch allen –, daß dieses Bündnis mit Alketch von größter Bedeutung für die Festung und alle ihre Bewohner ist. Ohne es verlieren wir die letzte Hoffnung auf ein zivilisiertes Leben. Wir werden zu verblödeten Dörflern werden, ungebildet und gewalttätig, eine leichte Beute für die Stärkeren und besser Bewaffneten. Und das werde ich niemals zulassen.« Sein Blick traf sie alle: Melantrys, deren Nasenflügel angewidert gebläht waren, Alde, die den Blick noch immer in verärgertem Schweigen auf ihre Hände gesenkt hielt, und auch den Bischof von Penambra in seinem geflickten roten Umhang mit den zerfetzten Brokatborten. »Ich werde nicht zulassen, daß irgend etwas dazwischenkommt. Glaubt mir, es gibt nichts – und niemanden –, das ich nicht opfern würde, um ein dauerhaftes Bündnis mit dem Kaiserreich zustandezubringen.«

»Euch selbst eingeschlossen, verehrter Kanzler?« erklang eine weiche, brüchige Stimme. Gil hob beim Klang dieser Stimme mit einem Ruck den Kopf, und eine Welle der Freude durchrieselte sie.

Alwir fuhr herum. Wie alle Anwesenden erkannte er die armselige Gestalt im Halbdunkel augenblicklich. »Ihr seid also zurückgekehrt«, sagte er.

Als Ingold in den Lichtschein trat und die Kapuze seines eisverkrusteten, verschmutzten Umhangs zurückschob, war Gil entsetzt, wie alt er aussah. Hinter ihm traten Rudy und Kara, ebenfalls schlammbedeckt, schweigend und erschöpft bis zur Gleichgültigkeit, aus der Dunkelheit. Alde blickte auf, und Rudy wandte das Gesicht ab, als könne er die Freude nicht ertragen, die in ihren Augen aufleuchtete.

»Hattet Ihr geglaubt, ich würde nicht zurückkommen, verehrter Kanzler?« Ingold stellte die Umhängetasche, die er getragen hatte, ab. Gil hörte das leise Aneinanderschlagen vom Wachstafeln. Janus war bereits auf den Füßen und verdeckte mit seinem massigen Körper das Licht der Feuerstelle, als er sich niederbeugte, um aus einem kleinen Kessel, der neben dem Feuer stand, sogenannten Gardistenwein in einen Becher zu gießen.

»Nein«, beantwortete Alwir endlich Ingolds Frage. »Ihr habt bereits bewiesen, daß Ihr gegen die meisten Widrigkeiten gewappnet seid, verehrter Herr Zauberer.«

»Oder daß er in der Lage ist, ihnen aus dem Weg zu gehen«, warf Govannin gehässig ein.

»Das ist das Geheimnis meines unangemessen langen Lebens«, pflichtete Ingold mit leisem Lächeln bei. »Danke, Janus – das ist das zweite Geheimnis meines unangemessen langen Lebens.« Er nippte an dem dampfenden Becher, der keineswegs Wein enthielt, sondern ein gräßliches Gemisch aus heißem Wasser und selbstgebrautem Gin.

Der Kommandant der Garde schob ihn zu einer der ungehobelten Bänke am Tisch, und Alde raffte ihre schweren Röcke zusammen, um ihm Platz zu machen. Rudy und Kara ließen sich neben Melantrys auf dem Backsteinrand der Feuerstelle nieder, wo ihre auftauenden Kleider in der Hitze zu dampfen und tropfen begannen. Keiner von ihnen hätte sagen können, wohin Kta verschwunden war, doch wurde er später, fern der Beratung der Mächtigen, am Küchenfeuer in der Unterkunft der Zaubertruppe gefunden, wo er sich friedlich die mageren Hände über den Flammen wärmte.

»Mein Herr«, sagte Ingold nach einer Weile, »seid Ihr noch immer zu diesem Feldzug entschlossen?«

Die Stimme des Kanzlers klang munter, hatte jedoch einen Anflug von Wachsamkeit. »Natürlich bin ich immer noch dazu entschlossen«, sagte er. »Ist der Plan durchführbar?«

Die eingesunkenen Augen des Zauberers funkelten. »Rudy glaubt, daß er durchführbar ist.«

»Tatsächlich?« Alwirs Brauen zuckten in die Höhe. »Und ich muß annehmen, daß Ihr anderer Meinung seid, verehrter Herr Zauberer?«

»Es ist Irrsinn«, sagte der Zauberer einfach.

Das dünne Lächeln des Kanzlers wurde breiter, ohne jedoch einen Deut an Freundlichkeit zu gewinnen. »Nun«, murmelte er, »glücklicherweise seid Ihr nicht mehr unsere einzige Informationsquelle in dieser Angelegenheit, nicht wahr? War es Irrsinn, der Dare von Renweth geholfen hat, die Dunklen zu besiegen?«

Ingold gab keine Antwort auf diese bissige Bemerkung. Alwir wandte sich mit einem höhnischen Lachen ab. »Rudy? Sind Eure Zauberwaffen nun doch des Rätsels Lösung?«

Rudys Kopf fuhr hoch, als wäre er aus einem furchtbaren Traum gerissen worden. »Ich weiß nicht, ob Dare das Problem auf diese Weise gelöst hat oder nicht«, erklärte er mit vor Erschöpfung belegter Stimme. »Aber wir können den Brutstätten schweren Schaden damit zufügen, vielleicht so schwer, daß die Dunklen gezwungen sind, sie endgültig aufzugeben.«

Dann berichtete er zögernd, was er in der Brutstätte gesehen hatte – die Kompliziertheit dieses dunklen, schmutzigen Reiches, die Fähigkeit der Dunklen, Feuer wie Licht zu löschen, und die seltsame Entflammbarkeit der fauligen, braunen Moosfelder.

»Darin liegt unser Vorteil«, beendete er seinen Bericht. »Wenn wir jeden der beiden Hauptgänge nach unten von einer starken Einheit besetzen lassen, um den Feuertruppen bis in die Brutkammern hinunter Deckung zu geben, würde sich das Feuer in den Moosfeldern ausbreiten, während die Truppen den Rückzug antreten. Ich glaube, so müßte es gehen.«

»Besonders, wenn die Moose die Stickstoffumwandler des gesamten Ökosystems der Brutstätte sind«, fügte Gil unvermittelt hinzu. »Wenn das richtig ist – und es klingt ganz so –, dann muß die Brutstätte vollsein mit Stickstoffvorräten.«

Alle Anwesenden, Rudy inbegriffen, starrten sie so verständnislos an, als hätte sie etruskisch gesprochen. Mit einiger Verspätung fiel Gil ein, daß sie es hier mit einer vorindustriellen Weltsicht zu tun hatte, und sie fügte erklärend hinzu: »Meine Forschungen haben ergeben, daß diese Moosarten hochbrennbar sein könnten.«

»Wahrhaftig«, sagte Alwir nachdenklich. »Ich hatte keine Ahnung, daß Ihr Wissenschaftlerin seid, Gil-Shalos. Eine merkwürdige Vergangenheit für eine Kämpferin. Damit sind schon zwei Eurer Schüler anderer Meinung als Ihr, Ingold.«

Er wandte sich wieder Rudy zu. »Ihr glaubt also, wenn wir den Feuertruppen vor den Dunklen Deckung geben und die Zauberer vielleicht die ganze Einheit mit einem Lichthof umgeben, wäre es möglich, die Brutstätte der Dunklen auszubrennen, so wie Ihr es beschrieben habt?«

»Ich glaube, ja«, erklärte Rudy. »Der Nachteil ist, daß es keine Möglichkeit gibt, die menschlichen Gefangenen der Dunklen herauszuholen. Es sei denn, es gelingt ihnen, im Schutz der Truppen zu entkommen . . .«

»Sehr bedauerlich«, seufzte Alwir. »Aber vielleicht ist es sogar besser so. Nach so langer Zeit im Reich der Dunklen kann man sie wohl kaum als geistig gesund bezeichnen.«

»Ihr seid Eurer Sache sehr sicher für einen Menschen, der sie niemals gesehen hat«, bemerkte Ingold und blickte vom Goldrand seines Bechers auf. »Ich persönlich würde einen solchen Tod nicht einmal den Herden der Dunklen wünschen, die ebenfalls unschuldige Wesen sind.«

»Pah!« Der Kanzler verzog angewidert den Mund.

»Außerdem solltet Ihr Euch vielleicht Gedanken darüber machen, was aus der Festung wird, wenn der Feldzug mißlingt und Euer Heer vernichtet wird. Auf dem Weg aus den Tälern herauf sind wir weniger als zwei Meilen unterhalb der alten Wachtürme am Hohen Tor auf Opferpfähle der Weißen Räuber gestoßen. Und in den Tälern gibt es viele, die die Festung belagern würden, wenn sie erführen, daß ihre Verteidiger abgezogen sind – nicht nur Banditen, sondern auch Familienbanden und kämpferische Stämme, die sich notfalls mit Gewalt Einlaß verschaffen würden.«

»Das«, warf der Kanzler mit einem gehässigen Seitenblick auf den Bischof von Penambra ein, »wissen wir bereits.«

»Ich will mich nicht mit Euch herumstreiten, Alwir, denn Ihr glaubt, was Ihr wollt, und handelt, wie es Euch gefällt«, fuhr der Zauberer fort. Er hob den Kopf, und im Feuerschein wirkte sein Gesicht ausgezehrt, und seine Augen funkelten vor Zorn. »Ich bin müde, zu Tode erschöpft – wir waren zwei Nächte lang auf der Flucht vor den Dunklen und haben uns unserer Haut gewehrt, und ich bin halb erfroren. Wenn es Euer Wille ist, in die Brutstätte der Dunklen einzudringen, werden die Zauberer Euch darin unterstützen und ihr Leben dafür einsetzen, damit so viele Menschen wie möglich eine Niederlage überleben. Aber ich spüre es bis in die Knochen, daß Euer Plan den Tod bedeutet – den Tod für die meisten, und für einige Schlimmeres.«

Mit einer ungeduldigen Handbewegung warf er seinen Becher ins Feuer, und der restliche Alkohol zischte in einer hohen Stichflamme auf.

Gleich darauf war er verschwunden, und seine Schritte verhallten im Gang, bevor den anderen richtig klargeworden war, daß er sich erhoben hatte.

»Alter Narr«, murmelte Alwir ihm leise nach.

Ein unbehagliches Schweigen breitete sich im Raum aus. Alle Anwesenden, von den Kartenspielern bis zur Bischöfin Govannin blickten fragend zum Kanzler hin, der mit verschränkten Armen am Feuer stand.

Rudy seufzte und wandte sich zum Gehen. »Er ist dennoch kein Narr«, sagte er müde. Er nahm seinen Stab mit der sichelförmigen Spitze, den er an den Türpfosten gelehnt hatte, und wandte sich noch einmal mit trägen, müden Bewegungen um. »Ja, ich glaube, daß Ihr Gae zurückerobern könnt. Aber was zum Teufel wollt Ihr damit anfangen, wenn Ihr es habt? Der größte Teil der Stadt ist überschwemmt, und da, wo kein Wasser ist, wimmelt es von Ratten, Ghulen und verwilderten Dooersklaven. Solange die Weißen Räuber die Täler unsicher machen und die Dunklen die Nächte, werdet Ihr nicht in der Lage sein, ein Nachrichtensystem mit der Festung aufrechtzuerhalten, ganz zu schweigen vom übrigen Reich.«

Alwirs Augen nahmen plötzlich einen harten Ausdruck an, wenn auch seine Stimme höflich blieb. »Laßt das meine Angelegenheit sein«, erklärte er. »Da Ihr ohnehin nach dem ersten Feldzug gegen die Dunklen in Eure eigene Welt zurückkehren werdet, kann Euch diese Angelegenheit kaum etwas angehen, oder?«

Rudy sah, wie Alde zusammenzuckte; ihr Gesicht war bleich geworden. Bitterer Zorn stieg in ihm auf, als er erkannte, daß Alwir diesen Schlag absichtlich ausgeteilt hatte, um ihn dafür zu bestrafen, daß er sich gegen die Pläne des Kanzlers geäußert hatte.

»Nein«, sagte er mit tonloser Stimme, machte auf dem Absatz kehrt und verschwand in der Dunkelheit.

»Rudy!« Aldes verzweifelte Stimme hielt ihn auf, als er gerade im Begriff war, den Gemeinschaftsraum zu durchqueren. Sie mußte ihm über Abkürzungen gefolgt sein, die nur sie und Gil herausgefunden haben konnten. Tränen schimmerten auf ihrem Gesicht, und dieser Anblick verdrängte seinen Zorn und erfüllte ihn mit Kummer und Mitleid. Er breitete wortlos die Arme aus.

Eine Zeitlang konnten sie einander nur schweigend in den Armen halten, ihr Gesicht im feuchten, rauhen Fell seines Kragens vergraben, ihr duftendes Haar an seinen Lippen. Dann küßten sie sich leidenschaftlich, als könnten sie so die Wahrheit, die sie beide kannten, verdrängen. Ihre heißen, salzigen Tränen brannten auf seiner Wange.

»Es tut mir leid«, flüsterte er. »Alde, es tut mir so leid.«

Sie schlang die Arme noch fester um ihn, und ein bebender Atemzug erschütterte ihren Körper.

Sie schüttelte den Kopf. »Nein«, murmelte sie. »Es darf dir nicht leidtun, Rudy – das nicht.« Ihre Worte klangen erstickt an seiner Brust.

In der Feuerstelle zerbrach ein Holzscheit, und die auffliegenden Goldfunken warfen ihre Schaffen zuckend an die Wand.

»Es war immer klar, daß es einmal enden würde, nicht wahr? Und dann schien es, als hätten wir es beide vergessen. Aber ich wollte es vergessen. Mir war, als wärest du schon immer hier – und würdest immer hier bleiben . . .« Sie hielt inne. Rudy spürte, wie sie die Zähne zusammenbiß und ein Schluchzen unterdrückte. Dann schüttelte sie den Kopf, und im zuckenden Schein der Glut war ihr Haar wie mit Karfunkelsteinen besetzt. Sie schluckte krampfhaft. »Dies hier war nie deine Welt. Du hast gar keine Wahl, nicht wahr?«

»Nein«, flüsterte Rudy bitter. »Nein, ich habe keine Wahl.«

Sie seufzte tief auf und legte die Stirn an seine Schulter. »Dann bleibt uns nicht viel zu sagen, nicht wahr?« murmelte sie. »Manchmal glaube ich, wir haben nie die Wahl. Niemand hat je die Wahl. Wieviel Zeit bleibt und noch?«

Fast unhörbar hauchte er in ihr Haar: »Bis zum Winterfest. Nach dem Winterfest bricht das Heer nach Gae auf. Und danach . . .«

Sie schüttelte den Kopf, und sein unrasiertes Kinn kratzte die zarte Haut an ihrer Schläfe auf. »Es gibt kein danach«, erklärte sie. »Es war Schicksal, nicht wahr? Schicksal, daß du hierher gekommen bist und die Flammenwerfer entdeckt hast, mit denen wir die Dunklen bekämpfen können. Und wenn das Schicksal fertig ist mit dir, mußt du in deine eigene Welt zurückkehren. ist das nicht der Lauf des Universums?«

Er schlang die Arme fester um sie und spürte die Zerbrechlichkeit ihres Körpers durch Schleier und Samt hindurch. »Ingold behauptet immer, es gibt keinen Zufall. Aber warum, zum Teufel, hat das Schicksal beschlossen, daß es so kommen mußte?«

Sie sah zu ihm auf und schüttelte das Haar zurück, das vorne geflochten war und hinten offen auf seine Hände fiel, die er um ihre Taille gelegt hatte. »Es ist so gekommen, weil ich es mir so gewünscht habe«, flüsterte sie. »Rudy – besser das bißchen, das wir hatten, als gar nichts. Mit dir war ich glücklicher als je zuvor im Leben. Zwischen deinen Reisen mit Ingold hast du mehr Zeit für mich gehabt als Eldor in den dreißig Monaten unserer Ehe. Und ich habe dich nie gefürchtet, mich in deiner Gegenwart nie wie ein dummes, hilfloses Kind gefühlt. Du hast nie von mir erwartet, daß ich etwas anderes bin als ich selbst . . .«

»Was hat Eldor von dir erwartet?«

»Ich weiß es nicht!« schluchzte sie auf. Die Worte brachen aus ihr hervor wie eine lange eingedämmte Flut. »Aber ich konnte es in seinen Augen lesen, wenn er mich ansah und sich dann abwandte. Ich habe ihm alles gegeben, was ich zu geben hatte, aber da es nicht das war, was er wollte, bemerkte er nicht, daß es alles war, oder es war ihm gleichgültig. Ich war sechzehn. Ich habe ihn geliebt. Ich habe ihn angebetet. Wenn ich dich damals gekannt hätte . . .« Die Worte erstarben ihr auf den Lippen, Tränen schimmerten wie Diamanten in ihren Wimpern.

Rudy beugte sich zu ihr hinunter und küßte ihr die Tränen fort. »Aber«, flüsterte er sanft, »sie hätten dir ohnehin nicht erlaubt, den Lehrling eines alten Zauberers zu heiraten. Außerdem möchte ich wetten, daß du mit sechzehn flachbrüstig und pickelig warst.«

»Ich war nie pickelig«, widersprach sie, und Tränen und aufsteigendes Lachen vermischten sich in ihrer Stimme. »Hör auf! Du bringst mich zum Lachen.«

»Und das ist noch nicht alles«, murmelte er dicht an ihren Lippen.

»Alles in Ordnung?«

Ingold nickte, ohne die Augen zu öffnen. Auf dem schwarzen, verfilzten Bärenfell, auf dem er lag – die einzige Decke, deren sich sein schmales Lager brüsten konnte –, wirkte sein Gesicht sehr bleich. Gil blieb, die dampfende Tasse Tee in der Hand, unentschlossen stehen, dann bückte sie sich, stellte die Tasse so auf den Boden, daß er sie erreichen konnte, und wandte sich zum Gehen. »Du wirst verteufelt schlecht schlafen«, rief sie über die Schulter zurück, »wenn du nicht die Stiefel ausziehst und den Schwertgürtel ablegst.« Der Zauberer öffnete die Augen noch immer nicht. Er murmelte nur: »Das glaube ich nicht.«

Doch über seinem Kopf schimmerte ein magisches Licht auf und wurde allmählich stärker. Es beleuchtete die feine Einlegearbeit des Tisches, den sie und Alde in einem abgelegenen Lagerraum in der fünften Ebene für ihn aufgetrieben hatten. Seine Perlmutt- und Birnenholzplatte verschwand vollständig unter alten Pergamentrollen, den aus den Trümmern von Quo geretteten edelsteinbesetzten Büchern und unzähligen, dazwischen verstreuten Wachstafeln. Zwischen dem Durcheinander, das sich auf dem Boden wie ein See um den Tisch herum fortsetzte, lagen überall jene geheimnisvollen, grauen Kristallpolyeder herum. Gil zögerte, dann trat sie an das Lager des Zauberers und begann, ihm die Stiefel abzustreifen.

»Die anderen Magier werden gleich zum Essen kommen«, erklärte sie unterdessen. »Wenn ich jetzt versuche, Karas Mutter davon zu überzeugen, daß sie nichts für dich vorbereiten soll, laufe ich Gefahr, mein Leben als Frosch zu beenden.«

Aus dem Gemeinschaftsraum drang die schrille Stimme von Nan zu ihnen herüber, die irgend jemanden – vermutlich Dakis, den Sängerknaben – beschuldigte, ein abscheulicher Essensdieb zu sein, und ihm die entsetzlichsten Strafen androhte, falls er es noch einmal wagen sollte, ihre Küche zu plündern. Karas vorwurfsvolles: »Aber Mutter!« klang leise aus einem anderen Raum herüber.

Ingold schüttelte lächelnd den Kopf. »Danke, mein Kind«, sagte er, als Gil seine schmutzigen Stiefel neben die Tür stellte. Gleich darauf dachte sie, er wäre eingeschlafen, denn er hatte die Augen geschlossen und lag reglos, die Hände schlaff ausgebreitet, auf dem Rücken. Aber aus irgendeinem unerklärlichen Grund ging Gil nicht hinaus. Sie blieb in der Tür stehen und sah auf ihn hinunter, und ihre kalten, grauen Augen wirkten seltsam blau im schwindenden Schein des magischen Lichts.

»Ingold?« Ihre Stimme übertönte kaum das Gemurmel, das aus dem Gemeinschaftsraum herüberdrang.

»Ja, mein Kind?«

»Hast du das wirklich ernst gemeint? Daß es hoffnungslos ist?«

Er öffnete die Augen und betrachtete sie einen Moment lang eingehend. »Hoffnungslos oder nicht«, murmelte er dann, »du wirst jedenfalls zu dem Zeitpunkt, wenn sich das Heer in Bewegung setzt, sicher in deine eigene Welt zurückgekehrt sein. Aber nein«, fügte er hinzu, als er den kummervollen Ausdruck in ihrem Gesicht bemerkte. »Es gibt immer Hoffnung.«

»Aber du glaubst nicht, daß sie von Rudys Flammenwerfern abhängt«, ergänzte Gil. »Aber zum Teufel, Ingold, die Dunklen *sind* einmal besiegt und in ihre unterirdischen Höhlen zurückgetrieben worden. Die Soldaten, denen das gelungen ist, können nicht viel zahlreicher gewesen sein als wir. Und die Dunklen scheinen anzunehmen, daß du die Antwort kennst.«

Seine Augenlider schlossen sich wieder, und er gab ein leises, müdes Lachen von sich. »Die Antwort auf welche Frage?« Er seufzte. »Wenn die Erinnerung daran, wie die Dunklen einst vernichtet wurden, auf Tir übergegangen ist, kann es dann, wenn er sie zu begreifen beginnt, längst zu spät sein. Die Dunklen haben Angst davor, daß ich mich früher daran erinnere oder daß ich es bereits weiß.«

Er stieß ein trockenes, mutloses Lachen aus. »Das komische ist nur, daß ich nicht die leiseste Ahnung habe, was ich eigentlich wissen soll.

Ich dachte, daß ich vielleicht wie Minalde Dinge wiedererkennen würde, unabhängig von meiner Erinnerung. Die Erinnerungen, die Alde durch das Haus Bes geerbt hat, können nur durch etwas wachgerufen worden sein, was sie schon einmal gesehen hat, aber sie waren darum nicht weniger wahr. Ich habe eingehend darüber nachgedacht; ich habe mir das Hirn zermartert und sämtliche Aufzeichnungen aus der Bibliothek von Quo durchgekämmt, die etwas mit meinen und Lohiros Forschungen zu tun haben . . .« Er deutete auf die Stapel von Büchern, die über den Tisch verstreut lagen. »Und ich habe nicht das geringste gefunden. Nichts, was die Angst der Dunklen vor mir begründen würde.«

»Aber wenn sie dich nicht fürchten«, warf Gil nachdenklich ein, »warum wollen sie dich dann haben?«

Lange Zeit sagte er nichts, und Gil begann sich wieder zu fragen, ob er vielleicht doch eingeschlafen war. Doch seine Hand krallte sich plötzlich in das schwere, dunkle Fell der Decke, und seine Stirn zog sich, wie unter einem heftigen Schmerz, zusammen. Dann glätteten sich seine Züge ebenso plötzlich wieder, und er sagte: »Ich habe nicht die leiseste Ahnung. Sag mir, warum die eine Gruppe von Magiern von der Erforschung der Brutstätte im Tal der Dunklen vorzeitig zurückgekehrt ist.«

Gil war erstaunt über diesen raschen Wechsel zu einem anderen Gesprächsthema. »Wie hast du das erfahren?«

Ein kaum merkliches Lächeln zuckte um seinen Mund. »Ich wäre ein trauriger Magier, wenn ich die Handlungen meiner Kollegen nicht im Kristall verfolgen könnte«, erklärte er. »Mondschatten – die Schamanin der Weißen Räuber – hatte die Leitung der Expedition. Ich habe zwar erwartet, daß diese Gruppe als erste zurückkehren würde, da das Tal der Dunklen nur einen Tagesmarsch von der Festung entfernt ist, aber sie waren so schnell wieder da, daß ich glaube, sie haben die Brutstätte nie betreten.«

»Das stimmt«, entgegnete Gil und lehnte sich mit der Schulter gegen den Türpfosten. »Aber ich hatte auch nichts anderes erwartet. Wenn man von oben in das Tal hinunterschaut, kann man deutlich erkennen, daß sich der Grundriß der alten Stadt der Dunklen durch die Erdbewegungen verschoben hat. Die Steinplatte, von der aus die Treppe hinunterführt, hat ihre ursprüngliche Lage so sehr verändert, daß es mich nicht wundert, wenn die Treppe selbst für Menschen nicht mehr begehbar ist.«

»Wahrhaftig?« Seine Augen waren plötzlich scharf und aufmerksam auf sie gerichtet. »Das hattest du vorausgesehen?«

Gil verschränkte die Arme vor der Brust und nickte. »Es ist nur logisch.

Wenn die Berge dort geologisch so sehr in Bewegung sind, können sie die Bodenplatte verschoben haben. Die Ruinen dort sind alt – älter als unsere Zeitrechnung. Die Dunklen haben das Tal um die ältesten Felsen am Fuß der Berge gestaltet, aber sie konnten die beständigen Erdverschiebungen nicht verhindern, um ihre Treppen offenzuhalten.«

Der Zauberer dachte eine Weile angestrengt über das Gehörte nach. Dann rollte er sich zur Seite, stützte sich auf den Ellbogen auf und nahm die Tasse Tee vom Boden.

»Sehr interessant«, sagte er endlich. Im Halbdunkel seiner Nische schimmerte das magische Licht auf seinem weißen Haar wie heller Mondschein auf einem verschneiten Berg; sein Gesicht war in Schatten getaucht. »Du hast mich einmal gefragt, warum du hier bist, Gil – warum das Schicksal dich und nicht irgendeinen anderen Menschen in die Verbannung von allem, was dir lieb und vertraut war, geworfen hat.«

Gil blickte mit zusammengepreßten Lippen auf ihre schmalen, knochigen Hände hinunter.

»Was weißt du über das Moos in den Brutstätten?«

Sie hob den Kopf mit einem Ruck, völlig erstaunt über diese neuerliche Wendung des Gesprächs, und begegnete dem aufmerksamen, neugierigen Blick des alten Mannes. »Nichts«, sagte sie.

»Aber du hast eine Vermutung«, entgegnete er hartnäckig. »Jedenfalls hast du heute im Gardequartier so etwas angedeutet.«

Sie lachte reumütig auf. »Ach das. Das ist nicht wichtig. Mir ist nur etwas durch den Kopf gegangen, das ich in meinem Biologiekurs auf dem College gelernt habe und das erklären würde, warum das Moos so leicht brennt. Das ist alles. Es hat nichts mit den Dunklen zu tun.«

»Ist es wirklich nicht wichtig?« murmelte der Zauberer. »Ich habe meine Zweifel. Weißt du noch, Gil, wie du damals im Tal der Dunklen vom Berg hinuntergeschaut und im schrägen Abendlicht die Anordnung der alten Mauern erkannt hast, die dir verraten hat, daß es dort früher eine Stadt gegeben haben mußte? Ich hätte die Veränderung in den Farben und der Dichte der Vegetation nie für etwas anderes gehalten als für eine seltsame Beschaffenheit des Talbodens.«

»Ja natürlich.« Gil zuckte die Achseln. »Du hast auch nicht drei Semester lang Vorlesungen über die Bedeutung von Luftaufnahmen in der Historiographie gehört.«

Ingold lächelte. »Nein. Statt dessen habe ich einen beträchtlichen Teil meines vergeudeten Lebens damit zugebracht, zu lernen, wie man Horoskope erstellt – ein interessanter Zeitvertreib, aber nicht sehr ergiebig. Worauf ich hinaus will, ist folgendes: vielleicht bedarf es zur Beantwortung der Frage, auf welche Weise die Dunklen einst vernichtet wurden – und wie sie wieder vernichtet werden könnten –, eines Wissenschaftlers, nicht eines Zauberers. Und das könnte der Grund dafür sein, daß du hier bist.«

»Vielleicht«, stimmte sie ihm mit schiefem Lächeln zu. »Aber das ändert nichts an der Tatsache, daß keine der Aufzeichnungen, die ich gesehen habe – seien es Govannins Kirchenannalen, die alten Bücher, die du aus Quo mitgebracht hast, oder diejenigen, die Alde und ich in den Lagerräumen entdeckt haben –, bis in die Zeit der Dunklen zurückreichen. Die Aufzeichnungen beginnen frühestens tausend Jahre danach.«

Ingold stellte die Teetasse ab und ließ sich auf die Decke zurücksinken. Seine Stirn war nachdenklich gerunzelt. »Aber warum ist das so?« fragte er.

Gil setzte zu einer Erwiderung an, ließ die Worte dann aber ungesagt. *Der Hund war tatenlos bei Nacht . . . und das war, wie Sherlock Holmes einmal bemerkt hatte, das Verdächtige.*

Nachdenklich gestimmt kehrte sie in die Gardeunterkunft zurück.

Fünftes Kapitel

Eigenartigerweise war es ausgerechnet Gils Mutter, die den Schlüssel zur Lösung des Rätsels der Vorzeit lieferte.

Gil träumte selten von ihrer Mutter; tatsächlich war es Monate her, daß sie auch nur an sie gedacht hatte. Sie hatten sich nie sehr nahegestanden; Mrs. Pattersons Beziehung zu ihrer Tochter gründete sich weitgehend auf emotionaler Erpressung, von der sich Gil, die ein überaus verletzliches Wesen besaß, nie ganz erholt hatte.

Dennoch war sie nicht allzu überrascht, sich im Traum im Haus ihrer Mutter wiederzufinden, wo sie auf dem unbequemen, himmelblau gespolsterten Sofa saß und dem Geplauder ihrer Mutter mit einem jungen Arzt lauschte, den sie eingeladen hatte. ». . . vorstellen, Liebes. Ich habe ihm erzählt, daß ich eine Tochter habe, und er sagte, er wäre *sehr interessiert* daran, dich kennenzulernen.«

Im Traum dachte Gil darüber nach, daß ihre Mutter sich nicht sonderlich verändert hatte. In bester Kurverfassung und tennisgebräunt, zierlich und gertenschlank in einem mattrosa Modellkostüm, jedes Härchen ihrer Frisur am richtigen Platz, sah sie nicht aus wie eine Frau, deren älteste Tochter seit Monaten spurlos verschwunden war. Wie immer beherrschte sie die Unterhaltung mit ihrem unerschöpflichen Vorrat an belanglosen Plaudereien und berichtete gerade über ihre neuesten Versuche, sich durch Hypnosetherapie das Rauchen abzugewöhnen.

Gil fühlte sich so linkisch und wenig unterhaltsam wie immer und blickte auf ihre Hände, in denen sie ein Cocktailglas hielt, hinunter. Sie sah ihre Hände, wie sie jetzt waren, knochendürr und hart, bedeckt mit den Narben und Wunden von den Schwertübungen. Sie trug ihr einziges, ziemlich unkleidsames blaues Kleid. Da sie unter den Entbehrungen und dem harten körperlichen Training abgemagert war, paßte es ihr weniger denn je. Sie trug Seidenstrümpfe und Schuhe mit hohen Absätzen, und als sie an sich hinunterblickte, bemerkte sie, daß sie an einem Bein eine Laufmasche hatte.

». . . natürlich bin ich dadurch, daß mein Mann soviel unterwegs ist und Gillian an der Universität ist, furchtbar nervös. Was ist dein Hauptfach, Liebes?«

»Geschichte«, erwiderte Gil, und das Gesicht ihrer Mutter erblühte zu einem Lächeln, das so liebreizend war wie ein Strauß Seidenblumen.

»Natürlich, weißt du eigentlich, Liebes, daß Dr. Armbruster in der psychiatrischen Behandlung seiner Patienten ebenfalls Hypnose anwendet? Also wirklich, mir hat es so geholfen . . .« Sie zündete sich eine Zigarette an, und im Sonnenschein leuchteten ihr goldenes Feuerzeug und ihre hellrot lackierten Fingernägel auf.

Gil öffnete die Augen. Am anderen Ende der Frauenunterkunft verbreitete die Glut in dem winzigen Kamin einen schwachen Schein. Ansonsten war es dunkel im Raum. In den Gängen hinter der dünnen Mauer der langgezogenen Zelle hörte sie den gemessenen Schritt der Nachtwache.

Eigentlich hätte sie beim Anblick ihrer Mutter und der Welt, die sie verloren hatte, so etwas wie Kummer verspüren müssen, dachte Gil später. Doch im Augenblick waren ihre Gedanken beschäftigt, und sie lag lange wach und starrte nachdenklich zur Decke.

»Hypnose?« sagte Ingold, dem das fremde englische Wort nur schwer über die Zunge ging, zögernd. Er hatte den Ellbogen auf die Werkbank in Rudys Laboratorium gestützt und strich sich nachdenklich über den weißen Bart.

»Himmel, daran habe ich überhaupt noch nicht gedacht!« rief Rudy aus, indem er sich von dem Durcheinander von Röhren, Schäften, selbstgemachtem Klebeband und Glaskugeln auf dem Tisch abwandte und Gil bewundernd und erfreut ansah. »Glaubst du, daß es funktionieren würde?«

»Warum nicht?« Gil schob einen Leimtopf beiseite, setzte sich auf die Kante der Werkbank und ließ die Füße in ihren ausgetretenen alten Stiefeln in der Luft baumeln.

»Aber was ist das – Hypnose?« Alde blickte von ihrer Beschäftigung auf. Sie sah sehr häuslich aus mit der goldenen Schere in der Hand und den Stoffetzen in ihrem Schoß. Sie schnitt den Stoff in lange Streifen, die später mit Leim bestrichen und als Klebeband verwendet wurden. Prinz Altir, der letzte Sproß des Hauses Dare, saß zu ihren Füßen und mumifizierte sich feierlich.

»Es ist so, als würde man in einen tiefen Schlaf versetzt«, begann Gil, doch Rudy schüttelte den Kopf.

»Nein«, widersprach er. »Ich hatte eine Bekannte, die sich einer Regressionstherapie unterzog – und sie erzählte mir, daß man nicht schläft. Es ist so, als – als würdest du deine ganze Konzentration auf die Stimme des Hypnotiseurs richten. Man erreicht einen solchen Zustand der Entspannung, daß der Geist offen ist für eine hypnotische Beeinflussung. Man findet alles einleuchtend.« Er blickte von Ingold zu Alde. »Und man kann diese Methode anwenden, um Vergessenes ins Bewußtsein zurückzuholen.«

»Es klingt wie *gnodyrr«*, sagte Ingold nachdenklich und betrachtete die drei jungen Leute mit halb geschlossenen Lidern. »Gnodyrr ist ein Zauber, mit dem der Geist eines Menschen zu vollkommener Ruhe gebracht und geöffnet wird – und er wird hauptsächlich mit der Stimme gewirkt.«

»Hast du es schon einmal getan?« fragte Gil.

»Natürlich.«

»Gibt es in der Festung noch jemanden, der einen solchen Zauber über dich verhängen könnte? Auf diese Weise könnten wir herausfinden, was es ist, das du vergessen hast – wir könnten den Schlüssel zur Vernichtung der Dunklen finden. Wäre Thoth dazu fähig?«

Der Mund des Zauberers verzog sich zu einem breiten Lächeln. »Oh, ich glaube nicht«, erklärte er, und seine Augen blitzten schelmisch. »Thoth würde nie wieder ein Wort mit mir sprechen, wenn ich auch nur die Möglichkeit andeuten würde, daß er solche Dinge kennt. *Gnodyrr* gehört in die Kathegorie der schwarzen Magie – der verbotenen Magie. Sie zu lehren steht unter Todesstrafe.«

Rudy schluckte erschrocken. »Warum?«

Einen Augenblick lang herrschte Schweigen, das nur vom leisen Dröhnen der Pumpen tief im Mauerlabyrinth der Festung unterbrochen wurde. Dann sagte Gil: »Denk nur nach.«

»Ja, aber man kann auch unter Hypnose einen Menschen nicht dazu bringen, etwas zu tun, das er für schlecht hält«, ereiferte sich Rudy. »Das ist erwiesen.«

»Aber wir sprechen nicht von Hypnose«, entgegnete sie ruhig. »Wir sprechen von Magie – von *gnodyrr*.«

Rudy schwieg. Er kannte die Macht, die in Ingolds körniger, samtener Stimme lag, dieser Stimme, die alles möglich, vernünftig – sogar notwendig erscheinen ließ. Im Dämmerlicht des Laboratoriums umgab das magische Licht, das über Ingolds Kopf schwebte, die beiden wie ein leuchtender Heiligenschein – die magere, dunkelhaarige junge Frau in der geflickten schwarzen Uniform und den alten Mann, der die Ärmel seines verblichenen Gewandes über den narbenbedeckten Unterarmen hochgekrempelt hatte. Je mehr er darüber nachdachte, desto weniger war er bereit, eine Wette darauf abzuschließen, daß Ingold sie nicht dazu bringen konnte, bei klarem Verstand und hellichtem Tage einen Mord zu begehen.

»Abgesehen davon«, fuhr der alte Mann fort, »würde ich zögern, einem anderen die Kontrolle über meinen Geist zu überlassen, selbt wenn es jemand wäre, dem ich bedingungslos vertraue – wie Gil oder Kta. Ich habe zuviel Macht, um ein solches Wagnis einzugehen, auch wenn es für den allerbesten Zweck wäre. Ich beherrsche die magischen Kräfte, die die Festungstore vor den Dunklen versiegeln, schon darum darf ich mich nicht auf ein derartiges Risiko einlassen.«

»Ingold.« Alde, die gerade Tir staubgeschwärzt unter der Werkbank hervorgezogen und daran gehindert hatte, in dem dort angehäuften Gerümpel sein Glück zu suchen, richtete sich unvermittelt auf. »Könnte dieser Zauber – *gnodyrr* – bei mir wirken?« Sie sprach mit stockender Stimme, als wäre sie erschrocken über ihre eigene Kühnheit. »Ich habe zwar keine magischen Kräfte, aber ich bin ein Abkömmling des Hauses Dare.

Wir haben schon so oft über die erblichen Erinnerungen des Hauses Dare gesprochen«, fuhr sie, den völlig verdreckten Sproß des Hauses fest in die Arme gedrückt, zögernd fort. »Eldor hatte sie. Tir hat sie vielleicht. Mein Großvater hatte sie. Und ich erkenne hier in der Festung Dinge, die meine Vorfahren gesehen haben müssen, wenn ich mich auch nicht ohne entsprechende Anhaltspunkte daran erinnere – wie Eldor beispielsweise. Aber – warum haben wir diese Erinnerungen überhaupt?«

Gil hob den Kopf, ihre Augen waren plötzlich scharf und hart.

Alde zupfte nervös die Spinnwebfäden ab, die an Tirs Kleidern hingen, und fuhr fort: »Gil und ich haben die ganze Festung nach Aufzeichnungen durchsucht, nach *irgendeinem* Hinweis darauf, wie die Dunklen damals vernichtet worden sind. Wir haben nichts gefunden, absolut nichts. Aber – vielleicht waren sich die alten Zauberer, die Erbauer der Festung, darüber im klaren, daß Aufzeichnungen verlorengehen können, besonders, wenn die wirksamste Waffe, wie du gesagt hast, das Feuer ist.«

Gils Zeigefinger bohrte sich wie ein Dolch in die Luft »Sie haben die Erinnerung an die Blutlinie geknüpft, das waren ihre Aufzeichnungen! Auf diese Weise konnte die Überlieferung weder verlorengehen noch vernichtet werden!«

»Waren sie dazu fähig?« fragte Rudy zweifelnd.

»Ich würde es ihnen zutrauen.«

Rudy blickte durch die halbgeöffnete Tür des Laboratoriums hinaus in die Dunkelheit der verborgenen Kellerebene der Festung, wo sich endlos viele, in den Boden eingelassene Hydrokulturbecken, versiegelte Lagerräume und geheimnisvolle Labore befanden und Pumpen, die über Jahrhunderte hinweg von Kraftquellen betrieben wurden, deren Ursprung sie immer noch nicht kannten.

Er kam zu dem Schluß, daß es kaum etwas gab, das ihnen nicht zuzutrauen war.

»Es scheint, daß die Frauen sich anders an diese Dinge erinnern als die Männer«, sagte Alde, während sie Tir mit sanfter Gewalt daran hinderte, sich ihren Armen zu entwinden und die mattgrauen Kristalle zu untersuchen, die so verlockend auf der Werkbank glitzerten. »Aber könnte das, woran ich mich undeutlich erinnere, durch – *gnodyrr* an die Oberfläche geholt werden?«

»Das könnte es wohl«, erwiderte der Zauberer mit leiser und sehr ernster Stimme. »Aber um welchen Preis? *Gnodyrr* ist schwarze Magie. Und es gibt Orte, an denen das Medium eines solchen Zaubers nach Kirchenrecht zu Kerker, Verbannung oder gar zum Tode verurteilt wird.«

Aldes Augen weiteten sich erschrocken.

Rudy rief empört aus: »Warum das?«

»Sprich nicht so laut«, mahnte Ingold. Er stützte sich auf die dunkel glänzende Metallplatte der Werkbank. Seine Augen glitzerten merkwürdig düster im Schein des magischen Lichts. »Angenommen, wir versetzen Minalde durch *gnodyrr* in einen Trancezustand und geben ihr die Anweisung, in, sagen wir, drei Jahren – Glassplitter in die Speisen ihres Bruders zu mischen. Dann gehe ich fort und kehre erst zurück, wenn Alde für den Mord an ihrem Bruder verurteilt und das Land ohne Regierung ist . . .«

»Die Regierung!« stieß Gil erschrocken hervor, und Alde schloß unwillkürlich die Arme fester um ihren Sohn. Empört über eine solche Behandlung und blind für die Gefahren, verlangte Tir mit unartikulierten Lauten, augenblicklich freigelassen zu werden, um seinen Forschungen in dem Durcheinander auf dem Tisch nachzugehen.

Rudy war plötzlich eiskalt.

Alde flüsterte: »Aber das würdet Ihr nicht . . .«

»Nein«, beruhigte sie der alte Mann. »Aber das Gesetz ist aufgrund der Möglichkeit entstanden, daß das geschehen könnte.« Er strich die dichten Haarschleier aus ihrem aschfahlen Gesicht zurück. »Wenn Alwir davon erfahren würde, wären die Folgen unvorstellbar für Euch, mein Kind. Ein großes Wagnis für etwas, das wir vielleicht nicht einmal in Eurer Erinnerung finden würden.«

An diesem Morgen wurde nicht mehr über das Thema gesprochen, und Rudy wandte sich wieder seiner Arbeit an den Flammenwerfern zu. Alde und ihr allzu unternehmungslustiger Sohn blieben zurück, als Ingold und Gil sich entfernten; Alde, um zu helfen, und Tir, um die beiden daran zu hindern, ihre Arbeit ungestört zu Ende zu bringen.

Seit dem Morgen, an dem er Ingold unfreiwillig geholfen hatte, Prinz Altir vor der Verfolgung der Dunklen zu retten, war das Kind eine Quelle immerwährender Verwunderung für Rudy. Klein und wie seine Mutter von einer zähen Zartgliedrigkeit, hatte Tir den Zusammenbruch von Städten, die Zerstörung einer Zivilisation und eine Reihe von Gefahren, die Rudy die Haare hatten zu Berge stehenlassen, mit einer unverwüstlichen Ruhe und Selbstverständlichkeit überstanden, die Rudy aus der Fassung brachte.

Wenn ich das durchgemacht hätte, was dieser kleine Schmutzfink schon erlebt hat, dachte Rudy, während er Alde beobachtete, die ihren Sohn daran hinderte, durch die Tür in die endlose Dunkelheit des Festungskellers davonzukrabbeln, *würde ich mich für den Rest meines Lebens zusammenrollen, anstatt mich irgendwelchen Schatten oder Abgründen oder sonstigen Gefahren zu nähern.*

Manchmal, wenn er in die großen, strahlend blauen Augen des Kindes blickte, fragte er sich, wieviel dieser Furchtlosigkeit von den verschütteten Erinnerungen seiner Vorfahren herrührte und wieviel er geerbt hatte von einem Vater, der ein Krieger gewesen war, und einer Mutter, deren Tapferkeit und Mut von der Kraft der Verzweiflung getragen waren.

Gegen Ende des Nachmittages hatte sich Rudy damit abgefunden, daß die optimale Reichweite der Flammenwerfer ungefähr acht Meter betrug und daß er sie durch keine Veränderung des Laufes auf mehr als zehn Meter vergrößern konnte.

»Das ist immer noch mehr, als ein Zauberer mit dem Stab erreichen kann, nicht wahr?« fragte Alde, als sie ihm, ihren schmutzigen Sohn auf der Hüfte, durch die bevölkerten Gänge der ersten Ebene folgte. Aus den unzähligen, behelfsmäßig eingerichteten Zellen drangen die Stimmen von Männern und Frauen, die zankten, lachten oder sich liebten. Der Rauch von Holzfeuern brannte Rudy in den Augen, und schwere Kochdünste und der Geruch nach ungewaschender Wäsche stieg ihm unangenehm in die Nase.

»Ich weiß es nicht«, entgegnete er, während er sich den gröbsten Schmutz von den Händen wischte. »Ich habe gesehen, wie Ingold einmal eine fünf Meter lange Flamme geworfen hat. Ich habe Thoth danach gefragt, und er hat mir geantwortet, wenn die Gefahr weiter als fünf Meter entfernt ist, sei man besser beraten, seine Füße in die Hand zu nehmen und zu laufen.«

Alde lachte. »Das sieht Thoth ähnlich.« Aber in ihrem Lachen war eine Spur von Unbehagen. Wie alle anderen fürchtete sie den Schlangenmagier ein wenig.

Sie waren übereingekommen, ihre bevorstehende Trennung nicht mehr zu erwähnen. Selbst in ihrem drohenden Schatten umgab die beiden eine Ausstrahlung tiefen Friedens, den sie nicht gewillt waren zu brechen.

Sie bogen um eine Ecke, und Lärm und Stimmengewirr schlug ihnen aus der Haupthalle entgegen. Sie wechselten einen erstaunten Blick; dann legte Rudy Alde den Arm um die Schulter und beschleunigte den Schritt. Der große freie Platz im Herzen der Festung wimmelte von Kriegerinnen und Kriegern, die Schnee und Eis von ihren Deckenrollen klopften und den Schlamm von den Stiefeln stampften. Am anderen Ende der Halle strömten immer mehr Menschen durch das gewaltige Tor, und mit ihnen wurden eiskalte Luft und graue Schneeschwaden von den stürmischen Winden hereingeweht. Fackeln und Glühsteine warfen einen flackernden Schein auf die dampfende Menge und hoben die Umrisse einzelner verwegener Gesichter, die gezeichnet waren von Kämpfen mit den Dunklen, hervor.

Mitten unter ihnen stand, eisverkrustet und behaart wie ein Werwolf, Tomec Tirkenson, der Landherr von Gettlesand. Alwir, Ingold und Govannin standen ihm gegenüber.

»Verdammt, ich *bin* der einzige Landherr zwischen den Bergen und dem Westlichen Ozean!« zürnte er mit seiner tiefen, würdevollen Stimme. »Die Hälfte der Leute, die ich mitgebracht habe, kommt aus Dele, und mehr werdet Ihr aus diesem Teil der Welt nicht zu Gesicht bekommen. Dele ist völlig zerstört. Die hier sind mit Kara von Ippits Leuten zu mir gekommen, nachdem sie monatelang unterwegs waren.«

»Ich hätte allerdings mehr erwartet«, entgegnete Alwir verächtlich,

»von einem, der behauptet, der Landherr der ganzen Südwesthälfte des Reiches zu sein.« Die Diamanten, die auf seinen Handschuhen aufgestickt waren, warfen bunte Farbtupfer auf den dunklen Brokat seiner Ärmel, als er die Arme vor der Brust verschränkte.

»Ich behaupte gar nichts«, grollte der Landherr. »Aber meine Festung ist voll mit Frauen und Kindern – und es ist eine alte Festung, die damals in den alten Zeiten halb zerstört und von uns so gut es ging wieder aufgebaut wurde. Sie ist verdammt solide gebaut, aber in ihren Mauern steckt nur das bißchen Magie, das Ingold vor fünf Jahren hineingewirkt hat, und das, was Kara und ihre Mutter schaffen konnten, bevor sie der Ruf erreichte, hierherzukommen. Wenn ich die Festung ohne Verteidigung zurückgelassen hätte, würde ich sie bei meiner Rückkehr ausgeweidet vorfinden, das ist so sicher wie das Eis im Norden.«

»Darum habt Ihr also beschlossen, den Eid, den Ihr dem Hohen König geschworen habt, nicht zu erfüllen . . .« begann Alwir mit einem Hohnlächeln.

»Verdammt, ich habe so viele mitgebracht wie nur möglich!«

»Und er hat mehr getan als irgendein anderer Landherr im Reich«, fügte Ingold ruhig hinzu. »Mehr, als Ihr von irgendeinem anderen erwarten könnt.«

Der Kanzler fuhr mit verächtlich verzogenem Mund herum. »Und gehört Ihr zu den Ratgebern dieser Verräter, verehrter Herr Zauberer?«

»Nein.« Ingold trat zur Seite, um ein paar abenteuerliche Gestalten vorbeizulassen, die eine mit Lebensmittelvorräten und Viehfutter beladene Plane trugen. »Aber ich habe gemeinsam mit den anderen Magiern den Norden, Süden und Osten im Kristall beobachtet, und wir konnten kein Zeichen dafür entdecken, daß einer der anderen Landherren des Reiches Euch die angeforderte Unterstützung zuteilwerden läßt, weder Harl Kinghead im Norden, noch die hübschen Prinzen in den Östlichen Wäldern oder Degedna Marina.«

»Aha.« Alwir richtet sich hochmütig auf, und seine saphirdunklen Augen funkelten angesichts dieses neuerlichen Beweises für die Zersplitterung des Reiches. »Um so mehr Grund für den verehrten Herrn Tirkenson, seine Pflichten dem Reich gegenüber nicht zu vernachlässigen.«

»Ein Exkommunizierter wie der Herr von Gettlesand . . .« begann Govannin mit ihrer scharfen, boshaften Stimme.

»Der Herr von Gettlesand ist willkommen mit all den Leuten, die er mitbringen konnte.« Minalde trat rasch in den Kreis und streckte dem Neuankömmling, ungeachtet des Staubes, der den Saum ihres verblichenen Bauernrockes bedeckte und mit dem der kleine Prinz in ihrem Arm über und über verschmiert war, die Hand entgegen. »In den Zeiten der Not könnte man sich kaum einen treueren Vasallen wünschen.«

Alwir musterte ihre nachlässige Erscheinung abfällig, doch Tirkenson verzog sein unrasiertes Gesicht zu einem breiten Grinsen. Der Zornausbruch, zu dem es um ein Haar zwischen dem Kanzler, der Bischöfin und dem Landherrn gekommen wäre, verflog unter Aldes warmherzigem Lächeln wie ein Donnergrollen in der Ferne.

»Es ist weder die Zeit noch der Ort, den Anführer dieses – gewaltigen Heeres offiziell willkommen zu heißen, meine Schwester«, erklärte Alwir mit affektierter Stimme. »Wenn es stimmt, daß er der einzige Landherr ist, der unserem Ruf Folge leistet, dann werden wir uns bei Sonnenuntergang zur Beratung versammeln und den Zeitpunkt und die Einteilung für die bevorstehende Rückeroberung von Gae festlegen. Ich verlasse mich darauf«, fügte er mit schmalen Lippen hinzu, »daß du dir die Mühe machen wirst, dir zu diesem Anlaß die Haare zu kämmen.«

Damit machte er auf dem Absatz kehrt und schritt durch die Gruppen zerlumpter Krieger aus Gettlesand davon, die die Haupthalle füllten und ihn schnell den Blicken der anderen entzogen.

Aldes Gesicht hatte sich bei seiner letzten Bemerkung mit einer tiefen Röte des Zorns und der Scham überzogen. Tirkenson legte ihr beruhigend seine behandschuhte Pranke auf die Schulter.

»Er ist verärgert, weil wir so wenige sind«, sagte er. »Macht Euch keine Gedanken deswegen, gnädige Frau. Wir sind wirklich nicht viele, und wenn die Mittel noch nicht gefunden sind, mit deren Hilfe der alte Dare die Dunklen zurückgeschlagen hat, dann stehen uns schwere Zeiten bevor.« Er warf ihr einen scharfen Blick aus seinen gelbbraunen Augen zu. »Sie haben sie nicht gefunden, oder?«

Mit leiser Stimme erwiderte Alde: »Ich weiß es nicht.«

»Die geliebten Magier des Kanzlers haben genügend Zeit dafür aufgewendet«, warf Govannin mit verächtlicher Gehässigkeit ein. »Aber sie selbst scheinen ihre Erkenntnisse mit Mißtrauen zu betrachten.« Sie legte ihre Hände mit einer Geste, die Rudy an Gil erinnerte, auf den edelsteinbesetzten Knauf ihres Schwertes; im dämmrigen Licht funkelte der Amethyst ihres Bischofsringes wie ein haßerfülltes Auge.

»Da fällt mir ein«, ergriff Tomec Tirkenson unvermittelt das Wort, »daß ich Euch noch einen Zauberer mitgebracht habe, Ingold.« Er hob den Kopf und ließ den Blick über die Menschenmenge gleiten, deren Stimmen von den schwarzen, undurchdringlichen Wänden in endlosem Echo zurückgeworfen wurden. Dann entdeckte er jemanden – *der Himmel weiß, wie, dachte Rudy, in diesem dampfenden Gewirr verschneiter Menschen* – und brüllte mit seiner Nebelhornstimme: »Wend! *Wend!* Komm hierher, du kleiner Hexenmeister!«

Ein junger Mann löste sich aus der Menge und bahnte sich schüchtern einen Weg zu dem mächtigen Landherrn. Rudy erkannte überrascht, daß es tatsächlich derselbe Bruder Wend war, dem er und Ingold in Gettlesand begegnet waren, der Dorfpriester, der sich geweigert hatte, seine Seele zu gefährden, indem er sich als Magier zu erkennen gab.

Hier in den unruhigen Schatten der Halle wirkte er schmaler als damals in der kleinen Kammer hinter seiner Kirche. Er hatte aufgehört, sich das Gesicht und den Schädel zu rasieren, und war gleichmäßig mit schwarzen Stoppeln bedeckt, in denen Eiskrusten glitzerten. Als er Ingold schweigend gegenüberstand, wirkten seine Augen wie die eines Menschen, der einen halben Kontinent auf der Jagd nach seiner eigenen Verdammnis durchquert hat – gehetzt, erschöpft, bar allen Ausdrucks bis auf Verzweiflung.

Ingold trat einen Schritt vor, und seine Züge drückten Mitgefühl aus. »So seid Ihr also doch gekommen«, sagte er leise.

Nach langem Zögern antwortete der Priester flüsternd: »Nachdem Ihr in jener Nacht mit mir gesprochen hattet, konnte ich nicht bleiben. Ich habe es versucht. Aber wenn zur Vernichtung der Dunklen . . . *Magier* gebraucht werden, so werde ich einer, auch wenn es mich mein Seelenheil kostet.«

Um sie herum war die Halle ein aufgewühltes Meer von erschöpften Menschen, beleuchtet vom irrwitzig zuckenden Schein der Fackeln und erfüllt von den lärmenden Spötteleien der Soldaten und den Flüchen der Quartiermeister. Doch einen Augenblick lang schien es Rudy, als würden sich die beiden, Priester und Zauberer, allein gegenüberstehen. Das Schweigen zwischen ihnen war stärker als der Lärm, von dem sie umtost waren.

Dann durchschnitt die zornige Stimme der Bischöfin Govannin wie eine Stahlfeile das Schweigen. »Das dürft Ihr nicht!« Die Kobraaugen dunkel vor Haß, trat sie auf ihn zu. »Abtrünniger!« rief sie mit hallender Stimme.

Wend erbleichte und wich vor dem flammenden Haß in ihren Zügen zurück.

»Überlaßt die Verdammten ihrem Schicksal! Ihr gehört der Kirche!« rief sie mit zornbebender Stimme. Sie näherte sich Wend wie ein Todesengel, doch Ingold trat ruhig dazwischen und begegnete ihrem sengenden Blick mit Augen, die gleichermaßen gütig und unerschütterlich waren.

»Ich hätte wissen müssen, daß es dazu kommen würde!« schleuderte sie ihm haßerfüllt entgegen. »Daß Ihr in Eurem Hochmut stehlen würdet, was der Kirche gehört! Was mir gehört!« Sie zitterte buchstäblich vor Wut, und sie hatte die Hände so krampfhaft geballt, daß die Knöchel weiß hervortraten.

»Nun, er gehört Euch, Ingold Inglorion«, flüsterte sie mit dürrer, glasharter Stimme. »Ihr seid sein Verführer. Die Verdammung seiner Seele wird über Euer Haupt kommen.«

Der kleine Priester wandte den Kopf ab, und seine bebenden Hände fuhren zu den Lippen, aus denen alle Farbe gewichen war. Ingold aber rührte sich nicht. Der Zorn der Bischöfin prallte an ihm ab wie eine Welle am Felsen.

»Wir verdammen unsere Seelen selbst, gnädige Frau«, entgegnete er ruhig. »Oder wir retten sie.«

»Ketzer!« Ihr rasselndes Flüstern war furchtbarer als ein Schrei. »Die

Zeit wird kommen, da Gott nach Euren heutigen Taten über Euch urteilen wird.«

»Gott hat mein Leben lang über mich geurteilt, gnädige Frau«, erwiderte der Zauberer. »Aber das steht nur ihm zu. Nicht Euch.«

Einen Augenblick lang starrte sie ihn mit gebleckten Zähnen an, und ihr Zorn schien sie wie flammende Hitze zu verzehren. Dann wandte sie sich ab und eilte durch das Menschengewirr davon. Rudy, Alde und Tirkenson blieben mit einem Gefühl zurück, als hätte die Nähe ihres Zorns sie versengt.

Die Nacht war hereingebrochen. Rudy und Kara von Ippit standen in der Tür des quadratischen Raumes, der an den Gemeinschaftsraum der Magier angrenzte, und sahen Gil und Ingold beim Fechten zu.

Der Raum war in weiches, strahlendes magisches Licht getaucht, das jeden Riß und Schmutz an der fleckigen Wand erbarmungslos hervorhob. In diesem gleichmäßigen, schattenlosen Licht umkreisten sich der alte Mann und das junge Mädchen wachsam mit ihren langen Übungsschwertern aus gespaltenem Rohr. Ingolds weißes Gewand war schweißgetränkt, und sein Haar war strähnig und feucht, aber er bewegte sich so leichtfüßig wie ein Tänzer. Er wich Gils Angriffen mühelos aus, ließ die Klinge an sich vorbeizischen und durchbrach ihre Deckung ohne Anstrengung und Hast.

»Sachte, Gil«, mahnte er und drehte sich um ein paar Grad, so daß er sich aus ihrer Angriffslinie brachte, ohne einen Schritt zu tun. »Du strengst dich zu sehr an. Du machst dir zu viel daraus.«

Gil stieß einen unterdrückten Fluch aus. Rudy wußte, daß sie früher am Abend bereits mit den Gardisten trainiert hatte, und er betrachtete diese zusätzliche Übung als sicheren Beweis ihrer Verrücktheit. Sie sah elend aus vor Erschöpfung, die triefnassen Haare hingen wirr um ihr angespanntes Gesicht. Dennoch waren ihre Bewegungen von einer tödlichen Flinkheit, und Rudy verspürte keinerlei Verlangen, ihrer Klinge gegenüberzustehen.

»Finde dich mit der Gewißheit deines Todes ab«, belehrte Ingold sie. »Und denk nicht daran. Es ist der Tod deines Gegners, den du willst.« Darauf griff er so plötzlich an, daß sie das Gleichgewicht verlor und unter seinem heftigen Ansturm zur Wand zurückgetrieben wurde. Rudy sah, wie das Rohr ihren Körper traf, und stöhnte auf, denn er hatte die Verletzungen gesehen, die diese Übungsschwerter verursachen konnten. Das Gesicht des Zauberers verlor keine Sekunde seinen heiteren Ausdruck, doch in seinen Augen lag eine fast unmenschliche Anspannung. Ingold durchbrach ihre Verteidigungsposition und schien ihren Ausweichmanövern stets einen Schritt voraus zu sein. Mit dem Rücken zur Wand hieb sie gegen seine kräftigeren Schläge an, Schweiß tropfte von ihren fliegenden Haarspitzen. Schließlich machte sie eine Finte, parierte seinen Schlag und schlüpfte an ihm vorüber zur Mitte des Raumes, wo sie, nach Atem ringend, stehenblieb.

»Gut.« Der alte Mann lächelte, als hätte er nie bis aufs Blut mir ihr gekämpft. »Aber atme leichter durch; atme aus, wenn du zuschlägst, und kümmere dich nicht um das Einatmen. Sonst wird dein Gegner den längeren Atem haben.«

»Irgendwie«, flüsterte Kara leise in Rudys Ohr, »bin ich fast froh, daß alles so gekommen ist. Denn hätten sich die Dunklen nicht erhoben, wäre ich für den Rest meines Lebens in Ippit geblieben und hätte nie unter seiner Anleitung die Kunst der Magie studieren können.«

Der warme Feuerschein, der aus dem Gemeinschaftsraum herüberdrang, weckte bunte Farbenmuster auf dem Schal, den sie trug, und schimmerte weizengold auf seinen langen Fransen. Rudy konnte sich nicht erinnern, diesen Schal schon einmal an ihr gesehen zu haben. Er hatte die eigenartig volkstümliche Stickerei der Arbeiten aus Gettlesand.

»Er hat einmal etwas ähnliches gesagt«, bemerkte Rudy leise. *»Nichts geschieht zufällig* . . . Es gibt keine Zufälle.«

»Er hat recht«, erwiderte Kara. Rudy ahnte mehr die Bewegung ihres grauen Gewandes, als sie sich an die Wand lehnte, als daß er sie hörte. »Ingold hatte Quo bereits verlassen, als ich dort lernte. Einmal sah ich ihn aus der Ferne, aber ich hätte damals nie den Mut gehabt, zu ihm zu gehen und ihn anzusprechen. Aber ich habe es immer bedauert, daß ich keine Gelegenheit hatte, seine Schülerin zu sein.«

Rudy schwieg und dachte über das nach, was er hier zurücklassen würde. Das Herz war ihm schwer. »War er damals ein Mitglied des Rates?« fragte er. »Ich habe ihn immer für eine Art Außenseiter gehalten . . . Aber es gibt Augenblicke, da weiß ich nicht, was ich von ihm denken soll.«

Sie schwieg, und als er ihr einen fragenden Blick zuwarf, sah er, daß sie die Augen in einem Gemisch aus Verwunderung und Belustigung angesichts seiner Unwissenheit weit aufgerissen hatte. »Ingold Inglorion«, erklärte Kara, »ist der größte Magier und Schwertkämpfer unseres Zeitalters. Er war zwölf Jahre lang Erzmagier von Quo und Meister des Rates – vor fünf oder sechs Jahren ist er zugunsten seines Schülers Lohiro zurückgetreten und hat die Meistermagie auf ihn übertragen. Schon vor der Zerstörung von Quo gab es keinen lebenden Magier, der sich mit ihm messen konnte. Seitdem er aus der Wüste kam, wurden Legenden um ihn gesponnen. Hat er dir das nie erzählt?«

Rudy schloß hastig den Mund, der ihm vor Staunen offen stehengeblieben war, und er spürte, wie ihm die Schamröte in die Wangen stieg. Er kam sich vor wie ein Narr. Schließlich hatte er gesehen, mit welcher Ehrerbietung die anderen, selbst der hochmütige Thoth, Ingold behandelten.

Aus Karas Stimme war die Andeutung eines Lachens herauszuhören, als sie sagte: »Glaub mir, wir anderen waren so neidisch wie alte Jungfern bei einer Hochzeit, als er dich als Schüler wählte. Ich für mein Teil verstehe jedenfalls nicht, wie du das alles aufgeben und in deine Welt zurückkehren kannst.«

Rudy war plötzlich ganz elend zumute, und er schloß die Augen. Der Gedanke daran riß ein schwarzes Loch der Verzweiflung in seinem Innern auf, und alles erschien ihm farblos und ohne Leben. Er flüsterte: »Sprich nicht darüber.«

Kara sagte nichts.

»Und übrigens«, fuhr er fort, während er sich an ihr vorbei zur Feuerstelle im Gemeinschaftsraum schob, »hat er mich nicht ausgewählt. Ich habe ihn gefragt, ob ich sein Schüler sein könnte.« Er fragte sich, ob er den Mut gehabt hätte, wenn er die Wahrheit gekannt hätte.

Kara folgte ihm in den dunklen Raum und wich mit der Klarsicht der Magierin einem Schemel und einer der Quartierkatzen aus. Sie schwang den silbernen Wasserfall ihres Schals über die Schulter zurück und beugte sich über das niedergebrannte Feuer, um es zu schüren. Im roten Schein traten die Narben, die sich über ihr schroffes Gesicht zogen, deutlich hervor. »Du hast ihn vielleicht gefragt«, bemerkte sie. »Aber er hat dich trotzdem ausgesucht. Ich vermute, daß er dich schon bei eurer ersten Begegnung als Schüler gewählt hat.«

Rudy hob erstaunt den Kopf. »Das kann er nicht«, widersprach er ruhig. »Er wußte damals nicht, daß ich magische Kräfte habe. Ich wußte es selbst noch nicht.«

Kara lächelte. »Du bist dir sehr sicher über die Dinge, die er weiß.«

Lohfarbene Flammen züngelten, durch Karas Stochern zum Leben erweckt, hoch. Ihr warmer Schein fiel auf die glänzenden Haarflechten der jungen Frau, die in der Kaminecke saß und mit irisblauen Augen ins Feuer starrte.

»Alde«, rief Rudy leise aus und ergriff ihre Hände. »Was . . .?« Ihre Finger waren eiskalt und fühlten sich unvorstellbar zerbrechlich an. »Ist die Ratsversammlung beendet?«

Sie nickte. Ihr Gesicht war angespannt, und blaue Schatten der Schlaflosigkeit verdunkelten ihre Lider. Rudy blickte in ihre besorgten Augen und hörte kaum das Rascheln von Karas Kleidern, als sie taktvoll den Raum verließ.

»Rudy, ist Ingold hier?« flüsterte Alde.

»Sicher. Er und Gil machen nebenan Frikassee auseinander. Was . . .«

»Ich möchte, daß er den Zauber *gnodyrr* mit mir versucht.«

Rudy blickte sich hastig um. Obwohl sie allein waren im goldenen Dämmerlicht des Raumes, gab es keine Sicherheit dafür, daß sie nicht belauscht wurden. Die dünnen, provisorisch errichteten Wände und die versteckten Winkel des Gängelabyrinths machten das Spionieren in der Festung zu einem Kinderspiel.

»Ich will sehen, woran ich mich aus der Zeit der Dunklen erinnern kann.«

»Nein.«

Sie reckte das Kinn in die Höhe, ihre Augen blitzten entschlossen.

»Alde, es ist zu gefährlich«, sagte er drängend.

»Das war dein Auftrag in Gae auch.«

Er straffte sich. »Das ist etwas anderes.«

»Ach wirklich?« fragte sie sanft. »Rudy, bist du sicher, daß Dare von Renweth die Dunklen besiegt hat, indem er ihre Brutstätten mit Flammenwerfern ausbrannte? Bist du so sicher, daß Alwirs Vorhaben gelingen wird?«

»Liebling, wir können nicht sicher sein . . .«

»Aber wir könnten ein gutes Stück sicherer sein!« Ihre großen Augen zeigten den gleichen Schimmer der Verzweiflung wie damals in Karst, als sie sich in die von Dunklen überfluteten Galerien zurückgestürzt hatte, um ihren Sohn zu suchen – eine leidenschaftliche Entschlossenheit, die ebenso schwer abzulenken war wie eine niedersausende Schwertklinge.

»Wenn Alwir es herausfindet, könntest du deinen Sohn verlieren«, warf er sein letztes Argument in die Waagschale.

»Und du hättest dein Leben in Gae verlieren können«, entgegnete sie mit gedämpfter Stimme. »Ebenso Gil in jener Nacht, als der von den Dunklen besessene Mann versuchte, das Festungstor zu öffnen. Und Ingold in der Nacht, als er uns im Schutz des Schneesturms hierher brachte. Rudy, Alwir würde es nie zugeben, aber dieser Feldzug ist ein furchtbares Hasardspiel. Wir müssen die Antwort herausfinden. Es spielt keine Rolle, um welchen Preis.«

Sie drückte ihm fest die Hände, und die Ringe, die sie nur zu offiziellen Anlässen trug, schnitten ihm ins Fleisch. »Hol Ingold her«, flüsterte sie und sah ihm beschwörend in die Augen. »Bitte.«

Er gab sich geschlagen.

»Du bist genauso verrückt wie Gil.« Rudy erhob sich seufzend. »Aber in Ordnung.«

Als er sich zum Gehen wandte, faßte sie noch einmal nach seiner Hand. Er blickte auf sie hinunter und sah die Angst in ihren Augen, die anstelle der verzweifelten Entschlossenheit getreten war. Er beugte sich über sie und küßte ihre eiskalten Lippen. »Hab keine Angst«, sagte er beruhigend.

»Ingold wird – wird meinen Geist nicht wirklich übernehmen – oder?«

»Ich wüßte nicht, wie er das anstellen sollte, bei deinem ausgeprägten Eigensinn.«

Sechstes Kapitel

»Minalde?« Ingolds Stimme war sanft, erfüllte aber, ebenso wie die Aura seiner Kraft, den winzigen Raum. »Hört Ihr mich?«

Mit tonloser Stimme antwortete sie: »Ich höre Euch.« Im blauen, phosphoreszierenden Lichtschein, der die unterirdische Beobachtungskammer erhellte, wirkte ihr Gesicht bleich, aber entspannt; ihre weit geöffneten Augen waren leer.

Rudy und Gil saßen wie zwei Wachhunde an der Tür. Rudy fiel plötzlich auf, wie zerbrechlich und hilflos Alde aussah. Ingolds Macht schien sie zu verschlingen, diese furchtbare Meistermagie entrückte die beiden Menschen, den alten Mann mit dem geflickten Gewand und die junge Frau mit dem lilienhaften Gesicht, in eine Welt, in der nur Ingolds Stimme und die Verzauberung, die wie eine leuchtende Wolke über ihnen schwebte, wirklich waren.

Kein Wunder, daß ihn die Kirche fürchtet, dachte Rudy. *Es gibt Augenblicke, in denen fürchte sogar ich ihn.*

»Minalde?« sagte der Zauberer wieder mit sanfter Stimme. »Wo seid Ihr?«

»Hier«, antwortete sie mit starren, blicklosen Augen. »In diesem Raum.«

Es war Ingolds Vorschlag gewesen, den Zauber *gnodyrr* in der alten Beobachtungskammer, verborgen in den Tiefen der unterirdischen Laboratorien, durchzuführen. Es war der sicherste Ort, den sie in der ganzen, überbevölkerten Festung finden konnten, und Ingold sagte, daß nicht einmal ein Magier sie hier in seinem Kristall beobachten könne.

»Bist du ganz sicher?« hatte Rudy gefragt, als sie eine der staubigen Hydrokulturkammern durchquerten.

»Natürlich«, hatte der Zauberer versichert. »Jede Gesellschaft, in der es Magier gibt, verfügt auch über Gegenmaßnahmen. Es ist verhältnismäßig einfach, einen Schutzzauber in die Steine einer Mauer zu wirken, so daß die Dinge, die dahinter geschehen, nicht erraten werden können. Du selbst kennst Räume, in denen jegliche Magie wirkungslos ist – es soll sogar hier in der Festung einige davon geben.«

Rudy hatte geschaudert bei der Erinnerung an die Kellergewölbe von Karst und das türlose Verlies mit seinem merkwürdig neutralen, sterilen Geruch . . . Nervös hatte er Alde näher zu sich herangezogen, und sie hatte den Druck seines Armes dankbar erwidert.

»Warum ist das so?« hatte sich Rudy erkundigt. »Warum wurden diese Räume geschaffen? Schließlich haben Zauberer die Festung erbaut, zum Teufel.«

Und Gil hatte eingeworfen: »Es ist einleuchtend. Govannin hat mir von – von abtrünnigen Magiern erzählt, die ihre Kräfte in den Dienst des Bösen stellten. Man brauchte einfach Mittel, um sie unter Kontrolle zu halten. Selbst der Rat der Zauberer hätte seine Zustimmung dazu gegeben.«

Während Rudy den alten Mann beobachtete, der die junge Frau jetzt so vollkommen in seiner Macht hatte, dachte er über ihre Unterhaltung nach. Er verstand jetzt, warum *gnodyrr* ein verbotener Zauber war und seine Lehre durch die Androhung der entsetzlichsten Strafen unterbunden wurde. Das einzige, was Alde davor schützte, Ingold vollkommen hörig zu sein, war Ingold selbst – seine Achtung vor der Freiheit anderer und die Güte seines Wesens. *Was wäre mit Alwir,* ging es Rudy plötzlich durch den Kopf, *wenn er über eine derartige Kraft verfügen würde? Oder Govannin?*

»Minalde«, ertönte Ingolds warme, rauhe Stimme. »Schaut durch die Mauern dieses Raumes hindurch. Sagt mir, was Ihr seht.«

Sie blinzelte, und ihre feinen Brauen zogen sich über ihren nach innen gerichteten Augen zusammen. Dann teilten sich ihre Lippen, und ihr Gesicht verklärte sich freudig. »Gärten«, flüsterte sie.

Gil sog hörbar den Atem ein.

»Erzählt mir etwas über diese Gärten.«

In ihren großen Augen leuchtete es verwundert auf. »Sie sind – sie sind wie ein schwimmender Urwald«, stammelte sie. »Felder, die auf dem Wasser gepflanzt sind. Ein Raum nach dem anderen voller Blätter – dunkelgrüne samtige Blätter und helle, harte und glänzende Blätter. Man riecht die Pflanzen überall.« Sie hob das Gesicht, als würde sie mit den Blicken den üppigen Ranken auf Decken und Wänden folgen, die seit Jahrhunderten so trocken waren wie eine Felsengruft. »Über den Becken sind viele Glimmsteine angebracht, und die Wasseroberfläche schimmert im Schatten der Blätter. Gemüse – Getreide, Erbsen und Linsen, Kürbisse und Melonen – die Pflanzen ranken sich an Spalieren hoch und werden durch Netze und Drähte gestützt. Alles ist grün, warm, hell, obwohl draußen der Schneesturm tobt und der Paß tief verschneit ist.«

»Ah«, warf Ingold leise ein. »Und wodurch wachsen sie, diese Pflanzen?«

Ihr Blick war in die Ferne gerichtet, und sie runzelte die Stirn. Rudy hatte das unangenehme Gefühl, daß der Ausdruck auf ihrem Gesicht nicht mehr ihr eigener war. Es war der Gesichtsausdruck einer anderen Frau, wahrscheinlich älter als Minalde. Die Klangfarbe ihrer Stimme änderte sich kaum merklich. »Es – es steht alles in den Aufzeichnungen. Es – es ist alles aufgezeichnet. Wie die Pumpen bedient werden, wie man die Flüssigkeit herstellt, die die Pflanzen nährt . . .«

»Und wo befinden sich diese Aufzeichnungen?«

Sie versuchte, eine Geste zu machen, doch Ingold ließ ihre Hände nicht los. Ihre Augen waren immer noch ins Leere, hundert Lebensalter entfernt, gerichtet. »Sie – die Leute holen sie sich natürlich. Die Zentralbibliothek befindet sich am Ostende der zweiten Ebene, hinter der Versammlungshalle. Sie werden vor allem von den Magiern benutzt, aber man muß kein Magier sein, um sie zu entschlüsseln. Das ist nur mit den Worten möglich.«

»Mit welchen Worten?«

Sie zitierte einen kurzen Zauberspruch in einer gutturalen, fließenden Sprache, und Ingold lauschte mit dem gespannten Interesse eines gelehrten Philologen. »Derselbe Spruch entschlüsselt sie alle«, fügte sie hinzu. »Es ist kein Geheimnis.«

Gil murmelte: »Das Ostende der zweiten Ebene gehört zum Königlichen Bereich. Der größte Raum, der seine ursprünglichen Umrisse noch hat, befindet sich hinter dem oberen Teil des Allerheiligsten, bei dem es sich wahrscheinlich um den alten Versammlungsraum handelt. Als wir die Festung bezogen, war dort nicht ein einziger auch nur buchähnlicher Gegenstand zu finden.«

»Das ist nicht verwunderlich nach so langer Zeit«, erklärte Ingold leise. »Selbst wenn es keinen Kirchenbann für Magier gegeben hätte, wären die Aufzeichnungen verstreut worden, als die Bevölkerung der Festung im Laufe der Jahrhunderte immer zahlreicher wurde.«

»Könnten die Zauberer selbst sie versteckt haben?« fragte Rudy. »Wenn es zu einem Angriff gegen die Zauberer kam, könnten sie sie dann nicht irgendwo in den Laboratorien verborgen haben?«

»Das wäre möglich«, stimmte Gil zu. »Nur haben wir im ganzen Keller keine Spur von etwas Geschriebenem entdeckt.

»Sie sagten – sie sagten, die Aufzeichnungen könnten verlorengehen«, flüsterte Minalde, und ihre Stirn verzog sich wie unter einem plötzlichen Schmerz. »Oder ihr Geheimnis könnte vergessen werden. Darum, sagte Dare, müßten wir uns erinnern.«

»*Dare* sagte das?« warf Ingold mit erstaunt hochgezogenen Brauen ein. »Dann habt Ihr diese Erinnerungen also nicht von Dare?«

Sie schüttelte den Kopf und ballte die Hände, die er noch immer umfaßt hielt. »Wir waren zwanzig. Sie – die Zauberer wollten nicht, daß die Erinnerungen an Frauen weitergegeben werden. Sie sagten, die Frauen hätten genug eigenen Kummer zu tragen; sie müßten den Verlust von Kindern und Männern verkraften. Mein Baby ist in jenem ersten Winter gestorben. Die Kälte«, flüsterte sie verzweifelt. »Es war so kalt. Aber viele der Männer, die dafür in Frage gekommen wären, weigerten sich. Manche nannten es Teufelswerk; andere erklärten, daß es eine zu schwerwiegende Last sei, um sie auf die Schultern ihrer Kinder zu laden. Aber es war eine riskante Sache, und es waren so wenige, an deren Blutlinie die Zauberer die Erinnerungen binden konnten.« Ihre Stimme hatte sich jetzt deutlich verändert, gelegentlich nahm sie den weichen, fließenden Akzent des Zauberspruchs an, der die verschwundenen Aufzeichnungen der Festung entschlüsseln sollte.

»Die Zeit ist so tief«, murmelte sie. »So vieles ist im Brunnen der Zeit verlorengegangen. Dare sagte, wir müßten uns erinnern.« Im fahlen, kalten Schein des magischen Lichts schimmerte eine Träne auf ihrer Wange, die dem Kummer eines anderen Menschen entsprang. Ingold trocknete sie sanft mit seiner narbenbedeckten Hand.

»Woran müßt Ihr Euch erinnern?« fragte er gütig.

Sie begann zu sprechen, zögernd zuerst, dann immer sicherer und flüssiger, je mehr Kummer, Angst und Verwunderung ihrer stammelnden Stimme Farbe verliehen. Manchmal hielt sie inne, stolperte über Erinnerungen, die sie nicht verstand – Maschinen, die durch magische Kraft angetrieben wurden, Zaubersprüche, die Blitze vom Himmel holten, um die Steine der Festung miteinander zu verschmelzen. Sie berichtete über Schlachten, die die Magier gegen die Dunklen schlugen, die von ihrer Brutstätte im nördlichen Tal heruntergestürmt kamen, über frostkalte Nächte, die vom Feuer und Blitz dieser Schlachten zerrissen waren, und sprach von hoffnungslosem Entsetzen und eisiger Kälte.

»Die Festung mußte gebaut werden«, sagte sie ruhig und starrte in die Dunkelheit. »Alles wurde für den Bau geopfert – Brennstoff, Kraft, Energie, Magie. Es war ein strenger Winter. Die Dunklen griffen uns Nacht für Nacht an, töteten Menschen oder schleppten Gefangene fort.« Sie hielt inne, die bebenden Lippen fest zusammengepreßt, die Augen geweitet in Erinnerung an vergangene Schrecken.

»Und dann?« Ingolds Stimme war kaum mehr als ein Atemhauch in dem stillen, dunklen Raum. Das kalte Licht teilte sein Gesicht in helle und dunkle Felder ein. Er beugte sich aufmerksam vor. »Sagt mir, Minalde, welcher Mittel, welcher Waffen bediente sich Dare von Renweth im Kampf gegen die Dunklen? Wie ist er gegen sie zu Felde gezogen?«

Sie saß einen Augenblick lang reglos da und starrte in die Dunkelheit. Dann weiteten sich ihre Augen, bis sie nur noch aus schwarzen Pupillen mit einem dünnen indigoblauen Saum zu bestehen schienen. Sie schloß die Augen und begann zu weinen, und das Schluchzen erschütterte ihren Körper so heftig wie die Wehen der Geburt.

Rudy sprang erschrocken auf. Ingold bedeutete ihm mit einem Wink zu schweigen. Er nahm die schluchzende Frau in die Arme, strich ihr beruhigend über den dunklen Kopf, der an seiner Schulter ruhte, und murmelte ihr tröstende Worte zu. Ihr Schluchzen ließ ein wenig nach. Der Zauberer fuhr fort, sie wie ein Kind in den Armen zu wiegen und ihr beschwichtigende Worte ins Ohr zu flüstern, und Rudy spürte, wie der Zauber, der den Raum erfüllt hatte, allmählich nachließ. Die Luft selbst schien sich zu verändern. Der Geruch, das Gefühl, die Kraft verblaßten, und die dunkle Ausstrahlung zog sich zurück, bis Ingold nur noch ein zerlumpter alter Vagabund war, der ein verängstigtes Mädchen tröstete.

Endlich richtet Alde sich ein wenig auf; ihr Gesicht war tränenfeucht und verquollen. Ingold zog ein sauberes Taschentuch hervor und reichte es ihr.

»Geht es wieder?« fragte er freundlich.

Sie putzte sich vernehmlich die Nase und nickte, doch ihre Hände zitterten noch vom heftigen Schluchzen. »Warum habe ich geweint?« flüsterte sie.

Er strich ihr mit einer väterlichen Geste die feuchten Haarsträhnen aus dem Gesicht. »Wißt Ihr das nicht mehr?«

Sie schüttelte den Kopf. Rudy legte ihr liebevoll die Hand auf die Schulter; sie umschloß sie mit den Fingern und blickte mit einem matten Lächeln zu ihm auf. »Habt Ihr erfahren, was Ihr wissen wolltet?«

»Wir haben einige wertvolle Informationen erhalten, erwiderte er nach einer kurzen Pause. »Über die Entstehung der Festung.« Er erhob sich stirnrunzelnd und half Alde mit kraftvoller, aber sanfter Hand auf die Füße.

»Aber nichts darüber, wie die Menschheit die Dunklen vernichtet hat?« fragte sie, während sie im Schein des magischen Lichts durch die staubigen Gänge der ausgetrockneten Gärten schritten.

Ingolds Gesicht wirkte plötzlich hart. Er entgegnete ruhig: »Vielleicht mehr, als wir ahnen.«

Minaldes Erfahrung mit der verbotenen Magie brachte noch andere Früchte hervor als die unerklärliche Angst. Im Trancezustand hatte sie von Höhlen gesprochen, in denen die Flüchtlinge des Reiches jenen ersten strengen Winter überlebt hatten, während die Festung gebaut worden war. »Und wenn wir Alwir auch nicht erzählen können, auf welche Weise wir von der Existenz dieser Höhlen erfahren haben«, erklärte Ingold, als sie den Gemeinschaftsraum der Zauberertruppe betraten, »so denke ich doch, daß es, angesichts der über Generationen ausgetragenen Grenzstreitigkeiten zwischen Gettlesand und Alketch, nach der Ankunft des Heeres aus dem Süden wesentlich friedlicher in der Festung zuginge, wenn Rudy und ich diese Höhlen ›entdecken‹ würden.«

»Die Höhlen müßten befestigt werden, nicht wahr?« wandte Gil nachdenklich ein, während sie die dunkle Küche nach Brot und Käse durchstöberte.

»Sie müssen damals befestigt gewesen sein, wenn die Flüchtlinge bis zum Frühjahr darin überlebt haben.« Er wärmte sich die Hände über den Flammen, und der warme Schein spiegelte sich in der Messingschnalle seines Gürtels und im Griff seines Schwertes und seines Dolches wider. »Sie müßten unseren Verbündeten ausreichenden Schutz sowohl gegen die Dunklen als auch gegen die Weißen Räuber bieten.«

»Wenn ich mich mit Rudy auf die Suche nach den Höhlen mache . . .«

»Nur mit Rudy?« Gil kam aus der Küche zurück und warf dem Zauberer ein Haferbrot zu, das er auffing, ohne aufzustehen. »Wenn es zu einem Zusammenstoß mit den Weißen Räubern kommt, wirst du mich ebensosehr brauchen wie Rudy. Es sei denn, du sehnst dich nach einem Waldbrand«, fügte sie unbarmherzig hinzu.

»Und mich werdet Ihr auch nicht hier zurücklassen können«, warf Alde unerwartet von der Feuerstelle her ein, wo sie sich zu Rudys Füßen auf einen Teppich niedergelassen hatte.

Ingold seufzte. »Das wird kein Primelpflücken . . .«

»Glaubt Ihr wirklich, Ihr könntet die Stelle ohne mich finden?«

So kam es also, daß sich die vier am nächsten Morgen auf die Suche nach einem Ort machten, der sich wahrscheinlich in den vergangenen dreitausend Jahren erheblich verändert hatte. Ingold entschied sich für die Klippen nördlich der Festung, da die Höhlen, von denen Alde gesprochen hatte, höhergelegen schienen als der Rest des Tales, und Gil und Alde unterstützten ihn darin. Rudy, der in dieser Frage keine Meinung hatte, übernahm die Nachhut und suchte, den Flammenwerfer im Gürtelhalfter, die düsteren Wälder nach einer Spur der Weißen Räuber ab.

Wenn es auch keinen angelegten Weg von der Festung zu den nördlichen Klippen gab, so standen die Bäume hier nicht allzu dicht, und an manchen Stellen zogen sich Tierpfade über die Felshänge am Fuß der hoch aufragenden Gebirgskette hinauf. In den winterlichen Wäldern war es sehr still unter dem grauen, tiefhängenden Himmel. Einmal entdeckte Ingold Wolfsspuren, die erst ein paar Tage alt waren; es war das einzige Lebenszeichen, dem sie begegneten.

Als sie sich etwa eine Meile von der Festung entfernt hatten, blieb Alde stehen und betrachtete mit gerunzelter Stirn einen Felsvorsprung, der zu abrupt endete, und einen unregelmäßig geformten Felsenhügel dahinter. Der Weg, den sie nehmen mußten, führte zwischen dem Ende des Vorsprungs und dem Hügel hindurch, und Rudy suchte vergeblich nach einem Zeichen dafür, daß hier künstlich ein Einschnitt angelegt worden war. Er verfügte weder über Gils archäologische Kenntnisse noch über Minaldes Erinnerungen – alles, was er sah, waren Bäume.

Bald darauf blieb Alde wieder stehen. Unterhalb der Felsplatte, auf der sie standen, lag, fast verborgen hinter den dichten grauen Zweigen eines Baumdickichts, ein kleiner See. Die Felsen darüber waren niedrig und zerklüftet; das Ufer selbst war mit Felsblöcken und Geröll übersät und von düsteren Tannengruppen gesäumt. Der ganze Ort machte einen trostlosen Eindruck. Alde blickte sich verwundert um.

»Ich weiß nicht«, murmelte sie, und ihr Atem hing wie ein dünnes Rauchwölkchen in der eiskalten Luft. »Aber – irgendwie glaube ich, daß es hier sein muß.«

»Das wäre einleuchtend«, bemerkte Gil, während sie die Daumen in ihren Schwertgürtel einhakte und einen prüfenden Blick über die trübseligen Berghänge gleiten ließ. »Es gibt Wasser hier und eine Veränderung der geologischen Beschaffenheit der Klippen, die möglicherweise bedeuten könnte, daß sich Höhlen darunter befinden.«

Minalde runzelte wieder die Stirn und zog den dicken Pelzumhang fester um die Schultern. Ein merkwürdiger Ausdruck, gleichermaßen in die Ferne wie nach innen gerichtet, lag in ihren Augen, als sie Gils Blick über die schnee- und geröllbedeckten Hänge folgte; es war, als würde sie das, was sie sah, mit einem Bild vergleichen, das sie seit Generationen im Herzen trug. »Es müßte eine Treppe geben . . .«

Rudy stocherte mit dem Metallknauf seines Stabes in dem schneebedeckten Erdreich, unter dem die Felsplatte halb begraben war. »Ein anständiger Erdrutsch, und sie könnte verschwunden sein«, mutmaßte Rudy. »Himmel, vielleicht ist die Höhle selbst verschüttet.«

»Das glaube ich nicht.« Mit halb geschlossenen Augen wandte sie sich um und betrachtete die Anordnung der verstreuten Felsblöcke und schroffen Klippen. Dann raffte sie plötzlich ihren schweren Umhang auf und begann, den Hang hinaufzuklettern.

Die Höhle war zwar nicht verschüttet, aber ihr einziger Eingang lag in einem dichten Wäldchen von Krüppeleichen und verkümmerten Holzapfelbäumchen verborgen. »Man kann noch erkennen, daß hier einmal ein großer Felsensims gewesen sein muß«, bemerkte Ingold, als sie unter dem niedrigen Rundbogen hinter den schützenden Bäumen standen. »Das Erdbeben, in dem er abgebrochen ist, muß auch die Treppe zerstört haben.« Er nahm seinen Stab und hielt ihn ausgestreckt in die Grotte, die vor ihnen lag. Fahler Lichtschein fiel auf gewölbte, ausgewaschene Wände und Sandboden, auf dem dürre Blätter und die Knochen eines kleineren Tieres, das wohl ein Fuchs gerissen hatte, verstreut lagen. In der gegenüberliegenden Wand war eine kleine Metalltür eingelassen, die wie die Tore der Festung mit Innenbolzen und einem Ring verschlossen war. Die Angeln waren tief in den Felsen eingelassen, das Metall war schwarz und hart und zeigte keine Spuren von Rost.

Einen Augenblick lang brachte keiner der Anwesenden ein Wort heraus. Rudy warf Alde einen Blick aus den Augenwinkeln zu und sah, daß ihre Augen plötzlich mit Tränen gefüllt waren.

Dann kehrte sein Blick zu der dunklen Tür zurück, an die nur ein einziger Mensch die Erinnerung bewahrt hatte. Das Licht, das von Ingolds Stab ausströmte, glitt kalt über den Verschlußring, als sich der Zauberer vorsichtig der Tür näherte und den feingezeichneten Runen, die nur ein Zauberer erkennen konnte, mit dem Finger nachfuhr.

»Der Teufel soll mich holen.«

»Govannin wird sicher ganz deiner Meinung sein«, bemerkte Gil, während sie Ingold in die Höhle folgte. Alde trocknete hastig ihre Tränen und trat über die dämmrige Schwelle. Rudy bildete, den Stab in der einen, den Flammenwerfer in der anderen Hand, die Nachhut. Ihre Stimmen hallten gespenstisch unter der niedrigen Höhlendecke.

»Ein Glück für uns«, fuhr Gil fort, während sie in den Resten der Fuchsmahlzeit herumstocherte. »daß wir hier keinen Grizzlybären aus dem Winterschlaf aufgestört haben.«

Dann schlurfte sie durch die dünne Sandschicht, die den Höhlenboden bedeckte, zu der verschlossenen Tür. »Ist die Tür durch Magie verschlossen?«

Ingold strich liebevoll mit der Hand über den glatten Stahlring. »Ja, aber nicht unüberwindbar.« Im Halbschatten der Grotte war sein Gesicht sehr ernst, und Eiskristalle glitzerten in seinem Bart. »Aber die Höhlen sind seit Jahrhunderten versiegelt. Zu der Zeit, als sie noch bewohnt waren, boten sie wahrscheinlich sicheren Schutz gegen die Dunklen. Aber das ist keine Garantie dafür, daß in der Zwischenzeit nicht jemand eingedrungen ist.«

Gil blickte sich nervös nach allen Seiten um. Im heller werdenden Licht von Ingolds Stab zeichneten sich ihre Schatten schwarz und scharf umrissen auf der schimmernden Tür ab.

»Du und Alde, ihr geht zurück und wartet im Höhleneingang. Rudy . . .«

Rudy schüttelte die langen Haarsträhnen aus dem Gesicht zurück, neigte den Kopf und stand reglos wie eine holzgeschnitzte Statue da. Er hatte den Flammenwerfer in das Halfter zurückgesteckt; der scharfgeschliffene Halbmond an der Spitze seines Stabes begann strahlend weiß zu leuchten.

Ingold streckte die Hand aus und berührte die Metalltür. Die Augen halb geschlossen, fuhr er mit beiden Händen über die glänzende Fläche. In der Eiskälte der Höhle vermischte sich der Atem der beiden Männer wie Diamantenstaub. Plötzlich machte Ingold eine Bewegung, umschloß den Ring fest mit der Hand, drehte ihn unter sichtbarer Anstrengung und stieß dann die Tür mit einem Ruck auf.

Wie ein Höllenauge starrte ihnen ein schwarzes Loch entgegen. Aber nichts kam hervor, weder Tier noch Dunkelheit, nicht einmal die Wolke von Fledermäusen, die Gil erwartet hatte. Der Zauberer zog den Kopf ein und trat durch die niedrige Tür in den Raum, der dahinterlag.

Sie sahen seinen Schatten, der sich im Schein des Stabes bewegte. dann rief er: »Kommt und seht euch das an, Kinder.«

»Hier haben wirklich Menschen gelebt?« Alde straffte sich und blickte sich in dem großen Raum mit dem glatten Fußboden um. Der Schein des zweifachen magischen Lichts hatte die uralte Dunkelheit vertrieben. Mit jeder Bewegung der Zauberstäbe hüpften und zuckten ihre Doppelschatten gespenstisch über die Höhlenwände.

»Offensichtlich.« Gil beugte sich über einen Haufen grauer, staubbedeckter Lumpen an der Wand und strich vorsichtig mit den Fingern darüber. Sie zerfielen zu Staub. »Seht ihr das?« rief sie aus. »Darunter liegt zerbrochenes Geschirr. Und irgendwelche Knochen – von einem Hasen oder einem Huhn . . .«

»Von einem Hasen«, erklärte Rudy, der ihr über die Schulter sah. Er hatte in der Wüste viel Zeit damit zugebracht, die Bestimmung von Knochen zu lernen. Er entfernte sich und rief aus einem anderen Winkel der Höhle: »Hier ist eine Nische, in der irgend etwas aufbewahrt wurde – Flaschen, glaube ich.« Er ließ sich auf ein Knie nieder und leuchtete mit dem Stab in eine vom Wasser ausgehöhlte Vertiefung in der Höhlenwand dicht über dem Boden. »Ja, hier liegen Glasscherben unter einem Haufen Staub und alter Blätter. Ist euch aufgefallen, daß es keine Spur von Tieren, die hier gelebt haben könnten, gibt?«

»Es wäre erstaunlicher, wenn wir solche Spuren finden würden«, erklärte Ingold, der auf der anderen Seite der Höhle einen Mauerriß untersuchte, der mit dem schwarzen, glasartigen Material versiegelt war, aus dem die Festung erbaut worden war. In die Wand war ebenfalls eine verschlossene Metalltür eingelassen. »Die Höhle sieht so aus, als wäre sie in grauer Vorzeit durch einen Fluß entstanden. Die Höhlen liegen, durch Wände voneinander getrennt und verschlossen, in einer Reihe hintereinander – eine verständliche Vorsichtsmaßnahme, wenn niemand wußte, wo und wann die Dunklen eindringen würden. Jeder Durchbruch nach außen oder auch nur zu einer anderen Höhle hin mußte gezwungenermaßen versiegelt werden.« Er trat zu den anderen.

»Sie haben jedenfalls nicht viel zurückgelassen«, murmelte Rudy. Er ging ein paar Schritte weiter und runzelte plötzlich, den Blick auf den Boden gesenkt, die Stirn. »Sind das – Ölflecken?«

»Sieht tatsächlich aus wie der Fußboden bei meinem Mechaniker«, bemerkte Gil und musterte die dunklen, schmierigen Stellen auf dem Boden. »Schaut her, da sind Kratzer auf dem Fußboden und an den Wänden. Sie müssen irgendwelche Maschinen hier gelagert haben.«

»Ja, aber ich dachte, sie hätten hier gehaust . . .«

»Sie lebten sehr beengt«, erklärte Alde, die die Hände in die Falten ihres schwarzen Pelzumhangs gesteckt hatte, um sie zu wärmen. Ihre Augen hatten wieder jenen abwesenden Ausdruck angenommen. Rudy hatte das Gefühl, daß sie ebensogut hätte sagen können: ›Wir lebten sehr beengt.‹ Sie fuhr fort: »Tausende kamen aus den Flußtälern hier herauf. Es war kaum genügend Platz und Nahrung für sie vorhanden. Sie richteten sich überall ein, wo es nur möglich war.«

»Und lagerten Sachen, wo es nur möglich war«, ergänzte Gil nachdenklich. »Seht nur, sie hatten auch etwas in der Decke verankert.« Ingold trat zu ihr und hielt seinen Stab hoch, um die doppelte Reihe von Löchern in der Höhlendecke zu beleuchten. Gil hatte sich unterdessen auf die Knie niedergelassen und untersuchte die Gegenstände, die sie aus einer weiteren Wandnische gezogen hatte, ölgetränkte, vermoderte Lumpen, zerbrochene Glimmsteine, winzige Knochen, die Überreste einer Sandale, einen verrosteten Kessel mit durchlöchertem Boden und, einigermaßen überraschend, zwei der mattgrauen Polyeder, von denen sie eine so große Anzahl in der Festung gefunden hatten.

Rudy folgte den Flecken und Kratzern entlang den Höhlenwänden. Es war offensichtlich, daß hier sehr viele Maschinen gestanden hatten. »Wißt ihr, was ich komisch finde?« bemerkte er, als er zu den anderen zurückkehrte. »Es gibt keinen einzigen Fetzen Papier.«

»Das ist doch verständlich«, erklärte Ingold. »Es muß einige Zeit gedauert haben, bis die Türen eingebaut waren. Die Risse in der Decke der ersten Höhle waren rauchgeschwärzt.«

Und was nicht zum Schutz verbrannt wurde«, fügte Minalde hinzu, »müssen sie im Winter als Brennmaterial verwendet haben, um sich zu wärmen.«

»Obwohl die Leute hier so dichtgedrängt lebten wie Kühe im Stall?«

»Abgesehen davon«, warf Gil ein, »hattet Ihr nicht gesagt, daß alle Aufzeichnungen in eine Art Zentralbibliothek gebracht wurden, Alde? Das würde immerhin bedeuten, daß sie nicht ausnahmslos zerstört wurden.«

»Jedenfalls damals noch nicht«, pflichtete Rudy ihr bei. »Allerdings würde auch das festeste Papier ohne eine besondere Behandlung oder die Einwirkung von Magie keine dreitausend Jahre überstehen.«

Durch Gil ging plötzlich ein Ruck, und ein scharfer, fragender Ausdruck trat in ihre Augen. »Geht es überhaupt um Papier?«

Rudy runzelte die Stirn, er hatte die Daumen locker in den Waffengürtel eingehakt. »Was sonst? Pergament? Stoff? Plastik?«

»Videoband?« warf Gil leise ein.

»Was ist das – Videoband?« fragte Alde.

Ingold schaltete sich plötzlich mit aufgeregter Stimme ein. »Ist das nicht – die Substanz, mit deren Hilfe euer Volk Dinge aufzeichnet und die ihr in einen Apparat steckt, der die Bilder wieder erzeugt? Du hast mir einmal davon erzählt, Rudy . . .«

Gil wandte sich zu ihnen um und streckte ihnen auf der geöffneten Handfläche die grauen Glaspolyeder entgegen. Ihre Stimme klang nüchtern, doch im magischen Licht strahlte ihr Gesicht in der reinen, leidenschaftlichen Begeisterung an einer wissenschaftlichen Entdeckung auf. »Ja«, sagte sie wie beiläufig. »Videoband.«

Ingold stieß einen Freudenschrei aus, der einem würdevollen Erzmagier kaum zuzutrauen war, stürzte sich auf Gil und umarmte sie, mitsamt ihren Polyedern, stürmisch. Rudy sagte verständnislos: »Hmmh?« Dann begriff er die Zusammenhänge und nickte. »Heilige Muttergottes!«

Ingold wirbelte Gil herum; sie lachten wie ausgelassene Kinder vor Freude. Gil reckte Rudy ihren mageren Zeigefinger entgegen. »Und warum befinden sich in den Beobachtungsräumen in der Festung, überall, wo es Laboratorien oder Maschinenkammern gibt, die Tische mit dem Kristall in der Mitte. Sie steckten sie da hinein, um so die Aufzeichnungen zu lesen!«

»Du hast recht!« rief Rudy, mitgerissen von der Welle ihrer Begeisterung, aus. »Himmel, Gil, du bist ein Genie!« Er umarmte sie und küßte sie überschwenglich auf den Mund. Völlig außer sich vor Freude, wiederholte er den Vorgang bei der verblüfften Alde. »Und bei all den Zauberern in der Festung muß sich doch jemand finden, der feststellen kann, wie man sie bedient!«

Dann redeten alle durcheinander, als wäre ihren Worten eine zeitliche Begrenzung auferlegt worden. Rudy und Gil erklärten Alde gleichzeitig das Konzept des Videobandes, Ingold stellte Vermutungen über die Verbindung zwischen den Tischen und den Kristallen an, und Gil fluchte zwischendurch lautstark über ihre eigene Dummheit, weil sie nicht viel früher zu dieser Erkenntnis gelangt war. Im Doppelschein der Zaubererstäbe glühte ihr scharfgeschnittenes, empfindsames Gesicht förmlich und enthüllte die eigenartige, wache Schönheit, die unter der trügerischen Eiseskälte der Oberfläche schlummerte. Minalde, angesteckt von der Erregung der anderen, plante bereits, die Kristalle aus den entlegensten Winkeln der Festung zusammenzutragen und sie nach Zugehörigkeit zu ordnen. Ihre schlanken, weißen Hände wirbelten durch die Luft, als könne sie alle durch eine einzige Geste vor sich versammeln. Einen Augenblick lang war es, als sei die Dunkelheit der Zukunft ausgelöscht, als gäbe es keine Trennung, keine Gefahr, keinen Verlust neben der Freude und Hoffnung, die sie teilten. Umschlungen in einer gemeinsamen Umarmung, schoben sie sich lachend in das fahle Dämmerlicht der äußeren Höhle hinaus.

Dann blieben sie, wie vom Donner gerührt, stehen. Deutlich umrissen im flimmernden Licht des Höhleneingangs und still wie ein Schatten, stand ein Weißer Räuber.

Ingold hielt Gils Schwertarm mit dem Stab auf und schloß gleichzeitig die andere Hand um Rudys Handgelenk. »Nein«, mahnte er sie leise. »Wenn die Räuber uns töten wollten, hätten wir sie niemals gesehen.«

Lange stand der Räuber wie ein blauer Schatten in der schmelzenden Helligkeit und rührte sich nicht. Sein Gesicht war nicht zu erkennen, doch als er den Kopf zur Seite legte wie ein müßiger Leopard, der ein näherkommendes Beutetier begutachtet, schimmerte ein kalter Widerschein des Tageslichts auf seinen elfenbeinfarbenen Haarflechten. Ein scharfer Windstoß raschelte in den Bäumen vor der Höhle und zauste den Wolfspelz, den er trug.

Dann sagte er: »Die Leute meines Volkes haben recht. Sie sagen, nur ein tapferer Mann kann der Freund eines Weißen Mannes sein, und es scheint zu stimmen.« Beim vertrauten Klang der hellen, atemlosen Stimme fuhr Gil zusammen.

»Eisfalke!« schrie sie auf.

»Dein Volk hat recht«, sagte Ingold würdevoll, doch in seinen Augen funkelte eine tiefe Freude. »Mir scheint, daß das Amulett, das ich dir gegeben habe, die Schleierrune, dir eher Gefahr als Schutz gebracht hat, da Stiarth von Alketch um ihretwillen versucht hat, dich zu ermorden. Ich freue mich zu sehen, daß seine Bemühungen mit dem üblichen Maß an Erfolg beschieden waren, den man hat, wenn man versucht, einen Weißen Räuber zu töten.«

Der Eisfalke trat in die Höhle. Er war so mager wie ein hungriger Wolf und wettergegerbt, doch derselbe reservierte, leicht hochmütige Gardehauptmann, den Alwir ausgesandt hatte, dem Kaiser von Alketch seine Botschaft zu überbringen.

Er blickte überlegen auf Gil hinunter und fragte: »Soll ich diese Begeisterung so verstehen, daß die Gardisten Geld auf mein Überleben gesetzt haben?«

Sie grinste. »Keinen roten Heller. Wir hatten dich abgeschrieben.«

Er riß mit gespielter Besorgtheit die Augen auf. »Habt ihr meine Koje etwa einem anderen zugewiesen?«

Gil schüttelte bedauernd den Kopf. »Keiner wollte sie haben. Obwohl Janus bei allen Heiligen schwor, daß sie ausgeräuchert worden sei.«

Ein weniger reservierter Mensch hätte gelacht, doch Gil sah ihm an den Augen an, daß er sich freute, sie zu sehen. »Und was ist das für ein Gerät?« fragte er und deutete auf den Flammenwerfer in Rudys Halfter.

Mit einer übertriebenen Verbeugung zog Rudy die Waffe, zielte auf die gegenüberliegende Wand und jagte eine Flammensäule hoch, die einen großen, rußschwarzen Fleck auf dem Felsgestein hinterließ.

»Zufall«, war der einzige Kommentar des Eisfalken. Er wandte sich wieder Ingold zu und ließ Rudy, sprachlos vor Empörung, stehen.

Als sie die Höhle verließen, hatte der Wind an Schärfe zugenommen. Er fuhr ihnen schneidend entgegen und schlug die kleinen Knochen, die der Eisfalke in sein langes Haar geflochten hatte, rasselnd aneinander.

Ausgekocht und blankgeputzt, hatten sie dennoch eine beunruhigende Ähnlichkeit mit . . .

»Sind das menschliche Knochen?« fragte Gil.

In seinem goldbraunen Gesicht wirkten die unergründlichen Augen fast silbern. »Als ich ein Gardist wurde«, erklärte er, »schwor ich, ein zivilisierter Mensch zu werden und ehrenhaft und auf zivilisierte Weise zu kämpfen. Dies sind die Knochen eines Mannes, der mich fand, nachdem unser zivilisierter Freund Stiarth von Alketch mich halb tot liegengelassen hatte. Ich bat diesen Mann um Wasser, und er stahl mir Umhang und Stiefel.« Der Eisfalke zuckte die Achseln. »Später fanden mich die Wilden vom Volk der Weißen Seen und pflegten mich gesund, und ich ritt eine Zeitlang mit ihnen, obwohl ihr Volk und meines in den Ebenen verfeindet waren. Sie halfen mir auch – meinen Umhang und meine Stiefel wiederzufinden.«

Die Knochen in seinem Haar rasselten im Wind.

Gil hielt plötzlich inne und hob lauschend den Kopf. Ein Geräusch hatte das Heulen des Windes übertönt.

»Ist das ein Donner?« fragte sie.

Die anderen lauschten jetzt ebenfalls auf das ferne, tiefe Grollen, das über dem Pfeifen des Windes schwebte wie eine Baßstimme. Es hing wie ein leises Dröhnen in der Luft, eher zu spüren als zu hören.

Ingold zog die Kapuze über den Kopf. »Vermutlich«, sagte er ruhig, »sind es die Trommeln des Heeres von Alketch. Sie werden jetzt auf dem Weg durch das Gebirge sein und müßten morgen die Festung erreichen.«

Das Fest in der Gardeunterkunft war längst beendet. Gil hatte keine Ahnung, wie lange die Willkommensfeier für den Eisfalken gedauert hatte und ob es noch Nacht oder schon der nächste Morgen war. In der Dunkelheit der Festung hatte die Zeit wenig Bedeutung, und hier unten, in der verborgenen Kellerebene, war nicht einmal der einsame Schritt eines wachhabenden Gardisten zu hören, an dem man den Wechsel von Tag- und Nachtwachen hätte erkennen können.

Auf dem schwarzen, steinernen Tisch vor ihr lagen, zu zwei Haufen aufgeschichtet, mattgraue Polyeder von gleicher Größe und Form wie die Glimmsteine, und aus dem gleichen Material wie der in der Mitte des Tisches eingelassene runde Kristall. Sie fragte sich, warum ihr das vorher nie aufgefallen war.

Sie nahm wahllos einen Kristall vom größeren Haufen, seufzte und ritzte automatisch die Zahl vierzehn in die Wachstafel, die neben ihrem Ellbogen lag. Dann legte sie den Kristall vor sich auf den Tisch, bedeckte ihn mit beiden Händen und wiederholte mit klarer, deutlicher Stimme die Worte, die Minalde unter Hypnose gesprochen hatte, die Worte der Entschlüsselung. Die scharfen Kanten des Polyeders drückten sich in ihre Handflächen, als sie sich vorbeugte, um in das schwach leuchtende Herz des Tisches zu schauen.

Einen Augenblick lang sah sie nichts als ihren eigenen riesigen Schatten auf dem Tisch und den schwachen Widerschein des Glimmsteins, den sie mitgebracht hatte. Die schwarzen Mauern der Beobachtungskammer umgaben sie wie ein beengender Ring aus Dunkelheit. Die Stille war vollkommen. Wie Ingold sie angewiesen hatte, machte sie ihren Geist frei von Gedanken, starrte in die Facetten des Kristalls und wartete.

Dann glitzerte etwas in der Tiefe, ein heller Blitz, Sonnenlicht, das sich auf Wasser brach. Ruder stachen wie dunkle Klingen in die flimmernden Wellen, und sie sah ein mit reichen Schnitzereien verziertes Boot, das unter dem Gewicht seiner goldenen Einlegearbeiten tief in dem ruhigen Gewässer lag. Wieder tauchten die Ruder ins Wasser, und das Sonnenlicht blendete Gil. Die Farben vertieften sich. Leuchtend bunte Vögel flogen in großen Schwärmen aus den Lotusbüschen auf, die die marschigen Ufer säumten. Das Boot drehte ab und legte an einer Wassertreppe aus schwarzgeädertem, blaßrotem Marmor an.

Auf der Treppe bewegte sich gespenstisch still eine Gruppe von Männern und Frauen, deren goldbraune Schultern unter juwelenbesetztem Geschmeide schimmerten. Eine leichte Brise wehte über die Lagune und strich um die kostbaren Rüschen und Falten langer Gazeröcke und über die buntgefärbten Locken der Diener, die einen Sessel trugen, dessen Bauweise Gil bekannt vorkam. Er war von geschwungener Form und mit Schnitzereien verziert, die Herzen, Augen und Diamanten darstellten, ähnlich den Möbeln, die Alde und sie in den ältesten Lagerräumen der Festung entdeckt hatten.

Gil kannte den geschichtlichen Zusammenhang nicht, sie wußte nicht, ob es sich um eine dokumentarische Aufzeichnung oder den Beginn eines Romans handelte, aber sie wußte, daß sie in die Alte Zeit blickte, die Zeit Davor.

Ein vornehmer Bischof stieg aus der Barke an Land. Auf sein gekräuseltes Lendentuch war das Erdenkreuz des Glaubens golden und blutrot aufgestickt. An seinen glatten, weißen Händen, den Ohrläppchen und Nasenflügeln funkelten Edelsteine. Menschen schritten unter wippenden Straußenfedern einher, offensichtlich war eine Feierlichkeit im Gange. Gil stellte fest, daß der Bischof zwar kahlgeschoren war, die anderen ihre Haare aber so lang wie möglich trugen, zu kunstvollen Frisuren geflochten, mit Federn, Blumen und Juwelen geschmückt, wie Minalde sie bei feierlichen Gelegenheiten trug. Unter der Augenschminke und dem Wangenrot waren die Gesichter der Zuschauer auf der Treppe zu Tode gelangweilt, und Gil bemerkte, daß sie miteinander flirteten oder verstohlen die Kleidung der anderen begutachteten, wann immer der Bischof den Blick abwandte.

Govannins Worte kamen ihr, zusammen mit der Erinnerung an leise Gesänge in der Dunkelheit des Allerheiligsten, in den Sinn: *Ich habe gehört, daß die Menschen der Alten Zeit schlecht waren und daß sie in ihrem Glanz und Hochmut abscheuliche Taten vollbrachten . . .* Ein Mann in gefüttertem, sonnengelbem Gewand zog einen elfenbeinernen Brauenkamm hervor und korrigierte mit Hilfe eines Spiegelringes am linken kleinen Finger sorgfältig den Schwung seiner Augenbrauen. Ein Jüngling, dessen blaugefärbtes Haar mit Lilien umwunden war, sah es und warf ihm eine Kußhand zu. Das Sonnenlicht schimmerte auf dem Wasser der Lagune, Papageien flatterten zwischen den Girlanden herum, die die Uferkolonnaden schmückten. Gold blitzte an den weißen, zum Himmel erhobenen Händen des Bischofs auf.

Hinter den Säulen, Myrtenbäumen und Rosenstöcken erkannte Gil ein Gebirge, bläulich und mit einem dünnen Schneeschleier überzogen.

Ein Gebirge, das sie schon einmal gesehen hatte.

Wo?

Es war schwer zu sagen wegen der Bäume, Kuppeln und Türme der Stadt davor. Doch das Gefühl, es schon einmal gesehen zu haben, ließ sie nicht los – die Erinnerung an trümmerbedeckte Straßen, an eingestürzte, rauchgeschwärzte Mauern, an einen atemberaubenden Gestank nach Fäulnis. Hatte sie nicht einmal, alle Knochen schmerzend vom Schaukeln des müden Karrengauls, auf dem sie ritt, über die Schulter zurückgeblickt? Hatte sie nicht, über dem Leichnam einer geschändeten Stadt stehend, von derselben Stelle aus dieses Gebirge gesehen?

Es waren die Berge, die aus der Ebene von Gae aufstiegen.

Gil wandte mit gerunzelter Stirn den Blick von dem Kristall in der Tischmitte ab, und die leuchtenden Bilder verblaßten.

Lange saß sie so und starrte in die Dunkelheit.

Das ist nicht das, was wir erwartet haben, dachte sie benommen. *Wir haben erwartet, die alten Aufzeichnungen der Zeit Davor – und damit die Antwort zu finden. Wie man die Dunklen vernichtet. (Siehe: Geheimwaffen, Abschnitt 1, Anhang A)*

Aber das ist natürlich albern. Als die Dunklen zuschlugen, ging der Zivilisation wahrscheinlich die Fähigkeit, diese Kristalle herzustellen, verloren. Wahrscheinlich wurden nach dem Auftauchen der Dunklen überhaupt keine mehr hergestellt.

Sie preßte die Hände an die Schläfen, ihre Handflächen fühlten sich kalt an. *Warum mache ich mir Gedanken darum,* fragte sie sich überflüssigerweise, denn ihr war vollkommen klar, warum sie sich Gedanken machte. *Ich werde diese verfluchte Welt in weniger als zehn Tagen verlassen, und das Ganze müßte mich eigentlich kaltlassen.*

Doch der Gedanke daran, fortzugehen, erfüllte sie nicht wie einst mit Freude, sondern mit einem bohrenden, wehmütigen Schmerz. Sie sträubte sich gegen das Bedürfnis, den Kopf auf die Arme zu legen und zu weinen. Statt dessen nahm sie ein Stück Kohle, zeichnete eine Vierzehn auf den Boden des letzten Kristalls und ritzte auf ihre Tafel: ›14 – Rel. zerem. – Gae?‹

Harte Arbeit ist das Opium der Seele.

»Schreckschraube?«

Sie hob den Kopf und sah Rudy, der zögernd im Türrahmen stand. Seine indianischen Wangenknochen und die Nase hoben sich im fahlen Schein des Glimmsteines scharf hervor, die Ärmel seines groben Hemdes nahmen sich hell aus neben der Schaffellweste. In einem Anfall von Verärgerung über die zahlreichen Stoffschichten von Hemd, Waffenrock, Kniehosen, Überrock, Wams und Umhang hatte Rudy vor kurzem eine Art Skiweste für sich entworfen, die ihn wärmte, dabei aber die Arme für die Arbeit im Laboratorium freiließ. In Erinnerung an seine alten Werkstattage hatte er sein eigenes Glaubensbekenntnis daraufgemalt: in einem Kreis von Sternen eine Kinderhand, die einen blühenden Zweig hielt, einfach, doch von eigenartiger Schönheit.

»Hast du – hast du etwas gefunden?« erkundigte er sich zögernd.

Gil warf wütend den Stift an die Wand. »Nichts«, flüsterte sie. »Nichts, verflucht. Nicht eines dieser Dinger ist nach dem Auftauchen der Dunklen entstanden.«

Rudy schwieg. Er hatte ebenfalls erwartet, sie würden die Antwort unter dem Stichwort *Welt, Rettung der* finden.

»Himmel, Rudy, was sollen wir tun?«

»Tun?« Seine Stimme klang plötzlich bitter und harsch. »Wir hauen hier ab, bevor das Beil fällt. Das war jedenfalls früher unsere Absicht, weißt du noch?«

»Ohne je die Wahrheit zu erfahren?« fragte sie.

Er schloß die Augen und drängte den Schmerz mit Zynismus, der einzigen Waffe, über die er je verfügt hatte, zurück. »Ohne je die Wahrheit zu erfahren«, bestätigte er.

Siebtes Kapitel

Das Dröhnen von Kesselpauken hallte wie Donnerschläge durch die kristallklare Stille des Tals. Darüber schwebte, wie das dünne Klagen des Windes, der süße Klang von Hörnern.

Gil hatte den Eindruck, daß sich alle Bewohner der Festung, Männer, Frauen und Kinder, vor den schwarzen Mauern eingefunden hatten. Sie standen dicht an dicht auf dem Hinrichtungshügel mit seinen drohenden, kettenbehangenen Pfählen und im Schnee der tiefergelegenen Ebene. Ein bewegtes Meer von Menschen erstreckte sich weit über die Reihen der Garde, der privaten Truppen des Kanzlers, des Kirchenheeres und der Soldaten aus Gettlesand hinaus. Dann und wann erhoben sich Gesprächsfetzen über die dichtgedrängte, unruhige Masse und breiteten sich wie Windstöße zu den Rändern hin aus – Gerüchte, Vermutungen und Befürchtungen. Nur da, wo Gil am Ende der Gardereihe auf der untersten Stufe der Festungstreppe stand, herrschte Schweigen, das von Janus, dem Kommandanten der Garde, und dem alten Mann, der zu seinen Füßen auf der Erde hockte, ausging.

Nach einer Weile erhob sich Ingold und steckte den gelblichen Kristall, in den er geschaut hatte, weg. »Ich schätze ihre Zahl auf ungefähr dreitausend«, erklärte er, während er sich den Schnee vom Umhang klopfte.

Janus überschlug rasch einige Zahlen im Kopf. »Wir verfügen hier über mehr als die Hälfte der Stärke, die Freiwilligen nicht mitgezählt. Selbst mit den Flammenwerfern ist es eine riskante Sache.«

Darauf sagte Ingold nichts.

Die Paukenschläge wurden lauter, ein drängender, hämmernder Rhythmus, der durch Mark und Bein ging. Dann ertönte ein Schrei aus den vordersten Reihen der Zuschauer, als die ersten Soldaten des Heeres von Alketch zwischen den Bäumen auftauchten.

Abgesehen von der kleinen Truppe von Hellebardieren bestand das Heer aus dem Süden ausschließlich aus Männern: eine Kaiserliche Armee, aus dem halben Dutzend Völkern rekrutiert, die die Herrschaft des Kaisers, der seinen Sitz in Kirshit hatte, anerkannten. Sie strömten aus dem Wald hervor wie eine vergoldete Schlange mit einem Stachelpanzer aus Speeren, Reihe um Reihe erschöpfter, finster blickender Männer, die sich Hunderte von Meilen, von jenseits der Sümpfe im Penambra Delta, durch das froststarre, verwüstete Land geschlagen hatten. Hochrufe ertönten in der Menge, wurden von den anderen aufgenommen und hallten von den glatten Mauern der Festung wider.

Gil mußte zugeben, daß sie einen beeindruckenden Anblick boten; diese entschlossenen, harten Männer unter den Regenbogenfarben ihrer Banner, dem Dröhnen der Trommeln und dem Klang der Hörner mußten das kälteste Herz höherschlagen lassen. Doch sie bemerkte, daß die Leute aus Gettlesand und Penambra nicht in die Hochrufe einfielen, und auch Ingold verzog keine Miene.

Im Torweg der Festung erklangen ebenfalls Hörner zur Begrüßung. So unnahbar und starr wie Schachfiguren unter einem schwarzen Samtbaldachin traten sie hervor – Alwir, Minalde, Prinz Altir Endorion, Maia und Govannin. In ihren offiziellen Roben hatten sie kaum etwas Menschliches an sich; das harte Tageslicht fing sich glitzernd in der Goldstickerei ihrer Fahnen, in Elfenbein und Ebenholz, Opalen, Saphiren und Perlen.

Die Ehrengarde, die sie umringte, stieß ein letztes Mal in die Hörner. Die Kesselpauken verstummten. Hufe knirschten im verharschten Schnee, und ein Schimmel löste sich aus den Reihen der Soldaten. Gil erkannte in dem Reiter den vornehmen jungen Höfling, der versucht hatte, den Eisfalken zu ermorden – den Botschafter Stiarth von Alketch, gekleidet in blaßgelben Satin und vergoldeten Kettenpanzer. Er stieg vom Pferd und berührte in einer tiefen Verneigung fast den Boden.

»Gnädiger Herr«, sagte er mit seiner melodiösen Stimme, »Gnädige Frau. Ich grüße Euch im Namen des Kaisers von Alketch.«

Minalde, in deren Haarflechten Opale wie Sternenketten funkelten, trat vor. Vorsichtig, aber mit selbstbewußter Würde, die ihm vermutlich durch sein steifes Brokatgewand verliehen wurde, trottete Tir, eine runde, rosige Hand in der ihren, an ihrer Seite daher. Gil stellte mit einem Seitenblick fest, daß Rudys Gesicht vor Stolz wie eine Zweihundert-Watt-Birne glühte.

Aldes klare Stimme wurde weit getragen in der Stille, die bei ihrem Erscheinen eingetreten war. »Im Namen meines Sohnes Altir Endorion, Herr der Festung von Dare und Thronerbe des Reiches Darwath, begrüße ich Euch und durch Euch Euren Kaiserlichen Onkel, den Herrscher des Südlichen Reiches und Herrn der Sieben Inseln. Ich heiße Euch willkommen als Gäste in diesem Reich und in dieser Festung.«

Stiarth verneigte sich wieder. Ein anderer Mann, größer und breiter als der schlanke Botschafter, stieg von seinem Schlachtroß und übergab die Zügel einem knienden Stallburschen. Er trat vor und verneigte sich ebenfalls. »Meinen ehrerbietigen Dank für Euren Willkommensgruß, gnädige Frau Minalde«, sagte er mit einer Stimme, die so rauh klang wie ungeschliffener Stein. »Ich bin Vair na Chandros vom Kaiserlichen Hause Khirsrit, und ich begrüße Euch im Namen des Oberhauptes meines Hauses, Lirkwis Fardah Ezrikos, Kaiser des Südlichen Reiches und Herr der Sieben Inseln, dessen Name und Vorfahren von den Weißen bis zu den Schwarzen Küsten und auf allen Inseln des Ozeans verehrt werden. Ich bin zum Kommandanten des Feldzuges ernannt – und Euer unterwürfiger Diener.«

Er straffte sich und musterte die Männer, die Frauen und das Kind vor ihm auf den Stufen mit Augen, die kalt, honigfarben und alles andere als unterwürfig waren. Wie Stiarth von Alketch war Vair na Chandros dunkelhäutig, und sein Gesicht hatte einen hochmütigen, raubvogelhaften Zug und wirkte eher arabisch als negroid. Er hatte dichtes, krauses Haar, in dessen Silbergrau sich noch ein paar schwarze Strähnen mischten. Seine linke Hand ruhte auf dem türkisbesetzten Griff seines Schwertes, der rechte Arm endete in einem Elfenbeinstumpf, der mit zwei silberverzierten Stahlhaken versehen war. Das Metall schimmerte matt auf, als er den letzten der drei Männer, die an der Spitze des Heeres geritten waren, vorstellte.

Im Gegensatz zu den beiden dunklen Migliedern des Kaiserlichen Hauses hatte dieser Mann die elfenbeinerne Gesichtsfarbe der Inselrasse, und die Brauen über den grünen Augen verrieten, daß er, bevor er sich der Kirche verschrieben und den Kopf kahlgeschoren hatte, rothaarig gewesen sein mußte. Wie Maia und Govannin war er in das reine Weiß der Hochkirche gekleidet; er war ein hochgewachsener, älterer Mann mit freundlichem Gesicht, den Vair als Pinard Tzarion, Generalinquisitor des Heeres von Alketch, vorstellte.

»Jawohl«, hörte Gil einen der Gardisten in breitem Norddialekt murmeln, »wollen sichergehen, daß wir alle anständige Gläubige sind.«

»Solange wir ihre Schlachten für sie schlagen«, mischte sich Gnift mit seiner rauhen Stimme ein, »ist es ihnen gleichgültig, ob wir Holzklötze oder alte Flaschen anbeten. Du kannst also beruhigt sein, Caldern, meine Pfirsichblüte.«

»Zum Teufel mit deinen Holzklötzen und alten Flaschen. Solange sie unsere Grütze essen, sollten sie besser kein Geschrei machen über unsere Tischgebete.«

»Da hast du recht«, fiel Melantrys mit schmeichelnder Stimme ein. »Aber worum wetten wir, daß sie es doch tun?«

Unterdessen hatte Alwir, der aussah wie Luzifer im Sonntagsstaat, die Begrüßungszeremonie fortgesetzt. Vair schien nicht erfreut über die Aussicht, seine Männer in einem eineinhalb Meilen entfernten Quartier unterzubringen, doch Stiarth lächelte höflich und sagte: »Das betrifft natürlich nicht unsere persönliche Garde, die Diener und die führenden Mitglieder des Generalstabes – ein nebensächlicher Punkt, dessen Erwähnung Ihr mir vergeben müßt, da das ohne Zweifel in Eurer Absicht lag.«

»Oh ja, in der Tat«, entgegnete Alwir mit strahlender Liebenswürdigkeit.

Stiarth prüfte, wie weit er gehen konnte. »Der Weg ist doch nicht zu beschwerlich, um den Truppen die tägliche Verpflegung zu schicken? Aber selbstverständlich habt Ihr daran gedacht.«

»Das ist eine Sache, über die noch beraten werden muß«, informierte ihn der Kanzler liebenswürdig.

»Ah!« Die Zähne blitzten weiß in Stiarths dunklem Gesicht auf. »Es muß ja noch über so vieles beraten werden.«

Vair na Chandros beorderte mit schroffer Stimme einen Offizier zu sich und rasselte im Singsangdialekt des Südens eine Reihe von Befehlen herunter. Der Mann verneigte sich tief und entfernte sich. Gleich darauf ertönte wieder das hallende Dröhnen der Kesselpauken. Die Truppen setzten sich in Bewegung und folgten den Männern, die Alwir zu ihren Führern ernannt hatte. Ihre Speere blitzten im kalten Sonnenlicht.

»Durch seine – Behinderung – war dem gnädigen Herrn Vair die ersehnte Feldherrenlaufbahn stets verwehrt«, säuselte Stiarth, während der Kommandant mit der Hakenhand die Leibgarde aus der Masse der Soldaten herausrief. »Doch hat er aufgrund seines Jahres als Statthalter von Khirsrit und der raschen Niederschlagung des Aufstandes im vergangenen Herbst ausreichend Erfahrung gesammelt, um dieses Heer zu befehligen. Ich bin sicher, Ihr werdet in ihm einen fähigen militärischen Mitkommandanten finden, gnädiger Herr Alwir.« Seine dunklen, schmalen Finger spielten an den Rüschen seiner prunkvollen Handschuhe. »Allerdings bin ich zum Leiter der Expeditionsstreitkräfte ernannt. Ihr werdet die endgültigen Bedingungen des Bündnisvertrages mit meinem Onkel mit mir aushandeln.«

Alwir warf ihm einen scharfen Seitenblick zu. »Ich war der Meinung, verehrter Herr Stiarth, daß die endgültigen Bedingungen bereits ausgehandelt seien.«

Der Botschafter seufzte. »Das war bedauerlicherweise auch meine Meinung. Doch bei meiner Rückkehr in den Süden erhielt ich neue Anweisungen von meinem Kaiserlichen Onkel. Ebenso wie im Norden war der Winter bei uns im Süden außerordentlich hart. Wenn unser Land auch nicht von den Verwüstungen durch die Dunklen betroffen war, so hat der strenge Winter doch zu Ernteverlusten geführt, so daß ein großer Teil der Truppen, die mein Onkel Euch anderenfalls mit Freude zur Verfügung gestellt hätte, zur Unterdrückung von Unruhen benötigt wurde.« Als er den Kopf hob, funkelten die Diamanten in seinen Ohrläppchen nicht minder als seine Zähne. »Aber mit dem rechten Glauben auf beiden Seiten ist nichts unmöglich, nicht wahr?«

»Sehr richtig.«

Kommandant Vair gesellte sich wieder zu dem Grüppchen am Fuße der Treppe. Mit der Hakenhand machte er dem Inquisitor Pinard ein Zeichen, ihm als kirchlicher Würdenträger zum Festungstor vorauszugehen. Doch er erstarrte mitten in der Bewegung. Seine Züge verhärteten sich, und in seinen Augen blitzte ein lange gehegter Haß auf.

Sein Blick war auf Ingold gefallen, der nicht weit von ihm in den Reihen der Garde stand.

»Ihr . . .« flüsterte er.

Er ging langsam auf ihn zu, und das Gemurmel, das sich angesichts der Tatsache, daß die Leibwächter von Alketch in der Festung wohnen würden, unter den Gardisten erhoben hatte, erstarb. Die Silberhaken blitzten auf, als Vair damit zuschlug. Ohne erkennbare Hast fing Ingold sie mit dem stahlharten Holzstab auf. Ein überraschter Ausdruck hatte sich auf das Gesicht des Zauberers gelegt.

Der Kommandant flüsterte: »Ihr erinnert Euch also nicht?«

Mit erheblich mehr Hast als Feingefühl mischte sich Alwir ein. »Gnädiger Herr Vair«, stellte er vor, »das ist Ingold Inglorion, Anführer der Magiertruppe und Erzmagier« – und diese Worte sprach er mit spöttisch übertriebener Großartigkeit aus – »der Zauberer der Westlichen Welt.«

»Wir sind uns schon begegnet«, stieß Vair abschätzig hervor.

Ingolds Augen weiteten sich in plötzlichem Erkennen.

Mit verächtlicher Stimme fuhr der Kommandant fort: »Dann wart Ihr also schon damals ein Magier.« Er pochte mit dem Haken gegen Ingolds Stab. »Ich hätte wissen müssen, daß ich den Verlust meiner Hand und der Aussicht auf ein ruhmreiches Leben den Zauberkünsten eines Magiers verdanke.«

Ingold seufzte. In seiner Stimme schwang Bedauern, doch seine Wachsamkeit gegen den prunkvollen Krieger, der vor ihm stand, ließ keine Sekunde nach. »Ich habe Euch nicht mit Hilfe der Magie besiegt, verehrter Herr Kommandant«, erwiderte er ruhig. »Ich war damals noch kein Magier, und in jedem Fall wart Ihr mir gegenüber im Vorteil.«

»Ihr wart mir nie überlegen mit dem Schwert!« zischte Vair. »Ihr wart ein erwachsener Mann. Und Erzmagier erlangen ihre Kräfte nicht so spät im Leben.« Er bleckte verächtlich die Zähne und wandte sich dem verwirrten Alwir zu. »Das ist also Euer – Verbündeter«, schnarrte er. »Eure Waffe gegen die Dunklen. Nehmt Euch in acht, daß sie sich nicht gegen Euch kehrt und Euch die Hand kostet, die sie führt, verehrter Herr.«

Damit schob er sich durch die Reihen der Umstehenden und stieg zum Tor hinauf, wo Stiarth mit einem berechnenden und Pinard mit einem belehrenden Ausdruck in den Augen auf ihn warteten. Alwir warf Ingold einen haßerfüllten Blick zu, dann eilte er den anderen nach, und seine melodiöse, beschwichtigende Stimme war noch zu hören, als sie schon in der Dunkelheit der Festung verschwunden waren.

Es war kurz vor Sonnenuntergang. Von ihrem Beobachtungsposten auf dem Pfad zu den Höhlen konnte Gil das geschäftige Treiben rund um die Festung verfolgen. Männer und Frauen kamen mit Reisig auf dem Rücken aus dem Wald zurück. Die glücklichen Besitzer von Kühen oder Ziegen hatten sich in den sicher umzäunten Verschlägen eingefunden, um ihre Tiere zu melken. Der Wind fuhr Gil schneidend ins Gesicht. Es war Zeit, zurückzukehren.

Wozu? fragte sie sich.

Sie hatte den ganzen Tag über die geheime Kellerebene der Festung durchstreift und Kristalle gesammelt. Sie wußte, daß sie vermutlich die ganze Nacht damit zubringen würde, sie geduldig, einen nach dem anderen, zu lesen. Das Winterfest stand in weniger als zwei Wochen bevor, dann würde sich das Heer in Bewegung setzen, ohne daß das Rätsel der früheren Vernichtung der Dunklen gelöst sein würde.

Wölfe heulten im Tal, und Gils Gedanken wanderten zu den Pferden der Männer aus Alketch und dem Vieh, das sie als Lebensmittelvorrat mitgebracht hatten. Nun, sie hatten sie schließlich auch bis hierher sicher durchgebracht. Doch sie zog den Umhang fester um die Schultern und eilte den breiten, aufgewühlten Pfad hinunter, der zur Festung führte. Die Temperatur fiel rasch – der Schlamm, den die Füße der Soldaten aufgewühlt hatten, überzog sich bereits mit einer Eisschicht. Von den Gletschern über der grauen Wolkendecke strich ein eisiger Wind herunter.

»Gil-Shalos!«

Die hochgewachsene Gestalt des Eisfalken wurde zwischen den Bäumen sichtbar. Er trat zu ihr und hob seine hellen Brauen. »Gehst du spazieren?«

»Ich pflücke Butterblumen«, erwiderte sie, und er grinste.

In der vertrauten schwarzen Gardeuniform erschien er Gil genau wie damals im lärmenden Durcheinander von Karst, als sie ihm zum ersten Mal begegnet war. Er hatte die Knochen aus seinem Haar entfernt; die langen weißen Flechten fielen ihm glatt über den Rücken. Die einzigen Anzeichen dafür, daß er überhaupt mit den Weißen Räubern geritten war, waren seine gebräunte Gesichtshaut und der wachsame Ausdruck in seinen Augen.

»Ich suche ebenfalls Butterblumen«, entgegnete er ruhig. »Ich habe sie nur in der Nähe des Sees unterhalb der Höhlen gesucht.«

»Stiarth ist nicht dort«, erklärte Gil.

Die feingemeißelten Nasenflügel bebten kaum merklich. »Eines Tages wird er dort sein.« Geschmeidig wie eine Katze umging der Eisfalke eine eisverkrustete Pfütze, und seine Schritte waren fast lautlos im schlammigen Schnee am Wegrand. »Und wenn er da ist, glaub mir, meine Schwester, dann wird er selbst um die Hälfte des Gifts betteln, das er mir in jener Nacht im Flußtal in meine Speisen gemischt hat.«

»Ich hatte mich schon gefragt, wie er es angestellt hat«, erklärte sie nach einer Weile.

Der Eisfalke schnaubte. »Ich weiß nicht genau, ob er die Absicht hatte, mich mit dem Gift umzubringen, oder ob er mich nur einschläfern wollte. Aber in den Tälern unter freiem Himmel macht das keinen Unterschied.« Seine farblosen Augen glitzerten plötzlich wie schmutziges Eis. »Er hätte besser daran getan, sich seiner Sache zu vergewissern.«

Gil seufzte. Sie wußte, daß der Eisfalke dem Tode knapp entronnen war, dennoch ging ihr der Gedanke durch den Kopf, daß, sollte Stiarth sterben, Vair na Chandros der Anführer des Heeres von Alketch sein würde. *Es geht mich nichts an,* dachte sie verzweifelt. *Ich gehe noch vor dem Feldzug fort von hier, und was danach geschieht, ist ihr Problem.* Doch sie erinnerte sich an den Haß in Vairs Augen, als er vor den Toren der Festung mit Ingold gesprochen hatte, und sie schauderte.

»Man sollte meinen, daß Stiarth sich hätte vergewissern müssen, daß du wirklich tot bist«, bemerkte sie. »Denn da er das Gift mit auf die Reise genommen hat, muß er auch die Absicht gehabt haben, es zu benutzen.«

»Nicht unbedingt. Im Süden ist vieles anders als hier. Für einen Mann in Stiarths Stellung ist es selbstverständlich, stets Gift bei sich zu haben.«

Aus irgendeinem Grund kamen ihr die anmutigen, juwelengeschmückten Menschen in den Sinn, die sie im Kristall gesehen hatte. Waren auch sie ein Volk von Gefangenen gewesen? »Erzähl mir vom Süden«, bat sie.

Er zuckte die Achseln. »Du hast die Männer gesehen. Der Süden ist das Land der schillernden Farben. Die Menschen dort kleiden sich wie die Papageien. Die Blumen sind leuchtend bunt wie in Fieberträumen. Selbst die Ameisen schillern in allen Farben des Regenbogens.« Seine helle Stimme ließ die Bilder, die einen eigenartigen Gegensatz bildeten zu der öden, schlammverkrusteten Schneelandschaft und den finsteren Bäumen, überraschend deutlich in ihrem Geist entstehen.

»Das Runde Meer ist warm; Alketch ist ein Land der Dschungel, Palmen und unberührten weißen Sandstrände. Im Westen erstreckt sich ein hohes Gebirge wie eine Mauer. Auch die Menschen haben alle Hautfarben – schwarz, rot und golden. Sie würzen ihre Speisen zu stark, stinken nach Enthaarungsmitteln und behandeln ihre Frauen wie Vieh. Und es gibt keine Dunklen im Süden.«

»Warum ist das so?«

Er zuckte wieder die Achseln. »Frag die Dunklen. Frag Ingold. Oder frag die Bischöfin Govannin. Sie wird dir erklären, es läge daran, daß im Kaiserreich die Kirche die Macht hat und der Rechte Glaube höhergehalten wird als hier. Es gibt Gerüchte an manchen Orten – aber Gerüchte gibt es immer und überall. Gerüchte von Menschen, die verschwunden sind, oder von etwas, das jemand beobachtet haben soll. Doch alle Menschen, mit denen ich im Süden gesprochen habe, scheinen die Dunklen für eine Art Pest zu halten, die über den Norden hereingebrochen ist.«

Gil trottete schweigend durch den düsteren Wald, und die Erinnerung an etwas, das Ingold ihr einmal erzählt hatte, stieg in ihr auf. »Na gut«, widersprach sie, »aber Ungolard, der alte Wissenschaftler aus Alketch, der sich der Magiertruppe angeschlossen hat, sagt, daß es unter den Ruinen einer alten Stadt im Dschungel unweit seiner Heimat etwas gebe, das er für eine frühere Brutstätte hält. Und er sagt auch, daß die frühesten Überlieferungen der Zivilisation dort nicht viel weiter zurückgehen als in unserem Teil der Welt.«

Die hellen Brauen hoben sich verächtlich. Der Eisfalke hatte nicht viel übrig für Bücher und Aufzeichnungen. »Wie lange hält sich Pergament?« fragte er. »Selbst in Stein gehauene Worte können zerstört werden, um königlichen Lustgärten Platz zu machen. Der Süden ist ein warmes Land, und Überlieferungen werden dort leicht vernichtet.«

»Wie weit gehen die Überlieferungen deines Volkes zurück?« hielt Gil ihm entgegen, und er lächelte.

»Bis zu den Tagen der Götter«, erwiderte er leise. In seiner Stimme erkannte sie das Echo von Lagerfeuern und Schamanengesängen, den Geschmack der Steppen und Eisfelder im Wind. Er senkte die Stimme und sang die Worte, als kämen sie aus den fernen Erinnerungen seiner verwegenen Kindheit im Kreise seines eigenen Volkes. »Bis zu den Tagen, als der Regen auf die Grassteppen fiel und die Männer die keimende Saat verließen. Bis zu den Tagen, als die langen Lieder nicht gesungen wurden und die Reihe der Helden kurz war. Bis zu den Tagen, als der Sonnenhäuptling gegen die Mauer aus Eis kämpfte und sie zurücktrieb, um das Grasmeer zu erschaffen, wo sein Volk verweilen konnte, und als er die Vögel des Himmels in seiner Hand fing, um die Pferde zu schaffen, auf deren Rücken wir reiten konnten.«

Etwas rührte tief in ihrem Bewußtsein einen Gedanken auf, und sie runzelte die Stirn. Etwas in dieser leisen, rauchigen Stimme . . . etwas, das Tomec Tirkenson im schneidenden Schneesturm am Sarda Paß vor sich hingemurmelt hatte. Die Berge von Gae über einem Garten tropischer Blüten . . . die staubige Sohle einer Sandale im Gerümpel einer Höhle.

Bilder verschmolzen in ihrem Bewußtsein – die warmen, fauligen Dämpfe im Tal der Dunklen und Minaldes nachtblaue Augen, die tränenerfüllt in die Schrecken eines früheren Lebens blickten.

Gil blieb wie angewurzelt stehen und starrte blicklos in die kalte, graue Ferne. Sie sah den ganzen Zusammenhang, erkannte das Muster, das sich aus bedeutungslosen Umrissen formte. Die Erkenntnis traf sie wie ein Schlag. So sicher, wie sie ihren eigenen Namen kannte, wußte Gil jetzt, warum die Dunklen sich erhoben hatten.

Achtes Kapitel

»Das Eis im Norden«, sagte Ingold ruhig und blickte mit verschlungenen Händen in die Ferne jenseits der Mauern seiner kleinen Kammer. »Lohiro sprach davon, als er im Sterben lag. Der strengste Winter in der Geschichte der Menschheit . . .« Er blickte zu Gil auf, und die Bewegung seines Schattens ließ die Blattgoldschnörkel auf der Handschrift vor ihm flimmern wie Sterne im Herbst. »Das ist . . . eine phantastische Erklärung. Kannst du es beweisen?«

»Ich weiß es nicht!« Gil hob mutlos die Hände. Es hatte einige Zeit in Anspruch genommen, Ingold ihre Theorie zu erklären, da er mit den zugrunde liegenden Begriffen nicht vertraut war, doch als sie endete, war sein Gesicht ernst. »Ich weiß, daß es wahr ist. Es ist die einzige Lösung, die alles erklärt – warum die Brutstätten im Norden verlassen worden sind, warum sie sich im Süden nicht erhoben haben. Ich kann nicht auf eine einzelne Quelle weisen und sagen: ›Darum.‹ Aber – ich weiß es.«

Ingolds Gesicht spannte sich unter dem struppigen weißen Bart. Sie fand, daß er in letzter Zeit müde, gehetzt und verletzlich aussah, als würde er mit einem Wissen leben, das er kaum ertragen konnte. »Alwir wird nichts davon wissen wollen«, erklärte er schließlich. »Kannst du es noch vor dem Winterfest beweisen?«

»Ich kann es versuchen.«

In den darauffolgenden Tagen bekam kaum einer der Festungsbewohner Gil zu Gesicht. Ihre Freunde unter den Gardisten – der Eisfalke, Seya, Melantrys – sprachen beim Training mit ihr, das sie immer noch regelmäßig besuchte, obwohl Janus sie von der normalen Pflicht freigestellt hatte. Manchmal kam Alde, während sie darauf wartete, daß Rudy von seiner Arbeit im Laboratorium heraufkam, in ihr kleines Arbeitszimmer im Quartier der Magiertruppe. Rudy besuchte sie ebenfalls, brachte ihr zur Essenszeit die schmalen Rationen an Eintopf und Brot aus der Truppenküche und mahnte sie, das Essen nicht zu vergessen. Doch alle fanden sie zerstreut und geistesabwesend.

Ingold half ihr, soviel er konnte. Oft saß er mit untergeschlagenen Beinen, eines der Bücher aus Quo auf den Knien, auf dem Teppich ihres Arbeitszimmers und las im Schein des magischen Lichts, das über seinem Kopf schwebte, in den Aufzeichnungen. Noch häufiger jedoch arbeitete Gil allein, hörte den Wachwechsel in den Gängen vor ihrer

Kammer, und wußte kaum, ob es die Tages- oder die Nachtwachen waren.

Gelegentlich tauchte sie im Gemeinschaftsraum der Magiertruppe auf und sprach mit Mondschatten, der Schamanin der Weißen Räuber, mit Ungolard, dem schüchternen, schwarzhäutigen Professor aus Khirsrit, oder mit Kta, der ihr mit seiner piepsigen Stimme von den seltsamen Dingen erzählte, die er in den endlosen Jahren der Ruhe in den Wüsten von Gettlesand mit eigenen Augen gesehen oder mit eigenen Ohren gehört hatte. Einmal verbrachte sie fast den ganzen Abend in der Kirche der vierten Ebene, wo Maia über die Elendsquartiere seiner knoblauchessenden Penambraner herrschte, und machte Notizen, während der schlaksige, freundliche Prälat ihr Dinge erzählte, ohne zu fragen, warum sie es wissen wollte.

Wieder andere Abende brachte sie in der kleinen Beobachtungskammer neben Rudys Laboratorium zu und starrte gebannt in den Kristall. Gelegentlich, wenn Rudy in ihr Arbeitszimmer kam, fand er sie, die Füße zwischen Unmengen von Kirchenaufzeichnungen, die sie sich von Govannin ausgeliehen hatte, und mit Eisenschlössern versehenen und zauberumwobenen Büchern aus der Bibliothek von Quo, in einen der alten Liebesromane vertieft, die Minalde aus Alwirs Bibliothek in Karst mitgebracht hatte.

Da die Bücher dem Königlichen Haus von Gae gehört hatten, trugen sie auf dem Rücken ihres schwarzen Ledereinbandes den goldenen Adler, das Wappen des Hohen Königs.

Allein in der Stille ihres Arbeitszimmers dachte Gil manchmal an König Eldor, wie sie ihn im Traum gesehen hatte; groß und ernst, den goldenen Adler auf den Wappenrock gestickt, hatte er auf seinen schlafenden Sohn hinuntergeblickt.

Es waren schlimme und beunruhigende Zeiten in der Festung. Die Gerüchte, die Gil von den anderen Gardisten zugetragen wurden, waren widersprüchlich und meist unglaubhaft: die Südländer planten, in ihre Heimat zurückzukehren, ohne für Gae in den Kampf zu ziehen; ein zweites Heer aus Alketch stehe bereit, die Festung anzugreifen, sobald ihre Verteidiger mit dem ersten Heer abgezogen seien; Gae würde im Namen des Kaisers besetzt werden, wenn es erst zurückerobert sei; Alwir habe dem eleganten Botschafter einen Treueeid abgelegt; der Plan, den Kanzler zu ermorden und Govannin zum Oberhaupt eines Kirchenstaates zu machen, sei schon ausgearbeitet. Kaum war ein Gerücht aus der Welt geschafft, schossen schon drei andere hervor, und alle waren sie mit dem schlimmen Makel des Mißtrauens und der Zwietracht behaftet.

Alde tat ihr möglichstes, um den Gerüchten entgegenzutreten, doch Gil sah, daß sie mit ihren Kräften am Ende war. Sie und Rudy hatten ihre Treffen in ihren Räumen im Königlichen Bereich völlig eingestellt, und es kam immer häufiger vor, daß sie in Gils Arbeitszimmer auf ihn wartete.

Die Belastung war ihr deutlich anzumerken, und in ihren Begegnungen lag eine so verzweifelte Hoffnungslosigkeit, daß es Gil das Herz zerriß.

Doch Gerüchte waren nicht das einzige Übel in jenen Tagen. Die bittere Feindseligkeit, die den Männern von Alketch in Darwath entgegenschlug, wurde doppelt und dreifach von ihnen zurückgezahlt. Der Haß war vor allem unter den Leuten von Gettlesand und Penambra zu spüren, die an den Grenzen zum südlichen Reich gelebt hatten. Es gab Männer aus Gettlesand, deren Familien von den Grenzherren von Alketch niedergemetzelt oder in die Sklaverei verschleppt worden waren, und Penambraner, deren Häuser und Besitztümer an den warmen, moskitogeplagten Stränden des Runden Meeres von den Kaiserlichen Freibeutern geplündert worden waren. Erbitterte Kämpfe waren an der Tagesordnung, und die Vergeltungsschläge trafen oftmals Unbeteiligte.

Häßliche Geschichten von Frauen oder Knaben, die in den Wäldern oder den abgelegeneren Gängen der Festung selbst vergewaltigt worden waren, begannen die Runde zu machen, und es galt schon bald als gefährlich, allein umherzuwandern. Eines Nachts wurde Gil, als sie von einem Besuch bei Alde im Königlichen Bereich zurückkehrte, von drei flachgesichtigen Deltainsulanern überfallen; sie berichtete Janus den Vorfall, damit keine falschen Gerüchte aufkamen, wenn die Leichen gefunden wurden.

Enklaven bildeten sich. Kein Südländer setzte den Fuß in die dritte Ebene. Ingold war der einzige Zauberer, der den von der Kirche beherrschten Bereich im Osten der Festung betrat, wo Govannin und der Inquisitor Pinard, umgeben von Pinards kahlgeschorenen, schweigenden Kriegermönchen, Rat hielten, und Gil fühlte sich in zunehmendem Maße unbehaglich, wenn sie ein Anliegen dorthin führte.

»Ich weiß nicht, wie lange ich das noch aushalte«, sagte Minalde eines Abends, als sie, ihr schlafendes Kind auf dem Schoß, auf der mit Schaffellen bedeckten Bank an Gils Arbeitsstisch saß. »Es ist, als würde man darauf warten, daß der Blitz einschlägt, ohne zu wissen, wo es geschieht. Ich weiß, daß Alwir und Stiarth sich zu inoffiziellen Beratungen treffen. Sie legen mir Verträge zur Unterschrift vor, die sie untereinander ausgehandelt haben, und ich kann nichts dagegen tun.« Ihre Finger spielten nervös an der Fellweste herum, die Rudy nach dem Muster seiner eigenen für sie gefertigt hatte. Auf den Rücken hatte er den schwarzgoldenen Adler des Hauses Dare gemalt. »Ich fühle mich so hilflos.«

Gil schwieg. Zerstreut kratzte sie mit dem Stift Fischgrätmuster in das gelblich schimmernde Wachs der Tafel vor ihr. Aus dem Gemeinschaftsraum drang Nans keifende Stimme herüber und Tomec Tirkensons empörtes Gepolter: »Laß gut sein, Alte! Kann ich nicht deine Tochter begrüßen, ohne daß du wie eine brütende Henne nach mir hackst?«

Gil hob die Augen und sah Alde an. »Euer Bruder ist auf dieses Bündnis angewiesen, nicht wahr?«

Alde seufzte und strich sich die Haare aus dem Gesicht. »Er ist wie ein Verliebter, Gil. Ihr wißt ja, daß Stiarth Geschenke mitgebracht hat, Dinge, die wir nicht mehr zu Gesicht bekommen haben, seitdem Gae gefallen ist – Samtballen und Musikinstrumente, Scheren und Bücher. Er hat mir das hier geschenkt . . .

Sie hob den dunklen Rocksaum und den weißen Unterrock ein wenig hoch und zeigte Gil ein paar spitze Pantoffeln aus glänzendem, perlenbesticktem Satin. »Alwir redet stundenlang über Handelsbeziehungen mit dem Süden und darüber, daß wir die Zivilisation, die wir verloren haben, wieder errichten, sobald Gae erst zurückerobert ist. Alwir wollte immer, daß alles vom besten ist. Er liebt die schönen Dinge des Lebens, die Vorzüge der Zivilisation. Er ist ein Ästhet mit Leib und Seele. Die Beschwerlichkeit des Lebens hier in der Festung quält ihn wie eine Wunde. Ihr wißt es. Ihr habt ihn gesehen.«

Gil dachte an die tadellosen Kleider des Kanzlers, die Vornehmheit, mit der er sich umgab, und den Duft von Seifen und Parfüm. Diese Vollkommenheit hatte ihm dazu gedient, sich von seinen immer heruntergekommeneren Untertanen abzuheben. Aber Gil hatte auch bemerkt, daß Alde in ihren Bauernröcken und der bemalten Fellweste die Zuneigung ihrer Untertanen nicht verloren hatte.

»Aber das ist noch nicht alles«, fuhr Alde ruhig fort. »Wenn wir irgend etwas von den Dunklen zurückerobern wollen, so muß das jetzt geschehen. Wer weiß, was bis Frühjahr alles geschehen ist? Von allen Landherren des Reiches ist nur Tomec Tirkenson Alwirs Ruf gefolgt, und wir wissen, daß mindestens vier weitere noch am Leben sind. In einem Punkt hat Alwir recht – wenn es uns gelingt, die Getreidefelder um Gae zurückzuerobern, können wir eine Art Handelsbündnis mit Alketch eingehen, anstatt daß es uns im nächsten Jahr als Eroberer gegenübersteht.«

Gil lag eine zynische Erwiderung auf der Zunge, doch sie schwieg.

Magisches Licht breitete sich im Raum aus, als Rudy zerzaust und unrasiert, die Augen vor Anstrengung gerötet, Hände und Gesicht notdürftig von Schmutzflecken gereinigt, eintrat.

»Hallo, Schreckschraube«, begrüßte er Gil, dann beugte er sich über Alde und küßte sie in einem leidenschaftlichen Gemisch aus Freude und Kummer.

Tir erwachte, streckte ihm eifrig die Ärmchen entgegen und plapperte verschlafen: »Udy! Udy!«

Grinsend nahm Rudy ihn in die Arme. »Was gibt dir deine Mami zu essen, Dickerchen, Steine? Alle anderen in der Festung nörgeln am Essen herum und klauen es sich gegenseitig vor der Nase weg, und du wirst einfach immer dicker. Wie kommt das, hm?«

Tir lachte vergnügt. Die Anschuldigung konnte ihn kaum treffen, denn er war ein zierliches Kind und versprach, sich zu einem schlanken, kräftigen Jungen auszuwachsen. Er schien vollkommen furchtlos zu sein, und seine wachsende Beweglichkeit – er machte die ersten wackeligen Schrittchen allein – erweitete nur das Feld seiner Abenteuerlust.

»Ich glaube, der Vorrat an Feuerkammern ist jetzt erschöpft.« Rudy ließ sich seufzend neben Alde auf die Bank fallen und rieb sich die Augen. »Wir haben insgesamt zweiundfünfzig aufgetrieben, und wir haben die Lagerräume vom Keller bis unters Dach durchsucht. Die Feuertruppe besteht aus beinahe achtzig Leuten; wir werden diejenigen, die zuviel sind, zu Ersatzleuten ernennen müssen.«

»Ist es wahr, daß der Botschafter um eine Vorführung der Feuertruppe gebeten hat?« erkundigte sich Alde, die hinter ihn getreten war und ihm mit den Fingerspitzen die verspannten Schultern massierte.

»Melantrys bereitet ihre Leute bereits darauf vor«, erwiderte Rudy, die Augen genießerisch geschlossen. »Hast du je daran gedacht, das Massieren zu deinem Beruf zu machen? Morgen oder übermorgen werde ich etwas für seine Hoheit fertig haben.« Er legte seine Hände auf Aldes, öffnete die Augen und sah zu ihr auf. »Er macht sich Sorgen um sein Heer«, erklärte er überflüssigerweise. »Und, Himmel, ich mache mir auch Sorgen.«

Und mit gutem Grund, dachte Gil, doch sie sagte nichts. Nachdem sie gegangen waren, saß sie noch lange da und dachte über Rudy und Alde, das Winterfest und die Dunklen nach. Schweigen senkte sich über das schwarze Labyrinth, das sie umgab. Der Glimmstein auf ihrem Tisch tauchte alle Gegenstände in sein weißliches Licht, es zeigte deutlich den Schmutz und die Schäbigkeit der kleinen Kammer, die beengende Atmosphäre, an die Gil sich mittlerweile gewöhnt hatte – die kärglichen Möbel, den Behelfstisch, die zerdrückten Strohlager, die Berge von Fellen und ihre eigenen zerfransten Ärmel. Der Raum war von einem schwachen Geruch von Kochfett und ungewaschenen Körpern erfüllt. *Kein Wunder,* dachte sie, *daß Alwir sich durch Satinpantoffeln und einen ausreichenden Vorrat an Seife verführen läßt. Er ist wahrscheinlich der einzige Mensch in der Festung, der noch unversehrte Kleider besitzt. Weiß der Himmel, wo er die Fahnen aufgetrieben hat, die er zu Vairs Begrüßung mitgebracht hat. Aber er weiß genau, daß die Vorräte begrenzt sind. Und Alwir würde sich nicht das geringste daraus machen, jemandes Statthalter zu sein, solange er es nur in Würde und Bequemlichkeit sein kann.*

Aus einer der Zellen, die ihr Arbeitszimmer umgaben, drang ein Geräusch zu ihr herüber. Es war sehr spät, und alle anderen Geräusche waren längst verstummt. Ansonsten hätte Gil den Laut, gedämpft und fern, wie er war, niemals gehört. So aber drang er an ihr Ohr, leise und erschreckend heftig – das Weinen eines Mannes.

Beunruhigt und fast beschämt verharrte Gil einen Augenblick. Sie hatte noch nie einen Mann weinen gesehen, und das Gefühl, zu lauschen, empfand sie peinlicher, als die Geräusche zweier Liebender mitanzuhören. Es war durchaus nicht unvorstellbar, daß ein Bewohner der umliegenden Zellen den Schrecken und die Trauer um seine zerstörte Heimat beklagte. Und sie hatte den Blick gesehen, der in den Augen derjenigen lauerte, die in den Brutstätten gewesen waren.

Doch die Verzweiflung und das Entsetzen in diesem herzzerreißenden Schluchzen vertrieben sie aus ihrem Arbeitszimmer. Sie unterbrach ihre Forschungen, um die Stille des Gemeinschaftsraumes aufzusuchen.

Im Gemeinschaftsraum war es fast vollständig dunkel. Ein letzter Rest Glut zeigte an, wo sich der Kamin befand, verbreitete jedoch kein Licht. Gil stolperte über einen Stuhl und fing sich mit einem unterdrückten Fluch gegen die Zauberer, die so mühelos im Dunkeln sahen, an der geschnitzten Lehne auf.

Der einzige andere Lichtschein im Raum war der bläuliche Schimmer, der durch den Vorhang von Ingolds Schlafnische drang. Als sie näherkam, hörte sie das leise Kratzen seiner Feder.

»Meine Liebe.« Er streckte ihr die Hände entgegen, als sie durch den Vorhang trat. Der zerfranste braune Umhang, den er um die Schultern geschlungen hatte, fiel über die Rückenlehne seines Stuhles. Wie immer waren seine Hände warm; und wie immer übertrug ihre Berührung einen Teil seiner überschäumenden Kraft auf sie. Einen Augenblick lang betrachtete er die Zeichen der Erschöpfung in ihrem Gesicht, die verquollenen Lider, die Schärfe ihrer harten, feinen Züge, doch er sagte nichts. Er machte ihr in dem Durcheinander auf der Tischplatte einen Platz zum Sitzen frei und ging zum Kamin, um ihr einen Tee einzugießen.

Gil betrachtete das Pergament, an dem er gearbeitet hatte. In feinen Linien zogen sich die Tunnel und Höhlen der Brutstätte von Gae über das Blatt. Sie warf einen Blick zu dem alten Mann, der vor der Feuerstelle kniete und dessen ausgestreckte Hände über dem warmen Feuerschein fast durchscheinend wirkten.

»Du glaubst nicht, daß Alwir uns unsere Theorie abnimmt, oder?«

Ingold blickte zu ihr auf. »Glaubst du es denn?«

»Er muß«, fuhr sie heftig auf. »Ich habe Beweise – verdammt, ich habe eine ganze Wagenladung voll Beweise! Er kann sich nicht einfach darüber hinwegsetzen!«

Ingold erhob sich mit steifen Gliedern und kehrte zu ihr zurück. »Vielleicht nicht«, beschwichtigte er sie. »Ich hoffe es jedenfalls. Weißt du, die ausweichenden Antworten des Eisfalken haben mich nicht getäuscht. Er ist von einer Gruppe von Weißen Räubern hierher gebracht worden, und ich habe den Verdacht, daß seine Begleiter sich noch irgendwo im Tal aufhalten. Sie werden wissen, wie viele Leute zu der Bruststätte in Gae aufbrechen und wie viele zurückkehren.«

Sie betrachtete sein Gesicht einen Augenblick lang nachdenklich – die flachen, eigenartig geschnittenen Wangenknochen und das entschlossene Kinn. Wie schon so oft hatte sie das Gefühl, dieses Gesicht schon ihr ganzes Leben lang zu kennen.

»Ingold«, fragte sie ruhig, »warum sind die Dunklen hinter dir her? Ich habe dir die Frage schon einmal gestellt, als du im Herbst nach Quo aufgebrochen bist. Ich glaube, du hast die Antwort inzwischen gefunden.«

Er wich ihrem Blick aus. »Ich weiß es nicht«, erwiderte er mit fast unhörbarer Stimme. »Ich dachte die ganze Zeit über, es sei darum, weil ich irgend etwas weiß. Jetzt fürchte ich, es geht um das, was ich bin.«

»Und was ist das?«

»Ich bin der Erzmagier«, sagte er mit tonloser Stimme. »Der Inhaber der Meistermagie über die anderen.«

Erstaunt über die plötzliche Niedergeschlagenheit in seiner Stimme runzelte Gil die Stirn. »Das verstehe ich nicht.«

»Gut.« Ingold lächelte unvermittelt und strich ihr beruhigend über die Hand. »Gut. Und wenn es zu dem Feldzug kommen sollte, so habe ich als Magier eine größere Chance, zu überleben, als die meisten anderen. Außerdem müßte ich, wenn ich die Truppen nicht begleite, mit den Zivilisten, mit Govannin und dem Inquisitor Pinard hier in der Festung bleiben.«

Und darauf, erkannte Gil, gab es keine Erwiderung.

»Die Kirche nimmt im Süden eine andere Stellung ein als im Reich Darwath«, fuhr er fort. »Hier hat die Kirche immer über die Bande des Gesetzes gewacht. Im Süden aber *ist* sie das Gesetz. Sie krönt die Könige und segnet sie, und in manchen Fällen hat sie sie auch ausgewählt. Govannin erkennt Pinards geistliche Autorität an.«

»Meinst du damit, daß sie Befehle von Pinard entgegennimmt?«

Er kicherte. »Govannin Narmenlion hat in ihrem ganzen Leben von niemandem Befehle angenommen. Aber sie hört auf ihn, wenn er ihr erklärt, daß Gottes Ziele jegliche Mittel rechtfertigen, die seine Diener einzusetzen belieben. Und sie hat ihren Zorn darüber, daß ich der Kirche Bruder Wend fortgenommen habe, nie überwunden. Man könnte sagen, daß Pinard sie verdorben hat, obwohl beide überzeugt sind von ihren hehren Absichten. Und weil Maia von Penambra von dem ganzen Unsinn nichts hören will, setzt er sich der Gefahr aus, als Kirchenspalter behandelt zu werden.«

»Während er doch nichts als ein einfacher Episkopal ist.« Gil lächelte spöttisch, dann fragte sie unvermittelt: »Hast du Vair die Hand wirklich in unfairem Kampf abgehackt?«

»Natürlich.« Der alte Schalk blitzte plötzlich in seinen Augen auf. »Wenn man bedenkt, daß er zu Pferde und mit einem Langschwert bewaffnet war, während ich nur ein Kurzschwert hatte und eine Kette, die mich mit einer Hand an einem Pfosten festhielt – ja, ich nehme an, das könnte man wohl unfair nennen. Das war zu meiner Zeit als Sklave bei der Kavallerie in Khirsrit. Ich hatte keine Ahnung, daß Vair infolge dieses Kampfes eine Hand verlor – ich hatte ihn nicht so ernsthaft verwundet, aber ohne Magie war es um die Heilkunst in Alketch schlecht bestellt. Tatsächlich habe ich keinen Gedanken mehr an die Sache verschwendet, nachdem meine eigenen Wunden verheilt waren, und ich habe Vair danach nie mehr wiedergesehen. Wenn ich jetzt daran zurückdenke, nehme ich an, daß er es war, der versuchte, mich umzubringen, und mich so zwang, zu fliehen.« Der Zauberer schwieg, die Augen auf das ferne Bild eines anderen Ich gerichtet, einen Augenblick lang.

»Vair war nie ein großer Schwertkämpfer«, fügte er mit einem Blick auf Gil hinzu. »Auch wenn er das Gegenteil behauptet. Wenn ich mich recht erinnere, schlug ich ihm das Schwert aus der Hand oder tat irgend etwas, das ihm einen Verweis von seinem Lehrer einbrachte, und entgegen allen Regeln der Arena verlor er die Beherrschung und kam zurück, um sein Werk zu vollenden.«

»Um so dem Vergehen der Unbeherrschtheit durch das Vergehen der Dummheit die Krone aufzusetzen.« Gil grinste breit. Dann fügte sie mit einem leichten Stirnrunzeln hinzu: »Warst du damals schon ein Magier?«

»Hältst du das denn für möglich?«

Sie schüttelte den Kopf. »Nein. Aber wenn du damals ein erwachsener Mann warst . . .«

Der Zauberer seufzte. »Ich war zweiundzwanzig. Alt genug, wie unser linkshändiger Freund angedeutet hat, um meine Kräfte erlangt zu haben, was bei den meisten Magiern im Alter zwischen neun und vierzehn Jahren der Fall ist.« Er ließ sich auf dem Stuhl zurücksinken und zog den Umhang wieder über die Schultern hoch, als müsse er sich gegen die Kälte schützen.

»Aber es herrschte Krieg, als ich aus Quo zurückkehrte. Meine Familie hatte einen Gutsbesitz im Grenzland von Gettlesand; mein Vater war der Landherr von Gyrfire, einem Fürstentum in der Nähe von Dele. In der letzten Schlacht vor den Toren unserer Festung erhielt ich einen Schlag auf den Kopf, der mich um ein Haar umgebracht hätte. Als ich in den Sklavenverschlägen von Alketch wieder erwachte, hatte ich keinerlei Erinnerung an meinen Namen und meine Kräfte, gnädigerweise nicht einmal an die Rolle, die ich in der Anzettelung des Krieges gespielt hatte.«

Sie betrachtete ihn eine Weile schweigend und sah plötzlich mit strahlender Deutlichkeit jenen glänzenden, hochmütigen, rotblonden jungen Mann vor sich, der Ingold Inglorion mit zweiundzwanzig Jahren gewesen sein mußte. »Und wann hast du das Gedächtnis wiedergefunden?« fragte sie leise.

»Nachdem ich aus Khirsrit geflohen war. Draußen in der Wüste. Ich hatte hohes Fieber und wäre fast daran gestorben. Kta fand mich.« Ingold hielt inne und starrte in die Flammen, als könne er darin den jungen Mann aus jenen fernen Zeiten sehen. »Danach führte ich viele Jahre lang das Leben eines Einsiedlers. Ich kannte meine Kräfte wieder und wußte, wer ich war. Aber ich erinnerte mich auch daran, daß ich durch die Anwendung schwarzer Magie und meine Einmischung in Dinge, die mich im Grunde nichts angingen, den Krieg entfacht hatte.

Es dauerte lange Zeit, bis ich den Mut fand, auch nur ein Feuer ohne Feuerstein und Stahl zu erzeugen. Ich habe den Tod meiner Eltern und meines kleinen Bruders verwunden, aber Gyrfire ist niemals wiederaufgebaut worden. Ich bin wahrscheinlich der einzige Mensch, der sich daran erinnert, wo es einmal lag. Wir Zauberer sind ein gefährliches Volk, Gil«, endete er, indem er ihre Hand nahm. »Es ist nicht besonders sicher, uns zu kennen. Der Eisfalke hatte recht. Nur die Mutigen sollten einen Weisen zum Freund haben.«

Sie wehrte es mit einem Achselzucken ab. »Das glaube ich nicht.«

»Natürlich nicht, da du ja mutig bist.« Er lächelte ihr zu.

»Darum also . . .« begann sie und unterbrach sich dann. »Manchmal frage ich mich, ob du so weise bist, wie du glaubst.« Zu seiner und ihrer eigenen Überraschung beugte sie sich über ihn und küßte ihn flüchtig auf die Stirn, dann machte sie kehrt und eilte hinaus.

Nach dem schwachen Licht in Ingolds Kammer war sie in der Dunkelheit des Gemeinschaftsraumes vollkommen blind. Mit der automatischen Vorsicht, die sie vom Eisfalken gelernt hatte, blieb sie nicht vor dem Vorhangs stehen, bis sich ihre Augen an die Dunkelheit gewöhnt hatten, sondern trat mit dem Rücken an der Wand so weit zur Seite, daß sie auch in dem wenigen Licht, das durch den dicken Stoff drang, nicht zu sehen war. Auf diese Weise brauchte sich Gil, als eine dunkle Gestalt aus einem der vielen Gänge, die in den Raum führten, auftauchte, nur fester an die Wand zu drücken und reglos stehenzubleiben, um nicht gesehen zu werden.

Sie wußten augenblicklich, daß dieser Eindringling kein Zauberer war – eine schmale weiße Hand tastete nach der Lehne desselben Stuhls, über den sie in der Dunkelheit gestolpert war. Ein Schatten schlich sich an der glimmenden Feuerstelle vorbei, ein Umhang strich raschelnd gegen ein Tischbein. Als sich die Gestalt umdrehte, erhaschte Gil einen flüchtigen Blick auf ein bartloses Gesicht und einen kahlgeschorenen Schädel, der sich von der noch tieferen Dunkelheit des Ganges dahinter abhob. Die Knochenhand tastete nach dem Türrahmen. Einen Moment ruhte sie darauf, und ein Amethyst blitzte purpurrot im Schein eines verirrten Feuerfunkens auf.

Neuntes Kapitel

Die Spannung innerhalb der Festung nahm immer mehr zu, bis eines Nachts Minalde nicht in Rudys Zelle erschien, wie es ihre Gewohnheit war.

Er lag stundenlang in der Dunkelheit wach und horchte auf den Klang ihrer Pantoffeln auf dem feuchten Steinboden der Gänge, deren Labyrinth ihr so vertraut war, und auf das Rascheln ihres Pelzumhangs – Geräusche, die nur ein Zauberer hören konnte. Es waren etwa zwei Stunden vergangen, seit er die gedämpften Geräusche der Nachtwache, die zu ihrem Rundgang aufbrach, gehört hatte.

So spät war sie noch nie gekommen.

Dennoch wußte er genau, daß sie die Absicht gehabt hatte, zu ihm zu kommen.

Die Vorführung der Feuertruppe hatte am Nachmittag stattgefunden. Die meisten Festungsbewohner – mit Ausnahme von Gil, die wahrscheinlich so in ihre geheimnisvollen Forschungen vertieft war, daß sie den Tag vergessen hatte – und fast alle Soldaten aus Alketch hatten sich eingefunden, um die Waffe zu sehen, von der das Gerücht ging, daß Dare von Renweth mit ihrer Hilfe die Dunklen vernichtet hatte. Am südlichen Rand der Wiese nahe der Straße war ein Baldachin errichtet worden, an dem das schwarze und rote Banner von Reich und Kirche gemeinsam mit den bunten, goldbestickten Fahnen aus dem Süden wehte.

In der Dunkelheit seiner Zelle ließ Rudy die Erinnerungen des Tages im Geiste an sich vorüberziehen – die geschlossene Reihe der Mitglieder der Feuertruppe, deren Emblem, eine hellrote Flamme, auf dem hellen Stoff ihrer Uniformen leuchtete; das Funkeln der Sonnenstrahlen auf den geschwungenen Verbindungsstücken ihrer Waffen aus Glas und Gold; und Melantrys' scharfe Befehle.

Und andere Bilder kamen ihm in den Sinn: Vair und Stiarth, wie zwei strahlende, orange-braune Tigerlilien, funkelnde Juwelen an den verschwenderischen Ärmelrüschen; Bektis, abseits vom Baldachin im Kreise der übrigen Magier, schmollend, weil man ihm den Platz unter den wichtigen Persönlichkeiten des Reiches verwehrt hatte – wahrscheinlich hätte das bloße Ansinnen, daß sie und Pinard das Ehrenpodest mit einem Zauberer teilen sollten, Govannin schon genügt, die gesamte Regierung zu exkommunizieren –; und Alwirs halb wachsamer, halb verächtlicher Blick hinter den halbgeschlossenen Lidern.

Vor allem aber erinnerte er sich an Alde, Tir auf dem Arm.

Ingold hatte am anderen Ende der Wiese Stellung bezogen und mit einer schwungvollen Geste leuchtend bunte Blasen in die Luft gezaubert. Die Feuertruppe hatte sich in Bewegung gesetzt. Auf Ingolds Wink waren die Blasen wie ein Schwarm Blätter im Herbst aufgewirbelt. Die Menge hielt entsetzt die Luft an: die bunten Spielzeugblasen bewegten sich in einer genauen Nachahmung des gleitenden, schlängelnden Fluges der Dunklen.

Es gab nicht einen Menschen auf der Wiese, der nicht mit eigenen Augen einen Angriff der Dunklen erlebt hätte. Als Melantrys herumwirbelte und auf eine der wabernden Blasen, die von hinten auf sie herunterstieß, feuerte, wurde ein Beifallssturm laut, der rasch zum ohrenbetäubenden Getöse anschwoll, je mehr Ziele getroffen wurden. Im trüben Nachmittagslicht wirkten die Feuerstrahlen kalt und hell. Die schwebenden Blasen lösten sich in einem lodernden Blitz auf, sobald sie vom Flammenstrahl getroffen wurden, und die Menge spendete donnernden Applaus, als würden wahrhaftig die Dunklen selbst vernichtet. Auf dem Ehrenpodest nickten Alwir und die aufgeputzten Herren aus Alketch einander in grimmiger Zufriedenheit zu; unten klopften sich Zauberer und Gardisten gegenseitig auf die Schultern. Rudy wurde von Freunden wie von vollkommen Fremden stürmisch gefeiert. Selbst Thoth ließ sich herab zu sagen: »Beeindruckend.«

Doch es war der Stolz in Aldes Augen, der Rudy im Gedächtnis blieb. Er konnte sich nicht erinnern, daß jemals ein Mensch stolz auf ihn gewesen war.

Warum kommt sie nicht?

Als sich ihre Blicke kreuzten, hatte in ihren Augen ein Versprechen gestanden, und für einen kurzen Augenblick waren sie ganz allein in der tosenden Menge gewesen.

Und wir haben nur noch so wenig Zeit, dachte Rudy mutlos. *Das Winterfest ist in drei Tagen! Und danach . . .*

Er schob den Gedanken von sich, wie er ihn in den vergangenen Wochen entschlossen verdrängt hatte, um die wenigen glücklichen Tage, die ihnen noch blieben, nicht zu trüben. Als er seine Sinne weit in die Labyrinthe der Festung aussandte auf der Suche nach einem Zeichen ihres Näherkommens, hörte er nichts als das schläfrige Murmeln eines Vaters, der sein weinendes Kind beruhigte, und das Plätschern des Wassers, das durch die steinernen Adern der Festung rieselte.

Seit seinem Besuch in der Brutstätte der Dunklen war Rudy bestens vertraut mit den nächtlichen Geräuschen der Festung. Denn in seinen Träumen irrte er wieder durch jene dunkle, abscheuliche Welt, in der weißgesichtige Herdentiere teilnahmslos durch das modernde Moos endloser Höhlen trotteten. Er fühlte die Berührung der klammen, haarlosen Körper und sah die schleimigen, triefenden Wesen, die an der Decke wimmelten. Manchmal sah er auch den großen, grauhaarigen Gefangenen wieder, der durch die pulsierende Dunkelheit hetzte . . .

Andere Träume waren noch entsetzlicher. In ihnen hatten die kreischenden, bleichen Wesen, die vor ihm davonliefen, vertraute Gesichter – Aldes, Ingolds, sein eigenes. Und immer wieder sah er die Augen des Gefangenen vor sich, wie er sie in jenem kurzen Augenblick im gelben Feuerschein erblickt hatte, weit aufgerissen, blind und dem Wahnsinn nahe, die Augen eines Tieres, das vergessen hatte, was es heißt, ein Mensch zu sein.

Nach diesen Träumen lag er lange wach und lauschte den Schlafgeräuschen der Festung.

Wo ist Alde?

Vielleicht hat sie es sich anders überlegt, dachte er halbherzig, doch zu gut erinnerte er sich an den glühenden Stolz in ihren Augen. Deutlicher hätte ein Blick nicht sagen können: ›Ich komme zu dir . . .‹

Hinderte sie etwas daran, zu kommen?

Aber was? überlegte er. *Alwir hat uns seinen Schutz zugesagt*.

Und dann kam Rudy der Gedanke, daß er es herausfinden konnte, wenn er einen Blick in den magischen Kristall warf.

Ihr wird schon genug durch Alwir nachspioniert, zum Teufel, mahnte er sich selbst zornig, während der Gedanke sich immer drängender in sein Bewußtsein bohrte. *Sie gehört dir schließlich nicht!*

Doch nachdem die Idee einmal Gestalt angenommen hatte, zog ihn der kleine grüne Kristall, den er im Laboratorium gefunden hatte, unwiderstehlich an. Seine Finger zuckten danach, ihn zu berühren, hineinzuschauen.

Vergiß es!, ermahnte er sich. *Es geht dich nichts an, was sie aufhält. Du hast kein Besitzrecht an ihr – schließlich bist du es, der sie verlassen wird. Sei nicht kindisch; wenn sie beschlossen hat, nicht zu kommen, hat sie sicher kein Verlangen danach, daß du sie heimlich beobachtest*.

Elend vor Selbstverachtung und mit kalten Füßen, die Decke um die Schultern geschlungen, tapste er quer durch den Raum. Ein magischer Lichtfunke entsprang über ihm, als er den grünlichen Kristall aus dem grobgezimmerten Regal nahm, in dem er seine persönliche Habe aufbewahrte. Als er ihn in den Händen drehte und tief in sein Inneres blickte, blitzten die Facetten wie winzige Lichtexplosionen.

Die Kerzen in Aldes Kammer waren fast heruntergebrannt. Das Wachs lief in dicken, weißen Bächen über die Schultern der kleinen Bronzefiguren und sammelte sich zu milchigen Seen auf der polierten Oberfläche des Tisches. Das Kerzenlicht beleuchtete flackernd ihr weißes Brokatkleid, tanzte auf den Juwelen, die noch in ihrem halb aufgelösten Haar befestigt waren und auf dem kleinen Häufchen von Ringen und Ohrringen, die neben ihrem Ellbogen lagen. Sie hatte an einer Ratsversammlung teilgenommen; ihm fiel ein, daß sie nach einem solchen Anlaß immer als erstes den Schmuck ablegte und das Haar löste.

Er konnte ihren Gesichtsausdruck nicht sehen, denn sie schlief, das Gesicht in den auf dem Tisch liegenden Armen verborgen.

Ein Blatt Papier lag neben ihr, auf dem etwas in großen Buchstaben flüchtig dahingekritzelt war. Rudy hatte mittlerweile soviel von der geschriebenen Sprache der Wathe gelernt, daß er die Nachricht mühsam entziffern konnte:

HILFE, RUDY, BITTE KOMM.

Ihre Tür war abgeschlossen. Wenn er jetzt so laut rief, daß sie erwachte, war der Tarnzauber, der ihn vor den beiden rotgekleideten Wächtern am Ende des Ganges verbarg, nutzlos.

Er strich mit den Händen über die Tür und schloß die Augen. Dann ertastete er, wie Ingold ihn gelehrt hatte, mit seinem Geist den Mechanismus des Schlosses. Der Schließmechanismus war einfach, und es bereitete ihm keine Schwierigkeiten, den Riegel durch seine innere Kraft zu bewegen.

Er drückte die Tür auf und schlüpfte leise hindurch.

Als er sie hinter sich schloß, zog sich Tir am Fußende seines Bettchens hoch und rief freudig: »Udy!«

Alde stieß einen leisen, erschrockenen Schrei aus und hob mit einem Ruck den Kopf. Dann rief sie mit tränenerstickter Stimme: »Rudy!«

Sie sprang auf, und er zog sie stürmisch in die Arme. Abgesehen von den rot verquollenen Augen hatte ihr Gesicht kaum mehr Farbe als ihr Nachtgewand. Ihre Lippen waren salzig von Tränen, und ihr ganzer Körper wurde vom Weinen geschüttelt, als sie sich verzweifelt in seine Arme schmiegte. »Ich dachte schon, du würdest überhaupt nicht mehr kommen.«

»Fast wäre ich nicht gekommen, Liebes . . . Was ist los? Warum ist die Tür abgeschlossen? Was ist passiert?«

Ihre Stimme erstarb zu einem hoffnungslosen Flüstern.

»Rudy, Alwir will mich mit dem Sohn des Kaisers von Alketch verloben.«

Rudy sah sie einen Augenblick lang verständnislos an. »Er will was?« fragte er, unsicher, ob er richtig gehört hatte. Und dann stieg eine Welle des Zorns in ihm auf, und er rief mit mühsam unterdrückter Simme: »*Er will was?* Das kann er doch nicht tun!«

»Der Inquisitor hat es mir gesagt«, fuhr sie mit leiser Stimme fort. »Nachdem die Ratsversammlung beendet war – oh, lange danach! Ich glaube, die anderen haben ihre Besprechungen fortgesetzt, nachdem ich gegangen bin. Ich – ich lief zu Alwir . . . Er erklärte mir, der Vertrag sei bereits unterzeichnet – die öffentliche Verkündigung soll am Abend nach dem Winterfest stattfinden, dann wird eine Ferntrauung vollzogen, und ich werde mit Stiarth und einer Eskorte in den Süden geschickt, wenn das Heer nach Gae aufbricht. Anschließend hat er mich eingeschlossen . . .«

»Aber sie können Tir nicht in Alketch großziehen«, warf Rudy ein.

»Das haben sie auch nicht vor!« flüsterte sie verzweifelt. »Tir soll hierbleiben und, mit Alwir als Stellvertreter, das nördliche Reich regieren.« Sie legte die Stirn fest an seine Schulter. »Rudy, was sollen wir nur tun?«

Eine verdammt gute Frage, dachte er, und ein Gefühl der Angst beschlich ihn. Was konnten sie tun? Die Festung war die letzte Zuflucht vor den Dunklen, und es gab keinen Winkel in der ganzen Festung, in dem sie sich Alwirs Macht entziehen konnten. Wenn Alwir seine Schwester verstieß und ihr den Sohn wegnahm, so verlor sie das geringe Maß an Unabhängigkeit, das sie noch besaß, endgültig. In diesem Fall würde sie der Erbe von Alketch allerdings nicht zur Frau nehmen . . . oder doch? Rudy bemühte sich, einen klaren Kopf zu bewahren, doch seine Gedanken drehten sich im Kreise.

Was würde eine Flucht schon nützen? überlegte er. *Wo wir uns auch in der Festung verstecken, bleiben wir Alwirs Gefangene. Und abgesehen davon, wo könnten wir uns verstecken in der Festung?*

Und im selben Augenblick, als er sich die Frage stellte, wurde ihm die Antwort klar.

Er beugte sich über Alde, die ihm das furchtsame Gesicht zugewendet hatte, und küßte sie. »Zieh deinen Umhang an, Liebes«, sagte er entschlossen. »Ich weiß nicht, was wir tun sollen, aber Ingold weiß sicher einen Rat.«

Trotz der späten Stunde war Ingold noch wach. Er saß, ein mottenzerfressenes Bärenfell um die Schultern geschlungen, in seinem geschnitzten Stuhl und starrte in die niedergebrannte Glut im Kamin. Sein weißes Haar und die Decken auf dem schmalen Lager im Hintergrund der Kammer waren zerdrückt von ruhelosem Schlaf. Er sah aus, als säße er schon eine geraume Weile so da.

Als sie eintraten, hob er den Kopf, und sein Blick wanderte von Rudys Gesicht zu Minaldes. Seine Stirn umwölkte sich, als er das in Samtdecken gehüllte Bündel in Aldes Armen sah. »Was ist los?« fragte er ruhig. »Was ist geschehen?«

Rudy berichtete in knappen, nüchternen Worten. Während er sprach, erhob sich der Zauberer, führte Alde zu seinem Stuhl am Feuer und nahm ihr Tir ab, um ihn aufs Bett zu legen. Augenblicklich begann Tir, sich aus den Decken zu befreien und auf Erkundung zu gehen.

Alde saß mit niedergeschlagenen Augen, das Gesicht halb verborgen hinter wirren Haarsträhnen, auf dem Stuhl und zitterte kaum merklich unter dem Bärenfell, das Ingold ihr um die Schultern gelegt hatte. Erst als Rudy seinen Bericht beendet hatte, blickte sie auf. Sie weinte nicht mehr; die Angst, die in ihren Augen gestanden hatte, als sie Rudy unter dem Schutz des Tarnzaubers durch die abgelegenen Gänge der Festung zum Wohnbereich der Zauberer begleitet hatte, war verschwunden. Sie war dem Blick gewichen, den Rudy schon einmal in der Nacht, als sie sich dem Zauber *gnodyrr* ausgeliefert hatte, an ihr bemerkt hatte, einem Blick der Entschlossenheit, zu tun, was getan werden mußte.

Leise fragte sie: »Ingold . . . wenn Alwir hinter meinem Rücken seine Zustimmung zu dieser – dieser Heirat gegeben hat, wozu mag er dann noch seine Zustimmung gegeben haben?«

Der alte Mann sah nachdenklich auf sie nieder. »Ich könnte mir so manches vorstellen«, entgegnete er. »Bischof Maia hat mir von einem früheren Versuch erzählt, die Herrschaft über das Delta von Penambra zu gewinnen. Und es hat natürlich immer Auseinandersetzungen um die Grenze von Gettlesand gegeben.«

Ihre Augen wurden dunkel vor Zorn, und ihre Finger, die sie über dem groben Fell verschlungen hatte, bebten. »Er ist zu weit gegangen«, flüsterte sie.

Rudy, der abseits im trüben Feuerschein stand, hatte plötzlich das Gefühl, in eine Welt eingedrungen zu sein, von der er keine Ahnung hatte, eine Welt der Politik und der Macht, die nichts mit seinen eigenen Sorgen und seiner Liebe zu tun hatte. Neben diesen wichtigen Dingen schien ihm seine Liebe zu dieser Frau plötzlich unbedeutend. Und vielleicht war sie das immer gewesen, ging es ihm durch den Kopf.

Ingold verschränkte die Arme vor der Brust. »Wie weit seid Ihr bereit zu gehen?«

»Wie weit kann ich gehen?« fragte sie mit gepreßter Stimme. »Was auch geredet wird, ich bleibe doch seine Gefangene, hier ebenso wie in meinen Räumen. Er wird einen Weg finden, mich seinem Willen gefügig zu machen . . .«

»Wirklich?« unterbrach sie der alte Mann sanft. »Die Tatsache, daß er Euch eingeschlossen hat, sobald Ihr die Wahrheit wußtet, verrät mir, daß er sich dessen nicht so sicher war, wie Ihr es zu sein scheint. Er hatte offensichtlich die Absicht, die Sache als *fait accompli* – als vollendete Tatsache – zu verkünden . . . Wenn wir mit ihm reden, bevor er das tut, besteht die Aussicht, daß wir ihn umstimmen können.«

Ihr Schatten zuckte über die rissige Lehmwand, als sie mit einem Ruck aufsprang. »Können wir das wirklich?« fragte sie unsicher. Die Juwelen in ihren dunklen Haaren blitzten auf. »Er hat verkündet, daß er das Bündnis mit Alketch wünscht, und von dieser Haltung wird er sich nicht abbringen lassen. Um dieses Bündnisses willen würde er alles opfern – mich, die Festung, sogar seine Seele.« Die Bitterkeit ihrer Züge ließ ihr Gesicht plötzlich älter wirken, ihre Schönheit wurde von der Heftigkeit ihres Zorns beeinträchtigt.

Rudy ging durch den Kopf, wie sehr sie sich verändert hatte, seitdem er sie in Karst als kindliche Witwe des toten Königs kennengelernt hatte; vielleicht war sie aber auch nur zu dem geworden, was sie vorher nie hatte sein dürfen. Vor langer Zeit, auf der Wanderung von

Karst herunter, hatte sie von der Verantwortung des Herrschers für das Volks gesprochen; er hatte damals nicht verstanden, was sie damit meinte. Es war möglich, daß sie es auch nicht verstanden hatte.

Ingold betrachtete sie unter halb geschlossenen Lidern und sagte leise: »Die Dinge, von denen Ihr da sprecht – das Leben eines anderen Menschen, die Sicherheit der Festung, das Seelenheil –, haben für Euch eine große Bedeutung, gnädige Frau. Aber für Alwir haben Macht und persönliches Wohlergehen Vorrang vor solchen Dingen, fürchte ich – und die wird er vielleicht nicht so gern aufs Spiel setzen, nicht einmal um des Bündnisses mit Alketch willen.«

Diese Worte versetzten ihr einen Stich, und sie schwieg lange. *Bei allem, was passiert ist,* dachte Rudy, dem nicht entgangen war, daß sie mit den Tränen zu kämpfen hatte, *ist er doch immer noch ihr Bruder. Ihr ganzes Leben lang hat sie ihn geliebt und war von ihm abhängig. Das ist eine verdammt unangenehme Wahrheit über jemanden, der einem so nahesteht.*

Dann schluckte sie und trocknete sich die Wangen mit einer trotzigen Bewegung. Mit dünner, mühsam beherrschter Stimme sagte sie: »Ich wüßte nicht, wie es uns gelingen sollte, diese Dinge zu gefährden, Ingold – es würde höchstens Euch und Rudy in Gefahr bringen, weil ihr mir euren Schutz bietet. Ich – ich könnte vielleicht zurückgehen und versuchen, mit ihm zu reden . . .«

»Würdet Ihr seinen Versicherungen denn Glauben schenken?« fragte der Zauberer.

Sie senkte schweigend die Lider.

Ingold setzte Tir, der im Begriff war, in den Gemeinschaftsraum hinauszukrabbeln, aufs Bett zurück und bückte sich nach seinem Schwertgürtel, der auf dem Boden lag. Dann wandte er sich suchend nach seinen Stiefeln um.

»Warum sollte er sich die Mühe machen, mir irgendwelche Zusagen zu geben?« fragte Alde nach einer Weile. »Ich bin vielleicht, wie Gil sagt, die rechtmäßige Herrscherin der Festung, aber Alwir hat die eigentliche Macht. Ich weiß es. Ich habe keine Macht. Ich habe nur Freunde.«

Ingold hüllte sich in seinen schweren Umhang und zog die Kapuze über das zerzauste weiße Haar, dann wandte er sich zu ihr um. Sein Schatten ragte groß und fledermausartig an der Steinmauer neben ihr auf. »Unterschätzt Eure Freunde nicht, Minalde«, sagte er sanft. »Indem Ihr Euer Leben aufs Spiel gesetzt habt, um Maia und die Penambraner zu besuchen, und indem Ihr Euch für ihre Sache eingesetzt habt, als Euer Bruder ihnen den Zutritt zur Festung verweigen wollte, habt Ihr Freunde gewonnen. Und als Ihr Euch den Verhandlungen Eures Bruders mit Alketch entgegenstelltet, habt Ihr weitere Freunde gefunden. Zufällig hausen Tomec Tirkenson und seine Leute gemeinsam mit Maias Penambranern auf der vierten und fünften Ebene der Festung. Ihr kennt die Schleichwege besser als ich, mein Kind. Wäret Ihr in der Lage, uns ungesehen zur vierten Ebene hinaufzuführen?

Der Tag war kaum angebrochen, als Minalde mit ihrem Gefolge zum Königlichen Bereich zurückkehrte.

In der Haupthalle hatten die Wachen die Tore bereits weit geöffnet, und einige Kinder waren schon in den diesigen Morgen hinausgerannt. Ihr Singen wehte aus der Ferne zur Festung herüber. In zwei Tagen würde das Winterfest sein.

Im Quartier des Kanzlers war von festlicher Stimmung allerdings wenig zu merken. Das wutverzerrte Gesicht, das er seiner Schwester zukehrte, als sie mit ihren Begleitern den Sitzungssaal betrat, zeigte alles andere als die übliche Friedfertigkeit und Liebe, die um diese Zeit des Jahres vorherrschte.

Als sich die Tür öffnete, war er gerade mitten im Gestikulieren. Er erstarrte mit offenem Mund und ausgebreiteten Armen; die Blicke der Anwesenden flogen zu der dunklen Türöffnung, in die sich jetzt Maias zerlumpte Leute und die verwegenen Gestalten aus Gettlesand drängten. In dem Bruchteil einer Sekunde, bevor der Kanzler zu ihnen herumfuhr, erfaßte Rudy die anderen Anwesenden mit einem Blick. Vair, verschwenderisch gekleidet in perlenbesetzten Samt, wirkte dennoch schlicht neben Stiarths prachtvollem, smaragdgrünem Gewand. Der Inquisitor Pinard, dessen weiße Robe wie eine Werbung für die reine Geistlichkeit wirkte, stand neben der tiefrot gewandeten Bischöfin.

Alwir streckte seiner Schwester wutbebend den Finger entgegen. »Du . . .« begann er mit erstickter Stimme, doch Govannin fiel ihm scharf ins Wort.

»Paßt auf, was Ihr sagt, Narr«, fuhr sie ihn an. Erst jetzt schien sich Alwir der Anwesenheit der Gesandten des Kaisers von Alketch bewußt zu werden. Das dämpfte seine anfängliche Heftigkeit etwas, doch in seinen Augen standen Mordgedanken, als Alde mit ihrem Gefolge nähertrat.

Neben der Pracht und Vornehmheit dieser Mächtigen nahmen sich Aldes Anhänger nicht vorteilhaft aus. Bischof Maia trug unter dem geflickten roten Bischofsmantel eine bunte Lumpenpracht, gekrönt von einem Pullover, den eine der Frauen aus Penambra für ihn gestrickt hatte. Tomec Tirkenson sah in seinem fransenbesetzten Wildlederhemd und den Schaffellmokassins den Wilden, mit denen er im Kampf lag, nicht unähnlich. Ingold, der bestgekleidete unter den dreien, wäre als besserer Bettler oder Straßenmusikant durchgegangen, keineswegs aber als der Erzmagier aller Zauberer des Westens. In ihrer Mitte glänzte Alde wie ein weißes Flämmchen im Schatten.

Als Alwir wieder das Wort ergriff, war seine Stimme ruhiger, aber nicht minder haßerfüllt. »Ich nehme an, du kannst stichhaltige Gründe dafür nennen«, stieß er giftig hervor, »daß du mit bewaffneten Begleitern vor mich trittst, meine Schwester. Wenn du aber mit mir reden willst, dann nicht in Gegenwart dieser – Abenteurer.«

»Diese Abenteurer sind die Befehlshaber deiner verbündeten Truppen«, entgegnete sie, und ihre leise Stimme füllte den Sitzungssaal mühelos.

Er verzog höhnisch den Mund. »Und was haben militärische Befehlshaber mit Staatsführung und Politik zu tun?«

»Sie lassen ihr Leben dafür.«

Augenblicklich herrschte Schweigen. Dann wurde Alwirs Gesichtsausdruck milder, er ging um den Tisch auf Alde zu, streckte ihr die Hände entgegen und sagte mit sanfter, melodischer Stimme: »Alde – Minalde. Es gibt immer Menschen, die ihr Leben für das Wohl der anderen opfern, Kind. Keiner weiß das besser als du.« Er nahm liebevoll ihre Hände und sprach, als wären seine Worte nur für ihre Ohren bestimmt, als wären sie allein. »Wenn jeder Soldat ein Stimmrecht hätte, würde keine Schlacht je geschlagen. Darum muß es Führer geben, mein Kind. Ohne eine unanfechtbare Einigkeit sind wir wie ein gelähmter Mann im Duell, dessen Glieder sinnlos in alle Richtungen schlagen. Manchmal muß ein Arm einen Schlag auffangen, damit der andere den tödlichen Hieb austeilen kann.«

Er stand dicht vor ihr. Einen Augenblick lang sah sie zu ihm auf und war wieder die kleine Schwester, die unter dem Schutz seines starken Schattens stand.

Dann entwandt sie ihm, nicht ruckartig, aber kraftvoll, die Hände, bevor er sie noch dichter an sich heranziehen konnte, und trat in die Reihe ihrer zerlumpten Verbündeten zurück.

»Trotz alledem sind sie deine Untertanen. Sie haben nur das eine Leben, das sie in deine Hände legen. Das mindeste, was du ihrer Würde schuldig bist, ist, daß du ihre Meinung hörst, bevor du in geheimen Versammlungen den Rat von Fremden einholst.«

Alwirs Stimme wurde hart und scharf wie Eisen. »So ehrenwert diese Herren auch sein mögen, meine Schwester, sind sie doch Diener eines Hauses, das die Diener eines anderen Hauses bekämpft hat. Ihre Tapferkeit und Opferbereitschaft lassen sie vielleicht ein wenig übereifrig werden . . .«

Tirkensons Luchsaugen wurden schmal. »Es fällt Leuten schwer, nicht ein wenig übereifrig zu werden, wenn man feststellt, daß die Schwester verschwunden, der Bruder ermordet und ihre Kinder auf Speeren aus Alketch aufgespießt sind.«

»Wenn wir anfangen, jeden persönlichen Kummer zu bereden, den es je zwischen den Leuten aus Alketch und unseren eigenen gegeben hat, verehrter Herr Tirkenson, dann sitzen wir in dieser elenden Festung, bis wir verhungern oder alle von den Dunklen verschlungen sind«, stieß der Kanzler kalt hervor. »Und wenn deine – Freunde –, die du in meine Sitzung bringen mußtest, meine liebe Schwester, nicht aufhören, uns zu unterbrechen, können wir die Unterhaltung ebensogut hier und jetzt abbrechen. Wenn du die Gesellschaft dieser Raufbolde suchst, deren blinde Vorurteile die Verbindung der Häuser, denen sie dienen, zu verhindern geeignet sind.«

»Ich werde den Thronfolger von Alketch nicht heiraten!«

»Gestern abend hast du anders gesprochen«, ermahnte er sie leise.

»Gestern abend war ich deine Gefangene!«

Alwirs Lippen preßten sich zu einer einzigen dunklen Linie zusammen. »Die Zeiten haben sich geändert, Minalde, seitdem du auf den Wasserterrassen von Gae gesessen und dir mit Pfauenfedern Luft zugefächelt hast. Wir brauchen das Bündnis mit Alketch. Sie allein können uns helfen, das Reich von den Dunklen zurückzuerobern; sie allein können uns helfen, es wieder aufzubauen; sie allein sind nicht von der Pest überrollt worden, die wie eine Welle des Todes und der Zerstörung über das Land von Darwath gegangen ist. Wir haben großes Leid erduldet, und ohne sie wird unser Leid kein Ende nehmen. Wir können uns den kriegerischen Stolz nicht mehr leisten, der uns einst daran gehindert hat, uns zum Wohl der ganzen Menschheit in einem Bündnis zu vereinigen.«

Alde war bei seinem Vorwurf der Eitelkeit und des Müßigganges kaum merklich zusammengezuckt, doch sie antwortete mit fester Stimme: »Ich werde weder zulassen, daß mein Sohn hier zurückbleibt, noch, daß der Thronfolger von Darwath an einem fremden Hof aufgezogen wird.«

»Nicht einmal, wenn er dort vor den Dunklen sicher ist?«

Alde schluckte; ihre Stimme war unsicher, als sie sagte: »Ich würde es eher vorziehen, daß er die Gefahren mit seinem Volk teilt, als daß er ein Fremder für sie wird.«

»Sei nicht albern«, fuhr Alwir sie an. »Du würdest das Kind um deines törichten Stolzes willen umbringen?«

Tränen stiegen ihr in die Augen. Sie öffnete den Mund, um eine Erwiderung zu stammeln, doch Ingold legte ihr sanft die Hand auf die Schulter.

»Für einen Jungen aus dem Norden wie den rechtmäßigen Thronfolger des Reiches Darwath und letzten Nachkommen des Hauses Dare, könnte sich das wärmere Klima am Hofe des Kaisers von Alketch selbst als ungesund erweisen«, warf der Zauberer mit leiser Stimme ein, indem er die Betonung kaum merklich auf bestimmte Worte legte. »Ein Fieber oder ein Wechsel in den Ernährungsgewohnheiten könnten ihn ebenso sicher hinwegraffen wie die Dunklen, vor denen die Festung und die Männer, die in treuer Ergebenheit über sein Wohlergehen wachen, ihn in gewissem Maße schützen können.«

Es dauerte eine Weile, bis Rudy die Bedeutung seiner scheinbar so harmlosen Worte begriff, doch Alde atmete scharf ein und wurde totenbleich. Alwirs Stirn zog sich in zornige Falten.

»Ihr *wagt* es . . .«, brauste er auf.

Vair stieß geräuschvoll seinen Stuhl zurück und sprang auf. »Wollt Ihr damit andeuten, daß dem Kind unter der Obhut des Kaisers etwas zustoßen würde, Satan?«

Stiarth zog Vair am Ärmel auf den Stuhl zurück. In den Augen des

Botschafters blitzte spöttische Belustigung. »In welcher Gefahr sollte sich der Stiefenkel des Kaisers befinden?« fragte er mit aalglatter Stimme. Er blickte zu Alde hinüber; die Bewegungen seiner Hände unterstrichen anmutig seine klangvolle Stimme. »Ihr würdet bald die am meisten verehrte Frau der Westlichen Welt sein, gnädige Frau. Denn Ihr wäret die Mutter sowohl des Herrschers von Darwath als auch von Alketch – die Goldene Mutter einer Vereinigung der Menschheit, die vom Eis im Norden bis zu den unüberwindlichen Stromschnellen der südlichen Berge reicht. Eure Liebe und Eure Mutterschaft würde vereinigen, was in der Welt noch zu keiner Zeit vereinigt war.«

Er warf ihr dieses glänzende Bild zu, wie man einem Kind ein Bonbon zuwirft. Doch das Kind fing es nicht auf. Mit harter, glasklarer Stimme entgegnete sie: »Ich bin schon einmal für meinen Stolz getadelt worden, verehrter Herr. Es ist mir unvorstellbar, daß mein ältester Sohn auf dem einen, und ein jüngerer auf dem anderen Thron sitzt.«

Besonders, wenn der Kaiserliche Großpapa des jüngeren Sohnes den Brei für den Sohn Nummer Eins mischt, dachte Rudy bitter. Eine Welle der Wut um das Kind, das er lieben gelernt hatte und das nun um Geburtsrecht, um seine Mutter und vielleicht sogar um sein Leben gebracht werden sollte, stieg in ihm auf.

Verzweiflung und Zorn darüber, daß er die geliebten Menschen nicht beschützen konnte, überrollten ihn. Als er den Kopf hob, sah er, daß Alwirs Blick auf ihm ruhte, und was er darin las, schien sich wie ein eisiger Dolch in sein Fleisch zu bohren.

»Und ist deine – nur zu verständliche Trauer – so groß«, fuhr der Kanzler fort, indem er dem Blick von Rudy zu Alde wandern ließ, »daß du unter keinen Umständen deine Abneigung dagegen überwinden kannst, deinen toten Gatten im Bett so bald durch einen anderen zu ersetzen, meine Schwester . . .«

Aldes Gesichtsausdruck blieb unverändert, doch sie reckte das Kinn in die Höhe.

». . . nicht einmal, wenn so viel auf dem Spiel steht?«

Nach diesen Worten herrschte Todesstille.

Doch als Alwir sich anschickte, weiterzusprechen, trat Ingold unbekümmert vor und sagte leichthin:

»Wir Ihr wißt, liegt die Entscheidung in diesen Dingen nach dem Kirchenrecht ausschließlich bei der gnädigen Frau allein. Der Beschluß des Kirchenrates lautet, daß keine Ehe, die unter Zwang geschlossen wurde, gültig ist. Ich glaube sogar, daß sich die gnädige Bischöfin Govannin vor Jahren selbst einem solchen Druck ihrer Familie widersetzt hat, um in den Dienst der Kirche treten zu können, anstatt zu heiraten. Habe ich nicht recht, gnädige Frau?«

Govannin wandte sich mit blitzenden Augen zu ihm um. »Ihr habt recht, verehrter Herr Zauberer.«

»Und derselbe Kirchenrat hat beschlossen«, fuhr Ingold mit seiner sanften, belehrenden Stimme fort, »daß der Akt der Liebe, sofern er von erwachsenen Menschen vollzogen, niemals gegen das Gesetz verstößt, gleichgültig, ob die Liebenden vom gleichen oder entgegengesetzten Geschlecht, ob sie Zauberer, Gläubige, Heiden oder Exkommunizierte sind. Es gibt gewisse Anfechtungen gegen dieses Gesetz, aber ist es nicht so, wie ich sagte?«

Govannins trockene, bittere Stimme klang gezwungen. »Es ist so.«

Rudy war besonnen genug, den empörten Aufschrei angesichts der Lüge, die Alwir ihm erzählt hatte, zu unterdrücken. Doch dann überkam ihn eine heiße Welle der Verzweiflung. Er zweifelte nicht daran, daß Alwir ihn in jedem Fall verbannen würde – der Kanzler hatte zuviel Macht über seine Schwester und konnte ihr zuviel Leid zufügen, wenn Rudy blieb. Aber er sah jetzt das ganze Ausmaß dessen vor sich, was geschehen würde, wenn er erst fort war.

Aus Alwirs Gesicht war alle Farbe gewichen, seine Nasenflügel bebten, und häßliche Linien hatten sich um seinen Mund gegraben. »So lautet das Gesetz, verehrte Frau Govannin«, knirschte er, »aber die Ansicht und das Wohlwollen des Volkes sind Ausdruck eines völlig anderen Gesetzes. Wenn eine Königin das – Wohl der Festung mißachtet, so kann daraus leicht ein Skandal entstehen. Und ein Skandal kann uns teuer zu stehen kommen.«

Angesichts seines aufbrausenden Zorns und seiner Macht wirkte Alde plötzlich sehr klein und jung, Ingold dagegen alt und schäbig.

Nur seine Augen blitzten hell und herausfordernd unter den weißen Brauen und hielten Alwirs Blick furchtlos stand.

»Unerschwinglich teuer, wahrhaftig«, warf der Zauberer ein. »Denn wer weiß, wie die Würfel fallen, verehrter Herr Kanzler.« Er wandte sich mit täuschend sanftem Blick Stiarth zu und fragte: »Würde Euer Herr, der Kaiser, auf dieser Bedingung für das Bündnis bestehen, auf die Gefahr hin, daß er das Bündnis selbst dadurch vereitelt?«

»Ich kann wahrhaftig nicht . . .« begann der Kaiserliche Neffe mißbilligend.

Alwir unterbrach ihn mit schnarrender Stimme: »Nichts kann mich dazu bringen, das Bündnis zu verwerfen!«

»Denn«, fuhr Ingold ungerührt fort, »wenn es in der Festung zum Aufruhr und zur Glaubensspaltung kommt, wer weiß, wer danach im Besitz der Macht ist?«

Der Kanzler war einen Moment lang völlig aus der Fassung gebracht, als wäre es unvorstellbar für ihn, daß ein anderer an die Macht kommen könnte. Dann zog er finster die Brauen zusammen. »Und wer spricht davon, bitte sehr?« Er hätte den alten Mann gepackt und geschüttelt, hätte Ingold seine Hände nicht mühelos mit dem Stab beiseitegeschoben.

»Selbstverständlich niemand«, entgegnete der Zauberer mit einem erstaunten Blick auf Alwir. »Aber der Kaiser weiß sicherlich, daß sich in Zeiten der Not viel Unvorhergesehenes ereignen kann.«

»Das weiß er wahrhaftig.« Stiarth erhob sich und verneigte sich würdevoll in Alwirs, Minaldes und Ingolds Richtung. »Hätte ich gewußt, daß diese Verbindung der gnädigen Frau so verhaßt ist, so hätte es mir, ebenso wie unserem gnädigen Herrn Kaiser, ferngelegen, ihre Gefühle für diesen Vorschlag zu verletzen. Allerdings ist es wahr, daß die Berichte von ihrer Anmut und Sanftheit in ihm den aufrichtigen Wunsch nach einer solchen Verbindung geweckt haben, zumal der Zusammenschluß der beiden Reiche schon lange ein Plan ist, der ihm sehr am Herzen liegt.«

Aus den hinteren Reihen der Soldaten aus Gettlesand war ein Murmeln zu hören: »Darauf möchte ich wetten.«

»Ich bin untröstlich, daß ich der Verursacher dieser Schwierigkeiten bin. Gnädiger Herr, gnädige Frau – ich empfehle mich.« Er verneigte sich noch einmal und entfernte sich unter dem Rascheln seiner Seidenumhänge.

Vair sprang wie ein Tiger auf. Er holte den eleganten Botschafter in der Tür ein und packte ihn mit dem Haken an den üppigen Rüschen seines Ärmels. »Seid Ihr wahnsinnig?« brauste er auf. »Der Kaiser hat befohlen . . .«

»Mein Kaiserlicher Onkel hat diese und alle anderen Angelegenheiten ganz meinem Urteil anvertraut«, erwiderte Stiarth leise. Mit den Fingerspitzen machte er seine zarten Ärmelrüschen los. »Und glaubt mir, Kommandant, ich würde wesentlich lieber mit dem Bruder verhandeln, als zu erleben, daß nach einer Glaubensspaltung die Schwester und der Zauberer die Macht erlangen. Ich bin sicher, Ihr stimmt mir zu.« Dann war er verschwunden, und das Klappern seiner hohen Absätze war noch eine Weile zu hören, während er sich durch den langen Gang entfernte.

Es war Alwir, der die Stille schließlich unterbrach. »Verehrter Herr Zauberer«, sagte er ruhig. »Ich möchte mit Euch reden – unter vier Augen.«

»Ich hätte ihn nicht gehen lassen dürfen.« Alde hob den Kopf nicht, während sie sprach; ihr Kinn ruhte in den Händen, die sie auf den hochgezogenen Knien verschlungen hatte. Auf der anderen Seite der Feuerstelle im Gemeinschaftsraum legte Rudy die Harfe, auf der er lange nicht mehr gespielt hatte, beiseite.

»Es mußte so kommen«, entgegnete er liese. »Oh Gott, Alde, was sollen wir bloß tun?«

Sie schüttelte verzweifelt den Kopf. »Ich weiß es nicht.«

Es war am späten Vormittag, und sie waren allein im Gemeinschaftsraum. Stimmen waren aus den anderen Räumen der Unterkunft zu hören. Es roch nach frisch gebackenem Brot und den Zöpfen aus Zwiebeln und Kräutern, die an den Wänden hingen. Tad, der Herdenjunge, hatte ihnen die Nachricht gebracht, daß Tir, versteckt unter den Waisen der Festung, wohlauf war. Wenn Alwir ihn suchte, würde er nicht auf die Idee kommen, daß er ausgerechnet dort verborgen war.

Rudy blickte die junge Frau an, die auf der anderen Seite des Kamins kauerte und in die Flammen starrte, und dachte verzweifelt: *Ich wollte nichts anderes, als sie zu lieben und glücklich zu sein. Und ich habe nichts weiter getan, als ihr Leben durcheinanderzubringen, ihr Kummer und Leid zu verursachen. Hat Ingold recht? Sind Magier unter einem schlechten Stern geboren?*

»Alde, es tut mir leid«, sagte Rudy mutlos. »Ich wollte nicht, daß es so kommt.«

Mit tränenschimmernden Augen sah sie zu ihm auf. »Es hat nichts mit dir zu tun, Rudy«, murmelte sie. »Wirklich«, versicherte sie ihm, als sie den Zweifel in seinem Gesicht bemerkte. »Siehst du es nicht? Es mußte zum Bruch zwischen Alwir und mir kommen, unabhängig von meiner Liebe zu dir. Ich habe nur so lange geglaubt, daß er mich gern hat. Er konnte früher so freundlich zu mir sein, aber vielleicht lag das nur daran, weil er wußte, wie – wie bereitwillig ich auf Freundlichkeit eingehe. Ich dachte immer, er wäre eine sehr widersprüchliche Persönlichkeit, aber das stimmt nicht. Mir – mir tut es nur leid, daß du hineingezogen worden bist, daß er etwas zerstören mußte, das – das du . . .

Verzweifelt rief Rudy aus: »Alde, nichts könnte meine Liebe zu dir zerstören! Weder Zeit noch Entfernung, Politik oder das Nichts!«

Einen Augenblick lang rührte sich keiner von beiden, sie starrten sich nur gegenseitig an, getrennt durch das Kaminfeuer. Eines Tages würde das hellere Licht des Nichts zwischen ihnen stehen . . . Dann sprang Rudy ungestüm auf, eilte zu ihr hinüber und zog sie stürmisch in seine Arme. Sie preßte sich an ihn, barg ihr Gesicht im rauhen Fell seiner buntbemalten Weste und verschränkte die Hände hinter seinem Rücken. Er flüsterte hoffnungslos: »Alde, wenn ich die Wahl hätte, würde ich dich niemals verlassen. Ich würde immer bei dir bleiben.«

Sie erwiderte ebenso leise: »Es spielt keine Rolle. Ich werde dich immer lieben, gleichgültig, wo du bist und was aus dir wird.«

Während sie noch im schwachen Licht des Feuerscheins umklammert standen, hörten sie eine tiefe, rauchige Stimme: »Meine Kinder?«

»Ihr seid wohlauf!«

Ingold faßte Alde bei den Schultern und lächelte ihr in das gerötete, ängstliche Gesicht. »Habt Ihr geglaubt, Euer Bruder würde mich erdolchen, sobald er mit mir allein ist?«

»Seinem Blick nach zu urteilen, ja!« warf Rudy ein. »Was . . .« Die Stimme versagte ihm, und er warf seinem Lehrer einen unsicheren, fragenden Blick zu. Er schluckte, brachte aber immer noch keinen Ton heraus. Der Zauberer legte ihm seine starke, warme Hand auf die Schulter. Seine Augen wanderten von Rudy zu Minalde. Kummer und Sorge lagen in seinem Blick. »Liebt ihr euch so sehr, meine Kinder?«

Keiner von beiden sprach, aber Rudys Hand tastete nach Aldes, und ihre Finger schlangen sich ineinander.

Zögernd sagte Alde: »Wenn es das Gesetz erlauben würde . . .«

»Wenn ich – wenn ich bleiben könnte . . .«, stammelte Rudy.

Ingold seufzte. »So, so.« Sein zerfurchtes Gesicht hatte einen traurigen, niedergeschlagenen Ausdruck. »Ich fürchte, ich habe die Kühnheit besessen, Euren Bruder darauf hinzuweisen, daß es Schlimmeres gibt als Eure Verbindung mit einem Mann, dem es nach Kirchenrecht und den Bestimmungen des Rates der Zauberer verboten ist, über Nicht-Magier zu herrschen. Und ich habe ihn daran erinnert, daß Ihr einen starken Willen habt und eigensinnig seid und daß Ihr über ein Machtpotential in den Reihen der Landherren verfügt. Es wäre nicht undenkbar, daß eine Frau wie Ihr, zur Verzweiflung getrieben, eines Tages mit einem Landherren, dessen Reich nur dem Namen nach zum Herrschaftsbereich der Festung von Dare gehört, eine Verbindung eingehen würde. Euer Bruder war weder sonderlich erfreut noch dankbar – aber er mußte mir zustimmen.«

»Wie?« flüsterte Rudy nach einer langen, verständnislosen Pause. Dann drang die Bedeutung von Ingolds Worten in sein Bewußtsein, und ein Beben ging durch seinen Körper wie ein elektrischer Schlag.

»Meine Kinder«, fuhr Ingold fort, »seid sehr vorsichtig. Ihr liebäugelt immer noch mit einem Skandal – vielleicht werdet ihr das euer ganzes Leben lang tun. Aber nach dem Gesetz des Reiches ist nichts Unrechtes an eurer Verbindung, gleichgültig, was Alwir behauptet haben mag . . .«

Seine Worte plätscherten an Rudy vorbei wie die unverständliche Stimme eines Bächleins, kaum hörbar in dem Strom strahlenden Glücks, das aus der tiefsten Tiefe seines Wesens aufwallte. Er wollte springen, tanzen, singen und die ganze Welt umarmen, doch er drückte nur Aldes Hand noch fester. Er blickte sie an und sah das Meer des Glücks, das ihm aus ihrem stillen Gesicht entgegenstrahlte.

Ingold fuhr fort, über Kirchenrecht, die Stellung der einzelnen Bischöfe, die Notwendigkeit unauffälligen Verhaltens und die Veränderlichkeit aller menschlichen Umstände zu reden, doch in ihren Ohren klang es wie die Stimme eines Advokaten, der das Kleingedruckte in einem Vertrag vorliest, der bereits mit Blut und kosmischem Staub unterzeichnet ist. Von allen durcheinanderwirbelnden Gedanken erfaßte Rudy nur, daß er so glücklich war wie seit seiner frühesten Kindheit nicht mehr.

Der alte Mann schien zu bemerken, wie wenig Aufmerksamkeit man seinen Worten schenkte; er zog sich lächelnd zurück und ließ sie mit ihrem unaussprechlichen Glück allein.

Zehn Minuten später trat Gil aus dem Gang, der zu ihrer winzigen Zelle führte. Sie trug ein paar Wachstafeln, und auf ihrem Gesicht lag ein geistesabwesender Ausdruck, der erschrockenem Schuldbewußtsein wich, als sie die beiden Liebenden in inniger Umarmung vor dem Kaminfeuer erblickte.

»Himmel, Rudy, es tut mir leid«, rief sie verwirrt aus. »Meine Forschungen haben mich vollkommen in Anspruch genommen. Ist deine Flammenwerfervorführung für heute nachmittag geplant, oder war sie gestern, und ich habe sie verpaßt?«

Sie verstand nicht, warum die beiden Liebenden sich bei ihren Worten voneinander lösten und in brüllendes Gelächter ausbrachen.

Zehntes Kapitel

»Der alte König ist tot,
Er liegt auf dem Totenbett,
Und überall rieselt der Schnee . . .«

Die Stimmen der Festungskinder hallten lustig wie Schlittenglocken durch die Gänge. Gil saß an der Feuerstelle im Gemeinschaftsraum, und trotz ihrer angespannten Gemütsverfassung und ihrer immer wieder betonten Abneigung gegen den Nachwuchs ihrer Spezies mußte sie lächeln. Alle Kinder der Festung befanden sich seit zwei Tagen in einem Zustand unbändiger Aufregung.

Morgen war das Winterfest.

Das fröhliche Lied verhallte in der Weite der verworrenen Gänge. Gil lehnte den Kopf an den gemauerten Kamin und schloß die Augen. *Morgen um diese Zeit*, sagte sie sich müde, *werde ich wieder in der Universität von Los Angeles sein und erklären – oder zu erklären versuchen –, warum ich in der zweiten Woche des Herbstquartals verschwunden und wo ich so lange gewesen bin.*

Morgen.

Im Gang vor der Tür wurden Stimmen laut. Vair na Chandros fragte mit scharfer, befehlender Stimme: »Was soll das heißen, verschwunden?«

Bektis erwiderte mit seiner hellen, fließenden Stimmeß »Er ist vor mir zu den Höhlen aufgebrochen, gnädiger Herr. Er würde sicher nicht vom Weg abweichen. Wenn die Dunklen die Gewohnheit angenommen haben, schon in der Dämmerung hervorzukommen, bevor die Dunkelheit ganz hereingebrochen ist . . .«

»Das ist ja lächerlich«, schnarrte der Kommandant. »Zumal der verehrte Herr Stiarth ein Amulett besaß, das ihn bis zu einem gewissen Grad vor den Dunklen schützte. Er hat sich vor mir damit gebrüstet.«

Kleinlaut entgegnete der Hofmagier: »Es ist wahr, daß die Schleierrune eine gewisse schützende Wirkung besitzt, aber sie ist kaum eine Garantie . . .«

»Gil?« Neben ihr raschelte Stoff, und es roch nach Kräutern und Holzfeuer. »Traurig?«

Sie schüttelte den Kopf, ohne ihn anzusehen. Nach einem Augenblick des Schweigens legte Ingold die Hände leicht auf ihre Schultern und zog sie tröstend in sein Arme.

»Es wird ein furchtbares Durcheinander geben, wenn du zurückkommst, stimmt's?« fragte er leise. »Und auch das geht auf mein Konto. Gil . . .«

Sie öffnete die Augen und sah den Kampf in seinem zerfurchten Gesicht und die Traurigkeit in seinen Augen. Dann seufzte er, als müßte er einen aussichtslosen Traum verdrängen, und sagte: »Sei glücklich.«

»Wirst du glücklich sein?«

»Das werde ich«, erwiderte Ingold ruhig, »wenn ich weiß, daß du in Sicherheit bist.«

Die anderen Zauberer betraten den Raum, und eine geheimnisvolle Helligkeit leuchtete in dem vertrauten Raum auf wie ein fremder Morgen. Die Mitglieder der Magiertruppe nahmen ihre Plätze an dem langen Tisch in der Mitte des Zimmers ein. Als Ingold Gil auf die Beine half, bemerkte sie, daß Kta die ganze Zeit über in einem Winkel am Feuer vor sich hin gedöst hatte.

Rudy und Alde erschienen; sie hatten sich bei den Händen gefaßt wie Kinder und strahlten vor Glück. Gil mußte unwillkürlich lächeln.

Wenigstens zwei, die bekommen haben, was sie wollten, auch wenn sie in einer Welt ohne Hoffnung gefangen sind.

Dann trat Bektis ein, strich sich über den milchweißen Bart und murmelte etwas über das Verschwinden des Kaiserlichen Neffen vor sich hin. Alwir folgte ihm, königlich in seinem dunklen Samtumhang, auf dem Fuß und fuhr ihm ungehalten über den Mund. Als er vor Ingold stehenblieb, stand blanker, unangenehmer Haß in seinem schönen gefühlvollen Gesicht.

»Ich hoffe, verehrter Herr Zauberer, daß es sich hier nicht um eine Eurer – Neufassungen – der Bedingungen unseres Bündnisses handelt. Immerhin brechen die Truppen übermorgen auf – wenn es Euch recht ist«, fügte er höhnisch hinzu.

»Ich fürchte, daß wir uns genau darüber unterhalten müssen«, entgegnete Ingold. Er führte Gil zum Kopfende des langen Tisches und wies ihr den Platz zu seiner Rechten an. Sie legte eine Pergamentrolle, ein paar Wachstafeln und einen Wildlederbeutel vor sich auf den Tisch und wandte sich wieder dem Kanzler zu, dessen Gesicht vor Wut dunkelrot angelaufen war.

»Wirklich . . .!«

»Vielleicht nehmt Ihr besser Platz, gnädiger Herr«, unterbrach in Ingold mit sanfter Stimme.

Zwei der jüngeren Zauberer brachten den geschnitzten Stuhl, der gewöhnlich Thoth vorbehalten war, und stellten ihn am unteren Ende des Tisches auf. Alwir ließ sich steif darauf nieder. Jede Linie seines kräftigen Körpers drückte Mißtrauen aus.

Der harte Zug um Alwirs Mund und der finstere Blick seiner Augen ließen Gils Mut sinken.

Ingold nahm am Kopfende des Tisches Platz und brachte die Anwesenden mit einem Blick zum Schweigen. Es erstaunte Gil immer wieder, wie der Zauberer, der für gewöhnlich so bescheiden wirkte, jede Versammlung durch seine bloße Anwesenheit beherrschen konnte.

Alwir ergriff mit belegter Stimme das Wort. »Es geht das Gerücht, daß Ihr den Schlüssel zur Vernichtung der Dunklen gefunden hättet. Wenn das wahr ist, warum hat man es mir nicht berichtet? Und warum sagt Ihr –«

»Um Euch darüber zu berichten, haben wir Euch heute abend hierher gebeten«, erklärte Ingold und faltete die Hände vor sich auf dem Tisch. Hinter ihm bildeten Thoths mathematische und astrologische Tabellen ein von getrockneten Kräuterzöpfen halb verdecktes Wandgemälde auf dem fleckigen Backstein und dem rußgeschwärzten Putz an der Wand. Auf dem Kamin lag der größte Kater der Magiertruppe und leckte sich die Pfoten, ohne die Tröge mit Brotteig zu beachten, die Kara zum Aufgehen in die warme Asche gestellt hatte.

Alwirs Blick schweifte durch den behaglichen, schlichten Raum und über die Gesichter der Menschen, die um den Tisch versammelt waren – alte Männer, junge Mädchen, Fremde, Heiden, Vagabunden –, und blieb schließlich auf seiner Schwester hängen. Seine Nasenflügel weiteten sich verächtlich.

»Dann habt Ihr eine verdammt merkwürdige Art, Euch zu erklären. Aber nach den gestrigen Ereignissen steht es mir wohl kaum noch zu, über irgend etwas, das Ihr zu tun beliebt, erstaunt zu sein.« Er gab sich keine Mühe, sich seine Bitterkeit nicht anmerken zu lassen. »Ich schlage vor, Ihr gebt Euren Bericht ab, da Ihr immerhin das Haupt unseres Nachrichtendienstes seid. Wie hat die Menschheit die Dunklen besiegt? Oder soll das eines der Geheimnisse bleiben, die nur Ihr allein kennt?«

Ingold seufzte. »Oft, verehrter Herr Kanzler«, erklärte er nach einer kurzen Pause, wenn es unmöglich scheint, eine Antwort zu finden, ist es das beste, zu prüfen, ob die richtige Frage gestellt wurde. In unserem Fall hätte die Frage nicht laufen dürfen: Wie hat die Menschheit die Dunklen besiegt, sondern einfach: *Hat* die Menschheit die Dunklen besiegt?«

Alwir richtete sich mit einem Ruck auf dem Stuhl auf. »Aber sicher hat sie das! Warum sonst wären die Dunklen wohl verschwunden?«

»Das ist eine sehr gute Frage – und sie kommt dem Wesen des Problems viel näher. Vielleicht müßte die richtige Frage nicht lauten, warum sie verschwunden sind, sondern warum sie sich erhoben haben.«

Kaum verhohlene Wut in der Stimme, knirschte Alwir: »Welchen Nutzen sollte dieses Wissen bringen, um alles in der Welt? Es spielt keine Rolle, warum sie sich erhoben haben. Wenn Ihr mich darum hierher gerufen habt –«

»Darum«, unterbrach ihn der Zauberer ruhig, »und aus anderen Gründen. Ich glaube, ich war der erste Mensch, der erkannte, daß die Dunklen begannen, Darwath heimzusuchen. Das war in dem Jahr, als der Hohe König einen Preis auf meinen Kopf ausgesetzt hatte und ich mich in der Wüste versteckt hielt. Ich folgte einem Dunklen in seine Stadt hinunter – und es war kein armseliges Häuflein von Besiegten, sondern eine wimmelnde Metropole von Kreaturen, denen die Menschheit nicht mehr bedeutete als wildes Getier.«

Ingolds Stimme hielt die Zuhörer in Bann. Seine Worte ließen den schmucklosen Gemeinschaftsraum um sie herum versinken und zog sie in das kalte Nachtblau der sternenbeschienenen Wüste und die sengende unterirdische Dunkelheit. Selbst Alwirs verbissener Gesichtsausdruck verblaßte, während der alte Mann das Entsetzliche beschrieb, das er damals erkannt hatte – daß die Dunklen nicht so lebten, weil sie dazu getrieben worden waren, sondern daß es ihr eigener freier Entschluß war.

»Ich hatte fünf Jahre in Gae gelebt«, fuhr Ingold fort. »Drei Jahre davon als Lehrer des Prinzen Eldor, Sohn des Hohen Königs, im Palast. Ich kannte die Treppe, die in die unteren Kellergewölbe führte. Die Meister von Quo erzählten mir, daß es noch andere Treppen in anderen Teilen der Welt gäbe und daß sie die Macht hatten, alle Magie zunichte zu machen, so daß kein Zauberer mit anderen in Verbindung treten konnte, wenn er erst einmal hinuntergestiegen und außer Sicht war, und daß keiner, der das gewagt hat, je zurückgekehrt war. Man hielt sie für geheimnisumwitterte Orte, aber nicht mehr.

Doch nachdem ich jene unvorstellbare Stadt gesehen hatte, bekam ich es mit der Angst zu tun; und in den darauffolgenden Jahren, in denen ich lernte, las und umherzog, hörte ich gelegentlich Erzählungen, die mich noch mehr ängstigten. Ein Häuptling der Weißen Räuber erzählte mir von einem Mann, der in einer mondlosen Nacht unter freiem Himmel verschwunden war. In einem Dorf in der Nähe des Eises hatte sich seit einiger Zeit eine Welle abergläubischer Furcht vor der Nacht verbreitet – die Leute waren nicht zu bewegen, ihre Häuser nach Einbruch der Dunkelheit zu verlassen, wollten jedoch keinen Grund dafür nennen. Ich begann jedem Bericht über ungewöhnliche Beobachtungen und Menschen, die auf geheimnisvolle Weise verschwanden, nachzugehen.«

»Demnach habt Ihr also schon immer von der Existenz der Dunklen gewußt«, warf Alwir bitter ein.

»Oh ja«, entgegnete Ingold sanft. »Und ich habe es jedem, der es hören wollte, erzählt, mit dem Erfolg, daß König Umar mich in den Kerker werfen, öffentlich auspeitschen und aus dem Reich verbannen ließ, angeblich weil ich ihm auf hinterhältige Weise seinen einzigen Sohn entfremdet hatte. Doch Prinz Eldor verachtete seinen Vater auch ohne mein Zutun – und er hatte die Erinnerungen des Hauses Dare geerbt. Er erinnerte sich an die Zeit der Dunklen. Ihm erschienen meine Warnungen wie die Erfüllung einer furchtbaren Prophezeiung. Er vertraute mir«, beendete Ingold seinen Bericht. »Ohne dieses Vertrauen und die Vorkehrungen, die er darum traf, wären wir hoffnungslos verloren gewesen.«

Gil bemerkte, daß Alde plötzlich den Kopf senkte und auf ihre fest geballten Fäuste starrte, als hätte die Erinnerung an jene letzten Tage sie unverhofft überwältigt.

Ingold ergriff wieder das Wort. »Damals schon – und es ist zwanzig Jahre her, daß die ersten Gerüchte aufkamen –, fiel mir auf, daß die meisten aus einem kleinen Gebiet um Shilgae im hohen Norden stammten und einige aus dem Land von Harl Kinghead unweit von Weg. Doch obwohl ich es wußte, verstand ich nicht, was es bedeutete, bis ich vor einigen Wochen mit Gil-Shalos darüber sprach. Seither hat sie überall nach Kenntnissen über die Dunklen gesucht. In ihrer Heimat ist sie Forscherin und Lehrerin. Ich glaube, daß sie die Lösung des Rätsels gefunden hat, wenn sie sie auch nicht aus den Schriften eines einzigen Mannes abgelesen hat, sondern wie ein Jäger von der Fährte des Wildes, das er verfolgt.«

Er gab Gil ein Zeichen mit der Hand. Sie holte tief Atem und erhob sich. In dem langen, rötlich erleuchteten Raum herrschte gebanntes Schweigen, und alle Augen waren auf sie gerichtet.

»Jeder Historiker weiß«, begann sie mit ihrer würdevollsten Vortragsstimme, »daß das *Warum* die am schwierigsten zu beantwortende Frage ist, ich beginne also mit den Dingen, die wir sicher wissen – wann und wo sich die Dunklen erhoben haben.

Ingold verzeichnete die ersten Vorkommnisse vor zwanzig Jahren in Gettlesand. Tomec Tirkenson berichtet, daß es immer Geschichten über verzauberte Höhlen im Eisenfelsgebirge gab, doch als er jünger war, gab es zumindest einen Fall, in dem ein Kind in diesem Teil des Gebirges bei Nacht verschwand. Die Familie des Kindes schrieb es den Dooern zu – doch soweit Tirkenson sich erinnert, gab es über einen Zeitraum von mehreren Jahren keine Dooer in dieser Gegend. Drei seiner Leute, die aus diesem Teil des Landes stammen, bestätigen das. Das war, als Tirkenson siebenundzwanzig oder achtundzwanzig Jahre alt war, kurz bevor er die Herrschaft über sein Land antrat . . .« Sie warf einen Blick auf ihre Aufzeichnungen. »Das heißt, vor etwa achtzehn Jahren. Zur selben Zeit ging Ingold im Norden Gerüchten nach, denen zufolge im Gebiet am Shilgae Menschen verschwunden waren.

All diese Geschichten über das plötzliche Verschwinden von Menschen lassen sich nicht nur im Gebiet von Shilgae, sondern darüber hinaus in einer Zeitspanne von drei bis vier Jahren ansiedeln. Gleichzeitig waren diese Jahre bekannt für die magere Weizenernte in drei aufeinanderfolgenden Jahren, für den ›regenreichen Sommer‹ im siebzehnten Jahr von König Umars Herrschaft und für den Verlust der Zuckerrohrernte in Kildrayne. Nach Maias Angaben wurde danach nördlich von Penambra nie wieder Zuckerrohr angebaut.

Nach diesen vier Jahren wurden keine Fälle von plötzlichem Verschwinden mehr bekannt bis –« hier warf sie wieder einen Blick auf ihre Notizen »– zum vorletzten Winter. Und diese Berichte kamen niemandem zu Ohren, weil sich die Fälle im Gebiet der Weißen Räuber ereigneten. Ich habe erst kürzlich durch Mondschatten davon erfahren.«

Die Schamanin neigte zustimmend den Kopf, und die ausgebleichten Knochen, die sie sich in die schneehellen Haare geflochten hatte, rasselten leise.

»Im vergangenen Winter verbreiteten sich Gerüchte unter den Dooern der nördlichen Ebenen, daß Nachtgeister ihr Unwesen trieben und Umherstreifende verschlangen. Kta sagt, daß einige Gruppen ihre angestammten Gebiete in der Nähe der Berge verließen. Zur selben Zeit brachen einige Stämme der Weißen Räuber aus ihren alten Jagdgründen in andere Gegenden auf. Nach den Worten einiger Leute aus Gettlesand gab es in diesem Jahr viele Schwierigkeiten mit ihnen. Das Verschwinden einiger Viehtreiber während ihrer Nachtwachen wurde – vielleicht zu Recht – den Räubern zugeschrieben.

Aber die Bewegung scheint eine Gesetzmäßigkeit aufzuweisen. Zuerst in den Ebenen und Hochwüsten und weit im Norden, scheint sie sich immer weiter in den Süden in dichter besiedelte Länder zu ziehen.«

Alwir hob unvermittelt den Kopf, und Lichtpunkte glitzerten in seinen Augen wie die Sterne im Inneren eines Saphirs.

»Das Merkwürdigste aber ist«, fuhr Gil fort, »daß die Brutstätten nach derselben Gesetzmäßigkeit verlassen worden zu sein scheinen. Nach den Berichten der Weißen Räuber wurden die Brutstätten in den nördlichen Ebenen zu Beginn dieses Herbstes verlassen. Lohiro von Quo erzählte Ingold und Rudy, kurz bevor er starb, daß die Dunklen ihre Brutstätten in der Ebene verlassen hätten, um sich dem Angriff auf Gae und die anderen Städte im Süden – Dele, Ippit und so weiter – anzuschließen. Zur selben Zeit wurde Quo von einer tief unter ihren Mauern liegenden Brutstätte aus zerstört. Tatsächlich vernichteten die Dunklen zu diesem Zeitpunkt allen organisierten Widerstand im Reich und den einzigen Ort, an dem eine große Menge Wissen zusammengetragen worden war, und machten uns im härtesten Winter seit Menschengedenken zu heimatlosen Flüchtlingen.«

Alwir hatte die Arme auf die Drachenkopflehnen seines Stuhls gestützt und die Hände verschlungen. »Ihr glaubt also, daß die Dunklen ihre Brutstätten im Norden für immer verlassen haben?«

»Zumindest für eine beträchtliche Zeitspanne«, entgegnete Gil.

»Warum?«

»Die Weißen Räuber, die Ingold und Rudy in der Ebene gefangennahmen, waren der Meinung, die Dunklen wären von einem noch mächtigeren Geist als sie selbst vertrieben worden«, fuhr sie nach einer nachdenklichen Pause fort. »Aber als Ingold und Rudy in die Brutstätte hinunterstiegen, fanden sie nichts als die toten Herdentiere, die alle zum selben Zeitpunkt umgekommen zu sein schienen. Ich bin überzeugt, daß – dieser Geist – die ganze Zeit über dort unten in ihrer Brutstätte war.

Der Name des Geistes ist Kälte.

»Kälte?« fuhr der Kanzler fort. »Macht keine Witze. Die Dunklen haben in Nächten angegriffen, deren bittere Kälte ein Mensch nicht überlebt hätte.«

»Die Dunklen können die Kälte ertragen«, pflichtete Gil ihm bei. »Aber ich bin vollkommen sicher, daß ihre Herden es nicht können.«

»Ihre *Herden?«* fragte Alwir ungläubig. »Was im Namen des Eises im Norden haben diese elenden Kreaturen denn mit dem Problem zu tun?«

»Alles«, erwiderte sie ruhig. »Ihre Herden – und das Moos in den Brutstätten.«

Rudys Kopf fuhr in die Höhe, als hätten diese Worte Erinnerungen und Erkenntnisse in ihm ausgelöst. Gil sah die stumme Frage, die er Ingold mit den Augen stellte, und das Schweigen des alten Mannes war nur das Echo der Antwort, die Rudy im Grunde seines Herzens bereits kannte.

»Ich glaube«, fuhr Gil, ihre Worte sorgfältig wählend angesichts dieses heiklen Themas, das selbst in ihrer eigenen Welt noch nicht endgültig erforscht war, fort, »daß die Vorfahren der Menschen, die Vorfahren der Herdentiere und die Vorfahren der Dooer vor unzähligen Zeitaltern gemeinsam diesen Teil der Welt durchstreiften. Die Übereinstimmung ihrer äußeren Gestalt deutet darauf hin, daß sie eine ähnliche Lebensweise und dieselben Nahrungsquellen hatten . . .«

»Und dieselben Großeltern«, warf Rudy auf englisch ein.

»Und ich glaube, daß alle drei Rassen gleichermaßen von den Dunklen gejagt wurden«, fuhr Gil fort, ohne seinen Einwand zu beachten.

»Damals, vor Hundertausenden von Jahren, lebten die Dunklen auf der Erdoberfläche. Wenn man im Tal der Dunklen, ungefähr zwanzig Meilen nördlich von hier, die Berge hinaufsteigt und das Licht in einem bestimmten Winkel einfällt, erkennt man die Spuren von begrabenen Mauern, die Überreste einer Stadt, die vor so langer Zeit verschwunden ist, daß nicht einmal Ruinen übriggeblieben sind. Es gibt nicht einmal Überlieferungen, die auf die Existenz von Ruinen hindeuten. Die Dunklen bauten ihre Städte an verhältnismäßig sicheren, zugänglichen Orten, so daß über den meisten von ihnen im Laufe der darauffolgenden Jahrtausende menschliche Siedlungen entstanden.

Ich glaube, daß sich damals die magischen Fähigkeiten einzelner Menschen zu entwickeln begannen. Es war eine Frage des Überlebens. Die niedrigsten Kräfte der Magier sind das Hervorrufen von Feuer, Licht und Täuschung, die Beherrschung von Wind und Sturm, geschärfte Sinne und die Fähigkeit, im Dunkeln zu sehen.«

»Schön und gut«, warf Alwir zweifelnd ein. »Aber selbst wenn es so ist – und ich bin noch keineswegs davon überzeugt –, warum sind die Dunklen dann von der Erdoberfläche verschwunden? Warum haben sie sich überhaupt unter die Erde verzogen?«

Anstelle einer Antwort zog Gil einen unregelmäßig geformten

grauen Stein aus dem Lederbeutel vor ihr auf dem Tisch, ging zu Alwir hinüber und reichte ihn dem Kanzler.

Eine Weile betrachtete er ihn schweigend und drehte ihn nachdenklich in den Händen. Ohne aufzublicken fragte er schließlich: »Und was ist das?«

Sie nahm den Stein und reichte ihn Toth. Der Schlangenmagier betrachtete ihn prüfend im schattenlosen Schein des magischen Lichts. Dann hielt er ihn zwischen den Fingern hoch. »Woher habt Ihr das?«

»Wißt Ihr, was es ist?«

»Nicht eigentlich, nein«, antwortete der alte Gelehrte. »Aber ich habe schon ähnliche Steine gesehen. Gewöhnlich findet man mehrere an einer Stelle; in der Bibliothek von Quo gab es einen Kasten, der voll davon war. Die meisten stammten aus einem Bachbett in den Hügeln hinter der Stadt, aber es waren auch einige aus Dele darunter, und einen – ein sehr seltsamer, auf dem sich der Abdruck eines merkwürdigen Insekts befand, das kein Mensch kannte – hat Ingold aus dem Grenzgebirge am Rande der nördlichen Eisfelder mitgebracht.«

»Dieser Stein hier stammt aus dem Tal der Dunklen«, erklärte Gil. »Sagt mir, Thoth, kenn Ihr die Pflanze, die darauf zu sehen ist?«

Der Archivar betrachtete noch einmal eingehend den Stein und reichte ihn dann Ingold, der ratlos den Kopf schüttelte. »Er ähnelt den Farnen, die in den Sümpfen von Alketch wachsen«, sagte er schließlich, »ist aber viel größer. Wenn es irgendwo solche Pflanzen gibt, habe ich sie jedenfalls nicht gesehen.«

»Aber es ist eine Pflanze, wie sie in tropischen Sumpfgebieten wächst.«

»Ohne Zweifel.«

Gil nahm den Stein wieder an sich und kehrte zu ihrem Platz zurück. »Vor langer Zeit«, erklärte sie, »wuchsen diese Pflanzen im Tal der Dunklen. Vor vielen Äonen muß hier ein wesentlich wärmeres Klima geherrscht haben – so warm, daß der größte Teil der Westlichen Welt von Sümpfen bedeckt war. Aber allmählich kühlte sich das Klima ab. Vielleicht wurde die Sonne ein wenig schwächer, oder die Wolkendecke wurde Jahr für Jahr dicker und hielt die Sonnenstrahlen zurück. Das Eis im Norden begann sich zu vermehren. Das Wetter wurde stürmischer.

Die Dunklen lassen sich von der Luftströmung treiben und sind so allen Stürmen ausgeliefert; in der Übergangsphase wurden die gewaltigen Steinböden und Treppen gebaut, und die Herden durften noch auf der Erdoberfläche umherstreifen, während die Dunklen selbst bereits unter der Erde hausten. Sie gingen nicht oft an die Erdoberfläche auf die Jagd. Vielmehr riefen sie ihre Herden durch magische Kräfte zusammen; dies ist wahrscheinlich derselbe Zauber, den sie in den Gewölben von Gae gegen dich gewirkt haben, Ingold.«

»Ja«, fiel der alte Mann leise ein und senkte den Blick auf die Hände. »Ein – Gesang, besser kann ich es nicht beschreiben.« Er sagte nichts weiter, doch Gil bemerkte, daß sich bei der Erinnerung die Muskeln an seinen Kinnbacken und Schläfen verkrampften.

»Schließlich holten die Dunklen auch ihre Herde unter die Erde und verließen die Erdoberfläche völlig. Sie selbst hatten schon eine ganze Weile in den unterirdischen Höhlen gelebt. Ich vermute, daß die intelligenteren Stämme aus der Rasse der Menschheit sich im Kampf um Nahrung und Raum durchsetzten. Jedenfalls waren die letzten Herden längst von der Erdoberfläche verschwunden, als sich die ersten Menschen in Dörfern niederließen, und die Erinnerung an die Dunklen war erloschen. Alles, was blieb, waren die Treppen und die unerklärliche Ausstrahlung, die von ihnen ausging.«

Sie hielt einen Augenblick inne und überflog ihre Notizen. Die anwesenden Zauberer waren vollkommen ruhig; die Stille war so greifbar wie der Umhang, der schwer auf Gils Schultern lag. Alwirs Augen brannten haßerfüllt wie ein böser Stern über seinen verschränkten Händen. Gil straffte sich und fuhr ruhig fort: »Und nun zu dieser Ausstrahlung der Macht.

Meine erste Vermutung in bezug auf die Ausstrahlung – das ›Glück‹ im nahen Umkreis der Brutstätten – war, daß die Dunklen sie absichtlich erzeugten, um menschliche Behausungen im Gebiet der Brutstätten anzuziehen und so die Versorgung mit Nahrung für den Notfall sicherzustellen. In einem stimmen alle Berichte überein – die Brutstätten wurden immer als ehrfurchtgebietende Orte betrachtet, manchmal furchteinflößend, aber oftmals auch ›glücksbringend‹ oder ›magisch‹. In den Überlieferungen werden einige der Brutstätten als ›gaenguo‹ – magische Orte – bezeichnet. In den Schriften gibt es Hinweise auf die Alte Religion und Menschenopfer. Wenn auch die Treppen nicht besonders erwähnt sind, so bedeutet das Wort ›Opfer‹ selbst – *clarneach* – doch wörtlich übersetzt ›hinunterschicken‹. Nach dem Aufkommen des Rechten Glaubens wurden viele der alten Kultstätten übernommen. Jedenfalls scheinen die größeren Städte der Zeit Davor über oder nahe bei den Brutstätten der Dunklen entstanden zu sein. Als die Zeit der Dunklen vorüber war, wurden die Zitadellen der Magie an diesen Orten errichtet, und zwar ebenfalls wegen der Ausstrahlung, die die Kraft der Magie, insbesondere des Heilens, verstärkte.«

»Das ist alles recht interessant«, murmelte Alwir. »Vielleicht ist es sogar wahr. Aber ich kann nicht erkennen, was dieser wissenschaftliche Vortrag über die Geschichte der Dunklen und ihrer Herden mit unserem gegenwärtigen Problem zu tun hat. Die Vergangenheit ist schön und gut, Gil-Shalos, aber wir sind gezwungen, uns mit der Gegenwart zu befassen.«

»Der gnädige Herr Kanzler ist ein vielbeschäftigter Mann«, erläuterte Bektis gewichtig. »Ich glaube kaum . . .«

»Wir haben die Aufgabe des Nachrichtendienstes übernommen, verehrter Kanzler«, warf Ingold ruhig ein. »Wir haben einen Bericht über unsere Erkenntnisse zusammengestellt, und Ihr solltet Euch zumindest unsere Schlußfolgerungen anhören.«

»Der gnädige Herr Kanzler braucht keinen Nachrichten–«

»Schweigt, Bektis.« Alwir beugte sich vor. »Fahrt fort, Gil-Shalos. Gehe ich recht in der Annahme, daß diese widerlichen Herden, von denen sich die Dunklen ernähren, sich ihrerseits von dem Moos ernähren, das, wie Euer Freund Rudy festgestellt hat, so leicht entflammbar ist?«

»Ja, das ist richtig«, antwortete Gil. »Sie ernähren sich schon so lange davon, daß sie, wie ich meine, nichts anderes mehr essen können.« Gil hielt inne und nahme eine der Pergamentrollen auf. Im Raum herrschte vollkommene Stille. Selbst Karas Mutter hatte ihr leises Gemurmel eingestellt. Die Augen der Anwesenden hingen gebannt und verwundert an ihr.

»Ich werde jetzt einen Augenblick die Spur zurückverfolgen«, erklärte Gil, »und über das Wetter reden.«

Alwir stieß ein kurzes, bissiges Gelächter aus. »Das *Wetter?* Also, das ist wirklich die Höhe . . .«

Gil runzelte die Stirn. »Das Wetter«, wiederholte sie. »Während der vergangenen Woche habe ich, so gut ich konnte, aus den Kirchenannalen und den Büchern, die Ingold aus der Bibliothek von Quo mitgebracht hat, eine Liste der guten und schlechten Winter zusammengestellt und so viele Informationen wie möglich über das Eis im Norden zusammengetragen.«

»Ich habe noch nie etwas so Unsinniges –«, begann der Kanzler empört.

»Es ist von großer Bedeutung«, fiel Gil ihm ins Wort. »Glaubt mir, es steht in direktem Zusammenhang mit den Dunklen.

Ich nehme an, jedermann weiß, daß das Eis im Norden sich ausbreitet – und zwar sehr langsam. Aber das Eis bewegt sich immerhin um einige Zentimeter im Jahr in Richtung Süden. Kta und Mondschatten sagen übereinstimmend, daß es in manchen Jahren sogar mehr ist. Auf den ältesten Karten des Reiches liegt das Nordwallgebirge deutlich zwanzig bis dreißig Meilen südlich des Eises. Inzwischen ist es fast vollständig vom Eis bedeckt. In den Legenden der Weißen Räuber heißt es, daß sich das Eis zurückzog und die nördlichen Ebenen, die ihre erste Heimat waren, freigab. Das muß, wenn man die Generationenfolge betrachtet, vor ungefähr zweitausendfünfhundert bis zweitausend Jahren gewesen sein, also genau zu dem Zeitpunkt, als hier in der Festung die ersten Aufzeichnungen nach dem Verschwinden der Dunklen entstanden.

Die Zeit Davor aber war nicht kalt. In den Kristallen kann man sehen, daß ein sehr warmes Klima herrschte und tropische Pflanzen in den Lagunen um Gae wuchsen. Die Menschen waren leicht gekleidet, und es gab jene buntschillernden Vögel, die man jetzt nur noch in den Dschungeln von Alketch findet. Minaldes Erinnerungen aber – die Erinnerungen, die sie als Abkömmling des Hauses Dare geerbt hat – sind Erinnerungen an Schneestürme, die den Paß begruben – zweihundert Meilen südlich vom tropischen Gae! Der Umschwung kam so plötzlich, daß einige der Flüchtlinge, die in den nördlichen Bergen Zuflucht suchten, noch sommerliche Kleidung und Sandalen trugen. Und ich glaube«, bemerkte Gil, »daß sich dasselbe zur Zeit wiederholt.

In den Büchern, die Alde aus Karst mitgebracht hat, sind Kleider beschrieben, die man heute *unmöglich* tragen könnte – dünne Seiden- und Mousselinstoffe. Und die Menschen in den Romanen verbringen einen Großteil ihrer Zeit damit, sich Kühlung zu verschaffen. Selbst Leute wie Ingold und Govannin, die Gae vor dreißig oder vierzig Jahren kannten, bestätigen das. Heute herrscht in Gae ein ziemlich gemäßigtes Klima, aber ursprünglich war Karst eine Sommerfrische, ein Ort, an dem man vor der Hitze Zuflucht suchte. Ich habe auch gehört, daß die Moskitos in Gae früher eine wahre Plage waren; inzwischen ist es nicht mehr schlimmer als anderswo. Und nun sind in diesem Jahr Mammuts in den Flußtälern gesichtet worden, wo es sie schon seit siebenhundert Jahren nicht mehr gibt. Rudy und Ingold sind auf ihrer Wanderung durch die Wüste von einem Eissturm überrascht worden – dreihundert Meilen südlich vom südlichsten Ort, an dem je ein Eissturm beobachtet wurde. Ist es nicht so, Thoth?«

»Das ist richtig«, bestätigte der Schlangenmagier.

»In diesem Winter«, fuhr Gil fort, »war der Sarda Paß wochenlang vollkommen zugeschneit. Aus den Aufzeichnungen von Gae und Renweth geht dagegen hervor, daß der Paß früher selbst mitten im tiefsten Winter nie länger als ein paar Tage zugeschneit war. Doch innerhalb der letzten zwanzig Jahre war der Paß viermal unpassierbar durch den Schnee. Das erste Mal vor genau zwanzig Jahren – im selben Jahr, als Ingold in der Wüste von Gettlesand beobachtete, daß die Dunklen auf der Erdoberfläche jagten.«

»In jenem Jahr hat es in Penambra geschneit«, fiel Blid, der Wahrsager, plötzlich ein. »Es hatte noch nie zuvor dort geschneit, danach dagegen noch zweimal.«

»In Ippit gab es eine Epidemie«, sagte Kara. »Ich war noch ein Kind, aber Mutter sagte immer, daß die Kälte daran schuld sei.«

»Uns fiel die ungewöhnliche Zunahme von Hungersnöten und Krankheiten auf«, warf Ungolard ein, und seine Ohrringe blitzten auf, als er den Kopf hob. »Ich besuchte damals die Astrologenschule in Khirsrit. Diese Dinge wurden bemerkt, aber es gab keine Erklärung dafür.«

»Mein Großvater verschwand in jenem Winter spurlos«, flüsterte Ilae und blickte von der Katze auf, die sie streichelte. »Mein Onkel erzählt, daß er eines Abends hinausging, um nach den Schweinen zu sehen, und nie wieder zurückkam.«

»Ich glaube«, erklärte Gil bedächtig, »daß wir es mit einem klimatischen Zyklus zu tun haben – einem Wechsel von heißen und kalten

Perioden, der vom Wachsen und Rückzug des Eises im Norden abhängig ist. Das Eis muß gar nicht sehr weit südlich wandern, um das Klima zu verändern. Und wenn die Temperaturen zu lange Zeit niedrig bleiben, beginnt das Moos in den Brutstätten der Dunkeln einzugehen. Die Herden beginnen zu sterben. Und dann beginnen die Dunklen, auf der Erdoberfläche zu jagen.«

Sie rollte das Pergament zusammen, legte es auf den Tisch zurück und faltete die Hände darüber.

»Vor zwanzig Jahren gab es einen kurzen Kälteeinbruch. Ich glaube, daß sich das Klima seit mindestens hundert Jahren beständig abkühlt. Der Kälteeinbruch machte sich nur in den ungeschütztesten Brutstätten in Gettlesand, auf den Ebenen und im Hohen Norden bemerkbar. Die Kälteperiode, in der wir uns jetzt befinden, betrifft alle nördlichen Brutstätten – in Gae, Quo, Dele und Penambra. Es ist nur eine Frage der Zeit, wann die Herden auch in den Brutstätten im Süden auszusterben beginnen.

Und damit haben wir die Antwort.« Gil zuckte die Achseln und ließ den Blick über die Gesichter der Anwesenden schweifen. »Die Antwort ist, daß es keine Antwort gibt. Wir haben keinen Hinweis darauf gefunden, daß Dare von Renweth überhaupt gegen die Dunklen zu Felde gezogen ist. Die damalige Kälteperiode dauerte sechs- bis siebenhundert Jahre. Die gegenwärtige könnte ebenso lange dauern. Die Dunklen werden verschwinden, wenn das Wetter wieder wärmer wird und die Herden wieder zu Kräften kommen – vorher nicht.«

»Das ist eine Lüge!« Alwirs Stimme zischte wie ein Peitschenschlag über ihre Worte. Mit wutverzerrtem Gesicht sprang er auf. »Das ganze Gerede um Kälte und Wärme ist vollkommener Unsinn! Törichtes Geschwätz und Verrat an den Verbündeten des Reiches! Die Welt ist die Welt, die Erde ist die Erde. Sie ist fest und unerschütterlich. Die Sonne hat ihre Umlaufbahn, und die Erde ihre Form. Eure Behauptung, die Sonne würde kälter oder die Westliche Welt sei von Sümpfen bedeckt gewesen, ist völlig unmöglich!«

»Aber nein«, widersprach Gil unvorsichtig. »Nur weil etwas erschaffen ist, bedeutet das nicht, daß es unveränderlich sein müßte. Seht Euch den Körper eines Menschen an. Er verändert sich und wird alt, ein Bart wächst ihm, oder er verliert Haare, er nimmt zu oder ab –«

»Betreibt keine Haarspalterei mit mir, junge Frau!« brüllte der Kanzler und baute sich vor ihr auf wie ein wütender Bär. »Dieser Unsinn über Frauenmode und Steine, Pflanzen und Schnee – pah! Welchen Beweis habt Ihr, daß das alles etwas mit dem ersten Aufsteigen der Dunklen zu tun hat?«

»Aldes Erinnerungen . . .«, begann Gil – und verstummte. Dies zumindest war eine Informationsquelle, die sie nicht preisgeben durfte. Besonders jetzt nicht, da Alde sich entschlossen hatte, ihrem Bruder die Stirn zu bieten und bis zu einem gewissen Maß ihre Macht in der Festung auszuüben. »Die Kristalle . . .«, setzte sie erneut an.

»Erzählt mir nichts davon, solange Ihr keine Ahnung von diesen Zeiten habt!« fuhr Alwir sie höhnisch an. »Die Frauen wären nackt im Schneesturm herumspaziert, wenn die Mode es vorgeschrieben hätte! Und was deine Erinnerungen betrifft, meine liebe Schwester . . .« Er beugte sich nieder und bedachte die junge Frau, die mit schweigend gesenktem Kopf neben Gil saß, mit einem vernichtenden Blick. »Du weißt genauso gut wie ich, daß die Erinnerungen des Hauses Dare sich nur an die männlichen Nachkommen vererben. Eine Abweichung vom Gewohnten, die sehr gelegen kommt«, fuhr er fort und wandte sich zu Ingold um, der an Gils Seite getreten war. »Und wie großartig sie die Richtigkeit Eures Standpunktes beweist!

Ich soll also die Rückeroberung der Welt und das Bündnis, das unsere Zivilisation verjüngen wird, aufgeben, nicht etwa, weil Ihr und Euer liebestoller Schüler die Macht im Reich untereinander aufteilen wollt, auch nicht, weil im Kaiserreich ein Preis auf Euren Kopf ausgesetzt ist, seitdem Ihr aus der Sklaverei geflohen seid, oder weil meine Schwester sich weigert, einen wahren Mann zu heiraten, und die Verbündeten es nicht dulden würden, Euresgleichen im Besitz der Macht zu sehen – sondern weil Eure Schülerin voraussieht, daß die Dunklen Alketch zerstören werden und zwar aufgrund von Vermutungen, die sich auf die Mode der Damenwelt gründen!«

Er trat auf Gil zu und riß ihr die Pergamentrolle aus den Händen. Dann riß er das Papier auseinander, schnellte herum und warf die Teile ins Feuer. »Hier habt Ihr meine Antwort. Wo befinden sich die Aufzeichnungen, aus denen Ihr diese sogenannten Tatsachen entnommen habt?«

Außer sich vor Wut angesichts der Vernichtung ihrer wissenschaftlichen Notizen trat Gil auf ihn zu. Doch eine starke Hand hielt sie zurück, und es war Ingolds ruhige, rauhe Stimme, die antwortete.

»Sie befinden sich im Archiv der Kirche, Alwir«, erklärte er. »Ich habe sie alle Bischöfin Govannin anvertraut.«

»*Was* habt Ihr getan?«

»Ich fürchtete, daß etwas mit ihnen geschehen könnte«, gab der Zauberer zurück, ohne sich durch das zornrote Gesicht des Kanzlers aus der Ruhe bringen zu lassen. »Die verehrte Frau Bischöfin hütet ihre Bibliothek recht – sorgfältig.«

Alwir brachte einen Augenblick lang kein Wort heraus; seine Züge waren verzerrt von dem Zorn des Menschen, der um das betrogen wird, was er für seine ureigene Sache gehalten hat. Erschrockenes Schweigen hatte sich über den Gemeinschaftsraum gesenkt; der Atem des Kanzlers ging heftig und schwer, als wäre er gerannt.

»Also gut«, sagte er schließlich. »Man hat mich gewarnt, und vielleicht habe ich mir das alles selbst zuzuschreiben. Nachdem ich Euch und diese armselige Bande von Vagabunden, die Ihr Euren Nachrichtendienst nennt –« Mit weitausholender Handbewegung deutete er auf die Magier, die erstarrt und sprachlos auf ihren Plätzen um den Tisch saßen. »– aufgenommen und von den Rationen meines eigenen Haushalts ernährt habe, hätte ich vielleicht etwas Besseres als diesen Verrat erwartet; aber es scheint, daß man auf das Unerwartete vorbereitet sein muß, wenn man es mit Euch zu tun hat, Ingold Inglorion.

Was die anderen betrifft«, fuhr er mit einem Blick in die Runde fort, »so seid Ihr immer noch meine Diener. Ich erwarte von Euch, daß Ihr als solche Eure Aufgabe bei der Vernichtung der Brutstätte gemäß der Absprache erfüllt. Danach könnt Ihr nach Belieben kommen oder gehen. Aber ich sage Euch eins: wenn mir ein Wort von dem, was heute nacht hier besprochen wurde, zu Ohren kommt, oder wenn die lächerliche Behauptung, daß die Dunklen sich in Alketch erheben werden, vor unseren Verbündeten oder irgendeinem anderen wiederholt wird, dann überantworte ich Euch alle der Gnade des Inquisitors. Und glaubt mir, in diesem Fall wäre es besser für Euch, Ihr wäret nie geboren worden.«

Sein Blick wanderte drohend über die versammelten Magier und blieb dann an Ingold hängen. »Und was Euch und diese alberne Gans betrifft –« Die Worte blieben ihm im Halse stecken.

Gil spürte Ingolds Reaktion wie eine Welle brodelnder Hitze, obwohl sie keine Veränderung an dem alten Mann an ihrer Seite hätte nennen können. Doch die Macht, die von ihm ausströmte, war wie ein Strudel von Kraft, der Zorn eines Erzmagiers wie der unverhüllte Kern einer furchtbaren Energie. Alwir wich mit wachsbleichem Gesicht davor zurück.

»Verehrter Herr Alwir«, ertönte die leise, rauhe Stimme des Magiers, »diese meine Kinder sind nicht Eure Diener, und Ihr werdet auch nichts gegen sie oder diese junge Frau unternehmen.«

Alwir befeuchtete seine trockenen Lippen, doch er schien unfähig, einen Ton hervorzubringen. Angstschweiß glänzte auf seiner Stirn und seinen Wangen. Ebenso wie Gil hatte er zwar gewußt, daß Ingold der Erzmagier des Westens war, aber nicht verstanden, was das bedeutete.

Ingolds Stimme war der einzige Laut in der erschrockenen Stille des Raumes. »Ihr könnt wie ein Narr handeln, wenn es Euch gefällt, gnädiger Herr. Aber gebt Euch nicht dem trügerischen Glauben hin, ich würde aus Angst oder Achtung vor Euch oder Eurer Politik handeln. Was ich tue, tue ich für das Wohl dessen, was von der Menschheit übriggeblieben ist. Wenn Ihr etwas an mir auszusetzen habt, dann sagt es mir; denn wenn Ihr auch nur einem der Anwesenden hier etwas zuleide tut, wird Euch das schlecht bekommen. Und nun laßt uns allein.«

»Ihr . . .« stieß der Kanzler heiser hervor, doch die Worte erstarben ihm auf den Lippen. Sein Gesicht war zu einer gräßlichen Grimasse der Angst verzerrt.

»Hinaus.«

Der Kanzler zuckte zusammen wie unter einem Schwerthieb. Er wich langsam zur Tür zurück; doch die Zurückgebliebenen hörten in der Stille des Gemeinschaftsraums, wie er in der Dunkelheit der Gänge in Laufschritt fiel.

Die Kraft, die die Luft im Raum versengt hatte, verblaßte langsam wie ein Sonnenuntergang. Gil hatte sich nicht gerührt; sie war in Ehrfurcht erstarrt vor dem Mann, der an ihrer Seite stand. Jetzt wandte sie sich ihm zu und sah, wie die länger werdenden Schatten in dem verblassenden magischen Licht die Linien in seinem Gesicht vertieften.

Kta war der erste, der mit seiner schrillen Stimme das Schweigen brach. »Das wird er Euch nie verzeihen.«

Ingold seufzte und schloß die Augen. »Er hätte mir ohnehin nie verziehen.«

Gil legte die Hand auf seinen Arm und führte ihn zu dem thronartigen Stuhl, auf dem Alwir zuvor gesessen hatte. Thoth trat zu ihnen und legte ihm seine schmale, tintenverschmierte Hand auf die Schulter.

»Ihr seid müde«, sagte der Schlangenmagier mit seiner trockenen, alten Stimme. »Ihr solltet schlafen gehen.«

Die anderen Magier verließen langsam den Raum und unterhielten sich leise und furchtsam über das, was geschehen war. Am anderen Ende saßen Rudy und Alde Seite an Seite noch am Tisch. Der letzte Schimmer des magischen Lichts wich dem rötlichen Schein des Feuers.

Nach einer Weile hob Ingold den Kopf und blickte zu Gil auf. »Es tut mir leid, Kind«, sagte er leise. »Du hast hart gearbeitet. Und ich bin überzeugt, daß du die richtige Erklärung für das Problem des Dunklen gefunden hast.« Er faßte sie bei den Händen. »Ich danke dir.«

Die Stille war schwer von unausgesprochenen Worten. Gil sah ihm ins Gesicht, und sie war überwältigt von Angst um ihn und dem Gefühl, daß die Schatten sich um ihn zusammenzogen und verdichteten. Wohin konnte er sich wenden? Im Schutz der Festung bedrohte ihn Alwir, draußen die Dunklen.

»Jedenfalls wird es schon morgen nicht mehr dein Problem sein«, murmelte der Zauberer. »Morgen ist das Winterfest. Es steht dir frei, gefahrlos in deine Welt zurückzukehren. Ich werde dich bei Sonnenaufgang durch das Nichts zurückschicken – es sei denn, du bleibst noch lange genug hier, um das Winterfest mit mir zu feiern.«

Er sprach mit sehr leiser Stimme, seine Worte waren nicht für die anderen bestimmt, die sich noch in dem düsteren Gemeinschaftsraum aufhielten. Um seinen Mund lag ein scharfer Zug, als müßte er ihn gegen eine heftige Gefühlsregung verschließen. Gil kämpfte gegen das Bedürfnis an, ihm über das wirre, seidige Haar zu streichen.

Sie sagte stattdessen mit lebhafter Stimme: »Bist du immer noch entschlossen, mit den Truppen nordwärts zu marschieren, obwohl du genau weißt, daß die Dunklen dich suchen?«

»Natürlich . . .« begann er, dann besann er sich einer Betonung in ihrer Stimme und sah sie aufmerksamer an, » . . . nicht«, setzte er hinzu. »Natürlich nicht.«

Thoth warf ihm einen überraschten Blick zu, doch Ingold kam seinen Worten zuvor. »Nein, ich werde hier in der Festung bleiben. Nach dem heutigen Abend sehe ich keinen Grund, den Dunklen den Gefallen zu tun, mich von ihnen zerfleischen zu lassen. Mach dir keine Sorgen um mich, mein Kind. Ich werde mich nicht in Gefahr begeben.«

Gil nickte. »Das freut mich zu hören«, sagte sie. »Obwohl wir anderen, die wir an dem Angriff auf die Brutstätte teilnehmen, es dadurch schwerer haben werden.«

»Es gibt keinen Grund für dich, dein Leben in Gefahr zu bringen«, entgegnete er scharf.

»Aber Ingold, du kannst doch nicht erwarten, daß ich am Vorabend des Unternehmens fortgehe, ohne zu wissen, wie es ausgeht.«

»Das kann ich sehr wohl, besonders da du besser als irgend ein anderer weißt, daß es sehr wahrscheinlich mit deinem Tod enden wird. Du weißt, wie schlecht unsere Chancen stehen . . .«

»Ich weiß«, erklärte sie boshaft, »wie schlecht unsere Chancen stehen, wenn du in der Festung zurückbleibst. Die Garde braucht jedes Schwert.«

Sie fing einen erstaunten Blick von Rudy auf, dem dieser Plan völlig neu war. Tatsächlich war er auch für sie selbst völlig neu.

Ruhig fuhr sie fort: »Du selbst hast mich gelehrt, diejenigen, die ich liebe, nicht im Stich zu lassen, selbst wenn ihre Sache vielleicht hoffungslos ist.«

Er betrachtete sie lange wortlos, ein einziges Mal in seinem Leben um eine Antwort verlegen. Seine Hände schlossen sich fester um die ihren, seine Züge drückten einen heftigen Widerstreit von Gefühlen aus.

Schließlich sagte er: »Hat dir schon einmal jemand gesagt, wie unziemlich es für die Jugend ist, Ältere zu überlisten?«

Gil schüttelte den Kopf mit großen, unschuldigen Schulmädchenaugen. »Nein.«

»Dann laß es dir von mir gesagt sein«, fauchte er.

»Ja.«

»Geh jetzt zu Bett. Und Gil . . .«

Sie wandte sich noch einmal zu ihm um.

»Du hast mich nie gebraucht, um diese Art von Treue zu lernen, Gil.«

»Ich habe dich gebraucht, um sie verstehen zu lernen.«

Mit diesen Worten wandte sie sich ab und schritt rasch in die Dunkelheit hinaus. Sie fühlte sich erschöpft und benommen, und doch merkwürdig ruhig.

»Meint Gil es wirklich ernst?« Alde zog den schwarzen Pelzumhang dichter um die Schultern. Obwohl die Sonne seit Wochen zum erstenmal fahl und klein am Himmel stand, war die Luft eiskalt. Sie trat an Rudys Seite aus dem Torweg ins Freie, und sie stiegen durch das dichte Menschengedränge die Treppe hinunter. Von den dichtstehenden Ständen aus Tannenästen und zerlumpten, bunten Planen, die zwei Seiten der Wiese säumten, wehte eine kalte Windbö Stimmen und Musik zu ihnen herüber.

»Natürlich meint sie es ernst.« Rudy warf Alde einen erstaunten Blick zu.

»Aber sie könnte getötet werden.«

Der Pfad, der zu dieser Wiese führte, war von den vielen Menschen, die seit dem Morgen darübergewandert waren, aufgewühlt. Rudy legte Alde den Arm um die Schultern, um sie zu stützen. Tir lugte, eingemummt wie ein kleines schwarz-weißes Bündel, mit großen Augen aus ihrem Umhang hervor und brabbelte, glücklich über den Lärm und das Gedränge, vor sich hin.

»Ich habe nicht alles verstanden, was sie gestern abend gesagt hat«, fuhr Rudy fort, »aber in einem hat sie recht. Sie kann nicht fortgehen, ohne zu wissen, ob ihre Freunde am Leben bleiben.«

»Nein«, stimmte Alde ihm zu. »Aber sie ist diejenige, die diesen Bericht geschrieben hat. Sie weiß besser als alle anderen, daß die Menschen die Dunklen niemals besiegt haben. Sie weiß, wie hoffnungslos das Ganze ist.«

»Und das sagst du dem Mann, der die Geheimwaffe unserer Truppen erfunden hat«, rief Rudy mit gespielter Entrüstung aus.

Als sie an den Buden angekommen waren, legte Alde Rudy die Hand auf den Arm und hielt ihn an; süßer, festlicher Geruch und die Klänge fröhlicher Musik wehten in einem betäubenden Gemisch von der Wiese herüber. »Glaubst du immer noch, daß Dare von Renweth die Dunklen mit den Flammenwerfern besiegt hat?«

»Nein, Liebes, das glaube ich nicht«, antwortete er sanft. »Ich habe es nie wirklich geglaubt. Ich glaube, die Zauberer waren noch mit ihrer Entwicklung beschäftigt, als sie verschwanden und die Laboratorien versiegelt wurden. Aber das heißt nicht, daß Alwirs Plan fehlschlagen muß. Wenn wir die Brutstätten ausräuchern können – wenn es uns gelingt, die Brut zu vernichten –, dann ist es mehr, als Dare je zustande gebracht hat.«

Die Anziehung des Festes übte ihre Wirkung auf Tir aus. Er stemmte sich gegen die Arme seiner Mutter und erklärte eigensinnig: »Lade! Lade!«

Alde hielt die kleine Hand fest, die an ihren Haaren zog. »Schon gut, mein Kleiner, ich hole dir Schokolade.« Sie blickte mit ernster Miene zu Rudy zurück. »Warum sind die Zauberer damals nur verschwunden?« fragte sie leise. »Was ist mit ihnen geschehen?«

Tir zupfte ungeduldig an ihrem Haar und rief: »Ad!« Er deutete auf Tad, den Herdenjungen, der mit einem Schwarm anderer Waisenkinder vorüberstürmte. Seit dem Aufenthalt unter den Festungswaisen betrachteten sie ihn als einen der Ihren, und Winna hatte ihm, genau wie allen anderen, zum Fest eine Füllhaube gestrickt. Tir fühlte sich unter dieser

Bande streunender Kinder pudelwohl, und Alde überließ ihn ihrer Obhut.

Hand in Hand stürzten sich Alde und Rudy in den Festtagstrubel.

Das Winterfest war das Fest der Erneuerung des Lebens; selbst die Angst vor den Dunklen und der Zusammenbruch der Zivilisation konnten die Freude an der Wintersonnenwende nicht ganz auslöschen. Auf der Wiese zwischen den beiden langgestreckten Standreihen spielte eine Kapelle, umringt von tanzenden Paaren, die sich im knöcheltiefen Schlamm drehten. Rauchgeruch und Kindergeschrei erfüllten die Luft. Nahrungsmittel waren knapp in der Festung, doch einige Streifzüge in die zerstörten Dörfer der überschwemmten Flußtäler hatten erstaunliche Dinge zutage gebracht. Melantrys und ihre Truppen hatten gewaltige Mengen Blaues Verderben gebraut und boten ihn an einem eigenen Stand feil. In einer der Buden drehte sich ein Glücksrad unter der Aufsicht von Impie Stooft, der kräftigen blonden Witwe des wenig betrauerten Bendle Stooft. In einer anderen sagte Blid, der Wahrsager aus Penambra, die Zukunft voraus, und Dakis, der Sängerknabe, spielte auf seiner Laute.

Die Soldaten aus Alketch waren auf Befehl ihres Kommandanten Vair in ihrem Lager geblieben. Es war wohl eher das Verschwinden des Botschafters Stiarth als die Sorge um den Frieden zwischen den Verbündeten, das Vair zu dieser Anordnung veranlaßt hatte, und Rudy war froh, daß es keinen Anlaß gab, einen Aufstand zwischen den Festungsbewohnern und Südtruppen zu befürchten.

So schlenderte er also mit Alde an diesem letzten gemeinsamen Nachmittag friedlich durch die lärmende Menge, und sie tranken heißen Gin mit Wasser und aßen Honigkonfekt wie ein ausgelassenes junges Pärchen. Es war Sitte, den Kindern Geschenke zum Fest zu machen, und selbst die Penambraner, die nur mit den Fetzen, die sie am Leib trugen, den Dunklen entkommen waren, hatten diesen Brauch beibehalten und ihre Kinder mit Kleinigkeiten wie bemalten Walnüssen und Lumpenpüppchen beschenkt. Rudy hatte Tir nach reiflicher Überlegung und zum Entzücken des Kindes seine Motorradschlüssel geschenkt. Er wußte, daß er sie nie wieder benutzen würde.

Rudy konnte sich nicht erinnern, Alde jemals so schön gesehen zu haben. Eine Strähne ihres dunklen Haares hatte sich aus den schweren Flechten gelöst und fiel ihr ins Gesicht, und sie lachte ihn aus der Tiefe ihrer blauen Augen stahlend an. Die leuchtenden Farben des Adlers auf ihrer bemalten Weste hoben sich flammend vom Kirschrot ihres Samtrockes ab.

Auf der Wiese spielte die Kapelle einen ausgelassenen Rhythmus, und die Tänzer einer wilden Quadrille wirbelten in die Arme ihrer ursprünglichen Partner zurück, während die Zuschauer riefen: »Küßt sie! Küßt eure Partner!« Die Männer forderten ihren Tribut von den zerzausten, erhitzten Frauen.

Rudy sah Gil, die am Rande des Tanzplatzes stand und belustigt zuschaute, während der Eisfalke stehenblieb, um scherzhafte Beleidigungen mit ihr auszutauschen. Ihm fiel auf, daß der Eisfalke einige neue Knochen seiner Sammlung hinzugefügt und sie in sein weißblondes Haar geflochten hatte. Er stellte mit Unbehagen fest, daß sie ziemlich frisch aussahen.

Alde zupfte Rudy lachend am Ärmel. »Laß uns tanzen!«

»Ich kann nicht tanzen!« wehrte er ab.

»Natürlich kannst du!« widersprach sie, und ihre Wangen waren vom Alkohol und von der Kälte gerötet. »Hör nur, sie spielen mein Lieblingsstück . . .«

Auf dem Tanzplatz stellten sich Männer und Frauen in Zwölfergruppen auf. Hier und da ertönte der Ruf: »Hierher! Wir brauchen noch Paare!«

Rudy sah, daß Ingold sich zu Gil gesellt hatte, die errötend den Kopf schüttelte, und er hörte die sanfte, rauhe Stimme des Zauberers: »Du wirst mir doch nicht den ersten Tanz abschlagen, um den ich seit fünfzehn Jahren bitte, oder?«

Sie brach in unerwartetes Gekicher aus. Ingold schlang den Arm um ihre Schultern und zog sie in den Kreis der Tänzer. Alde hakte sich bei Rudy ein und rief: »Komm schon!« Der Eisfalke führte eine seiner zahlreichen Freundinnen auf den Rasenplatz. Maia von Penambra, der das stille, rothaarige Hexenkind Ilae hinter sich herzog, gesellte sich zu ihnen.

»Komm!« bat Alde hartnäckig, und Rudy ließ sich von ihr in den Kreis der Tänzer ziehen. Sie winkte mit der Hand und rief den Umstehenden zu: »Es fehlt noch ein Paar!« Tomec Tirkenson richtete sich in der Menge auf, legte Kara von Ippit den Arm um die Taille und schob die widerstrebende Frau zu der Gruppe.

Rudy seufzte. »Also gut. Du mußt mir sagen, was ich zu tun habe.«

»Ach, sei nicht so ein Angsthase. Es ist ganz einfach.«

Es war keineswegs einfach.

Rudy rief ihr über die Schulter zu: »Du hast mich angelogen!« Doch während sie ihm aus Ingolds Armen mit den Augen zulächelte, wurde er schon herumgewirbelt. »Tut mir leid!« keuchte Gil, als er sie losließ und ihre Hand faßte, dann war sie schon wieder verschwunden.

Die Musik und vielleicht auch der Gin gingen ihm wie Feuer durch und durch, schärften seine Sinne und veränderten sein Zeitgefühl. Ihm war zumute, als wäre er in alle Tänzerinnen gleichzeitig verliebt – in Kara, die sich mit unerwarteter Anmut in seinen Armen drehte, und in Gil, die ihn mit ihren roten Wangen und ihrem Gekicher in Erstaunen versetzte.

Der Geruch nach Schnee und Tannen machte ihn ebenso benommen wie der Gin, dem er reichlich zugesprochen hatte. Der gurgelnde

Schlamm unter seinen Füßen bereitete ihm Vergnügen. Hände streckten sich nach ihm aus – lange Hände, narbenbedeckte Hände, schmale, zarte oder knochige Hände. Blondes, rotes und schwarzes Haar flog im Strudel der Musik schneller und schneller, und die Menge lachte und jauchzte, während vertraute und weniger vertraute Gesichter an ihm vorüberwirbelten.

Dann lag Alde, die biegsame Leichtigkeit ihres Körpers an ihn geschmiegt, wieder in seinen Armen. Jemand hielt ihm eine Flasche mit gewürztem Blauen Verderben und Wasser entgegen, und Rudy nahm einen tiefen Schluck zwischen zwei keuchenden Atemzügen. Rufe wurden laut: »Küßt sie, Männer! Sie haben es verdient!«

Er sah lachend auf die Frau hinunter, deren Kopf in seine Armbeuge geschmiegt war. Ihr schwarzes Haar hatte sich gelöst und floß über die leuchtend bunte Weste hinunter. Sie warf ihm einen aufmunternden Blick zu, und er zog sie fest an sich. Ihre Lippen schmeckten nach Honigfrüchten und Gin und der verführerischen Süße der Leidenschaft. Sie legte die Hände um seinen Nacken, und ihre Finger zausten sein Haar. Die Menge applaudierte begeistert, und eine Ewigkeit lang gab es nichts und niemanden um ihn als das Feuer des Tanzes in seinem Blut und die Wärme der Frau in seinen Armen.

Und dann war es plötzlich totenstill um sie herum.

Rudy blickte erschrocken auf. Er sah, daß die Menge zurückgewichen war, und allein in ihrer Mitte stand der Mann mit dem dunklen, ausgehungerten Gesicht und den stahlgrauen Augen, dem er in der Brutstätte der Dunklen begegnet war!

Rudy war so verblüfft über seinen Anblick, daß er sich einen Augenblick lang fragte, ob er sich nicht irrte. Ein zweiter Blick verriet ihm, daß der Gefangene der Dunklen gerade von der Straße, die zu den tiefergelegenen Tälern führte, heraufgekommen sein mußte. Er erfaßte mit einem verwirrten Blick ein hageres Totenschädelgesicht, dunkle Wolfsaugen, eine zottige, graue Haarmähne und die schwarzen, schmutzigen Lumpen, mit denen der Fremde bekleidet war.

Und unter den schlammverkrusteten Kleiderfetzen blitzten die zerrissenen Überreste eines goldenen Adlers hervor, der auf dem Wappenrock aufgestickt war, ein Adler wie der, den Rudy auf Aldes Weste gemalt hatte.

Der Adler des Hauses Dare.

Das alles nahm Rudy in wenigen Sekunden der Verwirrung auf, während Alde in seinen Armen wie versteinert war. Dann schob sich jemand an ihm vorbei.

Ingold fiel vor dem Fremden auf die Knie und verneigte sich vor ihm, wie er es noch niemals in Rudys Gegenwart vor einem Menschen getan hatte.

Der Fremde legte Ingold die Hand auf die Schulter. Doch seine brennenden Augen senkten sich nicht zu ihm hinunter. Sein kalter

Wolfsblick schweifte über die Menge, die Festung und Minalde – und nahm alles wie ein Fremder auf. Ingold erhob sich und ergriff die Hand des Mannes.

»Eldor«, flüsterte er.

Elftes Kapitel

»Ist er es?« fragte Rudy.

Ingold antwortete nicht sofort. In dem schwarzen Nebel, der das Tal jetzt wie ein Wolkenmeer erfüllte, klangen alle Geräusche verändert; einige wurden gedämpft, andere wieder mit einer eigenartigen Deutlichkeit hervorgehoben, so daß das Klirren eines Geschirrs oder das Schnauben eines Pferdes lauter war als das Gemurmel der Menschenreihen, die unter ihnen auf der Wiese, unsichtbar im dichten Nebel, Aufstellung genommen hatten.

»Du meinst, ob die Dunklen ihn wie Lohiro benutzen?« Der Zauberer schüttelte bedächtig den Kopf. »Nein. Und er ist auch nicht im gewöhnlichen Sinn des Wortes wahnsinnig.«

Rudy schauderte. Er hatte die Augen des Hohen Königs am Tag des Winterfestes gesehen und auch am Vortag in jenem entsetzlichen Durcheinander von Treueerklärungen, unausgesprochenen Vorwürfen und Ergebenheitsschwüren. Und eines war ihm dabei klar geworden: was immer König Eldor Andarion sein mochte, normal war er nicht.

Kein Wunder. Die abscheuliche, feuchtkalte Dunkelheit der Brutstätte tauchte vor ihm auf wie in zahllosen vergangenen Träumen; er versuchte sich unter Schaudern vorzustellen, wie es sein mochte, dort unten ohne Hoffnung auf Rettung gefangen zu sein . . .

»Hat er gesagt, wie es ihm gelungen ist, zu entkommen?«

Ingold wandte ihm das Gesicht zu; im Schatten zwischen der heruntergezogenen Kapuze und dem dicken grauen Schal blitzten seine Augen silbern auf. »Er sagte, er wäre dir gefolgt, Rudy. Er kannte sich in der Brutstätte bestens aus – schließlich befand er sich zu diesem Zeitpunkt bereits fast vier Monate dort unten.«

Wie ein Geisterheer versammelte sich die Magiertruppe, so gut wie möglich gegen die Kälte des Morgens geschützt, um sie. Aus weiter Ferne glaubte Rudy das Klirren von Geschirr und Kettenpanzern und das scharfe Knirschen von Stiefeln im Schnee zu hören. Das Heer aus Alketch war wohl im Anmarsch. Vor den Toren der Festung brannten Fackeln schmutziggelb im Nebel.

Ingold fuhr ruhig fort: »Wir hatten natürlich das Seil zurückgelassen. Ich verstehe nicht, warum niemand so etwas geahnt hat. Niemand hat seine Leiche gesehen. Dem Eisfalken und seinen Leuten gelang es nur, etwa die Hälfte der Menschen zu retten, die in der letzten Schlacht von den Dunklen fortgeschleppt worden waren. Wenn man es bedenkt, war die Tatsache, daß wir Eldors Schwert in der Hand eines Toten gefunden haben, ein sehr magerer Beweis.«

»Vielleicht wollten die Leute lieber glauben, er sei tot als – dort unten.«

Ingold nickte. »Ja, das stimmt.« Er sprach langsam und undeutlich, wie ein zu Tode Erschöpfter. Es war das erste Mal, daß Rudy seit jenem schrecklichen Nachmittag mit dem alten Mann redete, und er bezweifelte, daß Ingold seither Schlaf oder Ruhe gefunden hatte.

Er hatte Alde nicht mehr gesehen, seit sie sich aus seinen Armen gewunden hatte und vor ihrem Mann auf die Knie gefallen war. Er sah sie noch vor sich, wie ihr dunkles Haar über die buntgefärbte Weste geflossen war und ihre roten Röcke sich wie Blut vom Schnee abgehoben hatten. Dann war Alwir plötzlich wie aus dem Nichts mit ausgestreckten Händen aufgetaucht und hatte gerufen: »Gnädiger Herr, ich habe ihnen ja gesagt, daß Ihr nicht tot sein könnt.«

Und seine Augen waren ausdruckslos wie eine Maske gewesen.

Nebelschwaden umwehten Rudy. Die Gardisten stiegen die Treppe hinunter und nahmen ihre Stellungen ein. Sie waren Sturmtrupp und Nachhut der Einheiten aus Darwath. Vair na Chandros hatte eine eigene Sturmtruppe unter seinem Kommando. Stiarth von Alketch war nie wieder gesehen worden.

Gils Gesicht sah hart und fremd aus unter der Kettenhaube, die sie trug. Sie hatte die Hände leicht in den Schwertgürtel eingehakt und scherzte mit Seya und dem Eisfalken, als hätte sie nie ein anderes Leben gekannt als das einer Kriegerin. Die bevorstehende Schlacht würde ihre letzte sein; wenn sie sie überlebte, hatte sie ihren Treueschwur gegenüber der Garde abgeleistet und würde nach Kalifornien zurückkehren.

Weiter Einheiten zogen vorüber; Melantrys mit ihrer Feuertruppe und Tomec Tirkenson, der an Maias Seite zu ihren Heimattruppen schritt, die neben dem Kirchenheer Aufstellung genommen hatten. In der gelbbeleuchteten Toröffnung tauchte, in ihre rote Kutte gehüllt, die hagere Spinnengestalt der Bischöfin Govannin auf; an ihrer Seite stand finster der Inquisitor Pinard.

Eine Stimme bellte Befehle. Der schwere Schritt von Marschierenden klang jetzt näher, und dann traten die Soldaten von Alketch Reihe um Reihe unter den Bäumen hervor.

Rudy erkannte im nebligen Zwielicht die massigeren Umrisse der berittenen Offiziere, den matten Goldschimmer der polierten Kettenpanzer, die blitzenden gebogenen Metallhaken, das nervöse Spiel der Pferdeohren und die starre Spitze auf dem Helm des Kommandanten. Wie eine vor Kälte träge gewordene Schlange bewegten sich die Soldatenreihen aus dem Süden in das Tal hinunter und bezogen ihre Stellung, während ihr Kommandant am Tor der Festung haltmachte.

Er stand nur wenige Meter von der Magiertruppe entfernt. Wenn er sie überhaupt wahrnahm, so ließ er sich jedenfalls nichts davon anmerken. Doch Rudys Blick glitt beunruhigt von dem schwarzen, scharf gemeißelten Profil zu der schweigenden Gestalt an seiner Seite. Ihm wurde bewußt, daß der Kommandant seit Stiarths spurlosem Verschwinden viel Zeit mit dem Inquisitor zugebracht hatte.

Pinard hob jetzt die Hand zum Segen. Der Kommandant nahm seinen Spitzenhelm ab und beugte den Kopf. ». . . beschütze euch vor aller Dunkelheit. Möget ihr eure Feinde unter den Füßen zertreten.«

Nett, dachte Rudy. *Wie wäre es mit einer Liste der wichtigsten Feinde!*

Diener in rotem Waffenrock führten einen Rappen, dessen Mähne mit roten Seidenbändern geschmückt war, zur Festungstreppe. Alwir tauchte im gelben Fackelschein des Tores auf; er blieb einen Augenblick, die Hände in die Hüften gestemmt, stehen und betrachtete das Heer, als unterstünde es noch seinem Befehl. Dann schritt er mit einem kurzen Nicken der Befriedigung die Treppe hinunter und bestieg das wartende Pferd.

Wieder wurde ein Pferd vorgeführt, ein in eine schwarze Decke gehüllter Schimmel. Hochrufe ertönten aus den Reihen der Soldaten.

Zwei weitere Gestalten erschienen im Licht des Tores. Die Hochrufe vermehrten sich. Der hochgewachsene, knochige Mann wandte den Kopf, und das Fackellicht glitzerte wie Silberstaub auf seinem kurzgeschorenen grauen Haar. Die schlanke Frau an seiner Seite trug ein diamantenbesticktes Gewand, und Rudy spürte, wie sich ihm bei ihrem Anblick das Herz zusammenzog. Er konnte weder das Gesicht der Frau erkennen, die er liebte, noch desjenigen Mannes, dem sie gehörte, doch der Abstand, den sie voneinander hielten, der förmliche Handschlag zum Abschied und die Art, wie sich der König abrupt von ihr abwandte und den Blick in der nebelverhangenen Morgendämmerung über das Heer vor ihm gleiten ließ, drückte deutlich aus, was zwischen ihnen war. Alde stand mit hocherhobenem Kopf und unbewegten Zügen auf der Treppe, als der König zu den Heerführern hinunterschritt, ohne sich noch einmal umzudrehen.

Die Hörner erklangen, Banner wurden entrollt, wie fernes Donnergrollen dröhnten die Kesselpauken weiter unten im Tal. Eldor lenkte sein Pferd zwischen den Reihen hindurch auf den Weg, und seine Kommandanten folgten ihm. Ingold zog den schäbigen Umhang fester um sich, stützte sich schwer auf seinen Stab und führte die Magiertruppe hinterher.

Das Heer hatte sich in Bewegung gesetzt. Als er der Magiertruppe folgte, wandte sich Rudy noch einmal um und blickte zum erleuchteten Tor der Festung zurück. Die Bischöfin und der Inquisitor waren verschwunden, jemand hatte einen der Torflügel geschlossen. In dem hohen, schmalen Rechteck des noch offenen Flügels stand stolz und schlank eine einsame Gestalt in schwarzem Pelzumhang. Er blickte sich noch zweimal um, und jedesmal stand sie unverändert da, bis die Straße, der Nebel und die Soldatenreihen sie seinen Blicken entzogen.

Der Weg nach Gae war beschwerlich. In den Gebirgsausläufern bei

Renweth war die Straße noch passierbar, aber je weiter nördlich sie kamen im einstmals grünen Herzen des Reiches, um so verheerender waren die Überschwemmungen. Das Heer nahm den Weg, den die Zauberer bezeichnet hatten, über die Gipfelkette der höhergelegenen Hügel.

Die Tage waren grau und bitter kalt; bei Nacht heulten Stürme von den Bergen herunter und peitschten Regen und Schnee auf das Lager nieder. Das Wissen, daß die Zauberer selbst für die Stürme verantwortlich waren, die sie zum Schutz gegen die Dunklen hervorriefen, machte die Eiseskälte nicht erträglicher. Einmal stießen sie auf eine erfrorene Bettlerfamilie auf der Windschattenseite eines Hügels.

»Sie wären in der Kälte dieses Winters ohnehin gestorben«, erklärte Thoth, als er auf die aneinandergedrängten Leichname herunterblickte und die triefenden Fetzen betrachtete, mit denen die blau angelaufenen, ausgemergelten Körper bedeckt waren.

»Alles muß irgendwann einmal sterben«, entgegnete Ingold. »Dennoch war dies hier unser Werk.«

Bruder Wend wandte sich mit Tränen in den Augen ab. Verstört und unfähig, ein Wort herauszubringen, stand Rudy schweigend da, während der größte Teil des Heeres vorüberzog, ohne auch nur zu sehen, was in der Bodensenke am Wegrand lag.

Rudy sah Gil nur selten während des Marsches, da sie sich bei der Garde hielt. Ingold sprach sehr wenig in diesen Tagen und hielt sich meistens bei der Magiertruppe auf. Bei Nacht wanderte er in Sturm und Wind durch das Lager und tat, was er konnte, mit seinem Schutzzauber. Hin- und hergerissen zwischen Trauer und Angst vor dem Kommenden saß Rudy oft im äußeren der beiden Räume des Zeltes, das sie teilten, und spielte in der Dunkelheit auf seiner Harfe. Aber nur selten war er noch wach, wenn der alte Mann hereinkam.

Die Soldaten errichteten ihre Zelte vor den Toren von Gae im Schatten des Berges Trad. Als die Sonne die Wolkenfetzen im Westen blutrot färbte, hielt Maia von Penambra, das Schwert um die Hüften gegürtet, an der Stelle, an der sich einst das Gipfelkreuz befunden hatte, einen Feldgottesdienst ab. In allen Himmelsrichtungen war der gefrorene Boden von knienden Soldaten aus dem Süden wie aus dem Norden bedeckt.

Die Sonne ging unter, und der Wind nahm an Stärke zu. So endlos lange auch die Winternächte waren, würde es doch nur kurze Zeit bis zur Morgendämmerung sein.

Von furchtbaren Ängsten gequält, lag Rudy in der Dunkelheit seiner Zeltkammer.

Nicht, daß er die Wirksamkeit der Flammenwerfer angezweifelt hätte oder gar die Notwendigkeit des Angriffs selbst. Wenn die Brutstätten nicht eine nach der anderen ausgeräuchert wurden, drohte ständig die Gefahr, daß ein Mensch, der ihm etwas bedeutete – Alde, Gil oder Tir beispielsweise –, dort unten, fern vom Licht, seine Tage beenden mußte. Ihm fiel ein, daß Eldor den Angriff nicht in Frage gestellt hatte.

Doch Rudy war Magier und Künstler genug, um mit dem Fluch einer lebhaften Vorstellungskraft beladen zu sein. Der Gedanke daran, überhaupt in die Schlacht zu ziehen, erschreckte ihn. In den lichtlosen unterirdischen Labyrinthen zu kämpfen, freiwillig in die Hölle von Feuer und Dunkelheit hinabzusteigen . . . kalter Schweiß brach ihm bei der Vorstellung aus.

Er wußte, daß sie schwere Verluste erleiden würden. Der Gegenzauber der Dunklen konnte ihre magischen Lichter dämpfen – vielleicht sogar vollständig zum Erlöschen bringen. Und die Mehrzahl der Magier war schlecht ausgebildet und verfügte nur über unzureichende Kräfte. *Wenn wir da unten festsitzen . . .*

Er schob den Gedanken weit von sich. *Wir werden nicht festsitzen, und wir werden nicht sterben*, sagte er sich eigensinnig. *Wir werden tun, was Dare von Renweth niemals getan hat – wir werden die Brutstätten der Dunklen angreifen und ihre Lebensgrundlage vernichten.*

Lohiro hatte im Sterben vom Moos, den Herden und dem Eis im Norden gesprochen. Er hatte damals schon gewußt, was Gil sich mühsam zusammengereimt hatte, daß das alles nämlich zusammenhing.

Gil hatte natürlich recht. Das Moos war der Stickstoffumwandler der Brutstätten. Es war bereits im Begriff, abzusterben, und in den verwitternden Pflanzen bildeten sich hochbrennbare Nitrogenkammern. Wenn man das Moos verbrannte, würde man der ganzen Nahrungskette den Boden entziehen . . .

Rudy döste allmählich ein. Doch unmittelbar bevor er endgültig einschlief, kam Rudy der Gedanke, daß seine Geheimwaffe vielleicht gar nicht so geheim war, wie er gedacht hatte.

Die Dunklen wußten, daß man sie mit Feuer angreifen würde.

Dann war er eingeschlafen.

Ein kalter Luftzug weckte ihn, als der Außeneingang auf der anderen Seite des Trennvorhangs geöffnet wurde. Er hörte Eldors rauhe, rasselnde Stimme und Ingold, der leise sagte: »Ihr seid also entschlossen, das Unternehmen durchzuführen?«

»Fangt nicht schon wieder damit an«, knirschte Eldor.

»Was habt Ihr vor? Alwir hofft, seinen Ruhm zu mehren – auf Eure Kosten, sollte ich hinzufügen –, und dieser seelenlose Tiger aus Alketch giert nach dem, was vom Reich übrig ist, aber Ihr seid bereits König. Ihr habt es nicht nötig . . .«

»Wir alle haben etwas nötig.« Rudy hörte das Knacken eines Stuhles und leise, ruhelose Schritte auf dem hartgefrorenen Boden.

»Ihr wart dort unten, Eldor. Ihr wißt, in was Ihr die Leute hineinführt. Ihr wißt, wie gering unsere Hoffnung ist . . .«

»Glaubt Ihr, ich mache mir etwas vor? Glaubt Ihr nicht, daß ich genau weiß, wie hoffnungslos es ist, nachdem ich im Dreck gelegen und schimmeliges Moos gegessen und Todesängste ausgestanden habe?«

Etwas wie Befriedigung klang in seiner Stimme an – Freude an der Rechtfertigung der Verzweiflung. »Ihr vergeßt, Ingold, daß ich mich *erinnere*. Ich erinnere mich an – alles.

Ich hatte vier lange Monate Zeit, in der Dunkelheit der Brutstätte nachzudenken. Dare von Renweth hat ein Heer hinuntergeführt – zwanzigtausend Mann stark. Die Männer der Zeit Davor waren weder klüger noch dümmer als wir heute, und sie konnten voraussehen, was wir alle vorausgesehen haben – daß ihre Reiche keine fünf Jahre überdauern würden. Sie hatte ihre Flammenwerfertruppe – o ja! – und vieles andere mehr. Sie hatten auch Zauberer, die ihnen leuchteten. Ich weiß, was unten in der Brutstätte mit ihnen geschehen ist. In der Dunkelheit habe ich mich daran erinnert. Als ich in Dares Festung zurückkehrte, hätte ich laut herauslachen können beim Anblick von Alwir, der sich so stolz aufplusterte. Dares Heer war dreimal so stark wie dieses. Wißt Ihr, wie viele Männer überlebt haben?«

Lange Zeit war kein Ton zu hören. Rudy wußte, daß Ingold entsetzt in das Gesicht des Mannes starrte, der einst sein Freund gewesen war und aus dem jetzt nur noch der Haß eines Fremden sprach.

Als der Zauberer sprach, war seine Stimme nicht mehr als ein Flüstern. »Warum?«

Der unruhig auf und ab wandernde Schritt wurde wieder aufgenommen, Gürtelschnallen klirrten, und ein Umhang raschelte. »Ich habe mich dort unten noch an andere Dinge erinnert, Ingold. Die Dunklen ließen mir alle meine Erinnerungen, obwohl ich darum gebetet habe, sie möchten sie mir nehmen. Ich habe nie vergessen, daß ich der Hohe König von Darwath war. Ich erinnerte mich an lange Nächte, in denen ich wachsaß und unter Qualen Urteile darüber fällte, welcher Edelmann welche Rechte über seine Leute innehaben sollte. Ich erinnerte mich an endlose Beratungen und Händel mit der Kirche, dem Kaiserreich, den Kaufleuten – an schlaflose Nächte wegen der Weißen Räuber in den Ebenen und der Piraten aus Alketch am Runden Meer. Und wofür? Um schließlich auf allen vieren durch die Dunkelheit zu kriechen und Wurzeln zu fressen, wo Kirche, Räuber und Piraten nur noch die Scherben eines bedeutungslosen Traumes waren. Was hatte das für einen Sinn? Warum hatte ich mir je die Mühe gemacht, einen Schweißtropfen der Sorge zu vergießen? Hätte ich gelebt wie mein Vater, herumgehurt, getrunken und die Freuden des Lebens genossen, ich wäre genauso weit gekommen. Ich war König gewesen, und wofür?«

»Was wollt Ihr also?« fuhr Ingold auf, und seine Stimme klang plötzlich zornig. »Wollt Ihr in flammendem Ruhm enden, damit die Leute Lieder über die Größe des letzten Königs von Darwath dichten können? Wollt Ihr sterben und Tausende von Menschen mit in den Tod nehmen, damit er ein wenig mehr wie Heldenmut und ein bißchen weniger wie Selbstmord aussieht? Seid Ihr entschlossen, Euer Volk ohne Führer und Beschützer zurückzulassen, weil Ihr lieber mit einem Heer im Rücken sterbt, als Euch mit um ein paar tausend Bauern zu kümmern, die sich allnächtlich aus purer Angst vor den Dunklen in einer steinernen Festung zusammendrängen?«

»Ja.« Die Worte wurden mit leiser, häßlicher Stimme gesprochen. »Ja, genau so ist es.«

»Dann seid Ihr ein Feigling.«

Eine schallende Ohrfeige war zu hören, dann das Scharren eines Möbelstücks, an dem Ingold Halt suchte. Dann war alles still, bis auf das heftige, zornbebende Atmen des jüngeren Mannes.

»Fühlt Ihr Euch nun besser?« fragte Ingold schließlich ruhig.

»Wir sind verloren, Ingold«, flüsterte der König. »Und ich weiß es – eigentlich habe ich es immer gewußt. Es ist nichts mehr da – nur noch Angst und Dunkelheit. Und jeder, der mir folgt, weiß das ebenfalls. Sie alle haben vor den Dunklen in dieser Welt gelebt, und der Vergleich mit damals ist nicht angenehm. Der Tod in der Schlacht ist nicht erfreulich, aber er hat den Vorteil, schnell zu sein, und ich weiß bis ins Mark meiner Knochen, daß ein Dasein in der Sklaverei der Dunklen unendlich viel schlimmer ist. Warum hätte mir auch nur ein Mann in dieses Wahnsinnsunternehmen folgen sollen, wenn sie nicht alle in irgendeinem Sinne den Tod suchen würden?«

»Sie folgen Euch, weil sie Euch immer gefolgt sind, Eldor – weil sie Euch lieben.«

»Das ist ihr Pech«, erklärte der König mit seiner leisen, haßerfüllten Stimme. »Sollen sie doch desertieren, wenn es ihnen gefällt. Ich werde auch allein sterben, wenn es sein muß.«

Im langen Schweigen, das auf diese Worte folgte, spürte Rudy den erbitterten Kampf von Willen gegen Willen wie eine furchtbare Spannung in der Luft. Ingold zwang den König unter Aufbringung all seiner Kraft, zu erkennen, was er seinem Volk antat; und das Furchtbare war, daß Eldor es ganz klar vor sich sah, und es war ihm gleichgültig.

Als Eldor wieder das Wort ergriff, war seine Stimme ruhiger, doch es lag ein Gift darin, das schärfer war als die Säure der Dunklen.

»Ihr wart mein Lehrer«, sagte er langsam, »und ich bin Euch gefolgt und habe Euch vertraut, selbst als mein Vater Euch wie einen Verbrecher aus der Stadt jagen ließ. Hättet Ihr mich darum gebeten, ich hätte alles im Stich gelassen und wäre mit Euch gegangen. So sehr liebte ich Euch. Ihr habt aus mir gemacht, was ich war, Ingold; Ihr habt mich die Liebe zur Gerechtigkeit gelehrt, und durch Euch habe ich die Pflicht gegen mein Königreich erkennen gelernt. Ihr habt mich zum Gegenteil meines Vaters gemacht, und meine Liebe zu Euch und meine Verachtung für ihn prägten alle meine Handlungen. Es gab eine Zeit, da wäre ich für Euch gestorben, Ingold, wißt Ihr das? So sehr vertraute ich Euch.«

Wieder lastete ein furchtbares Schweigen über dem Raum, unterbrochen nur vom Heulen des Windes. Dann fuhr die scharfe, abgehackte

Stimme fort: »Ihr wußtet über die beiden Bescheid. Ihr wußtet es von Anfang an. Er ist Euer Schüler.«

Rudy lag in der Dunkelheit des Zeltes, und er wußte, daß Ingold seinem Ankläger nicht in die Augen sehen konnte. Als er endlich sprach, war seine Stimme kaum hörbar. »Nicht von Anfang an. Es war bereits geschehen, als ich davon erfuhr.«

»Aber Ihr habt nichts gesagt.«

»Was hätte ich sagen sollen? Ihr wart tot, Eldor, und sie war allein und hatte große Angst. Sie braucht Liebe, und damals hätte auch die Illusion der Liebe genügt. Er war gut zu ihr. Ich hatte Angst um sie, o ja. Aber ich habe niemals irgend jemandem Vorschriften darüber gemacht, was er tun und lassen sollte.«

»Dann macht mir jetzt auch keine Vorschriften!« stieß Eldor wütend hervor. »Ihr habt Alwir bereitwillig genug vorgeschrieben, sie und ihren Geliebten in Ruhe zu lassen!«

Nach einer kurzen, erbitterten Pause fuhr er fort: »Nach dem morgigen Tag kann er sie von mir aus haben, wenn er am Leben bleibt. Ich sehe Euch bei Anbruch des Tages.«

Schritte entfernten sich rasch zum Eingang, Kleider raschelten, und dann brach Eldors eiskalte, knirschende Stimme das Schweigen. »Laßt mich gehen.«

»Um Gottes Willen, Eldor –« flehte Ingold, doch ein rohes Gelächter schnitt ihm das Wort ab.

»Gott!« stieß der König erstickt hervor. »Gott! Wißt Ihr, mein liebster, ältester und treuster Freund, wie oft ich Gott angerufen habe, als ich dort unten in der Dunkelheit herumkroch? Wie ich um einen Retter gebetet und gefleht habe?«

»Und Ihr wurdet ja auch gerettet«, gab der Zauberer ruhig zurück.

»Von wem und wozu? Von dem Mann, der sich auf meine Frau geworfen hat, kaum daß mein angeblicher Tod zwei Wochen bekannt war? Mit einigem Sinn für Humor könnte man es vielleicht als Bezahlung bezeichnen.«

»Vielleicht. Aber auf keinen Fall könnte man es als ausreichenden Grund bezeichnen, treue Männer und Frauen in den sicheren Tod zu führen, wenn Ihr das Wesen der Gefahr kennt, die sie vernichten wird.«

»Nein?« Die Stimme des Königs überschlug sich plötzlich und wurde schrill. »Aber das Leben ist ungerecht, nicht wahr, Ingold Inglorion?«

Ein kalter Windzug strich herein, als der König das Zelt verließ. Gleich darauf hörte Rudy schnelle Schritte, die sich zum königlichen Zelt hin entfernten. Mit Angst im Herzen vor dem kommenden Tag und dem abgehackten, wahnsinnigen Klang in Eldors Stimme lag er wach und wartete, daß Ingold hereinkommen würde; doch als er wenige Stunden vor Tagesanbruch einschlief, hatte sich im Nebenraum noch immer nichts gerührt.

Zwölftes Kapitel

Die Heere der Menschheit marschierten beim ersten Tageslicht in Gae ein.

Rudy trottete, krank vor Angst und Sorge, so nahe bei Eldors unruhigem Schimmel dahin, daß er das dünne, unangenehme Lächeln erkennen konnte, zu dem sich der harte Mund des Königs verzogen hatte, als er den Blick über die verwüstete Stadt streifen ließ, die einst die schönste der ganzen Westlichen Welt gewesen war.

Rudy kam der Gedanke, wie leicht es doch sein würde, sich durch einen Tarnzauber unsichtbar zu machen und auf einer der Bänke im Hof des Palastes zu warten, bis das Ganze vorüber war. Doch dann fiel sein Blick auf Ingold, der sich durch die Reihen der Soldaten schob, um mit einer schlanken Gardistin zu sprechen; und obwohl der Nebel im Hof sich nur allmählich auflöste, sah er deutlich, wie sie mit den Achseln zuckte und den Kopf schüttelte.

Feigling und Versager hatte sie ihn einmal genannt.

Sein Wissen, daß es ein verlorenes Spiel war, das sie spielten, nützte nichts. Er vermutete, daß Gil es ebenfalls wußte.

Und Ingold wußte es auf jeden Fall.

Wie zum Teufel kommt es nur, daß ich es immer wieder mit Verrückten zu tun habe? fragte er sich, während er die verschiedenen Einheiten betrachtete, die auf dem schlammbedeckten Hof Aufstellung nahmen. Die Pioniere übernahmen mit ihren Leitern die Führung, gleich danach kam Eldor zu Fuß, inmitten einer Gruppe von Gardisten.

Ingold gesellte sich zu den führenden Einheiten in Eldors Nähe; einen Augenblick lang begegneten sich ihre Augen; dann verzogen sich Eldors Lippen zu einem höhnischen Lächeln, und er wandte sich ab und gab das Zeichen zum Abstieg.

Das schleichende Entsetzen dieses Abstiegs war wie das Vorspiel zu einem Alptraum. In den rankenüberwucherten oberen Gewölben und in dem Wald von Säulen, deren tintenschwarze Schatten sich im weißen Schein des magischen Lichts drehten und bewegten, spürte Rudy die zunehmende Wachsamkeit der Dunklen. Wie einen warmen Atem in seinem Nacken, wie leise Schritte in einem Raum, der leer sein müßte, fühlte er den Hauch des Gegenzaubers, der auf das magische Licht einwirkte, das er erzeugt hatte. Zwischen den dichtstehenden Mauern der uralten Treppe selbst war es noch tausendmal schlimmer. Er spürte die Dunklen, wie er sie noch nie zuvor gespürt hatte – die ungeheuerliche Intelligenz, die die Grenzen seiner Magie abtastete und an ihren schwachen Stellen nagte.

Die Treppe schien kein Ende nehmen zu wollen. Weit unter sich sah Rudy Ingold, dessen Schwert jetzt ein eigenes, weißglühendes Licht verbreitete.

Wenn er auch keine Spur von den Dunklen entdecken konnte, so spürte er doch das Drängen ihres Geistes, ihre Macht und den furchtbaren Schrecken ihrer Gegenwart. Er fragte sich, ob die Dunklen in der gewaltigen Höhle unterhalb des letzten Treppenabsatzes auf sie lauern würden. Oder würden die Dunklen sie immer tiefer hinunterlocken, um ihnen dann in den verschlungenen, unerforschten Gängen in den Rükken zu fallen?

Der Kolben seines Flammenwerfers fühlte sich feucht an in seinen Händen. Er wünschte sich plötzlich, er hätte die Zeit genutzt, um den Umgang mit dem Schwert zu lernen wie Gil. Wenn er nicht dem Heer den Rückweg abschneiden wollte, indem er das Moos vorzeitig entzündete, durfte er das verdammte Ding erst tief unten in der Brutstätte benutzen. Er verfluchte seine Dummheit. Und sie stiegen immer noch tiefer hinab.

Ein Windhauch strich über seine Wange und erschreckte ihn fast zu Tode. Ein Murmeln ging durch die Menge, in der er eingekeilt war. Über die Gesichter, die in dem harten, gnadenlosen Licht plötzlich grau wirkten, tropfte der Schweiß, und er hörte das Rasseln von Waffen, um die sich die Hände fester schlossen. Aber von den Dunklen selbst war nichts zu sehen.

Vor ihnen wurde der Gang breiter. Die Treppe war unvermittelt zu Ende. Aus der Höhle darunter drang eine leichte Brise herauf und brachte den scharfen Gestank der Brutstätte mit sich. Als das weiße Licht ausströmte und die Welt enthüllte, die seit der Entstehung der Brutstätten verborgen gewesen war, hörte Rudy ein ehrfürchtiges Raunen, das sich auf der Treppe hinter ihm in der Reihe der Soldaten weiter und weiter ausbreitete. Die Atmosphäre von Verwesung, die von der drohenden Bosheit unsichtbarer Beobachter erfüllt war, bohrte sich in Rudys Schädel. Doch in der ganzen unermeßlichen Dunkelheit rührte sich nichts.

Die Pioniere ließen ihre Leitern hinunter, und der Lärm hallte in dem steinernen Labyrinth wider wie ein Kanonenschuß. Die Vorhut zögerte angesichts dieser abscheulichen, fremden Welt. Ingold blieb einen Augenblick am Rand der Leiter stehen; der richtungslose Wind bewegte die Falten seines Umhangs, und das Schwert glühte wie ein Blitz in seiner Hand. Dann trat Eldor vor, und seine Schritte hallten klirrend auf jeder einzelnen Sprosse. Der belustigte Hohn in seinen Augen erfüllte Rudy mit kaltem Entsetzen.

Doch wie alle anderen folgte er dem König taumelnd durch das verwitterte Moos auf dem Höhlenboden. In der Dunkelheit, die sich um sie herum zusammenballte, deutete Ingold mit leuchtendem Schwert in die Richtung, die er bei seiner früheren Erkundung mit Rudy eingeschlagen hatte. Der Gestank war unerträglich, faulig und süß. Der Staub der verwesenden Moospflanzen stieg Rudy in die Nase. In der offenen Höhle durchdrang das magische Licht die Dunkelheit nicht bis zur Decke, doch die Krieger warfen in seinem Schein entsetzlich zuckende Schatten.

In dem Gang, der nach unten führte, spürte Rudy die lauernde Gegenwart der Dunklen immer stärker; sie bohrte sich wie ein hoher, dünner Ton in sein Gehirn. In der darunterliegenden Höhle war es noch schlimmer. Blinde, kreischende Wesen flohen vor ihnen, und ihre Schreie brachen sich in den Gängen. Trotz der kalten Luft war Rudys Gesicht schweißnaß, und er sah, daß auch auf den Gesichtern der Gardisten, die sich dicht um ihn drängten, Schweißperlen glänzten. Er spürte die Drohung der Dunklen, die wie Millionen von Tonnen Erde und Felsen auf ihm lastete.

Im schwarzen Eingang des nächsten Tunnels blieb Ingold plötzlich stehen und fuhr herum, als hätte ein Geräusch oder eine Bewegung ihn erschreckt. Zuerst dachte Rudy, das Leuchten von Ingolds Schwert hätte sich verstärkt, doch dann stellte er fest, daß das weiche magische Licht, das sie umgab, dunkler wurde.

Alwir blickte in die Schatten der Höhlendecke auf. »Können wir die Flammenwerfer hier einsetzen?«

»Nein, wir würden uns den Weg zu den tiefergelegenen Brutstätten abschneiden«, erklärte der Zauberer flüsternd. Im schwindenden Licht sah Rudy, wie bleich er aussah. Schweiß glänzte auf seiner Stirn. »Es liegen noch etwa drei Meilen Tunnel vor uns.«

Unter den Gardisten erhob sich ein ängstliches Gemurmel. Schwerter blitzten im grauen Lichtschein auf, als die Truppe ihre Verteidigungsstellung einnahm. Er legte all seine Kraft in den Lichtzauber, fühlte aber sogleich, wie dieser auf magische Weise aufgesogen wurde. Als das Licht immer mehr verblaßte, stellte er fest, daß das Moos an manchen Stellen phosphoreszierte – *wieder Gils Stickstoffansammlungen,* dachte er. Ein betäubender, metallischer Geruch hing schwer in der Höhle.

Eldor schrie mit rauher Stimme einen Befehl. Die Truppe setzte sich wieder in Bewegung und schob sich durch einen Gang von ungefähr einer halben Meile Länge voran, in dem die Luft klarer zu sein schien. Doch das Licht wurde unaufhörlich schwächer. Das Gesicht des Königs wirkte hart und grausam; um seine Lippen spielte ein feines Lächeln.

Er weiß, was uns bevorsteht, dachte Rudy, indem er schaudernd versuchte, wenigstens einen schwachen Lichtschein aufrechtzuerhalten. *Er weiß ...*

Die Finsternis überfiel sie wie ein plötzlicher Einbruch der Nacht. Das Echo der Schreie, die sich im Gang erhoben, dröhnten Rudy in den

Ohren. Er hörte den zischenden Flug der Dunklen, und ein Schwert sauste dicht an seinem Ohr vorbei. Er warf sich gegen die Felswand und umgab sich mit einem Tarnzauber; die Säure im Moos brannte auf seinen Händen.

Stürmischer Wind umtoste ihn, etwas Feuchtes, Warmes klatschte in sein Gesicht. Dann strahlte plötzlich vor ihm weißes Licht um Ingold auf; die Farben von Tuniken, Kettenpanzern, Haut und blutigen Knochen traten in erschreckender Deutlichkeit hervor. Er selbst aber war noch von Finsternis umgeben. Undeutlich erkannte er kämpfende Gestalten, Schwerter, Gesichter und den schwebenden Flug dunkler Wesen. Er versuchte, Licht zu erzeugen, und mußte feststellen, daß seine Kraft nicht für beide Zauber ausreichte.

Er bückte sich und entwand der Knochenhand eines Toten zu seinen Füßen das Schwert. Dann schlug er auf den Dunklen ein, der ihm am nächsten war, ließ im selben Augenblick den Tarnzauber fallen und warf alles, was er hatte, in das blendend weiße Licht, das strahlend um ihn herum aufleuchtete.

Das Licht breitete sich flackernd aus, und die Dunklen flohen vor seinem Schein. Der Tunnel war ein einziges Gewirr von Leichen und Knochen, halb versunken in einem unbeschreiblichen, aufgewühlten Sumpf. Dann stieß die Dunkelheit wieder auf sie nieder, und er schlug blindlings auf die Wesen ein, die ihn mit ihrem schwarzen Schleim besudelten. Die Anstrengung, ihrem Zauber gegen sein magisches Licht zu widerstehen, erschöpfte ihn. Hätte er nicht mit dem Rücken zur Wand und inmitten einer Gruppe von Gardisten gekämpft, er hätte nicht die geringste Aussicht gehabt zu überleben.

Eldors beißende Stimme durchschnitt den Lärm; die Truppe warf sich der schwarzen Flutwelle entgegen und bewegte sich weiter vorwärts. Ein stacheliger, armdicker Tentakel schlang sich um Rudys Schwertarm und zog ihn mit einer Kraft, die ihm fast den Arm ausgekugelt hätte, in die Schatten hinauf, die die Höhlendecke verbargen. Er fühlte, wie er den Boden unter den Füßen verlor, und über ihm, inmitten eines strudelnden Trugbildes, öffnete sich ein schwarzes, triefendes Maul.

Er mußte geschrien haben, denn seine Kehle war rauh und schmerzte, als der Eisfalke ihn aus dem Schlamm, in den er gestürzt war, auf die Füße zog. Der Peitschenschwanz, der noch an seinem Arm hing, löste sich bereits auf, und das vom Schwert des Weißen Räubers abgetrennte Ende pulsierte schwach. Rudy fühlte sich krank vor Entsetzen angesichts der entsetzlichen Kraft des Wesens, das ihn fortgerissen hatte.

Der Eisfalke zog ihn mit der Truppe mit, bis er wieder imstande war, auf eigenen Füßen zu stehen. Als er ihn losließ, sagte er: »Mach das nicht noch einmal. Du bist unsere einzige Lichtquelle in diesem Teil des Tunnels.«

Während er das sagte, fühlte Rudy, wie der Gegenzauber nachließ und sein Licht heller wurde. Die Dunklen strömten in einer Welle der Illusion davon, und vor ihnen öffnete sich eine gewaltige Höhle, deren Boden schwach in dem phosphoreszierenden Licht schimmerte, das von dem Moos auszugehen schien. Als Eldor, Ingold und die Vorhut auf den Höhlenboden hinuntersprangen, wurde das Licht heller, und der Rest der Truppe folgte ihnen wie eine lange, sich windende Schlange. Die Dunkelheit über ihnen war erfüllt vom Zischen der Dunklen und ihrem triefenden Gestank, doch ihre Zauberkraft entfernte sich immer mehr. Rudy beeilte sich, den Zauberer und den König einzuholen.

Er hatte sie fast erreicht, als ein leises Dröhnen durch die Höhle ging, wie eine ferne, durch die verschlungenen Gänge gedämpfte Explosion. Der Boden schwankte unter seinen Füßen, und verwirrte, angstvolle Schreie wurden um ihn herum laut. Die Menschen blieben stehen und versuchten die Quelle des Geräuschs zu ergründen; einige schrien, man müsse umkehren, während andere fluchend verkündeten, das Heil läge in der Flucht nach vorn. Weiter vorne kletterte Ingold über einen Felshang zum nächsten Höhleneingang, und sein Schwert verbreitete einen schwachen Schein. Rudy hörte Eldor mit rasselnder Stimme Befehle an die Umstehenden ausgeben. Und er wußte, daß irgend etwas nicht stimmte . . .

Dieser Geruch, dachte Rudy. *Er ist stärker geworden, viel stärker . . .* Er blickte sich suchend um, konnte aber nichts entdecken – nur die Leere der hohen Höhlenwölbung, die bis in den letzten Winkel von magischem Licht beleuchtet war. *Wo, zum Teufel, sind die Dunklen?*

Wieder wurde der Boden in der Ferne erschüttert, und Rudy kam zu dem Schluß, daß ihm der Geruch, was immer er auch zu bedeuten hatte, ganz und gar nicht gefiel. Es lag eine Bewegung in der Luft, nicht der richtungslose Wind der Dunklen, sondern eine gleichmäßige Strömung, obwohl er keinen anderen Zugang zur Höhle entdecken konnte als denjenigen, aus dem immer noch Krieger aus dem Gang heruntergeströmt kamen, und das schwarze Loch, um das sich die Gardisten geschart hatten. In der Höhle machte sich Verwirrung breit, der größte Teil des Heeres mußte sich noch in dem Tunnel befinden. Rudy lief auf die Gruppe der Gardisten zu.

Er kletterte den Hang hinauf, der zum nächsten Tunnel führte. Ihm war merkwürdig schwindelig, und er schnappte nach Luft. Die Luft war hier klarer und strömte in beständigem, schwachem Zug von unten herauf . . .

Gas, dachte er. *Natürlich – in einer geschlossenen Höhle können die Dunklen Gas verwenden.* Er wandte sich um und sah die Menge der Krieger, die sich dort unten vorwärts schoben, den matten Glanz ihrer Schwerter und das Aufblitzen der Flammenwerfer. Diejenigen, die mit ihm dem Tunneleingang zustrebten, schienen es zu spüren. Wieder fielen ihm Gils Worte über die Stickstoffvorräte ein.

Was hatte das Gas zu bedeuten?

Er fiel durch den Tunneleingang, seine Hände glitten im Fallen über das schwarze, glitschige Moos. Vor sich in der Dunkelheit hörte er Ingolds Stimme, dann schrie plötzlich in der Höhle hinter ihm jemand auf.

Eine Mauer der Dunkelheit senkte sich über die Truppe. Rudy blinzelte; die schwachen Lichter, die in der Höhle noch geleuchtet hatten, verloschen vor seinen Augen. Er fragte sich, was los war . . .

Es waren keine Dunklen in der Höhle!

Rudy wußte es, er spürte es. Der heftige Sturm der Dunkelheit, der über den Reihen der Krieger zusammenschlug, war reine Illusion. Die Gardisten, die um Eldor am Rande des Felsenabstieges standen, schrien entsetzt auf; einige flüchteten sich in die Sicherheit des Tunneleingangs zurück. Tief im Innern der Erde erschütterte ein erneutes Erdbeben die Brutstätte, und Rudy verlor den Halt unter den Füßen. Im Fallen sah er noch das rotgoldene Aufblitzen des Flammenwerfers in der Höhle.

Die Luft in der Höhle explodierte.

Eine heiße Druckwelle preßte Rudy in das weiche Moos und rollte über ihn hinweg wie ein Donnerschlag des Todes. Einen Augenblick lang fragte er sich, in feuchte Dunkelheit gehüllt, ob er taub oder blind geworden sei. Dann erhoben sich im Tunnel um ihn herum Schreie und Flüche; in weiter Ferne, jenseits der plötzlich still gewordenen Höhle, hörte er ein leises Jammern und klatschende Kampfgeräusche. Nur von der mächtigen Schlange verkohlter, verkrümmter Körper, die den versengten Höhlenboden bedeckten, drang kein Laut herauf – bis auf das plötzlich aufkommende stürmische Rauschen der niederschwebenden Dunklen.

Rudy starrte gebannt in die vollkommene Finsternis, in der die Dunklen wie in Zeitlupenbewegung aus den Rissen in der Höhlendecke hervorquollen. Und diesmal waren es wirklich die Dunklen, nicht nur das Trugbild, das sie veranlaßt hatte, kopflos in die Gasflamme zu feuern. Sie formten sich zu einer niederstürzenden Mauer, die er, betäubt vom Entsetzen angesichts des Gemetzels vor ihm, ohne Angst oder Erstaunen betrachtete.

Jemand stieß ihn beiseite und stürzte aus dem Schutz des Tunnels zu der Stelle, an der Eldor mit verrenkten Gliedern zwischen den Felstrümmern lag. Rudy erkannte, daß es Ingold war, der sich, ungeachtet der Dunklen, die sich wie mit schwarzen Riesenflügeln auf ihn warfen, über den König beugte. Der Zauberer preßte seine narbenbedeckten Hände auf das zerschmetterte, blutüberströmte Gesicht des Königs, und die knochige Brust hob sich plötzlich zu einem Atemzug des wiederkehrenden Lebens.

Gil und der Eisfalke erreichten Ingold einen Augenblick vor den Dunklen. Der alte Mann blickte nicht zu ihnen auf, seine ganze Kraft konzentrierte sich darauf, das Leben seines Freundes in dem verbrannten Körper zu halten. Andere Gardisten drängten sich aus dem schützenden Tunnel hinaus; mit einiger Verspätung besann sich Rudy, nahm seine Kraft zusammen und bemühte sich ohne großen Erfolg, Licht zu erzeugen.

Wieder bebte die Erde, diesmal näher. Melantrys kämpfte um ihr Gleichgewicht und richtete den Flammenwerfer in die Dunkelheit. »*Nicht den Flammenwerfer!*« schrie Rudy auf.

Undeutlich hörte er Alwir schreien: »Kommt zurück, ihr Narren!« Er wußte, daß diejenigen, die es vor der Explosion in den schützenden Tunnel geschafft hatten, in Panik geraten waren. Sie brachen aus den Reihen aus und stürzten sich kopflos in die Dunkelheit. Einige schrien, der Tunnel vor ihnen sei blockiert und die Dunklen hätten die Decke über ihnen gesprengt.

Alwir packte Rudy am Arm. »Kann man die Stelle umgehen?« Er war totenblaß vor Anstrengung und Entsetzen; die Juwelen, die er selbst in der Schlacht nicht ablegte, glitzerten wie Blutstropfen unter der Schleimschicht, die seinen Harnisch bedeckte. »Wir könnten uns mit Hilfe der Flammenwerfer bis nach unten durchkämpfen . . .«

»Nein!« widersprach Rudy heftig und versuchte verzweifelt, den zunehmenden Kampflärm, der vom Tunneleingang herüberdrang, zu übertönen. »Wenn wir die Flammenwerfer einsetzen, gibt es noch eine Explosion! Die Dunklen verwenden explosives Gas!«

»Gas?« brüllte der Kanzler wütend zurück. »Was soll das sein? Sprecht vernünftig, junger Mann!«

Zum ersten Mal in seinem Leben wünschte Rudy, er hätte mehr Ahnung von Physik. »Äh – es ist ein Dampf«, stammelte er, nach den richtigen Worten suchend. »Ein aggressiver Dampf.« Er mußte laut schreien, um das Klirren der Schwerter, die Schreie, die Flüche und das scharfe Zischen der Dunklen zu übertönen. »Es explodiert in der Luft – es ist unsichtbar!« Als er Alwirs widerspenstigen Gesichtsausdruck sah, schrie er auf: »In Teufels Namen, Ihr glaubt doch nicht etwa, daß ein einziger Flammenwerfer alle Menschen in der Höhle auslöschen konnte!«

Wieder erschütterte ein Erdbeben den Boden und riß sie fast von den Füßen. Eine erstickende Staubwolke wälzte sich aus einem nahegelegenen Gang, und Rudy hörte das Prasseln herunterstürzender Steine.

Er spürte, daß die Kraft des Gegenzaubers nachließ, und im Tunnel wurde das Licht heller. Die Schreie und Flüche wurden von Hochrufen abgelöst, aus denen Tomec Tirkensons donnernde Baßstimme lauter als alle anderen herauszuhören war. Sie waren in weißen Lichtschein getaucht. Einige Männer trugen den schwer atmenden Eldor in den schützenden Tunnel zurück. Ingold hielt die zuckende, verstümmelte Hand des Königs noch immer in der seinen. Hinter ihnen strömten weitere Männer den Felshang hinauf, und der Landherr von Gettlesand stieß mit rauher Stimme hervor: »Wir müssen sehen, daß wir hier herauskommen. Sie sprengen die Decken der Gänge hinter uns in die Luft. Der Weg ist schon an zwei Stellen abgeschnitten. Wenn wir bleiben, sitzen wir in der Falle wie Schweine im Schlachthaus.«

»Ingold?« rief Alwir.

Der Zauberer richtete seine schwarz umränderten Augen auf ihn.

»Könntet Ihr uns von hier aus zum Mittelpunkt der Brutstätte führen?«

Der alte Mann wischte das Blut, das ihm in den Bart tropfte, mit dem Ärmel von der Wange. »Ich könnte es«, erwiderte er ruhig. »Aber nicht wieder hinaus. Je tiefer man hinuntersteigt, desto weniger Gänge sind es. Ich kann uns von hier aus nach draußen bringen – das glaube ich wenigstens. Tiefer unten könnte allzuleicht das ganze Heer in die Falle geraten.«

Alwir wirkte nachdenklich.

Rudy fügte hinzu: »Und es würde ohnehin nichts nützen, sage ich Euch! Die Dunklen können die Luft zum Explodieren bringen!«

»Redet kein dummes Zeug«, fuhr Alwir ihn gereizt an.

»Das ist kein dummes Zeug«, warf Tirkenson unerwartet ein. »Genau das ist geschehen, wie es aussah. Der Flammenwerfer ging los, und es sah aus, als hätte die Luft in der ganzen Höhle Feuer gefangen. Ich habe die Augenbrauen verloren; wäre ich zwei Schritte weiter gewesen, wäre ich jetzt tot.«

Ein harter Zug legte sich um den Mund des Kanzlers. Doch bevor er zum Sprechen ansetzen konnte, erschütterte eine weitere Explosion den Tunnel. Rudy wurde umgerissen und zwischen die Soldaten aus Gettlesand geschleudert, die sich in der Höhle darunter befanden. Feuchter Staub drang aus der Dunkelheit des Tunnels, und ein Schrei hallte durch die Höhle, als die Dunklen wieder auf die Truppen niederströmten.

Die Flucht aus der Brutstätte war ein Alptraum. Geblendet vom verwirrenden Wechsel von Licht und Dunkelheit, hielt sich Rudy dicht bei dem kleinen Häuflein von Gardisten, in deren Mitte der verwundete König auf einer behelfsmäßigen Bahre durch den Sturm aus Bosheit, giftiger Säure und Tod getragen wurde.

Es war Ingold, der der drohenden Dunkelheit eine strahlende Lichtschranke entgegenhielt, Ingold, der, wenn das Licht verschlungen wurde, in der vordersten Verteidigungslinie stand, sein Schwert ein glitzernder Lichtfunke in der schwelenden Dunkelheit. Zweimal kehrte er in tiefere Gänge zurück, um versprengte Krieger einzusammeln, die von der Haupttruppe abgeschnitten worden waren, und jedesmal stellte Rudy fest, daß sie nur noch im Schneckentempo vorwärtskamen, bis er wieder bei ihnen war.

In den Gängen war das Vorwärtskommen am schwierigsten, und der Boden war bedeckt mit den Leichen der Gefallenen. An manchen Stellen war ihnen der Weg durch Flammen abgeschnitten, an anderen Stellen erkannte Rudy die Spuren der Gasfallen – zerfetzte und zerschmetterte Körper und in der Hitze geschmolzene Waffen. Einmal führte Alwir einen Trupp von Soldaten aus dem tiefsten Dschungel von Alketch,

deren Augen in ihren blutverkrusteten, dunklen Gesichtern weiß glitzerten, aus dem Labyrinth der Gänge hinaus.

Und immer wieder griffen die Dunklen am Rande des Heeres an und ließen sich aus den Felsspalten der Decken fallen, um das Licht der Zauberer zu ersticken. Rudy war von der Anstrengung, auch nur einen matten Lichtschimmer zu erhalten, so erschöpft, daß er das Schwert kaum noch heben konnte.

Er sah, wie Gil zu Boden geschleudert wurde, als die Dunklen fast über ihrem Kopf die Decke zum Einstürzen brachten. Blut strömte aus einer Wunde unter dem wirren, schwarzen Haarschopf, und die anderen Gardisten zogen sie wieder auf die Füße. An einer anderen Stelle erkannte er die sterblichen Überreste der Schamanin Mondschatten an den Knochen, die in die versengten Haarstränge geflochten waren. Er fragte sich, wie viele von den Zauberern wohl umgekommen sein mochten.

Selbst halb blind und völlig benommen vor Erschöpfung, war es Rudy unerklärlich, wie Ingold im schwarzen Labyrinth der Gänge den richtigen Weg fand. Geröllhalden und eingestürzte Decken zwangen sie immer wieder, Umwege zu machen. Sie kletterten über Felsblöcke, die noch heiß waren von der zerstörerischen Gewalt der Explosion, kämpften sich durch die schlammigen, schleimigen Fluten überschwemmter Gänge und durch die Hölle von Toten und Sterbenden. Der Gegenzauber der Dunklen zerrte an Rudys Bewußtsein, machte seine Füße bleischwer und ließ ihn immer weiter zurückfallen.

Und plötzlich hatten sie die Treppe erreicht. Der König wurde zusammen mit den anderen Verwundeten hinaufgetragen. Die Überlebenden des Heeres strömten mit grauen Gesichtern an Rudy vorüber. Die Dunklen fielen in dem steilen, gewundenen Schacht über sie her, und viele der Männer und Frauen, die sich ihren Weg bis zum Rande des menschlichen Eindringens in die Brutstätte und zurück erkämpft hatten, starben jetzt auf dem letzten Wegstück zur Erdoberfläche, und ihre zerschmetterten Körper und schmelzenden Knochen sanken vor den Füßen ihrer Gefährten nieder. Rudy, der spürte, daß Ingold am Ende seiner Kräfte war, blieb dicht an der Seite des Zauberers. Während sie sich Stufe für Stufe die Treppe hinaufkämpften, bemerkte er, wie kraftlos das magische Licht geworden war, das den alten Mann umgab, und immer wieder verlosch es unter dem Ansturm der Dunklen vollständig, und die Zeitspannen, in denen sie sich in vollkommener Dunkelheit bewegten, wurden immer länger.

Rudy befand sich unter der Nachhut, einem zusammengewürfelten Haufen von Leuten aus Gettlesand und Penambra, Kirchensoldaten und Männern aus Alketch, die sich in der Dunkelheit einen Weg über die Leiber der Gefallenen hinweg bahnten. Die Dunklen waren überall. Das Licht war jetzt endgültig erloschen, und er sah mit seinem Zauberblick schmutzige, zerkratzte Gesichter, Augen, starr vor Erschöpfung, und

Schwertklingen, die blindlings in den Ansturm der Dunklen hineinschlugen. Über sich sah Rudy die lange Reihe von Soldaten, die sich ans Tageslicht hinauskämpften; unter ihm waren nur die Finsternis des Schachts, der weißliche Lichtschimmer von Ingolds Schwert und die glänzenden Rücken der Wesen, die ihn umschwärmten.

Sie bogen um eine Ecke. Etwas kam aus der Dunkelheit geflogen und streifte Rudys Wange. Er hörte das Zischen eines schlecht gezielten Schwerthiebes und duckte sich, als eine Klinge seinen Hinterkopf traf. Schwerfällige Arme zogen ihn über die schlüpfrigen Treppen, die Toten und die Waffen der Gefallenen. Die Treppe wollte und wollte kein Ende nehmen. Als der Ansturm der Dunklen um sie herum abnahm, beschleunigten die Soldaten aus Gettlesand, die ihn in ihrer Mitte mitschleiften, den Schritt. Hoch über sich in dem pechschwarzen Treppenschacht hörte er Freudenschreie.

Dann strich ein Windhauch über sein Gesicht. Er sah Dunkle über sich und hinter sich, sie strömten wie Rauch aus einem Deckenschacht herunter. Die Krieger um ihn herum verdoppelten ihre Anstrengung, ans Licht zu gelangen. Die Dunklen waren jetzt hinter ihnen, und nach allem, was die Krieger durchgemacht hatten, waren nur wenige bereit, noch einmal in diese Hölle zurückzukehren.

Rudy fuhr herum, wurde aber von der Menge mitgerissen. Verzweifelt schrie er: *»Ingold!«* Doch er glaubte nicht, daß ihn der Zauberer hören konnte. Die Dunklen hatten die Nachhut abgeschnitten. Es trennten sie nur wenige Meter, doch das kleine Häuflein Soldaten aus Alketch, die bei dem Zauberer standen, war kaum durch den tosenden Schleier der Dunkelheit zu erkennen. Rudy sah, wie Ingold mit dem Rücken zur Wand zurückwich, während um ihn herum einer nach dem anderen fiel. Die weiße Flamme seines Schwertes funkelte in der sengenden Finsternis. Immer mehr Dunkle kamen von oben heruntergeströmt. Rudy sträubte sich gegen den Sog der Menschen, die ihn mit sich rissen, entschlossen, den alten Mann in seinem Kampf nicht im Stich zu lassen.

An der Biegung der Treppe stand Alwir unbewegt und sah zu der bedrängten Gestalt im tiefergelegenen Treppenschacht hinunter. Dann wandte er sich zu seiner rotgekleideten Truppe um, deren Überlebende ihn umringten, und sagte: »Es sind zu viele. Bleibt zurück.«

Schluchzend warf Rudy sich dem Menschenstrom entgegen. Hände packten ihn an den Armen. Mit stählernem Griff wurde er zurückgerissen. Durch eine Lücke in der Menschenmenge sah er den geschmeidigen Tentakel, der aus den Schatten hervorschoß und sich um die Handgelenke des Zauberers schlang. Ingold machte den verzweifelten Versuch, sich zu befreien, doch ein zweiter Peitschenschwanz schlang sich um seine Fußgelenke und zog ihn von der Wand fort. Das leuchtende Schwert fiel klirrend zu Boden, und sein Licht verlosch.

Das Bild entfernte sich wie im Traum, als Rudy die Treppe hinaufgezogen wurde und die Dunkelheit unter ihm immer undurchdringlicher wurde. Er sah, daß Ingold sich noch einmal vergeblich wand, um den Wesen zu entkommen, die ihn jetzt von allen Seiten gepackt hatten. Sein letzter Versuch, Licht hervorzurufen, war wie ein erstickter Schrei.

Ein Funken flackerte auf und erstarb. Im Tageslicht am Ende der Treppe stand Alwir, in seinen dunklen Samtumhang gehüllt, und sah zu, wie Ingold in die Dunkelheit davongeschleppt wurde.

Dreizehntes Kapitel

»Gil?«

Rudy schloß die Eingangsplane des Zeltes, und das Heulen des Windes brach ab. Um die anderen, die im Sanitätszelt lagen, nicht zu wecken, sprach er so leise, daß seine Stimme den Regen, der auf das lederne Zeltdach niederprasselte, kaum übertönte. Er wußte, daß Gil nicht schlief.

Er sah das Schimmern ihrer offenen Augen. Sie blickte unbeteiligt zum Zeltdach hinauf, wie sie es seit dem Augenblick getan hatte, als sie am Tag zuvor aufgewacht war und Bruder Wend ihr so schonend wie möglich beigebracht hatte, daß Ingold tot war.

Schließlich wandte sie Rudy den Blick zu und sagte so beiläufig, als wären sie sich zufällig auf einem Parkplatz begegnet: »Hallo, du Niete.« Rudy sank der Mut.

»Geht es dir gut?«

Sie zuckte die Achseln. »Verglichen mit der Hälfte der Leute, die in dieses Loch gestiegen sind, geht es mir großartig.« Sie verschränkte die Arme vor der Brust, und in dem schwachen Lichtschein, der unter dem Schirm des Glimmsteines hervordrang, sah er, daß ihre Wange von Steinsplittern schwer getroffen war. Ein klebriger schwarzer Verband, der aus einem Gewand herausgerissen worden war, bedeckte die tiefe Schürfwunde an ihrer Schläfe. Ihre Augen verrieten, daß sie keine Träne vergossen hatte.

Nach einer Weile richtete sie den ausdruckslosen Blick wieder auf das Zeltdach. »Es heißt, daß Eldor auch durchkommt«, fügte sie im Plauderton hinzu. »Was ein Hohn ist, wenn man es bedenkt.«

Rudy drängte die aufsteigenden Tränen zurück und schloß die Augen. »Gil, was sollen wir bloß tun?« flüsterte er.

»Das kommt darauf an, was dir am wichtigsten ist«, entgegnete sie, und das Getöse des sintflutartigen Regens dämpfte ihre leise Stimme. »Ich würde es für das klügste halten, eine wirksame Waffe gegen die Weißen Räuber zu entwickeln. Man könnte natürlich auch ein Düngemittel auf Stickstoffbasis für Hydrogärten erfinden.«

»Zum Teufel, Gil!« stieß er erschüttert hervor. »Wie kannst du nur über – über Waffen und – und Düngemittel reden . . .? Ich wußte immer, daß du die gefühlloseste Frau bist, die ich je kennengelernt habe, aber . . . Er ist tot, Gil! Kannst du das nicht verstehen?«

»Aber sicher«, entgegnete Gil munter. »Daß ich meinen Schmerz nicht einem anderen auflade, heißt noch lange nicht, daß ich keinen empfinde.«

Er schwieg beschämt.

Sie rückte ihren Kopf auf dem zusammengefalteten Umhang zurecht, der ihr als Kissen diente. Ihre Augen waren so grau wie Gletschereis und beinahe ebenso kalt. »Du hast mich gefragt, was wir tun sollen«, fuhr sie mit freundlicherer Stimme fort. »Ich würde sagen, wir bereiten uns auf einen langen, angenehmen Aufenthalt vor.«

Es war der Anfang der schlimmsten Zeit, die Rudy je durchgemacht hatte.

Die Wochen, die auf die Rückkehr des dezimierten Heeres in die Festung von Dare folgten, vermischten sich in seiner Erinnerung zu einer einzigen endlosen Hölle der Trauer, des Schmerzes und der Angst. Rudy hielt sich die meiste Zeit in seiner eigenen Kammer oder in dem trübsinnigen Gemeinschaftsraum der Magiertruppe auf, und die anderen Zauberer waren verständig genug, ihn in Ruhe zu lassen. Gil brachte ihm gelegentlich die Neuigkeiten aus der übrigen Festung – von Eldors allmählicher Genesung, von den Soldaten aus Alketch, die jetzt den größten Teil der zweiten Ebene belegt hatten, von dem erbitterten Kampf zwischen König und Kirche – doch Rudy lauschte den Berichten ohne Interesse.

Gil hatte sich verändert. Rudy fragte sich oft, was Ingolds Tod in ihr bewirkt hatte. Die linkische Schüchternheit, die Oberlehrerhaftigkeit, die Empfindlichkeit waren verschwunden. Manchmal hörte er sie beiläufig über den Tod des alten Mannes sprechen, ohne daß sich ihre helle, spöttische Stimme veränderte. Doch in ihren starren grauen Augen lag eine tödliche Entschlossenheit, die ihn erschreckte.

Alde sah er nur ein einziges Mal.

Gil sagte, daß sie den Königlichen Bereich niemals verließ, doch sie wußte nicht, ob aus freien Stücken oder auf Eldors Geheiß. Kara, die Thoth und Bruder Wend half, den König gesundzupflegen, berichtete, daß Alwir und Bektis sich häufig bei ihm aufhielten.

Selbst wenn Alde sich frei in der Festung hätte bewegen können, hätte Rudy sie nur selten zu Gesicht bekommen, und angesichts der Heftigkeit von Eldors Eifersucht kämpfte er gegen die unbändige Sehnsucht nach ihr an.

In seinem Elend und seiner Verzweiflung war das einzige, woran er sich ausrichtete, die Musik seiner Harfe Tiannin. In diesen dunklen Wintertagen war sie seine einzige Gesellschaft, ihre Musik der einzige Ausdruck seiner Sehnsucht und seines Schmerzes. So spielte er stundenlang ohne Ende, manchmal die ganze Nacht durch.

Und so traf ihn Gil auch in der Nacht an, als die Kirche endlich zum vernichtenden Schlag ausholte.

Er war so vertieft in die klaren Klänge, daß er ihre hastigen Schritte im

Flur nicht hörte und sie erst bemerkte, als sie die Tür aufriß und in seine Kammer gestürzt kam.

Sie blieb einen Augenblick stehen und blinzelte in die Dunkelheit, doch als er ein kleines Lichtflämmchen über seinem Kopf erzeugt hatte, war sie schon bei ihm.

»Was –« begann er.

Sie nahm ihm die Harfe aus den Händen. »Ich habe gerade eben gehört«, unterrichtete sie ihn knapp und mit teilnahmslosen Augen, »daß alle Soldaten aus Alketch sich hier unten versammeln. Sie haben den Befehl, alle Zauberer unter Arrest zu stellen.«

»*Wie?*« stieß Rudy ungläubig hervor. Und dann fügte er völlig verwirrt hinzu: »Aber es ist mitten in der Nacht.«

Gil, die sich bereits zum Gehen gewandt hatte, hielt inne. Sie hatte die Harfe, deren Saiten wie Quecksilber auf dem dunklen Stoff ihres weiten Umhangs schimmerten, unter den Arm geklemmt. Mit kühler Verächtlichkeit in der Stimme fragte sie ihn: »Glaubst du vielleicht, sie würden diese Verhaftung wagen, wenn sie annehmen müßten, daß es Zeugen dafür gäbe?«

»Aber . . .«

Sie war bereits verschwunden. Rudy hatte gerade den Eingang seiner Kammer erreicht, als Fackellicht den Gang erhellte und Flüche und Stiefelgeklapper laut wurden. Eine Einheit von Soldaten aus Alketch bog um die Ecke und marschierte auf die Zellentür zu – flachgesichtige, mahagonidunkle Männer in Schuppenpanzern, die im Feuerschein in allen Regenbogenfarben schimmerten.

Rudys Reaktionen waren durch seine Verwirrung verlangsamt. Sekunden bevor die Männer die Tür erreicht hatten, schlug er sie heftig zu und eilte auf den Flammenwerfer zu, der neben dem Bett im Halfter steckte. Die Tür wurde eingetreten, und die Männer hatten ihn eingekreist, bevor er seine Waffe ergreifen konnte; als er von kräftigen Händen gegen die Wand gedrückt wurde, fiel ihm ein, daß er auch einen Tarnzauber hätte anwenden können.

Die Arme wurden ihm auf den Rücken gedreht, und er wurde unsanft durchsucht.

»Hört mal . . .« begann er und handelte sich eine Ohrfeige ein, die ihm den Atem raubte.

Er mußte einen Schmerzensschrei unterdrücken, als er von der Wand fortgerissen wurde, wobei ihm die Männer fast die Arme ausgekugelt hätten. Etwas Spitzes bohrte sich ihm in die Rippen, und jemand sagte: »Wenn du einen Ton von dir gibst, Zauberer, wird es dein letzter sein.« Ein Blutfaden tropfte warm an seiner Hüfte hinunter.

Sie zogen ihn an der Tür zum Gemeinschaftsraum vorbei in den Gang hinaus. Im Gemeinschaftsraum zerschmetterten Soldaten Glimmsteine und Archivkristalle, rissen Thoths mathematische Aufzeichnungen in Fetzen und warfen Bücher und Arzneifläschchen ins Feuer. Er hörte ein dumpfes Splittern, als einer von ihnen Dakis' Laute mit dem Stiefel zerschmetterte, und begriff erst jetzt, warum Gil seine Harfe mitgenommen hatte. Dann wurde er in die Dunkelheit des Ganges gestoßen. Sie marschierten an der Haupttreppe, die in die zweite Ebene hinaufführte, vorüber und folgten einer Biegung des Ganges.

Erst in diesem Augenblick wurde ihm richtig klar, was geschah. Gil hatte es gewußt, als sie gesagt hatte, es würde keine Zeugen geben – ihr wacher Geist mußte die Wahrheit erkannt haben, als sie gesehen hatte, daß die Schergen aus Alketch stammten. Die Zauberer würden nicht vom Hohen König verurteilt werden; wahrscheinlich hatte Eldor keine Ahnung von ihrer Festnahme.

Der Inquisitor würde über sie Gericht halten.

Sie schritten durch einen langen, lichtlosen Gang. Ihre Schritte hallten von den engen Wänden zurück. Angst ergriff von ihm Besitz, doch es war aussichtslos zu kämpfen, und in der Tiefe seines Herzens wußte er genau, daß niemand kommen würde, wenn er um Hilfe rief. Etwas am Geruch und der Atmosphäre dieses Ortes erinnerte ihn an das türlose Verlies, in dem Ingold in Karst gefangen gewesen war. Sie befanden sich jetzt tief im Bereich der Kirche, weit entfernt von den bewohnten Teilen der Festung.

Jemand stieß eine Tür in einer dunklen Mauer auf. Rudy stolperte über die Schwelle, als er hineingestoßen wurde, und seine Arme waren so taub, daß sie seinen Fall nicht abfangen konnten. Er landete hart auf dem rauhen Steinboden und lauschte atemlos und ängstlich in das beseelte Schweigen im Raum.

In der Dunkelheit läutete eine Glocke. Rudy rollte sich herum und richtete sich mühsam auf. Sein Zaubererblick enthüllte ihm die undeutlichen Gestalten der Anwesenden: die Wetterhexen Grey und Nila, die sich bei den Händen gefaßt hatten und sich mit leisen, ängstlichen Stimmen unterhielten; Dakis, der Sängerknabe, der das Bewußtsein verloren hatte und dessen Kopf in Ileas Schoß lag; Ungolard, den Kopf mutlos in die Hände gestützt; und Kara, das schwarze Haar aufgelöst und wirr auf dem Rücken, die ihre Mutter mit zornroten Wangen von ihren Fesseln und ihrem Knebel befreite.

Er blickte sich stirnrunzelnd in der Dunkelheit um. Er hatte schon an anderen Orten festgestellt, daß sein Zaubererblick weniger klar war als gewöhnlich, und das schien auch hier der Fall zu sein. Er konnte die Umrisse einer Doppelzelle erkennen, ungefähr sieben mal zwölf Meter groß. Die Decke lag im Schatten verborgen. In dem Raum hing ein steriler Geruch, der ihn erschreckte und abstieß. Er schauderte angesichts der Erinnerung, die er in ihm wachrief, und versuchte, ein magisches Licht zu erzeugen . . .

. . . und nichts geschah. Er befand sich in einer Zelle, in der die Magie keine Macht hatte.

Die schrille Stimme der alten Nan zerriß die bleierne Stille, die über dem Raum lastete. »Dreckige, miese, fischfressende Südländer, eine alte Frau so zu mißhandeln!«

»Mutter!« flüsterte Kara erschrocken, und die alte Hexe setzte sich mühsam auf und rieb sich die mageren Handgelenke.

»Versuch nicht, mich zu bemuttern, mein Kind! Wenn sie zuhören, umso besser! Fluch über sie! Mögen Hämorrhoiden ihre –«

»Mutter!«

Jemand brach in abgehacktes, hysterisches Gelächter aus.

Halb geduckt, als befürchtete er, von einem unsichtbaren Lauscher beobachtet zu werden, schlich er sich zu Kara hinüber. »Wo ist Thoth?« flüsterte er, und sie schüttelte den Kopf.

Er blickte sich suchend um. Weder von Bruder Wend noch von Kta war etwas zu sehen. Rudy, der Kta kannte, nahm an. daß der alte Einsiedler an seinem gewohnten Platz am Kamin gesessen hatte, als die Truppen aus Alketch eingedrungen waren, und daß sie ihn einfach nicht bemerkt hatten. Das bedeutete, daß zwei, vielleicht sogar drei von ihnen frei waren.

Frei wozu? fragte er sich. *Um uns zu befreien? Mitten aus dem Schoß der Kirche heraus? Und wohin zum Teufel sollen wir fliehen, wenn wir befreit sind? Fort aus der Festung? Zu den Dunklen?*

Er vergrub seinen schmerzenden Kopf in den Händen. Ihm wurde plötzlich entsetzlich klar, was mit den Zauberern geschehen war, die die Festung erbaut hatten. Sie waren spurlos verschwunden . . . ihre Laboratorien versiegelt . . . das Licht der Glimmsteine war nach und nach verloschen und die Erinnerung an die Erbauung der Festung verblaßt, bis nur noch die wenigen, die sie freiwillig mit ihrer Blutlinie weitervererbten, davon wußten. Wenn sie Aufzeichnungen gemacht hatten, so hatte die Kirche sie mit Sicherheit zerstört.

Der Teufel beschützt seinesgleichen, hatte Govannin gesagt. Nur gab es keinen Teufel und keinen Erzmagier – keinen Ingold. *Govannin hätte nicht Hand an uns legen können, wenn er noch am Leben wäre.*

Thoth, dachte Rudy. *Wo ist Thoth? Und Wend? Oder hat Govannin etwas Besonderes mit ihnen im Sinn? Thoth ist der Mächtigste unter den Überlebenden und Bruder Wend ein Abtrünniger vom Wahren Glauben . . .*

Wieder läutete die Glocke klar und kalt in der Dunkelheit. Die Tür wurde geöffnet, und ein hellroter Lichtstreifen fiel auf die ängstlichen Gesichter der Gefangenen. Soldaten aus Alketch traten lachend und spottend ein und führten einen großen, vornehm gekleideten alten Herrn in ihrer Mitte, der vor Zorn stotterte.

»Das ist eine Ungeheuerlichkeit!« stieß Bektis hervor. »Eine niederträchtige Gemeinheit! Ihr wagt es, Hand an . . .«

Unter Hohngelächter wurde er, keuchend vor Angst und Empörung, zu den anderen Zauberern gestoßen. Beim Versuch, sich zu erheben, stolperte er über den Saum seines Gewandes und fiel auf die Knie. Der Raum erbebte vom Gelächter der Soldaten.

»Sehr ratsam für dich, in die Knie zu gehen und zu beten, Alter«, spottete der Hauptmann.

»Am besten fängst du gleich damit an, für all diejenigen zu beten, die ihr mit euren Feuerspeiern in den Tod gejagt habt«, fiel einer der Soldaten ein, dessen verbranntes Gesicht noch deutliche Spuren des Kampfes in der Brutstätte zeigte. »Und am Ende kannst du für dich selber beten, wenn der Teufel dich zu sich zurückholt!«

»Ich hatte nichts damit zu tun . . .« begann der Hofmagier, während er versuchte, auf die Füße zu kommen. Doch der Hauptmann schlug ihm mit dem Speerschaft die Hand, mit der er sich abstützte, unter dem Körper weg, so daß er der Länge nach zu Boden stürzte. Die Soldaten brachen in brüllendes Gelächter aus.

Rote Flecken der Wut hatten sich auf Bektis' weißen Wangen gebildet, und sein zerzauster Bart zitterte vor Zorn. »Ich verlange, daß der gnädige Herr Alwir hiervon in Kenntnis gesetzt wird! Er würde niemals –«

»Der verehrte Herr Kanzler weiß, wo Ihr Euch befindet, Bektis«, ertönte die Stimme eines Neuankömmlings leise und kalt wie Gift in der sterilen Atmosphäre des dunklen Raumes. Die Soldaten verstummten und verneigten sich ehrerbietig. Unwillkürlich zogen sich die Magier von der erleuchteten Tür fort tiefer in den Raum zurück.

Zwei Gestalten in Mönchskutten standen im Türrahmen, die Gesichter unter den Kapuzen verborgen. Doch selbst wenn er nicht erraten hätte, wer dahinter steckte, hätte Rudy die Stimme der Bischöfin von Gae erkannt.

Rote Mönche, die Gesichter ebenfalls unter Kapuzen verborgen, die Hände an den Schwertgriffen, traten in den Raum und umstellten die Gruppe von Gefangenen, die sich in der Dunkelheit des langen Raumes zusammengedrängt hatten. Die letzten beiden Mönche trugen Kerzen. Als die Tür hinter ihnen geschlossen wurde, spendeten die beiden Kerzen das einzige Licht in der pechschwarzen Finsternis.

Der gelbe Schein enthüllte das Gesicht des linken Kerzenträgers – es waren die gepeinigten Züge von Bruder Wend. Als die beiden Inqisitoren im Kerzenschein auftauchten, trug Pinards Gesicht den Ausdruck von Bedauern angesichts einer unangenehmen Pflicht, die er zu erfüllen hatte; doch Govannins Mund war zu einem teuflischen, triumphierenden Lächeln verzogen.

Der Inquisitor Pinard ergriff das Wort. »Ihr seid der Ketzerei für schuldig befunden worden, ihr habt willentlich eure Seelen an den Teufel verkauft, um in den Besitz seiner trügerischen Macht zu gelangen. Ihr seid überführt, den Tod von Hunderten von gläubigen Menschen verschuldet zu haben durch die Waffen des Bösen. Ihr werdet für schuldig befunden –«

»Schuldig?« fiel Rudy ihm empört ins Wort. »Wer hat uns für schuldig befunden? Man hat uns keinen Prozeß gemacht!«

»Euer Leben selbst ist ein Prozeß gewesen«, ertönte Govannins trokkene, verächtliche Stimme, »und Ihr selbst habt Euch schuldig gemacht an dem Tag, als Ihr zu Ingold Inglorion gegangen seid und ihn gebeten habt, Euch die Wege der Macht zu lehren. Euer Prozeß begann an dem Tag, an dem Ihr geboren wurdet und den Schatten des Teufels auf dem Gesicht trugt.«

»Zum Teufel damit!« Rudy sprang auf und schüttelte Karas beschwichtigende Hand von seinem Ärmel ab. »Ich konnte mir das genauso wenig aussuchen wie meine Augenfarbe!«

Die Bischöfin fuhr ihn mit ihrer dünnen Stimme an: »Schweigt!«

»Ihr wißt ebensogut wie ich, daß der Angriff auf die Brutstätte von Anfang an zum Scheitern verurteilt war!« brauste er ungestüm auf. »Es war Alwir, der darauf bestanden hat, Alwir und Vair –«

»Schweigt!«

»Und Ihr wißt genau, daß es nicht ungesetzlicher ist, ein Zauberer zu sein als ein Schauspieler . . .«

Er bemerkte den Finger kaum, den Govannin hob. Aber er hörte den schweren Schritt des Roten Mönchs hinter seinem Rücken und wirbelte herum, so daß ihn der Schlag mit dem Speerschaft statt auf den Hinterkopf an der Kinnlade und am Hals traf. Durch tosende Meere der Finsternis hindurch stürzte er zu Boden.

Lange Zeit drang der Lärm, der ihn umgab, wie aus weiter Ferne an sein Ohr. Und in weiter Ferne erblickte er Bruder Wends Gesicht hinter Govannins Schulter, starr und bleich, als würde ihm gleich übel werden. Nans kreischende Stimme erhob sich und schrie Beleidigungen und Schimpfworte heraus, die er nie für möglich gehalten hätte. Dann hörte er schwere Stiefeltritte und Schläge und Karas Stimme, die rief: »*Nicht!* Bitte, sie ist doch nur eine alte Frau!« Bektis' Wimmern und andere Geräusche wichen in einem endlosen Tunnel schmerzgepeinigter Benommenheit zurück.

Einige Zeit später hörte er Govannin, die mit triumphierender Stimme, unterbrochen von Karas gelegentlichen Schluchzern, das Urteil verlas. Seine eine Gesichtshälfte war klebrig vom Blut, und seine Lippen schmeckten nach Staub. Durch den bohrenden Kopfschmerz und zunehmende Übelkeit hindurch glaubte er die Worte ›Zum Tode verurteilt‹ zu hören, war sich seiner Sache aber nicht sicher. Er verlor bereits wieder das Bewußtsein.

Vor der Tür wurden plötzlich Schritte und das Klirren von Kettenpanzern laut. Es mußten mindestens zwanzig Leute sein, und er fragte sich mit benommener Gleichgültigkeit, warum sie glaubten, so viele Männer zu benötigen. Dann wurde die Tür aufgerissen, und das Fackellicht im Gang vermischte sich mit dem weißen Schein der Glimmsteine in den Händen der Gardisten von Gae.

Eldor Andarion, der Hohe König von Darwath und Herr der Festung von Dare, stand im Türrahmen. Eine lederne Maske bedeckte sein Gesicht. Ein häßliches Schweigen senkte sich über den Raum. Rudy setzte sich unter Schmerzen und von Übelkeit geschüttelt auf, und sein Herz schlug schneller vor Angst beim Anblick des Königs.

»Gnädige Frau.« Die Stimme des Königs klang schrill, und es schwang die Ahnung unterdrückter Schreie darin.

Im weißen Lichtschein traten die tiefen Furchen, die sich um den vollen Mund der Bischöfin gegraben hatten, schwarz und deutlich hervor. »Gnädiger König!« grüßte sie ihn förmlich.

Eldor wandte den Kopf und nahm jede Einzelheit dieses schrecklichen, schweigenden Tribunals auf. Das Licht der Glimmsteine schimmerte auf der schwarzen Ledermaske des Königs, die sich mit jedem Atemzug auf groteske Weise zusammenzog. Hinter den Augenschlitzen lag nichts als entsetzliches, rätselhaftes Dunkel.

»Die Königin hat mir berichtet, daß Ihr Gericht haltet.«

Krank vor Erleichterung senkte Rudy den Kopf. *Gil weiß genau, an wen sie sich wenden und was sie sagen muß,* dachte er bei sich.

Die schnarrende Stimme fuhr fort: »Es scheint, daß die Einladung, die Ihr mir zu dieser Gerichtsverhandlung in meinem eigenen Reich zweifellos geschickt habt, fehlgegangen ist, denn ich habe sie nicht erhalten.«

Govannin hob den Kopf, und als sie sprach, war ihre Stimme bitter und hart. »Seit den Tagen Eures Großvaters Dorilagos steht es der Kirche frei, ihre eigene Gerichtsbarkeit zu üben.«

Eldor verschränkte die Hände, die rote, verstümmelte Linke und die starke, schlanke Rechte, hinter dem Rücken. Er wandte den Kopf, und seine Maske blähte sich leicht auf, als er sprach. »Sind diese hier denn Eigentum der Kirche?«

»Sie sind Ketzer, wie Ihr wißt, gnädiger Herr«, warf Pinard ein. »Sie sind Verführer der Unschuld. Mit ihnen gemeinsame Sache zu machen heißt, an ihrem Verbrechen teilzuhaben.«

»Das ist ein neues Zeitalter, mein König«, fuhr Govannin bedächtig fort. »Die Hoffnung auf eine Rettung durch die Magie ist zerschlagen und mit ihr viele tapfere Krieger dieser Festung. Die Macht der Kirche wird sich für das Seelenheil derjenigen einsetzen, die noch am Leben sind, ob sie es wollen oder nicht. Wir werden uns nicht daran hindern lassen.«

Eldors scharfe Stimme schnitt durch die Luft wie ein Messer. »Und ich werde nicht zulassen, daß die Kirche Todesurteile oder sonst irgendwelche Urteile ohne mein Wissen fällt, verehrte Frau Bischöfin. Wie viele Soldaten der Kaiser von Alketch Euch auch zur Verfügung gestellt haben mag, wie sehr er sich auch danach sehnen mag, seine Herrschaft auf den Norden auszuweiten, bin ich doch noch immer der Herr der Festung von Dare, und die Macht über Leben und Tod liegt bei mir und bei mir allein. Wer also diese meine Macht nicht anerkennt, ist ein Verräter an mir, an der Festung und an der Menschheit. Habt Ihr mich verstanden?«

Unter der Kapuze wurde das Gesicht der Bischöfin weiß und starr vor Wut. »Wollt Ihr Euch demnach mit diesen – Verrätern verbünden?

Diesen Verrätern an Gott und der Menschheit, deren Verteidiger sie ermordet haben – und an Euch?«

»Verehrte Frau Bischöfin«, sagte Eldor leise, »mit wem ich mich verbünde und warum ich so Recht spreche, wie ich es tue, geht Euch nichts an.«

»Es geht mich etwas an, wenn es die Kirche betrifft«, fuhr sie mit schriller Stimme auf.

»Da sie aber Exkommunizierte sind, stehen sie vollkommen außerhalb der Kirche, nicht wahr?«

»Betreibt keine Haarspalterei mit mir, mein König!« Sie trat einen Schritt auf ihn zu, und sie wirkte plötzlich größer im goldenen Licht der Fackeln, eine dürre Spinne im Mittelpunkt des stählernen Netzes des Glaubens, von dem die Festung überzogen war. »Ihr seid Herr über ihren Körper und ihr Leben, aber ich bin die Herrin über ihre Seelen. Ich habe verkündet, daß sie verdammt sind, und habe sie zum Tode verurteilt. Wollt Ihr Euch dem entgegenstellen und sie freilassen, damit sie nach Belieben Unheil anrichten können? Es ist ihr Werk, mein König, daß Ihr heute eine Maske tragt.«

Das Schweigen, das auf ihre Worte folgte, dauerte so lange und war so vollkommen, daß Rudy überzeugt war, daß alle Anwesenden das Hämmern seines Herzens hören mußten. Er spürte Eldors Blick auf sich, und sein Herz zog sich zusammen wie ein Käfer unter den gebündelten Strahlen eines Brennglases. Er hatte das Gefühl, daß seine Schuld so sichtbar war wie der Schweiß, der ihm über die Stirn lief. Die anderen Zauberer starrten wie gebannt zu ihnen herüber, denn sie wußten, daß ihr Schicksal untrennbar mit dem seinen verbunden war.

Als Eldor den Blick abwandte, war ihm, als würde eine erhitzte Nadel von einem Nervenende genommen.

»Ihr habt das Todesurteil über sie verhängt«, sagte der König schließlich. »Doch aufgrund ihrer Heilkräfte, denen ich es zu verdanken habe, daß ich heute auf den Beinen bin, ändere ich das Urteil in Verbannung ab. Die Garde soll sie morgen bei Sonnenuntergang zum Paß hinaufbringen; dann können sie gehen, wohin es ihnen beliebt, solange sie nicht zur Festung von Dare zurückkehren. Ich habe gesprochen.«

Damit wandte er sich zum Gehen.

Govannins Stimme klang ihm höhnisch nach. »Ihr meint, weil Eure Gattin Euch um das Leben der – Zauberer angefleht hat?«

Der gesichtslose Kopf fuhr herum. Im harten, weißen Schein eines Glimmsteins blitzte es in den Augenhöhlen auf. »Und wenn?« Mit diesen Worten verließ er endgültig den Raum.

Rudy spürte, wie die Dunkelheit wieder über ihm zusammenschlug, und er tastete auf dem Boden nach Halt. Doch irgend jemand packte ihn am Arm und zog ihn auf die Füße, und harte knochige Hände legten sich mit hartem Griff um seine Ellbogen. Er blinzelte, und durch einen dichter werdenden Nebelschleier erkannte er Gil – die kalte, unpersönliche, furchteinflößende Gil, deren hageres Gesicht so verschlossen und abweisend war wie eine versiegelte Tür. Er versuchte zu laufen, konnte aber den Boden nicht unter den Füßen spüren; sein Kopf wippte mit jeder Bewegung seines Körpers, als sie ihn zu der dunklen Bogentür hinschleppte. An der Schwelle stolperte er wieder, und diesmal sah er, was ihn aus dem Gleichgewicht gebracht hatte.

Es war ein Stapel Backsteine. Sie lagen auf einer Seite der Tür aufgehäuft, und es waren genug vorhanden, um den Eingang drei oder vier Schichten dick zu füllen. Daneben schimmerte frischer, feuchter Mörtel im Schein der Glimmsteine, die die Gardisten trugen.

Vierzehntes Kapitel

Rudy hatte wieder den Traum, der ihn schon seit langem folgte. Aber durch das Fieber erhielt er die Schärfe einer Halluzination, und es gelang ihm nicht, sich, wie so oft, durch Schreien zu wecken. Die Schreie erstickten in seiner Kehle.

In seinem Traum war Dunkelheit, dicht wie Rauch, schwül und undurchdringlich. Er wußte, daß er von der Brutstätte träumte, denn er konnte das feuchte, schwarze Moos riechen und schmeckte den erstikkenden Staub, der von den verwitterten braunen Flecken an den Wänden aufstieg. Er war tief unter der Erde, tiefer, als er sich im wachen Zustand je befunden hatte, und das Wissen, daß es kein Entkommen gab, lastete auf ihm wie ein hoffnungsloser Schmerz.

Hierher kamen keine Herden. Nur die Dunklen hingen in Schwärmen an den Wänden und der Decke und wimmelten auf dem Boden. Das Scharren ihrer Klauen zerrte wie nagende Ratten an seinen Nerven. Er konnte sie sehen, obwohl kein Lichtschimmer auf ihre pulsierenden schwarzen Rücken fiel. Und er konnte sehen, was sie da, ausgestreckt auf dem Felsgestein, umschwärmten. Zwar war das Gesicht des Mannes nicht zu erkennen, doch er kannte die kräftige Hand mit den kurzen Fingern und den Narben alter Schwertkämpfe, und er sah, wie sie sich plötzlich wie im Todeskampf in den Felsen krallte.

Schluchzend und von Angstschweiß durchnäßt, wachte er auf. Der Raum um ihn herum war pechschwarz, doch die Dunkelheit war ihm vertraut; er befand sich in seiner Zelle im Wohnbereich der Magiertruppe. Er hatte das unbestimmte Gefühl, daß er eigentlich nicht hier sein sollte, konnte sich aber nicht erinnern, warum. Er lag nur da, niedergeschmettert von der Erinnerung an ein unaussprechliches Entsetzen, und sagte sich immer wieder: *Ingold ist tot. Er ist tot. Er muß tot sein.*

Und wie eine Antwort klang ihm das Echo der ruhigen, rauhen Stimme in den Ohren: *Ich würde es wissen, wenn Lohiro tot wäre.*

Rudy rollte den Kopf auf dem Kissen hin und her und versuchte, das klebrige Spinnennetz des Traumes abzuschütteln. *Ingold ist tot,* wiederholte er im Geiste und kämpfte verzweifelt gegen die wachsende Überzeugung an, daß das nicht ganz der Wahrheit entsprach.

Er mußte lange geschlafen haben – mehrere Tage, seinem Hungergefühl und den Bartstoppeln nach zu urteilen. Ein schwacher, weißer Lichtstreifen erschien am unteren Rand der Tür, und er erkannte Gils leichten, vorsichtigen Tritt. Der Lichtschein bewegte sich; er hörte Wasser plätschern und stellte fest, daß er umkam vor Durst. Als sie hereinkam und ihm einen Becher reichte, setzte er sich mühsam auf. Sein Kopf schmerzte noch immer, aber die Benommenheit war verschwunden. Das Wasser kühlte seinen ausgetrockneten Mund angenehm.

Gil betrachtete ihn mit hellen, teilnahmslosen Augen. »Glaubst du, du kommst durch?«

»Schließen sie bei der Garde schon Wetten darauf ab?«

»Fünf zu sieben dagegen.«

Er kramte unbeholfen in der Tasche seiner buntgefärbten Weste und fischte ein paar Kupfermünzen heraus. »Setz die auch noch dagegen«, sagte er und ließ sich in das zerdrückte Kissen zurücksinken. »Wo sind die anderen?«

Sie ließ sich auf dem Fußende des Bettes nieder. »Ungefähr fünfzehn Meilen jenseits des Passes.«

Er setzte sich so hastig auf, daß ihm beinahe schlecht wurde. »Was?«

Sie drückte ihn mit ihrer eiskalten, knochigen Hand auf das Kissen zurück. »Du hast lange geschlafen. Kara saß gestern fast den ganzen Tag bei dir, aber sie mußte bei Sonnenuntergang mit den anderen die Festung verlassen. Du warst nicht in der Verfassung, irgendwohin zu gehen. Weder Eldor noch Alwir oder Govannin machten sich die Mühe, die Magier zu verabschieden, und Janus wird kein Wort darüber verlauten lassen, daß es einer zu wenig war. Er weiß offiziell nichts davon, daß du noch hier bist, aber er hat mir gegenüber erwähnt, daß jeder Zauberer, der vielleicht hiergeblieben ist, daran denken soll, daß der Verbannungsbefehl sich leicht wieder in ein Todesurteil verwandeln kann.«

Rudy nickte. »Ich werde mich nicht blicken lassen«, erklärte er mit schwacher Stimme. »Ein Tarnzauber wird mich vor der Entdeckung bewahren.« Er schwieg einen Augenblick, dann fuhr er mit leiser Stimme fort: »Er hat sie also alle gehen lassen?«

»Oh ja«, erwiderte sie ruhig. »Govannin war nicht sehr glücklich darüber, aber Janus hat ein wachsames Auge auf sie geworfen. Ich war unter den Gardisten, die sie zum Paß begleitet haben. Wir brachen zwei Stunden vor Sonnenuntergang auf. Es ist ein langer Weg bis zum Paß hinauf. Auf dem Hinrichtungshügel stieß Kta zu uns – die Soldaten des Inquisitors hatten ihn überhaupt nicht entdeckt«, endete sie mit ihrer kühlen, sachlichen Stimme.

Rudy schloß die Augen, als könne er damit das überwältigende Gefühl der Verbannung auslöschen – der Verbannung zuerst aus seiner eigenen Welt und nun auch noch aus dieser, sobald er stark genug war, auf eigenen Füßen zu stehen.

»Tomec Tirkenson hat die Festung übrigens auch verlassen«, fuhr Gil nach einer Weile fort.

Rudy öffnete die Augen und blinzelte sie, verwirrt über diese Neugkeit, an. »Wie? Was? Was zum Teufel hat Tomec Tirkenson mit den Magiern zu tun?«

»Nun, die meisten Gardisten kehrten um, als wir am Fuß des Passes angelangt waren. Seya, Melantrys, der Eisfalke, Gnift, Janus und ich blieben noch, um uns von den Magiern zu verabschieden. Wir hatten ein paar Nahrungsvorräte für sie herausgeschmuggelt – sie waren nämlich ohne Vorräte fortgeschickt worden, weißt du.«

Rudy wandte den Blick ab. »Verdammt«, flüsterte er.

Sie zuckte die Achseln. »Es macht nichts. Denn kurze Zeit später, als wir gerade aufbrechen wollten, deutete Kta die Straße hinunter, und wir sahen Tomec Tirkenson, der mit all seinen Soldaten, seinen Pferden und den Vorräten, die er Eldor entringen konnte, zwischen den Bäumen auftauchte. Sie waren aufgebrochen, um zu Tirkensons Festung in Gettlesand zurückzukehren. Er hielt sein Pferd bei uns an und sah lange Zeit mit einem merkwürdigem Gesichtsausdruck auf Kara hinunter. Dann bot er ihr seine Hilfe an.«

Die Erinnerung schien das Eis in Gils Augen ein wenig zum Schmelzen zu bringen, und der bittere Zug um ihren Mund wurde ein wenig weicher. »Er sah nicht so aus, als glaubte er daran, daß sie seine Hilfe annehmen würde«, fuhr sie mit sanfterer Stimme fort. »Aber sie tat es. Darauf küßte er ihr die Hand und hob sie zu sich aufs Pferd. Dann wandte er sich zu den anderen um und bot ihnen ein Heim in seiner Festung an. Und dann zogen sie zum Paß hinauf, Kara auf Tirkensons Pferd, Karas Mutter auf einem Esel hintendrein, und nach ihnen der ganze Haufen von Magiern und Leuten aus Gettlesand, Richtung Westen.«

Rudy schloß wieder die Augen. *Wenigstens werden sie überleben,* dachte er. *Wenigstens haben sie in dieser harten sterbenden Welt einen Ort gefunden, wohin sie sich wenden können.*

»Hat man eigentlich herausgefunden, was aus Thoth geworden ist?« fragte er ruhig.

Gil seufzte. »Ich habe eine Theorie darüber«, erklärte sie, »was Thoth zugestoßen sein könnte. Weißt du, daß Wend die Kutte wieder angezogen hat?«

Rudy nickte müde. »Er befand sich während des Prozesses unter Govannins Gefolge.«

»Urteile nicht zu streng über ihn«, sagte Gil. »Sie hat ihn Tag und Nacht bearbeitet, seitdem er in die Festung gekommen ist. Sein Zusammenbruch war nur eine Frage der Zeit. Sie haben heute nachmittag in der Kirche eine große Feier veranstaltet, und Bruder Wend und Bektis haben sich offiziell von der Magie abgekehrt . . .«

»Bektis?«

»Oh ja, er ging sogar in Sack und Asche. Er ist zu Brot und Wasser und härenem Gewand für den Rest seines natürlichen Lebens verurteilt worden und muß die Stellung eines Dieners in Alwirs Gefolge einnehmen.«

Als Rudy aufblickte, bemerkte er ein spöttisches Glitzern in ihren Augen. »Großartig«, seufzte er. »Das heißt also, daß er seine ursprüngliche Stellung wieder einnimmt, sobald sich der Aufruhr gelegt hat.«

»Du hast es erfaßt«, stimmte sie ihm zu. »Vielleicht ist jemand auf den Gedanken gekommen, daß sie später im Winter – zum Beispiel, wenn die Weißen Räuber angreifen sollten – einen Zauberer brauchen könnten, und Govannin zieht Bektis einem so mächtigen Zauberer wie Thoth vor. Oder vielleicht ist es auch nur ein Zugeständnis an Alwir. Ich weiß es nicht. Im Augenblick schrubbt Bektis jedenfalls Fußböden.« Sie zuckte geringschätzig die Achseln.

»Und Wend?« Das tiefe Elend auf dem Gesicht des kleinen Priesters stand ihm noch vor Augen.

Gil bürstete ein unsichtbares Stäubchen von ihrem zerfransten Ärmel. »Wend wurde es gestattet, einen lebenslangen Eid besinnlicher Einsamkeit abzulegen«, erklärte sie mit unbeteiligter Stimme. »Und er wurde aufgrund – ›geleisteter Dienste‹, wie Govannin es ausdrückte, wieder in den Schoß der Kirche aufgenommen.«

Rudy schwieg.

»Weißt du, Thoth war ein sehr mächtiger Zauberer«, fuhr Gil mit ihrer ruhigen, fast beiläufigen Stimme fort. »Er war der einzige Überlebende des Rates der Zauberer, und ich glaube, er war einer der mächtigsten Männer des Rates. Man hat mir gesagt, die einzige Art, einem so mächtigen Zauberer beizukommen, ist es, ihm ein Betäubungsmittel ins Essen zu mischen und ihn im Schlaf zu erledigen. Und ich glaube nicht«, schloß sie ihren Vortrag, »daß ein anderer als Bruder Wend, den er in die Kunst des Heilens unterwiesen hat, dazu Gelegenheit gehabt hätte.«

Eine Zeitlang sagte Rudy nichts, und Gil faltete schweigend die Hände. Leise drang der gemessene Schritt der Patrouillen aus Alketch zu ihnen herüber; die Südtruppen beherrschten jetzt den größten Teil der Festung. Er dachte an Alwir und den Kommandanten Vair, doch sie hatten wenig Bedeutung für ihn, er fühlte sich nur entsetzlich müde.

Als er wieder zu Gil aufblickte, hatte sie den Mund zu einem spöttischen Lächeln verzogen; ihre grauen Augen hinter den von Müdigkeit verquollenen Lidern blickten kalt und unbeteiligt. Rudy hatte den Eindruck, daß sie Melantrys und dem Eisfalken sehr ähnlich geworden war – so hart und unpersönlich wie eine Schwertklinge.

Und dennoch hatte sie sich selbst in Gefahr gebracht, um die Musik seiner Harfe zu bewahren.

Er hätte die nächste Frage lieber nicht gestellt, konnte aber das Unwissen nicht länger ertragen. »Und Alde?«

Ihre langen Finger strichen glättend über die Bettdecke. »Eldor hat vielleicht nicht alle Tassen im Schrank«, sagte sie nach einer Weile. »Aber er ist schlau genug, zu durchschauen, daß Alde nicht aus Sorge um Karas Mutter für die Zauberer gebeten hat.« Sie wich seinem Blick aus und fuhr fort: »Aber mir fiel einfach kein anderer Weg ein, den Prozeß zu verhindern. Die überhebliche Anwendung der Rechtsprechung durch die Kirche war immer ein wunder Punkt für Eldor. Ich verließ mich darauf, daß er euch gehen lassen würde, nur um Govannin ein Schnippchen zu schlagen.«

Rudy ergriff ungeduldig ihre Hand. »Aber was ist mit Alde?«

Ihre Nasenflügel bebten verächtlich. »Was hast du eigentlich erwartet?« fuhr sie ihn an. »Er wird sie irgendwann wieder hinauslassen – er kann sie schließlich nicht ewig gefangenhalten.«

Was habe ich eigentlich erwartet? fragte er sich benommen. Im Grunde seines Herzens hatte er gewußt, daß sie Eldors Gefangene war. »Wir hätten nie damit anfangen dürfen«, flüsterte er und sah sie mit ausdruckslosen Augen an. »Ich habe ihr Leben völlig durcheinander gebracht, und ich wollte ihr doch um alles in der Welt nicht wehtun, Gil.«

Gil zuckte die Achseln und spielte am Griff ihres Schwertes. »Ich glaube nicht, daß du ihr hättest wehtun können«, bemerkte sie schließlich, ohne ihn anzusehen, »wenn sie dich nicht geliebt hätte. Das ist zwar keine Entschuldigung, aber vielleicht hat ihr auch die Liebe zu dir das Leben gerettet.«

Rudy runzelte verständnislos die Stirn.

Gil fuhr mit abwesender Stimme fort: »Wenn man den Menschen, den man liebt, die Welt und alles andere verloren hat, und es gibt kein Ziel mehr, für das sich zu kämpfen lohnt, dann ist es sehr leicht, zu sterben, Rudy.«

Sie erhob sich und rückte ihren Schwertgürtel auf den schmalen Hüften zurecht. Der Blick, mit dem sie seinen Augen begegnete, hinderte ihn daran, etwas zu erwidern. »Wenn du dich morgen auf den Weg machst«, fügte sie schließlich hinzu, »kannst du die Leute aus Gettlesand wahrscheinlich noch einholen. Ich schicke dir eine Geburtstagskarte, wenn der Frühling anbricht.«

Doch im Morgengrauen langte ein Bote an den Toren der Festung an, ein schmächtiger, brauner Junge, dessen rote Tunika mit dem Emblem des Südreiches bestickt war. Janus schickte einen seiner Leute zum Königlichen Bereich, um Vair zu holen. Rudy hatte sich, unbemerkt unter seinem Tarnzauber, zum Tor geschlichen, um das Wetter zu begutachten, und er sah sofort, daß irgend etwas nicht stimmte.

Aus dem Schatten des Torwegs heraus beobachtete er Janus, der sich mit dem Boten unterhielt, während die Hirtenkinder um sie herumschwärmten. Niemand warf auch nur einen Blick in Rudys Richtung. Dann hörte er Alwirs tiefe, klangvolle Stimme im Gang, unterbrochen von Eldors kreischenden Einwänden. Der dunkle Kommandant aus Alketch ging schweigend in ihrer Mitte. Rudy stand völlig reglos da, und keiner der Vorübergehenden beachtete ihn, obwohl Eldors Umhang seine Schulter streifte.

Der Bote fiel vor Vair auf die Knie, seine Worte sprudelten in den schnellen, fließenden Lauten der Südländer hervor. Rudy sah, wie sich die Augen des Kommandanten weiteten und sein Gesicht aschfahl wurde. Die kalten, gelben Augen flackerten, sein Körper zuckte wie vom Schlag getroffen. Rudy wußte, wie die Botschaft lautete, bevor sich Vair noch umwandte und dem Herrn der Festung etwas erklärte.

Gil hatte recht, dachte er ohne Verwunderung. *Gil hatte also doch recht.*

Der Kommandant sagte: »Die Dunklen haben sich in Alketch erhoben.«

Alwirs Mund öffnete sich krampfhaft, als hätte ein Pfeil seine Kehle durchbohrt. Doch Eldor warf den Kopf in den Nacken und brach in wildes, kreischendes Gelächter aus. Er schien nicht mehr aufhören zu können; er lachte und lachte, bis Janus ihn am Arm faßte.

»Gnädiger Herr . . .«

Der König keuchte erstickt unter seiner schwarzen, gesichtslosen Ledermaske. »Ich wußte es!« schrie er. »Wir sind verdammt! Die ganze Erde ist verdammt! Gott, so ein Witz!«

»Gnädiger Herr . . .«, wiederholte der Gardeoffizier besorgt, und Alwir packte Eldor am Arm und rüttelte ihn erbost.

»Ist das alles, was Euch einfällt?« rief er mit zornblitzenden Augen. »Das einzige Land, das noch unversehrt war, der einzige Sitz der wahren Zivilisation, ist von den Dunklen überrollt worden, und Ihr lacht?«

Eldor kicherte in sich hinein; doch von seinem stillen Beobachtungsposten aus konnte Rudy sehen, daß sich die langen weißen Finger seiner unversehrten Hand tief in Janus' Arm bohrten. »Zivilisation?« keuchte er, von einer schändlichen Heiterkeit förmlich geschüttelt. »Ihr nennt diesen Pfuhl der Engstirnigkeit und Sklaverei im Süden Zivilisation? Ich lache, verehrter Herr Kanzler, weil Euer Freund hier –« er fuchtelte mit der verstümmelten Hand in Vairs Richtung, der heftig errötete »– sich wie ein Hahn auf dem Misthaufen in der Festung aufgeplustert hat, weil die Dunklen hier die Arbeit für ihn getan haben. Das Schicksal scheint seine Gaben gerecht zu verteilen, mein Freund«, wandte er sich an den Kommandanten mit der Hakenhand. »Wer weiß, was Ihr bei Eurer Rückkehr vorfinden werdet.«

Alwirs Blick schoß zwischen dem wutverzerrten Gesicht des Kommandanten und dem unsichtbaren des Königs hin und her. »In dem Vertrag heißt es, daß ein Heer zu unserer Verteidigung zurückbleibt, bis –«

Vair öffnete den Mund zum Widerspruch, doch Eldor fiel ihm mit unübersehbarem Vergnügen ins Wort. »Nicht, wenn alles in Aufruhr ist, verehrter Alwir. Nicht wenn unser linkshändiger Freund hier über das einzige schlagkräftige Heer verfügt und Reichtum und Macht in Alketch zum Greifen nah sind.« Sein Gesicht war ausgelöscht, doch die nervöse Unruhe seines geschmeidigen Körpers drückte genausoviel aus wie das Heben einer Augenbraue oder spöttisch verzogene Lippen. »Die Hand nach der Kaiserkrone auszustrecken ist wesentlich unterhalsamer, als arme kleine Zauberlinge für die Inquisition abzuschlachten – nicht wahr, verehrter Kommandant?«

Vair entgegnete steif: »Diese Frage erhebt sich nicht. Wir haben den Befehl erhalten, so schnell wie möglich in unsere Heimat zurückzukehren. Die Dunklen haben sich in einer Nacht vor etwa drei Wochen überall gleichzeitig erhoben. Ich weiß nicht, was inzwischen geschehen ist, doch mein Kaiser sagt, daß er jedes Schwert benötigt.«

Er wandte sich wieder Eldor zu, der unbekümmert auf den Fersen wippte. »Unser Rückzug belustigt Euch, mein Herr«, sagte er bitter. »Doch es ist der Untergang der gesamten Menschheit, den Ihr vor Euch seht – der Todesstoß nicht nur für unsere Zivilisation, sondern auch für Eure Hoffnung, Eure Welt wieder zu errichten.«

»Das ist es ja gerade«, entgegnete Eldor mit schrillem Spott in der Stimme, »was mich so sehr belustigt.«

»Ihr seid wahnsinnig«, erklärte Alwir, und in seiner Stimme war nicht der Anklang einer Frage.

»Oh nein, mein Freund«, kicherte Eldor und legte Alwir beschwichtigend die Hand auf die Schulter. »Ich bin nicht wahnsinnig. Die Hölle hat nur meinen Sinn für Humor etwas verändert. Es heißt, daß es einmal einen Mann gab, der die Toten zum Leben erwecken konnte – er wurde stehenden Fußes getötet.«

Alwir befreite seinen Arm mit einem Ruck aus der spöttischen Liebkosung des Königs. »Ihr seid wahnsinnig«, wiederholte er, und Eldor lachte.

»Nicht so wahnsinnig wie Ihr über den Verlust Eurer verbündeten Truppen.« Mit diesen Worten machte der König kehrt und schritt in die Festung davon, und seine Stimme hallte wild und metallisch in den dunklen Gewölben, als er laut verkündete, daß Alketch gefallen war und die Dunklen die gesamte Erde überrollt hatten.

Alwir faßte den perlenbestickten, blauen Ärmel des Kommandanten; die beiden Männer wechselten einen Blick im schroffen Licht des Morgens. Dann folgten sie dem wahnsinnigen König in das Gewirr der Festung.

Es war ein Tag äußerster Verwirrung; die Festung war bis auf die Grundmauern erschüttert. Der Abzug der Truppen aus dem Süden bedeutete nicht nur, daß zweitausend Mäuler weniger zu stopfen waren. Er bedeutete auch den Zusammenbruch der Machtstrukturen und zog die überstürzte Neubildung von Bündnissen nach sich; er bedeutete darüber hinaus heftigen Streit um die Nahrungsmittelvorräte, und die Gardisten bewachten gemeinsam mit bewaffneten Freiwilligen die Eingänge zu den Vorratslagern, um die fortziehenden Soldaten daran zu hindern, auch nur das kleinste Krümelchen Haferbrot mit auf den Heimweg zu nehmen.

»Wir haben euch lange genug durchgefüttert!« rief Melantrys, die sich selbst zur Anführerin der Verteidiger ernannt hatte. »Sucht euch, was ihr braucht, wenn ihr in die Flußtäler hinunterkommt!« Dabei schwenkte sie drohend einen der wenigen Flammenwerfer, die es in der Festung noch gab.

Als die Truppen schließlich zwei Stunden vor Sonnenuntergang in schneidendem Schneetreiben davonmarschierten, hätte Rudy ihnen voraussagen können, daß sie im tiefergelegenen Paß vom Schnee eingeschlossen werden und in der Kälte der Nacht zahlreiche Männer verlieren würden. Aber niemand wußte, daß er überhaupt da war. Bektis hätte ihnen das gleiche sagen können. Doch Bektis verbüßte seine Strafe und befand sich nicht unter der Menge auf der Festungstreppe, die den Südländern erbittert nachblickte.

Bektis war einer der wenigen, die das traurige Schauspiel versäumten. Die Gardisten und die Kirchentruppen waren vollzählig versammelt, Maia stand mit allen seinen Penambranern auf der Treppe, und selbst Rudy stand unerkannt am Rand der Menge und betrachtete die Gesichter, die er nie wieder sehen würde, wenn er die Festung erst verlassen hatte: Winna und die Festungswaisen, Gil, eingerahmt von Gnift und dem Eisfalken, Alwir, dessen schwarzer Umhang sich im Wind blähte, und Eldor mit seiner gesichtslosen Maske.

Von Minalde und Tir war nichts zu sehen.

Sie mußte allein in ihrer Kammer sein.

Unbewacht.

Der Gedanke an sie entfachte ein Feuer in seinem Körper wie ein Funke in einem dürren Wald. Seine Angst um sie und die Sehnsucht, die ihn in all diesen Wochen verzehrt hatte, ließen ihn kaum zum Nachdenken kommen; es schien ihm plötzlich unmöglich, die Festung für immer zu verlassen, ohne noch einmal ihre Stimme zu hören.

Es war nicht einfach, sich einen Weg durch die Menge zu bahnen, wenige Meter an Eldor vorbei, der, wie Rudy inständig hoffte, keine Ahnung hatte, daß er sich entgegen seinen Anweisungen noch immer in der Festung aufhielt. Doch er wußte, daß ihn der Tarnzauber, der ihm eine graue Gesichtslosigkeit verlieh, unkenntlich für jeden machte; nur ein anderer Zauberer wäre in der Lage gewesen, ihn zu erkennen.

Seine hastigen Schritte hallten unheimlich in den leeren Gängen. Ratten huschten vor ihm davon; Katzen blieben in der Dunkelheit stehen und wandten ihre flachen Köpfe, um ihn mit anmaßenden Blicken zu beobachten. Nur in den Gängen, die zum Bereich der Kirche führten, spürte er Leben in der gewaltigen Dunkelheit, die ihn umgab – singende Stimmen in weiter Ferne und ein Hauch von Räucherwerk.

Im Gang vor Aldes Tür war es dunkel und menschenleer. Ein dünner Lichtstreifen drang durch den unteren Türrand. Er strich leicht mit der Hand über die Schlösser.

Er lauschte und weitete seine Sinne, als könnte er durch die verriegelte Tür ins Innere des Raumes blicken. Der geschnitzte Stuhl knackte, Röcke raschelten leise. Der Duft von Bienenwachs, frischem Brot und Butter drang in seine Nase. Alde begann leise vor sich hin zu singen, wie sie es oft tat, wenn sie allein war.

»Du warst der Geliebte, für den ich bestimmt war,
Hätten sich unsere Wege gekreuzt –
Doch die Zeit und die Sterne waren dagegen,
Und die Tage des Sommers sind verstrichen.
Nun liegt der Schnee weiß auf den Bergen,
Die Hochzeitsglocken haben geläutet,
Und die Saiten meiner Harfe spielen traurig die Klänge
Des Liedes, das nie gesungen wurde.«

Ihre Stimme zitterte ein wenig, und es folgte eine lange Stille, in der er hörte, daß sie gegen ein Schluchzen ankämpfte. Dann flüsterte sie vor sich hin: »Das darfst du nicht tun. Er ist fort, es ist vorbei. Quäl dich nicht. Er ist in Sicherheit, und das ist das einzige, das zählt.«

Tir brabbelte ein paar unverständliche Worte, und Alde antwortete mit mühsam beherrschter, bebender Stimme. Rudy wandte sich von der Tür ab. Ihm war zumute, als würden ihm Nägel aus dem Fleisch gezogen.

Wenn sie glaubt, ich sei mit den Zauberern fortgegangen, dachte er, *um so besser. Der größte Schmerz ist bereits ausgestanden. Es wäre eine sinnlose Grausamkeit, ihr einen weiteren Abschied aufzuzwingen.*

Als er durch die dunklen Gänge zurückwankte, tobte ein Schmerz in ihm, den er nicht für möglich gehalten hätte. *Du wolltest ihre Stimme hören,* sagte er sich bitter, *und jetzt hast du sie gehört.* Zum allerletzten Mal. Und Alde blieb als Gefangene eines wahnsinnigen Gatten zurück – er verdrängte die Bilder aus seinem Kopf. Es gab nichts, was er tun konnte. Morgen würde er sich leise aus der Festung hinausstehlen und sich auf den Weg machen nach . . .

Wohin?

Gettlesand war das einzig vernünftige Ziel.

Gegen seinen Willen drängten sich ihm andere Möglichkeiten auf.

Quo?

Der Gedanke an die Unsichtbaren Mauern der Magie, denen er gemeinsam mit Ingold die Stirn geboten hatte, ließ ihn frösteln, und ihm kam der Gedanke, daß von allen Lebenden nur Kara und er jene furchtbaren Wege je betreten hatten. Die anderen waren alle . . .

Tot?

Es gab noch eine andere Möglichkeit, und er schob den Gedanken schaudernd von sich. Während er die Gänge hinuntereilte, begegnete er, wie ein Geist unter seinem Tarnzauber, von Zeit zu Zeit einem Diener, der seinen Pflichten nachging. Den alten, hageren Mann in härenem Hemd, der Wasser in einen Eimer schöpfte, bemerkte er kaum. Ganz sicher sah er nicht den haßerfüllten Blick, den er ihm nachschickte, und die verächtlich verzogenen Lippen in den gestutzten Überresten eines einstmals prachtvollen seidigen weißen Bartes.

Trotz der unnatürlichen Stille in der Festung – vielleicht aber auch gerade deswegen – schlief Rudy unruhig und von Träumen gepeinigt. Er hatte Gil überall gesucht, nachdem das Haupttor geschlossen worden war, konnte sie aber nicht unter den Gardisten entdecken und wollte sich nicht verraten, indem er jemanden nach ihr fragte. Er vermutete, daß einige der Gardisten von seiner Anwesenheit wußten, war sich aber nicht sicher, wem er vertrauen konnte.

Er war in seine Zelle im verlassenen Bereich der Magier zurückgekehrt, hatte seine letzten Vorbereitungen für den Aufbruch getroffen und war in einen unruhigen Schlaf gefallen, in dem sich sein furchtbarer Traum von der Dunkelheit mit Bildern von den regengepeitschten Trümmern von Quo und den besessenen, seelenlosen Augen des Erzmagiers abwechselten.

Es war Mitternacht, als er aus dem Schlaf erwachte und die plötzliche Wärme eines Frauenkörpers spürte, der sich an ihn schmiegte. Eine seidige Haarfülle fiel auf seine Wangen herunter, und warme Lippen preßten sich leidenschaftlich auf seinen Mund. Er umfing Alde und zog sie heftig an sich, und ihr Körper wurde von heftigem Schluchzen erschüttert.

»Mein Geliebter, mein Geliebter, geht es dir gut? Rudy, sag mir, ob alles in Ordnung ist. Sie haben mir gesagt, du wärest fort – alle Zauberer wären fort. Dann hieß es plötzlich . . .«

»Es geht mit gut, Liebes«, flüsterte er und erstickte den Strom ihrer gestammelten Worte mit den Lippen. »Himmel, ich dachte, ich würde dich niemals wiedersehen. Ich wollte zu dir kommen . . .«

Sie schlang die Arme noch fester um seinen Hals. »Ich hatte solche Angst«, schluchzte sie.

»Ruhig . . .« Er strich ihr über das Haar und über die Schultern und versuchte, den Ansturm ihrer Tränen einzudämmen. Sie vergrub das Gesicht an seiner Schulter. Er zog sie dicht an sich und fragte sich, wie er je auf den Gedanken gekommen war, er könnte fortgehen, ohne noch einmal mit ihr gesprochen zu haben. »Liebes, mir geht es gut«, murmelte er. »Ich bin nicht in Gefahr. Ich habe mir um dich Sorgen gemacht. Ist alles in Ordnung?«

Sie löste sich ein wenig von ihm, sah ihn mit ihren großen nachtblauen Augen an und nickte. Ihre Stimme bebte, als sie sagte: »Es wird schon gehen.«

Rudy krampfte sich das Herz in der Brust zusammen. »Hat Eldor –« Er wußte, er hatte kein Recht, diese Frage zu stellen und brach ab. Sie wandte sich ab, und er sah die Tränen, die auf ihren Wangen glänzten.

Leise fragte er: »Willst du mit mir kommen? Nach Gettlesand? Zu Tomec Tirkensons Festung?«

Bis zu diesem Augenblick war ihm dieser Gedanke nicht einmal im Traum gekommen. Doch an ihrem Schweigen und dem plötzlichen Beben, das durch ihren Körper ging, konnte er die Möglichkeit dieser Lösung erkennen. Ihre Lippen teilten sich, ihre Augen wurden groß und füllten sich mit einem verzweifelten Hoffnungsfunken.

Dann wandte sie den Blick ab und sagte mit leiser, ausdrucksloser Stimme: »Ich kann meinen Sohn nicht verlassen.«

»Wir nehmen ihn mit. Ich kann euch beide unter meinem Tarnzauber von hier fortbringen. Wir könnten zur Festung am Schwarzen Felsen . . .«

»Nein.« Die Heftigkeit ihrer Ablehnung verriet ihm, wie stark die Versuchung für sie war. Ihr Gesicht war totenbleich, und ihre Hände zitterten in den seinen. »Glaubst du, er würde uns in Ruhe lassen, wenn wir seinen Sohn hätten? Er würde uns verfolgen, Rudy. Dann müßte sich Tomec Tirkenson entscheiden, wem er die Treue hält, mir oder seinem König. Wir würden Verfolgte sein, wohin wir uns auch wenden, Rudy«, flüsterte sie. »Das könnte ich Tir nicht antun – und dir auch nicht.«

»Bedeutest du Eldor so viel?« fragte er aufbrausend.

»Ich weiß es nicht!«

Mit erstickter Stimme sagte er: »Alde, du mußt fort von hier. Gott weiß, wozu er imstande ist. Ich gehe zurück und hole Tir . . .«

»Nein«, erklärte sie leise, aber mit fester Stimme.

»Wir werden einen Ort finden . . .«

»Nein«, wiederholte Alde. »Es geht nicht nur um Tir.« Sie schauderte, und er barg ihren Kopf wieder in seinen Armen.

Leise fuhr sie fort: »Rudy, vielleicht bin ich der einzige Mensch, der Eldor wieder zur Vernunft bringen kann. Ich kann irgendwie zu ihm durchdringen – ich weiß, daß ich es kann. Ich darf ihn nicht verlassen!«

»Und wenn er dich umbringt?«

Sie schwieg, doch er spürte den Schauder, der durch ihren Körper ging.

»Liebst du ihn?«

»Ich weiß es nicht«, flüsterte sie. »Ich weiß es wirklich nicht.«

Er fühlte ihre Tränen auf dem rauhen Stoff seines Hemdes, und er drückte sie besänftigend an sich. Sie seufzte tief auf und entspannte sich in seinen Armen, und einen Augenblick lang lag sie so still, als wäre sie eingeschlafen. Er wandte ihr den Kopf zu, und ihr duftendes Haar kitzelte ihn in der Nase.

»Alde«, sagte er ruhig, »ich glaube, ich werde dich immer lieben. Ich möchte so gern, daß du glücklich bist.« Er suchte umständlich nach den richtigen Worten. »Wenn du mich je brauchen solltest – gleichgültig, warum – dann zögere nicht, mich rufen zu lassen.«

Er spürte, daß sie nickte und die Arme fester um ihn schlang.

»Schick Gil nach mir«, fuhr er fort, wußte jedoch gleichzeitig im Grunde seines Herzens genau, daß sie ihn gerade wegen seiner Liebe zu ihr nie um Hilfe bitten würde. »Wenn mich irgend jemand finden kann, dann ist sie es.«

»Gil!« Alde befreite sich aus seinen Armen und setzte sich mit einem Ruck auf.

»Was ist mit Gil?«

»Gil hat mir eine Nachricht geschickt.« Sie strich ihr wirres Haar mit bebenden Fingern aus dem Gesicht. »Darum bin ich überhaupt hierher gekommen. Sie – sie ließ mich wissen, du würdest im Sterben liegen.«

»Was?« Rudy richtete sich kerzengerade auf. »Das hat *Gil* behauptet?«

»Sie hat mir eine Nachricht geschickt.«

»Heute nacht?«

»Gerade eben. Gerade . . .« Sie verstummte, und ihre Augen weiteten sich erschrocken. Fackelschein fiel plötzlich unter der Tür hindurch, und Stiefeltritte waren im Gang zu hören.

»Um Himmels willen.« Rudy war im Begriff, vom Bett zu springen, als die Tür aufgerissen wurde und Fackellicht und der weiße Schein von Glimmsteinen das dunkle Innere des Raumes durchdrangen. Alde sprang mit schreckensbleichem Gesicht auf und eilte dem Mann entgegen, der aus dieser strahlenden Helligkeit in den Raum trat.

Eldor würdigte sie keines Blickes. Er schleuderte sie mit entsetzlicher Kraft beiseite, und die Gardisten, die in der Tür und dem Gang dahinter standen, fingen sie auf und hielten sie fest, als sie versuchte, sich dem König entgegenzuwerfen.

Lange Zeit blickten Rudy und Eldor einander schweigend an. Hinter den Augenschlitzen der glatten Maske lag nichts als Dunkelheit, doch Rudy spürte den Blick des Königs mit brennendem Haß auf sich ruhen. Dann trat Eldor vor und schlug ihn mit dem Handrücken zu Boden.

Rudy fing sich mit dem Knie ab und zwang sich, unten zu bleiben, ungeachtet der heißen Zorneswelle, die ihn durchfuhr. Es würde weder ihm noch Alde etwas nützen, wenn er den Schlag zurückgab. Als er, benommen von der Heftigkeit des Hiebes, auf dem Boden kniete und zu den Gardisten in der Tür aufblickte, erkannte er, daß der Mann, der Alde festhielt, der Mann, der mit einem leisen, höhnischen Lächeln in vorderster Reihe stand, Alwir war.

In diesem Augenblick wurde ihm klar, wer Alde die Nachricht, die sie hierher geführt hatte, geschickt hatte.

Ein Schatten fiel auf ihn, und er blickte in die Schwärze hinter den Schlitzen der Maske.

»Ihr liebt eine ungeduldige Frau, junger Mann«, erklärte Eldor leise. »Es wäre besser gewesen, Ihr hättet gewartet, bis ich fort war.«

Das maskierte Gesicht hatte etwas Hypnotisches, und Rudys Kehle wurde trocken. »Es – es ist nicht so, wie es scheint«, stammelte er.

Der König lachte bitter auf. »Ist es das jemals?«

»Eldor!« Alde versuchte verzweifelt,. sich aus dem Griff ihres Bruders zu befreien. »Es ist nicht seine Schuld. Ich bin hierher gekommen. Er wollte, daß ich gehe. Eldor, hör mich an! Ich mußte mit ihm reden . . .«

Er wandte sich zu ihr um, und sie wich vor dem dämonischen Glitzern in der Tiefe seiner Augenschlitze zurück. Er machte einen Schritt auf sie zu, und sie preßte sich angstvoll an Alwirs reglosen Körper.

»Wenn Ihr zu ihm gegangen seid«, flüsterte Eldor mit mörderisch sanfter Stimme, »so hat er Zeit genug gehabt, Euch fortzuschicken. Ich verstehe, daß Ihr ihm nachgelaufen seid, als Ihr mich für tot hieltet, vielleicht sogar jetzt, da Ihr wünscht, ich wäre es.« Er streckte seine verstümmelte Hand aus, um ihr über die Wange zu streichen, und sie zuckte davor zurück.

In seiner harten Stimme klang belustigte Befriedigung an, als er sagte: »Ich nehme an, selbst im Dunkeln würdet Ihr merken, daß Ihr das Kissen mit diesem Gesicht teilt. Aber Ihr seid die Königin und die Mutter meines Thronfolgers. Es gibt Möglichkeiten, die Vaterschaft meiner anderen Erben zu sichern.«

Er hatte sich so dicht vor ihr aufgebaut, daß sein Schatten sie vollständig einzuhüllen schien; ihre Augenbrauen hoben sich wie Tuschestriche in ihrem schreckensbleichen Gesicht hervor. Doch ihre Stimme schwankte nicht, als sie flüsterte: »Ich muß mit Euch reden. Allein. Bitte, bevor Ihr etwas unternehmt.«

Die verstümmelten Finger fuhren ihr durch das zerzauste Haar und über ihre Wange, und diesmal zuckte sie nicht zurück. »Ihr werdet noch Zeit genug haben«, erwiderte er, »mir Euer Anliegen ausführlich zu unterbreiten. Wie ich schon sagte, ich verstehe Euer Verlangen nach einem jungen, wohlgestalteten Liebhaber, und junge Leute langweilen sich schnell. Aber ich werde nicht dulden, daß die ganze Festung den König einen Hahnrei nennt, nicht einmal Euch zu Gefallen, süßeste aller Königinnen.«

»So ist es nicht.«

Seine Stimme wurde plötzlich hart. »Dann könnt Ihr mir vielleicht erklären, wie es ist, wenn eine Frau sich aus ihrem Zimmer stiehlt, um im Schutz der Dunkelheit zu ihrem Liebhaber zu schleichen.«

»Er ist nicht mein Liebhaber«, rief sie heftig, und der König brach in hohes, kreischendes Gelächter aus. Er lachte und lachte, bitter und furchtbar, aber nicht hysterisch, und Rudys Körper überzog sich mit einer Gänsehaut.

Endlich hörte der König keuchend auf zu lachen, und sein heftiger Atem glättete die Maske über den verstümmelten Resten seiner Nase und des Mundes. »Wenn er nicht Euer Liebhaber ist, meine Süße«, krächzte er, »so ist er immerhin ein Magier, der, meinem Verbannungsbefehl zum Trotz, in der Festung geblieben ist. Und da er sein Schicksal herausgefordert hat – den Grund dafür kann man nur ahnen –, soll er den Tod erleiden, den die verehrte Bischöfin Govannin ursprünglich für ihn vorgesehen hatte.«

Er wandte sich zur Garde um. »Bringt diesen Mann hinaus und kettet ihn auf dem Hinrichtungshügel an.«

»Heute nacht?« fragte Janus widerstrebend. »Aber die Tore sind geschlossen . . .«

»Ich sagte heute nacht!« schrie der König wütend. »Sollen die Dunklen ihn holen, wenn sie ihn wollen! Und Ihr könnt Euch glücklich schätzen, meine liebe Gattin, daß ich es Euch nicht freistelle, ihm Gesellschaft zu leisten!«

Fünfzehntes Kapitel

Die Kettenrune war an Rudys rechter Hand festgebunden. In den verschwommenen Träumen seines halb besinnungslosen Zustands nahm sie andere Formen und Bedeutungen an – Bilder des Schreckens, des Abscheus und Schmerzens. Es ging eine verderbliche Ausstrahlung von ihr aus, die alle Magie zunichte machte.

Rudy fragte sich, wo die Dunklen blieben. Die Nacht war totenstill und entsetzlich kalt, und das Mondlicht, das durch die Wolkenfetzen drang, überzog den Schnee mit einer harten, glitzernden Kruste. Es war eine Nacht nach ihrem Geschmack. Er fragte sich, ob es schmerzhafter war, von ihnen zerfleischt zu werden, als langsam an der Kälte zugrunde zu gehen, stellte aber fest, daß es ihm eigentlich gleichgültig war. Das Gewicht seines Körpers zerrte qualvoll an seinen Armen, die an den beiden Pfählen angekettet waren. Hin und wieder versuchte er sich aufzurichten, um seine Schultern zu entlasten, doch er war völlig entkräftet von Müdigkeit und Kälte und den Schlägen, die er erhalten hatte. Dann fiel er, doch der Schmerz in den Armen riß ihn augenblicklich wieder hoch.

In der Stille des Tales hörte er die Wölfe heulen. Ihm war, als könnte er in dieser windlosen Nacht jedes einzelne Geräusch deutlich hören, die leise Musik der Sterne ebenso wie das Knirschen des Eises im Norden und das Rascheln des Windes in dem Vorhang, der ein Universum vom anderen trennte. Und tief unter der Erde spürte er das Scharren von Krallen im Dunkel und Ingolds Schreie.

Ein furchtbarer Schmerz durchfuhr ihn, als er zu sich kam. Im hellen Mondlicht sah er dicht vor sich ein hartes, bleiches Gesicht, und durch die Fetzen seines zerrissenen Hemdes spürte er die Wärme einer Hand. Er mußte vor Schmerzen geschrien haben, denn eine Stimme flüsterte: »Halt den Mund, du Niete.« Magere, narbenüberzogene Finger nestelten mit einem Schlüssel herum.

Als sein linkes Handgelenk freikam, durchfuhr ihn der Schmerz wie ein tödlicher Blitz. Gil fing ihn auf und ließ ihn an dem noch festgeketteten Arm so sanft wie möglich zu Boden gleiten. In diesem Augenblick erschien ihm Gil Patterson als die schönste Frau der Welt.

»Was, zum Teufel, ist das?« flüsterte sie und wich unwillkürlich vor dem baumelnden Siegel zurück.

»Die Kettenrune«, brachte er mühsam hervor. »Dieselbe, mit der sie

Ingold in Karst gefangengehalten haben. Govannin hat sie eigens für mich herausgebracht.«

»Reizend von ihr.« Gil wischte sich die Handfläche an der Hose ab. Dann zog sie das Schwert und hieb die schwarzen Bänder des Siegels beherzt durch. Die Rune fiel knirschend in den Schnee; Gil stieß sie mit dem Fuß beiseite, so weit sie konnte. Dann machte sie sich wieder mit dem Schlüssel an die Arbeit.

Rudy brannte jeder Atemzug in der Lunge, und jede Bewegung sandte Wellen des Schmerzes durch seinen Körper. Als die Kette von ihm abfiel, rutschte er wie ein nasser Sack in den Schnee, und Dunkelheit umfing ihn mit wärmenden Armen.

Sein Körper wurde heftig geschüttelt, und Gils Stimme drang aus weiter Ferne zu ihm. »Wenn du mir jetzt in Ohnmacht fällst, bringe ich dich um.«

Er versuchte, ihr zu erklären, daß alles in bester Ordnung sei und er nur ein wenig ausschlafen müsse, dann würde es ihm schon besser gehen, aber die Worte wollten ihm nicht über die Lippen kommen. Er wurde hochgezogen und gegen eine knochige Schulter gelehnt. Dann wurde etwas über ihn geworfen, das sich wie eine schäbige alte Armeedecke anfühlte, jemand drückte seinen Kopf in den Nacken und goß ihm einige Liter Napalm in den Hals.

Rudy kam spuckend und nach Luft schnappend zu sich. »Was . . .« Er bemühte sich, Gils Umhang abzuschütteln, und erkannte am Geschmack im Mund den Gin der Gardisten.

»Halt den Mund und lieg still«, befahl Gil barsch. Sie zog ihren Wappenrock aus und legte ihn noch über den Umhang. »Glaubst du, du kannst es bis Gettlesand schaffen? Ich habe ein paar Lebensmittelvorräte mitgebracht, aber ich konnte nicht sehr viel tragen. Ich werde Alde wissen lassen, daß du heil davongekommen bist.«

»Danke«, flüsterte Rudy. »Danke, Gil. Ich weiß nicht, wie du das alles geschafft hast, aber . . .«

»Ich habe Janus die Schlüssel geklaut«, erklärte sie. »Ich vermute, daß er Bescheid weiß – jedenfalls wird er keine Fragen stellen. Der Eisfalke hat heute nacht die Torwache.«

»Dann solltest du besser schnell zurückkehren«, flüsterte er. »Ihr werdet Schwierigkeiten bekommen, wenn jemand das Tor offen findet.«

»Das Tor ist nicht offen«, entgegnete Gil empört. »Glaubst du, nach allem, was wir erlebt haben, würde ich das Tor offenlassen?«

»Aber die Dunklen . . .«

Sie zuckte die Achseln. »Der Eisfalke hat mir das hier geliehen.« Sie zog einen kleinen, handgeschnitzten hölzernen Gegenstand aus dem Gürtel, auf dem Rudy die Schleierrune erkennen konnte. Es hatte wohl wenig Sinn, zu fragen, auf welche Weise der Eisfalke sie von dem verschollenen Kaiserlichen Neffen zurückerhalten hatte. »In den Ställen müßte es warm genug sein, und ich weiß, wie man die Wolfsfallen umgehen kann. Mach dir keine Gedanken um mich.«

Er blickte zu ihr auf, und ihr Gesicht war so kühl und klar wie Marmor. Dann rollte er sich auf die Seite, und ein brennender Schmerz durchzuckte ihn.

»Gil«, sagte er leise, »hör mir zu. Du hast mir das Leben gerettet – ich werde nie in der Lage sein, diese Schuld zu begleichen. Aber ich brauche deine Hilfe. Ich brauche sie dringend.«

Sie runzelte überrascht die Stirn. Entblößt bis auf die Hemdsärmel, hatte sie vor Kälte zu zittern begonnen.

Rudy seufzte und versuchte sich aufzusetzen, sank jedoch mit einem erstickten Stöhnen zurück. »Gil«, fuhr er fort, »ich kann noch nicht nach Gettlesand gehen. Es gibt etwas, das ich vorher erledigen muß, und ich kann es nicht allein. Ich . . .« Sein Blick war an ihr vorüber zu den mondbeschienenen Stufen der Festung geglitten, und er verstummte.

Dort stand Alwir, schwarz wie die Schatten der Dunklen, das blanke Schwert in der Hand.

Leichtfüßig kam er die Treppe herunter, und als er sich dem Gipfel des Hinrichtungshügels näherte, hörte Rudy das Knirschen seiner Stiefel im Schnee. Gil erhob sich eilig, Schnee klebte an ihren dunklen Hosen und zerlumpten Handschuhen.

Alwir blieb vor ihr stehen. »Laßt mich mit ihm allein, Gil-Shalos«, forderte er sie herrisch auf. »Ich könnte vielleicht so tun, als hätte ich Euch nie gesehen. Aber ich fürchte, ich kann nicht zulassen, daß Ihr Renweth verlaßt, Rudy.«

Er trat einen Schritt näher, und Gils Schwert fuhr zischend aus der Scheide. Alwirs Augen blitzten verächtlich auf.

»Was, zum Teufel, spielt das für eine Rolle?« fragte Rudy, indem er vergeblich versuchte, sich aufzurichten. »Ich dachte, Ihr wollt, daß ich die Festung verlasse! Eldor wird den Unterschied nie erfahren.«

»Es gibt gewisse Gefahren, denen sich ein kluger Mann nicht aussetzen sollte«, erklärte der Kanzler gelassen. »Dazu gehört die Möglichkeit, daß ein königlicher Liebhaber, der einen Groll gegen mich hegt, zurückkehren könnte.« Er hob das Schwert.

»Aber ich werde niemals zurückkommen!« rief Rudy verzweifelt. »Ihr braucht mich nicht zu . . .«

»Es sei denn, Eldor stirbt.« Gils helle, leidenschaftslose Stimme war frei von Ironie. Sie folgte den Bewegungen der bewaffneten Gestalt vor ihr; in ihrem Körper drückte sich eine Spannung aus, die nichts mit Wut oder Angst zu tun hatte. »Habe ich nicht recht, Alwir?«

Rudy blickte von einem zu anderen und sah das Begreifen in ihren Augen. »Ich verstehe nicht«, stammelte er.

»Aber Rudy«, sagte Gil hart. »Ein König, der sein Reich, seine Ehre und alles, was ihm teuer war, verloren hat – sollte man nicht meinen, daß es ihm den Rest gibt, wenn er seine Frau in den Armen des Schülers seines besten Freundes findet? Was habt Ihr ihm gegeben, Alwir? Mohnsaft? Oder hat Vair Euch vor seinem Aufbruch etwas Stärkeres zugesteckt?«

»Ihr habt schnell gelernt«, erklärte der hochgewachsene Mann mit einem feinen, ironischen Lächeln. »Seine Majestät hat seit seiner Rückkehr aus den unterirdischen Höhlen jeden Abend Mohnsaft genommen, um besser schlafen zu können. Bektis hat das Gebräu immer für ihn gemischt, und es ist wohlbekannt, daß die Dosierung eine heikle Angelegenheit ist. Bleibt, wo Ihr seid, Rudy.« Er machte eine Bewegung, als wollte er Rudys unbeholfenen Versuch verhindern, sich aufzurichten. Vorsichtig, um auf dem verschneiten Boden nicht auszurutschen, trat er einen weiteren Schritt vor. Die tödliche Schneide seines spitzen Schwertes blitzte im silbernen Mondlicht auf.

Gil trat ihm mit erhobener Klinge entgegen. Rudy sah, daß ihre Züge ruhig und ihre Augen so ausdruckslos wie Eiswasser waren – und ebenso kalt.

»Wie Ihr wollt«, sagte Alwir mit einem höhnischen Grinsen. »Ich kann es mir nicht länger leisten, mich mit einem Verrückten oder mit den Launen eines verliebten Mädchens zu belasten. Ich muß sie ein für alle Male aus dem Weg räumen.«

Sein Angriff war wie eine Lawine. Stahl traf klirrend auf Stahl, als Gil seinen Schlag mit einer blitzschnellen Bewegung parierte. Ihre Arme waren halb betäubt von der Wucht seines Schlages. Er war nicht nur schwerer als sie, sondern auch erfahrener. Dennoch ging sie in Stellung und maß die kräftige Gestalt ihres Gegners im glitzernden Mondschein. Seltsamerweise empfand sie keine Furcht. Sie hatte weder die Hoffnung noch die Absicht, ihr Leben zu retten, und gerade das machte sie frei. Sie kämpfte ausschließlich aus Freude an der Revanche.

»Mein liebes Kind«, sagte Alwir mitleidig, »ich habe schon Männer mit dem Schwert getötet, als Ihr noch nicht geboren wart.«

Mit einem weitausholenden Schlag trieb er sie vor sich her. Ihre Füße rutschten in dem Pulverschnee, der jenseits des aufgewühlten Kreises um die Pfähle frisch und unberührt dalag. Als sie sich duckte und zur Seite auswich, spürte sie, wie ihr das Blut über das Gesicht rann, und die kalte Luft brannte in einer klaffenden Wunde.

Ihr Atem ging rasselnd wie eine eisige Säge. *Vor und zurück, bevor er Zeit hat, dich zu berühren,* hatte Ingold gesagt. Es war ihre einzige Verteidigung gegen die wuchtige Kraft, mit der er ihr Schwert beiseiteschmetterte und ihr eine lange Wunde an der Seite zufügte. Die Klingen trafen aufeinander, und Gil rückte blitzschnell heran und traf den Schenkel des schweren Mannes mit einem blutigen Hieb.

Alwir fluchte, folgte ihr, behindert durch den tiefen Schnee, der ihn jedoch nie zu Fall brachte, und schlug mit wuchtigen Hieben auf sie ein, die ihre leichteren Angriffe zunichte machten. Seine Klinge riß ihr

Fleisch auf wie eine Feuerkralle. Als sie, durch den Blutverlust geschwächt, zurückwich, glitt sie aus und strauchelte.

Feuchte Kälte drang an ihre Knie. Ungeachtet ihrer Schmerzen erhob sie sich und duckte sich unter Alwirs Angriff hinweg. Sie sah, daß sein Gesicht trotz der Kälte schweißnaß war, und der Atem quoll in einer weißen Wolke aus seinem Mund.

Er ist nicht in Form, dachte sie. *Er atmet wie ein Blasebalg.* Sie selbst war vom Kampf auf dem rutschigen Boden erschöpft; Alwir, der so viel schwerer war als sie, mußte halb tot sein vor Erschöpfung.

Als sie sich zurückzog, sah sie die dunkle, gesprenkelte Spur, die ihr Blut im Schnee hinterließ. Alwir wußte, daß sie schwächer wurde, und bedrängte sie gefährlich.

Täuschen, parieren, wegducken! Ihre Handgelenke waren taub von der Wucht seiner Schläge. Sein schweres Keuchen und ihr eigener heftiger Atem erfüllten die Nacht. Schlag und Gegenschlag! Die Welt verengte sich in die dunkle, mächtige Gestalt ihres Gegners. Nichts existierte mehr für sie als das Stechen der Luft in ihrer Lunge und die kalte Freude am Kampf.

Er schlug ihre Klinge zur Seite und stürzte sich mit zischendem Schwert auf sie. Sie wich zurück, drängte vorwärts – und weiter vorwärts.

Unerwartet heiß ergoß sich sein Blut über ihre Hände. Einen Augenblick lang starrte er sie, aufgespießt auf ihrer Klinge, nur ungläubig an. Dann erstarrte der verwunderte Ausdruck auf seinem Gesicht, und er sackte in sich zusammen. Sie zog die Klinge aus seinem Körper und trat mit blutroten Händen einen Schritt zurück. Er sank vor ihren Füßen zu Boden und war tot, ein schwarzer Schatten in einer Lache von Blut auf dem zertrampelten Schnee.

Die nächtliche Stille erfüllte die Erde. Gil stand über ihm und starrte verwundert auf die reglose Gestalt hinunter. Sie hatte einen Kampf gewonnen, den zu überleben sie nicht einmal erwartet hatte. Sie hatte ihre Rache und war am Leben. Einen Augenblick lang glaubte sie, gar nichts zu empfinden, weder Freude noch Dankbarkeit, nur das tiefe, strahlende Bewußtsein, wie wunderschön die Nacht war, wie klar die Sterne über dem eisschimmernden Saum der schwarzen Berge leuchteten. Der Schweiß gefror bereits auf ihrem Gesicht, aber das Blut an ihren Händen war noch immer warm. Das Schwert war ihr plötzlich ungeheuer schwer in den Händen. Sie war von einem unbeschreiblichen Gefühl des Friedens erfüllt.

Rudys Stimme brach die magische Stille. »Teufel«, bemerkte er ein wenig zittrig. »Das gleiche hatte ich auch vor.«

Wie aus einem Traum erwacht, holte Gil tief Atem, dann stieß sie ein unsicheres Lachen aus. Sie bückte sich, säuberte ihre Hände im Schnee und wischte die blutige Klinge am Umhang ihres Gegners ab. Als sie zu Rudy trat, zitterte sie am ganzen Körper.

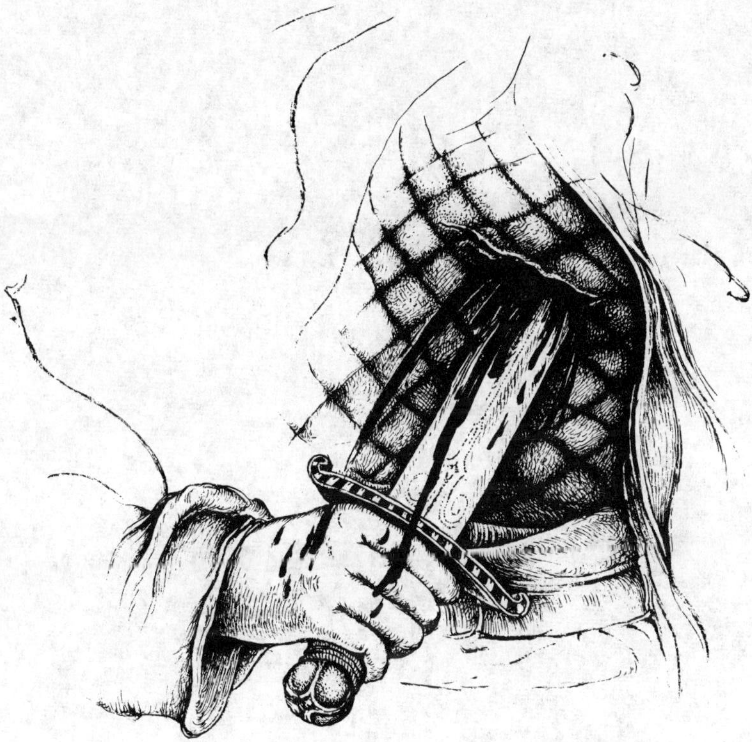

»Kannst du laufen?« erkundigte sie sich besorgt.

»Himmel, Frau, das sollte ich dich fragen!«

Sie zog ihn auf die Füße und schwankte ein wenig unter seinem Gewicht. Er legte den Umhang um ihrer beider Schultern; sie fühlte sich eiskalt an unter dem schweißgetränkten, blutbefleckten Hemd.

»Wie lange ist es her, seit man mich hierher gebracht hat?« erkundigte er sich.

Gil runzelte die Stirn. »Ungefähr drei Stunden.«

»Dann kann ich Eldor vielleicht noch retten, wenn ich ein paar Medikamente auftreibe.«

Sie blickte überrascht zu ihm auf. »Aber die Tore werden erst morgen früh geöffnet.«

»Glaubst du wirklich?«

Heftige Röte stieg ihr in die totenbleichen Wangen. Bis zu diesem Augenblick war ihr der Gedanke nicht gekommen, daß Alwir das Festungsgesetz verletzt haben könnte. Doch als sie Rudys Blick zu dem dunklen Spalt in den Schatten der Westfassade folgte, erkannte sie die Wahrheit. Mit einem Blick auf den zusammengesunkenen Toten gab sie ihr letztes, niederschmetterndes Urteil über ihn ab: »Das paßt zu ihm. Laß uns gehen. Bis jetzt haben wir Glück gehabt. Wenn . . .«

Die Worte blieben ihr im Halse stecken. Im selben Augenblick legte sich das Wissen wie eine kalte Wolke um Rudys Herz, und er fuhr herum. Das Mondlicht verblaßte um sie herum.

Gil legte den Arm fester um ihn, nicht etwa aus Angst, sondern einfach in dem Bemühen, ihn zur Festung zu ziehen, ehe sie gesehen wurden. Der aufkommende Wind zauste ihre Haare, und die Bäume im Tal begannen zu schwanken und zu rauschen. Als sie über die Straße stolperten, überkam sie die Ahnung der entsetzlichen Zahl der Dunklen wie eine hereinbrechende Flut. Rudy blickte über die Schulter zurück und sah den Todesstrom von den düsteren Bäumen, die den Sarda Paß verdeckten, herunterquellen; eine unvorstellbare Zahl von Dunklen wehte den Schnee in glitzernden Wirbeln auf und ertränkte das Licht.

Er stolperte über die Kante der untersten Stufe und riß Gil im Fallen mit zu Boden. Der Wind schnitt ihm ins Gesicht; er roch streng, metallisch, giftig . . .

. . . und als er aufblickte, sah er, daß die Dunklen abdrehten.

Wenige Meter von den halboffenen Toren der Festung entfernt, bedeckten sie den Himmel wie eine Wolke. Doch sie hielten sich nicht auf, sondern stürmten wie ein Aufruhr der Elemente an der schweigenden Festung vorüber und in die Dunkelheit davon.

»Was hat das zu bedeuten?« flüsterte Gil, die auf den schneebedeckten Stufen über ihm kniete, die Hand am Griff ihres Schwertes. »Wohin gehen sie?«

Mit dem Verständnis des Zauberers erkannte Rudy die Antwort, doch er schauderte beim Gedanken an die Gründe. Mit einem Seitenblick auf Gil erwiderte er widerstrebend:

»Sie gehen nach Gae.«

»Himmel, ich wünschte, ich würde mehr vom Heilen verstehen.« Rudy stand an dem schmalen Lager und blickte auf den zuckenden Körper hinunter. Ohne die Maske war Eldors Gesicht abstoßend häßlich, nicht nur wegen der Masse glänzender, eingefallener Narben, sondern auch, weil sich das unvorstellbare Leid, das er in letzter Zeit durchgemacht hatte, darin abzeichnete. »Aber eines kann ich dir sagen – Mohnsaft allein hätte diese Wirkung nicht.« Er kniete am Lager des Königs nieder und befühlte seinen rasenden Puls. Eldor sah ihn mit glasigen, lidlosen Augen an, ohne ihn zu erkennen. Sein Atem ging schnell und pfeifend.

»Wo ist Alde?«

Gil schüttelte den Kopf. »Als ich ihr sagte, was hier vorgeht, hat sie Tir in seine Decken gewickelt und ist fortgelaufen.«

»Ich kann ihr keinen Vorwurf daraus machen«, murmelte Rudy. »Weißt du, wo Bektis seine Medikamente aufbewahrt?«

Gil, die am Herd stand und einen Kessel Wasser auf das Feuer stellte, blickte auf. »Der Inquisitor hat alle seine Sachen vernichtet«, erklärte sie und fügte dann fast kleinlaut hinzu: »Aber ich habe Ingolds Habseligkeiten aufbewahrt. Sie – sie befinden sich zusammen mit deiner Harfe unter meiner Koje. Ich werde sie holen.«

Rudy zog die Decke über den König, der sich unruhig hin und herwarf. Vor der Tür war die kühle Stimme des Eisfalken zu hören, der Diener, Sekretäre und Gardisten, die von dem Tumult herbeigelockt worden waren, fortschickte. Rudy dachte einen Augenblick nach, dann sagte er: »Ich glaube, es ist besser, du bleibst bei Eldor, Gil. Ich sehe im Gemeinschaftsraum der Magier nach, ob ich irgenwelche Brechmittel finden kann, und gehe auf dem Rückweg an der Gardeunterkunft vorbei.« Er merkte erst jetzt, wie feucht und kalt seine Kleider waren, und schauderte. Gil konnte es nicht viel besser gehen.

Aus der Dunkelheit des Ganges hallten die Schritte vieler Menschen zu ihnen, und der Eisfalke rief ihnen mit leiser, warnender Stimme zu: »Es ist Govannin!«

»Himmel, das hat uns gerade noch gefehlt!« stöhnte Rudy. Eine strenge, trockene Stimme stieß einen Befehl hervor, und er hörte lautes Säbelgerassel. Einen Augenblick später öffnete sich die Tür, und die Bischöfin von Gae trat in den Raum.

Ihre bitteren, dunklen Augen ruhten verächtlich auf ihm. »Ihr seid also zurückgekehrt, Magier.«

Rudy erhob sich. Er spürte die Erschöpfung der Nacht in allen Muskeln, doch der Zorn rüttelte ihn auf wie ein scharfer Brandy. Mit bebender Stimme sagte er: »Man hat mir gesagt, daß hier ein kranker Mann liegt, gnädige Frau.«

Sie stieß ein kurzes, höhnisches Gelächter aus. »Dies dürfte wohl der letzte Mensch sein, dem Ihr helfen würdet.«

»Oh ja, das ist Eure Überzeugung«, erwiderte Rudy müde. »Und wenn man bedenkt, daß er versucht hat, Eure Macht über die Bewohner der Festung zu brechen, ist es gut möglich, daß er der letzte Mensch wäre, dem *Ihr* helfen würdet. Ich aber bin ein Zauberer. Und wenn wir auch keine Eide ablegen, so herrscht unter uns Zauberern doch die Übereinkunft, daß wir unsere Kraft als Verpflichtung betrachten und jedem helfen, der unsere Hilfe benötigt, auch wenn es vielleicht für unser eigenes Leben besser wäre, er würde sterben. Und nun, gnädige Frau, wenn Ihr mir nicht helfen wollt, dann seht zu, daß Ihr mir aus dem Weg geht.«

Govannin blickte über die Schulter zu den Roten Mönchen zurück, die sich im Gang hinter ihr drängten. »Nehmt ihn fest.«

Mit einem dünnen, metallischen Zischen fuhr Gils Klinge aus der Scheide. Die Roten Mönche zögerten sichtlich.

Govannins Raubvogelaugen bewegten sich nicht. »Nehmt sie beide fest. Eldors Krankheit ist Gottes Strafe für einen Mann, der sich mit der Magie und dem Werk von Zauberern eingelassen hat.«

»Für eine Frau, die mit der Kettenrune hantiert, nehmt Ihr den Mund sehr voll über die Magie!«

Die Mönche warfen ihrer Bischöfin einen erschrockenen Blick zu, und ihre schwarzen, ausdruckslosen Augen verengten sich gefährlich. »Bringt diesen Lügner zum Schweigen!«

»Ist er wirklich ein Lügner?« kam eine leise Stimme aus dem Schatten des Korridors. Der warme Lichtschein des Raumes schimmerte auf einem kahlgeschorenen Schädel, und Govannin fuhr mit zusammengepreßten Lippen herum.

»Was geht das Euch an, Bauer?«

»Bauer oder nicht«, entgegnete die milde Stimme, »ich bin der rechtmäßig anerkannte und geweihte Bischof von Penambra, und wenn Ihr Euch wahrhaftig mit einer so verwerflichen Sache wie der Kettenrune befaßt habt, liegt es in meiner priesterlichen Befugnis, Euch wegen Ketzerei unter Arrest zu stellen.«

Maia von Penambra hinkte, gefolgt von einem halben Dutzend seiner zerlumpten Krieger, in den erleuchteten Raum. Ihm auf den Fersen betraten zwei weitere Gestalten das königliche Gemach: Eine schlanke, dunkelhaarige Frau, unter deren Augen dunkle Schatten der Erschöpfung lagen, und ein untersetzter junger Mann in härenem Hemd, der ein kleines Bündel von Medikamenten unter dem Arm trug.

Govannins haßerfüllter Blick huschte von einem zum anderen und blieben auf Bruder Wend hängen, der sich über Eldors Lager beugte. »Ketzerei!« schrie sie höhnisch. »Ihr sprecht von Ketzerei, Ihr ungebildeter Schlächter! Was soll man denn zu einem Bischof sagen, der gemeinsame Sache mit Magiern macht? Oder zu einem Mönch, der lebenslange

Einsiedelei geschworen hat und es keine drei Tage aushalten kann, ohne sein Gelübde zu brechen?«

Bruder Wend zuckte bei diesen Worten wie unter einem Peitschenhieb zusammen, doch er blickte nicht von dem kranken Mann auf.

Maia, der Alde zu einem Stuhl in der Nähe des Kamins geführt hatte, wandte sich um und entgegnete ruhig: »Man kann sagen, daß sich weder der Bischof noch der Mönch des Umgangs mit schwarzer Magie schuldig gemacht haben – wie es die Kettenrune, entsprechend dem einstimmigen Beschluß der Bischofskonferenz in Gae, ohne Zweifel ist.«

»Alle Magie ist gleich!« fuhr sie ihn wütend an. »Es ist immer ein Geschäft mit dem Teufel!«

»Nicht nach dem Beschluß des Kirchenkonzils«, widersprach der Bischof von Penambra.

Mit gequältem Blick sah Bruder Wend von dem Krankenlager auf. »Sie hat die Tür nicht mit der Kettenrune versiegelt«, erklärte er mit elender Stimme. »Ich war es. Sie ist keine Magierin; sie hätte die Kettenrune nicht in die Tür wirken können.«

Govannin wirbelte zu ihm herum. »Schweig, dreckiger kleiner Ketzer!«

»Welche Tür?« fragte Gil, hellhörig geworden. »Die Kettenrune befand sich auf einem Siegel. So wie es aussah, war es Hunderte von Jahren alt.«

»Schweig, wenn du nicht im ewigen Höllenfeuer enden willst!«

Gil packte den jungen Mann am Ärmel. »Welche Tür?« fragte sie drängend. »Welche Tür habt Ihr mit der Rune versiegelt?«

Doch Bruder Wend warf Govannin einen verwirrten Blick zu. »Siegel? Welches Siegel?«

»Govannin hat die Rune in ein Siegel wirken lassen«, fiel Rudy erklärend ein. »Und es war im übrigen nicht das erste Mal, daß sie sie benutzte. Alde kann das bezeugen. Die Bischöfin hat sie Alwir heute nacht auf dem Hinrichtungsplatz gegeben.«

Wend starrte seine Bischöfin mit erschrockenen Augen an. Einen Augenblick lang war der kranke Mann vor ihm vergessen. »Dann habt Ihr sie also selbst benutzt?« flüsterte er. »Die Tür, die Bektis und ich versiegelt haben – das war nicht das erste Mal, daß Ihr Euch der schwarzen Magie bedientet?«

»Welche Tür war das?« rief Gil. »Wo ist sie?«

»Wenn du sprichst«, zischte Govannin und sah Wend eindringlich wie eine Schlange an, »dann schwöre ich dir bei meiner Macht als Bischöfin von Gae . . .«

»Bringt sie hinaus«, befahl Maia. Keiner der Roten Mönche stellte sich dazwischen, als Maias Männer die zornbebende Bischöfin in ihre Mitte nahmen. »Wo ist diese Tür, Wend? Welche Zelle habt Ihr versiegelt? Es geht um Leben und Tod für Eldor.«

Wend schüttelte hilflos den Kopf. »Ich weiß es nicht. Es war auf der ersten Ebene, irgendwo im Kirchenbereich. Man hatte uns die Augen verbunden. Die Zelle war schon früher verzaubert worden. Bektis und ich erneuerten nur den Zauber, der schon darin steckte.«

Maia warf Gil einen fragenden Blick zu. »Gil-Shalos? Ihr kennt Euch in den abgelegenen Winkeln der Festung aus. Könnt Ihr mit meinen Männern die Suche übernehmen?«

Gil nickte kurz und erhob sich. Die wenigen Penambraner, die nach Govannins Verhaftung noch geblieben waren, folgten ihr, begleitet von den verwirrten, flüsternden Mönchen der Bischöfin, in den dunklen Gang hinaus. Bruder Wend blickte von dem Kranken auf, und in seinen eingesunkenen Augen standen gequälte Zweifel.

»Wer ist es?« flüsterte er. »Wen sucht Ihr?«

»Ja«, warf Rudy benommen ein. »Wen haben sie eingeschlossen?«

Der Bischof von Penambra hob verwundert eine Augenbraue. »Habt Ihr das nicht geahnt?«

Die sanften Hände, die auf Eldors Handgelenk lagen, zitterten. Mit bebender Stimme murmelte Wend: »Sie hat mir gesagt, er wäre tot. Ich habe ihn getötet. Ich . . .« Unfähig weiterzusprechen, senkte er den Kopf.

»Ich bezweifle ernsthaft«, erklärte Maia, indem er dem Priester beschwichtigend die Hand auf die Schulter legte, »daß Ihr mit Euren geringen Fähigkeiten in der Lage wäret, ein Gift zu brauen, das stark genug wäre, Thoth, den Archivar, umzubringen. Und ich glaube auch nicht, daß die verehrte Bischöfin einen Zauberer schnell und schmerzlos sterben lassen würde, wenn sie es verhindern kann. Faßt also Mut, Bruder Wend – vielleicht wird ihr ihre Bosheit in diesem Fall zum Verderben.« Er richtete sich auf und schickte sich an, zur Tür zurückzugehen. »Dem Aussehen meines Königs nach zu schließen«, fügte er mit leiser Stimme hinzu, »werden wir Thoths ganzes Können benötigen, um ihn zu retten. Ich bete darum, daß er bald gefunden wird.«

Doch die Nacht ging in den Morgen über, und Gil und ihre Truppe kehrten nicht zurück. Rudy und Bruder Wend taten ihr Bestes, um Eldors Seele und Leib zusammenzuhalten, doch Rudy spürte, wie ihnen das Leben des Königs immer mehr entglitt.

Er fühlte sich müde an Körper und Geist und war sich weder bewußt, wie die Zeit verging, noch nahm er Hunger, Durst oder seine Umgebung deutlich wahr. In einem Zustand quälender Erschöpfung sah er nur noch seine Aufgabe vor sich. Der flackernde Feuerschein auf den bestickten Vorhängen um das Bett verschwamm vor seinen Augen, und die gelegentlichen Sätze, die er mit Wend wechselte, wurden immer unzusammenhängender. Mit Verwunderung ging ihm durch den Kopf, daß erst ein Tag vergangen war, seitdem der Bote aus Alketch zur Festung gekommen und das Heer aus dem Süden abgezogen war.

Zu diesem Zeitpunkt muß Alwir seinen Plan gefaßt haben, dachte Rudy. Er selbst war nur der Köder in einer größeren Falle gewesen. Trotz seiner Erschöpfung spürte er einen unbändigen Zorn auf Alwir, der jetzt kalt und steif in einer gefrorenen Lache von Blut auf dem Hügel lag, in sich aufsteigen. *Er hätte mich zertreten wie eine Kakerlake, seine eigene Schwester entehrt – vielleicht getötet – und Gil im Vorübergehen erschlagen – nur um sein eigentliches Vorhaben zu vertuschen.*

Doch angesichts des lautlosen Fluges der Dunklen in Richtung Gae begannen Alwir, Eldor und er selbst bereits klein und unbedeutend zu erscheinen. Sein Verdacht hatte sich zur Gewißheit verdichtet; im Grunde seines Herzens wußte er, was dort auf die Dunklen wartete. Und er wußte, was er zu tun hatte.

Eldor hatte mittlerweile aufgehört, sich hin und her zu werfen und im Fieber zu phantasieren. Erschöpft starrte er aus halb geöffneten Augen, die tief in den Schädel eingesunken waren, zur Decke hinauf. Rudy warf Wend einen fragenden Blick zu, und der kleine Priester schüttelte den Kopf.

Rudy seufzte, murmelte einen unterdrückten Fluch vor sich hin und erhob sich mühsam. »Wenn wir vielleicht . . .«

»Nein«, unterbrach ihn Wend. »Ich glaube nicht, daß wir noch irgend etwas für ihn tun können.«

»Es muß doch etwas geben«, widersprach Rudy starrköpfig. »Wo zum Teufel bleibt Gil?«

»Vielleicht konnte sie die versiegelte Tür nicht finden.« Wend schlurfte zu einem geschnitzten Sessel und ließ sich schwerfällig hineinfallen. Er hatte die Ärmel seines rauhen Hemdes bis zu den Ellbogen aufgekrempelt und rieb sich langsam und mechanisch die Hände, während er sprach. »Vielleicht hatte meine Bischöfin auch recht, und Thoth ist tot. Das Gift – ich – ich wollte nicht . . .«

»Teufel, ich kenne Govannin«, seufzte Rudy. Er fuhr sich mit den Fingern durch das Haar, als wollte er sein Gehirn von Spinnweben befreien. »Es muß doch etwas geben . . .«

Wieder schüttelte Wend den Kopf. »Wir haben getan, was in unserer Macht stand«, erklärte er ruhig. »Eldor war sehr geschwächt durch seine Verwundung und durch die lange Zeit der Unterernährung in der Brutstätte.«

»Und vielleicht«, fügte eine sanfte Frauenstimme hinzu, »hat er auch nicht mehr den Wunsch zu leben.« Die beiden Männer fuhren überrascht herum.

Alde trat aus dem Winkel, in dem sie so still gesessen hatte, daß die beiden ihre Anwesenheit vergessen hatten. Eingerahmt von der Fülle ihres schwarzen Haares wirkte ihr Gesicht abgehärmt. Rudy versuchte, sich in Erinnerung zu rufen, was er im Laufe der letzten Stunden mit Wend gesprochen hatte. Ihm fiel ein, daß er ihm Alwirs Ende beschrieben hatte, und wenn Alde auch längst aufgehört hatte, an die Liebe ihres Bruders zu ihr zu glauben, so hätte sie doch nicht auf so gefühllose Weise die Einzelheiten über seinen Tod erfahren müssen. Ihre Augen waren vom Weinen gerötet, obwohl er sich nicht erinnern konnte, einen Laut von ihr gehört zu haben.

Als sie in den helleren Lichtschein trat und sich auf Eldors Bettkante setzte, entdeckte Rudy zwei weiße Fäden in ihrem offenen schwarzen Haar. Sie nahm die gesunde Hand des Königs in die ihre. Dann sprach sie mit leiser, müder Stimme: »Gil und Eldor haben vieles gemeinsam. Selbst wenn sie alles verloren haben, sind sie noch zu dickköpfig, um zu sterben. Und beide würden sie lieber unter Folterqualen sterben, als ihre wahren Gefühle zu offenbaren oder jemanden um etwas zu bitten.«

Rudy sah in ihr stilles, gramzerfurchtes Gesicht. »Vielleicht hat er nur nicht gewußt, wie er seine Liebe zeigen sollte. Es gibt solche Menschen. Es ist schwer, die Wahrheit zu sagen, auch wenn man es furchtbar gerne tun würde.«

Die langen, weißen Finger krampften sich plötzlich in ihrer Hand zusammen. Sie blickte auf ihn hinunter und sah, daß er sie mit seinen metallgrauen halb geschlossenen Augen anstarrte. »Alde?« flüsterte der König.

Es war das erste Mal, daß Rudy ihn den Namen seiner Frau aussprechen hörte.

»Ich bin hier«, sagte sie.

»Geht es Euch gut?«

Sie strich ihm sanft mit den Fingerspitzen über den geballten Handrükken. »Ja«, murmelte sie. »Ja, es geht mir gut.«

»Stimmt es, was sie sagen?« fuhr er flüsternd fort. »Alwir ist tot?«

»Ja«, erwiderte Alde leise. »Gil-Shalos, die junge Frau, hat ihn getötet.«

Eine Weile herrschte Schweigen, dann wurde ein kraftlos gehauchtes Lachen vernehmbar. Ein Abglanz der alten, belustigten Bosheit schimmerte in seinen Augen. »Er muß sehr überrascht gewesen sein.«

Alde zog die Mundwinkel kaum merklich in die Höhe. »Vielleicht«, entgegnete sie und legte ihre Hand jetzt sanft auf seine Stirn. »Ruht Euch aus, mein König. Später . . .«

»Ausruhen.« Die abstoßenden Züge verzerrten sich zu einer häßlichen Grimasse. »Wahrhaftig, ausruhen.« Sein Atem ging jetzt schwer und keuchend. »Kein Später«, flüsterte er, »kein Licht. Nur Träume. Tir?«

»Er schläft.« In der Feuerstelle brach ein Holzscheit auseinander, und im Schein der aufstiebenden Funken waren Aldes Wimpern mit bernsteinfarbenen Tränen gesäumt. »Ich schicke jemanden zu Maias Kirche, ihn zu holen, wenn Ihr es wünscht.«

Der König schüttelte langsam verneinend den Kopf. »Nein. Paßt gut auf ihn auf. Ingold hat mir dieses Versprechen einmal gegeben.«

»Und er hat es auch gehalten«, murmelte sie leise.

Seine Hände zuckten nervös und kamen dann in ihren wieder zur Ruhe. »Ingold – wo ist er?« flüsterte er.

Sie zögerte und warf Rudy einen hilfesuchenden Blick zu.

»Er ist in Gae«, sagte Rudy leise.

»Ah.« Eldor runzelte plötzlich die Stirn, als fiele ihm etwas längst

Vergessenes wieder ein. »Ich habe ihn geschlagen«, murmelte er schließlich. »Sagt ihm – es tut mir leid.«

»Das weiß er.«

Eldor seufzte und schloß die Augen. »Ihr habt von Liebe gesprochen«, begann er nach einer Weile wieder, »und von Wahrheit. Ein Mann kann ein Kätzchen lieben, ein Kind oder aber eine Frau. Liebt Ihr diesen Jungen, mein Kätzchen?«

»Ich liebe Euch«, flüsterte Alde, und seine verbrannten, verstümmelten Finger schoben sie fort.

»Ihr müßt dieses Gesicht nicht küssen, um es zu beweisen.«

»Eine Frau liebt nicht das Gesicht eines Mannes, Eldor.« Sie beugte sich über ihn und küßte sanft seine Lippen.

Sie verzogen sich zur grausigen Karikatur eines Lächeln. »Ein tapferes Kätzchen. Vielleicht eine tapfere Frau . . . Liebt Ihr diesen Jungen?«

Alde schwieg lange, hielt seine Hand und lauschte auf seine schweren qualvollen Atemzüge. Schließlich sagte sie: »Ja, ich liebe ihn. Ich weiß nicht, wie, aber ich – ich liebe euch beide.«

»Eine Frau betet den Helden an«, flüsterte der König, »und liebt den Mann, der ihr von Geburt an bestimmt ist. Ich hatte das Kätzchen gern und hätte die Frau vielleicht geliebt. Aber ich bin ihr nie begegnet. Ich habe sie betrogen – und vielleicht auch mich selbst.«

»Wir haben Zeit«, sagte Alde leise und beugte sich wieder über ihn, um seine Lippen zu küssen.

In diesem Augenblick wurde die Tür geöffnet, und Gil trat leise ein. Der Zauberer Thoth stützte sich schwer auf ihre Schulter. Der alte Mann sah krank und erschöpft aus; sein bartloses Gesicht war bleich wie ein Totenschädel über den schwarzen Falten seiner schmutzigen Gewänder, doch die goldenen Augen hatten nichts von ihrem Hochmut verloren. Schweigend senkte Wend den Kopf.

Thoth schüttelte Gils stützenden Arm ab und trat an das Krankenlager. Er legte die Fingerspitzen auf Eldors Handgelenk, dann auf seine Stirn, und seine Augen verengten sich zu schmalen Schlitzen, als würde er den Träumen des Königs lauschen. Dann sagte er: »Laßt uns allein. »Nein –« Er schüttelte den Kopf, als Wend sich dankbar zum Gehen wandte. »Ich brauche –« Er hielt inne. Seine kalten Augen ruhten lange auf dem bleichen Gesicht seines Verräters. »Ich hätte gern Eure Hilfe, kleiner Bruder. Aber nur«, fügte er schneidend hinzu, »wenn Ihr dabei nicht ein Übermaß an Zerknirschung und Reue an den Tag legt.«

Wend errötete heftig und strich sich über die Augen.

Thoth richtete seinen tiefgründigen Blick auf Minalde, die sich ebenfalls erhoben hatte. »Vielleicht wäre es besser, wenn Ihr ebenfalls bleibt, gnädige Frau.«

Der Eisfalke erwartete Gil und Rudy im Gang. Sein Blick blieb kurz auf Gils zerschundenem, fahlem Gesicht, der verschmierten Tunika und den verkrusteten Stiefeln hängen. »Gute Arbeit«, sagte er dann. »Jetzt hast du auch Knochen, die du dir ins Haar flechten kannst, meine Schwester.«

»Gil –« Rudy hielt sie am Ärmel zurück, als sie sich anschickte, dem Eisfalken in die Gardeunterkunft zu folgen. Sie wandte sich zu ihm um, und ihm fiel auf, wie schlecht sie aussah nach dem anstrengenden Kampf und der langen nächtlichen Durchsuchung der Festung.

»Gil«, wiederholte er, »ich muß mit dir reden.«

»Wenn du mir danken willst, mach dir keine Gedanken darüber«, wehrte sie gereizt ab, als er sie in eine leere Zelle neben Eldors Kammer zog.

Rudy schüttelte den Kopf. »Ich kann dir gar nicht genug danken«, sagte er einfach, »es wäre also unsinnig, es zu versuchen. Es ist nur – Gil, ich verlasse die Festung morgen früh.«

Sie zuckte müde die Achseln. »Ich glaube nicht, daß das notwendig sein wird.«

»Es ist nicht wegen Eldor.«

Sie strich sich die Haare aus den Augen und runzelte die Stirn. »Die Dunklen«, sagte sie nachdenklich. »Du hast gesagt, ihr Ziel wäre Gae. Du weißt, warum, nicht wahr?«

Er schluckte, und die Worte kamen ihm nur schwer über die Lippen. »Ich glaube, daß Ingold noch am Leben ist.«

Gil schloß die Augen und holte tief Atem, dann öffnete sie sie wieder und fragte in beiläufigem Ton: »Woraus schließt du das?« Nur ihr abgespanntes Gesicht war noch einen Hauch bleicher geworden, und ihr Mund hatte sich verhärtet.

Mühsam nach Worten suchend, fuhr er fort: »Ich habe dir erzählt, was damals in Quo geschah – und mit Lohiro. Nun, als wir unterwegs nach Quo waren, sagte Ingold immer wieder, daß er nicht an Lohiros Tod glaubte. Er meinte, er würde es wissen. Zum einen wegen der Meistermagie, zum anderen, weil es eine – eine Verbindung zwischen Lehrer und Schüler gibt. Ingold hat aus mir einen Zauberer gemacht, Gil, und ich liebe diesen alten Mann wie einen Vater. Ich weiß, daß er am Leben ist. Aber er befindet sich jetzt seit Wochen in der Gewalt der Dunklen. Wenn er zurückkommt – wird er nicht mehr er selbst sein.«

Sie weinte lautlos vor sich hin, die Tränen liefen ihr wie Eiswasser über das stille Gesicht. Eine Weile lang blickte sie starr vor sich hin, und nur der harte Zug um ihren Mund verriet den Kummer in ihrem Herzen. Als sie endlich sprach, klang ihre Stimme ruhig und unbeteiligt. »Aber er besitzt noch die Meistermagie über dich, nicht wahr? Und über alle anderen Zauberer in der Welt. Und er ist Herr über den Zauber, der die Festungstore gegen die Dunklen schützt.«

Rudy nickte bekümmert, und er dankte Gott für Gils klare Auffassungsgabe, die es ihm ersparte, ihr zu erklären, was zu tun war und warum.

Gil bedeckte den Mund mit den Händen, und als sie sprach, klang ihre

Stimme dünn und gedämpft. »Oh, Rudy«, flüsterte sie, dann verstummte sie wieder und sah blicklos ins Leere.

»Es tut mir leid, Schreckschraube.«

Sie schüttelte den Kopf. »Er hat es die ganze Zeit über befürchtet, weißt du«, erklärte sie ruhig. »Er hat einmal davon gesprochen, aber ich habe es nicht verstanden. Er sagte, sie verfolgten ihn nicht wegen seines Wissens, sondern wegen dem, was er war. Steht er auf unserer Seite, können wir einen Verteidigungskrieg führen. Steht er auf ihrer Seite – sind wir verloren.«

Rudy sagte nichts darauf. Die alltäglichen Festungsgeräusche drangen aus den Gängen herüber. Mit ihrer rauchgeschwängerten Luft, den weiten, lichtlosen Labyrinthen, den kahlen, schmutzigen Zellen und den unausweichlichen Gerüchen war die Festung von Dare doch der letzte Zufluchtsort der Menschheit.

»Du glaubst, sie sammeln sich zum Angriff?«

Zögernd erwiderte er: »Ja, das glaube ich. Er ist ein furchtbar mächtiger Zauberer, Gil. Ich werde jemanden brauchen, der mit der Klinge umgehen kann.«

Sie nickte, als wäre das eine längst vereinbarte Sache zwischen ihnen. Dann wischte sie sich mit dem Handrücken über die Augen und warf ihren Zopf über die Schulter zurück. »Ich muß mich noch ein wenig zusammenflicken lassen«, erklärte sie mit ihrer ruhigen, ausdruckslosen Stimme. »Wir sehen uns morgen früh.«

Im Bedürfnis, ihr Trost, irgendeine Entschuldigung, eine Linderung für ihren Schmerz zu bieten, folgte er ihr in den Gang hinaus. Doch sie wehrte ab und ging wortlos davon. Das weiße Gardeemblem auf ihren Schultern entfernte sich in der Dunkelheit, aus der Thoth gerade auftauchte, um Rudy die Nachricht zu übermitteln, daß Eldor gestorben war.

Sechzehntes Kapitel

Sie konnten die Festung erst achtundvierzig Stunden später verlassen.

Eldors Leichnam wurde am nächsten Tag bei Sonnenuntergang auf der großen Wiese vor der Festung eingeäschert. Auf demselben Scheiterhaufen, verkrümmt zu seinen Füßen liegend, wurde Alwir verbrannt. Als die Flammen über beiden Körpern zusammenschlugen, war es, als hätte sich der Kanzler dem Mann, den er ermordet hatte, zu Füßen geworfen.

Rudy stand in der Menge zwischen Thoth und Wend und stellte fest, wie beherrscht Aldes Züge im roten Licht des Sonnenuntergangs wirkten. Ihr Sohn wimmerte leise in ihren Armen vor sich hin, wohl eher vor Kälte oder aus Angst vor dem Feuer als aus einem Begreifen dessen, was geschehen war. Als der Scheiterhaufen zu Asche verbrannt war, wandte sie sich ab und schritt in der Abenddämmerung zur Festung zurück. Bischof Maia ging an ihrer Seite – er hatte seine zerlumpten Brokatgewänder gegen die blutrote Robe der Kirche vertauscht und sah zum ersten Mal wirklich wie ein Bischof des Wahren Glaubens aus.

Govannin Narmenlion war verschwunden. Einige behaupteten, sie hätte sich im Morgengrauen mit einigen Anhangern aus der Festung geschlichen und auf den Weg nach Alketch gemacht. Bektis war ebenfalls verschwunden, und Rudy vermutete, daß die Bischöfin ihn durch Drohungen dazu gebracht hatte, sie zu begleiten und einen Tarnzauber über sie beide zu wirken.

An diesem Abend ging Rudy zu Alde, um ihr Lebewohl zu sagen.

Sie saß am Tisch in ihrer Kammer, das Haar zu einem dicken Knoten im Nacken zusammengebunden. Er blieb in der Tür stehen und zögerte einen Augenblick. Auf ihrer Stirn hatte sich eine feine, senkrechte Sorgenfalte eingegraben, die, ebenso wie Gils Narben, nie mehr verschwinden würde. Er wußte nicht recht, wie er sie ansprechen sollte, denn es gab nun keinen Zweifel mehr daran, daß sie eine wahre Königin war.

Dann blickte sie auf und sah ihn, und ihre Augen leuchteten freudig auf. Sie streckte ihm zögernd die Hände entgegen, als wäre sie ebenfalls unsicher, wie sie nun zueinander standen.

Sanft zog er sie auf die Füße und küßte sie auf den Mund. Es war ein brüderlicher Kuß, doch als er sich von ihr lösen wollte, hielt sie ihn fest, und ihr Kuß verschmolz zu der Umarmung von Menschen, deren Liebe tiefer geht als Leidenschaft, Wandel und Gram. In ihrer Liebe war

Wahrheit und Magie, sie war wie die Heimkehr aus eisiger Nacht an das warme Kaminfeuer. Die bloße Freude, wieder mit ihr zusammen zu sein, verklärte das Wissen, daß er, was immer auch geschah, in dieser stillen, merkwürdigen Frau, die über die Festung herrschte, immer eine treue Verbündete haben würde.

»Ich bin gekommen, um dir zu sagen, daß ich morgen früh aufbreche.«

Ihre Hände verkrampften sich hinter seinem Rücken, doch sie nickte nur bejahend.

»Wir werden wahrscheinlich drei Wochen fort sein, vielleicht ein bißchen länger.«

»Wir?«

»Gil und ich, wir haben etwas in Gae zu erledigen.«

Sie nickte, und eine Falte bildete sich auf ihrer Stirn über Augen, die plötzlich sehr ernst geworden waren. »Ihr würdet den langen Weg nicht zurücklegen«, sagte sie leise, »wenn die Angelegenheit nicht sehr ernst wäre. Benötigt ihr irgend etwas?«

»Nur Vorräte für die Reise. Ich glaube nicht, daß es sinnvoll ist, ein Packtier mitzunehmen; es würde uns eher behindern als nützen.«

»In Ordnung.«

Er küßte sie wieder, und diesmal überließ sie sich seinen Armen und schmiegte das Gesicht in den Kragen seiner Weste. Lange Zeit hielt die wohlduftende Stille des Raumes sie gefangen, die nur vom Knacken des Feuers im Kamin gebrochen wurde.

»Wirst du zurechtkommen?« fragte er schließlich besorgt.

Sie nickte. »Die Arbeit tut mir gut«, erklärte sie. »Eine schwere Aufgabe ist das beste Beruhigungsmittel für die Seele.«

Er begriff, daß Alde alle Hände voll damit zu tun hatte, mit ihren noch ungeübten Fingern die Zügel der Verantwortung und Macht zu ergreifen, und er sah, daß sie ihre Sache sehr gut machen würde.

»Rudy?«

Ihre unsichere Stimme riß ihn aus seinen Gedanken.

»Du wirst nicht – du wirst doch zurückkommen, nicht wahr?«

Er war versucht, die furchtsame Besorgnis mit einer zuversichtlichen Lüge aus ihrem Gesicht zu vertreiben, um ihr Kummer zu ersparen. Doch er war ihrer Liebe mehr schuldig als das, und er konnte das Wissen darüber, was ihn in Gae erwartete, nicht aus seinen Gedanken verbannen.

So beugte er sich über sie, küßte ihre Lippen und flüsterte bekümmert: »Ich weiß es nicht, Liebes.«

Auf dem Weg nach Gae war es regnerisch und bitter kalt. Rudy und Gil folgten den Spuren, die der Feldzug nach Gae hinterlassen hatte, durch sumpfige Niederungen oder über die Gipfellinien des gedrungenen Hügellandes. Während sie unterwegs waren, sprachen sie wenig. Wenn die Nacht über die graue, von Krähen bevölkerte Landschaft hereinbrach, schützte Rudy das Lager mit seinem Zauber gegen die Dunklen, gegen Wölfe und Räuber, während Gil ein kleines Feuer entzündete, auf dem sie ihr kärgliches Mahl aus Pfannkuchen und Pökelfleisch zubereiteten. Danach spielte Rudy auf der Harfe, oder sie unterhielten sich über alles mögliche. Von Kalifornien sprachen sie nur selten, und wenn, dann so beiläufig wie über ein gemeinsames, halb vergessenes Kindheitserlebnis.

»Wirst du nun in der Festung bleiben?« fragte Gil eines Abends, als Rudy leise eine Melodie vor sich hin spielte, die Dakis oft gesungen hatte.

Er nickte. Keiner von beiden sprach den Gedanken aus, daß sie in einer Woche schon tot sein konnten, die Festung zerstört und Tirs und Aldes Knochen im blutigen Schnee verstreut. »Ich werde mich mit den Zauberern in Gettlesand in Verbindung setzen und sehen, ob einige von ihnen zurückkommen und Thoth und Wend unterstützen können.«

Ohne von dem Dolch aufzublicken, den sie gerade schärfte, gab Gil einen zustimmenden Laut von sich. Sie fragte nicht, was alle Zauberer der Welt ausrichten konnten, wenn Ingold die Tore der Festung öffnete.

Rudy war in nachdenkliches Schweigen versunken. Dann und wann entlockte er den Saiten seiner Harfe einen Ton, der wie eine silberne Münze in den dunklen Brunnen der Nacht fiel. Über das seichte Wasser der Seen im Tal hallte Wolfsgeheul herüber, und der Wind trieb den Nebel auseinander, der von ihrer schmutziggrauen Oberfläche aufstieg.

»Wie lange sind wir eigentlich schon hier?« erkundigte er sich schließlich.

»Sechs Monate ungefähr«, erwiderte Gil und betrachtete eingehend die Klinge ihres Dolches im Mondlicht. »Es ist ungefähr Mitte März.«

Rudy seufzte. »Sobald das Wetter besser wird, mache ich mich auf den Weg.«

Sie hob überrascht den Kopf.

Er fuhr fort: »Ich gehe zurück nach Quo. Ingold hat immer gesagt, daß er der einzige lebende Mensch sei, der das Wesen des Nichts versteht und die Tore von einem Universum zum anderen öffnen kann. Aber er muß es irgendwoher erfahren haben. Ich werde mich in der Bücherei von Quo umsehen, ob ich etwas darüber in Erfahrung bringen kann, wie das Nichts zu überbrücken ist, damit ich dich nach Hause zurückbringen kann.«

Ohne aufzublicken erwiderte Gil: »Zerbrich dir nicht den Kopf darüber, Rudy. Wir würden bei unserer Heimkehr nicht mehr Glück haben als Eldor, als er zurückkam.«

»Eldor?« Rudy runzelte die Stirn. »Aber Eldor war verrückt, als er zurückkam. Es wäre nicht dasselbe, wenn du in deine eigene Welt zurückkehren würdest . . .«

Gil seufzte und sah ihm in die Augen. »Rudy, Eldor hat nichts gefehlt, das ein guter Therapeut nicht in ein paar Jahren hätte heilen können.

Aber was das Zurückkehren betrifft . . .« Sie zuckte die Achseln. »Ich glaube, selbst wenn Ingold am Leben geblieben wäre, hätten wir nicht zurückgehen können. Wir haben vom Baum der Versuchung gegessen.«

Er faltete die Hände über der Harfe auf seinem Schoß. »Ich wußte von Anfang an, daß ich es nicht können würde«, erklärte er. »Aber ich hatte keine Ahnung, daß es dir genauso ging.«

Sie wischte den Dolch ab und steckte ihn mit einem Ruck in die Scheide zurück. »Anfangs, als wir nicht sofort zurückkehren konnten, da hatte ich Angst«, entgegnete sie leise. »Aber dann . . . Es verändert dich, wenn du einen Menschen tötest, Rudy. Ich wußte schon Wochen bevor es wirklich geschah, daß ich Alwir töten würde. Ich wußte nur nicht, wie und wann. Aber ich bin nicht mehr derselbe Mensch, der ich einmal war.«

Sie nahm einen Zweig und schürte die Glut, und der Feuerschein färbte das weiße Emblem auf ihrem Wappenrock blutrot. Rudy nahm die Harfe wieder zur Hand und spielte zögernd eine Melodie. Nach einiger Zeit fragte er: »Warum hast du beschlossen, Alwir zu töten?«

Die Tränen, die ihr in die Augen gestiegen waren, funkelten im Feuerschein, als sie den Kopf hob. Nach zwei vergeblichen Anläufen brachte sie hervor: »Ich habe Ingold geliebt, Rudy. Vom ersten Augenblick unserer Begegnung an habe ich ihn aus ganzem Herzen geliebt.«

»Ja«, erwiderte Rudy. »Das wußte ich.«

Ihr Atem ging heftig, und ihre Stimme bebte, als sie fortfuhr: »Ich habe mir gesagt, daß es töricht sei, aber es hat nichts genutzt. Ich habe mir alles Erdenkliche eingeredet. Aber es half nichts. Ich liebte ihn. Und ich liebe ihn noch immer«, fügte sie verzweifelt hinzu.

Ihr Kummer traf ihn so hart, als wäre es sein eigener, denn er erinnerte sich genau, was er gefühlt hatte, als er geglaubt hatte, Liebe und Magie für immer verlieren zu müssen. Doch er wußte, daß sie seine Berührung abwehren würde, darum sagte er nur: »Es tut mir leid.«

Sie schüttelte den Kopf. »Schon gut«, sagte sie mit ruhigerer Stimme, die den kühlen, beiläufigen Ton völlig verloren hatte. »Ich weiß, warum du mich gebeten hast, dich zu begleiten. Wenn die Dunklen seinen Geist übernommen haben, dürfen wir ihn nicht leben lassen. Es klingt vielleicht verrückt, aber mir ist es lieber, wenn ich es tue. Es wäre schrecklich, wenn du es tun würdest.«

»Die Chance, daß ich ihn auch nur anrühren könnte, ist sehr gering«, entgegnete er leise.

Ihre Hand zitterte, als sie das widerspenstige Haar zurückstrich; nun, da der heftige Gefühlsaufruhr vorbei war, wirkte ihr Gesicht so seltsam schön und entspannt, wie Rudy es noch nie gesehen hatte. »Ich habe keine große Hoffnung, daß es mir gelingen wird«, bekannte sie, indem sie sich die Tränen aus den langen Wimpern wischte. »Du hast ihn kämpfen gesehen – aber ich habe mit ihm gekämpft. Er ist wie ein stählerner Blitz, Rudy.«

Die hastige Berührung von Gils Hand weckte ihn in der Dunkelheit kurz vor dem Morgengrauen. Er setzte sich auf. Nebel war vom nahegelegenen See aufgestiegen und hatte die Welt in feuchte, schwere Dunkelheit gehüllt, die auch sein Zaubererblick nur schwer durchdringen konnte, doch er hörte schlurfende Schritte, die sich in südlicher Richtung bewegten. Nach einem Augenblick angestrengter Konzentration konnte er sie erkennen – eine Gruppe von mindestens zwölf Männern und Frauen mit bleichen, krankhaften Zügen und zerlumpten Seidengewändern.

Atemlos flüsterte er mit unterdrückter Stimme: »Leichenfresser.«

Der Verwesungsgestank, der zum Lager geweht wurde, hätte auch einen Menschen ohne magische Kräfte nicht im Zweifel darüber gelassen. »Aber warum verlassen sie Gae?« fragte Gil.

»Ich weiß es nicht«, erwiderte Rudy mit leiser Stimme, indem er sich wieder in seine Decken einrollte. »Aber ich kann es mir denken.«

In den zwei darauffolgenden Tagen, während sie sich der Geisterstadt Gae immer mehr näherten, wurde seine Ahnung zur Gewißheit. Die lauernde Gegenwart der Dunklen war allgegenwärtig wie verpestete Luft, die von der Stadt ausströmte, um die graue Einöde des umliegenden Landes zu verschlingen.

Als sie in der bedrohlichen Dunkelheit des frühen Abends vor den Toren von Gae anlangten, blickte Rudy vom Gipfel des Berges Trad auf die Stadt hinunter. Entsetzen lähmte sein Herz. Die Gegenwart der Dunklen hing wie Moornebel über der ganzen Stadt, böse, gewalttätig, abscheulich und gierig. Er spürte das madenhafte Gewimmel in den Kellern der Stadt, bevor er noch die weißen Gestalten entdeckt hatte, die im Schlamm herumwateten und das froststarre Unkraut vergeblich nach Nahrung absuchten – die Herden natürlich. Sie hatten ihre bleichen Knochen überall im umliegenden Land verstreut gefunden. Über der Stadt schwebte eine entsetzliche Drohung, eine lauernde Dunkelheit, ein furchtbarer Strudel unaussprechlicher Bosheit und Macht.

Und im Herzen dieses Strudels befand sich der Mann, den er und Gil töten mußten.

Auch das Tageslicht des darauffolgenden Morgens konnte das finstere Entsetzen, das Gae erfüllte, nicht vertreiben. Überall lagen Knochen von toten Herdentieren herum, frisch und in den verschiedensten Stadien der Verwesung, abgenagt von den fleischfressenden Haustieren der Stadt – den wilden Hunden, Katzen und rotäugigen Ratten.

Fast genauso schlimm wie das unheimliche Gefühl, beobachtet zu werden, war Gils unbeteiligter Gleichmut. Sie watete durch den fauligen Schlamm der unkrautüberwucherten Straßen, ohne mit der Wimper zu zucken, und das unheimliche, bleierne Licht des diesigen Himmels verlieh ihren harten Zügen einen entsetzlichen Ausdruck.

Nach ihrem Gefühlsausbruch auf dem Weg nach Gae hatte sie weder Ingold noch den bevorstehenden Kampf je wieder erwähnt. Als er sie im Hof des Palastes beobachtete, wie sie methodisch Umhang und Wappenrock auszog und auf den Ast eines verkohlten Baumes hängte, verstand er plötzlich den Grund.

Kummer und Mitleid hätten sie geschwächt. Sie hatte einen Entschluß gefaßt, was zu tun war, und sie hatte alles, was ihre Verteidigung schwächen konnte, ausgeschlossen. Wenn Ingold erst tot war, war immer noch Zeit zum Nachdenken.

Ihre hageren, muskulösen Arme zeichneten sich im Wind in den Ärmeln ihres Hemdes ab, als sie sich schließlich, das noch ungezückte Schwert in der Hand, zu ihm umwandte.

»Fertig?«

Rudy nickte und schloß die Hand fester um seinen Stab. Dann folgte er Gil über die geschwärzten, verfallenen Stufen in die Kellergewölbe hinunter.

Die Explosionen in den Gängen tief unter der Erde hatten auch den Palast erschüttert. Die oberen Gewölbe waren ein Meer von Asche, Geröll und umgestürzten Säulen. Die tieferen Gewölbe dagegen waren, wenn auch vom fauligen Gestank der Herden erfüllt, leer bis auf einige Stellen, an denen die allgegenwärtigen Wucherpflanzen in einem Geröllhaufen Wurzeln geschlagen hatten.

Trotz des Tarnzaubers, der sie beide umgab, blickte Rudy, in ängstlicher Erwartung eines Angriffs der Dunklen, immer wieder über die Schulter zurück. Gil dagegen, die vor ihm herging, schien nichts zu fürchten, nichts zu spüren. Rudy konnte erkennen, daß die Hand, in der sie die lederne Schwertscheide trug, locker und entspannt war. Sie drehte sich nicht ein einziges Mal zu ihm um und zögerte niemals, sondern strebte durch den endlosen Wald eingestürzter Säulen voran, als würden ihre Füße diesen Weg seit Anbeginn der Zeit kennen.

Sie gelangten in eine Gewölbehalle, und Rudy erkannte die rote Porphyrtreppe, die zu der schwarzen Treppe der Dunklen hinunterführte. Schlamm, Blätter, Asche und Knochen lagen jetzt überall verstreut. Durch ein Loch in der Gewölbedecke drang ein strohgelber Lichtstrahl herunter und bildete einen hellen Teppich auf dem Boden, der sich bis auf wenige Meter der völligen Finsternis des klaffenden Treppenschachts näherte.

Zwischen Finsternis und Licht lag, mit dem Gesicht nach unten am Rande des Abgrunds zusammengesunken, der Körper eines Mannes. Der braune Kapuzenumhang, der ihn bedeckte, war getränkt mit dem Schleim der Dunklen, vom Kampf zerfetzt und mit Blut und Asche verschmiert. Eine ausgestreckte Hand lag im herunterströmenden Lichtstrahl – die narbenbedeckte, kraftvolle Hand eines Kriegers.

Er war bewußtlos und unbewaffnet.

Gil seufzte tief. »Bleib, wo du bist«, befahl sie und zog ihren Dolch aus dem Gürtel.

Ihre geschäftsmäßige Ruhe, als sie den Lichtfleck überquerte, hatte etwas Erschreckendes. *Es ist besser so,* dachte Rudy verzweifelt. *Wenn der*

eine Chance hätte, sich gegen uns zur Wehr zu setzen, wäre alles verloren, nicht nur für uns selbst, sondern auch für alle Menschen in der Festung. Nur so kann es uns gelingen, den mächtigsten Magier der Westlichen Welt, dessen Geist vom Geist der Dunklen beherrscht wird, zu besiegen.

Doch Tränen stiegen ihm in die Augen und liefen brennend über seine Wangen.

Gil kniete neben dem Bewußtlosen nieder, zog ihr Schwert aus der Scheide und legte es für alle Fälle griffbereit neben sich. Dann faßte sie ihren Dolch fester, streckte die Hand nach Ingolds Schulter aus und drehte ihn vorsichtig auf den Rücken. Als die Kapuze zurückglitt, wurden die Umrisse von Ingolds Gesicht deutlich sichtbar. Das Licht fing sich schimmernd in seinem wirren, verfilzten weißen Haar. Er sah friedlich aus, versunken in den tiefen, traumlosen Schlaf der Erschöpfung.

Tu es, dachte Rudy, den Blick wie gebannt auf die blitzende Klinge des Dolches gerichtet. *Wenn er das ist, was Lohiro war, ein Gefangener in seinem eigenen Körper, dann tu es, bevor er aufwacht und zu dem wird, wogegen er sich so heftig gewehrt hat!*

Aber Gil rührte sich nicht. Endlos lange betrachtete sie die Gesichtszüge des schlafenden Zauberers, und Rudy sah die Tränen, die in ihrem unmenschlich ruhigen Gesicht schimmerten. Licht funkelte auf der Messerklinge, als ihre Hand plötzlich kaum merklich zitterte.

Tu es, schrie Rudy lautlos auf, *um Himmels Willen, bring es zu Ende.*

In diesem Augenblick schlug der alte Mann die Augen auf und sah Gil an.

Die scharfe Klinge an seiner Kehle bewegte sich nicht vom Fleck. Er sah schlimmer aus denn je, sein totenbleiches Gesicht war unter einer schmierigen Blutschicht mit Schrammen und Wunden von den Klauen der Dunklen bedeckt. Er bewegte sich nicht, seufzte nur tief, schloß die Augen wieder und sagte leise etwas zu Gil, das Rudy nicht verstehen konnte.

Gils Körper wurde plötzlich von einem heftigen Schauder geschüttelt. Sie schleuderte den Dolch zu der roten Treppe hin, die nach oben führte, und ihre Schultern hoben und senkten sich unter einem Ansturm von Schluchzen. Rudy sah mit Entsetzen, wie Ingold sich halb aufrichtete und wie Gil in seine Arme sank.

Mit einem unartikulierten Aufschrei sprang er nach vorn. Die goldenen Spitzen seines Stabes blitzten auf, als er sie auf Ingolds ungeschützten Rücken richtete. Gil stieß einen warnenden Ruf aus. Der alte Mann wich dem Hieb blitzschnell aus und und stieß sie zur Seite, dann sprang er auf und schützte seine Augen mit dem Arm gegen das ungewohnte Licht. Mit zusammengebissenen Zähnen und tränenblinden Augen zielte Rudy mit den Sichelspitzen seines Stabes auf Ingolds Kehle.

Doch er hatte nicht mit Gil gerechnet. Ihre knochigen Knie schlossen sich um seine Beine und rissen ihn heftig zu Boden. Der Stab entfiel klirrend seinen Händen. Er faßte danach, doch Gil stieß ihn mit dem Fuß zur Seite. Dann raffte sie sich auf, nahm ihr gezogenes Schwert und warf es Ingold zu.

Aufschluchzend griff Rudy wieder nach seinem Stab, und Gil wich mit tränenüberströmtem Gesicht zurück. Mit einem wütenden Aufschrei und ohne recht zu wissen, was er tat, machte er einen Schritt auf sie zu.

In diesem Augenblick erklang Ingolds rauhe Stimme: »Wenn du sie anrührst, wirst du diese Stadt nicht lebend verlassen, das schwöre ich dir.«

Rudy hielt inne. Er blinzelte und fragte sich einen benommenen Augenblick lang, ob Ingold mit den wenigen Worten, die er Gil zugeflüstert hatte, als er mit ihrem Dolch an der Kehle am Boden gelegen hatte, einen Zauber über sie gewirkt hatte. Der keuchende Atem des alten Mannes war der einzige Laut in der unheimlichen Stille des Kellergewölbes.

Dann sagte Ingold mit gepreßter Stimme: »Ihr beiden habt hier in dieser Stadt nichts zu suchen. Verschwindet hier. Geht so weit fort, wie ihr nur könnt.«

»Ich lasse dich nicht allein«, entgegnete Gil ruhig.

Er wandte sich zu ihr um, und seine Augen waren plötzlich angstvoll geweitet. »Du wirst tun, was ich dir sage! Geht! Jetzt sofort!«

»Den Teufel werden wir!« rief Rudy aus. Ingold fuhr wieder zu ihm herum, und das geliehene Schwert blitzte im fahlen Lichtschein auf. »Du bist der Gefangene der Dunklen gewesen . . .«

Der Zauberer trat einen Schritt zurück, sein wirres Haar schimmerte wie Seegras. In dem Gewölbe wurde es dunkler, und als Rudy aufblickte, sah er durch das Gewirr gebrochener Balken und rußgeschwärzter Steine in der Decke, daß Nebelschwaden den Tag zu verhüllen begannen.

»Und weiter?« fragte Ingold leise.

»Warum waren sie hinter dir her?« rief Rudy erregt.

»Das wirst du beizeiten erfahren.« Der Zauberer zog sich noch einen Schritt zurück. Seinen rotgeränderten Augen gewöhnten sich allmählich an das Tageslicht. Rudy folgte ihm zögernd, und Ingold erwartete seinen Angriff mit erhobener Klinge.

In diesem Augenblick schrie Gil auf: *»Rudy!«* Ihre Stimme war scharf vor Entsetzen. Er fuhr herum und sah, wie sie überrascht blinzelte, als wäre sie gerade aus einer Trance erwacht . . .

. . . und als er sich wieder umwandte, war Ingold verschwunden.

Fluchend eilte er die rote Treppe hinauf. Gil folgte ihm auf den Fersen und stammelte: »Es – es tut mir leid. Ich weiß nicht, warum ich geschrien habe . . .«

»Du hast geschrien, weil er es wollte!« fuhr Rudy sie wutentbrannt an. Er blieb stehen, faßte sie an den Armen und sah ihr im Schatten eines eingestürzten Torbogens ins Gesicht. »Himmel, Gil, warum hast du mich aufgehalten?« flüsterte er. »Ich verstehe, daß du es nicht tun konntest, aber –«

»Nein«, fiel sie ihm ruhig ins Wort. Ihre Augen waren verquollen, aber vollkommen gelassen. »Wenn sein Gesicht von den Dunklen beherrscht wäre, hätte ich ihm die Kehle durchgeschnitten. Aber er war es nicht.«

»Großartig!« seufzte Rudy ungehalten. »Das hat uns gerade noch gefehlt . . .«

»Ich weiß nicht, was hier vorgeht«, fuhr sie ungerührt fort, »aber sein Geist ist nicht besessen, das weiß ich genau.«

»Woher zum Teufel willst du das wissen?« fuhr Rudy heftig auf. »Er hat dich vom ersten Tag an um den Finger gewickelt! Die Dunklen hatten ihn in ihrer Macht. Er war ihr Gefangener. Sie hätten ihn niemals gehenlassen, nachdem sie den Kontinent von einem Ende zum anderen nach ihm abgesucht hatten!«

»Ich weiß es, weil ich ihn kenne!« brauste sie auf, riß ihre Arme los und eilte vor ihm her die Treppe hinauf. Der Himmel über den eingestürzten Gewölben des Palastes leuchtete kalt und milchig weiß, und Rudy sah, daß Gil in ihrem fadenscheinigen Leinenhemd vor Kälte zitterte.

Er stürmte ihr nach. »Und was zum Teufel hast du jetzt vor?«

»Ich werde ihn suchen, du Blödmann!« warf sie über die Schulter zurück. »Er will, daß wir die Stadt verlassen, weil er sich selbst in irgendeiner Gefahr befindet.«

»Er will, daß wir die Stadt verlassen, damit er ungehindert zur Festung zurückkehren kann, um dann in einer dunklen Nacht die Tore zu öffnen!« Rudy blieb in einer Weinranke hängen und stürzte unsanft zu Boden. Fluchend raffte er sich wieder auf. »Es ist unsere Pflicht –«

Gil wirbelte so plötzlich herum, daß er ihr um ein Haar in den gezückten Dolch gelaufen wäre. »Wenn du ihm auch nur ein einziges Haar krümmst, du Niete . . .«

Ein kalter Windhauch umwehte sie mit dünnen Nebenschleiern und raschelte in dem rußgeschwärzten Gewirr der halb toten Pflanzen. Die Luft war plötzlich schwer von der Gegenwart der Dunklen. Selbst hier im Tageslicht sahen sich die beiden nach allen Seiten um, als erwarteten sie, daß sich die Dunkelheit aus den finsteren Schatten des zerstörten Palastes hervorstehlen würde. Rudy wurde plötzlich bewußt, wie allein sie waren.

Mit trockenen Lippen stieß er hervor: »Wir dürfen uns nicht trennen, Gil. Wir müssen zusammen bleiben.«

Zögernd senkte sie den Dolch. »In Ordnung«, sagte sie.

Obwohl es erst gegen Mittag war, wurde das Tageslicht bereits grauer. Gil und Rudy bewegten sich vorsichtig durch den zerstörten, stillen Palast. Mit hämmerndem Herzen blieb Rudy stehen, als er einen

Gegenzauber spürte, der sich seiner bemächtigte. Sein Blick schweifte suchend durch die leere Halle, an eingestürzten Bogengängen vorbei in einen überwucherten Hof, der mit braunen, morastigen Pfützen bedeckt war.

»Gil«, flüsterte er. »Verdammt, Gil, ich brauche deine Hilfe! Ich bin kein Krieger, und ich bin kein Held! Ich kann es nicht allein.«

»Ich kann nicht!« hallte Ingolds weiche Stimme aus den Tiefen des Nebels. »Wenn du oft genug sagst: ›Ich kann nicht‹, wirst du es am Ende selbst glauben, Rudy.«

Rudys Kehle zog sich zusammen, und er wirbelte herum. Es dauerte eine Weile, bis er erkannte, daß Ingold neben dem Bogengang stand, der in den Hof führte. Einen Augenblick lang starrten sie einander an, und Rudy fühlte sich zwischen Liebe und Tod gefangen. Seine Gefühle für den alten Mann lagen im Widerstreit mit der Angst vor seiner Macht. Unter Aufbietung aller Kräfte befreite er sich aus der Umklammerung, die seinen Geist gefangen hielt, riß den Flammenwerfer aus dem Halfter und feuerte.

Der Flammenstrahl bohrte sich brüllend in die graue Öde der Welt. Ingold machte keine Anstalten, auszuweichen; die Flammen prallten zu seiner Linken an die Wand. Rauch quoll zischend von dem feuchten Gestein auf. Fluchend feuerte Rudy noch einmal, und wieder verfehlte er sein Ziel. Er hörte Gils Schritte, die hastig auf ihn zugerannt kamen. Bevor sie seine Hand packen konnte, feuerte er ein drittes Mal und erkannte im selben Augenblick, was geschah.

Kämpfe nie, wenn du dich ungesehen davonschleichen kannst, hatte Ingold einmal zu ihm gesagt. Er traute es dem alten Mann durchaus zu, daß er ihn geschickt täuschte. Gil hatte keuchend seinen Arm umklammert, als seine Augen denen des Zauberers begegneten. Unter dem weißen Bartgewirr zeigte sich ein breites Lächeln. Dann hob der Zauberer Gils Schwert wie zum Gruß und verschwand wortlos in dem nebelverhangenen Hof.

Mit der Kraft der Verzweiflung schüttelte Rudy Gils Hand ab und stieß den nutzlosen Flammenwerfer in das Halfter zurück. Er hielt den Stab vor sich wie einen Speer und tauchte in die milchigen Schwaden des Hofes ein. Keuchend blieb er stehen und versuchte, die Nebelwand vor sich mit den Blicken zu durchdringen.

Hinter ihm zischte eine Klinge durch die Luft. Ingold war einfach hinter dem Torbogen zur Seite getreten und hatte gewartet, bis Rudy an ihm vorübergestürmt war. Die Klinge traf klirrend auf die geschärfte Metallsichel des Stabes und fegte sie zur Seite. Rudy wich zurück, glitt in dem eisigen Wasser aus und hätte um ein Haar den Stab verloren. Er versuchte, Ingolds Schwert zwischen den Sichelspitzen aufzufangen, wie er es bei Lohiro gesehen hatte, doch er war zu langsam. Er hörte das Zischen der niedersausenden Klinge und wehrte sie verzweifelt mit dem stahlharten Schaft des Stabes ab. Für den Bruchteil einer Sekunde stand er dem zerlumpten Gespenst, mit dem er kämpfte, dicht an dicht gegenüber und blickte in seine strahlend blauen, verwirrenden Augen.

Irgend etwas ist falsch, ging es ihm plötzlich durch den Kopf. *Lohiro . . . Lohiro . . .*

Dann lächelte Ingold plötzlich, doch sein Gesicht war bleich und angespannt. Er streckte einen Fuß aus und zog Rudy das Standbein unter dem Körper weg, so daß er den Halt verlor und hinterrücks in das schlammige Wasser einer Pfütze plumpste. Im selben Augenblick war Ingold in den Nebelschwaden verschwunden wie ein Geist.

Gleich darauf war Gil bei ihm und half ihm auf die Füße. Sie hob seinen heruntergefallenen Stab auf und reichte ihm die Waffe. »Da«, flüsterte sie und deutete in das Zwielicht. »Siehst du ihn?«

Im dichten Nebel eines eingestürzten Durchgangs bewegte sich etwas. Die Nebelschwaden wurden wie von einem Mantelsaum aufgewirbelt.

»Laß uns gehen«, murmelte Rudy, indem er einen fauligen Halm aus dem Kragen seines tropfnassen Umhangs zupfte.

Während er ganzen Verfolgungsjagd durch die Trümmer der gespenstischen Stadt wurde Rudy einen Gedanken nicht los: *Irgend etwas stimmt hier nicht. Etwas Wichtiges ist mir entgangen. Lohiro . . .*

Ein Rascheln fesselte seine Aufmerksamkeit. Er blieb stehen und versuchte, den Nebel, der hier noch dichter war als anderswo in der Stadt, zu durchdringen. Er glaubte, eine dunkle Öffnung in einer Mauer zwischen zerfallenen, moosbewachsenen Säulen zu erkennen.

Gil faßte ihn am Ärmel, schlüpfte auf die Tür zu und flüsterte: »Spürst du es nicht?«

Wie dumpfe Schwüle erfüllte die Nähe der Dunklen die Luft. Der Tag neigte sich seinem Ende zu. In dem dichten, grauen Nebel, der die Stadt einhüllte, war es unmöglich, die Zeit zu erraten, doch Rudy wußte, daß es bald dunkel werden würde. In der Dunkelheit war Ingold ihm haushoch überlegen.

Vorsichtig näherte er sich der Maueröffnung. Das sichelförmige Ende seines Stabes verströmte ein fahles, diesiges Licht, in dessen Schein er eine dunkle, eingestürzte Treppe hinter der Tür erkennen konnte. Ein warmer Luftzug strich ihm über das Gesicht.

In den trockenen Ranken der allgegenwärtigen Schlingpflanzen raschelte ein schwerer Schritt. Rudy fuhr herum, und im schwachen Lichtschein seines Stabes erkannte er, daß Ingold nur wenige Meter von ihm entfernt stand.

Rudy verlor die Nerven. Er holte mit dem Stab aus, doch der Zauberer wehrte den Schlag ab und wich dem zischenden Stahl aus, der seine Augen nur um wenige Zentimeter verfehlte. Keuchend, erschöpft, die Muskeln von der Kälte verkrampft, griff Rudy wieder an, doch der Zauberer verschwand vor seinen Augen. Irgendwo in den wogenden Nebelschwaden hinter seinem Rücken spürte er Gils Bewegung. Doch sie hielt sich am Rande des Geschehens.

Die Dunkelheit entzog Ingold seinen Blicken, doch er hörte, daß der alte Mann stehenblieb. Ein Pflasterstein gab unter seinen Füßen nach, und er stürzte in einen Geröllhaufen, der einen Durchgang verschüttet hatte. Mit aufgeschürften Händen, nur den einen Gedanken im Kopf, die Jagd zu beenden, bevor die völlige Dunkelheit es Ingold gestattete, die Gestalt der Dunklen anzunehmen, stürzte Rudy dem Zauberer durch schwarze Schatten nach.

Außerhalb der Stadtmauern, auf freiem Feld, war die Dunkelheit weniger bedrückend. Der bleierne Nebel lichtete sich ein wenig, und Rudy erkannte den Zauberer weit vor sich. Unter Aufbietung all seiner Kräfte versuchte Rudy, den Nebel durch einen Windzauber zu zerstreuen, doch ein mächtiger Gegenzauber lähmte seine magischen Kräfte vollkommen.

Er stolperte blindlings durch eine graue, diesige Welt. Die Stümpfe abgestorbener Bäume ragten vor ihm in der Dunkelheit auf. Seine Füße verfingen sich in Wurzeln, und er fiel längelang in den Schlamm. Der Saum seines durchnäßten Umhangs schlug ihm um die Beine, seine Stiefel waren schwer von Wasser und Schlamm, und jeder Muskel seines kältestarren Körpers schmerzte. Verloren und einsam stolperte er durch einen Alptraum von Dunkelheit und Nebel.

Dann riß völlig unerwartet der Nebelschleier vor ihm auf. Er blieb schwankend stehen, und das flackernde Licht seines Stabes tauchte die Szene vor ihm in einen trüben Schein.

Er sah Ingold und Gil. Sie standen sich so dicht gegenüber, daß ihre Schatten sich im magischen Licht zu einem einzigen, indigoblauen Teich auf dem harten Fels vermischten. Das Schwert in Ingolds Hand schimmerte, als er es Gil reichte.

Sie nahm es und wog die vertraute Waffe in der Hand. Ihr langes Haar hing wirr um ihr Gesicht, und ihre Augen waren so sanft, wie er sie nie zuvor gesehen hatte.

Lange stand Ingold mit leeren Händen vor ihr. Sein Gesicht wirkte ausgezehrt, die Knochen standen scharf unter der bleichen Haut hervor. In diesem Augenblick war es Rudy unmöglich, etwas anderes in ihm zu sehen als den gütigen alten Zauberer, den Gil und er jeder auf seine Weise liebten.

Benommen trat Rudy einen Schritt auf die beiden Gestalten zu. Ingold hob den Kopf, und für kurze Zeit traf sein Blick auf Rudy – erschöpft, gehetzt, und doch merkwürdig heiter. Dann wogten Nebelschwaden zwischen ihnen auf und versperrten Rudy die Sicht; als sie sich wieder verzogen, stand Gil allein auf dem kahlen Hang. Auf dem felsigen Boden war keine Spur zu sehen.

Sie steckte das Schwert in die Scheide, als Rudy auf sie zustolperte. Obwohl sie Umhang und Wappenrock längst wieder angelegt hatte, zitterte sie leicht.

Ruhig sah Rudy sie an und fragte: »Warum, Gil?«

»Er hätte es vielleicht brauchen können.«

Rudy wischte sich die kältestarren Finger an seinem schlammverkrusteten Umhang ab. »Du bist verrückt, weißt du das?«

»Vermutlich«, stimmte sie ihm zu.

Er blickte sich ratlos um. »Was sollen wir jetzt also tun?«

Gil zuckte die Achseln. »Warten. Wenn er die Gefahr, die ihn heute nacht erwartet, überlebt, kommt er sicher zu uns zurück.«

»Glaubst du etwa immer noch, daß er heute nacht seine entscheidende Begegnung mit den Dunklen hat?« brauste Rudy auf. »Es ist wahrscheinlicher, daß er nichts Eiligeres zu tun hat, als zur Festung zurückzukehren . . .«

Sie verschränkte die Arme vor der Brust und zog den Umhang fester um ihre mageren Schultern. »Wenn es so ist, warum hat er mich dann nicht getötet?«

Erschöpft gab er zurück: »Wahrscheinlich, weil du ihm mehr nützt, wenn du am Leben bist.«

»Warum hat er dich dann nicht getötet?« entgegnete sie heftig. »Warum hat er zugelassen, daß wir ihn verfolgen?«

»Das ist es!« rief Rudy unvermittelt. »Warum *hat* er zugelassen, daß wir ihn verfolgen, Gil? Warum hat er den ganzen Tag damit zugebracht uns hierher zu locken, wo immer wir auch sein mögen.«

Gil runzelte die Stirn. »Wollte er uns vom anderen Ende der Stadt fortlocken?«

»Oder vom Berg Trad? Er ist der Ort außerhalb der Stadt, der am weitesten sichtbar ist.«

Sie blickte sich hastig um. Rudy hatte es ebenfalls gespürt – eine Unruhe in der Luft, als würden Erde und Luft unter der Macht und Bosheit der Dunklen beben.

»Glaubst du, er trifft am Berg Trad auf die Dunklen, Rudy?« fragte Gil flüsternd. »Ja«, murmelte er. »Aber die Frage ist: warum?«

Es war Nacht, als sie den Berg Trad erreichten. Rudy hatte das Licht, das vom Ende seines Stabes ausging, gelöscht, und er führte Gil im Dunkeln an der Hand. Trotz des Tarnzaubers, der sie beide einhüllte, fühlte er sich wie versengt von der drohenden Gegenwart der Dunklen. Er war starr vor Furcht und zitterte in der nächtlichen Kälte.

Plötzlich zerrte kalter, heftiger Wind an ihnen und wirbelte die letzten Nebelfetzen davon. Gils Finger schlossen sich fest um seinen Arm, und sie schnappte erschrocken nach Luft. Als er zu den Mauern von Gae zurückblickte, sah er die Dunklen. Sie erhoben sich wie ein gewaltiger Wirbelsturm über die Dächer der Stadt und verdunkelten den Himmel. Ihr leises Rauschen summte in seinem Schädel. Die Illusion, die sie um sich verbreiteten, verschlang den wolkenbedeckten Himmel, versenkte die Welt in höllische, allesumfassende Dunkelheit. Ihr Wind rauschte wie ein Hurrikan über die geblendete Erde.

Ein Licht flammte auf dem Gipfel des Berges Trad auf, weiß und geheimnisvoll, und in seinem Schein erkannte Rudy die schwarzen Umrisse eines Mannes, umweht von einem zerlumpten Umhang, die narbenbedeckten, muskulösen Arme entblößt.

Von Ingolds erhobenen Händen ging ein Licht aus, dessen weißer Schein sich in der drückenden Luft ausbreitete. Als die Dunklen auf ihn zuströmten, dehnte sich der Lichtschein vom Berggipfel bis zu der lauernden Schwärze des Himmels aus.

Dann ertönte Gils verzweifelter Schrei. *»Nein!«* In ihren schreckensstarren grauen Augen sah Rudy niederschmetterndes Erkennen, Entsetzen, Qual – und das Wissen, daß sie schließlich doch betrogen worden war.

Der Lichtstreifen öffnete sich zu einem gleißenden Spalt. Es war, als wären Erde und Himmel auf einen Vorhang gemalt, und der Vorhang wurde beiseite gezogen und riß alles mit sich. Dahinter lag nichts als die nebelhafte Helligkeit, das farblose Feuer, die lebendige Dunkelheit des Nichts.

In diese gewaltige Öffnung strömten alle Dunklen der Welt gemeinsam in einem brüllenden Strom des Verderbens.

Siebzehntes Kapitel

Kalifornien, dachte Rudy benommen. *Die Welt, in der ich geboren bin. Die ganze Zeit über war das ihr Ziel.*

Er wußte nicht, warum er es nicht schon früher erkannt hatte. Sie alle hatten gewußt, daß Ingold der einzige Hüter des Geheimnisses um das Nichts war. Die Dunklen mußten es ebenfalls gewußt haben. Genau um das zu verhindern, was jetzt geschehen war, hatten Gil und er die langen, kalten Monate der Verbannung auf sich genommen.

Für nichts und wieder nichts, dachte er.

Obwohl es nicht in Gils Macht stand, den Zauberer aufzuhalten oder die klaffende Wunde im Stoff des Universums zu schließen, eilte sie mit gezogenem Schwert den Berg hinauf. Ingold wirbelte herum, ein schwarzer Schatten in dem blendenden Lichtschein, und hob die Hand; Gil fiel auf die Knie. Er ragte über ihr auf, und die entsetzliche, flammende Macht des Erzmagiers strahlte von ihm aus. Gil senkte den Kopf in die Hände, und ihr heiserer Schrei bitterer Verzweiflung durchdrang die wirbelnde Dunkelheit der Nacht. Dann verstummte sie.

Über ihr strömten die Dunklen durch die Öffnung im Nichts und in die Welt, die dahinter lag.

Sie schienen keine Angst vor der unheimlichen Helligkeit zu haben, die von dem Nichts ausging. Das kalte Strahlen durchdrang ihre geschmeidigen, triefenden Leiber und enthüllte, daß die Dunklen nicht dunkel waren, sondern so durchsichtig wie Quellwasser, kristallhelle Wesen, durchzogen von einem Netzwerk rubinroter Adern. Aus dem Schattenstrom löste sich ein Wesen, wurde im Niederschweben kleiner und ließ sich wie ein gläsernes Insekt auf Ingolds Schulter nieder. Andere folgten, pulsierend und schimmernd und versenkten ihre boshaften, zarten Krallen in die Falten seines Umhangs und seiner Ärmel. Das kalte Licht ließ jede Linie in seinem zerschundenen Gesicht, jeden Muskel seines Körpers und die gequälte Erschöpfung seiner Augen scharf hervortreten.

Von Anfang an war Ingold der Stärkste und Klügste von allen gewesen. Rudys Gedanken drehten sich verwirrt um die Erkenntnis der Vorgänge, deren Zeuge er hier war. Gils Liebe zu dem Zauberer war seine ideale Tarnung gewesen. Tot, dem Untergang geweiht oder von den Dunklen versklavt, sie hätte ihm nie ein Leid zufügen können, und er hatte es gewußt. Treu, tapfer und geradlinig hatte sie in ihrem aufrichtigen Herzen nie den Gedanken zugelassen, daß er je besiegt werden könnte.

Wie ein Schimmer am Rande seines Bewußtseins drang ein Singen an Rudys Ohr, der lautlose Gesang von Wesen, die keine Ohren hatten. Ein Zauber ging davon aus, der ihn mit einer verwirrenden, ängstlichen Sehnsucht erfüllte. Hastig wandte er den Blick von der blendenden Helligkeit des Tores ab, zu dem er sich plötzlich unwiderstehlich hingezogen fühlte. Als er den Kopf abwandte, sah er eine Bewegung in der Dunkelheit um Gae, einen schlurfenden Strom menschenähnlicher Wesen, die dem Gesang mit großen, starren Augen zu der Öffnung im Nichts folgten.

Natürlich, dachte Rudy. *Die Dunklen nehmen da, was von ihren Herden übriggeblieben ist, mit in ihre neue Welt, um sie auf ihren Trümmern weiden zu lassen, in den fensterlosen Wolkenkratzern von New York, der Kanalisation von Paris.* Es waren Tausende, die in der Kälte der Kellergewölbe von Gae überlebt hatten, weit mehr, als Rudy für möglich gehalten hatte.

Umgeben von seinen schimmernden Herren, starrte Ingold ihnen ausdruckslos nach, als sie von dem kalt strahlenden Licht verschlungen wurden.

In dem endlosen Schrecken der kalten Nacht beobachtete Rudy den Fortgang der Invasion der Dunklen. Ihre grenzenlose Zahl und die gewaltige Größe ihrer Herden verlor alle Bedeutung für ihn.

Überwältigt von besinnungslosem Kummer, ließ Rudy den Blick zu dem stillen Torwächter des Universums zurückkehren, der, in sengendes Licht getaucht, an der Verbindungsstelle zwischen den Welten stand. Kurz vor der Morgendämmerung rissen die Wolken am Himmel auf. Die blendende Helligkeit des Nichts verengte sich zu einem schmalen Streifen und verschwand dann wie die verblassenden Sterne in der blauen Dunkelheit.

Die Dunklen und ihre Herden waren verschwunden; der Weg, den sie genommen hatten, ebenfalls. Am Ende des zertrampelten Pfades war nichts zu sehen; die breite Spur endete unvermittelt wie mit der Schere abgeschnitten.

Ingold stand wie ein Meilenstein auf dieser verschwundenen Straße, den Kopf gesenkt, allein unter der kalten, dunklen Weite des Himmels.

Die Dunklen haben ihn zurückgelassen, zum Dank für das, was er für sie getan hat, dachte Rudy.

Ein Windhauch regte sich in der morgendlichen Stille, und der alte Mann hob den Kopf. Unterhalb der Stelle, an der die Öffnung zum Nichts gewesen war, steckte ein Schwert aufrecht in der Erde. Ingold ging darauf zu und zog es heraus. Es war sein eigenes, dasjenige, das seinen Händen auf der dunklen Treppe unter dem Palast von Gae entfallen war. Die Dunklen hatten es ihm zurückgegeben.

Die Stille, die die Erde erfüllte, erstreckte sich ungebrochen bis zum heller werdenden Horizont. Ingold drehte das Schwert in den Händen und starrte in das verschwommene Blau des Morgens, als hätte er einen Teil der strahlenden Helligkeit des Nichts in sich aufgenommen. Als Rudy und Gil langsam auf ihn zukamen, wandte er sich um und steckte das Schwert in die leere Scheide an seinem Gürtel.

Er erwartete sie mit leeren Händen.

»Wenn es etwas nützen würde«, sagte Rudy ruhig, »würde ich dich töten für das, was du getan hast.«

Der alte Mann sah ihn eine Weile schweigend an. Er schwankte leicht vor Erschöpfung. Die müden Augen waren tief eingesunken, strahlten aber immer noch dieselbe heitere Ruhe aus. Einen solchen Frieden hatte Rudy nicht mehr in ihnen gesehen, seit er mit Ingold aufgebrochen war, um den Erzmagier von Quo zu suchen.

»Und was glaubst du, Rudy, was ich getan habe?«

Starr vor Erstaunen blinzelte Rudy ihn an.

Der Zauberer konnte sich vor Müdigkeit kaum noch auf den Beinen halten. Gil, die in angespanntem Schweigen etwas abseits gestanden hatte, sprang herbei und faßte ihn am Arm. Ihre Blicke begegneten sich, und tief in den müden Augen des Zauberers blitzte in Erwiderung der quälenden Zweifel in Gils Blick ein Lächeln auf. Dann seufzte Ingold und wandte sich Rudy zu.

»Du warst sehr angetan von deiner Welt, Rudy. Aber angesichts der unendlichen Zahl anderer Welten hätten die Dunklen niemals einen so – kühlen und übertrieben hell erleuchteten Ort ausgewählt.« Er stützte sich plötzlich schwer auf Gils Schulter.

»Kommt«, sagte er ruhig. »Ich sterbe vor Kälte, und ich bezweifle, daß ich im Augenblick die Kraft habe, ein Feuer hervorzurufen.«

In der Talsenke am Fuß des Berges Trad hob Rudy den Schutzzauber auf, der über ihrem Lager lag und entzündete dort ein kleines Feuer. Gil holte den Stab, den sie auf dem Weg von Renweth nach Gae als Gehstock benutzt hatte, und gab ihn Ingold, der dicht am Feuer saß.

»Ich habe ihn zusammen mit deinen anderen Sachen aufgehoben«, erklärte sie.

Er lächelte zu ihr auf. »Du konntest nicht wissen, ob du Gelegenheit haben würdest, ihn mir zurückzugeben«, sagte er.

»Nein«, entgegnete sie sachlich. »Ich hatte die Absicht, dich zu töten und ihn dann mit dir zu begraben.«

Ein schelmischer Funke blitzte in seinen Augen auf, und zu Rudys Verwunderung nahm er ihre Hand und küßte sie sacht auf die Fingerspitzen. »Das ist ganz meine Gil.«

Und plötzlich wurde Rudy klar, was die ganze Zeit über nicht gestimmt hatte. Während der langen Verfolgung durch die schlammigen, nebelumwobenen Trümmer von Gae hatte er in Ingolds Augen nie den unmenschlichen, leeren Ausdruck wahrgenommen, der ihm an Lohiro aufgefallen war. Den ganzen Tag über und während der entsetzlichen Schrecken der Nacht war Ingold zwar eine furchterregende Gestalt, aber nie ein anderer als er selbst gewesen.

»Darum also wollten sie dich haben?« fragte Rudy leise.

»Ja«, murmelte der alte Mann und hielt die Hände über das wärmende Feuer. »Sie – wollten mit mir reden. Ich glaube, irgendwann hätten sie mich in jedem Fall gefunden.«

Über dem Gipfel des Berges Trad und den Trümmern von Gae färbte sich der Himmel lavendelfarben.

»Haben sie deinen Geist übernommen?« fragte Rudy.

Ingold blickte starr in die Flammen. »In gewissem Sinne, ja«, erwiderte er. »Sie sind nicht gerade ein einziges Wesen, aber sie kommunizieren auf eine Art und Weise von Geist zu Geist, die wir – ziemlich entsetzlich finden würden. Erst als Lohiro in einem Akt der Verzweiflung seinen Geist an die Dunklen auslieferte, erkannten sie, daß eine Kommunikation mit uns überhaupt möglich war.« Er schloß die Augen, als wollte er ein furchtbares Bild verdrängen. »Ich habe endlos gegen sie angekämpft«, fuhr er dann fort. »Ich weiß nicht, wie lange.« Mit einem Schauder senkte er den Kopf und legte die Stirn auf seine verschlungenen Hände. »Aber ich war dumm«, flüsterte er. »Sie wußten, daß sie nur zu warten brauchten, bis meine Kraft nachließ und ich müde wurde.«

Nach einer Weile hob er den Kopf wieder. »Die Dunklen waren in einer furchtbaren Notlage. Sie sind eine weitsichtige Rasse, und sie verstehen Dinge, deren bloße Existenz wir kaum ahnen. Du hattest nur teilweise recht, Gil, als du von einem – Temperaturzyklus sprachst. Die Kälteperiode vor dreitausend Jahren war nur eine unbedeutende Strömung in einem viel längeren, weitreichenderen Zyklus. Die jetzige Kälteperiode wird unvorstellbar lange dauern. Die Dunklen sagen, daß sich das Eis im Norden über den größten Teil der Welt ausbreiten wird. Die Menschheit kann die Kälte vielleicht überdauern, aber die Herden der Dunklen hätten keine zwei Jahre mehr ausgehalten. In kürzester Zeit hätten die Dunklen die letzten Zufluchtsstätten der Menschheit vernichtet, ihre letzten Vertreter verschlungen – und wären selbst umgekommen.«

»Hätten sie das denn geschafft?« fragte Rudy zweifelnd. »Sie haben zu Beginn des Winters versucht, in die Festung einzudringen . . .«

»Sie hätten es geschafft«, entgegnete Ingold ernst. Glaub mir, Rudy, sie hätten es geschafft. Ich kenne die Dunklen – jetzt.

Sie sahen keine Möglichkeit, die Vernichtung beider Rassen zu verhindern, bis ich in diesem Herbst das Nichts durchquerte, um mit dir zu sprechen, Gil. Damals erfuhren sie von der Existenz des Nichts. Als ich Tir aus den Trümmern des Palastes von Gae in Sicherheit brachte, folgte mir einer von ihnen durch das Nichts . . . Und von diesem Augenblick an waren sie auf der Jagd nach mir.«

Er faltete die Hände und starrte in die Flammen. Die klagenden Schreie von Krähen hallten leise in der morgendlichen Luft.

»Sie wollten, daß ich eine neue Welt für sie suche«, fuhr der Zauberer leise und wie zu sich selbst fort. »Eine Welt, die so ist wie diese vor Tausenden von Jahren, als die Dunklen ihre ersten Städte in den Sümpfen bauten. Eine warme Welt, dunkel und sumpfig, eine Welt, in der sie ihre Herden halten, neue Städte bauen und träumen können.«

Unter dem heller werdenden Himmel waren die eingesunkenen Mauern von Gae jetzt deutlich sichtbar. Rudy sah plötzlich wie in einer Vision die Ruinen von Quo vor sich und hörte das Dröhnen der Brecher am Fuße von Forns Turm. Dumpfer Zorn über die gierige Hartherzigkeit, die diese Welt zerstört hatte und dann ungestraft verschwunden war, erfüllte sein Herz.

»So haben sie dich also zu ihrem Sklaven gemacht«, sagte Rudy ruhig, »und haben es uns überlassen, die Scherben aufzusammeln.«

Ingold warf ihm einen Seitenblick zu. Das Leben schien allmählich in ihn zurückzukehren. Die totenähnliche Erschöpfung war aus seinen Zügen gewichen. »Oh, ich war nie ihr Sklave«, entgegnete er. »Nur ihr Verbündeter.«

Rudy sah ihn scharf an.

»Die Dunklen haben nie wirklich meinen Geist übernommen«, erklärte Ingold sanft. »Das konnten sie nicht – wenn sie von mir erfahren wollten, wie das Nichts beschaffen ist. Glaubt ihr, ich hätte versucht, euch aus der Stadt zu bringen, damit ihr nicht vom dem Zauber erfaßt und mit ihren Herden durch das Nichts gezogen wurdet, wenn ich ihr Sklave gewesen wäre?«

Starrköpfig sagte Rudy: »Dann hast du ihnen also, nach allem, was sie getan hatten – deine Welt vernichtet, deine Freunde ermordet –, freiwillig geholfen.«

Unmut funkelte tief in den blauen Augen des alten Mannes. »Kaum freiwillig. Wenn dich dein Freund im Kampf niederschlägt und dann fortgeht, so wirst du ihn kaum zurückrufen in der Hoffnung, ihn zu besiegen.«

»Du weißt, daß sie sich in Alketch erhoben haben?« bemerkte Gil nach einem kurzen Schweigen.

»Ich habe es erfahren, als es passierte.«

»Wußtest du, daß Eldor tot ist?«

Der Zauberer seufzte, und seine breiten Schultern senkten sich. Er schüttelte müde den Kopf. »Nein, aber es überrascht mich nicht. Er hatte kein großes Verlangen mehr zu leben. Wie ihr selbst ohne Zweifel festgestellt habt, ist die Welt, in die wir geworfen worden sind, ein schlechter Tausch gegen die Sicherheit und Bequemlichkeit eines zivilisierten Lebens« Er blickte vom Feuer auf. »Und das, meine Kinder«, fuhr er fort, »bringt uns zu einem Zeitpunkt, den ich zu fürchten begonnen habe. Wir sind da, wo wir schon vor Monaten hätten sein sollen, hätten nicht die Politik und die Launen des Schicksals es anders bestimmt.«

Er ergriff Gils Hand und erhob sich. Hinter ihm tauchten die ersten wärmenden Strahlen der Sonne die Landschaft in Farbe. Gil entdeckte plötzlich im Schutz der Felsen, die ihr Lager umstanden, die ersten grünen Grashalme des bevorstehenden Frühlings.

Tief und rauh drang Ingolds Stimme an ihr Ohr. »Es steht euch jetzt frei, nach Hause zurückzukehren«, sagte er.

Das Schweigen, das den Morgen erfüllte, war so tief, daß Gil das ferne Zirpen einer Zikade in den Weiden hörte, die den Fluß säumten. Sie bemerkte plötzlich, daß ihr kalt war und daß sie Hunger hatte, wie vom ersten Augenblick an, in dem sie diese Welt betreten hatte.

Rudy ergriff als erster das Wort. »Du weißt, daß ich nicht zurückgehen kann, Ingold«, sagte er leise. Mir scheint fast, ich habe es von Anfang an gewußt, vom ersten Tag in Karst an, noch bevor ich Alde begegnet war und bevor ich etwas über Magie wußte.«

Ingold wandte sich an Gil; sie blickte auf und sah Kummer und sanftes Bedauern in seinen Augen.

»Meine Liebe«, begann er. »Ich weiß, daß es Zeiten gab, in denen du mich gehaßt hast, weil ich dir das genommen habe, was du in deiner eigenen Welt gehabt und gesucht hast. Hier gibt es nicht viele Betätigungsfelder für deine wissenschaftliche Arbeit. In den kommenden Jahren wird die Menschheit darauf beschränkt sein, um das nackte Leben zu kämpfen. Wegen meiner Unvorsichtigkeit wurdest du gegen deinen Willen hier festgehalten, und während deiner Abwesenheit ist das Leben, das dich in deiner Welt erwartet, aus den Fugen geraten. Verzeih mir, Gil. Ich glaube, wenn du zurückkehrst, wirst du feststellen, daß nichts irreparabel ist.«

»Da bin ich nicht so sicher«, entgegnete Gil bebend. »Ich glaube nicht, daß ich den Riß in der Mauer, die ich um mich errichtet hatte, je wieder flicken kann.«

Der Wind, der von den Gletschern herunterwehte, brannte auf ihren Wangen. Ein Gewirr von Nebensächlichkeiten ging ihr durch den Kopf – Filme, ihre Stereoanlage, Kaffee, heiße Duschen, ihre Eltern und die Behaglichkeit eines weichen Bettes. Sie bemerkte, wie sehr ihr der Schlafmangel zu schaffen machte und wie kalt ihre schwertgewohnten Hände waren.

Sie hob den Kopf und sah ihm fest in die Augen. Dann fragte sie: »Willst du, daß ich bleibe?«

Seine Augen weiteten sich, und die gelassene Heiterkeit wich einem aufkeimenden Hoffnungsfunken, der augenblicklich wieder verlosch. Dann wandte er den Blick ab. Seine leise körnige Stimme war vollkommen beherrscht, doch seine Hände schlossen sich fester um die ihren.

»Gil«, sagte Ingold ruhig. »Ich habe dir einmal gesagt, daß es gefährlich ist, einen Menschen wie mich zu lieben. Ich habe mich bemüht, meine Liebe zu dir zu unterdrücken – ohne Erfolg. Und wenn du bleibst, würde ich nie von dir getrennt sein wollen. Und das, meine Liebe, würde nichts als Unglück über dich bringen.«

»Glaubst du nicht, daß ich mit dem Unglück fertig werde, nach allem, was geschehen ist?«

Er sah sie bekümmert an. »Du verstehst mich nicht«, sagte er. »Seit ich in deinem Alter war, haben meine Macht, meine Neugier und meine verderblichen Einmischungen den Menschen, die ich liebte und die mich liebten, entsetzliche Gefahren und den Tod gebracht. Noch nie habe ich eine Frau so geliebt wie dich – Gott allein weiß, warum, denn mir ist noch nie eine so dickköpfige und hartherzige Person begegnet wie du. Noch nie zuvor habe ich eine Frau so sehr geliebt, daß ich sie lieber verlieren würde, als sehen zu müssen, daß ihr ein Leid geschieht.«

»Wenn wir schon davon reden«, entgegnete Gil sanft, »mir ist noch nie ein Mann begegnet, für den ich meinen Hals riskiert hätte, um bei ihm zu bleiben – außer dir.«

»Ich kann es nicht zulassen.«

»Das war nicht meine Frage.«

»Ich kann nicht zulassen, daß du dir das antust«, fuhr er, fast zornig, auf. »Abgesehen davon, daß man mit den Fingern auf dich zeigen würde, weil du die Torheit eines alten Mannes bist –«

»Alt?« fiel sie ihm mit hochgezogenen Augenbrauen ins Wort. *»Du?«*

Unter dem struppigen weißen Bart färbten sich seine Wangen rot. »Gil, du hast keine Ahnung, was du von mir verlangst.«

Sie legte ihm die Hände auf die Schultern, und der rauhe Stoff seines Umhangs fühlte sich feucht und kalt unter ihren Fingern an. »Ich weiß genau, was ich verlange«, sagte sie mit leiser Stimme. »Und jetzt vergiß ein einziges Mal dein Verantwortungsgefühl für jedermann und antworte mir geradeheraus. Willst du, daß ich bleibe?«

Sie sah den Kampf in seinem Gesicht; seine Liebe und Fürsorge lagen im Widerstreit mit dem egoistischen Wunsch, sie als seine Frau und Freundin an seiner Seite zu sehen. Sie glaubte, er würde lügen, um sie vor Unheil zu behüten, sich hinter einer Nebelwand von Worten verbergen, sie fortschicken, um seinem Schicksal auf seine Weise zu begegnen.

Doch nach einem Augenblick des Schweigens nahm er mit einem halb belustigten, halb bedauernden Blick ihre Hände.

»Ich will dich«, sagte er leise. »Du weißt ganz genau, daß ich dich immer begehrt habe, meine Liebe.«

Rudy betrachtete nachdenklich die beiden Gestalten, die einander stürmisch in die Arme gefallen waren. Er schüttelte den Kopf. »Und ich dachte, *ich* hätte es mit einer Liebesbeziehung zu tun, die ich nicht begreife«, bemerkte er.

»Das einzige, was ich an *deiner Beziehung* nie begreifen konnte«, entgegnete Gil, als sie sich endlich von Ingold gelöst hatte und sich das wirre Haar aus dem Gesicht strich, »ist Aldes Geschmack in Bezug auf Männer.«

»Wenn du so weitermachst, verbringst du den Rest deines Lebens als Frosch, Schreckschraube«, warnte Rudy.

»Eine gewagte Drohung«, fiel Ingold ein, »wenn man bedenkt, daß ihr Geliebter sich an Ort und Stelle befindet, während deine Liebe meilenweit entfernt in der Festung von Dare sitzt.«

Rudy seufzte in der Erkenntnis, daß er gegen die beiden nichts ausrichten konnte. Und während er das merkwürdige Paar betrachtete, ging ihm der Gedanke durch den Kopf, daß gegen Gil und Ingold gemeinsam so leicht keiner etwas würde ausrichten können.

»Warum lasse ich mir das eigentlich gefallen?« fragte er, ohne eine Antwort zu erwarten.

»Das ist ganz einfach«, erwiderte Ingold, indem er den Arm um die Schultern der klugen und gefährlichen Kriegerin an seiner Seite legte. »Da nichts dem Zufall überlassen ist, hast du selbst diese Welt derjenigen, in der du geboren wurdest, vorgezogen. Vielleicht war dein Entschluß sogar schon gefaßt, lange bevor du hierher kamst. Selbst ein oberflächlicher Vergleich der beiden Welten beweist, daß du von Sinnen bist.«

»Danke«, seufzte Rudy. »Die Frage habe ich mir schon selbst gestellt.«

»Es erklärt, warum du immer von Verrückten umgeben bist«, warf Gil aufmunternd ein.

»Nein«, widersprach Rudy. »Selbst das Eingeständnis völliger Geistesverwirrung würde das nicht erklären.«

Ingold lachte. »Komm«, sagte er. »Deine Liebste in der Festung wird sich allmählich Sorgen machen. Es wird Zeit, daß wir den Heimweg antreten.«

Fahles Sonnenlicht schimmerte auf der Eisfläche, die die Täler vor ihnen bedeckte. Und obwohl der eisige Wind den Geruch von Gletschern und kahlen Felsen aus den nördlichen Bergen zu ihnen herunterwehte, waren die Pfützen schon mit dem lebhaften Grün eines verspäteten, kalten Frühlings gesäumt. Die drei Wanderer warfen harte, bläuliche Schatten, als sie den Weg nach Süden nahmen.

ENDE

Über die Autorin

Zu verschiedenen Zeiten in ihrem Leben hat Barbara Hambly sich als High-school-Lehrerin, Fotomodell, Kellnerin, Verlagsherstellerin, Universitätsassistentin, Nachtschicht-Verkäuferin in einem Getränke-Shop und als Karatelehrerin durchgeschlagen. Geboren in San Diego, wuchs sie in Kalifornien auf, mit der Ausnahme eines High-school-Semesters, das sie in New South Wales, Australien, verbrachte. Ihr Interesse an Fantasy begann mit der Lektüre von L. Frank Baums *Der Zauberer von Oz* im Alter von sechs Jahren und entwickelte sich kontinuierlich über E. R. Burroughs, Tolkien, *Star Trek* und Heinlein weiter. Sie schreibt Fantasy beinahe so lange, wie sie es liest.

Sie besuchte die University of California, Riverside, wo sie sich auf mittelalterliche Geschichte spezialisierte. Im Zusammenhang damit verbrachte sie ein Jahr an der Universität Bordeaux in Südfrankreich und arbeitete zwei Jahre lang als Lehr- und Forschungsassistentin an der UC Riverside, um schließlich einen Magistergrad in diesem Fach zu erwerben. An der Universität begann sie sich auch für Karate zu interessieren, erwarb 1978 den Schwarzen Gürtel und nahm an mehreren Meisterschaften auf nationaler Ebene teil.

Barbara Hambly lebt derzeit in Riverside, Kalifornien. Neben der Darwath-Trilogie, die hier geschlossen in einem Band vorliegt, und einem historischen Roman hat sie noch zwei weitere Fantasy-Romane, *The Ladies of Mandrigyn* und *Dragonsbane,* geschrieben (beide in Vorb. als Bastei-Lübbe-Taschenbücher). Neben Karate und Schreiben zählen zu ihren Hobbies Malen, Kostümschneidern, Regency-Tanz und das Deuten von Tarot-Karten.